Charlotte Thomas war Richterin und Rechtsanwältin
bevor sie sich ganz ihrer Leidenschaft, dem Schreiben, widmete.
DIE LAGUNE DES LÖWEN ist der zweite große
historische Roman der versierten Venedigkennerin, die bereits
mit ihrem Bestseller DIE MADONNA VON MURANO
die Leser begeisterte. Charlotte Thomas lebt mit ihren Kindern
am Rande der Rhön in Hessen. (www.charlottethomas.de)

Weitere Titel der Autorin:

Die Madonna von Murano
Die Liebenden von San Marco

Der vorliegende Titel ist auch als Hörbuch bei Lübbe Audio lieferbar

Charlotte Thomas

Die Lagune des Löwen

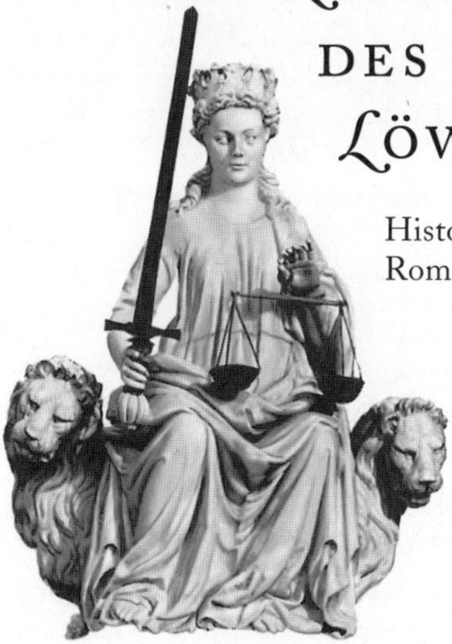

Historischer Roman

BASTEI LÜBBE

BASTEI LÜBBE TASCHENBUCH
Band 16 349

1. Auflage: November 2009

Vollständige Taschenbuchausgabe der in
Ehrenwirth erschienenen Hardcoverausgabe

Bastei Lübbe Taschenbücher und Ehrenwirth
in der Verlagsgruppe Lübbe

Titelillustration: © akg-images / Cameraphoto /
© akg-images / Erich Lessing
Umschlaggestaltung: Atelier Versen, Bad Aibling
Autorenfoto: Olivier Favre
Satz: Dörlemann Satz, Lemförde
Gesetzt aus der Adobe Caslon
Druck und Verarbeitung: CPI – Ebner & Spiegel, Ulm
Printed in Germany
ISBN 978-3-404-16349-6

Sie finden uns im Internet unter
www.luebbe.de
Bitte beachten Sie auch: www.lesejury.de

Der Preis dieses Bandes versteht sich einschließlich
der gesetzlichen Mehrwertsteuer.

In liebendem Gedenken an meinen Vater –
für all die Bücher.

Das Geheimnis des Glücks ist Freiheit,
das Geheimnis der Freiheit ist Mut.

(Venezianisches Sprichwort)

PERSONEN

*Historische Personen sind mit einem * gekennzeichnet*

Laura Monteverdi
Antonio Bragadin

Carlo, Sklave
Valeria, Kurtisane
Matteo, Lauras Bruder

Crestina Ferro, alte Apothekerin
Mansuetta, ihre Ziehtochter
Veronica, Magd

Oratio und Tomàso, Zwillinge
Cecilia, Antonios Schwester

Giacomo Cattaneo, Patrizier
Arcanzola, Nonne

Marcello Querini, Patrizier
Eugenia, seine Schwester
Zuane, sein unehelicher Sohn
Bartolomeo, sein Adjutant

Mosè Zinzi, jüdischer Kaufmann
Isacco, sein Sohn
Elsa, Mosès Frau

Anna Monteverdi, Lauras Mutter
Guido Monteverdi, Annas Mann
Angelica, Annas Schwester
Pippa Filacenova, Nachbarin der Monteverdis

Simon, jüdischer Arzt
Priuli, Barbier
Lodovica, Amme
Monna Paulina, Aufseherin im Waisenhaus

Tiziano Vecellio, Maler* (besser bekannt als Tizian)
Zorzo da Castelfranco, Maler* (besser bekannt als Giorgione)

Heinrich von Wessel, deutscher Kaufmann
Raffaele, alter Schauspieler
Ippolito, Antonios Gefolgsmann
Piero Fioravante, junger Hauslehrer

Silvano, Apotheker in Padua
Josefa, Vermieterin in Padua
Orso, Leibwächter in Padua
Pater Anselmo, Priester in Padua

Bernabò Vivarini, Patrizier und Lebemann
Moresina, Magd in der Ca' Querini
Ungarischer Baró und seine Gemahlin
Albrecht von Brandenburg*, deutscher Adliger und Kleriker
Heinrich VIII., König von England*

Teil 1

August 1502

Der schwarze Junge blutete aus Mund und Nase, während er über den Landungssteg auf den Kai stolperte. Sein rechtes Auge war fast vollständig zugeschwollen und seine Oberlippe so unförmig dick, dass schwer zu sagen war, ob es von den Schlägen kam, die er offensichtlich hatte einstecken müssen, oder ob es ein Merkmal der fremden Rasse war, der er angehörte.

Laura starrte ihn bestürzt an, als er näher kam. Trotz des teils eingetrockneten, teils noch fließenden Blutes war zu erkennen, dass sein Gesicht tränenüberströmt war. Sie hatte gewusst, dass hier an der Riva degli Schiavoni Sklaven verkauft wurden, doch nichts hatte sie auf diesen Anblick vorbereitet.

Sie tastete nach der Hand ihres Vaters, und er ergriff sie, als hätte er nur darauf gewartet.

»Wir müssen nicht hier stehen bleiben«, sagte er. »Das ist ganz und gar nichts für ein Mädchen von neun Jahren.«

»Doch. Ich will es sehen.« Ihre Antwort kam spontan, und dabei wusste sie nicht einmal, ob es stimmte. »Außerdem werde ich bald zehn.« In Wahrheit wollte sie weit weg sein und mit diesen Grausamkeiten nichts zu tun haben. Gleichzeitig war sie jedoch auf eine merkwürdige Art außerstande, ihren Blick von dem Jungen abzuwenden.

Es war beinahe so, als hätte sie nur allein dadurch, dass sie ihn anschaute, ein seltsames unsichtbares Band zwischen sich und dem fremdartigen Jungen geknüpft, das sie nun dazu zwang, an Ort und Stelle zu verharren und abzuwarten, wie es mit ihm weiterging.

Er mochte vielleicht elf oder zwölf Jahre alt sein, also nur wenig älter als sie selbst, und er war tatsächlich schwarz wie poliertes Ebenholz, nicht nur im Gesicht, sondern am ganzen Körper. Bis auf einen zerfledderten Lendenschurz war er nackt, und so war gut zu sehen, wie gleichmäßig dunkel seine Haut auch an jenen Stellen war, die bei den Menschen in Venedig normalerweise unter der Kleidung verborgen waren. Auch sein kurz geschorenes Haar war pechschwarz und seltsam strukturiert, weder glatt noch lockig, sondern eher wie wolliger Filz. In seinen runden Augen stach das Weiße hervor, und Furcht verwandelte sein Gesicht in eine starre Grimasse.

Hinter dem Jungen kam einer der Aufseher an Land, ein in schmierige Baumwolle gehüllter Händler, der mit gezielten Stockhieben die menschliche Ladung von dem hinter ihm vertäuten *Traghetto* an Land trieb.

Das Frachtboot war vom Zollhafen herübergekommen, wo die Galeere ankerte, mit der die Sklaven von Afrika in die venezianische Lagune gebracht worden waren. Die Aufseher waren ebenfalls Afrikaner, Sklavenjäger aus Alexandria, wie Laura von ihrem Vater erfahren hatte. Der Handelsstützpunkt Alexandria lag an der östlichen Nordküste Afrikas, während die schwarzen Sklaven im Inneren des großen, von der Sonne verbrannten Landes gefangen wurden.

Der Händler selbst war Portugiese, das hatte sie den Unterhaltungen der Gaffer entnehmen können. Auf den ersten Blick sah man ihm nicht an, dass er mit Sklaven handelte. Er trug schlichtes schwarzes Tuch wie ein unauffälliger Kaufmann, ohne Verzierungen an Brust oder Schultern, und dazu eine schmucklose flache Kappe. Seine gelbliche Gesichtsfarbe deutete darauf hin, dass es mit seiner Gesundheit nicht zum Besten bestellt war.

Die anderen Sklaven waren bereits auf dem Kai versammelt, der Junge war der Letzte. Seine magere Brust bewegte sich unter heftigen Atemzügen, doch wenn man genauer hinschaute, war zu sehen, dass er von Schluchzern geschüttelt wurde. Man hatte ihm die Füße mit Stricken zusammengebunden, nicht zu eng, gerade nur so fest, dass er nicht davonlaufen konnte. Es sah ein wenig lächerlich aus, weil er sich mit merkwürdig hopsenden Trippelschritten bewegen musste, immer nur um Haaresbreite davon entfernt, lang hinzuschlagen. Von der Fesselung behindert, kam er dem Aufseher offenbar nicht schnell genug voran.

Der Mann gab einen gutturalen Befehl von sich und holte dann mit dem Stock aus. Er versetzte dem Jungen einen Hieb quer über den Rücken, und das Schluchzen ging in einen erstickten Aufschrei über. In seinem Bemühen, weiteren Schlägen seines Peinigers zu entkommen, hoppelte der Junge mit seinen aneinandergefesselten Beinen schneller vorwärts, ein knochiges, missgestaltet wirkendes Wesen aus einer fremden Welt.

Einige der Umstehenden lachten, was Lauras Abscheu vor dem rohen Schauspiel noch verstärkte. Dabei war es nicht nur der Widerwille gegen den Anblick, der ihr zusetzte. Sie spürte, wie sich Wut in ihr zusammenballte, bis ihr ganzes Inneres gegen das, was hier geschah, rebellieren wollte.

Die anderen Sklaven, Frauen und kleinere Kinder, waren ungefesselt, bis auf einen Mann, der mit gesenktem Kopf ein paar Schritte abseits der Gruppe stand, die einer der anderen Aufseher vor einem hölzernen Stand zusammengetrieben hatte.

Der Mann war so schwarz wie der Junge, aber von unglaublicher Körperlänge und dabei so dünn, wie Laura es in diesem Verhältnis von Größe und Schlankheit bisher an einem Mann noch nie gesehen hatte. Er hatte außergewöhnlich lange Arme und Beine, und sein Kopf war wie bei dem Jungen schmal geformt, sein Hals lang und sehnig. Seine Kleidung bestand aus einem zerrissenen Hemd von undefinierbarer Farbe und einem Lendentuch, von dem einzelne Fetzen bis zu seinen Knien herabhingen.

Auch die vier Frauen waren dünn und hochgewachsen, wenn

auch nicht so groß wie der Mann, und alle trugen sie das Haar geschoren und hatten in den Ohren seltsamen, bunt bemalten Schmuck, der bis auf ihre Schultern baumelte. Ihre Körper waren in Tücher gewickelt, die ebenso schmutzig und fleckig waren wie das Hemd des Mannes. Die sechs Kinder, die sich mit weit aufgerissenen Augen um die Frauen drängten, trugen Lendentücher wie der Junge.

Ein bedeutsames Detail unterschied indessen den Mann von den anderen: Man hatte ihn in Eisen gelegt, wobei die Ketten, die um seine Handgelenke geschlungen waren, mit denen an seinen Fußknöcheln verbunden waren.

Als er vorhin an Land gegangen war, hatte er sich ähnlich unbeholfen bewegt wie der Junge, und auch er war mit dem Stock geschlagen worden. Allerdings hatte er dabei weder eine Miene verzogen noch einen Laut von sich gegeben, was Laura zu der Überlegung gebracht hatte, ob es womöglich stimmte, dass schwarze Menschen keine Schmerzen empfinden konnten. *Monna* Pippa hatte das erzählt, und obwohl die Nachbarin regelmäßig mehr Blödsinn daherplapperte, als ein Mensch allein sich ausdenken konnte, hatte Laura keinen Grund gesehen, ihr gerade in dem Punkt nicht zu glauben.

Bis sie vorhin den Jungen gesehen hatte. Er hatte Schmerzen, und er weinte deswegen, und seine Furcht war so stark, dass Laura fast meinte, sie mit Händen greifen zu können.

Der erwachsene Sklave blickte unter gesenkten Lidern hervor und betrachtete die Umstehenden. Als seine Blicke auf den Jungen fielen, versteifte er sich merklich. Danach blieb er ruhig stehen, doch die Hände, die vor seinem Körper gefesselt waren, zitterten so stark, dass seine Ketten klirrten.

Laura fühlte sich bei dem Geräusch von einer seltsamen Unruhe erfüllt, und als ihr Vater sie fortzog, wehrte sie sich nicht.

»Nun reicht es«, meinte er. »Das war mehr als genug.«

»Der Junge hat geweint«, antwortete sie, während sie sich von ihrem Vater zwischen Gruppen von Passanten und Schaulustigen hindurch in Richtung Ponte della Paglia ziehen ließ.

»Natürlich hat er geweint«, meinte ihr Vater nachsichtig. »Er wurde geschlagen.«

»Die anderen waren still, sie haben keinen Laut von sich gegeben, nicht einmal die Kinder, als der Portugiese sie geschubst hat. Nur der Junge hat geweint.«

»Du würdest auch weinen, wenn man dich so schlagen würde.«

»Aber Monna Pippa hat zu mir gesagt, dass Schwarze keine Schmerzen haben. Sie sagte sogar, dass Schwarze keine richtigen Menschen sind, sondern eine Art Affen.« Laura hatte das Bedürfnis, sich rechtfertigen zu müssen. Ihre Wut war unvermindert groß, und ihr war ein wenig übel von dem Erlebten. Außerdem schämte sie sich, weil sie eher mit Faszination als mit Widerwillen zugeschaut hatte, als der Aufseher den großen Sklaven mit harten Stockhieben an Land getrieben hatte. Sieh an, hatte sie gedacht, es stimmt tatsächlich, es tut ihm gar nicht weh!

Erst als gleich darauf der weinende Junge folgte, hatte sie begriffen, wie sehr sie sich geirrt hatte.

»Monna Pippa redet nichts als Unfug«, sagte ihr Vater. »Am besten lässt du es zum einen Ohr herein und zum anderen wieder hinaus.«

Auf der Brücke standen ebenfalls Menschen, um die bogenförmig erhöhte Konstruktion für eine bessere Aussicht zu nutzen. Sklaventransporte kamen nicht alle Tage an, weil die zuständigen Behörden des Rates dafür Sorge trugen, dass die meisten Versteigerungen unter Ausschluss der Öffentlichkeit vonstattengingen. Lauras Vater hatte ihr erklärt, dass viele *Nobili* es schätzten, Sklaven zu kaufen, aber sie legten keinen Wert darauf, bei solchen Geschäften angegafft zu werden. Folglich war dies hier für die sensationslüsternen Venezianer eine der wenigen Gelegenheiten, aus nächster Nähe die Ankunft eines Transportes zu verfolgen.

Laura widerstand dem Verlangen, über die Schulter zurückzublicken, als sie den Scheitelpunkt der Brücke erreicht hatten.

Stattdessen schaute sie über das steinerne Geländer hinab in das schwarze Wasser der Lagune, das in sachten Wellen unter dem Ponte della Paglia hindurchschwappte und sich mit der Strömung des Rio di Palazzo verband, dem Kanal, der zu ihrer Rechten am Ostflügel des Dogenpalastes vorbeiführte. Gleich darauf wurde ihr Blick unweigerlich auf die beiden hohen Granitsäulen am Rand der *Piazzetta* gelenkt, oder genauer: auf eine der beiden, diejenige mit dem geflügelten Markuslöwen.

Die andere Säule trug eine Statue von San Todaro, die Laura wenig beeindruckend fand. Es war allein der Löwe, der sie in seinen Bann zog. Die Augen mit der Hand gegen die Sonne beschattend, schaute sie zu der Skulptur auf, und wie immer stellte sie sich vor, wie es wäre, hinaufzuklettern und den Löwen zu erklimmen, einfach auf seinen Rücken zu steigen und ihn aufzufordern, mit ihr über die Lagune davonzufliegen, weit hinaus, in ferne Welten, die noch kein Menschenauge gesehen hatte.

Sie wusste genau, dass das törichte Kinderträume waren, verrückte Gedanken eines verrückten Mädchens, das zu viele Geschichten gehört hatte. Doch mochten die Geschichten, die Vater ihr erzählte, auch lauter Märchen sein – es hatte eine Zeit gegeben, da sie jedes Wort davon geglaubt hatte, und es gab immer noch Augenblicke, so wie diesen, in denen sie nur einen Atemzug davon entfernt war, ihre Träume für wahr zu halten. Den Löwen von San Marco durch einen Zauber zum Leben zu erwecken und auf seinem Rücken davonzufliegen war einer davon.

Ihr Vater war ihren Blicken gefolgt und fuhr ihr durchs Haar.

»Das war immer deine Lieblingsgeschichte«, sagte er. »Auf den Schwingen des Löwen …«

Hinter ihnen wurden Rufe laut, und als Laura sich umdrehte, sah sie, dass die Zuschauer von der Gruppe der Sklaven zurückwichen, wobei nicht wenige der Menschen versuchten, sich hinter anderen zu verstecken, ohne jedoch Anstalten zu machen, sich vom Schauplatz des Geschehens zu entfernen.

»Haltet ihn auf!«, schrie eine Frau mit schriller Stimme inmitten des Gerangels. »Er wird uns alle töten!«

Der große Sklave hatte einem Patrizier aus der Menge das Schwert entrissen und hielt es mit seinen gefesselten Händen umklammert. Der Junge war in etwa zehn Schritten Entfernung von der Gruppe gestolpert und hingefallen; vielleicht hatte ihn auch der Aufseher zu heftig geprügelt und damit seinen Sturz verursacht. Jedenfalls lag er der Länge nach im Staub der Uferstraße.

Der Portugiese brüllte etwas in seiner Sprache, worauf der Schwarze ihm mit kehliger Stimme ein paar ebenso unverständliche Wörter entgegenschrie. Gleichzeitig sprang er mit klirrenden Ketten vorwärts, mehr torkelnd als gehend, und unter den Aufschreien der Zuschauer blieb er stehen, senkte das Schwert und schnitt dem Knaben die Fußfesseln durch.

Einer der Aufseher brachte genug Mut auf, sich dem Schwarzen von hinten zu nähern. Er hatte den Stock erhoben, zu einem Schlag, der sicher tödlich gewesen wäre, hätte der Aufseher ihn ausführen können.

Doch das Entsetzen in den Gesichtern der Umstehenden musste den Sklaven gewarnt haben, denn im selben Moment, als der Knüppel niedersauste, fuhr er herum, das Schwert immer noch mit beiden Händen umklammernd. In einem blitzenden Bogen zuckte es aufwärts und traf den Aufseher an der Kehle. Der Mann stieß einen gurgelnden Schrei aus und prallte zurück. Er ließ den Stock fallen und griff sich mit beiden Händen an den Hals, als könnte er so das Blut stillen, das sprudelnd aus seiner Wunde drang. Während er zurückwich und dabei ins Schwanken geriet, ging ein Aufstöhnen durch die Menge, das vereinzelt in Schreie mündete, als der Aufseher in die Knie brach und mit glasigen Augen vor sich hin starrte.

Der Schwarze ließ das Schwert sinken, riss es aber gleich darauf in einer drohenden Gebärde wieder hoch, als einige der männlichen Zuschauer sich ihm näherten, unter ihnen der Patrizier, dem der Sklave das Schwert entrissen hatte, sowie der Portugiese, in dessen Gesicht ein mörderischer Ausdruck stand. Er hatte ebenfalls blankgezogen und rückte näher, das Schwert vorgestreckt.

»Komm weiter, mein Kind!« Ihr Vater versuchte, Laura von der Brücke hinunter auf die Mole vor dem Dogenpalast zu ziehen. »Es reicht jetzt.«

»Nein!« Sie riss sich von seiner Hand los und blieb stehen. »Ich möchte sehen, was er macht! Vielleicht kann er weglaufen!«

»Das ist Unsinn! Nun komm endlich fort von hier!«

Sie gab keine Antwort, sondern versuchte stattdessen, sich an ihm vorbeizudrücken, damit sie die Geschehnisse auf der Riva besser sehen konnte.

»Laura, das wird böse enden!«

Sie spürte seine hilflosen Blicke auf sich, und vage schoss es ihr durch den Kopf, dass es nicht recht von ihr war, immer wieder ihren Willen gegen ihn durchzusetzen. Der Priester von San Zaccaria betonte oft in seinen Predigten, dass es Sünde war, den Eltern nicht zu gehorchen, und sogar ihre Mutter rief sie hin und wieder deswegen zur Ordnung. Ganz zu schweigen von dem ganzen Sermon, den Monna Pippa bereits über die segensreiche Notwendigkeit kindlichen Gehorsams von sich gegeben hatte.

Sie merkte, wie in ihren Handflächen der Schweiß ausbrach, als sie mit klopfendem Herzen zusah, wie der Portugiese und der Patrizier auf den Schwarzen losgingen. Der Patrizier, ein blonder Mann in smaragdgrünem Samt, hatte sich mit einem Dolch bewaffnet, und die Art, wie er ihn von einer Hand in die andere wandern ließ, deutete darauf hin, dass er damit umzugehen verstand. In seinen Augen stand ein rachsüchtiger Ausdruck, und es sah ganz danach aus, als trachtete er nicht nur danach, sich sein Schwert zurückzuholen, sondern auch, den Sklaven zu töten.

Der wiederum starrte die näher rückenden Männer zornerfüllt an und schwang das Schwert ruckartig von einer Seite auf die andere, so schnell, dass Laura das Singen der blutbefleckten Schneide bis auf die Brücke hören konnte.

Ringsum hatte sich Schweigen ausgebreitet, alle Zuschauer schienen gebannt den bevorstehenden Kampf zu erwarten.

Laura fuhr erschrocken zusammen, als von der anderen Seite der Brücke mit einem Mal Männergeschrei laut wurde, und im nächsten Augenblick stürmten auch schon drei schwer bewaffnete Gardisten der Palastwache heran.

Sie fühlte, wie ihr Vater sie zur Seite riss und an seinen Körper drückte, während die Wachmänner mit dröhnenden Schritten an ihnen vorbeirannten.

Der Sklave fuhr herum, um sich der neuen Bedrohung zu stellen, doch alle Versuche, sich zu wehren, waren vergebens. Einer der Wachmänner holte noch im Lauf mit seiner Lanze aus und schleuderte sie gegen den Schwarzen.

Die dunkelhäutigen Frauen schrien wie aus einer Kehle, als die Speerspitze in die Brust des großen Sklaven eindrang und dieser, getrieben von der Wucht des Aufpralls, mehrere Schritte zurücktorkelte, bevor er wegen der Ketten an seinen Fußknöcheln endgültig das Gleichgewicht verlor und rücklings hinschlug. Die Lanze, länger als ein Mann, ragte zitternd in die Luft wie ein tödliches Mahnmal, während der Sklave mit ausgebreiteten Gliedern auf dem Rücken lag. Er bewegte sich noch, aber es war keine Kraft mehr in dem Bemühen, sich auf die Seite zu rollen, und dann lag er still, bis auf ein schwaches Zittern, das seine Arme und Beine durchlief, bevor auch dieses aufhörte. Seine Augen waren weit aufgerissen; er schien in den Himmel zu starren, aber Laura sah, dass seine Brust sich nicht mehr regte. Er war tot.

Die Gardisten hatten sich um ihn herum aufgebaut, doch ihre Haltung war entspannt. Einer von ihnen lachte über einen Witz, den jemand gemacht hatte, und gleich darauf löste sich auch die Spannung unter den Zuschauern. Beifall wurde laut, und hier und da war abermals Lachen zu hören. Einige Männer lösten sich aus der Menge und beugten sich neugierig über den Toten. Einer von ihnen stieß ihn mit der Fußspitze an, als wollte er sich vergewissern, dass tatsächlich kein Leben mehr in dem Sklaven war. Andere blieben neugierig stehen, als hofften sie, dass es weitere Kämpfe gab, während die übrige Menge sich bereits zu zerstreuen begann. Der Wachmann, der die Lanze geworfen hatte, zog die Waffe aus der Brust des Toten, wobei er zur Unterstützung seinen Fuß auf die Schulter der Leiche setzte, um sie rascher herausreißen zu können.

Ein Franziskanerpriester betrachtete zweifelnd den Leichnam des toten Aufsehers; er schien zu überlegen, ob Konfession und Nationalität des Toten es rechtfertigen mochten, ein letztes Gebet über ihm zu sprechen. Schließlich entschied er sich für ein schlichtes Bekreuzigen und ging dann achselzuckend davon.

Der Portugiese, dessen Gesichtsfarbe, soweit das überhaupt möglich war, noch gelber war als zuvor, sprach mit dem blonden Patrizier, während dieser sich mit gleichmütiger Miene bückte, um sein Schwert wieder an sich zu nehmen, das dem Sklaven bei seinem Sturz aus der Hand gefallen war. Beiläufig, als wäre dies eine ganz alltägliche Verrichtung, holte er mit dem Fuß aus und trat dem Toten heftig in die Seite, nur um sich gleich darauf weiter mit dem Portugiesen zu unterhalten, als wäre nichts geschehen.

Die schwarzen Kinder und die Sklavenfrauen stimmten eine Art Trauergesang an und wiegten sich dabei hin und her. Eine von ihnen hatte das jüngste Kind hochgenommen und drückte es an sich, das Gesicht in der Halsbeuge des jammernden Kleinen vergraben. Ganz offensichtlich kannte die Beherrschung der dunklen Menschen Grenzen, und mit dem Tod eines der ihren waren sie überschritten worden.

Laura presste sich immer noch an ihren Vater, und er hielt sie fest in seinen Armen, als könnte er das, was sie gesehen hatte, damit ungeschehen machen.

Sie hatte das Geheul der Frauen und Kinder in den Ohren, und die Übelkeit brandete in Wellen in ihr hoch, weil sie immer noch das Bild vor Augen hatte, wie der Schwarze versucht hatte, sich auf die Seite zu rollen, kurz bevor er starb. Diese letzte verzweifelte Anstrengung hatte sich ihr eingeprägt, der Anblick brannte förmlich in ihren Augen.

Mit einem Mal ertönte auf der Riva erneut Geschrei.

Diesmal deutete jedoch nichts auf einen bevorstehenden Kampf hin. Der Portugiese schrie einen der Aufseher an, und beide eilten kreuz und quer über die Riva und blickten sich dabei suchend um. Sie schubsten Leute zur Seite, liefen hinter die hölzernen Stände der Budenbesitzer und schauten in die Gondeln und Lastboote, die längs dem Kai vertäut lagen. Der Portugiese stieß sogar ein Fass um, was eine Ladung zappelnder Fische auf der steinernen Uferstraße landen ließ und ihm Schimpftiraden einer Budenbesitzerin eintrug.

Laura verstand nur wenige Satzfetzen, denn auch das Stimmengewirr ringsum hatte wieder an Lautstärke zugenommen.

»Wo ist der Hurensohn?«, hörte sie den Portugiesen in akzentgefärbtem Venezianisch brüllen, worauf der Aufseher gereizt in einer fremden Sprache antwortete.

Laura brauchte einige Augenblicke, bevor sie begriff, was los war.

Der schwarze Junge war verschwunden.

Antonio grinste in sich hinein, während er den aufgebrachten Männern bei der Suche zuschaute, und er fragte sich, ob er der Einzige war, der mitbekommen hatte, in welche Richtung der Junge sich verdrückt hatte. Er war von wilder Schadenfreude erfüllt, was ihn verwunderte, weil er nicht erwartet hatte, dass ihn das Schicksal dieses steckendürren Fremdlings auch nur ansatzweise interessieren könnte. Trotzdem war ihm das Gefühl auf unbestimmte Art willkommen, lenkte es ihn doch von seinen eigenen Sorgen ab.

Außerdem hatte sich der ganze Tumult für ihn auch auf andere Weise gelohnt.

Er biss von dem Räucherfisch ab, den er just in dem Moment gestohlen hatte, als die Palastgardisten über die Brücke gestürmt kamen und damit alle Blicke auf sich gelenkt hatten. In der Innentasche seines Wamses fühlte er das beruhigende Gewicht der Lederbörse, die er vorhin während des Aufruhrs vom Gürtel eines beleibten jüdischen Kaufmanns geschnitten hatte. Der Mann war vollauf damit beschäftigt gewesen, sich mit einem zornigen jungen Burschen herumzustreiten, der ihm wie aus dem Gesicht geschnitten ähnelte; er hatte nicht mal Augen für den Sklavenaufruhr gehabt. Schließlich war der Junge wütend davongelaufen – für Antonio genau der richtige Moment, sein kleines scharfes Messer zum Einsatz zu bringen.

Die Börse war nicht allzu groß, und vermutlich waren nur lauter Kupfermünzen drin, denn der Kaufmann hatte trotz seiner Leibesfülle keinen sonderlich wohlhabenden Eindruck gemacht. Aber in diesen Tagen ein paar *Soldi* mehr im Beutel zu haben konnte keinesfalls schaden. Er musste essen, und seine Schwester ebenfalls.

Antonio fuhr zusammen, als sich von hinten eine Hand in sein Haar krallte.

»Versuch gar nicht erst, wegzulaufen«, sagte der Mann, der ihn gepackt hatte. »Es sei denn, du kannst deine Nasenspitze oder eine Hand entbehren.«

Es war der Kaufmann, den Antonio um seine Börse erleichtert hatte. Unerbittlich hielt er Antonio an den Haaren gepackt. Es tat so weh, dass diesem die Tränen in die Augen schossen.

Er verfluchte sich stumm, aber inbrünstig. Anstatt wie die anderen Gaffer hier stehen zu bleiben, hätte er gleich verschwinden sollen.

Der Griff war zu fest, um weglaufen zu können, aber Antonio hätte es dennoch versucht, wenn es nicht in dieser Situation zu gefährlich gewesen wäre. Vom Dogenpalast kamen gerade eben weitere Ordnungshüter über den Ponte della Paglia auf die Riva degli Schiavoni, unter ihnen ein höherer Beamter, dessen schwarzes Gewand ihn als Mitglied des Zehnerrats auswies. Mit scharfen Worten befahl er einigen Trägern, für Ordnung zu sorgen, und in ebenso rüdem Tonfall wies er den Portugiesen an, die Sklaven vom Kai wegzubringen. Dieser gehorchte mit gesenktem Kopf, vermutlich in der begründeten Furcht, der Beamte könnte ihm die Schuld für den blutigen Aufruhr anlasten und kurzerhand zur Strafe sein menschliches Handelsgut beschlagnahmen.

»Was wollt Ihr von mir?«, presste Antonio zwischen zusammengebissenen Zähnen hervor, darauf bedacht, möglichst unbeteiligt dreinzuschauen, um keine unerwünschte Aufmerksamkeit auf sich zu lenken. Für jemanden, der nicht allzu genau hinschaute, mochte er aussehen wie ein Laufbursche, dem sein Herr väterlich eine Hand auf den Kopf gelegt hatte. Hoffentlich.

»Du hast etwas in deinem Wams, das mir gehört«, sagte der Kaufmann.

»Ihr meint den Beutel, der Euch soeben vom Gürtel gerutscht und zwischen Eure Füße gefallen ist?«, fragte Antonio scheinheilig.

Der Kaufmann gab einen verblüfften Laut von sich. »Da soll mich doch einer … Was für ein schlaues Früchtchen du bist!«

Antonio spekulierte darauf, dass der Mann sich bückte, um die Geldbörse aufzuheben, die Antonio unauffällig hatte fallen lassen, gleich nachdem der Kaufmann ihn gepackt hatte. Das würde ihm die Möglichkeit eröffnen, schnell wie der Blitz zu verschwinden.

Doch der Kaufmann hielt ihn fest. Unter anderen Umständen hätte Antonio dem Kerl sein Messer in die Hand gebohrt – vielleicht auch woandershin, wo es noch schmerzhafter war –, aber unter den Augen der Palastwache war das ein Unding, da hätte er sich genauso gut gleich selbst die Hand oder die Nasenspitze abschneiden können.

»Was soll das?«, zischte er. »Eure verdammte Börse habt Ihr doch wieder!«

»Eine kleine Gegenleistung könntest du noch erbringen, mein Junge«, sagte der Kaufmann. »Sozusagen als Zinsgebühr für die vorübergehende Leihgabe.«

»Was wollt Ihr?« Unerfreuliche Gedanken schossen Antonio durch den Kopf, und keiner davon hatte mit abgehackten Händen zu tun. Wäre es dem Kaufmann darum gegangen, ihn als Dieb verhaften zu lassen, hätte er nur die Wächter rufen müssen. Dass er das nicht tat, ließ eigentlich nur einen Schluss zu.

»Wir können zu mir gehen«, sagte Antonio daher in liebenswürdigem Tonfall. »Es ist nicht weit. Mit der Gondel quer durch Castello. Eine verschwiegene Kammer in einem abseits gelegenen Haus am Canale di San Pietro ...«

»Wo du mir die Gurgel durchschneiden und mich erneut bestehlen kannst?«, fragte der Kaufmann trocken. »Für wie dämlich hältst du mich, Bursche? Und sehe ich vielleicht aus wie ein verfluchter Sodomit?«

»Na ja, ich dachte ... Hm, wisst Ihr, man sieht es nicht allen an.« Antonio verstummte. Seine Kopfhaut wurde allmählich taub, und er registrierte beunruhigt, dass der schwarz gekleidete Zehnerrat im Begriff war, herüberzukommen.

»Wie heißt du?«, wollte der Jude wissen.

»Anzio«, log Antonio.

»Anzio, wenn du wegläufst, rufe ich die Büttel«, sagte der Kaufmann warnend. Gleichzeitig nahm er die Hand aus Antonios Haaren und packte ihn bei der Schulter. Sich an ihm festhaltend bückte er sich und hob seine Lederbörse auf. Antonio widerstand nur mühsam dem Drang, die Beine in die Hand zu nehmen und das Weite zu suchen, doch die Erinnerung an die tödliche Zielgenauigkeit, mit der vorhin der Gardist der Palastwache den Speer gegen den schwarzen Sklaven geschleudert hatte, half ihm dabei, wie angewachsen stehen zu bleiben. Was immer der Mann von ihm wollte – solange es nicht unzüchtig war und ihn nicht die Hand kostete, würde er damit zurechtkommen.

»Der Portugiese hat sich ein gutes Geschäft ruiniert«, sagte der Händler hinter ihm in beiläufigem Tonfall, ohne seinen Griff um Antonios Schulter zu lockern. »Ein dummer Fehler. Er hätte nicht so auffällig und dreist mit seiner Ware direkt beim Palazzo Ducale aufmarschieren sollen. Genau da, wo die Herrscher der Stadt mit eigenen Augen sehen können, welche Reichtümer er hier verdienen will.« Er stieß verächtlich den Atem aus, und Antonio konnte riechen, dass der Mann zu seiner letzten Mahlzeit reichlich Zwiebeln vertilgt haben musste.

Davon abgesehen hatte er Antonio nichts mitgeteilt, was dieser nicht ohnehin schon wusste. Ausländische Händler konnten sich – nach Entrichtung der vorgeschriebenen Zollgebühren – in der *Serenissima* eine goldene Nase verdienen, aber sie waren auch strengen Regeln unterworfen. Wer unangenehm auffiel, musste mit saftigen Geldstrafen rechnen oder wurde, was für einen erfolgreichen Kaufmann ungleich schlimmer war, aus der Lagunenstadt verbannt.

Und der Portugiese *war* unangenehm aufgefallen. Gerade die Portugiesen waren in Venedig nicht sonderlich beliebt, seit einer ihrer berühmten Entdecker, Vasco da Gama, vor nicht allzu langer Zeit den Seeweg nach Indien gefunden und damit seinem Land die Möglichkeit verschafft hatte, das venezianische Gewürzmonopol aufzubrechen. Unter den venezianischen Händlern herrschte Panik, seit sich die Nachricht verbreitet hatte. Die Serenissima drohte eine wichtige Quelle ihres Reichtums zu verlieren, und schuld daran waren die Portugiesen.

Der Sklavenhändler schien zu spüren, dass die Sensationslust der Zuschauer allmählich in Abneigung umschlug, denn er beeilte sich, gemeinsam mit seinen Aufsehern die immer noch laut klagenden Schwarzen über die Uferstraße davonzutreiben, vermutlich, um sie in einem der Lagerhäuser einzusperren, bis er sie in den nächsten Tagen auf einer Auktion verkaufen würde.

In Venedig fand zweimal jährlich ein großer Sklavenmarkt statt, aber davon unabhängig kamen auch zwischendurch immer wieder kleinere Transporte an, denn das Geschäft mit der menschlichen Handelsware war äußerst gewinnträchtig. Für die reichen Patrizier gehörte es zum guten Ton, Mohren zu kaufen, sie in den Wappenfarben ihrer Häuser herauszuputzen und sich von ihnen in der Gondel über den *Canalezzo* rudern zu lassen, um aller Welt – besonders aber den anderen Nobili – vorzuführen, welchen Luxus sie sich leisten konnten.

Die Menge der Zuschauer zerstreute sich nach und nach, und der eine oder andere unter ihnen bedachte Antonio und den hinter ihm stehenden Kaufmann mit befremdeten Blicken.

Am meisten Sorge bereitete ihm jedoch die rothaarige Göre, die ihm vorhin schon aufgefallen war. Sie stand immer noch auf dem Ponte della Paglia, nur dass sie jetzt nicht mehr die Sklaven anstarrte, sondern ihn. Ihr Mund stand vor Verblüffung offen, und ihre Augen waren so weit aufgerissen, dass es keinen Zweifel gab: Sie hatte etwas mitbekommen, und gleich würde sie es dem Mann mitteilen, der neben ihr stand und schützend den Arm um sie gelegt hatte – vermutlich ihr Vater, der wiederum nur die Wachen ansprechen musste, die wenige Schritte von ihm entfernt am Fuß der Brücke standen.

»Besser, Ihr lasst mich los«, sagte Antonio mit wachsender Unruhe. »Wir fallen schon auf!«

Die Gardisten standen immer noch palavernd auf der Riva degli Schiavoni, und sobald einer von ihnen herüberschaute, würde er augenblicklich Verdacht schöpfen.

Der Zehnerrat kam unterdessen näher und blieb vor ihnen stehen. »Seid gegrüßt, *Messèr* Mosè. So trifft man sich außerhalb des gewohnten Treffpunktes und vor der vereinbarten Zeit.«

Der jüdische Kaufmann verneigte sich leicht. »Euer Diener, Messèr Querini. Ich war gerade auf dem Weg zu Euch, als dieser scheußliche Vorfall dazwischenkam.«

Antonio schluckte. Dieser Fettsack Mosè würde doch nicht ... Er schielte aus den Augenwinkeln über seine Schulter. Der Kaufmann mochte dreimal so viel Umfang haben wie er selbst, aber er war kaum drei Fingerbreit größer, sodass Antonio sein Gesicht gut sehen konnte. Mosès Miene war indessen undeutbar; außer einem verbindlichen Lächeln war darin nichts zu erkennen, weder Rachsucht noch Boshaftigkeit.

Der Zehnerrat lächelte mit derselben Freundlichkeit, und

bei ihm wirkte es auf den ersten Blick entwaffnend natürlich. Doch Antonio, der im Laufe der Jahre gelernt hatte, in den Mienen der Menschen die Nuancen zu erkennen, meinte, eine Spur von Reserviertheit und unterdrückte Abwehr wahrzunehmen.

»Ja, ich sah es ebenfalls, vom Fenster meines Amtszimmers aus. Als ich nach unten kam, war schon alles vorbei.« Querini warf einen kurzen Blick auf Antonio. »Ist das Euer Sohn?«

»Nein, das ist Anzio, mein Gehilfe.«

»Ist er verschwiegen?«

»Mehr als das. Er ist schwachsinnig. Und als Träger ist er unentbehrlich.« Mosè deutete auf die Kiste, die neben ihm stand, ein abgestoßenes Behältnis aus morschem Holz, das Antonio vorhin schon ins Auge gefallen war. Er hatte es als Proviantkiste eingestuft, es dann jedoch trotz seines nagenden Hungers nicht weiter beachtet, denn es stank erbärmlich nach Schimmel.

Antonio zog es vor, sich weiterhin möglichst unauffällig zu verhalten, daher gab er sich Mühe, nicht allzu aufgeweckt dreinzuschauen.

Unter den aufmerksamen Augen des Zehnerrats trat Mosè einen Schritt zur Seite und verpasste Antonio einen Tritt. »Worauf wartest du, Bursche? Nimm schon die Kiste! Und wehe, du lässt sie wieder fallen!«

Antonio rang sich ein dümmliches Grinsen ab und tat, wie ihm geheißen. Die Kiste war nicht gerade ein Leichtgewicht, aber so schwer, dass der Kaufmann sie nicht ohne Weiteres selbst hätte tragen können, war sie ganz sicher nicht.

»Gehen wir hinein«, sagte Querini, während er sich abwandte und mit wehendem schwarzem Ornat vorauseilte.

Antonio rechnete mit einem weiteren Tritt, doch es kam keiner, sondern nur eine brummige Aufforderung. »Worauf wartest du?«

Anscheinend war der Kaufmann schlau genug, Antonio vor sich hergehen zu lassen. Dass in der Kiste keineswegs verschimmelte Nahrung war, hätte inzwischen selbst der größte Schwachkopf bemerkt. Antonio setzte sie sich auf die Schulter, um es noch einmal hören zu können: Im Inneren klirrte es schwach, und Antonio glaubte förmlich, es unter dem Holz blitzen und schimmern zu sehen.

Eine diffuse Gefühlsmischung wallte in ihm auf, hauptsächlich blanke Gier, begleitet von dem Wunsch, sich die Kiste unter den Arm zu klemmen und zu verschwinden, zum Teil aber auch widerwillige Bewunderung für den Juden, der es wagte, ohne Begleitschutz seine Reichtümer in einer schäbigen Kiste in die Stadt zu bringen.

In den letzten Jahren war es für die Juden in Venedig nicht leicht gewesen, ihren Geschäften nachzugehen. Sie durften immer nur für kurze Zeit von der *Terraferma* herüberkommen und Handel treiben, nicht länger als zwei Wochen und unter strenger behördlicher Kontrolle.

Antonio erinnerte sich nur dunkel an ihre Vertreibung aus der Stadt vor fünf Jahren; außer dem Gerede der Leute über die Ausweisung war ihm nicht viel im Gedächtnis geblieben – bis auf einen Vorfall, der sich ihm unauslöschlich eingeprägt hatte. Damals war eine jüdische Familie in der Nachbarschaft von drei *Militi* aus ihrem Haus gezerrt worden, und die Mutter hatte gejammert und gebettelt, bleiben zu dürfen, da ihre Kinder an Fieber litten und ihr Mann erst zwei Tage zuvor gestorben sei. Doch die Büttel hatten mit unbewegten Gesichtern die ganze Familie auf ein Traghetto verfrachtet und sämtliche Habe in Säcken hinterhergeworfen. Einer der Säcke war ins Wasser gefallen und untergegangen, und das darauf einsetzende Klagen der Frau hatte das ganze *Sestiere* erfüllt.

In dem Sack, den Antonio in einem kurzen Tauchgang wenig später aus dem Wasser gefischt hatte, waren nur ein primitiv geschnitzter Kerzenhalter, ein paar schäbige Löffel und abgestoßene Holzteller gewesen, nichts von besonderem Wert.

Antonio trabte dem Zehnerrat hinterher und starrte betont gleichmütig an der rothaarigen Göre vorbei, die immer noch mit ihrem Vater auf der Brücke stand. Der Mann schirmte das Kind mit seinem Rücken ab und schaute sich kein einziges Mal um, doch das Mädchen lugte an seinem Arm vorbei, als wolle es sich nichts entgehen lassen.

Er fühlte förmlich ihre Blicke in seinem Rücken brennen, als er an ihr vorbeikam, und mit einem Mal war er absolut sicher, dass sie den ganzen Vorfall beobachtet hatte. Sie hatte ihrem Vater von dem Diebstahl erzählt, und der würde nicht zögern, die Wachen aufzuklären.

Antonio machte sich auf wütende Anklagen gefasst, doch als er aus den Augenwinkeln zurückschielte, sah er, dass das Mädchen ihm immer noch schweigend nachschaute. Ein seltsamer Ausdruck stand in ihren Augen, beinahe so, als ob sie sich fürchtete.

Dann versperrte ihm Mosè den Blick auf den Ponte della Paglia.

»Versuch es gar nicht erst«, sagte der Kaufmann leise.

»Was denn?«, gab Antonio verärgert zurück. »Ich hab nicht vor wegzulaufen, ehrlich nicht!«

»Ah ja? Falls das so ist, schau nach vorne und geh brav weiter. Dann darfst du für heute deine Hand behalten.«

Mosès Schläfenlocken wippten unter dem gelben Hut, den er wie alle Juden – mit Ausnahme der Ärzte – tragen musste, und sein Gesicht war von Schweißperlen übersät. Antonio schätzte ihn auf Anfang fünfzig, vielleicht sogar ein paar Jahre älter, denn sein Haar war trotz der sorgsam gedrehten Strähnen, die ihm seitlich von den Schläfen bis auf die Schulter baumelten, grau und schütter. Sein rundliches Gesicht dagegen schien seltsam alterslos, mit rosigen Wangen, leuchtenden dunklen Augen und einem Mund, der beständig zu einem Lächeln verzogen schien. Zwischen seinen beiden oberen Vorderzähnen klaffte eine beachtliche Lücke, was ihm ein ebenso lustiges wie argloses Aussehen verlieh, weitab von jeglicher Tücke oder Raffinesse, ganz so, als könne er kein Wässerchen trüben. Genau das verhalf ihm vermutlich zu erfolgreichen Handelsabschlüssen.

Antonio verdrängte die rothaarige Göre aus seinen Gedanken und überlegte, welche Geschäfte der Jude wohl mit dem Zehnerrat zu bereden hatte. Querini war ein hohes Tier, folglich musste es um mehr gehen als kleine Krämerbelange. Was Antonio prompt zu der Frage zurückbrachte, was in der Kiste war … Er rüttelte sie noch einmal vorsichtig hin und her, um dem Geräusch nachhorchen zu können.

»Nur Musterstücke«, sagte der Kaufmann hinter ihm. Anscheinend hatte er Antonios Gedanken gelesen. »Nicht so viel wert, dass du deswegen leichtfertig werden solltest.«

Querini war vor ihnen am Südeingang des Dogenpalastes stehen geblieben und unterhielt sich mit einer Gruppe von Amtsträgern, und Mosè, der offenbar ganz und gar nicht von Antonios Kooperationsbereitschaft überzeugt war, legte seinem neuen Gehilfen abermals unnachgiebig die Hand auf die freie Schulter.

»Wir gehen jetzt zusammen mit dem Zehnerrat in sein Amtszimmer. Dort werde ich ihm den Inhalt meiner Kiste zeigen und Geschäfte mit ihm besprechen, und du wirst die ganze Zeit brav im Hintergrund warten. Ich brauche dich später noch. Versuchst du zu fliehen, hetze ich die Garde auf dich. Haben wir uns verstanden?«

»Warum braucht Ihr mich?«

»Weil du gerade verfügbar bist«, sagte der Kaufmann gelassen. »Vielleicht habe ich Feinde, und du siehst ganz so aus, als würdest du jeden Dolch und jeden Hinterhalt in diesem Sestiere sehr gut kennen.«

»Ist Eure Ware so wertvoll?«

»Sei nicht so naseweis.« Der Kaufmann schien sich zu besinnen und schüttelte müde den Kopf. »Es sind wirklich nur Musterstücke. Aber manch einer könnte sich etwas anderes einbilden, wenn er mich mit dem Zehnerrat zusammen sieht. Messèr Querini ist dafür bekannt, dass er große Geschäfte macht.«

»Geht es hier darum? Um große Geschäfte?«

»Es geht um viel mehr, als du dir vorstellen kannst. Um sehr viel mehr.«

»Das klingt, als ginge es um Euer Leben.«

»Bei Licht betrachtet könnte es darauf hinauslaufen.«

»Der Bursche, mit dem Ihr vorhin auf der Riva gestritten habt und der dann wütend weggerannt ist – war das Euer Sohn?«

»Sah er vielleicht aus wie ein Jude?«, fragte Mosè in ablehnendem Tonfall. »Trug er den gelben Hut?«

»Nein, aber ansonsten glich er Euch aufs Haar, er war nur kleiner, dünner und jünger. Er ist ein *Marrane*, nicht wahr? Einer von den Juden, die sich haben taufen lassen, damit die Serenissima sie nicht hinauswirft wie alle anderen.«

Ein Ausdruck von Resignation breitete sich auf den Zügen des Kaufmanns aus. »Du hast ein scharfes Auge, Anzio. Wenn du wirklich so heißt.«

»Was zahlt Ihr mir dafür, wenn ich nachher mitgehe und Euch beschütze?«

Mosè lachte. »Du und mich beschützen? Ein magerer kleiner Taschendieb, der höchstens zehn Jahre alt ist?«

»Zwölf«, trumpfte Antonio auf. »Und ich *kenne* jedes Messer und jeden Hinterhalt in der Stadt. Also: Wie viel?«

Mosè musterte ihn. »Drei *Bagattini.*«

Antonio prustete. »Ihr seid verrückt. Dafür lasse ich nicht mal einen Furz entweichen, und glaubt mir, darin bin ich gut! Einen *Mocenigo.*«

Der Kaufmann kniff die Augen zusammen. »Ein *Marcello.*«

Antonio reckte das Kinn vor. »Drei, und das ist mein letztes Wort.«

»Zwei, aber dann begleitest du mich bis zu meiner Abfahrt heute Abend. Ich habe noch Geschäfte am Rialto.«

Antonio tat so, als müsse er überlegen. »Gemacht«, sagte er schließlich herablassend. Mit einem Mal war der Fisch in seiner Tasche, den er Cecilia mitbringen wollte, vergessen. Er würde später – diesmal von ehrlich verdientem Geld – noch eine Orange dazukaufen, und über diesen seltenen Genuss würde sie sich freuen.

Im Augenblick gab es jedoch nur eines, was ihn mehr als alles andere interessierte. Er wollte wissen, was in dieser Kiste war.

Laura hielt die Hand ihres Vaters umklammert, obwohl ihrer beider Handflächen unangenehm feucht waren vor Schweiß. Sie war immer noch so durcheinander, dass sie nicht wusste, was sie denken sollte.

»Hast du das gesehen?«, fragte sie.

»Natürlich habe ich es gesehen. Der arme Mensch! Nun ist seine Seele bei Gott. Vorausgesetzt, er war getauft, was ich für ihn hoffe.« Er atmete schwer und war grau im Gesicht, so wie es öfter geschah, wenn er sich aufregte.

»Nein, ich meine nicht, wie der Sklave starb, sondern was der Junge getan hat.«

»Doch, natürlich sah ich es. Ich habe allerdings nicht mitverfolgt, in welche Richtung er verschwand. Aber er wird sowieso nicht weit kommen. Seine dunkle Haut ist zu auffällig, sie werden ihn bald wieder einfangen.«

Laura hätte mit dem Fuß aufstampfen mögen vor Ungeduld. Ihr Vater, den sie über alles liebte, war manchmal in seiner verträumten Art so weit von der Wirklichkeit entfernt, dass sie es kaum fassen konnte.

Künstler waren eben so, sagte ihre Mutter mitunter, meist dann, wenn er Gegenstände verlegte und sie nicht wiederfand, auch wenn sie direkt vor seiner Nase waren.

»Ich meine nicht den schwarzen Jungen, sondern den anderen, den mit der Narbe im Gesicht. Er muss ein Taschendieb sein.« Sie konnte immer noch nicht glauben, wie dreist der Junge zu Werke gegangen war. Der Kaufmann hatte es bemerkt, aber er hatte ihn nicht verhaften lassen, sondern ihm stattdessen die Kiste aufgehalst. »Er hat zuerst einen Räucherfisch gestohlen und dann die Börse des Juden da drüben.«

»Welcher Jude?«

»Der Kaufmann mit dem gelben Hut. Sie kamen vorhin gemeinsam mit dem Zehnerrat an uns vorüber und stehen jetzt dort drüben beisammen …« Laura wollte in Richtung Palazzo Ducale deuten, doch dann sah sie, dass der Junge und der Kaufmann zusammen mit dem Zehnerrat gerade im Inneren des Gebäudes verschwanden.

»Ich habe keinen Juden gesehen, und auch keinen Zehnerrat«, sagte ihr Vater. »Was sicher daran liegt, dass ich nicht halb so neugierig bin wie du.« Er rieb sich die Brust, als hätte er dort Schmerzen. »Nun komm weiter. Ich kaufe dir ein Stück Kuchen, einverstanden?«

Laura ließ sich von ihm über die Brücke auf die Piazzetta ziehen. Sie reckte den Kopf, um einen Blick auf die Porta della Paglia zu erhaschen, durch die das seltsame Trio verschwunden war, doch dort waren nur Wachleute und Amtsträger zu sehen.

»Er hat ihm die Börse abgeschnitten«, sagte sie wie zu sich selbst. »Und der Jude hat ihn seine Kiste tragen lassen.«

»Ich habe nichts davon gesehen.«

»Weil du nicht hinschaust!«

»Es gab doch genug anderes Unheil zu sehen.«

Laura bereute ihre Worte, als sie den hilflosen Ton in seiner Stimme hörte. Mit schlechtem Gewissen beschloss sie, vor dem Schlafengehen zur Buße mindestens drei Avemaria zu beten. Sie hob den Kopf und schenkte ihrem Vater ein versöhnliches Lächeln, das er sofort erleichtert erwiderte.

»Du machst dir zu viele Gedanken über andere Leute«, sagte er.

»Meinst du, die Frauen und Kinder gehören zu einer Familie?«, fragte sie, als könne sie so die Rückkehr in die Normalität beschleunigen. »Ob sie zusammen verkauft werden? Oder reißt man sie auseinander und gibt jeden von ihnen zu einem anderen Herrn?«

»Sie werden bestimmt getrennt. Niemand kann es sich leisten, so viele Sklaven auf einmal zu kaufen. Wozu auch?« Ihr

Vater deutete voraus auf die Piazza, wo zwischen den Verkaufsständen ein Stelzengänger herumspazierte.

»Sieh mal, wie groß er ist! Fast so hoch wie die Löwensäule!«

Sie tat ihrem Vater den Gefallen und rang sich ein erstauntes Lächeln ab, weil er es zu erwarten schien. In der letzten Zeit kam es ihr immer häufiger so vor, als sei für ihn die Zeit stehen geblieben, denn er behandelte sie, als sei sie noch ein Kind von fünf oder sechs Jahren, das man mit einem Hinweis auf einen Zuckerkringel oder einen Stelzengänger in Begeisterung versetzen konnte. Auch seine Geschichten blieben so, wie sie einem jüngeren Mädchen gefielen. Laura mochte sie immer noch gern, aber sie boten ihr nichts Neues.

Trotzdem fand sie Gefallen daran, wie der Stelzengänger auf dem Pflaster hin und her stolzierte und dabei lauthals die Kräutermedizin anpries, die eine Frau in Höhe seiner Füße an einem Stand feilbot.

»Für alle Männer, die im Bett wieder zu Hengsten werden wollen, gibt es hier bei der roten Mansuetta genau das richtige Mittel«, brüllte er auf die Passanten hinunter. »Nur einen *Soldo*, und Ihr seid wieder ganze Kerle!«

»Was meint er damit?«, wollte Laura von ihrem Vater wissen. »Wie können Männer im Bett zu Hengsten werden?«

»Das ist nur eine dumme Redensart«, meinte ihr Vater. Laura sah, wie seine eben noch bleichen Wangen sich röteten, und ihr wurde klar, dass sie wieder einmal die Grenze dessen überschritten hatte, was er für ein kleines Mädchen als angemessen empfand. Doch diesmal schien ihn dabei zugleich eine seltsame Verlegenheit zu erfüllen, was sie davon abhielt, weitere Fragen zu stellen, obwohl sie ihr zuhauf in den Sinn kamen. Stattdessen richtete sie ihr Augenmerk auf die rote Mansuetta, wie der Stelzenläufer die Frau an dem Stand genannt hatte. Sie war jung, sicher noch keine zwanzig, doch sie war auf eigentümliche Weise verwachsen. Ihre ganze Gestalt wirkte schief, angefangen von ihrem Gesicht, das auf einer Seite merkwürdig verzogen war, fast wie eingedrückt, sodass das rechte Auge deutlich tiefer und weiter innen saß als das linke. Auch die rechte Schulter hing mehr herab als die linke, was allerdings daran liegen mochte, dass das rechte Bein kürzer war als das andere, denn als sie ein paar Schritte tat, war zu sehen, dass sie stark hinkte. Laura betrachtete sie fasziniert und überlegte, warum die Frau trotz dieser Entstellungen nicht wirklich hässlich aussah. Ob es an dem Haar lag, das ähnlich rot war wie ihr eigenes? Es lugte in kupfrigen Wellen unter der Haube hervor, die es nur unzureichend bedeckte, und es lenkte den Blick auf ein weiteres anziehendes Körpermerkmal, die Augen – sie waren leicht schräg geschnitten und von einem klaren Braun.

Ihre eigenen Augen waren blau wie Lavendel im Regen, ein Vergleich, den ihr Vater oft bemühte, und ihr Haar war im Farbton ein wenig heller als Kupfer, durchmischt mit Strähnen von Bronze und rötlichem Gold – auch diese Beschreibung stammte von ihrem Vater, der sie häufig malte und stets jede Farbnuance, die er dabei verwendete, in poetische Worte kleidete.

Davon abgesehen war ihr Haar wesentlich ungebärdiger als das der Frau; es lockte sich in wilden Kringeln und widerstand allen Bemühungen, es zu frisieren und zu flechten. Es entwich regelmäßig den Zöpfen und bauschte sich wie von Zauberhand berührt auf, sobald die Haube verrutschte, was andauernd passierte, sogar dann, wenn sie unter dem Kinn mit Bändern befestigt wurde. An diesem Tag hatte Laura sich von vornherein geweigert, eine Haube zu tragen, weil die Hitze auch so schon unerträglich war. Ihre Mutter hatte nur halbherzig protestiert, wie immer, wenn Laura ihren eigenen Willen kundtat.

Sie gingen an dem Stelzenläufer und der verwachsenen Frau vorbei und schlenderten über die Piazza, bis sie einen Stand erreichten, an dem Zuckergebäck verkauft wurde. Lauras Vater erstand einen der süßen, in Fett ausgebackenen Krapfen und reichte ihn ihr. Sie bedankte sich und biss hinein. Für sich selbst kaufte er an einem der *Ombretta*-Stände einen kleinen Becher Wein und ließ es sich schmecken, während sie beide das rege Treiben um sich herum betrachteten.

Das Gedränge auf der Piazza vor dem Dogenpalast und der

Basilika sowie rund um den *Campanile* war an Markttagen fast so stark wie am Rialto. In den Arkadengängen der Prokuratie standen in Gruppen die Kaufleute und Geldwechsler, und auf dem Platz davor reihten sich die Verkaufsstände der Händler aneinander. An der Mole vor der Piazzetta ragten die Masten der zahlreichen Boote auf, die dort vertäut lagen, und eine kräftige Brise blähte die Segel der übrigen, die in der Lagune kreuzten. Der Wind trieb den Geruch von Salz und Tang herüber, der sich auf der Piazza mit dem Duft von gebratenem Fisch und frischem Kuchen mischte. Im Hintergrund bildeten die Kuppeln und Türmchen der Basilika sowie die spitzbogige Dachbekrönung des Dogenpalastes einen Saum aus goldenem und alabasternem Zierrat vor der Bläue des Himmels. Die Sonne erhellte den prächtigsten Platz der Serenissima, sie bestrahlte die kunstvoll durchbrochenen Fassaden mit den marmornen Statuen ebenso wie die Gesichter der Menschen an den Buden, und sie ließ mit ihrem Licht alles luftig und frei und hoffnungsvoll aussehen.

Den Geschmack des Zuckers auf der Zunge, schloss Laura für einen Moment die Augen und träumte sich hoch hinauf zu dem Löwen, stellte sich vor, wie es wäre, den Platz von oben zu betrachten, alle Menschen zu ihren Füßen, in ihrem Rücken die Weite der Lagune und vor sich ausgebreitet die Stadt. Doch dann schob sich unvermittelt die Erinnerung an den Anblick des verängstigten Sklavenjungen vor die friedliche Kulisse, und als hätte er nur darauf gelauert, tauchte unversehens auch der Taschendieb wieder in ihren Gedanken auf. Er glitt zuerst neben, dann vor den Sklavenjungen und schien sie aus ihrer Erinnerung heraus anzublicken.

Ein Hauch von Kälte schlich sich in die sonnenerwärmte Luft, er zog von hinten in ihren Nacken und strich über ihren Rücken, und für einige Augenblicke wusste sie nicht, ob er der Wirklichkeit entstammte oder aus einer noch unbekannten Zukunft kam.

Laura konnte das Gebäckstück nicht aufessen und zerdrückte es in ihrer Hand zu einem matschigen Ball.

»Ich möchte nach Hause«, sagte sie. »Mutter wartet sicher schon.«

Ihr Vater musterte sie erstaunt, doch dann nickte er und schlug sofort den Weg zum Torre dell'Orologio ein, wo sie den Durchgang zur Merceria passierten und in Richtung des Kanals, wo ihre Gondel lag, weitergingen.

»Hast du etwas … gesehen?«, fragte er in bemüht leichtem Ton.

Es war das erste Mal seit langer Zeit, dass er darüber sprach. Wenn überhaupt je in der Familie über ihre Ahnungen geredet wurde, geschah es stets in so beiläufigem Ton, als ginge es um die Frage, was es zum Mittagessen geben würde oder ob der Himmel nach Regen aussah.

»Nein«, sagte Laura, aber es war nicht die ganze Wahrheit. Sie *hatte* eine Gefahr gesehen, oder vielmehr wahrgenommen, denn Bilder waren es nicht, die sie dabei vor Augen gehabt hatte. Es waren eher Gedanken, unklare Eindrücke von kommenden Geschehnissen, und sie wagte es nicht, sie in Worte zu kleiden, weil sie fürchtete, damit Unheil herbeizureden, so wie es schon mehrfach geschehen war.

Im Zusammenhang mit ihrer Mutter hatte sie die Gefühle seit Wochen, und sie tat alles, um sie zu verdrängen, in der Hoffnung, dass sie es sich nur einbildete. Trotzdem lastete die Erwartung der bevorstehenden Niederkunft auf ihnen allen wie ein Felsklotz, der ihnen die Luft zum Atmen nahm. Ihre Eltern schienen es ebenso zu spüren wie sie, doch gesprochen wurde nicht darüber, denn das hätte bedeutet, sich mit der Bedrohung zu befassen. Deshalb bewahrten sie einfach Stillschweigen, das war das Beste, was sie tun konnten.

Doch das, was sie vorhin gefühlt hatte, bezog sich allein auf die beiden Jungen. Den Sklaven und den Taschendieb. Besonders den Taschendieb. Laura weigerte sich, daran zu denken, aber die Empfindungen waren stark gewesen, sehr stark. Irgendwann, das wusste sie, würde sie ihm wieder begegnen.

Antonio blickte sich überrascht um, als sie über den Gang, der den zum Meer hin gelegenen Teil des Gebäudes durchmaß, auf einen riesigen Innenhof gelangten. Er hatte nicht gewusst, dass es hier einen so großen umbauten Platz gab, und schon gar nicht, dass dieser derartig prachtvoll gestaltet war. Ein wenig eingeschüchtert schaute er zu einem gewaltigen Triumphbogen auf, der von marmornen Statuen gekrönt war. Gegenüber befand sich der von Arkaden verzierte Innenflügel des Gebäudes, zu dessen erstem Stock eine Freitreppe von enormen Ausmaßen hinaufführte. Die Kiste auf seiner Schulter schien auf einmal das Doppelte zu wiegen.

»Bist du das erste Mal im Palazzo Ducale?«, fragte Mosè, der zwei Schritte hinter ihm ging.

»Nein, ich war schon oft hier.« Antonio gab sich lässig, doch beim Anblick der edel gewandeten Amtsträger, die oben auf der Empore zu sehen waren, fragte er sich insgeheim, ob wohl jemand hier daran Anstoß nehmen würde, dass der Fisch in der Innentasche seines Wamses ziemlich durchdringend roch. Die Vornehmheit der Umgebung rief ihm zwangsläufig in Erinnerung, dass er hier auf der falschen Seite der Stadt war. Das sollte nicht heißen, dass nicht jede Menge Leute aus seinen eigenen Kreisen hierher kamen, im Gegenteil. Sie betraten das Gebäude in Scharen – allerdings meist auf dem Weg zu einem der Kerker, die sich im Untergeschoss des Dogenpalastes befanden, oder sogar zu dem berüchtigten Verhörzimmer, wo sie den Qualen des *Strappado* unterzogen wurden. Antonio kannte mehr als einen der Unglücklichen, deren Schulter- und Ellbogengelenke durch das Folterseil verkrüppelt worden waren. Einige Übeltäter waren nie zurückgekehrt, weil sie zwischen den roten Marmorsäulen ihr Leben verloren hatten. Andere waren zwar zurückgekehrt, aber ohne ihre rechte Hand oder mit dem Brandzeichen der Diebe und Hehler.

Die Narbe an seiner rechten Wange begann zu jucken, als würde sich seine Haut an den Schmerz erinnern, und dabei war das nur eine Katzenkralle gewesen. Er versuchte sich vorzustellen, um wie viel schlimmer es wäre, wenn Messer oder Hackbeil in den Körper drangen, so wie es hier in diesem Gebäude den ertappten Dieben jede Woche geschah.

Der in seinen Ausmaßen gigantische Bau diente nicht nur dem Dogen als Wohnstätte, sondern war außerdem Regierungssitz und Gefängnis in einem, ein Gegensatz, der Antonio schon deswegen komisch vorkam, weil man sich bei all der Pracht hier drin nicht vorstellen konnte, dass es eine Treppe tiefer lauter stinkende Verliese gab. Dass beides sehr gut unter einem Dach miteinander vereinbar war, hätte man für ein böswilliges Gerücht halten können – wenn Antonio es nicht besser gewusst hätte. Davon abgesehen wiesen einige der Zellen direkt auf die Mole hinaus, man konnte von draußen sogar mit den Insassen sprechen und sich von ihnen schildern lassen, wie sie unter der Folter gelitten hatten.

Antonio stemmte die Kiste in eine für seine Schulter bequemere Lage und verdrängte entschlossen alle Gedanken an den Kerker und blutige Körperstrafen. Er folgte dem Zehnerrat die große Treppe hinauf und machte sich im Stillen über Mosè lustig, der hinter ihm schnaufte wie ein durchlöcherter Blasebalg.

Antonio dachte nicht länger darüber nach, wie prachtvoll das Innere des Palastes ausgestaltet war, und er ignorierte auch die in Roben gewandeten Würdenträger, die seinen Weg kreuzten. Stattdessen konzentrierte er sich auf die Kiste und den Kaufmann. Und den Zehnerrat, der hin und wieder flüchtig über die Schulter zurückschaute, als wolle er sich davon überzeugen, dass sie ihm noch folgten.

Querini war ein großer, schlanker Mann Ende der vierzig, mit ergrauendem Haar und bemerkenswerten Augen von stechender Bläue. Er sah auf asketische Weise gut aus, mit dem scharfen Nasenrücken und den tiefen Kerben zu beiden Seiten des Mundes.

Antonio und Mosè folgten ihm in ein schmales Amtszimmer. Die Einrichtung war nüchtern; sie bestand aus einem erhöht stehenden Schreibpult, einem Tisch mit ausgebreiteten Papierrollen und einem umlaufenden Wandbord, auf dem weitere Stapel von Papier lagen. Dieser Raum war nicht zum Repräsentieren, sondern zum Arbeiten gedacht. An der Stirnseite stand ein Fenster mit Blick auf die Riva degli Schiavoni offen, und Antonio konnte sehen, wie Männer den Leichnam des Sklaven vom Kai schleiften.

Querini räumte die Papierrollen vom Tisch. »Stell die Kiste hierher, Junge.«

Antonio gehorchte und trat anschließend einige Schritte zur Seite.

Seine Kehle brannte vor Durst; der Fisch, von dem er vorhin gegessen hatte, war völlig versalzen, doch Antonio wäre nicht im Traum auf den Gedanken gekommen, um Wasser oder Wein zu bitten, obwohl er gesehen hatte, dass der Kaufmann einen verstöpselten Krug am Gürtel trug.

Mosè öffnete die Kiste und schlug das Tuch auseinander, das den Inhalt verhüllte. Antonio machte einen langen Hals, doch statt der erwarteten glänzenden Preziosen sah er Kristalle, die meisten sehr groß und klar, andere leicht milchig, wie von einer Haut überzogen, bis hin zu kiesartigen Bröckchen. Zweifelnd schaute er das Zeug an. Konnten das Edelsteine sein? Vielleicht Diamanten? Er hatte bei einem Schmuckhändler schon welche gesehen, allerdings geschliffene, und der Händler hatte gesagt, im Rohzustand sähen Diamanten aus wie normale helle Steine.

Vielleicht wie diese?

Ohne es selbst zu bemerken, war er näher an den Tisch herangetreten. Er machte sich auf einen Rüffel oder einen Tritt des Kaufmanns gefasst, doch der tat nichts weiter, als den Zehnerrat erwartungsvoll anzublicken.

Querini nahm einen der Steine aus der Kiste und schnüffelte daran, dann leckte er kurz mit der Zunge darüber und nickte langsam. »Alaun.«

»Vollkommen makelloser Alaun«, bestätigte der Jude.

»Und er kommt aus Ungarn?«

»Jeder einzelne Brocken, den Ihr hier seht, stammt aus Munkács.«

»Er sieht genauso aus wie der aus Tolfa.«

»Warum sollte er anders aussehen? Päpstlicher Alaun, ungarischer Alaun – *semper alumen est*. Jedenfalls dann, wenn der Gewinnungsprozess beendet ist.«

Querini verschränkte die Arme vor der Brust und betrachtete die Kristalle. Seine Miene war undurchdringlich, doch Antonio sah es in seinen Augen blitzen. Diese Art von Glanz kannte er gut. Es war reine Gier. Das Zeug musste sein Gewicht in Gold wert sein! Er überlegte fieberhaft, wie er später einen der Brocken oder besser gleich die ganze Kiste an sich bringen könnte.

»Wie viel könnt Ihr davon beschaffen?«, wollte Querini wissen.

»So viel Ihr wollt. Ganze Schiffsladungen voll.«

Antonio entspannte sich. Wenn es in solchen Mengen zur Verfügung stand, konnte es unmöglich so wertvoll sein, wie er gedacht hatte.

Der Zehnerrat wirkte verblüfft. »Ihr meint – den ganzen Bedarf der Serenissima?«

»Und noch mehr. Die ungarischen Alaunschieferbrüche sind sehr ergiebig. Außerdem sind sie nicht die einzigen Vorkommen außerhalb Italiens. Die Zeiten des päpstlichen Monopols sind in ein paar Jahren sowieso vorbei.«

»Und die Medici sind eines ihrer einträglichsten Geschäfte los«, sagte Querini. Er schüttelte den Kopf. »Sie werden nicht damit einverstanden sein. Und Papst Alexander auch nicht. Die Einfuhr fremden Alauns ist mit dem Kirchenbann bedroht.«

»Nur die Einfuhr unchristlichen Alauns«, berichtigte Mosè in vergnügtem Tonfall. »Die Ungarn sind keine Türken.«

»Aber Ihr würdet es einführen. Ihr seid Jude, kein Christ.«

»Ich habe einen deutschen Handelspartner, es würde regulär über den Fondaco dei Tedeschi hereinkommen.«

»Also ein Strohmann, der es hierher nach Venedig in die

deutsche Handelsniederlassung bringt«, meinte Querini nachdenklich.

»Wenn Ihr so wollt.«

»Und Alexander? Ich kann mir nicht vorstellen, dass Seine Heiligkeit den Verlust des Alaunmonopols hinnimmt. Er bekommt immerhin von den Medici jedes Jahr Hunderttausende dafür.«

»So viel kann er künftig nicht mehr erwarten. Aber es gibt eine Reihe gut zahlender Interessenten für große Pfründen, die wir vermitteln werden. Die Kurie wird nicht verhungern.«

»Messèr Mosè, Ihr seid ein alter Fuchs. Ihr habt Eure Finger überall.«

Die gutmütigen Züge des Kaufmanns zeigten mit einem Mal eine Spur von Härte. »Ich verfolge ein Ziel, und dafür sind alle Mittel recht.«

»Richtig, Ihr wollt wieder in die Stadt. Womit wir also beim eigentlichen Thema wären: eine neue *Condótta*.«

»Zum Wohle Venedigs.«

»Wohl eher zum Wohle der Juden.«

»Sagen wir doch – zum beiderseitigen Wohl. Die Stadt braucht Geld für den Krieg gegen die Türken, und sie braucht viel davon. Und wir Juden *haben* Geld.«

»Der Teufel soll Euch holen, aber das ist leider wahr. Im Kreditwesen reicht keiner euch Juden das Wasser.« Querini lehnte sich leicht gegen den Tisch, die Arme immer noch vor der Brust verschränkt. »Ihr habt Familie hier, nicht wahr?«, fragte er unvermittelt. »Euer Junge und Eure Frau – sie sind nach der letzten Ausweisung hiergeblieben und haben sich taufen lassen.«

Antonio sah, wie Mosès Miene sich verschloss. »Es geht hier um mehr als um eine Familie. Das Schicksal von vielen hundert Familien steht auf dem Spiel.«

»Ach, Ihr tut gerade so, als sei es in Mestre so übel.«

»Mestre ist nicht Venedig.«

Querini lachte, was ihn unerwartet sympathisch aussehen

ließ. »Da muss ich Euch recht geben, Messèr Mosè. Die Serenissima ist einzigartig und unvergleichlich, und sie ist es wert, dass man darum kämpft, hier zu leben. Alles was recht ist – Ihr seid ein guter Unterhändler für Euer Volk.«

»Ich hoffe, Ihr seid im Großen Rat nicht weniger fähig, wenn es um das Aushandeln der Condótta geht.«

»Ich bin sicher nicht ohne Einfluss.« Querini hob die Schultern. »Allerdings muss Euch klar sein, dass Ihr für das Auftun einer neuen Alaunquelle keine zwanzigjährige Condótta erwarten könnt.« Querini warf Antonio einen bohrenden Blick zu. »Haltet Ihr es für angebracht, dass Euer Träger die ganze Unterhaltung mit anhört?«

»Oh, Anzio. Der ist schwachsinnig, das sagte ich Euch doch schon.«

»Er stinkt nach faulem Fisch, aber davon abgesehen wirkt er auf mich ganz normal.«

»Er hat seine aufgeweckten Momente, aber die sind selten. Als Kind fiel er in einen Zuber mit Gerberlauge und wäre fast ertrunken. Seitdem ist er wirr im Kopf.«

Antonio strengte sich an, möglichst einfältig dreinzuschauen, und atmete geräuschlos aus, als der Zehnerrat sich wieder dem Kaufmann zuwandte. »Zehn Jahre. Mehr kann ich nicht erreichen. Ich habe schon Gespräche mit allen wichtigen Leuten aus dem *Consiglio* geführt. Für Euch mag es ein Kompromiss sein, doch zaubern kann ich nicht.«

Mosè schien widersprechen zu wollen, doch dann nickte er. »Dann dürfen aber alle kommen«, sagte er. »Ohne Ausnahme.«

»Das wird sich regeln lassen.«

»Ohne örtliche Niederlassungsbeschränkung. Wir müssen uns Häuser aussuchen können.«

»Auch das sollte möglich sein.«

»Und es muss gestattet werden, den gelben Hut bei Gefahr abnehmen zu dürfen.«

»Ich weiß nicht, ob …«

»Sonst vergessen wir das ganze Geschäft.«

»Ich werde mein Bestes versuchen«, sagte der Zehnerrat. »Aber macht Euch auf ein paar Monate Wartezeit gefasst.« Wieder lächelte er, und Antonio hatte den deutlichen Eindruck, als ob ihm das Schachern mit dem Juden Spaß machte.

Er selbst fühlte ebenfalls eine eigentümliche Aufregung, während er das Gespräch verfolgte, den vehementen Abtausch von Argumenten und Einwänden, ein ständiger Wechsel zwischen Vorstößen und Rückzügen.

Im Verlaufe der weiteren Verhandlung der beiden ging es um Zinssätze und Pfandarten, Kredite, Schuldscheine und Buchungen. Davon verstand Antonio kaum etwas, aber immerhin hatte er begriffen, dass die Stadt den Juden wieder erlauben sollte, in Venedig zu wohnen und Handel zu treiben. Und der jüdische Kaufmann und der Zehnerrat waren im Begriff, die näheren Bedingungen für die Condótta auszuhandeln, die zeitlich begrenzte Erlaubnis des Aufenthalts.

Der Jude Mosè hatte vorhin die Wahrheit gesagt. Für ihn ging es um mehr als um große Geschäfte. Er wollte zurück nach Hause.

Er blieb bis zum Einbruch der Dunkelheit in dem Boot liegen, und seine Angst, entdeckt zu werden, ließ im Laufe der Stunden nicht einen Moment lang nach. Jeder Schritt und jede Stimme, die er über seinem Kopf auf den Steinen der Uferbefestigung oder auf den hölzernen, ins Wasser gebauten Stegen rechts und links neben sich hörte, brachten ihn dem Tod ein Stück näher. Zwischendurch sagte er sich, dass es ihm gleich wäre und dass sie ihn ruhig aufspüren sollten. Er würde kämpfend sterben, wie sein Vater, und bevor er sein Ende fand, würde er seinen Triumph über die Mörder in die Nacht hinausschreien. Er würde vor ihren Augen mit beiden Beinen hoch in die Luft springen und ihnen beweisen, dass er ein Mann sein konnte.

Er war noch kein Krieger; die Menschenräuber waren während der Vorbereitungen für das Große Ritual in das Dorf der

Jungen eingefallen. Hätten sie ihn nicht gefangen, wäre er jetzt ein Mann und ein Führer. Die Gruppe hatte ihn bereits erwählt. Vielleicht hätte er schon einen Löwen getötet, dem Gott *Ngai* zu Ehren, und für den Stamm viele Rinder heimgebracht.

Hier in der goldenen fremden Stadt, die auf wundersame Art aus Stein und Wasser zusammengefügt war, hatte er bei der Landung ebenfalls einen Löwen gesehen, ein täuschend echtes Ungetüm aus Metall. Er thronte auf einer hohen Säule, mit ausgebreiteten Schwingen, als wollte er davonfliegen. Ob in diesem Land Löwen lebten, die fliegen konnten wie Vögel? Hier schien alles möglich zu sein, geschaffen durch die Macht des Bösen.

Trauer und Entsetzen über den Tod seines Vaters hielten ihn mit solcher Macht gefangen, dass er sich fühlte wie das Opfer eines echten Löwen. Klauen rissen ihm das Herz heraus, scharfe Zähne wühlten in seinem Inneren. Der Schmerz über das ihm zugefügte Leid schien ihn von oben bis unten zu spalten. Es war, als wolle sein Geist sich von seinem Körper lösen, um der Pein zu entfliehen, ähnlich wie in der Nacht, als der Sklavenjäger ihn das erste Mal gewaltsam für seine Lust benutzt hatte.

Er merkte, dass er angefangen hatte zu wimmern und sich hin und her zu wiegen, als wäre er noch klein und im Arm seiner Mutter. Mit äußerster Willensanstrengung riss er sich zusammen. Er ignorierte den körperlichen Schmerz und die Wunden in seinem Inneren, und er lag wieder still, so wie die ganze Zeit vorher.

Seine Mutter war tot, ebenso zwei seiner Brüder, und nun auch sein Vater, den die Sklavenjäger auf dem Rückweg gefangen hatten, zusammen mit den Frauen und Kindern, die noch übrig waren und nun verkauft werden würden. Aber sie hatten gewollt, dass er floh, vor allem sein Vater, sonst hätte er ihm nicht die Fesseln durchgeschnitten und dafür mit seinem Leben bezahlt.

Er hatte seinen Vater nicht sterben sehen, aber er hatte die Klageschreie der Frauen und Kinder gehört, in deren Mitte er sich geflüchtet hatte. Gleich darauf hatte er sich hinter ein Fass gehockt und dann hinter eine Rolle Taue, und anschließend war er mit wenigen Schritten hinter der gaffenden Menge und beim Wasser gewesen, hatte sich in ein Boot gleiten lassen und fischig stinkende Netze über sich gezogen.

Zwei Menschen hatten ihn ganz sicher dabei beobachtet, ein kleines Kind, das auf den Schultern seines Vaters saß und vergnügt vor sich hinbrabbelte, und ein schwarzhaariger Junge mit einer vernarbten Wange, der seine Flucht mit einem Grinsen verfolgt hatte.

Doch niemand hatte ihn aus dem Boot gezerrt. Das Kind hatte noch nicht sprechen können und der Junge hatte es offenbar nicht gewollt.

Also war er unentdeckt geblieben, obwohl der Sklavenhändler auf dem Kai noch eine Weile herumgebrüllt hatte. Dann war er weggegangen, der Himmel mochte wissen, wohin.

Die Dunkelheit und die Kühle der Nacht umgaben ihn von allen Seiten. Er hatte das Netz ein wenig zur Seite geschoben, um in den Himmel zu schauen. Sogar die Sterne waren hier fremd, und dort, wo in seiner Heimat weites, festes Land gewesen war, über das man viele Tage lang wandern konnte, gab es hier nur schwankende Ungewissheit.

Das Meer wogte unter ihm mit stetigem Rauschen und bewegte das Boot träge hin und her. Hin und wieder stieß der Kahn gegen die Kaimauer, und dabei gab es jedes Mal einen Ruck, der ihn daran hinderte, einzuschlafen. Ihm war klar, dass der Besitzer des Bootes irgendwann wiederkehren würde, um zum Fischen hinauszufahren, vermutlich bereits bei Tagesanbruch.

Seine Hand umklammerte das Messer, das er unter den zerrissenen Netzen gefunden hatte. Es war alt und schartig, sicher taugte es nicht einmal zum Fischeausnehmen, doch es war besser als nichts. Es würde ihm dabei helfen, diese Nacht zu überleben.

Lauras Vater nannte das alte Haus, in dem sie lebten, gern *Palazzo*, doch im Grunde war es nicht mehr als der schmale Anbau eines vornehmen Stadthauses, in dem ein reicher Tuchkaufmann namens Filacenova mit seiner Frau und seinen Söhnen wohnte. Messèr Filacenova war nahezu das ganze Jahr über auf Reisen, und seine Frau, Monna Pippa, führte in seiner Abwesenheit das uneingeschränkte Regiment. Zu Lauras Leidwesen schien sie dieses mit schöner Regelmäßigkeit auch auf den Anbau an ihrem Haus ausdehnen zu wollen.

Laura wusste über die Besitzverhältnisse an dem Anbau nicht genau Bescheid, aber aus diversen Streitereien, die Monna Pippa mit Lauras Vater geführt hatte, war hervorgegangen, dass die Nachbarn der Meinung waren, das Recht an dem Anbau gebühre eigentlich ihnen selbst.

Lauras Vater hatte bei einer der Unterhaltungen ein Besitzdokument herausgekramt, mit dem er belegen konnte, dass der im vorigen Jahr verstorbene Vater von Messèr Filacenova ihm das Wohnrecht an dem Gebäudeteil übertragen hatte.

Monna Pippa war nichts Besseres eingefallen, als zu keifen, dass Lauras Vater diese Urkunde vermutlicht selbst gemalt habe.

Dann wieder gab es Tage, an denen Monna Pippa um ihn herumscharwenzelte wie um den Stadtheiligen persönlich.

»Messèr Monteverdi, meint Ihr nicht, Ihr könntet unsere Fassade auch so schön bemalen wie die von Eurem Haus? Eine Marmorverkleidung stünde auch zur Debatte, aber eine Bemalung ist eher das, wonach mir der Sinn steht. Ich hätte gerne den heiligen Franziskus mit seinen Tieren. Natürlich gegen gutes Geld!«

»Ach, ist es auf einmal doch mein Haus?«

»Nun ja, damit müssen wir uns wohl abfinden, obwohl wir mit unseren vielen Kindern und all den Dienstboten weiß Gott zusätzlichen Platz bitter nötig hätten!«

Guido Monteverdi, stets die Sanftmut und Großzügigkeit in Person, hatte nicht gezögert, den Wunsch seiner Nachbarin nach einem *Al-fresco*-Wandgemälde zu erfüllen, sogar mehr noch: Er hatte neben den vereinbarten zehn verschiedenen Tierarten zusätzlich drei weitere hinzugemalt, die alle anderen in den Schatten stellten. Es waren Fabelwesen, ein schimmernd weißes Pferd mit einem gedrechselten Horn an der Stirn, ferner ein graues Ungetüm auf gewaltigen Tonnenbeinen und herausragenden, nach oben gebogenen Zähnen und schließlich einen Feuer speienden Drachen mit durchsichtigen, peitschenden Flügeln.

Laura hatte fest damit gerechnet, dass Monna Pippa einen Wutanfall bekommen würde, sobald sie diese Tiere sah, doch als die Tücher, die ihr Vater zum Schutz gegen Sonne und Regen vor das Gerüst gespannt hatte, weggezogen wurden, hatte die Kaufmannsgattin mit weit offenem Mund die Fassade angestarrt, und es hatte schier endlose Augenblicke gedauert, bis sie unsicher hervorgestoßen hatte: »Ihr seid wahrlich ein Künstler, Messèr Monteverdi.«

Sogar ihre vier Söhne, lauter mondgesichtige und dickliche Quälgeister im Alter zwischen sechs und vierzehn Jahren, hatten sprachlos auf der *Fondamenta* gestanden und das Wandbild bestaunt.

Die Außenwände des Anbaus hatte Guido Monteverdi mit ähnlichem Aufwand al fresco bemalt, doch auf dem Putz waren keine Tiere oder Fabelwesen zu sehen. Nicht einmal Menschen zierten die Wände, so wie es bei den anderen Fresken an den Häusern entlang des Kanals eigentlich üblich war.

Der Anbau war mit Landschaften bemalt, die das Auge des Betrachters auf verblüffende Weise täuschten. Kam man im Boot um die Kanalbiegung, schien der Wasserlauf sich dort, wo in Wahrheit das Haus war, geradewegs fortzusetzen, doch nicht einfach, indem er sich zwischen Gebäudefronten hindurchwand wie ein normaler Kanal, sondern er schien unter einem verzauberten Gewölbe aus Rosenranken weiterzufließen. Die Rosen wirkten so prachtvoll und lebensecht, dass man ihren Duft förmlich zu riechen meinte, und die Biegungen und Verstrebungen der dornenbewehrten Äste waren so täuschend natürlich, dass jeder, der darauf zuruderte, davon überzeugt war, gleich mit seinem Boot in diesem Märchengarten zu verschwinden. Dieser Eindruck wurde noch durch die aufgemalten Stuckelemente und die leuchtenden Fenster verstärkt, die den Hintergrund des Rosenfreskos bildeten und eine kostbare Marmorfassade vorgaukelten.

Dass dort nur bunter Putz war, bemerkte man erst, wenn man schon fast daran vorbeigefahren war.

Laura hatte ihre Freude daran, auf der Fondamenta zu stehen und den Leuten ins Gesicht zu schauen, wenn sie in ihren Gondeln oder auf ihren Lastbooten näher kamen und das Haus anstarrten. Sogar die *Gondolieri*, die schon dutzendfach hier vorbeigerudert waren, bedachten das Kunstwerk Guido Monteverdis immer wieder mit bewundernden und ungläubigen Blicken.

Im Inneren des Anbaus waren die Wände ebenfalls bemalt, jeder Raum anders. Es gab vier Räume, zwei auf Höhe der Wasserlinie und zwei weitere im Obergeschoss. Die Zimmer waren klein und vor allem sehr schmal; man konnte sie mit drei großen Schritten der Breite nach durchqueren, doch wenn man eines davon betrat, schien man zu glauben, den Prunksaal eines Königsschlosses vor sich zu haben. Die Illusion von weit entfernten Wänden oder Laubengängen hinter Blumenstöcken und großflächiger blauer Himmel über einer Sommerwiese erzeugte den Eindruck unendlicher Weite.

In Lauras Zimmer hatte ihr Vater an die Decke ebenfalls einen Himmel gemalt, der von so strahlender Bläue war, dass sie früher manchmal die Augen geschlossen hatte, weil sie davon überzeugt war, das Gemälde würde sich in einen echten Himmel verwandeln, wenn sie es sich in ihrer Fantasie nur intensiv genug vorstellte. Eine der Wände in ihrem Zimmer war mit einem überlebensgroßen goldenen Löwen verziert, der mit majestätisch ausgebreiteten Schwingen direkt zum Sprung in den Himmel anzusetzen schien. Dabei schaute er den Betrachter aus seinen dunklen Augen an, als wolle er dazu einladen, auf seinem Rücken mitzufliegen.

Im Untergeschoss des Hauses befand sich an der Kanalseite die Küche und im hinteren Raum das Atelier ihres Vaters. Von dem winzigen Hof dahinter führte eine schmale, steile Treppe hinauf zur Schlafkammer ihrer Eltern, von der aus man in Lauras Zimmer gelangte. Laura liebte den Himmel und den Löwen in ihrem Zimmer, doch noch mehr liebte sie den Ausblick auf den Kanal. Sie konnte stundenlang aus dem offenen Fenster die vorbeiziehenden Boote und das Gewimmel auf der Fondamenta betrachten, oder sie schaute zu, wie sich auf dem Kirchplatz an der gegenüberliegenden Seite die Menschen zu Prozessionen versammelten.

Auch an diesem Tag hatte sich bereits am frühen Morgen wieder ein Zug gebildet, doch der Anlass war ersichtlich ein trauriger. Die gedeckte Kleidung und die bedrückte Haltung der Menschen zeigten, dass jemand aus der *Contrada* gestorben war. Der Verstorbene musste ein angesehener Bürger gewesen sein, denn unter den Trauernden gab es etliche Würdenträger.

Laura wandte ihre Blicke von den Menschen ab. Ihr war nicht danach, den Leichenzug zu betrachten, denn dadurch verdüsterten sich ihre Gedanken noch mehr. In den letzten Tagen schien eine dunkle Wolke über dem Kanal und dem Haus zu liegen, und obwohl die Sonne im Verlauf ihres Tagesbogens die ganze Welt mit ihrem strahlenden Licht erfüllte, wurde die Stimmung nicht besser. Der Gesang ihrer Mutter, der sonst immer für gute Laune sorgte, war schon seit Wochen nicht mehr zu hören.

Tags zuvor war die Hebamme hier gewesen, hatte ihre Mutter untersucht und sich mit den Worten *Es kann stündlich kommen* wieder verabschiedet. Trotz der üblichen lärmenden Geschäftigkeit am und auf dem Kanal und des allgegenwärtigen Rauschens des Wassers schien es Laura manchmal, als seien alle Geräusche verstummt, weil die Welt den Atem anhielt. Doch die Tage verstrichen wie immer, und Laura begann zu glauben, dass sie an Gedankenverwirrung litt. Sie hätte am liebsten schreien und den Kopf gegen die Wand schlagen mögen, weil sie die Anspannung kaum noch aushielt.

In der Nacht hatte es geregnet, und die Sonnenstrahlen brachen sich in den Tropfen, die von den Holzstäben an den Dachtraufen perlten und die Brüstungen der Loggien benetzten. Myriaden von funkelnden Tupfen schienen dort zu tanzen, begleitet von den aufblitzenden Lichtreflexen auf der Wasseroberfläche.

Obwohl Laura sonst stundenlang dieses Zusammenspiel von Sonne und Wasser betrachten konnte, schloss sie das Fenster. Sie lauschte nach nebenan, wo ihre Eltern sich mit gedämpften Stimmen unterhielten. Die beiden blieben oft bis weit in den Vormittag im Bett und tuschelten oder lachten miteinander, manchmal übermütig und fröhlich wie zwei Kinder, manchmal so leise und heimlichtuerisch, dass Laura unwillkürlich das Bedürfnis überkam, hinüberzulaufen und sich zwischen sie zu werfen, weil sie sicher war, dass ihre Eltern sich in diesen Momenten umarmten und einander liebkosten.

Die Liebe zwischen Guido und Anna Monteverdi war fast mit Händen zu greifen, so stark war sie. Laura fühlte sich zuweilen wie ein Eindringling angesichts dieser vollkommenen Zweisamkeit.

Guido und Anna Monteverdi schienen in ihrer eigenen Welt zu leben, in der es neben ihrer Kunst nur wenig Raum für den Alltag gab. Lauras Mutter schrieb Sonette, spielte auf der Leier und sang dazu, hingebungsvoll und mit entrückter Miene, während der Vater in seiner Werkstatt Kartons für die Fresken entwarf, mit denen er die Häuser der wohlhabenden Venezianer verzierte.

Während die Mutter nur zum Zeitvertreib dichtete und sang, verdiente der Vater mit seiner Malerei genug Geld, um ihnen ein angenehmes Leben zu ermöglichen. Sie besaßen eine gepflegte Wohnung und eine eigene Gondel, und sie konnten sich immer ordentliche Kleidung und gutes Essen leisten. Zweimal die Woche kam sogar eine Magd, um das Haus zu säubern, die Wäsche zu waschen und heiße Mahlzeiten zuzubereiten. An den übrigen Tagen aßen sie kalt, denn Lauras Mutter konnte nicht kochen und hatte außerdem Sorge, sich an dem Ungetüm von Herd zu verbrennen.

Laura wusste, dass sie nicht reich waren, denn die wirklich begüterten Leute lebten in luxuriösen Palazzi und kleideten sich in Samt und Seide, und ihre Gondeln waren genauso herausgeputzt wie die Diener, von denen sie sich durch die Stadt rudern ließen.

Doch ihre Familie war auch weit davon entfernt, arm zu sein. Laura hatte viele Male aus nächster Nähe mitbekommen, wie die mittellosen Menschen in Venedig aussahen. Zerlumpt, verlaust und abgemagert lungerten sie in den Straßen herum und ernährten sich von den Abfällen der Reichen. Sie hausten entweder in stinkenden Löchern von Mietskasernen oder schliefen in Bretterverschlägen am Stadtrand oder gar unter freiem Himmel. Ihren Lebensunterhalt verdienten sie als Tagelöhner oder Bettler. Oder sie stahlen ganz einfach, was sie brauchten.

Unwillkürlich musste Laura an den Taschendieb denken, der sich in der Woche zuvor so dreist benommen hatte. Es war ihm zwar nicht gelungen, sich mit der Börse des jüdischen Kaufmanns davonzumachen, doch bestimmt hatte er bereits beim nächsten Mal wieder mehr Glück gehabt. Er hatte es sehr geschickt angestellt, und hätte nicht zufällig sein winziges Messer in der Sonne geblitzt, wäre ihr sein Treiben überhaupt nicht aufgefallen, obwohl sich der ganze Diebstahl direkt vor ihren Augen abgespielt hatte.

Sie wusste nicht, warum sie überhaupt zu ihm hinübergeschaut hatte. Etwas an ihm hatte ihre Aufmerksamkeit erregt, ohne dass sie hätte sagen können, was es war. Bei dem Sklavenjungen hatte es dagegen genug Gründe zum Hinstarren gegeben, schließlich hatten ihn alle Leute auf der Riva angeglotzt, als er in Fesseln an Land gekommen war.

Laura stand vom Fensterbrett auf und lief unruhig im Zimmer hin und her, ohne zu wissen, was sie tun sollte. Um nach unten zu gelangen, hätte sie durch die Kammer ihrer Eltern gehen müssen, und das wollte sie lieber vermeiden. Sie fürchtete sich vor den verstohlenen, unsicheren Blicken, mit denen vor allem ihr Vater sie seit der vergangenen Woche bedachte, und die Nervosität, die ihre Mutter an den Tag legte, war ihr ebenso wenig geheuer.

Ihre Eltern gaben sich erkennbar Mühe, leise zu sprechen, doch wenn Laura genau hinhörte, konnte sie trotzdem einzelne Fetzen der Unterhaltung auffangen.

Sie wusste, dass Lauschen eine Sünde war, doch ihre Neugier war auch diesmal stärker als alle Skrupel. Ein Ohr an die Tür gepresst, horchte sie angestrengt nach nebenan, um ihre Eltern besser verstehen zu können. In den letzten Wochen hatten sie nicht mehr gelacht oder gescherzt im Bett, im Gegenteil. Ihre Mutter schaute verzagt drein, solange sie sich unbeobachtet glaubte, und nur, wenn sie bemerkte, dass Laura sie ansah, rang sie sich ein Lächeln ab.

»... hat erzählt, dass sie ihn wieder am Rialto gesehen hat«, hörte sie ihre Mutter sagen.

»Wer konnte damit rechnen?«, kam die leise Antwort des Vaters. »Nach all den Jahren! Neapel ist so weit weg!«

»Nicht weit genug«, erwiderte die Mutter. »Es war uns beiden klar, dass er irgendwann hier auftaucht.«

»Was sollen wir tun?« Die Stimme des Vaters klang gepresst.

»Wichtig ist, dass du dich nicht zu sehr aufregst. Du musst an dein Herz denken, das weißt du. Der Medicus hat dich gewarnt.«

»Aber wir *müssen* etwas tun«, gab der Vater zurück. »Das sollte dir genauso klar sein wie mir! Wie sollen wir uns sicher fühlen, wenn er in der Stadt ist?«

»Und was schlägst du vor?«, kam es von der Mutter.

»Wir könnten verschwinden, bevor er uns findet. Noch bleibt uns Zeit.«

»Das ist unmöglich! Du hast gehört, was die Hebamme gesagt hat! Das Kind kann jede Stunde auf die Welt kommen! Außerdem ist doch gar nicht gesagt, dass er uns findet. Warum sollte er ausgerechnet hier und jetzt nach uns suchen – nach all den Jahren!«

Laura hörte ihre Mutter kurz und bitter auflachen. Die nachfolgende Antwort konnte sie nicht verstehen, sie war zu leise.

Im nächsten Moment wurde die Tür aufgerissen, und ihr Vater starrte sie an.

»Du hast gelauscht.«

Laura erwiderte seinen Blick, überrascht und eingeschüchtert von den starken Regungen, die über sein Gesicht huschten und die sie zunächst nicht richtig deuten konnte. Dann schaute sie ihn genauer an und sah, wie verzweifelt er war.

»Es tut mir leid«, stammelte sie. »Ich werde es beichten, das verspreche ich! Ich will mich gut benehmen und nicht mehr ungehorsam sein!«

Einen Augenblick lang wirkte seine Miene noch gequält, doch gleich darauf stahl sich ein Lächeln auf seine Züge.

»Du willst nicht mehr ungehorsam sein, wie?«

Sie nickte zaghaft.

Jetzt lächelte Guido breiter. »Sie will gehorchen. Meine widerborstige, dickköpfige Kleine.« Er wandte sich zu Anna um. »Hast du das gehört?«

Vom Bett her erklang ein Räuspern, dann ein leises Kichern. »Ich habe es wohl gehört, aber ich glaube es nicht.«

Laura stieß erleichtert den Atem aus. Ihre Eltern waren nicht böse auf sie! Nicht, dass sie es schon oft gewesen wären, aber hin und wieder war es eben doch vorgekommen, meist im Zusammenhang mit unverzeihlichen Unbotmäßigkeiten, die sie sogar selbst sofort als solche erkannt hatte. Es war ja nicht so, als hätte sie nicht brav sein wollen. Sie gab sich ständig Mühe, folgsam zu sein. Doch aus irgendwelchen ihr unerklärlichen Gründen wollte es ihr nie recht gelingen, ihre guten Vorsätze auch zu verwirklichen. Sie konnte es einfach nicht durchhalten. Es lag, wie Monna Pippa ihr schon mehrfach klargemacht hatte, an ihren roten Haaren. Rotes Haar, so hatte Monna Pippa ihr ernst versichert, sei mit dem Teufel im Bunde. Guido hatte das als Unfug abgetan, doch Laura war seither unsicher, ob diese Beurteilung der Nachbarin nicht vielleicht doch einen wahren Kern hatte, zumal einige andere Leute aus der Nachbarschaft, die ihr aufbrausendes Wesen kannten, sich ähnlich geäußert hatten.

Ihr Vater lächelte immer noch, auch wenn er dabei leicht erschöpft wirkte.

»Ich weiß, dass du voll von gutem Willen bist, aber manchmal ist dein Temperament eben stärker als die Vernunft.«

»Ist das sehr schlimm?«, fragte Laura, in dem kläglichen Bewusstsein, wie beschämend unzulänglich ihr Charakter war.

»Wir lieben dich so, wie du bist.« Ihr Vater streckte die Arme aus und zog sie an sich, und Laura schmiegte sich bereitwillig an ihn. Sie presste ihr Gesicht an seine Brust und fühlte dort sein Herz schlagen, kräftig und beruhigend. Er würde sie beschützen, sie und Mutter, und es würde alles gut werden.

Als hätte der Vater gespürt, wie zerrissen sie sich innerlich fühlte, legte er ihr den Arm um die Schultern und führte sie zum Bett, und dann durfte sie sich zwischen ihre Eltern kuscheln, so wie früher, als sie noch klein gewesen war und sich bei Dunkelheit gefürchtet hatte.

Ihre Mutter war im Dämmerlicht unter dem Betthimmel wie immer von hoheitsvoller, beinahe unnahbarer Schönheit, wie die Königin einer fremden Welt. Die Leute sagten, dass Laura ihr ähnlich sehe. Anna Monteverdis Haar war eher rostbraun als rot, doch der starke kupfrige Schimmer, den das Sonnenlicht hineinzauberte, deutete auf die Familienähnlichkeit hin.

Der Vater war kaum größer als die Mutter, schmal und sehnig, und seine Augen waren grau wie der Himmel bei Regenwetter.

Laura lag zwischen ihren Eltern im Bett, und sie redeten leise, so wie eine ganz normale Familie. Sie sprachen darüber, ob der Besitzer des neuen Palazzo in Cannaregio Guido Monteverdi wohl den Auftrag für die Fassadenmalerei erteilen würde.

Ob Monna Pippa während der Reise nach Lissabon, zu der ihr Mann sie letzte Woche mitgenommen hatte, wie von ihr befürchtet, seekrank werden würde. Und schließlich sprachen sie darüber, ob sie es wohl an diesem Vormittag noch schaffen würden, endlich aufzustehen und in der Küche nachzuschauen, ob vom Vortag noch genug zum Essen da war.

Laura war solchen Gefühlen wie Glück und Zufriedenheit so nahe wie seit langem nicht. Unter dem Betthimmel roch es nach verschwitzten Leibern, und es wurde bald unerträglich warm. Doch um nichts in der Welt hätte sie woanders sein wollen. Alle bösen Ahnungen würden sich in Wohlgefallen auflösen, es würde nichts geschehen. Die Mutter würde bald einen kleinen Bruder zur Welt bringen – vielleicht auch eine kleine Schwester, ganz wie es Gott gefiel –, und dann würde das Leben ruhig und friedlich weitergehen wie immer.

Schließlich stand die Mutter lachend auf. Mit schwerfälligen Bewegungen stemmte sie sich von der Bettkante hoch. »Ich halte es nicht mehr aus mit euch! Ihr zwei verbreitet eine schlimmere Hitze als der Herd! Ich gehe nach unten. Wer kommt mit?«

Im Gegenlicht des rückwärtigen Fensters war ihr Bauch eine große Kugel, die sich unter dem Nachtgewand abzeichnete. Sie wandte sich um und lächelte Laura zu, die im Bett liegen geblieben war und den Blick ihrer Mutter mit einem schmerzhaften Ziehen im Herzen erwiderte.

Geh nicht nach unten, wollte Laura sagen. Bleib hier!

Doch sie brachte es nicht fertig, denn wie hätte sie eine so absurde Äußerung von sich geben können?

Auch der Vater erhob sich und blieb auf dem Weg zur Treppe kurz im Türrahmen stehen. »Möchtest du nachher mit mir zu San Spirito kommen? In einer Seitenkapelle sind noch Fresken fertigzustellen, und ich könnte einen Gehilfen brauchen.«

Er blickte sie aufmunternd an, und seine himmelgrauen Augen leuchteten im einfallenden Sonnenlicht.

Laura nickte stumm und schaute dann zu, wie er zur Treppe ging. Die Außentür ließ er offen stehen, und von dem kleinen Garten im Hinterhof drang der Duft von Blüten herauf. Unten neben der Mauer, die den Hof zum dahinterliegenden *Campiello* hin abgrenzte, standen mehrere Oleanderbüsche in voller Blüte, deren betäubend süßer Geruch an heißen Sommertagen wie diesem das ganze Haus zu umhüllen schien.

Laura sog den Duft ein, dann drehte sie den Kopf zur Seite und vergrub ihr Gesicht in den Kissen, um den Geruch ihrer Eltern einzuatmen. Gleich darauf erstarrte sie, mehrere Herzschläge lang, bevor die seit langem schwelende Bedrohung sich in schreckliche Wirklichkeit verwandelte.

Von unten ertönte der schrille Schrei ihrer Mutter.

»Spring noch einmal so hoch wie vorhin, Carlo«, befahl Valeria dem Schwarzen. Sie hatte es sich zwischen den zerborstenen Resten eines Fischerbootes bequem gemacht, den Kopf gegen den verrotteten Bug gelehnt und die langen Beine im Sand ausgestreckt. Ihr helles Haar lag malerisch ausgebreitet über den morschen Planken, und ihre Augen waren halb geschlossen.

Antonio kam es so vor, als würde sie keinen Moment darin nachlassen, verführerisch zu wirken. In der letzten Zeit dachte er häufiger darüber nach, ob sie es absichtlich tat oder ob es ihrer natürlichen Art entsprach, sich so zu geben, ganz egal, ob sie nun ging, stand oder saß. Manchmal, wenn sie ihn unter ihren gesenkten Lidern hervor anschaute, so wie jetzt Carlo, wurde ihm warm, und dann ärgerte er sich, weil meist er derjenige war, der zuerst wegschaute. Sie war dreizehn und somit ein Jahr älter als er, vielleicht lag es daran. In der letzten Zeit kam es oft vor, dass er sich aus unerfindlichen Gründen verlegen und unbehaglich fühlte, wenn sie ihn anschaute, und zu seinem Verdruss ärgerte er sich auch darüber, dass sie mit Carlo herumtändelte, den sie damit in ähnliche Unruhe zu versetzen schien wie ihn.

Der Schwarze blickte Valeria auf ihre Aufforderung hin stoisch an und reagierte nicht, auch nicht, als sie ihm mit einer Geste verdeutlichte, was sie meinte.

Natürlich wusste er genau, worauf sie hinauswollte, das sah Antonio ihm an. Carlo hatte in einer Woche enorm viel dazugelernt, inzwischen kannte er die wichtigsten Begriffe für Kleidung, Essen, Waffen und andere Dinge aus ihrer Umgebung, und es wurden derer täglich mehr. Er schien auch bestimmte Regeln zu verstehen, wenn man sie ihm langsam erklärte. Etwa, warum man sich vor den Pfaffen in Acht nehmen musste, die gelegentlich in den wenigen öden und sumpfigen Strandabschnitten nach elternlosen Kindern fahndeten, um sie in Waisenheime zu verfrachten. Oder warum man bei bestimmten Fischsorten aufpassen musste, wenn man beim Essen nicht an den Gräten ersticken wollte.

Er trug nicht mehr den Lendenschurz wie bei seiner Flucht, sondern hatte sich von irgendwoher Kleidung beschafft, die ihm sogar halbwegs passte, ein offenes Wams, ein Hemd von undefinierbarer Farbe und löchrige Beinlinge. Und er war bewaffnet mit einem schartigen, aber blinkend scharf geschliffenen Messer.

»Nun spring doch endlich!«, sagte Valeria.

Der Schwarze nahm zwei Steine auf und hieb sie gegeneinander, immer wieder, bis einzelne Splitter wegflogen. Er schaute Valeria nicht an.

»Idiot!«, fauchte Valeria.

»Lass ihn in Ruhe«, befahl Antonio ihr gereizt. »Warum sollte er nur zu deinem Vergnügen springen?«

»Weil ich es möchte«, versetzte sie schnippisch.

Sie schaute ihn herausfordernd an und schien darauf zu warten, dass er sie in die Schranken wies, so wie er es mit allen tat, die ihm widersprachen, doch er fühlte sich nicht in der Verfassung, sich mit ihr herumzustreiten. Ihm war heiß, und er hatte Kopfschmerzen. Der Schlachter, bei dem er am Morgen ein Stück Fleisch gestohlen hatte, war schneller gewesen als er und hatte ihm eins mit einem Knochen übergezogen. Der Schlag hatte ihn nur gestreift und ihm ein Stück Haut über dem Ohr weggerissen, aber die Stelle schmerzte immer noch höllisch, und der ganze Schädel brummte ihm, als wäre er gegen eine Wand gerannt. Wenn er die Augen schloss, wurde ihm schwindlig.

Immerhin hatte er das Fleisch nicht fallen lassen; sie hatten es vorhin über dem Feuer gegart und bereits verspeist, bis auf die Portion, die er für Cecilia aufgehoben hatte.

Aus den Augenwinkeln sah er, wie der Schwarze die Steine zur Seite warf und zuerst Valeria und dann ihn anschaute, als könnte er sich nicht recht entscheiden, wer mehr zu sagen hatte. Bis vor ein paar Monaten hätte Antonio diese Frage ganz klar dahingehend beantwortet, dass Valeria bestimmte, was die übrigen Kinder zu tun hatten, doch dann war zweierlei geschehen: Er war binnen kürzester Zeit mehrere Handbreit gewachsen. Und er hatte den dringenden Wunsch verspürt, sie in ihre Schranken zu weisen. Schon deshalb, weil er es nicht ausstehen konnte, wie sie seine Schwester behandelte.

Als hätte sie gespürt, dass er an sie dachte, fing Cecilia an zu husten. Sie lag auf der anderen Seite des Bootes im Schatten. Anders als Valeria hatte sie noch kein Interesse daran, ihr Haar von der Sonne bleichen zu lassen. Außerdem war ihr auch so schon heiß genug, denn sie hatte wieder hohes Fieber. Dies war mindestens die dritte schwere Erkältung seit Beginn des Jahres, und manchmal kam es Antonio so vor, als würde sie auch zwischendurch kaum je richtig gesund, denn Husten hatte sie immer. Sie war so dünn, dass man ihre Arme und Beine mit zwei Fingern hätte umschließen können, und überall stachen ihre Knochen hervor.

Antonio ging um das Boot herum und widerstand dabei dem Verlangen, Valeria einen Tritt zu verpassen. Nicht so hart, dass es sie hätte verletzen können, eher um zu beweisen, dass er es konnte und dass sie sich ihm zu fügen hatte, wenn er es wollte. Vielleicht würde sie dann aufhören, ihm zu widersprechen.

Oder ihn auf diese merkwürdige neue Art herauszufordern, die ihn abends vor dem Einschlafen noch lange wach liegen ließ.

Cecilia hatte die Beine an den Leib gezogen und sie mit beiden Händen umklammert. Trotz der Hitze schien sie zu frieren, denn sie zitterte zwischen den einzelnen Hustenstößen, die ihren ganzen Körper erschütterten.

Antonio holte ein Stück Fleisch und hielt es ihr hin. Es roch appetitlich und triefte vor Fett.

»Magst du essen?«, fragte er.

Sie schüttelte den Kopf und hustete erneut, und zu seiner Bestürzung sah er, dass dabei Blut auf ihre Lippen trat. Sie hatte schon oft nach dem Husten Schleim ausgespuckt, der mit Blutfäden durchsetzt war, doch das hier war reines Blut.

»Du solltest etwas essen«, sagte Antonio. »Bestimmt geht es dir besser, wenn du was im Bauch hast.«

»Ich habe keinen Hunger.« Cecilia hustete abermals, und auch diesmal spie sie Blut.

Mechanisch legte Antonio das Fleisch zur Seite und wischte ihr mit einem Zipfel ihres Gewandes den Mund ab. Dabei blieb eine Schmutzspur zurück, die sich bis zu ihrem Kinn zog. Wie sie alle besaß auch Cecilia keine Kleidung zum Wechseln und trug jahrein, jahraus dieselbe verfilzte *Gamurra* und darunter ein verschlissenes Unterkleid. Im Winter kamen ein dickes wollenes Wams und Beinlinge dazu, doch auch damit konnte sich ein so dürres Geschöpf wie sie kaum warm halten. Den letzten Winter hatten sie ein Zimmer zum Übernachten ergattert; einen Kamin gab es dort nicht, aber immerhin hatten sie feste steinerne Wände um sich gehabt und eine Kohlepfanne gegen die schlimmste Kälte. Den Winter davor hatten sie in einem zugigen Stall schlafen müssen, und seither hustete Cecilia.

Antonio betrachtete zweifelnd das Fleisch. Für ihn war unvorstellbar, dass jemand, der den ganzen Tag kaum mehr zu sich genommen hatte als ein winziges Stück Brot, keinen Hunger darauf haben konnte. Ihm selbst knurrte schon wieder der Magen, obwohl er erst vor zwei Stunden reichlich gegessen hatte.

Die Wellen klatschten hinter ihm an das mit Schilf bewachsene Ufer. Der sandige Lehm war unter seinen bloßen Füßen so heiß, dass er kaum an einer Stelle hocken bleiben konnte. Als er jedoch Cecilias Wange berührte, schien diese noch mehr zu glühen als der Boden.

Mücken umsummten ihn und taten sich an seiner Wunde gütlich, doch Antonio störte sich nicht daran. Manchmal stachen die Biester mehr, manchmal weniger, aber leben mussten sie alle damit.

Eine Fliege kam herangebrummt und setzte sich auf das Fleisch. Antonio scheuchte sie geistesabwesend fort und biss in das Bratenstück. Es gab keinen Grund, gutes Essen verkommen zu lassen. Wenn er es nicht aß, würden die Zwillinge es tun, oder der Schwarze, der ebenso wie er selbst immer Hunger zu haben schien. Valeria war weniger gierig nach Essen; sie ließ sich von ihren Freiern oft mit Nahrung bezahlen und war daher die meiste Zeit satt.

Antonio überlegte, ob er für Cecilia eine Orange besorgen sollte; diese Früchte liebte sie über alles. Er hatte noch ein wenig von dem Geld übrig, das er in der vergangenen Woche von dem Juden bekommen hatte. Das meiste hatte er – ebenso wie alles, was er vorher zusammengestohlen hatte – für die Miete bis zum Jahreswechsel gebraucht.

Er rieb sich die schmerzende Stelle über dem Ohr und fluchte, als er das verkrustete Blut unter seinen Fingerspitzen spürte.

Carlo war aufgestanden und näherte sich ihm.

»Cecilia?«, fragte er in dem ihm eigenen gutturalen Tonfall. Er machte eine Bewegung, als wollte er springen, und dabei deutete er auf das Kind.

»Du meinst, ob du für sie springen sollst?« Antonio zuckte die Achseln. »Ich weiß nicht, ob sie's überhaupt mitkriegt.«

»Wieso willst du für sie springen, aber nicht für mich?« Valeria warf eine Handvoll Lehm nach dem Schwarzen. »Ich habe dich schließlich getauft, mit echtem Wasser aus der Lagune, ein halbes Fass voll für deinen rabenschwarzen Kopf und deine Seele, die sicher noch viel schwärzer ist! Also bin ich so was wie deine Patin, und du musst mir gehorchen!«

Der Schwarze schüttelte den Lehm aus seinen Haaren und würdigte Valeria keines Blickes. Stattdessen schaute er Antonio mit seinen rätselhaften, tiefdunklen Augen an, genau wie an jenem Tag, als er hier bei ihnen aufgetaucht war. Er hatte Antonio auf diese seltsame Weise angeblickt, als würde er ihn kennen, und dann hatte er einen gellenden Schrei ausgestoßen und war hochgesprungen, mit beiden Beinen und aus dem Stand. Er hatte sich hochkatapultiert wie ein Geschoss, mit solcher Wucht und so weit hinauf in die Luft, dass Antonio fassungslos den Atem angehalten hatte, während der Schwarze wieder auf den Füßen landete und ihn triumphierend und voller Angriffslust anfunkelte.

Anscheinend war Antonio in diesem Moment dasselbe in den Sinn gekommen wie Valeria, die hinter ihm gestanden hatte und halb ehrfürchtig, halb sarkastisch bemerkte: »Sieh nur, wie hoch er springen kann! Und mit welcher Kraft! Er wäre ein guter Katzentöter.«

»Du hast recht«, hatte Antonio erwidert, während er in seine Gürteltasche langte und dem Schwarzen mit gezieltem Wurf ein Stück Räucherwurst vor die nackten, verhornten Füße schleuderte. Mit dem Katzenspiel ließ sich tatsächlich eine Menge Geld verdienen, vorausgesetzt, man war derjenige, der die Wettgelder einsammelte, und Antonio hatte sich geschworen, genau das eines Tages zu tun. Diejenigen, die sich die Hände auf dem Rücken fesseln ließen und mit verbundenen Augen versuchten, die am Strick hängende Katze mit Kopfstößen zu erledigen, bekamen höchstens ein Taschengeld. Und Narben, die wochenlang wie Feuer brannten. Er selbst hatte vor einem Jahr damit aufgehört und sich lieber aufs Stehlen verlegt, nachdem eines dieser wilden, räudigen Biester ihm die Wange aufgeschlitzt und einem anderen Jungen durch die Binde hindurch ein Auge ausgekratzt hatte. Am meisten hatte es Antonio geärgert, dass der

Wettleiter an ihnen beiden verdient hatte, denn der Kerl hatte dafür gesorgt, dass alle auf die Katze setzten, die sich beim Kampf gebärdet hatte wie die Höllenbestie persönlich.

Seit seinem Auftauchen war Carlo Mitglied der Gruppe und schlief inzwischen auch bei ihnen im Haus. Antonio hatte Carlo ermuntert, mit ihnen durch die Stadt zu streifen, und nach anfänglichem Zögern war der Schwarze ihnen gefolgt. Er sprach nie aus eigenem Antrieb zu ihnen, aber wenn man mit ihm redete, hörte er stets aufmerksam zu, fast so, als wolle er jedes einzelne Wort in sich einsaugen.

Er fing im seichten Wasser der Lagune Fische, die er mit ihnen teilte, wenn sie ihm im Austausch dafür Fleisch, Brot oder Obst gaben. Seine Art zu fischen war merkwürdig, aber meist erfolgreich: Er stand reglos bis über die Knie im Wasser, in der Hand einen angespitzten Stock, manchmal länger als eine Stunde, und dann, so ruckartig, dass einem der Schreck in die Glieder fuhr, wenn man zuschaute, zischte der Stock ins Wasser und kam gleich darauf mit einem aufgespießten, wild zappelnden Fisch wieder zum Vorschein.

Cecilia hatte Zutrauen zu dem langgliedrigen, dünnen Jungen gefasst, und oft hörte Antonio belustigt zu, wie sie ihm einzelne Worte für einfache Dinge beibrachte, die er dann mit seiner eigenartig kehlig klingenden Stimme wiederholte.

Auch Oratio und Tomàso machten sich hin und wieder einen Spaß daraus, dem Schwarzen neue Wörter beizubringen, je schlüpfriger und schmutziger, desto besser. Wenn sie nicht gerade irgendwo in dem menschenleeren Brachgelände am Nordrand der Stadt umhertollten, vertrieben sie sich die Zeit mit unflätigem Geschwätz, an dem sie den Schwarzen unbekümmert teilhaben ließen.

Die Zwillinge geboten zudem über ein Vokabular an Flüchen, die jeden Pfaffen und jede Nonne vor Entsetzen ohnmächtig hätten umsinken lassen. Auf gotteslästerliches Fluchen stand der Tod, und wären die beiden nicht erst acht Jahre alt, hätte ihr Gerede sie schon längst den Kopf gekostet.

Sie balgten in Rufweite zwischen den Büschen herum, die das unbewohnte Gelände zum nächstgelegenen bebauten Teil des Sestiere hin abgrenzten. Ein wenig südlich von den brackigen Wasserläufen, die am äußeren Rand von Cannaregio in die Lagune mündeten, erstreckte sich das Areal eines Frauenklosters, dessen Gemüse- und Kräutergärten von mannshohen Mauern umfriedet waren. Manchmal klangen Gekicher und Satzfetzen von Unterhaltungen der Nonnen herüber, aber ansonsten machten sich die Bewohner des Klosters kaum bemerkbar. Die Kinder hatten ihre nachmittägliche Spielidylle meist ganz für sich allein. Hin und wieder glitten Boote auf dem sumpfigen Wasser der Lagune vorbei, doch an der kleinen Brache hinter dem Kloster gab es keine Anlegestelle, sodass niemand ihnen diesen Platz zwischen Büschen und Schilf streitig machte.

Oratio verpasste Tomàso einen Hieb in den Magen, dann drehte er sich um und rannte davon. Lachend und schimpfend zugleich folgte Tomàso seinem Bruder, und als er ihn eingeholt hatte, stürzten sie sich in eine Keilerei, bei der ein unvoreingenommener Betrachter geschworen hätte, dass sie eher bösartig als brüderlich war. Doch Antonio, der die beiden gut genug kannte, verschwendete keinen zweiten Blick auf das Gerangel. Stattdessen schob er sich den letzten Bissen des gegrillten Fleischs in den Mund und stand auf. Mit vollen Backen kauend blickte er auf Cecilia nieder und sagte laut: »Ich besorge Obst und Medizin.«

»Keine gute Tageszeit zum Klauen«, sagte Valeria auf der anderen Seite des Bootsrumpfes in dem ihr eigenen trägen Tonfall.

»Ich will nicht klauen, sondern kaufen.«

»Ach? Ich dachte, du wolltest das bisschen Geld für Notfälle aufheben. Eines lass dir sagen, Antonio Bragadin: Von mir kriegst du nur meinen Anteil für die Miete, aber sonst keinen Soldo.«

»Es *ist* ein Notfall. Meine Schwester hustet Blut. Und habe ich dich vielleicht um Geld gefragt?«

»Du hast es damals getan, und du wirst es wieder tun, nur vielleicht aus anderen Gründen. Wenn du schon die Idee hast, Carlo für das Katzenspiel zu benutzen, wirst du mich bald an Männer verkaufen. Du bildest dir etwas darauf ein, dass du jetzt größer und stärker bist als ich.« Sie reckte sich und warf das lange Haar zurück. »Aber ich lasse mich nicht verkaufen, nur dass du es weißt. Ich verkaufe mich selbst, und das, was ich damit verdiene, gehört mir allein!« Sie legte den Kopf schräg und machte einen Schmollmund. »Aber vielleicht, wenn du gut zu mir bist, ändere ich meine Meinung noch …«

Er ignorierte ihr Geschwätz und stapfte voller Wut davon.

Die Mutter schrie erneut, und Laura rannte zur Treppe. Als sie nach unten gestürzt kam, rechnete sie mit einem Bild des Grauens, so wie auf den Gemälden in der Kirche, auf denen die hingemetzelten Ungläubigen zu sehen waren, die es gewagt hatten, das Heilige Land zu entweihen und sich den Heerscharen der Gerechten entgegenzustellen.

Doch unten in der Küche gab es weder Blut noch Tote, sondern nur ihre Eltern, denen allerdings Furcht und Aufregung ins Gesicht geschrieben standen.

Anna Monteverdi hatte sich vor den Herd gehockt und hielt sich mit beiden Händen an der steinernen Ummauerung der Kamineinfassung fest. Unter ihren Füßen war es nass, und sie stöhnte tief in der Kehle, ein fremdartiger Laut, der Laura verstörte.

»Mutter!«, rief sie aus. »Was ist geschehen?«

Guido Monteverdi trat von einem Fuß auf den anderen. In seinen Augen stand ein gehetzter Ausdruck. »Deine Mutter hat ihr Fruchtwasser verloren, die Wehen haben eingesetzt. Herr im Himmel, ich dachte nicht, dass es so schnell geht!«

»Heißt das, heute wird das Kind geboren?«

Die Mutter schrie gepeinigt auf, und Laura fuhr zusammen.

Mit wachsendem Schrecken sah sie, wie der Vater zur Tür

lief. »Ich gehe die Hebamme holen. Steh du einstweilen deiner Mutter bei!«

Im nächsten Moment war er auch schon verschwunden, und die Tür fiel mit einem Knall hinter ihm ins Schloss.

Die Mutter hatte aufgehört zu stöhnen. Mühsam zog sie sich hoch und drückte sich die Hand ins Kreuz. »Liebe Güte, das waren eben Schmerzen! Man sollte ja meinen, dass ich es noch von früher kenne, aber das Schlimme an einer Geburt vergisst man wohl nur zu gern.«

»Hat es aufgehört?«, fragte Laura hoffnungsvoll.

»Für den Moment.« Anna lächelte und streckte die Hand aus. »Komm her, meine Kleine.«

Laura ließ sich das kein zweites Mal sagen. Sie eilte an die Seite ihrer Mutter und umarmte sie, und es war ihr völlig gleichgültig, dass Annas Hemd von Flüssigkeit durchtränkt war.

»Soll ich dir die Gamurra holen?«, fragte sie eifrig. »Und ein frisches Hemd?«

Anna fuhr ihr sacht über das Haar. »Das wäre eine Verschwendung von guter Kleidung.«

»Warum?«

»Das Kinderkriegen ist nicht nur eine schmerzhafte, sondern auch eine ziemlich unsaubere Angelegenheit.«

Sie beließ es bei dieser dubiosen Andeutung, hatte aber nichts dagegen, dass Laura sie zum Tisch führte, wo sie sich auf einem der Stühle niederließ.

»Möchtest du Wasser?« Laura deutete zur Kochstelle. »Oder eine Schale mit Brei? Es ist noch welcher von gestern da! Ich könnte eine Prise Zimt darübergeben. Das isst du doch so gern!«

Anna schüttelte den Kopf. Sie war bleich, und unter ihren Augen lagen Schatten.

»Hast du Angst?«, platzte Laura heraus. »Davor, das Kind zu bekommen? Oder vor … anderen Dingen?« Gleich darauf hätte sie sich am liebsten die Hand vor den Mund geschlagen. Wie konnte sie die Mutter etwas so Schreckliches fragen?

Anna Monteverdi starrte ihre Tochter an. »Du hattest böse Ahnungen, nicht wahr? Wer muss gehen? Das Kind? Oder ich? Oder wir beide? Hast du mich in meinem Blut gesehen, so wie damals Monna Matilda?«

Laura wollte den Kopf schütteln, doch sie brachte es nicht fertig. Sie verschränkte die Hände hinter dem Rücken und wünschte sich weit weg. Am liebsten hätte sie die Mutter gebeten, mit ihr fortzugehen, doch sie wusste, dass das unmöglich war.

Als hätten ihre Gedanken es heraufbeschworen, krümmte die Mutter sich abermals unter einer Wehe, und das lang gezogene Stöhnen ließ Laura vor Furcht erstarren. Zum ersten Mal in ihrem Leben wünschte sie Monna Pippa herbei. Warum hatte die Nachbarin ihren Mann ausgerechnet auf dieser Reise begleiten müssen?

»Vater kommt bestimmt gleich mit der Hebamme zurück«, sagte Laura hastig, als könnte sie durch diese Bemerkung ein Stück Normalität zurückbringen.

»Der arme Guido«, presste Anna zwischen zwei Schmerzlauten heraus. »Nun muss er Angst um mich haben, und das ist meine Schuld!«

»Du kannst doch nichts dafür, dass du ein Kind bekommst! Und Vater hat bestimmt keine Angst!« Laura flüchtete sich in eine verzweifelte Lüge, und sie stieß sie mit solcher Inbrunst heraus, dass sie beinahe selbst daran glaubte: »Es wird alles gut ausgehen, das weiß ich genau!«

Anna schüttelte den Kopf. Sie schöpfte Atem und stöhnte erneut, bis die Wehe abflachte. »Das Leben mit ihm war ein einziges Lachen und Träumen. Deshalb musste ich ihm folgen, ich konnte nicht anders. Er war mein Retter und mein Held, der mir Sagen von geflügelten Drachen malen konnte. Er hat meine Lieder gehört, weißt du.«

Laura nickte hilflos, ohne zu wissen, was ihre Mutter meinte.

»Ich hätte dich dort lassen sollen«, sagte Anna. »Zum Zeichen der Sühne. Dann wäre vielleicht alles gut geworden. Aber ich konnte es nicht. Der Himmel möge mir vergeben – ich *konnte* es nicht!«

Anna stöhnte unter der nächsten Wehe auf. Sie umklammerte die Tischkante, den Kopf vorgebeugt, sodass einzelne Strähnen ihres aufgelösten Haars bis auf die Bodendielen hingen, rötliche Streifen vor dem Weiß des Nachthemdes.

Als sich die Tür öffnete, drehte Laura sich erleichtert um. Doch nicht ihr Vater betrat das Haus, sondern ein maskierter Mann.

Der Kopf der Mutter fuhr hoch, und als sie den Fremden erblickte, stieß sie einen unterdrückten Schrei aus, diesmal jedoch nicht vor Schmerz. Auf ihrem Gesicht stand ein Ausdruck nackten Grauens.

Auf der Fondamenta lag eine Ratte, die noch nicht lange tot sein konnte, denn das Blut, das an ihrer Schnauze klebte, war kaum geronnen. Antonio holte aus und kickte den Kadaver in den Kanal. Er konnte damit niemanden verletzen, doch der Tritt half ihm, sich abzureagieren.

Der Kopf tat ihm immer noch weh, und auch innerlich war ihm elend zumute, nicht nur, weil es seiner Schwester schlecht ging, sondern weil Valeria so offen ausgesprochen hatte, was schon seit einer Weile an ihm nagte. Als er vor zwei Jahren mit Cecilia zu der Gruppe gestoßen war, hatte er die Methoden, mit denen Valeria sich über Wasser hielt, auch nicht gutgeheißen, im Gegenteil. Es hatte ihn abgestoßen, so wie die Ratten, mit denen sie das zugige Loch hatten teilen müssen, in dem sie damals übernachtet hatten, und wie die meisten anderen ungewohnten Umstände auch, mit denen er sich nach dem Tode der Mutter hatte abfinden müssen. Mit der Zeit war es ihm jedoch gleichgültig geworden, dass er und seine Schwester bei einer Kinderhure Unterschlupf gefunden hatten. Mehr noch: Es war ihm normal vorgekommen, dass Valeria fremden Männern zu Willen war. Sie hatte immer Geld und konnte jederzeit essen, und von ihnen allen trug sie die am besten erhaltene Kleidung. In den ersten schlimmen Wochen hatte sie sogar ihm und Cecilia etwas von ihrem Geld abgegeben – wenn auch mit der Einschränkung, dass es nur geliehen war und dass sie ein Zehntel als Zinsen verlangte. Er hatte ihr alles bis auf den letzten Bagattino zurückgezahlt, und falls er ihr gegenüber jemals Dankbarkeit empfunden hatte, so war davon schon lange nichts mehr übrig.

Sie hätte ihm herzlich egal sein können, doch zu seinem Unbehagen störte er sich seit einer Weile daran, dass sie sich verkaufte, und in ihm wuchs von Woche zu Woche der Drang, sich mit ihren Freiern zu prügeln oder ihnen sein Messer in den Leib zu rammen. Er hatte keine Ahnung, warum er diese merkwürdigen Gefühle entwickelte, und genau das ärgerte ihn beinahe noch mehr als der Grund seiner Verstimmung.

Er schob sich durch das Menschengewimmel in den engen Gassen, überquerte die winzigen Brücken, die sich über die Kanäle spannten. Hier am Rialto, dem Herzen von San Polo, war wie immer an Markttagen Hochbetrieb. Die Leute sammelten sich an Verkaufsständen und vor Ladeneingängen, und das laute Feilschen der Händler und Marktweiber erfüllte die Luft. Auf der breiten Wasserfläche des Canalezzo herrschte ein unübersichtliches Gedränge von Booten aller Art. Bunt gestrichene, mit Wimpeln geschmückte Gondeln zogen an den schwerfälligeren Lastkähnen vorbei, und vereinzelt waren auch kleinere, aber seetüchtige und mit Kanonen bestückte Galeeren zu sehen, die Soldaten in voller Bewaffnung beförderten. Der Krieg mit den Türken ging schon ins dritte Jahr, und obwohl die feindlichen Schiffe es bisher nicht geschafft hatten, in die Lagune vorzustoßen, war die Beklemmung in der Stadt allenthalben zu spüren. Ständig wechselnde Gefechte im gesamten adriatischen Raum ließen die Bedrohung allgegenwärtig bleiben, und die Schauergeschichten, die sich die Leute über die osmanischen Gräueltaten erzählten, sorgten zusätzlich für die Verbreitung von Furcht und Hass.

Schließlich erreichte Antonio die Rialtobrücke, die San Marco mit San Polo verband. Die kunstvolle Holzkonstruktion wies an den Pfeilern und Verstrebungen hier und da bereits morsche Stellen auf, und wenn schwere Karren über die Planken gezogen wurden, die den oberen Teil der Brücke bildeten, war manchmal ein bedenkliches Knirschen zu hören.

Antonio hatte schon mehrfach beobachtet, wie die Brücke in diesem Bereich geöffnet wurde, um Schiffen mit hohen Masten die Durchfahrt zu ermöglichen, und er stellte sich jedes Mal vor, die Brücke würde genau dann zusammenbrechen, wenn ein Schiff den Canalezzo an dieser Stelle passierte. Die allgemeine Aufregung wäre mit Sicherheit enorm, und er würde stehlen können, bis ihm die Taschen platzten. Leider hatte er bisher nur mäßig aufregende Ereignisse für Beutezüge nützen können, etwa den Sklavenaufstand von neulich, oder eine der seltenen öffentlichen Hinrichtungen auf der Piazzetta. Der Karneval war in dieser Hinsicht etwas ergiebiger, aber während der wilden Feiertage hatten die Leute kaum Geld in den Taschen. Alle Betrunkenen, die er bislang wehrlos auf dem Pflaster schnarchend vorgefunden hatte, waren entweder zu arm oder zu schlau gewesen, um mehr als ein paar armselige Münzen mit sich zu führen. An Karneval war die Ausbeute meist karg, wenn auch das Risiko kleiner war.

»Eine milde Gabe, guter Herr!« Ein einbeiniger Bettler, der am gegenüberliegenden Ufer hockte, streckte die knotige Hand aus, als Antonio über die Brücke kam. »Nur eine kleine Kupfermünze, und ein Platz im Himmel ist Euch sicher!«

Dann schien der Bettler trotz seiner triefenden Augen zu erkennen, dass hier wenig zu holen war. Er spuckte verächtlich aus und drückte sich gegen die Wand, an der er hockte, die Hand um einen Knüppel gekrampft, offenbar entschlossen, seine Tageseinnahmen bis aufs Blut zu verteidigen.

Antonio achtete nicht auf den Bettler, er war zu tief in Gedanken versunken. Ein paar Schritte weiter wich er mechanisch einem Händler aus, der fluchend und schwitzend mit seinen Gehilfen Fässer von einem Lastboot lud.

Einem Hund, der ihn aus einem Hauseingang heraus zuerst anknurrte und sich dann mit gefletschten Zähnen auf ihn stürzte, verpasste er einen beinahe beiläufigen Tritt mit dem Holzschuh. Das Tier, ein ausgemergelter Gassenköter undefinierbarer Rasse, kniff aufheulend den Schwanz ein und schoss davon.

Antonios Weg führte an einer Reihe kostbar bemalter, mit Stuck und Marmorloggien verzierten Palazzi vorbei, deren Läden gegen die grelle Sonne geschlossen waren.

Über einen *Campo* gelangte er in eine *Salizada* und bog schließlich in eine winzige, nach Holzrauch und Leder riechende Gasse ein, die von eng stehenden Häusern gesäumt war. Kaum zwei Armlängen über seinem Kopf stießen die Auskragungen der einander gegenüberliegenden Fassaden fast zusammen, sodass nur wenig Tageslicht durch den Spalt in die Gasse fiel. Mehrere Läden reihten sich im Dämmerlicht des schmalen Durchgangs aneinander: eine Schusterwerkstatt, ein kleiner Laden, in dem Krämerware feilgeboten wurde, und schließlich, fast am Ende der Gasse, die Apotheke.

Antonio war seit Mariä Lichtmess schon drei Mal hier gewesen, um Medizin für Cecilia zu kaufen, und bisher hatte ihr der Sud, den er aus dem vertrockneten Grünzeug gekocht hatte, immer recht gut geholfen.

Die Alte, die den Laden führte, war ihm ein wenig unheimlich, fast so sehr wie ihre rothaarige, verwachsene Gehilfin, und er wusste, dass manche Leute im Sestiere die beiden für Hexen hielten. Doch das war ihm egal; soweit es ihn betraf, konnten die zwei so viel hexen, wie sie nur wollten. Hauptsache, das Zeug, das sie ihm verkauften, machte Cecilia wieder gesund.

Er stieß die Tür zum Laden auf, und scharfer Kräutergeruch umfing ihn. Er kniff die Augen zusammen und versuchte, sich auf die veränderten Lichtverhältnisse einzustellen. Hatte draußen in der Gasse schon Zwielicht geherrscht, schien es hier drin nahezu dunkel zu sein. Durch das mit einer Schweinsblase vernagelte Fenster an der Seitenwand fiel kaum genug Helligkeit, um mehr sichtbar zu machen als die Umrisse von hohen Regalen und Säcken, die davor aufgestapelt lagen. Erst nach mehrmaligem Blinzeln sah Antonio die Frau, die hinter der Theke stand und dort hantierte. Es war die Ältere. Ihr graues Haar war straff zurückgekämmt und größtenteils unter einer ebenfalls grauen Haube verborgen, und auch die Schürze, unter der ihr dürrer Körper beinahe verschwand, war grau. Ihre ganze Erscheinung hätte wie eine trübselige Ansammlung von Farblosigkeit wirken müssen, und doch war das Gegenteil der Fall. Auch diesmal schien etwas Bezwingendes von ihr auszugehen, als sie aufblickte und Antonio taxierte.

»Ah, der junge Bragadin«, sagte sie mit ihrer im Verhältnis zu der mageren Gestalt überraschend kräftigen und melodiösen Stimme, während sie ein Bündel Kräuter zur Seite schob. »Geht es deiner Schwester denn noch nicht besser?«

Er wunderte sich, dass sie seinen Namen noch wusste. Schon beim letzten Mal war es ihm merkwürdig vorgekommen, dass sie ihn nach nur einem Einkauf wiedererkannte und seinen Namen wissen wollte. Er hatte ihn ihr gesagt – den richtigen, ganz gegen seine sonstigen Gepflogenheiten – und hatte dabei ein eigentümlich tröstliches Gefühl empfunden, als ob ihm jemand Anteilnahme entgegenbrachte. Natürlich war das nur eine Illusion gewesen, basierend auf dem geschickten Geschäftsgebaren der Alten, die sich ihre Kunden gewogen machte, indem sie sich ihre Namen merkte und so tat, als sei sie am Zustand der Kranken interessiert.

»Sie hat Blut gehustet«, sagte er widerstrebend.

»Wie sah es aus?«

»Hell und rot, wie von einer Verletzung.«

»Seit wann geht das so?«

»Das Blut kam heute zum ersten Mal. Vorher war in dem Schleim ebenfalls Blut, aber heute war es richtig hell. Sie braucht eine bessere Medizin als das letzte Mal.«

Mittlerweile hatten seine Augen sich an das dürftige Licht im Laden gewöhnt, und er sah sich genauer um. In den Regalen waren dicht an dicht zahlreiche irdene Tiegel und gläserne Gefäße aufgereiht, teils verstöpselt, teils offen. An den meisten hingen beschriftete Stücke von Pergament, ebenso wie an den Leinensäcken, die es in allen Größen in den Regalen und auf dem Fußboden davor zu sehen gab. Auf der Theke standen neben weiteren Säcken, Tiegeln und einem Stapel von Pergamentrollen eine Waage, ein Tintenfass mit darin steckender Feder und ein merkwürdig tickendes Ding, das Antonio erst beim zweiten Hinsehen als Uhr erkannte. Er warf einen begehrlichen Blick darauf und fragte sich, was sie wohl wert sein mochte. Er hatte davon gehört, dass es Uhren gab, die so klein waren, dass man sie auf einen Tisch stellen konnte, doch gesehen hatte er bisher noch keine.

Der Geruch nach Kräutern, Weingeist, Talg und Kampfer mischte sich in der trockenen Luft auf so betäubende Art, dass Antonio heftig die Nase juckte. Er nieste mehrmals und fühlte sich mit einem Mal lächerlich fehl am Platze. »Habt Ihr eine gute Medizin für Cecilia?« Seine Hand fuhr in die Tasche. »Gebt mir die beste! Ich kann sie bezahlen!«

Die Frau musterte ihn, und er meinte, in ihren blassen Augen Kummer wahrzunehmen.

»Ich kann dir etwas mitgeben, das ihre Beschwerden lindert.«

»Geht davon der Bluthusten weg?«

»Das liegt allein in Gottes Hand«, sagte die Frau. Die Antwort kam leise, aber ohne Zögern. Mit glasklarer Schärfe tropften die Worte zwischen ihnen in den Raum und schienen ihn mit all dem Schrecken zu erfüllen, vor dem er bisher hatte fliehen können.

Er dachte an seine Mutter, und mit einem Mal erinnerte er sich auch wieder daran, wie ähnlich es bei ihr verlaufen war. Der zähe, unaufhörliche Husten, das blasse, fast durchsichtige Gesicht mit den dunklen Ringen unter den Augen, der magere Brustkorb. Und schließlich das Blut in den Tüchern, die sie sich vor den Mund presste, als könnte sie auf diese Weise das Leben in ihrem Körper halten, obwohl es doch am Ende so drängend hinausgestrebt hatte. Es hatte sich bei ihr länger hingezogen als bei Cecilia, jedenfalls kam es ihm im Rückblick so vor. Er erinnerte sich nicht mehr an Zeiträume, nur an die schleppenden Ewigkeiten, in denen sie schwach und krank auf der Bettstatt lag und der Hunger sie alle drei plagte, bis Nonnen aus dem nahe gelegenen Kloster ihnen zu essen brachten. Himmel, wie furchtbar der Hunger gewesen war! Er hatte geweint vor Dankbarkeit und Erleichterung, als die Nonnen kamen. Sie hatten auch dafür gesorgt, dass die Mutter ein würdiges Begräbnis bekam. Wie sehr er sich hinterher geschämt hatte, dass er während ihres Todeskampfes nur ans Essen hatte denken können!

»Meine Schwester … Sie wird sterben«, sagte Antonio benommen.

»Irgendwann müssen wir alle sterben.«

»Aber sie ist noch so klein!« Seine Stimme klang in seinen eigenen Ohren dünn und kindlich, und er hasste sich für seine Schwäche, hasste die graue alte Frau, hasste Gott, der dies zuerst seiner Mutter angetan hatte und jetzt seiner Schwester. Verflucht sollte er sein!

Er erschrak, kaum, dass er das gedacht hatte, denn Gott zu verfluchen war Häresie, die mit ewiger Verdammnis im Höllenfeuer bestraft wurde, auch wenn man es nur in Gedanken tat. Peinlich berührt widerstand er dem Drang, auf der Stelle niederzuknien und den Allmächtigen um Vergebung anzuflehen; es gelang ihm halbwegs auch im Stehen, für seine sündigen Gedanken Abbitte zu leisten. Wer sollte denn seine Gebete um Cecilias Seelenheil erhören und sie in Gnade bei sich aufnehmen, wenn nicht der Vater im Himmel?

Antonio schluckte Angst und Wut hinunter und trat einen Schritt vor. »Sie kann sich doch wieder erholen, oder?«

»Sicher. Auch der hartnäckigste Husten kann vorübergehen.« Die Miene der Alten drückte Mitgefühl aus, und diesmal war Antonio beinahe sicher, dass es nicht nur aufgesetzt war, um ihm Geld zu entlocken, sondern dass es einer echten Regung entsprang.

»Könnte ein *Medicus* ihr helfen?«, platzte Antonio heraus, von der wilden Hoffnung erfüllt, dass dieser Gedankenblitz dazu taugte, alle Probleme zu lösen.

»Ein Medicus würde sie nur zur Ader lassen und dafür mehr Geld verlangen, als du hast. Spar dir das lieber, dann hast du etwas übrig, um es ihr leichter zu machen. Halte sie warm und bereite ihr reichlich von dem Sud zu, für den ich dir auch das letzte Mal schon Kräuter mitgegeben habe. Mach es so, wie ich es dir erklärt hatte. Wie es geht, weißt du doch noch, oder?«

Er nickte stumm.

»Habt ihr für den Winter schon ein heizbares Quartier?«

Er nickte abermals.

Die Alte bückte sich und raschelte hinter der Theke herum. Sie kam mit einem sauberen Leinensäckchen wieder zum Vorschein, das sie mit einer Kordel verknotete und ihm überreichte. »Bereite ihr davon täglich einen Aufguss zu. Sie sollte ihn heiß trinken, notfalls kannst du ihn wieder aufwärmen, wenn sie nicht alles auf einmal schafft.«

Er kratzte sich unter dem Arm und betrachtete den Beutel, der starken Kräuterduft ausdünstete. »Was bin ich Euch schuldig?«

Die Alte wollte zu einer Erwiderung ansetzen, doch dann zögerte sie und seufzte. »Behalte dein Geld«, sagte sie schließlich. »Kauf dafür Honig und gib ihn in den Sud, dann schmeckt es besser und wirkt auch stärker.« Sie drehte sich um und pochte an die Tür, die hinter der Theke in einen weiteren Raum führte.

»Mansuetta!«, rief sie.

Die Tür öffnete sich knarrend in ein Hinterzimmer, in dem es um einiges heller war als im Ladenraum. Im rückwärtigen Teil des Hauses musste ein Fenster oder eine Tür offen stehen, denn der Raum war von Sonne durchflutet. Die hinkende, verwachsene Gehilfin der Alten erschien in der Tür, ebenso grau gekleidet wie die Inhaberin, doch die Haarsträhnen, die unter ihrer Haube hervorlugten, leuchteten im Gegenlicht wie rotes Feuer. Sie musterte Antonio von der Seite, die Gesichtshälfte, die nach unten weggerutscht schien, halb von ihm abgewandt.

»Gib ihm ein Flohsäckchen«, sagte die Alte.

Ohne Antonio eines weiteren Blickes zu würdigen, verschwand Mansuetta wieder im Hinterzimmer und kam kurz darauf mit einem Beutel zurück, der kleiner war als der mit der Hustenmedizin, aber ebenfalls einen durchdringenden Geruch verströmte.

»Was soll ich damit?« Antonio wog das daumengroße Säckchen in der Hand.

»Du hast Flöhe.« In der Stimme der Rothaarigen schwang leiser Spott mit.

Er verzog das Gesicht. Gab es jemanden, der keine hatte? »Soll ich mir daraus ebenfalls einen Sud brauen?«

Die Rothaarige lachte, und zu Antonios Überraschung sah sie dadurch völlig verändert aus, und wenn er nicht vorher gesehen hätte, wie hässlich und schiefgesichtig sie war, hätte er fast glauben wollen, sie sei hübsch. Ihre Zähne waren weiß und gerade gewachsen, und ihre Augen funkelten schalkhaft. »Häng es dir um den Hals.«

»Und was passiert dann? Hat es eine Art Zauber?«

»Der Geruch vertreibt mit der Zeit die Flöhe von deinem Körper.«

Dagegen war nichts einzuwenden. Flöhe waren lästig, und auch wenn ihn die Stiche nicht so sehr störten wie Cecilia, wollte er die Plagegeister gern loswerden.

»Das macht drei Kupferstücke«, sagte Mansuetta.

»Eure Herrin hat gesagt, ich soll mein Geld behalten.«

»Das gilt für die Hustenmedizin, nicht für das Flohkraut.«

Antonio schaute die Alte an, doch die zuckte nur ungerührt die Achseln. »Für das Flohkraut ist Mansuetta zuständig.«

Antonio wollte ihr den Beutel vor die Füße werfen, doch dann legte er den Kopf zur Seite. »Woher soll ich wissen, ob das Zeug auch hilft, das Ihr in den Beutel gesteckt habt? Am Ende stinke ich wie ein Hund und habe trotzdem Flöhe. Also höchstens einen.«

»Zwei«, erwiderte die Rothaarige. »Das Kraut hilft, auch

wenn es eine Weile dauert. Willst du dich ständig kratzen wie ein Tier oder mit reiner Haut durchs Leben gehen? Leute mit Flöhen sind öfter krank als diejenigen, die keine haben.«

Er dachte kurz nach und kam zu dem Schluss, dass der Handel wegen der kostenlosen Hustenmedizin günstig war. Er würde Cecilia das Flohkraut umhängen, bei ihr juckten die Bisse schlimmer als bei ihm. Aber ohne Feilschen konnte er das Zeug unmöglich kaufen.

»Ein Kupferstück, denn eigentlich brauche ich das Zeug gar nicht. Ich bin gesund wie ein Stier.«

»Aus flohverseuchten Stieren werden beizeiten Ochsen, und die taugen nur noch zum Karrenziehen oder zum Schlachten. Zwei Bagattini.«

»Gemacht«, sagte er, während er geschickt zwei kleine Münzen auf seiner Handfläche erscheinen ließ. »Wenn ich noch eines von diesen Zuckerstückchen da drüben bekomme.« Rasch setzte er hinzu: »Für meine kranke Schwester.«

Die Alte betrachtete ihn. »Hast du Interesse daran, nebenher ein wenig Geld zu verdienen?«

Er erwiderte ihren Blick kurz, und wie immer bei solchen Fragen lotete er argwöhnisch das sexuelle Interesse seines Gegenübers aus. Bei der Alten kam er augenblicklich zu dem Ergebnis, dass sie keines hatte, oder jedenfalls nicht an ihm.

»Kommt darauf an, was ich machen soll.«

»Mir scheint, du hast Talent zum Handeln. Also hör zu. Wir verkaufen an den Markttagen eine spezielle Medizin auf der Piazza, und die Geschäfte gehen so gut, dass wir überlegen, diesen Handel auszuweiten …«

Der Mann trug trotz der Hitze einen dunklen Umhang über ebenso dunklen *Calze*, und sein Gesicht war bis zu den Lippen von der Maske verborgen. Die Ränder seines Baretts waren nach unten gezogen und verbargen alles bis auf das Kinn und den unteren Teil des Mundes.

»Geh hinaus«, sagte Anna Monteverdi zu Laura. Sie hatte sich auf dem Stuhl aufgerichtet und beide Hände in den Rücken gepresst, sodass ihr Bauch sich weit vorwölbte. Ihr Gesicht war noch verzerrt vom Schmerz der letzten Wehe, vielleicht auch vor Schreck über das unerwartete Auftauchen des Fremden.

Zum ersten Mal, seit sie denken konnte, wollte Laura ihrer Mutter unverzüglich gehorchen, doch diese Anwandlung verschwand ebenso rasch, wie sie gekommen war. Sie blieb an der Stelle stehen, wo sie sich befand.

Die Angst ließ ihre Zähne aufeinanderschlagen, aber sie würde eher sterben wollen, als die Mutter im Stich zu lassen.

Die Augen des Fremden starrten Laura durch die Maskenschlitze an.

»Laura, geh!«, schrie die Mutter. »Mach, dass du fortkommst!«

Eine weitere Wehe brachte sie dazu, laut aufzustöhnen und auf dem Höhepunkt des Schmerzes zu schreien, als würde sie gefoltert. Sie warf sich auf dem Stuhl hin und her und schlug mit beiden Händen auf den Tisch, als die Qualen übermächtig wurden.

»Anna!«, rief der Fremde, den Schrei der Mutter übertönend. Er packte Anna bei der Schulter und zog sie zu sich herum.

Laura kam es so vor, als drückte seine Stimme zugleich Wut und Panik aus.

»Lasst sie los!«, schrie sie. »Lasst meine Mutter in Ruhe!«

Der Fremde fuhr zu Laura herum und starrte sie eindringlich an.

Sie sah die lange Degenscheide, die gegen sein Bein schwang. Seine Hand lag am Schaft der Waffe, als er einen Schritt auf sie zukam, und nur mit äußerster Willensanstrengung widerstand sie dem Drang, sich umzudrehen und nach oben zu rennen, wie die Mutter es befohlen hatte. Oder besser gleich hinaus ins Freie, wo sie Menschen um Hilfe bitten konnte.

»Lauf«, sagte ihre Mutter. »Lauf weg, Laura!«

Doch dafür war es zu spät. Der Mann hatte die Mutter losgelassen und war mit zwei großen Schritten bei Laura. Er packte sie und bog ihr den Kopf zurück.

Im nächsten Moment ging die Tür auf, und Laura schrie erleichtert auf, als ihr Vater das Haus betrat, hinter ihm die rundliche Gestalt der Hebamme. Er blieb wie angewurzelt stehen, als er den Fremden sah, dann sprang er zur Kochstelle und griff sich ein Fleischmesser.

»Guido«, rief Anna. »Bitte nicht!«

Doch der Vater stürzte bereits mit wutverzerrtem Gesicht auf den Eindringling los.

Das Schaben von Metall auf Metall war zu hören, ein durchdringendes Geräusch, das Lauras Blick zurück auf den Mann lenkte, zu seiner Hand, auf deren Rücken ein gezacktes rotes Mal zu sehen war, eines von der Art, deren Herkunft dem Teufel zugeschrieben wurde.

Der Degen blitzte im einfallenden Sonnenlicht, und der Widerschein war so hell, dass er Laura blendete. Doch bevor der Mann die Waffe gegen ihren Vater erheben konnte, taumelte Guido Monteverdi einen Schritt zurück und ließ das Messer fallen, um sich gleich darauf beide Hände gegen die Brust zu pressen. Er schnappte nach Luft wie ein gestrandeter Fisch, und seine Augen waren so stark geweitet, dass das Weiße darin unnatürlich hell leuchtete. Er brach mit einem lang gezogenen Stöhnen in die Knie, hilflos zu dem Fremden hochstarrend. Dieser schob den Degen einfach zurück in die Scheide, mit demselben hellen Sirren, das er beim Ziehen verursacht hatte.

Laura schien es für einen absurden Augenblick, als hätte allein der Anblick der Waffe den Vater in die Knie gezwungen. Es konnte nur so sein, denn der Degen hatte ihn nicht berührt.

Laura hörte es in ihren Ohren rauschen und summen, und wie aus weiter Ferne erklang ein dünnes Heulen. Erst als der Fremde mit wenigen Sätzen zur Tür rannte, merkte sie, dass die Hebamme und ihre Mutter ununterbrochen und gellend schrien.

Der Mann verschwand, und Guido Monteverdi rutschte vollends zu Boden, wo er auf der Seite liegen blieb. Er war auf das Messer gefallen und hatte sich die Wange aufgeschnitten. Das Blut floss in einem dünnen Strom unter ihm heraus und bildete eine kleine Pfütze um sein Gesicht.

Seine Lippen bewegten sich, er schien etwas sagen zu wollen, doch er brachte keine Worte mehr heraus, nur noch dieses unheimliche, stimmlose Stöhnen. Sein Gesicht war grau, so wie die Wände, auf denen er seine Farben auftrug. Laura starrte ihn an. Wie aus weiter Ferne drangen die Schreie der Frauen zu ihr, während sie zusah, wie ihr Vater weiter die Lippen bewegte, bis es aufhörte und er mit gebrochenen Augen still dalag.

Von draußen kamen Leute hereingestürzt und scharten sich um die schreienden Frauen. Willenlos ließ Laura sich von einem der Nachbarn zur Treppe und dann nach oben in ihr Zimmer führen. Dort blieb sie am offenen Fenster stehen und schaute betäubt hinunter auf den Kanal.

Auch die Mutter war nach oben gebracht worden. Sie lag nebenan, schrie und weinte und wälzte sich unter Schmerzen hin und her, wie Laura am Knarren der Bettstatt hören konnte.

Die Hebamme war in beruhigendes Gemurmel verfallen, das in regelmäßigen Abständen von den immer wiederkehrenden Schreien der Mutter unterbrochen wurde.

Ein Boot mit Militi der *Signoria* traf ein. Sie vertäuten die Gondel am Steg und kamen ins Haus. Laura hörte sie unten mit den Nachbarn palavern. Die Hebamme wurde hinuntergerufen und kam wenig später schimpfend wieder nach oben. Sie streckte den Kopf in Lauras Kammer. »Du sollst runterkommen, die Büttel wollen mit dir sprechen.«

Sie musste es zweimal wiederholen, bis Laura begriffen hatte, was sie meinte.

Laura folgte ihr zur Stiege. Ihre Füße waren so schwer, dass sie unter ihr nachzuschleifen schienen, fast so, als gehörten sie nicht zu ihr, sondern zu einem fremden Wesen. Sie schaute im Vorbeigehen kurz zum Bett ihrer Eltern hinüber, doch die Hebamme hatte den Vorhang zugezogen, sodass die Mutter vor ihr verborgen blieb.

Übelkeit schnürte ihr die Kehle zu, während sie hinter der Hebamme her nach unten stolperte.

»Hier ist das Mädchen. Aber glaubt mir, es kann Euch auch nichts sagen. Seht doch nur, es ist wie versteinert, das arme kleine Ding!«

Ja, dachte Laura teilnahmslos. Die Hebamme hatte recht. Sie hatte sich in Stein verwandelt. Wie ein Löwe mit marmornen Füßen und abgebrochenen Flügeln, der sich nun niemals wieder in die Lüfte erheben konnte.

Ein Mann sprach zu ihr. Er befragte sie eindringlich, aber mit leiser und teilnahmsvoller Stimme. Sie konzentrierte sich und gab sich Mühe, alles zu beantworten, während sie auf ihre Füße schaute, diese steinernen, schweren Anhängsel.

Nein, sie hatte den Fremden noch nie vorher gesehen.

Nein, er hatte nicht mit ihr gesprochen. Er hatte sie gepackt und zur Tür gezogen.

Dort, wo der Vater niedergesunken war, waren Blutflecken zu sehen. Man hatte ihn fortgebracht, und jemand hatte den Boden aufgewischt; hier und da waren noch Wasserspritzer. Das Blut war aber wohl zu schnell in die Holzbohlen eingedrungen, sodass die Flecken für immer bleiben würden. Gezackt und rötlich, wie das Mal an der Hand des maskierten Mannes.

Die Übelkeit wurde unerträglich. »Mir ist schlecht«, stieß sie heraus und drückte die Hand vor den Mund.

Jemand geleitete sie vor die Tür, wo sie auf der Fondamenta stehen blieb und sich in den Kanal übergab, bis sie nur noch würgen konnte und ihr ganzes Innere schmerzte wie eine einzige Wunde.

Die Hebamme führte sie wieder nach oben in ihr Zimmer und drängte sie, sich ins Bett zu legen. Mit einem feuchten Tuch wischte sie ihr die Stirn ab. »Du armes, armes Ding! Aber so ist es oft im Leben. Glaub mir, das sehe ich ständig. Fast jeden Tag. Der Herr gibt, der Herr nimmt. Einer geht, einer kommt.«

Laura wusste nicht, was die Frau meinte. Sie vergrub den Kopf in den Kissen, um das Stöhnen und Weinen der Mutter nicht mehr hören zu müssen, doch die grauenvollen Bilder konnte sie damit nicht auslöschen. Laut aufschluchzend ergab sie sich ihrem Kummer. Doch viel schlimmer als die Trauer um ihren Vater war ihre Angst vor dem Unglück, das noch kommen würde, denn sie wusste, dass es noch nicht vorbei war.

Als Maler hatte Guido Monteverdi der *Scuola dei Depentori* angehört. Wie immer beim Tod eines Mitglieds kümmerte die Zunft sich um die Hinterbliebenen, wenn diese selbst nicht dazu imstande waren. Noch am Nachmittag wurde eine Totenwache für die kommende Nacht organisiert und Guidos Leichnam in der Kirche der Contrada aufgebahrt, während seine Witwe Stunde um Stunde in den Wehen lag.

Frauen von Zunftmitgliedern brachten der Familie Essen und Wein, sie schwirrten emsig durch die Räume des kleinen Hauses und taten alles, was nötig war, um die äußere Ordnung aufrechtzuerhalten. Sogar eine Amme war herbeigeholt und vom Zunftmeister aus Mitteln der Scuola im Voraus entlohnt worden, damit die Witwe in gebührender Ruhe trauern konnte. Laura hörte eine Frau mit der Hebamme darüber sprechen.

»… dumm wie Stroh, aber eine gute Amme …«

»… hat Milch für drei Kinder, wenn es sein muss …«

Dann sagte jemand, die Amme solle sich in die Kammer der Tochter setzen, dort sei sie nicht im Weg. Laura zog sich hastig die Decke über den Kopf, lugte aber durch einen Spalt hinaus, die Hände auf die Ohren gepresst, weil sie die Schreie der Mutter nicht ertragen konnte.

Die Amme betrat das Zimmer. Sie war stämmig, rundgesichtig und ganz offensichtlich schwachsinnig. Nachdem sie sich ein paar Mal suchend um die eigene Achse gedreht hatte, setzte sie sich auf einen Schemel vor dem Fenster und vertrieb sich die Zeit damit, dümmliche kleine Liedchen zu trällern, an ihrer gerüschten Haube zu zupfen und dabei selig vor sich hin zu grinsen. Laura, die vergeblich darauf gehofft hatte, dass die ungebetene Besucherin sich rasch entschloss, lieber unten zu warten, streifte die Decke ab, setzte sich auf und starrte die Frau an.

»Seid still«, herrschte sie die Amme an, doch diese gehorchte dem Befehl nur für wenige Augenblicke, gerade so lange, wie sie brauchte, um zu merken, dass außer ihr noch jemand im Raum war.

Mit törichtem Erstaunen blickte sie Laura an. »Wo kommst du her?«, fragte sie lispelnd.

»Ich war schon vor dir hier«, sagte Laura erschöpft.

»Wie heißt du?«

»Laura«, antwortete Laura widerwillig.

»Ich heiße Lodovica. Ich bin eine Amme.« Es klang stolz und war von einem so breiten Lächeln begleitet, dass Laura alle Zähne der Frau sehen konnte. Sie hatte nicht so viele, wie man bei ihrem jugendlichen Alter hätte erwarten können, und das war auch der Grund für das Lispeln. Von den oberen Vorderzähnen fehlten mindestens drei, die sie entweder bei einem Sturz oder durch einen harten Schlag verloren haben musste.

Nebenan schrie Anna Monteverdi abermals auf, und dieser Schrei dauerte länger als die vorangegangenen. Er schien kein Ende mehr nehmen zu wollen, und gleichzeitig war das Fluchen und Schimpfen der Hebamme zu hören.

»Das Kind kommt«, sagte Lodovica. Die Amme grinste und summte und wiegte sich dabei auf dem Schemel, als hielte sie bereits einen Säugling im Arm.

Dann, eine weitere unendliche Zeitspanne später, ertönte das dünne Schreien eines Neugeborenen.

»Das Kind ist da«, stellte Lodovica zufrieden fest.

Die Tür wurde aufgestoßen, und die Hebamme erschien. Sie hatte sich bis auf das Unterkleid und die Schürze ausgezogen. Ihre Arme waren bis zu den Ellbogen blutverschmiert, und ihr Gesicht war schweißüberströmt und vor Anstrengung rot angelaufen.

»Mädchen, komm rasch herüber. Sie will mit dir sprechen.«

Laura war bereits beim ersten Knarren der Tür aufgestanden. Sie spürte die eisige Kälte bis in die Fingerspitzen. Sosehr sie die ganze Zeit versucht hatte, sich einzureden, dass ihre Ahnungen sie getrogen hatten, so deutlich erkannte sie nun ihren Irrtum.

Anna Monteverdi war bis zum Hals mit einem frischen Laken zugedeckt. Ihr Gesicht war blutleer, und sogar ihre Lippen waren so weiß wie die Bettdecke. Die Augen waren tief umschattet und eingesunken; sie wirkten im matten Licht des schwindenden Tages beinahe schwarz, genau wie das Haar, aus dem jeder Hauch von Rot verschwunden schien.

Ein mattes Lächeln zuckte um ihren Mund, als Laura an ihr Bett trat.

»Meine Tochter«, flüsterte sie. Ihre Hand tastete über das Laken, das über ihren Leib gebreitet war, und Laura ergriff sie hastig.

»Du hast einen kleinen Bruder«, sagte die Mutter. »Er soll Matteo heißen. Das ist der Name, den dein Vater und ich für einen Sohn ausgewählt haben.« Die Worte klangen schwach wie ein Luftzug. Lauras Blicke huschten zu der Wiege, die auf der gegenüberliegenden Bettseite am Kopfende stand. Darin war es still.

»Er schläft, aber er ist gesund«, murmelte die Mutter. Ihre Stimme wurde schwächer und war kaum noch zu verstehen. Sie rang mühsam nach Luft. »Mein liebes Kind, meine süße Tochter. Es ist so schwer, dich zu verlassen. Vielleicht ist es ein Trost, meinem lieben Guido nachfolgen zu können, aber dich und den kleinen Matteo zurücklassen zu müssen tut so schrecklich weh!«

»Was redest du da«, stammelte Laura. »Wie kannst du das sagen? Du erholst dich wieder! Ich werde für dich kochen, und die Amme kann für das Kind sorgen! Du wirst sehen, nächste Woche singst du wieder deine Lieder!«

»Ach, Laura, mein Liebes. Komm, gib deiner dummen Mutter noch einen Kuss. Umarme mich ein letztes Mal.«

Laura kniete sich weinend neben die Mutter auf das hohe Bett und nahm sie in die Arme. Dabei verschob sich das Laken, und Laura erkannte, was die Mutter und die Hebamme vor ihr zu verbergen versucht hatten – die ganze Matratze war mit Blut durchtränkt, die Mutter schwamm förmlich darin, und es kam ständig neues hinzu. Das Laken, mit dem sie zugedeckt war, sog sich damit voll, und binnen Augenblicken war auch Lauras Nachthemd davon durchnässt. Anna Monteverdi war im Begriff, zu verbluten.

Laura hielt entsetzt die Luft an. »Mutter!«

»Laura, mein Kleines. Ich hab dich so lieb, und diese Liebe nehme ich in meinem Herzen mit und behalte sie für immer. Leb wohl. Bete für mich und Guido.« Annas Stimme war nur noch ein kaum hörbarer Hauch. Ihre Augen trübten sich und fielen zu.

Die Hebamme zog Laura vom Bett. »Das ist genug, Kind. Lass deine Mutter ihren Frieden mit dem Herrn machen.«

»Mutter!«, rief Laura beschwörend. »Mutter, nicht!«

Die Hebamme stieß sie zur Seite und winkte zur Tür. »Kommt näher, Pater. Beeilt Euch.«

Starr vor Schrecken erkannte Laura den Gemeindepriester, ihr Beichtvater und auch der ihrer Eltern. Er trat rasch an das Bett und erteilte Anna Monteverdi die Letzte Ölung.

Das Kind in der Wiege fing an zu schreien, ein kräftiger, durchdringender Laut, und Laura wollte Luft holen und es ihm gleichtun. Sie wollte brüllen und toben, so zornig und unaufhaltsam wie ein aufkommender Sturm, der in einem versteckten Winkel beginnt und sich dann anschickt, über das ganze Land zu fegen.

»*… et ne nos inducas in tentationem; sed libera nos a malo. Quia tuum est regnum et potestas et gloria in aeterna. Amen*«, schloss der Priester das Sterbesakrament mit den letzten Sätzen des Vaterunsers ab.

Er stand vor dem Bett und versperrte Anna die Sicht, doch sie wusste auch so, dass es vorbei war. Ihre Mutter war tot.

Antonio brühte für Cecilia die Kräuter auf, so wie die alte Frau es ihm gesagt hatte. Sie trank ein paar Schlucke, dann fiel ihr Kopf kraftlos zur Seite.

»Mama?«, fragte sie kaum hörbar.

Antonio versuchte, den schmerzhaften Stich in seinem Inneren zu ignorieren.

»Komm, trink noch ein bisschen. Es tut dir gut!«

»Antonio.« Sie erkannte ihn. »Ich möchte zu Mama.«

»Schsch, Mama ist doch im Himmel!« Er flößte ihr einen weiteren Schluck von dem Sud ein, doch die Flüssigkeit lief ihr aus den Mundwinkeln wieder heraus. Sie konnte nicht mehr richtig schlucken. Bald darauf fiel sie wieder in einen unruhigen Schlaf.

Er hatte sie bereits von ihrem Schlupfwinkel am Wasser zurück ins Haus tragen müssen, sie hatte nur wenige Schritte geschafft, bevor sie zusammenbrach. Das Fieber war wieder gestiegen. Wenn er sie berührte, konnte er spüren, dass sie vor Hitze glühte. Das Leben schien mit der Wärme ihres Körpers aus ihr herauszuströmen, und als sie gegen Abend nicht mehr auf seine Zurufe reagierte, geriet er in echte Panik.

Er richtete sich von ihrem Lager auf. »Ich hole einen Arzt.«

Die anderen quittierten diese Ankündigung mit Schweigen. Oratio und Tomàso hatten zu viel von dem Branntwein getrunken, den sie auf dem Heimweg einem Bettler im Vorüberlaufen gestohlen hatten; mit glasigen Augen hingen sie aneinandergelehnt auf dem Strohsack, den sie sich teilten.

Carlo hockte mit überkreuzten Beinen und stoischer Miene auf der Matte, die ihm als Schlafstelle diente. Er schnitzte an einem langen Stock herum, ritzte seltsame Symbole und primitive Figuren in das Holz und blickte nur kurz auf, als Antonio sein Vorhaben kundtat.

Valeria saß auf einem Schemel vor der schartigen Bronzeplatte, die sie als Spiegel benutzte, und kämmte sich das Haar. Es hing in seidigen Bahnen fast bis zum Boden, wenn sie saß, und sie fuhr gedankenverloren mit dem Kamm hindurch, wie sie es jeden Abend tat, bevor sie schlafen ging oder einen neuen Freier empfing. Es war noch zu früh zum Schlafen, folglich konnte das Kämmen nur einen Zweck verfolgen. Sie wollte sich für einen Mann schön machen.

Übelkeit stieg in Antonio auf, während er die spanische Wand anstarrte, die eine Ecke vom Rest des armseligen Raums abteilte. Dahinter befand sich Valerias Lagerstatt, eine Matratze, die mit Werg und Lumpen statt mit Stroh gestopft war und auf einem aus Holz gezimmerten Bettkasten lag. Dort gab sie sich den Männern hin, die sie besuchten.

»Warum kämmst du dich?«, wollte er wissen.

»Ich habe jemand Neuen kennengelernt«, sagte sie. »Einen Steinmetz aus Dorsoduro.«

»Dein Freier kann heute Abend nicht herkommen. Cecilia ist krank.«

»Sie ist immer krank. Wenn ich anfange, darauf Rücksicht zu nehmen, bin ich eher tot als sie. Ich mag es nicht, mein Essen stehlen zu müssen.« Sie zögerte, dann setzte sie hinzu: »Ihr müsst nicht rausgehen. Es macht ihn heiß, wenn jemand dabei ist. Und wenn es Kinder sind, dann erst recht.«

Antonio spuckte aus, als könnte er so den schlechten Geschmack loswerden, der ihm bei ihren Worten auf der Zunge zurückblieb.

Valeria sprach freimütig über derartige Vorlieben ihrer Freier, sie hatte vor den anderen keine Geheimnisse. Wenn es nach ihr gegangen wäre, hätte auch die spanische Wand nicht unbedingt dort stehen müssen, doch Antonio hatte darauf bestanden, um Cecilias willen – als würde diese dünne, auf Latten genagelte Schilfmatte dazu taugen, um sie von all dem Schmutzigen und Schäbigen dahinter abzuschirmen, von dem sie längst ahnte, was es damit auf sich hatte. So wie auch er selbst ein sehr genaues Bild davon hatte. Schließlich hatte er mehr als einmal heimlich einen Blick durch die Ritzen geworfen. Valeria wusste davon und machte sich deswegen über ihn lustig, und er hatte schon mehrere Male kurz davor gestanden, sie deshalb zu schlagen. Bisher hatte er noch nicht Hand an sie gelegt, aber sie würde ihn noch dazu treiben, wenn sie so weitermachte.

Die meisten Männer, die zu ihr kamen, fanden Gefallen daran, dass noch andere Kinder in der Nähe waren und zuhörten, wenn sie es mit Valeria trieben. Bei denen, die daran Anstoß nahmen, mussten sie den Raum verlassen. Meist nicht für lange, denn es dauerte kaum je länger als eine Viertelstunde. In diesen Fällen musste Valeria den anderen einen kleinen Teil ihres Dirnenlohns abgeben, so lautete die Abmachung. Für Valeria war das kein Problem; die Männer mussten mehr bezahlen, wenn sie Intimität und Abgeschiedenheit wollten, so einfach war das.

Antonio verließ das Haus und blickte nicht zurück. Solange er nach vorn schaute, fiel es ihm leichter, sich vorzustellen, aus dem Haus zu kommen, in dem er früher gelebt hatte, und nicht aus dieser stinkenden, von Menschen berstenden Elendsunterkunft, wo in jedem Zimmer eine Familie hauste und wo ein solcher Radau herrschte, dass sogar tief in der Nacht niemals Ruhe einkehrte. Die immerwährende Geräuschkulisse aus Kindergeschrei und Hundegebell, dem Krakeelen betrunkener Männer und dem schrillen Schimpfen der Frauen störte ihn nicht mehr sonderlich. Nur in den Momenten, in denen er das Haus verließ und seiner Enge entfloh, erlaubte er es sich, an früher zu denken. Das Leben, das er und Cecilia mit der Mutter und davor mit beiden Eltern geführt hatten, lag schon so lange zurück, dass es ihm manchmal schwerfiel, sich an die Ruhe, die Freude und das Lachen zu erinnern, aber es war noch da, irgendwo, und wenn er die Augen schloss und sich konzentrierte, konnte er es zurückholen. Wenn er im Freien war, gelang es ihm leichter als in der Enge des schmutzigen Zimmers, das er mit zwei Mädchen und zwei – jetzt drei – Knaben teilen musste.

Manchmal ging er an dem Haus vorbei, in dem er früher mit seiner Schwester und seiner Mutter gelebt hatte. Es lag an der Fondamenta dei Mori und war ebenfalls ein Mietshaus, aber es war kleiner und ruhiger, und sie hatten dort eine ganze Etage für sich allein gehabt, mit drei Kammern, einem Kochkamin, einer eigenen Außentreppe und einem Abtritt in einem Erker, der stets sauber gehalten wurde. Jetzt lebte eine andere Familie in ihren Räumen, Eltern mit zwei Kindern, ebenfalls einem Jungen und einem Mädchen. Der Mann war Glashändler und konnte es sich sogar leisten, seinen Sohn Mathematik und Latein lernen zu lassen, bei demselben Lehrer, der einst Antonio unterrichtet hatte.

Der Arzt, den Antonio holen wollte, hieß Priuli und wohnte im Obergeschoss eines schmalen Ziegelbaus unweit der Kirche Madonna dell'Orto. Auf Antonios Klopfen öffnete ihm die Ehefrau. Priuli erschien erst, nachdem seine Frau mehrmals an die Tür seiner Kammer geklopft und nach ihm gerufen hatte. Er war im Hemd, und seine Wangen waren vom Weingenuss gerötet. Sein Gesicht legte sich in mürrische Falten, als Antonio um ärztlichen Beistand bat, und erst, als er die Silbermünzen sah, die Antonio ihm hinhielt, fand er sich bereit, eine Tunika über seinen dicklichen Körper zu zerren und mitzugehen.

Antonio wusste, dass Priuli kein richtiger Arzt war, sondern nur ein *Barbiero*, der an keiner Universität studiert hatte und seine Erfahrungen hauptsächlich durch praktische Übung am kranken Menschen gewonnen hatte. Viele Barbieri waren indessen nicht schlechter und nicht besser als die gelehrten Medici, die in Padua Anatomie studiert hatten, obwohl es unter den regulären Ärzten einige gab, deren überragende Heilkünste unbestritten waren. Zumeist waren es Juden, die unter all den gemeldeten Ärzten die besten waren und im Gegensatz zu ihren Glaubensgenossen das Privileg besaßen, in der Stadt leben zu dürfen und nicht einmal den gelben Hut tragen zu müssen. Einen solchen Arzt hätte Antonio gern für seine Schwester geholt, doch er wusste, dass er in seinem ganzen Leben noch nicht so viel Geld besessen hatte, wie er dafür brauchen würde.

Priuli bestand darauf, dass Antonio ihm den Lohn im Voraus aushändigte, als er das Haus sah, in dem die Patientin wohnte. Er verzog angewidert das Gesicht, als er hinter Antonio die verdreckte Treppe in den vierten Stock hochstieg, und als sie das schmale, nur spärlich von einer Kerze erhellte Zimmer betraten, presste er sich einen Zipfel seines Gewandes vor Mund und Nase. Antonio, der sich an den dumpfen Gestank längst gewöhnt hatte, sah ihm dabei zu und fühlte Wut in sich aufsteigen. Am liebsten hätte er Priuli die Treppe hinabgestoßen oder ihm in sein feistes Gesicht geschlagen.

Tatsächlich roch es jedoch in der Kammer schlimmer als sonst, nach Exkrementen, Alkohol – und nach durchdringender, männlicher Erregung, eine ziegenartige Ausdünstung aus Schweiß, scharfem Moschus und einer säuerlichen Note von Urin.

Antonio hätte um ein Haar zornig losgebrüllt. Valerias Freier war tatsächlich hergekommen! Hinter der dürren Schilfmatte bewegten sich Schatten vor der Wand, und ein abgehacktes Grunzen war zu hören, unterbrochen von einzelnen Wortfetzen, die der Mann von sich gab, die jedoch ebenso unverständlich waren wie die von Kichern untermalten Erwiderungen Valerias.

»Wer ist da hinter der spanischen Wand?«, wollte Priuli mit hochroten Wangen wissen.

»Meine Eltern«, behauptete Antonio, um Beherrschung ringend. »Sie trinken von morgens bis abends und treiben es dann die ganze Nacht wie die Tiere. Es wäre sinnlos, jetzt mit ihnen sprechen zu wollen. Sie sind bis zum Kragen voll mit Schnaps.«

Hinter der Schilfmatte gab der Freier ein unterdrücktes Fluchen von sich und wurde dann mucksmäuschenstill. Valeria hingegen ließ ein weiteres Kichern hören, worauf beide in eine leise, nicht zu verstehende Unterhaltung verfielen.

Oratio und Tomàso lagen in enger Umarmung auf ihrer Matratze und schliefen. Ihre Münder standen röchelnd und im selben Atemrhythmus offen.

Carlo hockte auf seiner Matte und starrte in den flackernden Schein, den das Talglicht auf Valerias Schemel verbreitete.

Er warf Antonio einen raschen Blick zu und schaute dann zur Seite, die Lider gesenkt und den Kopf halb abgewandt.

Der Barbier musterte ihn mit Interesse. »Das ist ja ein junger

Mohr! Wem gehört er?« Er warf einen angeekelten Blick auf die schiefe Schilfmatte. »Doch wohl kaum deinen versoffenen Eltern.«

»Niemandem, nur sich selbst. Er ist ein freigelassener Sklave.«

»Von wem freigelassen?«

»Von seinem früheren Herrn, dem Nobile Gradenigo, der vor fünf Jahren starb und keine Erben hinterließ.«

»Gibt es eine Urkunde?«

»Natürlich. Eine Ausfertigung ist hier und eine als Abschrift in den Archiven der *Avogadori*.«

Antonio brachte die Lüge mit derselben Gelassenheit heraus wie immer, wenn er die Unwahrheit sagte. In den letzten beiden Jahren hatte er nur anfangs Probleme mit dem Lügen gehabt, denn er hatte nicht nur von der Mutter, sondern auch in der Kirche gelernt, dass es Sünde war. Das war allerdings gewesen, bevor er begriffen hatte, dass man nicht überleben konnte, ohne zu lügen.

»Kommt hier herüber, zu meiner Schwester.«

Widerwillig löste Priuli seine Blicke von dem Schwarzen und folgte Antonio die wenigen Schritte hinüber zu Cecilias Lager. Er ging neben der Kleinen in die Hocke und legte die Hand auf ihre Stirn.

»Sie ist völlig abgemagert und halb verhungert«, stellte er fest.

Darauf war Antonio auch bereits von allein gekommen, doch er verkniff sich eine patzige Erwiderung und wartete geduldig, bis Priuli mit der Behandlung begann.

»Ihr werdet sie doch wohl nicht zur Ader lassen?«, fragte er vorsorglich. Ihm war wieder eingefallen, dass die Kräuterhändlerin ihn davor gewarnt hatte.

»Normalerweise würde ich es tun, es hilft so gut wie immer. Aber sie ist zu dünn. Nur Haut und Knochen.« Priuli zog der Kleinen das Hemd hoch und legte ein Ohr gegen ihren Brustkorb. »Es ist nichts zu hören.«

»Sie schläft ja auch gerade«, sagte Antonio gereizt. »Wenn sie wach ist, hustet sie. Den ganzen Tag. Heute kam sogar Blut.«

Priuli richtete sich rasch auf. Er machte sich nicht die Mühe, Cecilias Hemd wieder herabzustreifen, sondern deutete nur achtlos mit dem Kinn hinunter auf den Strohsack. »Ich kann nichts mehr für sie tun. Sie ist tot.«

Hinter der Schilfwand ertönte ein erschreckter Ausruf, und einen Atemzug später tauchte Valeria auf, das aufgelöste Haar bis zu den Hüften hängend. Sie raffte das fleckige Hemd vor der Brust zusammen und näherte sich zögernd Cecilias Lager. In ihren weit aufgerissenen Augen stand ein bestürzter Ausdruck.

»Was?«, fragte Antonio verwirrt. »Was sagt Ihr da? Sie war doch eben noch ... Ich meine, ich bin vorhin losgegangen, da hat sie noch ... Sie war noch ...« Sein Gestammel brach ab, und er starrte auf den schmalen Körper nieder. Langsam kniete er sich neben seine Schwester und legte seine Hand gegen ihre Wange. Sie war nicht länger heiß, so wie vorhin, als er fortgegangen war, sondern nur noch warm, so wie sein eigener Körper. In wenigen Stunden, das wusste er, würde sie sich kühl anfühlen, wie ein Stein. Der Arzt hatte recht. Ihr Brustkorb hob sich nicht mehr, kein Hauch kam über ihre Lippen. Irgendwann in der Zeit, die er gebraucht hatte, um den Arzt zu holen, war sie gestorben.

Die Kammer schien sich um ihn herum zu drehen, und in seinem Kopf dröhnte und hämmerte es, während er versuchte, das Ungeheuerliche zu begreifen.

Priuli betrachtete Valeria voller Abscheu. »Seine Mutter, aha. Diese Familie sollte wohl dringend einmal von den Bütteln der Signoria in Augenschein genommen werden. Einschließlich des Mohren da.«

Er ging zur Tür.

»Wo wollt Ihr hin?«, stieß Antonio hervor. Er stemmte sich zitternd vom Fußboden hoch und stützte sich an der Wand ab, um nicht das Gleichgewicht zu verlieren. Der Schwindel, der ihn erfasst hatte, wurde immer stärker.

»Nach Hause«, antwortete Priuli lakonisch. »Sobald ich die Büttel benachrichtigt habe.«

Er stieß die Tür auf und ging weiter zur Treppe.

Aus den Augenwinkeln sah Antonio, wie Valerias Freier mit entsetzter Miene hinter der spanischen Wand hervorgestolpert kam, mit beiden Händen die Verschnürung seiner Beinkleider zusammenzerrend. Er hatte sich nicht die Mühe gemacht, sich für den Akt mit Valeria auszuziehen. Sein Hemd hing ihm über die Hüften, und auch die Schnabelschuhe saßen noch an den Füßen.

Er war ein recht junger Mann von angenehmem Äußeren. Das musste man Valeria lassen – sie suchte sich immer die Ansehnlichsten aus.

»Die alten Säcke sind oft krank«, hatte sie einmal dazu geäußert. »Sie stinken schlimmer als ein Fass fauler Fische und brauchen stundenlang, bis sie fertig sind.«

Das alles schoss Antonio durch den Kopf, zusammenhanglos und ohne jede Bedeutung angesichts der Tatsache, dass seine Schwester tot und dieser verfluchte Barbier im Begriff war, mit seinem letzten Geld zu verschwinden, ohne dafür einen Handschlag getan zu haben.

»Wartet«, stieß Antonio heraus. Er überwand das lähmende Schwindelgefühl und rannte Priuli hinterher. »Wartet gefälligst!«

Er holte den Mann noch vor dem ersten Treppenabsatz ein und riss ihn an der Schulter herum. »Gebt mir sofort das Geld zurück!«

Priuli musterte ihn teils abfällig, teils amüsiert. »Mach dich nicht lächerlich. Ärzte bekommen ihr Geld nicht dafür, dass der Patient überlebt, sondern für ihre Mühe.«

Er warf dem Freier, der hastig die Treppe herunterkam und sich an ihm vorbeidrückte, einen irritierten Blick zu.

»Für welche Mühe?«, schrie Antonio. Die letzten Reste seiner Beherrschung verflüchtigten sich schneller, als er die Worte hervorstoßen konnte. Rasender Zorn hatte ihn gepackt. »Sie war schon tot! Ihr habt nichts getan! *Nichts*!«

»Ich bin hergekommen, oder nicht?«, gab Priuli giftig zurück. »In einen Sündenpfuhl obendrein!« Er deutete auf Valeria, die mit offenem Hemd oben an der Treppe stand. Eine der anderen Wohnungstüren ging auf, und neugierige Gesichter erschienen in der Öffnung.

Antonio stellte sich dem Barbier in den Weg. »Gebt das Geld heraus!«, brüllte er wie von Sinnen. Mit beiden Fäusten drosch er auf Priuli ein, der unter den Hieben zurückwich und stolperte.

»Du bist verrückt geworden!«

»Ich zeige dir, wer hier verrückt ist!« Antonio stieß den Barbier zurück an die Wand und hieb ihm das Knie zwischen die Beine. Der Mann gab ein schmerzvolles Keuchen von sich, doch das reichte Antonio nicht. Plötzlich hatte er sein Messer in der Hand, die Klinge kurz und schmal, aber tödlich scharf. Ein Stich und ein Ruck, und er könnte dem Barbier die Gurgel aufschlitzen, bevor der Kerl überhaupt ahnte, wie ihm geschah.

»Gebt Ihr es jetzt heraus?«, zischte er Priuli ins Gesicht.

»Ruft die Büttel!«, krächzte der Barbier über seine Schulter ins Treppenhaus. »Zu Hilfe! Hilft mir denn niemand?«

Inzwischen hatten sich auch im tiefer gelegenen Stockwerk schaulustige Hausbewohner versammelt, ein Pulk aus abgerissenen, schlecht genährten Menschen mit Ungeziefer in Haaren und Kleidung, lückenhaften Gebissen und ungewaschenen Körpern. Sie starrten den Barbier mit kaum verhohlener Feindseligkeit an.

Oben am Treppenabsatz fing Valeria lautstark an zu weinen. »Er hat mir Gewalt angetan! Er sagte, er gibt mir Geld dafür, doch hinterher hat er es mir wieder fortgenommen! Ja, holt die Büttel, ich will ihnen zeigen, dass sein Samen noch auf meinen Schenkeln klebt! Alle Welt soll wissen, wie schändlich dieser falsche Barbier mit einem unschuldigen Mädchen umgeht! Und das arme Geschöpf, dem er eigentlich helfen sollte, hat er sterben lassen! Sie liegt tot und kalt oben auf ihrer Matratze, die kleine unschuldige Cecilia, ein Kind von kaum fünf Jahren!« Ihre Stimme klang schrill und war von echter Trauer erfüllt, und hätte Antonio nicht gewusst, dass alles nur Theater war, hätte er geschworen, dass sie die reine Wahrheit sprach, denn irgendwie brachte sie dabei das Kunststück fertig, Tränen über ihre Wangen strömen zu lassen.

Zwei oder drei der Männer aus dem Haus rückten in drohender Haltung näher. Murren breitete sich unter den Bewohnern aus. Anscheinend hatte Valeria sie ebenfalls überzeugt, obwohl es kaum jemanden hier unter diesem Dach geben konnte, der nicht bestens über ihre Lebensweise informiert war. Dieses Wissen schien allerdings nicht halb so viel zu zählen wie die Wut über einen bessergestellten Eindringling, der ein junges Mädchen zum Weinen brachte und obendrein auf ungeklärte Art dazu beigetragen hatte, dass Cecilia tot war. Die Kleine war bei allen Leuten im Haus beliebt gewesen, ein lächelnder Sonnenschein, stets zu jedermann freundlich.

»Hier hast du dein Geld!« Priuli griff in seinen Beutel und schleuderte Antonio die Münzen vor die Füße. Der beeilte sich, die wenigen Silberstücke einzusammeln, bevor die übrigen Hausbewohner auf die Idee kamen, ihm dabei zu helfen.

»Denk daran, was ich den Bütteln sagen werde, du mieses Schwein!«, rief Valeria laut schluchzend dem Barbier hinterher, während dieser fluchend die Treppe hinunterstolperte und sich in Sicherheit brachte. Sie weinte immer noch, als Antonio mit seltsam tauben Gliedern in die Kammer zu seiner toten Schwester zurückkehrte. Als er abermals neben der Kleinen niederkniete und von der Seite wahrnahm, dass Carlo ihn beobachtete, durchzuckte ihn das Verlangen, über den Schwarzen herzufallen, mit dem Messer, den Fäusten – allen Waffen, die ihm zu Gebote standen. Carlo hatte vorhin bereits gewusst, dass Cecilia tot war, doch er hatte es ihm nicht gesagt. Der Arzt hatte die Kleine zuerst untersuchen und es feststellen müssen! Das war so überflüssig gewesen!

Noch stärker war jedoch Antonios Wunsch, Valeria zu schlagen. Er wollte sie so sehr verprügeln, dass ihm die Hände zuckten vor lauter Verlangen, sie bluten zu sehen. Sie hatte gekichert und nur ein paar Schritte weit entfernt Unzucht getrieben, während seine Schwester starb!

Valeria kauerte neben ihm und schluchzte haltlos, und Antonio rückte zur Seite, weil er ihre Nähe nicht ertrug.

Valeria streichelte Cecilias Haar und beugte sich über die Kleine, als wollte sie ihr etwas sagen, für das ihr bisher immer die Worte gefehlt hatten.

Antonio war zu verstört, um Erstaunen zu empfinden, doch auf einer entfernten Ebene war ihm klar, dass Valeria auf eine Weise reagierte, wie er es nicht von ihr erwartet hatte. Der Drang, sie zu schlagen, verflog.

»Ich muss einen Priester holen«, murmelte er. »Sie muss die Sakramente bekommen.«

Ihm war schlecht, als er die Treppe hinuntertaumelte, durch ein Spalier trauriger und mitleidiger Gesichter. Der Tod war kein seltener Besucher in diesem Haus, aber er ließ die Menschen niemals unbeeindruckt zurück.

Antonio konnte die Anteilnahme spüren, doch sie vermittelte ihm keinen Trost. Die Wut, die er vorhin gegen den Barbier gerichtet hatte, war immer noch da, sie siedete in ihm wie zu stark erhitztes Pech, das über den Rand des Kessels brodeln wollte.

Er rannte ins Freie und dort über die Fondamenta weiter bis zur nächsten Brücke, durch enge Gassen und schmale, pfeilerbewehrte Unterführungen, über ungepflasterte Campi, vorbei an Kirchen und Häusern und immer wieder an den Kanälen entlang, den Adern der Stadt, die im Rhythmus von Ebbe und Flut schwollen und sanken, bewegt vom Herzschlag des Meeres jenseits der Lagune.

Antonio merkte kaum, dass ihm die Tränen über das Gesicht liefen, und es war ihm auch gleichgültig. Er hatte den Priester holen wollen, aber jetzt wollte er nur hinaus aus der Stadt und weg von den üblen Gerüchen nach Fisch, faulenden Algen, Schmutz und Rauch, die sich zwischen den Häuserfronten und über den Gewässern ausbreiteten und jetzt, im matten Licht der sinkenden Sonne, beinahe sichtbar wurden: Hier waren es Schwaden von Fliegen, die sich auf verwesenden Schlachtabfällen sammelten, dort der Rauch aus dem Schlot einer Gerberei, und dazwischen die erstickenden Laugendünste, die aus einem stillgelegten Wasserlauf aufstiegen.

Er ließ das stinkende Gewirr aus Gassen und Kanälen hinter sich und erreichte freies Gelände, das von Schilf gesäumte Strandstück hinter dem Kloster, wo sie sich tagsüber immer aufhielten.

Er kletterte auf einen Felsen und schaute über das brackige Wasser in Richtung der Glasbläserinsel Murano. Benommen hielt er sich die Seiten und atmete keuchend durch. Er bekam kaum Luft nach der Anstrengung des Rennens, aber er konnte nur daran denken, wie entsetzlich falsch alles war. Warum hatte Gott seine Schwester genommen, ein kleines Mädchen, das niemals etwas Böses getan hatte? Warum hatte die Mutter sterben müssen, obwohl auch sie stets freundlich und liebevoll gewesen war und mindestens dreimal täglich gebetet hatte?

Ihm kam ein schrecklicher Gedanke. Hatte Gott etwa all das Leid über ihn kommen lassen, um ihn für seine Sünden zu strafen?

Dunkle Verzweiflung bemächtigte sich seiner, weil er mit einem Mal zutiefst davon überzeugt war, dass es nur daran liegen konnte. Wann war er das letzte Mal in der Sonntagsmesse gewesen? Wann hatte er zuletzt vor einer Statue der Heiligen Jungfrau gekniet, um ein Avemaria zu beten?

Dann keimte Trotz in ihm auf. Nach dem Tod der Mutter hatte er wochenlang darum gebetet, dass Gott ihm und Cecilia helfen möge, und es war nichts geschehen, außer dass sie fast verhungert wären. Und jetzt war Cecilia tot. Es gab niemanden mehr, den er liebte, Gott konnte ihm nichts mehr nehmen, außer seinem eigenen Leben. Sollte er es doch tun, es war ihm völlig gleichgültig! Er musste auf niemanden mehr Rücksicht nehmen.

Er ballte die Hände zu Fäusten, bis er die Nägel schmerzhaft im Fleisch spürte. Nimm mich doch, dachte er in wütender Ohnmacht zum Himmel hinauf. Tu es jetzt!

Doch es fuhr kein Blitzschlag nieder, der ihn der Länge nach spaltete, und auch die Erde tat sich nicht unter seinen Füßen auf.

Antonio holte Luft und ließ schließlich die Hände sinken. Ermattet glitt er von dem Felsen und ging in die Hocke. Die Arme um die Knie geschlungen, starrte er auf die zersplitterten Reste des alten Kahns, in dessen Schatten seine Schwester noch am Nachmittag gelegen hatte.

In seinem Inneren zog sich etwas zusammen, ein Klumpen aus Qual und Schuldgefühlen, doch darunter lag noch etwas anderes, das stärker war, ein winziger, aber unzerstörbarer Kern aus Wut und Willenskraft.

Er stand auf und ging zu dem Bootswrack, das er mit wenigen krachenden Tritten in Einzelteile zerlegte.

Jemand hatte einmal gesagt, dass das Leben dazu da war, um es zu meistern. Antonio konnte sich nicht mehr erinnern, wer diese Worte gesprochen hatte, vielleicht der Priester in der Kirche. Doch es spielte keine Rolle, von wem sie stammten, denn sie waren wahrhaftig, und das war alles, was in diesem Moment von Bedeutung war.

Er besaß nichts außer seinem Leben, und das würde er meistern – oder bei dem Versuch sterben. Es gab nichts darunter, und es gab nichts dazwischen, und diese Erkenntnis rief eine eigentümliche Regung von Hoffnung in ihm hervor, gepaart mit Erleichterung und sogar einem Anflug von Stolz.

Es wischte sich mit dem Unterarm die Tränen und den Rotz vom Gesicht und ging zurück in die Stadt.

Im Obergeschoss fing das Kind an zu greinen und war gleich darauf still. Lodovica nahm ihre Aufgabe ernst; sie ließ den Jungen niemals schreien, obwohl Laura wusste, dass die Hebamme es empfohlen hatte, da es, wie sie sagte, die Lungen kräftigte.

Laura war es lieber so, wie Lodovica es handhabte, denn das Geschrei verursachte ihr Unbehagen und Widerwillen.

Die Frauen, die gelegentlich vorbeikamen, um nach dem Rechten zu sehen, hatten sie mehrfach ermuntert, sich von Anfang an mit um ihren kleinen Bruder zu kümmern, doch bisher hatte sie sich nicht dazu aufraffen können. Es schien eine unsichtbare Schranke zu geben, die sie daran hinderte, an die Wiege zu treten und hineinzusehen. Noch weniger mochte sie das Kind berühren oder es gar auf den Arm nehmen. Bis jetzt hatte sie sich weder zu dem einen noch dem anderen überwinden können.

Schon das Geschrei setzte ihr zu, wenn es länger dauerte als wenige Augenblicke, und sie ertappte sich bei der Überlegung, ob sie sich besser fühlen würde, wenn die Mutter das Kind mit ins Himmelreich genommen hätte.

Sie wusste, dass solche Gedanken sündig waren und dass sie dafür die Strafe Gottes verdiente, aber sie konnte ihnen nicht ausweichen. Allerdings hatte sie rasch für sich den Schluss gezogen, dass es nichts geändert hätte.

Ihre Trauer wäre ebenso lähmend und schmerzvoll gewesen, und auch ohne einen Bruder hätte sie von früh bis spät am Fenster in ihrer Kammer gesessen und zum Kanal hinuntergestarrt. Sie sah die Gondeln vorübergleiten oder betrachtete die Kirche am Campo auf der gegenüberliegenden Seite, sah die Menschen ihren Geschäften nachgehen und ihr Leben gestalten, als wäre alles wie früher. Die ganze Welt bestand rein äußerlich unverändert fort, und doch war nichts mehr so wie vorher. Dort, wo Laura einst ihren lebendigen Herzschlag gespürt hatte, schien nur noch ein harter Stein in ihrer Brust zu liegen, der ihr das Atmen erschwerte und sie daran hinderte, richtig zu essen.

Zu den Mahlzeiten brachte sie kaum etwas herunter, obwohl die Frauen der Scuola fast täglich frisches Essen vorbeibrachten. Lodovica war weniger zurückhaltend; ohne besondere Anstrengung vertilgte die Amme alles, was Laura übrig ließ.

Laura hatte kein Gespür dafür, wie viel Zeit seit der Beisetzung ihrer Eltern verstrichen war, als eine der Frauen zu ihr sagte, man warte darauf, dass die Nachbarn zurückkehrten. Vielleicht war eine Woche vergangen, vielleicht auch zwei, es war ihr egal. Doch im Laufe der folgenden Tage spürte sie wachsendes Unbehagen wegen dieser Bemerkung über die Nachbarn.

Als an einem der folgenden Vormittage das Boot der Filacenovas unten am Steg anlegte und die Schar der mondgesichtigen Knaben an Land hüpfte, wusste Laura mit einem Mal, dass einschneidende Änderungen bevorstanden.

Messèr Filacenova stieg vom Boot und half seiner Frau heraus, und Monna Pippa blieb auf der Fondamenta stehen. Der Ausdruck, mit dem sie zu dem Anbau ihres Hauses hinaufschaute, ließ Laura nichts Gutes ahnen.

Monna Pippas Miene war abwägend und gleichzeitig auf berechnende Weise fröhlich. Es gab keinen Zweifel, dass sie über das Vorgefallene bereits im Bilde war. Dramatische Geschichten wie die der Familie Monteverdi sprachen sich rasch im Sestiere herum.

Als ihr Blick auf Laura fiel, veränderte sich ihr Gesichtsausdruck, und die Verschlagenheit machte aufgesetzter Betroffenheit Platz.

Sie hob die Hand und winkte nach oben. »Laura, du armes Waisenkind! Warte, ich komme gleich!«

Monna Pippa trieb ihre Söhne ins Haus und überwachte die Entladung des Gepäcks. Ihr Mann half beim Tragen der Seekisten und verschwand schließlich mit den Knaben im Palazzo, während Monna Pippa zum landseitigen Eingang des Anbaus eilte. Laura hätte sich am liebsten in Luft aufgelöst oder wenigstens versteckt, doch Monna Pippa hätte ohnehin die erstbeste Gelegenheit genutzt, das Haus von oben bis unten zu inspizieren.

Laura hörte sie unten rumoren und herumkramen. Sie verließ widerwillig ihren Platz am Fenster, doch als sie zur Treppe kam, war Monna Pippa bereits auf dem Weg nach oben. Sie kam in die Schlafkammer der Eltern geplatzt und blickte sich um, als wollte sie Maß nehmen. Ihre Gewänder waren noch fleckig und verschwitzt von der Reise, und ihre Frisur war verzottelt und in Auflösung begriffen, doch das schien sie nicht im Mindesten zu stören.

Ohne Laura eines Blickes zu würdigen, trat sie zu der Amme, die im Lehnstuhl der Mutter saß und das Kind stillte.

»Sieh da«, sagte sie. »Ein gesunder Knabe, sagte man mir. Nun, er sieht wirklich gesund aus. Hm, Haare hat er keine, was nach Lage der Dinge wohl ein Segen ist. Zu viele rothaarige Kinder in einer Familie können nur Unglück bringen. Und ihr habt ja wahrhaftig genug Unglück erlebt.«

Lodovica verlagerte das Kind an ihrer Brust und blickte zutraulich lächelnd zu Monna Pippa auf, doch diese wandte sich bereits ab und ging hinüber in Lauras Kammer, wobei sie Laura, die im Türrahmen stand, ungeduldig beiseiteschob.

»Lass sehen. Nun, hm. Ja, es geht. Irgendwie hatte ich es größer in Erinnerung, aber mit der Zeit ändern sich die Dinge, auch wenn es nur im Gedächtnis ist. Aber die Aussicht ist wundervoll, weit besser als drüben.«

Laura war dieses Gerede nicht geheuer. Dennoch stellte sie keine Fragen, in der Hoffnung, dass Monna Pippa bald wieder ging.

Zu ihrem Verdruss blieb die Nachbarin noch eine Weile, unter dem Vorwand, nachsehen zu wollen, ob es den armen Waisenkindern auch gut ging und ob sie alles hatten, was sie zum Leben brauchten. Sie streifte durch die Räume, schaute in Kisten und Truhen, hob Decken und Matten hoch und ging schließlich in die Werkstatt, wo sie die Entwürfe betrachtete, nach denen Guido Monteverdi seine Fresken gemalt hatte.

»Er war ein großer Künstler«, sagte sie, und zum ersten Mal kam es Laura so vor, als sei das Bedauern der Nachbarin echt. »Die Scuola wird es sich zum Anliegen machen, euch zu versorgen, da bin ich ganz sicher.«

Mit dieser Äußerung verschwand sie schließlich nach nebenan in ihr eigenes Haus.

Am Nachmittag desselben Tages erschien eine amtlich wirkende Abordnung zweier Mitglieder der Scuola. Sie waren in Begleitung ihrer Ehefrauen, die beide schon mehrfach hier gewesen und sich um die Kinder und den Haushalt gekümmert hatten.

Eine der beiden rief Laura nach unten, wo in der größeren Kammer der reinste Auftrieb herrschte, weil alle Besucher sich hier versammelt hatten, einschließlich Monna Pippa, die von nebenan herübergekommen war und sich mit wichtiger Miene neben den Zunftherren aufgebaut hatte, als hätte sie in einer wichtigen Angelegenheit mitzureden.

Die Frau strich Laura über das Haar. »Mein Kind, nun ist es so weit. Endlich ist alles geklärt. Es hat eine Weile gedauert, aber nun können wir die erfreuliche Nachricht überbringen, dass alles geregelt ist.«

»Geregelt?«, fragte Laura verständnislos.

Der Zunftmeister, ein Mann mit Backenbart und ordentlich gefältelter Tunika, ergriff das Wort. »Dank der Familie Filacenova konnten wir die Sache zu einem besseren Abschluss bringen, als wir erwartet hatten. Weißt du, deine Eltern haben dir ein wenig Geld hinterlassen. Viel ist es nicht, leider. Doch zu unserer großen Freude haben sich eure Nachbarn bereitgefunden, ein wenig beizusteuern, da sie, wie Monna Pippa uns berichtet hat, deinen Eltern und auch dir immer herzlich zugeneigt waren.«

Das ist gelogen!, wollte Laura schreien, doch der Zunftmeister redete bereits weiter.

»Es ist insgesamt keine große Summe, aber zusammen mit den Mitteln aus dem Hinterbliebenenfonds der Zunft reicht es für eine Unterbringung in einem Waisenhaus. Es ist eine Einrichtung des *Ospizio di Santa Maria della Pietà*, ein ordentliches Haus, das von Nonnen geführt wird. Ich habe mir sagen lassen, dass die meisten Kinder aus den Heimen dieses Ordens gesund und kräftig ins Leben entlassen werden, wenn sie das zwölfte Jahr erreicht haben. Das heißt, du kannst danach entweder eine Anstellung in einem Haushalt finden, oder du kommst in ein anderes Heim, in eine Unterbringung nur für Mädchen. Die Amme kann zunächst für ein Jahr bei euch bleiben, so lange wird die Entlohnung fortgesetzt. Danach sehen wir weiter.«

Als hätte sie ein Stichwort gegeben, trat Monna Pippa vor. »Laura ist ein vernünftiges Mädchen, sie wird gehorsam sein. Nicht wahr, Laura?«

Sie wollte Laura den Arm um die Schultern legen, doch Laura wich ihr aus und blickte fassungslos in die Runde.

»Warum können wir nicht einfach hierbleiben? Ich will nicht ins Waisenhaus!«

»Aber Mädchen, du bist erst neun Jahre alt«, sagte die Frau des Zunftmeisters.

»Zehn«, fuhr Laura sie an. »Ich bin schon fast zehn!«

»Und dein Bruder ist noch in den Windeln. Du bist nicht erwachsen genug, um ihn selbst versorgen zu können.«

»Das kann doch die Amme übernehmen!« Laura merkte, dass sie wütend wurde, doch sie bemühte sich, ihren Tonfall zu mäßigen. »Es kostet bestimmt viel weniger Geld, wenn wir hierbleiben, in unserem eigenen Haus!«

»Mein Kind, das Haus gehört nicht dir, sondern der Familie Filacenova. Und die Mittel, ein Haus dieser Größe für zwei Waisenkinder zu mieten, hat die Scuola nicht.«

»Aber wir müssen nichts bezahlen, darüber gibt es eine Urkunde!«, rief Laura. »Eine Urkunde, in der alles steht!«

»Sagte ich Euch nicht, wie dringend sie Erziehung braucht?«, meinte Monna Pippa. »Merkt Ihr, wie widerborstig sie ist?«

»Ihr seid eine Lügnerin!«, rief Laura. Tränen stiegen ihr in die Augen, die sie ungeduldig wegwischte.

»Du vergisst dich, Mädchen.« Der Zunftmeister räusperte sich. »Deine Trauer in Ehren, es versteht sich, dass du außer dir bist und dass es schwer für dich ist. Aber freche Reden stehen einem Kind nicht an. Genug jetzt mit dem dummen Geschwätz. Geh hinauf und pack deine Sachen.« Er wandte sich an die beiden Frauen. »Helft ihr, dann geht es schneller.«

Die Frauen erklommen die Stiege, während Monna Pippa mit ihrem lieblichsten Lächeln stehen blieb und die Zunftherren in ein Gespräch verwickelte. Laura erschien es, als sei sie in eine Art Schauspiel geraten, eine merkwürdige Vorführung von Menschen, die in Wirklichkeit nicht zu ihrem Leben gehörten. Es kam ihr fast so vor, als könnte sie einmal in die Hände klatschen, und der ganze Spuk wäre vorbei. Doch oben gingen die Frauen rührig und unter gemurmelten Unterhaltungen ihrer Aufgabe nach, und hier unten in der vorderen Kammer standen Abgesandte der Zunft mit der Nachbarin zusammen und redeten mit ihr über das Wetter und die Essgewohnheiten im fernen Portugal, als gäbe es nichts Interessanteres auf der Welt.

Eine der Frauen kam mit einer prall gefüllten Tasche wieder nach unten, die andere Frau folgte mit dem Säugling in den Armen. Hinter ihr kam Lodovica die Stiege herabgeklettert, eine kleine Reisetruhe vor der Brust balancierend. Ihr Lächeln wirkte ein wenig zaghafter als sonst, doch bis auf ein paar scheue Seitenblicke in Richtung der wartenden Männer machte sie keinen allzu beunruhigten Eindruck. Erst als das Kind anfing zu schreien, begann sie, von einem Fuß auf den anderen zu treten und Hilfe suchend in die Runde zu schauen.

Laura blickte sich voller Panik um. Anscheinend war vorgesehen, dass es sofort losging.

»Aber … was ist mit den Sachen meiner Eltern!«, rief sie aus. Ihr Blick fiel auf die abgestoßene emaillierte Schmuckdose, die auf dem Wandbord stand, ein Lieblingsstück ihrer Mutter. Und dort, der Rasierspiegel ihres Vaters, über den er immer seine

Witze gemacht hatte, weil er so blind war, dass er nicht einmal seine Nase darin erkennen konnte …

»Deine Eltern besaßen nichts von Wert, mein Kind«, sagte die Ehefrau des Zunftmeisters.

Die Bilder, dachte Laura wie betäubt. Da sind doch die Wandbilder! Mein Löwe!, durchfuhr es sie. Was wird nun aus meinem Löwen?

Die Frau des Zunftmeisters drückte ihr das kreischende Bündel in die Arme. »Hier, nimm deinen Bruder, ich trage mit Lodovica eure Sachen aufs Boot.«

Laura hätte das Kind um ein Haar fallen lassen, weil sie nicht damit gerechnet hatte, es halten zu müssen.

»Aber ich kann doch nicht ohne …« Laura verstummte, denn sie wusste nicht, was sie noch hätte sagen sollen. Es war von himmelschreiender Offensichtlichkeit, dass sie die Fresken nicht mitnehmen konnte.

»Wir werden alles, was noch halbwegs brauchbar ist, zu deinen Gunsten verkaufen«, versprach die andere Frau.

Laura konnte ihre Worte kaum verstehen. Das Kind in ihren Armen schrie so ohrenbetäubend, als wüsste es ganz genau, dass die ganze Welt ringsum in Scherben fiel.

Es fuchtelte mit den Händchen vor seinem Gesicht herum und versuchte, sich die Finger in den Mund zu schieben, was jedoch kläglich misslang. Laura wagte kaum, sich zu bewegen, weil sie Angst hatte, das Kind zu verletzen. Es war unerwartet leicht, man brauchte kein bisschen Kraft, um es zu halten.

Das Köpfchen, das hinter den beweglichen Fäustchen zu sehen war, hatte eine rosa Färbung angenommen, die immer stärker wurde, je länger das Kind brüllte. Gegen ihren Willen fasziniert, betrachtete Laura ihren Bruder. Sein Kopf war nicht haarlos, wie Monna Pippa heute Vormittag behauptet hatte, sondern von einem dünnen hellen Flaum überzogen. Die Augen waren zugekniffen, sodass unmöglich festzustellen war, welche Farbe sie hatten. Dafür war der Mund so weit aufgerissen, dass die zahnlosen kleinen Kiefer vollständig zu sehen waren, einschließlich des schwingenden Gaumensegels. Die Haut der Wangen und der Ärmchen war hell und so makellos, dass nicht die geringste Unebenheit darauf zu erkennen war.

»Es will trinken«, hörte Laura die Amme von draußen jammern.

»Unsinn, es ist satt, vorhin hat es in meinen Armen aufgestoßen«, versetzte die Frau des Zunftmeisters. »Ich hatte selbst fünf und weiß, wann sie hungrig sind oder nur aufgeregt. Du solltest Acht geben, dass du die kleinen Dinger nicht immer so verzärtelst, Lodovica, das habe ich dir oft genug gesagt!« Die Frau hob die Stimme und rief durch die offene Tür ins Haus: »Laura, nun komm endlich!«

Laura gehorchte und setzte sich unsicher in Bewegung, den Blick auf das Gesicht des Säuglings gerichtet. Die anderen folgten ihr nach draußen auf die Fondamenta, und als sie am Rand der steinernen Ufermauer stehen blieb, nahm ihr Monna Pippa das Kind aus den Armen und wartete, bis Laura ins Boot gestiegen war, bevor sie es ihr mit aller Selbstverständlichkeit wieder übergab.

Laura sah die Filacenova-Kinder oben in den offenen Fenstern ihrer Kammern stehen und nach unten glotzen. Hinter ihnen stand ihr Vater, doch als Lauras Blick den seinen traf, trat er schnell vom Fenster zurück.

Monna Pippa räusperte sich. »Nun kann es losgehen, nicht wahr?« Sie lächelte, doch ihre Miene wirkte dabei seltsam maskenhaft.

Für einen Moment meinte Laura, in ihren Augen außer der deutlich erkennbaren Zufriedenheit auch eine Spur von schlechtem Gewissen wahrzunehmen. Doch dann drehte die Nachbarin sich weg und ging davon.

»Viel Glück«, rief sie über die Schulter zurück.

Die Frau des Zunftmeisters wies Laura an, sich auf eine der niedrigen Bänke zu setzen, die auf dem Traghetto für Passagiere vorgesehen waren. Die beiden Männer der Scuola und die zweite Frau bestiegen ebenfalls das Boot und ließen sich auf den Bänken nieder.

Der *Barcaruolo* löste das Haltetau und stieß das Traghetto mit dem Ruder von der Ufermauer weg.

»Ich kann mich gar nicht daran sattsehen«, sagte der Zunftmeister. »So ein prachtvolles Fresko! Dein Vater war wirklich ein großer Maler, mein Kind.«

Laura konnte nur stumm die Fassadenmalerei betrachten, während das Boot sich langsam von der Anlegestelle entfernte und den Kanal entlangglitt.

Die Sonne tauchte das Haus, in dem sie aufgewachsen war, in strahlende Helligkeit. Das Licht verwandelte die Außenwände des Anbaus in einen geheimnisvollen Garten, in dem die Rosenbüsche sich bis in weite Fernen erstreckten. Im Vordergrund wirkten die üppigen Blüten so echt, dass man meinte, sie greifen und ihren Duft einsaugen zu können, und im Hintergrund bildeten die ausladenden Ranken vor dem mehrfarbigen Grün der gemalten Wiese eine Kulisse sommerlicher Vollkommenheit.

Das Boot fuhr um die nächste Kanalbiegung, und das Haus entschwand ihren Blicken. Tränen ließen die Welt vor Lauras Augen verschwimmen, und als sie auf das Kind in ihren Armen hinabschaute, sah sie, dass eine davon auf die kleine Stirn gefallen war. Unwillkürlich hob sie die Hand und verrieb die wässrige Perle. Die Haut unter ihrer Fingerspitze war weich und so zart wie Daunen. Im selben Moment wurde ihr klar, dass sie ihren Bruder zum ersten Mal richtig berührt hatte. Der kleine Junge lag still in ihren Armen. Er hatte die Augen geöffnet, und nun konnte sie auch das Dunkelblau seiner Iris sehen. Sein Blick schien sich ins Ungewisse zu richten, und er riss den kleinen Mund zu einem Gähnen auf, dem eine drollige Grimasse folgte. Fasziniert betrachtete Laura das Mienenspiel des Neugeborenen.

Lodovica streckte die Arme aus. »Ich nehme den Kleinen wieder!«

Laura schüttelte den Kopf und drückte das Bündel fester an sich. »Später«, sagte sie. »Lass ihn mich während der Fahrt halten.«

Sie hatte ihr Zuhause aufgeben müssen. Ihren Platz am Fenster, den Himmel in ihrem Zimmer, den Löwen. Die Emaildose der Mutter, den Rasierspiegel des Vaters, seine Zeichnungen und Entwürfe. Das Rosenfresko am Haus. All die Erinnerungen, die künftig nicht mehr mit Bildern vor ihren Augen verknüpft werden konnten, nur noch mit solchen, die sie in ihrem Inneren sah. Und doch hatte sie das Wichtigste von allem mitgenommen, das Beste, das von ihren Eltern geblieben war. Sie blickte erneut auf ihren Bruder nieder. Er war ein Mensch, winzig noch, aber von ihrem Blut. Ein vollkommenes kleines Wesen, das in ihren Armen lag und ihr anvertraut war.

»Matteo«, sagte sie. Und dann gleich noch einmal: »Matteo!«

Es war, als könnte sie eine besondere Verbindung zu ihm herstellen, indem sie seinen Namen aussprach.

Sie schaute ihn an und fühlte seine Wärme und seine Zerbrechlichkeit, und mit einem Mal begriff sie, dass ihr Leben nicht vorbei war, sondern lediglich eine Wendung genommen hatte. Die Zukunft, die vor ihr lag, mochte ungewiss und wenig verheißungsvoll sein, doch immerhin gab es eine, und für den Moment blieb Laura nichts anderes übrig, als sich ihr zu stellen – und sie mit ihrem Bruder zu teilen.

»Matteo«, sagte sie abermals, und diesmal berührte sie der Klang seines Namens bis tief in die Seele.

Teil 2

Februar 1503

Laura wich unter die Arkadengänge zurück, als zwei betrunkene Männer ihren Weg kreuzten. Sie waren maskiert, und diese schwarzen Masken, die vom Haaransatz bis zum Kinn reichten, versetzten Laura jedes Mal in Panik. Sie konnte sich noch so oft sagen, dass ihre Furcht kindisch war – sie war machtlos dagegen. Deshalb schaute sie bei den Männern, die auf diese Art maskiert waren, immer wieder auf die Hände. Sie tat es wie aus einem Zwang heraus, obwohl sie wusste, dass es sinnlos war, denn in diesem Gedränge waren die Hände der Vorübereilenden kaum lange genug zu sehen.

Außerdem war sie nicht hergekommen, um sich vor Maskenträgern zu ängstigen, sondern weil sie den Karneval erleben wollte. Sie hatte schon im letzten Jahr versucht, ihren Vater davon zu überzeugen, dass sie alt genug war, um zum *Giovedì grasso* zu gehen, doch er hatte es kategorisch abgelehnt. Nachdem sie es endlich geschafft hatte, ihm doch einen Besuch auf der Piazza abzutrotzen, hatte er Husten und Fieber bekommen und musste das Bett hüten. Er hatte ihr versprochen, sie zum nächsten Fest mitzunehmen.

Wie immer spürte Laura den scharfen Schmerz des Verlustes, wenn sie an ihn dachte. Der Tod der Eltern hatte nur wenig von seinem Schrecken verloren, auch wenn die Bilder mit der Zeit ein wenig verblasst waren.

Ihr Vorhaben, am Giovedì grasso zur Piazza San Marco zu gehen, um den Sturz der Schweine vom Campanile und die rituelle Tötung des Bullen mitzuerleben, hatte sich auch in diesem Jahr zerschlagen, weil *Suor* Arcanzola mehrere Mädchen wegen Ungehorsams zu einer außerplanmäßigen Reinigungsaktion abkommandiert hatte. Laura hasste das Putzen, aber es war auch nicht schlimmer als manches andere. Dass diese Strafaktion jedoch ausgerechnet am Karnevalsdonnerstag stattfand, war eine Niedertracht, die sie mehr ärgerte als all die anderen Gemeinheiten in der letzten Zeit.

Immerhin war der Karneval noch nicht zu Ende, und vielleicht war der heutige Faschingsdienstag sogar der ausgelassenste Tag von allen. Er war ein Staatsfeiertag, und so konnten die Leute schon am frühen Morgen alle närrischen Freiheiten genießen. Außerdem war es wärmer als in der vergangenen Woche, in der es stark geregnet hatte und überall Pfützen gestanden hatten.

Heute war kein einziger Tropfen gefallen; die Luft war beinahe lind, und Laura meinte sogar, bereits einen Hauch von Frühling zu spüren. Der Wind, der vom Meer hereinstrich, war noch kühl, doch auf eine Art, die einen nicht zum Frösteln brachte, denn die Wärme der Nachmittagssonne wirkte noch nach.

Auf der Piazza herrschte ein Gedränge, als hätte sich die gesamte Bevölkerung der Stadt auf der weiten Fläche zwischen Dogenpalast, Prokuratie und Basilika sowie rund um den Campanile versammelt. Das Karnevalstreiben war so dicht, dass man sich kaum dazwischenschieben konnte, ohne angestoßen zu werden.

Laura betrachtete entzückt die Verkleidungen der Menschen, fantasievolle Masken von Stieren, Hunden, Katzen oder prächtig gefiederten Vögeln, mit glitzerndem Tand bestickte Frauenmasken aus Samt und diabolisch geschnittene Halbmasken mit Federbesatz. Auch die Umhänge und Wämser waren bunt verziert, mit Glasperlen, Tüchern, Fell oder einfach nur Lumpenstückchen. Die meisten Feiernden hatten bereits reichlich dem Alkohol zugesprochen; nicht wenige der Umherziehenden wankten grölend einher oder hielten sich an den Säulen fest, oftmals nur, um einen besseren Stand zu gewinnen, während sie sich übergeben mussten.

Musikanten mit Flöten, Trommeln und Zupfinstrumenten hatten sich unter den Arkaden versammelt und spielten für die Menge zum Tanz auf. Singend und lachend bewegten sich die Zuhörer gruppenweise im Takt der Musik. Überall gab es verliebte Paare, die einander in den Armen lagen und Küsse tauschten. Hier und da ging es auch recht handgreiflich zur Sache, doch die wirklichen Exzesse, über die im Heim hin und wieder getuschelt wurde und von denen Laura nur vage Vorstellungen hatte, würden sich bestimmt erst später in der Dunkelheit abspielen.

Auf der Piazza gab es wie an den Markttagen Buden, an denen Getränke und Speisen verkauft wurden. Jeder kam auf seine Kosten, egal, ob er lieber Wein, Schnaps oder Wasser trank. In kleinen Garküchen wurden über glühenden Kohlen Fische und Fleischstücke gegrillt, die mit frischem Brot serviert wurden.

Der Duft stieg Laura in die Nase und brachte ihren Magen zum Knurren. Das Mittagessen war lange her, und Abendbrot würde es erst nach dem Vespergebet geben. Geld besaß sie nicht, keinen einzigen Bagattino. Lodovica hatte manchmal eine Hand voll Münzen in der Tasche; sie holte sich einmal wöchentlich ihren Ammenlohn bei der Scuola ab – und gab es zumeist schon auf dem Heimweg für Zuckerzeug und Kuchen aus, von dem am Ende des Tages schon nichts mehr übrig war. Da sie für die Dauer eines ganzen Jahres in dem Heim Kost und Logis frei hatte, kümmerte es sie nicht weiter. Als Amme war sie eine der wenigen, die immer satt zu essen bekamen, und Geld bedeutete ihr ohnehin nicht viel; sie war zufrieden, wenn sie Matteo in den Armen halten konnte.

Einer der betrunkenen Kostümierten kaufte sich eine Hühnerkeule und biss hinein, während er dicht an Laura vorüberging. In der anderen Hand hielt er eine Flasche, aus der er einen Schluck nahm, während er das Hühnerbein achtlos fallen ließ, direkt vor Lauras Füße. Er machte keine Anstalten, es wieder aufzuheben, sondern torkelte lauthals singend weiter.

Laura bückte sich und hob das gebratene Fleischstück auf. Es war noch heiß und völlig unversehrt, bis auf die Stelle, wo der Betrunkene abgebissen hatte. Sie blickte dem Mann nach, doch er war bereits im Gewühl verschwunden. Der Duft der Hühnerkeule war betäubend und so verlockend, dass sich in ihrem Mund sogleich Speichel sammelte. Laura zögerte nicht lange, sie schlug die Zähne in das köstlich knusprige Fleisch und kaute gierig. Der Hunger war seit Monaten das Schlimmste, und sie hatte sich, anders als an die meisten anderen Schikanen, nicht daran gewöhnen können. Fleisch gab es nur an hohen Festtagen, Süßspeisen so gut wie nie. Die Portionen waren knapp bemessen, die Suppe meist dünn und wässrig, das Brot hart und manchmal sogar madig. Trotzdem aß sie jedes Mal alles bis auf den letzten Bissen auf, weil der Hunger sie dazu zwang. Sie fragte sich bereits jetzt bange, was wohl werden würde, wenn Matteo von Lodovicas Milch nicht mehr satt wurde. Er hatte die ersten Zähnchen bekommen. Die Amme hatte schon davon gesprochen, dass er bald feste Nahrung brauchte.

Bratfett triefte ihr über das Kinn, und sie wischte es sorgfältig mit der Hand weg, bevor es ihr Gewand beschmutzen konnte. Wenn sie mit Fettflecken auf dem Kleid zurückkehrte, würde irgendjemand es riechen und sie bei Suor Arcanzola anschwärzen, obwohl Laura sich in der letzten Zeit alle Mühe gab, sich so unauffällig wie möglich zu benehmen.

Das Musikstück, das der Flötist soeben anstimmte, hatte sie schon gehört, es war eines der Lieder, die häufig von den Gondolieri gesungen wurden. Sie summte die Melodie mit, wippte auf den Füßen und wiegte sich im Takt, während sie den Hühnerschenkel bis auf den Knochen abnagte.

Ein Stelzenläufer stakste in der Menge umher, das geschminkte Gesicht zu einem breiten Lachen verzogen. Unwillkürlich dachte Laura an jenen Nachmittag im letzten August, als sie hier auf der Piazza ebenfalls einen Stelzenläufer gesehen hatte. Er hatte der verwachsenen Frau mit den roten Haaren beim Verkauf von Kräutermedizin geholfen.

Ob es derselbe Stelzengänger war wie im Sommer?

Entschlossen verdrängte sie die Gedanken an den damaligen Tag. Sie würde nichts mehr daran ändern, egal, wie lange und wie oft sie deswegen grübelte.

Ein Mädchen ging vorbei und blieb nur wenige Schritte von Laura entfernt stehen. Sie war vielleicht zwölf oder dreizehn Jahre alt und so schön, dass Laura den Knochen aus dem Mund nahm, um sie anzustarren.

Ihr blondes Haar hing offen bis auf die Hüften herab. Sie war nicht maskiert oder verkleidet; das einzige Zugeständnis an den Karneval bestand darin, dass sie ihre Lippen und Wangen geschminkt und ihre Augen dunkel umrandet hatte, aber auf eine geschickte Art, die es kaum auffallen ließ, dass sie geschminkt war. Sie war in Begleitung eines Mannes, der bedeutend älter war als sie, wahrscheinlich hoch in den Zwanzigern oder auch bereits Anfang der dreißig. Er trug einen Turban als Verkleidung und hatte sich die Wangen mit Kohlenstaub bestrichen.

»Wir können später zu mir gehen«, meinte das Mädchen. Ihre Stimme klang besänftigend. »Lass uns noch ein bisschen hier Karneval feiern! Es ist der letzte Tag heute!«

»Ich will es aber jetzt«, widersprach der Mann. Er war betrunken, seine Stimme klang verwaschen. »Wir können es auch irgendwo in einem Hinterhof tun. Du machst es mir mit dem Mund, und danach können wir weiterfeiern.«

»Und ich sage dir, ich will *jetzt* feiern.«

»Nein, wir machen, wie ich es sage. Ich bezahle schließlich, oder nicht? Also ist es mein Recht!«

»Du hast noch nichts bezahlt, und du hast überhaupt keine Rechte, was mich betrifft.«

»Wirklich?« Der Mann packte das Mädchen bei den Haaren und schleifte es unter die Säulen bis zur Wand, wo er sie gegen die Mauer stieß, als wäre sie ein Bündel Lumpen. Zu Lauras Entsetzen zog er gleichzeitig einen Dolch und setzte ihn ihr an die Kehle.

»Nimm die Röcke hoch«, herrschte er sie an.

»Wir können unmöglich hier …«

»Tu es, oder ich ramme dir meinen Dolch in den Hals. Es wird niemanden scheren. Eine Hure weniger auf der Welt, was macht das schon.«

Laura hatte den Hühnerknochen fallen lassen. Nervös wischte sie die Hände an ihrem Überkleid ab, und als ihr einfiel, dass sie sich nicht mit Essensfett beschmutzen wollte, war es schon zu spät. Rasch hob sie die Keule wieder auf. Es waren noch ein oder zwei Bissen dran, die würde sie nicht vergeuden.

Sie ist nur eine Hure, sagte sie sich. Sie hat sich für diesen Weg entschieden.

Doch sie hatte sich ganz gewiss nicht entschieden, mit einem Messer am Hals dazu gezwungen zu werden. Laura sah sich rasch um, aber niemand außer ihr hatte bisher von dem Paar Notiz genommen. Alle anderen, die sich in der unmittelbaren Umgebung der beiden aufhielten, waren zu betrunken, um darauf zu achten, was hinter ihnen im Schatten der Säulen geschah.

»Ja, so ist es brav«, sagte der Mann. »Und jetzt fass mich an.« Er grunzte und bohrte das Messer fester in den Hals des Mädchens, so stark, dass Blut hervortrat. »Mhm, das gefällt mir, so mag ich das!« Noch mehr Blut lief dem Mädchen über den Hals, und in ihren Augen stand nackte Todesangst.

Laura spürte, wie die Wut in ihr hochkochte, ein wildes inneres Brodeln, dem sie nichts entgegensetzen konnte. Sie holte aus und schleuderte den Hühnerknochen gegen den Fremden. Der Mann wurde an der Wange getroffen und fuhr herum.

»Wer war das?« Er hob wütend den Dolch, als er Laura sah. Mit drei langen Sätzen war er bei ihr und packte sie beim Schopf. Die Haube wurde ihr heruntergerissen, und der Mann ergriff kurzerhand ihren Zopf und hielt sie auf diese Weise fest.

Er drängte sie so heftig zurück, dass ihr Hinterkopf gegen eine Säule prallte.

Laura spürte die scharfe Schneide des Messers unter ihrem Kinn, und gleich darauf einen heißen Schmerz. Er hatte ihr die Haut aufgeschlitzt!

»Dann machst du eben weiter, du rote Hexe«, stieß er hervor. Sein nach Schnaps stinkender Atem schlug ihr ins Gesicht, während er seinen Unterleib gegen sie drängte. Sie spürte etwas Hartes, Nacktes an ihren Fingern und riss sofort die Hand weg.

Im nächsten Moment hörte der Druck gegen ihre Kehle auf. Der Mann ließ den Dolch sinken und torkelte einen Schritt zur Seite, einen erstaunten Ausdruck in den Augen. Er stolperte noch weiter weg, bis er an der benachbarten Säule Halt fand. »Du …«, brachte er stammelnd heraus. Er presste sich die Hand in die Seite. »Du hast …«

Verstört sah Laura, dass zwischen seinen Fingern Blut hervorquoll. Dann trat eine hochgewachsene, schmale Gestalt zwischen sie und den Verletzten. Zuerst dachte sie, es wäre ein Junge in der Verkleidung eines Mohren, doch dann erkannte sie ihren Irrtum. Es war der entlaufene Sklave. Er hielt ein Messer umklammert, dessen schartige Klinge mit Blut befleckt war.

»Schnell weg hier«, sagte das Mädchen. »Nun komm schon, worauf wartest du?« Sie fasste Laura beim Arm und zog sie fort, während sie sich hastig nach allen Seiten umschaute.

Der Mann hielt sich immer noch an der Säule fest. Um ihn herum tobte der Karneval, und niemand achtete auf ihn, auch nicht, als er den Halt verlor und zu Boden sackte.

Das war das Letzte, das Laura von den Geschehnissen unter den Arkaden mitbekam, während das Mädchen sie tief in das Gewimmel auf der Piazza und in Richtung Torre dell'Orologio zog.

Sie drückte den Handballen gegen den Schnitt an ihrem Hals. Es brannte scheußlich, aber es blutete nicht sehr stark, nicht so schlimm wie bei dem Mädchen, dessen Ausschnitt mit roten Flecken gesprenkelt war.

Laura wandte sich zu dem Schwarzen um, der ihnen wie ein Schatten folgte. Ihr Herz schlug so heftig, dass sie glaubte, es müsste ihren Brustkorb sprengen, und sie wusste nicht, ob es von der Anstrengung des Laufens kam oder daher, dass er wieder aufgetaucht war, so wie sie es vorausgesehen hatte. Sie hatte seit damals nur selten an ihn gedacht, doch alle Einzelheiten, die sie an jenem Tag auf der Riva degli Schiavoni beobachtet hatte, standen ihr so deutlich vor Augen, als wäre es gestern gewesen.

An den Flügeln seitlich vom Uhrturm wurde immer noch gebaut. Menschen waren auf das Gerüst geklettert und hockten grölend und trinkend auf den Holzbalken. Laura wich hastig zur Seite, als einer von ihnen sich in hohem Bogen auf die Piazza übergab.

Sie erreichten den Uhrturm, und Laura folgte dem blonden Mädchen in den Durchgang zur Merceria. Sie zuckte zusammen, als in diesem Moment die großen bronzenen Mohren oben auf dem Gebäude die Glocke zur vollen Stunde schlugen. Ihr blieb noch eine Stunde Zeit bis zur Vesper, doch die Freude am Karneval war ihr vergangen. Ihr Kleid war mit Fett und Blut beschmiert, was unweigerlich zu lästigen Fragen führen würde.

Hinter dem Uhrturm wandten sie sich nach rechts und liefen durch das angrenzende Gassengewirr nördlich der Basilika, bis das Mädchen nach einer Weile schwer atmend stehen blieb und sich an eine Hauswand lehnte. »Hier können wir ausruhen«, sagte sie. Neugierig wandte sie sich zu Laura um. »Wie heißt du?«

»Laura. Und du?«

»Valeria. Und das ist Carlo.«

Laura betrachtete den schwarzen Jungen. Seit sie ihn das erste Mal gesehen hatte, schien er noch um einiges gewachsen zu sein, er überragte sie um vier Handbreit oder mehr. Ob schwarze Menschen schneller wuchsen als andere?

»Danke für deine Hilfe, Carlo«, sagte sie, weil ihr nichts Besseres einfiel.

Er hob lediglich die Schultern. Das Messer hatte er in eine

Schlaufe an seinem Gürtel geschoben. Die langen Arme hingen locker an seinen Seiten herab, dünn und sehnig unter dem verschlissenen Hemd. Die Füße, die unten aus den grob gewebten Beinkleidern herausschauten, waren nackt, aber mit einer so ledrigen Hornschicht bewachsen, dass es aussah, als wären sie besohlt.

»Es war gut, dass du heute in meiner Nähe warst, Carlo«, fuhr Valeria im Konversationston fort. »Meinst du, er wird den Bütteln noch was über uns erzählen können?«

»Mann tot«, sagte Carlo. Seine Stimme war dunkel und samtig, und zugleich war sie unterlegt von einem seltsam kehligen Klang, der die Fremdartigkeit seines Äußeren unterstrich.

»Gut gemacht«, meinte Valeria fröhlich. Zu Laura meinte sie: »Carlo hat so eine Art, einem Sicherheit zu geben, weißt du. Oft ist er nicht weit entfernt, auch wenn man es nicht merkt. Er schafft es irgendwie immer, sich zu verstecken, darauf versteht er sich wie niemand sonst. Und dann taucht er auf, wenn man gar nicht mit ihm rechnet.«

Laura schluckte. Der Tod des Mannes schien dem Mädchen nicht das Geringste auszumachen, und das flößte ihr Angst ein. Gleichzeitig war sie dankbar für die rechtzeitige Hilfe Carlos und außerdem seltsam erleichtert, weil er sich nach seiner dramatischen Flucht im letzten Jahr durchgeschlagen hatte und wohlauf war.

Mittlerweile hatte sich die Dämmerung herabgesenkt, und in den Gassen wurde es merklich dunkler und allmählich auch kühler. Schnapsdunst, Rauch und der Geruch nach gebratenem Fleisch lagen in der Luft. Sie befanden sich auf einem Kirchplatz, an dem ein breiter Kanal vorbeiströmte. Auch hier waren viele Passanten unterwegs, doch es herrschte bei weitem nicht so ein Gedränge wie auf der Piazza. Gondeln glitten über den Kanal, in denen weitere Menschen saßen, die lachten und sangen und zum Ufer herüberwinkten.

»Wo wohnst du?«, wollte Valeria wissen. Sie war an der Wand hinabgerutscht und lehnte mit den Schultern an der Mauer, einen

Zipfel ihres Gewandes gegen die Wunde an ihrem Hals drückend und den Blick auf Laura geheftet.

»In einem Waisenhaus«, sagte Laura. »Ich muss zur Vesper wieder dort sein, da wird kontrolliert und Essen verteilt. Und wo wohnt ihr?«

»In einem Mietshaus am Corte Cavallo, in der Nähe der Chiesa Madonna dell'Orto in Cannaregio.«

»Hast du Eltern?«

»Keine Ahnung. Falls ja, haben sie vergessen, sich mir bekannt zu machen.«

»Wohnt ihr alleine? Ich meine, ganz für euch? Ohne dass es jemand verbieten will?«

Valeria zuckte die Achseln. »Manchmal gibt es Ärger, aber damit muss man leben.«

»Gefällt es euch in dem Haus?«

»Im Moment ist es eine Zumutung; neulich ist bei uns auf dem Dach die *Altana* abgebrannt, das ganze Haus ist verrußt, und es stinkt immer noch zum Erbarmen nach Qualm. Aber sonst kann man nichts gegen das Wohnen und die Leute dort sagen. Wir haben unsere Ruhe. Vor allem, seit Antonio letzten Sommer diesem Schwein von Bader gezeigt hat, wozu ein kleines scharfes Messer gut ist.« Sie betrachtete Laura abwägend. »Und was ist mit dir? Gefällt es dir im Waisenhaus?«

»Nein, ich hasse es!«, entfuhr es Laura. »Wenn ich Geld hätte, würde ich weglaufen.« Sie holte Luft. »Dort, wo ihr wohnt – muss man da viel bezahlen für einen Schlafplatz?«

Valeria strich sich das Haar aus der Stirn. »Komisch, dass du das fragst. Wir hätten gerade Plätze frei. Letzten Sommer ist ein Mädchen gestorben, und vorige Woche erst sind zwei Brüder ausgezogen.«

»Wo sind sie hingegangen?«

»In den Kerker. Der eine wurde beim Klauen erwischt. Dann mischte der andere sich ein, und in der ganzen Aufregung wusste auf einmal niemand mehr, wer der Dieb war. Sie sind Zwillinge, weißt du. Also hat man beide eingesperrt.«

»Wird man ihnen die Hände abhacken?«, fragte Laura beklommen. Suor Arcanzola hatte mehrfach erzählt, dass dies die Strafe für Diebe war, und Laura hatte auch schon früher davon gehört, als ihre Eltern noch lebten.

»Nicht beim ersten Mal und nicht, bevor sie vierzehn sind. Sie werden eine Weile in einem Verlies schmoren, dann steckt man sie wahrscheinlich in eine Besserungsanstalt der Mönche, wo sie Wassersuppe zu essen kriegen, täglich grün und blau geschlagen werden und so lange beten müssen, bis sie den gesamten Rosenkranz vor- und rückwärts hersagen können.«

»Also so ähnlich wie im Waisenhaus.«

»Genauso.«

»Warst du früher auch im Waisenhaus?«

Valeria nickte. »Ist zum Glück lange her.« Ihr Gesicht hatte sich verschlossen. Sie betastete die Wunde an ihrem Hals und betrachtete anschließend ihre Finger. Sie blutete nicht mehr, trotzdem stand ein hasserfüllter Ausdruck auf ihrem Gesicht.

»Dem Kerl soll in der Hölle der Schwanz abfaulen!«

In einer einzigen fließenden Bewegung stemmte sie sich vom Pflaster hoch, und Carlo, der im Hintergrund gewartet hatte, glitt wie ein Schatten an ihre Seite.

Aus einem der benachbarten Häuser kam ein Mann und zündete mit einem glimmenden Kienspan die Fackeln an, die in Halterungen an der Fondamenta steckten. Er war gut gelaunt und strahlte die Kinder an. »Feiert ihr Karneval?«, rief er herüber.

Laura sah, wie Valeria den Mann musterte, ihn dann aber offensichtlich für nicht interessant genug hielt.

»Komm, Carlo«, sagte sie. »Lass uns den Rest vom Karneval genießen.«

Sie wandte sich zum Gehen und bedachte Laura über die Schulter hinweg mit einem leicht spöttischen Lächeln. »Mach's gut, armes Waisenmädchen. Lass dir nicht allzu übel mitspielen.«

Laura wusste nicht, was sie darauf erwidern sollte, und offenbar erwartete Valeria auch keine Antwort, denn ohne zurückzuschauen verschwand sie um die nächste Ecke. Carlo hingegen blickte Laura noch einmal an, bevor er Valeria folgte.

Laura hob die Hand und winkte ihm kurz zu. Danach starrte sie lange zu der Stelle hinüber, wo die beiden verschwunden waren.

Das Waisenhaus war zwar die Einrichtung eines Hospizes, unterstand aber der Verwaltung eines der zahlreichen Klöster, von denen es in der Stadt sowie den Außenbezirken mehrere Dutzend gab. Das Kloster, das vor rund dreißig Jahren gegründet worden war, lag in Santa Croce und wurde von Franziskanerinnen betrieben, doch das Waisenhaus befand sich nicht innerhalb der Klostermauern, sondern in einer benachbarten Gasse ohne Kanalzugang. Es war ein schmales, baufälliges Holzhaus, in dem knapp zwei Dutzend Kinder Platz fanden. Die Betreuung wurde zum Teil aus Mitteln der Scuola, zum Teil aus Mitteln der Hospizverwaltung sowie aus Klostergeldern finanziert, was dazu führte, dass sich zuweilen niemand so recht zuständig fühlte. Die Kinder blieben weitgehend sich selbst überlassen. Es gab im Haus nur eine von der Hospizverwaltung eingesetzte Betreuungsperson, eine Frau nahe den sechzig, die es meist vorzog, in ihrer Kammer zu dösen, statt sich den Kindern zu widmen.

Die Größeren hatten sich um die Kleinen zu kümmern, und für die ganz Kleinen gab es zwei Ammen – Lodovica nicht mitgezählt –, die indessen die meiste Zeit zu Hause bei ihren eigenen Familien verbrachten und nicht in dem Heim schliefen. Die Aufseherin, Monna Paulina, bereitete für die Kinder die Mahlzeiten zu, meist aus den Resten, die in der Klosterküche abfielen. Zwei Mal die Woche brachte ein Bediensteter der Contrada Lebensmittel für die übrigen Mahlzeiten, zu denen es selten etwas anderes gab als spärliche Rationen von Brot, billigem Fisch oder Käse.

Monna Paulina leitete die Kinder überdies bei der Reinigung der Wäsche und des Hauses an, doch auch das geschah eher unregelmäßig und ohne dass dabei Wert auf Gründlichkeit gelegt wurde. Mittwochs und sonntags holten zwei Nonnen die Kinder in der Frühe ab und führten sie zur Beichte oder zur Messe in die benachbarte Kirche.

Hin und wieder liefen Kinder aus dem Heim weg, um sich in den Gassen Venedigs allein durchzuschlagen, doch dafür kamen regelmäßig neue hinzu. Diejenigen, die blieben und nicht an schlechter Ernährung oder Krankheiten starben, kamen bei Erreichen des zwölften Lebensjahres entweder in andere – nach Geschlechtern getrennte – Heime oder wurden als Mägde oder Knechte in Haushalten und Klöstern untergebracht, eine Zukunft, die den meisten Kindern als erstrebenswertes Ziel vor Augen stand, weil sie sich davon weniger Schläge und reichhaltigere Mahlzeiten erhofften.

Es gab auch andere Wege, den Züchtigungen zu entgehen und besser zu essen, schon bevor man für das Waisenhaus zu alt war.

Suor Arcanzola, die Nonne, die vom Konvent für die Oberaufsicht des Waisenhauses abgestellt war, suchte in unregelmäßigen Abständen neue Eltern für die Kinder aus. Diese Kinder wurden gebadet und neu eingekleidet, und sie bekamen reichlich zu essen, bevor sie von Arcanzola abgeholt wurden.

Seit Laura in dem Heim lebte, war es erst drei Mal vorgekommen, doch die Kinder, die schon länger hier waren, wussten von anderen zu berichten, denen dieses Glück ebenfalls widerfahren war, und wie alle Kinder in dem Heim betete und hoffte Laura darauf, dass sie vielleicht ebenfalls ausgewählt wurde.

Laura war atemlos vom Laufen, als sie kurz vor dem Vesperläuten in das Heim zurückkehrte. Die Aufseherin, Monna Paulina, war in der Küche bereits mit den Vorbereitungen für das Abendbrot beschäftigt, sodass Laura unbeobachtet die Stiege zu der Kammer hinaufeilen konnte, die sie mit ihrem Bruder und Lodovica teilte. Ihr blieb gerade noch genug Zeit, sich vor dem Essen rasch umzukleiden.

Sie besaß für den Winter nur eine wollene Gamurra zum Wechseln, die allerdings erst gestern gewaschen worden war und daher vermutlich noch nicht richtig trocken war.

Im Flur des zweiten Stocks, wo sich ihr Zimmer befand, begegnete sie zu ihrem Entsetzen der Person, die sie am allerwenigsten hatte treffen wollen. Arcanzola kam zwar recht häufig her, aber selten vor der Vesper. In den letzten Tagen war sie gar nicht da gewesen.

Sie stellte sich Laura in den Weg und sog schnüffelnd die Luft durch die Nase ein. »Was ist das für ein Geruch? Bratenfleisch?« Sie packte Laura bei der Schulter und zog sie zur Treppe, wo auf dem Absatz ein Talglicht brannte. »Du hast dich schmutzig gemacht! Was sind das für Flecken? Fett, eindeutig. Und das hier? Ah, Blut! Was hast du da am Hals? Einen frischen Schnitt? Wer war das?« Sie starrte Laura ins Gesicht. »Du hast dich herumgetrieben!«

Laura schwieg auf diese Äußerung, die ohnehin eher eine Anschuldigung als eine Frage war.

»Du nutzt es aus, dass ihr Kinder tagsüber das Haus verlassen dürft, nicht wahr? Sollten wir lieber dazu übergehen, euch alle einzusperren? Wie würde dir das gefallen?«

»Ich habe nichts Schlimmes getan! Ich war nur auf der Piazza, beim Karneval!«

Arcanzola packte ihre Schultern fester und schüttelte sie. »Was hast du da getrieben, du kleines Luder? Sag die Wahrheit!«

Laura erschrak heftig, denn im ersten Moment war sie sicher, dass Arcanzola auf irgendwelchen unerfindlichen Wegen von dem Tod des betrunkenen Mannes erfahren haben musste. Die Nonne schien ohnehin fast alles zu wissen, was die Kinder tagsüber taten, und manchmal fragte Laura sich, ob Arcanzola die Fähigkeit hatte, durch Wände zu sehen oder in die Zukunft zu schauen.

»Ich wollte nur die maskierten Menschen sehen«, stammelte sie.

Arcanzola veränderte ihr Verhalten augenblicklich. Sie ließ Laura los und lächelte ihr undurchsichtiges Lächeln. »Magst du Maskenträger?«, fragte sie, so verständnisvoll und sanft, dass ihre Stimme wie schmelzender Honig war.

Der Anflug von Erleichterung, den Laura verspürte, verflog im Nu. Kaltes Unbehagen erfasste sie. »Nein«, stieß sie hervor. »Ich mag sie nicht.«

»Aber gerade sagtest du doch, dass du eigens auf die Piazza gegangen bist, um sie anzuschauen!«

»Ich wollte sie feiern sehen«, sagte Laura mit einer Spur von Trotz.

»Warum?«

»Weil sie fröhlich sind. Weil sie lachen und tanzen und singen.«

»Du singst selbst gern, nicht wahr? Ich habe gehört, dass deine Mutter eine sehr schöne Stimme hatte. Und die Kinder haben mir erzählt, dass du deinem kleinen Bruder oft Lieder vorsingst. Dem kleinen Matteo. Du liebst ihn sehr, nicht wahr?«

»Ja«, sagte Laura. Ihre Lippen fühlten sich taub an.

»Und du tanzt auch gern, das weiß ich. Ich habe dich in der vergangenen Woche im Hof gesehen, mit deinem Bruder auf dem Arm. Du hast ihn auf- und abwippen lassen und mit ihm gelacht und gesungen. Und dabei hast du dich im Takt gewiegt und Tanzschritte gemacht.«

»Ich kann überhaupt nicht tanzen«, widersprach Laura, diesmal wieder etwas mutiger. Ihr gesamtes Innere rebellierte gegen diese Unterhaltung. Am liebsten hätte sie Suor Arcanzola beiseitegestoßen und wäre in ihre Kammer gestürzt, wo Lodovica und ihr Bruder auf sie warteten.

»Am Anfang ist die Frau des Zunftmeisters regelmäßig hergekommen und hat nach dir und deinem Bruder geschaut, nicht wahr?«, fragte Arcanzola zusammenhanglos.

»Ja«, sagte Laura überrumpelt.

»Ich habe sie lange nicht mehr gesehen, im letzten Monat überhaupt nicht. Mag sie dich nicht mehr?«

»Das weiß ich nicht. Vielleicht ist sie krank.«

»Vielleicht«, murmelte Arcanzola. Sie richtete sich auf und zupfte an ihrem Skapulier. Ihr braunes Habit umschloss ihren Körper auf eine Weise, wie Laura es bei anderen Nonnen noch nicht gesehen hatte, denn Suor Arcanzola wirkte in dem sonst so formlosen Gewand der Ordensfrauen schlank und groß wie eine Königin. Ihre Brüste hoben sich deutlich unter dem wollenen Überwurf ab, und ihre Taille war dort, wo das Habit von dem hellen Strick zusammengehalten wurde, so schmal, als könnte man sie mit Händen umschließen. Laura hatte sie noch nicht ohne Kopfbedeckung gesehen, doch eines der Kinder hatte ihr erzählt, dass Arcanzolas Haar die Farbe von glänzenden Rabenschwingen hatte. Ihre Augen hingegen waren durchdringend grün, fast wie Glas, eine Farbe, die so intensiv war, dass sie sogar bei Kerzenlicht noch leuchtete. Ihre Lippen waren schmal, aber klar konturiert, sie passten zu ihr, genau wie die fein gezeichnete Nase und die geschwungenen tiefschwarzen Brauen. Sie hatte das Gesicht einer rätselhaften Madonna, und ihr Inneres war so dunkel und fremdartig, dass es Laura schauderte, sobald sie die Nonne nur sah.

»Du weißt, dass du Strafe verdient hast, nicht wahr?«, fragte Arcanzola mit freundlicher Stimme.

Laura presste die Lippen zusammen, bevor sie aufbrausen konnte. Natürlich hatte niemand ihr erlaubt, zum Karneval zu gehen, aber direkt verboten war es auch nicht. Die größeren Kinder durften tagsüber das Haus verlassen, sie wurden sogar häufig von Monna Paulina zu Besorgungen geschickt, sei es, weil Garn zum Nähen fehlte oder Talg für die Lampen geholt werden musste. Oder auch, um Nachrichten zum Kloster zu bringen, gemeinsam mit den *Converse* den Boden in der Kirche zu schrubben oder aber schlicht die Neugier der Aufseherin zu befriedigen, die manchmal lediglich wissen wollte, wie es jemandem aus ihrer verstreut in der Stadt lebenden Verwandtschaft gerade ging, selbst aber keine Zeit oder keine Lust hatte, den Weg auf sich zu nehmen. Für die Kinder – Laura eingeschlossen – waren diese Gänge immer eine höchst willkommene Abwechslung, und niemand hatte bisher deswegen Ärger gemacht.

»Wenn ich Strafe verdiene, nehme ich sie auf mich«, sagte Laura. Sie war wütend über das winzige, aber deutlich hörbare Zittern in ihrer Stimme, und als würde Arcanzola ihre Gedanken kennen, lächelte sie Laura mit schmalen Augen an. In ihrem Blick war etwas Abgründiges, und Laura spürte, wie sich in ihrem Nacken winzige Härchen aufstellten.

»Ja, was du getan hast, muss bestraft werden. Nicht allzu hart, ich würde sagen, zehn Stockhiebe und eine Woche nichts zu essen außer der Morgenmahlzeit, das müsste reichen, um dir für die Zukunft solche Flausen auszutreiben.«

Laura fühlte, wie Panik in ihr aufstieg. Die Hiebe konnte sie verwinden, sie hatte schon oft welche bekommen. Monna Paulina schlug hart und schnell zu, auch außerhalb der offiziell verhängten Prügelstrafen. Oft gab es, wenn Arme und Schultern getroffen wurden, eine Menge blauer und grüner Flecke, doch das ließ sich leicht ignorieren. Aber eine Woche lang nichts zu essen außer ein paar Brocken Brot – in ihrem Bauch krampfte sich alles zusammen. Sie hätte keinen Hunger haben dürfen, denn sie hatte vor wenig mehr als einer Stunde erst eine fettige Hühnerkeule verzehrt. Und doch hätte sie bereits jetzt die dreifache Portion auf einmal vertilgen können, so sehr gelüstete es sie nach Essen. Die Aussicht auf die Hungerstrafe machte ihr Angst. Die Schläge waren nichts dagegen.

Doch bei Arcanzolas nächsten Worten erkannte sie ihren Irrtum.

»Ich werde dich diesmal selbst schlagen«, sagte die Nonne leise. »Dein Vergehen war schlimm, du hast es verdient.« Sie lauschte, denn in diesem Moment läutete Monna Paulina im Erdgeschoss zum Abendbrot. »Später. Ich werde dich später holen. Geh so lange auf deine Kammer und warte dort auf mich.«

Der kleine Matteo war nicht gerade ein hübsches Kind, das musste selbst Laura zugeben, die ihn mit den Augen der liebenden Schwester sah. So unfertig er noch als Neugeborenes gewirkt hatte, so prägnant war sein Äußeres bereits jetzt im Alter von knapp sieben Monaten. Es schien fast so, als hätte er in dieser kurzen Zeit seines Lebens weit mehr von seiner kindlichen Art verloren, als es für Säuglinge im ersten Lebensjahr sonst üblich war. Sein Schädel war rund, doch das Gesichtchen schmal und länglich, und die Stirn wirkte weit markanter als bei anderen Kleinkindern, ein Eindruck, der noch dadurch verstärkt wurde, dass mehrere Wirbel sein Haar in die Höhe stehen ließen wie büscheligen Kükenflaum.

Er lachte und freute sich, wenn er seiner Schwester ansichtig wurde, aber sie hatte immer wieder den Eindruck, dass das kleine Gesicht ernster war, als es zu einem so kleinen Kind passte. Manchmal, wenn ihm Lodovica ein Spielzeug in die Hand drückte, starrte er es beinahe grüblerisch an, drehte und wendete es nach allen Seiten, bevor er es schließlich wie erwartet – und wie für alle kleinen Kinder normal – in den Mund steckte und ablutschte.

Ernst wirkte seine Miene auch, wenn er auf Entdeckungsreisen ging. Setzte man ihn auf den Fußboden, ging er sogleich auf Knie und Hände, krabbelte wie ein eifriger Käfer durch das Zimmer und hielt dabei zielstrebig auf den Gegenstand zu, der ihm am vielversprechendsten für eine Untersuchung erschien. Das mochte ein Zipfel seines Lakens sein, der aus dem Bettchen hing, oder einer von Lodovicas Holzschuhen, der in einer Ecke lag. Matteo konnte minutenlang das Ziel seines Interesses betrachten und betasten und dabei derart gebannt dreinschauen, dass Laura ihn häufig staunend beobachtete und sich fragte, wie lange er wohl seine Aufmerksamkeit auf diese eine Sache richten konnte. Unterdessen wurde jedoch Lodovica meist nervös und lenkte den Kleinen ab; ihr erschien seine Art, sich mit seiner Umgebung zu beschäftigen, eher fremdartig, denn sie gab sich redlich Mühe, ihn mit albernen Spielchen auf Trab zu halten, etwa, indem sie Kleinkindlaute ausstieß und dazu vor seiner Nase Holzklötzchen aneinanderschlug, oder indem sie eines ihrer kindischen Liedchen trällerte und dazu im Takt seine Händchen zusammenpatschte. Er ließ es sich gefallen, aber sein Gesicht blieb meist ernst, und Laura meinte zuweilen, in seinen Augen einen zweifelnden Ausdruck wahrzunehmen, als sei er sich nicht klar darüber, was das Ganze eigentlich sollte.

Laura hatte sich in die Abgeschiedenheit ihrer Kammer zurückgezogen, um sich im Spiel mit Matteo abzulenken. Sie war dankbar dafür, dass Lodovica sich auf den Abort verzogen hatte, wo sie hoffentlich eine Weile bleiben würde, und sie wünschte sich inständig, die Prügel schon hinter sich zu haben.

Sie war noch nie von Arcanzola geschlagen worden, doch sie hatte häufiger mitbekommen, wie die Nonne dabei vorging. Es durfte zwar niemand zusehen, doch aus den Berichten der anderen Kinder wusste Laura, wie die Bestrafung vonstatten ging, und sie fürchtete sich weit mehr davor als vor den Hieben Monna Paulinas.

»Komm zu Laura«, sagte sie, die Arme nach ihrem Bruder ausstreckend.

Matteo saß vor ihr auf dem Boden und zog mit konzentriert gerunzelter Stirn ein Band auseinander, das zu einem von Lodovicas Gewändern gehörte. Aufmerksam hielt er es mit beiden Händen hoch, als wollte er die Länge prüfen, dann ballte er den Lederstreifen zusammen, um ihn gleich darauf wieder auseinanderzuziehen.

»Wah«, sagte er versonnen, während ihm der Speichel aus dem Mund lief. Er zahnte heftig und musste ständig auf irgendwelchen Dingen herumkauen, und als wäre es ihm just in diesem Moment wieder eingefallen, schob er sich das Lederband zwischen die Kiefer und biss sabbernd darauf herum.

»Komm zu mir, Matteo«, lockte Laura erneut.

Er blickte sie an und grinste breit, das Mündchen von braunem Ledersaft verschmiert. In seinem schäbigen Wämslein und den zerfledderten Hosen über der unförmigen Windel sah er aus wie das Kind eines Bettlers, doch Laura richtete ihre Aufmerksamkeit nur auf seine abstehende blonde Haartolle und das wasserklare Blau seiner großen Augen.

Das Herz schmerzte ihr vor lauter Liebe zu ihm, und als wäre jeder Moment kostbar, der ihr bis zu ihrer Bestrafung noch blieb, kroch sie über den Boden zu ihm hin, nahm ihm den Lederstreifen weg und zog ihn in ihre Arme. Mit dem Rücken an die Wand gelehnt blieb sie sitzen, das Gesicht an dem kleinen weichen Nacken vergraben und die Hände um seine unruhigen Fäustchen gelegt.

»Matteo, ich bin froh, dass ich dich habe«, flüsterte sie. »Ich habe Angst, aber ich werde sie überwinden. Weil du bei mir bist und ich an dich denken kann, wenn es am schlimmsten ist.«

Er beugte den Kopf vor und biss ihr mit seinem einzigen Zähnchen vorsichtig in den Fingerknöchel.

Sie lächelte unter Tränen, bis sie das Geräusch der sich öffnenden Tür hörte.

Arcanzola stand im Rahmen, das Gesicht zu einem maskenhaften Lächeln verzogen. »Es ist so weit. Du kannst jetzt herunterkommen.«

Laura setzte den Kleinen ab und ignorierte sein jämmerliches Weinen, während sie der Nonne mit schweren Füßen folgte.

Unten in dem Raum, der für Besuche und Andachten vorgesehen war, brannten Kerzen. An der Wand hing ein Kreuz mit einem in Holz geschnitzten Christus, der milde lächelnd auf sie herabschaute.

»Leg dich über diesen Tisch dort«, sagte Arcanzola, während sie an der Tür den Riegel vorlegte. Ihr Lächeln ähnelte dem des Erlösers am Kreuz, doch in ihren Augen war nichts Gütiges.

Laura unterdrückte die Übelkeit, die in ihr aufstieg. Mit steifem Rücken legte sie sich über den kleinen hölzernen Tisch, der in der Mitte des Raumes stand.

»So doch nicht«, meinte Arcanzola. Ihre Stimme klang erstaunt, als könne sie nicht glauben, dass Laura so dumm war, es falsch zu machen.

»Wie denn?«, brachte Laura stockend heraus.

»Zieh deine Gamurra hoch.«

Laura gehorchte mit zitternden Fingern.

»Auch das Untergewand. Alles.«

In Lauras Händen brach Schweiß aus, während sie tat, was Arcanzola von ihr verlangte. Mit nackter Kehrseite lag sie über dem Tisch, den Blicken der Nonne preisgegeben.

»Dreh dich nicht um«, sagte Arcanzola. »Gleichviel, was passiert: Wehe, du drehst dich zu mir um. Wenn du dich umdrehst, nehme ich dir deinen Bruder weg und bringe ihn zu fremden Leuten. Wirst du so liegen bleiben?«

Laura nickte hastig. Sie hörte, wie Arcanzola hinter sie trat, und als sie die Berührung auf ihrem Hinterteil spürte, zuckte sie zusammen. Doch nicht eine Gerte berührte ihre Haut, sondern sanfte Finger. Sie strichen über die Rundungen ihres Körpers und bewegten sich sanft auf und ab. Sie schoben sich zwischen ihre Schenkel, drängten das Fleisch dort auseinander und tasteten sich sogar nach vorn in den Bereich vor, den zu berühren Arcanzola den älteren Mädchen im Waisenhaus bei Androhung schwerster Strafen verboten hatte.

Laura keuchte entsetzt auf.

»Gefällt dir das?« Arcanzolas Stimme hatte mit einem Mal einen ungewohnten Beiklang. Sie war nicht nur freundlich, sondern beinahe neckisch, mit einem Unterton von Schlüpfrigkeit.

Laura spürte, wie die Nonne dicht hinter sie trat, und gleich darauf hörte sie das Rascheln von Stoff. Sie schrak zusammen, als sie Berührung von Haut spürte, diesmal nicht nur die der Finger, sondern großflächig, und sie wurde gewahr, dass die Nonne sich gegen ihren Körper drückte. Sie spürte weiches Haar und Feuchtigkeit auf ihrer Haut. Arcanzola drückte und rieb ihren Leib gegen den ihren. Leise stöhnend hielt sie Lauras Hüften gepackt und drängte sich mit rhythmischen Kreisbewegungen gegen sie. Der Geruch von Arcanzolas Körper stieg Laura in die Nase, ein Gemisch aus Nelkenöl, Zimt und einer leise vertrauten Ausdünstung, wie von erhitztem Tang und Meerwasser.

Beim Einsetzen des unterdrückten Stöhnens hätte Laura sich um ein Haar umgedreht, doch dann zwang sie sich, stillzuhalten und diesen seltsamen Angriff zu erdulden. Zumindest tat es nicht weh und war daher weit weniger schlimm als alles, was sie erwartet hatte.

Doch gleich darauf wurde ihr klar, dass dieses Reiben und Stöhnen hinter ihrem Rücken nur der Auftakt zu der eigentlichen Strafe gewesen war. Nach einem etwas lauteren Keuchen kamen Arcanzolas Bewegungen hinter ihr zum Stillstand, und die Nonne trat von ihr zurück.

»Ab sofort kannst du nach hinten schauen, wenn du willst«, sagte Arcanzola. »Es sei denn, du willst nicht sehen, wie deine Haut aufplatzt.«

Im nächsten Augenblick ertönte das singende Pfeifen der Gerte.

Carlo war glücklich, sofern man es so nennen konnte. Jedenfalls war es eine Regung, die dem, was er von sich aus als *Glück* bezeichnen würde, am nächsten kam. Er hatte für Valeria einen Feind getötet, was ihn mit wilder Genugtuung erfüllte. Der Gott, den die Weißen anbeteten, fand daran sicherlich keinen Gefallen, denn er hatte den Menschen Gebote gegeben, denen zufolge Töten eine der schlimmsten Sünden war. Aber seinem eigenen Gott, *Ngai*, hätte es gefallen, denn das Töten von Feinden erhöhte die Ehre und den Ruhm eines Mannes.

Ein Mann war er nun, daran zweifelte er nicht mehr, auch wenn er sich seinen Weg durch die Gassen und über die Kanäle suchte wie ein Tier, das seinen Jägern aus dem Weg geht. Eines Tages, das war sein Traum, würde er stolz und aufrecht durch die Stadt schreiten, für jedermann sichtbar und mit erhobenem Kopf. Alle konnten ihn ansehen, und er musste vor niemandem davonlaufen und sich niemals mehr verbergen.

In der Tasche seines Wamses steckte seit dem letzten großen

Fest der weißen Muttergöttin, das sie *Lichtmess* nannten, ein Papier. Antonio hatte es ihm verschafft und ihm erklärt, wozu es gut war. Eine Fälschung, die ihn als freigelassenen Sklaven auswies. Carlo konnte noch nicht alle Worte verstehen und noch weniger sprechen, aber im Vergleich zum Anfang waren es sehr viele, und es wurden täglich mehr. Die Bedeutung der Worte verstand er hingegen fast immer, er musste nur genau beobachten, wie sein Gegenüber sprach und dabei schaute. Das Mienenspiel der weißen Menschen war gut zu lesen, und so fremdartig sie ihm anfangs vorgekommen waren, so durchschaubar waren sie mit der Zeit geworden. Ihm schien es manchmal sogar, als könne er in ihr Inneres sehen, mit einem verborgenen Auge, so wie auch das rothaarige Mädchen Laura es besaß. Er wusste, dass er Laura wiedersehen würde. Ihr Blick hatte es ihm gesagt.

Valeria stürzte ihn dagegen immer wieder aufs Neue in Ungewissheit. Manchmal meinte er, in ihrem Gesicht lesen zu können und endlich dem, was sie war, auf den Grund gekommen zu sein, so wie er es auch mit der Zeit geschafft hatte, sich an die steinerne, von Menschen bunt bevölkerte Welt inmitten des Wassers anzupassen und die Regeln zu begreifen, nach denen das Leben hier ablief. Doch all der Zierrat aus hellem Marmor und fließenden Straßen war nicht mit Valeria zu vergleichen, deren Wesen eine merkwürdige Mischung aus Licht und Schatten zu sein schien, von solcher Widersprüchlichkeit, dass er sie oft packen und zu sich umdrehen wollte, um besser ergründen zu können, wer sie war.

Hatte er anfangs noch darauf geachtet, sie nicht zu häufig anzuschauen – jedes Starren lenkte Aufmerksamkeit auf sich, das hatte er als Erstes in diesem Land gelernt –, blickte er sie inzwischen mit größerer Selbstverständlichkeit an, wenn sie sich abends gemeinsam in der Kammer aufhielten. Er liebte es, wenn sie ihr Haar kämmte; es schimmerte im Kerzenlicht wie reine Seide. Ihre Haut war so weiß wie Sahne, und der Duft, der von ihr ausging, umfing seine Sinne mit einer Macht, die ihm den Atem stocken ließ.

Wenn ihre Freier bei ihr waren und sie hinter der Trennwand bei ihnen lag, überfiel ihn die körperliche Lust manchmal mit solcher Gewalt, dass er hinausrannte, in die nächste dunkle Ecke, wo er sich unbeobachtet Befriedigung verschaffen konnte. Danach fühlte er sich jedes Mal schal und leer. Er dachte an den portugiesischen Sklavenhändler und den Tod seines Vaters, und er schämte sich, weil er dem Drang zu weinen kaum widerstehen konnte.

Die Leute im Haus hatten sich an ihn gewöhnt und begegneten ihm für gewöhnlich mit abgestumpfter Gleichgültigkeit, doch hin und wieder trafen ihn auch neugierige oder abschätzige Blicke. Es gab viele Schwarze in Venedig; hier lebten Menschen aller Rassen, ob als Freie oder Sklaven, Bettler oder Reiche. Das Ungewöhnliche an ihm forderte meist kaum mehr als einen zweiten Blick heraus, zumal er stets um Unauffälligkeit bemüht war. Dennoch war und blieb er ein Fremdling, auch wenn er sich weder von der Kleidung noch von seinem Benehmen her von den anderen Bewohnern des Hauses unterschied.

Hier im Haus lebte, wie er inzwischen begriffen hatte, der Abschaum der Gesellschaft. Huren, Zuhälter, Beutelschneider, Hehler, Trinker und Bettler. In manchen der erbärmlichen Kammern wohnten auch Frauen, die sich und ihre Kinder allein durchs Leben brachten, meist mit Arbeiten, die kaum mehr eintrugen als das Geld für die Miete und ein bisschen Brot.

Niemand von all diesen Menschen interessierte sich sonderlich für die seltsame Schar von Halbwüchsigen, die eine Kammer im obersten Stockwerk bevölkerten. Zu viele elternlose Kinder lebten in Venedig, manche auf der Straße, manche in Bretterverschlägen am Stadtrand, und andere, die sich besser aufs Huren und Stehlen verstanden als die Jüngeren, konnten sich zu mehreren eine Bleibe in einem stinkenden, baufälligen Haus leisten.

Carlo wusste, dass er das Gefühl von Fremdheit nie verlieren würde, aber er passte sich auch wesentlich schneller an, als er anfangs je für möglich gehalten hätte. Vielleicht lag es an ihr,

Valeria, dass er den Menschen ähnlicher werden wollte, unter denen sie aufgewachsen war. Er wollte jemand sein, den sie wahrnahm. Ein Mann wie die anderen.

In der vergangenen Woche hatte er sich einiges an Geld beschafft. Das Stehlen ging an Markttagen ganz leicht; Antonio hatte es ihm gezeigt, und zu zweit klappte es noch besser, wenn einer das Opfer anrempelte und damit ablenkte, während der andere die Börse abschnitt.

Die Münzen trug Carlo in seinem Wams bei sich; er hörte es klimpern, wenn er sich bewegte, und das Geräusch erinnerte ihn beständig daran, was er schon die ganze Zeit tun wollte.

Der Tod des Freiers war ein Zeichen gewesen, ebenso wie Valerias Freundlichkeit und die Art, wie sie ihn hinterher angeschaut hatte, beinahe so, als wäre er ihr wichtig. Ein weiteres Zeichen – und außerdem nötig für sein Vorhaben – war Antonios Abwesenheit. Antonio hätte es nicht geduldet, daran hatte Carlo keinen Zweifel.

Valeria hatte sich keinen neuen Freier für den Abend gesucht; offensichtlich steckte ihr der Schreck über den Tod des anderen noch in den Gliedern. Sie hatte sich heute lange über dem Waschzuber gereinigt, der hinter ihrer Trennwand neben dem Bett stand, und auch danach hatte sie sich noch nicht vollständig beruhigt.

Sie summte zwar ein Lied, während sie auf dem Schemel saß und vor dem Spiegel ihr Haar auskämmte, doch Carlo sah, dass ihr Fuß, mit dem sie den Takt mitklopfte, sich viel zu schnell bewegte.

Er holte tief Luft und erhob sich von der Matte, auf der er mit überkreuzten Beinen gesessen hatte. Wann, wenn nicht jetzt, sollte er sie fragen?

Er hielt ihr die Münzen hin, in dem Bewusstsein, dass es mehr war als das, was ihr der letzte Freier angeboten hatte. Den Zauber dieser seltsamen Metallstücke hatte er nach seiner Ankunft in der Stadt noch rascher verstanden als die fremdartige Sprechweise der hier lebenden Menschen.

»Du und ich«, sagte er. »Valeria und Carlo.« Er deutete auf die Schilfwand, die ihr Bett vom übrigen Raum abschirmte. Seine Hand zitterte, und rasch ließ er sie wieder fallen.

Valeria starrte ihn verständnislos an. »Was?«

Es verletzte ihn, dass sie nicht auf Anhieb begriff, was er wollte. Zögernd streckte er die Hand abermals aus und berührte ihr Haar. Ein Hitzestrahl durchfuhr seinen Körper, als er die weiche Glätte der Strähnen unter seinen Fingerspitzen fühlte, und der Anblick seiner schwarzen Hand auf diesem hellgoldenen Haupt ließ ihn schwindlig werden.

Es traf ihn wie ein Schlag, als sie vor ihm zurückzuckte wie vor einer giftigen Schlange. »Was soll denn das?« Sie schlug seine Hand zur Seite. »Glaubst du vielleicht, ich *schlafe* mit dir? Bist du verrückt?«

Er verstand sofort, und die Scham brannte in ihm und lähmte sein ganzes Denken, bis er nur noch fühlen konnte, genau wie im letzten Sommer. Er war wertlos, andersartig und hässlich. Sein Körper mochte höchstens dazu taugen, gewaltsam benutzt und dann beiseitegeschoben zu werden, so wie es einem Sklaven anstand.

Mit heißen Wangen wandte er sich ab und stolperte zur Tür.

»Carlo!«, rief sie ihm nach. »Was ist? He, wo willst du hin? Warte!«

Doch er war schon auf dem Weg nach unten, sich mit den Händen an den rissigen Steinwänden abstützend und mit jedem Schritt auf den morschen Holzstiegen nur knapp einem Sturz entgehend. Auf halbem Wege musste er einer Bewohnerin des Hauses ausweichen, die ein greinendes Kleinkind auf dem Arm trug und ihm einen Schwall von Schimpfwörtern hinterherrief, als er sich an ihr vorbeidrängte.

Carlo rannte ins Freie, hinaus auf die Gasse, die zwischen den schief stehenden Häusern hindurch in Richtung Kanal führte. Das Pflaster war von Unrat übersät; überall waren Spuren des Karnevals zu sehen, der immer noch in vollem Gange war. An einer Häuserecke lehnte ein Betrunkener und sang grölend ein unverständliches Lied. In einem Torbogen zerrte ein Mann einer Frau die Röcke hoch, und sie ließ es sich mit vergnügtem Kreischen gefallen.

Um ein Haar wäre Carlo in einer Pfütze Erbrochenem ausgerutscht. Er fing sich nur mit Mühe und rannte weiter, bis er den Kanal erreicht hatte.

Dort blieb er an der Kaimauer stehen, zu seinen Füßen das gluckernde dunkle Wasser. Er beugte sich vor und stützte sich mit den Händen auf den Knien ab, bevor er sich würgend und hustend in den Kanal übergab. Anschließend kauerte er sich in die Ecke eines stinkenden kleinen Hinterhofs und hielt sich die Ohren zu, bis er nichts mehr hören konnte außer dem schmerzhaften Hämmern seines eigenen Herzens.

Mai 1503

Antonio schwitzte in der sengenden Nachmittagssonne, während er den Sack durch die enge Gasse zur Apotheke schleppte. Anfangs war ihm die Last nicht schwer vorgekommen, obwohl sie sicher beinahe halb so viel wog wie er selbst und auch von Umfang und Größe her kaum kleiner war als seine eigene Gestalt. Nachdem er den Sack jedoch mittlerweile von der Anlegestelle der Fähre bis hierher getragen hatte, wurden ihm allmählich die Schultern taub, von den Auswirkungen auf seine Nase und seine Augen ganz zu schweigen.

Das reichhaltige Kräutersammelsurium, das sich im Sack befand, sorgsam sortiert und verstaut in vielen kleinen Leinenbeuteln, roch betäubend und reizte ihn beständig zum Niesen. Seine Augen hatten angefangen zu tränen, sodass er dauernd blinzeln musste. Er versuchte, es zu unterdrücken, doch es gelang ihm nicht, und ein weiteres Mal fragte er sich, was mit ihm nicht stimmte, weil er seine Nase und seine Augen nicht kontrollieren konnte, wenn er zu viele von diesen Kräuterbüscheln in seiner Nähe hatte.

Die alte Crestina hatte bei ihrer ersten gemeinsam Pflückung auf der Terraferma gemeint, dass manche Menschen eben empfindlicher reagierten als andere, besonders, wenn die Pflanzen in voller Blüte standen. Sie sagte, dass sie sogar selbst bei einigen Pflanzen zuweilen niesen müsse, doch Antonio hatte sie noch nicht dabei beobachtet. Sie schien ebenso unempfindlich gegen die Kräuterdünste zu sein wie ihre Tochter, die rote Mansuetta, denn im Gegensatz zu ihm verzogen beide weder beim Ernten noch beim Bündeln aller möglichen Gewächse auch nur ein einziges Mal die Nase, geschweige denn, dass ihnen die Augen tränten.

Einmal war es bei ihm so schlimm gewesen, dass er zum nahen Bach gelaufen war, um sich die Augen auszuwaschen. Das hatte für eine Weile geholfen, auch gegen das Jucken in der Nase. Trotzdem hatte er überlegt, der Alten seine Dienste aufzukündigen. In den vielen Stunden, die es jedes Mal dauerte, auf einem der öffentlichen Traghetti mit ihr zum Festland zu fahren und sich anschließend wie ein Weib dem Kräutersammeln zu widmen, hätte er bequem dreimal so viel Geld stehlen können, wie sie ihm zahlte. Der Lohn war gut, daran lag es sicher nicht; er verdiente als Kräutersammler und Handlanger der alten Crestina mehr als alle Laufburschen und Hausknechte, die er kannte. Darüber hinaus gewährte sie ihm weitere Vergünstigungen, etwa schmackhafte und reichliche Mahlzeiten in ihrer Küche und hin und wieder ein frisches Säckchen Flohkraut. Außerdem mochte er die wildwüchsige Umgebung des Festlandes, das ihm schon beim ersten Betreten nicht nur unvorstellbar fremdartig, sondern auch höchst faszinierend vorgekommen war und immer noch eine magische Anziehungskraft auf ihn ausübte. Menschenleere, von Bachläufen durchzogene Niederungen, baumbestandene Anhöhen und üppig grüne Wiesen schienen sich rund um die Dörfer entlang der Festlandküste bis zu den Hängen der dahinter aufragenden Berge zu erstrecken. Die besiedelten Stellen waren im Vergleich zum dichten Häusermeer Venedigs kaum mehr als spärlich verstreute Tupfer in der Weite der unberührten Natur. Gerade die Sehnsucht nach dieser Weite zog ihn immer wieder zu Crestina, die ihn jedes Mal als Helfer zu ihren Ausflügen mitnahm, wenn sie ihre Kräutervorräte auffüllen musste.

Dafür musste er sich häufig Mansuettas grimmigen Spott gefallen lassen, was ihn fast so sehr verdross wie die belustigten Blicke der Passanten, wenn er mit ihr zusammen auf dem Markt oder auf der Piazza die Wundermedizin aus Crestinas Apotheke verkaufte.

Als hätte er es durch seine Gedanken heraufbeschworen, wurde hinter ihm ihre Stimme laut. »Was bist du für ein Träumer, Junge? Bleib doch stehen, wir sind da!«

Er merkte, dass er wegen seiner tränenden Augen an der Tür der Apotheke vorbeigelaufen war, und vor lauter Ärger hätte er am liebsten den Sack aufs Pflaster geworfen. Vielleicht hätte er es sogar getan, wenn er nicht bei der heftigen Kehrtwende, zu der er gerade angesetzt hatte, jemanden angerempelt und dessen lautstark bekundeten Ärger herausgefordert hätte.

Es war Crestinas Nachbar, der soeben unerwartet durch die Pforte seines Ladens auf die Gasse getreten war, ein junger Mann namens Isacco, der schon während früherer Besuche Antonios hin und wieder hier vor dem Haus aufgetaucht war, um Kunden zu verabschieden oder Waren in Empfang zu nehmen.

Er betrieb mit seiner Mutter einen kleinen Krämerhandel. Beide, sowohl Mutter wie Sohn, waren *Marranen*, getaufte Juden, wie Antonio wusste. Er hatte Isacco gleich beim ersten Wiedersehen als Sohn des Juden Mosè wiedererkannt – ein Bursche von siebzehn oder achtzehn Jahren, mit kräftiger Statur und vollen, dunklen Haaren, die er kurz geschnitten trug. Nichts an seiner Erscheinung deutete darauf hin, dass er im jüdischen Glauben erzogen war.

»Du dämlicher *Goi*«, schimpfte Isacco nach dem Zusammenprall. »Kannst du nicht aufpassen, wohin du läufst?«

Antonio platzte endgültig der Kragen. Er ließ den Sack von der Schulter rutschen und baute sich vor dem Jungen auf. »Kannst *du* nicht besser aufpassen, wenn du aus dem Haus getrampelt kommst – *Jude*?«

Isacco ballte die Fäuste. »Nenn mich noch mal Jude, und ich bringe dir Manieren bei!«

»Wie soll er dich sonst nennen, wenn du Goi zu ihm sagst, obwohl du doch seit Jahren selbst einer bist?«, fragte eine amüsierte Männerstimme hinter Antonio. Ein weiterer Mann war aus dem Haus neben der Apotheke ins Freie gekommen. Auch ohne sich zu ihm umzuwenden, wusste Antonio sofort, wer es war.

»Sei gegrüßt, Anzio«, sagte Mosè freundlich. »So trifft man sich wieder. Sei meinem Sohn nicht gram wegen seiner Unfreundlichkeit. Er hat heute schlechte Laune, so wie fast immer, wenn ich zu Besuch komme.«

Isacco gab ein ärgerliches Schnauben von sich und verschwand mit eingezogenem Kopf durch die nur knapp mannshohe Tür des benachbarten Krämerladens.

Antonio war nicht in der Stimmung, auf die Begrüßung des Kaufmanns einzugehen. Übel gelaunt klaubte er den Sack wieder vom Boden hoch, denn er spürte Crestinas missbilligende Blicke von der Seite, und mit ihr wollte er es sich nicht unbedingt verderben. Nicht vor dem Essen jedenfalls.

»Am besten, du trägst diesen Sack endlich ins Haus – *Antonio Bragadin*.« Mansuetta betonte die letzten Worte, und ihre Stimme vibrierte vor verhaltenem Spott. Antonio hätte ihr nur zu gern die ganze Ladung Kräuter vor die Füße gekippt, aber er hatte seinen heutigen Lohn noch nicht bekommen, und sein Magen knurrte bereits seit Stunden. Crestina hatte auf der Rückfahrt von einem Brathuhn gesprochen, von dem sie noch reichlich übrig hatte. Er dachte gar nicht daran, auf diese Dreingabe zu verzichten.

»Aha, Antonio ist der richtige Name«, meinte Mosè. »Immerhin, du bist damit recht nahe bei den Tatsachen geblieben. Wie ist es dir seit letztem Jahr ergangen?«

Antonio warf ihm einen Blick über die Schulter zu. Der Kaufmann wirkte unverändert, ein rundlicher Mann mittleren Alters, mit einer Lücke zwischen den Vorderzähnen und wippenden Schläfenlocken. Wie beim letzten Mal war er unauffällig gekleidet – abgesehen von dem gelben Hut, ein Farbklecks vor den steingrauen Fassaden in der schmalen Gasse.

Mosès Lächeln wirkte aufrichtig; er schien tatsächlich erfreut, Antonio wiederzusehen, als läge ihre erste und bisher einzige Begegnung nicht schon ein Dreivierteljahr zurück und als hätten sie ganze Wochen miteinander zugebracht statt nur eines einzigen Nachmittags.

»Du bist groß geworden«, stellte der Kaufmann fest. »Fast schon größer als die meisten Männer, würde ich meinen, und das mit zwölf Jahren.«

»Dreizehn«, fuhr Antonio ihn an. Als er sah, wie der Kaufmann grinste, wurde ihm klar, dass dieser ihn aufgezogen hatte.

»Trägst du noch das scharfe kleine Messer mit dir herum?«, wollte Mosè wissen.

»Keine Ahnung, was Ihr meint«, sagte Antonio betont gelangweilt. Er warf sich den Sack über die Schulter und stieß die Tür zur Apotheke auf. Der gewohnte staubige Kräuterdunst und der Geruch nach Salzen und anderen Chemikalien stiegen ihm in die Nase, als er seine Last vor der hölzernen Theke ablud.

»Geht der Junge bei Euch in die Lehre?«, hörte er Mosè draußen fragen.

Antonio hielt die Luft an, in der Erwartung, dass der Kaufmann ihn als Dieb entlarven würde. Doch Mosè sagte nichts weiter.

»Er ist mein Gehilfe beim Kräutersammeln«, meinte Crestina. »Und Lasten kann er schleppen wie kein Zweiter. Nichts ist ihm zu schwer, kein Sack, keine Kiste.«

»In der Tat«, gab Mosè mit vergnügt klingender Stimme zurück.

»Und er hat ein gutes Auge, was vor allem beim Pflücken

wichtig ist«, fuhr Crestina fort. »Wie Ihr wisst, lässt meine Sehkraft schon seit Jahren nach, und um Mansuettas Augen war es schon immer jämmerlich bestellt. Sie sieht kaum so viel wie eine Eule bei Tag.«

Antonio, der gerade den Sack aufschnüren wollte, um die darin befindlichen Leinenbeutel herauszuholen, hielt inne. Er hatte sich schon häufig gefragt, warum Mansuetta oft mehrfach an einer Pflanze roch, bevor sie ein Büschel davon pflückte und in den Sammelkorb legte. Oder warum Crestina das Abwiegen oder Mischen der Kräuter allein vornahm, während Mansuetta scheinbar untätig danebenstand oder allenfalls die fertigen Mischungen in Säckchen oder Gläser füllte.

»Wohnt Ihr jetzt wieder in der Stadt?«, fragte Crestina.

Antonio sah durch die offene Tür, wie Mosè die Achseln zuckte. »Ich habe ein Haus gemietet, wenn Ihr das meint. Die neue Condótta erlaubt es den Juden ja neuerdings wieder. Der Rat war in diesem Punkt großzügiger denn je.«

Seine Blicke trafen die von Antonio, und ein dünnes Lächeln erschien auf Mosès Lippen. »Allerdings bin ich die meiste Zeit auf Reisen.«

»Handelsreisen?«, fragte Crestina.

»Natürlich. Eigentlich bin ich schon wieder auf dem Sprung, morgen Früh schiffe ich mich nach Candia ein.«

»Ah, das trifft sich vorzüglich. Die Kreter haben die besten Oliven und folglich das reinste und hochwertigste Öl …«

Den Rest von Crestinas Bemerkung konnte Antonio nicht mehr hören, denn Mansuetta war von draußen in den Ladenraum gekommen und zog die Tür zu.

»Bist du festgewachsen?«, fragte sie. »Pack schon den Sack aus, du Faulpelz!«

Antonio konnte trotz der dürftigen Lichtverhältnisse sehen, dass ihre Wangen sich gerötet hatten, und er erinnerte sich, dass er das schon einmal beobachtet hatte, vor ein paar Wochen, als sie ebenfalls vor dem Haus auf Isacco getroffen waren.

»Mansuetta, wie alt bist du eigentlich?«, fragte er.

Ihre Augen blitzten ihn wütend an. »Wozu willst du das wissen?«

»Ist es ein Geheimnis?«

»Es geht dich nichts an, du naseweiser Bengel!«

Er zuckte die Achseln, verärgert über sich selbst, weil er der spontanen Anwandlung, sie danach zu fragen, überhaupt nachgegeben hatte. Sie mochte so alt sein, wie sie wollte, achtzehn, neunzehn, zwanzig – es konnte ihm völlig egal sein. Sie war durch ihr verwachsenes, schiefgesichtiges Äußeres entstellt und würde ohnehin niemals die Aufmerksamkeit eines jungen Mannes auf sich ziehen, nicht einmal die eines armseligen und gering geachteten Marranen, der nie eine normale Frau für sich gewinnen konnte.

Mit mechanischen Bewegungen begann Antonio, den Sack auszupacken und die einzelnen Beutel auf der Theke zu stapeln, wo Crestina sie nachher ausleeren würde. Einen Teil der Kräuter würde sie pressen, manche einfach nur trocknen und wieder andere in bestem Öl oder teurem Essig einlegen oder mit Weingeist ansetzen. Die Möglichkeiten der Verarbeitung waren vielfältig. Offenbar ließ Gott gegen jede noch so abwegige Krankheit auf Erden und für alle Wünsche nach Schönheit, Jugendlichkeit und Potenz ein passendes Kraut wachsen, und hätte nicht in Antonios Augen das ganze Grünzeug gleichermaßen langweilig ausgesehen und gerochen, hätte er sich dafür vielleicht sogar näher interessieren können – zumindest für den geschäftlichen Aspekt.

Im Augenblick aber hätte er liebend gerne einen Teil des zu erwartenden Brathuhns hergegeben, um zu erfahren, was aus Mosès Alaungeschäften geworden war, wie der Kaufmann das päpstliche Monopol umgangen hatte und welchen Handel er auf Candia treiben wollte. Ob es dort ebenfalls Alaun gab? Inzwischen hatte Antonio herausgefunden, wozu man Alaun brauchte; die Verwendungsmöglichkeiten waren von schwindelerregender Vielfalt, und im Nachhinein verstand er die Gier des Zehnerrats Querini, für Venedig eine eigene Quelle dieses Rohstoffs zu erschließen.

Ohne weiter auf Antonio zu achten, humpelte Mansuetta an ihm vorbei und durch die Tür hinter der Theke weiter in die große Küche. Antonio schnupperte vorsichtig. Ja, eindeutig Brathuhn, das konnte er trotz seiner laufenden Nase riechen. Gegen den Duft konnten sogar die ganzen durchdringenden Kräuterdünste nichts ausrichten. Und war da nicht noch ein süßes Aroma, wie bei dem köstlichen Pudding, den Crestina vor ein paar Wochen schon einmal gekocht hatte?

Er wischte sich die Handflächen an der Hosennaht ab und richtete sich erwartungsvoll auf, als Crestina von draußen hereinkam. Sie blieb mitten im Raum stehen. Ihre Gestalt in dem formlosen Kittel war ein schmaler Schatten vor dem Fenster neben der Tür. Sie lächelte ihm zu, und mit einem Mal war ihr Äußeres nicht länger von farblosem Grau, sondern strahlend und einnehmend. Wenn sie lächelte, sah sie nicht aus wie die alte Frau, die sie seiner Ansicht nach war, sondern wie jemand, der noch viel vom Leben vor sich hatte.

»Hast du schon Hunger?«, fragte sie.

»Ja«, sagte er inbrünstig. »O ja!«

»Dann schlage ich vor, du lässt die Kräuter liegen und putzt dir die Nase, und anschließend setzen wir uns rasch zu Tisch.«

Damit waren alle Gedanken über den jüdischen Kaufmann fürs Erste vergessen.

Laura stellte sich auf die Zehenspitzen, um einen besseren Ausblick auf die Mole zu bekommen. Sie hatte einen guten Platz an der Meerseite der Piazzetta ergattert, und wenn sich nicht vorhin die Kaufmannsfamilie mit ihren zahlreichen Kindern zwischen sie und den Kai geschoben hätte, wäre die Sicht auf die Anlegestelle perfekt gewesen. Der *Bucintoro*, die vergoldete Prachtbarke des Dogen, war bereits vor der Mole vertäut worden, und Laura wollte auf keinen Fall verpassen, wie der höchste Würdenträger der Stadt inmitten seines Gefolges die prunkvolle Galeere bestieg.

Aber noch war es nicht so weit. Auf der Piazzetta hatte sich ein Spalier aus edel gewandeten Amtsträgern und Patriziern gebildet, die den Festzug des Dogen erwarteten. Auf einem hölzernen Podest standen die Musiker und spielten zum nahenden Beginn der *Andata alli due Castelli* auf, mit Flöten, Trommeln, Lauten und Trompeten.

Eines der Kinder aus der Kaufmannsfamilie stellte seinem Vater eine Frage zu der Feier.

»Nein«, sagte der Kaufmann, der sich direkt vor Laura aufgebaut hatte und ihr den Rücken zuwandte, »die *Sensa* ist nicht das Fest der Himmelfahrt, sondern das Fest der Meereshochzeit. Die Stadt feiert es nur zufällig jedes Jahr an Himmelfahrt, weil das ein passender Tag dafür ist, warm und sonnig, wie es sich für so eine prächtige Ausfahrt unseres Dogen geziemt.«

Der Kaufmann war stämmig, rotgesichtig und in blauen Festtagssamt gekleidet, ebenso wie seine Frau, die verschwitzt und hektisch versuchte, ihre Kinderschar im Auge zu behalten.

In ihrer Haltung und mit ihren argwöhnischen Blicken erinnerte sie Laura an Monna Pippa, und unwillkürlich fragte Laura sich, ob die frühere Nachbarin noch manchmal an sie dachte. Ob sie sich je den Kopf darüber zerbrach, dass sie zwei Kindern das Zuhause weggenommen hatte, oder ob es ihr – was weit eher wahrscheinlich war – herzlich gleichgültig war?

Vermutlich hatte sie sich ohne schlechtes Gewissen mitsamt ihrer Brut in den kunstvoll bemalten Räumen der Monteverdis ausgebreitet und sich dabei gedacht, dass es ihr gutes Recht wäre, denn schließlich gehörte das Haus ja den Filacenovas. Laura war davon überzeugt, dass Monna Pippa damals nach dem Tod der Mutter die Gunst der Stunde genutzt hatte, um das Dokument über das Wohnrecht der Monteverdis verschwinden zu lassen.

Es spielte im Grunde keine Rolle mehr, da niemand es je würde beweisen können. Dennoch hatte die seither verstrichene Zeit das Unrecht nicht einen Deut gemildert. Der einzige Trost für Laura war, dass das Leben im Waisenhaus bald enden würde.

Im Oktober war ihr elfter Geburtstag, und sie würde sich eine Anstellung suchen können. Matteo wäre dann alt genug, um ohne Amme auszukommen, wenngleich Laura noch keine Ahnung hatte, wer sich dann um ihn kümmern sollte. Sie mochte groß und kräftig genug sein, um den ganzen Tag lang körperlich hart zu arbeiten, aber sie konnte unmöglich gleichzeitig auf ihren kleinen Bruder aufpassen. Im Grunde war sie bereits fest entschlossen, Lodovica mitzunehmen, und es verging kaum ein Tag, an dem sie nicht überlegte, wie es zu bewerkstelligen war. Sie würden irgendwo eine Kammer mieten, sie selbst würde zur Arbeit gehen und Lodovica zu Hause auf Matteo achtgeben. Vielleicht könnte sie noch einen Säugling in Pflege nehmen, das würde zusätzliches Geld bringen, sodass sie es irgendwie gemeinsam schaffen konnten, über die Runden zu kommen.

»Der Doge fährt immer zu Himmelfahrt mit dem Bucintoro auf das offene Meer hinaus«, erläuterte der Kaufmann seinem Sohn. »*Fino fuora delli do castelli.* Er feiert dort die Vermählung mit dem Meer.«

Eine seiner Töchter prustete ungläubig, was ihr einen strafenden Blick der Mutter eintrug.

»Nur symbolisch natürlich«, fuhr der Kaufmann fort. »Er fährt hinaus bis zu San Nicolò und wirft dort einen goldenen Ring ins Wasser.«

»Warum?«, wollte die Tochter des Kaufmanns wissen.

»Weil es so ist«, entgegnete der Kaufmann gereizt, offenbar nicht gewillt, auf weitere dumme Fragen einzugehen.

Laura biss sich auf die Lippen, bis sie Blut spürte. Mit einem Mal brachen die Erinnerungen wieder über sie herein, und der Himmelfahrtstag vor drei Jahren, an dem ihr Vater ihr das Zeremoniell mit der für ihn typischen Geduld erklärt hatte, stand ihr so deutlich vor Augen, als sei es erst gestern gewesen.

»Der Legende nach wird der Bund der Stadt mit dem Meer auf diese Weise besiegelt«, hatte Guido Monteverdi gesagt und sie dabei angelächelt. »Es gibt keinen schöneren Brauch als die Sensa. Venedig und die Lagune. Stein und Wasser, eine besondere Verbindung, und zugleich eine eigene Welt, die uns alle trägt. Unser Doge erweist den Fluten des Meeres mit dem Ring unsere Ehre und gibt ihn zugleich als Unterpfand unserer Treue und Dankbarkeit.« Er hatte auch von der früheren Bedeutung der Sensa erzählt, die allerdings in Lauras Ohren nicht halb so beeindruckend klang.

»Den Chronisten zufolge hatte vor über dreihundert Jahren der damalige Papst nach einem Friedensschluss am Himmelfahrtstag der Serenissima zahlreiche Privilegien für die Dogenprozession gestattet, etwa das Tragen von Kerze und Standarte, von Thron, Schirm und Schwert. Er verlieh Venedig auch die Befugnis, *das Meer zu heiraten*, also das Recht zur Vorherrschaft auf See.«

Laura verdrängte die Erinnerungen und konzentrierte sich stattdessen auf ihr Bedürfnis, alles abermals mit eigenen Augen zu sehen. Sie schob sich an dem Kaufmann vorbei nach vorn und hatte nun wieder freie Sicht. Ja, es war genau wie damals, als sie den Bucintoro zum ersten Mal gesehen hatte.

Sicher war er fünfzig Schritte lang, und der goldene Zierrat an den Aufbauten entfaltete in der Sonne eine solche Leuchtkraft, dass er das Auge des Betrachters blendete. Ein roter Baldachin überspannte das kostbar geschmückte Deck des Schiffes, von wo aus die höchsten Nobili und die wichtigsten Würdenträger der Stadt auf die Piazza und später nach der Ausfahrt auf das Meer hinausschauen konnten. Am Heck der Galeere befand sich das erhöhte Podest für den Dogen, der während der Ausfahrt für das Volk, das sich auf der Piazzetta und entlang der Mole versammelt hatte, sichtbar bleiben würde.

Im Bauch des Schiffes war Platz für mehr als hundert Ruderer, die in Kürze den mächtigen Bucintoro zum Klang der Trommeln mit gleichmäßigen Schlägen hinaus in die Lagune bringen würden.

Vom Mast flatterte die gezackte Fahne mit dem Markuslöwen, während die Musikanten in einen schnelleren Rhythmus verfielen und die Menschenmenge in Unruhe geriet.

Die Prozession des Dogen, die über den Markusplatz herüberkam, näherte sich der Anlegestelle, angeführt von den *Commandatori* mit den verschiedenfarbigen Seidenstandarten und den silbernen Trompeten und Schilden, gefolgt vom Zeremonienmeister des Dogen, dem Generalkapitän und dem Großtruchsess. Sie schritten in majestätischer Haltung dem Zug voraus und betraten über die Landungsbrücke den Bucintoro. Hinter ihnen gingen in der festgelegten zeremoniellen Reihenfolge der Geistliche des Dogen mit dem silbernen Kerzenhalter, die sechs Kanoniker von San Marco, zwei *Gastaldi*, vier Sekretäre des Senates, der Kapellan des Dogen, zwei Unterkanzler, der Großkanzler mit zwei Schildträgern, die den Thron des Dogen und das vergoldete Lederpolster trugen, und schließlich der Doge selbst, Leonardo Loredan, die magere, aber aufrechte Gestalt in einen Umhang aus Goldbrokat gehüllt.

Beim Betreten des Schiffes stolperte der direkt hinter ihm schreitende Träger des goldenen Schirms, was ihm einen Rempler des päpstlichen Nuntius eintrug, der ihm inmitten einer Schar von Schleppenträgern folgte. Der Patrizier mit dem großen Stoßdegen, dem *Stocco*, der in der Reihenfolge der Prozession als Nächster kam, wich den beiden mit einem eleganten Schlenker der hochgehaltenen Waffe aus und stolzierte an Bord.

Weitere Gesandte, Prokuratoren, Richter, Zehnerräte, Zensoren, Senatoren und die Häupter der *Arti* und Scuole bildeten den Abschluss des Zuges, der sich wie eine gewaltige bunte Schlange langsam in das Schiff hineinwand und dort verharrte. Die Würdenträger bezogen vor ihren Polsterstühlen an Deck Stellung und warteten, bis der Höchste unter ihnen, der Doge, auf seinem Thron am Heck der Galeere Platz genommen hatte. Er stützte sich mit den Händen auf den Lehnen ab, den Kopf mit der goldenen, wie ein nach hinten aufsteigendes Horn geformten Dogenkappe der Piazzetta zugewandt.

Sein Gesicht war asketisch und bleich, die schmalen Lippen ohne ein Lächeln. Leonardo Loredan war seit zwei Jahren Doge, Laura hatte den Jubel während der Krönungszeremonie und der anschließenden Andata zwischen Dogenpalast und Basilika gemeinsam mit ihren Eltern miterlebt.

»Ah, wie gern würde ich auf diesem herrlichen goldenen Schiff des Dogen mitfahren!«, meinte die Tochter des Kaufmanns. Sie sagte es so laut, dass es Laura, die unmittelbar vor ihr stand, förmlich in den Ohren schallte.

Laura hatte eine abfällige Bemerkung auf den Lippen, verkniff sie sich aber. Ihr Blick ging kurz zu der Säule mit dem Markuslöwen hinüber. Das Mädchen hatte sich im Grunde nichts anderes gewünscht als sie selbst vor noch nicht allzu langer Zeit – eine ungewöhnliche Reise in eine fremde Welt.

Unter dem Jubel der Menge legte der Bucintoro ab und glitt gemächlich in die Lagune hinaus, gefolgt von farbenfroh herausgeputzten Booten mit weiteren Würdenträgern. Die goldene Galeere nahm Kurs auf Sant' Elena, wo der Patriarch von seinem eigenen Schiff an Bord des Bucintoro kommen und anschließend der Zeremonie der Sensa beiwohnen würde.

Laura blieb noch eine Weile an der Mole stehen, bevor sie sich schließlich zögernd von dem Anblick der davonfahrenden Schiffe losriss und durch die Menge zurück auf die Piazzetta drängte. Mittlerweile war es höchste Zeit, dass sie ihren Ausflug beendete. Es war das erste Mal seit jenem unseligen Karnevalstag, dass sie wieder ohne Erlaubnis weggegangen war, aber eine böse Ahnung sagte ihr, dass Arcanzola ihr auch diesmal wieder auf die Schliche kommen und sie mit Stockhieben und Essensentzug strafen würde.

Zu ihrer Erleichterung war von der Nonne weit und breit nichts zu sehen, als sie ins Waisenhaus zurückkehrte. Sie zog die hölzerne Tür möglichst leise hinter sich ins Schloss und huschte die Stiege hinauf zu ihrer Kammer, in der Hoffnung, dort Lodovica und den Kleinen anzutreffen. Ein heftiges Bedürfnis nach Zärtlichkeit und Nähe hatte sie erfasst, und sie sehnte sich danach, ihren kleinen Bruder in die Arme zu schließen.

Zu ihrem Verdruss war die Kammer leer, wie ihr ein kurzer Blick in den ärmlich ausgestatteten Raum zeigte. Widerwillig ging sie wieder nach unten und durch den Hinterausgang nach draußen in den umfriedeten Hof, den Monna Paulina euphemistisch *Garten* nannte, ungeachtet der Tatsache, dass außer Unkraut dort nichts wuchs. Falls sich je der Schössling einer ansehnlicheren Pflanze dorthin verirrt hätte, wäre er sicher rasch eingegangen, denn die Latrinen verbreiteten im Sommer einen derart infernalischen Gestank, dass jedes Lebewesen in unmittelbarer Nähe mit akuter Atemnot zu kämpfen hatte, abgesehen von den unzähligen Schmeißfliegen, die in großen Trauben auf allen Öffnungen klebten.

Mangels Kanalanschluss stand das Häuschen über einer Sickergrube, ein höchst unersprießlicher Zustand, mit dem Laura, die vorher nur den sauberen und wenig geruchsintensiven Abort über dem Fallschacht zu einem Kanal gekannt hatte, sich immer noch nicht abfinden konnte. Ihr graute bereits davor, Matteo mit den Gegebenheiten der Latrine bekanntmachen zu müssen. Jetzt war er noch zu klein; mit neun Monaten konnte ein Kleinkind nicht sauber werden. Aber Lodovica hatte ihr bereits erklärt, dass man spätestens dann damit anfangen müsse, ihn an einen Nachttopf zu gewöhnen, wenn er seinen ersten Geburtstag hinter sich habe. Vom Nachttopf bis zur Latrine war es zwangsläufig dann nur noch ein kurzer Schritt.

Auch im Hinterhof war von der Amme und Matteo nichts zu sehen. Ein paar Kinder spielten zwischen den Mauern Fangen und kreischten dabei ausgelassen. Einer der kleineren Jungen sah Laura in der Tür stehen und kam angerannt.

»Wo warst du?«, wollte er wissen, das schmutzige Gesicht neugierig verzogen.

»Warum fragst du?«, gab sie mit klopfendem Herzen zurück.

»Suor Arcanzola hat dich gesucht.«

Laura erschrak. »Ist sie hier?«

Er schüttelte den Kopf und zog gleichzeitig beide Schultern hoch, womit er offenbar zum Ausdruck bringen wollte, dass er es nicht wusste. Eines der anderen Kinder – seine jüngere Schwester, kaum vier Jahre alt –, rief quengelnd nach ihm, und er drehte sich um und rannte zu ihr.

Von aufkeimender Furcht erfüllt, ging Laura durch den stinkenden dunklen Gang des Erdgeschosses hinüber zu den Wirtschaftsräumen. In der von Dampfschwaden und Herdrauch erfüllten Küche war die Aufseherin damit beschäftigt, das Mittagsmahl vorzubereiten, und die größeren Mädchen halfen ihr dabei. Dem Geruch zufolge würde es Kohlsuppe mit Brot geben, so wie an ungefähr der Hälfte aller Tage, die Laura hier bereits verbracht hatte. Eigentlich hätte sie ebenfalls mit Hand anlegen müssen, das hatte Arcanzola gleich zu Anfang unmissverständlich klargestellt, doch Monna Paulina war derartig kurzsichtig, dass ihr das Fehlen eines Mädchens nicht weiter auffiel.

Die Kinder verpetzten einander nicht, jedenfalls hatte Laura die anderen bisher nicht angeschwärzt, wenn sie sich beim Spiel in den Gassen verbummelt hatten und nicht rechtzeitig zum Helfen in der Küche erschienen waren. Besorgt fragte sie sich nun, ob sie vielleicht allzu selbstverständlich davon ausgegangen war, dass die anderen ihr denselben Dienst erweisen würden.

Die meisten Kinder waren jünger als Laura, bis auf Veronica, ein Mädchen im selben Alter wie sie.

Suor Arcanzola hatte Veronica vor kurzem in Aussicht gestellt, sie an liebevolle Eltern vermitteln zu können. Seither ging Veronica wie auf Wolken, und Laura beneidete sie glühend. Damit war es jedoch schlagartig am letzten Sonntag vorbei gewesen, als der zukünftige Vater Veronicas hier erschienen war, um sich seine neue Tochter anzusehen. Er hatte freundlich zu ihr gesprochen und ihr über den Kopf gestrichen. »Veronica, sieh einer an! Was für helles Blondhaar du hast! Du siehst entzückend aus, mein liebes Kind!«

Auch die anderen Kinder hatte er begrüßt, und vor Laura war er ebenfalls stehen geblieben, bevor er sich wieder verabschiedet hatte.

»Bei den Heiligen! Woher hast du dieses rote Haar, Mädchen? Wie ist dein Name?«

»Laura.«

»Ah, Laura. Bist du schon lange hier? Gefällt es dir hier?«

Auf diese Frage hin konnte sie ihn nur in stummer Verständnislosigkeit anschauen, worauf er fröhlich lachend zur Tür weiterging. Übelkeit stieg in ihr auf, denn sie hatte ihn wiedererkannt. Er war der Mann, der den toten Schwarzen in die Seite getreten und danach mit dem portugiesischen Sklavenhändler gesprochen hatte.

Veronica wurde seit seinem Besuch im Waisenhaus nicht müde, von ihrem gut aussehenden, reichen Vater zu schwärmen, der sie bald holen würde, und Laura hatte es nicht über sich gebracht, ihr von dem Vorfall auf der Riva degli Schiavoni zu erzählen.

Laura schlich hinter dem Rücken der Aufseherin in die Küche, die Blicke verzweifelt fragend auf Veronica geheftet, die ihr sichtlich beunruhigt entgegenschaute und heftig nickte, als Laura sie pantomimisch fragte, ob Arcanzola hier gewesen sei.

Laura sank das Herz, und um ihren Schrecken zu vervollständigen, fing eines der anderen Mädchen an zu kichern. Monna Paulina fuhr herum, blinzelte kurz, um sich zu orientieren – und entdeckte Laura, die wie vom Donner gerührt in der offenen Tür stand. Gleich darauf holte sie mit der Hand aus und schlug zu. Laura schrie auf, als sie an der Wange getroffen wurde. Sie hielt sich das Gesicht, das an der verletzten Stelle wie Feuer brannte.

»Du verdorbenes Luder!«, rief die Aufseherin. »Wo hast du gesteckt?«

Laura konnte riechen, dass die Frau getrunken hatte, doch das schien ihre Angriffslust eher anzustacheln, statt zu dämpfen.

»Du Hexe!«, stieß Monna Paulina hervor. »Du rothaarige Brut des Teufels! Du bist das wandelnde Böse! Du bist böse, böse, böse!«

Im Takt ihrer Worte prasselte eine rasche Abfolge von Hieben auf Laura nieder. Sie wurde an Kopf, Hals und Schultern getroffen, während sie versuchte, sich mit erhobenen Armen zu schützen. In ihr kochte grenzenlose Wut, und mit einem Mal schoss ihr durch den Kopf, was wohl geschehen würde, wenn sie zurückschlug. Sie war kleiner als die Aufseherin, aber sie konnte ihr sicherlich ein paar harte Hiebe versetzen und damit die Ohren der Alten zum Klingeln bringen. Ein übles Schimpfwort drängte sich auf ihre Lippen, das sie nur mit äußerster Willensanstrengung unterdrücken konnte.

Sie wusste nicht, was sie getan hätte, wenn Monna Paulina nicht die Kraft zum Schlagen verloren hätte. Sie landete nur noch schmerzlose, ungezielte Treffer, und ihr Atem kam in hilflosen Stößen.

Laura wich zur Tür zurück, wobei sie wie betäubt wahrnahm, dass Veronica sich eilig ein paar Brotstücke in die Taschen ihres Kittels stopfte.

Keuchend ließ die Aufseherin die Fäuste sinken und wandte sich mit unsicheren Bewegungen wieder dem Herd zu. So lief es meist ab, wenn sie die Kinder schlug. Eben noch bis zur Raserei gereizt, ließ sie eine heftige, aber kurze Salve von Hieben vom Stapel und verfiel anschließend wieder in ihre übliche geistesabwesende Trägheit, in der sie dann günstigstenfalls für die Dauer mehrerer Tage verharrte.

Laura zog sich eilig auf den Gang zurück und blieb dort hinter der Tür stehen, bis Veronica zu ihr gehuscht kam.

»Wo warst du nur?«, flüsterte das Mädchen, den Mund bereits voller Brot. Sie streckte Laura ebenfalls ein Stück hin, die sich nicht zierte, sondern es ihr auf der Stelle entriss und hastig davon abbiss.

»Ich wollte den Bucintoro sehen und den Dogen.« Laura kaute mit vollen Backen und spürte dabei, wie die Striemen in ihrem Gesicht anzuschwellen begannen. Es schmerzte bei jedem Bissen, doch der Hunger war stärker. Das Brot war trocken und hart wie immer, doch wen kümmerte das, sobald man es im Magen hatte.

»Wieso? Ist er heute mit seinem Prachtschiff gefahren?« Veronica, die nicht gerade die Hellste war, wusste nicht viel über die Andate des Dogen, doch immerhin war sie neugierig genug, alles Mögliche wissen zu wollen.

»An Himmelfahrt fährt er immer hinaus«, sagte Laura. Sie wartete auf weitere Fragen, doch ihre Erwiderung schien Veronica als Antwort zu reichen. Sie war ein blasses Mädchen mit hellblonden Zöpfen, viel zu klein und mager für ihr Alter, so wie fast alle Kinder, die schon früh ins Waisenhaus gekommen waren.

»Wann war Suor Arcanzola hier?«, fragte Laura flüsternd, darauf bedacht, nicht wieder die Aufmerksamkeit der Aufseherin auf sich zu lenken.

»Gleich nachdem du fort warst«, antwortete Veronica.

Laura schluckte den durchgekauten Brotklumpen herunter und spürte, wie er in ihrer Kehle ein hartes Hindernis bildete. »Was hat sie gesagt?«

»Nicht viel. Sie hat die Amme und deinen Bruder mitgenommen und gesagt, dass sie dich später holen kommt.«

»Hat sie gesagt, wohin sie die beiden bringt?«

Veronica schüttelte den Kopf, während sie sich den letzten Bissen des Brotes in den Mund schob.

In der Küche ertönte das Keifen der Aufseherin, und Veronica eilte zurück an die Arbeit. Auch Laura widmete sich notgedrungen ihren Aufgaben. Sie holte die Teller aus dem Geschirrschrank und brachte sie in den Essensraum hinüber, um dort den Tisch zu decken. Sie erledigte alle Handgriffe mit der gewohnten Zielsicherheit und war bemüht, sich nichts anmerken zu lassen, doch ihre Gedanken überschlugen sich. Sie zerbrach sich den Kopf darüber, was auf sie zukommen mochte. Es konnte nichts Gutes sein, so viel war gewiss. Arcanzola hatte ihr für den Fall, dass sie sich abermals ohne ausdrücklichen Auftrag weiter als bis zum Ende der Gasse vom Heim entfernte, härtere Schläge angedroht, eine Aussicht, die Laura mit Schaudern erfüllte. Schon nach den ersten Prügeln, die Arcanzola ihr verabreicht hatte, hatte sie tagelang nur unter Schmerzen sitzen können. Anders als die Aufseherin zelebrierte die Nonne gleichsam die Bestrafung; Monna Paulina schlug spontan, Arcanzola dagegen bedachtsam und ohne Hast. Dennoch war ihr Gesicht nach jeder dieser Bestrafungsaktionen gerötet wie von einer großen Anstrengung, und in ihren Augen stand stets ein seltsames Leuchten, wenn sie mit dem gezüchtigten Kind aus dem Raum trat, der normalerweise den Andachten zu den Gebetsstunden oder dem Empfang von Besuchern vorbehalten war. Laura fragte sich, ob sie mit den anderen Kindern dasselbe tat, was auch ihr bei der ersten Auspeitschung widerfahren war, und sie hatte panische Angst davor, dass es ihr erneut geschehen könnte.

Das Essen war fertig; eines der Mädchen läutete die Glocke. Die Kinder kamen aus allen Winkeln des Hauses herbeigerannt und versammelten sich im Speiseraum, und Monna Paulina verteilte mit der Schöpfkelle die Suppe in die hochgehaltenen Teller. Als Laura an der Reihe war, schüttelte die Alte den Kopf. »Du kriegst nichts.«

»Wer sagt das?«, entfuhr es Laura. Sie schluckte, weil sie merkte, wie aufsässig ihre Stimme klang, doch sie dachte nicht daran, sich zu entschuldigen.

»*Ich* sage es, du ungezogene Teufelsbrut! Und Suor Arcanzola auch, wenn du es schon wissen willst. Kein Essen, bis sie wiederkommt, so lautet ihr Befehl!« Monna Paulina hob drohend die Schöpfkelle. Laura bekam einen Spritzer von der heißen Suppe ab und wich zurück, bevor die hölzerne Kelle sie treffen konnte.

Monna Paulina winkte wortlos das nächste Kind heran.

Veronica, die sich ihre Portion bereits geholt hatte und über ihren Teller gebeugt am Tisch saß, lächelte Laura bedauernd zu. Wenigstens hattest du ein Stück Brot, schienen ihre Blicke zu sagen.

Laura blieb hinter ihrem Stuhl stehen, wie es für solche Fälle des Nahrungsentzugs von Arcanzola vorgeschrieben war. Wie schon damals in der Karnevalswoche musste sie warten und zusehen, wie alle anderen ihr Mahl zu sich nahmen. Anschließend half sie wie immer beim Abräumen und Spülen, und wie erhofft gelang es ihr, von dem für das Abendessen vorgesehenen Brot einen Kanten zu ergattern und hastig hinunterzuschlingen, bevor die Aufseherin es bemerken und den Vorratsraum verschließen konnte.

Nach dem Essen zog Monna Paulina sich wie üblich in ihre Kammer zurück, wo sie vermutlich dem Grappa zusprechen würde, bis es erneut Zeit zum Essen war. Zur Vesper trieb sie stets der Hunger wieder in die Küche, wo sie sich zunächst selbst mit allem möglichen Essbaren vollstopfte, ob mit Räucherfisch, Salami, gekochten Eiern oder manchmal sogar mit Kuchen, den die Nonnen gebracht hatten, der aber ausschließlich Monna Paulina und den Ammen vorbehalten war. Anschließend befahl sie regelmäßig alle Kinder, die in Rufweite waren, zu sich, um jedem einen Kanten Brot, einen Brocken Käse oder ein Stück Fisch und einen Becher Wasser auszuhändigen und dann die Vorratskammer wieder abzusperren, bevor sie abermals in ihrem Zimmer verschwand.

Arcanzola tauchte zumeist in der Stunde nach der Vespermesse auf, manchmal nur einmal die Woche, manchmal aber auch an drei Tagen hintereinander. Es kam vor, dass sie nach wenigen Minuten wieder verschwand, aber ebenso gut konnte sie auch eine Stunde bleiben.

Nachdem alle Aufräumungs- und Reinigungsarbeiten erledigt waren, lief Laura unruhig in ihrer Kammer auf und ab. Viel Platz gab es nicht dafür; zwei Schritte von ihrer Strohmatratze bis zu der von Lodovica, und von dort noch einen weiteren Schritt bis zu dem Gitterbettchen, in dem Matteo schlief.

Matteo. Ihr Herz zog sich zusammen, wenn sie an ihn dachte. Wo Arcanzola ihn und Lodovica wohl hingebracht hatte? Und warum hatte sie den Kleinen und die Amme überhaupt fortgeholt? War das Teil ihrer Strafe?

Es wäre der Nonne zuzutrauen. Sie war unberechenbar wie ein Raubvogel, der am Himmel kreiste und bei dem man nie wusste, wann er niederstoßen würde. Manchmal scherzte und sang sie mit den Kindern, manchmal kam sie nur, um sie zu verprügeln.

Laura merkte, dass sie die Hände vor der Brust gefaltet hatte, und aus einer Gefühlsaufwallung heraus kniete sie auf den Holzbohlen nieder und senkte den Kopf zum Gebet. Sie flehte die Heilige Jungfrau an, dass Arcanzola sie nicht wieder hungern lassen würde wie in der Woche nach Karneval.

Laura hatte versucht, den Hunger durch Gebete zu besiegen, und sich eingeredet, dass sie es angesichts der gerade begonnenen Fastenzeit leichter ertragen könne, doch es hatte nichts genützt. Schlimmer noch: Sie hatte in den schwärzesten Augenblicken der erzwungenen Askese mit dem Allmächtigen gehadert, weil sie im Gegensatz zu allen bußfertigen Heiligen und Märtyrern das Fasten nicht aushalten konnte.

»Heilige Muttergottes, bitte mach, dass es Matteo und Lodovica gut geht und dass sie bald wieder herkommen! Und sorge dafür, dass ich zu essen bekomme! Lieber ertrage ich die doppelte Anzahl von Schlägen als noch einmal solchen Hunger!«

Hinter ihr knarrte ein Dielenbrett, und Laura wusste, auch ohne hinzuschauen, wer gekommen war. Zögernd wandte sie sich zur Tür.

»Wer weiß, mein Kind«, sagte Arcanzola mit dem ihr eigenen undeutbaren Lächeln. »Vielleicht gehen ja heute für dich noch ganze andere Wünsche in Erfüllung.«

Die Gondel glitt durch das sich kräuselnde Wasser des *Rio*, der an den Häuserreihen vorbeiführte und am Ende der nächsten Biegung in den Canalezzo mündete.

Arcanzola hatte sie nicht geschlagen, aber sie hatte auch

nicht auf Lauras wiederholte Fragen geantwortet, wohin sie fuhren. Sie tat sehr geheimnisvoll.

»Warum willst du es nicht einfach auf dich zukommen lassen?«

»Werdet Ihr mich schlagen?«

»Warum sollte ich das tun?«

»Beim letzten Mal habt Ihr gesagt, wenn ich wieder weglaufe, werdet Ihr mich prügeln, bis das Blut spritzt.« Sie hatte Mühe, die Worte von damals zu wiederholen, doch etwas in ihr zwang sie dazu. Es war fast, als müsse sie einen Finger in eine Wunde legen, um zu prüfen, ob sie schon verheilt war. Kaum hatte sie den Satz ausgesprochen, verfluchte sie sich auch schon dafür. Wieso konnte sie nicht einfach schweigen? Möglicherweise hatte die Nonne schon längst wieder vergessen, was sie Laura nach den letzten Schlägen angedroht hatte.

Doch das war ein Irrtum, wie sich gleich darauf herausstellte.

»Ich weiß noch genau, was ich gesagt habe«, meinte Arcanzola gelassen. »Und ich erinnere mich auch sehr gut, wie du dich bei den Schlägen angestellt hast. Sehr tapfer, das muss ich schon sagen. Zehn harte Hiebe mit der Gerte, aber von dir kam kein Laut. Nicht ein Stöhnen, geschweige denn ein Schrei.«

Laura erinnerte sich so gut daran, dass ihr schon bei dem bloßen Gedanken an den entwürdigenden Vorgang die Wangen brannten.

»Ich frage mich seither, wie hart man dich schlagen muss, damit du schreist«, ließ Arcanzola sich in verträumtem Tonfall vernehmen. Sie saß Laura gegenüber in der offenen Felze, die Beine unter dem Habit anmutig gekreuzt. Während sie sprach, ließ sie Laura nicht aus den Augen.

»Bist du aufgeregt?«, wollte Arcanzola wissen.

Laura, die verkrampft auf der mittleren, im Freien gelegenen Bank saß, verspannte sich noch mehr. Sie wich den Blicken der Nonne aus, als könnte sie so allem Üblen entrinnen, das ihr noch bevorstehen mochte.

»Ich wüsste nur gern, wo mein Bruder ist.«

»Er ist dort, wo du auch bald sein wirst«, erwiderte die Nonne.

Sie tauchte eine Hand in das dahinfließende Wasser des Kanals und zerteilte die Oberfläche mit den Fingern, während sie sich noch weiter vorbeugte, bis der Wind ihren Schleier zur Seite wehte. Ihr Gesicht mit den schmalen Katzenaugen hatte in der Abendsonne den Schimmer makelloser Perlen.

Um sie herum begannen die Glocken der Stadt zur Komplet zu läuten, ein Konzert aus verschiedenen Klängen, manche voll und rein, andere dumpf und nachhallend, im ständigen Wechsel, als wollten sie miteinander sprechen, bis sie nach und nach wieder verstummten.

Um diese Zeit waren nicht viele Boote unterwegs; die meisten Menschen hatten ihr Tagwerk bereits beendet, und die Zeit der abendlichen Vergnügungen war noch nicht angebrochen. Nur hier und da fuhren Gondeln, und manchmal kreuzte vor den Anlegestellen ein behäbiger *Sàndolo* ihren Weg.

Auf dem Canal Grande gab es auch größere Schiffe, Traghetti, auf denen Fährleute die Menschen von einem Ufer des großen Kanals zum anderen brachten, und außerdem Lastflöße mit hoch gestapelten Ladungen von Holz, die für Murano bestimmt waren, wo die Schmelzöfen zur Glaserzeugung niemals kalt wurden. Inmitten der anderen Schiffe machte Laura auch eine mit schwarzen Tüchern behängte Barke aus, die mehrere Särge transportierte. Anscheinend war hier gleich eine ganze Familie gestorben, die nun ihre letzte Reise angetreten hatte.

Fröstelnd zog Laura die Bänder ihrer Haube zusammen, die sie sich vorhin eilig vor dem Verlassen des Waisenhauses noch übergestülpt hatte. Für mehr war keine Zeit geblieben, Arcanzola hatte sie praktisch gleich nach ihrem Erscheinen die Treppe hinuntergezerrt, bevor sie mit ihr durch die benachbarten Gassen zum nächsten Anlegeplatz gegangen war, wo die Gondel schon auf sie wartete.

Der Gondoliere stieß das Boot mit regelmäßigen Ruderschlägen vorwärts, schweigend und mit gleichmütig abgewandtem Gesicht. Laura hatte vorhin schon beim Einsteigen bemerkt, wie edel er gekleidet war, in ein Wams aus smaragdfarbener Seide und glänzende Calze, die mit Wappenmustern bestickt waren.

Auch das Boot war weit vornehmer als alle anderen Gefährte, in denen Laura bisher gesessen hatte. Es war aus glatt poliertem Holz und hatte mit Samt gepolsterte Sitze. Sogar der jetzt zurückgeschlagene Vorhang der Felze war aus Samt, in demselben Grün wie die Kleidung des Gondoliere.

Die Gondel glitt in einen schmaleren Seitenkanal und wurde langsamer, und der Ruderführer lenkte das Boot geschickt an die terrassenförmig ansteigende Anlegestelle heran, die sich ein paar Bootslängen voraus teilte und die Einfahrt zu einem Wassertor freigab.

Das Tor gehörte zu einem mit Fresken bemalten Palazzo, einem vierstöckigen Gebäude mit einem *Mezzanin*, dem in vielen venezianischen Häusern üblichen Halbgeschoss. Das darüber befindliche Prunkgeschoss, das *Piano Nobile*, öffnete sich zur Kanalseite hin zu prächtig verzierten Marmorloggien, hinter denen sich die hohen, bunt verglasten Fenster des *Portego*, des großen Hauptsaals, befanden.

Laura hatte durch die Arbeit ihres Vaters schon etliche Palazzi gesehen. Vermutlich hatte ein herausragender Architekt dieses noch recht neue Haus geschaffen, aber sie verschwendete kaum einen Blick auf die Bauweise, sondern betrachtete stattdessen sprachlos die Fresken. Einen Moment lang glaubte sie, ein Werk ihres Vaters vor sich zu haben, doch bei näherem Hinsehen erkannte sie, dass die Fresken nicht von ihm stammen konnten. Guido Monteverdi war ein großer Künstler gewesen, und es gab nicht mehr als eine Hand voll wirklich gute Freskenmaler in Venedig. Dennoch waren diese Bilder hier besser als alles andere, was sie bisher gesehen hatte. Ihnen fehlte das Spielerische, die gewollte Naivität und die unbekümmerte

Farbwahl, die für Guido Monteverdis Arbeiten kennzeichnend gewesen waren. Die Abbildungen an diesem Palazzo schienen nicht Freude und Lebenslust zu verströmen wie die Fresken ihres Vaters, sondern waren von einer beinahe mystischen Eindringlichkeit, dabei aber gleichzeitig von einem solchen Farbenreichtum, wie er sonst nur in der Natur selbst vorkam. Laura glaubte, im schwindenden Licht der untergehenden Sonne eine biblische Szene ausmachen zu können – die Vertreibung aus dem Paradies.

Bevor sie sich Details ansehen konnte, glitt die Gondel durch das Wassertor ins Innere des Palazzo. Das Wasser des Kanals gluckerte an den Mauern, die das Ende der Einfahrt markierten und über denen das *Andron* lag, die Wasserhalle im unteren, zum Kanal hin gelegenen Teil des Hauses. Geradeaus führten steinerne Stufen von der Wasseroberfläche hinauf auf eine umlaufende Balustrade. Oben auf der Brüstung brannten Fackeln; ihr Licht erzeugte huschende Muster an den Ziegelwänden und auf dem gefliesten Boden. An den Wänden hingen Piken und Hellebarden sowie Flaggen feindlicher Heere, offenbar Beutestücke aus einem der letzten Kriege.

Es roch nach Tang, Rauch und einer Mischung aus Parfüm und orientalischen Gewürzen, die Laura bisher zu selten in die Nase gestiegen war, als dass sie genau hätte feststellen können, welche Aromen darunter waren. Von irgendwoher drang auch der Duft nach gebratenem Fleisch zu ihr, der ihr sofort das Wasser im Mund zusammenlaufen ließ.

»Da sind wir«, sagte Arcanzola. Sie war aufgestanden und ließ sich von dem Gondoliere auf die Stufen helfen, bevor sie sich wieder zu Laura umdrehte und die Hand ausstreckte, um sie ebenfalls aus dem Boot zu ziehen.

»Wer wohnt hier?«, wollte Laura wissen.

Arcanzola lächelte und raffte ihr Gewand, während sie die Stufen zum Andron hinaufstieg. »Dein neuer Vater.«

Laura hatte Mühe, richtig zu atmen, während Arcanzola sie an der Hand aus dem Wassersaal durch eine Tür zog, hinter der eine Treppe in das Mezzanin führte. Sie war so aufgeregt, dass sie keinen klaren Gedanken fassen konnte.

Hinter der Nonne herstolpernd, erhaschte sie einen Blick in eine Küche. Vor einem großen Kochkamin mit Rauchfang stand eine Magd und rührte in einem Suppenkessel. Daneben brutzelte Fleisch in einer Pfanne. In einem irdenen Topf garte ein Milchgericht, dem ein süßer Duft nach Vanille entströmte. Laura wäre fast in die Knie gesackt vor Hunger. Am liebsten hätte sie der Köchin den Löffel entrissen und sich über die Töpfe hergemacht.

An einem steinernen Wassertrog neben der Feuerstelle wusch eine weitere Magd Geschirr, und an der großen Anrichte war eine dritte Bedienstete damit beschäftigt, Gemüse klein zu schneiden. Zwei andere Mägde standen an einem Tisch, wo sie Teigstücke kneteten, auswalzten und mit einer Füllung bestrichen.

Laura starrte im Vorbeigehen hungrig auf die Töpfe, dann verharrte sie mitten im Schritt. Die Frau an der Anrichte hatte den Kopf zur Seite gewandt. Es war Lodovica.

»Was ist?«, sagte Arcanzola. »Komm weiter, unser Gastgeber wartet schon. Essen kannst du später, ich verspreche es dir.«

»Ich will zu Matteo!« Laura riss sich von der Hand der Nonne los und rannte in die Küche.

»Komm weiter, sage ich!«, rief Arcanzola herrisch.

Laura tat einfach so, als hätte sie den Befehl nicht gehört. Um nichts in der Welt hätte sie sich davon abhalten lassen, die Küche zu betreten, denn soeben hatte sie die Stimme ihres Bruders gehört.

»Matteo!«, rief sie glücklich aus. Er war tatsächlich hier! Arcanzola hatte sie nicht belogen!

In einer Ecke der Küche saß er auf dem Fußboden und war mit einem breiten Leinenstreifen um den Bauch an einem Schemel festgebunden, damit er nicht in die Nähe des Herdes kriechen konnte. Er hielt einen Holzlöffel umklammert, auf dem er angestrengt herumbiss. Als er Laura sah, breitete sich ein Strahlen auf dem kleinen Gesicht aus. Er ließ den Holzlöffel fahren und streckte beide Ärmchen aus.

»Mein Süßer! Mein Goldschatz!« Laura hasste es, wenn Lodovica ihn mit solchen Ausdrücken betitelte, aber ihr selbst kamen sie ganz selbstverständlich von den Lippen, wenn die Zärtlichkeit sie übermannte. Eilig löste sie den Stoffstreifen, mit dem er festgebunden war. Sie hob ihn hoch und drückte ihn an sich, küsste seine Wangen und fuhr liebkosend mit der Hand über sein weiches Haar.

Lodovica hatte sich zu ihr umgewandt, das runde Gesicht zu ihrem gewohnt stumpfsinnigen Lächeln verzogen. Sie machte einen zufriedenen Eindruck.

»Ich koche für Matteo«, sagte sie, mit dem Gemüsemesser auf klein gewürfelte Karotten deutend. »Endlich kann ich ihm richtiges, gutes Essen machen!«

Arcanzola war Laura in die Küche gefolgt. Missbilligend sah sie sich um. »Nun komm schon, du kannst nachher mit ihm spielen. Es ist unhöflich, Messèr Cattaneo warten zu lassen.«

Cattaneo hieß er also, der Mann, der ihr Vater werden sollte! Laura presste ihren Bruder an sich. Ihr Herz klopfte zum Zerspringen, sie konnte es immer noch nicht fassen.

»Wird er … Ich meine, wird Messèr Cattaneo nicht auch Matteo begrüßen wollen? Er ist doch mein Bruder, das bedeutet, er würde ebenfalls hier …«

»Das ist bereits geschehen«, fiel Arcanzola ihr ins Wort. »Er hat ihn schon gesehen, und jetzt bist du an der Reihe.« Mit verengten Augen betrachtete sie die Küchenmägde, doch die hatten sich nach ein paar neugierigen Seitenblicken wieder ihrer Arbeit zugewandt.

»Nun komm«, fügte Arcanzola hinzu.

Laura setzte Matteo zögernd wieder ab. Er wedelte mit den Händchen, offensichtlich war er mit dieser Entwicklung der Dinge nicht zufrieden, und bevor er anfangen konnte, zu weinen, drückte Laura ihm rasch wieder den Holzlöffel in die Hand. Er betrachtete ihn zweifelnd, steckte ihn dann aber mangels anderweitiger Unterhaltung wieder in den Mund und benagte die Oberfläche.

Laura folgte Arcanzola zur Treppe.

»Messèr Cattaneo ist ein sehr großzügiger Herr«, sagte Arcanzola auf dem Weg zum Portego. »Er wird dich gut behandeln. Du wirst gebadet und neu eingekleidet, gleich nach der Begrüßung. Ich weiß, normalerweise geschieht das noch im Waisenhaus, aber dein neuer Vater möchte dir von Anfang an alle Annehmlichkeiten bieten, die mit deiner Stellung als Tochter eines Patriziers einhergehen. Nach dem Bad wird dir ein köstliches Mahl serviert, vermutlich bringst du ordentlichen Hunger mit. Das war auch der Grund, warum du im Heim nichts mehr essen solltest.« Sie lachte wie über einen guten Witz. »Um dir nicht den Appetit für ein anständiges Essen zu verderben.« Sie warf Laura über die Schulter einen kurzen Blick zu. »Du bekommst natürlich auch eine Kammer für dich ganz allein, ist das nicht wundervoll?«

Laura fehlten die Worte für eine Antwort, aber die Nonne schien auch nicht zu erwarten, dass sie etwas erwiderte.

Während Arcanzola mit ungewohnter Beredsamkeit die Vorzüge des neuen Zuhauses vor ihr ausbreitete, blickte Laura stumm auf den in feinen Wollstoff gehüllten Rücken. Diesmal ging Arcanzola voraus, das Habit mit zwei Fingern sorgsam gerafft, damit der Saum nicht über die Treppenstufen schleifte. Nicht, dass ihr Gewand dabei allzu schmutzig geworden wäre. Laura hatte noch nie eine Umgebung gesehen, die sauberer und gepflegter war als das Innere dieses Palazzo. Sogar der Fußboden in der Küche hatte ausgesehen, als hätte man bedenkenlos davon essen können. Alle Oberflächen wirkten wie frisch poliert, ob sie nun aus Holz oder Stein waren, und nirgends lag Staub oder gar Unrat.

In ein Haus zu kommen, wo auf Sauberkeit geachtet wurde, war so wohltuend, dass Laura eine innere Wärme in sich aufsteigen fühlte, die sogar kurzfristig all die vielen, in ihrem Kopf herumgeisternden Fragen überlagerte. Reinliche Kleidung, ein sauberes Bett, genug zu essen – wie oft hatte sie sich das in den letzten Monaten gewünscht! Vor allem um das Essen kreisten ihre Gedanken, während sie Arcanzola über die Treppe nach oben in den Portego folgte.

Dann waren all diese profanen Überlegungen mit einem Schlag vergessen, denn die Wirklichkeit traf sie wie ein Schlag, als sie gemeinsam mit Arcanzola durch einen von Säulen gestützten Bogen in den Hauptsaal des Palazzo trat, denn erst hier gewahrte sie die wirkliche Pracht dieses Hauses.

Sowohl zur Stirn- als auch zur Rückseite des Gebäudes hin mit einer breiten Fensterfront versehen, war der ganze Saal in ein unwirklich rotgoldenes Licht getaucht, was zum Teil durch die gerade untergehende Sonne bewirkt wurde, zum Teil aber auch durch die bereits brennenden Kerzen, deren Licht von zahlreichen goldgerahmten Spiegeln und dem auf Hochglanz polierten Terrazzoboden zurückgeworfen wurde. Über den mit goldgeprägtem Leder bespannten Wänden verlief ein simsartiges Wandbord, auf dem kostbare Gegenstände aufgereiht waren, Kristallschalen, Pokale, Bronzestatuetten, Miniaturen und anderer Zierrat. An den Wänden standen imposante, wuchtig wirkende Möbel, hochlehnige Stühle, gepolsterte Bänke, geschnitzte Schränke – allesamt sowohl von ihrer Anordnung als auch vom Aussehen her eher repräsentativ als nützlich.

Laura, die dergleichen bisher nur aus den Erzählungen ihres Vaters kannte, blieb der Mund offen stehen, doch sie kam nicht dazu, die unglaublichen Reichtümer dieses Raums näher in Augenschein zu nehmen.

Arcanzola hatte erneut Lauras Hand ergriffen und zog sie hinter sich her, so zielstrebig, als wäre sie schon öfter hier gewesen. Laura folgte ihr bis zu einer Tür am Ende des Portegos, wo die Nonne stehen blieb und anklopfte.

Nachdem eine Männerstimme sie aufgefordert hatte, hereinzukommen, öffnete sie die Tür und schob Laura vor sich her in den dahinterliegenden Raum. Dieses Zimmer war wohnlicher als der Saal, mit bequemen Sesseln, einer großen, von Pfosten gestützten Bettstatt und einem Lesepult, auf dem Bücher lagen.

»Hier ist sie«, sagte Arcanzola.

»Das wurde auch Zeit.« Ein Mann trat hinter dem Pult hervor und lächelte sie gewinnend an. »Die rothaarige Laura. Guten Abend, mein Kind.«

Laura starrte ihn ungläubig an. Dieser Mann war Messèr Cattaneo?

»Aber er ist Veronicas neuer Vater!«, entfuhr es ihr.

Arcanzola legte ihr von hinten die Hand auf die Schulter. »Er hat *dich* gesehen und es sich anders überlegt. Sei doch einfach froh darüber, dass er dich haben will und nicht sie.«

»Warum mich?«, fragte Laura. Ihr ging nicht das Bild aus dem Kopf, wie er damals auf der Riva degli Schiavoni den toten Sklaven getreten hatte.

»Weil du hübscher bist«, sagte er. »Und du bist rothaarig. Ich stelle es mir sehr ungewöhnlich vor, ein rothaariges Kind zu haben.« Sein Blick streifte ihre Haube. »Wie lang ist es, wenn du die Zöpfe gelöst hast?«

Laura wollte antworten, doch sie brachte kein Wort heraus.

»Es reicht ihr bis über die Hüften«, sagte Arcanzola hinter ihr. Es klang gelangweilt, doch Laura meinte auch eine winzige Spur von Ärger in der Stimme der Nonne wahrzunehmen. Ihre Gedanken irrten hin und her wie aufgescheuchte Vögel, die sich eben noch in Freiheit wähnten und auf einmal merkten, dass sie in einem Käfig gelandet waren.

Cattaneo lächelte nicht mehr, und in Laura verdichtete sich ein beklemmendes Gefühl, das sie nur allzu gut kannte – ein Eindruck von nahender Gefahr.

»Komm her«, sagte Cattaneo. Er trat auf sie zu, und Laura nahm nun bewusst die Unterschiede zu seinem letzten Auftreten wahr. Im Heim hatte er ein Barett getragen, hier bei sich zu Hause war er natürlich barhäuptig. Sein Haar war von einem aschefarbenen Blond, einen Ton heller als der Bartschatten, der im Kerzenlicht zu erkennen war. Seine Augen waren wässrig blau, die Lippen eine Spur zu voll und das Kinn ein wenig zu rundlich, um markant zu wirken. Seine Zähne schienen gesund, seine Statur war aufrecht und kräftig. Alles in allem war er, im Vergleich zu allen anderen Nobili, die Laura bisher auf Umzügen und beim Besuch der Kirche gesehen hatte, recht gut aussehend, und doch wirkte er nicht im Mindesten anziehend auf sie.

Er blieb vor ihr stehen, und instinktiv wollte sie einen Schritt zurückweichen, doch dicht hinter ihr stand Arcanzola, sodass sie keine Möglichkeit dazu hatte.

Cattaneo legte ihr seine Hand auf den Kopf und streifte dann mit einem raschen Griff die Haube ab. Sacht fuhr er zuerst über ihre Locken und dann über ihre Wange.

»Ah, wie weich dein Haar ist! Wie zart deine Haut, und so weiß! Hat jemals ein Mensch so helle Haut gesehen? Nur rothaarige Geschöpfe können diese weiße Zartheit ihr Eigen nennen, niemand sonst. Du bist ein reizendes Kind! Ein bisschen schmutzig und ärmlich gekleidet zwar, aber das lässt sich rasch ändern. Ich habe dein Bad schon vorbereiten lassen.«

Laura, die unter seinen suchenden Blicken die Luft angehalten hatte, wäre seiner Hand gern ausgewichen, doch die drohende Nähe der Nonne hinderte sie daran. Sie atmete erleichtert aus, als Arcanzola einen Schritt zurücktrat und Laura dabei mit sich zog. »Ich kümmere mich darum«, sagte die Nonne.

»In einer Stunde sollte sie fertig sein, dann kommen die anderen«, sagte Cattaneo.

Vorhin noch hatte Laura unzählige Fragen stellen wollen, doch mit einem Mal war ihr Kopf wie leer gefegt. Sie ließ sich widerstandslos von Arcanzola in einen benachbarten Raum führen, der ein wenig kleiner war als der vorherige. Im Kamin brannte trotz der Wärme, die tagsüber in der Lagune geherrscht hatte, ein flackerndes Feuer, das einen dampfenden Badezuber erhellte. Auf einem Tisch daneben lagen frische Kleidung und Tücher zum Abtrocknen bereit, in einer Glasschale befanden sich Seifenstücke, deren Duft Laura bis zur Tür riechen konnte.

»Hinein mit dir, fang schon mal an, dich zu waschen. Ich komme gleich und helfe dir mit dem Haar.«

Arcanzola verließ den Raum und zog die Tür hinter sich zu.

Laura blieb vor dem Zuber stehen und betrachtete das heiße Wasser und die Seife, ohne dass es sie danach verlangte, zu baden. Ein Frösteln überzog ihre Haut, obwohl es durch das Feuer warm, fast sogar heiß im Zimmer war. Sie hatte seit dem Tod ihrer Eltern nicht mehr gebadet. Im Waisenhaus hatte es höchstens hin und wieder einen Eimer Wasser zum Haarewaschen gegeben, und das auch nur vor hohen Feiertagen wie Weihnachten, dem Fest des heiligen Markus oder Ostern. An manchen Tagen hatte es sie so sehr nach einem heißen Bad verlangt, dass sie geweint hatte, weil sie all den Dreck und den Gestank so leid war. Nicht, dass es so schlimm gewesen wäre wie der ständige Hunger, aber es fehlte nicht viel daran.

Und nun standen hier ein Zuber mit sauberem Wasser und duftende Seife für sie bereit, und auf dem Hocker lagen ein makellos reines Leinenunterkleid und eine zusammengefaltete Gamurra aus feiner Baumwolle.

Der Drang, das Zimmer zu verlassen, wurde übermächtig, und Laura folgte ihm, ohne groß darüber nachzudenken. Sie ging zurück in den Portego – und zuckte zusammen, weil sie im ersten Moment glaubte, jemand käme auf sie zu. Erst mit der Verzögerung von einem Atemzug erkannte sie, dass es nur ihr Spiegelbild war, das sich bewegt hatte. Der Raum war sicher mit ebenso vielen Spiegeln geschmückt wie mit Gemälden und Gobelins, die überall an den lederbespannten Wänden hingen, und je nachdem, wo man stand, erlebte man den verwirrenden Effekt, in einen Saal zu schauen, der bis in die Unendlichkeit reichte, mit hundertfach vervielfältigten Bildern und schimmerndem Hausrat auf Borden, die sich zu einem merkwürdig gekrümmten Horizont zu erstrecken schienen.

Aus dem Zimmer des Hausherrn waren durch die angelehnte Tür Stimmen zu hören, leise zwar, aber Laura konnte die Worte verstehen, wenn sie angestrengt lauschte.

»Es ist ja gut und schön, dass du die beiden verschwinden lässt, wenn du mit ihnen fertig bist.« Das war Arcanzolas Stimme. »Die Kinder sind auch nicht das Problem. Ich sagte dir ja, dass der Zunftmeister und seine Frau, die sich anfangs noch nach ihnen erkundigt hatten, an den Blattern gestorben sind. Niemand sonst interessiert sich für das Mädchen und den Kleinen. Aber was soll ich deiner Meinung nach mit der Amme machen, sobald deine Spielchen hier vorbei sind? Man würde ihr Fehlen bemerken!«

»Du hast gesagt, dass sie schwachsinnig ist«, meinte Cattaneo. »Wie kann sie uns Schwierigkeiten machen?«

»Es ist dasselbe wie immer. Niemand darf übrig bleiben, der dumme Fragen beantworten kann. Sie mag weniger Verstand haben als ein kleines Kind, aber sie kennt einflussreiche Leute, und irgendwem von denen könnte einfallen, sie auszufragen, wo ihre letzten Schützlinge geblieben sind.«

»Du bist so klug, meine liebste Arcanzola, ich zweifle nicht daran, dass du dir eine gute Lösung überlegen wirst.«

»Ich wüsste eine. Ich nehme die Amme und den Jungen wieder mit. Dann kann ich ihr später erzählen, dass das Mädchen einem Fieber erlegen ist.«

Lauras Herz hatte angefangen, heftig zu hämmern, sie spürte es bis in den Hals hinein schlagen. Immer noch konnte sie sich von dort, wo sie stand, im Spiegel sehen. Ihre Zöpfe waren in Auflösung begriffen, einzelne Strähnen fielen bereits in wirren Locken heraus. Ihr Gesicht war so bleich, als wäre sie schon tot, von einer ähnlich fahlen Blässe wie das ihrer Mutter, als sie gestorben war.

»Das kommt nicht infrage«, sagte Cattaneo.

Einen Moment lang glaubte Laura, er meinte die Lüge über ihren Fiebertod, doch dann fuhr er fort: »Ich will den Jungen für eine Opferzeremonie.«

»Du bist verrückt, wenn du glaubst, dass du mit solchen Dingen auf Dauer durchkommst.« Arcanzolas Stimme hatte einen lasziven Unterton. »Nach außen hin der Wohltäter der

Menschheit, in Wahrheit der schlimmste Häretiker, den die Stadt je gesehen hat!«

Cattaneo lachte. »Aber es gibt doch nichts Erregenderes, als alle Welt an der Nase herumzuführen, oder nicht?« Seine Stimme klang mit einem Mal heiser. »Und du, meine Schöne der Nacht? Bist du nicht von allen Frauen, die ich kenne, die schlimmste und verdorbenste? Wer bringt mir denn die Kindlein, wer hält die Schale, um ihr Blut aufzufangen? Es gibt keine eifrigere Dienerin Beliars als dich! Komm her, du süßer falscher Engel, lass dich küssen!«

Er sagte noch mehr, doch Laura konnte davon nichts mehr verstehen. Mit fliegendem Atem wandte sie sich ab, weg von der Tür, durch die die Stimmen kamen, weg von ihrem Spiegelbild. Sie dachte nicht weiter darüber nach, was zu tun war, sondern handelte einfach.

Sie rannte durch den mit Cupidi verzierten Prunkbogen zur Treppe. Ihre Finger brannten wie Feuer, als sie über den aus Seilen geflochtenen Handlauf fuhren, während sie nach unten in das Mezzanin lief. Die Tür zur Küche aufstoßend, hielt sie keuchend inne, weil sie keine Ahnung hatte, was sie sagen sollte. Doch dann war auch das ganz leicht.

»Komm, Lodovica. Wir müssen gehen.«

Die Amme, die den Kleinen auf den Schoß genommen und an die Brust gelegt hatte, lächelte zufrieden. Laura nahm ihr den Jungen ab und hielt ihn auf dem Arm, während Lodovica ihr Brusttuch richtete und aufstand.

Die Mägde, nach wie vor mit Essensvorbereitungen beschäftigt, gönnten den Besuchern kaum einen zweiten Blick, als diese die Küche verließen.

Laura eilte voraus, doch sie schlug nicht den Weg zur Wasserhalle ein, wo sie vorhin angekommen war, sondern wandte sich in die entgegengesetzte Richtung, dorthin, wo sie den landseitigen Eingang vermutete. Sie kamen an mehreren Türen vorbei, hinter denen sich wahrscheinlich weitere Wirtschaftsräume befanden. Durch den nur dürftig von Talglichtern erhellten

Gang gelangten sie schließlich zu einer Tür, die breiter war als die anderen, und die gegenüber befindliche, nach oben führende Treppe deutete darauf hin, dass diese Pforte ins Freie führte.

Laura wollte sie aufdrücken, und beinahe hätte sie aufgeschrien vor Wut und Ungeduld, als sie merkte, dass sie verschlossen war. Doch gleich im nächsten Moment wurde ihr klar, dass sie nur den Riegel zurückschieben musste. Ein rascher Handgriff, ein wenig Kraftanstrengung, und die Tür tat sich auf.

»Wer ist da?«, fragte ein Mann oben von der Treppe her. Laura hielt die Luft an, doch dann erkannte sie, dass es nicht Cattaneo war, der da gerufen hatte. Es musste einer der Dienstboten sein, vielleicht auch ein Gast. Wer auch immer es war, er kam mit raschen Schritten die Treppe herunter.

Laura zögerte keinen Augenblick. Entschlossen zog sie Lodovica durch die offene Eingangspforte nach draußen, bevor die Amme womöglich noch auf die dumme Idee käme, dem Mann zu antworten.

»Wir müssen uns beeilen«, sagte sie drängend, während sie die Amme an einem Zipfel ihres Gewandes vorwärts durch die schmale Gasse zog, die den Palazzo vom Nachbarhaus trennte.

Matteo starrte sie aus Lodovicas Umarmung heraus mit großen Augen an.

Laura zwang sich, sein Lächeln zu erwidern und ihm während des Laufens einen raschen Kuss zu geben. Dann blickte sie voller Furcht an der Fassade des Palazzo hoch zu den von Kerzenlicht erhellten Fenstern, doch oben war kein Beobachter zu erkennen.

Gleich darauf sah sie den Mann aus der Seitenpforte des Hauses treten und sich suchend umschauen.

»Lodovica, komm schon!« Laura zerrte so fest an der Gamurra der Amme, dass der Stoff riss. Ein paar Münzen landeten klimpernd auf dem Pflaster.

»Mein Geld!«, jammerte Lodovica.

»Ich hab's schon«, versicherte Laura, hastig einige Kupferstücke aufsammelnd. »Nun komm weiter, trödle nicht!«

Lodovica blieb stehen und suchte argwöhnisch den Boden ab. »Hast du alles aufgehoben?« Zögernd setzte sie sich in Bewegung, während ihre Blicke über das Pflaster wanderten.

Laura schaute zurück und schrak zusammen. Der Mann – seiner Kleidung nach ein Diener – hatte sie gesehen und kam näher. Sein Gesichtsausdruck verhieß nichts Gutes, ebenso wenig sein Aussehen. Er war nicht sonderlich groß, kaum mehr als ein Zwerg, aber breit gebaut, mit langen Armen, die ihm fast bis zu seinen Knien baumelten und in schaufelartigen Händen mündeten, und mit Brauen, die buschig über der Nasenwurzel zusammenwuchsen. Die Augen funkelten wie bei einem beutegierigen Raubtier, und raubtierähnlich war auch sein Lächeln, breit und mit schadhaften gelben Zähnen.

»Hier liegt noch was!«, beschwerte sich Lodovica. Sie bückte sich, um eine übersehene Münze aufzuheben. »Und da drüben ist auch noch eine!«

»Gib mir Matteo!« Laura riss ihr den Kleinen aus den Armen und lief voraus, damit die Amme ihr notgedrungen folgen musste. Von allein würde Lodovica nicht begreifen, dass sie in Gefahr waren, und es blieb keine Zeit, um es ihr zu erklären.

Laura rannte durch die Gasse, und dabei wurde ihr klar, dass der Mann sie verfolgte. Sie warf einen raschen Blick über die Schulter zurück und sah, dass ihr Gefühl sie nicht getrogen hatte.

Lodovica war stehen geblieben und blickte ihr verständnislos hinterher, dann bückte sie sich wieder und suchte den Boden nach ihrem Geld ab.

Der Mann rempelte sie von hinten an, worauf die Amme stolperte und hinfiel. Der enge Durchlass war durch ihren ausladenden Körper blockiert, und der Mann versuchte fluchend, sich an ihr vorbeizudrängen.

Laura lief um die nächste Ecke und beschleunigte ihre Schritte. Matteo war nicht allzu schwer, jedenfalls hatte sie das bisher immer gedacht. Mit seinen neun Monaten war er für ein Kind seines Alters normal gewachsen, weder zu groß noch zu klein, und sie konnte ihn ohne große Mühe aufheben und tragen. Doch nach wenigen Schritten kam es ihr vor, als wöge er doppelt so viel wie sonst. Keuchend hielt sie ihn umklammert, während sie ein Bein vors andere setzte und dabei betete, nicht zu stolpern.

Matteo hielt ihre Flucht für einen großen Spaß, er jauchzte und krallte seine Händchen in ihre Haare, während er im Takt ihrer Schritte in ihren Armen auf und ab hopste.

Laura lief quer über einen Campiello und zwischen zwei eng stehenden Häusern hindurch, dann weiter über eine Salizada und von dort in die nächste Abbiegung. Danach rannte sie immer weiter, ohne innezuhalten und ohne sich umzudrehen, bis sie am Ende einer Gasse vor einem *Sottoportego* landete, einem niedrigen Durchgang unter einem auf Säulen errichteten Haus. Laura musste sich ducken, um nicht oben anzustoßen. Matteo gab ein erschrockenes Quieken von sich, als sein Köpfchen die Decke streifte, schrie aber zum Glück nicht.

»Pst«, flüsterte sie. »Sei ganz still!«

Er patschte mit der Hand gegen ihre Wange, und sie atmete flach ein und aus, um keine unnötige Aufmerksamkeit auf sich zu lenken, während sie weiter gebückt zwischen den Pfosten hindurchschlich.

Ihre Brust weitete sich vor Anstrengung, während sie sich vollends unter dem Sottoportego hindurchquälte und sich schließlich an der Rückseite des Gebäudes aufrichtete. Sie blieb lauschend stehen, und gleich darauf entfuhr ihr ein entsetztes Keuchen.

Ihr Verfolger hatte den Platz auf der anderen Seite des Hauses erreicht. Laura hörte seine Schritte, sah seine Beine, die in ähnlich feinen Calze steckten, wie Cattaneos Gondoliere sie trug. Smaragdgrün, mit roter Wappenstickerei.

Möglichst geräuschlos huschte sie weiter durch die angrenzende Gasse – und stöhnte an deren Ende unterdrückt auf, weil sie sich am Kai eines Kanals wiederfand, bei dem es vor den rechts und links angrenzenden Häuserreihen keine Fondamenta gab. Lediglich eine lange hölzerne Anlegestelle ragte ins Wasser und bot mehreren dort liegenden Gondeln Platz, aber eine Möglichkeit, zu Fuß zu entkommen, gab es nicht.

Weiter vorn war eine Brücke zu sehen, aber um dorthin zu gelangen, hätte Laura zuvor eine andere Abzweigung nehmen müssen. Zum Umkehren war es jedoch zu spät. Der Mann hatte den Sottoportego bereits durchquert. Und er hatte sie gesehen! Mit hängenden Armen kam er näher.

In einer der Gondeln saß ein Mann, der sich gerade zum Abfahren bereit machte. Er hatte das Ruder in die *Forcola* geschoben und auf der hölzernen Abdeckung des Rumpfes Position bezogen.

Ohne groß nachzudenken, sprang Laura vom Steg in das Boot, den Kleinen mit einem Arm an sich gepresst, während sie sich mit der freien Hand an der Schulter des Gondoliere festklammerte, um nicht zu fallen. Der Ruderführer streckte instinktiv die Hände aus, um sie zu stützen, doch als sie sich eilig auf die Bank setzte, starrte er sie perplex an und öffnete den Mund, um zu protestieren. »Was zum Teufel willst du …«

»Bitte«, fiel sie ihm ins Wort. »Ich habe es nicht weit, sicher liegt es an Eurem Weg! Ich war mit meinem Bruder spazieren und habe mich verlaufen. Es ist schon spät, bald ist es völlig dunkel, und bestimmt machen meine Eltern sich schon furchtbare Sorgen, weil ich noch nicht nach Hause gekommen bin!« Sie starrte zu dem näher kommenden Diener hinüber, während das Boot bereits von der Anlegestelle wegtrieb.

Bitte, dachte sie, bitte, bitte, nimm mich mit!

Ihr Verfolger hatte den Steg erreicht und blieb stehen, einen verblüfften und zugleich zornigen Ausdruck im Gesicht.

»Ich weiß nicht …«, hob der Gondoliere zweifelnd an. Er kehrte Cattaneos Diener den Rücken zu und konnte ihn daher nicht sehen. Laura sandte ein weiteres Stoßgebet zum Himmel, dass er endlich zu rudern anfing.

»Ich habe Geld!« Mit einem Mal waren ihr die Kupferstücke wieder eingefallen, die sie vorhin vom Pflaster aufgeklaubt hatte.

Sie zeigte sie dem Gondoliere, der sich daraufhin achselzuckend zur Seite wandte und mit geübten Bewegungen losruderte. »Wohin willst du denn, Mädchen? Ich muss nach Cannaregio.«

»Ich auch«, stieß sie erleichtert hervor, während sie Matteo schützend an sich drückte. »Genau da will ich auch hin.«

Bange blickte sie über Matteos Köpfchen hinweg zu Cattaneos Diener hinüber, dessen wütender Gesichtsausdruck trotz der aufziehenden Dämmerung gut zu erkennen war. Doch er machte keine Anstalten, das wegfahrende Boot aufzuhalten. Mit düsterer Miene blieb er an der Anlegestelle stehen und starrte der Gondel hinterher, bis diese die nächste Kanalbiegung erreicht hatte. Laura ließ geräuschvoll den angehaltenen Atem entweichen, als seine gedrungene Gestalt außer Sicht geriet.

»Wie kommt es, dass ein Mädchen deines Alters so spät noch allein mit einem kleinen Kind in der Stadt unterwegs ist?«, fragte der Gondoliere.

»Ich habe meine kranke Tante besucht. Das mache ich oft allein, oder genauer, mit meinem Bruder zusammen. Meine Eltern arbeiten in einer Schenke, sie haben keine Zeit dafür, und so schicken sie mich, damit sich jemand von der Familie um die arme Frau kümmert.« Laura hatte bisher nicht gewusst, dass sie so gut flunkern konnte, und sie wunderte sich darüber, dass es ihr nach allem, was ihr heute widerfahren war, so leichtfiel. »Es ging ihr nicht gut, und darüber habe ich die Zeit vergessen. Eigentlich hätte ich schon zur Komplet zu Hause sein müssen, doch ich habe das Läuten wohl nicht gehört.«

Der Gondoliere schien ihr zu glauben. »Wo genau wohnst du denn in Cannaregio?«, wollte er wissen.

Laura fuhr bei seiner Frage zusammen. Sie kannte sich in Cannaregio überhaupt nicht aus! Doch dann hörte sie sich zu ihrer eigenen Verwunderung einen Satz sagen, der ihr von irgendwoher zuzufliegen schien. »In einem Mietshaus am Corte Cavallo, in der Nähe der Chiesa Madonna dell'Orto.« Kühner geworden fuhr sie fort: »Im Moment ist es eine

Zumutung; vor ein paar Monaten ist bei uns auf dem Dach die Altana abgebrannt. Das ganze Haus ist verrußt, und es stinkt immer noch nach Qualm. Aber sonst kann man nichts gegen das Wohnen und die Leute dort sagen. Wir haben unsere Ruhe.« Mit genau diesen Worten hatte das Mädchen Valeria ihr das Haus beschrieben, in dem sie mit anderen Kindern wohnte. Bestimmt würde sie es finden! Es gab dort einen freien Schlafplatz, an mehr konnte sie im Moment nicht denken. Nur noch daran, sich an einem geschützten Ort niederzulegen, gemeinsam mit Matteo, und zu schlafen, bis alles wieder gut würde.

Der Gondoliere nahm ihre Schilderung gleichmütig zur Kenntnis, es schien ihn nicht sonderlich zu interessieren. »Du kannst dein Geld behalten«, sagte er. »Für mich ist es kein Umweg.« Seine Arme bewegten sich zügig und gleichmäßig, das lange Ruder mit abgezirkeltem Schwung ins Wasser tauchend und scheinbar mühelos durchziehend.

Die abendliche Dunkelheit hatte sich nun vollständig herabgesenkt; entlang der Ufermauern und an den Häuserfassaden brannten Fackeln. Ihr flackernder Widerschein überzog die Kanäle und Gassen mit unstetem Licht. Hinter den Fenstern war das milde Glühen von Kerzenschein zu sehen.

Vereinzelt waren noch Menschen unterwegs, und hier und da begegneten ihnen Gondeln, manche mit schläfrigen Heimkehrern besetzt, andere mit Menschen, die gerade erst zu ihren Vergnügungen aufbrachen, zumeist maskiert und edel gekleidet, einige sogar bereits in weinseliger Stimmung, wie aus den fröhlichen Satzfetzen, die herüberdrangen, unschwer zu erkennen war. Der Karneval war lange vorbei, doch die Zeit der Maskenträger währte das ganze Jahr, so war es in Venedig seit Menschengedenken.

Laura fröstelte unwillkürlich, während sie den zarten Körper ihres Bruders sanft wiegte. Er war eingeschlafen und lag still und schlaff in ihren Armen, das Köpfchen an ihre Schulter gebettet.

»Matteo«, sagte sie leise. »Matteo.« Sie dachte, der Klang seines Namens könne vielleicht ihre Angst lindern, so wie es schon einmal geschehen war, im vergangenen Jahr, als sie zum ersten Mal ins Ungewisse hatte aufbrechen müssen. Doch diesmal nützte es nichts. In ihr war eine schreckliche Furcht, die mit jedem Ruderschlag, der sie weiter in eine unbekannte Zukunft brachte, schlimmer wurde.

September 1503

Das Meer der Dächer unter ihnen bildete eine einzige rötlich graue Schindelfläche. Dicht an dicht standen Häuser und Palazzi, kaum, dass hier und da das Rund eines Campo zu sehen war. Die Kirch- und Wachtürme ragten aus der Masse der Gebäude heraus, gleißende Silhouetten im Sonnenlicht, aber es waren keine Kanäle zu erkennen.

Antonio kannte den Anblick bereits von früher und beobachtete nun Laura, die wie erwartet reagierte.

Blankes Erstaunen stand auf ihrem Gesicht. »Kein Wasser!«

Er grinste. »Kein Wasser.«

Tatsächlich schien die gesamte Umgebung frei von Wasserwegen zu sein, wenn man vom Campanile auf die Stadt hinabblickte. Man sah nur das Meer, eine strahlend blaue Fläche, die Venedig umschloss, aber keine Kanäle.

Antonio, der bei seinem ersten Besuch hier oben noch geglaubt hatte, ein seltsamer Zauber müsse das Gewirr der Kanäle zum Verschwinden gebracht haben, wusste nun, dass es an einer Verschiebung der Perspektive lag. Mit diesen Worten hatte es damals, als er noch klein gewesen war, der Torwächter seiner Mutter erklärt, die ihn mit auf den Turm genommen hatte. Als Fünfjähriger hatte er die Worte nicht einordnen können, aber er hatte sie sich gemerkt. Den Torwächter gab es immer noch. Der Mann war früher, als Antonios Mutter noch gelebt hatte, eine Art Onkel gewesen, der sie des Öfteren besucht hatte. Später, als die Mutter krank geworden war, hatte er sich so beiläufig aus ihrem Leben verabschiedet, wie er einst gekommen war. Immerhin erinnerte er sich noch an Antonio, zumindest war ihm sein Name wieder eingefallen, als Antonio ihn auf seine Mutter angesprochen hatte. Er war rot geworden und hatte gefragt, wie es der kleinen Cecilia ginge, und als Antonio ihn informiert hatte, dass sie tot sei, hatte er einen kurzen Satz des Bedauerns gemurmelt. Und er hatte sich sofort einverstanden erklärt, ihn und seinen Freund Lauro mit auf den Turm zu nehmen, damit sie sich von oben aus die Stadt anschauen konnten.

Antonio fühlte sich auf absurde Weise zufrieden, weil Laura sich zu freuen schien. Fast kam es ihm so vor, als sei es sein Verdienst, dass sie lächelte und ihre Augen in diesem besonderen Licht funkelten, das sich nur zeigte, wenn sie aufgeregt war. Dann schimmerten sie in diesem eigenartigen, lavendelfarbenen Blau, einen Ton dunkler als der Himmel und dabei doch so durchsichtig, dass er manchmal meinte, auf den Grund ihrer Seele schauen zu können, wenn er nur lange genug hinsah. Doch diese Möglichkeit gab sie ihm niemals; sie schlug immer die Augen nieder, wenn jemand länger ihren Blick festhielt. Nur ihren Bruder konnte sie fortwährend anschauen, so ausgiebig, als müsse sie sich jedes noch so winzige Detail seines Aussehens für die Ewigkeit merken.

»Wie kann das sein, dass man keine Kanäle sieht? Es gibt doch so viele!« Laura beugte sich vor und streckte ihren Kopf über die Brüstung der Aussichtsplattform. Sie prallte zurück, als der Käfig mit dem Ehebrecher in ihr Blickfeld geriet, der unterhalb der Brüstung baumelte. Der Mann war nackt bis auf einen Lendenschurz und sein feister Oberkörper krebsrot von der Sonne. Er machte eine obszöne Geste zu ihr herauf und rief ihr eine unflätige Bemerkung zu.

Laura erwiderte sie mit Worten, die den Mann augenblicklich zum Verstummen brachten. Der Mund blieb ihm offen stehen, und er äugte mit schafsartigem Gesichtsausdruck durch die Stäbe des Käfigs zur Brüstung hoch.

Antonio grinste in sich hinein. Im Fluchen machte ihr keiner mehr was vor, wenngleich sie sich dabei stets hütete, den Namen des Herrn zu missbrauchen.

»Warte«, sagte er. »Du hast da was …«

Sie zuckte zusammen, hielt dann aber still, als er die Hand ausstreckte und ihr sanft mit den Fingern über den Haaransatz fuhr, jene Stelle, wo ihr roter Schopf über der Stirn in einer kleinen Spitze auslief, ein eigensinniger Wirbel, der ihrem Gesicht ein leicht herzförmiges Aussehen verlieh.

»Was war das?«, fragte sie, und in einer Mischung aus Belustigung und Zuneigung erkannte er, dass sie die Luft angehalten hatte.

»Irgendein Ding mit Flügeln.«

»Ist es weg?« Sie rubbelte sich hektisch über das Gesicht, und er musste grinsen. »Natürlich ist es weg, ich hab's ja verscheucht.«

»Wirklich?«

»Meine Güte, ja doch! Sei nicht so ein kleiner Angsthase!«

»Ich habe niemals Angst.« Sie besann sich, dann fügte sie hinzu: »Nur vor Ratten und großen Spinnen.«

»Es war keine Spinne.«

»Bist du sicher?« Sie strich sich durch die Haare und betrachtete anschließend ihre Finger.

»Ich sagte doch, es hatte Flügel. Spinnen haben nur Beine. Sie sind nicht ekliger als andere Insekten.«

»Das ist Ansichtssache.«

Sie grinsten einander an, dann schauten sie wieder über die Stadt. Von der Seite betrachtete er zwischendurch verstohlen ihr zartes Profil und fragte sich, wie es kam, dass alle Welt sie für den Jungen hielt, als den sie sich ausgab, während sie für ihn so offensichtlich ein Mädchen war.

Zugegeben, rein äußerlich deutete bis auf den dichten Wimpernkranz um ihre Augen nur wenig darauf hin, dass sie weiblichen Geschlechts war. Sie war dünn wie alle Gassenkinder, das schmale Gesicht von Sommersprossen übersät. Ihr Haar hatte sie mit Valerias Hilfe gleich nach ihrer Ankunft bis auf Kinnlänge gestutzt, es ringelte sich ungebärdig um ihr Gesicht, und hin und wieder, wenn es sie störte, griff sie zum Messer und säbelte sich eine weitere Strähne ab, damit es ihr nicht mehr vor die Augen fallen konnte. Ihr Körper war zäh und beweglich, sie schlug Rad wie niemand sonst und lief fast so schnell wie Antonio, wenn sie am Strand Wettrennen veranstalteten, und hinterher ging ihr Atem deutlich leichter als seiner. Valeria meinte, es läge daran, dass Laura weniger Muskeln mitzuschleppen hätte als er, doch anfangs hatte es ihn gefuchst, dass ein Mädchen, zwei Jahre jünger und um einiges kleiner als er, nach nur wenigen Wochen der Übung so schnell und wendig sein konnte.

Auch beim Stehlen ging sie derart rasch und geschickt zu Werke, dass oft nicht einmal er selbst richtig mitbekam, wie sie es angestellt hatte. Die ersten paar Male hatte sie Angst davor gehabt. Sie hatte sich in Albträumen auf der Matratze gewälzt, die sie mit ihrem kleinen Bruder teilte, doch dann war es für sie so selbstverständlich geworden wie für Antonio.

Sie wandte ihm ihr sommersprossiges Gesicht zu. »Antonio, was möchtest du mal machen, wenn du ein Mann bist?«

Verblüfft erwiderte er ihren Blick. »Was meinst du, wenn ich ein Mann bin?«

Sie krauste die Nase. »Nun, du bist noch keiner, oder?«

Zu seinem Ärger merkte er, wie er errötete. »Was redest du für einen Unfug? Natürlich bin ich ein Mann!« Als wollte seine eigene Stimme ihn Lügen strafen, suchte sie sich ausgerechnet diesen Moment aus, um zwischen rauer Tiefe und piepsiger Höhe hin und her zu springen. Sein Stimmbruch schien länger zu dauern als alle anderen Unannehmlichkeiten, die er bisher im Leben hatte durchleiden müssen, und manchmal wusste er nicht, was schlimmer war, die Pickel oder die Unfähigkeit, seine Stimme zu beherrschen.

»Wenn ich groß bin, möchte ich nicht mehr stehlen«, sagte Laura. »Ich möchte richtige Arbeit tun.«

»Welche Arbeit gibt es schon, die Frauen tun können und Geld dafür bekommen? Außer der einen, mit der Tausende von Weibern sich über Wasser halten.« Seine Frage hatte einen verächtlichen Ton, und diesmal wurde Laura rot, wahrscheinlich eher aus Zorn als aus Verlegenheit. Er wusste genau, wie sie über die käufliche Liebe dachte – im Grunde ebenso wie er. Und doch hatte er nichts weiter gesagt als die Wahrheit. Viele Frauen verdienten ihr Geld als Huren, und ansonsten arbeiteten sie bestenfalls als Tagelöhnerinnen im Arsenal, in Spitälern oder Webereien, aber sie bekamen dafür weit weniger als die Männer, nur einen Hungerlohn, der kaum taugte, das Einkommen des Mannes zu ergänzen.

»Es gibt Frauen, die ihr eigenes Geschäft haben«, widersprach Laura. »Du hast selbst für eine gearbeitet, Valeria hat es mir erzählt.«

»Die erzählt viel, wenn der Tag lang ist«, gab Antonio mürrisch zurück.

»Die Frau hat eine Apotheke, hat Valeria gesagt. Und sie war gut zu dir und gab dir zu essen.«

»Sie ist eine alte, klapprige Kräutersammlerin mit einer hässlichen, scharfzüngigen Tochter, die einen von früh bis spät schikaniert, nichts weiter.«

»Aber sie hat ein eigenes Geschäft und verdient genug damit für ein anständiges Leben.«

Antonio hatte keine Lust, darauf zu antworten, also schwieg er einfach.

»Willst du denn immer nur stehlen?«, fragte Laura. »Als Mann hast du viele andere Möglichkeiten, Geld zu verdienen.«

»Indem ich mir von Sonnenaufgang bis Sonnenuntergang den Buckel krumm schufte? Oder für ein altes Weib und deren boshafte Tochter den Knecht spiele?«

»Ist denn das nicht besser als Stehlen?«

»Du hast keine Ahnung, Lauro, deshalb solltest du lieber den Mund halten.«

»Und du bist roh und gemein, Antonio. Vielleicht hältst besser *du* den Mund. Und nenn mich nicht bei diesem Namen, wenn wir allein sind!«

Eine Weile schwiegen sie sich an, und Antonio ärgerte sich, dass er sie überhaupt mit auf den Turm genommen hatte. Sie hatte eine Art, ihn mit lästigen Fragen zu traktieren, die unweigerlich jedes Mal in Streit mündeten.

»Vielleicht werde ich eines Tages Soldat«, sagte er. Der Gedanke war ihm spontan gekommen, bisher hatte er darüber noch nie nachgedacht.

»Um dich von den Türken totschießen zu lassen?«

»Ich werde sie alle umbringen, bevor auch nur einer die Büchse oder den Säbel gegen mich heben kann«, prahlte er.

Ihre Mundwinkel verzogen sich spöttisch. »Zu dumm nur, dass der Krieg gerade vorbei ist.«

»Es wird andere Kriege geben. Es gab immer Krieg.«

»Die Türken werden dich fangen und dir bei lebendigem Leib die Haut abziehen.«

»Das werden wir sehen.«

Wieder schwiegen sie, beide ihren Gedanken nachhängend, die Blicke auf die Dächer unter ihnen gerichtet.

»Du könntest heiraten«, sagte Antonio unvermittelt in die Stille herein. »Einen reichen Mann, der dich und deinen Bruder versorgt. Und die Kinder, die du einst haben wirst.«

Grinsend wandte Laura ihm das Gesicht zu. »Das ist nicht dein Ernst.«

»Warum nicht?«, fragte er erstaunt.

Sie lachte. »Wer würde mich denn nehmen? Schau mich doch nur an!« Sie zupfte an ihren verschnittenen wilden Locken und deutete mit der anderen Hand an sich herab. »So ein dürres Gestell voller Sommersprossen. Mit feuerroten Haaren und braun wie ein Stück Leder.«

»Wenn du die Haare wachsen lässt und ein Kleid anziehst, würdest du wie ein normales Mädchen aussehen. Später würden dich dann auch die Männer anschauen, und einer von denen wird dich schon haben wollen.«

»Es reicht, dass Valeria schön ist«, sagte sie abweisend. »Ich lege keinen Wert darauf, mich angaffen zu lassen. Oder ... oder ... das zu tun, was Valeria tut. Das ist die schlimmste Sünde, viel schlimmer als Stehlen.«

»Wenn es in der Ehe geschieht, ist es keine Sünde.«

»Das, was du nachts in der Kammer auf deinem Strohsack tust, ist es aber dafür umso mehr«, meinte sie schnippisch.

Diesmal wurden ihm die Wangen so heiß, dass er überzeugt war, wie eine frisch entzündete Fackel zu leuchten. Er tat einfach so, als hätte er nicht begriffen, was sie meinte.

»Antonio?«

Er fuhr zusammen. »Ja?«

»Ich bin froh, dass du mich mit hier raufgenommen hast.«

»Das hab ich nicht für dich gemacht«, behauptete er, und er hätte sich selbst einen Hieb versetzen mögen, weil er merkte, dass sein Gesicht noch röter anlief als vorher. »Ich wollte sowieso mal wieder Venedig von oben sehen.« Er wechselte das Thema. »Wusstest du, dass der Turm früher ein goldenes Dach hatte?«

Sie schüttelte den Kopf. »Was ist damit passiert?«

»Der Blitz schlug ein und hat es zerstört. Aber es soll wieder hergerichtet werden. Als weithin sichtbares Wahrzeichen der Stadt.«

»Aus welcher Ferne man es dann wohl sehen kann? Etwa auch von der Terraferma aus?«

Er zuckte die Achseln. »Wer weiß. Wenn ich das nächste Mal dort bin, werde ich danach Ausschau halten.«

Sie beugte sich über die Brüstung und schaute hinab. »Was ist da unten los?«

Antonio folgte ihren Blicken. Unten auf der Piazzetta sammelten sich Menschen, und im Nu hatte sich rund um die

Säulen eine Menge gebildet. Kaum einer von ihnen schaute zu dem Käfig hoch, der sonst stets eine willkommene Zerstreuung im venezianischen Alltag bildete.

»Lass uns runtergehen und nachsehen«, schlug Antonio vor.

Sie eilten über die scheinbar endlosen Stiegen wieder zurück nach unten, meist mehrere Stufen auf einmal nehmend.

Unten am Tor des Campanile stand der Wächter und unterhielt sich mit einem Büttel des Palastes. Antonio blieb kurz stehen und sperrte die Ohren auf, während Laura sich bereits in die Menge schob. Aus den Augenwinkeln sah er, dass sie scheinbar versehentlich eine Frau anrempelte und sich sogleich artig entschuldigte. Er grinste in sich hinein. Sie mochte das Stehlen hassen, aber sie beherrschte es perfekt, und besonders wenn es um Nahrungsmittel ging, verlor sie jede Zurückhaltung.

Antonio erinnerte sich noch sehr genau an ihren Gesichtsausdruck, als das Thema zum ersten Mal zur Debatte gestanden hatte, nachdem die paar Kupfermünzen, die sie damals mitgebracht hatte, aufgebraucht waren. Valeria hatte es mit ihrem üblichen Gleichmut angesprochen. »Wie stellst du dir deine Zukunft vor? Du hast hier bei uns nicht allzu viele Möglichkeiten, wenn du deinen Anteil zur Miete beitragen und dir und deinem Bruder Essen beschaffen willst. Stehlen, betteln oder huren. *Wir* werden dich bestimmt nicht durchfüttern, also entscheide dich.«

Laura hatte sie schockiert angestarrt. »Ich suche mir eine Anstellung als Magd!«

»Viel Glück«, lautete Valerias gelassene Erwiderung.

Laura hatte es tatsächlich versucht, mehrere Tage lang. Sie hatte sich Matteo auf die Hüfte gesetzt und war durch das Sestiere marschiert. Anschließend hatte sie sich für einen oder zwei Tage aufs Betteln verlegt. Dann war sie zu Antonio gekommen und hatte ihn halb wütend, halb trotzig angeblickt. »Bring mir das Stehlen bei.«

Nun, er hatte es getan, und seither konnte er fast täglich ihre Fertigkeiten in diesem gefährlichen Handwerk bewundern.

Mittlerweile hatte er von der Unterhaltung zwischen dem Turmwächter und dem Büttel genug gehört, um zu wissen, was gleich hier auf der Piazzetta geschehen würde.

Laura war stehen geblieben und wartete auf ihn. Die Frau, der sie einen Apfel aus dem Henkelkorb gestohlen hatte, war bereits weitergegangen.

Laura schob den Apfel in die versteckt angenähte Tasche ihres Wamses, während sie Antonio entgegenblickte.

»Warum warten hier alle? Soll ein Schiff ankommen?«

Antonio zuckte die Achseln. »Nein, ein Boot. Sie bringen einen Verbrecher her und bestrafen ihn.«

»Eine Enthauptung?« Sie schauderte und suchte nach dem Richtblock zwischen den Säulen, doch Antonio schüttelte den Kopf und deutete auf die beiden Wachen, die soeben einen hölzernen Pranger in Position brachten und die Schließvorrichtungen überprüften.

Laura wirkte erleichtert. »Es ist nur der Schandpfahl.«

»Nicht nur«, sagte Antonio. »Heute wird ein Priester bestraft, wegen Gotteslästerung. Er hat geflucht und den Namen des Herrn missbraucht. Wir werden reiche Beute machen.«

»Was tun sie mit ihm?«

»Nichts, was er nicht überleben würde. Am besten, du siehst gar nicht hin, sondern zückst dein eigenes Messerchen und suchst dir eine fette Börse.«

Er sah, dass sie unter ihrer Sonnenbräune blass geworden war, doch dagegen ließ sich nichts ausrichten. Das war eine der Erfahrungen, die sie noch machen musste. Während einer öffentlichen Bestrafung hatte sie bisher noch nicht gestohlen, aber sie würde bald begreifen, wie lohnend es war. Es gab keine bessere Gelegenheit zum Beutelschneiden als eine Hinrichtung oder Verstümmelung, und für Antonio kam es nicht infrage, das auszulassen. Wenn das Glück ihnen hold war, würden sie heute Abend ein Festmahl genießen.

Laura würde diese Prüfung ebenfalls bewältigen, daran hatte er keinen Zweifel, denn mehr noch als ihre Begabung beim

Stehlen imponierte ihm ihre Entschlossenheit, die sie dabei an den Tag legte. Ihm kam es so vor, als wüsste sie genau, dass es für sie und ihren Bruder um nicht weniger als um die nackte Existenz ging, denn anders ließ sich ihr unbeugsamer Wille, trotz ihrer Abneigung gegen das Diebeshandwerk die nötigen Methoden zum Überleben zu erlernen, nicht erklären. Antonio erinnerte sich daran, wie er damals denselben Willen entwickelt hatte. Ohne ihn wäre er längst tot.

In der Menge wurden Rufe laut. Vor der Mündung des Canalezzo war das Boot mit dem verurteilten Priester aufgetaucht. Man hatte ihm die Hände auf dem Rücken gefesselt und ihm eine Eselsmaske vorgebunden. Die zeremonielle Verhöhnung war Bestandteil seiner Strafe. Der Delinquent musste die öffentliche Schande ertragen, sich aufrecht stehend durch den Canal Grande rudern zu lassen, zur Belustigung des Volkes und zugleich zur Abschreckung jener, denen die Flüche allzu locker saßen.

Unter dem Johlen der Menge legte das Boot an der Mole an, und Bewaffnete stießen den Mann über den Steg auf die Piazzetta, hinüber zum Pranger. Neben dem Schandpfahl stand ein maskierter Folterknecht aus dem Dogenpalast und wetzte in aller Ruhe mit einem Stein ein blinkendes Messer.

Die Büttel fesselten den Priester an den Schandpfahl und rissen ihm die Eselsmaske herunter. Sie arretierten seinen Kopf so, dass er sich nicht mehr bewegen konnte, und einer von ihnen schob dem Verurteilten gegen dessen lautstarkes Flehen einen Kieferspreizer zwischen die Zähne.

Antonio sah, wie Laura eine Hand vor den Mund presste.

»Sei keine Memme, Lauro«, sagte er gereizt. »Sonst ...«

»Sonst *was*?«, fuhr sie ihn wütend an. »Schickst du mich sonst zum Teufel? So, wie du es eigentlich von Anfang an gern getan hättest?«

Er erwiderte ihren Blick für einen Moment und las darin die stumme Anklage, bevor er sich verärgert abwandte. Er hatte den anfänglichen Groll, den er wegen ihres unerwarteten Auftauchens gehegt hatte, ziemlich schnell begraben, aber sie hatte recht – willkommen war sie ihm wahrlich nicht gewesen. Der Gestank vollgeschissener Windeln, das ewige Geschrei – sie hatten nächtelang kaum geschlafen. Dennoch hatte er nichts gesagt, vielleicht, weil Valeria so entschieden die Aufnahme des Mädchens befürwortet hatte, möglicherweise aber auch, weil Carlo sofort die Rolle des Beschützers eingenommen hatte. Antonio hätte sich gegen beide stellen müssen, um die neuen Zimmergenossen wieder loszuwerden, aber das war es ihm nicht wert gewesen. Und mit der Zeit, er wusste selbst nicht, wieso, hatte er sich an sie gewöhnt. Sogar an ihren Bruder, den kleinen Fratz, der einen ständig mit diesen großen, erstaunten Augen anglotzte, als wäre einem über Nacht eine zweite Nase gewachsen.

Antonio schob sich durch die Menge und suchte sich ein Opfer aus. Auf den Verurteilten verschwendete er keinen weiteren Blick, er hatte schon zweimal miterlebt, wie einem Gotteslästerer die Zunge herausgeschnitten wurde. Bei der ersten öffentlichen Verstümmelung war ihm noch zu übel gewesen, als dass er ans Stehlen hätte denken können. Beim zweiten Mal war er klüger gewesen. Er hatte sich bereits vor Beginn des Spektakels einen Kaufmann ausgesucht, den er dann auch problemlos um seine Börse erleichtern konnte.

Diesmal, so stellte er fest, kamen gleich mehrere Opfer in Betracht. Seit Beginn der neuen Condótta waren wieder zahlreiche Juden in der Stadt, und in der Regel handelte es sich bei ihnen um die Händler mit dem meisten Geld, schließlich war das Geldverleihen ihr angestammtes Gewerbe. Doch sie waren auch die argwöhnischsten und vorsichtigsten unter den Kaufleuten. Nicht wenige von ihnen hatten stets eine Hand auf ihrer Geldkatze liegen, und manche trugen sie sogar mit einer Kette um den Leib geschlungen.

Antonio entschied sich für einen älteren Kaufmann, dessen Kleidung vornehm genug war, um auf einigen Reichtum schließen zu lassen, der aber nicht so kräftig aussah, als könnte er jemanden packen und festhalten. Er hatte eine Lederbörse halb verdeckt vom Saum seines Wamses an seiner Seite hängen. Sie schien nicht allzu prall gefüllt zu sein, doch Antonio hätte schwören mögen, dass sich darin keine kleinen Kupfermünzen, sondern Silberstücke befanden; vielleicht war sogar der eine oder andere Golddukaten dabei.

Die Geräusche aus der Menge rund um den Pranger wurden lauter, die Sensationslust war beinahe mit Händen zu greifen. Ein Bediensteter des Strafgerichts trat vor und las mit lauter Stimme von einem ausgerollten Schriftstück das Urteil ab.

Alle Menschen ringsum starrten erwartungsvoll den Büttel und den Verurteilten an, niemand nahm Notiz davon, dass sich weiter hinten ein Zuschauer, vermeintlich auf der Suche nach einem besseren Platz, durch die Menge drängte.

Antonio hörte nur mit halbem Ohr zu, und während Satzfetzen wie *Auf Beschluss der ehrenwerten Richter der Quarantia Criminal* und *Urteil nun öffentlich vollstreckt werden* zu ihm drangen, behielt er die Börse des Kaufmanns im Auge. Seine Hand hatte sich um den Griff des kleinen Messers geschlossen.

Ein gurgelnder Schrei ertönte vom Pranger her, und dann ging ein Stöhnen durch die Menge, vereinzelt unterbrochen von entsetzten Ausrufen. Gleich darauf wurden die ersten Kommentare laut.

»Seht, das Blut!«

»Meine Güte, als würde man ein Schwein abstechen!«

»Sieht aus, als hätte der Henkersknecht ihm gleich die ganze Gurgel herausgeschnitten!«

»Was sie wohl mit der Zunge machen?«

»Natürlich dasselbe wie mit den Händen, die sie den Dieben abschneiden – in der Pfanne braten und essen.«

Wüstes Gelächter brandete nach diesem Witz auf, und Antonio, der bereits das Messer zum Schneiden angesetzt hatte, fuhr erschrocken zurück, als er die Hand auf der Schulter fühlte.

»Wenn das nicht mein junger Freund Anzio ist! Ah, nein, falsch, der Name war ja Antonio.«

Antonio stöhnte unhörbar, und um ein Haar hätte er einen Fluch ausgestoßen, der ihn gleich nach dem Unglücklichen, der soeben mit blutüberströmtem Gesicht weggeschleppt wurde, an den Pranger hätte bringen können.

Er ließ das Messer augenblicklich verschwinden und drehte sich schicksalsergeben um. »Gott zum Gruße, Messèr Mosè.«

»Ah, er weiß ebenfalls noch meinen Namen. Sei gegrüßt, mein Junge.« Mosè tippte an seinen gelben Hut und bedachte Antonio mit demselben verschmitzten Grinsen wie bei ihrer letzten Begegnung, doch diesmal hatte Antonio die Genugtuung, dass er auf den Kaufmann hinabsehen konnte – er war seit dem Frühjahr um einiges größer geworden, und er würde weiterwachsen. Nächstes Jahr würde er Mosè vielleicht sogar schon um Haupteslänge überragen – vorausgesetzt, sie würden einander abermals begegnen, worauf Antonio alles andere als versessen war.

Wie Antonio zu seinem grenzenlosen Verdruss gewahrte, hatte sich der Kaufmann mit der vielversprechenden Börse entfernt. Der Mann stand nun in etwa zehn Schritt Entfernung von ihm am Rand der Menge, neben einem Verkäufer, der in seinem Bauchladen frisches Obst feilbot.

»Sieht aus, als hätte ich dich soeben wieder vor einer großen Dummheit bewahrt«, meinte Mosè.

Antonio meinte, einen verärgerten Ton in der Stimme des Mannes wahrzunehmen, und er spürte einen Anflug von Wut. Was ging es den Juden an? Nur, weil Mosè zufällig auf gutem Fuße mit Crestina und Mansuetta stand, hatte er noch lange nicht das Recht, ihrem Knecht die Leviten zu lesen. Ihrem *ehemaligen* Knecht, wohlgemerkt.

»Was treibt dich eigentlich dazu, immer wieder lange Finger zu machen, wenn du dich genauso gut auf ehrliche Weise durchs Leben schlagen könntest?«

Antonio schwieg verstockt und blickte sich um, bereits auf dem Sprung, zu verschwinden. Mosè hatte ihn längst losgelassen; der Schlag auf die Schulter hatte eher Ähnlichkeit mit einer

Begrüßung gehabt als mit dem harten Griff, den Antonio bei ihrer ersten Begegnung hatte erdulden müssen.

»Antonio, du hast gute Anlagen, Crestina ist derselben Meinung wie ich. Was bietet das Verbrecherdasein dir für Vorteile?«

»Vielleicht ist es nicht ganz so langweilig wie Blumenpflücken«, gab Antonio patzig zurück. Er zuckte zusammen, als sein Blick auf den zerlumpten, rothaarigen Jungen fiel, der scheinbar verstört durch die Menge streifte, bleich und mit Tränenspuren im Gesicht. Als er an dem Verkäufer mit dem Bauchladen vorbeikam, geriet er ins Stolpern und hielt sich an dem danebenstehenden Händler fest.

»Es tut mir leid, ehrenwerter Herr«, hörte Antonio den Jungen stammeln. »Das wollte ich nicht, verzeiht! Mir ist noch so elend von dem Anblick vorhin, ich bin nicht mehr sicher auf den Beinen!«

»Armer Kleiner«, erwiderte der Händler, während er in den Bauchladen des Verkäufers griff und eine Frucht herausholte. »Hier, nimm ein Stück Melone und iss rasch davon, vielleicht wird dir dann besser.«

Der Junge starrte ihn an und schluckte.

Verdammt, dachte Antonio, nimm das Melonenstück und hau ab!

Der Junge bedankte sich stotternd, dann war er schnell wie der Blitz in der Menge verschwunden.

Der Händler griff an seinen Gürtel, doch er hatte nichts mehr, womit er die Melonenspalte hätte bezahlen können. Verdutzt blickte er sich um, dann schaute er ringsum auf dem Boden nach, offensichtlich in der Annahme, er hätte seine Börse ganz einfach verloren. Sich ratlos am Kopf kratzend blickte er sich abermals um, dann kramte er in der Tasche seines Wamses nach vergessenen Geldstücken, um den Obstverkäufer zufriedenzustellen.

Mosè hatte den Vorfall von Anfang bis Ende verfolgt und lächelte ein wenig schief. »Der Kleine war besser als du. Ein Künstler.«

»Was Ihr nicht sagt«, erwiderte Antonio verdrossen.

»Zugegeben, er hat einen entscheidenden Vorteil dir gegenüber. Du bist groß und ungeschlacht, mit Pickeln in deinem schmutzigen Gesicht und einem Geruch, als hättest du seit Monaten kein Wasser an deinen Körper gelassen. Sozusagen jeder Zoll ein Dieb. Die Leute riechen buchstäblich schon Lunte, bevor du dich ihnen auf drei Schritte nähern kannst. Der Kleine dagegen ist ein herziges Kind, mit strahlenden Augen, in denen kein Falsch und kein Arg zu lesen ist. Diese roten Löckchen und die Grübchen in den Wangen – wäre er nicht so dünn, könnte er als Cherub durchgehen. Schau, nicht einmal jetzt kommt dieser Dummkopf da drüben auf den Gedanken, der kleine Engel könnte ihm die Börse abgeschnitten haben.« Mosè schnalzte mit der Zunge. »Der Kleine hat sicher noch eine lange, steile Karriere als Verbrecher vor sich, bevor er für die Diebereien mit seinen Körperteilen bezahlen muss.« Forschend wandte er sich Antonio zu. »Ich sehe, dass du außer dieser scheußlichen Narbe auf der Wange noch frei von Entstellungen bist. Du hattest wohl ziemliches Glück, wie?«

Antonio versteifte sich. Im Laufe des letzten halben Jahres war er tatsächlich mehrmals nur um Haaresbreite der Verhaftung entgangen. Einmal hatte ihn sogar bereits ein Büttel am Schlafittchen gehabt, und er hatte sich nur mit letzter Kraft losreißen und davonrennen können. Mosè hatte recht; irgendwann würde man ihn erwischen, und da er für gewöhnlich älter geschätzt wurde, als er war, konnte er sich dann auch nicht mehr damit herausreden, noch ein Kind zu sein.

Er unterdrückte das Bedürfnis, mit den Fingerspitzen über die Narbe an seiner Wange zu streichen, und fragte sich, ob sie wohl wirklich so scheußlich war. Er selbst hatte sie noch nie genau betrachtet; sich in Spiegeln zu begaffen war etwas für Weiber. Und die Pickel … Ja, die ließen sich leider nicht wegleugnen. Es hatte erst vor kurzem damit angefangen, genau wie das andere, über das man eher nicht sprach. Doch dieser zweite Aspekt an der Mannwerdung war wenigstens etwas, an dem man Spaß haben konnte, während die Pickel genau wie der sich hinziehende Stimmbruch zu nichts anderem taugten, als sich darüber maßlos zu ärgern.

»Hast du vor, bald wieder bei Crestina vorbeizuschauen?«, fragte Mosè.

Vermutlich wusste der Kaufmann genau, dass Antonio seit drei Monaten nicht mehr dort gewesen war. Umso überflüssiger fand Antonio die Frage.

»Was geht Euch das an?«, versetzte er gelangweilt. Er reckte den Kopf, um nach Laura Ausschau zu halten, doch sie war nirgends zu sehen. Der Schreck über die Freundlichkeit ihres letzten Opfers war ihr wahrscheinlich derart in die Glieder gefahren, dass sie auf dem schnellsten Wege nach Hause gerannt war. Jemanden zu bestehlen, der liebenswürdig war und sogar noch Obst als Dreingabe reichte, fiel deutlich schwerer, als einen Mann um sein Geld zu erleichtern, der einen wegen einer kleinen Rempelei trat und beschimpfte.

»Crestina sagte mir, dass sie sich Sorgen um dich macht. Es wird sie freuen, dass es dir gut geht. Nun, ich bin ebenfalls froh. Weniger glücklich bin ich allerdings darüber, dass du wieder stiehlst.«

»Bin ich für das Glück anderer verantwortlich?«, gab Antonio patzig zurück.

Mosè musterte ihn. »Manchmal ist man das, weißt du. Ich hoffe – nein, ich bin sicher –, dass du es noch erfahren wirst. Und du wirst auch irgendwann begreifen, dass im Leben die Wege, auf denen man erhobenen Hauptes schreiten kann, besser zum Ziel führen als die, auf denen man sich verstecken und ausweichen muss. Vielleicht möchtest du eines Tages mehr darüber lernen, wie man aufrecht geht. Dann komm zu mir, zum Juden Mosè Elias Zinzi.«

Antonio fand, dass die Unterhaltung lange genug gedauert hatte. Die Worte des Kaufmanns setzten ihm auf unbestimmte Weise zu, und am liebsten hätte er Mosè angeschrien, er solle den Mund halten und sich nicht in fremde Angelegenheiten mischen. Doch er brachte es aus unerfindlichen Gründen nicht fertig.

»Ich muss weiter«, sagte er, um Höflichkeit bemüht. »Lebt wohl.«

»Leb wohl, mein Junge. Soll ich Crestina von dir grüßen?«

Antonio, der sich bereits umgedreht und mehrere Schritte gegangen war, drehte sich nicht um. Er tat einfach so, als hätte er die letzte Frage des Kaufmanns nicht mehr gehört.

Laura drückte sich mit dem Rücken gegen den Felsen und schaute über das Meer. Die Oberfläche warf das Sonnenlicht zurück, und unter den Goldreflexen wechselte das Wasser seine Farbe zwischen Blau und Türkis. Dort, wo aus der Lagune die Ufer von San Michele und noch weiter draußen diejenigen von Murano auftauchten, war es stumpfgrau wie der Himmel bei Regen.

Matteo spielte zu ihren Füßen in dem lehmigen Sand, er buddelte Steine aus und betrachtete sie von allen Seiten, eine Tätigkeit, die ihn restlos zu faszinieren schien. Laura musste nichts weiter tun, als darauf zu achten, dass er seine Beute nicht in den Mund steckte, eine Angewohnheit, die er bisher noch nicht abgelegt hatte.

Zwischendurch stemmte er sich auf seine Beinchen hoch und hielt sich an dem Felsen fest, während er vorsichtig ein paar Schritte tat. Vor ungefähr zwei Wochen hatte er zu Lauras großem Entzücken das Laufen gelernt, tapsig und unsicher zwar, aber er konnte sich auf seinen eigenen Beinen fortbewegen und wurde nun nicht müde, diese neue Fähigkeit zu erproben. Am besten klappte das hier am Strand, wo er mit seinem nackten Hinterteil in den Sand plumpsen konnte, wenn er das Gleichgewicht verlor.

Vom Feuer drang der intensive Duft von gebratenem Fisch herüber. Carlo hockte mit überkreuzten Beinen vor den Flammen und drehte sorgsam den Spieß hin und her.

Laura lauschte dem Knurren ihres Magens, und das Wasser lief ihr im Mund zusammen bei der Aussicht, sich gleich den Bauch vollschlagen zu können. Und morgen und übermorgen und viele Tage danach auch. Ihr Diebeszug war einträglich gewesen, in der Börse des Kaufmanns hatten sich sogar einige Goldstücke befunden. Sie würde sich wochenlang bestes Essen leisten können, und ihr Mietanteil für den Winter war ebenfalls gesichert. Sie und ihr Bruder waren die nächsten paar Monate versorgt. Sie hätte darüber glücklich sein sollen, doch stattdessen fühlte sie ein Unbehagen in sich, das nicht weichen wollte.

Der Fisch war fertig. Carlo schnitt mit seinem Messer ein Stück davon herunter und spießte es auf ein Stöckchen, um es Laura zu bringen.

Er streckte es ihr hin. »Willst du?«

»Ich danke dir.« Sie biss hungrig von dem Fisch ab und schlang Stück für Stück hinunter. Wie erwartet verbrannte sie sich die Zunge und den Gaumen, doch das hatte sie seit Beginn ihres neuen Lebens noch nie davon abhalten können, schnell und gierig zu essen.

Sie überlegte, wie eigenartig es war, dass sie sich immer noch höflich für eine Mahlzeit bedankte, so wie ihre Eltern es sie gelehrt hatten, nur um dann jeden Bissen hinunterzuschlingen wie ein wildes Tier. Bis auf das Huren hatte sie sich alle nur denkbaren Laster und Gemeinheiten angewöhnt, angefangen vom Lügen und Betrügen über das Stehlen bis hin zur völligen Gottlosigkeit, wobei Letzteres vermutlich als schwerste Todsünde ihre größte Verfehlung war. Seit ihrer Flucht hatte sie an keiner Messe mehr teilgenommen, und trotz der täglich gesprochenen Gebete wusste sie, dass sie damit ihr Seelenheil weit nachhaltiger verspielte als mit ihren Diebereien. Irgendwann würde sie daher in derselben Hölle schmoren wie der Mann, der das Schwert gegen ihren Vater gezogen hatte. Oder wie der Patrizier Cattaneo und die Nonne Arcanzola, die Sünden begingen, von denen Laura nur ahnen konnte, wie grässlich sie waren.

Was sie selbst für ihre Verfehlungen an göttlicher Strafe zu erwarten hatte, malte sie sich lieber gar nicht erst aus. Allein das, was sie heute getan hatte, brachte sie bestimmt an den Rand ewiger Verdammnis.

Sie spürte Carlos Seitenblicke. Wie immer merkte er es, wenn sie Kummer hatte. Um sich und ihn abzulenken, zerkleinerte sie mit dem Holzspieß einen Teil von dem heißen Fisch auf dem von Regen und Meerwasser blank gewaschenen Felsen und nahm dann Matteo auf den Schoß. Sie gab ihm einen Kuss auf die Wange. »Essen«, sagte sie. Er sperrte sofort wie ein hungriger kleiner Vogel den Mund auf und ließ sich von ihr mit winzigen Fischbröckchen füttern.

»Was war los?«, fragte Carlo.

Sie erzählte es ihm, und er hörte zu, so wie er es immer tat, schweigsam und das dunkle Gesicht so verschlossen wie eh und je. Er hatte die unendlich langen und schmalen Beine vor dem Körper verschränkt und hielt sie mit seinen Armen umschlungen. Eine ferne Erhabenheit ging von ihm aus, er vermittelte eine seltsame Mischung aus Nähe und Zurückhaltung, und er tat es auf eine Weise, die es ihr leicht machte, ihm ihre Sorgen anzuvertrauen. Es war fast so, als spräche sie zu einer übergeordneten Instanz, wie bei einem Beichtvater, der alles verstand und alles verzieh.

»Das ist der Unterschied zwischen mir und Antonio«, schloss sie. »Er ist aufs Stehlen erpicht. Wenn wir für den Tag genug haben, reicht es ihm noch lange nicht. Er will mehr, mehr, mehr. Es ist nie genug, und er hat niemals Angst.«

»Er hat Angst, aber zeigt sie nicht.«

Laura runzelte die Stirn. »Bist du sicher? Ich weiß nicht. Mir scheint, Antonio hätte in seinem ganzen Leben noch keine Angst gehabt. Und er erwartet, dass alle anderen ihm nacheifern. Stehlen ohne Angst und ohne Rücksicht auf Verluste. Egal, wie einem gerade zumute ist.«

Sie nahm eine Hand voll Sand auf und ließ ihn sich durch die Finger rieseln. »Ich würde nicht stehlen, wenn ich es schaffte, auf andere Weise an Nahrung und Unterkunft zu kommen. Ich habe es weiß Gott versucht, aber alles, was dabei herauskam, waren schmutzige Angebote von Männern. Und das, was Valeria macht, kann ich nicht. Es ist das Schlimmste von allem!«

»Nicht sehr schlimm«, meinte Carlo gleichmütig. »Sie verkauft Körper, nicht Geist. Ohne Schmerzen, ohne Gewalt.«

»Körper und Geist sind für mich eins«, erklärte Laura entschieden. Versonnen setzte sie hinzu: »Aber weißt du, was fast genauso schlimm ist? Hunger zu haben.«

»Du kannst essen.«

»Stimmt. Meistens. Schon deshalb, weil du so viele Fische fängst und mir davon abgibst. So schlimm wie vorher ist es auf keinen Fall mehr. Klar, das Stehlen ist der Preis für das Essen. Aber lieber ein satter Sünder als fromm und hungrig.«

»Das hat Antonio gesagt.«

Carlo hatte recht, sie erinnerte sich daran; es war noch gar nicht so lange her. Sie schalt sich innerlich, dass sie Worte nachgeplappert hatte, über die sie sich vor ein paar Wochen noch geärgert hatte. Künftig würde sie besser überlegen, was sie von sich gab, vor allem, wenn es von Antonio stammte.

»Was immer er sagt«, meinte sie. »Ich für meinen Teil hasse das Stehlen, genau wie du.«

»Ich hasse es nicht.«

»Aber du hast damit aufgehört!«

»Zu gefährlich«, sagte er lapidar.

Damit hatte er zweifellos recht. Er musste alles vermeiden, womit er zusätzlich auffallen könnte. Lang, dürr und pechschwarz wie er war, wurde er leicht zum Gegenstand unerwünschter Neugierde, es sei denn, er blieb im Hintergrund und war selbst der Beobachter. Er stahl nur noch selten, und auch nur dann, wenn sich eine sichere Gelegenheit bot. Ansonsten fing er nach wie vor Fische, und dank einer aus alten Fischernetzen gebastelten Reuse waren es mehr als je zuvor. Er verkaufte seinen Fang in der Nachbarschaft und brachte sich damit halbwegs über die Runden.

Laura beneidete ihn heftig darum und wünschte sich, ebenfalls über Fähigkeiten zu verfügen, die ihr ein sündenfreies Leben ermöglicht hätten.

Sie pulte eine Gräte aus einem Stück Fisch, bevor sie Matteo weiterfütterte. Der Kleine kaute zufrieden und gab dabei behagliche Geräusche von sich, die Carlo ein Grinsen entlockten. »Gib ihn mir.« Er streckte die Arme aus, und Matteo kam bereitwillig zu ihm.

In den ersten Nächten, die sie in dem Mietshaus zugebracht hatten, war Carlo aus Lauras Sicht der Held der Stunde gewesen. Im Wechsel mit Laura hatte er den Kleinen herumgetragen und ihm das Bäuchlein gerieben, als wäre Matteo sein eigener Bruder. Antonio hatte nur schnaubend und fluchend den Kopf zwischen den Armen vergraben und sie irgendwann angebrüllt, dass sie verschwinden sollte, wofür sie ihm immer noch grollte. Dass er an einem der folgenden Tage eine der Mütter im Haus überredet hatte, den Kleinen abends vor dem Schlafengehen zu stillen, hatte sie kaum versöhnen können.

Carlo ließ den Kleinen auf seinen Knien wippen. »Sag Carlo«, sagte er. »Carlo.«

»Kala«, sagte Matteo, während er mit beiden Händchen in das schwarze Kraushaar fuhr.

Laura kicherte, dann wurde sie ernst. »Wie heißt du eigentlich wirklich? Das wollte ich dich die ganze Zeit schon fragen.«

Carlos Gesicht verschloss sich. »Kein anderer Name hier. In Venedig ich bin nur Carlo. Name steht auf dem Dokument von Antonio. Wenn der nicht gut ist, nenn mich *moro nero*, das tun viele Leute.«

»Carlo, ich habe dich damals gesehen, als du vom Sklavenschiff kamst«, sagte sie impulsiv. Sie erschrak über sich selbst, weil sie es ausgesprochen hatte. Antonio hatte ihr erzählt, dass Carlo nie darüber redete – ebenso wenig, wie sie selbst über den Tod ihrer Eltern sprach. Es war fast, als müsse sie fürchten, es erneut zu erleben, wenn sie das Grauen in Worte fasste.

Valeria sprach nie darüber, wie sie zur Waise geworden war, und Antonio redete nicht über den Tod seiner Mutter oder seiner Schwester. Sie alle hatten dunkle Stellen in ihrem bisherigen Leben.

»Du hast damals anderen Jungen gesehen«, sagte Carlo. »Das war Fremder. Ich bin hier, er war dort.«

»Wie meinst du das?«, wollte sie wissen, doch Carlo zuckte nur die Achseln.

Sie versuchte, es zu begreifen, indem sie sich klarmachte, dass ihr eigenes neues Leben sie ebenfalls in einen anderen Menschen verwandelt hatte. Abgesehen davon, dass sie stahl und sich als Junge ausgab, hatte sie auch erstaunliche andere Fähigkeiten entwickelt, die zu erproben sie sich früher nicht einmal hätte vorstellen können. Sie rannte schneller als die meisten Jungen – eine nicht zu verachtende Begabung, wenn man vor wütenden Händlern flüchten musste –, sie konnte klettern wie ein Affe und auf den schmalsten Mauern balancieren, ohne dabei auch nur ein einziges Mal aus dem Tritt zu geraten, und sie vollführte zur eigenen Erbauung Räder und Überschläge, bis sie selbst nicht mehr unterscheiden konnte, wo ihre Arme und Beine waren.

Hätten ihre Eltern noch gelebt und wäre sie noch bei ihnen, hätte sie vermutlich nichts von alledem gelernt. Sie war meist dafür getadelt worden, dass sie in einem fort herumsprang, sodass sie es am Ende von sich aus vermieden hatte. Erst nachdem sich ihr ganzes Leben so vollständig verändert hatte, hatte sie den Bewegungsdrang in sich wieder entdeckt.

»Ich verstehe, was du meinst«, sagte sie nachdenklich. »Wenn man seine Vergangenheit hinter sich lässt, passt ein neuer Name gut dazu. Ich heiße ja auch für alle nur noch Lauro.«

Matteo war satt. Laura aß die Reste des Fisches auf, bevor eine der allgegenwärtigen Möwen auf die Idee kommen konnte, ihr die Bissen wegzuschnappen. »Wir ändern uns, weil wir unser Leben ändern, stimmt's?«

Carlo zuckte nur die Achseln, während er sich vorbeugte und Matteo mit beiden Armen von sich streckte. »Er will scheißen.«

»Warte, ich grabe ein Loch.« Sie scharrte rasch ein paar Hände voll Sand zur Seite, und während Matteo sich mit angestrengter Miene über der Kuhle erleichterte, klatschte sie in die Hände und lachte ihn an. »Das machst du wunderbar! Wetten, dass du es schnell lernen wirst, genau wie alles andere?« Freudestrahlend wandte sie sich Carlo zu. »Er ist unglaublich klug, findest du nicht?«

»Sehr«, gab er breit grinsend zurück, während er den Kleinen mit ausgestreckten Armen von sich weg hielt. »Kann alleine über Loch im Sand scheißen.«

Laura schlug ein paar Mücken auf ihren Armen tot, dann stand sie auf, weil sie den Drang verspürte, sich zu bewegen. Nach ein paar Weitsprüngen im Sand schlug sie ein Rad nach dem anderen, bis sie das Gefühl hatte, dass sich Erdboden und Himmel in einem Wirbel vereinten.

Ihr war heiß, und am liebsten hätte sie das Hemd ausgezogen, doch in Ufernähe kreuzten einige Boote, und sie lebte ohnehin schon in der beständigen Furcht, jemand könne sie als Mädchen entlarven. Wenn sie sich vorsah, würde sie es sicher noch ein paar Jahre geheim halten können, vorausgesetzt, ihr wuchsen nicht allzu große Brüste, wovon sie allerdings bei ihrer schmalen Statur nicht ausging. Bisher hatte sie kaum Ansätze von Knospen an ihrem Oberkörper ertasten können. Antonio hatte einmal scherzhaft gesagt, sie sei dünn wie ein Draht und ebenso zäh. Sie hatte sich nicht gerade geschmeichelt gefühlt, aber es hatte ihr immerhin die Gewissheit vermittelt, problemlos als Junge durchzugehen.

Nachdem sie sich ausgetobt hatte, nahm sie Matteo wieder auf den Arm.

»Ich glaube, wir können zurück«, sagte sie. »Valeria hat gesagt, sie wäre bis zur Vesper fertig, und es hat vorhin schon geläutet.«

Auf dem Rückweg schöpften sie Wasser aus einem Brunnen und tranken aus den hohlen Händen.

Laura hatte, bevor sie zum Strand aufgebrochen war, die eingekauften Lebensmittel in der Kammer unter ihrem Strohsack verstaut. Sie hoffte, dass Valerias Freier sich nicht darüber hergemacht hatte. Verboten hätte Valeria es ihm sicher nicht, falls er zufällig darauf gestoßen wäre; sie hätte sich ganz einfach nicht dafür verantwortlich gefühlt. Es war ihre Art, stillschweigend davon auszugehen, dass jeder für sich und seine Belange allein zuständig war. Mochte sie sich auch dafür eingesetzt haben, dass Laura bei ihnen wohnen konnte, so hatte Laura doch längst herausgefunden, dass Valeria ihre eigenen Gründe dafür hatte. Diese hatten nichts mit Menschenfreundlichkeit zu tun, und auch nicht damit, dass Laura sie an jenem Karnevalstag vor dem Messer des zudringlichen Freiers bewahrt hatte.

Die Spannung, die bei ihrer Ankunft zwischen Valeria, Antonio und Carlo geherrscht hatte, war so stark gewesen, dass es niemandem entgehen konnte, der sich mit ihnen in einem Raum aufhielt. Ein unheilvolles Mit- und Gegeneinander schien die drei zu verbinden, es war wie ein hitziges, geheimes Spiel, dessen Regeln nur sie zu kennen schienen und bei dem keiner je gewinnen konnte. Schon nach kurzer Zeit hatte Laura begriffen, dass Valeria aus ebendiesem Grund ihr Bleiben befürwortet hatte. Laura und Matteo waren Störenfriede und damit zugleich eine willkommene Ablenkung von anderen Problemen.

Laura setzte sich Matteo auf die Hüfte und stieß die Tür zu der Kammer auf. Wie üblich schlug ihr dumpfe, abgestandene Luft entgegen. Das winzige Fenster stand den ganzen Tag offen, doch das reichte nicht aus, um den Gestank ungewaschener Leiber und voller Windeln zu vertreiben. Laura wusch die wenigen Tücher, die sie zum Wickeln ihres Bruders zur Verfügung hatte, täglich im Kanal oder im Meer, doch der Geruch blieb haften, weil sie keine Möglichkeit hatten, die Tücher über längere Zeit auszukochen. Sie selbst hatte es schon aufgegeben, über ihren eigenen Geruch oder den ihrer wenigen Kleidungsstücke nachzudenken. Manchmal wusch sie sich und ihren Bruder hinter dem Wandschirm über Valerias Zuber, doch auch dieses Wasser war kalt. Sie alle waren von Läusen befallen, in den Ritzen des Zimmers und im Stroh ihrer Lagerstätten hausten Wanzen, und hin und wieder waren aus den Wänden des Hauses Geräusche zu hören, die auf die Anwesenheit weiteren, größeren Ungeziefers hindeuteten.

Wie Laura befürchtet hatte, war jemand auf ihr verstecktes Essen gestoßen, doch nicht Valerias Freier war der Übeltäter, es waren zwei Knaben, die auf Lauras Strohsack hockten und sich an den letzten Stücken der Salami gütlich taten, die sie heute gekauft hatte.

Valeria saß vor ihrem Spiegel und kämmte sich das Haar. Sie trug einen gleichmütigen Ausdruck zur Schau und drehte sich nur kurz um, als Laura die Kammer betrat.

Lauras Blicke gingen von Valeria zu den beiden Knaben. Sie sahen einander ähnlich wie ein Ei dem anderen; es mussten die Zwillingsbrüder sein, von denen Valeria ihr erzählt hatte, Oratio und Tomàso.

Wut kochte in ihr hoch. Ohne Matteo abzusetzen, ging sie auf die beiden los. »Legt die Wurst sofort hin! Sie gehört mir!«

Die Zwillinge grinsten sie nur frech an; einem der beiden fehlte ein Vorderzahn, und seine Oberlippe war von einer hässlichen Narbe entstellt, die ziemlich frisch aussah. Künftig würde niemand mehr die beiden verwechseln können.

Sie versuchte einem der Jungen die Wurst zu entreißen, bevor er sie noch ganz aufaß, doch er wich ihr geschickt aus und trat dabei gleichzeitig gegen ihr Knie. Er trug *Zòccoli* an den Füßen, und der Tritt wurde mit voller Kraft ausgeführt.

Laura schrie auf. Vor Schmerzen schossen ihr Tränen in die Augen, und um ein Haar hätte sie Matteo fallen gelassen.

Carlo packte den Jungen beim Schopf und setzte ihm sein Messer an die Kehle.

Valeria stieß einen Schreckensschrei aus. »Nicht!«

»Tu ihm nichts«, fiel Laura ein, obwohl ihr Bein bereits taub wurde von dem Tritt. Sie setzte Matteo zu ihren Füßen ab und betastete ihr Knie. »Es geht schon wieder. Er soll nur die Wurst nicht essen.«

Der Junge hatte den letzten Zipfel der Salami bereits fallen lassen. Die Angst stand ihm ins Gesicht geschrieben. Sein Bruder wirkte nicht minder eingeschüchtert. Die vernarbte Lippe leuchtete feuerrot und bewegte sich zitternd, als er anfing zu sprechen.

»Der da«, sagte er und zeigte auf Laura, »soll sich nicht so anstellen mit seinem Essen. Er hat unseren Strohsack genommen und unsere Sachen!«

Laura schluckte. Zweifellos sagte er die Wahrheit. Valeria hatte ihr erzählt, dass die Brüder vorher ihren Schlafplatz belegt hatten, und auch Wams, Hemd und Beinkleider stammten von ihnen; es war ihre einzige Kleidung zum Wechseln gewesen, die sie jeweils geteilt hatten. Sie hatten nichts mitnehmen können, als man sie Anfang des Jahres beim Stehlen erwischt und eingesperrt hatte. Laura hatte die Sachen in Besitz genommen, einfach deswegen, weil sie jedes Stück davon verzweifelt gebraucht hatte. Aus ihrem Unterkleid hatte sie Windeln für ihren Bruder geschnitten, und die Gamurra diente ihm als Decke und Einschlagtuch.

Carlo nahm das Messer vom Hals des Jungen. »Warum sind sie hier?«, wollte er von Valeria wissen.

Sie zuckte die Achseln. »Sie wohnen hier. Sie waren schon vorher da, oder nicht?«

»Was hat Antonio dazu gesagt?«, fragte Laura. »War er überhaupt schon hier?«

»Oh, er war hier, und er hatte miserable Laune«, sagte Valeria. Ihre Hand mit dem Kamm bewegte sich auf und ab, und die seidigen hellen Strähnen teilten sich und fielen herab wie flüssiges Silber. »Anscheinend gingen seine Geschäfte heute nicht besonders.« Ihre Lippen kräuselten sich zu einem Lächeln. »Er sagte, es wäre deine Schuld, du hättest ihn um seine Beute gebracht.«

Laura fuhr auf. »So war es nicht!« Sie merkte, wie sich ihre

Wangen röteten. »Er kam nicht zum Zuge, das ist wahr, aber es lag nicht an mir. Er hat sich wieder von demselben Juden erwischen lassen wie im letzten Jahr.«

»Ach«, sagte Valeria erstaunt. »Hat er das? Mir ist das ganz neu. Erzähl doch mal. Und woher weißt du überhaupt, was ihm letztes Jahr passiert ist?«

»Ich hab's zufällig gesehen«, sagte Laura gereizt. »Wo ist er?«

»Warum willst du das wissen? Wegen Oratio und Tomàso? Antonio ist nicht der Einzige, der hier zu entscheiden hat, weißt du. Wir alle geben unseren Mietanteil dazu, also herrscht gleiches Recht für alle.«

»Wo ist er?«

Valeria hob die Schultern. »Er ist noch mal los, zum Rialto.«

»Was will er da?«

»Was wohl?«

Ein schwacher Schauer lief Laura bei dieser Antwort über den Rücken.

Valeria richtete ihre Aufmerksamkeit wieder auf den Spiegel. Sie kämmte sich, als gäbe es nichts Wichtigeres auf der Welt, doch der Blick, den sie aus den Augenwinkeln zu Carlo hinübersandte, signalisierte jene besondere Unruhe, die Laura schon oft zwischen den beiden wahrgenommen hatte. Carlo steckte das Messer weg und ließ sich auf seine Matte sinken. Er kreuzte die Beine und lehnte sich scheinbar gelassen zurück, doch es entging Laura nicht, dass er Valeria unter seinen gesenkten Lidern hervor betrachtete.

»Besser, ihr verschwindet alle noch mal«, sagte Valeria. »Ich habe gleich Besuch, er wird in ein paar Minuten hier auftauchen.«

Laura fuhr empört auf. »Das war nicht ausgemacht!«

Valeria zog nur belustigt die Brauen hoch. »Manchmal ergibt es sich eben anders. Er wollte morgen kommen, aber da kann er nicht, also muss es heute sein. Dafür habt ihr morgen Ruhe. Ein gerechter Ausgleich. Es dauert außerdem nicht lange.« Geheimnisvoll fügte sie hinzu: »Und überhaupt, es kann sein, dass bald niemand mehr von den anderen Kerlen herkommt. Ich habe jemanden kennengelernt. Jemand richtigen.«

»Willst du heiraten?«, fragte einer der Brüder.

Valeria warf den Kopf zurück und lachte. »Nicht doch«, meinte sie kichernd. »Aber er hat genug Geld, um mich gut zu bezahlen. Vielleicht werde ich sogar bei ihm wohnen, er hat ein großes Haus.« Ihr Tonfall wurde wieder streng. »Aber heute bleibt alles beim Alten. Also raus mit euch.«

Oratio und Tomàso rappelten sich von dem Strohlager hoch.

»Wir kommen wieder«, sagte der Junge mit der Narbe. Laura konnte sehen, wie erbärmlich dünn die beiden waren. Mit einem Mal reute es sie, dass sie ihnen die Wurst streitig gemacht hatte. Als sie selbst im Frühjahr abgerissen und ausgehungert hier eingetroffen war, hatten die anderen ihr nicht das Essen verweigert.

Sie hob den Wurstzipfel auf und hielt ihn dem Jungen hin, der ihn fallen gelassen hatte. Er riss ihn ihr aus der Hand, schob ihn sich zwischen die Zähne und ging polternd zur Tür, gefolgt von seinem Bruder.

Laura zuckte zusammen, als die Tür hinter ihnen zuknallte. Sie langte nach unten und rieb sich abermals das Knie, in Gedanken weit weg. Matteo zog sich an ihren Beinen hoch. Er reckte bittend ein Ärmchen hoch. »La-ha«, sagte er. Sein Tonfall war weinerlich; er hatte Durst und war müde.

»Gib ihn mir«, sagte Carlo. »Ich trage ihn, bis er schläft.« Er nahm den Kleinen auf den Arm.

Der Ausdruck in seinen Augen war undeutbar, aber seine Lippen waren zu einer dünnen Linie zusammengepresst. Er vermied es, in Valerias Richtung zu schauen, als er zur Tür ging. Laura folgte ihm, leicht humpelnd, weil ihr anschwellendes Knie bei jedem Schritt schmerzte.

Sie fühlte sich seltsam verloren, während sie hinter Carlo die Stiege hinunterging. Draußen schien die Abendsonne aufs Pflaster, die Luft war mild und warm, doch Laura fröstelte immer noch. Carlo ging mit dem Kleinen voraus bis zum Campo und setzte sich auf eine der Stufen, die zu der erhöhten Brunnenanlage hinaufführten. Matteo lag schlaff an seiner Schulter, er war schon im Haus auf der Treppe eingeschlafen.

Laura blieb unschlüssig vor ihm stehen. »Gehen wir noch mal zum Strand?«

»Lohnt sich nicht«, sagte Carlo. Er deutete mit dem Kinn auf den jungen Mann, der soeben mit forschen Schritten auf den Eingang des Mietshauses zuhielt. Er hatte die Kappe abgenommen und strich sich durchs Haar, anschließend hielt er sich die Hand vor den Mund und hauchte hinein, um seinen Atem zu prüfen. Laura hätte fast aufgelacht, so absurd fand sie mit einem Mal die ganze Situation. Sie saßen hier am Brunnen, während Valeria oben ihren Freier erwartete, der an diesem Tag nicht der erste war und es vermutlich genau wusste, aber trotzdem Wert darauf legte, dem Mädchen, das er mit vielen anderen teilen musste, zu gefallen. Valeria hatte etliche feste Freier, und jedem von ihnen wies sie einen bestimmten Tag und eine Uhrzeit zu. Der junge Mann, der soeben im Haus verschwand, kam seit ein paar Wochen regelmäßig zwei Mal im Monat, wobei er sicherlich öfter erschienen wäre, wenn er es sich hätte leisten können.

Laura fragte sich, wer der neue Freier war, den sie kennengelernt hatte. Viele reiche Männer hielten sich Kurtisanen und statteten sie mit allem aus, was das Herz begehrte, und Laura wusste, dass es immer Valerias erklärtes Ziel gewesen war, sich einen gut situierten Mann als Gönner zu angeln. »Aber ansehnlich muss er trotzdem sein«, hatte sie gesagt. »Es gibt Grenzen bei dem, was ich ertragen kann.«

Voller Unruhe ließ Laura ihre Blicke über den Campo schweifen. Sie hätte sich sicher fühlen können, so wie die meiste Zeit der vergangenen Monate, doch mit einem Mal war es ihr, als würden tausend Augen sie beobachten. An der Zisterne herrschte zu dieser Tageszeit ein einziges Kommen und Gehen. Die Leute benötigten Wasser zum Waschen und Trinken, und bei großen Familien war es mit nur einem täglichen Gang zum Brunnen selten getan.

Andere Menschen überquerten den Platz, unterwegs nach Hause oder zu ausstehenden Besorgungen. Gearbeitet wurde grundsätzlich bis Sonnenuntergang, und so lange wurde der Tag auch von den meisten ausgenutzt, um Alltagsgeschäfte zu erledigen. Niemand kümmerte sich um die drei Kinder; man hatte sie hier schon oft genug gesehen.

Dennoch war Laura außerstande, ihr Unbehagen zu unterdrücken. Sie trat von einem Fuß auf den anderen, nervös ihre Finger knetend, während sie sich abermals nach allen Seiten umschaute.

Carlo musterte sie aufmerksam. »Was siehst du?«

Sie schüttelte nur hilflos den Kopf und tat ein paar Schritte rückwärts. »Ich gehe zum Rialto. Passt du bitte so lange auf Matteo auf?«

Carlo nickte wortlos, während sie sich bereits umdrehte und mit klappernden Holzschuhen loslief.

Antonio drückte sich müßig an den Häuserecken herum und beobachtete das Treiben der Passanten, wobei er sich vorzugsweise auf gut gekleidete und wohlgenährte Kaufleute konzentrierte. Manchmal folgte er einem von ihnen ein Stück weit, mit sich selbst hadernd, weil der Tag bislang so übel verlaufen war und die Aussicht, doch noch zufällig einen Beutezug unternehmen zu können, denkbar gering schien.

Verdrossen überlegte er, ob er es wohl je wagen würde, einen der Händler mit Gewalt um sein Erspartes zu bringen. Bisher hatte er davor zurückgescheut, denn er wusste, dass er damit eine besondere Grenze überschreiten würde. Jemanden zu berauben bedeutete, ihn notfalls töten zu müssen. Ein Dieb mochte, je nach Schwere und Häufigkeit seiner Taten, Nasenspitze, Ohren oder Hand verlieren, aber einem Räuber war der Tod durch die Garotte oder den Strick sicher, oder durch Ertränken im Kanal, eine Strafe, die ebenso rasch verhängt wie vollstreckt wurde.

Der Abend rückte näher, die Leute wurden mit Beginn der Dämmerung wachsamer. Auch waren bei weitem nicht so viele Menschen unterwegs wie am Nachmittag. Nur hier und da standen die Kaufleute und Warenhändler zu zweit oder grüppchenweise beisammen, in geschäftliche Unterredungen vertieft.

Im Vorbeigehen schnappte Antonio Fetzen ihrer Unterhaltungen auf, hörte sie von Erträgen und Schiffsladungen und Handelsfahrten reden, und er lauschte ihnen begierig, wie so oft von dem Drang beseelt, mehr über diese Dinge zu erfahren als lediglich das, was er durch Zufall mitbekam. Immer noch musste er daran denken, was er aus dem Gespräch zwischen Mosè und dem Zehnerrat Querini über den Alaunhandel wusste. Mittlerweile hatte er auch einiges über den Holz-, Tuch- und Glashandel erfahren, meist zwar nur das, was er durch offen stehende Kontortüren oder bei lautstark geführten Palavern im Rialtoviertel oder vor der Prokuratie beiläufig hörte, doch hin und wieder hatte er auch Fragen gestellt, hauptsächlich den Händlern, bei denen er Essen und Lampentalg kaufte, manchmal aber auch den Kaufleuten, die am Rialto oder auf der Piazza San Marco ihre Geschäfte tätigten. Er wollte alles über Zinsen und Einfuhrkontrollen erfahren, über Rohstoffbedarf und Monopole, über Zölle und Steuern.

Meist erzählten sie ihm bereitwillig, was sie wussten, denn fast alle Geschäftsleute prahlten für ihr Leben gern mit ihren Kenntnissen – um die es allerdings bei Lichte betrachtet oftmals eher dürftig bestellt war.

Antonio stromerte durch die schmalen Gassen, ziellos und mit knurrendem Magen, wütend auf sich selbst und auf den Rest der Welt, weil er derart vom Pech verfolgt war. Hin und wieder stieg er vorsichtig über einen Haufen Unrat, weniger darauf bedacht, seine Füße vor Schmutz zu bewahren, als darauf, sich nicht an Scherben oder anderen scharfen Gegenständen zu verletzen. Neuerdings zog er immer häufiger ohne Zòccoli los, denn er hatte bereits ein gutes Paar bei einer überstürzten Flucht verloren. Er war entschlossen, sich nicht noch einmal durch klapperndes Schuhwerk behindern zu lassen, falls er um sein Leben rennen musste. Andererseits konnte er nicht auf Schuhe verzichten, wenn es kälter wurde. Erst letzte Woche hatte er ein Paar neue ergattert, und die wollte er unbedingt über den Winter retten, denn Schuhe waren nicht billig. An welche zu kommen, ohne dafür zu zahlen, war ein seltener Glücksfall, so wie bei seinen neuen Zòccoli. Sie waren ihm ein wenig zu groß, doch er würde bald hineingewachsen sein. Bei der Auswahl hatte er nicht wählerisch sein können; er hatte die Schuhe gleichsam geerbt, von einem Toten, den er in einer winzigen Gasse hinter dem Fischmarkt gefunden hatte, mit durchschnittener Kehle – und leider ohne Geldbörse. Immerhin hatten noch ordentliche Schuhe an seinen Füßen gesteckt. Antonio hatte nichts weiter getan, als sie ihm auszuziehen und wie der Blitz damit zu verschwinden.

Er kehrte aus einer der Marktgassen zum Canalezzo zurück und blieb am Fuß der Rialtobrücke stehen, weil ihm ein besonders edel gekleideter Kaufmann aufgefallen war. Der Mann stand mit einem älteren Händler zusammen; die beiden waren in ein angeregtes Gespräch vertieft. Zweifellos war der jüngere Mann ein Patrizier, mit seiner schweren Wappenkette, den glänzend grünen Calze, dem Seidenhemd und dem bestickten Samtwams. Abgesehen von seiner teuren Kleidung wirkte er eher unauffällig. Er war mittelgroß und schlank, bartlos und mit aschblonden, schulterlangen Locken. Antonio taxierte ihn genauer. Sonderlich kräftig wirkte er auf den ersten Blick nicht. Auch der ältere Kaufmann sah nicht aus wie jemand, der hart zuschlagen konnte. Er war sicher schon über sechzig und mit seinem Leibesumfang zu behäbig für eine Verfolgungsjagd.

Antonio schob sich unauffällig näher heran, um zu sondieren, wo der Patrizier seinen Beutel hängen hatte, doch dann sah er den langen Degen an der Seite des Adligen und schlug sich die Gedanken an einen raschen Schnitt aus dem Kopf. Der Mann hatte eine Hand am Heft der Waffe liegen, und die Art, wie er Arme und Schultern hielt, ließ darauf schließen, dass er im Umgang mit dem Degen erfahren war.

Antonio wäre nie so dumm, einen kampfbereiten Mann zu bestehlen, auch wenn der Tag noch so miserabel verlaufen war. Lieber kehrte er mit leeren Taschen heim und nahm den Spott der anderen in Kauf. Letzteres, so räumte er sich selbst gegenüber missmutig ein, wäre nur halb so schlimm, wenn Laura nicht ausgerechnet heute solchen Erfolg gehabt hätte.

»… wird der Handel der Serenissima empfindliche Einbußen erleiden«, sagte der beleibte Händler, mit dem der Patrizier sich unterhielt. Er sprach Venezianisch, jedoch mit starkem deutschem Akzent. »Vorausgesetzt, es stimmt, was Eure Mittelsmänner Euch berichten.«

»Meine Quellen sind erstklassig«, sagte der jüngere Mann in überheblichem Ton. »Ich habe Vertrauensleute in allen großen Städten, und wichtige Nachrichten erreichen mich so schnell wie der Wind.« Er lachte kurz. »Oder sagen wir: so schnell, wie ein Segler von Lissabon bis hierher benötigt.«

Der deutsche Kaufmann schüttelte ungläubig den Kopf. »Fünftausend Körbe Pfeffer!«

»Direkt aus Indien«, bestätigte der Jüngere.

»Es ist unfassbar! Dieser Vasco da Gama ist fürwahr ein vom Glück begünstigter Mann!«

»Er ist ein mit allen Wassern gewaschener Halunke, wie alle portugiesischen Seefahrer.«

»In der Tat«, meinte der Deutsche höflich. »Es war ja nicht die erste Ladung Pfeffer, die auf dem Seeweg nach Lissabon gelangt ist.«

»Den verdammten Portugiesen ging es immer nur um eines: unser Monopol im Gewürzhandel zu brechen.«

Der deutsche Kaufmann hob die Schultern. »Was ihnen nun wohl gelungen ist. Die Händler der Serenissima werden umdenken müssen. Venedig hat viel zu lange nur an den Krieg mit den Osmanen gedacht.«

»Nun, wir mussten unsere Besitztümer in der Levante verteidigen, nicht wahr?«, gab der Patrizier zurück. Sein Tonfall blieb entgegenkommend, doch Antonio meinte, einen Anflug von Ärger herauszuhören.

»Das stimmt zweifellos«, räumte der Deutsche ein. »Aber gleichzeitig konnten die Herrscher anderer Länder unbekannte Welten jenseits der großen Meere entdecken, die so riesig sind, dass es einen schwindeln macht.«

»Venedig ist hier wohl zu spät gekommen«, stimmte der Patrizier zu. »Manche haben rechtzeitig ihre Geschäfte auf andere Güter konzentriert, aber noch allzu viele der alten Handelshäuser senden Karawanen in den Fernen Osten, immer noch über Land, obwohl jetzt schon feststeht, dass der Seeweg dorthin die Handelsroute der Zukunft ist.«

»Habt Ihr denn vorgesorgt, Messèr Cattaneo?«

Der Patrizier zuckte die Achseln. »Ich habe hin und wieder in eine *Muda* investiert, mache aber auch Geschäfte mit den Importeuren und Zwischenhändlern. Immer mit denen, die am erfolgreichsten sind. Was meint Ihr denn, warum ich Euch vorhin angesprochen habe? Ich möchte mit Jakob Fugger ins Gespräch kommen.«

Der Deutsche lachte; es klang ein wenig verächtlich. »Das wollen viele. Glaubt mir, *sehr* viele. Weit mehr, als es seine knappe Zeit erlaubt.«

»Das kommt wohl auf die Geschäfte an, die sich ihm anbieten. Vielleicht habe ich bessere Ideen als alle anderen. Aber das sollten wir in einer ruhigeren Umgebung besprechen, bei einem guten Wein, zu dem ich Euch einladen möchte.«

»Nun, ich muss sehen, wie ich es einrichten kann«, meinte der Deutsche ausweichend.

»Dafür werde ich sorgen«, erwiderte Cattaneo leichthin. »Auf eine Weise, dass Ihr es nicht ausschlagen könnt.«

Er ließ seine Blicke über den Canalezzo schweifen, die hoch aufragende Holzkonstruktion der Brücke, die Menschen, die um ihn herum noch ihren Geschäften nachgingen. Von dem zerlumpten Gassenjungen, der scheinbar gedankenverloren zuschaute, wie die Gehilfen eines Händlers etliche Säcke auf ein Lastboot luden, nahm er keine Notiz.

Antonio, der ihn aus den Augenwinkeln beobachtete, hätte gern noch mehr über die neuesten Ereignisse in Lissabon erfahren, ebenso über die von dem Patrizier angedeuteten Möglichkeiten, bessere Handelsgeschäfte zu erschließen, doch dann nahm die von ihm belauschte Unterhaltung eine unerwartete Wendung.

»Da soll mich doch einer«, sagte der Patrizier verblüfft.

»Was meint Ihr, Messèr Cattaneo?«, fragte der Deutsche.

Der Adlige deutete auf den Ponte de Rialto. »Der Junge da oben …«

Antonio schaute zur Brücke hoch und fuhr zusammen. Dieser leuchtend rote Lockenschopf dort oben konnte nur einer Person in ganz Venedig gehören!

»Welcher Junge?«, fragte der Deutsche.

»Der gerade über die Brücke kommt«, sagte Cattaneo ungeduldig. »Gleich erscheint er wieder!«

Der Ponte de Rialto bot nur in der Mitte, wo es gitterartige Geländer gab, Einblicke von außen; an den Seiten, die sich jeweils zu den Ufern des Kanals hin senkten, war die Brücke von hohen Balkenwänden abgeschirmt, die bis zum Kai reichten.

»Da ist er«, sagte der Adlige, als Laura wenige Augenblicke später den mit Holz umkleideten Teil der Brücke passiert hatte und wieder zum Vorschein kam. Sie schaute sich suchend um, bis ihr Blick auf Antonio fiel. Ein Ausdruck glücklicher Erleichterung trat auf ihr Gesicht.

»Ein niedlicher Knirps«, sagte der Deutsche hinter Antonio. »Was ist mit ihm? Hat er Euch bestohlen?«

»So könnte man sagen. Vor allem aber sieht er jemandem gleich, der vor etlichen Monaten bei mir zu Gast war.«

»Ihr sprecht in Rätseln, Messèr Cattaneo. Aber wenn er Euch bestohlen hat, solltet Ihr nicht zögern, Euch das Bürschchen zu schnappen. Er ist noch jung genug, um ihm mit einer gehörigen Tracht Prügel Sitten einzubläuen.«

Cattaneo gab keine Antwort, doch als Antonio einen kurzen Blick über die Schulter warf, sah er, dass der Patrizier näher kam. »Du da«, rief Cattaneo Laura herrisch zu. »Komm her!«

Lauras Miene veränderte sich, und die Freude, die eben noch in ihren Augen geleuchtet hatte, verwandelte sich in nacktes Entsetzen. Sie blieb wie angewurzelt stehen, und Antonio sah bestürzt, dass sie zu zittern begann. Unter all den Sommersprossen war ihr Gesicht so bleich wie Kalk, und sie stand dort, als wären ihre Füße angenagelt, während Cattaneo mit großen Schritten an Antonio vorbei auf sie zueilte.

Der Deutsche war stehen geblieben, die Arme über dem ausladenden Bauch verschränkt, offenbar in Erwartung eines anregenden Schauspiels.

»Kannst du nicht gehorchen, wenn ein Herr nach dir ruft?« Cattaneo packte Laura bei der Schulter. »Wie heißt du?«

Laura gab keine Antwort, sondern starrte den Patrizier nur mit vor Furcht starrer Miene an. Cattaneo fuhr ihr mit der Hand ins Haar und riss ihr den Kopf nach hinten, um ihr Gesicht besser sehen zu können.

Wie aus eigenem Antrieb bewegten Antonios Füße sich vorwärts. Er erreichte den Mann mit wenigen Schritten. »Lasst sie los!« Er griff nach dem Adligen und erwischte eine Faust voll von der bauschigen Seide des feinen Hemdes. »Ihr habt nichts mit ihr zu schaffen! Sie hat euch nichts getan!«

Cattaneo fuhr zu ihm herum. »Du sagtest *sie*? Wusste ich es doch, dass meine Augen mich nicht getrogen haben! Die kleine Laura mit dem roten Haar!« Er versuchte, Antonios Hand abzuschütteln, doch der hielt entschlossen fest. Cattaneo ließ Laura los, die ein paar Schritte zurückwich, hinab auf die Stufen der Fondamenta unterhalb der Brücke. Noch drei Schritte weiter, und sie würde ins Wasser fallen.

Der deutsche Kaufmann hatte seinen Beobachtungsposten verlassen und kam näher. »Meiner Treu, was habt Ihr mit diesen Kindern zu schaffen, Messèr Cattaneo?«

»Ich sagte doch, sie haben mich bestohlen«, fuhr Cattaneo

den Deutschen an. Er hatte eine Hand am Griff seines Degens, während er mit der anderen Antonio ruckartig von sich stieß.

Antonio stolperte über die Stufen und fiel rücklings nach hinten. Die Landung auf dem harten Stein nahm ihm auf schmerzhafte Weise die Luft zum Atmen, und er verfluchte sich, dass er sich von einem Mann, der nur unwesentlich größer war als er, derart hatte übertölpeln lassen. Wirre Gedanken schossen ihm durch den Kopf, und er versuchte nachzuvollziehen, was hier los war. Seine erste Annahme, Laura hätte diesen reichen Schönling bestohlen, der sie nun erwischt hatte und bestrafen wollte, konnte nicht zutreffen, denn der Mann hatte gewusst, dass sie ein Mädchen war, schon bevor Antonio sich verplappert hatte. Es musste hier folglich um etwas anderes gehen als um Diebstahl; die beiden kannten einander zweifellos von früher. Während Antonio ächzend seine Befindlichkeiten sortierte und sich fragte, wann er wieder richtig atmen konnte und ob er sich bei dem Sturz womöglich ein paar Rippen gebrochen hatte, wandte Cattaneo sich erneut Laura zu. Sein Gesicht war verzerrt vor Wut, und es schien ihn nicht im Mindesten zu beeindrucken, dass auf der Fondamenta überall Leute stehen geblieben waren und mit offenen Mündern herüberstarrten.

»Komm hierher, Mädchen!«, befahl er.

»Mädchen?«, fragte der Kaufmann stirnrunzelnd. »Was um alles in der Welt soll das heißen?«

Cattaneo zuckte leicht zusammen, doch dann wandte er sich zu dem Kaufmann um. »Ach, das ist nur eine lästige Privatangelegenheit. Ich habe Euch schon zu lange aufgehalten, geht nur für heute Eurer Wege. Ich lasse dieser Tage einen Boten in den Fondaco senden, wir werden sicherlich sehr bald bei einem Glas Wein in meinem Haus zusammensitzen.«

Der Kaufmann machte keine Anstalten, das Feld zu räumen. Interessiert schaute er zu, wie Antonio sich von den Stufen hochrappelte und auf Cattaneo losging wie ein wütender Stier.

Laura verharrte immer noch kreidebleich und mit weit aufgerissenen Augen am Kanal, offenbar außerstande, auch nur einen Finger zu bewegen. Antonio konnte nur ahnen, wie tief die Furcht war, die sie gefangen hielt.

Er stürzte auf den Adligen los, doch nach zwei Schritten hörte er das Sirren von Metall auf Metall und blieb abrupt stehen, bevor er sich selbst umbringen konnte. Cattaneo hatte blankgezogen und stand mit gezücktem Degen vor ihm, die Spitze geradewegs auf ihn gerichtet. Noch ein Schritt, und die Waffe würde ihm in die Eingeweide fahren und auf der anderen Seite seines Körpers wieder herauskommen.

In diesem Moment begann Laura zu schreien. Ihre Stimme war so schrill, dass es Antonio in den Ohren schmerzte. Sie kreischte wie von Sinnen, in den höchsten Tonlagen. Gleichzeitig sprang sie auf Cattaneo los, um ihn von Antonio wegzustoßen.

Der Patrizier schwang zu ihr herum, und die ausgestreckte Waffe folgte seiner Bewegung. Die Spitze des Degens traf sie an der Schulter und schlitzte ihr das Wams auf.

Sie hörte die ganze Zeit nicht auf zu schreien, sodass schwer zu sagen war, ob sie verletzt war oder nicht. Blut war keines zu sehen, doch ihre Hand fuhr hoch und presste sich auf die getroffene Stelle.

Antonio brüllte zornig auf und trat dem Adligen mit voller Wucht in die Kniekehlen. Aus den Augenwinkeln sah er, dass der deutsche Kaufmann sich zur nächsten Gebäudeecke zurückgezogen hatte, doch dafür hatten sich zusätzlich zu den gaffenden Arbeitern entlang der Fondamenta neue Zuschauer versammelt, es würde also genug Zeugen für alles geben, was hier geschah. Sogar der Bootsverkehr auf dem Kanal war langsamer geworden; hier und da hielten Gondolieri in ihrer Rudertätigkeit inne, um neugierig herüberzuschauen.

Dennoch war Antonio entschlossen, dieses Schwein seine scharfe kleine Klinge spüren zu lassen. Er würde hinterher eben schneller sein müssen als alle anderen.

Der Degen war seinem Widersacher aus der Hand gefallen, er kniete auf dem Pflaster und rang mit Laura, die sich wie eine Wildkatze auf ihn geworfen hatte und auf ihn einschlug. Eine günstigere Gelegenheit, ihm von hinten das Messer in den Leib zu rammen und ihn damit zum Einhalten zu bewegen, würde nicht kommen.

Dann sah Antonio den Dolch in der Hand des Patriziers, und ihm wurde klar, dass er den Mann unterschätzt hatte. Der Degen war Cattaneo nicht entglitten, er hatte ihn absichtlich fallen lassen, um ihn durch eine besser taugliche Waffe zu ersetzen. Er packte Lauras Haare, bog ihren Kopf zurück und setzte das Messer an ihre Kehle, alles in einer einzigen, fließenden Bewegung, so schnell, dass es geschehen war, bevor Antonio auch nur einmal Luft holen konnte.

Antonios Hand krampfte sich um den hölzernen Schaft seines kleinen Messers, das immer noch hinter seinem Bauchgurt steckte, in diesem Augenblick so nutzlos wie das Spielzeug eines Kindes. Er sah, wie sich Lauras Augen nach oben verdrehten, wie sie im harten Griff des Mannes zu erschlaffen und in Ohnmacht zu sinken drohte. Er sah den Tropfen Blut, der unter der Dolchspitze aus ihrer Haut trat, und er sah, so absurd dies auch war, die Röte der letzten Abendsonne in ihrem Haar, auf den Stufen der Fondamenta und dem Holz der Brücke hinter ihr, er sah sogar den tiefblauen, von keiner Wolke getrübten Himmel, der sich über den Dächern wölbte. Es schien, als vereinigten sich vor seinen Augen zahlreiche Nebensächlichkeiten zu einer selbstverständlichen Normalität, die auch diesen Dolch und das Blut mit umfasste, als gehörte beides ganz zwanglos dazu.

Das Geräusch trampelnder Stiefel zerriss die albtraumgleiche Starre, als drei Ordnungshüter im Gleichschritt näher kamen, eine geballte Präsenz von Lederharnischen, klirrenden Schwertscheiden und polierten Helmen. Der beleibte Kaufmann kam hinterdrein gelaufen, keuchend vor Anstrengung. Vermutlich hatte er die Wache gerufen.

Das Blut an Lauras Hals lief stärker, und Antonio begriff voller Grauen, dass das Zittern in Cattaneos Rechter nicht von Furcht herrührte, sondern von dem unterdrückten Verlangen, ihr die Klinge vollends in den Hals zu stoßen.

Im nächsten Augenblick standen die Büttel neben ihm.

»Was geht hier vor?«, schrie ihr Anführer.

Cattaneos Hand mit dem Dolch sank langsam herab. Der Adlige ließ Laura los und richtete sich auf. Er drehte sich zu den Wachleuten um und lächelte sie verbindlich an. *»Messères«*, sagte er, »Ihr kommt gerade rechtzeitig. Die beiden Burschen hier wollten mich bestehlen. Es ist doch immer dasselbe mit diesen Gassenrangen!«

Antonio schob sich zwischen die Wachleute und Laura. »Lauf.«

Es war, als hätte Laura schon vorher gewusst, was er sagen würde. Blitzschnell schleuderte sie die Zòccoli von den Füßen und huschte im Zickzack zwischen den herumstehenden Zuschauern hindurch. Sie war auf der Brücke, bevor auch nur einer der Büttel einen Schritt in ihre Richtung tun konnte. Als die ersten erregten Kommandos laut wurden, sie zu ergreifen, war sie schon drüben am anderen Ufer. Antonio sah ihre kurzen roten Locken im Wind flattern, während sie in einer schmalen Gasse zwischen zwei prachtvoll bemalten Palazzi verschwand.

Er fand, dass es einen Versuch wert sei, es ihr gleichzutun, doch er kam nur drei Schritte weit, bevor ihn ein Knüppel am Kopf traf und die Welt um ihn herum in Schwärze versank.

Teil 3

Oktober 1503

Mansuetta suchte aus dem Regal die Beutel zusammen, die sie brauchte. Methodisch arbeitete sie sich von links nach rechts vor, den Buchstaben des Alphabets folgend, nach denen die Kräuter und übrigen Ingredienzien sortiert waren. Früher hatten sie die lateinischen Bezeichnungen für die pflanzlichen Zutaten verwendet, doch bei einer amtlichen Kontrolle hatte es deswegen Schwierigkeiten gegeben, und seither benutzten sie die umgangssprachlichen Namen der Kräuter, die sie vorrätig hielten. Der städtische Beamte hatte zwar lesen können, doch er hatte nie Latein gelernt, und so hatte es einigen Wirbel mit der Obrigkeit gegeben, bis ein anderer, höherer Beamter mit besserer Bildung die Harmlosigkeit der Kräutersammlung bestätigt hatte und der Vorwurf der Hexerei ausgeräumt war. So lange hatten sie, eine empfindliche geschäftliche Einbuße, nichts verkaufen dürfen. Um eine Wiederholung zu vermeiden, waren sie dem Rat des Aufsichtsbeamten gefolgt. Sie hatten ihr Sortiment kurzerhand umbenannt, alles mit entsprechenden Aufschriften versehen und nach den geänderten Anfangsbuchstaben eingeordnet. Es hatte eine Zeit lang gedauert, bis Mansuetta sich an die neuen Regalplätze gewöhnt hatte, doch danach hatte sie weiterarbeiten können wie immer.

Für die Rezeptur, die sie zubereiten wollte, brauchte sie Eibischblüten, Spitzwegerich und Huflattich. Sie schnupperte an den Beuteln, bevor sie ihnen jeweils einige Messlöffel Kräuter entnahm und auf ein Stück sauberes Leinentuch gab, das sie auf der Theke ausgebreitet hatte. Nach kurzem Überlegen fügte sie noch getrockneten Thymian hinzu. Isaccos Mutter liebte das Gewürz, und außerdem war es gut gegen Husten. Der Aufguss würde ihr besondere Linderung verschaffen, wenn er nach ihrem Lieblingskraut schmeckte, davon war Mansuetta überzeugt. Ihre Mutter hatte ihr schon früh beigebracht, dass der Glaube an eine Medizin die heilende Wirkung um ein Vielfaches verstärkte.

Mansuetta zerkrümelte ein paar der winzigen Blättchen zwischen den Fingerspitzen und roch daran. Der scharfe, würzige Duft vertrieb den Schweinegestank, der ihr immer noch in der Nase hing. Es war verboten, Schweine durch die Gassen zu treiben, doch niemand konnte einem Schwein verbieten, auszureißen und allein durch die Stadt zu rennen.

In diesem Fall waren es sogar zwei Schweine gewesen, die es irgendwie geschafft hatten, von einem Lastboot zu entkommen, das lebendes Vieh zu einem der Klöster transportierte. Sie waren kreuz und quer durch den Rialto gehetzt und schließlich in einer Sackgasse gelandet. Niemand konnte ihnen übel nehmen, dass sie in ihrer Panik einen ganzen Pfuhl von Schweinemist direkt vor der Apotheke hinterlassen hatten, bevor sie schließlich von dem unglücklichen Barcaruolo und einigen beherzten Helfern eingefangen und weggebracht werden konnten.

Mansuetta wusste, dass die Schweine Geschöpfe des Herrn waren und an dem Vorfall keine Schuld trugen. Dennoch grollte sie den Viechern, vor allem aber ihren Eigentümern, denn um die üblen Hinterlassenschaften hatte sich niemand gekümmert. Sie selbst war diejenige gewesen, die alles hatte wegputzen dürfen. Hinterher hatte sie sich sofort umgezogen und ihre Kleidung in Lauge eingeweicht, doch der Gestank schien nicht weichen zu wollen. Zäh und klebrig lag er in der Luft, verstärkt durch den Nebel, der seit Stunden in den Gassen und über den Kanälen lag wie dicke Milchsuppe, die langsam auf dem Teller erstarrt.

Sie schlug das Tuch mit den Kräutern zusammen und band

es sorgfältig zu, damit bis zum Aufbrühen des Suds nicht zu viel Aroma entweichen konnte. Für die Behandlung der pflanzlichen Ingredienzien hatte sie bei ihrer Mutter gelernt, dass es drei Aspekte besonders zu berücksichtigen galt: Schnelligkeit, Sauberkeit und Sorgfalt.

Die Kräuter sollten nach der Entnahme aus den Gefäßen und Beuteln, in denen sie aufbewahrt wurden, nicht nur rasch zubereitet werden; auch bei der Ernte musste es schnell gehen. Gleich nach dem Pflücken mussten die Pflanzen in ihre Bestandteile zerlegt und fachmännisch zum Trocknen oder Pressen vorbereitet werden. Lagen sie zu lange in Säcken oder Körben, konnten sie zerquetscht werden oder faulen, und dann taugten sie nicht mehr für die Heilbebehandlung.

Sauberkeit war mindestens ebenso wichtig. Die Pflanzen mussten von Schmutz und Staub befreit werden, manchmal auch von Ungeziefer, das sich nur zu rasch in Gestalt von Schnecken, Larven oder Läusen in den Stängeln und unter den Blättern einnistete. Mansuetta wusste, dass es nicht alle Apotheker damit so genau hielten, doch ihre Mutter war in diesem Punkt eigen.

Die Sorgfalt schließlich war womöglich das Wichtigste überhaupt. Es durften immer nur die Teile zubereitet werden, denen die heilende Wirkung zugeschrieben wurde. Stiele waren von Wurzeln zu trennen, Blätter von Blüten. Manche Kräuter mussten lange trocknen, andere wiederum sogleich nach der Ernte innerhalb einer vorgegebenen Zeitspanne ausgekocht oder ausgepresst werden. Vor allem aber zählte die exakte Mengenbestimmung bei der Zubereitung eines Medikaments, sei es nun beim Auswiegen der Kräuter oder – erst recht – beim Untermischen alchimistischer Zutaten. Hier war Crestina von geradezu unerbittlicher Korrektheit. Niemals arbeitete sie ohne Waage oder Messlöffel, gleichviel, ob sie eine Arznei selbst oder auf die Rezeptur eines Arztes hin vorbereitete.

Besonders wenn es um ärztliche Verschreibungen ging, war zusätzliche Vorsicht geboten, denn so mancher pharmazeutisch schlecht vorgebildete Medicus stellte die Ingredienzien auf dem Papier recht sorglos zusammen. *Ein wenig* hiervon, *einige Handvoll* davon, eine *ordentliche Menge* von jenem, und zu guter Letzt womöglich noch eine *zureichende Dosis* zur Abrundung.

Mansuetta ging in die Küche, wo ihre Mutter am Tisch saß und schrieb. Crestina liebte die zauberhafte Poesie Vergils über Gärten und Ländlichkeit; sie hatte bereits in ihrer Jugend seine Verse in einer Klosterbibliothek abgeschrieben. Im Laufe der Jahre war die Tinte ihrer Aufzeichnungen verblasst, und so hatte sie sich vor einiger Zeit daran gemacht, alles erneut niederzulegen, bevor es völlig von dem Papier und aus ihrer Erinnerung verschwinden konnte. Außerdem hatte sie vor kurzem ein Buch über die Schriften eines Abtes entdeckt, der vor etwa siebenhundert Jahren gelebt hatte. Crestina war von der Fülle seiner botanischen Kenntnisse begeistert und hatte sogleich begonnen, seine Gedichte zu kopieren.

Mansuetta trat hinter ihre Mutter und legte ihr die Hand auf die Schulter.

»Machst du dir wieder Arbeit?«, fragte sie.

Crestina blickte lächelnd auf. »Für mich ist das keine Arbeit, sondern ein Vergnügen. Ich schreibe es nur auf, weil es mir Freude macht.«

Das stimmte nur eingeschränkt, wie Mansuetta wusste. Crestina las gerne in ihren Aufzeichnungen, aber es strengte sie an, die Feder zu führen; ihre Finger wurden zunehmend gichtig. Dennoch würde sie nicht darauf verzichten, ihre geliebten Verse zu Papier zu bringen. Bücher waren trotz der rasanten Ausbreitung, die der Buchdruck in den letzten Jahren erfahren hatte, immer noch teuer. Crestina hätte sich zwar leicht einen der verzierten und gebundenen Bände leisten können, aber das war eine Geldausgabe, vor der sie zurückscheute. Mansuetta kannte den Grund dafür, ohne dass sie je darüber gesprochen hätten. Crestina hielt die Ersparnisse zusammen, um Mansuettas Auskommen für den Fall zu sichern, dass sie selbst einmal nicht mehr da wäre.

Wie immer versuchte Mansuetta, sich über das nagende Minderwertigkeitsgefühl hinwegzusetzen, das sie bei solchen Gedanken überkam. Nicht dass sie sich jemals wirklich mit ihrem Aussehen abgefunden hätte; sie würde bis zu ihrem Ende mit ihrem deformierten Gesicht hadern. Doch als schlimmer und bedrückender empfand sie ihr schlechtes Augenlicht. Sie sah gerade so viel, um sich halbwegs zurechtzufinden. Hier im Haus ließen Fenster und Türen ausreichend Licht herein, um vertraute Umrisse und die Silhouetten von Menschen zu erhellen. Sie erkannte Formen und Gestalten gut genug, um sie richtig einordnen zu können. Menschen, Tiere, Boote, Karren, Fässer – all das konnte sie ohne Schwierigkeiten auseinanderhalten, vorausgesetzt, sie kam bis auf etwa zehn Schritte heran. Sie sah das Blau des Himmels, das satte Grün der Pflanzen, die Purpurbespannung am Bucintoro und das goldene Licht auf dem Wasser – verschwommen und undeutlich zwar, aber sie hatte ja noch ihre Vorstellungskraft.

Doch sie würde niemals Geschriebenes und Gedrucktes ohne ihre Scherenbrille oder ihren Lesestein entziffern können. Und das war nur das kleinere Problem, denn wenn sie unterwegs war, nützte die Brille ihr überhaupt nichts, weil sie dann beide Hände brauchte, entweder weil sie Lasten tragen oder sich beim Gehen an Wänden oder Mauern abstützen musste. Es kam sonst allzu leicht vor, dass sie über herumliegende Abfälle, unerwartete Stufen oder lose Steine stolperte, weil sie sich wegen ihres verkürzten linken Beines nur hinkend fortbewegen konnte.

Crestina hatte kürzlich erwähnt, dass sie von einem *Cristallero* auf Murano gehört hatte, der Gläser anfertigte, die von einer Art Stirnreif am Kopf gehalten wurden. Es gab zudem einige Leute aus dem Adel, die sich nicht mit Scheren- oder Nietbrillen begnügten, sondern spezielle Gläser benutzten, die an Kappen und Hauben befestigt werden konnten, sodass beide Hände frei blieben. Doch vermutlich kosteten solche Apparaturen schwindelerregende Summen. Allein schon ihre Scherenbrille war so teuer gewesen, dass Mansuetta immer noch bei der Erinnerung daran, wie ihre Mutter dem Cristallero das Geld auf die Hand gezählt hatte, schlucken musste.

Es gab kaum Leute aus dem einfachen Volk, die Bücher besaßen, doch noch weniger nannten eine Brille ihr Eigen, egal wie schlicht diese gearbeitet sein mochte.

»Was ist?«, fragte Crestina stirnrunzelnd.

Mansuetta zuckte unter dem forschenden Blick ihrer Mutter zusammen. »Nichts.« Sie starrte auf das Papier, auf dem die Schriftzeichen zu quer über das Blatt laufenden, konturlosen grauen Streifen verschwammen. »Ich wollte dir nur Bescheid sagen, dass ich zu Monna Elsa rübergehe und ihr die Hustenmedizin bringe.«

Crestina nickte, und Mansuetta fühlte hilflosen Ärger aufsteigen, weil sie trotz ihrer Kurzsichtigkeit das wissende kleine Lächeln in den Mundwinkeln ihrer Mutter erkannte.

Entschlossen ging sie zurück in den Laden und von dort nach draußen. In der engen Gasse zwischen den Häuserreihen ballte sich der Nebel jetzt dichter, und Mansuetta fand es eigentümlich tröstend, dass unter diesen Gegebenheiten alle Menschen, die in der Stadt unterwegs waren, schlecht sehen konnten. Während sie die paar Schritte bis zum Nachbarhaus ging, vorsichtig einen Fuß vor den anderen setzend, begegnete ihr eine Frau, die sich an der Hauswand vorwärtstastete.

»Was für ein Nebel«, sagte sie im Vorübergehen zu Mansuetta. »Man sieht die Hand vor Augen nicht!«

Energisch klopfte Mansuetta an die Tür des Nachbarhauses. Während sie wartete, dass Isacco ihr öffnete, strich sie ordnend über ihr Haar. Sie hatte die Haube abgelegt, so wie sie es öfter tat, wenn sie damit rechnete, Isacco zu begegnen. Ihr glänzendes, dichtes Haar, so fand sie, war außer ihren Zähnen das einzig wirklich Anziehende an ihr. Wenn sie es offen trug, reichte es ihr bis über den Rücken, und sie konnte es wie unabsichtlich leicht über die linke Gesichtshälfte fallen lassen, womit der Eindruck mangelnder Symmetrie ein wenig abgemildert wurde.

Die Tür öffnete sich, und Isacco stand vor ihr.

Er lächelte, als er sie sah. »Mansuetta. Wie schön, dich zu sehen!«

Sofort fühlte sie sich von diesem albernen Gefühl von Wärme durchflutet, wie immer, wenn er sie freundlich anschaute. Sie hatte versucht, es zu unterdrücken, aber genauso gut hätte sie der Sonne verbieten können, ihr Licht über der Stadt auszubreiten. Wenn sie überhaupt je in ihrem Leben gegen irgendetwas völlig machtlos gewesen war, dann gegen ihre Gefühle im Zusammenhang mit Isacco Zinzi. Sie konnte sich tausendmal sagen, dass er sie niemals als Frau wahrnehmen würde. Dass sie in den Augen eines gesunden Jünglings von neunzehn Jahren nichts weiter sein konnte als eine arme, missgebildete Kreatur, die zufällig nebenan wohnte und sich darauf verstand, für seine kranke Mutter heilende Kräutermischungen herzustellen.

Sie war so alt wie er, doch sie fühlte sich hundert Jahre älter, sobald sie sich all die Hemmnisse vor Augen hielt, die zwischen ihnen standen. Dennoch konnte sie nicht verhindern, dass sie jedes Mal, wenn sie ihn sah, von diesen widersprüchlichen Empfindungen durchströmt wurde.

»Komm doch herein.« Er hielt ihr einladend die Tür auf und ließ sie eintreten. Während sie ihm durch den mit allerlei Gerümpel vollgestopften Trödelladen in den hinteren Teil des Hauses folgte, musterte sie ihn aus den Augenwinkeln. Sie sah gut genug, um erkennen zu können, wie ansehnlich er war. Sonderlich hochgewachsen war er nicht, aber doch bestimmt eine Handbreit größer als sie selbst. Seine Schultern waren breit und kräftig, seine Gesichtszüge ebenmäßig und sein Lächeln einnehmend. Zwischen seinen beiden oberen Schneidezähnen klaffte eine winzige Lücke, die ihn unzweifelhaft als Sohn seines Vaters auswies, auch wenn diese kleine Besonderheit bei Isacco längst nicht so ausgeprägt war wie bei Mosè.

Isacco trug sein dunkles Haar kurz geschnitten. Vor allem über den Ohren war es sorgfältig bis auf die Haut zurückgestutzt, als wolle er jeden Zweifel über seine Herkunft ausräumen. Die Form der Nase und die dunklen Augen mochten ebenso gut römisch wie jüdisch anmuten, doch Mansuetta wusste, dass Isacco wie alle Marranen stets peinlichst darauf bedacht war, auf keinen Fall in der Öffentlichkeit als Jude wahrgenommen zu werden. Nach seiner Taufe hatte er Wert darauf gelegt, bei seinem neuen christlichen Namen genannt zu werden, Stefano. Mansuetta hatte sich anfangs redlich damit Mühe gegeben, doch richtig funktioniert hatte es nie; schließlich kannte sie ihn von Kind an, und er war immer Isacco für sie gewesen. Nach einigen vergeblichen Bemühungen hatte sie es aufgegeben. Sie war froh, dass er ihr deswegen nicht böse zu sein schien.

Isacco stieß die Tür zur Küche auf, außer dem Laden der einzige Raum im Erdgeschoss des schmalen Hauses. Erdrückende Wärme schlug Mansuetta entgegen. Obwohl es draußen noch nicht allzu kühl war, brannte ein Feuer im Kamin.

»Mutter, hier kommt Mansuetta mit den Kräutern«, sagte Isacco.

»Das sehe ich, schließlich bin ich nicht blind«, kam es in gereiztem Tonfall zurück. Ein Hustenstoß begleitete die heiseren Worte.

Elsa Zinzi saß in ihrem Lehnstuhl dicht beim Kamin, und wie immer bei diesem Anblick fürchtete Mansuetta, dass eines Tages aufstiebende Funken die alte Frau in Brand stecken würden.

Sie hatte keine Ahnung, wie alt Elsa Zinzi genau war, doch wenn man sie so gebeugt und verhutzelt in ihrem Lehnstuhl sitzen sah, konnte man meinen, sie sei mindestens achtzig. Crestina hatte jedoch einmal erwähnt, dass sie älter sei als Elsa, und letztlich hatte Mansuetta sich selbst ausrechnen können, dass es stimmen musste. Ihre Mutter war dreiundsechzig, sie selbst folglich ein spät geborenes Kind. Da Elsa Isaccos Mutter war und er im selben Alter wie Mansuetta, konnte sie nicht älter sein als Crestina, denn niemand hatte je von Frauen gehört, die jenseits der fünfzig noch Kinder gebaren, abgesehen von Abrahams Weib Sara, von der die Heilige Schrift berichtete, sie sei sogar bereits neunzig gewesen, als sie Isaak das Leben schenkte. Dergleichen mochte mit Gottes Hilfe der Erzmutter geschehen sein, aber bei normalen Menschen gab es das nicht.

Mansuetta goss Wasser aus dem bereitstehenden Krug in den Kessel, den sie über das Feuer hängte. Während sie mit dem Kamineisen die Glut schürte, war sie sich der Anwesenheit Isaccos deutlich bewusst, und sie fragte sich bange, was er gerade betrachtete, ihr volles, im Schein der Flammen leuchtendes Haar oder ihre seitlich abfallende Schulter. Sie konnte sich noch so sehr bemühen, aufrecht zu stehen, man würde es immer sehen.

Isacco räusperte sich. »Ich … gehe dann wieder nach oben. Du kommst doch allein zurecht, Mansuetta?«

»Natürlich«, sagte sie schnell. Sie wandte ihm den Rücken zu, damit er ihre Enttäuschung nicht bemerkte. Als sie das letzte Mal hier gewesen war, hatte er sich dazugesetzt, als seine Mutter den Aufguss trank. Doch diesmal kam es ihr vor, als sei die Atmosphäre angespannt, wie nach einem Streit.

»Geh nur und steck die Nase in deine langweiligen Bücher«, meinte Monna Elsa. »Jetzt ist ja jemand da, der sich um mich kümmert.«

Mansuetta glaubte, seine Erleichterung förmlich mit Händen greifen zu können, als er sich hinter ihr vorbei zur Tür schob, die in den Hinterhof führte. Von dort ging eine Außentreppe nach oben ins Dachgeschoss, so wie bei den meisten schmalen Häusern ohne Kanalzugang, in deren Inneren kein Fußbreit Platz für eine Stiege verschenkt wurde.

Im Dachgeschoss gab es wie in Crestinas Haus drei Kammern, allesamt zu winzig, um sie für andere Beschäftigungen zu nutzen außer zum Schlafen und zum Aufbewahren persönlicher Habe. Isacco genoss wie Mansuetta das seltene Privileg, eine Kammer zum Schlafen für sich allein zu haben. In einer der beiden anderen nächtigte seine Mutter, und in der dritten hatte er sich eine Art Kontor eingerichtet, in dem er die geschäftlichen Aufzeichnungen für den Kramladen führte und seine privaten Studien tätigte.

Mansuetta war vor ein paar Monaten einmal oben gewesen, zusammen mit ihrer Mutter, zu einer Zeit, als die gesamte Nachbarschaft davon ausgegangen war, dass Monna Elsa sterben müsse. Doch der pfeifende Husten und das hohe Fieber waren wieder vergangen; nach der Letzten Ölung hatte die alte Frau sich zur Überraschung aller wieder halbwegs erholt, obwohl sie immer noch von einem hartnäckigen Husten geplagt wurde, der sie schwächte und daran hinderte, ihrem gewohnten Tagwerk nachzugehen.

Damals hatte Mansuetta voller Aufregung ihre Blicke umherschweifen lassen, und als sie durch die offene Tür von Isaccos Studierzimmer die Bücher und Pergamentstapel erspäht hatte, war sie sich erneut ihrer eigenen Unzulänglichkeit bewusst geworden. Seither erschien er ihr erst recht in leuchtendem Licht. Er konnte lesen und schreiben und ein Geschäft führen, allein, ohne jede Hilfe.

»Ruf mich, wenn du etwas brauchst«, rief er über die Schulter zurück, bevor er in Richtung Treppe verschwand.

Mansuetta wusste nicht, ob er sie oder seine Mutter meinte, aber schon bei der Aussicht, dass er auf ihr Rufen herbeieilen würde, fühlte sie sich zufrieden, ja beinahe beschwingt.

Sie gab einen Teil der Kräutermischung in einen Becher und goss kochendes Wasser dazu.

»Soll ich wieder von dem Honig hineintun?«, fragte sie, die Hand schon nach dem irdenen Topf auf dem Wandbord ausstreckend.

»Natürlich«, antwortete Monna Elsa. Es klang ungnädig. »Sonst kann man dieses Zeug ja nicht trinken.«

Mansuetta verkniff sich eine sarkastische Bemerkung, etwa in der Art, dass andere Patienten ihren Kräutersud durchaus zu schätzen wussten, ob nun Honig darin war oder nicht. Ja, mehr noch: dass sie sogar mit Freuden dafür bezahlten, während

Monna Elsa als langjährige Nachbarin in den Genuss einer kostenlosen Hustenbehandlung kam.

»Nicht diesen Löffel«, befahl Monna Elsa. »Er gehört Isacco. Nimm den anderen, der dort neben dem Herd liegt. Und stell den Honigtopf genauso hin, wie er vorher stand.«

Mansuetta gehorchte verärgert. Die Eigenheiten der alten Frau gingen ihr auf die Nerven.

Sie brachte der Kranken den Becher. »Ihr müsst es langsam trinken, in kleinen Schlucken, aber bevor es kalt wird. Nur so kann es seine heilende Wirkung am besten entfalten. Aber gebt Acht, es ist sehr heiß.«

»Gib schon her, mir ist kalt, ich kann etwas Heißes vertragen.« Monna Elsa verbrannte sich prompt beim ersten Schluck die Zunge und gab ein paar wütende Bemerkungen auf Hebräisch von sich.

Mansuetta setzte sich mit gesenktem Kopf an den Küchentisch und fragte sich, ob sie Isacco wohl heute noch einmal sehen würde. Vielleicht, wenn sie ein wenig länger bleiben könnte …

»Soll ich Euch eine Kleinigkeit zu essen herrichten?«, fragte sie eifrig. Sie hatte bereits gesehen, dass die Zutaten für das Vespermahl bereitstanden.

»Nein«, sagte Monna Elsa. »Lass die Finger davon. Nichts anfassen. Das macht Isacco. Er mag es nicht, wenn man sein Essen und sein Besteck anfasst.«

»Wie Ihr meint«, erwiderte Mansuetta förmlich.

»Du kannst gehen«, sagte Monna Elsa, und diesmal klang ihre Stimme ein wenig freundlicher. »Vielen Dank, du bist ein gutes Kind.«

Mansuetta schluckte ihren Ärger und ihre Enttäuschung herunter und nickte höflich. Die späte Nachmittagsstunde, auf die sie sich so gefreut und die so verheißungsvoll angefangen hatte, endete in einer Niederlage, einer von vielen, die sie täglich erlebte.

»Bringst du mir morgen wieder deine Kräuter und kochst

mir einen Sud?«, fragte Monna Elsa, diesmal deutlich entgegenkommender als bei der Begrüßung. »Ich werde Isacco sagen, dass er Kuchen besorgen soll. Vielleicht magst du auch ein Stück davon.«

Mansuetta merkte, wie ihr Herzschlag sich beschleunigte, und sie wusste jetzt schon, dass sie bis zum morgigen Nachmittag keine ruhige Minute haben würde. »Sicher«, sagte sie leise. »Ich komme gern.«

Laura verlagerte Matteos Körper von der rechten auf die linke Hüfte und fragte sich dabei, wie lange sie ihn noch würde halten können, ohne ihn abzusetzen und auszuruhen. Arme und Schultern taten ihr weh, nachdem sie ihn schon über zwei Stunden geschleppt hatte. Carlo und Antonio hatten ihn stets tragen können, als wöge er nicht mehr als ein Federkissen, und auch ihr selbst war es nie sonderlich schwergefallen, ihn hochzuheben. Doch sie hatte ihn auch niemals lange herumtragen müssen, wie sie im Nachhinein erkannte. Das hatten meist Carlo oder auch Antonio übernommen, sie selbst hatte ihn immer nur über kurze Entfernungen hinweg getragen. Seit beide weg waren, hatte sie auf schmerzliche Art begriffen, wie gering ihre Körperkraft im Vergleich zu derjenigen der beiden Jungen war.

Sie überquerte eine Brücke, die über einen schmalen Kanal führte, und während sie versuchte, mit ihren Blicken den immer dichter werdenden Nebel zu durchdringen, bezweifelte sie mehr und mehr, dass sie sich auf dem richtigen Weg befand. Die Leute, die sie bisher gefragt hatte, hatten ihr die Lage der Apotheke genau beschrieben, aber jeder auf seine eigene Weise. Allen Hinweisen zu folgen stellte sich schlicht als unmöglich heraus, denn allein der Versuch hatte bereits dazu geführt, dass sie mindestens zweimal im Kreis gelaufen war und gerade eben schon wieder dieselbe Kirche vor sich hatte.

Matteo zerrte an ihrem Haar, doch sie ignorierte es, genau

wie sein fortwährendes Gejammer, mit dem er zum Ausdruck brachte, dass er hungrig und durstig war. Sie hatten seit Tagen kaum etwas gegessen. Hatte ihr Leben schon nach Antonios Einkerkerung eine drastische Wendung erfahren, so war es seit Carlos Verschwinden in der vergangenen Woche erst recht schrecklich geworden. Niemand teilte mehr mit ihr die Aufgabe, für Matteo zu sorgen, folglich war sie gezwungen, ihn überallhin mitzuschleppen. Sie konnte nichts stehlen, weil sie ihn immerfort dabeihatte. Das Wenige, was sie hatte erbetteln können, reichte nicht zum Sattwerden. Sie hätte sich Essen kaufen können, wenn die Zwillinge nicht ihr Geld gefunden und sich davon neu eingekleidet und Schnaps besorgt hätten. Vielleicht hätte Valeria ihr über die Runden helfen können, möglicherweise hätte sie sogar für ein paar Stunden auf den Kleinen aufgepasst. Doch auch sie war weg, mit unbekanntem Ziel, geflüchtet in die Arme ihres neuen Liebhabers, der sie, wie sie kurz vor ihrem Verschwinden mit euphorischer Miene verkündet hatte, halten würde wie eine Prinzessin, mit eigenen Dienstboten, Truhen edelster Kleider und den köstlichsten Speisen, die es in ganz Venedig zu genießen gab. Die Art ihres Weggangs entsprach ihrem ganzen Wesen – sie verließ die erbärmliche Kammer mit einem gelassenen Lächeln und den Worten: »Auf Nimmerwiedersehen, meine Freunde.«

Einen Tag später war auch Carlo verschwunden, niemand wusste, wohin.

»La-ha«, sagte Matteo weinerlich, die Stirn gegen ihre Schulter gelegt. Ihm lief die Nase, und seine Stimme klang deutlich belegt. Es war heute kälter, als sie erwartet hatte, und hätte sie gewusst, dass der Nebel immer dichter werden würde, hätte sie ihm ihre Gamurra umgelegt. Sie selbst fror ebenfalls, denn sie hatte nichts Wärmeres anzuziehen als die Sachen, die sie auf dem Leib trug. Sie musste bald dafür sorgen, dass sie ein dickeres Wams bekam und Schuhe für ihre Füße, sonst würde sie sicher schnell krank werden. Vermutlich war sie es bereits, jedenfalls kam es ihr so vor. Seit dem Vortag tat ihr der Hals weh beim Schlucken, und beim Laufen fühlte sie sich wie gerädert. Am liebsten hätte sie sich hingelegt und ein paar Stunden geschlafen.

Die Winter waren vergleichsweise mild in Venedig, jedenfalls erzählten sich das die Leute, die schon im Norden gewesen waren oder es von Kaufleuten gehört hatten, die von jenseits der Alpen in die Stadt kamen, aus Ländern, wo es, wie sie meinten, *wirklich* kalt sei. Laura selbst fand es in den Wintermonaten durchaus lausig kalt in der Stadt, eine Erfahrung, die sie im vergangenen Jahr erstmalig gemacht hatte. Im Waisenhaus hatte es in den Schlafräumen weder Heizkamine noch Öfen gegeben, nur schlecht bestückte Kohlenpfannen. In den Nächten hatte Laura vor Kälte gezittert; Matteo hatte sich immerhin noch an Lodovica kuscheln können.

Während Laura erschöpft mit ihrem Bruder auf dem Arm durch die Gassen stolperte, fragte sie sich nicht zum ersten Mal, was aus der Amme geworden war. Laura konnte nur hoffen, dass sie rasch eine neue Anstellung gefunden hatte, und wie immer, wenn sie an Lodovica dachte, sprach sie im Geiste rasch ein Avemaria für sie.

Auf einem Campo kam ihr ein alter Mann entgegen, der einen Karren zog. Er tauchte aus dem Nebel auf wie ein Geist, den mageren, in filzige Wolle gehüllten Körper weit nach vorn gebeugt. Falls irgendwann ein Esel das Gefährt für ihn gezogen hatte, musste das lange her sein. Ein paar Augenblicke lang überlegte Laura, ob sie rasch etwas zum Essen für sich und Matteo erbeuten könnte. Der Alte kam ganz offensichtlich von einem Verkaufstag am Markt zurück, und dass er nicht alles losgeschlagen hatte, konnte man schon an dem Poltern und Kollern auf der Ladefläche des Karrens erkennen.

Doch dann sah sie die beiden gewaltigen Kohlköpfe, die zwischen den hölzernen Kastenwänden hin und her rollten, und sie gab ihr Vorhaben auf, ohne es erst zu Ende zu denken. Ein paar Äpfel oder Steckrüben hätte sie dem Mann vielleicht stibitzen und damit fliehen können, sogar mit Matteo auf dem

Arm. Der Alte sah nicht aus, als könne er noch rennen. Aber ein Kohlkopf von dieser Größe wog fast so viel wie Matteo, und sie war kein Lasttier, obwohl sie sich gerade in diesem Moment wie eines vorkam.

Seufzend verlagerte sie ihren Bruder abermals auf die andere Hüfte. Wenn der alte Mann schon nicht als Opfer eines raschen Diebstahls taugte, dann doch vielleicht als Wegweiser.

»Sagt, mein Herr«, fragte sie. »Könnt Ihr mir sagen, wo ich die Kräuterhandlung von Monna Crestina finde?«

Der Alte stapfte stur an ihr vorbei, die Schulter gegen das Querstück der Zugstange gestemmt. Entweder war er taub oder unfreundlich.

Eine weitere Gestalt schälte sich ein paar Schritte voraus aus dem Nebel, diesmal eine Frau. Sie trug einen schweren Samtumhang mit einer Kapuze und war in Begleitung einer anderen, weniger vornehm gekleideten Frau, offensichtlich ihre Dienerin.

Laura überwand ihre Scheu und trat vor. »Edle Dame, könnt Ihr mir den Weg sagen? Ich habe mich verlaufen.«

Die Frau fuhr zusammen. »Meine Güte, hast du mich erschreckt, Junge!«

Laura sah, dass sie nicht mehr ganz jung war, sicherlich bereits um die dreißig, doch ihr Gesicht war auf zeitlose Art schön. In dem rötlichen Haar, von dem einige Löckchen unter der Kapuze hervorschauten, fing sich das schwache Tageslicht und brachte es zum Leuchten. Doch ihr Gesicht wirkte matt, mit einem müden Zug um Mund und Augen. »Kommt weiter, Herrin«, sagte die Dienerin. »Das ist bloß einer von diesen Gassenjungen. Die warten nur auf eine Gelegenheit, Euch an den Beutel zu gehen.«

Laura merkte, wie ihr das Blut in die Wangen schoss. Hastig senkte sie den Kopf und zog sich gleichzeitig die ohnehin viel zu große Kappe tiefer ins Gesicht, um die verräterische Röte zu verbergen. Die Frau war seit langer Zeit die erste gut gekleidete Person, bei der sie *nicht* sofort ans Stehlen gedacht hatte, und ausgerechnet bei ihr wurde ihr nun eine böse Absicht unterstellt. Es war Unsinn, sich deswegen gekränkt zu fühlen, schließlich verdiente sie derartige Verdächtigungen mehr als jeder andere. Trotzdem versetzte es ihr einen Stich, auf diese Weise angesehen zu werden. Sie schluckte hart, doch davon wurde nur das Halsweh schlimmer. An ihrem Ärger änderte sich nichts.

»Unsinn«, erwiderte die Frau. »Schau doch, der Junge hat seinen kleinen Bruder dabei. Wie will er da stehlen?«

Ja, wie?, dachte Laura in einer Aufwallung von zynischer Belustigung. »Verzeiht mir, ich wollte Euch nicht belästigen«, sagte sie höflich, während sie bereits zur Seite trat, um weitergehen zu können.

»Warte«, rief die Frau ihr nach.

Laura wandte sich zögernd wieder um. »Ja?«

»Du sprichst ... gebildet. Bekommst du Unterricht?«

Laura schüttelte den Kopf. Sie mochte sich gewählter ausdrücken als alle anderen Gassenrangen, wenigstens das war ihr als Erbe ihrer Eltern geblieben. Dennoch hatte sie niemals einen Lehrer aus der Nähe gesehen, jedenfalls nicht bewusst, und das war auch bei den meisten Mädchen, die zufällig aus reichem Elternhaus stammten, nicht anders.

»Wohin willst du denn, Junge?«

»Zu Monna Crestina, der Kräuterhändlerin. Sie muss hier irgendwo in der Nähe einen Laden haben, aber ich finde ihn nicht.«

Zu ihrer Überraschung errötete die Frau leicht. »Von da komme ich gerade. Sie wohnt geradewegs dort drüben.« Sie zeigte in eine schmale, von vorkragenden Fassaden begrenzte Gasse. »Im vorletzten Haus auf der rechten Seite. Es hängt ein Schild an der Tür, auf dem *Farmacia* steht.« Sie biss sich auf die Lippe. »Verzeih, mein Kleiner, ich vergaß. Du kannst ja nicht lesen.«

»Ich komme auch so durchs Leben.«

»Du bist so heiser, was ist mit deiner Stimme?«

»Nur eine Erkältung.«

»Herrin«, mahnte die Dienerin, »der Junge spricht es aus. Es ist kühl, und Ihr solltet rasch zurück ins Warme, sonst erkältet Ihr Euch auch noch.«

Als würde Matteo ein Stichwort aufgreifen, fing er in diesem Moment an zu greinen, was den Blick der Dame auf sein verrotztes kleines Gesicht und seine herabbaumelnden nackten Beinchen lenkte.

»Lieber Himmel, du redest über Kälte, und dieses winzig kleine Kind hat nicht einmal Strümpfe an den Füßen! Und du, mein armer Junge, bist ja ebenfalls barfuß! Wo befinden sich deine Eltern, Kleiner?«

Wut stieg in Laura auf, so blitzartig, wie sie es lange nicht erlebt hatte. »Sie sind tot.« Sie hatte es herausschreien wollen, doch zu ihrem Erstaunen war nur ein zögerliches Flüstern daraus geworden.

»Wie furchtbar!« Die Miene der Dame drückte Betroffenheit und echtes Mitgefühl aus, und für einen kurzen Moment kam es Laura so vor, als sei es in der Gasse ein wenig wärmer geworden, weil die Sonne sich einen Weg durch den dicken Nebel und ihren bitteren Zorn bahnte. Der Eindruck wurde stärker, als die Frau in ihrem Beutel herumnestelte. »Man müsste … Die armen, armen Kinder … Ich habe gar nichts … Benedetta, du hast das Geld.«

Die Dienerin griff in ihren eigenen Beutel und warf Laura kommentarlos zwei Kupfermünzen vor die Füße. Dann zog sie ihre Herrin am Ärmel weiter, und der Augenblick der Hoffnung verflog so schnell, wie er gekommen war. Es gab keine Sonne in Venedig an diesem Nachmittag. Der Nebel war undurchdringlich, und die Kälte, die sich an diesem Tag ausgebreitet hatte, war erst das Ende des Herbstes. Der Winter hatte noch gar nicht begonnen.

Lauras Wut war verflogen. Sie hob das Geld auf und schrak leicht zusammen, als die Dame über die Schulter zu ihr zurückschaute. Sie sah die großen traurigen Augen, und sie ahnte auf diese unerklärlich vage und ihr dennoch bestürzend vertraute Art, dass sie die Frau eines Tages wiedersehen würde.

Sie hustete und wischte sich mit der Hand über den Mund, dann drückte sie Matteo fester an sich und schlug entschlossen den Weg ein, den die Fremde ihr gewiesen hatte.

Nun, da sie den Weg kannte, fand sie das Haus auf Anhieb, obwohl sie das Schild an der Tür nicht lesen konnte. Dennoch betrachtete sie aufmerksam die in das verwitterte Holz geschnitzten und schwarz ausgemalten Buchstaben. Das groß geschriebene Wort stand also für *Farmacia*. Dort standen noch andere Wörter, vermutlich war eines davon der Name der Inhaberin. Es war nicht leicht gewesen, ihn in Erfahrung zu bringen, denn weder Valeria noch Carlo hatten gewusst, wie die Kräuterhändlerin hieß, und die Information, dass Antonio ohnehin seit Monaten nicht mehr zum Arbeiten dort gewesen war, hatte das Vorhaben, die Frau ausfindig zu machen, zusätzlich erschwert.

Herausgefunden hatte Laura es letztlich nur durch einen Zufall. Eine der Hausbewohnerinnen hatte gefragt, ob Antonio noch zu der alten Kräuterfrau Crestina ginge; er möge ihr doch bitte Fenchelsamen mitbringen. Davon, dass Antonio schon seit Wochen im Gefängnis saß, wusste niemand im Haus, und auch Laura hatte es der Frau nicht verraten. Stattdessen hatte sie nach Einzelheiten über besagte Crestina gefragt, die, wie sie als Nächstes erfuhr, *irgendwo am Rialto* ihr Geschäft betrieb.

Das Haus war schmal und vom Wind und der salzhaltigen Luft verwittert. Mit seinem vorspringenden Giebel und den kaum überstehenden Dachschindeln fügte es sich in die Reihe der übrigen Häuser ein, als wäre es mit ihnen verwachsen. Die Gasse vor dem Haus war gepflastert und damit besser sauber zu halten als die meisten *Calli* in Venedig, deren Untergrund nicht aus Ziegeln, sondern aus blankem Lehm bestand.

Dennoch stank es hier, als hätten sich Schweine vor dem Haus gesuhlt, ein Geruch, der sonst nur aus den Ställen der Klöster wahrzunehmen war. In der Stadt wurde wenig Vieh gehalten, zumeist nur Hühner, Gänse und Ziegen. Fleisch und andere frische Lebensmittel kamen zum überwiegenden Teil täglich auf den Transportbooten der Händler von der Terraferma herüber.

Matteo hatte den Kopf auf ihre Schulter gelegt, ein Zeichen dafür, dass ihn weder Hunger noch Durst davon abhalten würden, bald einzuschlafen. Laura wusste, dass das kein Grund war, sich weniger um ihn zu sorgen. Sosehr das laute Schreien an den Nerven zerrte, so war es doch ein Zeichen dafür, dass ein kleines Kind gesund war. War aus dem Gebrüll erst ein Greinen und dann ein Wimmern geworden, zeigte sich darin nicht nur zunehmende Resignation, sondern auch allgemeine Schwäche, und von da an war es nicht mehr weit bis zur endgültigen Apathie, von der sich manches Kind nie wieder erholte. Aus einer Erkältung entstand dann rasch ein gefährlicher Husten, aus erhitzten Wangen ein tödliches Fieber.

Es wurde Zeit, dass sie ihm etwas zu essen beschaffte. Die beiden Münzen würden für ein ordentliches Stück Brot und ein paar Äpfel reichen. Vielleicht könnte sie bei der Kräuterhändlerin Fenchelsamen erbetteln und diese der Hausbewohnerin mitbringen, die dann sicherlich im Gegenzug ein paar Stunden auf Matteo aufpassen würde. Damit wäre wieder Zeit gewonnen, in der sie etwas stehlen konnte. Irgendwie würde es weitergehen. In den letzten Tagen hatte sie sogar angefangen, darüber nachzudenken, sich selbst zu verkaufen. Sie ahnte, dass ihr in nicht allzu ferner Zukunft nichts anderes übrig bleiben würde, wenn sie überleben wollte.

Sie holte Luft und verdrängte die trüben Gedanken. Mit einem kräftigen Stoß drückte sie gegen die Tür und war erleichtert, sie unverschlossen zu finden. Das Läuten der Ladenglocke über ihrem Kopf ließ sie kurz zusammenzucken, doch gleich darauf wurden ihre Sinne von dem durchdringenden Kräuterduft gefangen genommen, der ihr beim Betreten des Geschäfts entgegenschlug. Machtvoll stieg er ihr in die Nase und verwirrte in seiner Vielfalt ihr Geruchsvermögen. Manche Untertöne kannte sie aus der Küche ihrer Mutter und von manchen Heilsäften, zubereitet von der Magd, die früher auch für sie die Mahlzeiten gekocht hatte. Da waren Salbei und Minze, Thymian, Sennesblätter, Zimt und Anis sowie eine Reihe andere, die sie schon häufiger gerochen hatte, aber ebenso viele, deren Aroma fremdartig süß oder bitter war. Holzig, fruchtig, schwer oder leicht, scharf oder lieblich.

Sie atmete tief ein und blinzelte ein paar Mal, bis sie im schwachen Licht der Talgleuchte, die auf der großen hölzernen Theke vor ihr brannte, Einzelheiten der Einrichtung ausmachen konnte. Der Raum war schmal und lang gezogen und hatte ein mit Wachspapier bespanntes Fenster neben der Eingangstür, das jetzt allerdings zusätzlich mit einem Laden verschlossen war und daher keinerlei Tageslicht hereinließ. Entlang der Längswände und einem Teil der Rückwand erstreckten sich deckenhohe Regale, die mit unzähligen Gläsern, Tongefäßen und Leinensäckchen vollgestopft waren. Auf der Theke standen Gerätschaften, von denen Laura eines als kompliziert gestaltete kleine Waage und ein anderes als Tintenfass mit Federhalter erkannte. Ein tickendes rundes Ding mit einem Zeiger unter einer gewölbten Glasscheibe musste eine Uhr sein. Als sie fasziniert näher trat, um es sich genauer anzuschauen, öffneten sich gleichzeitig beide Türen, die von dem Raum abgingen – die Ladentür und die etwas schmalere, die auf der anderen Seite der Theke in den hinteren Teil des Hauses führte.

Instinktiv fuhr Laura herum, in vielen Monaten darauf gedrillt, zuerst die Gefahr im Rücken abzuschätzen – einen möglichen Verfolger, der von hinten angriff und dessen Taktik und Schnelligkeit es zu erfassen galt, wenn man selbst rasch genug davonkommen wollte.

Sie atmete unwillkürlich aus, als sie gewahr wurde, dass eine Frau den Laden betrat. Zu ihrer Überraschung handelte es sich um jemanden, den sie kannte – die rothaarige, verwachsene Verkäuferin, die sie auf der Piazza San Marco gesehen hatte, kurz nachdem der große Negersklave von den Palastbütteln getötet worden war. Die Rothaarige hatte zusammen mit einem Ausrufer, der auf Stelzen ging, ein Mittel verkauft, das Männer zu Hengsten werden ließ. Laura erinnerte sich mit schmerzlicher Klarheit daran, wie sie ihren Vater gefragt hatte, was es damit auf sich hatte. Vielleicht war dies damals die letzte unbeschwerte Unterhaltung gewesen, die sie mit ihrem Vater geführt hatte, bevor das Unheil über ihre Familie hereingebrochen war. Sie hatte ihren Krapfen gegessen und er seinen Wein getrunken, ein vergnüglicher Zeitvertreib an einem sonnigen Nachmittag.

Nein, dachte Laura gleich darauf, das stimmte nicht; schon an jenem Tag hatte die Gewissheit des kommenden Schreckens auf ihr gelastet und jede Freude zunichte gemacht. Nach der Landung des Sklavenbootes hatte es keine glückliche Minute mehr für sie gegeben.

Sie wandte sich zögernd wieder zur Verkaufstheke um, hinter der eine andere Frau erschienen war. Sie war wesentlich älter als die hinkende Rothaarige, wahrscheinlich schon jenseits der sechzig. Unter ihrer Haube waren eisengraue Haarsträhnen zu sehen, und grau war auch der Kittel, den sie über ihrem Gewand trug. Ihre Gestalt war schmal, aber aufrecht; ihr hageres Gesicht spiegelte freundliches Interesse wider.

Laura führte es darauf zurück, dass sie Matteo auf dem Arm hatte. Ein schlafendes Kleinkind zerstreute Argwohn und Ablehnung weit schneller, als sie selbst es mit noch so ehrerbietigen Gesten und Worten je geschafft hätte.

Höflich nahm sie die Kappe ab und verneigte sich. »Seid gegrüßt, Monna Crestina.« Fragend fügte sie hinzu: »Ihr seid es doch, oder?«

Die Frau hinter der Theke fuhr zusammen wie unter einem Schlag. Ihre Augen weiteten sich erschrocken, als sei ihr ein Geist erschienen.

Mit sichtlicher Anstrengung fing sie sich wieder. »Ja«, sagte sie langsam. »Ja, das bin ich. Und wer bist du?«

Laura kämpfte gegen ihre wachsende Unsicherheit und zwang sich, gelassen zu antworten. »Mein Name ist Lauro, aber das ist nicht so wichtig.« Ihre Stimme klang so heiser, dass sie sich in ihren eigenen Ohren völlig fremd anhörte. »Ich bin nur gekommen, um Euch eine Nachricht zu überbringen. Genauer gesagt, ein Anliegen. Es geht um Euren Gehilfen, Antonio Bragadin.«

»Der Nichtsnutz *war* unser Gehilfe«, sagte die rothaarige Frau sarkastisch. »Wenn auch nicht lange genug, um ihm Manieren beizubringen.«

Laura schluckte und merkte dabei, dass ihr Halsweh schlimmer geworden war. Es brannte wie Feuer. Mit einem Mal fühlte sie sich erbärmlich schwach. Sie setzte Matteo zu ihren Füßen auf dem Fußboden ab. Er wurde wach und stimmte ein verschlafenes Gejammer an, was Laura sofort veranlasste, ihn wieder hochzunehmen und sich auf die schmerzende Hüfte zu setzen. Schutzsuchend drückte er sich an sie; das Köpfchen lag schwer an ihrer Schulter.

»Ich muss wieder gehen«, sagte sie erschöpft. »Mein Bruder ist müde, und ich kann ihn kaum noch tragen. Aber ich möchte trotzdem dringend für Antonio bitten. Er braucht Eure Hilfe. Sonst wüsste ich niemanden, der sich für ihn einsetzen könnte. Er sitzt seit zwei Wochen im Gefängnis.«

»Wo er ganz zweifellos hingehört«, sagte die Rothaarige.

»Schweig, Mansuetta«, fiel Crestina ihr ins Wort. »Manchmal redest du zu viel.« Ihre Stimme klang barsch, was die Rothaarige offenbar nicht gewohnt war, denn sie schaute die Ältere erstaunt und gekränkt an.

»Was hat er getan?«, fragte Crestina.

»Nichts.«

»Ausnahmsweise«, murmelte Mansuetta. Crestina warf ihr einen scharfen Blick zu, kommentierte die Bemerkung jedoch nicht weiter. Stattdessen fragte sie Laura: »Was ist passiert?«

Laura hustete kurz, aber heftig, und anschließend keuchte sie, weil das Husten so wehgetan hatte. »Er eilte mir zu Hilfe«, sagte sie mühsam.

»Warum?«

Laura wurde es übel, wenn sie nur daran dachte. Sie sah Cattaneos wütendes Gesicht immer noch in allen Einzelheiten vor sich, und sie hätte schreien mögen vor Wut und Entsetzen darüber, dass sie ihm in die Arme gelaufen war. Und vor allem darüber, dass seinetwegen Antonio eingekerkert worden war.

»Ein Mann wollte mir etwas Böses antun. Antonio hat ihn weggestoßen, und daraufhin nahmen ihn die Büttel fest.«

Crestina musterte sie eingehend. »Wie alt bist du, Kind? Und wie heißt dein Bruder?« Bevor Laura antworten konnte, streckte die Frau die Arme aus. »Gib ihn mir, ich halte ihn für dich. Sonst fällt er dir noch vom Arm.«

Laura gehorchte widerstrebend, in der Erwartung, dass Matteo sofort anfangen würde zu weinen. Er war in einem Alter, in dem er auf Fremde sehr empfindlich reagierte. Doch zu ihrem Erstaunen schaute er die Alte nur mit großen Augen an, ließ sich aber widerspruchslos von ihr halten. Ein wenig steif saß er auf ihrem Arm, drei Finger seiner Hand in den Mund geschoben und darauf herumbeißend. Er zahnte immer noch – oder schon wieder, je nach Betrachtungsweise. Eine Frau aus dem Haus hatte Laura erklärt, dass es lange dauern würde, bis er alle seine Zähne hätte.

»Er heißt Matteo und war im August ein Jahr alt. Ich selbst werde elf.«

»Wann?«, fragte Crestina. Ihr Tonfall schien Laura merkwürdig angespannt, doch vielleicht bildete sie sich das auch nur ein. Sie hatte Matteo nicht mehr auf dem Arm, doch sie fühlte sich mit jedem Atemzug schwächer. Hustend holte sie Luft und rieb sich den Hals, weil das Brennen immer schlimmer wurde. Sie dachte kurz nach. »Morgen«, sagte sie schließlich leise. »Ich habe morgen Geburtstag.«

»O Gott«, sagte Crestina. Sie wirkte erschüttert.

»Was ist, Mutter?«, wollte Mansuetta wissen.

»Nichts«, erwiderte Crestina. Scheinbar geistesabwesend wiegte sie Matteo, der angefangen hatte, leise zu jammern, in ihren Armen hin und her.

»Er hat Hunger«, erklärte Laura. Ihre Übelkeit hatte sich verschlimmert, und gleichzeitig schmerzte ihr Hals so sehr, dass sogar schon das Atmen eine einzige Qual war. Sie wusste, dass sie selbst ebenfalls Hunger litt, nur war sie wohl inzwischen schon zu krank, um ihren leeren Magen noch zu spüren. Vermutlich würde sie ohnehin keinen einzigen Bissen herunterbringen. Ganz gleich, was sie heute noch ergattern würde – sie würde nichts davon schlucken können.

»Ich …« Sie wollte noch etwas sagen, doch sie brachte nichts heraus. Ein bellender Husten schnitt ihr die Luft ab. Mit wackligen Beinen trat sie vor und legte die Hand auf die geschnitzte Einfassung der Theke. Löwenköpfe, dachte sie zusammenhanglos. Die girlandenartige Verzierung, die rund um den hölzernen Tisch lief, wurde in regelmäßigen Abständen von perfekten kleinen Löwengesichtern unterbrochen. Ein freundliches, fast liebevolles Lächeln schien auf den geschnitzten Antlitzen zu stehen, nicht das grausige Grinsen, mit dem die Löwen auf den Denunziantenbriefkästen der Bocca di Leone den Betrachter anschauten, und auch nicht so furchterregend streng wie das Gesicht des Markuslöwen. Die Schnitzerei setzte sich an den Vertäfelungen der Wände fort, in Gestalt von weiteren Löwenfiguren und Fabelwesen. Laura erkannte die Kunstfertigkeit der Arbeiten und wunderte sich vage, dergleichen hier in einem so schlichten Haus zu sehen. Kunst gab es nur in den Palazzi der Reichen, so wie bei Cattaneo. Oder im Haus ihrer Eltern, aus dem sie vertrieben worden war. Der Löwe unter dem strahlend blauen Deckenhimmel in ihrem alten Zimmer … Oder auf der hohen Säule am Rande der Piazzetta, die Schwingen wie zum Fortfliegen ausgebreitet …

»Was ist mit ihm?«, hörte sie Mansuetta sagen.

Laura meinte, Verunsicherung und Ärger in der Stimme der jungen Frau zu hören, doch gleichzeitig schien auch eine Spur Mitleid mitzuschwingen. Was für eine seltsame Verbindung von Gefühlen, fuhr es ihr durch den Kopf.

Dann nahm sie auch die andere Hand zu Hilfe, um sich festzuhalten, weil sie sonst umgesunken wäre.

»Verzeiht«, stammelte sie, doch es kamen nur seltsam kehlige Laute heraus. »Mein Hals … tut so weh …«

Hände stützten sie von hinten, jemand fasste ihr an die Stirn.

»Mutter, er glüht vor Fieber!«

»Hier, nimm du den Kleinen. Geh ein Stück zurück.«

»Was hat er? Ist es ansteckend?«

Laura wollte gegen die fremden Hände auf ihrem Körper protestieren, doch sie brachte nur ein kraftloses Wimmern heraus.

»Das werden wir sehen. Nein, so geht es nicht. Setz den Kleinen ab und hilf mir, allein schaffe ich es nicht. Himmel, meine alten Knochen!«

Laura fühlte sich hochgehoben, es war, als würde sie dem Himmel entgegenschweben. Die Löwenköpfe fingen an, in der Luft zu tanzen, und das war das Letzte, was sie sehen konnte, bevor sie die Augen schließen musste, weil alles vor ihr verschwamm.

»Was hast du vor? Er ist nur ein Gassenjunge, und ein schmutziger und stinkender dazu!«

»Schweig jetzt, ich erkläre es dir später.«

Laura fragte sich, ob sie sterben musste. Ein Schauder durchlief sie. Kälte stieg in ihr auf und füllte sie aus bis in die Fingerspitzen. Der Schmerz in Kopf, Hals und Brust hatte sich zu einem einzigen dröhnenden Trommelwirbel vereint, der im Takt ihres Herzschlags widerhallte. Sie versuchte zu beten, doch sie erinnerte sich nicht an die richtigen Worte. Im Hintergrund hörte sie ihren Bruder weinen. Matteo, dachte sie. Ich bin hier.

Doch es war, als wäre sie viele Meilen weit weg von ihm. Da war seine Stimme, nur wenige Schritte von ihr, doch die Entfernung war unüberbrückbar. Dafür konnte sie mit einem Mal das Gesicht ihrer Mutter sehen, klar und deutlich.

»Es tut mir leid, Mutter!«, wollte sie rufen. »Ich habe nicht gut auf ihn Acht gegeben!«

»Es war nicht deine Schuld«, hörte sie die Stimme ihres Vaters sagen. Und mit einem Mal war auch er da, ganz nah bei ihr. Er lächelte sie an, gütig und ein wenig zerstreut, ganz so, wie es seine Art war, und er streckte die Hand nach ihr aus, um ihr über die Locken zu streichen, wie er es immer tat, um ihr seine Zuneigung zu zeigen. »Ich bin bei dir, Laura.«

Sie versank in einem weichen See, der nach frisch geplättetem Leinen und Kräutern duftete.

»Geh wieder runter, Mansuetta. Ich bin sicher, dass sie die Halsbräune hat.«

»Sie? Wieso sie?« Ein kurzes Schweigen, währenddessen sich Hände an ihrem Wams und ihren Beinlingen zu schaffen machten.

»Allmächtiger«, hörte sie Mansuetta sagen.

»Geh runter, hab ich gesagt. Setz Wasser auf. Rasch.«

Laura hörte Schritte, die sich entfernten. Sie meinte, durch ihre geschlossenen Lider das Flackern einer Kerze wahrzunehmen, doch sie wusste, dass sie in die Dunkelheit blicken würde, sobald sie versuchte, die Augen zu öffnen. Sie war dem Abgrund ganz nah, nur ein paar Atemzüge trennten sie vom Nichts.

Sie hatte niemandem helfen können, ihrem Bruder nicht und auch nicht dem Freund, der dazu beigetragen hatte, dass sie in ihrem neuen Leben hatte Fuß fassen können. Er hatte nichts weiter getan als sie das Stehlen zu lehren, dafür gebührte ihm weder Ehre noch Dank, aber im entscheidenden Moment hatte er sie vor dem schlimmsten Feind bewahrt und dafür seine eigene Freiheit hingegeben.

Die Schwärze flutete von allen Seiten auf sie zu, und ihr letzter Gedanke, bevor sie in die dunkle Tiefe gezogen wurde, galt Antonio. Sie würde ihn wiedersehen, das wusste sie, und da es nicht mehr in dieser Welt stattfinden konnte, musste es in der nächsten geschehen.

Auf bald, mein Freund, dachte sie. Sprich ein Gebet für unsere verlorenen Seelen!

Der Betthimmel war zurückgeschlagen, ebenso wie die seidenen Laken. Der Körper war den Blicken des Betrachters vollständig freigegeben. Die weiße Haut schimmerte perlengleich im Licht der Kerzen, die um das Bett herum brannten.

»Geh zu ihr«, sagte Cattaneo. »Stell dich nicht so an. Ich weiß doch genau, dass du es willst. Dass du es schon lange willst. Deine Blicke haben es mir verraten. Ich bin sehr gut darin, die Blicke von Menschen zu deuten. Und schon seit einer Weile sehe ich, dass du sie willst. Mehr als alles andere. Du wolltest sie von Anfang an, stimmt es nicht? Und jetzt kannst du sie haben, also worauf wartest du, Carlo?«

Seine Stimme war lockend und weich, und Carlo drehte es den Magen um, ihn so reden zu hören. Er sagte sich, dass er ihn töten würde, wenn er jetzt sein Messer hätte, und dass der richtige Moment schon kommen würde, sich dieses Mannes für alle Zeiten zu entledigen.

»Ich sehe, du bist immer noch böse auf mich«, sagte Cattaneo amüsiert. »Oder hasst du mich sogar?« Er lachte leise. »Ich kenne den Grund. Du trägst mir die blutige kleine Szene nach, und dabei ist es so lange her. Mir scheint nur, du verwechselst im Nachhinein die Verhältnisse, mein schwarzer Engel. Nicht ich war derjenige, der deinen Vater getötet hat, sondern die Gardisten. Genauer gesagt, jener eine, der sich besonders gut darauf verstand, den Speer zu werfen. Mag sein, dass ich ihm die Arbeit abgenommen hätte, wenn dein Vater nicht gar so beängstigend schnell mit dem Schwert gewesen wäre, das er erbeutet hatte. Ich bin gut mit dem Dolch, aber ich bin nicht lebensmüde.«

»Das sind nur Worte«, gab Carlo mit unverhohlener Verachtung zurück.

»Du kannst mir glauben«, beteuerte Cattaneo ihm entschieden. »Nicht ich habe deinen Vater getötet, mich trifft keine Schuld daran. Das Gegenteil ist wahr – er sollte mein Eigentum werden, ich habe dem Portugiesen sehr viel Geld dafür bezahlt,

Geld, das er mir bis heute nicht zurückgegeben hat. Es war nur ein gerechter Ausgleich, dass der Sklavensohn den Sklavenvater ersetzt. Du bist groß wie ein Mann und in wenigen Jahren wirst du stark sein wie ein wilder Stier. Und ebenso brünstig. Dass deine Männlichkeit dem jetzt schon beinahe entspricht, unterliegt keinem Zweifel. Ah, wie viel Freude du schon in mein Leben gebracht hast!« Seine Stimme, die ganze Zeit von liebenswürdig singendem Tonfall, wurde hart, doch sie hatte einen beinahe verzweifelten Unterton. »Jetzt nimm sie, du Einfaltspinsel! Tu es! Es ist für sie die einzige Möglichkeit, der Strafe zu entgehen, und sie weiß es, deshalb wird sie sich nicht wehren, sondern Gefallen daran finden, so wie ich es ihr befohlen habe!«

Carlos Hände öffneten und schlossen sich, ihm war heiß, und sein Herz raste und stolperte in einem ungewohnten Rhythmus. Er starrte das Mädchen an, das mit lang ausgestreckten Gliedern auf dem Diwan lag, das Haar wie ein silberner Schleier halb unter Schultern und Armen ausgebreitet, das Gesicht teilnahmslos erstarrt und die Augen fast geschlossen. Er wusste, dass sie jedes Wort hörte und alles verstand, worüber er und Cattaneo redeten, und er wusste auch, dass sie sich nicht wehren würde, wenn er tat, was der Patrizier ihm befohlen hatte. Sie würde es über sich ergehen lassen, und vielleicht würde sie es sogar schaffen, Leidenschaft zu heucheln, so wie es Cattaneo in seinem kranken Hirn vorschwebte.

Natürlich wäre es das Einfachste, Cattaneo zu töten. Auf ihn loszugehen, die Hände um seinen Hals zu legen und zuzudrücken, bis ihm die Augen hervorquollen und die Zunge aus dem Mund trat. Doch Cattaneo war wachsam; bevor Carlo auch nur einen Versuch in dieser Richtung hätte unternehmen können, hätte Cattaneo seinen Dolch gezogen, den er immer bei sich trug. Er ging nicht einmal schlafen ohne seine Waffe, stets lag sie griffbereit neben dem Bett. Und natürlich schlief er allein, sonst hätte Carlo ihn vielleicht schon anlässlich einer ihrer gelegentlichen, verstörenden Zusammenkünfte in Cattaneos Gemach töten können.

Zudem war Silvio immer nur ein paar Schritte entfernt. Der Diener hielt sich stets in Rufweite seines Herrn auf, schweigsam und zuverlässig wartete er auf seine Befehle, immer hinter der nächstbesten Tür, manchmal sogar davor, die merkwürdig flackernden Augen unter den buschigen Brauen auf das Zentrum des Geschehens gerichtet, so wie auch jetzt. Die Arme baumelten ihm lang herab wie bei einem Affen, scheinbar planlos schlenkerte er bei jedem Schritt damit herum, doch Carlo hatte bereits erlebt, welche Kraft in ihnen steckte.

Dennoch hätten ihn weder Cattaneos Dolch noch die Mordlust in Silvios Augen davon abhalten können, den Patrizier umzubringen. Er hätte schon längst eine passende Gelegenheit gefunden, und ihm war es gleich, was hinterher mit ihm geschah. Sollten sie ihn doch ergreifen und ihn aufspießen, so wie Cattaneo es ihm für diesen Fall geschildert hatte. Oder ihm die Haut abziehen, wie es angeblich die Osmanen mit den Christen taten, die sie bei ihren Feldzügen in ihre Gewalt gebracht hatten.

Das alles schreckte ihn wenig, bei weitem nicht so viel wie jene eine Befürchtung, die ihn bisher davon abgehalten hatte, seinen Peiniger zu erledigen.

Seine Blicke hefteten sich nach wie vor auf Valeria, auf ihren nackten Körper, die immer noch mädchenhaften, aber bereits sanft gerundeten Brüste, den schmalen weißen Leib, die feinen goldenen Löckchen an der Stelle, wo sich ihre perlmuttfarbenen Schenkel trafen.

Er verfluchte sich innerlich tausendfach, weil er machtlos war gegen die Begierde, die schon beim ersten Anblick ihrer Gestalt auf dem Bett in ihm aufgestiegen war. Er wollte sie, so wie er sie schon die ganze Zeit gewollt hatte, unter sich, umschlungen von seinem eigenen Körper. Er wollte sie packen und sie küssen, so wie es ihre Freier immer zur Begrüßung mit ihr gemacht hatten. Er wollte sie nehmen, so wie auch schon Cattaneo sie vor seinen Augen genommen hatte, den Kopf wie beiläufig zurückgewandt und ihn über die Schulter hinweg anschauend. Doch er wollte sie auch streicheln, die schwarzblauen Male an ihrem Körper, Spuren von Cattaneos Schlägen. Er wollte sie halten und trösten und beschützen. Er wollte sie mit allen Fasern seines Wesens, doch er wäre lieber gestorben, als es zuzugeben.

»Denk einfach nur daran, dass du sie damit rettest.« Cattaneos Stimme klang wieder schmeichlerisch und so weich wie der Samt, in den er sich mit Vorliebe kleidete. »Sie kann zweierlei sein – dein Opfer oder meines. Frag sie doch einfach, was sie schlimmer findet. Meine Schläge oder den Akt mit dir.«

Carlo schaute ihn nicht an, er hielt seine Blicke unverwandt auf Valeria gerichtet.

Als hätte sie seine Gedanken auf geheimnisvolle Weise gehört, öffnete sie die Augen.

In ihnen las Carlo dieselbe Furcht, die auch ihn gepackt hielt: die nackte Angst einer Kreatur, die überleben wollte, wie bei einem Tier in der Falle, das sich lieber den Fuß abnagte, bevor es sich vom Jäger den Hals aufschlitzen ließ.

»Meine Geduld ist am Ende«, sagte Cattaneo. »Denn ich spüre deine Gier und deine Erregung!« Er war neben das Bett getreten und zog seinen Dolch. Mit der Spitze des Daumens fuhr er an der scharfen Schneide entlang.

Valerias Lider begannen zu flattern, sie hob wie zur Abwehr eine Hand. Viel mehr würde sie nicht zuwege bringen, wie Carlo wusste. Cattaneo hatte sie, wie schon so oft vorher, reichlich unter Drogen gesetzt. Cattaneo packte ihre Hand und bewegte den Dolch kurz und geschmeidig, und eine dünne rote Linie zog sich quer über Valerias Unterarm. Das Blut tröpfelte nur spärlich, es war lediglich eine Demonstration, wie exakt Cattaneo im Umgang mit seiner Waffe sein konnte. Sie würde nicht einmal eine Narbe zurückbehalten.

»Komm schon«, sagte er zu Carlo. »Zier dich nicht länger. Mein nächster Schnitt geht geradewegs über ihre Kehle, und er wird nicht nur ihre Haut ritzen, sondern sie das Leben kosten. Hilf ihr, Carlo. Nimm sie!«

Carlo verdrängte die brennende Scham und seinen Hass; er konzentrierte sich auf sein Verlangen, von dem er unmöglich sagen konnte, ob es schändlich oder rettend war. Tief Luft holend ging er hinüber zum Bett.

Dort, wo Antonio lag, konnte er manchmal Schritte hören, und hin und wieder tönte durch die vergitterte Maueröffnung hoch oben an der Wand auch das Glockengeläut, das ihm ebenso wie der ganzen Stadt in zuverlässigen Abständen den Tagesablauf anzeigte. Es waren diese Geräusche, die ihm klarmachten, dass das Leben draußen weiterging, als wäre nichts geschehen. Weder war die Zeit stehen geblieben noch die ewige Nacht hereingebrochen, auch wenn es ihm in den ersten Tagen so vorgekommen war. Er hörte die Glocken, zur Prim ebenso wie zur Terz, Sext, Non, Vesper und Komplet, und manchmal, wenn der Wind günstig stand, auch das gedämpfte Nachtläuten der Klosterkirchen, in denen zur Matutin und Laudes gebetet wurde.

Nach wenigen Tagen im Kerker des Dogenpalastes hatte man ihn in dieses finstere Loch befördert, eines der externen Gefängnisse, die vom Rat der Stadt unterhalten wurden. Es hieß, dass die Verliese im Palazzo Ducale ständig überfüllt seien und dass bald ein neues Gefängnis gebaut werden sollte. Fraglich war allerdings, ob er das noch erleben würde; aller Voraussicht nach wäre er bis dahin entweder verhungert oder an Langeweile gestorben.

Antonio scharrte mit den nackten Füßen über das Stroh, das den Zellenboden an der Stelle bedeckte, wo er nachts schlief. Außer dem Stroh gab es noch eine mottenzerfressene Decke – der einzige Komfort in dieser erbärmlichen Umgebung. Hatte er sich wirklich jemals ernsthaft darüber ereifert, dass er auf einem stachligen Strohsack schlafen musste? Im Vergleich zu diesen paar armseligen Halmen und der stinkenden Decke war das der reinste Luxus gewesen!

Das Leben war, so hatte er inzwischen begriffen, eine Abfolge unvorhersehbarer Ereignisse, die immer nur zum Schlechteren zu führen schienen. Als kleines Kind hatte er auf weichen Kissen geschlafen und sich stets satt essen können. Nach dem Tode der Mutter hatte er zuerst gehungert und dann gestohlen, aber dafür war er frei gewesen. Und jetzt lag er hier in einem elenden Kerker und bekam den ganzen lieben langen Tag nichts Neues zu sehen, außer einem Kanten Brot, der ihm in der Frühe zusammen mit einem Becher Wasser durch eine Klappe an der Tür geschoben wurde; zum Sterben war es zu viel, aber zum Leben auf Dauer zu wenig. Der Hunger wütete so heftig in seinen Eingeweiden, dass er bereits angefangen hatte, auf dem Stroh herumzukauen.

Noch schlimmer als der Hunger war jedoch die völlige Ereignislosigkeit.

Der Kübel, in den er seine Notdurft verrichtete, wurde alle drei Tage abgeholt, eine Abwechslung, auf die er sich jedes Mal richtiggehend freute, auch wenn es dabei regelmäßig Prügel setzte, weil der Wärter es offenbar nicht ausstehen konnte, mit Fragen oder Forderungen behelligt zu werden.

Seit dem frühen Morgen – es musste ein Feiertag sein, denn von draußen hatte er schwach die Gesänge einer Prozession hören können – hatte er immerhin einen Zellengenossen, einen alten Mann, den sie wie einen Sack Lumpen durch die Tür geworfen hatten und der seitdem reglos an der Wand lag. In dem matten Licht, das von oben durch die Gitterstäbe drang, war zu sehen, dass der Alte mehr tot als lebendig war. Er war anständig genährt und, soweit es zu erkennen war, recht ordentlich gekleidet, mit einem leicht speckigen, aber gut sitzenden Wams, Beinkleidern ohne Löcher und ledernen Schnabelschuhen. Doch das war auch das einzig Positive, das über seine Erscheinung zu sagen war. Er stank durchdringend nach Wein und Bratfett, und sein Gesicht war übel zerschlagen. Als er einmal kurz zu sich gekommen war, hatte er einen Zahn ausgespuckt, einen Batzen blutigen Schleim herausgehustet und war wieder in Ohnmacht gefallen. Seit dem Nachmittagsläuten war er erneut wach, doch außer Stöhnen und gemurmelten Flüchen hatte Antonio ihm bisher keine Informationen entlocken können.

Nach einer Weile rappelte der Alte sich in eine sitzende Haltung hoch und lehnte sich mit den Schultern gegen die Wand. »Wer bist du?«, wollte er nuschelnd wissen.

»Mein Name ist Antonio Bragadin.«

Zu Antonios Überraschung zog der Alte sich auf die Füße hoch, strich sich die zerzausten grauen Haarbüschel aus der Stirn und deutete eine formvollendete Verbeugung an. »Gestattet, mein Leidensgenosse: Ich heiße Raffaele Correggio, und von Beruf bin ich Intendant.«

Seine Stimme klang jetzt deutlicher, aber Antonio hatte nicht den leisesten Schimmer, was ein Intendant war. Er überlegte gerade, ob er danach fragen sollte, als der Alte ihm mit seiner nächsten Bemerkung zuvorkam.

»Meine Augen sind nicht mehr die besten, aber du scheinst mir ein noch junger Bursche zu sein. Wie alt bist du?«

»Dreizehn«, sagte Antonio wahrheitsgemäß. Sosehr ihm sonst daran gelegen war, sich älter zu machen, sowenig war ihm seit seiner Verhaftung danach zumute, in diesem Punkt noch länger zu mogeln.

»Du dürftest gar nicht hier sein«, meinte der Alte.

»Das weiß ich selbst«, erwiderte Antonio missmutig. »Ich habe versucht, es den Bütteln klarzumachen, und später auch dem Richter, doch niemand hat mir geglaubt.«

Der Alte beugte sich vor und betrachtete ihn mit zusammengekniffenen Augen. »Ich verstehe, wie sie dazu kommen. Du siehst aus wie fünfzehn, eher sogar wie sechzehn.«

»Ich werde im April vierzehn.«

»Nun, dann müssten sie dich freilassen«, schlussfolgerte der Alte. »Zumindest nach einer anständigen Tracht Prügel, würde ich meinen.«

»Was Ihr nicht sagt. Ihr könnt Euch ja beim Rat der Zehn für mich starkmachen.«

»Spott steht dir in dieser Situation nicht gut zu Gesicht, mein junger Freund. Wie lange bist du hier?«

»Vier Wochen.«

»Bist du schon verhört worden?«

»Gleich zu Anfang«, sagte Antonio. Er erinnerte sich voller Ingrimm an die Vernehmung. Zuerst hatten ihn die Büttel für drei volle Tage in eine mit vier Häftlingen vollgestopfte Zelle im Dogenpalast gesteckt, bevor er am Anfang der darauffolgenden Woche einem schlecht gelaunten, unausgeschlafenen Richter vorgeführt worden war. Seine Straftat war anscheinend nicht schlimm genug, um von einem größeren Kollegium abgeurteilt zu werden, aber auch nicht so harmlos, dass man ihn so ohne Weiteres freigelassen hätte. Die Anklage lautete auf Beleidigung und Belästigung des ehrenwerten Herrn Giacomo Cattaneo. Und auf versuchten Diebstahl. Wenigstens hatte Antonio auf diesem Wege den Namen des Schweinehunds erfahren, der Laura fast umgebracht hatte. Er schwor sich, es dem Burschen heimzuzahlen, sobald er ihm das nächste Mal über den Weg lief. Es hieß, dass man seinen Feinden immer zweimal begegnete, und dass das zweite Mal oft den Ausgleich für eine Niederlage brachte, die man beim ersten Treffen hatte einstecken müssen. Antonio glaubte an diese Weisheit – wenn auch mit der Einschränkung, dass er keine Ahnung hatte, ob und wann er hier wieder herauskäme, ohne vorher zu verhungern oder bei lebendigem Leib zu verfaulen.

»Wie war das Verhör?«, wollte der Alte wissen.

»Wie soll es schon gewesen sein?«

»Ich meine, wie lief es ab?«

Antonio zuckte die Achseln. »Der Richter hat mich gefragt, was ich zu den Vorwürfen zu sagen habe.«

»Und wie lauteten die Vorwürfe?«

Antonio erzählte es ihm. »Ich habe erklärt, wie es wirklich war. Dass der Kerl einen Freund von mir belästigt hatte und ich ihm helfen wollte.«

»Welches Urteil wurde gesprochen?«

»Ich kann mich an kein Urteil erinnern. Die Büttel schleiften mich nach der Befragung in dieses Loch, und seitdem sitze ich hier und warte.«

»Ah, ich verstehe. Dann hat das eigentliche Verhör noch gar nicht stattgefunden.«

»Welches Verhör?«, fragte Antonio argwöhnisch.

»Das hochnotpeinliche.«

Antonio schluckte. »Ihr meint … das Folterseil?«

»Ganz recht, das *Tormento.*«

»Aber wieso? Ich habe nichts Schlimmes getan!«

»Eben das gilt es, mit dieser Methode herauszufinden. Gerade dafür ist der *Strappado* gut.«

»Das ist Blödsinn«, versetzte Antonio, doch er merkte selbst, wie unsicher seine Stimme klang. »Das Tormento wenden sie nur bei richtig schlimmen Verbrechen an.«

»Du meinst, die Folter wäre dir lieber, als hier unbesehen für den Rest deines Lebens zu verschimmeln?« Der Alte grinste, und Antonio konnte sehen, dass er höchstens noch ein halbes Dutzend vergilbter Stummelzähne besaß.

Wütend ballte er die Fäuste. »Mir wäre überhaupt nichts lieber! Ich will nur hier raus, meinetwegen können sie mich auch vorher foltern!«

»Was für kühne Worte für einen so jungen Menschen! Lass dich erst einmal an diesem Seil hochziehen und warte, bis sie dich mit rücklings gefesselten Armen fallen lassen, dann gestehst du alles, was sie hören wollen.«

Antonio stand auf und begann, unruhig in dem engen Verlies auf und ab zu gehen. Viel Raum blieb ihm dafür nicht. Drei Schritte in der einen Richtung und drei weitere wieder zurück.

»Wenn sie mich foltern wollten, hätten sie es gleich erledigt. Wahrscheinlich haben sie mich einfach vergessen.«

Der Alte schüttelte den Kopf. »Es kann eine Weile dauern, aber sie vergessen niemals jemanden.« In vergnügtem Tonfall fügte er hinzu: »Natürlich dürfen Kinder diesem Verhör nicht unterzogen werden. Man muss mindestens vierzehn sein, so steht es im Gesetz, und dasselbe gilt für schwere Körperstrafen.«

»Könnt Ihr eigentlich nur Unfug daherreden?«, fuhr Antonio ihn an.

»Oho, mein ärgerlicher junger Hitzkopf! Was glaubst du denn, wen du vor dir hast?«

»Woher soll ich das wissen? Ihr habt mir Euren Namen genannt und Eure Tätigkeit, aber was zum Teufel soll ich daraus für Schlüsse ziehen?« Herausfordernd blickte er den Alten an. »Was habt Ihr verbrochen?«

»Ah, diese Frage habe ich erwartet, und ich kann dir nur dasselbe sagen wie der Obrigkeit. Ich bin unschuldig. Armes Opfer einer gnadenlosen Justiz.« Der Alte seufzte. »Nenn mich Raffaele und sag *Du* zu mir. Das macht es für uns beide einfacher. Einander beim Sterben zuzusehen erzeugt Vertraulichkeit.«

Antonio hatte den deutlichen Eindruck, dass Raffaele zu einer gewissen Theatralik neigte, und mit neu aufkeimender Hoffnung erwog er, dass vielleicht sämtliche Überlegungen seines Zellengenossen über Verhöre am Folterseil maßlos übertrieben waren.

»Ich habe nicht vor, mir von dir beim Sterben zuschauen zu lassen, Raffaele«, teilte er dem Alten mit. Er reckte sich unwillkürlich. »Weil ich nämlich nicht plane, so bald zu sterben. Mir wird schon was einfallen. Mir ist bisher immer was eingefallen.«

Raffaele, der sich seit seinem Aufwachen zusehends von seiner anfänglichen Benommenheit erholt zu haben schien, musterte ihn mit sichtlichem Entzücken. »Was für eine Begabung!«

»Wie?«

»Du bist von der Muse geküsst, mein Sohn.«

Antonio wusste nicht, ob er aufbrausen oder lachen sollte. »Was zum Teufel soll dieses komische Gerede?«

»Ich vermute, dass du keine Ahnung hast, wie überaus beeindruckend du bist! Die Art, wie du dich vorhin in die Brust geworfen hast – das war unglaublich! Kannst du das noch einmal machen?« Raffaele rülpste hinter der vorgehaltenen Hand.

»Du bist der geborene Schauspieler, wirklich!« Er schnüffelte. »Du stinkst zwar widerwärtig und ungefähr hundertmal schlimmer als alles, was ich bisher gerochen habe, aber deinem Talent tut es keinen Abbruch.«

»Du bist betrunken, alter Mann.« Antonio lehnte sich gegen die Zellenwand und versuchte, die Kälte des Mauerwerks in seinem Rücken zu ignorieren und nicht daran zu denken, dass er sich seit Wochen nicht hatte waschen können. Die Läuse fraßen ihn bei lebendigem Leib auf, aber was machte das schon, wenn ihm der eigene Hunger die Eingeweide aushöhlte.

»Ich bin oft betrunken«, bekannte der Alte. »Aber glaub mir, das hindert mich keineswegs am Denken. Es hilft mir nur, den Tag zu überstehen.«

Das war für Antonio nichts Neues. Er kannte jede Menge Leute, die sich schon früh am Morgen eine ausreichende Portion Fusel einverleibten, weil sie nur im Suff den Widrigkeiten des Alltags gewachsen waren. Antonio hatte selbst schon den einen oder anderen Rausch erlebt, doch er fand nicht, dass es sich lohnte, diesen Zustand allzu häufig herbeizuführen. Alles verschwamm einem vor den Augen, man wurde albern und fing an, herumzustolpern, und die Übelkeit sowie das Kopfweh am nächsten Tag waren unbeschreiblich. Er hielt nichts vom Trinken, ganz abgesehen davon, dass guter Branntwein nicht billig war. Von schlechtem Schnaps war, wie er außerdem wusste, schon so mancher arme Teufel erblindet.

»Deine Art zu sprechen lässt auf Bildung schließen«, sagte Raffaele. Er ließ sich wieder auf dem Zellenboden nieder und verschränkte die Arme vor dem Körper. »Es ist kalt hier unten, was?«

»Es wird nachts noch kälter werden«, sagte Antonio. »Und glaub nicht, dass ich dir meine Decke überlasse.«

»Sicher wird man mir auch eine geben.«

»Ich musste eine ganze Woche darum betteln, warum solltest du es besser haben?«

»Stimmt es denn?«

»Was?«, fragte Antonio irritiert.

»Dass du gebildet bist?«

Antonio verzog das Gesicht. Er dachte nicht gern daran zurück, denn es gehörte zu einem anderen, besseren Leben, das mit dem Tod der Mutter für immer beendet worden war. »Ich hatte früher mal Unterricht«, sagte er widerstrebend. »Lesen, Schreiben, Mathematik, außerdem Geschichte und ein bisschen Latein.«

»Also hast du reiche Eltern?«

»Sehe ich vielleicht so aus?«, gab Antonio zurück. »Mein Vater war Wollhändler, er hatte ein leidlich gutes Einkommen, doch er starb, als ich sechs Jahre alt war. Danach reichte das Geld noch eine ganze Weile, ich hatte fast drei Jahre lang Unterricht. Meine Mutter konnte gut nähen und sticken, sie hat die allerfeinsten Arbeiten angefertigt, ihre Dienste waren sehr gefragt.«

»Und dann?«

»Sie wurde krank und starb«, sagte Antonio.

Raffaele schwieg, und Antonio sah keinen Anlass, die Unterhaltung fortzusetzen. Nach einer Weile sank der Kopf des Alten vornüber, und rasselnde Atemzüge zeigten an, dass er eingeschlafen war, offensichtlich immer noch geschwächt von den Prügeln und vom Saufen.

Doch dann, gänzlich unerwartet, riss er den Kopf hoch und deklamierte mit volltönender Stimme: *»Musa, mihi causas memora, quo numine laeso quidve dolens regina deum tot volvere casus insignem pietate virum, tot adire labores impulerit tantaene animis caelestibus irae?«**

Antonio, der vor Schreck zusammengefahren war, musterte ihn ärgerlich. »Vergil kann dir hier auch nicht raushelfen.«

* Sag, o Muse, mir an, weshalb, verletzt in der Gottheit oder im Herzen gekränkt, der unsterblichen Fürstin den frömmsten Mann so viel Drangsale bestehen und Mühen erdulden ließ. Ist wirklich der Zorn so groß in den himmlischen Seelen? – aus: Vergil, *Aeneidos liber primus*

»Sieh an, du kennst den Meister?«

»Ich sagte doch, ich habe ein bisschen Latein gelernt.«

»Verstehst du dich aufs Rezitieren?«

»Nein«, sagte Antonio kurz angebunden.

»Schade. Ich könnte noch einen Assistenten und zweiten Hauptdarsteller brauchen.«

Antonio hatte mittlerweile eine ungefähre Vorstellung davon, was ein Intendant tat. »Ihr arbeitet auf einer Schaustellerbühne, nicht wahr?«

Der Alte richtete sich würdevoll auf. »Ich bin Eigner und Betreiber eines Theaters.« Er rieb sich das schlecht rasierte und von Schlägen verfärbte Kinn. »Natürlich interpretiere ich ebenfalls den einen oder anderen Charakter. Als Kaiser und Feldherr bin ich unerreicht. Aber auch als Odysseus mache ich eine gute Figur, jedenfalls sagt man das allgemein. Bislang konnte ich noch jedes Publikum zu Begeisterungsstürmen hinreißen.« Er rülpste und lächelte dabei gewinnend.

»Wo ist das Theater?«, fragte Antonio.

»Überall, mein junger Freund, überall.«

»Also ist es eine von diesen Wanderbühnen.«

»Du sagst das so abfällig«, meinte Raffaele tadelnd. »Hohe Kunst kennt keinen festen Standort. Sie will der ganzen Welt nahegebracht werden, und wie soll das angesichts der kulturellen Trägheit des Volkes gelingen, wenn nicht der Prophet zum Berge geht?« Er hielt inne. »Nun ja, um der Wahrheit die Ehre zu geben: Ich plane, eine feste Bühne in Venedig einzurichten, aber dazu müsste ich erst mal hier rauskommen. Was hoffentlich nicht allzu lange dauert.« Er musterte Antonio prüfend. »Du wärst ein fabelhafter junger Marcus Antonius. Und wie überaus passend, dass du bereits fast so heißt wie er, das sollte dir helfen, dich bestens in die Rolle einzuleben.«

»Im Moment sitze ich hinter Gittern und kann niemandem was vorspielen außer dir. Was hast du getan, um hier zu landen?«

Raffaele stöhnte und rieb sich die Schläfen. »Ich kann es nur vermuten, mein jugendlicher Held. Ich habe ein Stück geschrieben. Ach, welche Mühe es mich gekostet hat, die Dialoge zu ersinnen! Die Kulissen und Kostüme zu entwerfen! Du musst wissen, all das gehört zu den Aufgaben eines Intendanten, denn nur, wer in der Dramaturgie und der Bühnenkunst bewandert ist, versteht sich auch aufs Inszenieren.«

»Was war mit dem Stück? Enthält es verbotene Szenen?«

Der Alte schaute kläglich drein. »Es war ein Schwank. Ich hatte damit einen enormen Erfolg in ganz Italien. Alle sahen das Stück und waren hingerissen. Bloß hier fiel es durch. Ich kann nur vermuten, dass es um die Schlachtszene ging.«

Antonio unterdrückte ein Grinsen. »Venedig hat die Schlacht verloren, wie?«

»Es war die Schlacht von Otranto«, verteidigte sich Raffaele. »Und Otranto fiel an die Osmanen, so war nun einmal der Lauf der Geschichte! Das musst du doch wissen, wenn du Unterricht hattest!«

»Jedes kleine Kind weiß es. Aber Otranto wurde schon ein Jahr später von den Venezianern zurückerobert!«

»Das wäre das glorreiche Ende des Stücks gewesen«, erklärte Raffaele niedergeschlagen. »Aber so weit kamen wir gar nicht.«

»Was ist geschehen?«

»Mein zweiter Hauptdarsteller wurde mit Schimpf und Schande verjagt, die Heldin der Geschichte mit unzüchtigen Beleidigungen überhäuft, die Kulissenschieber und der Chor wurden verprügelt, und ich selbst wurde verhaftet.« Der Alte betastete seine geschwollene Lippe und die blutverkrustete Nase. »Nachdem man mich bewusstlos geschlagen hatte.«

»Welche Strafe droht dir nun?« Antonio konnte sich nicht verkneifen, hinzuzufügen: »Doch nicht etwa das Folterseil?«

Raffaele schnaubte. »Musst du die harmlosen Scherze eines alten Mannes immer gleich auf die Goldwaage legen? Wahrscheinlich werde ich nur für ein paar Stunden an den Pranger gestellt.« Zweifelnd wiegte er den Kopf. »Ich hoffe bloß, dass man mich nicht verbannt; das machen sie immer mit unliebsamen Fremdlingen.«

»Du sprichst nicht wie ein Fremdling.«

»Ich wurde in Venedig geboren, aber da ich seit meiner Jugend jedes Jahr immer nur für wenige Wochen in dieser strahlendsten aller europäischen Metropolen weile, zählt das wohl nicht.«

»Meinst du, ich könnte vielleicht auch verbannt werden?«, fragte Antonio hoffnungsvoll.

»Du redest irre, mein Junge. Wie käme die Obrigkeit dazu, dir eine derart grausam schwere Strafe aufzubürden? Einem so frischen und unverfälscht venezianischen Blut? Nein, diese schlimme Ächtung wird dir erspart bleiben, so viel steht fest. Niemand wird sie dir vorenthalten, die *miraculosissima civitas*, wie Petrarca sie so herrlich treffend nennt. Sei guten Mutes! Das Ärgste, was dir angesichts deines falsch eingeschätzten Alters widerfahren kann, ist die für Diebstahl übliche Strafe, also der Verlust von Ohren, Nase oder Hand.«

»Ich danke dir für deine aufmunternden Worte«, sagte Antonio erbittert.

Raffaele lachte, doch Antonio konnte nichts Erheiterndes an der Situation finden.

Unter dem rostigen Gelächter des Alten überhörte er das Geräusch der sich öffnenden Zellentür. Verdattert fuhr er herum, als die barsche Stimme des diensthabenden Gefängniswärters laut wurde.

»Antonio Bragadin, mitkommen!«

»Seid Ihr sicher, dass Ihr nicht Raffaele Correggio meint?«, warf der Alte ein.

»Halt's Maul, du Schmierenkomödiant.« Der Wärter wandte sich an Antonio. »Kommst du, oder soll ich dich holen?«

»Nein«, sagte Antonio. Eilig rappelte er sich hoch. »Ich meine: ja. Damit will ich sagen: Ich komme schon, Ihr müsst mich nicht holen!« Er zögerte nicht, seine Worte in die Tat umzusetzen, und stolperte über seine Füße in dem Bemühen, dem Befehl des Wärters Folge zu leisten. Mühsam überwand er sich zu einer Frage. »Werde ich verhört?«

»In jedem Fall kriegst du eins auf die Nase, wenn du mich wieder mit deinen dämlichen Fragen plagst!«

»Ich will doch nur wissen, wohin Ihr mich bringt!«

Der Wärter, ein muskelbepackter Bursche im schweren ledernen Harnisch, hob drohend die Faust. Antonio duckte sich. »Schon gut, ich sag ja nichts mehr.«

»Denk an die Taufe«, sagte Raffaele.

Antonio, schon halb aus der Zelle getreten, blickte zurück. »Was meinst du?«

»Du bist doch getauft, oder?«

»Natürlich bin ich getauft«, gab Antonio verständnislos zurück.

Der Wärter packte ihn hart beim Arm und riss ihn hinaus in den engen Gang vor den Zellen. Mit einem Fußtritt beförderte er die Tür wieder ins Schloss und schob den gewaltigen Eisenriegel vor.

»Was immer der verrückte Alte damit sagen wollte – die Taufe wird dir auf jeden Fall helfen, der ewigen Verdammnis zu entgehen«, meinte er feixend, während er Antonio vorwärtsstieß, in Richtung der steinernen Treppe, die von den unterirdischen Verliesen hinauf ans Tageslicht führte. »Denn nur wer getauft ist, hat Aussicht darauf, in den Himmel zu kommen. Vorausgesetzt, er übersteht das Fegefeuer.«

»Was wollt Ihr damit sagen?« Antonio spürte seinen Herzschlag bis in die Kehle. »Bringt Ihr mich zum Palazzo Ducale? Zur Folterkammer?«

»Sagte ich nicht, du sollst still sein?« Der Wärter versetzte ihm einen Hieb zwischen die Rippen, der ihm den Atem nahm. Während er noch nach Luft rang, legte der Mann ihm Hand- und Fußketten an.

Antonio unternahm einen neuen Versuch, mehr über sein Schicksal zu erfahren. »Für die Folter brauche ich keine Ketten.«

»Wieso schwätzt du ständig von der Folter? Bist du so versessen darauf? Wozu sollen wir uns die Arbeit machen, jemanden ans Seil zu hängen, dem einfach nur die Hand abgehackt werden soll?«

Antonio stolperte über die Fesseln, die seine Schritte behinderten, und er fiel nur deshalb nicht, weil der Wärter ihn am Kragen festhielt. Das Rasseln der Ketten fiel mit dem einsetzenden Vesperläuten zusammen, und das Geräusch der Glocken steigerte sich in seinen Ohren zu einem wilden Crescendo, als wäre der Tag des Jüngsten Gerichts angebrochen.

September 1504

Crestina lachte unwillkürlich, als Laura auf dem feuchten Gras ausrutschte und der Länge nach hinschlug. Strampelnd verschwand das Mädchen zwischen den hohen Halmen, um nur einen Herzschlag später wieder auf den Beinen zu stehen, so gelenkig in ihren Bewegungen, dass Crestina meinte, ein Fabelwesen vor sich zu haben. Laura war wie ein Schmetterling; wendig wie ein Tagfalter huschte sie von Blüte zu Blüte, roch an den Kelchen, prüfte ihre Reife und strich mit sanften Fingern über die Blätter, um Wuchs und Ergiebigkeit zu erfühlen. Sie flog förmlich über die Wiese, das rote Haar ein bauschiges Gespinst um ihren Kopf und die Augen wie klares Feuer in der Farbe des Himmels.

Bei ihrem Sturz hatte sie sich das Knie angeschlagen; Crestina sah, wie sie sich kurz das Bein rieb, bevor sie weiterlief, unermüdlich in ihrem wilden Bewegungsdrang.

In der Stadt benahm sie sich gesittet wie die meisten Mädchen ihres Alters, sie setzte brav einen Fuß vor den anderen und bemühte sich um ein gemächliches Tempo, auch wenn Crestina oft merkte, wie schwer es ihr fiel, sich gemessen fortzubewegen. Hin und wieder vollführte sie dann jedoch diese kleinen, ungestümen Hopser und Schlenker, tat ein paar Schritte rückwärts, ohne dabei nach hinten zu schauen, oder hüpfte mehrmals hintereinander auf einem Bein, als hätte ihr Körper einen eigenen Willen.

Auf der Terraferma hingegen schien ihr Trieb, zu rennen und in die Höhe zu springen, grenzenlos. Bei ihrem ersten Ausflug hatte Crestina der Mund offen gestanden, als sie die Kleine beim Räderschlagen und den jagenden, weiten Sprüngen beobachtet hatte.

»Warum tust du das?«, hatte sie verblüfft und fasziniert gefragt.

»Ich weiß es nicht. Es ist ein merkwürdiges Gefühl, das mich dazu treibt, ich kann es nicht unterdrücken, wenn ich freies Land unter meinen Füßen habe.«

Gelber Blütenstaub zog sich über Lauras Hände und ihre Nase, während sie, gefolgt von Crestina, über die Wiese streifte und dann am Rande des Wäldchens begann, den reifen Odermennig zu ernten. Das Kraut mit den auf der Unterseite dicht behaarten, fliederartigen Blättern wuchs auf hohen Stängeln vorwiegend an Waldsäumen und Heckenrainen, mit ährenähnlichen Blütenständen und gelben Kronen. Frisch gequetscht ergab die Pflanze ein gutes Heilmittel, das in Breiumschlägen angewendet werden konnte; es wirkte wundheilend und zusammenziehend. Aber auch getrocknet ließ sich der Odermennig sehr gut nutzen, vor allem im Winter, wenn die Blätter, mit heißem Wasser überbrüht, einen roten Sud ergaben, der bei Rachenentzündungen half und der Blutvermehrung diente.

Rasch war der Korb bis zum Rand voll von den saftigen Gewächsen, und Crestina sagte sich wieder einmal, was es doch für ein Segen war, dass sie das Kind zu sich genommen hatte. Nicht dass ihr eine andere Entscheidung möglich gewesen wäre, schließlich handelte es sich um Annas Tochter. Doch im Nachhinein konnte sie voller Dankbarkeit erkennen, wie sehr sich dadurch alles zum Guten gefügt hatte, für sie selbst und auch für Mansuetta. Das Mädchen war ein Geschenk des Himmels. Schnell, mit rascher Auffassungsgabe und unstillbarem Wissensdurst gesegnet, hatte Laura nur wenige Wochen gebraucht, um die wichtigen Grundlagen der Kräuterkunde und der Behandlung und Verwendung alchimistischer Zusatzstoffe zu erlernen. Crestina hatte vorher nicht für möglich gehalten, dass ihre eigene, Jahr für Jahr zunehmende Gliedersteife in Verbindung mit den körperlichen Behinderungen, denen Mansuetta unterworfen war, tatsächlich eine solche Einschränkung bei ihrer Arbeit bedeutete. Richtig klar geworden war es ihr erst, nachdem Laura einen großen Teil der täglichen Last auf sich genommen hatte.

Als Antonio für sie gearbeitet hatte, war ihr hin und wieder durch den Kopf gegangen, wie gut es doch war, die Kraft eines Mannes zur Verfügung zu haben, doch war es bei ihm mehr um das Befördern von schweren Lasten gegangen. Beim Ernten und Verarbeiten der Pflanzen hatte er sich eher ungeschickt angestellt oder sich schlicht geweigert, mehr als nötig Hand anzulegen, schon deswegen, weil ihm oft bei Berührung der Kräuter die Nase lief und die Augen tränten. Dieses Problem hatte Laura nicht. Sie erledigte alle anfallenden Verpflichtungen so energisch, flink und zielsicher, als hätte sie seit Jahren nichts anderes getan.

Sie hatten die Erntearbeiten für diesen Tag beendet. Crestina winkte dem Träger, den sie für den Transport der Körbe angeheuert hatte. Der Mann rappelte sich von dem Baumstumpf hoch, auf dem er gesessen hatte, und ergriff die Leine des Esels, der daraufhin langsam hinter ihm herzockelte.

Laura kam mit erhitzten Wangen näher, den vollen Korb mit dem Odermennig in den Armen. »Müssen wir schon zurück?«

Crestina lächelte. »Für diesmal, ja. Aber nächste Woche kommen wir wieder her. Wir brauchen noch mehr Frauenminze und Schlafmohn. Und ein Bauer in der Nähe hat Flaschenkürbis hinterm Haus, ich will ein paar Triebe mitnehmen und am Schuppen hochranken lassen.«

»Hängen tu ich schon bei der Geburt, danach wachs ich im

Hängen«, zitierte Laura fröhlich die Verse, die Crestina ihr vor kurzem vorgelesen hatte. »Mich wiegt im Hängen der Wind, mich nähren schaukelnd die Lüfte; also wenn ich nicht häng, werd ich später nicht lang sein!«

»Was soll das sein?«, fragte der Träger, der Crestinas Bemerkung über den Kürbis nicht mitbekommen hatte.

»Ein antikes Pflanzenrätsel«, sagte Laura. »Man kann es essen, und man kann es wachsen sehen, gut eine Handlänge am Tag. Es teilt sich dabei wie die Zinken einer Forke, es hält sich mit dünnen Armen fest und treibt Blätter gleich einem Herzen.«

»Habe ich es schon gegessen?«, wollte der Träger wissen.

»Da Ihr als Knecht bei dem Bauern arbeitet, an dessen Haus ich es gefunden habe, gehe ich davon aus«, sagte Crestina vergnügt.

»Die Kanonenkugeln«, sagte der Träger lachend. »Ich hab's erraten!«

»Cucurbita«, sagte Laura, offenbar stolz, den lateinischen Namen zu kennen.

»Kürbis«, fügte Crestina für den Träger hinzu.

»Eure Enkelin ist ein kluges Mädchen«, meinte der Träger.

»Das ist sie«, sagte Crestina voller Wärme.

»Wo ist Eure Tochter? Sie war schon lange nicht mehr hier, oder?«

»Ihr wisst doch, dass sie nicht gut sieht und Schwierigkeiten mit dem Laufen hat.«

Crestina hätte hinzufügen können, dass Mansuetta nicht ihre Tochter und Laura nicht ihre Enkelin war und dass Mansuetta außerdem alle Hände voll zu tun hatte, auf einen quirligen Zweijährigen aufzupassen. Doch der Mann kannte ihre privaten Verhältnisse nicht gut genug, um über derlei Besonderheiten unterrichtet sein zu müssen.

Sie beluden den Esel mit den vollen Kräuterkörben und gingen gemeinsam zurück zum Strand, ein Fußweg von einer guten Stunde. Der Weg führte über sanfte Anhöhen und durch lichte

Pinienwälder, vorbei an einsamen Gehöften und dem einen oder anderen Dorfflecken, der sich am Rand der Lagune, südöstlich von Mestre, in die Umgebung fügte wie eine bunt gewürfelte Decke, mit grasgrünen Auen, blauen Weihern und lehmgelben Häusern.

Schließlich erreichten sie den lang abfallenden Strand, wo das Boot vertäut lag. Im letzten Weiler, nahe beim Ufer, scheuchten sie den Bootsführer auf, der sich dort die Wartezeit in einer Schenke vertrieben hatte und sich die leicht glasigen Augen rieb, als Crestina ihn bat, das Boot klarzumachen.

Der Träger verabschiedete sich und zog mit dem Esel davon, nachdem alle Körbe auf das Boot geladen waren.

Der Bootsführer löste die Leine und entwirrte die Verspannung der Takelage. Nachdem er das Segel gehisst hatte und sich die Leinwand knatternd im Wind blähte, machten sie gute Fahrt.

Das Gefühl, mit dem Crestina das Mädchen betrachtete, kam so nahe an Glück heran, wie sie es lange nicht mehr erlebt hatte. Das Leben hatte ihr jahrelang derart viele Sorgen und Befürchtungen beschert, dass sie es nicht mehr für möglich gehalten hatte, sich über so schlichte Dinge wie einen guten Wind, warme Sonne auf dem Gesicht und ein liebenswertes Kind an ihrer Seite freuen zu können.

Und liebenswert war Laura allemal. Sie war so bemüht, es allen recht zu machen, so dankbar für jede Aufmerksamkeit. Manchmal zeigte sich ihr aufbrausendes Wesen, und sie konnte nicht verhehlen, welches Temperament ihr in die Wiege gelegt war. War sie anfangs noch zutiefst verstört und meist sehr still gewesen, so hatte sie doch nach einer Weile mit dem Empfinden wachsender Geborgenheit auch gewagt, hin und wieder eine patzige Erwiderung zu geben oder bockig die Unterlippe vorzuschieben, wenn ihr etwas nicht passte. Trotz und Rebellion gingen bei ihr aber stets einher mit einem besonderen Bewusstsein für Loyalität; nie lehnte sie ein Ansinnen ab, weil es ihr lästig schien oder mit zu viel Arbeit verbunden war, sondern höchstens dann, wenn es ihr Gespür für Gerechtigkeit verletzte. Oder, was auch vorkommen konnte, weil sie es schlicht nutzlos fand, wie etwa die häufige Ermahnung Mansuettas, eine Haube zu tragen.

Am frühen Morgen, bevor sie aufgebrochen waren, hatte Crestina Brot und Käse eingepackt. Beides wickelte sie nun aus dem Tuch, in das sie es eingeschlagen hatte, und reichte eine Portion davon an Laura weiter, die, ohne zu zögern, ihre Zähne in das Brot grub.

»Der Herr segne dieses Mahl«, sagte Crestina. »Wir danken dir für diese deine Gabe, o Herr!«

Mit vollem Mund hörte Laura auf zu kauen und starrte sie schuldbewusst an. »Amen«, erwiderte sie undeutlich. Sie senkte die Blicke und schlug hastig das Kreuzzeichen, nur um dann sofort, wenn auch etwas sittsamer, weiterzuessen. Im Nu hatte sie alles vertilgt und spähte, offenbar immer noch hungrig, auf das zusammengelegte Tuch, das Crestina auf dem Schoß hielt. Doch sie sagte nichts, und es war klar, dass sie sich wegen ihrer Gier schämte.

»Hier, es ist noch da« sagte Crestina rasch, während sie Laura ein weiteres Stück Käse und eine Scheibe Brot reichte. Auch der Ruderführer, der beim Mast saß, erhielt seinen Anteil. Der Wind fegte über das Meer und blähte das Segel, und die tiefer sinkende Sonne spiegelte sich rötlich in den Wellen. Die Luft schmeckte salzig und süß zugleich, so wie das Wasser, das Venedigs Inselreich umspülte.

Genüsslich aßen sie zu dritt ihren Reiseproviant, bis nichts mehr übrig war. Crestina zweifelte nicht daran, dass Laura noch mehr hätte essen können, wenn man es ihr angeboten hätte. Manchmal war es schier unglaublich, was dieses Kind verschlingen konnte.

Crestina hatte selbst hin und wieder erlebt, was es bedeutete, Hunger zu leiden, auch wenn es selten vorgekommen war. Venedig war eine wohlhabende Stadt, in der die meisten Bürger ausreichend Nahrung hatten; sogar die armen Leute mussten selten richtig hungern. Crestina wusste sehr wohl, dass sie den Vorzug genoss, in einer Stadt voller Überfluss zu leben. Außerhalb der Lagune gab es in Italien und auch im übrigen Europa vielerorts Landstriche, in denen der Hunger wütete, sei es, weil Seuchen wie die Pest und die Pocken grassierten und nicht mehr genug Menschen die Felder bestellen und das Vieh versorgen konnten, sei es, weil marodierende Söldnertruppen oder gedungene Räuberbanden in Fehde liegender Feudalherrscher das Land verheerten.

Venedig galt im Vergleich dazu vielen als eine Insel der Seligen. Von den fruchtbaren Ländereien auf der Terraferma und den Adriatischen Inseln wurde die Lagunenstadt täglich mit allem beliefert, was das Herz begehrte. Es gab Fleisch und frisches Obst sowie Gemüse im Überfluss. Die venezianischen Bäckereien buken aus dem Mehl vom Festland tagaus, tagein ihr frisches Brot, von dem die Bevölkerung satt wurde. Die Bauern brachten Eier, Käse, Würste, Schinken und Geflügel auf die Märkte, und vor allem Fisch wurde ständig in großen Mengen an den Kais der Lagune angelandet.

Doch in diesem Jahr hatte in Venedig Getreideknappheit geherrscht. Nicht immer hatte es frisches Brot gegeben, und Crestina wusste, wie sehr Laura darunter litt, Nahrung zu entbehren. Es hing nicht nur damit zusammen, dass sie zuweilen das Gefühl unzureichender Sättigung ertragen musste, sondern auch mit ihrer Zeit im Waisenhaus, in der man sie absichtlich knapp gehalten hatte. Doch das war Vergangenheit; nur schien es für Laura immer noch schwer zu sein, es zu begreifen.

Sie erreichten die Lagunenstadt über die Hafeneinfahrt von Cannaregio. Der Bootsführer holte das Segel ein und ruderte den Sàndolo durch den Verbindungskanal zum Canal Grande und von da bis zur Rialtobrücke, wo sie die Körbe auf einen der Lastkarren luden, die dort zu mieten waren. Der Inhaber des klapprigen Gefährts zog es mit schierer Körperkraft über das holprige Pflaster und durch die engen Gassen, bis sie vor der Kräuterhandlung angekommen waren.

Crestina stutzte, als sie die Gestalt sah, die vor der Tür hockte, die Arme um den Körper geschlungen und den Kopf nach vorn geneigt, als schliefe sie. Helles Haar fiel unter der Haube hervor; es war so lang, dass die Spitzen die Bodenziegel streiften.

Das Mädchen mochte vielleicht vierzehn sein, höchstens fünfzehn. Es hob den Kopf, als der Karren rumpelnd direkt vor ihren Füßen zum Stillstand kam.

»Na endlich«, sagte sie zu Laura. »Ich dachte schon, ich müsste hier festwachsen, bis du auftauchst! Ich warte seit Stunden!«

Crestina ließ sich durch den lässigen Tonfall und die burschikosen Worte nicht täuschen. Das Mädchen war krank. Sein Gesicht war bleich, und unter den Augen lagen bläuliche Schatten. Über die rechte Wange verliefen mehrere rötliche Striemen, eindeutig von einem Schlag.

»Wer bist du?«, wollte Crestina wissen.

Das Mädchen zuckte die Achseln. »Im Grunde interessiert es niemanden, aber wenn es um meinen Namen geht – der lautet Valeria. Ich bin gekommen, um mit Laura zu sprechen.«

Sie trug teure Seidengewänder aus einem schimmernd grünen Stoff, dazu fein geschnittene Schuhe aus demselben Material. Das Grün war von einer Art, die ihren Augen einen seltenen Smaragdton verlieh, obwohl sie, wie Laura wusste, graublau waren.

Valeria hatte sich geweigert, mit ins Haus zu kommen, und so hatte Laura Crestina rasch geholfen, die Körbe abzuladen. Matteo, der bei ihrer Ankunft sofort verlangt hatte, von ihr hochgehoben zu werden, musste warten, wenn auch nicht allzu lange: Crestina hatte ihr befohlen, nicht weiter als bis zur nächsten Brücke zu gehen und spätestens zum Vesperläuten wieder zurück zu sein. Laura hatte sich Anweisungen dieser Art noch nie widersetzt; sie achtete Crestina nicht nur, sondern verehrte sie geradezu, und es wäre ihr niemals eingefallen, sie durch grundlosen Ungehorsam zu verärgern.

»Wie ist es dir ergangen?«, fragte sie höflich, nachdem Valeria sie stumm, aber mit entschlossener Miene in die nächstgelegene Salizada gezogen hatte. Die Läden entlang der gepflasterten Straße waren noch geöffnet, doch angesichts des nahenden Sonnenuntergangs schickten sich die ersten Geschäftsinhaber bereits an, ihre Auslagen hereinzuholen und die Türen zu schließen.

»Hervorragend«, meinte Valeria, doch Laura konnte sehen, dass das nicht stimmte.

»Hast du den Liebhaber gefunden, von dem du immer geträumt hast?«, fragte Laura verunsichert, nur um überhaupt etwas zu sagen.

Valeria lachte anstelle einer Antwort, doch es hörte sich eher dumpf als erheitert an.

»Er hat dich geschlagen«, stellte Laura fest. »Du trägst die Spuren davon im Gesicht. Und du siehst krank aus.«

»Schau mich an«, meinte Valeria abwehrend. »Siehst du meine Kleider? Hast du je so elegante Gewänder gesehen?«

Laura hob die Schultern. »Sie sind sehr schön.«

»Er hat mich geschlagen«, gab Valeria zu. »Aber er liebt mich auch.«

»Bist du sicher?«

»Natürlich bin ich das«, sagte Valeria gereizt. »Viele Männer schlagen ihre Frauen und lieben sie dennoch über alles. So wie Giacomo mich.« Bezeichnend deutete sie auf eine Brosche, mit der der Umhang über ihrer Gamurra befestigt war. »Er überhäuft mich mit Seide, Gold und Juwelen.« Sie wich einem Fischhändler aus, der den übel riechenden Inhalt seines Tragekorbs unmittelbar vor ihnen in den Kanal schüttete. Einer der Fische landete platschend auf der Fondamenta, und Valeria blieb stehen und starrte den Händler herausfordernd an. »Du Tölpel«, fauchte sie. »Wie kannst du einer Dame faule Fische vor die Füße werfen?«

»Es tut mir leid, *Madonna*«, sagte der Mann eilig. Er tippte sich an die Mütze und trat den Fisch eilig hinab ins Wasser, wo er inmitten der anderen schuppigen Leiber träge an der schlierigen Oberfläche trieb. Hastig raffte der Mann den leeren Korb an sich und eilte davon.

Mit hochmütig erhobener Nase ging Valeria weiter, und Laura folgte ihr sprachlos. Offenbar hatte der neue Liebhaber Valeria nicht nur vornehm eingekleidet, sondern sie auch gelehrt, wie man einfache Leute von oben herab behandelte. Auch Crestina hatte dies zu spüren bekommen. Auf ihre Frage, ob sie sich im Haus ein wenig erfrischen wolle, hatte Valeria herablassend geantwortet, dass bei ihr zu Hause eine Dienerin mit einem anständigen Bad auf sie warte.

»Stimmt es, dass du Dienerschaft hast?«, wollte Laura neugierig wissen.

Wieder lachte Valeria, und diesmal klang es eindeutig verzweifelt. »Natürlich habe ich Diener. Ich habe sogar einen Sklaven, weißt du. Er ist nur für mich da, jedenfalls dann, wenn ich ihn will. Oh, ich will ihn meist. Er ist ... es wert.« Ihre eben noch beherrschten Gesichtszüge verzerrten sich. »Mein Gott, Laura. Er ist ... Ich glaube, er ist verrückt.«

»Wer? Der Sklave?« Laura musste schlucken. Ihre Kehle fühlte sich staubtrocken an, und ihr fiel ein, dass sie seit dem frühen Mittag nichts getrunken hatte.

»Nein, natürlich nicht. Nicht er. Giacomo.«

»Ist das der Name deines Liebhabers?«

Valeria nickte. An der nächsten Straßenecke blieb sie stehen und presste die Hände gegen den Leib. »Verdammt!«

»Was ist los mit dir? Hast du Schmerzen?«

Valeria biss die Zähne zusammen. »Es geht schon wieder.« Sie stützte sich kurz ab, dann ging sie weiter, als wäre nichts geschehen. Doch Laura konnte sehen, dass ihr Gesicht bleicher war als vorher, und ihr war klar, dass Valeria krank sein musste.

»Es geht dir nicht gut, das sehe ich doch!«

»Das ist nichts, nur eine Magenverstimmung. Ich habe etwas

getrunken, das mir nicht bekommt, aber morgen wird sicher wieder alles in Ordnung sein.«

»Was meinst du damit, dass dein Liebhaber verrückt ist?«

»Nichts. Es war nur so dahergesagt. Er ist manchmal launisch, das ist alles.«

Laura musterte Valeria zweifelnd. »Warum wolltest du mich überhaupt sprechen?«

»Vielleicht wollte ich dich einfach mal wieder sehen nach so langer Zeit.«

»Das glaubst du doch selbst nicht. Irgendetwas ist los mit dir – was ist es?«

»Carlo … du hattest ihn doch immer gern, oder?«

Laura runzelte die Stirn. »Ja, wir standen uns sehr nahe. Wie kommst du jetzt darauf? Weißt du, wo er ist?« Sie hielt inne, als sie merkte, wie weit sie schon gegangen waren. »Wo willst du überhaupt hin? Du hast gesagt, wir gehen nur auf einen kleinen Spaziergang. Ich darf nicht weiter als bis zur Brücke, dann muss ich umkehren. Es wird gleich zur Vesper läuten.«

»Sei nicht so ein Hasenfuß. Das warst du doch früher auch nicht.«

»Früher war früher, und heute ist heute«, sagte Laura.

»Bist du böse, dass ich damals einfach so verschwunden bin?«

»Nein«, versetzte Laura einsilbig. »Es war mir egal.« Das stimmte nicht. Wenn Valeria nicht verschwunden wäre, hätte sich vielleicht auch Carlo nicht entschlossen, das Feld zu räumen, und sie selbst wäre nicht allein mit den unberechenbaren, nur auf ihren eigenen Vorteil erpichten Zwillingen zurückgeblieben.

»Jeder ist seines Glückes Schmied«, setzte sie wie zur Bekräftigung hinzu, als könnte sie durch diese Worte alle bitteren Erinnerungen auslöschen. »Es war dein gutes Recht, dir ein besseres Leben zu suchen. Es freut mich, dass du es gefunden hast.« Sie blieb stehen. »Ich gehe jetzt zurück. Drüben ist schon die Brücke.«

»Nun komm, bloß noch ein paar Schritte. Es ist nicht weit. Zwei, drei Ecken, dann sind wir auch schon da. Ich möchte dir nur etwas zeigen.«

»Weißt du, was Antonio macht?«, fragte Laura, endlich die Sprache auf ein Thema lenkend, das sie schon seit geraumer Zeit brennend interessierte, das sie aber bisher kaum mit jemandem hatte erörtern können. Sie hatte gehört, dass er aus dem Gefängnis freigekommen war, so viel immerhin hatte sie von Isaccos Vater, dem Juden Mosè Zinzi, erfahren können. Doch das war alles, was sie wusste. Sie hoffte, dass Valeria besser unterrichtet war.

»Wir sahen uns neulich, es scheint ihm gut zu gehen«, sagte Valeria gleichmütig. »Er erzählte mir auch, wo du jetzt wohnst.«

Laura fühlte zu ihrem Ärger, wie eine Welle schwer einzuordnender Gefühle sie durchströmte. Sie war erleichtert, dass er offenbar noch lebte, aber sie spürte auch Wut darüber, dass er Valeria aufgesucht hatte und nicht sie, obwohl doch sie diejenige gewesen war, die sich für ihn eingesetzt hatte. Warum hatte er sich nicht wenigstens einmal kurz bei ihr melden können? Nur um mitzuteilen, dass er alles gut überstanden hatte. Oder vielleicht auch, um sich zu erkundigen, wie es ihr im Laufe des letzten Jahres ergangen war. Doch natürlich hatte er sich schon immer viel mehr für Valeria interessiert, die blond und schön war und sich damenhaft bewegte. Ganz zu schweigen von dem gut sichtbaren Busen, den sie inzwischen entwickelt hatte. Sie selbst war zu ihrem Leidwesen immer noch flach wie ein Brett. Nun, da sie wieder ein Mädchen sein durfte und Kleider tragen konnte und ihr Haar wieder bis zur Schulter gewachsen war, musste sie hinnehmen, dass sie wohl niemals wirklich zu einer Frau erblühen würde. Sie war zwölf Jahre alt, aber ihr Körper schien sich trotz ungezählter Mahlzeiten zu weigern, Rundungen auszubilden.

»Hat er dich besucht?«, fragte sie niedergeschlagen.

»Nein, ich war mit der Gondel unterwegs, und da sah ich ihn auf einem anderen Boot. Wir trafen uns auf der Fondamenta und redeten eine Weile.«

»Was hat er gesagt?«, wollte Laura wissen. Sie stellte die Frage hastig, weil sie merkte, dass Valeria auf ein anderes Gesprächsthema umschwenken wollte.

»Was soll er gesagt haben?«, fragte Valeria in gelangweiltem Ton zurück.

»Na, was er so macht.«

»Er ist sozusagen ins Schaugeschäft eingestiegen.«

»Was bedeutet das?«

Valeria grinste. »Er organisiert Katzenspiele.«

»Das ist verboten.«

»Aber es kräht kein Hahn danach, weil alle auf die Viecher wetten wollen. Oder auf die Burschen, die sich von den Krallen das Gesicht zerfetzen lassen. Er hat ja auch diese eine Narbe von früher, sie stammt von einem Katzenkampf. Sie gibt ihm etwas, wie soll ich sagen … Na, lassen wir das.« Valeria dachte kurz nach. »Ach ja, und es nicht das Einzige, was er macht. Zwischendurch spielt er an einer Bühne, bei einem komischen alten Kauz, dem ein Theater gehört. Er hat ihn im Gefängnis kennengelernt, und ein paar Wochen nachdem er draußen war, hat er ihn wiedergetroffen. Der Alte hat in einem alten Lagerhaus am Rialto einen Vorführraum eingerichtet und führt dort seine Stücke auf. Antonio meint, Verse aufzusagen sei nicht das Schlechteste, um an Geld zu kommen. Damit ist er wenigstens zur Hälfte ehrbar geworden. Das Stehlen hat er aufgegeben, jedenfalls hat er das erzählt. Hin und wieder, so sagt er, versucht er sich sogar als Kaufmann.« Ihre Nasenflügel blähten sich. »Er sieht übrigens unglaublich gut aus, obwohl er noch keine fünfzehn ist. Groß und breit wie ein richtiger Mann. Er rasiert sich sogar! Und sein Lächeln – es ist richtig gefährlich, weißt du.« Betont setzte sie hinzu: »Für eine *Frau* gefährlich.«

Diese Bemerkung versetzte Laura einen Stich. Sie presste die Lippen zusammen und sagte kein Wort, denn sie merkte, dass sie drauf und dran war, die Beherrschung zu verlieren. Sie würde sich keinesfalls die Blöße geben, Valeria anzugiften, denn das wäre genau das, worauf diese aus war. Valeria hatte immer schon alles Mögliche unternommen, um andere zu reizen. Sie war erst zufrieden, wenn sie alle um sich herum aus der Reserve gelockt hatte.

»Du hast ihn lange nicht gesehen, oder?«, fragte Valeria.

Laura hielt eigensinnig den Kopf zur Seite gewandt. Valeria wusste genau, dass sie ihn ein ganzes Jahr nicht gesehen hatte. Und vermutlich war sie ebenso darüber im Bilde, dass Laura die ganze Zeit nicht aufgehört hatte, an ihn zu denken. Sie hatte so oft versucht, ihn zu vergessen, doch irgendwann hatte sie begriffen, dass er sie wohl doch stärker beeindruckt hatte, als sie wahrhaben wollte.

»Wo gehen wir hin?« Laura war es leid, mit Valeria herumzulaufen. Sie wollte nach Hause. *Nach Hause* ... Sie spürte diesem Gedanken nach und fragte sich, wann sie angefangen hatte, an die Apotheke als ihr Zuhause und an Crestina und Mansuetta als ihre Familie zu denken. Es konnte nach ihrer Ankunft nicht lange gedauert haben, bis sie sich geborgen gefühlt hatte, das könnte sie beschwören, denn die Umgebung war ihr sehr bald tröstlich und anheimelnd erschienen. Es war nicht das Haus ihrer Eltern, sie hatte kein Zimmer mit einem Löwen an der Wand und einer himmelblau bemalten Decke. Doch es gab ein sauberes Bett in der Kammer, die sie mit Crestina teilte. Die alte Frau hatte es eigens für sie aufstellen lassen, nachdem sie Laura während der Zeit der Krankheit ihr eigenes Bett überlassen und selbst vorübergehend mit der Hälfte von Mansuettas Bett vorliebgenommen hatte. Und sie bekam jeden Tag so viel zu essen, wie sie herunterbringen konnte.

Sie hatten Laura von Anfang an behandelt wie ein Familienmitglied. Nun ja, Mansuetta vielleicht nicht so ganz, sie war anfangs ziemlich wortkarg gewesen, und wenn sie überhaupt eine längere Ansprache an Laura gerichtet hatte, waren es meist Zurechtweisungen gewesen. Dafür hatte Mansuetta sich auf Matteo gestürzt, als wäre er ihr eigenes Kind. Als Laura nach Wochen fiebriger und auszehrender Krankheit wieder halbwegs bei Sinnen gewesen war, hockte Matteo auf Mansuettas schiefer

Hüfte, als hätte er schon immer dort hingehört. Er hatte seine eigene Schwester kaum noch erkannt, und es hatte Wochen gedauert, bis er wieder so bereitwillig in ihre Arme kam wie vorher.

»Wir sind schon zu weit gegangen.« Laura blickte sich um. Sie hatten den Kai am Canalezzo passiert und waren kurz darauf in eine Gasse gebogen. Danach hatte sie nicht mehr auf den Weg geachtet, aber sie wusste genau, in welcher Richtung der Ponte Rialto lag und würde daher zurückfinden. Sie war ein halbes Jahr lang oft auf eigene Faust durch die Stadt gestreift, und ein guter Orientierungspunkt war für sie stets die Piazza San Marco, die sie von ganz Venedig aus finden würde. Den Weg von dort nach Hause kannte sie gut. Der Campanile überragte die Stadt wie ein Leuchtfeuer, und war er einmal in Dunst oder Nebel verborgen, konnte doch sein Stundenläuten nicht mit dem anderer Kirchtürme verwechselt werden. In ihm gab es mehrere Glocken für unterschiedliche Gelegenheiten, und keine davon hallte so tief und mächtig wie die *Marangona*.

Sie gingen an einem Kanal entlang, an dem Palazzi standen, die zum Teil älter, aber nicht weniger prächtig waren als die am Canal Grande. Einer davon zog sofort Lauras Aufmerksamkeit auf sich, und sie erstarrte mitten im Schritt.

»Was ist? Komm weiter.«

»Nein«, sagte Laura. Der Mund wurde ihr trocken, und hastig wich sie ein paar Schritte zurück, die Blicke immer noch auf das Haus gerichtet, auf die meisterlich ausgeführten Fresken an der Fassade. Wie ein Gemälde erhob sich der Palazzo inmitten der unauffälligeren Nachbarbauten aus dem dunklen Wasser. Figuren aus vorchristlichen Mythen bevölkerten die Wand, die kraftvollen Gestalten in fließende bunte Gewänder gehüllt.

»Was ist mit dir?«

»Ich kenne das Haus«, sagte Laura. »Es gehört einem Mann namens Cattaneo.«

»Du kennst Giacomo?«, fragte Valeria verblüfft.

Laura fuhr zusammen – und begriff. »*Er* ist dein Liebhaber!«

»Ja, allerdings.«

Laura starrte sie an.

»Was schaust du so?«

»Er ist ein schlechter Mensch«, sagte Laura tonlos.

Zu ihrer Überraschung traten Valeria Tränen in die Augen. »Das denken viele, ich weiß es! Und manchmal stimmt es ja sogar! Aber er kann auch ganz anders sein!«

Laura war entsetzt. »Valeria, um Himmels willen! Wie kannst du mit diesem Mann zusammenleben! Er tut anderen … Dinge an!« Sie schluckte hart. »Ich glaube, er tötet sogar kleine Kinder.«

Valeria wischte sich mit dem Ärmel die Tränen ab und reckte eigensinnig das Kinn. »Das ist Unsinn.«

»Er sagte, er wolle mein Vater werden. Er ließ mich und Matteo aus dem Waisenhaus zu sich holen.«

Valeria erstarrte. »Davon hast du nie erzählt!«

»Weil ich es vergessen wollte. Was meinst du, wieso ich von hier weggelaufen bin!«

»Was hat er dir getan?«

»Nichts«, räumte Laura widerstrebend ein. »Aber ich habe gehört, wie …«

»Siehst du!«, unterbrach Valeria sie. »Ich wusste es. Du willst ihn nur schlechtmachen! Er sprach schon mal davon, dass er gern ein Kind adoptiert hätte, weil er selbst keine bekommen kann. Was soll daran verwerflich sein? Ich wette, dass du dir alles, was du gegen ihn vorbringen kannst, nur einbildest. Du hattest schon immer eine blühende Fantasie.«

Laura rieb sich die Schläfen. Im Rückblick kam ihr die Szenerie in seinem Portego selbst oft gespenstisch und unrealistisch vor, und die Unterhaltung zwischen Cattaneo und Arcanzola war womöglich nichts weiter als Gewisper von Geistern gewesen, so fern jeder nachvollziehbaren Wirklichkeit, dass sie manchmal meinte, sich alles nur eingebildet zu haben. Das war auch ein Grund, warum sie niemals mit jemandem darüber gesprochen hatte.

»Er ist ein schlimmer Mensch«, sagte sie störrisch.

»Das sagst du nur, weil du mich nicht ausstehen kannst!«

Laura trat den Rückzug an. »Ich möchte jetzt gehen.«

»Warte.« Valerias Gesicht hatte sich wieder verzerrt, ob vor Schmerzen oder Verzweiflung, war nicht zu erkennen. »Carlo wohnt hier.«

»Was?« Laura starrte das Mädchen entgeistert an. »Carlo … Aber warum?«

»Weil er verrückt ist.« Valeria lachte bitter. »Weil er mir unbedingt hinterherrennen musste.«

»Was meinst du damit?«

Valeria zuckte nur die Achseln.

»Er ist dir gefolgt, als du zu deinem Liebhaber gezogen bist? Und was ist dann passiert?«

»Giacomo war der Meinung, dass ihm schon seit langem ein schwarzer Sklave zusteht. Er hatte Carlos Vater gekauft, weißt du. Er nahm Carlo als den Ersatz, der ihm rechtmäßig gebührte.«

Lauras Gedanken überschlugen sich. Die schreckliche blutige Szene, die sich vor zwei Jahren abgespielt hatte, drängte sich vor ihre Augen; sie erinnerte sich mit betäubender Klarheit daran, wie die bewaffneten Palastwächter auf den großen Sklaven losgestürmt waren und wie dieser versucht hatte, sich mit einem erbeuteten Schwert zu wehren. Und wie Cattaneo ihn getreten hatte, als er tot auf dem Pflaster lag.

Sie erschauderte. »Er hat Carlo gefangen genommen.«

»Anfangs hat er ihn eingesperrt, ja. Aber jetzt ist es anders. Carlo könnte weglaufen, wenn er wollte. Aber er ist geblieben. Die meiste Zeit hat er es gut bei Giacomo. Doch ich weiß nicht, wie es sein wird, wenn ich weg bin. Giacomo wird dann vielleicht … anders sein. Ich habe Angst.«

»Wovor? Davor, dass dein Liebhaber Carlo etwas antut?«

»Nein. Ja. Ich weiß nicht.«

»Was willst du denn von mir? Was soll ich tun?« Laura bog in die nächste Gasse ein, und endlich war der in düsteren Farben bemalte Palazzo außer Sichtweite.

»Ich weiß, dass dir an Carlo liegt. Ihr wart immer Freunde. Er war gut zu dir und deinem kleinen Bruder.«

Laura musterte sie befremdet. »Warum sagst du dann nicht, was ich tun kann, um ihm zu helfen? Warum willst du überhaupt weg von Cattaneo?« Sarkasmus schwang in ihrer Stimme mit. »Du bist doch so glücklich bei ihm.«

»Es ist nur vorübergehend«, versicherte Valeria. »Ich bin krank und muss mich für eine Weile erholen. Dann gehe ich zurück, und alles ist wieder im Gleichgewicht.«

Laura erwiderte nichts. Ihr war ohnehin schon schlecht von dem, was sie gehört hatte. Sie wollte nichts mit Valeria zu tun haben, nichts mehr wissen von dem sündigen Verhältnis, das sie an ihren Liebhaber schmiedete. Eine Aura des Schreckens und der Niedertracht lag über dem Haus und schien auch auf Valeria übergegriffen zu haben, ohne dass es sie sonderlich zu stören schien. Vermutlich war es ihr Wesen, sich diesen Verhältnissen zu unterwerfen und anzupassen. Vielleicht war auch Carlo längst befallen, vielleicht hatte der Hauch des Bösen auch ihn berührt, und er wollte nichts weiter, als alles so zu erhalten, wie es war, genau wie Valeria.

»Er hat ein Messer an meinen Hals gesetzt«, sagte Laura unvermittelt. »Und er hat Antonio in den Kerker werfen lassen.«

»Na und? Antonio hat mir davon erzählt, aber es war ganz einfach ein dummer Zufall. Giacomo hat euch für Diebe gehalten, nichts weiter. Es war klar, dass euch irgendwann so etwas passieren musste. Außerdem ist Antonio wieder freigekommen.«

»Wie denn?«, wollte Laura wissen. Monna Crestina hatte sich damals bei den Behörden nach Antonios Verbleib erkundigt, doch da hatte es geheißen, er sei bereits auf freiem Fuß.

»Man holte ihn zur Vernehmung raus. Er hatte fürchterliche Angst, dass man ihm die Hand abhackt, der Wärter hat wohl so was verlauten lassen. Vor den Avogadori hat er sich dann auf die Taufbücher seiner Contrada bezogen. Das Gericht ließ jemanden hinschicken, um es zu überprüfen. Damit konnte er beweisen, dass er noch keine vierzehn war. Außerdem gab es eine Zeugenaussage, durch die der Verdacht des Diebstahls widerlegt wurde. Folglich mussten sie ihn gehen lassen, nachdem man die zwei Monate, die er bereits abgesessen hatte, als Strafe für ausreichend hielt. Wer weiß, ob man ihm tatsächlich die Hand abgehackt hätte, im Normalfall passiert das sowieso nur, wenn man öfter beim Stehlen erwischt wird.« Valeria schwieg, nachdem sie geendet hatte. Sie hatte die Augen niedergeschlagen; ihr Gesicht unter der hohen Stirn wirkte konzentriert und zugleich undurchdringlich.

Im Turm der hinter ihr befindlichen Kirche begann die Glocke zu läuten, und darin einfallend ertönte von nah und fern weiteres Geläut, bis das klingende Konzert über dem ganzen Sestiere schwebte.

»Ich muss jetzt los«, sagte Laura entschlossen. »Aber ich werde mit Monna Crestina reden, vielleicht kann sie sich für Carlos Freilassung verwenden.«

»Nein, tu das nicht! Er ist rechtmäßig Giacomos Sklave. Ich möchte nicht … Er soll dort bleiben, bis ich wiederkomme. Wenn ich erst wieder da bin, ist alles in Ordnung.«

Laura verstand überhaupt nichts mehr, und sie wollte auch nicht länger mit Valeria sprechen. Sie drehte sich um und marschierte los, bis sie den kleinen Kirchplatz erreicht hatte, den sie auf dem Hinweg schon überquert hatte. Von hier aus war es nicht mehr weit bis zum Canal Grande, sie konnte bereits das sanfte Rauschen des Wassers hören.

Valeria war ihr gefolgt. »Du hast es gut bei dieser Apothekerin, nicht wahr? Die Leute behandeln dich nicht wie eine Magd, sondern wie eine der ihren. Ich habe es in den Augen der Frau gesehen.« Valerias Stimme klang gequält, und Laura wandte sich zögernd zu ihr um. Bestürzt sah sie, dass das bleiche Gesicht des Mädchens von Schweißperlen bedeckt war. »Hast du schlimme Schmerzen? Willst du nicht besser mit mir kommen? Bestimmt können wir dir einen Kräuteraufguss dagegen brühen, der wird dir helfen!« Kaum hatte sie das Angebot ausgesprochen, bereute sie es auch schon. In Wahrheit wollte sie nicht, dass Valeria mitkam, und obwohl es ihr schwerfiel, gestand sie sich auch gleich die Gründe dafür ein. Sie hatte Angst, Valeria könne sie selbst in der Gunst von Monna Crestina ausstechen. Sie war so schön und konnte sich alle Welt gewogen stimmen, wenn sie es darauf anlegte, sodass Laura, genau wie früher, nur noch ein bedeutungsloser Schatten im Hintergrund wäre. Es mochte Unsinn sein, sich dergleichen auszumalen, aber Laura hatte schon zu oft erlebt, wie schnell ein Leben in Scherben fallen konnte.

Valeria, die ihr weiter gefolgt war, blieb in der Mitte des Campo stehen. »Du sagst, ich soll mitkommen, aber eigentlich willst du das gar nicht, das sehe ich dir ganz deutlich an. Wusstest du, dass man in deinem Gesicht all deine Regungen sofort erkennen kann? Das, was du denkst, steht in deinen Augen, so wie die Sommersprossen auf deiner Nase.« Sie lächelte verzerrt. »In Wirklichkeit wäre es dir am liebsten, ich würde mich einfach in Luft auflösen.«

Laura senkte die Blicke. »Das ist nicht wahr«, behauptete sie, doch es klang hilflos.

»Ich muss weiter«, sagte Valeria.

»Wo gehst du hin?«

»In ein Kloster, dort bleibe ich für ein paar Tage, bis die Leibkrämpfe aufhören. Giacomo hat gesagt, es gebe dort eine Nonne, die sich auf die Heilung dieses Leidens versteht. Ich wollte dir vorher nur zeigen, wo Carlo ist. Für den Fall, dass ich nicht zurückkomme, kannst du ihm irgendwann von mir sagen, dass es mir leid tut. Machst du das?« Herausfordernd starrte sie Laura an.

Laura nickte beklommen. »Warum solltest du nicht zurückkommen? Wenn es dir so schlecht geht, wäre es wirklich besser, du würdest …«

Doch Valeria hatte sich bereits umgedreht und ging davon. Ihre schmale, von grüner Seide umhüllte Gestalt schob sich zwischen zwei vornehm gekleideten Männern hindurch, die auf dem Kirchplatz standen und sich unterhielten. Als Valeria an ihnen vorbeischritt, verstummten sie und blickten ihr nach, offenbar betört von ihrer lieblichen Erscheinung.

»Bezaubernd«, hörte Laura den einen sagen. »Ist sie nicht Cattaneos Liebchen? Sie hat sich schon sehr lange gehalten, findest du nicht?«

»Du hast recht, die meisten seiner Gespielinnen verschwinden für gewöhnlich schneller.« Der andere Mann lachte. »Der Bursche hat einen unglaublichen Verschleiß, nicht nur an jungen Mädchen, sondern an allem, was der Herrgott verboten und unter Strafe gestellt hat!«

Die Männer lachten, es klang roh und gemein, und Laura lief eilig um die nächste Ecke, bis sie die beiden nicht mehr hören konnte.

Antonio schwitzte, während er die grölenden Zuschauer betrachtete. Sie drängten sich im Kreis und hoben unter lauten Zurufen die Fäuste, um ihren jeweiligen Favoriten anzufeuern, entweder die Katze oder den Jungen, der versuchte, das Tier zu töten, bevor er unter Schmerzen aufgeben musste. Antonio hatte darauf zu achten, dass die Männer sich nicht einmischten, etwa, indem sie den Jungen wegschubsten, wenn dieser gerade nach der Katze springen wollte, oder indem sie dem Kämpfer verrieten, welche Position die beste war, um einen guten Treffer zu landen.

Die Katze hing an einem Holzbalken über dem *Cortile*. Der Balken ragte von einem Haus bis zum anderen und wurde sonst zum Wäschetrocknen benutzt. Die Hausbewohner hatten gegen ein paar Soldi zusätzlich in der Kasse nichts einzuwenden und beklagten sich folglich nicht, wenn Antonio den Platz für einen Kampf in Beschlag nahm. Sie steckten das Geld ein und hielten den Mund. Oder sie stellten sich in den Kreis der Zuschauer und brüllten genauso laut wie alle anderen. Der kleine Hinterhof besaß nur einen einzigen Zugang von außen, und dort war jemand postiert, der Schmiere stand. Falls wirklich eine empfindsame oder gesetzestreue Seele die Büttel rief oder zufällig eine Patrouille auftauchte, standen zwei Jungen mit nacktem Oberkörper bereit für einen Ringkampf, der vom tatsächlichen Geschehen ablenken würde. Die Katze würde einen früheren Tod sterben als geplant und in einem Sack verschwinden, und gleichzeitig würde jemand dem Jungen die blutüberströmte Augenbinde abreißen und ihm die Handfesseln lösen, damit er über die hintere Mauer, die den Hof zum nächsten Kanal hin begrenzte, das Weite suchen konnte.

»Ich weiß nicht, was du an diesem Schauspiel finden kannst!« Raffaele schrie, um den allgemeinen Lärm zu übertönen. Seine Miene wirkte fasziniert und angeekelt zugleich, während er zuschaute, wie der Junge erneut Anlauf nahm und hochsprang. Mit seinem Kopfstoß verfehlte er die Katze um Haaresbreite, wurde aber dafür von ihren Krallen erwischt. Sie schlitzten ihm die Nase und die Lippe auf, bis das Blut spritzte. Ein Aufschrei und ein blutrünstiges Stöhnen gingen durch die Menge, als er zurücktaumelte und den Kopf schüttelte, wie um einen Nebel zu vertreiben, der ihn umfing. Rote Tropfen flogen von seinem Gesicht, und Antonio konnte sehen, wie tief die Schnitte unterhalb der Augenbinde waren. Der Junge blieb kurz stehen, um sich zu sammeln, während die Katze sich kreischend aufbäumte, wild bis zur völligen Raserei und darauf aus, jeden Gegner zu töten, bevor sie selbst dran glauben musste.

»Es ist barbarisch!«, rief Raffaele. »Ein blutiger, sinnloser Akt! Rohe Vergeudung menschlicher Schönheit und Zerstörung von Harmonie und Frieden.«

»Natürlich ist es barbarisch«, sagte Antonio. »Ich habe dir vorher gesagt, dass es blutig und wild ist. Du hättest ja nicht mitkommen müssen.«

»Kannst du mir verdenken, dass ich gern sehen wollte, was mein bester Schauspieler nebenberuflich macht? Nachdem ich schon so viel ehrfürchtiges Geraune über deine Katzenkämpfe gehört habe? Über den Wagemut und das Geschick deiner

Kämpfer? Es hieß, du seiest selbst ehemals einer der besten gewesen, und natürlich wollte ich mit eigenen Augen sehen, welche Meriten du dir in deinen jüngeren Jahren verdient hast.« Raffaele schnalzte missbilligend mit der Zunge. »Bei allen Heiligen, du hast dir wirklich auf diese Weise das Gesicht aufreißen lassen? Was für ein armer, verzweifelter Knabe du gewesen sein musst!«

Antonio hätte ihm einiges über Blutgier und Rauflust und den unstillbaren Drang zum Siegen erzählen können, doch das Gebrüll machte so gut wie jede Unterhaltung sinnlos.

Sie standen ein wenig abseits des Pulks, um nicht von den außer Rand und Band geratenen Zuschauern versehentlich angerempelt oder weggestoßen zu werden. Fast alle rangen um bessere Plätze; jeder wollte an vorderster Stelle stehen, um nichts zu verpassen. Einer der Männer sprang vorwärts und stieß den immer noch wartenden Jungen wieder in die Mitte des Kreises, dorthin, wo die Katze hing und sich wie rasend an dem Strick wand.

Antonio trat vor, die Hand am Griff seines Dolches. Er sorgte dafür, dass man die Länge der Schneide sehen konnte. Schon seit langem hatte er nicht mehr das winzige Messer, das für einen Knaben gerade gut genug gewesen war. Er brauchte kein Werkzeug zum Stehlen mehr, sondern eines, um sich Geltung zu verschaffen.

Er baute sich vor dem Mann auf, der den Jungen zurück auf den Kampfplatz gestoßen hatte. »Lass das sein«, befahl er ruhig. »Es ist gegen die Regeln.«

»Was für Regeln?« Der Mann lachte höhnisch. »Hier gilt nur eine Regel: Es muss Blut fließen!« Er hatte ein vernarbtes, wildes Gesicht, und Antonio wusste sofort, dass er einen ehemaligen Katzenkämpfer vor sich hatte. Das wunderte ihn nicht; wer einen geschulten Blick für diesen Kampf hatte, konnte leicht mit Wetten gutes Geld verdienen. Natürlich bei weitem nicht so viel wie der Ausrichter, aber für ein ordentliches Zubrot war es allemal genug.

»Wenn du Blut sehen willst – das kannst du haben.« Antonio zog den Dolch ein Stück weit aus der Scheide und ließ den Mann den glänzenden damaszenischen Stahl sehen, aus dem die Klinge geschmiedet war. Antonio hatte den Dolch vor drei Monaten einem Mamelucken abgekauft, der ihn aus dem Heiligen Land mitgebracht hatte, und er hatte sich in täglichen Kampfübungen damit vertraut gemacht.

Der Mann wollte aufbegehren, besann sich aber, als er den entschlossenen Ausdruck in Antonios Augen sah. Er spuckte ihm vor die Füße und wischte sich mit verächtlicher Miene die Lippen ab, trat jedoch einen halben Schritt zurück und gestand damit seine Unterlegenheit ein. Antonio schob den Dolch zurück in die Scheide und gesellte sich wieder zu Raffaele.

»Du hast es ihm gezeigt, wie?«, fragte Raffaele belustigt.

Antonio zuckte die Achseln; im Grunde waren Vorfälle dieser Art mittlerweile eher belanglos. Er wunderte sich nur noch selten darüber, mit welch müheloser Leichtigkeit es ihm seit einiger Zeit gelang, andere einzuschüchtern. Ob es nun Gleichaltrige waren oder Männer, die das Doppelte an Jahren zählten wie er selbst, schien dabei keine Rolle zu spielen. Zuerst hatte er gedacht, es läge an der neuen Waffe, doch es hatte sich rasch herausgestellt, dass es nichts oder nur wenig damit zu tun. Oft musste er nicht einmal die Hand an den Messergurt legen, um seine Kampfbereitschaft zu demonstrieren. Seine Körpergröße tat ein Übriges. Im vergangenen Jahr war er so viel gewachsen wie nie zuvor. Ob es nun an dem besseren Essen lag, das er seither verzehrt hatte, oder an den inneren Säften, die seinen Körper in die Höhe schießen ließen – er begegnete nur noch selten einem Mann, der größer war als er selbst. Die meisten Männer überragte er mindestens um eine Handbreit, viele sogar um Haupteslänge. Wenn er ein Haus betrat, musste er regelmäßig wegen der niedrigen Türstöcke den Kopf einziehen. Er war immer noch schlank und drahtig, aber die jugendliche Schmächtigkeit hatte er bereits vollständig verloren. Seine Schultern waren breit, sein Kreuz kräftig, und an seinen Oberarmen und

Schenkeln hatten sich Muskeln entwickelt, die ihm zu einer ungeahnten Stärke verhalfen. Niemand verpasste ihm mehr im Vorbeigehen eine Kopfnuss, einfach so, weil er im Weg war. Diese Zeiten waren vorbei. So schnell legte sich keiner mehr mit ihm an, und es war ein gutes Gefühl, das zu wissen.

»Weißt du, es liegt an dem Schauspielunterricht, den ich dir habe zuteilwerden lassen!«, schrie Raffaele gegen den Lärm der Zuschauer an, während der Katzenkämpfer erneut versuchte, die Katze mit einem Stoß seines Kopfes zu treffen und ihr auf diese Weise den Garaus zu machen. »Die Bühne hat dich im Laufe von nur einem Jahr zu einer echten, unverwechselbaren Persönlichkeit reifen lassen und dir eine natürliche Autorität verliehen, welche nur der in der Schauspielkunst geschulte Darsteller besitzt.«

Raffaele neigte stets zu solchen Übertreibungen, und Antonio lachte über derlei Äußerungen. Aber möglicherweise steckte auch ein Körnchen Wahrheit darin, denn die Menschen hatten begonnen, Respekt vor ihm zu entwickeln. Händler, die er ansprach, hörten ihm höflich zu und beantworteten all seine Fragen, und mit noch größerer Bereitschaft stimmten sie zu, Handel mit ihm zu treiben. Viel war es bisher nicht gewesen, nur ein paar Gelegenheitsgeschäfte. Etwa jenes betreffend den Ballen Seide, den er – zusammen mit dem Dolch – von dem Mamelucken hatte kaufen können und tags darauf an einen durchreisenden Tuchhändler weiterveräußert hatte. Von dem Gewinn hatte er zwei Vasen aus Muranoglas gekauft, weil er wusste, dass die durchreisenden reichen Pilger ganz wild darauf waren. Eine war ihm bei einer Rangelei heruntergefallen und zerbrochen, was seinen Gewinn aus dem nachfolgenden Geschäft geschmälert hatte, aber es war genug übrig geblieben, um aus der gerade gelöschten Ladung eines Frachters aus Syrien eine kleine Partie Duftöl zu erstehen, welches ihm bei der Weiterveräußerung an einen Händler aus Antwerpen nicht nur einen kleinen Gewinn, sondern im Austausch gegen die Ware auch einen Ballen feinstes Saffianleder eintrug. Von dem Geld war genug übrig, um der

Witwe eines Tuchhändlers, die von ihrem Gatten eine Sammlung von Marmorstatuetten geerbt hatte, eine Büste des griechischen Philosophen Sokrates abzukaufen, genau von jener Sorte, nach der sich reiche Leute alle Finger leckten. Auf dem Ding saß er leider immer noch, weil niemand es ihm hatte abkaufen wollen. Offenbar war die Büste weder antik noch hellenisch. Ein Händler, der etwas davon verstand, hatte ihm grinsend anvertraut, dass das Kunstwerk vermutlich der Hand eines einschlägig bekannten Steinmetzen aus Torcello entstammte. Der wiederum arbeitete mit einer geschäftstüchtigen Dame zusammen, die sich als Witwe eines kunstsinnigen Händlers auszugeben pflegte, aber in aller Regel nicht mehr auffindbar war, wenn man sie nach Abschluss eines Geschäfts noch einmal sprechen wollte. Der Händler hatte Antonio empfohlen, die Büste für ein paar Monate am Grunde eines Kanals zu lagern, danach könnte sie eher als antikes Stück durchgehen.

Antonio war seinem Rat gefolgt. Er hatte den Schock über den Betrug schnell überwunden und das nützliche Prinzip dahinter erkannt, obwohl er der Meinung war, dass eine Fälschung nur dann etwas taugte, wenn sie nicht zu schnell zu entlarven war. Anderenfalls konnte ein Betrug nicht sehr viel besser sein als das Stehlen – das Risiko, dabei geschnappt zu werden, war einfach zu hoch.

Nun, er besaß immer noch das Leder, und in seinem Kopf spukten bereits ein paar gute Ideen herum, was sich damit anstellen ließ.

Begeistertes Johlen wurde laut, und Antonio wurde aus seinen Gedanken gerissen. Der Junge, eben noch mit wilden Kopfstößen nach der Katze springend, war auf die Knie gesunken.

»O Himmel, der arme Bursche!«, rief Raffaele mitleidig aus. »Jetzt hat er sich so schinden lassen und doch verloren!«

»Irrtum«, sagte Antonio grimmig. »Er hat es geschafft. Die Katze ist tot.«

Das Tier hing schlaff und reglos am Strick. Einer der Zuschauer ging hin und hieb mit launiger Geste gegen den Kadaver.

Antonio beeilte sich, zu seinem Kämpfer zu kommen. Er löste ihm die Handfesseln und zog ihm vorsichtig die Augenbinde vom Gesicht.

Der Junge – er war letzten Monat zwölf geworden und recht stämmig für sein Alter – stöhnte unterdrückt. Antonio atmete scharf ein, als er die tiefen Schnitte in den Wangen und über der Oberlippe sah.

»Ist es schlimm?«, fragte der Junge.

»Nicht sehr«, log Antonio. »In ein paar Monaten sieht man nichts mehr davon.«

»Ich hab's geschafft, oder?«

»Ja, du hast es geschafft. Du warst hervorragend.«

»Verdammt, wenn es nur nicht immer so höllisch wehtäte!«

Antonio legte dem Jungen die Hand auf die Schulter und schluckte die aufsteigende Übelkeit herunter. Jeder tat das, was er musste. Der Junge, er selbst, die Zuschauer, die sich an dem blutigen Spiel und der Gewalt berauschten. Er holte die abgezählte Siegessumme heraus und legte noch ein paar Münzen dazu. Das Geld drückte er dem Jungen in die Hand, der sich nicht die Mühe machte, nachzuzählen. Seine Kämpfer konnten sich auf ihn verlassen, und er sich auf sie.

Die wenigen Zuschauer, die auf den Jungen gesetzt hatten, drängten sich bereits heran, um ihren Gewinn zu kassieren. Sie grinsten breit, denn die Quote war ausnehmend gut. Die meisten Männer hatten auf die Katze gesetzt, ein wildes Biest, das schon drei Kämpfe unbeschadet überstanden und ebenso viele Gegner zum Aufgeben gezwungen hatte. Antonio gab ihnen ihr Geld, in dem sicheren Bewusstsein, dass der Tag ihm dennoch gute Einnahmen beschert hatte. Er konnte mit reichlich Gewinn nach Hause gehen. Im Gegensatz zu dem Jungen, der sich soeben ein schmutziges feuchtes Tuch auf das blutüberströmte Gesicht presste und von einem seiner Freunde weggeführt wurde, vermutlich zu dem elenden Loch, das er sich mit ein paar *Arsenalotti* teilte, nur wenige Häuser von demjenigen entfernt, in dem Antonio früher mit den anderen Straßenkindern gehaust hatte.

Antonio musste zu seinem Verdruss häufiger daran zurückdenken, als ihm lieb war. Am liebsten hätte er diese Zeiten für immer vergessen, vor allem den ständig nagenden Hunger, den allgegenwärtigen Dreck und Gestank sowie das Ungeziefer. All das war jedoch meist mehr oder weniger präsent, wenn er sich erinnerte, ein Vorgang, den er trotz aller Ablenkungsversuche kaum unter Kontrolle hatte.

»Woran denkst du?«, wollte Raffaele wissen. Er war von ständiger Neugierde beseelt und ließ selten eine Gelegenheit aus, seinem Assistenten mit allen möglichen Fragen und Erklärungen zu seinen – Antonios – Gedankengängen in den Ohren zu liegen.

»An nichts Besonderes«, sagte Antonio. Gemeinsam gingen sie zum nächstliegenden Kanal, wo sie eine Gondel mieteten, die sie zum Theater bringen sollte.

»Du denkst wieder an früher«, stellte Raffaele fest. »Du hast immer diesen versunkenen Ausdruck, wenn du an dein altes Leben denkst.«

Antonio ärgerte sich über die Scharfsicht des Alten, doch er konnte nicht umhin, Raffaeles Lächeln zu erwidern, zum einen, weil es so aufrichtig war, und zum anderen, weil er mit seinen wenigen vergilbten Zahnstümpfen aussah wie eine verschmitzte Ratte, wenn er grinste. Antonio mochte den Alten, auch wenn es ihm an manchen Tagen lästig war, ihn ständig an den Fersen kleben zu haben.

»Es ist nicht so sehr das Leben von früher, an das ich denke, sondern die Leute, mit denen ich zusammengewohnt habe.«

»Ich weiß«, sagte Raffaele zu seiner Überraschung.

»Was weißt du?«

»Dass du früher mit so einer Art Bande ein Zimmer geteilt hast.«

»Wer hat dir das erzählt?«

»Ach, keine Ahnung. Einer von deinen Katzenburschen, was weiß ich. Venedig ist ein Dorf, mein Junge.«

Dem hatte Antonio nichts entgegenzusetzen. Wer nur neugierig genug war, konnte so ziemlich alles über Personen erfahren, für die er sich interessierte.

»Es gab auch ein Mädchen in deiner Wohngemeinschaft, nicht wahr?«, meinte Raffaele.

Antonio schoss ein Bild durch den Kopf, von ungezähmten roten Locken, einem sommersprossigen Gesicht und Augen, in denen sich das Blau eines lavendelfarbenen Himmels spiegelte.

»Sie soll sehr schön gewesen sein«, fuhr Raffaele fort. »Mit herrlichem blonden Haar.«

Antonio ertappte sich dabei, wie er den Alten verständnislos von der Seite anblickte. Erst mit Verzögerung begriff er, dass nicht Laura, sondern Valeria gemeint war. Natürlich. Wie hätte Raffaele auch von Laura wissen sollen. Niemand hatte erfahren, dass Laura ein Mädchen war, nur er, Valeria und Carlo. Die Beschreibung *schön* hatte indessen tatsächlich allein Valeria gebührt. Sie war wie ein funkelnder Edelstein, der die Aufmerksamkeit aller Männer im Sestiere auf sich lenkte. Die blonde Grazie, die sich gemeinsam mit dem Schwarzen für ein Leben an der Seite eines aufgeblasenen Patriziers entschieden hatte. Antonio dachte immer noch gelegentlich darüber nach, wie er dem Mistkerl die zwei Monate Gefängnis heimzahlen sollte, doch er hatte diese Frage einstweilen zurückgestellt.

Zweifellos hätte er Cattaneo einen kindischen Streich spielen können, zum Beispiel seine Prachtgondel versenken oder sein kostbar bemaltes Haus mit Hühnerdreck beschmieren. Doch damit wären die vielen Wochen des Hungers und der Angst bei weitem nicht ausgeglichen. Er würde sich eine bessere Vergeltung ausdenken. Und er konnte darauf warten. Nicht von ungefähr hieß es, Rache sei ein Gericht, das kalt am besten schmeckte.

»War sie dein Liebchen?«, fragte Raffaele.

Antonio blickte geistesabwesend auf. »Wer?«

»Die schöne blonde Maid.«

»Das geht dich nichts an.«

»Habt ihr gemeinsam gestohlen?«

Wieder musste Antonio an Laura denken. »Nein«, sagte er. »*Ich* habe gestohlen. Sie hat nur versucht, zu überleben.«

»Und, hat sie es geschafft?«

»Ja, sie ist wohlauf.« Zumindest auf Laura bezogen war dies die Wahrheit, denn Antonio kannte Crestina gut genug, um zu wissen, dass es Laura und ihrem Bruder dort an nichts mangelte. Was Valeria betraf, mochte allein der Himmel wissen, wie es ihr wirklich ging. Sie hatte bei ihrer Begegnung gelacht, ihr blondes Haar zurückgeworfen und bezeichnend auf ihre feinen Gewänder gedeutet. Mit ihren aufreizenden Gesten hatte sie beweisen wollen, wie gut sie es getroffen hatte, doch in ihren Augen hatte ein gehetzter Ausdruck gestanden, den er früher dort nicht wahrgenommen hatte. Aber genau wie damals lebte sie auch heute ihr eigenes Leben. Was sie tat, ging ihn nichts an.

»Sie hat einen reichen Mann gefunden«, sagte Antonio.

»Aha. Jemand, der ihr mehr bieten kann als du.«

Antonio machte sich nicht die Mühe, auf diesen erfolglosen Versuch einer Neckerei einzugehen. Für ihn war das Thema abgeschlossen. Schweigend betrachtete er die Umgebung.

Sie hatten den Canal Grande erreicht. Das Boot glitt an der Riva del Carbon und der Riva del Ferro entlang, vorbei an den großen Palazzi mit den verschnörkelten Marmorsäulen und Friesen, den aufwändigen Kranzgesimsen und sorgsam in die Fassaden eingearbeiteten Schmuckplatten. Bunt bemalt, mit hohen Fenstern aus leuchtendem Glas und vergoldeten Wappen zeugten sie von dem Reichtum, der ihre Entstehung ermöglicht hatte. Wie immer konnte Antonio sich an all der Pracht nicht sattsehen, ließ sich einfangen von der ästhetischen Perfektion, die so unglaublich war, dass sie eher wie ein Ergebnis von Zauberei wirkte als eines von solider Handwerkskunst. Anmutig erhoben sich die Fassaden der Paläste aus dem Wasser, gekrönt von spitzenartig durchbrochenen Verzierungen. Mit märchenhafter Leichtigkeit trotzten sie dem Sog der Wellen, so elegant und filigran, dass sie über dem Wasser zu schweben schienen. Mit ihren strahlenden Fensterbögen und weißen

Marmorinkrustationen blendeten sie förmlich das Auge des Betrachters – und erweckten wachsenden Neid.

»Dir fallen eines Tages noch die Augen aus dem Kopf«, sagte Raffaele. »Was starrst du die Häuser so an? Du wirst doch nie einen Fuß hineinsetzen.«

»Eines Tages besitze ich selbst so ein Haus, alter Mann.«

Raffaele lachte nur, doch gleich darauf wiegte er nachdenklich den Kopf. »Bei den Heiligen, du sagst das, als wäre es dir bitterernst damit.«

»Das ist es auch.« Antonio merkte zu seinem eigenen Erstaunen, dass es wirklich seinem tiefsten Empfinden entsprach.

»Womöglich willst du dir einen solchen Palazzo auch noch neu erbauen lassen, von berühmten Architekten wie den Lombardi.«

Antonio reckte das Kinn. »Wieso nicht?«

»Dann wirst du aber noch viele Katzen kämpfen lassen müssen«, meinte Raffaele nachsichtig grinsend.

»Es gibt auch andere Geschäfte, mit denen sich Geld verdienen lässt.«

»Ach ja? Welche denn?«

»Große Geschäfte.« Antonio dachte an Mosè, den jüdischen Kaufmann. »Zum Beispiel, indem man Handel treibt.«

»Etwa mit griechischen Antiquitäten?« Raffaele lachte, es klang wie das Meckern einer Ziege. Antonio hätte ihn am liebsten aus der Gondel gestoßen. »Ich bin vielleicht einmal reingefallen, aber das passiert mir kein zweites Mal.« Entschlossen hob er den Kopf. »Ich wette mit dir, dass ich in …« Er stellte im Kopf einige Berechnungen an, revidierte sie, rechnete erneut, verwarf und verbannte alles ins Reich der Utopie und nannte schließlich kühn eine Zeitspanne, die ihm unendlich lang vorkam. » … fünf Jahren ein eigenes Haus haben werde. Und zwar so eins wie das da.« Er deutete auf den nächstbesten Palazzo, ein besonders prunkvoll ausgestaltetes Gebäude mit einem Wassertor, einem hohen Piano Nobile über einem Mezzanin und einem weiteren Untergeschoss, einer darüberliegenden Wohnetage mit Säulengängen zum Kanal hin und einem Dachgeschoss, über dem eine ausladende hölzerne Altana zu sehen war.

»So so, fünf Jahre.« Raffaele lachte schallend.

»Um was wetten wir?«

»Du willst nur wetten, weil du sicher bist, dass ich bis dahin längst tot bin«, meinte Raffaele augenzwinkernd. »Aber lass dir sagen, so früh sterbe ich nicht. Meine Zähne sind dahin, und meine Augen sind auch nicht mehr die besten, aber mein Kopf und meine Knochen sind hervorragend in Schuss.«

»Um was also?«

»Sag mir doch lieber, um was *du* wetten willst! Schließlich ist es äußerst unwahrscheinlich, dass du gewinnst. Für den Fall solltest du schon einiges bieten, damit ich bei dieser Wette einschlage.«

Antonio musste nicht lange überlegen. »Ich werde im Theater für dich spielen, solange du lebst.« Einschränkend fügte er hinzu: »Einmal die Woche.«

»Das tust du ja jetzt schon. Das ist nicht genug. Es könnten Krieg und Hungersnot kommen, dann geht niemand mehr ins Theater.« Raffaele dachte nach. »Ich weiß etwas. Du könntest dein Essen mit mir teilen, wenn die Zeiten schlimm für mich werden. So wie ich dir Lohn und Brot gegeben habe, könntest du dasselbe umgekehrt für mich tun.«

»Gut, ich sorge dafür, dass du nicht verhungerst.« Nichts schien Antonio leichter als das. Allein mit dem Geld, das er bei einem einzigen Katzenspiel einnahm, konnte er den Alten ein ganzes Jahr lang beköstigen.

»Was setzt du bei der Wette?«, wollte er von Raffaele wissen.

»Was soll ich denn einsetzen? Wenn du erst Herr in einem Palazzo bist, kannst du sicher nichts von dem brauchen, was ein alter Intendant mit fauligen Zähnen und einem gemieteten Theater dir bieten könnte.« Raffaele besann sich. »Ich könnte höchstens um meinen wertvollsten Besitz wetten.« Er ergriff den silbernen Anhänger, den er an einer Kette um den Hals trug. Nachdenklich befingerte er das kleine Medaillon, dann schüttelte er den Kopf. »Nein, lieber nicht. Das kann ich nicht hergeben. Es bedeutet mir mehr als mein Herzblut.«

»Es ist nur eine Kette aus minderwertigem Silber, die ist kaum einen Mocenigo wert.«

Raffaele musterte ihn ernst. »Da täuschst du dich gewaltig. Es ist eine heilige Reliquie, die ich Tag und Nacht am Herzen trage.«

»Du meinst, so wie die Gebeine des heiligen Markus in der Basilika?«, fragte Antonio skeptisch.

Raffaele schüttelte den Kopf. »Nein, wo denkst du hin.«

»Im Kloster von San Antonio ist ein Bein des heiligen Apostels Simon«, warf der Gondoliere ein. Er hielt das Ruder mit einer Hand und bekreuzigte sich mit der anderen. »Mein Bruder ist dort Mönch, sie beten regelmäßig vor dem Bein. Und eine Dorne aus der Krone des Heilands haben sie auch dort.« Neidisch betrachtete er den Anhänger auf Raffaeles Brust. »Ihr habt es gut! Eine eigene Reliquie!« Ehrfürchtig beugte er sich vor. »Was ist es denn? Der Knochensplitter eines Heiligen?«

»Nein. Etwas viel Wertvolleres. Das Blut unseres Erlösers.«

Dem Gondoliere fiel die Kinnlade herab. »Ihr scherzt, *Domine*!«

Doch Raffaele wirkte so ernst wie nie. »Mitnichten. Es ist die lautere Wahrheit. Ich schwöre es bei Gott dem Allmächtigen, dem Vater, dem Sohn und dem Heiligen Geist.« Hoch aufgerichtet saß er auf der Bootsbank, sein Amulett umklammernd.

Antonio holte benommen Luft. Das Blut von Jesus Christus! »Wie bist du daran gekommen?«

»Es war nicht leicht und hat mich eine Stange Geld gekostet. Ich habe es aus Rom.«

»Dort gibt es die meisten Reliquien der Christenheit«, bestätigte der Gondoliere, einen Ausdruck sensationslüsterner Neugierde im Gesicht. Er hatte aufgehört zu rudern und stand breitbeinig auf der hölzernen Abdeckung am Ende der Gondel.

»In Rom gibt es eine Kirche, wo Stücke einer Jaspis-Säule aufbewahrt werden«, sagte Raffaele mit leuchtenden Augen.

»Diese wurden im Jahre des Herrn 1233 von einem Kardinal namens Colonna, seines Zeichens päpstlicher Gesandter, von Konstantinopel dorthin gebracht und dienen seither der Anbetung und Verehrung.«

»Was ist das für eine Säule?«, fragte der Gondoliere atemlos.

Raffaele reckte sich. »An ihr wurde unser Herr Jesus Christus gegeißelt. Dort hat er sein Blut vergossen.« Er senkte verschwörerisch die Stimme. »Ich habe einem Priester, der in Geldnot war, genug geboten, damit er mich eines Nachts zu der Säule ließ. Ich nahm nur wenig von dem Stein, bloß ein paar Bröckchen, die ich mit dem Messer fortschaben konnte. An der Stelle, die dunkel vom Blut unseres Heilands war.«

Antonio bekreuzigte sich unwillkürlich, ebenso wie der Gondoliere, dem vor Staunen der Mund offen stand.

»Ich nehme die Wette an«, sagte Antonio hastig.

»Ach, ich weiß nicht.« Raffaele wand sich. »Ich mag es nicht hergeben.«

»Du glaubst doch sowieso nicht, dass ich die Wette gewinne.«

»Das mag stimmen. Aber der Herr wirkt immer wieder Wunder. So wie in jener Nacht, als er mir den Zutritt zum Blute Christi gewährte und mir damit den größten Wunsch meines Lebens erfüllte. Vielleicht zeigt Er dir einen ähnlich wundersamen Weg zu deinem Palazzo auf.«

»Du hast damit angefangen, also steh jetzt auch dazu!«, forderte Antonio den Alten auf.

»Tut es nicht, Domine!«, rief der Gondoliere aus. »Verwettet nicht diese kostbare, heilige Reliquie! Sie ist mehr wert als tausend Palazzi!«

»Auf jeden Fall mehr als ein paar kostenlose Vorstellungen auf meine alten Tage«, überlegte Raffaele. »Obwohl … wenn ich alt bin, ich meine *richtig* alt –, vielleicht bin ich dann dringend darauf angewiesen, dass der Junge mir zu essen gibt und für mich spielt. Vielleicht hält mich dann gerade das über Wasser, während ich sonst jämmerlich verkommen müsste.«

»Ganz recht«, stimmte Antonio ihm sofort zu. »Alte Leute gehen vor die Hunde, wenn sich niemand um sie kümmert. Und auf mich kannst du dich immer verlassen. Ich bin ein guter Schauspieler, das sagst du selbst.«

»Auch wenn du deinen Palazzo hast und als Wettsieger die Reliquie am Ende auch noch bekommst?« Raffaele runzelte die Stirn. »Dann hätte ich nämlich nichts!«

»Keine Sorge. Du hast mich nicht im Stich gelassen, du warst mir ein Freund, als ich Arbeit brauchte. Umgekehrt würde ich dasselbe für dich tun.«

»Du meinst, mir Arbeit geben? Und wenn ich nicht mehr arbeiten kann?«

»Dann gebe ich dir dennoch zu essen.«

»Dein Wort darauf?«

»Mein Wort.«

»Schwöre es beim Grab deiner Mutter.«

»Ich schwöre.«

»Gut, dann setze ich die Reliquie. Die Wette gilt.« Raffaele streckte die Hand aus. »Schlag ein, mein Junge.«

Antonio tat es, und der Gondoliere gab einen Jammerlaut von sich angesichts dieser Leichtfertigkeit. Er schüttelte ein ums andere Mal den Kopf, während er weiterruderte, bis sie die Lagerhalle erreichten, die Raffaele in ein Theater umgewandelt hatte.

Antonio fühlte sich, als hätte er einen wichtigen Sieg errungen, obwohl es nichts weiter als eine dumme Wette war, zudem noch eine, bei der sich erst nach fünf unendlich langen Jahren erweisen würde, wer sie gewonnen hatte. Doch dann dachte er an das Blut Christi in Raffaeles silbernem Anhänger, und es schien ihm, als sei der größte Schatz der Welt in seiner Reichweite. Er musste nur das Richtige tun, dann wäre dieser Schatz sein.

Mansuetta spitzte die Ohren, während sie mit Matteo im Garten spielte. Durch die offen stehende Hintertür konnte sie fast jedes Wort hören, das Isacco und Laura sprachen.

»Sic ubi dispositam quisquis fuit ille deorum; congeriem secuit sectamque in membra coegit, principo terram, ne non aequalis, ab omni parte foret, magni speciem glomeravit in orbis.«

Isacco rezitierte Ovid mit weicher, gleichmäßiger Stimme, und Mansuetta erinnerte sich mit schmerzlicher Deutlichkeit an die Zeit vor acht Jahren, als er mit ihr zusammen Latein gelernt hatte. Gemeinsam hatten sie bei seinem jüdischen Lehrer Vokabeln und Grammatik studiert, bis ihnen die Köpfe geraucht hatten. Er war ein guter Schüler gewesen, besser als sie. Sie wusste noch genau, mit welcher Leichtigkeit er alles verinnerlicht hatte, was der Lehrer ihnen beibrachte. Schon damals hatte sie Herzklopfen bekommen, wenn sie neben ihm saß, und er hatte ihre Unruhe ebenso wenig bemerkt wie heute.

Mansuetta fand nicht unbedingt, dass Ovid der passende Lesestoff für ein zwölfjähriges Mädchen war; sie selbst hatte erst sehr viel später seine Verse studiert, und bei manchen Stellen, die sie erst mühsam mit ihrem Lesestein entziffern musste, hatte sie vor Verlegenheit rote Ohren bekommen. Ihre Mutter wusste sicher bis heute nicht, dass Mansuetta gelegentlich einem Band der zerlesenen, handschriftlichen Sammlungen zu Leibe gerückt war, die Crestina im Laufe ihres Lebens für ihre persönliche Lektüre angefertigt hatte.

Nun ja, Isacco würde schon wissen, was er tat. Solange er sich bei seinem Lehrstoff auf die *Metamorphosen* über den Erdkreis beschränkte und die Liebesgedichte außen vor ließ, war daran nichts auszusetzen. Nach einem Jahr Latein war Laura sowieso noch nicht so weit, zusammenhängende Texte zu verstehen; sie konnte ja gerade erst richtig lesen. Meist ließ sie sich von Isacco einzelne Passagen vortragen, sprach den einen oder anderen Satz nach und versuchte Ausdrücke zu übersetzen, von denen Isacco meinte, sie müsse sie bereits beherrschen. Die

Metamorphosen gaben auch Gelegenheit zu einem Exkurs in Geographie. Laura konnte mit Isaccos Hilfe das Erdenbild Ovids mit dem der heutigen Zeit vergleichen. Isaccos Vater, Messèr Zinzi, hatte kürzlich eine neue Weltkarte mitgebracht, und Isacco hatte sie sofort voller Begeisterung angeschleppt, um sie Laura vorzuführen. Obwohl er sonst aus seiner Verachtung über das Judentum im Allgemeinen und das Gewinnstreben seines Vaters im Besonderen kaum einen Hehl machte, war ihm anzumerken, wie viel ihm die Karte bedeutete. Er brachte sie bei jeder Gelegenheit mit und zeigte Laura mit leuchtenden Augen Kontinente, Länder, Städte und Flüsse, und sie war mit demselben Feuereifer bei der Sache wie er, wenn es darum ging, den fremden Gegenden die passenden Namen zuzuordnen und zu ergründen, welche Macht- und Handelsverhältnisse dort herrschten.

Isacco ging regelmäßig in die Druckerei des Aldo Manuzio, der zugleich der größte Verleger Italiens war. Hier wurden wertvolle alte Handschriften aus staubigen Folianten zuerst sorgsam abgeschrieben und dann die Worte mit Hilfe der Kopien an Setzkästen mit Bleilettern zusammengefügt, die mit einer großen Druckerpresse in einem gefälligen, leicht lesbaren Schriftbild zu Papier gebracht wurden, und zwar so oft, wie man es brauchte. Auf diese Weise konnten jeden Tag Bücher dutzendfach, ja womöglich zu Hunderten entstehen. Was früher für die meisten Menschen, die des Lesens mächtig waren, eine unbezahlbare Rarität gewesen war, verbreitete sich nach und nach in alle Welt. Auch Crestina hatte allein im letzten Jahr drei Bücher erwerben können, ein Werk über die Kräuterkunde, einen Band griechische Mythen und ein schmales Brevier, in dem alles Wissenswerte über die unterschiedlichsten Gifte zusammengefasst war.

»… ab omni parte foret, magni speciem glomeravit in orbis«, wiederholte Laura.

»Sehr gut«, sagte Isacco. »Deine Betonung lässt nichts zu wünschen übrig. Du machst Fortschritte.«

Mansuetta hörte das Rascheln der Landkarte auf dem Küchentisch und wusste, dass jetzt wieder Geographieunterricht an der Reihe war. Manchmal – so wie auch gerade jetzt – fragte sie sich, warum Isacco sie nicht dazurief. Sicher, sie war lange keine Schülerin mehr, und natürlich war ihm bekannt, dass sie schlecht sehen konnte. Aber er hätte sie ja wenigstens *fragen* können, ob sie einmal mit ihm und Laura gemeinsam die Karte anschauen wollte. Sie besaß einen guten Lesestein, und vielleicht hätte sie es sogar trotz Isaccos Gegenwart über sich gebracht, ihn zu benutzen.

Mansuetta streckte die Arme aus, vom Bedürfnis nach körperlicher Nähe übermannt. »Komm her, Matteo. Komm zu mir.«

Der Kleine blickte auf und grinste sie an, während er in ihre Arme kam und sich bereitwillig an sie schmiegte. »Glomeravit in orbis«, sagte er kichernd.

»Ich weiß, du kannst alles wunderbar nachsagen. Sogar langweiliges Latein. Und schon das ganze Vaterunser. Dabei bist du erst zwei! Du wirst mal ein sehr guter Schüler werden.« Aus den Augenwinkeln sah sie seine Milchzähnchen in der Sonne blitzen und den schwachen rötlichen Schimmer in seinem weichen Blondhaar.

»Du hast wundervolles Haar.« Mansuetta küsste seine Locken und fuhr mit der Nase hindurch. Sie liebte ihn so sehr, dass es sie manchmal bis in die tiefste Seele schmerzte vor Angst, ihn vielleicht eines Tages nicht mehr herzen und an sich drücken zu dürfen. Dass er irgendwann merken würde, wie hässlich und missgestaltet sie war.

»Rot«, sagte er.

»Was?«, fragte sie, nicht ganz sicher, ob sie ihn richtig verstanden hatte.

Er fasste in ihr Haar und zog daran. »Mansuetta Haar rot.«

Verblüfft bog sie den Kopf zurück. »Du hast eben gesagt, dass ich rotes Haar habe!«

Er schaute sie mit großen runden Augen an und lächelte, offensichtlich verunsichert, weil er nicht wusste, ob er sie verärgert hatte.

»Wer hat dir das gesagt?« Mansuetta dachte kurz nach. Natürlich, irgendwer musste darüber gesprochen haben, und Matteo hatte es aufgeschnappt. Egal, was er um sich herum hörte – er schien es aufzusaugen wie ein Schwamm.

Sie tippte ihm spielerisch auf den Bauch. »Und das da? Welche Farbe hat das Hemd?«

»Blau«, sagte er.

Sie konnte es nicht glauben. »Und meine Gamurra?«

Er zögerte. »Weiß?«, meinte er unentschlossen. »Gelb?« Nach kurzem Nachdenken entschied er sich. »Weißgelb.«

Der Stoff war farblos, aus kräftigem, leicht vergilbtem Leinen. Weißgelb war eine durchaus treffende Bezeichnung.

Sie zeigte auf den Hahn, der inmitten der pickenden Hühner im Hinterhof umherstolzierte.

»Welche Farbe hat er?«

»Braun.«

»Matteo, wie heißt meine Mutter?«

»*Nonna.*«

»Ja, so nennst du sie, aber sie hat auch einen richtigen Namen. Kennst du den?« Sie zeigte auf seine Brust. »Du bist Matteo.« Sie deutete auf sich selbst. »Ich heiße Mansuetta. Und deine Schwester heißt Laura. Sie sitzt drinnen in der Küche am Tisch und lernt mit unserem Nachbarn, der heißt Isacco. Wie heißt meine Mutter?«

»Monna Crestina«, erklärte er mit allerliebstem Lispeln. Er strahlte sie an und stellte dann die Frage, die ihm mindestens ein Dutzend Mal jeden Tag in den Sinn kam. »Kann Matteo Essen haben?«

»Gleich, mein Schätzchen.« Mansuetta ließ die Arme sinken. Zögernd rupfte sie ein paar Halme aus der Erde unter ihren nackten Füßen. Sie hielt sie Matteo hin. »Schau, hier habe ich acht Halme. Nimm fünf davon, Matteo. Fünf.«

Er zog fünf von den Halmen aus ihrer Faust, einen nach dem anderen, und beäugte sie dann zweifelnd. »Essen?« Er runzelte die Stirn, hob Mansuetta die Halme entgegen und sagte deutlich: »Huflattich.«

»Mutter!«, rief sie aufgeregt zum Gartenschuppen hinüber. »Mutter, das musst du dir anschauen!«

Der Scheiterhaufen, der auf der Piazza aufgehäuft worden war, wirkte aus einiger Entfernung wie ein hingeducktes Raubtier in der Savanne, das zum Losspringen bereit war. Carlo konnte sehen, dass die Scheite trocken waren, mit Bergen von dürrem Reisig durchsetzt. Die Enden der dünnen Äste bewegten sich in der Brise, die über den Platz fuhr, wie das zitternde Fell eben jenes Raubtiers, das darauf wartete, sein Opfer zu packen. Sobald jemand eine Fackel daran hielt, würde es binnen weniger Augenblicke auflodern und den Delinquenten töten. Er würde nicht lange leiden müssen, denn bevor die Flammen ihn richtig verbrennen konnten, würde er vom Schock und der Hitze bewusstlos sein.

Aber es tat gut, seine heiseren Schreie zu hören und ihm dabei zuzuschauen, wie er sich wand, während er an den Pfahl gefesselt wurde, der inmitten des Reisigs emporragte. Ob er nun vor Angst schrie oder vor Schmerzen, war schwer zu sagen, aber Carlo genoss jeden einzelnen Laut.

Giacomo hatte ihm erzählt, dass man den Mann gefoltert hatte, um das Geständnis zu erzwingen, und die Art, wie man dabei vorgegangen war, ließ seiner Vorstellungskraft lebhaften Raum. Er hatte sich sehr gut ausmalen können, welche Schmerzen der Mann erlitten haben musste, und es tat ihm gut, daran zu denken und es in seiner Fantasie auszukosten.

Giacomo stand neben ihm, die Hand auf seiner Schulter. Carlo war versucht, die Hand abschütteln und einen Schritt zur Seite zu treten; er hasste es, wenn Giacomo in der Öffentlichkeit seine Nähe suchte. Im Schutz des Palazzo hatte er es gelernt, sämtliche Berührungen zu ertragen, egal ob sie brutal, zärtlich oder, was ebenfalls vorkam, lediglich Trost suchend waren.

Giacomo Cattaneo hatte viele Gesichter, und nicht alle davon waren hässlich. Er konnte blindwütig und süchtig nach Gewalt und Schmerzen sein Vergnügen suchen, aber ebenso gut großzügig und über die Maßen liebevoll sein. Benahm er sich gerade noch wie ein unberechenbarer Verrückter, so zeigte er sich schon im nächsten Augenblick als zuvorkommender Freund.

Er schlug Carlo und Valeria, wenn er wütend wurde, aber er bat hinterher meist mit scheinbar ehrlich empfundener Reue um Verzeihung.

Carlo ahnte, dass Giacomo sich manchmal an geheimen Orten unaussprechlichen Exzessen hingab, die alles in den Schatten stellten, was er bisher mit ihm erlebt hatte. Die Art von Orgien, die sich unter seiner und Valerias Mitwirkung gelegentlich im Palazzo abspielten, mussten gemessen an den wirklich abgründigen Begierden Cattaneos harmlose Kinderspiele sein. Carlo wusste nichts Genaues, er hörte nur Gerüchte, Andeutungen; er sah Blicke, die in der Dienerschaft gewechselt wurden, aber reden würde niemals jemand von ihnen. Kein Patrizier verwöhnte und versorgte die Mitglieder seines Haushalts so großzügig und üppig wie Giacomo Cattaneo. Er verteilte Gold und Kostbarkeiten unter den Bediensteten, wie es ihm gerade in den Sinn kam. Er behandelte Carlo wie einen Prinzen. Welcher Adlige ließ seinen schwarzen Haussklaven von den besten Lehrern der Stadt in Latein, Griechisch, Philosophie, Astronomie und Mathematik unterrichten, ihn an seiner Tafel speisen, seinen Gesellschaften teilnehmen, gerade so, als wäre er ein ihm Gleichgestellter?

Carlos Drang, ihn zu töten, war stärker als je zuvor, denn jetzt war es nicht mehr nur der Hass, der ihn an Giacomo band. Giacomo hatte ihn und Valeria als Gefährten angenommen, seine Zuneigung war fast mit Händen zu greifen, und zuweilen war es schmerzhaft verlockend, sich einfach hineinfallen zu lassen in diese wärmende Fürsorge. Doch es war gerade diese immer unverbrüchlicher werdende Zuneigung Giacomos, die Carlos Hass schürte, denn mit ihr wuchs seine Abhängigkeit, vor allem aber seine Furcht vor dieser seltsamen, fragilen Beziehung zu dritt. Giacomo hatte sich die Liebe übergestreift wie einen Umhang, dessen freundliche Farben die Scheußlichkeit darunter verbergen sollten. Manchmal schien das, was davon bedeckt war, verschwunden zu sein. Manchmal meinte man auch, es bei genauem Hinsehen noch wahrnehmen zu können, ohne sich indessen so recht zu erinnern, was eigentlich so schlimm daran war.

Nur der Tod konnte dieses verstörende Hin und Her beenden und den Ekel auslöschen. Doch Giacomo zu töten war nicht nur schwierig, sondern nahezu unmöglich. Der Grund war derselbe wie schon zu Beginn ihrer Bekanntschaft: Valeria. Sie war verschwunden, ohne sich von ihm zu verabschieden. Aus einer Unterhaltung zwischen den Mägden hatte er gehört, dass sie sich in ein Kloster zurückgezogen hatte. Er war bereits sicher gewesen, dass nun der Moment da sei, allem ein Ende zu setzen, und er hatte Möglichkeiten erwogen, wie er es am besten anstellen sollte, ohne sofort geschnappt zu werden. Doch dann hatte er gehört, dass sie in wenigen Tagen zurückkommen würde. Er konnte nichts tun, ohne sie zu berücksichtigen. Alles ging weiter wie gehabt.

»Wie fühlst du dich?«, wollte Giacomo wissen.

Carlo gab keine Antwort. Er starrte den Verurteilten an, hörte seine Schreie und schaute zu, wie er sich verzweifelt wehrte, während die Henkersknechte ihn festbanden.

»Habt Erbarmen«, heulte der Mann. »Ich bin unschuldig!«

»Dieses Schwein«, sagte Cattaneo.

In Carlos Ohren brauste es, als wäre der Scheiterhaufen bereits entzündet. Wie aus der Ferne hörte er neben sich zwei Männer reden, die sich, wie so viele andere Zuschauer, die Verbrennung eines Kinderschänders nicht entgehen lassen wollten.

Es gab nicht gerade selten Verbrennungen in Venedig, sie waren ein Bestandteil des öffentlichen Lebens. Aber bei fast allen waren die Verurteilten schon tot. Geköpft, gehängt oder ertränkt. Hier würde das Opfer noch leben, wenn die Flammen anfingen, hochzuschlagen.

»Er schreit, als würde das Feuer schon brennen«, sagte der eine.

»Das sind die Schmerzen vom Strappado«, erwiderte der andere.

»Er muss schreckliche Dinge getan haben, um so bestraft zu werden!«

»Kinderschändung ist ein schreckliches Verbrechen, oder nicht?«

»Ich weiß nicht. Denk nur an die vielen Kinderhuren, die überall in der Stadt herumlungern, Jungen wie Mädchen.« Der Mann sah sich vorsichtig um. »Zeig mir einen hier von all den Kerlen in der Menge, der es noch nicht mit einem dieser herzigen Unschuldsengel getrieben hat!«

»Unschuldig nennst du diese Bälger?« Der Gesprächspartner des Mannes lachte. »Du machst Witze, mein Freund.«

»Eben. Deswegen ist es eine Schande, dafür brennen zu müssen.«

»Er brennt nicht dafür. Er hat sich an einem richtigen Kind vergangen.«

Ein richtiges Kind!, durchfuhr es Carlo. Was der Mann da sagte, schmerzte ihn so sehr, als hätte sich ein glühendes Schüreisen in seine Haut gegraben. Was war ein richtiges Kind? Eines, das in einem vornehmen Haus lebte statt in irgendeinem Elendsloch? Oder eines, das vorher noch nie die Berührung eines Mannes hatte ertragen müssen? Wann und wodurch wurde aus einem richtigen Kind ein falsches, eines, das zu missbrauchen nicht strafwürdig war?

»Ah, ich verstehe«, sagte der eine der beiden Männer. »Trotzdem, eines wundert mich: Viele tun es, aber nur wenige werden bestraft.«

»Weil man es den meisten nicht nachweisen kann.«

»Also hat dieser sich erwischen lassen?«

»Er wurde angezeigt, von einem Patrizier, der um seine üblen Vorlieben wusste und Zeugen dafür aufbieten konnte.«

»Ging es um sein eigenes Kind?«

»Nein, es war das Kind eines völlig Fremden. Aber es heißt, der Verurteilte hat sich den Patrizier zum Feind gemacht.«

»Auf welche Weise denn?«

»Das weiß niemand so genau.«

»Ich habe es für dich getan«, sagte Cattaneo, der ebenso wie Carlo jedes Wort der Unterhaltung gehört haben musste. Seine Stimme war leise, aber verzweifelt. »Ich weiß, dass es mein Fehler war, ich hätte nicht so viel trinken sollen an dem Abend! Hätte nicht mit dir prahlen dürfen, mit meinem jungen, klugen Sklaven! Wäre ich nicht so früh zu Bett gegangen, wäre das nicht passiert! Niemals hätte ich zugelassen, dass sie in deine Kammer eindringen! Aber ich mache es wieder gut! Du wirst ihn brennen sehen, und dann kannst du sein hässliches Gesicht für immer vergessen!«

Kann ich denn auch deines vergessen?, fragte sich Carlo. War nicht Giacomos Gesicht die Quelle allen Übels? War nicht er es gewesen, der diesen falschen Freund zu einer seiner privaten Feiern eingeladen hatte?

Giacomo erging sich unterdessen in Selbstvorwürfen, als würde es Carlo helfen, jene Nacht zu vergessen. Oder eine der vielen anderen, in denen sich Giacomo selbst wie ein Tier benommen hatte.

»Ich sehe, was du denkst«, sagte Giacomo. »Du gibst mir die Schuld. Du meinst, ich sei nicht viel besser als er. Aber ich habe mich geändert. Ich bin nicht mehr der Mann, der ich früher war. Für dich und Valeria habe ich alles Böse in mir überwunden.«

Er schien auf eine Erwiderung zu warten, doch Carlo dachte nicht daran, auch nur ein einziges Wort der Bestätigung von sich zu geben.

»Bist du anderer Ansicht? Wirfst du mich mit diesem Tier in

einen Topf? Habe ich dich je brutal zusammengeschlagen? Dich stundenlang gemeinsam mit meinen Dienern vergewaltigt, mit Messern geschnitten und mit Fackeln verbrannt? Ja?« Cattaneos Stimme wurde scharf. »Gib mir Antwort!«

Carlo reagierte nicht.

»Das war schon immer dein Problem.« Cattaneo betrachtete den Delinquenten auf dem Scheiterhaufen. »Deine Schweigsamkeit. Du bist so stumm wie ein Fisch, vor allem dann, wenn du vor Schmerzen schreien solltest. Hättest du nur geschrien, als sie dir das antaten – Silvio oder ich wären dir sofort zu Hilfe geeilt!«

»Weißt du, was ich in jener Nacht dachte?«, fragte Carlo kalt.

»Was denn?«

»Dass du in einer dunklen Ecke stehst und zuschaust. Warum hätte ich da schreien sollen? Um dir zusätzliche Freude zu verschaffen?«

Cattaneo fuhr zu ihm herum. »Wie kannst du das sagen? Wie kannst du glauben, dass ich mich daran ergötze, wenn dich jemand quält! Dich, den ich liebe! Dessen herrlichen Körper ich verehre!«

Er wirkte schockiert und verletzt, aber Carlo war sicher, dass dicht unter dieser Reaktion noch etwas anderes lauerte. Sicherlich würde er, wenn er genauer und länger hinschaute, jene nur mühsam gezähmte Gier nach Folter und Vergewaltigung entdecken, von der er wusste, dass sie immer noch zu Giacomos Wesen gehörte. Die beiden Diener des Verurteilten waren tot, sie waren schon vor Wochen ermordet aufgefunden worden, bis zur Unkenntlichkeit von Messern zerschnitten, mit glühenden Fackeln verbrannt, ihr Unterleib eine einzige verstümmelte Masse. Ihre in Agonie verzerrten Gesichter waren der Beweis dafür, dass sie all das bei lebendigem Leib ertragen hatten.

Für den Mann dort drüben auf dem Scheiterhaufen war ein solches Schicksal in Cattaneos Augen offenbar zu gnädig. Er gehörte dem Adel an und hatte daher die schlimmste Strafe von allen verdient, die öffentliche Schande. Winselnd und jeder Würde entblößt vor den Augen des Volkes in Flammen aufzugehen – weniger war nicht genug.

Die *Renghiera*, die Hinrichtungsglocke des Campanile, läutete den Vollzug der Strafe ein. Der Verurteilte brüllte noch lauter als zuvor, während der Henker, der in sicherer Entfernung von dem Scheiterhaufen stehen geblieben war, die Fackel auf den Holzstoß schleuderte. Zuerst brannten nur einige dünne Zweige. Vereinzelt loderte es lediglich rings um die Fackel auf, dann jedoch griff das Feuer rasch um sich. Es gab ein dumpf knallendes Geräusch, und nur einen Atemzug später stand der ganze Scheiterhaufen in hohen Flammen. Das Kreischen hinter der Feuerwand dauerte nur noch wenige Augenblicke, bevor es abrupt verstummte.

Cattaneo lief erregt auf und ab, die Augen unnatürlich geweitet und den Mund geöffnet, als wolle er mit allen Sinnen das Spektakel des Feuertodes in sich aufnehmen.

»Zu schnell«, stieß er hervor. »Es ging viel zu schnell!«

In den tosenden Flammen war der Körper des Kinderschänders nur schemenhaft zu erkennen. Der Kopf war vornübergesackt, und die ganze Gestalt war bereits so schwarz wie die Asche, zu der sie bald zerfallen würde. Der Gestank nach verbranntem Fleisch war ekelerregend, und der eine oder andere Zuschauer wich bereits zurück, die Hand oder einen Zipfel des Gewandes vor Mund und Nase gepresst.

Carlo blieb stehen und starrte ins Feuer. Er fühlte sich ausgehöhlt und verloren. Der Tod des Mannes konnte die Schande und die Schmerzen nicht ungeschehen machen. Vor allem aber taugte das, was Giacomo ihm hier als Liebesbeweis vorführte, nicht dazu, Vertrauen herzustellen. Giacomo war wie ein Tier, das seine eigene Wildheit nicht unter Kontrolle hatte. In dem einen Moment würde er ihm die Hand lecken, nur um sie im nächsten vielleicht abzubeißen.

Während der Wind hier und da Asche vom Scheiterhaufen über den Platz wehte, wandten sie sich zum Gehen. Carlo fühlte

Cattaneos Erschöpfung ebenso wie seine eigene, und er verfluchte diesen Augenblick der inneren Verbundenheit. Es hatten sich davon zu viele in ihrer beider Leben geschlichen. Nein, verbesserte er sich sofort wütend in Gedanken, in *sein* Leben! Es war nur sein Leben, um das es ging. Und das von Valeria. Er würde herausfinden, was sie fortgetrieben hatte, und sobald sie wieder da wäre, würde er sie fragen, warum sie zurückgekommen war. Um sie anschließend zu überzeugen, wie viel besser es wäre, wenn sie wieder ging. Und er auch.

Nachdem er Giacomo getötet hatte.

Eine Nonne trat ihnen in den Weg. Ihre große, schlanke Gestalt war in eine graubraune Kutte gehüllt, die mit einem hellen Strick um die Mitte gegürtet war. Sie schlug den Gesichtsschleier zurück. Das Antlitz unter ihrer Kopfbedeckung war von madonnenhafter Schönheit, mit geschwungenen schwarzen Brauen und strahlend grünen Augen.

Die Nonne war in Begleitung einer Conversa, die sich stumm im Hintergrund hielt, während ihre Herrin vortrat und sich Cattaneo in den Weg stellte.

»Sieh an«, sagte sie, mit dem Kinn auf den niederbrennenden Scheiterhaufen deutend. »Du gehst erbaulichen Zeitvertreiben nach, während ich für dich die Schmutzarbeit erledige. Aber war es nicht schon immer so?«

Cattaneo, der beim Anblick der Nonne zusammengezuckt war, rang sich ein freundliches Lächeln ab. »Arcanzola, mein liebes Herz! Wir haben uns lange nicht gesehen!«

»Ungewöhnlich lange«, bestätigte sie schmallippig. »Wenn man es genau bedenkt, schon über ein Jahr.«

»Das ist eine Schande, ich hoffe, du verzeihst mir!« Giacomo wirkte bedrückt und nervös unter den bohrenden Blicken der Nonne. Er fuhr abermals zusammen, als diese auf ihn zutrat, ihm die Hände rechts und links auf die Schultern legte und ihn auf beide Wangen küsste. »Mein lieber Giacomo«, sagte sie. »Natürlich verzeihe ich dir. Liebe und Hilfsbereitschaft gehören nicht nur zu den Regeln meines Ordens, sondern auch zu meinen persönlichen Maximen.« Ein kühles Lächeln glitt über ihr Gesicht. »So habe ich auch deiner kleinen … Gespielin geholfen, ganz so, wie du es wolltest.«

»Ist sie wieder …«

»Völlig sie selbst, befreit von allem, was sie quälte. Aber es war nicht einfach.«

»Hat sie Schäden davongetragen?«

»Das kann man nie so genau sagen. Sie wird sich eine Weile schonen müssen, also solltest du deine rohen Gelüste für ein paar Wochen zügeln.«

Carlo war der Unterhaltung verständnislos gefolgt. Er wollte Fragen stellen, doch seine Zunge war wie gelähmt.

»Ich wusste, dass auf dich Verlass ist.«

»Natürlich«, sagte die Nonne. »Bisher habe ich dir noch immer alle Wünsche erfüllt, oder nicht? Allerdings hatte ich doch sehr gehofft, dass du einmal im Kloster vorbeischaust, statt mir deine Wünsche nur schriftlich mitzuteilen. Du weißt doch, wie schwierig es in der letzten Zeit ist, hinauszukommen.«

»Ich hörte davon«, sagte Cattaneo höflich. »Der Senat plant sogar eine Reihe neuer Gesetze, um die geheiligten Mauern der Frauenklöster besser zu schützen, damit sie das bleiben, was sie schon immer waren: Bastionen der Keuschheit und des Gebets.« Einschränkend fügte er hinzu: »Oder sagen wir, sie sollten dazu gemacht werden, entsprechend dem Willen unseres Herrn. Es steht einer Stadt wie der unseren nicht an, dass in aller Welt über ihre Frauenklöster hergezogen wird wie über Lasterhöhlen.«

Das Gesicht der Nonne zeigte für einen Moment finsteren Widerwillen, doch dann legte sich wieder eine Maske der Gleichgültigkeit über ihre Züge. »Es mutet seltsam an, dich über Frömmigkeit und Sittsamkeit sprechen zu hören, Giacomo.«

»Vielleicht habe ich mich geändert«, sagte Cattaneo leichthin.

»Einer deiner Scherze, wie amüsant.« Sie betrachtete Carlo. »Du hast ein neues Spielzeug. Unglaublich, diese tiefschwarze

Haut. Und wie groß er ist! Was für eine perfekte Eleganz der Gliedmaßen!« Ihr Tonfall wurde härter. »Seit wann ist dieser Mohr schon bei dir?«

»Ach, ich weiß nicht … Nicht gar so lange.« Cattaneo wechselte abrupt das Thema. »Wann kann Valeria nach Hause?«

»Noch diese Woche.«

»Ich danke dir, Arcanzola.« Cattaneo trat einen Schritt zurück, an Carlos Seite. »Ich fürchte, ich muss nun gehen. Wichtige Geschäfte warten auf mich.«

»Auf mich nur das Kloster.« In ihren Augen zeigte sich abermals unverhüllte Wut. »Besuchst du mich?«

»Natürlich.«

»Gut. Sehr gut. Oder noch besser: Lass mich holen.«

»Du weißt, dass das nicht geht, mein Liebes. Du bist eine Braut Christi.«

»Für ein paar Stunden ginge es durchaus. Früher war es doch auch kein Problem. Unsere Zusammenkünfte … fehlen mir.«

»Wirklich, mir auch.« Giacomo strahlte sie an, doch seine Stimme klang ausweichend. »Aber du weißt, dass die Sitten strenger geworden sind. Der Rat und die Kirche sehen es nicht gern, wenn die Bräute des Herrn sich außerhalb der Klostermauern aufhalten. Es gibt gesetzliche Vorschriften …«

»Hör auf damit!«, unterbrach die Nonne ihn mit aufgebrachter Stimme. Aber sogleich fuhr sie in sanfterem Tonfall fort: »Vergiss mich nicht, Giacomo. Bitte vergiss mich niemals.« Die Nonne bedachte Cattaneo mit einem langen, undeutbaren Blick, dann wandte sie sich abrupt ab und ging, gefolgt von der Dienerin, quer über den Platz davon.

Cattaneo seufzte erleichtert auf.

»Was ist mit Valeria geschehen?«, fragte Carlo. »Was hat die Nonne mit ihr zu tun?«

»Unser armes Mädchen war krank, aber jetzt geht es ihr wieder gut, du hast es eben selbst gehört. Die Nonne hat sie gesund gepflegt, und dafür sollten wir dankbar sein.«

»Wer war die Frau?«

»Die Schwester des Satans, sagen manche.« Mit angeekelter Miene streifte Cattaneo ein wenig Asche von seinem Ärmel. »Nun, in Wahrheit ist sie meine eigene Schwester.«

Carlo lag die Bemerkung auf der Zunge, dass er zwischen beidem keinen Unterschied erkenne, doch er blieb stumm.

Dezember 1504

»Du da, halte dich nicht mit Fegen auf!«, befahl Raffaele dem mageren alten Mann, der für die Sauberkeit des Theaters zuständig war. »Das kannst du nach der Vorstellung machen, da lohnt es sich wenigstens.«

Ohne sich umzuwenden, warf der Alte den Reisigbesen zur Seite und schlurfte davon, im Weggehen eine Flasche an den Mund setzend.

»Das war ein Fehler«, meinte Raffaele reumütig zu Antonio. »Und weißt du auch, wieso?«

Antonio musste nicht über die Antwort nachdenken. »Weil er sternhagelvoll sein wird, wenn die Vorstellung zu Ende ist, und dann ist die Bühne dreckiger als je zuvor.«

»Du sagst es. Mein Plan war es, ihn etwas tun zu lassen, das sinnvoller wäre, als vor der Vorstellung zu fegen. Aber noch während er den Besen hinschmiss, wurde mir klar, dass er zu anderen Dingen nicht zu gebrauchen ist. Er ist zu schwach, um die Bühnenbilder zurechtzuschieben und die Bänke aufzubauen. Also werden wir es wohl selbst machen müssen.«

Antonio machte sich achselzuckend ans Werk. Wie meistens sprang Raffaele die ganze Zeit, während der er selbst die Kulissen auf die Bühne schleppte, um ihn herum und geizte nicht mit guten Ratschlägen. »Du machst das sehr gut. Meine Güte, wie deine Muskeln schwellen, wenn du diesen Gipskarton hebst!

Dein Vater muss stark wie ein Ochse gewesen sein! War er das, mein Junge?«

»Woher soll ich das wissen?«, gab Antonio entnervt zurück. »Ich sagte dir doch, dass ich mich kaum an ihn erinnern kann.«

»Da geht es dir wie mir. Oder sagen wir: Mir geht es weit schlimmer. Ich kannte meinen Vater überhaupt nicht. Erzählte ich dir schon, was meine Mutter über ihn sagte?«

»Ja. Er war ein Teufel in Menschengestalt. Eine Kreuzung aus bocksfüßigem, lüsternem Höllendämon und grausamem Sarazenen, der sich deine Mutter mit Hilfe eines Krummsäbels gefügig machte. Das Ergebnis warst du.«

»Oh«, sagte Raffaele mit sichtlichem Erstaunen. »*Das* habe ich dir erzählt?«

»Ja, wieso?«

»War ich da sehr betrunken?«

»Nicht mehr als sonst.«

»Also ziemlich«, meinte Raffaele vergnügt. »In Wahrheit war mein Vater der jüngste Sohn eines erlauchten Herrn. Unehelich, versteht sich, aber dieser Makel hat meinen Großvater nicht daran gehindert, den Jungen zärtlich zu lieben und ihn mit dem Besten auszustatten, das für Geld zu haben war.«

»Wirklich?«, fragte Antonio zweifelnd, während er energisch an der Kurbel zerrte, um die Festigkeit des Seils an der Hebevorrichtung zu prüfen, einem primitiven Flaschenzug, der dafür sorgen sollte, dass eine hölzerne Plattform auf der Bühne wahlweise nach oben oder unten gleiten konnte.

»Aber ja. Er war ein edler Mann, das sagte ich doch. Er war ein großer *Condottiere*, er hat mich sogar den Umgang mit dem Schwert gelehrt. Keiner focht fintenreicher als er, und ich trat mit der Waffe in seine Fußstapfen.«

Antonio zog kräftiger an der Kurbel. Vom Effekt her war es so gedacht, dass es gleichsam wie von Zauberhand vonstattengehen sollte, jedenfalls hatte er es mit dieser Vorstellung im Kopf konstruiert, nachdem er sich das Prinzip bei einem Lastkran am Hafen abgeschaut hatte. Leider wies die Apparatur noch diverse Schwächen auf. Die Kurbel knarrte und ächzte erbärmlich, wenn er daran drehte, und die Plattform ruckte auf eine Weise, die bei den Proben für wieherndes Gelächter unter den Komparsen gesorgt hatte. Antonio hatte sie ignoriert und diverse Verbesserungen vorgenommen. Es bedurfte einiger Kraft, um die Kurbel in Gang zu setzen, doch bewegte sie sich erst einmal, ging alles ganz leicht. Das Rucken hatte er mit einem großen Steinbrocken in den Griff bekommen, der von einem zweiten Seil gehalten wurde und als Gegengewicht über einem Balken in der Deckenkonstruktion pendelte. Jetzt war nur noch das Problem zu lösen, wer die Hebeapparatur bedienen sollte, während Raffaele in Gestalt seines Alter Ego, Menelaos, daraufstand, und er, Antonio, auf der Bühne den Helden Achill gab. Es musste natürlich jemand sein, der über die Maßen stark war, auf keinen Fall einer der Schwächlinge, die als Hilfskräfte hinter den Kulissen oder als Komparsen arbeiteten.

»Wenn dein Vater ein Condottiere war, wieso musstest du dann als betrunkener Theaterintendant durch die Lande tingeln?«

»Nicht mein Vater, dieser Primitivling, sondern mein edler Großvater, du kleinhirniger Erbsenzähler«, versetzte Raffaele in beleidigtem Tonfall. »Und von betrunken kann gar keine Rede sein. Jedenfalls nicht mehr als sonst.«

»Also ziemlich«, meinte Antonio mit gutmütigem Spott.

Raffaele hatte immer noch ein Gespür für eine gute Pointe, er lachte herzlich. »Du hast das Zeug zu einem Komödianten, sagte ich das schon?«

»Ungefähr hundert Mal.«

»Man kann es nicht oft genug wiederholen. Die Zeit ist reif für neue Komödien. Keiner mag sich mehr mit den altertümlichen Stücken des Plautus und des Terenz langweilen. Die Menschen wollen den Humor ihrer eigenen Zeit erleben. Die Anbetung der Antike muss einmal ein Ende nehmen.«

Antonio seufzte und gab der Kurbel einen Tritt. Das Ding klemmte schon wieder. Er würde einen zusätzlichen Fanfarenbläser anheuern, um das Geräusch zu übertönen, und ein zweiter Kulissenhelfer konnte auch nicht schaden. Einer, der drehte, und ein weiterer, der an dem Steinbrocken zog, während die Plattform nach oben glitt. Einer alleine wäre niemals stark genug, außer vielleicht er selbst – doch er musste als Achill auf der Bühne stehen. Er hatte wochenlang für die Rolle gelernt und dachte nicht daran, wegen eines dämlichen Flaschenzugs auf seinen Premierenauftritt zu verzichten.

Der in ein räudiges Lammfell gehüllte Darsteller des listenreichen Odysseus tauchte hinter einem Bretterstapel auf. Er gähnte mit weit aufgerissenem Mund und kratzte sich die Hoden, während er näher kam, eingehüllt in eine Wolke aus Schafsgestank und Schnapsdunst. Wie viele seiner Berufskollegen neigte auch er dazu, sein Lampenfieber mit Alkohol zu bekämpfen, obwohl er, wie Antonio ihm zugestehen musste, seine Rolle schon nach kurzem Studium perfekt beherrschte und ohne einen einzigen Patzer Dutzende von Versen deklamieren konnte, egal wie betrunken er war. Es klang vielleicht hin und wieder leicht verwaschen, aber nie vergaß er seinen Text.

Der Mann hieß Ippolito. Er war knapp dreißig Jahre alt und hatte einen quadratischen, von krausem Blondhaar bedeckten Schädel. Mit seinem zerknautschten, grimmigen Gesicht unter der niedrigen Stirn und dem muskulösen Körper eignete er sich weniger für die Rolle des kühnen Odysseus als für diejenige des wilden Weingottes Dionysos, den er ebenfalls schon verkörpert hatte. Doch er war – abgesehen von Antonio und Raffaele selbst – der einzige Schauspieler des Ensembles, der sich einen umfangreichen Text merken konnte, und da Raffaele wegen seines Alters für den Menelaos prädestiniert war und Antonio schon wegen seiner Statur für niemand anderen als den Achill infrage kam, hatte Ippolito folgerichtig die Rolle des Odysseus übernehmen müssen. Bis vor ein paar Jahren hatte Ippolito als Söldner gearbeitet, so wie früher sein Brotgeber Raffaele, bis ein Zustand eingetreten war, der ihr Auskommen gefährdete: Frieden. Außer wenigen, örtlich begrenzten Scharmützeln hatte

Venedig sich in den letzten Jahren mit keinem gefährlichen Feind befehdet. Danach hatte Ippolito sich als Faustkämpfer bei Schaustellereien verdingt und war auf diesem Wege bei Raffaele hängen geblieben.

»Du darfst ihm nichts mehr glauben«, sagte Ippolito zu Antonio.

»Was meinst du?«, fragte Antonio geistesabwesend. Er schätzte die Entfernung des Steinbrockens zur Bühne und wog die mutmaßliche Schwere gegen den nötigen Kraftaufwand ab, der nötig wäre, es von Hand herabzuziehen. Vielleicht würde er zwei Männer aus dem Chor überreden können, hinter den Kulissen nicht nur zu singen, sondern auch die Plattform in Bewegung zu setzen.

»Er lügt, wenn er nur den Mund aufmacht«, sagte Ippolito.

»Schweig, du versoffener Wicht«, wies Raffaele ihn zurecht.

»Die Geschichte vom Condottiere ist genauso erstunken und erlogen wie die von der holden blonden Maid, die er von einem sinkenden Schiff rettete, bevor sie ein Jahr später von den Muselmanen geraubt und versklavt wurde.«

»Diese Geschichte habe ich ihm noch gar nicht erzählt!«, rief Raffaele empört aus. »Und außerdem ist sie wahr!«

»So wahr wie die Geschichte mit dem Amulett«, höhnte Ippolito.

Antonio fuhr zu ihm herum. »Welches Amulett?«, wollte er misstrauisch wissen.

Ippolito zeigte auf den verschrumpelten Hals des Intendanten. »Na, das mit dem geheiligten Blut unseren Erlösers, welches sonst?«

Raffaele gab einen heiseren Schrei der Entrüstung von sich. »Du wagst es, meine Worte anzuzweifeln, du verlauster Häretiker!«

Ippolito kratzte sich grinsend unter der rechten Achsel, dann schabte er erneut mit den Fingernägeln über seine Hoden. »Was die Läuse angeht, so hast du leider recht.«

»Was ist mit der Reliquie?«, fragte Antonio. Er ließ die Kurbel los und trat einen Schritt auf den Alten zu. In seinem Inneren ballte sich eine unheilvolle Mischung aus Wut, Enttäuschung und Hoffnungslosigkeit zusammen, es war fast so, als könne er bereits spüren, wie all seine Zukunftspläne sich in nichts auflösten, weil die Reliquie als leuchtendes Ziel sich als Lüge zu entpuppen schien.

Raffaele griff in die Tasche seines Wamses und zerrte und ruckte darin herum, bis er den Gegenstand zum Vorschein brachte, nach dem er gesucht hatte. Es war ein Rosenkranz, ein wertvolles Stück, wie Antonio wusste, aus echten Opalen und irisierenden Austernperlen. Der Alte hatte in seinem Leben schon vieles verpfändet und beim Würfeln verloren, doch niemals hatte er diesen Rosenkranz aus den Händen gegeben. Er hatte seiner Mutter gehört. Raffaele hielt ihn hoch und präsentierte das kleine, aus Ebenholz geschnitzte Kreuz, filigrane Arbeit eines begabten Künstlers und zugleich geweihtes Symbol der heiligen Kirche.

»Sieh dieses Kreuz«, rief Raffaele. »Und schau in mein Gesicht. Erkenne dort die Wahrheit. Wisse, dass ich über meinen Glauben niemals lügen würde! Eher mögen mir Zunge und Herz verfaulen, als dass ich auf diese scheußliche Weise unseren Herrn Jesus Christus schmähen würde!«

Antonio starrte ihn an und schluckte hart. Sein Blick fiel auf das Kreuz am Rosenkranz und wanderte von dort aus weiter zu der Ausbuchtung unter dem Hemd des Alten, wo, wie er wusste, die Reliquie mit dem geheiligten Blut ruhte. Mit hängenden Armen wandte er sich ab und gab vor, sich wieder mit dem knarrenden Flaschenzug zu beschäftigen.

Er hatte soeben erkannt, dass die Grenzen zwischen dem, wonach er strebte, und dem, woran er glaubte, fließend waren. Wollen und Glauben mussten nicht immer eins sein; wichtig war nur, niemals sein Ziel aus den Augen zu verlieren.

Ippolito deutete auf die Kurbel. »Fett«, sagte er. »Schmier ordentlich Talg drauf, dann geht es besser. Und glaub dem Alten kein Wort.«

Antonio ölte die Apparatur, aber was die restliche Empfehlung Ippolitos betraf, so klammerte er weitere Überlegungen fürs Erste lieber aus.

Am Abend, während der Vorstellung, schielte er immer wieder aus den Augenwinkeln zu der Plattform hinüber und lauschte mit einem Ohr dem Geräusch der Kurbel, die sich hinter den fleckigen Stoffbahnen drehte, doch seine Sorge war unbegründet.

Dann wanderte sein Blick zu den Reihen der Zuschauer. Die Fackeln, die den Bühnenbereich ausleuchteten, erhellten auch einen Teil des Publikums. Ein silberner Reflex erregte Antonios Aufmerksamkeit, eine Wellenbewegung, die so glatt und geschmeidig war, als glitte eine Bahn aus Seide herab. Es war Valeria, die den Kopf zur Seite wandte und dabei ihr Haar mit den Fingern glatt strich. Zu ihrer Linken befand sich Carlo, wie Valeria in teure, mit funkelnden Applikationen bestickte Gewänder gehüllt, die sich auffällig gegen seine schwarze Haut abhoben. Sein Gesicht wirkte stoisch, der Ausdruck in seinen dunklen Augen undeutbar. Statt eines Baretts trug er einen Turban wie ein Osmane, was sein fremdartiges Äußeres noch unterstrich. Er sah aus der Entfernung beinahe so aus wie jemand aus der Schauspieltruppe, der sich als Mohr verkleidet hatte, für ein Stück, das sie gerade für die kommende Karnevalszeit einstudierten.

An Valerias anderer Seite saß der Mann, der für Antonios Einkerkerung verantwortlich war, Giacomo Cattaneo. Er war maskiert, aber Antonio hatte keine Schwierigkeiten, ihn trotzdem zu erkennen, sei es nun an der hochmütigen Haltung des Kopfes oder an der höhnischen Linie, die seine Lippen beim Lächeln bildeten.

Kurz wallte in Antonio die Erinnerung daran auf, wie der Mann Laura mit seinem Degen verletzt hatte. Laura, die Gassenrange mit den feuerroten Haaren, die das Stehlen hasste. Er musste immer noch an sie denken, manchmal, wenn er abends nicht einschlafen konnte. Mindestens ebenso oft aber dachte er an Valeria, ihr leuchtendes Seidenhaar, ihre perlmuttzarte Haut und ihr rätselhaftes Lächeln. Dann sah er wieder den Kamm durch die hellen Strähnen gleiten und das Kerzenlicht auf ihren bloßen Armen schimmern, sah, wie sich ihre Brüste unter dem schäbigen Kleid bewegten, immer im Rhythmus ihrer Bewegungen. Und er hörte die Seufzer und das Kichern hinter der Schilfwand, er roch die moschusartige Ausdünstung ihrer Freier, dieselbe, die auch er verströmte, wenn er sich im Hinterhof Erleichterung von seinen Qualen verschafft hatte.

Noch nie hatte er eine Frau besessen, ein Zustand, den er als quälend empfand. Ihm fiel ein, dass er Geld hatte, ziemlich viel sogar. In der vergangenen Woche hatte er zwei Gefäße mit geheiligter Erde von der Schädelstätte Golgatha verkauft. Der Abt, der die Tonkrüge von einer Pilgerfahrt mitgebracht hatte, wollte ihm für das verfügbare Kapital ursprünglich nur einen überlassen, doch Antonio hatte ihn mit der inzwischen glaubhaft verwitterten griechischen Statue geködert und damit den Handel perfekt gemacht. Die Erde hatte er, versehen mit einem umständlich verfassten und gesiegelten Beglaubigungsschreiben des Abtes, an einen Deutschen losgeschlagen, der im Auftrag seines Herrn, eines hohen deutschen Adligen, ganz Italien auf der Suche nach Reliquien durchstreifte, deren Echtheit verbürgt war. Antonio besaß seither so viel Geld wie nie zuvor. Vom Erwerb eines Palastes war er gleichwohl weiter weg als die Erde vom Mond. Wie er inzwischen wusste, war kein Pflaster der Welt teurer als die Ufer beidseits des Canalezzo, das Rialtoviertel und San Marco mit eingeschlossen. Schon ein kleines Gewölbe am Wasser, das zu nichts weiter taugte als zur Einrichtung eines Kontors, war nicht unter hundert Dukaten zu haben. Nicht einmal das würde er sich auf absehbare Zeit leisten können, ganz davon abgesehen, dass er überhaupt nicht vorhatte, ein Kontor zu betreiben. Doch das Geld würde reichen, um eine gute Hure zu bezahlen. Eine sehr gute. Vielleicht sogar Valeria.

Cattaneo legte Valeria den Arm um die Schultern und streichelte ungeniert ihre Brust. Dabei starrte er Antonio unentwegt an, auf eine Art, die klarmachte, dass er alles wusste. Er wusste um Antonios Begierden und Träume, und er machte sich dieses Wissen zunutze, um es als Waffe gegen ihn zu verwenden. Hass wallte in Antonio auf, schmerzhaft scharf wie ein Messer, das ihm in die Eingeweide fuhr. Er sah die Hand auf Valerias Brust und widerstand dem Drang, sich auf den Mann zu stürzen und seinen Dolch in dessen Hand zu stoßen, durch Fleisch und Sehnen, tief hindurch, vielleicht sogar in die Brust darunter.

»Dein Antlitz ist fürwahr das allerschönste hier!« Die Worte waren wie ein Windhauch aus weiter Ferne.

Cattaneo lächelte ihn an, und Valeria folgte seinen Blicken. Ihre Augen waren hell, fast schimmerten sie wie ihr Haar, das wie Wasser über ihre Schultern floss.

»Dein Antlitz ist fürwahr das allerschönste hier«, zischte es von links hinten.

Antonio fuhr zusammen und landete mit einem Schlag in der Wirklichkeit. Es war noch nie vorgekommen, dass ein Souffleur ihm beistehen musste, denn kein einziges Mal hatte er bisher während einer Vorstellung den Faden verloren. Doch heute war es geschehen. Der Souffleur waltete seines Amtes, hinter ihm, von den Tüchern der Umspannung verborgen.

Vor ihm stand Lionello, der Junge, der die Sklavin Briseis verkörperte, eine blonde Perücke auf dem Kopf und das Knabengesicht zu lieblicher Mädchenhaftigkeit geschminkt. Er blickte Antonio an wie ein entsetztes Schaf, und Antonio begriff, dass er seinen Einsatz schon seit geraumer Zeit schuldig war.

»Dein Antlitz ist führwahr das allerschönste hier«, wiederholte Antonio folgsam den Text, während er bereits ahnte, dass dies nicht der letzte Aussetzer bleiben würde. Er sah, wie Raffaele sich seitlich hinter den Kulissen die Haare raufte, doch es interessierte ihn nicht weiter. Er wandte seine Blicke wieder den Zuschauerrängen zu, suchte Valeria. Doch als er die Stelle ausgemacht hatte, wo sie mit Carlo und Cattaneo hätte sitzen müssen, sah er, dass sie gegangen waren.

Teil 4

Januar 1505

Der Schuppen, den Crestina manchmal scherzhaft ihre *Hexenküche* nannte, war am hinteren Teil des Hauses angebaut. Darin war die Offizin untergebracht, mitsamt allen Laboratoriumsgeräten, die zur Herstellung von Medikamenten und Mitteln für die Schönheitspflege nötig waren. Der Anbau war kaum halb so breit wie das Hauptgebäude, also ausgesprochen schmal, aber dafür lang genug, um einer ausreichend großen Anrichte Platz zu bieten, die sich über die ganze Längswand erstreckte und auf der sich Brennkessel, Mörser, Spatel, Blasebalg, Waage und etliche Phiolen befanden. Unter der Arbeitsfläche sowie darüber an der Wand waren Borde angebracht, auf denen die unterschiedlichsten Behältnisse aufbewahrt wurden. Wie vorn im Laden wurden auch hier Kräuter gelagert. Sie hingen in Büscheln von der Decke und der Wand zum Trocknen oder waren zerfasert oder gehäckselt in Säcken und Kisten gefüllt. Es gab jedoch auch zusätzliche Tiegel und Flaschen, in denen sich die Flüssigkeiten, Fette und Mineralien befanden, die für die Herstellung von Medizin und Kosmetik benötigt wurden. Crestina führte nicht nur Salben und Tränke gegen diverse Leiden in ihrem Sortiment, sondern auch allerlei Cremes und Tropfen für die Schönheit.

Laura hatte rasch mitbekommen, dass mit der Körperpflege mindestens genauso viel Geld zu verdienen war wie mit der Heilkunde. Die meisten Frauen scheuten weder Kosten noch Mühen, um sich mit glatter Haut, strahlenden Augen und duftendem, glänzendem Haar hervortun zu können.

Darüber hinaus bot Crestina ihren Kundinnen auch Mixturen an, deren Wirkung, wie sie Laura freimütig anvertraut hatte, eher der Fantasie als den Inhaltsstoffen zuzuschreiben war, etwa Potenzmittel und Liebestränke.

»Dass diese Dinge dennoch sehr gut helfen können, zeigt uns, wie wichtig der Glaube an die Kraft eines Mittels ist«, hatte sie Laura erläutert. »Unterschätze also niemals die Vorstellungskraft der Menschen. Versuche stets, selbst an die Wirksamkeit zu glauben, dann werden auch sie es tun.«

Unerlässlich dafür war, dass sie nichts verkauften, was den Menschen schaden konnte, das war Crestinas oberste Regel. Wie alle Apotheker beschäftigte sie sich eingehend mit der Wirkung von Giften aller Art, was schon deshalb unerlässlich war, weil eine Vielzahl von Pflanzen giftig war und nur mit großer Vorsicht angewendet werden durfte.

Nicht wenige davon waren schon in geringer Dosierung tödlich, etwa die gefährliche Tollkirsche, aus deren Saft Crestina Augentropfen herstellte, oder der Rote Fingerhut, dessen Blätter und Blüten sie in winzigen Mengen einem Stärkungsmittel beifügte. Es gab den kostbaren Samen des Schlafmohns, aus dem sich ein Öl herstellen ließ, von dem schon ein paar Tropfen einen Menschen in tiefe Bewusstlosigkeit sinken ließen und über den Crestina ihr ein Gedicht zum Abschreiben überlassen hatte – weil es hübsch war und weil es half, Latein zu lernen.

Et cereale quidem nugarum in parte papaver
Hac memorare placet, quod raptu mesta puellae
Mater, ut immensis optata oblivia mentem
Exuerent curis, fertur Latona vorasse …[*]

[*] Hier gefällt es mir wohl, im Kranz meiner leichten Gedichtchen
Nun des Feldmohns Erwähnung zu tun, den die Mutter Latona
Trauernd wegen des Raubs ihrer Tochter genossen, so sagt man,
Dass lang ersehntes Vergessen die Brust ihr vom Kummer befreie.

Laura hatte nach der Geschichte gefragt, die hinter dem Vers steckte, doch Crestina sagte, sie sei ihr nicht bekannt. Es musste ein trauriges Schicksal sein, das darin beschrieben wurde, von einer Mutter, der die Tochter genommen wurde und die nur mit Hilfe des Schlafmohns Vergessen finden konnte.

An diesem Januarmorgen war es ungewöhnlich kalt in Venedig. Es zog durch die Ritzen der Holzwände in den Gartenschuppen hinein, und die Wärme, die der bullernde Ofen an der steinernen Seite des windschiefen Außenbaus erzeugte, reichte bei weitem nicht aus, um den Frost zu vertreiben. Bei der eisigen Witterung hätten sie die Salbe auch in der Küche des Hauses kochen können, doch dort werkelte Mansuetta, die mit der Zubereitung des Mittagsmahls beschäftigt war, und da es der einzig wirklich warme Raum im Haus war, hielt sich auch Matteo dort auf. In der drangvollen Enge mochten sich zwar noch zwei weitere Menschen an den großen Ess- und Arbeitstisch setzen können, doch für medizinische Zubereitungen war die Küche an diesem Tag nicht der geeignete Ort.

Das Salbenkochen ließ sich nicht länger aufschieben, obwohl die Kälte den Aufenthalt im Schuppen ungemütlich machte. Am Vortag war der Vorrat an grüner Salbe ausgegangen, ein häufig gekauftes Produkt, mit dem Crestina schon viele Kunden gewonnen hatte. Die Salbe eignete sich hervorragend für die Heilbehandlung, denn sie verhinderte bei regelmäßiger Anwendung die Bildung wilden Fleischs und zog rasch die Entzündung und etwaigen Schmutz aus der Wunde.

Laura stand am Ofen und bereitete unter Crestinas Anleitung nach dem ihr längst bekannten Rezept das Medikament zu. Auf zwanzig Teile weißes Pinienterpentin kam dieselbe Menge frisches Schweineschmalz, dazu zehn Teile Bienenhonig und derselbe Anteil gelbes Bienenwachs, und zuletzt drei Teile Grünspan. Wichtig war, dass alles nur leicht erwärmt wurde, damit man es besser verrühren konnte. Sie hielt den tönernen, innen glasierten Tiegel, in dem sie die Masse mischte, nur kurz über das Feuer, immer nur so lange, bis die einzelnen Zutaten weich wurden und zu schmelzen begannen, dann zog sie die Mischung rasch aus der Reichweite der Flammen und schlug sie sorgfältig mit dem Rührlöffel auf, bis sie sich in einen sämigen Brei verwandelt hatte. Der durchdringende Geruch von Terpentin erfüllte den Schuppen und überlagerte den süßlichen Duft des Honigs, sogar den intensiven Geruch der Holzkohle, mit der sie den kleinen Ofen befeuerten.

Nachdem die fertige Masse ein wenig abgekühlt war, füllten Laura und Crestina sie in bereitstehende, vorher mit kochendem Wasser gereinigte Tiegel, die sie jeweils mit einem Stück Wachstuch verschlossen.

Laura hatte beizeiten gelernt, dass Sauberkeit bei der Zubereitung von Salben zwar zeitraubend, aber unverzichtbar war, denn allzu schnell verdarben einzelne Zutaten, wenn sie mit Schmutz oder sonstigen Verunreinigungen in Berührung kamen. Dann fing das ganze Produkt binnen kürzester Zeit an, so übel zu stinken, dass niemand es mehr verwenden mochte. Crestina empfahl den Kunden stets, die Salben kühl und schattig aufzubewahren, was jetzt im Winter natürlich einfacher war als im Sommer – ein Grund dafür, dass der Verkauf im Winter weit besser lief als sonst –, weshalb sie in den kälteren Monaten häufiger Salbe herstellen mussten.

»Du bist ein gutes Mädchen«, sagte Crestina, nachdem sie gemeinsam alle Vorräte weggeräumt und den Arbeitstisch gesäubert hatten.

Laura blickte die Kräuterhändlerin erstaunt an. Sie hatte die Zuneigung der Älteren von Anfang an gespürt, doch Crestina hatte nie ausdrücklich darüber gesprochen. Es klang, als sollte dies eine längere Ansprache werden, und Laura durchfuhr mit einem Mal die Angst, es könne der Auftakt zu einer Erklärung werden, die unliebsame Veränderungen zum Inhalt hatte. Sie hielt die Luft an und malte sich die nächste Äußerung Crestinas aus. Etwa: Deine Zeit hier neigt sich dem Ende, denn du hast alles gelernt, was ich dir beibringen konnte. Oder: Die Geschäfte gehen schlecht, und es tut mir leid, dir sagen zu müssen, dass ich unmöglich länger zwei zusätzliche Kostgänger durchfüttern kann.

»Ich muss noch viel lernen«, sagte Laura hastig, während sie mit einem nassen Tuch und Seife über einer Schüssel ihre Hände reinigte, die vor Schweinetalg glänzten. »Und … ähm, die Geschäfte … sie gehen doch ziemlich gut, oder?«

Crestina musterte sie fragend. »Ich denke, du hast schon sehr viel gelernt. Ungeheuer viel sogar.«

»Man lernt niemals aus!« Das war einer von Isaccos beliebtesten Sprüchen, er brachte ihn mindestens einmal die Woche an.

Laura erging sich in inneren Stoßgebeten, während Crestina weitersprach, doch nach wenigen Worten begriff sie, dass sie nichts Schlimmes zu befürchten hatte.

»Das stimmt sicher«, räumte Crestina ein. »Aber du hast ja noch viel Zeit, schließlich bist du jung, und ich werde dir noch einiges beibringen, sei dessen gewiss.« Sie lächelte. »Und was die Geschäfte angeht – du hast völlig recht, sie gehen tatsächlich ausgezeichnet. Du bist innerhalb kürzester Zeit eine vollwertige Arbeitskraft geworden.«

Es blieb unausgesprochen, dass Mansuetta weniger in der Apotheke helfen konnte als jemals zuvor, und das nicht nur, weil sie Matteo betreute. Laura wusste, dass Crestina sich darüber keinen Illusionen hingab. Einmal hatte Laura aus dem Nebenraum mitbekommen, wie Crestina ihrer Tochter eine Hand auf die Schulter legte, nachdem ein Glasgefäß zu Bruch gegangen war und Mansuetta schluchzend versucht hatte, die Scherben aufzusammeln. »Lass es gut sein, Mädchen. Warum rufst du nicht Laura? Du weißt doch, dass deine Augen dir die Arbeit erschweren, du musst dich nicht zwingen, Dinge zu tun, von denen du weißt, dass sie dir schwerfallen! Nimm es hin, wie es ist, und versuche, daraus das Beste zu machen.«

»Wie soll ich daraus, dass ich blind bin, das Beste machen!«, hatte Mansuetta aufgebracht erwidert.

»Von Blindheit kann keine Rede sein. Du magst nicht gut sehen, aber du *kannst* sehen. Und davon abgesehen bist du ein

Geschöpf Gottes, so wie wir alle, mit Fehlern und Schwächen. Viele Menschen haben ein körperliches Gebrechen und müssen es tragen.« Crestina hatte Mansuetta umarmt. »Schau, der Himmel hat uns das Mädchen und ihren Bruder gesandt! Wir brauchen sie, und sie brauchen uns! Merkst du nicht, wie der Kleine dich liebt? Und wie eifrig Laura in allen Dingen ist, wie anstellig beim Lernen und Arbeiten? Es ist, als hätte Gott all meine Gebete erhört! Lass uns dankbar dieses Geschenk annehmen!«

Crestina riss Laura aus ihren Gedanken. Sie sprach weiter, während sie die mit Wachstuch abgedeckten Salbentiegel auf ein Bord stellte, wo sie über Nacht auskühlen konnten. »Die Geschäfte gehen sogar so hervorragend, dass ich überlegt habe, wie wenig dir eigentlich davon zugutekommt.«

Laura musterte ihre Gönnerin verständnislos. »Wenig?«, fragte sie, nicht sicher, ob sie richtig verstanden hatte. »Was meinst du damit? Du gibst mir doch so unendlich viel!« Sie schluckte, dann fügte sie leise hinzu: »Ihr seid wie eine Familie für mich, du und Mansuetta.«

Sie wusste nicht, wie sie es anders hätte ausdrücken können.

»Es ehrt mich, dass du das sagst«, meinte Crestina. »Doch es ändert nichts daran, dass dir für deine Mühen ein zusätzlicher Lohn gebührt. Jede Hausmagd bekommt außer freier Kost und Logis auch ein kleines Salär, ferner Kleidung und hin und wieder ein Geschenk.«

»Aber du hast mich doch eingekleidet und beschenkt!«, protestierte Laura. Sie zeigte auf ihre Füße. »Erst letzte Woche bekam ich neue Schuhe!«

»Weil bei den alten schon die Zehen vorn hinauswollten«, erwiderte Crestina trocken. »Und was die Kleidung betrifft, so hast du bisher nur abgelegte Sachen von Mansuetta getragen. Es wird Zeit, dass du einmal etwas Neues, Eigenes bekommst.« Crestina musterte sie kritisch. »Zumal dir ihre Sachen kaum noch passen.«

Sie nahm Laura an einem der folgenden Tage mit zu einer Schneiderin.

»Du bist wirklich groß geworden in der letzten Zeit«, meinte sie, während die Näherin um Laura herumging, um ihre Maße zu nehmen. An die Frau gewandt fügte sie hinzu: »Sie soll zwei Kleider bekommen, ein Alltagsgewand und eines für den Sonntag. Laura, welche Farbe würde dir gefallen?«

Laura merkte, dass sie errötete. »Vielleicht Blau für das Sonntagskleid?«

»Das hätte ich auch vorgeschlagen. Blau in der Farbe des Lavendels, genau wie deine Augen.«

Laura suchte nach Worten, um ihre Dankbarkeit zum Ausdruck zu bringen, doch Crestina tat das als überflüssig ab. »Du bist so voller Liebe, mein Kind, und es macht mich glücklich, dir etwas schenken zu können.«

Auch für Matteo wurde ein neues Wams bestellt; er wuchs aus all seinen Sachen schneller heraus, als man sie ihm schneidern konnte, und so wurden seine Hemden und Westen stets auf Zuwachs genäht. Doch selbst diese wurden ihm dann binnen kurzer Zeit zu eng, sodass er neue brauchte, ein Umstand, auf den meist Mansuetta in aller Nachdrücklichkeit hinwies. Er war immer noch ein zartes Kind und eher dünn für sein Alter, doch es war jetzt schon zu sehen, dass er einmal lange Arme und Beine bekommen würde.

Das neue Sonntagskleid war eine Woche später fertig. Die Näherin und Crestina gingen zufrieden um Laura herum. »Es passt wie angemalt«, sagte die Schneiderin, während sie die Spangen über der Schulter befestigte und die seitliche Verschnürung der blauen Gamurra über der weißen Bluse festzog.

»Ihr habt gute Arbeit geleistet«, sagte Crestina anerkennend.

»Bei so einer Figur ist das Nähen wahrhaftig ein Vergnügen«, meinte die Frau. »Sie ist lieblich wie ein Engel, und ihr Körper ist der einer jungen Göttin. Ah, wie gern möchte man selbst noch einmal dreizehn sein!«

Laura wäre am liebsten im Erdboden versunken.

Dreizehn, so fand sie, war kein erstrebenswertes Alter, abgesehen davon, dass sie es erst im Herbst werden würde. Um Allerheiligen herum hatte sie zum ersten Mal geblutet und wäre fast gestorben vor Entsetzen, obwohl Crestina sie darauf vorbereitet hatte. Doch das war nur eine der Erscheinungen, die ihr seit einer Weile zu schaffen machten. Ihr neuer Körper erschien ihr so ungewohnt, dass sie manchmal meinte, er könne nicht zu ihr gehören. Hatte sie noch im letzten Jahr geglaubt, ewig im Zustand des dürren, zähen Kindes verharren zu müssen, war sie in den letzten Monaten eines Besseren belehrt worden. Beunruhigt musste sie feststellen, dass sie binnen kürzester Zeit einen Busen bekommen hatte, der sogar größer zu sein schien als der von Valeria. Wie aus dem Nichts war er gesprossen, so schnell, dass sie oft nachts nicht wusste, wie sie sich betten sollte, weil Druck und Spannung in ihrem Oberkörper so unangenehm waren. Auch ihr übriger Körper hatte sich in bestürzendem Ausmaß verändert. Ihr Hinterteil, an das sie sonst nie einen Gedanken verschwendet hatte, nahm ebenso wie ihre Brust mit einem Mal Dimensionen an, die sie beinahe ängstigten. Ihre Hüften waren breiter geworden, desgleichen ihre Schultern, während ihre Mitte schmal geblieben war, bis auf eine sanfte Wölbung unter dem Nabel.

Einmal im letzten Sommer, als Crestina und Mansuetta zur Sonntagsmesse fort waren und sie selbst auf Matteo aufgepasst hatte, der an jenem Morgen fieberte, hatte sie die Abwesenheit der beiden Frauen ausgenutzt und sich in dem Spiegel betrachtet, der in Crestinas Schlafgemach hing. Anna Monteverdi hatte einen kleinen, angestoßenen Spiegel besessen, in dem man nur sein Gesicht sehen konnte, und der Spiegel von Crestina war auch nicht viel größer. Crestina selbst benutzte ihn kaum; höchstens, dass sie einmal kurz hineinblickte, wenn sie den Sitz ihrer Haube überprüfen wollte. Mansuetta schaute dagegen häufig in den Spiegel, obwohl sie es meist dann tat, wenn sie meinte, dass niemand es merkte. Allerdings ließen sich in einem Haus mit lediglich einem gemeinsamen Wohnraum und drei winzigen Schlafkammern kaum private Verrichtungen ausführen, von denen niemand etwas mitbekam, und so hatte Laura Mansuetta schon des Öfteren dabei beobachten können, wie diese sich im Spiegel betrachtete, besonders dann, wenn sie meinte, dass Laura bereits schliefe. Wie sie ihren Kopf dabei auf eine Weise drehte, dass ihr schiefes Gesicht in einem günstigeren Blickwinkel erschien, oder wie sie ihr Haar seitlich in die Stirn fallen ließ, um das tiefer sitzende Auge zu bedecken. Manchmal lachte Mansuetta sich auch im Spiegel an, strahlend und mit makellos glänzenden Zähnen, doch das Lachen selbst wirkte künstlich, und wenn ihm überhaupt eine Regung innewohnte, dann war es Verzweiflung.

Im vergangenen Sommer, an jenem Sonntag, als Crestina und Mansuetta in der Kirche waren, war Laura ihr eigenes Spiegelbild noch vertraut erschienen. Ihre Haut war vom Aufenthalt auf der Terraferma gebräunt und mit zahllosen Sommersprossen übersät, ihr Haar so rot wie eh und je.

Die Schneiderin hatte in ihrer Nähstube einen Spiegel, der einem beinahe die vollständige Gestalt zeigte, wenn man in entsprechender Entfernung davorstand. Laura starrte das Geschöpf an, das ihr aus der silbrigen Fläche entgegenschaute, und zum ersten Mal bekam sie eine genauere Vorstellung davon, wie sehr sie sich verändert hatte. Natürlich war sie noch dieses Mädchen dort im Spiegel, rothaarig, sommersprossig, mit dicht bewimperten Augen und der keck nach oben gebogenen Nase. Doch war das ihr Mund, mit den vollen, wie zum Kuss geschürzten Lippen, und konnte das ihr Hals sein, so geschwungen und schmal, fast zerbrechlich im Übergang zu den Schultern? Und die Wölbung ihres Busens über dem Blusenausschnitt, zwar nur zu ahnen, aber dabei zugleich so ungeheuerlich verrucht, dass sie instinktiv beide Hände darauflegte, um die Stelle zu überdecken. Gleichzeitig presste sie die Lippen zusammen, um sie schmaler wirken zu lassen.

»In wenigen Jahren wird Eure Enkelin Aufsehen erregen«, prophezeite die Schneiderin. »Ihr werdet sie sicher gut verheiraten können. Sie ist einzigartig. Dieses Gesicht, dieser Körper!« Kritisch fügte sie hinzu: »Gegen die Sommersprossen sollte häufiger Zitrone angewendet werden.«

Crestina sagte nichts darauf, und Laura stolperte anschließend verlegen hinter ihr her aus dem Laden, in dem sicheren Wissen, dass sie vor Beschämung gestorben wäre, wenn auch nur noch ein einziges Wort über ihren Körper gesprochen worden wäre.

Als sie das Kleid zum nächsten Kirchbesuch trug, war sie froh, dass sie wegen der Kälte einen Umhang brauchte, denn so konnte niemand sehen, wie sich Hals und Busen von dem strahlend blauen Gewand abhoben. Der schmaläugige Blick, den Mansuetta ihr während des Ankleidens zugeworfen hatte, war ihr schon unangenehm genug gewesen.

In der darauffolgenden Nacht träumte sie wieder, durch ganz Venedig zu irren, weil sie die Apotheke nicht finden konnte.

Sie hatte häufig Albträume, meist solche, aus denen sie schweißgebadet aufwachte, weil sie geträumt hatte, wieder in dem Loch am Corte Cavallo zu hausen. Sie musste fort, weil Valeria einen Freier erwartete. Oder von früh bis spät aufpassen, dass die Zwillinge ihr verstecktes Essen nicht stahlen. Dann wieder träumte sie, beim Beutelschneiden erwischt zu werden, und sie spürte den Luftzug der herabsausenden Axt, mit der ihr die Hand abgeschlagen wurde. In manchen Träumen war sie auch wieder im Hause ihrer Eltern, und sie betrachtete den geflügelten goldenen Löwen an der Wand ihres Zimmers, der während ihrer Kindheit über sie gewacht hatte. Sie hörte die Stimme ihres Vaters, der sie aufforderte, sich von den Schwingen des Löwen über die Lagune davontragen zu lassen. Im Schatten sah sie bereits den Mann mit der Maske und dem Mal an der Hand, der darauf lauerte, ihren Vater zu töten. Sie wollte schreien, um ihn zu warnen, doch sie brachte nicht einmal ein Flüstern heraus. Dann wieder saß sie am Totenbett ihrer Mutter und schlug die Laken zurück, unter denen das Blut herausfloss, über ihre Hände und Arme, bis sie stöhnend um sich schlug und endlich aufwachte.

Die schlimmsten Träume aber waren jene, in denen Arcanzola sie in den Palazzo von Giacomo Cattaneo brachte. Dort irrte sie mit Matteo in ihren Armen durch unendliche, prachtvoll ausstaffierte Gänge und konnte keinen Ausgang finden.

Sie hatte nie über all das gesprochen, erst recht nicht über das Stehlen, und sie war dankbar, dass Crestina nie danach fragte. Freimütig hatte sie nur über die Zeit im Waisenhaus berichtet, hatte den Hunger und die Armseligkeit beschrieben, und es tat gut, dabei Crestinas Mitgefühl zu spüren. Mansuetta hatte verschiedentlich versucht, mehr über ihre Vergangenheit zu erfahren, und so hatte Laura ihren vielen Verfehlungen eine weitere hinzugefügt, indem sie behauptete, sich nach ihrer Flucht aus dem Waisenhaus ihren Lebensunterhalt erbettelt zu haben. Diese Lüge schien ihr im Vergleich zu den vielen Diebstählen kaum bemerkenswert. Erstaunlich fand sie angesichts ihrer rabenschwarzen Lasterhaftigkeit eigentlich nur die Tatsache, dass sie immer noch so sehr darunter litt. Sie betete viel und erflehte Gottes Verzeihung für all die Sünden, aber sie wusste auch, dass ihr wirkliche Erleichterung erst durch die Absolution zuteilwerden würde, und dafür sah sie derzeit keine Möglichkeit. Wie Mansuetta und Crestina ging sie regelmäßig zum Priester der Contrada, um zu beichten, doch wie konnte sie zugeben, welcher Abscheulichkeiten sie schuldig war? Nicht nur die Scham hielt sie davon ab, sondern auch ihre Angst, und so blieb sie dabei, nur die lässlichen Sünden zu gestehen, wie sie wohl jedes Mädchen in ihrem Alter Woche für Woche beging.

Einer der Zwillinge, Oratio, hatte ihr erzählt, wie auch er einmal seine Seele bei der Beichte erleichtern wollte. Der Priester hatte ihn regelrecht verhört, hatte alle Einzelheiten aus ihm herausgepresst und genau wissen wollen, wie viele Geldbeutel, Würste und Schnapsflaschen er an sich gebracht hatte. Das Ende vom Lied war, dass er zur Buße nicht nur Hunderte von Psaltern beten musste, sondern auch von Mönchen zur Erziehung in ein Kloster verfrachtet wurde, wo er tagelang Latrinen schrubbte, bis er endlich in einem unbewachten Moment von dort flüchten konnte.

Lauras Furcht, man könne sie zu Frondiensten in ein Kloster stecken oder sie wegen ihrer vielen Diebstähle ins Gefängnis werfen, war größer als ihr Bedürfnis, ihre Seele von Sünden reinzuwaschen. Dennoch wog die Belastung schwer und überschattete ihren Alltag.

Eines Tages, schwor sie sich, werde ich so stark sein, dass niemand mehr es wagen wird, mich wegzubringen. Dann werde ich vor Gott hintreten und seine Vergebung erflehen. Dann wird alles gut.

»Heute Abend gehen wir ins Theater«, sagte Crestina zu ihren Gästen.

Bei Brot und Wein saßen sie in der bullig aufgeheizten Küche zu sechst um den Tisch; eigentlich waren sie sieben, wenn man Matteo mitzählte, der bei Mansuetta auf dem Schoß saß und ständig die Hände nach dem Brotkorb ausstreckte.

»Ins Theater«, staunte die Nachbarin, Monna Elsa. »Ist das nicht verboten?«

Matteo deutete auf den Kaminofen, in dem die Flammen züngelten. »Ofen ist heiß, Matteo anfassen verboten. Feuer tut weh, und Matteo schreit.« Er dachte kurz nach. »Feuer verbrennt auch Holz. Holz schreit nicht. Ist tot.«

Isacco blickte verblüfft auf. »Das ist unglaublich!«

»Ja, nicht wahr? Er sagt die klügsten Dinge.« Mansuetta strahlte ihn an.

»Du hast ihn gut erzogen«, meinte Isacco.

Mansuetta sonnte sich sichtlich in seiner Bewunderung, und Laura dachte mit leiser Verdrossenheit, dass es wohl kaum angebracht war, wenn Mansuetta mit Matteos Intelligenz angab. Mansuetta mochte sich im Laufe der letzten beiden Jahre viel um ihn gekümmert haben, aber die Zeit davor war allein sie,

Laura, für sein Wohlergehen und seine gedeihliche Entwicklung verantwortlich gewesen. Schon damals hatte er Anzeichen einer ungewöhnlichen Klugheit gezeigt, die man nicht erlernen konnte, sondern die angeboren war.

»Was für ein Stück wird denn im Theater gegeben?«, wollte Mosè Zinzi von Crestina wissen. Er war zu einem seiner seltenen Besuche eingetroffen und machte Crestina seine Aufwartung, gemeinsam mit seiner Frau Elsa und seinem Sohn Isacco.

»Eine Komödie über einen reichen Kaufmann, der sich in die Tochter eines armen Seifensieders verliebt«, antwortete Crestina. »Diese wiederum liebt den Diener des Kaufmanns, einen wohlgestalteten jungen Mann. Der Seifensieder will natürlich seine Tochter an den Reichen verschachern, während der Diener die Tochter für sich haben will. Alle Beteiligten sinnen nun auf Wege, wie sie ans Ziel ihrer Wünsche gelangen können. Das Stück soll sehr komisch sein.«

»Das klingt nach einer schlüpfrigen Geschichte«, warf Monna Elsa missfällig ein.

»Keineswegs«, widersprach Mosè. »Sicher, es gibt auch solche Komödien im Stile des Boccaccio, in denen es um Dinge geht, die nichts für die Augen und Ohren eines unschuldigen jungen Mädchens sind.« Bei diesen Worten warf er Laura ein launiges Lächeln zu, das seine breite Zahnlücke sehen ließ. »Aber die meisten Stücke, vor allem die klassischen Dramen, sind zu jedermanns Bildung und Zerstreuung geeignet.«

»Da du davon zweifellos mehr verstehst als deine arme alte Frau, werde ich dir nicht widersprechen.«

Monna Elsas Miene war zu einem grimmigen Ausdruck erstarrt, und Laura fragte sich, wie schon häufiger zuvor, was die beiden dazu brachte, immer noch gemeinsam an einem Tisch zu sitzen. Ihr schien, als könnten sie unmöglich ein Paar gewesen sein, so verschieden waren sie in ihrer ganzen Art. Sie hatte Monna Elsa nie anders erlebt als zutiefst mürrisch, während Messèr Mosè immer ein scherzhaftes Lächeln auf den Lippen hatte, wenn sie ihn getroffen hatte. Von Crestina hatte sie erfahren, dass der jüdische Kaufmann seine Familie schon vor Jahren verlassen hatte, um ein eigenes Leben zu führen. Er war nicht etwa deshalb gegangen, weil ihn seine Geschäfte ständig in die Welt hinausführten – obwohl auch das sicher ein Grund für sein Fernbleiben gewesen war –, sondern weil die Umstände ihn dazu gezwungen hatten. Die Regierung hatte nach dem Ende der letzten Condótta alle Juden ausgewiesen. Bleiben durften nur diejenigen, die den christlichen Glauben annahmen. Monna Zinzi und ihr Sohn Isacco hatten sich für den Glaubenswechsel entschieden, während ihr Mann es vorgezogen hatte, seiner Religion treu zu bleiben. Es gab viele Familien in Venedig, die auf diese Weise entzweit worden waren. Die Sehnsucht nach einer dauerhaften Heimat hatte viele Juden in ein Dilemma gestürzt, das sie auf andere Weise nicht zu lösen wussten.

»Die Ehe der Zinzis war schon vorher schlecht gewesen«, hatte Crestina Laura unumwunden anvertraut. »Es tat ihnen beiden gut, sich zu trennen. Nur der Junge war zu bedauern. Für ihn war es ein schwerer Schritt, aber seine Mutter stand ihm näher als sein Vater. Und die Stadt ist sein Zuhause, er hat niemals etwas anderes gesehen. Er sagte mir einmal, dass der Mensch, der ihn dazu bringen könne, Venedig zu verlassen, erst geboren werden müsse.«

Und so hatte Isacco, wie Crestina weiter berichtete, sich taufen lassen, genau wie seine Mutter, und seither führten beide ein ehrbares christliches Leben. Sie gingen sonntags zur Kirche und huldigten den Heiligen, wie es ihr neuer Glaube gebot. Ihre eigenen Sitten hatten sie abgelegt wie die Gewänder und Hüte, an denen ihre früheren Glaubensgenossen schon von ferne zu erkennen waren. Nach Erlass der neuen Condótta war Mosè nicht zu seiner Familie zurückgekehrt. Er kam hin und wieder, um nach dem Rechten zu schauen, doch die Kluft zwischen ihm auf der einen sowie seiner Frau und seinem Sohn auf der anderen Seite wurde mit den Jahren eher größer als kleiner, und so waren seine Besuche immer seltener geworden. Sein Sohn war sicherlich ein weniger guter Geschäftsmann als er, doch der

Trödelladen brachte etwas Geld ein, sodass Isacco seine Mutter und sich damit leidlich versorgen konnte.

»Ich war noch nie im Theater«, sagte Isacco.

»Schlüpfrige Stücke sind nichts für einen guten Jungen wie dich«, sagte Monna Elsa.

Isacco verzog das Gesicht, aber er drehte dabei den Kopf zur Seite, sodass seine Mutter es nicht sehen konnte. Seinem Vater entging es jedoch nicht. »Ich sagte doch, es ist bestimmt kein Stück dieser Sorte. Wenn Monna Crestina mit den beiden jungen Frauen hingeht, sehe ich keinen Grund, warum nicht auch du es dir anschauen kannst. Ein bisschen Spaß und Fröhlichkeit täte dir gut. Jedes Mal, wenn ich dich wiedersehe, scheinst du mir ein wenig schwermütiger und grüblerischer geworden zu sein. Ein Schwank würde dich aufheitern!«

»Ein guter Christ geht in die Kirche, nicht ins Theater«, sagte Monna Elsa scharf.

Isacco fuhr zu ihr herum. »Mutter, was soll das?«

»Ein guter Christ befolgt auch das vierte Gebot und ehrt die Wünsche seiner Mutter«, fuhr Monna Elsa mit ätzender Stimme fort.

Isacco senkte den Kopf und sagte nichts mehr.

Crestina und Mansuetta wechselten verstohlene Blicke, denen Laura das Unbehagen der beiden ansah. Hier schien es um mehr zu gehen als um einen schlichten Theaterbesuch.

Mosè stand vom Tisch auf. »Verzeiht, dass ich Euch so rasch wieder verlassen muss, aber mich rufen dringende Geschäfte.«

»Schon immer waren deine Geschäfte dir wichtiger«, entfuhr es Isacco. Er sprach nicht aus, womit er besagte Geschäfte in ihrer Wichtigkeit verglich, doch es konnte sich ohnehin ein jeder am Tisch denken. Isaccos Gesicht blieb ausdruckslos, aber Laura meinte, in seinen Augen einen Anflug von Verzweiflung zu erkennen, als sein Vater zur Tür schritt und dann mit einigen höflichen Abschiedsworten den Raum verließ.

»Meinetwegen geh doch mit ins Theater«, sagte Monna Elsa. Es klang, als sei sie der Zwistigkeiten müde. »Vielleicht ist das wirklich genau die Abwechslung, die ein junger Mann braucht, bei all der harten und anstrengenden Arbeit, die er sich mit seiner alten, kranken Mutter aufgeladen hat.« Sie blickte ihren Sohn abwägend an, als erwarte sie, dass er beteuerte, sie sei ihm mitnichten eine Last, doch er schwieg beharrlich.

Crestina klatschte in die Hände. »Weißt du was, Laura? Hol doch rasch den Schinken aus der Vorratskammer. Von Brot und Wein wird kein Mensch richtig satt. Wir wollen ein paar ordentliche Scheiben Geräuchertes dazutun, das wird die Laune unserer Gäste sicher heben.«

Gehorsam stand Laura auf, um das Gewünschte zu holen, doch Isacco schob bereits seinen Stuhl zurück und gesellte sich zu seiner Mutter, um ihr aufzuhelfen. »Mach dir unseretwegen keine Mühe, Laura. Monna Crestina, wir müssen leider gehen, es ist schon spät, und ich muss noch eine Lieferung auspacken.«

Zu Lauras Erstaunen schien Crestina wegen des überstürzten Aufbruchs weder überrascht noch beleidigt zu sein. »Natürlich«, meinte sie freundlich. »Wir setzen unsere gemeinsame Mahlzeit an einem anderen Tag fort.«

Die Atmosphäre entspannte sich, nachdem Isacco und seine Mutter gegangen waren. In freudiger Erwartung sprang Laura die Stiege hinauf, um sich für den Theaterbesuch umzukleiden. Mansuetta folgte ihr, wegen ihrer Behinderung um einiges langsamer. Sie setzte Matteo in sein Gitterbettchen und streichelte ihm über den Kopf, während sie Laura fragend anblickte. »Was meinst du, ob er mitkommt?«

»Wer?«, gab Laura zerstreut zurück. Eilig schlüpfte sie aus ihrer braunen Alltagsgamurra und streifte eine weiße Bluse und das blaue Gewand über. Aufgeregt zog sie die Schnüre fest, dann strich sie mit den Fingerspitzen über ihren bloßen Hals und erschauerte, als sie die Glätte und Wärme ihrer Haut spürte. Heute würde sie ihn wiedersehen!

»Na, Isacco natürlich. Ich hatte den deutlichen Eindruck, dass er gerne hinginge. Und mir schien, als hätte seine Mutter am Schluss keine Einwände mehr dagegen geäußert.«

»Stimmt«, meinte Laura, der es völlig egal war, ob Isacco zu Hause blieb oder mit ins Theater ging. Momentan interessierte sie nur, ob Antonio sie wohl auf Anhieb wiedererkennen würde. Sie war nicht mehr das kleine, dürre Mädchen in stinkender Knabenbekleidung, sondern eine junge Frau, jedenfalls nach den Maßstäben aller Menschen, die sie in letzter Zeit um sich gehabt hatte. Niemand konnte mehr auf die Idee kommen, sie Lauro zu nennen. Sogar Mosè hatte sie heute angestarrt und nachgefragt, ob sie es wirklich wäre, und auch Isacco bedachte sie seit einer Weile mit Seitenblicken, an denen sie spürte, wie sehr sie sich in seinen Augen verändert haben musste.

»Wie sehe ich aus?« Sie wandte sich zu Mansuetta um, eine Hand gegen den Hals gepresst, als könnte sie so ihr heftig klopfendes Herz bezähmen.

Mansuetta betrachtete sie kurz, dann drehte sie sich unwillig weg. »Warum fragst du mich das? Ausgerechnet mich? Denkst du, ich hätte ein besonderes Auge für Schönheit und weiblichen Liebreiz? Ich, die ich nicht einmal meine eigenen Füße richtig erkennen kann?«

Laura merkte, wie ihr die Röte ins Gesicht schoss. »Verzeih. Ich wollte dich nicht kränken.«

»Du willst nie jemanden kränken!«, fuhr Mansuetta sie an. »Du mit deinen scharfen Augen und deinem makellosen Gesicht! Du tust so, als wäre alles ganz normal, aber in Wahrheit liegt dir nur daran, dich an meiner Hässlichkeit zu messen und deinen Spaß an dem Vergleich zu haben! Dich an meine Stelle zu setzen und das Herz meiner Mutter ganz für dich allein zu gewinnen!«

Laura starrte sie sprachlos an. Sie wollte sich wütend gegen die ungeheuerliche Anschuldigung zur Wehr setzen, doch eine innere Stimme befahl ihr, vorläufig zu schweigen. Hastig setzte sie ihre Haube auf. Crestina bestand darauf, dass sie zum Ausgehen stets ihr Haar bedeckte, egal, wie heiß es draußen war, und Laura folgte diesem Wunsch, auch wenn es manchmal schwerfiel, vor allem im Sommer. Es war fast so, als könne sie auf diese Weise wiedergutmachen, dass sie sich in diesem Punkt ihren Eltern so oft widersetzt hatte.

»Mansuetta, Laura, seid ihr so weit?« Crestina stand in der Tür, gemeinsam mit der Frau aus der Nachbarschaft, die gelegentlich Matteo betreute. Nichts an Crestinas Miene deutete darauf hin, dass sie Mansuettas letzte Worte gehört hatte, doch Laura wusste es besser. Mansuetta hatte so laut gesprochen, dass nur jemand, der taub wäre, nichts verstanden hätte. Die Nachbarin wirkte entsprechend pikiert, doch auch sie gab sich redlich Mühe, so zu tun, als hätte sie nichts mitbekommen.

Matteo schaute kläglich drein, als sie sich von ihm verabschiedeten. »Nicht weggehen. Hierbleiben, bei Matteo. Matteo Angst alleine!«

»Keine Sorge, mein Engel«, meinte Mansuetta tröstend. »Mehr als zwei Stunden wird es sicher nicht dauern.«

So klug er für sein junges Alter auch war, so schwer fiel es ihm noch, Zeitspannen zu begreifen. Die Beteuerung ihrer baldigen Rückkehr reichte ihm nicht. Seine Unterlippe zitterte bedenklich, als Mansuetta zur Treppe ging.

»Etta«, jammerte er. »Nicht gehen!«

Mansuetta zuckte zusammen und lief eilig zu ihm zurück. »Mein Herzblatt! Mein Goldjunge! Du musst dich nicht fürchten! Ich komme doch wieder!« Sie schloss ihn in die Arme, was ihr einen tadelnden Blick von Crestina eintrug. »Du solltest dich nicht zur Sklavin seiner Bedürfnisse machen. Er muss lernen, auch einmal auf dich zu verzichten.«

»Aber er ist doch noch so klein!«

»Wenn man ein kleines Kind zu sehr verwöhnt, wird es niemals lernen, sich zu bescheiden«, sagte die Nachbarin. »Die beste Methode ist, sie schreien zu lassen. Darauf schwöre ich seit jeher. Bei meinen drei Kindern hat es hervorragend funktioniert. Jeder bestätigt mir, wie artig sie geworden sind.«

Mansuetta schaute die Frau ungläubig an. »Ihr lasst Eure Kinder schreien?«

»Nun ja, inzwischen nicht mehr, sie sind immerhin zehn, acht und sechs Jahre alt, wie Ihr wisst. Die meisten Kinder hören spätestens im Alter von drei Jahren mit der Schreierei auf. Bis dahin muss man es einfach ertragen, um sie zu bescheidenen Menschen heranzubilden. Sonst hätte man viel zu tun. Sie würden erwarten, dass man sie den ganzen Tag auf dem Arm herumträgt oder mit ihnen spielt. Wer hat schon so viel Zeit?«

Wie auf Kommando fing Matteo an zu weinen.

»Das ist nur Trotz«, sagte die Nachbarin. »Er hat genau verstanden, was ich gesagt habe, darauf wette ich.«

Matteos Schluchzen steigerte sich innerhalb weniger Atemzüge zu einem durchdringenden Geschrei, bei dem sein Gesichtchen rot anlief. Er stand in seinem Gitterbett und rüttelte an den Streben. »Etta! Etta!«

»Ich bin doch hier!«, rief Mansuetta.

»Purer Trotz«, bekräftigte die Nachbarin.

»Das ist kein Trotz, sondern Verzweiflung!«, widersprach Mansuetta vehement. Sie hob den Kleinen aus dem Bett und presste ihn schützend an sich.

»Es *ist* Trotz«, sagte Crestina, während sie ihren Umhang umlegte. »Aber es bleibt dir unbenommen, es für Verzweiflung zu halten. Ich nehme an, du möchtest nicht mit, oder?«

»Nicht unter diesen Umständen«, bestätigte Mansuetta mit bebender Stimme. Sie drückte Matteo an ihren Busen und wiegte ihn hin und her, bis sein Weinen leiser wurde und er erschöpft sein Köpfchen an ihre Schulter bettete.

»Nun ja, ich reiße mich nicht drum, auf ihn aufzupassen«, sagte die Nachbarin, während sie sich achselzuckend abwandte. »Er schreit mindestens doppelt so laut und so lange wie alle meine drei Kinder zusammen, so viel ist sicher.«

»Ihr habt ihn schreien lassen, wenn Ihr auf ihn Acht gegeben habt?«, vergewisserte sich Mansuetta empört.

»Das sagte ich doch eben, oder nicht?«, gab die Nachbarin gereizt zurück, schon auf der Stiege nach unten.

»Habt Dank und auf bald!«, rief Crestina ihr hinterher.

Die Nachbarin verschwand unter missfälligem Gemurmel und ohne Abschiedsgruß.

Laura, die der Unterhaltung mit zwiespältigen Gefühlen gefolgt war, atmete erleichtert auf. Gemessen an allen anderen Menschen, die schon auf Matteo aufgepasst hatten, war die Nachbarin sicher nicht die Schlechteste. Sie war immer nüchtern, hatte keine Läuse, verstand sich auf die Kinderpflege und teilte keine Schläge aus, jedenfalls hatte Laura davon bisher nichts bemerkt. Doch die Vorstellung, dass Matteo stundenlang brüllend in seinem Bettchen hockte, während die Frau unten in der Küche am Kamin döste, hätte ihr den gesamten Spaß verdorben.

Laura unterdrückte die Gewissensbisse, die sie überkommen wollten, weil Mansuetta nun auf die Theatervorstellung verzichten musste, doch gleichzeitig gestand sie sich ein, dass sie froh darüber war, mit Crestina allein hingehen zu können. Das Unbehagen, das Mansuetta mit ihren Vorwürfen in Laura wachgerufen hatte, saß tief, und es würde bestimmt nicht besser werden, wenn Laura den ganzen Abend neben ihr sitzen musste.

Das Theater war in einer alten Lagerhalle hinter dem Fondaco dei Tedeschi untergebracht und bestand aus wenig mehr als einer behelfsmäßig zusammengezimmerten Bühne. Bei genauerem Hinsehen war zu erkennen, dass das Gerüst auf einem Fundament aus Fässern und Balken ruhte, was der ganzen Konstruktion eine gewisse Ähnlichkeit mit der für venezianische Häuser üblichen Pfahlgründung verlieh. Rings um die Aufbauten waren Tücher gespannt, die einen Teil der Bühne zum Zuschauerraum hin abschirmten. Nicht wenige der Zuschauer waren im Hinblick auf die bevorstehenden Karnevalstage maskiert und bunt verkleidet und würden nach der Darbietung auf den Straßen und Plätzen der Stadt umherziehen, um sich den nächtlichen Zerstreuungen dieser Jahreszeit hinzugeben. Die Herbergen und Schenken der Stadt quollen über vor Reisenden, die sich nur zu bereitwillig in die Vergnügungen stürzten, die Venedig zu bieten hatte. Der venezianische Karneval galt in ganz Europa als besondere Attraktion, wurde er doch in seiner ausschweifenden Unbekümmertheit, die schon lange vor den eigentlichen Festtagen einsetzte, nirgends sonst übertroffen. Ein launiger Schwank in einem Theater, als Auftakt zu weiterem, wilderem Zeitvertreib, kam sowohl den Zugereisten als auch den Ansässigen gerade recht.

Die Fackeln, die entlang der Außenwände und im Halbkreis vor der Bühne aufgereiht waren, erhellten die Szenerie mit flackerndem Licht und ließen so manches maskierte Antlitz dämonisch aufleuchten. Gelächter und Geschwätz brachten die Halle zum Summen.

Laura zuckte zusammen, als schmetternde Fanfarenklänge die Luft zerrissen. Zwei Trompeter waren vorgetreten und erzeugten ohrenbetäubende Töne auf ihren Instrumenten, die auch die Aufmerksamkeit des letzten Zuschauers auf die Bühne lenkten. Dort erschien ein Mann, der ebenfalls verkleidet war, als Vogel, mit einer Schnabelmaske und üppigem, gefärbtem Gefieder an Armen und Beinen.

»Hochverehrtes Publikum«, rief er mit hallender Stimme, die vom gedämpften Klang einer Trommel untermalt wurde. »Seid gegrüßt und willkommen im weltberühmten Theater des ehrenwerten Messèr Raffaele Correggio, das seinesgleichen in allen bekannten und unbekannten Kontinenten nicht findet!« Der Ansager ließ den spärlichen Applaus verklingen, bevor er sich elegant verneigte und mit seiner Ansprache fortfuhr. »Seht nun das neue Stück unseres verehrten und begabten Meisters Correggio, welches sich um Liebe, Verrat und göttliche Fügung dreht! Des Weiteren um Unterschiede in Stand, Glaube und Gesinnung, welche schon immer geeignet waren, Zwietracht unter den Menschen zu säen und sie ihrer schicksalsgemäßen Bestimmung zu entfremden!« Er erging sich in weiteren blumigen Wendungen über die Raffinesse des Stücks und die Genialität des Autors, der die Geschichte zur Erbauung der ganzen Welt ersonnen hatte, bis unter den Zuschauern die ersten Unmutsrufe ertönten und lautstark verlangt wurde, endlich anzufangen.

Der Ansager kündigte daraufhin eilig den Beginn des ersten Aktes an, und begleitet von dem leicht trunken klingenden Gesang eines hinter der Bühne agierenden Chors erschien alsbald die erste Darstellerin auf der Bühne. Ein blondlockiges Mädchen schleppte unter angestrengtem Stöhnen einen schweren Kübel von einer Seite der Aufbauten bis zur anderen und beklagte dabei in wohlgesetzten Versen ihr Los als arme, von harter Arbeit geplagte Tochter des Seifensieders. Bald darauf erschien ein weiterer Schauspieler, der von der Stimme und den Bewegungen her frappierend dem Ansager ähnelte und sich langatmig als reicher Kaufmann vorstellte.

Laura trat ungeduldig von einem Fuß auf den anderen, während sie darauf wartete, dass endlich jener eine auf der Bühne erschien, um dessentwillen sie seit Wochen wie zufällig in Crestinas Richtung Bemerkungen ausgestreut hatte, dass hier ein Schauspiel stattfinde. Doch einstweilen ergingen sich das junge Mädchen – welches neben einer überraschend kräftigen Stimme auch einen Adamsapfel hatte – und der reiche alte Kaufmann in einem endlosen Dialog über die Unüberwindlichkeit von Standesunterschieden.

Als Nächstes hatte der Seifensieder seinen Auftritt, er pries dem reichen Kaufmann seine Tochter als einzigartige Blume in einem verwunschenen Garten und brachte ihn schließlich mit weiteren glühenden und teilweise recht derben Schilderungen ihrer Vorzüge dazu, dass der Adlige das Mädchen gegen alle Konventionen ehelichen wollte.

Die Leute im Zuschauerraum lümmelten auf Balkenstapeln und Fässern; sie packten mitgebrachtes Essen und Schnaps aus, um sich die Wartezeit bis zu wirklich einschneidenden dramaturgischen Wendungen zu vertreiben.

Zu einer solchen sollte es gleich darauf kommen, denn der reiche alte Kaufmann rief seinen Diener herbei, der das Hab und Gut des Mädchens zum Palazzo seines Herrn befördern sollte.

Laura hielt die Luft an, als der nächste Darsteller die Szene betrat. Nein, das konnte nicht Antonio sein! Nicht dieser junge

Mann mit dem nackten, eingeölten Oberkörper, den schwellenden Muskeln an Brust und Schultern und dem perfekt gemeißelten Gesicht …

Die Zuschauer seufzten wie aus einer Kehle, und nicht wenige *Ah* und *Oh* waren zu hören, Ausrufe des Entzückens und der Begeisterung.

Laura betete flehentlich darum, dass man ihr bei den dürftigen Lichtverhältnissen, die in der Halle herrschten, die heiße Röte ihrer Wangen nicht ansah. Schließlich sagte sie sich, dass es wohl kaum auffallen dürfte. Genau genommen schimmerte ja alles rötlich im Widerschein der Fackeln, vor allem aber Antonio.

Seinen spärlich bekleideten Zustand erklärte der Protagonist sogleich selbst. In getragenen Sätzen erläuterte der Diener des Kaufmanns mit fester männlicher Stimme, warum er weder Hemd noch Wams trug: Er war unter die Räuber gefallen, die es auf seinen Herrn abgesehen hatten. Es war ihm zwar gelungen, die Bösewichte in die Flucht zu schlagen, doch hatte er dabei nicht nur schwere Verletzungen erlitten – er zeigte auf seine vernarbte Wange –, sondern auch sein einziges Wams eingebüßt. Sein Herr war ihm zwar für die Rettung dankbar, aber leider derart von Geiz durchdrungen, dass er sich bisher nicht dazu hatte überwinden können, seinen Diener neu einzukleiden.

»Bewunderungswürdig«, meinte Crestina spöttisch. »Damit sind alle Eigenheiten dieser Charaktere klar und verständlich umrissen! Die weitere Entwicklung wird kaum zu Überraschungen Anlass geben.«

Laura stimmte ihr insgeheim zu, doch ebenso wie die übrigen Zuschauer fühlte sie sich weit entfernt von jeder Langeweile. In gebannter Faszination verfolgte sie den Fortgang der Handlung, nachdem sich ihr erstes Erstaunen über Antonios erwachsenes Auftreten gelegt hatte.

Erwartungsgemäß verliebte sich die Tochter des Seifensieders auf der Stelle in den dürftig bekleideten Diener, und dieser sich selbstverständlich auch in sie. Während der Seifensieder und der Kaufmann die Einzelheiten der Eheschließung aushandelten und die ersten Hochzeitsvorbereitungen getroffen wurden, sannen die jungen Liebenden auf Mittel und Wege, ihrer erwachenden Leidenschaft freien Lauf zu lassen. Unter dem grölenden Gelächter und diversen anzüglichen Bemerkungen aus der Schar der Zuschauer verschwand das Liebespaar immer wieder Hand in Hand hinter den bemalten Gipsplatten des Bühnenbildes, das eine Häuserfassade nachstellte. Der gehörnte Bräutigam stand derweil ahnungslos mit dem Seifensieder zusammen und beweihräucherte sich selbst als edlen und großzügigen Retter einer armen Maid aus dem Volke, während sein hemdloser Diener dafür sorgte, dass die widerstrebende Braut sich nicht langweilte.

»Vielleicht ist es doch eine Spur frivol«, meinte Crestina in einer der folgenden Pausen, in der hinter vorgehaltenen Tüchern von Kulissenschiebern die Bühnendekoration geändert wurde und bunt kostümierte Gaukler zum Getrommel und Gepfeife einiger Musiker eine wilde *Moresca* tanzten. Mehrere Zuschauer gesellten sich unter dem beifälligen Gegröle der Übrigen mit ausgelassenen Sprüngen dazu.

»Ich finde es nicht frivol«, protestierte Laura. Sie sprach laut, um die Musik und das Geschrei der Tanzenden zu übertönen. »Wenn sie sich wirklich küssen, dann sehen wir es nicht, denn sie verschwinden ja hinter den Kulissen!«

»Ich glaube nicht, dass hier jemand irgendwen küsst. Doch das meinte ich gar nicht. Sondern eher sein ... hm, Kostüm. Der gute Antonio war schon früher kräftig, aber wenn er so ... ähm, nackt erscheint, mag man kaum entscheiden, wem er mehr ähnelt – Herkules oder Apoll.«

»Er sieht nicht anders aus als die Bauern auf der Terraferma, wenn sie bei Hitze im Feld den Pflug schieben oder die Sichel schwingen!«, behauptete Laura. »Bestimmt hat er im restlichen Stück ein Hemd an.«

Das hatte er tatsächlich, doch es stand bis zum Bauchnabel offen und ließ seine breite Brust, die im Schein der Fackeln wie polierte Bronze leuchtete, weitgehend unbedeckt. Im Laufe der folgenden Szene gab es ein Unwetter, bei dem der Donnerhall durch einen lebhaften Trommelwirbel und der Regenguss durch ein paar von oben niedergehende Wasserschwälle symbolisiert wurden. Darauf musste der durchnässte Diener das nun nutzlose Hemd ausziehen, um es zum Trocknen aufzuhängen, während er mit seinem Herrn über den Sinn und Nutzen einer zweiten Garnitur Dienstbotenkleidung diskutierte, womit seiner jungen Angebeteten wiederum Gelegenheit gegeben wurde, sich abermals von dem erschreckenden Geiz ihres künftigen Gemahls zu überzeugen.

»Jetzt kann ich verstehen, warum das Stück so erfolgreich ist«, meinte eine Frau neben Laura anerkennend. »Der Jüngling haucht ihm Leben ein.«

Hinter ihnen entstand Unruhe, und mehrere schrille Aufschreie waren zu hören. Es roch verbrannt, und aus einer Ecke stieg Rauch auf.

»Feuer!«, brüllte jemand.

Der Ausruf bildete den Auftakt eines Tumults, der sich wesentlich schneller ausbreitete als die Flammen, die in der hinteren Ecke der Halle über einen Bretterstapel leckten und an der Wand emporschlugen.

Die Leute schrien und rannten durcheinander und rempelten einander zur Seite in ihrem Bemühen, so schnell wie möglich den nächsten Ausgang zu erreichen. Da alle Tore bis auf eines, durch das man die Zuschauer eingelassen hatte, verrammelt waren, entstand sofort ein heilloses Gedränge, bei dem nicht wenige Menschen zu Boden gingen. Die Schwächeren wurden einfach beiseitegestoßen oder an die Wand geschleudert, während die anderen sich kreischend in das Getümmel stürzten und sich dabei gegenseitig bei der Flucht behinderten. Laura wurde hin und her geschubst und verlor in dem Durcheinander Haube und Beutel. Der aufsteigende Rauch wurde rasch dichter; er nahm den Atem und vernebelte die Sicht. Hustend eilte Laura an der Bühne vorbei und hielt nach Crestina Ausschau.

Sie stolperte über einen Gegenstand, den sie als Schmuckstück erkannte und unwillkürlich aufhob. Eine Kette mit einem Anhänger, die jemand verloren haben musste. Geistesabwesend schlang sie den Fund um ihren Gürtel. Gleich darauf wich sie mit einem erschrockenen Aufschrei zur Seite, als die Tochter des Seifensieders direkt vor ihr von der Bühne sprang und dann, ohne innezuhalten, weiterrannte und auf das Gewühl vor dem Ausgang zuhielt. Im Laufen riss sie sich die blonde Perücke vom Kopf, und Laura sah, dass es sich in Wahrheit um einen Knaben handelte, der kaum älter sein konnte als sie selbst. Ein alter Mann, in dem Laura den Ansager und den Darsteller des reichen Kaufmanns wiedererkannte, kroch fluchend auf Händen und Knien umher und tastete den Boden ab.

»Das Blut Christi!«, rief er ein ums andere Mal klagend aus. »Wo ist das Blut Christi?« Er holte keuchend Luft und rieb sich die Augen, aber er machte keine Anstalten, aufzustehen und sein Heil in der Flucht zu suchen. Laura wollte ihm aufhelfen, doch er stieß sie zur Seite. »Lass mich, ich muss das Blut des Erlösers finden!«

Laura irrte weiter und suchte inmitten der aufgescheucht hin und her laufenden Menschen nach Crestina, doch die Kräuterhändlerin war nirgends zu sehen. Stattdessen erkannte sie durch die vorbeiziehenden Rauchschwaden Antonio, der den Kübel schleppte, mit dem sich vorhin in der ersten Szene die Tochter des Seifensieders abgeplagt hatte. Es war tatsächlich Wasser darin, es schwappte über den Rand des Bottichs und platschte zu Antonios Füßen nieder. Unbeirrt trug er es zum Herd des Brandes und schüttete es in einem Schwung auf die Flammen, die daraufhin dort, wo das Wasser niedergegangen war, erloschen. Dafür schienen sie an anderer Stelle nur umso höher zu lodern, und Laura sah entsetzt, dass das Feuer bereits begonnen hatte, auf die Deckenbalken der Halle überzugreifen.

»Die Bühne!«, schrie jemand, vermutlich ein weiterer Schauspieler, der sich als Priester verkleidet hatte. Sein Haar war so kraus wie bei einem Mohr, aber dabei von einem seltsam künstlich wirkenden Blond, und sein Gesicht mit den zusammengedrückt wirkenden Zügen verlieh ihm das Aussehen einer erschrockenen Bulldogge. »Die Kulissen haben Feuer gefangen!«

»Gleich brennt das ganze verdammte Theater!«, schrie Antonio zurück. »Seht alle zu, dass ihr hier rauskommt!«

Der Aufruhr vor dem Eingang hatte noch zugenommen, denn jetzt drängten von draußen Menschen herein, die drinnen noch Freunde oder Familienmitglieder vermuteten. Laut schreiend wollten sie sich Einlass verschaffen und behinderten diejenigen, die hinausstrebten, beim Verlassen der brennenden Halle.

Jemand rannte zur rückwärtigen Wand und löste den Riegel am dort befindlichen Tor, das zum Kanal hin gelegen war. Indessen stellte sich sofort heraus, dass dieses gut gemeinte Unterfangen ein Fehler gewesen war, denn im nächsten Moment fuhr ein heftiger Windstoß durch die Halle. Herbeigeführt vom Durchzug, der zwischen den beiden einander gegenüberliegenden Toren entstand, wurde das Feuer erst richtig angefacht. Die Flammen entwickelten sich binnen Augenblicken zu einer tosenden Wand, die vom Boden bis zur Decke reichte und gleich darauf nicht nur die Bühnenaufbauten, sondern auch sämtliche Holzstapel, Kisten, Fässer und Taurollen in der nächsten Umgebung erfasste.

Jemand legte Laura die Hand auf die Schulter, und sie fuhr herum, in der teils angstvollen, teils hoffnungsfrohen Erwartung, es könne Antonio sein. Doch nicht er stand hinter ihr, sondern ein Mann in einem dunklen Umhang. Er trug eine Tiermaske, die ihm bis über das Kinn reichte. Schräg hinter ihm, halb vom Saum seines Umhangs verborgen, sah sie Crestina auf dem Boden liegen, tot oder bewusstlos, das Gesicht vom aufgelösten grauen Haar bedeckt.

»Du, komm her.« Seine Stimme war nur ein Flüstern, doch Laura kam es so vor, als würde der bloße Klang ihren Kopf zum Bersten bringen und ihr Inneres zu Eis gefrieren lassen. Bevor sie reagieren konnte, packte er sie und hielt ihr den Mund zu. Sie bekam keine Luft mehr und versuchte, ihn zu treten, damit er sie losließe und sie wieder atmen konnte. Sie schlug wild um sich, doch ihre Anstrengungen waren vergebens. Es gelang ihr nicht, sich zu befreien. Dann spürte sie von allen Seiten die Schwärze heranfluten, und all ihre Empfindungen waren mit einem Mal ausgelöscht.

Antonio erkannte die Sinnlosigkeit seines Handelns. Er ließ den Bottich, den er an dem Fass hinter der bereits brennenden Bühne erneut mit Wasser gefüllt hatte, einfach fallen. Seine Beinkleider und die Schnabelschuhe waren vollkommen durchnässt, doch wen kümmerte das schon inmitten dieses von Feuer und Rauch erfüllten Infernos. Durch die von Qualm erfüllte Halle kämpfte er sich zu der Stelle vor, wo er Raffaele zuletzt gesehen hatte, doch dort, wo der Alte vorhin noch laut jammernd nach der Reliquie gesucht hatte, war niemand mehr. Sicher hatte jemand ihn gepackt und ins Freie befördert, so wie die meisten Besucher inzwischen den Weg nach draußen gefunden hatten. Nur noch wenige Zuschauer und einige der Komparsen irrten durch den Rauch und versuchten, brauchbares Inventar zu retten. Ein paar aufmerksamere Zeitgenossen hatten sehr wohl den Wert zurückbleibender Gegenstände erkannt, ob es sich nun um herabgefallene Seidentücher oder volle Schnapsflaschen handelte. Zwei oder drei der Besucher waren in dem Gedränge sogar ohnmächtig geworden, und Antonio sah, dass sich Ippolito nicht entblödete, sie nach Wertgegenständen zu durchsuchen. Er stieß den Schauspieler zur Seite, als dieser sich bückte, um eine alte Frau auf den Rücken zu drehen und an ihrem Gürtel herumzufummeln.

»Was soll das?«, rief Antonio aufgebracht.

»Lass mich doch! Sie ist tot, wem kann es also schaden, wenn ich mir nehme, was sie gewiss nicht mehr braucht!«

In diesem Augenblick kam die Frau stöhnend zu sich. »Gott im Himmel«, murmelte sie durch einen wirren Vorhang grauer Haare, der vor ihrem Gesicht lag. Antonio gab Ippolito einen

Tritt, was diesen dazu veranlasste, mit einem wütenden Ausruf davonzutaumeln, in Richtung des zum Kanal weisenden Tors. Im Vorbeigehen schnappte der Schauspieler sich noch einen in Wachspapier eingewickelten Fisch, von dem er ein großes Stück abbiss, während er ins Freie rannte.

Antonio hob die Frau auf, um sie nach draußen zu tragen. Dabei fiel ihr Kopf nach hinten und damit auch ihr Haar, was zugleich den Blick auf ihr Gesicht freigab. Antonio hätte die Alte um ein Haar fallen lassen.

»Monna Crestina!«, stammelte er.

Sie wand sich in seinen Armen. »Lass mich herunter, mir geht es gut! Wo ist sie?«

Er gehorchte ihrem Befehl und stellte sie auf die Füße. Sie torkelte zur nächstgelegenen Wand und stützte sich ab, während sie sich mit panischem Gesichtsausdruck umsah. »Wo ist sie? Wo ist das Mädchen?«

Antonio blickte zweifelnd in die überall aufschießenden Flammen und hielt sich den Arm vors Gesicht, um seine Augen gegen die starke Hitze zu schützen. »Wen meint Ihr? Mansuetta?«

Sie schüttelte den Kopf. »Laura! Sie muss hier irgendwo sein!«

»Hier drin ist niemand mehr. Wenn sie hier war, ist sie hinausgelaufen. Kommt ins Freie, dort wird es Euch gleich besser gehen!« Er packte sie beim Arm und zog sie ungeachtet ihrer Gegenwehr endgültig durch das Tor nach draußen, weg von den Flammen. Hinter ihnen zerrten Helfer die Bewusstlosen aus der Gefahrenzone, gerade noch rechtzeitig, bevor krachend die ersten Balken herabfielen.

Auf der Fondamenta unweit der Rialtobrücke erhob sich von allen Seiten gellendes Geschrei. Die Hitze strahlte mit sengender Glut über den Canalezzo. Antonio sah sich um und erkannte gleich darauf, dass das Feuer sich in erschreckendem Ausmaß ausgebreitet hatte. Von der rückwärtigen Wand des Lagerhauses aus hatte es auf eines der umliegenden Dächer und von dort aus auf die deutsche Handelsniederlassung übergegriffen, den Fondaco dei Tedeschi, der bereits in hellen Flammen stand. Eine Feuersbrunst hüllte das ganze Gebäude ein. Menschen hatten sich auf dem Kai versammelt und versuchten in verzweifelter Eile, aus den Lagerräumen gerettete Güter in Boote und Karren zu laden, um sie aus der Reichweite des Feuers zu schaffen. Stinkende Schwaden trieben über das Wasser des Canal Grande und stiegen vom Dach des brennenden Hauses zum Himmel auf, bis die ganze Umgebung in Wolken dichten Rauchs gehüllt war. Es roch nach verbranntem Holz und verkohlten Stoffen, aber vage waren unter dem Gestank nach Ruß und Qualm auch Wohlgerüche von Gewürzen wahrzunehmen, die säcke- und körbeweise auf die Flöße und Karren geschafft wurden. Das Brüllen verängstigter Esel schallte über die Fondamenta, während immer mehr Leute sich anschickten, dem Feuer mit Löschversuchen beizukommen. Es bildeten sich Ketten aus Männern, die gefüllte Eimer vom Kanal weiterreichten, so nah heran an das Feuer, wie es die Hitze gerade noch zuließ. Schritt für Schritt benetzten sie die Umgebung des Brandes, vor allem aber die hölzerne Brücke, um den Flammen die weitere Nahrung zu entziehen und eine zusätzliche Ausbreitung des Feuers zu verhindern. Auch so war die Katastrophe schon schlimm genug. Der Fondaco dei Tedeschi war das reichste Handelshaus der Stadt, hier lagerten Waren von unvorstellbarem Wert, von denen nun der größte Teil in Flammen aufgegangen war.

»Monna Crestina?«, rief Antonio. Bestürzt wurde er gewahr, dass sie Anstalten machte, wieder zurück in das brennende Lagerhaus zu laufen. »Bleibt hier, um Gottes willen! Es kann nicht lange dauern, bis das Dach einstürzt! Da drin ist niemand mehr!« Er erreichte sie gerade eben noch, bevor sie versuchen konnte, in das qualmende Innere der Halle vorzudringen, einen Zipfel ihres strohigen Haars vor Mund und Nase gepresst.

»Tut das nicht!« Er packte sie bei der Schulter und riss sie zurück, mühelos und beinahe ohne Kraftaufwand, fast genauso, wie er früher die Säcke mit den frisch gepflückten Kräutern angehoben und weggetragen hatte.

»Du verstehst nicht!«, rief sie aus, während sie strampelte und trachtete, sich seinem Griff zu entwinden. Ihre Stimme war ungewohnt rau und heiser, geschwächt von dem vielen Rauch, den sie eingeatmet hatte. »Ich muss sie finden! Ich darf sie nicht ihrem Schicksal überlassen, niemals!« Ihre Augen waren angstvoll geweitet. »Ich habe *ihn* gesehen! Ihn, der an allem die Schuld trägt! Er war dort!«

Er musterte sie, ohne ihre Worte wirklich zu begreifen. Im Widerschein der überall auflodernden Flammen war ihr Gesicht faltig und schmal. Mit einem Mal meinte er, sie zu verstehen. »Cattaneo?«, stieß er hervor.

Diesmal war die Reihe an ihr, ihn verständnislos anzuschauen. Dann fiel ihr Blick über seine Schulter, und sie stieß einen entsetzten Schrei aus. »Da! Sie sind dort drüben!«

Antonio fuhr herum und sah die langsam in Richtung Norden wegtreibende Gondel. Ein maskierter Mann mit einem dunklen Umhang stand auf der für den Ruderer vorgesehenen Abdeckung am Ende des Bootes und stakte die Gondel vorwärts, mitten hinein in das Gewimmel der anderen Kähne und Flöße, die ein wenig abseits von dem brennenden Handelshaus im Kanal lagen. Etwa in der Mitte der Gondel war ein Hügel zu sehen, der im ersten Moment aussah wie ein unordentlich hingeworfener Haufen Stoff, sich aber bei genauerem Hinsehen als reglose menschliche Gestalt entpuppte.

Die ganze Szenerie am und auf dem Canalezzo wirkte im Licht der lodernden Feuersbrunst gespenstisch. Berstend und knackend fraßen sich die Flammen durch Stein und Gebälk, brachten Dächer zum Einsturz und Fässer zum Platzen. Bei all dem um sich greifenden Chaos schien es, als ginge die Welt unter und als könnten alle Menschen Venedigs zusammen es nicht verhindern, sosehr sie sich auch abmühen mochten.

»Es ist vergeblich!«, schrie ein Kaufmann nur wenige Schritte von Antonio entfernt. »Der Brand ist nicht mehr zu löschen! Alles wird verbrennen, alles! Wir sind verloren!«

Antonio überlegte flüchtig, woher er den Mann kannte, dann fiel es ihm ein. Es war der Deutsche, der damals Zeuge seiner Verhaftung geworden war. Antonio hatte später erfahren, dass der Kaufmann zu seinen Gunsten ausgesagt hatte. *Rapinam non vidi* hatte in den gerichtlichen Unterlagen gestanden, wie ihm einer der amtlichen Schreiber später bestätigt hatte. *Ich habe keinen Raub gesehen.* Geblieben war als Vorwurf folglich nur die Belästigung eines Adligen, die keine schwerere Strafe nach sich zog als diejenige, die er verbüßt hatte, zumal er sein Alter hatte nachweisen können.

»Er hat sie mitgenommen!«, schrie Crestina. »Laura! Sie ist mit ihm auf dem Boot!« Sie stieß Antonio von sich und sprang mit einer für ihre Jahre überraschenden Wendigkeit vorwärts, nur um am Rande der Fondamenta hilflos stehen zu bleiben. An dieser Seite des Kanals gab es nördlich der Brücke keinen Kai; die Häuser grenzten direkt ans Wasser.

Crestina drehte sich zu Antonio um. »Du musst ihr helfen!«

Wirre Gedanken schossen ihm durch den Kopf, während er sich zögernd in Bewegung setzte. *Rapinam puellae vidi*, dachte er, krampfhaft darüber nachsinnend, ob die Grammatik stimmte. Es war so lange her, dass er Latein gelernt hatte. Viel zu lange. Irgendwann, das stand fest, würde er seine Kenntnisse auffrischen müssen. Erfolgreiche Kaufleute konnten nicht nur lesen, schreiben und rechnen, sie beherrschten auch Latein. Und die wichtigen Dialekte, die man außerhalb der Lagune sprach. Das Italienische, wie es in Rom, Genua, Mailand oder Neapel gebräuchlich war. Außerdem fremde Sprachen wie Französisch oder Deutsch, und natürlich Spanisch.

Zu wenig, dachte er. Ich kann von allem zu wenig. Ich bin groß und stark wie ein Ochse, aber fast genauso dumm. Ich werde nie einen Palast besitzen, wenn ich nicht lerne, wie ein Patrizier zu denken und zu reden.

Während ihm all das durch den Kopf schoss, fragte er sich,

wieso er sich ausgerechnet in solch einem Moment über seine Sprachkenntnisse Gedanken machen konnte. Doch gleich darauf spielte das keine Rolle mehr.

Mit einem gewaltigen Hechtsprung stürzte er sich in das schwarze Wasser des Canalezzo, der jenseits des Kais wie Schlacke glänzte, übersät von einer treibenden Ascheschicht, die sich von den brennenden Gebäuden niedersenkte. Er tauchte einige Züge, bevor er prustend die Wasseroberfläche durchstieß. Arme und Beine wie Dreschflegel durchs Wasser schlagend, bewegte er sich blindlings auf die Stelle zu, wo er das Boot des Maskierten zuletzt gesehen hatte. Zu seinem Schrecken erkannte er gleich darauf, dass er es in der Menge der anderen Gondeln, die auf dem Wasser unterwegs waren, nicht ausmachen konnte. Wasser tretend rieb er sich die Augen und starrte über die dunklen Wellen. Da war es! Es hatte in nördlicher Richtung am gegenüberliegenden Ufer angelegt; der maskierte Mann war ausgestiegen und im Begriff, den schlaffen Körper hochzuheben. Mit einem wütenden Aufschrei setzte Antonio sich erneut in Bewegung, doch die querenden Boote hinderten sein Fortkommen und versperrten ihm die Sicht. Hätte er geahnt, dass der Mann lediglich übersetzen wollte, hätte er die Brücke benutzt und wäre vor ihm drüben gewesen! Das Wasser schien ihm ölig und schwer; es roch fischig und war überraschend kalt. Als er endlich die andere Seite erreicht hatte und sich triefend und keuchend die Stufen zur Fondamenta hochzog, erkannte er, dass er zu spät gekommen war. Zwar dümpelte noch die gesuchte Gondel an der Mauer, aber von dem Mann oder von Laura war nichts mehr zu sehen. Er blickte sich wild um, geblendet von dem grellen Feuerschein auf der anderen Kanalseite. Sogar bis hierher war die sengende Hitze auf der Haut zu spüren. Schattenhaft hoben sich die hin und her rennenden Gestalten vor dem Glühen der Feuersbrunst ab, Myriaden von Funken stoben durch die Luft und erhellten den Nachthimmel, dessen Saum über den Dächern in grellem Orange leuchtete. Auch am Teil des Kanalufers, das dem Brand gegenüberlag, waren die Menschen fieberhaft damit beschäftigt, alle hölzernen Teile der Gebäude zu nässen. Auf den Dächern standen Männer, die kübelweise Wasser über die Schindeln schütteten, um den vom Wind herübergetriebenen Funken keine leichte Beute zu bieten. Von überallher war Geschrei zu hören, angstvolle Rufe von Männern und Frauen und das Weinen von Kindern. In das Klagen und Schreien mischten sich wildes Hundegebell, das Kreischen von Katzen und das panische Blöken von Ziegen. Alles Leben am Rialto schien aufgescheucht und in Todesfurcht, und solange die Flammen zum Himmel schlugen, so wie jetzt, würden die Menschen nicht nur um ihr Hab und Gut, sondern auch um ihr Leben bangen müssen.

So viel Wasser, dachte Antonio zusammenhanglos. Die Stadt schwamm förmlich darin. Und doch gab es in jedem Jahr Brände. Manchmal war es nur ein Haus, das den Flammen zum Opfer fiel, manchmal aber auch ganze Straßenzüge. Die neuen Häuser waren zumeist aus Stein, doch sie hatten Dächer und Anbauten aus Holz. Schuppen und Ställe, Lagerhallen und Bootswerften – all das konnte binnen kürzester Zeit zu Asche verbrennen, dafür reichte die kleinste Unachtsamkeit.

Er hörte den unterdrückten Schrei, der sich von den anderen unterschied. Warum er anders klang, vermochte Antonio nicht zu sagen, doch in dem Moment, als er ihn vernahm, wusste er ohne jeden Zweifel, dass er von Laura stammte.

Ohne auf seine pitschnassen, herabsackenden Beinkleider zu achten, rannte er um die nächste Ecke in die dort befindliche Gasse, aus welcher der Schrei ertönt war. Im Licht einer Fackel, die in einer Halterung an einer der Hauswände steckte, erkannte er den Mann wieder, der sich über eine am Boden liegende Gestalt beugte und gleichzeitig mit ihr rang, als wolle er jede Gegenwehr im Keim ersticken. Der dunkle Umhang des Mannes fiel über sein Opfer, doch Antonio sah beim Näherkommen das feurige Haar, wie es in Wellen über das Pflaster züngelte, als besäße es eigenes Leben.

Laura wand sich schreiend im Griff des Maskierten und

versuchte, sich zu befreien. Antonio war mit zwei Schritten hinter dem Fremden, packte ihn und riss ihn zurück. Er sah sofort, dass der Mann bewaffnet war. Das Schwertgehenk an seiner Seite zeugte von der tödlichen Länge seines Degens, und die blitzartige Schnelligkeit, mit der die Hand des Maskierten zum Heft der Waffe fuhr, war der Beweis dafür, dass er im Umgang damit erfahren war. Doch Antonio hatte nicht umsonst gelernt, mit dem Messer umzugehen. Seit er im Besitz seines wertvollen Dolches war, hatte er täglich damit geübt, immer wieder, nicht nur aus Freude an der Bewegung und an der geschmeidigen Präzision, mit der sich die Klinge führen ließ, sondern auch, weil er gewappnet sein wollte. Gegen Männer wie Cattaneo. Oder auch gegen diesen hier. Nie wieder wollte er sich von einem Patrizier im Zweikampf in die Schranken weisen lassen.

Er warf den Dolch von einer Hand in die andere, dann ließ er ihn mit der Rechten kreisen, bevor er ihn ansatzlos wieder zurück in die Linke gleiten ließ.

»Zieht doch«, sagte er. »Nur zu!«

Laura hatte sich stöhnend auf die Knie hochgestemmt und schob sich die schweren Haarsträhnen aus dem Gesicht. »Antonio, gib acht!«

Er machte sich bereit zum Zustoßen, doch der Mann mit der Maske war schneller. Das tödliche Sirren, mit dem der Degen aus der Scheide glitt, fiel fast zusammen mit dem schneidenden Schmerz, den Antonio an seiner Hand fühlte, die den Dolch hielt. Seine Waffe fiel nutzlos zu Boden, und einen Lidschlag später zitterte die Degenspitze vor seiner Kehle.

Laura stieß einen schrillen Schrei aus. »Nein!«

Eine Schar Mönche kam um die Ecke; es waren Dominikaner, mit Kutten, die schwarz über den weißen Unterkleidern wehten und sie wie große, flüchtende Vögel aussehen ließen. Ihre Holzschuhe hallten auf dem Pflaster, und einer von ihnen stieß im Vorbeilaufen ein Fass um, das polternd über die Ziegel rollte. Dann waren sie verschwunden, und mit ihnen der

Maskierte, aufgesogen von der Dunkelheit am Ende der von Flammenlicht erfüllten Salizada.

Antonio bückte sich zitternd, um seinen Dolch aufzuheben. Er schob ihn mit unsicheren Fingern zurück in die Scheide an seinem Gürtel, wobei er sich innerlich für seine Langsamkeit verfluchte. Was war er für ein Tölpel!

Seine Verletzung war nicht allzu ernsthaft, wie er sofort merkte; es war nur ein glatter Schnitt, der rasch heilen würde. Doch er hatte ihn mehr als verdient, weil er wieder nicht schnell genug gewesen war.

Laura sprang auf die Füße, und er sah, dass sie sich mit derselben mühelosen Geschmeidigkeit bewegte wie früher. Die Niederlage brannte noch in ihm, aber für den Moment war er mehr als abgelenkt. Er musterte das Mädchen sprachlos. Ihr rotes Haar hatte immer noch die Farbe von Kupfer, das sich im Feuer auflöste, doch erst jetzt sah er, wie lang es geworden war. Aufgelöst hing es um ihr Gesicht und über ihre Schultern, eine Flut wilder Locken, bewegt vom Wind und von dem unwilligen Schwung, mit dem sie es zur Seite warf, um besser sehen zu können. Und nun erkannte er auch, wie sehr sich ihr übriger Körper verändert hatte, die füllige Festigkeit ihrer Figur, die aufblühenden Formen der Weiblichkeit, die durch das verschmutzte, über der Brust zerrissene Kleid eher betont als verhüllt wurden. Ihre Augen funkelten dunkelblau, durchsetzt mit goldenen Funken, wo sich das Licht der Fackel und der Flammen vom anderen Ufer darin spiegelte. Überrascht wurde er gewahr, wie hübsch sie geworden war, eine Erkenntnis, die ihn aus für ihn unerklärlichen Gründen bewog, verlegen wegzuschauen und unbehaglich von einem Fuß auf den anderen zu treten. Mit einem Mal war sie wie eine Fremde für ihn.

»Deine Hand blutet«, sagte sie.

»Das ist nichts.«

»Du bist ganz nass«, sagte sie überflüssigerweise.

»Ich bin durch den Kanal geschwommen.«

»Um mich zu retten?«

Er nickte und kam sich dabei mächtig dämlich vor. Die erste Anspannung hatte sich gelegt, und er merkte, wie er anfing, von Kopf bis Fuß zu schlottern. Er hatte schon kältere Januartage als diesen erlebt, aber an keinem davon war er durch den Canalezzo geschwommen. Er sollte nicht allzu lange hier herumstehen, sonst wäre ihm eine Erkältung sicher.

»Du frierst«, sagte Laura.

»Ich hab schon schlimmer gefroren«, log er mit klappernden Zähnen.

»Wo ist Monna Crestina?«

»Noch drüben, auf der anderen Seite.«

»Geht es ihr gut?«

Er nickte achselzuckend.

Sie starrten einander schweigend an, und Antonio machte sich mit einem Mal klar, welchen Anblick er bieten musste, mit nacktem Oberkörper, so wie zu Beginn der Komödie, und mit Beinkleidern, die sich so voll Wasser gesogen hatten, dass sie ihm unweigerlich von den Hüften rutschen würden, sobald er die nächsten paar Schritte tat.

»Wer war der Mann?«, wollte er wissen.

»Das weiß ich nicht. Er hat schon einmal versucht, mich zu verschleppen, damals, als meine Eltern starben.«

»Was kann er von dir wollen? Ob er ein Sklavenhändler ist?«

Er musste an den Portugiesen denken, mit dessen Sklaventransport damals Carlo nach Venedig gekommen war. Nein, der Mann mit der Maske hatte nicht wie ein Sklavenhändler ausgesehen, er hatte nichts mit dem Portugiesen gemein. Dennoch, man konnte nicht sicher sein. Es gab, wie Antonio wusste, im Orient steinreiche Sultane, die ein Vermögen für Frauen mit echtem blondem oder rotem Haar bezahlten, und es trieben sich eine Menge zwielichtiger Mädchenhändler in allen geeigneten Jagdgründen herum. Warum nicht auch in Venedig, dort, wo beinahe täglich Schiffe in die gewünschte Richtung ausliefen?

Laura schlang die Arme um sich und zitterte, vor Schreck

oder Kälte oder wegen beidem, und in ihrem Gesicht stand das Entsetzen über das Erlebte. Antonio sah ihre riesenhaft aufgerissenen Augen und die unnatürliche Blässe, und ihm ging auf, dass sie seinen Beistand brauchte. Während er noch linkisch auf sie zutrat, fing sie bereits an zu schwanken.

»Ist dir nicht gut? Der Kerl ist doch weg!« Er wollte sie stützen, doch sie wandte sich ab, stolperte zur Hauswand und hielt sich dort mit einer Hand fest, während sie sich würgend und schluchzend übergab. Hilflos blieb er hinter ihr stehen und zerrte an seinen rutschenden Beinkleidern. Die Schnüre und Schlaufen, mit denen sie befestigt waren, hatten der Belastung durch das Schwimmen nicht standgehalten. Ganz zu schweigen davon, dass es ihm so kalt zwischen die Beine zog, dass er fürchten musste, wichtige Teile könnten ihm abfrieren. Die Witterung schien ihm immer eisiger; die Temperaturen der anbrechenden Nacht sanken spürbar.

»Stell dich nicht so an, Lauro«, sagte er grob, genau wie früher, wenn sie sich wie ein Feigling benommen hatte. Es wusste, dass er unhöflich war, doch gleichzeitig fühlte er, wie er ihr durch seine rüde Bemerkung innerlich ein Stück näherkam.

Ihr Kopf fuhr hoch. »Was hast du gesagt?«

Er zuckte die Achseln. »Der Kerl ist weg. Er wollte dich verschleppen, doch mich wollte er umbringen. Aber jammere ich deswegen etwa herum? Warum also heulst *du* noch?«

»Du bist gemein wie eh und je, Antonio Bragadin!« Sie machte eine Bewegung, als wollte sie ihn schlagen, und dabei fiel ihr ein Gegenstand vor die Füße, den er sofort als Raffaeles Amulett erkannte.

Rasch bückte er sich und hob die Kette mit dem Anhänger auf. »Woher hast du das?«, fragte er, obwohl er die Antwort schon zu kennen glaubte.

»Im Theater gefunden«, sagte sie erschöpft. »Weißt du, wem es gehört?«

»Ja«, sagte er, während er die Reliquie hastig einsteckte und dabei versuchte, das harte Pochen seines Herzens zu ignorieren.

»Ich gebe es zurück.« In diesem Moment war er sogar halbwegs davon überzeugt, dass er es wirklich tun würde.

»Komm.« Er streckte die Hand aus, um die ihre zu ergreifen. »Ich bringe dich zu Crestina.«

Zögernd nahm sie die dargebotene Hand und ließ sich von ihm zur Brücke führen, und Antonio, der tropfnass und mit rutschender Hose neben ihr hertrottete, kam sich wie ein Idiot vor.

Am liebsten hätte er sich selbst in den Hintern getreten, um sich für sein mangelndes Geschick bei dem missglückten Waffengang zu strafen, doch stattdessen hielt er Lauras Hand, um sie wie ein höfischer Galan über die dunkle Rialtobrücke zu geleiten. Immerhin hatte sie aufgehört zu weinen und warf ihm nun von der Seite verstohlene Blicke zu.

»Ich habe dich auf der Bühne gesehen«, sagte sie leise.

Er räusperte sich, während er nach vorn schaute, hinüber zum anderen Ufer, wo die Löscharbeiten immer noch in vollem Gange waren.

»Ja«, antwortete er. »Ich arbeite beim Theater.«

»Du warst sehr gut. Schade, dass ich das Stück nicht zu Ende sehen konnte. Wie geht es aus? Nimmt sie den Diener oder den Reichen?«

»Den Diener. Der findet am Ende einen Schatz und ist dann selbst reich.«

»Das gefällt mir. Eine schöne Geschichte. Ich hoffe, ich kann sie eines Tages vollständig sehen.«

Er merkte, wie ihm Röte ins Gesicht stieg, und auf einmal schien die schmale Hand in der seinen eine andere Konsistenz anzunehmen, es war, als würde sie weicher, glatter, wärmer werden – und weiblicher. Er wurde sich wieder des Umstands bewusst, dass ihr Kleid über der Brust zerrissen war und man sehr deutlich den Ansatz ihres Busens sehen konnte. Vorausgesetzt, man schaute hin, was er jedoch nicht schaffte. Mehr als den einen oder anderen schnellen Seitenblick brachte er nicht zuwege. Stattdessen bemühte er sich um einen Anstrich unverfänglicher Normalität. Er fand, dass es nicht schaden könne, ein wenig Konversation zu machen.

»Wie ist es dir ergangen?« Es klang unbeholfen, und erklärend setzte er hinzu: »Ich meine, in den beiden letzten Jahren.«

»Gut«, sagte sie wortkarg, offenbar in Gedanken versunken, dabei jedoch – flüchtig wie er selbst – Seitenblicke herüberwerfend.

»Du lebst bei Monna Crestina, nicht wahr?«

Sie nickte stumm.

»Gefällt es dir dort?«

»Ja.«

»Und was macht der kleine Hosenscheißer?«

»Kommt ohne Windeln aus.«

»Ach so.« Er räusperte sich. »Sie kochen da sehr ordentlich, oder?«

»Ja.«

Ihre einsilbigen Antworten trugen nicht dazu bei, seine Selbstsicherheit zu stärken, und betreten sagte er sich, dass er vermutlich nie in seinem Leben lächerlicher ausgesehen hatte als in diesem Augenblick, da er mit einer Hand seine Hose festhalten musste, damit sie ihm nicht auf die Füße fiel.

Befangen machte er sich klar, dass er immer noch ihre Hand umklammert hielt, nicht wie bei einem Kind, das er leiten musste, sondern so, dass es merkwürdige Gefühle in ihm weckte, die seinen Herzschlag beschleunigten. Er wollte sie loslassen, brachte es aber nicht fertig.

»Warum bist du niemals vorbeigekommen?«, wollte sie unvermittelt wissen.

Er zuckte zusammen, denn ihre Stimme klang anklagend, ja sogar wütend. Es schien, als sei ihr etwas Unangenehmes eingefallen, das sie gegen ihn vorzubringen hatte.

»Warum hätte ich kommen sollen?«, fragte er vorsichtig.

»Vielleicht, um dich nach mir zu erkundigen!«

»Ich wusste doch, dass es dir gut geht.«

»Woher?«

Er hob die Schultern. »Letzten Sommer sah ich einmal, wie du mit Monna Crestina und ihrer schiefgesichtigen Tochter zum Kräuterpflücken losgesegelt bist, auf die Terraferma. Du hast einen gesunden Eindruck gemacht. Du hast sogar mit ihnen gelacht.«

»Du hättest zu mir kommen und guten Tag sagen können.«

»Wozu?«

»Es wäre höflich gewesen!«

»Ich hatte keine Zeit«, behauptete er.

»Du lügst!«, rief sie aus, ihm ihre Hand entreißend. »Schließlich hattest du auch Zeit, dich mit Valeria zu unterhalten!«

»Was soll das? Willst du mir Vorwürfe machen? Ich habe dich vorhin gerettet, oder nicht? Reicht das nicht? Vielleicht hätte ich dich einfach dem Mädchenfänger überlassen sollen, dann könntest du jetzt nicht solchen Blödsinn reden.«

»Nicht du hast mich gerettet, es waren die Mönche, die zufällig des Weges kamen.«

»Dann hätte ich ja vielleicht gar nicht erst durch den Kanal schwimmen sollen«, gab er zurück. »Und du hättest einfach ein Gebet mehr gesprochen und Gott um Hilfe angefleht, so wie du es immer schon gerne tatest.«

»Genau«, fuhr sie ihn hitzig an. »Wärst du doch drüben geblieben! Dann wäre ich tot, und es wäre dir gleichgültig. Ich war dir doch immer schon egal!«

»Da hast du völlig recht, wer interessiert sich schon für eine langweilige Göre wie dich«, versetzte er gereizt, nur um sich gleich darauf über diese Bemerkung zu ärgern. Er hatte keine Ahnung, wie es auf einmal dazu hatte kommen können, dass sie miteinander stritten. Sie war von ihrem Wesen her so aufbrausend und widerborstig wie eh und je, und er fragte sich, wieso ihm das entfallen war.

Laura verschränkte die Arme vor der Brust und ging stumm neben ihm her, offensichtlich ernsthaft beleidigt, aus Gründen, die er nicht recht nachvollziehen konnte. Die Art, wie sie ihn behandelte, war alles andere als einem todesmutigen Retter angemessen.

Das Wasser trocknete auf seiner Haut und hinterließ juckende Stellen, hauptsächlich dort, wo er sich im Beisein eines Mädchens schlecht kratzen konnte. Davon abgesehen fühlte sich sein ganzer Körper mittlerweile wie ein einziger Eisklumpen an.

Sie erreichten das andere Ufer, wo die Löschmannschaften nach wie vor damit beschäftigt waren, das Feuer am Fondaco dei Tedeschi einzudämmen. Die Flammen schlugen noch in den abendlichen Himmel, aber der Funkenflug hatte nachgelassen. Der Brand würde sich nicht weiter ausbreiten, der Rialto war für diesmal gerettet. Das deutsche Handelshaus war jedoch verloren. Aus dem niederbrennenden Feuer ragten nur noch schwarze Ruinen, und dort, wo sich vorher bis zum Bersten gefüllte Lagerräume befunden hatte, gähnten dunkle Schlünde in dem unter der Hitze eingebrochenen Mauerwerk.

Antonio und Laura bahnten sich einen Weg durch die überall gestapelten Fässer und Säcke; sie umrundeten die Karren, die bis zum Rand mit Waren vollgepackt waren, von denen einige angesengt, andere aber nur leicht beschädigt aussahen.

Sie stießen auf Crestina, die auf sie wartete, das angespannte Gesicht von Tränen überströmt. Sie schloss Laura in die Arme und presste sie an sich. »Dem Himmel sei Dank, da bist du wieder!« Weinend wiegte sie das Mädchen, als wäre es ihr eigenes Kind, das sie verloren geglaubt hatte, und Laura erwiderte die Umarmung mit derselben Inbrunst, schluchzend wie Crestina und offenbar übermannt von der Tiefe ihrer Gefühle.

Antonio wusste nicht recht, wie er die Empfindungen einordnen sollte, die ihn beim Anblick dieser Umarmung überkamen. Er versuchte, sich zu erinnern, wann ihn das letzte Mal jemand auf diese Weise gehalten hatte. Cecilia hatte einmal kurz die Arme um ihn geschlungen, in der Zeit, als sie so krank gewesen war, kurz vor ihrem Tod. Und seine Mutter am Tage seines sechsten Geburtstags. Sie hatte ihm ein Spielzeug überreicht, einen Holzkreisel. Angestrengt überlegte er, was daraus geworden war, doch er erinnerte sich nicht. Es war verschwunden, zusammen mit allem anderen, was er früher besessen und dann verloren hatte. Niemandes Arme hatten ihn seither umfangen.

Er spürte eine Leere in sich, die kälter war als das eisige Wasser, das er vorhin durchschwommen hatte.

»Ich danke dir, mein Junge«, sagte Crestina. »Das werde ich dir niemals vergessen.«

Doch er hatte sich bereits abgewandt und war davongegangen.

Oktober 1508

»Man kann es schon sehen«, sagte Matteo aufgeregt. Er stellte sich auf die Ruderbank und hopste ungeduldig in die Höhe, um einen besseren Blick auf die Fassade des neu errichteten Gebäudes zu gewinnen. »Sie sind auf dem Gerüst, alle beide, und sie malen!«

»Setz dich wieder hin, sonst fällst du noch ins Wasser«, mahnte Laura.

»Ich bin groß und kann schwimmen.«

»Du bist sechs, und schwimmen kannst du nur in der Theorie. Setz dich, Matteo!«

Er machte keine Anstalten, ihrer Aufforderung zu folgen, hörte aber immerhin auf zu hüpfen, während Isacco das Boot langsam an die Wasserarkaden heranlenkte. Das Licht der Nachmittagssonne fiel von schräg oben gegen die Fassade und brachte die Farben zum Leuchten.

Laura war in der letzten Zeit schon öfter am gegenüberliegenden Ufer oder oben auf der Brücke stehen geblieben, um das neue Meisterwerk zu bestaunen, und heute wollten sie es sich aus nächster Nähe anschauen. Es stimmte alles, was man darüber erzählte – dass hier zwei junge Maler, die ganz sicher zu den herausragendsten ihrer Zunft gehörten, ein Kunstwerk schufen, das in ganz Venedig seinesgleichen suchte. Man musste nur einen Blick auf die fast fertigen Fresken werfen, um zu wissen, dass die begeisterten Beschreibungen nicht übertrieben waren.

Es war sogar wahrscheinlich, dass man die beiden Maler eines Tages in einer Reihe mit Künstlern wie Carpaccio und den Bellinis sehen würde. Es hieß, sie seien Schüler des Giovanni Bellini, doch das, was sich dort an der Außenfassade des jüngst wieder aufgebauten Fondaco dei Tedeschi zeigte, ähnelte nicht dem Werk von Schülern, sondern sah nach der vollendeten Kunst wahrer Meister aus.

»Jetzt erkenne ich es ganz genau! Schaut doch, Laura und Isacco! Was für herrliche Farben! Da oben, das ist ein Mann mit Hufen! Und da, eine Frau, die über Wolken schwebt! Und seht ihr dort die Pferde? Sie ziehen einen Wagen, hoch hinauf in die Luft!« Matteo war nicht zu bremsen in seiner Begeisterung. Kaum hatte Isacco den Sàndolo gegen die Stufen unterhalb der Arkaden treiben lassen, als der Kleine auch schon aus dem Boot gesprungen war, um das Gerüst zu erklimmen, auf dem die beiden Maler ihrer Arbeit nachgingen. Laura streifte die Holzpantinen ab und folgte ihm notgedrungen, obwohl es ursprünglich so geplant war, dass sie sich die neuen Fresken nur im Vorbeifahren vom Boot aus anschauen wollten. Sie wusste nicht, ob sie belustigt oder verärgert sein sollte, entschied sich dann aber dafür, ihrem Bruder seinen Willen zu lassen. Es war ohnehin zu spät, ihn daran zu hindern.

»Was soll das werden?«, rief Isacco von unten, während Laura barfuß und mit gerafftem Gewand die Leiter des Außengerüsts hochstieg. Matteo war bereits oben und verharrte mit andächtigem Gesichtsausdruck dicht hinter einem der beiden Maler.

»Ihr werdet euch den Hals brechen!« Isacco starrte hilflos zu ihr hoch, das Ruder gereckt, als wollte er sie damit von der Leiter zurückholen.

»Es ist alles in Ordnung«, rief Laura in einer Aufwallung von Übermut über die Schulter zurück. »Wir beide haben unter unseren Ahnen Kletteraffen, weißt du!«

Flüchtig fiel ihr ein, dass Isacco weder sie noch Matteo bisher bei ihren zum Teil halsbrecherischen Aktivitäten beobachtet hatte, obwohl er doch so viel Zeit mit ihnen verbrachte. Er war ein Vorbild in allen Fragen der Gelehrsamkeit, doch die wirklich lustigen Aspekte des Lebens waren ihm eher unheimlich. Was er wohl denken würde, wenn sie plötzlich vor seinen Augen auf den Händen liefe oder sich auf den Kopf stellte, und das auch noch in Knabenstrumpfhosen, die sie sich eigens für diesen Zweck besorgt hatte? Vermutlich würde er rot anlaufen und nach Luft schnappen, so wie er es häufig tat, wenn sie nur zu laut lachte und dabei den Kopf zurückwarf oder wenn sie beim Salbenkochen wegen der Herdhitze die Röcke schürzte. Oder Matteo bei den Händen fasste und ihn durch die Luft wirbelte, bis der Kleine vor Vergnügen kreischte. Wenn ihr Nachbar und Lehrer mitbekäme, dass sie und Matteo ohne Leiter in hohe Bäume stiegen und sich dort von Ast zu Ast hangelten, würde er ihr sicherlich nicht enden wollende Vorträge über die damit einhergehenden Gefahren halten und versuchen, ihr weitere Unternehmungen dieser Art auszureden. Folglich war es gut, dass er nie den Wunsch geäußert hatte, sie auf ihren Ausflügen zur Terraferma zu begleiten.

In Venedig gab es so gut wie keine Bäume, die man erklimmen konnte, auch keine weiten Felder, die zum Springen und Rennen einluden. Folglich waren sie auf ihre wöchentlichen Bootsfahrten zum Festland angewiesen, um ihr Verlangen nach dieser Art der körperlichen Freiheit zu stillen. Matteo hatte früh begonnen, es ihr gleichzutun, zumindest versuchte er es, wenngleich er nicht dieselbe Gelenkigkeit erreichte wie seine Schwester. Doch der Ehrgeiz, der ihn in allen Dingen des Lebens beflügelte, machte die fehlende Geschmeidigkeit wett, und so verstand er sich schon bald aufs Räderschlagen, Klettern und Balancieren. Er verlangte von Laura, dass sie ihm erklärte, wie man auf den Händen lief und aus dem Stand Überschläge vollführte, und er heulte jedes Mal vor Enttäuschung, wenn er es nicht ebenso hinbekam wie sie. Wenn sie ihm dann lachend entgegenhielt, dass er zum Ausgleich dafür viel schlauer sei als sie und dass sie außerdem Jahre benötigt habe, um all das zu beherrschen, wollte er das nicht gelten lassen und versuchte es wieder und wieder, bis er erschöpft im Gras zusammenbrach.

Mit derselben Beharrlichkeit beschäftigte er sich mit allem, was ihm Bewunderung abrang, und sein Gesichtsausdruck, mit dem er die frischen Fresken an der Außenfassade des Fondaco betrachtete, zeigte deutlich, wie brennend sein diesbezügliches Interesse war. Es war das erste Mal, dass er Gelegenheit bekam, sich aus der Nähe anzusehen, wie eine Freskenmalerei entstand, nachdem er schon seit längerer Zeit unzählige Fragen dazu gestellt hatte. Laura hatte ihm alles darüber erzählt, was sie wusste, und das war nicht gerade wenig – schließlich war sie ihrem Vater früher oft dabei zur Hand gegangen. Aber es zu hören oder es mit eigenen Augen zu sehen war zweierlei, und wer war sie, ihrem Bruder zu verwehren, mehr über die Arbeit Guido Monteverdis zu erfahren – seines Vaters, den er nie kennen gelernt hatte, außer aus den Beschreibungen seiner Schwester. Sie hatte ihn zu all den Orten mitgenommen, von denen sie wusste, dass ihr Vater dort gewirkt hatte. Sie hatte ihm Guido Monteverdis Fresken an Häusern und in Kapellen gezeigt und ihm die technischen Einzelheiten ihrer Entstehung erklärt, hatte ihm genau beschrieben, wie die Farben anzumischen waren und wie wichtig es war, schnell zu arbeiten, damit die Pigmente sich zuverlässig mit dem Untergrund verbanden.

Gern hätte sie ihm auch das Meisterwerk ihres Vaters gezeigt, an dem Haus, in dem sie gelebt hatten und in dem Matteo geboren worden war. Den herrlichen Rosengarten vor der weiten grünen Landschaft auf der Außenfassade, die Fabelwesen am Palazzo der Filacenovas, die Löwenwand im Inneren des Anbaus. Doch ein Brand hatte das Anwesen verwüstet und auch die Fassaden so stark geschwärzt, dass die Filacenovas alles neu hatten übermalen lassen. Abermals mit Fresken – vermutlich hatte Monna Pippa in ihrem Hang zu künstlerischer Präsentation darauf bestanden –, doch war die neue Bemalung fern jeder Aussagekraft und darüber hinaus scheußlich geschmacklos. Es waren einfach nur flach und ohne jede Perspektive hingepinselte Heilige mit dümmlichen Gesichtern, die einander ähnelten wie ein Ei dem anderen. Allein zu wissen, dass sich darunter noch die kunstvollen Landschaften und Fabeltiere Guido Monteverdis befanden, rief Wut in Laura hervor. Auf der anderen Seite verschaffte es ihr Genugtuung, denn nun konnte sich niemand, dem es im Grunde nicht zustand, noch an seinen Werken erfreuen.

Sie war den Filacenovas einmal bei einer Andata zu Ehren des heiligen Markus begegnet; es war noch nicht lange her. Zu voller Höhe aufgerichtet, den Kopf erhoben und ein gelassenes Lächeln auf den Lippen war sie ohne ein Wort an ihnen vorbeimarschiert, gemeinsam mit Crestina, Mansuetta und Matteo. Sie hatte die glotzenden Blicke der inzwischen teilweise erwachsenen, aber immer noch bemitleidenswert mondgesichtigen Filacenova-Söhne ignoriert, ebenso wie das Getuschel zwischen Monna Pippa und ihrem Mann, Messèr Filacenova, die sie beide neugierig angestarrt hatten. Für einen Moment hatte es den Anschein gehabt, als wolle der Kaufmann näher kommen und mit ihr sprechen, doch seine Frau hielt ihn am Arm zurück. Laura war darüber erleichtert; sie wusste nicht, was sie Monna Pippa sonst vielleicht an den Kopf geworfen hätte.

Eine belustigte Männerstimme riss sie aus ihren Gedanken. »Welche Nachfahren von Affen geben uns denn hier die Ehre?«

Sie reckte den Kopf, um den Sprecher besser erkennen zu können, der hinter einem Riesen von Mann stand und auf einem Holzbrett Farben anmischte. Er war noch jung, vielleicht um die zwanzig, und er hatte wirr abstehendes brünettes Haar und verschmitzte, männlich attraktive Gesichtszüge. In seinen Augen funkelte es mutwillig, während er Laura über die Schulter des Riesen hinweg angrinste. »Obschon ich doch meinen möchte, dass Ihr, bis auf Eure beachtlichen Kletterkünste, tatsächlich kaum Ähnlichkeit mit einem Affen aufweist. Vielmehr seid Ihr eine allerliebste Erscheinung, wenn ich mir die Bemerkung gestatten darf.« Sein Blick offenbarte höchste Bewunderung. »Dieses herrliche rote Haar! Diese strahlenden Augen! Ein liebreizenderes Wesen ist mir wahrhaftig hier in der Stadt noch nicht vor Augen gekommen! Seid Ihr schon porträtiert worden, Madonna? Euer Antlitz schreit nach einem Porträt!«

»In Wahrheit stammen wir nicht von Affen ab«, informierte Matteo vorsorglich den jungen Maler. »Wir haben richtige Eltern. Leider leben sie nicht mehr.«

»Das tut mir leid.« Eine Spur von Betroffenheit zeigte sich in der Miene des Künstlers.

»Dir wird es gleich noch mehr leid tun, wenn du die Farben trocknen lässt, bevor ich sie auftragen kann«, brummte der Riese, der zwischen Laura und dem jungen Maler aufragte wie ein massiver Fels. Er wandte den Kopf und blickte Laura über die Schulter an. »Eure Neugier in Ehren, Mädchen, aber die Arbeit *al fresco* ist eine diffizile Angelegenheit. Dieser Putz hier ist frisch aufgetragen und noch feucht, und wenn ich ihn nicht unverzüglich bemale, ist das ganze Bild verdorben.«

»Laura ist kein Mädchen«, erklärte Matteo in aller Ernsthaftigkeit. »Sie ist schon sechzehn. Und sie weiß alles über Fresken. Von ihrem Vater, der auch mein Vater war. Leider konnte ich ihn nicht kennenlernen, er starb vor meiner Geburt. Aber Laura hat er alles beigebracht, was es darüber zu wissen gibt.« Stolz fügte er hinzu: »Mein Vater war Guido Monteverdi.«

Der Maler ließ den Spachtel sinken, mit dem er gearbeitet hatte, und wandte sich vollends zu ihnen um. Er war sehr groß, um die sechs Fuß, und er überragte seinen jüngeren Kollegen um mehrere Handbreit. Laura schätzte ihn auf etwa dreißig Jahre. Wie der andere war er nachlässig gekleidet, in ein altes Hemd und zerschlissene Beinlinge, denen es nicht schadete, wenn sie mit Farbe oder Mörtel beschmiert wurden. Sein Gesicht war asketisch und von starker Ausdruckskraft, mit kantig vorstehender Nase, dichten, in der Mitte zusammenstrebenden schwarzen Brauen und dunklem Vollbart. Das Haar war aus der Stirn gestrichen und hinter die Ohren zurückgekämmt.

»Guido Monteverdi, wie?« Er nickte langsam. »Euer Vater war einer der Größten unter uns, aber das wisst Ihr sicher.«

»Hat er nicht die Fresken an San Giacometto gemacht?«, fragte der Jüngere.

Der große Maler nickte. »Und die Wandverzierungen in einem halben Dutzend anderer Kirchen und Palazzi. Ich war damals Schüler und einer seiner Bewunderer. Würde er noch leben, wäre zweifellos er derjenige, der hier oben stehen würde.«

»Statt deiner?«, wollte der andere wissen.

»Statt deiner«, gab sein Kollege knurrig zurück. Doch dann grinste er unerwartet. »Es ist mir eine Freude und Ehre, Guidos Tochter und Sohn kennenzulernen.« Er verneigte sich vor Laura. »Wir sind unhöflich, Madonna. Gestattet, dass ich uns vorstelle. Dieser unkonzentrierte, wenngleich nach allen Maßstäben der schönen Künste nicht unbegabte Luftikus an meiner Seite ist Tiziano Vecellio. Ich selbst bin Giorgio da Castelfranco. Aber nennt mich einfach Zorzo.«

»Oder nennt ihn Giorgione, wie ich es tue«, witzelte der jüngere Maler. »Damit man ihn nicht mit einem Zwerg verwechselt.«

Der Ältere machte eine Bewegung, als wollte er seinen Kollegen vom Gerüst in den Kanal hinunterschubsen, was Matteo ein erschrockenes Keuchen und den beiden Männern dröhnendes Gelächter entlockte.

Laura brach in Kichern aus; sie konnte nicht anders bei dieser unvermuteten Zurschaustellung offener, unverfälschter Herzlichkeit und Heiterkeit, und sie fragte sich, wann sie das letzte Mal ein derart unbeschwertes Lachen gehört hatte. Zu Hause hatte es in der letzten Zeit kaum Anlass dazu gegeben. Crestina hatte zu häufig Schmerzen, um noch lachen zu können. Gerade, dass sie sich noch bei besonders komischen Bemerkungen von Matteo ein Lächeln abringen konnte. Ihre Gicht war seit dem letzten Winter so schlimm geworden, dass sie kaum noch arbeiten konnte. Und Mansuetta war ohnehin die meiste Zeit verstimmt. Der Grund dafür war wie immer derselbe: Sie haderte mit ihrem Aussehen und damit, dass Isacco sie behandelte wie einen zwar guten, aber unwichtigen Freund. Beides konnte Laura nicht ändern, und so hatte sie sich auf das Einzige verlegt, das halbwegs dabei half, die Klippen von Enttäuschung und Niedergeschlagenheit in Mansuettas Wesen zu umschiffen: Diplomatie. Sie war freundlich und höflich und ging Mansuetta ansonsten tunlichst aus dem Weg.

Die Aufmerksamkeit der Männer vermittelte ihr mit einem Mal das Gefühl, nach längerer Zeit der Bedrückung aus einem engen Raum herauszutreten.

»Eure Fresken sind wundervoll!«, sagte sie mit ehrlich empfundener Begeisterung, während sie mit ausholender Gebärde auf die Fassade deutete.

»Dann solltet Ihr Euch erst mal die von der Landseite anschauen«, warf Tiziano Vecellio ein. Er lächelte vielsagend. »Die habe nämlich ich gemalt.« Augenzwinkernd fügte er hinzu: »Natürlich sind die hier vorn zum Kanal hin auch nicht schlecht. Zorzo versteht sich auf die Mythenmalerei wie kein Zweiter. Das sagt sogar unser großer Meister Bellini, der ihn für diesen Auftrag bestimmt hat – und mich als seinen unwürdigen Assistenten. Seht nur, wie perfekt die Kartons in der Ausführung gelungen sind! Wollt Ihr es einmal vergleichen?«

Er bückte sich und breitete auf einem Brett mehrere Papptafeln aus, die Vorlagen, nach denen Freskenmaler ihre Bilder anfertigten und die maßstabsgetreue Entwürfe darstellten, auf deren Basis zügig das eigentliche Werk geschaffen werden musste. Laura wusste, wie schwierig es war, Linienführung und Farbwahl auf Anhieb so zu treffen, dass es den Skizzen entsprach. Gearbeitet wurde aus der freien Hand, zuerst mit dem Mörtel, dann mit dem Spachtel und den Farben, die exakt so abgemischt sein mussten, wie sie später im Bild erscheinen sollten. Sie verbanden sich rasch mit dem feuchten Kalk und konnten auf diese Weise für die Dauer mehrerer Menschenleben halten, vorausgesetzt, sie wurden in fehlerfreier Technik aufgebracht. Jedenfalls galt das für die Fresken in Innenräumen. Bemalte Außenfassaden waren meist zu stark den Einflüssen der Witterung ausgesetzt. Sie litten unter der Sonneneinstrahlung, dem Regen, den scharfen, salzigen Winden, die im Winter vom Meer her durch die Kanäle peitschten. Gerade Venedig, eine Stadt, die im Wasser und zum Meer hin erbaut war, musste diese Auswirkungen auf ihre Bauten und deren Verzierungen hinnehmen, und so kam es nicht selten vor, dass die kunstvoll bemalten Hauswände schon nach kurzer Zeit ausgebessert und aufgefrischt werden mussten – wie auch der Fondaco dei Tedeschi.

Laura hatte vorhin bereits beim Näherkommen bemerkt, dass ein Großteil der Arbeiten, die von den beiden Malern noch auszuführen waren, in der Ausbesserung und Nachbehandlung abplatzender Putzflächen bestand. Die meisten beschädigten Stellen waren recht klein, aber so kurz nach der Fertigstellung eines neuen Gebäudes in den Augen der Auftraggeber vermutlich ein Ärgernis. Nur hier und da gab es noch einzelne leere Flächen im Mauerwerk, die gemörtelt und bemalt werden mussten, und im Zuge dessen wurden von den Künstlern auch gleich die nötigen Korrekturen im fertigen Teil vorgenommen.

Tiziano legte die Kartons zur Seite und richtete sich auf, um Laura eingehend zu betrachten. »Ich würde Euch zu gern malen!«, meinte er. »Wollt Ihr mir nicht einmal Modell sitzen?« Er breitete begeistert die Arme aus. »Euer Anblick ruft etwas in mir wach! Mir schwebt schon die ganze Zeit das Bild einer liegenden Venus vor. Das feurige Haar wallt über ihren herrlichen Körper …«

»Ihren herrlichen *nackten* Körper, nehme ich an«, warf Zorzo trocken ein.

Tiziano grinste. »Hast du schon eine einzige Venus gesehen, die bekleidet war? Was sonst kann diese Göttin sein, außer ein Wahrzeichen prachtvoller Natürlichkeit?« An Laura gerichtet fügte er leutselig hinzu: »Wenn Euch die Venus nicht liegt, könnte ich Euch auch noch eine andere Göttin anbieten. Was macht Ihr so, wenn Ihr nicht gerade auf Gerüsten herumklettert?«

»Ihr meint, zu Hause? Ich arbeite in einer Kräuterhandlung.«

»Kräuter? Gibt es dort auch Blumen?«

»Blumen gehören ebenfalls dazu, das stimmt.«

»Ah, ich verstehe, Ihr entzieht den Blumen ihren kostbarsten Saft, den Duft, und hüllt Euch darin ein wie in ein Gewand aus Seide!«

Laura lachte über diese drollige Beschreibung. »So, wie Ihr es sagt, klingt es poetisch, trifft aber nur zum Teil zu. Ja, wir pressen Blumen aus und gewinnen wertvolle Öle daraus, die wir für Duftwasser und Seifen brauchen.«

»Eine Rosen pflückende Nymphe! Nein, viel besser: eine blütengekrönte Göttin! Natürlich, eine Flora! Ihr seid die personifizierte Flora! Wie war gleich Euer Name, Madonna?«

»Laura«, sagte Matteo. »Aber das sagte ich schon. Ihr habt nicht aufgepasst.« Sein Gesicht, schmal und aufgeweckt unter dem zerzaust nach allen Seiten abstehenden Blondhaar, zeigte einen drollig vorwurfsvollen Ausdruck.

»Tiziano passt selten richtig auf«, meinte Zorzo grinsend. Er hatte sich auf eines der auf Böcken ruhenden Bretter neben einige Farbgefäße gesetzt und ließ ein Bein baumeln. »Außer, wenn es ums Malen geht. Dann ist er ganz Ohr und Auge.« Sein Ton wurde fast liebevoll. »Und drauf und dran, ein wahrer Meister unserer Zunft zu werden.«

»Das aus dem Mund meines viel bewunderten Giorgione«, gab Tiziano munter zurück. »Der schon ein eigenes Haus am Campo San Silvestro hat – herrlich bemalt natürlich – und die Laute schlägt wie ein Seraphim der himmlischen Heerscharen. Der sich der Freundschaft des legendären Leonardo da Vinci erfreut …«

»Leonardo?«, fiel Matteo ihm ins Wort, die Augen weit aufgerissen. Unwillkürlich fing er an, auf und ab zu hopsen, so wie er es immer tat, wenn er aufgeregt war. »Ihr kennt wirklich diesen großen Konstrukteur?«

»Seine Konstruktionen mögen interessant sein«, räumte Zorzo ein. »Aber aus seiner Kunst strahlt ein göttlicher Funke. Ich habe in Mailand sein *Abendmahl* gesehen. Nichts wird dem je gleichkommen können!«

»Nein!«, rief Matteo aus. »Was ist ein Bild, und sei es noch so schön gemalt, gegen eine Maschine, mit der man fliegen kann! Solche Dinge zu ersinnen ist Leonardos eigentliche Kunst!«

»Matteo, mäßige deinen Ton und hör auf, Erwachsenen zu widersprechen!«, befahl Laura ihm, doch der groß gewachsene Künstler lachte nur. »Lasst ihn, Madonna. Ein wacher Geist und kühner Argumentationssinn hat sich noch nie gut hinter kriecherischer Höflichkeit verstecken können. Kleiner Mann, mir scheint, du bist ein heller Kopf. Sag mir, wann hast du von den wundersamen Konstruktionen des Florentiners erfahren?«

»Isacco hat mir davon erzählt. Er ist mein Lehrer.«

»Das muss ein kluger und gebildeter Mann sein.«

»Ja, er ist klug! Er hat viele Bücher, und er ist Übersetzer und Korrektor bei Messèr Manuzio. Dort kann er alles lesen, was er will, Bücher aus der ganzen Welt!« Matteos kleines Gesicht leuchtete förmlich vor Eifer. »Er hat mir auch die Schriften Leonardos gezeigt und mir die Berechnungen erklärt. Ich stelle selbst auch Berechnungen an, allerdings nicht über das Fliegen. Eher so wie Euklid. Isacco hat mich die Formeln gelehrt. Ich liebe Euklid!«

»Wirklich? Das ist ungewöhnlich für einen kleinen Knaben.«

Matteo wirkte irritiert. »Ich bin bereits sechs.«

»Tatsächlich? Und du rechnest schon nach Euklid?« Zorzo legte dem Knirps die Hand auf die Schulter. Seine nachsichtige Gelassenheit war echtem Interesse gewichen. »Erzähl mir mehr darüber!«

Tiziano meldete sich belustigt zu Wort. »Daraus schließe ich, dass wir jetzt eine wohlverdiente Pause machen. Du siehst aus, als würdest du in der nächsten halben Stunde das tun, was du außer dem Malen und dem Lautespielen am liebsten machst – fachsimpeln.« Er packte die Kartons zusammen und wandte sich eifrig an Laura. »Mögt Ihr mit mir zusammen auf die andere Seite gehen und Euch anschauen, worin mein bescheidener Beitrag zum bunten Außenkleid dieses neuen Handelshauses besteht?«

Laura blickte zögernd zum Kanal hinunter, wo Isacco im Boot saß und anklagend zu ihr hochschaute. Achselzuckend wandte sie sich ab und lächelte den freundlichen jungen Maler an, dessen liebenswürdige Aufmerksamkeiten so ganz anders waren als Isaccos fortwährend vorwurfsvolle und bevormundende Art. Bereitwillig stieg sie hinter Tiziano durch eines der offenen Fenster ins Innere des Gebäudes, um mit ihm hinüber zur Landseite zu gehen. Die Fenster im ersten Stockwerk waren, ebenso wie bei den beiden darüber befindlichen Geschossen, paarweise angeordnet und ließen ausreichend helles Sonnenlicht herein. Durch die offen stehenden Türen sah Laura, dass nicht nur der Innenausbau bereits abgeschlossen war, sondern dass auch ein Teil der Räumlichkeiten schon in Betrieb genommen worden war. In dem Gebäude, das sich um einen großen Innenhof herum schloss, herrschte reges Kommen und Gehen. Sie war überrascht von der Vielzahl der Männer, die geschäftig hin und her eilten. Einige von ihnen schleppten Möbel, andere wiederum überwachten deren Aufstellung. Hier und da standen auch Händler beisammen, zu erkennen an ihren schwarzen Umhängen. Der eine oder andere Patrizier mochte auch dabei sein, denn wenn die venezianischen Adligen Handel trieben, zogen auch sie eine weniger aufwändige Bekleidung vor. Statt federgeschmückter Barette, seidener Strumpfhosen und golddurchwirkter Samtwämser trugen sie die schlichte schwarze Toga mit der über die linke Schulter geschlungenen gleichfarbigen Schärpe, Einheitsgewand für die Männer des Adels ebenso wie für die Bürger. Das Geckentum innerhalb des Standes der Nobili überließen sie in aller Regel den jungen, unverheirateten Männern und jenen *Bravi di Calze*, die ihre Fähigkeiten hauptsächlich in wüsten Trinkgelagen, Raufereien oder beim Fischen und der Jagd auf Wasservögel erprobten. Dagegen zogen es die aktiven Kaufleute unter den Patriziern vor, bescheiden aufzutreten. Einziges Zeichen ihrer Würde war die Wappenkette, die quer über der Brust getragen wurde.

Der eine oder andere neugierige – und missfällige – Blick streifte Laura, während sie in Tizianos Begleitung das Stockwerk durchquerte. Dies war eine Männerwelt, in der Frauen nichts verloren hatten. Das deutsche Handelshaus war organisiert wie eine Bruderschaft, mit strengen Regeln sowohl zur geschäftlichen Tätigkeit als auch zur Beherbergung der Kaufleute und Reisenden.

Laura focht es nicht weiter an; sie hatte in den letzten Jahren gelernt, männliche Blicke, egal welcher Art diese waren, nach Kräften zu ignorieren. Sie schaute sich neugierig um, während sie Tiziano zuerst durch einen der leer stehenden Räume, dann über einen langen Flur und zuletzt in einen weiteren, mit Schreibpulten ausgestatteten Raum folgte, dessen Fenster zur Landseite des Gebäudes wiesen. Auf dieser Etage entstanden Versammlungsräume und Kontore, jedenfalls schloss sie das aus der Größe und Einrichtung der Räumlichkeiten, während sich vermutlich in den beiden Geschossen darüber die Schlafräume befanden und im Erdgeschoss die Vorrats- und Lagerhallen für die Waren, die hier umgeschlagen wurden.

Kaum eine Nationalität war unter der Schar der ausländischen Kaufleute, die laufend nach Venedig reisten, so stark vertreten wie die Deutschen. Ihr Handelsstützpunkt war der größte in der Stadt, und die geschäftlichen Verbindungen, die sie zur Serenissima unterhielten, weitreichender und gewinnbringender als alle anderen innerhalb Europas. Daher hatte auch der Große Rat nach dem Brand, der vor über drei Jahren das Gebäude völlig zerstört hatte, den Neubau in Auftrag gegeben und bezahlt. Eine Inkrustation mit Marmor war nicht bewilligt worden, doch Laura fand, dass keine Fassade edler und leuchtender erscheinen konnte als eine, die von Künstlern wie ihrem Vater oder von Zorzo und Tiziano bemalt worden war. Ihre Fresken stellten jeden noch so kostbaren Marmor in den Schatten.

Tiziano hatte einen Bekannten erspäht. »Madonna, verzeiht, dort ist jemand, den ich dringend geschäftlich sprechen muss, ein reicher Kaufmann, der mir eine Malerei für eine Madonna mit Jesuskind angetragen hat; er will das Bild in Deutschland seiner Kirche stiften. Gestattet, dass ich mich für ein kurzes Gespräch entferne. Vielleicht mögt Ihr einstweilen auf das Gerüst hinaus und meine Fresken anschauen.« Er deutete auf das offen stehende Fenster, während er bereits auf den Gang eilte.

Laura war schon mit einem Bein draußen. Sie brannte darauf, sich die Wandmalereien Tizianos genauer anzusehen.

Unter ihr lag die Salizada, die an der Rückseite des Gebäudes vorbeiführte. Karren wurden über das Pflaster gezogen und am Portal des Handelshauses von Aufsichtsbeamten des Rates kontrolliert, bevor sie rumpelnd unter dem Torbogen hindurch im Innenhof des Gebäudes verschwanden. Männer, die Säcke und Körbe auf den Schultern schleppten oder Lastesel hinter sich herführten, strebten ebenfalls zum Tor. Laura zog vorsorglich ihre Röcke zusammen, damit sie keinen unschicklichen Anblick bot, obwohl die Bretter des Gerüsts sie den Blicken von unten weitgehend entzogen.

Mit einer Hand ihr Kleid raffend und sich zur Sicherheit mit der anderen am Fenstersturz festhaltend, verlor sie im nächsten Moment dennoch um ein Haar vor Überraschung das Gleichgewicht. Nicht etwa, weil die Fresken des jungen Tiziano Vecellio sie zu solcher Begeisterung hinrissen – unter anderen Umständen hätten sie das sicherlich vermocht –, sondern weil sie eine Stimme hörte, die sie unter hundert anderen sofort wiedererkannt hätte. Zwei Männer hatten den Raum betreten, den sie soeben durch das Fenster verlassen hatte, und einer davon war Antonio Bragadin.

»Und Ihr garantiert mir, dass es echt ist?«, fragte Heinrich von Wessel. Mit skeptischer Miene beugte sich der Deutsche über das mit Samt ausgeschlagene Kästchen, das Antonio ihm zur Begutachtung vorhielt.

»Natürlich nicht. Da verschiedene davon an mehreren Orten angebetet werden, sollte klar sein, dass allerhöchstens eine einzige davon echt sein kann. Ich weiß, dass viel gemunkelt wurde, sie könne ihm nachgewachsen sein, aber … nun ja, hierüber sind wir uns wohl einig, oder? Unser Erlöser hat viele Wunder gewirkt, aber er war zu seinen Lebzeiten ein Mann, mit einem normalen menschlichen Körper. Er hatte folglich auch nur einen …«

»Ihr müsst es nicht aussprechen«, fiel von Wessel ihm ins Wort. »Mir ist klar, dass nur eine Vorhaut die richtige sein kann. Aber wer bestimmt es?«

»Der Papst könnte ein Machtwort sprechen. Aber das Thema ist im Vatikan nicht sonderlich beliebt, so wie der ganze Reliquienhandel als solcher nicht gerne gesehen wird, es sei denn, er erfolgt mit ausdrücklicher Genehmigung und Billigung der Heiligen Kirche.«

»Deren Preise kann nur kein Mensch bezahlen«, erwiderte der Deutsche trocken. »Dagegen ist jemand wie Ihr, der Ihr Euch schon in so jungen Jahren einen exzellenten Ruf in diesem Gewerbe erarbeitet habt – und sei es auch nur in eingeweihten Kreisen –, ein Geschäftsmann, mit dem Seine Durchlaucht jederzeit gern zusammenarbeitet.«

Antonio nahm das Kompliment achselzuckend zur Kenntnis. »Um auf die Frage der Echtheit zurückzukommen: Für dieses *Sanctum Praeputium* hat sich zumindest die heilige Brigitta verbürgt.«

Der Deutsche hielt die Luft an. »Heißt das, es ist aus Rom? Aus der *Sancta Sanctorum*? Von dort, wo auch die Sandalen Christi aufbewahrt werden?«

»So ist es. Und bevor Ihr fragt: Nein, die Sandalen habe ich nicht.«

Von Wessel seufzte. »Ich weiß nicht, was ich von alledem halten soll; das ist das Einzige, was hierbei sicher ist. Wenn Seine Durchlaucht nicht so erpicht darauf wäre, dieses Stück zu besitzen – nun ja, ich würde ihm raten, lieber in andere Reliquien zu investieren. Obwohl es so gut wie ausgeschlossen ist, auf legalem Wege welche zu erstehen, es sei denn, zu Preisen, die einen in den Ruin treiben.« Er hielt inne, bevor er zögernd fortfuhr: »Ähm, hättet Ihr zufällig eine diskrete Verbindung zu San Geremia Profeta?«

»Ihr meint wohl eher, zum dort aufbewahrten Knochen des heiligen Thomas?« Antonio schüttelte den Kopf. »Da ist nichts zu machen, leider.«

»Schade.« Der Deutsche zupfte nachdenklich an seinem Ohrläppchen. »Neulich hörte ich von einem Schenkel des heiligen Christopherus. Einem Reisebericht zufolge soll er sich ebenfalls hier in der Stadt befinden.«

»Gerüchte«, sagte Antonio entschieden. »Mir ist das auch schon zu Ohren gekommen, und ich habe es geprüft. Da ist nichts, nicht mal eine Fälschung. Messèr Brasca, der seinerzeit den Bericht verfasst hat, muss einem Aufschneider aufgesessen sein. Im Übrigen ist der ganze Christopherus sehr mit Vorsicht zu genießen. Es gibt sogar schon beim Klerus Stimmen, die davon sprechen, dass es diesen Heiligen nie gegeben hat.«

»Wirklich?«

»Ganz sicher.«

Der Deutsche seufzte erneut. »Dass Ihr sogar den Bericht kennt, überzeugt mich von Eurem Fachwissen – an dem ohnehin kein Zweifel besteht. Ach, wäre Seine Durchlaucht doch auch so nüchtern im Denken, was diesen Bereich seines Lebens betrifft.« Anscheinend waren ihm die anderen Geschäfte, die er für seinen Lehnsherrn tätigte, wesentlich lieber als der Ankauf von Reliquien, einer Leidenschaft des sächsischen Kurfürsten, der es sich offenbar zum Anliegen gemacht hatte, die größte Sammlung Europas zusammenzutragen. Was die Vorhaut von Jesus Christus betraf, so war diese vermeintliche Reliquie in der

Tat eine der prekärsten, denn es gab viele, die sich im Besitz der einzig wahren und echten *Heiligen Tugend* wähnten – so die fromme Umschreibung dieses einzigen Körperteils, der, abgesehen von Blut, Nabelschnur, Haaren und Nägeln nach Christi Himmelfahrt noch körperlich auf Erden existieren konnte –, und natürlich beharrte jeder von ihnen vehement darauf, dass alle anderen Reliquien falsch seien.

»Wie seid Ihr daran gekommen?«, wollte der Deutsche wissen. »Ich meine, wer beschafft diese Dinge für Euch?«

»Jeder, der sich ein gutes Geschäft davon verspricht.« Um keinen falschen Eindruck aufkommen zu lassen, fuhr Antonio fort: »Glaubt nur nicht, ich würde Aufträge erteilen, heimlich und im Schutze der Nacht Reliquien zu entwenden und gegen Fälschungen auszutauschen. Man trägt diese Dinge an mich heran. Pilger kommen aus dem Heiligen Land zurück und fragen nach mir, weil sie ihre frommen Mitbringsel zu Geld machen wollen. Arme Mönche erliegen der Versuchung, der sie tagtäglich in ihren Klöstern beim Anblick des heiligen Gebeins in einem kostbaren Schrein ausgesetzt sind. Sogar Bischöfe haben schon unter dem Siegel der Verschwiegenheit ihre Vertrauensleute zu mir geschickt, um heimlich ihre Pfründen aufzubessern.« Das war nichts weiter als die schlichte Wahrheit. Er musste sich nur noch selten die Mühe machen, selbst nach handelbaren Reliquien zu suchen. Hatte er anfangs noch genau das getan, was er eben noch so vehement abgestritten hatte, so war das schon seit einer Weile nicht mehr nötig.

Der Deutsche nickte. »Ich verstehe. Euer … ähm, Expertentum und Eure Zuverlässigkeit auf diesem Gebiet haben sich gewissermaßen herumgesprochen, nicht wahr? Nun ja, Ihr widmet Euch diesem Geschäft ja auch bereits seit längerem und habt Euren Ruf auf diese Weise gefestigt.« Er runzelte besorgt die Stirn. »So, wie man auch sicher schon allerorts weiß, dass Seine Durchlaucht sich in seiner tiefen Frömmigkeit dieser, hm, Sammelleidenschaft ergeben hat.« Der Deutsche machte eine schicksalsergebene Geste und schwieg.

»Wie ich hörte, hat Euer Herr eine besonders ansehnliche neue Schlosskirche bauen lassen«, nahm Antonio das Gespräch wieder auf.

»Und Ihr meint, darin ist noch viel Platz für viele Reliquien?« Der Deutsche lachte, aber es klang nicht sonderlich froh.

»Wenn ich Euch einen guten Rat geben darf: Man sollte um die Sammlung nicht so viel Aufhebens in der Öffentlichkeit machen«, meinte Antonio, bemüht, seine Belustigung nicht zu zeigen. »Ein unterirdisches Gewölbe könnte nicht schaden.«

»Ha! Er will sogar Illustrationen über die Sammlung anfertigen lassen, damit alle Welt sie bestaunen kann! Er hat einen berühmten Maler damit beauftragt, einen Künstler namens Cranach!«

»Dieses hier kann er nicht malen.« Antonio klappte das Kästchen zu. »Falls Ihr es überhaupt wollt. Ich habe auch andere Interessenten.«

»Natürlich nehme ich es«, versetzte der deutsche Kaufmann grollend. »Was glaubt Ihr denn? Und selbstverständlich wird es auf keiner offiziellen Illustration erscheinen, schließlich liegt Seiner Durchlaucht an guten diplomatischen Beziehungen zum Vatikan.« Er dachte kurz nach. »Und zu Antwerpen, denn da gibt es auch eine, nicht wahr?«

Antonio nickte nur. Er sparte sich den Hinweis, dass sich noch mindestens ein halbes Dutzend anderer Städte ebenfalls rühmte, das einzig wahre Sanctum Praeputium zu besitzen, denn damit hätte er den armen von Wessel nur in noch größere Konflikte gestürzt.

Er selbst hielt es in diesem Punkt wie ein früherer Papst, der zu dem Streit um die Echtheit dieser Reliquie angeordnet hatte, dass diese Frage Gott dem Allmächtigen zu überlassen sei.

»Nun denn, Ihr dürft es mir schenken«, erklärte von Wessel augenzwinkernd.

»Selbstverständlich.« Antonio überreichte ihm das Kästchen. Das kanonische Recht verbot es den Gläubigen, mit Reliquien zu handeln, das war nur eigens dazu beauftragten kirchlichen Würdenträgern gestattet, doch das Verschenken war erlaubt. Von Wessel würde ihm im Gegenzug in Kürze für eine symbolische Summe eine bereits ausgehandelte Anzahl von Arkebusen liefern, für die sicher bald jemand Verwendung finden würde. Der Krieg gegen die Franzosen und Osmanen war vorbei, aber in Oberitalien formierten sich bereits neue Allianzen, und deren stärkste Macht, der Vatikan, war Venedig alles andere als freundlich gesinnt.

»Ihr seid wahrlich im Begriff, ein tüchtiger Kaufmann zu werden«, sagte von Wessel. »Ach, was sage ich: Ihr seid schon einer!«

Antonio nahm das Kompliment achselzuckend zur Kenntnis, dachte dabei aber, dass alles, womit er sich bisher beschäftigt hatte, weit weniger ergiebig war, als er es sich gewünscht hätte. In dieser Stadt, wo die Handelsrouten der ganzen bekannten Welt zusammenliefen, war er nichts weiter als eine winzige, kaum sichtbare Wegmarkierung. Er war jung für einen Händler, aber viele gewitzte – und reiche – Kaufleute waren nur wenig älter als er. Sie hatten vielleicht mehr Vermögen im Rücken und verfügten über die Ressourcen und Kredite alteingesessener Handelshäuser, doch die Gesetze, nach denen das Kaufen und Verkaufen funktionierte, waren hier wie dort dieselben. Daran gemessen sah er sich selbst kaum einen Schritt vom Anfang entfernt. Die Geschäfte mochten größer geworden sein, doch das traf auch auf die Einsätze zu. Für die von ihm gehandelte Ware musste er selbst viel zahlen, und die Verdienstspanne rechtfertigte manchmal kaum die damit einhergehenden Gefahren.

»Wie findet Ihr übrigens mein neues Kontor?«, fragte von Wessel leutselig.

Antonio sah sich um und nickte höflich. »Sehr schön. Geräumig und hell.«

»Hättet Ihr Euch jemals träumen lassen, dass Ihr einmal hier mit mir steht und konferiert?«

»Ihr meint, damals, als mich dieser degenbewehrte Geck Cattaneo unten bei der Brücke packte und töten wollte? Nein, vermutlich nicht.« Antonio lächelte freudlos. »Habe ich Euch eigentlich je dafür gedankt, dass Ihr vor Gericht für mich ausgesagt habt?«

»Euch lebendig wiederzusehen war mir Dank genug«, meinte von Wessel. »Außerdem war es nur die reine Wahrheit. *Rapinam non vidi.*« Ein gutmütiges Lächeln zeigte sich auf seinem feisten Gesicht. »Obwohl Ihr vermutlich im Kerker wenig Dankbarkeit empfunden habt, wem gegenüber auch immer.« Er breitete die Hände aus. »Die Büttel zu rufen war die einzige Möglichkeit für einen alten Mann wie mich, Euch vor Cattaneos Blutdurst zu bewahren.«

»Ihr habt das Richtige getan.« Antonio grinste erneut, diesmal mit echter Heiterkeit. »Ich betrachte unser damaliges Zusammentreffen als Grundstein unserer erfolgreichen Handelsbeziehung.«

»Was ist eigentlich aus dem rothaarigen Knaben geworden, dem Cattaneo ebenfalls ans Leder wollte? Dieser Knabe, der wohl allem Anschein nach eher ein kleines Mädchen war?«

»Ich nehme an, sie ist erwachsen geworden. Und hoffentlich etwas vorsichtiger.« Für Antonio war die Unterhaltung abgeschlossen. Mit einigen höflichen Floskeln verabschiedete er sich und ging zur Tür.

»Er plant übrigens große Geschäfte«, sagte von Wessel hinter seinem Rücken.

Antonio verharrte mitten im Schritt, ohne sich umzudrehen. »Wer?«

»Giacomo Cattaneo. Genauer, die *Compagnia*, die für ihn sein Geld verdient.«

»Wirklich? Was können das für langweilige Unternehmungen sein?«

Antonio drehte sich langsam zu dem Deutschen um, wobei er sich fragte, ob er die Gelassenheit ausstrahlte, um die er sich bemühte. Offenbar nicht, denn der Deutsche grinste ihn wissend an. »Mir ist klar, dass Ihr ihn nicht ausstehen könnt, und ich empfinde ganz ähnlich. Aber er ist in Venedig eine Größe, mit der man rechnen muss. Seine Versuche, über mich mit dem Fugger und mit Friedrich von Sachsen ins Geschäft zu kommen, sind fehlgeschlagen, deshalb hat er einige Male auf sehr unangenehme Art versucht, mich auszubooten.«

Antonio wusste, wovon der Deutsche sprach. Am Rialto oder unter den Arkaden der Prokuratie sowie in den ausländischen Handelsniederlassungen wurde gefeilscht und um Abschlüsse gerungen. Zu diesen kam es nicht nach Gutdünken, sondern immer nach einer Abwägung von Gewinn und Risiko. Den Zuschlag bekam derjenige, der bei geringstem Einsatz den besten Profit garantierte, was sich indessen oft nicht an den tatsächlichen Gegebenheiten, sondern am Verhandlungsgeschick des Anbieters oder Zwischenhändlers orientierte. Kurzum, wer sich darauf verstand, seine – womöglich schon aus vorangegangenen Geschäften bekannte – Tüchtigkeit ins rechte Licht zu rücken und dabei noch mit guten Renditen winkte, machte meist den ersten Stich.

Cattaneo, schwerreicher Erbe einer seit Generationen berühmten venezianischen Handelsdynastie, beschäftigte in seinen Kontoren ausgefuchste Mitarbeiter, die seine Unternehmungen höchst erfolgreich führten. Daneben griff er oft durch eigene Gespräche und Geschäftsreisen in das Geschehen ein, sei es, um neue Kontakte zu knüpfen oder die bestehenden zu festigen.

Oder um Konkurrenten zu schaden.

Antonio war noch nicht auf diese Weise mit ihm in Berührung gekommen, aber das lag ganz einfach daran, dass sich seine Geschäfte nicht in einem Bereich bewegten, der für einen Kaufmann vom Kaliber Cattaneos von Interesse gewesen wäre.

»Und welche Geschäfte plant er nun?«, erkundigte Antonio sich in bemüht gleichgültigem Ton.

Von Wessel lächelte abermals. »Geheime.«

»Wie könnt Ihr dann davon wissen?«

»Venedig hat viele Augen und Ohren, man muss sie nur gut bezahlen.«

»Was sagen Euch diese Augen und Ohren denn?«

Von Wessel trat an eines der Schreibpulte, die vor dem Fenster aufgereiht standen. Er ergriff einen Federhalter und spielte müßig damit herum. »Er will Alaun aus Ungarn nach Venedig schaffen. Ihr wisst, was Alaun ist?«

»Man braucht ihn zum Färben von Stoffen und für andere nützliche Dinge«, sagte Antonio geistesabwesend. Er erinnerte sich in allen Einzelheiten an die Unterhaltung, deren Zeuge er vor vielen Jahren im Dogenpalast geworden war. Schon damals hatten der Zehnerrat Querini und der jüdische Kaufmann Mosè von Plänen gesprochen, das päpstliche Alaunmonopol zu unterlaufen, doch er hatte nie erfahren, was aus diesem Vorhaben geworden war.

»Nur die Medici haben die Erlaubnis des Vatikans, mit Alaun zu handeln«, fuhr er fort. »Wie will Cattaneo dieses Problem lösen?«

»Nun ja, eigentlich besteht das Problem nicht darin, das Monopol zu umgehen, denn das tun andere schon längst.«

Antonio betrachtete ihn verblüfft. »Ihr sagt das, als würdet Ihr selbst … Sagt, seid Ihr zufällig mit dem Juden Mosè Zinzi bekannt? Und mit dem Zehnerrat Querini?«

Nun war es an dem Deutschen, überrascht zu sein. »Ihr wisst von dem Handel? Wie kann das möglich sein?«

Antonio verkniff sich ein Lächeln. »Ein unseliger Zufall, der meine Augen und Ohren an einen Ort führte, an dem ich damals eigentlich gar nicht sein wollte.« Er schüttelte den Kopf. »Also hat er es doch geschafft, dieses Schlitzohr. Sagt, wie gehen denn die Geschäfte mit dem ungarischen Alaun?«

Von Wessel errötete leicht. »Nun ja, recht gut soweit. Wir haben es nicht übertrieben, nur so viel hergebracht, wie wir gewinnbringend verkaufen konnten, ohne römischen Zorn zu wecken, und natürlich haben wir der Kurie ihren Teil am Erlös zukommen lassen. Alles befand sich in einem zufriedenstellenden Gleichgewicht, doch nun streben andere danach, sich ein Stück aus dem Braten herauszuschneiden.«

»Cattaneo.«

Von Wessel nickte. »Er versucht, Einfluss auf die herrschenden Grundbesitzer zu nehmen und sich Beteiligungen an Förderrechten zu verschaffen, um einen eigenen Alaunhandel aufzuziehen, und zwar anders als wir, nämlich in großem Stil.«

»In offener Konfrontation zum Papst?«

Von Wessel zuckte die Achseln. »Der Vatikan ist ohnehin schlecht auf Venedig zu sprechen, es wird allenthalben mit wachsenden Konflikten gerechnet. Julius ist in seiner ganzen Art wesentlich angriffslustiger und hitzköpfiger als Alexander. Er beansprucht nach wie vor das Kirchenland, das Venedig sich im Zuge der italienischen Scharmützel angeeignet hat. Nach allen Seiten sind bereits geheime Unterhändler unterwegs, die Seiner Heiligkeit die Unterstützung anderer Mächte gegen Venedig sichern sollen. Er will die ganze Romagna für sich, und wenn er schon so weit ist, warum sollte er nicht auch gegen Venedig selbst zu Felde ziehen? Er braucht dazu nichts weiter als starke Verbündete. Vermutlich verrate ich Euch damit kein Geheimnis.«

Antonio war wie jeder venezianische Bürger im Bilde über das aufbrausende und kriegerische Wesen des Papstes, der bereits Gesandte der Serenissima mit dem Kirchenbann belegt hatte und mit Soldaten gegen Perugia und Bologna zu Felde gezogen war. »Ihr meint, ein Krieg zwischen dem Vatikan und Venedig ist nicht mehr abzuwenden?«

»Ich gehe davon aus.«

Antonio nickte, erregt bei den Aussichten, die sich hier mit einem Mal auftaten. Er dachte an die Arkebusen, die er im Austausch für die Reliquie ausgehandelt hatte. Und er dachte an ungarischen Alaun. »Dann wäre es sowieso egal, ob Venedig sich künftig noch dem Alaunmonopol unterwirft oder nicht. Cattaneo hat das erkannt und will dort beizeiten seinen Fuß in die Tür bekommen, um dann das große Geld zu verdienen, wenn der Vatikan keinen päpstlichen Alaun mehr herausrückt.« Angespannt ging er mit großen Schritten in dem Kontor hin und her. »Çattaneo will einen drohenden Boykott für sich ausnutzen und ein neues Monopol etablieren!«

»Ihr drückt es treffend aus.«

Antonio blickte den Älteren abwägend an. »Und Ihr möchtet dem nicht tatenlos zuschauen.«

»Das habt ihr sehr gut erfasst«, sagte von Wessel. Seine Stimme klang mit einem Mal sorgenschwer. »Nur leider werden wir alle unterdessen nicht jünger, sondern älter. Messèr Zinzi und ich. Der Zehnerrat Querini …«

»Der ist doch gewiss noch nicht so alt, oder?«, fiel Antonio ihm ins Wort.

»Oh, er ist auch schon über fünfzig. Und die Last seiner Pflichten wiegt schwer, sowie auch die der unseren. Wir alle bewegen uns mit behäbiger Bedachtsamkeit auf ausgetrampelten Wegen, die breit und überschaubar sind. Aber mit einem Mal türmen sich Hindernisse vor uns auf, und wir müssen nach Umwegen suchen.« Von Wessel musterte ihn. »Ihr seid nicht nur äußerst klug und verhandlungssicher, sondern obendrein auch ein großer und ungemein starker junger Mann, das fiel mir schon früh an Euch auf. Dieser Dolch und der Degen da – Ihr tragt beides nicht nur zur Zierde, das weiß ich wohl. Ich hörte, Ihr habt Euch gründlich im Waffenhandwerk ausbilden lassen.«

Antonio erinnerte sich nur zu deutlich an die eine oder andere beschämende Niederlage, die ihn dazu bewogen hatten, sich die besten Lehrer zu suchen und sich im Gebrauch aller gängigen Waffen zu üben. Es gab Fehler, die man nicht mehr als zwei Mal machte, und einer davon bestand darin, sich ohne Kampferfahrung mit einem geschulten Degenfechter anzulegen. Er hob die Schultern. »Es ist immer gut, für den Kampf gerüstet zu sein«, meinte er. »Ob er nun mit oder ohne Waffen geführt wird.«

Er hielt inne, denn die Tür tat sich auf, und ein junger Mann kam hereingestürzt. Er trug einen mit Farbklecksen gesprenkelten Malerkittel, und auch sein zerzaustes Haar war von bunten Flecken übersät. Ein teils ungehaltener, teils verzweifelter Ausdruck stand auf seinem Gesicht. »Madonna, verzeiht mir, dass ich Euch so lange …« Verdutzt hielt er inne. »Oje, ich bitte um Vergebung, Messères, ich dachte, das Kontor steht noch leer!«

»Sieht es etwa leer aus?«, erkundigte sich von Wessel verärgert.

»Nun ja, jetzt, da Ihr darin seid, vielleicht weniger«, gab der junge Mann schlagfertig zurück. »Aber Ihr müsst zugeben, dass ein Kontor, in dem es weder Akten noch Bücher noch Papier gibt, einen unbenutzten Eindruck auf den Betrachter macht.«

»Schert Euch raus«, brummte der Deutsche.

»Ähm … gewiss. Sofort. Ich muss nur kurz … wenn Ihr gestattet …« Sich verneigend, strebte er zum offenen Fenster und beugte sich hinaus. »Madonna? Ah, was für ein Glück, Ihr seid hier! Ich bin untröstlich, dass ich Euch so lange warten lassen musste! Mein Auftraggeber hat pausenlos und sehr ausdauernd auf mich eingeredet, ich merkte gar nicht, wie mir geschah!«

Antonio wechselte einen befremdeten Blick mit von Wessel, bevor er wieder zum Fenster hinüberschaute.

Der junge Mann streckte eine Hand nach draußen. »Kommt, ich helfe Euch!«

Ein schlanker Frauenarm erschien, dann ein nackter Fuß unter einem geschürzten Rock, und zuletzt fiel Antonios Blick auf ein erhitztes und hochrotes Gesicht, das umrahmt war von noch röterem Haar.

Sie schaute zu Boden und wagte nicht daran zu denken, wie sie jetzt aussehen mochte. Ihre Wangen fühlten sich an wie von Feuer bestrahlt, und ihr Herz schlug so hart, dass sie meinte, jeder im Raum müsse es hören. Sie war über alle Maßen dankbar, dass Tiziano es ebenso eilig hatte, das Kontor zu verlassen, wie sie selbst. Mit gesenktem Kopf stolperte sie hinter ihm her, hinaus auf den Gang.

»Augenblick mal«, hörte sie hinter sich Antonio irritiert sagen. »Du kannst doch nicht einfach …«

»Kennt Ihr sie?« Das war der deutsche Kaufmann, ebenso irritiert. »Mir kommt sie ebenfalls bekannt vor, es ist nur eigenartig, dass ich mich nicht sofort erinnere, wo ich sie schon sah. Bei dieser auffallenden Erscheinung *höchst* eigenartig … Ich muss ein wenig nachdenken, mir wird es sicher gleich wieder einfallen. Normalerweise vergesse ich keine Gesichter. Indes … Sie hat uns belauscht, so viel ist sicher. Ihr regelt das doch, Messèr Bragadin?«

»Verlasst Euch drauf.«

Diese grimmige Bemerkung von Antonio waren die letzten Worte, die sie aus dem Kontor hörte, bevor Tiziano die Tür hinter ihnen zuzog. Sein Gesichtsausdruck wirkte kläglich; weniger aufgrund der zuletzt gewechselten Sätze zwischen den beiden Männern im Kontor – ihm war anzumerken, dass er gar nicht darauf geachtet hatte –, sondern vielmehr, weil ihm die ganze Situation ersichtlich peinlich war.

»Wie konnte das geschehen! Ihr musstest die ganze Zeit auf dem dummen Gerüst draußen stehen, während die Herren sich unterhielten! Wie schrecklich Ihr Euch gefühlt haben müsst! Wie … wie ausgesetzt!«

Das war nicht die passende Umschreibung. Sie hätte nur nach oben oder unten klettern oder durch eines der anderen offenen Fenster steigen müssen, um der Situation zu entfliehen, doch darauf wäre sie nicht im Traum verfallen. Dafür waren die Einzelheiten, die sich da so unvermutet vor ihr ausgebreitet hatten, viel zu spannend und aufschlussreich gewesen. Nach all den Jahren wieder von ihm zu hören! Um nichts in der Welt hätte sie das versäumen mögen. Zu dumm nur der Moment der Peinlichkeit, als Tiziano aufgetaucht war und ihre Schande vor den beiden Männern offenbarte, weil die Zeit zum Verschwinden nicht mehr gereicht hatte. Niemals zuvor in ihrem Leben hatte sie eine derartige Erniedrigung empfunden. Sie hätte im Boden versinken mögen vor Zorn und Scham, dass ihr das passieren musste!

Aufgepeitscht von ihren widersprüchlichen Empfindungen lief sie neben Tiziano her und bekam kaum etwas mit von seinem beständigen Redefluss. Er erläuterte ihr seine Arbeitspläne und erzählte ihr auch von seinen privaten Angelegenheiten. Augenscheinlich dürstete ihn danach, sich ihr mitzuteilen, doch sie konnte ihm nur mit halbem Ohr lauschen, weil es in ihrem Kopf nur so wirbelte von Gedanken.

Wie er ausgesehen hatte! War er schon vor drei Jahren für sein Alter groß und kräftig gewesen, so war er jetzt ein Riese, noch größer als Giorgione. Er war so hochgewachsen, dass er vermutlich bei jeder Tür, die er durchschritt, den Kopf einziehen musste, um nicht anzustoßen, und seine Schultern waren so breit, dass sie die Sicht auf dahinterliegende Gegenstände völlig zu versperren schienen. An seinem Äußeren erinnerte nichts an den zerlumpten Knaben oder den schäbig gekleideten Jüngling, dem sie zuletzt in der Nacht des Brandes begegnet war. Vorhin war er ihr erschienen wie eine eigenartige Mischung aus Kaufmann und Krieger, gekleidet in schlichtes dunkles Tuch, aber gleichzeitig Schwert und Dolch um die Hüften gegürtet, als wolle er jederzeit bereit sein, sich in einen bewaffneten Kampf zu stürzen. Sein Haar trug er ungewöhnlich kurz geschnitten, ohne die Locken, die ihm noch als Knaben einen Anstrich spielerischer Lieblichkeit verliehen hatten. Nun besaß er die kraftvolle Ausstrahlung eines Ares in voller Rüstung, ebenso bezwingend wie gefährlich.

Auf dem Weg zur Treppe lauschte sie über die Schulter nach hinten, in der Sorge, er könne sich entschließen, ihr zu folgen. Ihr Atem stockte, während sie sich ausmalte, dass er sie packen und zu sich herumreißen würde, bevor er ihr seine Anklagen entgegenschleuderte. Sie hatte nicht nur einfach gelauscht, sondern Geheimnisse mit angehört, die sich um gefährliche, verbotene Geschäfte drehten.

Ihr regelt das doch, Messèr Bragadin?

Verlasst Euch drauf.

Sie schauderte und hatte es mit einem Mal sehr eilig, zum Boot zurückzukommen.

Sie überquerten den großen Innenhof und traten durch den kanalseitigen Eingang auf die Fondamenta hinaus, wo Isacco ungeduldig wartete. Zu ihrer Erleichterung saß auch Matteo bei ihm im Boot, sodass sie sofort aufbrechen konnten.

»… damit einverstanden, Madonna?«, fragte Tiziano in ihre wirren Überlegungen hinein.

»Sicher«, sagte sie zerstreut.

»Ihr habt noch gar nicht gesagt, wie Ihr meine Fresken findet.« Er streckte die Hand aus, um ihr ins Boot zu helfen.

»Sie sind wundervoll«, sagte Laura, in der ehrlichen Überzeugung, dabei keine Schmeichelei auszusprechen. Während sie draußen auf dem Gerüst gestanden und die Unterhaltung im Kontor mit angehört hatte, war ihr die Wandbemalung nur am Rande aufgefallen, doch soweit sie sich erinnerte, war jedes Detail mit meisterlicher Fertigkeit ausgeführt. Sie hatte keinen Zweifel, dass dieser junge Maler es noch sehr weit bringen würde.

Er winkte ihnen nach, während Isacco das Boot von der Fondamenta abstieß und zur Mitte des Kanals ruderte.

»Das hat lange gedauert«, meinte Isacco. Sein Tonfall war gelassen, doch Laura erkannte dahinter die unausgesprochenen Vorwürfe.

»Er hat jemanden getroffen, der ihn aufgehalten hat.« Sie hoffte, er möge ihre Erklärung akzeptieren und es dabei bewenden lassen, doch er fuhr fort, ihr Vorhaltungen zu machen. Dass es unziemlich für eine junge Frau sei, ein Gerüst zu erklimmen und mit zwei hergelaufenen Malern zu palavern, und dass es sich erst recht nicht schicke, sich einem der beiden am Ende auch noch als Modell zur Verfügung zu stellen.

»Modell?«, fragte Laura verständnislos. »Wie kommst du denn auf einmal *darauf*?«

»Ich habe es mit eigenen Ohren gehört!« Seine Wangen hatten sich vor Entrüstung gerötet, und in seinen Augen stand ein zutiefst gekränkter Ausdruck.

»Das bildest du dir ein.«

»Nein, es stimmt«, mischte Matteo sich ein. »Er hat dich vorhin auf der Fondamenta gefragt, ob du ihm Modell sitzen willst, und du sagtest: *Sicher.*«

Gleich darauf hob der Kleine an, von seiner Unterhaltung mit dem Meister Zorzo da Castelfranco zu berichten, offenbar noch immer ganz erfüllt von all den Erkenntnissen, die er dabei gewonnen hatte. Der Maler hatte ihm viel über die Freskenkunst erzählt, und Matteo war davon restlos begeistert. Wollte er in der vergangenen Woche noch ein großer Mathematiker und Konstrukteur werden, so beabsichtigte er jetzt, die Laufbahn eines Malers einzuschlagen, am besten kombiniert mit der eines Architekten, dann würde er auch gleich die passenden Häuser für die kunstvollen Wandgemälde erbauen können.

Laura war wie Isacco in Schweigen versunken. Ihr Herzschlag hatte sich wieder beruhigt, ihre Aufregung war abgeflaut. Doch der Himmel über dem Kanal schien sich mit einem Mal verdunkelt zu haben. Sie ahnte, dass sie Antonio heute noch wiedersehen würde.

Crestina beobachtete ihre Umgebung mit weit intensiverer Aufmerksamkeit als sonst, beinahe so, als könnte sie sich auf diese Weise vergewissern, dass sie die richtige Entscheidung getroffen hatte. Der zusammengefaltete Brief knisterte hin und wieder in der Tasche ihrer Schürze, eine Erinnerung an Notwendigkeiten und Zwänge, vielleicht auch an Versäumnisse, denen abzuhelfen ihr kaum noch Zeit blieb.

Vieles hatte sich geändert in den letzten Jahren, aber auf eine Weise, die sie hatte vorhersehen können. Schon damals bei Lauras Ankunft hatte die Gicht ihren Knochen zugesetzt. Jetzt waren ihre Gelenke so steif, dass sie kaum noch ihre Arbeit erledigen konnte. Außerstande, bei diffizilen Zusammensetzungen von Kräuterzubereitungen noch die richtigen Abmessungen und Mischungen vornehmen zu können, hatte sie bereits vor langer Zeit diese Aufgabe Laura überlassen, so wie auch alle anderen Verrichtungen und Besorgungen, die zum Betrieb des Geschäfts nötig waren.

Niemand eignete sich in Crestinas Augen besser zur Apothekerin als Laura. Im Umgang mit den einzelnen Pflanzenarten zeigte sich das Mädchen ebenso umsichtig wie bei der Verwendung von Ingredienzien, deren Zubereitung einige Vorsicht erforderte. Salzige, metallische und pflanzliche Gifte waren ihr vertraut, und auch die Fundorte und Bezugsquellen seltener Pflanzen und exotischer Zutaten bedeuteten für sie längst kein Geheimnis mehr. Mittlerweile kaufte sie ohne Crestinas Mitwirkung die nötigen Rohstoffe, verkaufte die fertigen Produkte im Laden und an feste Abnehmer, die als Zwischenhändler fungierten, und ganz nebenbei hatte sie sich sogar mühelos mit der Buchhaltung vertraut gemacht. Laura brauchte bei alledem keinerlei Beistand oder Rat mehr.

Crestina hatte das Mädchen in alles eingeweiht, was es für eine *Farmacista* zu wissen gab, angefangen von den Erkenntnissen, die aus alten Zeiten überliefert waren, bis hin zu den neuesten alchimistischen Einsichten, die sie aus Büchern hatte zusammentragen können. Sie hatte Laura mehr beigebracht, als Mansuetta jemals hätte lernen können, und sie hatte schon vor geraumer Zeit erkannt, dass sie selbst und Mansuetta in der Apotheke eher im Weg als von Nutzen waren.

Ah, Mansuetta! Wenn auch nicht Frucht ihres Leibes, so doch Kind ihres Herzens! Welche Laune des Himmels hatte das arme Mädchen mit all diesen körperlichen Unzulänglichkeiten strafen müssen? Wie war es möglich, dass ein Menschenkind so entstellt sein konnte, das andere dagegen so makellos wie Laura?

Beide entstammtem demselben Schoß, und bald würde sie es ihnen sagen müssen, schon allein um Mansuettas willen, die nicht schutzlos bleiben durfte, und auch, um zu verhindern, dass Laura je den Entschluss fasste, eigene Wege zu gehen. Mansuetta würde vielleicht in einem der Hospize für bedürftige, behinderte Frauen überdauern können, aber niemals würde sie es verwinden, wenn ihr Matteo genommen würde. Er war auch ihr Bruder, ebenso wie der von Laura, und eines Tages, so Gott gnädig war, würde der Junge dafür einstehen, dass seinen Schwestern kein Leid geschehen konnte. Bis dahin aber waren sie alle miteinander auf sich selbst oder genauer: auf Laura angewiesen. Auf die Geschäftstüchtigkeit, den Lebensmut und die ungezähmte Durchsetzungskraft eines sechzehnjährigen Mädchens. Laura war stark, weit stärker als alle anderen Frauen, die Crestina je gekannt hatte.

Unter Crestinas wachsamen Augen war Laura zu einer freigeistigen und klugen jungen Frau herangewachsen, mit ungestümem Temperament, aber auch voller Liebe und tiefem Verständnis für die Schwächen ihrer Mitmenschen. Es gab dunkle Ängste, die sie begleiteten, das war Crestina in all den Jahren nicht verborgen geblieben, doch Laura hatte sie mit derselben Kraft im Zaum gehalten, mit der sie auch alles andere anpackte: selbstsicher, mit scharfem Verstand und jener natürlichen charakterlichen Integrität, wie sie nur Menschen gegeben ist, die ohne Zwänge und in Liebe aufwachsen.

Wie anders hätte Laura bei Anna und Guido Monteverdi aufwachsen können als in reiner Liebe? Wenn Crestina mit Laura und Matteo auf den Friedhof ging, um mit ihnen gemeinsam am Grab ihrer Eltern zu beten, ließ sie sich nichts anmerken von ihrem Kummer. Aber manchmal, wenn sie allein in ihrer Kammer war, weinte sie immer noch um das verlorene Glück des Paares. Sie trauerte stellvertretend um die Liebe jener beiden, die sich so sehr gewünscht hatten, den Schatten an ihrem Horizont für immer zu entfliehen.

Dennoch hatte ein Teil ihrer Liebe überdauert, Crestina konnte sie jeden Tag in Lauras und Matteos Gesichtern sehen, und manchmal, wenn die Sonne schien und der Tag von allen Sorgen frei war, einen kleineren Teil davon in den Augen von Mansuetta.

Die Liebe war es auch, die Crestina zwang, allein von hier fortzugehen. Die Versuchung, sich der drängenden Pflicht zu entziehen, war da, aber nur als lästige Randerscheinung. Es war kaum mehr als ein kleiner Nadelstich, den sie hin und wieder spürte und der ihr sagte, wie bequem es doch wäre, ein wenig länger das geruhsame Leben mit den Ihren zu genießen, sich weiterhin der liebevollen Fürsorge Lauras anzuvertrauen, für eine kurze Zeit einfach nur zu nehmen, statt zu geben.

Eine Weile hatte sie sich außerdem bedacht, ob sie es wagen könne, Laura der Gefahr weiterer Entführungen auszusetzen, doch sie war rasch zu der Erkenntnis gelangt, dass sie es ohnehin nicht hätte verhindern können. Er hatte es damals allen Vorsichtsmaßnahmen zum Trotz geschafft, Anna aufzustöbern, an jenem Tag, als sie mit Matteo niedergekommen und kurz darauf gestorben war. Damals mochte ihn die Existenz einer weiteren Tochter Annas überrascht haben, aber vermutlich hatte er das Mädchen, während er noch überlegt hatte, wie er sich verhalten sollte, aus den Augen verloren, nachdem sie aus dem Waisenhaus verschwunden war. Laura war vor ihm in Sicherheit gewesen, jedoch nur bis zu jener zweiten Begegnung an dem Abend des großen Brandes vor drei Jahren. Crestina gab sich keinen Illusionen hin. Er wusste, wo sie war. Wenn er es wollte, würde er sich das Mädchen holen. Dass er sich seither ferngehalten hatte, ließ darauf schließen, dass er nicht interessiert daran war.

Crestina humpelte langsam durch die Hintertür des Hauses in den kleinen Garten, der erfüllt war vom Duft der Kräuter, die an der Außenwand des Schuppens zum Trocknen hingen. Matteo saß mit Mansuetta unter einem der beiden Mandelbäumchen, die den Garten im Frühjahr in einem schäumenden Meer aus Blüten ertrinken ließen. Der Kleine las Mansuetta aus einem Buch vor, und in den Pausen steckten die beiden die Köpfe zusammen und lachten.

Crestina schluckte, um die Enge in ihrem Hals zu vertreiben, während sie die Tür zum Anbau aufstieß, wo Laura mit der Arbeit beschäftigt war. Das Mädchen drehte sich zu ihr um, und Crestina nahm sich die Zeit, sie zu betrachten. Die kupfrigen Locken, die im Halbdämmer des Schuppens von irgendwoher einen Sonnenstrahl einfingen und ihn in rote Funken verwandelten. Die katzenhaft leuchtenden Augen, so blau wie Lavendel an einem kühlen Tag. Das strahlende Lächeln, das ihr galt, der Ziehmutter und Lehrherrin, und das ihr das Herz weit werden ließ.

Doch Crestina schien es, als mischte sich eine leise Unsicherheit in dieses Lächeln, und bei genauerem Hinsehen war auch das Flattern der Lider sowie das schnelle Klopfen des Pulses an der zarten Kehle wahrzunehmen. Laura legte eine Hand an den Hals, untrügliches Zeichen dafür, dass sie sich in einem Ausnahmezustand befand und mühsam versuchte, gelassen zu erscheinen. Crestina fragte sich flüchtig, ob Laura heute etwas erlebt hatte, das mit jenem dunklen Teil in ihrer Vergangenheit zusammenhing, über den das Mädchen niemals sprach, doch wie es sich auch immer damit verhielt, die Würfel waren gefallen, und nun würde alles so voranschreiten, wie es das Schicksal verlangte.

»Wir werden eine Magd einstellen«, sagte sie. »Die Arbeit und die Verantwortung für dich allein werden sonst zu viel.«

Schweigen breitete sich aus und erfüllte die warme, vom Duft der Kräuter und Blumen geschwängerte Luft. Crestina nahm weitere Details wahr. Das Öl an Lauras Fingern, vom Zubereiten einer Pflanzenpaste auf Talgbasis, die Fettflecken, die den Arbeitskittel in einen Sack Lumpen verwandelten, in dem kein Engel lieblicher hätte aussehen können als dieses junge Geschöpf.

Laura nahm die Hand von ihrem Hals und drehte sich zur Anrichte, wo sie begann, in einem Mörser Mohnsaat zu zermahlen. »Eine Magd … Nun ja, wieso nicht. Eine gute Idee eigentlich. Sie kann sich um das Haus kümmern, und du kannst dich endlich mehr ausruhen.«

»Ja, das kann ich.« Crestina wurde das Atmen schwer. Tränen wollten sich in ihre Augen drängen, und der Schmerz des nahenden Abschieds krampfte sich wie eine Faust um ihr Herz.

»Ich habe schon jemanden ausgesucht, sie wird heute noch kommen und sich vorstellen.«

»Du sagst das so ernst«, meinte Laura. Ihre Miene zeigte Beunruhigung. »Fühlst du dich nicht gut?« Eilig trat sie auf Crestina zu und nahm ihren Arm. »Komm, ich führe dich ins Haus, Nonna.«

Crestina lächelte mühsam. Der Kosename, den Laura wie selbstverständlich von ihrem Bruder übernommen hatte, erfüllte sie mit Zärtlichkeit, doch zugleich tat er auch weh, denn sie wusste, dass sie ihn gerade eben vielleicht zum letzten Mal in ihrem Leben gehört hatte.

»Ich bin alt«, sagte sie, während sie sich von Laura ins Haus führen ließ. »Und im Alter muss man manche Vorkehrungen treffen, wenn man seine Lieben nicht mit unzähligen beschwerlichen Lasten zurücklassen will.« Sie ließ sich auf ihren Lehnstuhl sinken. Das Knistern des Briefes in ihrer Schürze ignorierte sie. »Wenn ich einmal nicht mehr unter euch bin …«

»Was redest du da?« Laura fiel ihr ungehalten ins Wort, die eigene Nervosität hatte sie offenbar für den Moment vergessen. »Du hast Gicht, aber ansonsten bist du kerngesund. Du hast noch viele gute Jahre vor dir, und ich werde dafür sorgen, dass du dich noch lange an uns allen erfreuen kannst.« Sie lächelte, und in ihren Wangen erschienen die Grübchen, die sie in gewissen Augenblicken immer noch wie ein hinreißendes Kind aussehen ließen. »Ich weiß, was du brauchst.« Sie eilte zum Wandbord und nahm eine Flasche herunter. »Es ist zwar erst Nachmittag, aber ein kleiner Schluck zur Stärkung vor der Vesper hat noch nie geschadet.«

Crestina nahm den Becher mit dem Grappa, den Laura ihr reichte. Sie nippte daran und suchte nach Worten, um das Nötige zu sagen, nur um gleich darauf festzustellen, dass sie es nicht fertigbrachte.

Schreiben, durchfuhr es sie mit einem Mal. Warum nicht einfach alles aufschreiben? Erleichtert nahm sie einen größeren Schluck. Laura hatte recht, der Schnaps tat ihr gut, er beruhigte sie und dämpfte ihre Sorgen. Der Alkohol rann mit betäubendem Brennen durch ihre Kehle, während sie im Geiste bereits ihre schriftlichen Erklärungen formulierte.

Die Türglocke der Apotheke klingelte, und die Macht der Gewohnheit veranlasste Crestina, sich hochzustemmen, um in den Laden zu gehen und nach der Kundschaft zu sehen.

Doch Laura fasste sie bei den Schultern und drückte sie zurück auf den Stuhl. »Du bleibst sitzen und ruhst dich aus. Ich kümmere mich um alles, Nonna. Dafür bin ich doch da.«

Ja, dachte Crestina. Dafür bist du da. Du trägst all diese Verantwortung hier seit langem allein, doch wird sie dir nicht um vieles schwerer vorkommen, wenn ich fort bin?

Müdigkeit machte ihr das Denken schwer, und sie überlegte, was wohl geschehen würde, wenn sie in diesem Stuhl einschlief und nie wieder aufwachte.

Sei's drum, dachte sie, während sie die Augen schloss. Sie würde Gott um Hilfe bitten und darauf vertrauen, dass er ihr auf die eine oder andere Weise gnädig wäre.

Laura reinigte rasch die fettigen Hände mit einem feuchten Tuch und schlüpfte aus dem verschmierten Kittel, bevor sie in den Verkaufsraum eilte. Ein sauberes Äußeres und fleckenlose Kleidung steigerten das Vertrauen der Kunden, das hatte Crestina ihr schon früh eingeschärft. »Der Blick auf den Verkäufer ist der erste Blick auf die Ware«, hatte sie gesagt, und Laura, die sich nach all dem Schmutz und Elend gar nicht oft genug waschen, kämmen und frisch ankleiden konnte, hatte diese Weisheit nur zu gern angenommen.

Sie blieb wie angewurzelt hinter der Theke stehen, als sie sah, wer gekommen war. Tatsächlich hatte sie damit gerechnet – oder genauer: es in einer Mischung aus Anspannung und Sorge befürchtet –, doch ihn nun wirklich hier stehen zu sehen war anders als alles, was sie sich vorher hatte ausmalen können.

Wie schon am Nachmittag schlug ihr das Herz bis zum

Hals, und beide Hände wollten hochfahren und sich gegen den jagenden Puls pressen. Doch sie blieb mit locker verschränkten Armen stehen und rang um einen gefassten Gesichtsausdruck.

»Sei gegrüßt, Antonio Bragadin.« Ihre Stimme klang bei weitem nicht so forsch, wie sie es gern gehabt hätte. »Möchtest du etwas kaufen?«

Seine Augen musterten sie, dunkel in dem zwielichtigen Laden und so unergründlich wie das Lächeln, das um seine Lippen spielte. Er blickte sich um. »Du meinst Läusesäckchen, Brustwickel, Beinsalben, Entspannungselixiere, Duftwässcherchen und diesen Kram? Was könntest du mir denn anbieten, Laura Monteverdi?«

»Wie wäre es mit Brechwurz?«, gab sie zurück. »Oder Seife zum Auswaschen deines Mundes.« Diesmal war ihre Stimme fest und eine Spur spöttisch.

Er lachte mit zurückgeworfenem Kopf, dann wurde er unvermittelt ernst. »Wir haben uns lange nicht gesehen.«

»Dreieinhalb Stunden«, sagte sie prompt.

»Und davor dreieinhalb Jahre.«

Schweigen senkte sich zwischen ihnen herab, während sie einander anschauten und sich gegenseitig taxierten, als könnten sie so herausfinden, was der jeweils andere dachte. Unter seinem Blick wurde es Laura zuerst warm, dann heiß, und schließlich hielt sie die Stille nicht mehr aus.

»Was willst du?«, entfuhr es ihr.

»Mit dir sprechen. Hast du Zeit?«

Ihre Hände glitten nun doch an ihren Hals, und sie musste sich anstrengen, ganz normal weiterzuatmen. Unwillkürlich wollte sie über die Schulter blicken, ob jemand sie hörte, doch sie wusste, dass Crestina gut versorgt in ihrem Lehnstuhl saß und ein Nickerchen hielt. Mansuetta war mit Matteo draußen im Garten, die beiden genossen die letzten Sonnenstrahlen dieses Tages und hatten ihren Spaß bei einem Buch mit lustigen Bauernversen.

»Ich weiß nicht … Ja.«

»Gut.« Sein Gesicht verzog sich, und im nächsten Moment nieste er heftig. Er schüttelte den Kopf, rieb sich die Nase – und nieste abermals, diesmal noch stärker als beim ersten Mal. Es folgte eine wahre Kanonade von Niesern, die schließlich in einem resignierten Schnauben endeten. »Ich hätte nicht gedacht, dass das möglich wäre, aber es ist noch schlimmer geworden.«

»Was denn?«, fragte Laura perplex. »Hast du dich verkühlt?«

»Nein, es ist die Luft hier.« Er wischte sich die triefende Nase mit dem Handrücken ab. »Der Kräuterdunst. Das vertrage ich nicht, jedenfalls nicht in dieser geballten Form. Es war schon früher so. Was meinst du, warum ich nicht mehr hier arbeiten konnte?«

Richtig, er hatte damals damit aufgehört, und Laura hatte es nicht verstehen können.

»Ich sehe dir an, was du denkst«, meinte er mit leisem Ärger in der Stimme. »Du dachtest, ich hätte das schnelle Stehlen der harten Arbeit vorgezogen.«

Laura merkte, wie sie errötete. »Willst du *darüber* mit mir reden?«, versetzte sie spitz. »Dann lass dir sagen, dass ich zu wenig Zeit habe, mit dir herumzustreiten.«

»Ich hatte nicht vor, mit dir zu streiten«, wehrte er ab. »Dafür habe ich genauso wenig Zeit wie du.«

»Dann komm zur Sache; umso schneller kannst du hinterher wieder gehen.«

Ein weiteres dröhnendes Niesen entwich ihm, und er rieb sich mit unterdrücktem Fluchen Augen und Nase, bevor er sie bittend ansah. »Komm.«

»Wohin?«, fragte sie misstrauisch.

»Nach draußen. Nur raus hier. Wie soll ein Mensch in diesem ungesunden Klima reden können?«

Zögernd folgte sie ihm auf die Gasse hinaus. So dicht an ihn heranzutreten erfüllte sie mit neuer Unsicherheit. Merkwürdige Gefühle durchströmten sie, die nicht widersprüchlicher hätten sein können. Sie wollte gleichermaßen fliehen wie auch mit ihm gehen. Reden und schweigen. Ihn ansehen und wegschauen.

»Gehen wir ein Stück zusammen?«, fragte er höflich. »Ich begleite dich selbstverständlich hinterher wieder zurück.«

Sie nickte befangen und schritt neben ihm her durch die enge Gasse, die in Windungen zwischen den überkragenden Häusern hindurchführte. Sie gingen über den Markt und dann weiter zum Ponte di Rialto, den sie überquerten. Die ganze Zeit sprachen sie kein einziges Wort, und Laura hatte, was sie höchst eigentümlich fand, auch nicht den Hauch eines Bedürfnisses, eine Unterhaltung anzufangen. Es schien völlig ausreichend zu sein, einfach nur neben ihm herzulaufen und seine Gegenwart zu spüren. Sie war sich seiner enormen Körpergröße und Kraft bewusst, die sie dazu brachten, sich neben ihm winzig vorzukommen, obwohl sie selbst nicht gerade klein war. Wenn sie verstohlen einen Blick zur Seite warf, konnte sie aus den Augenwinkeln sein Gesicht sehen. Es war von gesunder Färbung, gebräunt und makellos, bis auf die gezackte Narbe auf seiner Wange, die ihm ein leicht gefährliches Aussehen verlieh. Seine Kleidung war, wie sie jetzt deutlicher erkennen konnte als am Nachmittag, solide und gut gearbeitet, nichts daran war billig oder aus zweiter Hand. Wams und Beinkleider sahen ebenso wie die Lederstiefel danach aus, als seien sie passend für ihn gefertigt worden.

Der Kanal strömte unter ihnen dahin, in der Abendsonne glitzernd, als hätte sich Gold in das Wasser gemischt. Die Palazzi entlang des Kais leuchteten wie gemalt vor dem violetten Himmel, mit ihren Prachtfassaden aus istrischem Marmor und mit ihren spitzenartig überstehenden Dachsimsen. Ihre Fenster brachen das Licht wie Edelsteine, in allen Farben, die den Glaskünstlern von Murano zu Gebote standen.

Sie erreichten das gegenüberliegende Ufer. Boote trieben vorbei, breite Kähne und schmale, lang gestreckte Gondeln sowie schwerfällige Traghetti, die von mehreren Ruderern fortbewegt wurden. Einmal sahen sie auch ein Schiff, auf dem sich eine Gesellschaft befand. Elegant gekleidete Menschen in ausgelassener Stimmung saßen auf Bänken unter dem Baldachin. Übermütiger Gesang und Gelächter wehten herüber.

Unvermittelt fragte Laura sich, wie es wohl wäre, auch einmal zu einer Feier zu gehen. Zu tanzen, zu singen, unter vielen fröhlichen, gut gelaunten Menschen den Abend zu genießen. Mit einem Mal wuchs eine Sehnsucht in ihr, die sie nicht benennen konnte und die sie bestürzte, weil sie so stark war.

Sie gingen schweigend weiter und überquerten schließlich die Brücke des Rio dei Santi Apostoli. Auf dem dahinter liegenden Kirchplatz herrschte die um diese Zeit übliche Geschäftigkeit. Die Menschen strebten nach Vollendung ihres Tagwerks heimwärts oder holten frisches Wasser am Brunnen. Manche standen in Gruppen beisammen und unterhielten sich, hier und dort wurde lautstark geschimpft, vereinzelt war das Schreien eines Säuglings oder Hundegebell zu hören.

Wie von allein schienen ihrer beider Schritte von dort aus in Richtung Madonna dell'Orto zu führen, und während Laura Antonio durch das Gassengewirr und über die Brücken folgte, spürte sie, wie ihre Aufregung wuchs. Als sie den Rio dell'Orto überquerten, begann Antonio zu reden.

»Laura, heute im Fondaco dei Tedeschi …«

»Ich habe nicht absichtlich gelauscht«, fiel sie ihm ins Wort. »Ich stand nichtsahnend draußen auf dem Gerüst und wollte mir Tizianos Fresken ansehen, und dann hörte ich Männer ins Zimmer kommen.« Das war die schlichte Wahrheit, auch wenn sie dabei die Tatsache außer Acht ließ, dass sie Antonios Stimme augenblicklich erkannt hatte.

»Ich dachte nicht, dass ihr so lange reden würdet. Und den Inhalt des Gesprächs kannte ich ja vorher auch nicht.«

»Sonst hättest du dich sicher gleich gezeigt, wie?«, fragte Antonio trocken.

Laura stolperte über einen Stein, und er ergriff ihren Arm, um sie zu stützen.

Dort, wo seine Hand sie berührte, schien eine Flamme ihre

Haut zu versengen, und um ein Haar wäre sie erneut gestolpert, obwohl die vor ihr liegende Gasse völlig eben und sauber gepflastert war.

»Ich wollte hören, was ihr zu sagen hattet«, räumte sie mit glühenden Wangen ein. »Ich war neugierig.«

»Aha. Es war also nichts weiter als das, was alle Frauenzimmer plagt – Neugier.«

Aus den Augenwinkeln warf sie ihm einen betretenen Blick zu, doch als sie das schwache Zucken um seine Mundwinkel sah, atmete sie erleichtert aus – und tat das Naheliegende. Sie fing an, die Fragen zu stellen, die ihr auf der Seele brannten.

Ihre Schritte den seinen anpassend, blickte sie eifrig zu ihm auf. »Du bist anscheinend mit deinen Geschäften sehr erfolgreich, nicht wahr?« Sie hielt inne, um Luft für die nächste Frage zu holen. »Hast du … Bist du verlobt?«

Er lachte. »Nein, gewiss nicht. Ich bin ledig und fühle mich wohl dabei.«

Sie war zu erleichtert, um sich über seine Belustigung zu ärgern. »Aber du scheinst wohlhabend zu sein. Besitzt du bereits ein eigenes Haus?«

Zu ihrer Überraschung stieg leichte Röte in seine Wangen. »Noch nicht. Die laufenden Investitionen lassen es noch nicht zu. Aber ich … ähm, in einem Jahr möchte ich … Bis dahin schaffe ich es, mir ein Haus zu kaufen. Ganz sicher.« Es klang fast wie eine Beschwörung.

Ihr wurde ganz schwindlig vor Bewunderung. Seine Geschäfte mussten weit besser gehen, als sie angenommen hatte. Die meisten armen Leute konnten ihr Leben lang arbeiten und würden es doch niemals schaffen, in eigene vier Wände zu ziehen. Sie wohnten in unwürdigen Löchern zur Miete, und oft mussten sich mehrere Familien eine Wohnung teilen, oder, wie damals sie selbst und Antonio, mit anderen in einer engen, stinkenden Kammer hausen. Ein eigenes Haus dagegen bedeutete Reichtum, zumindest aber Wohlstand. Ihre Eltern hatten Rechte am Haus der Filacenovas besessen, das wusste sie genau, aber es gab dafür keine Beweise. Crestina gehörte das schmale Häuschen, in dem sie lebte und mit Erlaubnis des Rates die Apotheke betrieb, und als gut situiertes, geachtetes Mitglied des Bürgertums konnte sie ihr Dasein in Sauberkeit und ohne Entbehrungen gestalten. Nie hatte Laura, seit sie bei Crestina wohnte, Mangel leiden müssen. Im Gegenteil, es ging ihnen gut. Sie konnten sich regelmäßig neu einkleiden, den Winter über heizen, Fleisch, Fisch und Brot essen, wann immer sie es wollten, und zu ihrer Zerstreuung konnten sie sogar Bücher kaufen. Das alles war leicht aus den laufenden Einkünften zu bezahlen. Laura hatte die vollständige Übersicht über die Finanzen, nicht umsonst führte sie seit zwei Jahren die Bücher. Die Einnahmen überstiegen die Ausgaben auf höchst erfreuliche Weise, und sie war stolz darauf, dass es jährlich mehr wurde. Die Münzen, die sie bereits hatte zur Seite legen können, waren auf ein hübsches Sümmchen angewachsen; erst neulich hatten sie die Geldstücke gemeinsam gezählt und sie anschließend beim Geldwechsler in Golddukaten eingetauscht, die sie in Ledersäckchen unter Crestinas Matratze verwahrten.

Sie erreichten das Brachland hinter dem Frauenkloster, wo sie als Kinder immer gespielt und in der Sonne gesessen hatten. Seit damals war Laura nicht mehr hier gewesen, und sie war überrascht, wie sehr sich der Ort verändert hatte. Dort, wo früher in dichten Büscheln Schilf wuchs, stand jetzt eine Fischerhütte mit einem Steg, an dem Boote vertäut im Wasser lagen. Die Mauern, die das Klostergelände zum Ufer hin abschirmten, waren erneuert worden, sie waren um einiges höher als damals.

Doch die Felsen, in deren Schutz sie früher so manchen Nachmittag gemeinsam verbracht hatten, lagen immer noch so da wie einst, vom Wasser rund gewaschen und warm wie ein Ofen, wenn man sie berührte. Wie auf ein geheimes Kommando ließen sie sich nieder, an derselben Stelle, wo sie früher immer am liebsten gesessen hatten. Die Komik der Situation wurde ihnen bewusst, und sie brachen beide gleichzeitig in Lachen aus.

Laura stockte der Atem, als sie ihn dabei anschaute und Dinge wahrnahm, die sie verstörten und gleichzeitig auf seltsame Weise erregten. Die weiße Makellosigkeit seiner Zähne, wenn er, so wie jetzt, den Kopf beim Lachen in den Nacken legte. Das Grübchen in der narbenlosen Wange, das ihn eigenartig verletzlich aussehen ließ, ein Detail, das ihr schon früher aufgefallen war, wenn auch eher selten, da er nicht häufig gelacht hatte. Sein Hals war kräftiger als früher und wies unter dem Kinn einen deutlichen Bartschatten auf, der auch seine Wangen dunkel färbte. Nur seine Augen unter den ebenmäßig gewachsenen schwarzen Brauen waren noch wie damals von jener hellen, klaren Goldtönung, wie man sie nur bei geschliffenem Bernstein findet.

Sie saßen dicht beieinander, Schulter an Schulter, und als ihr Lachen verstummte, meinte Laura, die aufkommende Befangenheit beinahe mit Händen greifen zu können. Sie spürte die Wärme, die sein großer Körper verströmte, fast so wie der Fels in ihrem Rücken, und benommen fragte sie sich, was hier mit ihr geschah.

Sie umfasste ihre angezogenen Knie. »Warum wolltest du mit mir sprechen?«, fragte sie, vergeblich um einen leichten Ton bemüht.

Er räusperte sich und streckte die langen Beine aus, an denen sich unter der eng anliegenden Strumpfhose jeder Muskel abzeichnete. Er nahm ein kleines Stück Treibholz und zog damit Muster in den kiesigen, mit Geröll durchsetzten Sand.

»Du hast heute Nachmittag die ganze Unterhaltung im Fondaco mit angehört«, sagte er. »Es ging dabei um Geschäfte, die für mich von äußerster Wichtigkeit sind.« Er holte Luft. »Wichtiger als alles, was du dir vorstellen kannst!«

»Dass es wichtig ist, habe ich mir wohl schon zusammenreimen können, aber auch, dass es verboten ist.«

»Das stimmt nicht«, protestierte er.

»Von welchem Teil reden wir denn gerade? Von den heiligen Reliquien, die du verschacherst, obwohl die Kirche es bei Strafe untersagt? Oder von dem Versuch, das alleinige Handelsrecht der Kirche mit Alaun zu durchbrechen?« Sie hob einen Stein auf und warf ihn in hohem Bogen in Richtung Wasser. Er plumpste nach kaum fünf Schritten Flugweite kläglich zu Boden. Im Werfen war sie nie gut gewesen.

»Hör zu«, sagte er drängend. »Du musst das von einer anderen Warte aus sehen. Der Papst wird einen Krieg gegen Venedig anzetteln und alles versuchen, um die Stadt mit einem Handelsembargo zu isolieren. Dann wird das vatikanische Alaunmonopol zwingend fallen müssen, weil anderenfalls die venezianische Wirtschaft zusammenbricht.« Erklärend setzte er hinzu: »Tatsächlich gibt es nämlich so gut wie kein wichtiges Gewerbe, bei dem in der Herstellung von Gütern auf Alaun verzichtet werden kann.« Er nahm ebenfalls einen Stein auf und warf ihn, und gleich darauf noch einen zweiten und einen dritten, und alle Wurfgeschosse beschrieben einen langen, perfekten Bogen, bevor sie in einiger Entfernung ins Wasser platschten.

»Ich bin nicht so dumm, wie du vielleicht meinst«, entgegnete Laura kühl. »Ich weiß, was Alaun ist und wozu man ihn braucht. Und wenn Cattaneo vorhat, damit Geschäfte zu machen, ist es nur recht und billig, wenn ihm jemand zuvorkommt. Darum geht es doch, oder?«

Er nickte zurückhaltend.

»Gut. Das finde ich völlig in Ordnung.« Sie blickte ihn vorwurfsvoll an. »Aber es ist nicht in Ordnung, dass du mit kirchlichen Heiligtümern handelst, Antonio Bragadin!«

Er verzog das Gesicht, während seine Hand mit einer Silberkette spielte, die er um den Hals trug. »Wenn ich es nicht täte, täten es andere«, brummte er.

»Aber die *Heilige Tugend*!«, ereiferte sie sich. »Wie konntest du das tun!«

Er räusperte sich. »Es gibt mehrere davon, du musst es doch mit angehört haben.«

Sie spürte, wie sie errötete. »Ich will nicht darüber sprechen.«

»Warum fängst du dann davon an?«

»Weil es scheußlich ist, was du tust! Es ist eine Verhöhnung des Glaubens, heilige Reliquien zu verschachern.«

»Wenn man dich so reden hört, könnte man meinen, du wärst besser Betschwester geworden statt Kräuterweiblein.«

Erbost starrte sie ihn an. Am liebsten hätte sie abermals einen Stein genommen, diesmal aber, um ihn damit zu bewerfen. »Und du hättest genauso gut weiter stehlen können, statt mit der Frömmigkeit der anderen Menschen Schindluder zu treiben, du ketzerischer Heuchler!«

»Ich bin kein Ketzer!«, widersprach er. »Ich glaube an Gott den Allmächtigen und bin ein getreuer Christ! Kaum ein Sonntag vergeht, an dem ich nicht an der Heiligen Messe teilnehme.« Er zögerte. »Na ja, ich war lange nicht beichten. Aber irgendwann tue ich es bestimmt, dann werde ich alle Sünden gestehen, und mir wird vergeben.«

Damit hatte er einen wunden Punkt bei ihr berührt. Sie seufzte schwer.

Antonio zog die Brauen hoch. »Wenn alles gut geht, werde ich mit diesen Dingen aufhören«, meinte er überraschend friedfertig.

»Wenn *was* gut geht?«

»Meine Geschäfte in Ungarn. Wenn es damit klappt, brauche ich den Reliquienhandel nicht mehr.«

Verdattert setzte sie sich aufrecht hin. »Du willst selbst nach Ungarn reisen?«

»Nächste Woche breche ich auf. Man gibt mir Geld, damit ich Söldner für die Reise anwerben kann, dann geht es los. Es ist Eile geboten.«

»Aber wieso hast du mich …« Sie brach verlegen ab.

Er schien ihre Gedanken zu erraten. »Wieso ich dich aus diesem stinkenden Kräuterladen rausgeholt und hergebracht habe? Um sicherzustellen, dass du mit niemandem darüber sprichst.«

Ihr regelt das doch, Messèr Bragadin?

Verlasst Euch drauf.

Sie zwang sich zur Ruhe, obwohl ihr Zorn wieder auf dem Vormarsch war. »Willst du mir drohen? Mich mundtot machen?«

Er blickte sie erstaunt an, dann schien er zu begreifen und grinste. »Mache ich einen so skrupellosen Eindruck auf dich, meine Schöne? Dann solltest du dich allerdings nicht ärgern, sondern vor Angst erzittern, dass ich dir als Nächstes deinen hübschen Hals umdrehe!«

Tatsächlich durchzuckte sie bei seinen Worten eine Andeutung von Furcht, aber noch deutlicher spürte sie etwas anderes, über das sie nicht genauer nachdenken wollte, weil es zweifellos verbotene Regungen waren. Sie hingen allesamt damit zusammen, wie intensiv das Leuchten in seinen Augen war und wie unverschämt männlich sein Lächeln. Und wie seidenweich der Klang seiner Stimme, als er die Worte *meine Schöne* und *hübsch* ausgesprochen hatte.

»Laura«, sagte er leise.

»Ja«, erwiderte sie atemlos.

Erneut huschte ein Grinsen über sein Gesicht, verschwand dann aber. Seine Augen verdunkelten sich, und er schaute auf ihren Mund.

In ihr schien etwas zu schmelzen, von dem sie gar nicht gewusst hatte, dass es überhaupt dort war. Sie fühlte sich erfüllt von einer fließenden Schwere, die ihre Glieder ebenso lähmte wie ihre Gedanken.

»Du wirst doch mit niemandem darüber sprechen, oder?«

»Worüber?«, stammelte sie, und in diesem Augenblick hatte sie wirklich nicht den Hauch einer Ahnung, was er meinte.

»Über Ungarn natürlich. Und den Alaun. Es ist ein Geheimnis und muss unter uns bleiben.«

»Ich kann Geheimnisse bewahren.« Sie dachte an die vielen Diebstähle, die wie schwärende Pestbeulen in ihrer Seele eingeschlossen waren. Was war dagegen schon ein Alaungeschäft in Ungarn?

»Das ist gut.« Er legte einen Finger über ihre Lippen, und die Berührung traf sie bis in ihr Innerstes. Sie merkte, dass sie zitterte, und versuchte, damit aufzuhören, doch es ging nicht.

Sein Finger glitt streichelnd über ihren Mund. »Laura«, sagte er abermals. »Du bist so zauberhaft, weißt du das?« Er schüttelte den Kopf. »Natürlich weißt du es. Vermutlich hörst du es jeden Tag mehrmals, von allen Männern, die deine Wege kreuzen. Was kann ich dir darüber schon Neues sagen?« Seine Stimme war wie eine zusätzliche Berührung, schamlos und verlockend. Sie spürte, wie glühende Hitze ihr den Hals hinauf und in die Wangen stieg. Hilflos erwiderte sie seinen Blick, mit dem er sie bannte wie mit einem unbekannten Zauber.

»Das hier wollte ich schon heute Nachmittag tun«, sagte er mit rauer Stimme. Er nahm den Finger fort und beugte sich vor, sein Gesicht dicht vor das ihre bringend, und für einen Moment fürchtete sie, die Besinnung zu verlieren, so machtvoll war der Strom der Empfindungen, die dabei über sie hinwegbrausten.

»Wirst du mich schlagen, wenn ich dich jetzt küsse?«, fragte er.

Sie konnte nichts sagen, nicht einmal den Kopf schütteln, aber als er sie in die Arme nahm und an seinen Körper presste, kam sie ihm mit stürmischer Bereitwilligkeit entgegen.

November 1508

Fahler Dunst schob sich von beiden Uferseiten über den Fluss und trieb in Schwaden um die Büsche und Bäume, doch vereinzelt war auch freie Sicht auf das Umland möglich. Carlo ließ seine Blicke über die Landschaft schweifen, soweit er bei dem diesigen Wetter etwas erkennen konnte.

Das also war die Terraferma, von der Giacomo schon so viel erzählt hatte. Er selbst war all die Jahre nicht aus der Stadt herausgekommen, ebensowenig wie Valeria, die noch nie die Lagune verlassen hatte. Doch Giacomo hatte es stets verstanden, sie beide mit seinen Geschichten von Gärten, Wiesen und Wäldern zu faszinieren und die Spannung in ihnen wachzuhalten. Er hatte das noch verstärkt, indem er ihnen versprach, sie bald zu einem Besuch seines Landgutes mitzunehmen, das er sich im Jahr zuvor im Auenland der Brenta gekauft hatte, zu Füßen der Euganeischen Hügel südöstlich von Padua. Giacomo hatte ihnen das Gebiet auf der Landkarte gezeigt, doch für Carlo war das nichts weiter gewesen als Striche und Schraffuren auf Pergament, nicht annähernd so interessant wie etwa der große Vogelschauplan von de' Barbari, der die ganze Stadt Venedig in all ihren Einzelheiten zeigte. Über diesem Plan konnte Carlo stundenlang sitzen und jedes der unzähligen Details betrachten, von denen er stets neue entdeckte, weil es viel zu viele waren, um sie auf einmal zu erfassen.

Die Terraferma nun mit eigenen Augen zu sehen verstörte und begeisterte ihn zugleich. Die freie Weite des Landes war, wenn auch größtenteils durch den Nebel verhüllt, ein derart erstaunlicher Anblick für ihn, dass er sich unwillkürlich fragte, warum er davon so beeindruckt war. Es hätte ihm einleuchten können, wenn er nie eine unberührte Landschaft gesehen hätte, doch dem war nicht so, im Gegenteil. Dort, wo er seine Kindheit verbracht hatte, bevor er zusammen mit seinem Vater gefangen genommen worden war, dort, wo die Weiten unendlicher waren als alles, was er danach von der Welt erblickt hatte, hatte die Natur von einem Horizont bis zum anderen gereicht, mit schroff ansteigenden Bergen, die bis zum Himmel hinaufwuchsen und hoch oben in den weißen Wolken verschwanden. Mit gewellten Sandflächen, die sich so weit ausdehnten, dass mehrere Dutzend Tagesmärsche nicht reichten, sie zu durchqueren, und mit wogendem Grasland, das die Jäger wochenlang durchstreifen konnten, bevor sie auf Menschen aus einem anderen Stamm stießen.

Dieses Flüsschen hier – die Brenta – hätte ihm winzig und armselig vorkommen müssen, so wie ihm Venedig bei seiner Ankunft vor vielen Jahren als enges, steinernes Dämonenland erschienen war. Doch die Wahrheit lag allein im Auge des Betrachters, und dieses wiederum orientierte sich ausschließlich an Gewohnheiten. Hatte er vor seinem Leben in Venedig nur die scheinbare Endlosigkeit seiner früheren Heimat gekannt, so war ihm vor diesem Ausflug zum venezianischen Festland nur die mit Häusern und Menschen vollgestopfte Stadt gegenwärtig und vertraut gewesen. Folglich war es allein die Umstellung, die jeweils den Eindruck von Weite oder Enge ausmachte.

Die Flusslandschaft, die sich vor ihm erstreckte, war lieblich und einladend. Eine sanfte Melancholie schien über der Umgebung zu liegen, wozu Regen und Nebel ihr Übriges taten, indem sie alles in einen feinen Schleier hüllten: das Gras der Böschung, die Weidenbäume, die sich über das Ufer zum Wasser neigten, sowie die Pappeln, Zypressen und herbstbraunen Kastanien, die jenseits der Niederungen wuchsen.

Die Namen der Bäume und Pflanzen kannte er ebenso wie die der Vögel, Fische und übrigen Tiere der Serenissima. Er hatte sie studiert, mit derselben Mühelosigkeit, mit der er auch Latein, Griechisch, Mathematik und Philosophie erlernt hatte, im Unterricht bei dem Hauslehrer, den Giacomo bezahlte.

»Du bist ein Wunder, Carlo«, hatte Giacomo einmal triumphierend gesagt. »Du warst ein leeres Blatt, als du zu mir kamst, unzivilisiert wie ein Höhlenmensch Platons. Und innerhalb kürzester Zeit warst du klüger als die meisten weisen Männer dieser Stadt. Dein Latein ist geschliffen, du bist in der Philosophie zu Hause wie ein alter Grieche, und du liest und verstehst die *Summa* von Pacioli im Vorübergehen. Ich habe einen wichtigen Beweis geführt, Carlo. Die allseits anerkannte Behauptung, ein *moro nero* sei von niederem Verstand, ist falsch. Verstehst du? Einfach falsch! Von mir widerlegt! Er kann zehnmal – ach, was sage ich – hundert-, tausendmal so klug sein wie der weiße Mann!« Er hatte die Stimme gesenkt und Carlo von unten herauf angeblickt, mit diesem unheiligen Feuer in den Augen, das auch in seiner Seele brannte. »Du bist von den Göttern des Olymp herabgestiegen, ein der Anbetung würdiges Geschöpf, und ich gewähre dir Schutz und Verehrung, wie sie es fordern. Sei meiner Liebe gewiss. Auf immer.«

Carlo hatte darauf nichts erwidert, sondern sich gewünscht, Giacomo zu töten, wie immer, wenn dieser von seiner Liebe sprach.

»Wir sind da!«, rief Giacomo mit beinahe kindlicher Aufregung in der Stimme. Er war von der Ruderbank aufgestanden und hielt sich am Mast fest, während der Barcaruolo, unterstützt von Silvio, dem Diener, das Boot an einem ins Wasser ragenden Steg vertäute. Zwischen den Nebelfetzen tat sich vor Carlos Blicken ein ausgedehntes gartenähnliches Anwesen auf, das an den drei Landseiten von einer hohen Mauer eingefasst und zum Wasser hin offen war. Hatte schon Giacomos Palazzo in der Stadt herrschaftliche Ausmaße, so war diese Villa von geradezu fürstlichem Gepränge. Mit Säulengängen vor der Fassade, kostbaren Marmorinkrustationen und hohen Fenstern aus farbigem Glas stellte es jedes Wohngebäude, das Carlo bisher gesehen hatte, in den Schatten. Etwas abseits, aber noch im Bereich der Umfriedung, gab es kleinere Stein- und Holzhäuser, in denen vermutlich Bedienstete lebten.

»Eigentlich wäre ich lieber im Sommer mit dir hergefahren«, sagte Giacomo. Er stieg aus der Barke, den dunklen Umhang fest um sich geschlungen. »Aber dann wäre die Überraschung noch nicht hier gewesen.« Er ergriff Carlo am Arm und zog ihn mit sich. »Komm. Du wirst staunen!« Seine Wangen hatten sich vor freudiger Erwartung gerötet, und Carlo fragte sich unbehaglich, was Giacomo nun schon wieder ausgeheckt hatte. Meist waren seine Überraschungen nicht von der Art, wie andere Menschen sie liebten. Sie gingen zuweilen mit Schockeffekten einher, die einem nicht nur die Sprache verschlugen, sondern oft auch den Appetit und die Laune für lange Zeit verdarben.

Cattaneo ließ Carlo los, um vorauszulaufen. »Nun mach schon!« Er blickte aufgeregt über die Schulter zurück und hielt sein Barett fest, damit der Wind es nicht davonwehte. »Ich will, dass du es siehst!«

Carlo sog schnüffelnd die Luft ein; ein seltsamer, vage vertrauter Geruch war ihm in die Nase gestiegen. Er folgte Cattaneo zwischen den Bäumen hindurch, und dann sah er es. Ein weites Gehege, mit Holzbalken eingezäunt, und drüben, ganz am anderen Ende, stand das Tier und äste.

Carlo lachte und schüttelte ungläubig den Kopf. »Ein Nashorn!«

Cattaneo strahlte ihn an. »Gefällt es dir? Sieht es genauso aus wie die Tiere in deiner Wüste?«

»Nashörner leben nicht in der Wüste, sondern in der Savanne.«

»Was ist der Unterschied?«

»So ähnlich wie zwischen hier und Venedig.«

»Aha. Also wie zwischen Tag und Nacht.« Cattaneo lachte erwartungsvoll. »Freust du dich?«

Carlo starrte das Rhinozeros an, und dumpf stiegen die Erinnerungen in ihm auf. Wie er durch das hüfthohe Gras gestreift war, gemeinsam mit den jungen Männern seines Krals, auf der Suche nach dem Löwen, den sie töten mussten, um später eine Frau gewinnen zu können. Bei einem dieser Ausflüge waren sie einem Nashorn begegnet. Es hatte sich bedroht gefühlt und sie angegriffen. Wie lange war das her? Carlo schien es, als sei das alles in einem früheren Leben geschehen. Doch dann war auf einmal alles ganz nah. Der Geruch der Herde, die schmalen Kruppen der Antilopen, die weidend durch das Tal zogen. Die Wolken von Staub und das Donnern der Hufe, wenn sie vor dem jagenden Löwenrudel flohen. Das Knistern im Feuer, wenn der getrocknete Dung brannte, und der Springtanz der Männer im Dunkeln, mit gereckten Speeren, unter einem Mond, der voll und so riesig war, dass die Welt darin zu ertrinken schien. Das trockene Gras raschelte um sie herum, während das Feuer Funken sprühte, und die Nacht war unendlich und so voller Verheißungen gewesen, dass der Trommelwirbel in seiner Brust fast sein Herz zerspringen ließ.

Mit einem Mal hörte er auch wieder das Gebrüll der Sklavenjäger. Sie hatten Gewehre, aus denen außer Donner und Feuer auch der Tod kam, und ihre Schwerter hatten in der Sonne geleuchtet wie von einem bösen Fluch beseelt. Ihre Peitschen hatten Rücken aufgerissen und Blut spritzen lassen, und dann hatten die Jungen doch geschrien, obwohl es gegen das Stammesgesetz war. Vor Schmerz zu schreien brachte Schande über die Familie und über diejenigen, die sich erst bewähren mussten, um zum Mann zu werden. Gleich darauf war der Portugiese gekommen, der ihn gepackt und ihm das Messer an die Kehle gehalten hatte, während seine gedungenen arabischen Menschenjäger ihn niederzwangen und mit Lederstricken fesselten, bis seine Hände und Füße wie totes Holz waren und nicht mehr zu seinem Körper gehörten. Der Portugiese hatte ihn auch später nicht losgebunden, im Zelt, als er ihm die bis dahin schlimmsten Schmerzen zugefügt hatte, jene Qualen, die ihn seither in seinen Träumen begleiteten.

»Du weinst ja«, sagte Cattaneo überrascht. »So sehr freut dich dieses Geschenk?« Er lachte zufrieden. »Dann wird dich die andere Überraschung erst recht freuen! Komm mit, ich zeige sie dir!« Er fasste Carlo bei der Schulter und schob ihn vorwärts. Mit einem Mal wurde der Geruch, den Carlo schon vorhin wahrgenommen hatte, stärker, und ihm wurde klar, dass es gar nicht das Nashorn gewesen war, dessen Ausdünstung ihm in die Nase gestiegen war. Vor ihnen schien sich eine glatte Grasfläche zu erstrecken, hier und da durchbrochen von Buschwerk, doch dann merkte Carlo, welcher Täuschung er erlegen war. Unmittelbar hinter einer niedrigen Hecke tat sich ein tiefer Graben mit beinahe senkrechten Wänden auf, die oben am Rand mit nadelspitz zulaufenden, nach innen zeigenden Eisenstäben bewehrt waren.

»Da ist er!«, rief Cattaneo theatralisch aus.

Carlo meinte, das Brüllen bereits zu hören, bevor es tatsächlich einsetzte. Stumm starrte er in die Tiefe des Erdlochs, in die gelben Augen der gefangenen Kreatur, die mit zurückgeworfenem Kopf dort unten kauerte und zu ihnen hinaufbrüllte, bis der Boden unter ihren Füßen zu zittern schien.

»Gott steh uns bei«, sagte Silvio, der bis auf ein paar Schritte herangekommen war und mit morbider Faszination in die Löwengrube starrte. »Kann er wirklich nicht aus diesem Loch heraus? Ich wette, er würde uns alle miteinander in Windeseile zerreißen, wenn man ihn ließe!«

»Vielleicht lassen wir ihn ja bald«, versetzte Cattaneo leichthin. An Carlo gewandt setzte er hinzu: »Ich hätte ihn dir gern in der Stadt präsentiert, aber das war natürlich unmöglich. Hoffentlich findet er trotzdem deinen Beifall.«

»Du bist verrückt«, sagte Carlo. »Ein Löwe ist ein unsinniges Geschenk.«

Damit konnte er Cattaneo nicht beleidigen. »Ich weiß, dass ich dich vollkommen aus der Fassung gebracht habe mit meinen Geschenken. Mir machst du nichts vor. Du bist restlos durcheinander.«

Damit hatte er recht. Cattaneo zog seine Befriedigung beim Schenken nicht zwangsläufig aus der Freude, die er damit bereiten konnte, sondern vornehmlich aus anderen Regungen, die der krankhaften Ausprägung seines Charakters eher entsprachen.

»Im Übrigen ist er nicht einfach nur irgendein Geschenk, denn dazu gehört außerdem noch, was du mit ihm machen kannst.« Bedeutungsvoll senkte Cattaneo die Stimme. »Du darfst ihn jagen, wenn du willst. Mit dem Speer oder dem Messer oder was ihr Söhne der Savanne sonst noch für Waffen dafür verwendet.«

»Ich glaube nicht, dass ich ihn jagen will.«

»Vielleicht will *ich* aber, dass du ihn jagst.« Ein Hauch von Eis schlich sich in Cattaneos Stimme. »Vielleicht bleibt dir zu gegebener Zeit gar nichts anderes übrig, als mit ihm zu kämpfen, wenn du nicht von ihm gefressen werden willst.«

Carlo zog es vor, nichts darauf zu erwidern.

»Was hältst du davon, mit mir zu verreisen?«, fragte Cattaneo.

»Wir sind doch gerade auf einer Reise, oder nicht?«

Cattaneo lachte. »Das hier ist ein Ausflug. Ich rede von einer richtigen Reise.«

»Wohin?« Carlo schluckte. Aufregung bemächtigte sich seiner, denn mit einem Mal war er sicher, dass Giacomo *Afrika* sagen würde, und er wusste nicht, ob er sich davor fürchten oder es erhoffen sollte.

Cattaneo schien genau zu wissen, woran Carlo dachte. Er grinste breit. »Nach Ungarn.«

»Ungarn?«, fragte Carlo verblüfft zurück. Er kam sich töricht vor. »Was willst du dort, jetzt im Winter?«

»Geschäfte machen. Da kann man sich die Jahreszeit nicht immer aussuchen, zumal diese Geschäfte sehr wichtig für mich sind.«

Carlo zuckte die Achseln. »Ich habe kein sonderliches Interesse an Ungarn.« Das war gelogen, aber es schien ihm weit erstrebenswerter, ein paar Wochen oder sogar Monate ohne Giacomo verbringen zu können, als ein fremdes Land zu besuchen. Allerdings hatte er gut daran getan, sich nicht zu früh zu freuen, denn wie erwartet machte Giacomo ihm einen Strich durch die Rechnung, bevor deswegen offene Meinungsverschiedenheiten entstehen konnten.

»Natürlich reist du mit mir«, sagte er knapp. »Was wäre ich ohne dich!«

»Und wenn ich nicht will?«

»Oh, du willst. Du weißt ja noch gar nicht, wie groß meine Liebe zu dir wirklich ist. »Ein lauerndes Lächeln trat auf seine Lippen. »Du hast nämlich noch nicht alles gesehen. Dein Hauptgeschenk wartet noch auf dich.«

»Was für eine Kreatur willst du mir als Nächstes präsentieren?« Carlo fühlte sich an Leib und Seele erschöpft, obwohl er den halben Tag nichts weiter getan hatte, als in einem Boot zu sitzen und übers Wasser zu schauen.

»Das Beste kommt wie immer zuletzt«, sagte Cattaneo. Diesmal glomm in seinen Augen ein gefährliches Licht, und Carlo begriff, dass die Tiere nur Vorgeplänkel gewesen waren.

Wie schon so oft zuvor begann er, nach Möglichkeiten zu sinnen, wie er seinen wahnsinnigen und unberechenbaren Gönner zu dessen Ahnen befördern konnte, ohne dass es auf ihn oder Valeria zurückfiel. Und wie immer schienen sowohl Giacomo wie auch sein Diener Silvio zu ahnen, was ihm durch den Kopf ging.

Silvio schüttelte feixend den Kopf, als wisse er bereits, was Cattaneo als Nächstes äußern würde. Mit schlenkernden Armen trottete er hinter ihnen her, die zwergenhaft gedrungene Gestalt mit den absurd kurzen Beinen und dem fassartig aufgeblähten Brustkorb in Gewänder gehüllt, die ihn in ihrer Eleganz noch lächerlicher wirken ließen. Doch wer den Fehler beging, ihn für einen dummen Hofnarren zu halten, konnte rasch auf tödliche Weise eines Besseren belehrt werden.

»Du hasst mich nicht wirklich«, meinte Cattaneo vertraulich, während er Carlo die Hand auf die Schulter legte. »Dafür liebst du dein Leben im Luxus zu sehr. Und vor allem natürlich die süße blonde Gefährtin deiner Jugend. Du liebst sie, und ich liebe sie. Sie ist unser beider kostbarer Augapfel. Nie würde ich zulassen, dass ihr ein Leid geschieht!«

Nicht, solange ich lebe, lautete der unausgesprochene Zusatz, und Carlo wusste genau, dass dieser die eigentliche Aussage bildete. Giacomo hatte Vorsorge getroffen, und er hatte es Carlo wissen lassen. Es gab verschwiegene Helfer und Helfershelfer, über die Giacomo Cattaneo gebot und die sich all seinen Befehlen blindlings beugen würden, auch über seinen Tod hinaus. Nicht nur die Macht des Geldes brachte sie dazu, sondern auch andere, dunklere Einflüsse, die er auf manche Menschen ausübte, vielleicht, weil sie denselben verderbten Leidenschaften unterworfen waren wie er.

Carlo folgte Cattaneo zu einem hölzernen Schuppen in der Nähe der Löwengrube. Cattaneo trat zur Seite und ließ Silvio vortreten, damit dieser die Tür öffnen konnte.

Carlo prallte zurück. Der Gestank, der ihm aus der fensterlosen Hütte entgegenschlug, war unbeschreiblich. Er starrte ungläubig das Wesen an, das dort zwischen Strohhaufen an einem Balken angekettet kauerte, ein Eisenband um den Hals, mit zotteligem Haar und blutverkrustetem Bart. Der Mann war nackt bis auf einen schmutzigen Lendenschurz und besudelt von seinen eigenen Exkrementen. Mit angstvoll aufgerissenen Augen glotzte er zu ihnen hoch.

»Mein Gott, wie er stinkt!«, sagte Cattaneo angewidert. »Wie lange sitzt er jetzt schon hier, Silvio?«

Der Diener dachte kurz nach. »Drei Wochen, Domine. Ich habe ihn in der Woche geschnappt, als die Tiere gebracht wurden.«

»Er riecht schlimmer als der Löwe. Vielleicht sollten wir ihn zur Erbauung gleich in die Grube werfen?« Er runzelte die Stirn. »Nein, das ist nicht Sinn der Sache. Er gehört ja dir, mein schwarzer Prinz. Es ist *dein* Recht, ihn zu töten. Oder sonst was mit ihm zu tun.«

»Wer ist er?«, brachte Carlo mühsam hervor.

»Erkennst du ihn denn nicht, nach allem, was du durch ihn erdulden musstest?« Cattaneo stieß mit dem Fuß die Tür weiter auf, damit mehr Licht in den Verschlag fallen konnte. Er trat den Kauernden hart in die Seite, was diesem einen dumpfen Schmerzlaut entlockte. »Na ja, ihm wurde natürlich die Zunge herausgeschnitten, damit er nicht zetern und fluchen kann, das hat ihn vielleicht ein wenig entstellt. Aber ansonsten ist er noch ganz der betrügerische Kerl wie vorher. Sieh ihn dir nur genau an.«

Das war nicht mehr nötig, denn inzwischen hatte Carlo ihn erkannt. Es war der portugiesische Sklavenhändler.

Laura hätte schreien mögen vor Wut und Kummer, und es gab niemanden in ihrer Umgebung, an dem sie es nicht ausließ. Sie hasste sich selbst für ihr schlechtes Benehmen, doch sie konnte nichts daran ändern. Die ganze Welt schien sich gegen sie verschworen zu haben, alles strebte nur danach, sie ins Unglück zu stürzen.

Am schlimmsten hätte es für sie sein sollen, dass Crestina weg war, über Nacht verschwunden, mitsamt ihrer persönlichen Habe, als hätte ein vorüberziehender Sturm sie mitgenommen. Doch das war nicht das Schlimmste, auch nicht das, was in ihrem Brief gestanden hatte. Im Gegenteil, Letzteres war schon eher wieder seltsam tröstlich gewesen, auch wenn Mansuetta darüber anscheinend anderer Meinung war.

Das Schlimmste war, dass *er* abgereist war. Einfach so, ohne ein Wort. Ohne Abschiedsgruß, ohne noch einmal nach ihr zu schauen.

Laura knirschte mit den Zähnen, obwohl Crestina sie gelehrt hatte, dass das schädlich sei, für das Gebiss ebenso wie für das Gemüt. Ihr Drang, sich körperlich abzureagieren, hätte sie um ein Haar dazu verleitet, einen Schemel gegen die Wand zu schleudern. Oder die Inhalte der Behältnisse, die in den Regalen des Ladens aufgereiht waren, herauszureißen und alles kreuz und quer durch den Raum zu werfen.

Stattdessen nahm sie den Schemel, stellte ihn umgedreht auf einen zweiten und erklomm dieses wacklige hölzerne Gebilde, indem sie auf zwei der in die Luft ragenden Stuhlbeine stieg. Sie musste dabei hin und her balancieren, um die bedenklich kippende Konstruktion im Gleichgewicht zu halten, doch das tat ihr Körper für sie, mit einer Leichtigkeit, die sie noch stets zufriedengestellt hatte, wenn es um ihre Geschicklichkeit ging. Sie wischte mit einem feuchten Lappen die oberen Regalbretter und die dort stehenden Gefäße ab, doch in Gedanken war sie woanders.

Sie wusste, dass sie sich den Kopf darüber zerbrechen sollte, wo Crestina sich aufhielt, und ob sie vielleicht bald wiederkäme, doch innerlich kreiste sie ständig nur um die Frage, warum er ihr das angetan hatte. Und wie weit er jetzt wohl schon gereist war. Wenn er tatsächlich in der Woche nach ihrer letzten Zusammenkunft aufgebrochen war, wäre er zumindest bereits in Ungarn.

Das Land konnte mit dem Schiff erreicht werden, es grenzte an die östliche Küste der Adria. Sie hatte sich das ungarische Königreich von Isacco auf der Karte zeigen lassen. Gemessen an den Ausdehnungen der venezianischen Ländereien wirkte es gewaltig; im Osten reichte es tief bis in das osmanische Reich hinein, und nach Nordwesten hin wurde es vom Heiligen Römischen Reich begrenzt. Sie hatte keine Ahnung, wo sich die Alaunvorkommen befanden, von denen er gesprochen hatte, doch je nachdem, wie weit er ins Landesinnere reisen musste, um sie zu erreichen, würde er womöglich Wochen dafür brauchen.

»Was, um Himmels willen, tust du da?« Mansuetta war aus der Küche gekommen und stand wie eine lebende Anklage in der Tür.

Laura geriet aus dem Gleichgewicht, und die kurze Unaufmerksamkeit reichte, um das wenig standfeste Provisorium unter ihren Füßen zum Einsturz zu bringen. Sie hielt sich oben am Regal fest, während unter ihr die Schemel auf die Bodendielen polterten, bevor sie sich mit einem einzigen, gleitenden Schwung nach unten fallen ließ und federnd in der Hocke landete.

Verärgert blickte sie auf. »Himmel, musst du einen derartig erschrecken?«

»Wie kannst du so herumklettern? Willst du dir den Hals brechen?«

»Du weißt, dass ich das nicht tue. Warum keifst du so?«

»Weil du nicht kommst, wenn ich dich rufe.«

»Tut mir leid, ich habe dich nicht gehört.«

»Weil du in den Tag hineinträumst.«

»Ich sagte doch, dass es mir leidtut. Warum hast du mich gerufen?«

»Das Essen ist fertig.« Mansuetta funkelte sie kurzsichtig, aber unverkennbar vorwurfsvoll an, bevor sie wieder zurück in die Küche hinkte.

Mansuetta kehrte nur zu gern die ältere Schwester heraus, seit sie wusste, dass sie es tatsächlich war.

Schon lange wollte ich Euch beiden die Wahrheit sagen, aber es ergab sich nie. Euer beider Mutter, Anna, musste Mansuetta weggeben, weil die Umstände es erzwangen. Es ging um Leben und Tod.

Sie hatten noch nicht über diesen Teil von Crestinas Brief gesprochen, es war wie eine stumme Übereinkunft, vorerst nicht daran zu rühren. Dennoch benahm Mansuetta sich seither unmöglich. Sie ließ keine Gelegenheit aus, Laura zu bevormunden und sich über ihre eigenmächtigen Entschlüsse zu beklagen, und Laura ließ es mehr oder weniger duldsam über sich ergehen, denn sie wusste, wie sehr Mansuetta unter der neuen Situation litt. Für sie war Crestina nach wie vor ihre Mutter, und die Wahrheit aus einem Brief zu erfahren hatte sie vollständig um ihren Seelenfrieden gebracht. Da hatte es nichts geholfen, dass Crestina sie besonders ihrer Liebe versichert und sie angefleht hatte, Laura in allen wichtigen Fragen zu folgen und ihr beizustehen. Sie schien ihre eigene Auffassung davon zu haben, wie sie Crestinas Willen zu befolgen hatte, nachdem diese fortgegangen war. *Um große Schuld einzulösen*, hatte in dem Brief gestanden, *und um dort zu dienen, wo meine Hilfe für einen geliebten Menschen Weiterleben bedeutet. Sucht nicht nach mir, ich gehe an einen Ort, der weiter weg liegt von Venedig, als ihr euch vorstellen könnt. Meine lieben Kinder, ich lege eure Geschicke vertrauensvoll in Gottes Hände.*

Laura hob die Schemel auf und stellte sie wieder dorthin, wo sie hingehörten, jeweils in eine Ecke des Ladens, damit sie jederzeit hinaufsteigen konnte, wenn sie etwas aus den oberen Regalen brauchte. Sie nahm den Lappen, tauchte ihn in den Bottich mit der heißen Seifenlauge und machte sich über die Ladentheke her. Putzen konnte nie schaden, überlegte sie grimmig. Es hatte zweierlei Vorteile, wenn man in dieser Stimmung sauber machte. Man konnte alle wütenden Regungen in Taten umsetzen und damit die Anspannung lindern – und man hatte hinterher einen reinlichen Laden. Oder saubere Wäsche, ein aufgeräumtes Laboratorium und eine Schlafkammer, von deren Boden man hätte essen können. Es traf sich gut, dass Veronica, die neue Magd, seit letzter Woche krank war, sonst hätte Laura diesem Trieb kaum freien Lauf lassen können. Davon abgesehen war Veronica häufiger krank, als ihnen lieb sein konnte. Sie hustete viel und klagte über Brust- und Rückenschmerzen, die sie oft zum Ausruhen zwangen.

Laura hatte es für eine gute Idee gehalten, Veronica als neue Hilfskraft vorzuschlagen, nachdem sie die kurz zuvor eingestellte Magd schon in der ersten Woche beim Stehlen ertappt hatten. Lauras frühere Gefährtin aus dem Waisenhaus war nur zu froh gewesen, aus ihrer bisherigen Anstellung herauszukommen; sie hatte dort ein übles Leben gehabt, mit mehr Schlägen, als sie je im Waisenhaus von Monna Paulina hatte einstecken müssen. Und nicht nur das – sie hatte sich obendrein ständig die Avancen des Hausherrn gefallen lassen müssen, einem *Nobile*, der sich im Schutz seines Hauses alles andere als edel benommen hatte. Er hatte ihr sogar vorgesäuselt, dass er sie liebe. Bis er sich die nächste Magd für seine Bedürfnisse ausgesucht hatte.

Aber so waren sie, die Männer. Laura wusste nicht, was an dieser Erkenntnis schlimmer war: der Zorn oder die entsetzlich schmerzende Wunde in ihrem Inneren. Oder die Angst vor dem, was auf sie zukam.

Antonio hatte nichts von Liebe gesagt, kein Wort, weder vorher noch währenddessen, und ebenso wenig danach. Er hatte im Grunde überhaupt nichts gesagt, außer, dass es ihm leid täte. Anscheinend war das, was für sie die überwältigendste Erfahrung ihres Lebens gewesen war, in seinen Augen nur Anlass, ihr sein Bedauern auszusprechen.

Das hätten wir nicht tun dürfen, es war ein Fehler. Ich habe den Kopf verloren, das war dumm von mir. Kannst du mir vergeben?

Und sie war so dämlich gewesen, auch noch zu nicken, weil sie so durcheinander war, dass sie keinen klaren Gedanken fassen konnte. Außer jenem, dass er so, wie er dort vor ihr kniete, nackt und in seiner ganzen betörend männlichen Kraft, nur reine Zustimmung verdiente. In dem Augenblick war er ihr wie Sonne und Mond zugleich erschienen, ein Wesen von göttlicher Unfehlbarkeit, dessen Lächeln sie mit Blindheit schlug.

Sie gab einen Laut unterdrückter Wut von sich, während sie den Lappen heftig auf die Theke klatschte und nach allen Seiten Wasser verspritzte.

»Kommst du noch zum Essen, oder willst du es wieder einmal kalt werden lassen und damit die Mühen deiner Mitmenschen mit Verachtung belohnen?«, rief Mansuetta aus der Küche herüber.

Himmel, das Essen! Sie hatte es schon wieder vergessen, ein Versäumnis, das ihr früher nie unterlaufen wäre. Sie war in diesem Haus immer die Erste bei Tisch gewesen, solange sie sich erinnern konnte.

Sie warf den Scheuerlappen in den Bottich und ging in die Küche. Mansuetta, Veronica und Matteo saßen am Tisch und aßen bereits. Eilig setzte Laura sich dazu und wollte sich von dem Rübeneintopf auftun, doch als sie Mansuettas Blick sah, besann sie sich. Hastig schlug sie das Kreuzzeichen und murmelte ihr Tischgebet, bevor sie ihren Teller füllte. Beim Essen merkte sie, wie hungrig sie war. Sie schlang alles in Windeseile herunter, und es verlangte sie sogar nach einem reichlichen Nachschlag. Mansuetta kochte sehr gut, auch wenn sie dafür Hilfe brauchte. Vorher war ihr Matteo zur Hand gegangen, und jetzt half ihr auch Veronica beim Schälen und Kleinschneiden der Zutaten und beim Schüren des Herdfeuers. Was sie auf den Tisch brachte, schmeckte stets vorzüglich, auch wenn es noch so schlicht war. Nie vergaß sie, frische oder getrocknete Kräuter und passende Gewürze dazuzugeben, die den von ihr zubereiteten Gerichten ein unverwechselbares Aroma verliehen. Zusätzlich experimentierte sie mit Zutaten, bei denen herkömmlicherweise niemand auf den Gedanken gekommen wäre, sie zu mischen, und die Ergebnisse waren durchweg so, dass sie allen mundeten.

Laura dachte manchmal, dass sie und Mansuetta sich tatsächlich ähnlicher waren, als sie bisher hatte wahrhaben wollen. Rein äußerlich mochten sie bis auf das rote Haar und die strahlend weißen Zähne nichts gemeinsam haben, doch von ihrem Wesen her wiesen sie so manche Übereinstimmung auf. Während Laura im Laboratorium hinterm Haus köchelte, mixte und rührte, tat Mansuetta dasselbe in der Küche. Auf diese Weise trugen sie beide zur Erhaltung der Familie bei. Mansuetta sorgte für ihr leibliches Wohl, und sie selbst für das pekuniäre.

»Kann ich bitte noch etwas bekommen?«, fragte Matteo, während er seinen leeren Teller hochhob.

»Falls deine Schwester – unsere Schwester – dir noch einen Happen übrig lässt«, meinte Mansuetta missfällig.

Laura stand ruckartig auf. »Lass dir doch von *unserer* Schwester noch etwas auftun!«, stieß sie hervor.

Matteos kindliches Gesicht nahm einen betroffenen Ausdruck an. »Bist du böse auf mich?«, fragte er verunsichert.

Laura schluckte den Kloß, der in ihrer Kehle steckte, hinunter. »Unfug«, sagte sie. Hastig beugte sie sich über ihn und gab ihm einen Kuss auf die Wange.

»Was habt ihr beiden eigentlich, du und Mansuetta?«, wollte Veronica wissen. Ihr zartes Gesicht wirkte im Widerschein des Kochfeuers rosig. Ein Trugschluss, wie Laura wusste. Veronica war bleich wie ein Laken, sobald sie ins Tageslicht trat. Sie hatte nur die Hälfte von ihrer Portion verzehrt und dann den Appetit verloren. Hustend schob sie ihren Teller beiseite. »Ihr streitet euch immerzu, und dabei seid ihr doch Schwestern!«.

Sie wusste über die bis dato unbekannte Familienkonstellation Bescheid, ebenso wie Matteo, denn Mansuetta hatte es beiden mitgeteilt. Vor allem bei Matteo hatte sie förmlich darauf gebrannt, es ihm zu erzählen. Matteo hatte es mit überraschendem Gleichmut registriert und mit einer Bemerkung kommentiert, die Mansuetta für den Rest des Tages glänzende Laune beschert hatte. *Für mich warst du sowieso immer meine Schwester, genau wie Laura.*

Auch das war eine Tatsache, über die Laura nicht nachdenken wollte. Warum auch, wo sie doch viel schwerwiegendere Sorgen hatte.

Das Feuer vom Herd erfüllte die Küche mit angenehmer Wärme, doch mit einem Mal schien ein Hauch von Kälte hereinzuziehen, obwohl alle Türen und Fenster fest verschlossen waren. Laura fröstelte und widerstand dem Bedürfnis, die Arme um sich zu schlingen. Es tat ihr schon wieder leid, dass sie die Beherrschung verloren hatte. Mansuetta war zurzeit ein wenig kratzbürstiger und empfindsamer als sonst, doch das war nur zu verständlich. Schließlich hatte sie erst vor kurzem erfahren, dass die Frau, die sie ihr Leben lang für ihre Mutter gehalten hatte, nur eine Vertraute ihrer wirklichen Mutter gewesen war. Dafür Matteo als Bruder zu gewinnen hatte offenbar diesen Schock nicht aufwiegen können.

Rastlos ging Laura zurück in den Laden, um ihre Arbeit fortzusetzen. Sobald sie mit Putzen fertig war, würde sie im Gartenhäuschen mit den Experimenten weitermachen, die sie in der letzten Woche begonnen hatte. Sie würde sich einfach zwingen, die dafür nötige Konzentration aufzubringen, und diesmal würde sie sich, anders als bei den beiden ersten Versuchen, weder die Finger verbrühen noch die guten Zutaten verderben, sondern alles exakt so handhaben, wie es die Wissenschaft vorgab.

Neulich hatte Isacco ihr ein Buch aus der Druckanstalt mitgebracht, das er ins Venezianische übersetzt hatte, eigens für sie. Sie hatte aus ihrer Begeisterung über dieses Geschenk keinen Hehl gemacht und es sofort mit Feuereifer verschlungen. Es trug im lateinischen Original den Titel *Liber di arte distillandi* und war in mehrfacher Hinsicht interessant. Zum einen erklärte es die Technik der Destillation, zum anderen beschäftigte es sich mit der Heilkraft des Baldrians. In dem Werk hatte der Autor die These aufgestellt, dass Baldrianwurzel die Sehkraft stärke. Ein Ergebnis der Lektüre war der neue *Alambik*, mit dem Laura nun experimentieren konnte, und das andere bestand in der Erprobung unterschiedlicher Verarbeitungsmethoden zur Gewinnung von Baldrianextrakt. Wenn Baldrian Mansuetta half, besser zu sehen, wäre es vielleicht auch gleichzeitig ihrer Laune zuträglich, denn aus Lauras Sicht schien das eine wesentlich mit dem anderen zusammenzuhängen.

Wieder schien ein Windstoß von irgendwoher Kälte ins Haus zu wehen. Laura hielt inne, sie ließ den Lappen sinken, den sie wieder zur Hand genommen hatte, und dann wurde ihr klar, dass es nicht durch die Türritzen zog, sondern dass diese Kälte aus ihrem Inneren kam. Es war so intensiv, wie sie es seit vielen Jahren nicht mehr erlebt hatte, eine Empfindung, die sie, wenn es nach ihr gegangen wäre, auch nie wieder hätte haben müssen. Nicht diese, die sie selbst glauben machte, sie könne eine Hexe sein. Doch es war da, sie konnte es nicht wegleugnen. Sie spürte das Herannahen einer Gefahr.

Das Gefühl hatte sich kaum manifestiert, als sich auch schon die Tür auftat und eine Frauengestalt im Rahmen erschien, die für Laura alle Schrecknisse der Vergangenheit verkörperte.

»Wer hätte das gedacht«, sagte Arcanzola lächelnd. Ihr Gesicht über dem Skapulier schien sich nicht verändert zu haben. Ihre Wangen waren von zarter Blässe, und die schmalen, schräg geschnittenen Augen leuchteten in demselben hellen Grün wie damals.

»Was wollt Ihr?«, brachte Laura mühsam hervor.

»Ist das eine Art, eine alte Gönnerin zu begrüßen?« Mit ausgreifenden Schritten trat die Nonne näher. Laura konnte sehen, dass hinter ihr eine der Converse stand, die sie schon früher immer auf ihren Wegen begleitet hatten. Arcanzola ließ die Dienerin einfach draußen in der Kälte stehen und warf ihr die Tür vor der Nase zu. Interessiert schlenderte sie durch den Ladenraum, schaute hier in ein Fass, öffnete dort einen Sack, schnupperte an einem Krug. »Sagen wir, ich komme aus mildtätigem Interesse, schließlich bist du eines der mir einstmals anvertrauten Schäflein. Ich verfolge gern die Wege aller meiner Schützlinge, denn nichts liegt mir so sehr am Herzen wie ihre Zukunft.« Sie lächelte. »Ich hörte, die alte Apothekerin ist von euch gegangen. Hat dich ganz allein gelassen. Ein sechzehnjähriges Mädchen. Ohne Vormund, ohne gesetzlichen Hüter der jungen Tugend.« Sie trat dicht vor Laura hin und blieb Auge in Auge mit ihr stehen.

Ich bin so groß wie sie, dachte Laura benommen. Ich bin kein kleines Mädchen mehr, das sie züchtigen kann! Sie kann mir nichts mehr tun! Ich bin nicht mehr im Waisenhaus! Doch der Aufruhr in ihrem Inneren hinderte sie daran, ihre Gedanken in Worte zu fassen. Plötzlich war sie wieder zehn Jahre alt und wartete in ihrer Kammer auf die Bestrafung.

Arcanzola packte sie beim Zopf und zog ihren Kopf so nah zu sich heran, dass Laura den Atem der Nonne auf ihrem Gesicht spürte. Er roch schwach nach Zimt und Wein und noch etwas anderem. Nelkenöl, durchfuhr es Laura. Das war damals schon Arcanzolas Duft gewesen. Blitzartig erinnerte Laura sich wieder in allen Einzelheiten an die demütigenden, schmerzhaften Prügel, die Arcanzola ihr verabreicht hatte. Brennende Scham stieg in ihr auf, als sie daran dachte, was die Nonne kurz davor mit ihr getan hatte. Damals hatte sie nur gewusst, dass es etwas Verbotenes sein musste. Heute hatte sie eine sehr genaue Vorstellung von der wirklichen Bedeutung des Vorfalls.

»Du bist an allem schuld«, sagte Arcanzola. Hass schwelte in ihren Augen, doch das Lächeln verließ nicht ihre Lippen. »Weil er dich nicht bekommen konnte, hat er die andere genommen, und den *moro nero*, Gott verdamme seine schwarze Seele. Er hat sie in sein Leben aufgenommen, so wie er mich ausgeschlossen hat.«

»Allmächtiger«, kam es von Veronica. Sie stand in der offenen Verbindungstür zur Küche, die Hände gegen die Wangen gepresst. Hinter ihr lugte Matteo hervor. Veronica hustete und rang würgend nach Luft. »Die Hölle hat sich aufgetan und ihren schlimmsten Dämon geschickt, um uns alle zu holen!«

Arcanzola ließ Laura los und trat einen Schritt zurück, das Gesicht glatt und ausdruckslos. »Sieh an, dich kenne ich ebenfalls! Ah, ich weiß es wieder, du bist doch die kleine Veronica! Einst auch in seiner engeren Auswahl! Und der Junge da – das muss Lauras Bruder sein. Das wird ja immer besser. Das halbe

Waisenhaus hat sich hier versammelt. Lauter herrenlose Bälger. Ich meine, dies könnte ein Fall für den zuständigen *Provveditore* sein.«

Mansuetta schob sich an Veronica vorbei und betrat den Laden. »Hier ist niemand herrenlos«, sagte sie mit schneidender Stimme. Ihr Gesicht wirkte entschlossen. »Diese da ist meine Magd …«, sie deutete auf Veronica, »… und hier seht Ihr meine Schwester und meinen Bruder. Sie unterstehen meiner Aufsicht. Ich bin seit langem mündig und mit den vollen Rechten einer freien Frau ausgestattet.«

Die Nonne lachte ungläubig, ihr Blick glitt von Laura zu Mansuetta und wieder zurück. »Schwester?« Sie lachte lauter, aber dann huschte ein Ausdruck von Unsicherheit über ihre Züge. Doch schon im nächsten Moment wich er kalter Arroganz. »Wir werden sehen. Hütet euch, ihr armen Waisen, alle miteinander! Wir werden uns noch begegnen!«

Sie riss die Tür auf und stieß die draußen wartende Dienerin weg, die mit einem überraschten Laut zur Seite auswich und dann demütig den Kopf neigte. Dann wurde die Tür zugeworfen, und Arcanzola war verschwunden, als wäre sie nie da gewesen. Zurück blieb ein Gefühl von Eiseskälte, und eine Bedrohung, so massiv und real wie alles, was Laura bisher als kommendes Unheil vorausgeahnt hatte. Die Nonne hatte die Wahrheit gesprochen. Sie würden sie wiedersehen.

Teil 5

Januar 1509

Antonio fragte sich, ob ihm wohl jemals warm werden würde an diesem Feuer. Seine Füße waren, obwohl er sie bestimmt seit einer halben Stunde so dicht wie möglich an die Flammen hielt, immer noch die reinsten Eisklötze. Eigentlich hatten sie schon am Ziel sein wollen, doch dann hatte ein Unwetter ihre Pläne zunichte gemacht. Der Regen war in sturzbachartigen Wolkenbrüchen herabgerauscht und hatte die ganze Umgebung in eine einzige Schlammwüste verwandelt. Der Tag hatte sich binnen Minuten in tiefdunkle Nacht verwandelt, nur erhellt von den zuckenden Blitzen. Die Pferde scheuten bei jedem Donnerschlag; es war unmöglich gewesen, den Weg fortzusetzen. Schließlich hatten sie am Rande eines Wäldchens einen Unterstand gefunden, in dem Holz aufbewahrt wurde und wo sie Schutz vor dem Platzregen fanden, bis das schlimmste Unwetter vorüber war. Danach beschlossen sie, sich an einem Feuer aufzuwärmen, bevor sie weiterritten. Den Besitzer des Unterstandes, in dem das einzige trockene Holz weit und breit lagerte, konnten sie nicht fragen, doch da sie ihn später am Tage noch treffen würden, spielte das keine Rolle.

Sie hatten die Pferde abgesattelt und an einem nahen Bach getränkt und anschließend einen ausreichend großen Holzstoß entzündet. Der Himmel hatte nach den Regenfällen wieder aufgeklart, aber dafür war es wesentlich kälter als vorher. Ein Hauch von Frost lag in der Luft, und Antonio meinte auf den Pfützen bereits eine dünne Eisschicht erkennen zu können. Er war bis auf die Haut durchnässt, und auch in seinen Stiefeln quietschte es vor Feuchtigkeit.

Dennoch konnten sie bei alledem noch von Glück sprechen, denn in Ungarn war es in diesem Jahr schon wesentlich kälter gewesen. Um Neujahr herum hatte es kniehoch geschneit, und der Frost hatte ihre Reise zu einer Tortur gemacht. Inzwischen war das Eis in den Flüssen und Bächen geschmolzen, doch die Kälte über den waldigen Gebirgszügen, die sie in der letzten Woche überquert hatten, war – jedenfalls im Vergleich zu den in Venedig um diese Jahreszeit herrschenden Temperaturen – unerträglich streng. Antonio war rasch zu der Erkenntnis gelangt, dass er bisher keine Ahnung gehabt hatte, was wirkliches Winterwetter war.

Das Feuer vertrieb die schlimmste Kälte aus den Gliedern, doch sein Unbehagen steigerte sich von Minute zu Minute. Er sehnte sich nach einer heißen Suppe, einem Glas Würzwein und einem Bett. Es kam ihm vor, als sei es seit der letzten anständigen Mahlzeit eine Ewigkeit her, und auch die letzte ungestörte Nachtruhe schien so lange zurückzuliegen, dass er sich kaum daran erinnern konnte.

Unwillig überlegte er, dass er sich nicht so anstellen sollte. Schließlich saß neben ihm ein Mann, der dreimal so alt war wie er und klaglos alle Unbilden und Entbehrungen ertrug. Mosè Zinzi hatte den Umhang eng um seinen rundlichen Körper gezogen und kauerte auf dem untergelegten Sattel so nah beim Feuer, wie es eben ging. Antonio konnte sehen, dass der Mann vor Kälte zitterte, doch kein Wort des Unmuts war bisher über die Lippen des Kaufmanns gekommen.

»Mögt Ihr ein Stück Brot?«, fragte Antonio ihn spontan. »Ich glaube, ich habe noch einen halbwegs trockenen Kanten in meiner Satteltasche.«

»Habt Dank für das Angebot, aber momentan habe ich keinen Hunger.«

Antonio wusste genau, dass Mosè Hunger hatte. Sie hatten alle Hunger, denn die letzte Mahlzeit, die sie hastig im Stehen vor einer Furt eingenommen hatten, lag Stunden zurück, und sie hatte aus nichts weiter bestanden als ein paar streng riechenden Brocken Ziegenkäse, die sie einem entgegenkommenden Marktweib abgekauft hatten.

»Mögt Ihr mein Essen nicht, weil es nicht Eurem jüdischen Glauben entspricht?«, erkundigte sich Antonio. Ihm war, wenn auch verspätet, wieder eingefallen, warum Mosè sein Brot nicht annehmen wollte. Es lag an den besonderen Vorschriften, die Juden beachten mussten, wie er irgendwann gehört hatte. Es war so ähnlich wie bei den Christen, die freitags kein Fleisch essen sollten, nur dass es bei den Juden generell verboten war, bestimmte Nahrungsmittel zu verzehren. So war beispielsweise Schweinefleisch verpönt, ebenso Gerichte, bei denen Fleisch in Milch zubereitet wurde. Essgeräte wie Teller, Löffel oder Messer mussten stets auf eine Weise benutzt werden, die diesem Verbot gerecht wurde. Benutzte man eine Schale, um daraus ein Milchgericht zu essen, so war für das Fleisch ein anderes Gefäß vorgeschrieben, und zwischen beiden Gerichten musste ein zeitlicher Abstand gewahrt bleiben. An bestimmten Tagen durfte kein gesäuertes Brot gegessen werden, wie sich Antonio nun auch wieder erinnerte. Möglicherweise handelte es sich heute um einen dieser Tage. Vielleicht lag es aber auch an dem großen Schinken, den Antonio bis vor zwei Tagen in der Satteltasche mitgeführt hatte, bevor er ihn mit Raffaele und Ippolito geteilt hatte. Die Tasche roch immer noch durchdringend nach der Würze des geräucherten Schweinefleischs.

Auf Antonios Frage hin entblößte Mosè lächelnd die Lücke zwischen seinen Vorderzähnen. »Mein lieber Junge, ich esse *koscher*, wenn es irgend geht. Solange ich zu Hause bin, lege ich darauf großen Wert, so wie ich auch unsere übrigen jüdischen Traditionen beachte. Aber wer wie ich oftmals für Wochen oder gar Monate über Land reist, kann nicht immer vermeiden, Dinge zu essen, die vielleicht *trefe* sind.« Erklärend setzte er hinzu: »Ich esse niemals vom Schwein, aber ich kann nicht verlangen, dass meine Gemüsesuppe aus einem Topf kommt, in dem nie Milch gekocht wurde. Ich brauche Fleisch, um bei Kräften zu bleiben, aber ich kann nicht in jeder Herberge, die am Wege liegt, darauf bestehen, dass man mir nur welches serviert, das vom Schächter kommt. Ich verschmähe auch nicht den christlichen Wein. Und was Euer Brot betrifft, so verzichte ich darauf nur deshalb, weil mich seit heute Morgen ein wenig die Gedärme zwicken. Ich glaube, mir ist der Käse schlecht bekommen.« Er grinste kläglich. »Ich möchte alles vermeiden, was mich zwingen könnte, bei diesem Wetter meine Hosen herabzulassen.«

Er deutete auf die übrigen Männer der Kavalkade, die auf der gegenüberliegenden Seite des Feuers hockten. »Es würde zudem meine Autorität untergraben. Jemand, der stöhnend und scheißend im Gebüsch hockt, wird nicht ernst genommen.«

Antonio lachte. »Sie würden es nicht wagen, Euch deswegen gering zu schätzen.«

»Oh, aber nur, weil *Ihr* neben mir sitzt, so groß und stark wie Herkules, mit einer Arkebuse am Sattel, einem langen Schwert und einem Dolch, mit dem Ihr schneller seid als der Blitz. Wärt Ihr nicht hier, würde ich nicht nur gering geschätzt, sondern überhaupt nicht. Dann wäre das Gold längst weg und meine Kehle von einem Ohr bis zum anderen aufgeschlitzt.«

Da mochte was dran sein, überlegte Antonio leicht bedrückt. Sie hatten so viel Gold dabei, dass es ihm schwindlig wurde, wenn er nur daran dachte, und er war ziemlich sicher, dass die Männer es bereits mitbekommen hatten. Zu seinem Verdruss hätte er für keinen, abgesehen von Raffaele und Ippolito, seine Hand ohne Wenn und Aber ins Feuer legen mögen. Außer den beiden und dem einheimischen Führer, einem leutseligen kleinen Ungarn, reisten als Geleitschutz sechs Griechen mit ihnen, schweigsame, stiernackige Männer mit sonnenverbrannten und teils vernarbten Gesichtern. Sie sprachen kaum Venezianisch. Ihre Helme und abgewetzten Lederharnische waren mit Scharten von Schwerthieben und Kerben von abgeprallten Pfeilspitzen übersät, Zeugnis ihrer Kampferfahrung. Sie waren in den

Scharmützeln der Franzosenkriege und im letzten Türkenkrieg für Venedig ins Feld gezogen, Männer eines in Größe und Zusammensetzung stets wechselnden Heeres, das wie nahezu alle Bodentruppen der Serenissima aus angeworbenen Söldnern bestand.

Unter den Pferden, die sie an den nahen Bäumen angebunden hatten, kam Unruhe auf. Antonios Hengst hob witternd den Kopf und legte die Ohren an. Gleich darauf war Hufschlag zu hören, der donnernd lauter wurde, als in vollem Galopp ein Reiter über der nächsten Anhöhe auftauchte.

Die Griechen zückten ihre Schwerter und Armbrüste, als der Reiter herangeprescht kam, doch gleich darauf entspannten sie sich wieder, denn es war zu sehen, dass er allein war und dass es sich um einen Boten handelte. Er zügelte sein Pferd zehn Schritte vom Feuer entfernt, saß ab und kam herübergeeilt.

Der Ritt musste äußerst anstrengend gewesen sein, denn sein Atem kam stoßweise und ließ weiße Dampfwolken um sein Gesicht aufsteigen. Zielgerichtet näherte er sich Mosè und blieb vor ihm stehen, verschwitzt, verschmutzt und so tropfnass wie sie alle. Mit einer ehrerbietigen Verneigung zog er seine Kappe. »Messèr Zinzi, ich kam, so schnell ich konnte, ganze acht Pferde habe ich auf dem Weg hierher müde geritten, ganz zu schweigen davon, dass ich mir selbst kaum eine Rast gegönnt habe!«

»Kommt ans Feuer, setzt Euch nieder.« Mosè zog eine Flasche aus seiner Satteltasche und öffnete sie. »Hier, trinkt einen Schluck Wein, kommt erst einmal zu Atem!«

Der Bote sank neben dem Feuer nieder und trank in durstigen Zügen von dem Wein, dann wischte er sich die Lippen ab und blickte ernst zu Mosè auf.

»Die Zusammenkunft hat genau das erbracht, was Ihr schon vorausgesehen habt. Es gab den offiziellen Vertrag, von dem alle wissen, und auch den geheimen, wie Ihr es schon ahntet.«

Mosè wirkte angespannt. »Sprecht.«

Auf der anderen Seite des Feuers hatten sich Raffaele und Ippolito erhoben und kamen näher, und auch die Griechen waren aufgestanden, um zu hören, was der Bote zu sagen hatte, obwohl sie vermutlich nur jedes dritte Wort verstanden.

»Wir müssen mit dem Schlimmsten rechnen«, sagte der Bote erschöpft. »Die Liga von Cambrai kann unser aller Ende bedeuten. In jedem Fall aber das Ende unseres Landes, der Heimat, wie wir sie kennen. Unsere glorreiche Serenissima – vielleicht gibt es sie bald nicht mehr.«

Antonio verschränkte die Arme vor dem Körper, ihn fröstelte noch stärker als vorher.

»Der Habsburger und Ludwig von Frankreich haben den Vertrag schon am Vorabend des Martinstages geschlossen«, berichtete der Bote. Er war ein magerer, aber zäh wirkender Bursche in den Dreißigern, der nur noch die Hälfte seiner Zähne besaß, was seine Aussprache undeutlich klingen ließ. »Der Kaiser will den König mit Mailand belehnen. Die Terraferma wollen sie sich teilen. Der Papst soll die Romagna, die Spanier Apulien und der Kaiser Istrien zurückerhalten. Dem König von Ungarn soll im Falle seines Beitritts Dalmatien zufallen, dem Herzog von Savoyen Zypern, dem Markgrafen von Ferrara das Polesine, und Florenz darf sich Pisa nehmen.« Er rülpste und trank erneut von dem Wein. »Damit wäre das gesamte Herrschaftsgebiet der Serenissima aufgeteilt. Offiziell soll es ein Feldzug gegen die Osmanen werden. Aber in Wahrheit geht es nur um eines: Venedig zu unterwerfen. Als ich über die Grenze ritt, sammelten sich bereits die ersten Truppen auf kaiserlichem Boden, und sicher sind auch schon Kontingente von Frankreich unterwegs. Vielleicht brennt uns bald sogar in Ungarn der Boden unter den Füßen. Wer weiß, wie lange wir hier in diesem Land als Venezianer noch sicher sind.«

»Ist der Papst bereits beigetreten?«

»Noch nicht. Auch der König von Spanien bedenkt sich noch. Aber wenn Ihr mich fragt, ist es nur eine Frage der Zeit.«

Mosè nickte mit unbewegter Miene. »Habt Dank für Euren schnellen Ritt. Ruht Euch einstweilen aus, dann gebe ich Euch weitere Weisungen.«

Er fasste Antonio beim Arm, um ihn ein Stück zur Seite zu führen, wo sie ungestört reden konnten.

»Ist das der Krieg, von dem von Wessel sprach?«, fragte Antonio.

Mosè hob die Schultern. »Ja, das ist der Krieg. Richtiger Krieg, nicht zu vergleichen mit den örtlichen Scharmützeln der letzten Jahre. Nur scheint sich alles jetzt schneller zu entwickeln, als ich dachte. Uns bleibt nicht mehr viel Zeit.«

»Wird Ungarn sich dieser Liga ebenfalls anschließen?«

Mosè schüttelte den Kopf. »Wenn es gegen die Osmanen geht, natürlich. Aber sie tun nicht mit bei einem geheimen Bündnis gegen Venedig. Nur um sich Dalmatien einzuverleiben, wird der König bestimmt nicht gegen die Serenissima zu Felde ziehen. Außerdem ist Venedig der einzig zuverlässige Bündnisgenosse gegen die Osmanen. Aber bald werden die Landwege auf der Terraferma umkämpft sein.«

»Was können wir tun?«

»Zunächst einmal unsere Geschäfte hier zu Ende bringen, und zwar so, wie es im Interesse der Serenissima ist, und dann schnellstmöglich zurückkehren, bevor überall der Boden zu heiß wird.«

»Und Ihr seid sicher, dass der *Baró* unter diesen Voraussetzungen noch an dem Geschäft interessiert ist?«

»Er ist in erster Linie an unserem Gold interessiert«, sagte Mosè trocken. »Wir haben uns nicht umsonst wochenlang mit seiner Billigung all diese Alaunvorkommen angesehen. Die Sache ist ganz klar: Er möchte, dass der Grubenabbau vorangetrieben wird, er sieht das ungeheure Potenzial an Bodenschätzen, die sein Land birgt, genau wie wir. Nur fehlen ihm die Mittel, um die Verhüttung in größerem Stil zu finanzieren. Hier sind wir zur Stelle, mit mehr Gold, als er in seinem ganzen Leben gesehen hat. Das Geschäft ist, wie Ihr wisst, so gut wie perfekt.«

»Mit der Ausführung könnte es allerdings ein paar Schwierigkeiten geben.«

»Dergleichen ist in Kriegszeiten niemals leicht, aber hier kommt Ihr ins Spiel – und die bewaffneten Truppen, unter deren Schutz Ihr die Transporte organisiert.«

»Warum muss unbedingt ich es sein?«

Mosè lächelte. »Gäbe es einen Besseren? Ihr vereint alle nur denkbaren Vorteile in Eurer Person. Seit Eurer frühen Jugend seid Ihr ein versierter Händler, mindestens so gerissen wie ein alter Jude.« Er grinste breiter. »Das sagt Euch ein alter Jude, wohlgemerkt. Ferner versteht Ihr Euch bestens auf das Waffenhandwerk. Ihr habt in der kürzesten Zeit passende Söldner angeheuert, und wenn es darauf ankommt, werdet Ihr genug andere Kämpfer finden und für uns verpflichten. Was das angeht, könnt Ihr mit jedem Condottiere mithalten.« Sein Lächeln ähnelte mit einem Mal dem eines boshaften Fauns. »Und, na ja, Ihr wisst alles über Alaun.«

»Es käme mir nicht in den Sinn, das nach all den Jahren ausgerechnet Euch gegenüber zu bestreiten.« Antonio verzog indigniert das Gesicht. »Nicht zu vergessen, dass ich Cattaneo eins auswischen will.«

»In der Tat, darauf wäre ich gleich als Nächstes eingegangen. Ich gebe zu, bei den anstehenden Unternehmungen tragt Ihr die größte Gefahr, aber dafür seid Ihr auch mit dem gleichen Anteil dabei. Von Wessel und ich geben das Geld, Querini sorgt für alle Genehmigungen und die Unterstützung durch den Consiglio, und Ihr – nun ja, Ihr gebt Euch selbst. Und seid, wenn alles gut geht, nächstes Jahr so reich, dass Ihr ein gemachter Mann seid.«

»Vielleicht bin ich nächstes Jahr tot«, brummte Antonio. Neugierig fuhr er fort: »Was ist mit Euch? Ich weiß, dass Ihr schon seit langem ausgesorgt habt. Was hindert Euch, bereits jetzt die Früchte Eurer Arbeit zu genießen? Euch ein Leben in Pracht und Würden zu gönnen?«

»Ihr meint, ich sollte Brokatgewänder und einen Federhut tragen und mich mit einer golden bemalten Gondel auf dem Canalezzo herumrudern lassen?«, gab Mosè spöttisch zurück.

»Vielleicht sogar eine Villa auf der Terraferma beziehen, auf Moorhuhnjagd gehen, eine Hundemeute und einen Hofnarren halten, zu den Mahlzeiten Musikanten aufspielen lassen?« Er schüttelte nachsichtig den Kopf, dann blickte er Antonio forschend an. »Was tätet Ihr mit Eurem Reichtum, sobald er Euch gewiss ist?«

»Ein Haus kaufen«, platzte Antonio heraus. Er ärgerte sich, kaum, dass er es ausgesprochen hatte, doch zu seiner Überraschung nickte der Kaufmann nur. »Dieser Wunsch ist völlig normal, wenn man jung ist. Ein Heim, eine Familie. Frau und Kinder an einem geschützten, angenehm ausgestatteten Ort unterzubringen – das gehört zum inneren Streben eines jeden Mannes, der seinen Weg im Leben ebnen möchte.«

»Wolltet Ihr das auch?«

Mosè seufzte. »Aber ja. Ich dachte sogar eine ganze Weile, es sei das allein Seligmachende. Nur entwickeln sich die Dinge dann manchmal trotzdem anders, ob man nun ein eigenes Haus besitzt oder nicht.« Forschend blickte er Antonio an. »Wer soll mit Euch in dem Haus leben? Wisst Ihr das schon?«

Antonio merkte, wie er errötete. Lauras Bild stand mit solcher Intensität vor seinem inneren Auge, dass ihm der Atem stockte. »Ja«, sagte er nur, mehr nicht. Manchmal glaubte er, wahnsinnig zu werden, weil er so oft an sie denken musste. Sie steckte in seinem Blut wie ein Fieber, und es verlangte ihn so sehr danach, sie wiederzusehen, dass er sich am liebsten sofort auf sein Pferd geschwungen hätte, um, ohne innezuhalten, nach Venedig zurückzureiten. Er fragte sich, ob sie ebenso häufig an ihn dachte wie er an sie, und er lächelte in Gedanken, wenn er sich vorstellte, wie sie sich bei der Arbeit mit Öl und Blütenstaub beschmutzte. Abends vor dem Einschlafen malte er sich voller Erregung aus, sie zu entkleiden, langsam diesmal, nicht so hektisch wie bei jenem ersten und einzigen Mal, wo er über sie hergefallen war, als hätte er komplett den Verstand verloren.

Hinterher hatte er sich dafür entschuldigt, und sie hatte auf seine Frage, ob sie ihm verzeihe, genickt, doch er war nicht sicher, ob sie nicht doch vielleicht böse auf ihn gewesen war. Sie war so stumm und in sich gekehrt gewesen, als er sie anschließend nach Hause gebracht hatte. In seinem Brief hatte er ihr gegenüber nochmals seine Zerknirschung über sein unziemliches Benehmen zum Ausdruck gebracht und ihr versichert, dass dergleichen nicht mehr vorkäme, bis ein Priester sie rechtmäßig zu seinem Weibe erklärt hätte. Er hatte während der Reise bereits nach einem Brautgeschenk Ausschau gehalten, und als Ergebnis seiner Suche führte er in seiner Gürteltasche ein goldenes, mit Perlen besetztes Armgeschmeide mit sich, das er ihr anlässlich der Ehezeremonie nach seiner Rückkehr anlegen würde.

Hin und wieder überlegte er, ob ihr wohl das Zimmer gefallen würde, in dem er in Venedig wohnte; es war geräumig, sauber und hatte einen Heizkamin, und die Bettstatt war breit, mit einer dicken und weichen Matratze. Der Komfort wurde vielleicht ein wenig dadurch geschmälert, dass Ippolito und Raffaele im Nebenraum hausten; Raffaele erlegte sich beim Rülpsen und Furzen keinerlei Zwänge auf, und wenn er vom Abtritt kam, stank es bestialisch im ganzen Haus. Ippolito drängte es ebenfalls nicht nach übertriebener Körperhygiene; Antonio hatte noch nie gesehen, dass er sich gewaschen oder gar gebadet hätte. Doch man konnte alle Türen schließen und hatte dann die nötige Abgeschiedenheit. Und wenn das Alaungeschäft erfolgreich war, würde er nicht mehr lange in dem gemieteten Zimmer wohnen, sondern in dem Palazzo, der ihm vorschwebte und dessen Erwerb nach wie vor sein ehrgeizigstes Ziel darstellte. Raffaele würde er vermutlich nicht so schnell loswerden. Den hatte ihm das Schicksal auferlegt, ob mit oder ohne Theatervorstellungen, aber in einem großen Haus würde er ihn so unterbringen können, dass er nicht allzu unangenehm auffiele.

Mosè riss ihn aus seinen Träumereien. »Woran denkt Ihr, junger Freund?«

Antonio zuckte die Achseln. »An die Zukunft.«

»Dann lasst uns zusehen, dass wir weiterkommen.«

Sie schlugen das Lager ab, sattelten die Pferde und brachen sofort auf. Mosè hatte den Boten vorausgeschickt, der beim Baró ihre Ankunft noch vor Anbruch der Dunkelheit ankündigen sollte.

Seit dem Tode seines Vorgängers und Konkurrenten um die Krone, Matthias I. Corvinus, regierte der Jagiellone Wladislaw II. zugleich Böhmen und Ungarn. Hierbei war er völlig vom Adel abhängig, der schon vor Jahren mit einer besonderen Gesetzgebung eigene Mitbestimmungsrechte durchgesetzt hatte. In den einzelnen Teilen des Landes regierten die Herren der großen Adelshäuser weitgehend unbeeinflusst von der Krone, und Mosè war mit von Wessel einer Meinung, dass sich daran im Krieg nicht viel ändern würde. Eine Umverteilung der Machtverhältnisse in Italien würde den Ungarn mehr Nachteile als Vorteile bringen. Venedig war im Kampf gegen die Osmanen, die auch Ungarn seit Jahrzehnten mit kriegerischen Attacken heimsuchten, ein nicht wegzudenkendes Bollwerk. Außerdem galt es, den Fortbestand einträglicher Geschäftsbeziehungen zu sichern.

Da, wo es ums Geldverdienen ging, so hatte Mosè Antonio süffisant erklärt, waren Männer mit Macht und Einfluss zur Stelle, um Handelswege offenzuhalten und aus Feinden Freunde zu machen. Er gab nicht viel auf die Liga, jedenfalls nicht in ihrer derzeitigen Konstellation. »Die Boten werden gar nicht so schnell reiten können, wie sich die Zusammensetzung des Bündnisses ändern wird«, hatte er prophezeit.

Der Baró empfing sie mit allem Pomp, der sonst vermutlich nur adligen Gästen zuteil wurde, in seinem kleinen, aber erlesen ausgestatteten Schloss, das sich etwa eine halbe Wegstunde entfernt von Munkács befand, jenem Ort, wo sie die bisher ergiebigsten Vorkommen entdeckt hatten.

Der Baró, ein gut genährter Mittvierziger mit Halbglatze, und seine – deutlich jüngere – Gattin waren so luxuriös gekleidet, als wollten sie ein Staatsbankett abhalten. Die abgerissene Erscheinung ihrer Gäste tat ihrer zuvorkommenden Freundlichkeit keinerlei Abbruch. Sie brillierten in höflicher Unterhaltung sowohl auf Französisch als auch in gebrochenem Venezianisch. Aus der Küche des Schlosses brachten Servierkräfte schmackhaft zubereitete Speisen. Die Tafel war mit fein ziseliertem Silber und edlem Kristall gedeckt, und kostbare Gobelins sowie Spiegel und Gemälde zierten die Wände. Ein wärmendes Feuer prasselte in dem hohen Marmorkamin und vertrieb zusammen mit dem schweren Tokaier, den der Mundschenk servierte, auch noch die letzte Kälte aus den Gliedern der Reisenden.

»Ihre Majestäten, Kaiser und König, haben uns im Zuge eines Adelsaufgebots Nachricht geben lassen, dass wir Truppen aufzustellen haben«, erzählte der Baró scheinbar beiläufig, während sein Tranchiermeister nach allen Regeln der Kunst und mit akrobatischem Spiel seiner Messer einen Fasan zerteilte. »Es heißt, wir sollen uns bereit machen, gegen die Osmanen zu Felde zu ziehen.«

»Das wird sicher ein teurer Spaß«, meinte Mosè mitfühlend. Er bedankte sich höflich bei dem Tranchiermeister, nachdem dieser eine Keule des Bratvogels zuerst durch die Luft geschleudert und dann mit elegantem Schwung auf einem Vorlegebrett platziert hatte. Mosè nahm sein Tafelmesser und hieb es in das Bratenstück, um es zum Mund zu führen und abzubeißen. »Ihr werdet viel Geld brauchen«, sagte er kauend.

»Das ist wohl wahr«, erklärte der Baró vergnügt. Er hob sein Glas, und Mosè prostete ihm gut gelaunt zu. Den Wein, obschon von *Gojim* gekeltert, trank er auf einen Zug und ließ sich anschließend bereitwillig nachschenken.

Damit war anscheinend alles gesagt, denn niemand schien es für nötig zu halten, über Einzelheiten des Geschäfts zu reden.

Es folgte Gang auf Gang, bis das Mahl schließlich zu Ende und alle gesättigt waren. Antonio brannte jedoch die ganze Zeit über eine Frage auf der Seele, die er nicht länger aufschieben mochte. Er hatte vorhin die Dienstboten darüber reden hören und wollte sich Klarheit verschaffen.

»Vor ein paar Tagen war schon jemand aus Venedig hier, nicht wahr? Ein Patrizier namens Cattaneo.«

Der Baró lächelte nur. »Ihr habt recht, er war da, der gute Giacomo. Nicht nur sein Makler, sondern er selbst, höchstpersönlich und mit Gefolge. Ein Mann mit Lebensart. Hat einen Schwarzen zum Gefährten, äußerst ungewöhnlich.«

Carlo, dachte Antonio düster. Mein Freund, wie konntest du dich nur so aufgeben!

»Warum habt Ihr nicht mit ihm das Alaungeschäft gemacht?«, wollte er wissen. »Hatte er nicht die nötigen Mittel?«

Der Baró schien überrascht. »Doch, sicher hatte er die.«

Antonio runzelte befremdet die Stirn. »Aber warum … Ich verstehe nicht …«

»Manchmal geht es um mehr als nur um Geld, das solltet Ihr trotz Eurer Jugend wissen, Messèr Bragadin.« Der Baró stellte sein Glas ab und sah Antonio nachdenklich an. »Mein junger Freund, Euer formidabler Ruf ist Euch vorausgeeilt. Euch mag scheinen, dass wir hier am Ende der Welt wohnen, fernab von jeder Kultur und Zivilisation, aber unsere Ohren und Augen sind ebenso gut wie die jener Menschen, die in den Zentren der Macht leben. Manches erfahren wir ein wenig später, aber wir erfahren es *immer*. Ob es sich nun um höfische Lebensart, die neueste Mode oder den interessantesten Klatsch handelt.« Er lächelte, denn er schien zu merken, dass Antonio ungeduldig wurde. »Worauf ich hinauswill, ist Folgendes: Ich kann den Kerl nicht ausstehen.«

»Oh. Ach so.« Antonio lachte, befreit und erleichtert. Es war genau so, wie er es sich gedacht hatte. Genau wie bei ihm selbst.

Doch abermals überraschte ihn der ungarische Adlige. »Es hängt nicht damit zusammen, wie er auftritt. Sein Benehmen ist untadlig. Sein Esprit beeindruckend. Sein Portefeuille gut gefüllt.« Der Baró senkte die Stimme. »Aber man erzählt sich *Dinge* über ihn, *mon cher*. Dinge, über die ich hier nicht laut spreche.«

»Was für Dinge?«, fragte Antonio prompt.

»Sagt Euch der Name Gilles de Rais etwas?«

Antonio schüttelte perplex den Kopf. »Nein, leider nicht.«

»Nun, dann sollten wir uns nicht länger mit diesem langweiligen Kram den Abend verderben«, mischte sich die Gemahlin des Baró ein, eine brünette, mit Perlen behängte Schönheit, die allem Anschein nach aus Frankreich stammte. Sie klatschte in die Hände. »Du hast mir Tanz und Gesang versprochen!«

»Gewiss doch, *mon amour.*« Ihr Mann strahlte sie an, und auf sein Zeichen trat ein Troubadour an den Tisch. Die beiden Hofdamen der Hausherrin kicherten und warfen Antonio frivole Seitenblicke zu, während der Sänger seine Laute schlug und ein Lied intonierte, dessen Text Antonio ziemlich unzüchtig vorkam. Sein Französisch war weit davon entfernt, perfekt zu sein, aber ein paar der sonor gesungenen Worte konnte er zweifelsfrei einordnen.

Der Abend ging auf diese Weise zwanglos in eine feuchtfröhliche Feier über. Musiker spielten zu einer *Galliarde* auf, die sich Antonio von einer der Hofdamen erklären ließ und dann sein Bestes gab, die anwesende Weiblichkeit mit seinen frisch erworbenen Tanzkünsten zu beeindrucken. Mosè saß beifällig grinsend in einem der geschnitzten Lehnstühle und ließ sich den Tokaier schmecken, während Antonio über die Tanzfläche hüpfte und sich nur deswegen nicht albern vorkam, weil er zu viel getrunken hatte. Später, als sie gemeinsam und bester Laune zu ihrer Kammer zurückgingen, fragte Antonio erschöpft: »Ist so das höfische Leben, Mosè?«

»Hat es Euch nicht gefallen?«

»Es ist anstrengender als sechs Wochen Reisen über Land. Aber es macht auch Spaß.«

»Der kleinen Hofdame, die Euch die Galliarde beigebracht hat, scheint es auch Spaß gemacht zu haben. Mir kam es vor, als hätte sie Euch zugeflüstert, wo sie ihre Kammer hat.«

Das hatte sie in der Tat, doch Antonio hatte so getan, als hätte er sie nicht verstanden.

Er wechselte das Thema. »Es war ein Riesendusel, dass wir Cattaneo übertrumpfen konnten, obwohl er vor uns da war.«

»Ich wusste, dass er vor uns da war, das gehörte zum Plan«, sagte Mosè gleichmütig.

»Wie konntet Ihr so sicher sein, dass wir ihn dennoch ausstechen würden?« Antonio hob fragend die Brauen. »Kennt Ihr etwa diesen Gilles de Rais?«

»Nein, und er ist mir auch egal. Er spielt nicht die geringste Rolle, außer der, dass er es uns leichter gemacht hat, wer immer er ist. Doch wir hätten Cattaneo in jedem Fall ausgebootet.«

»Wie konntet Ihr dessen so sicher sein?«

»Antonio, das fragt Ihr noch?« Mosè zeigte flüchtig seine Zahnlücke. »*Oj*, Ihr habt getrunken und getanzt, von beidem zu viel, das trübt ein wenig das Denkvermögen. Es gibt natürlich nur einen guten Grund. Wir haben mehr Gold.«

Dampf und Rauch erfüllten den Anbau bis unter die Decke. Laura wedelte hustend die Schwaden beiseite, schürte das Feuer unter dem Alambik und kontrollierte den Stand der Flüssigkeit im Inneren des Brennkessels. Beim Destillieren musste man stets darauf achten, dass kein Schaum aufstieg und nichts überkochte, sonst konnte das ganze Destillat verderben.

Schwitzend fächelte sie sich mit dem Tuch, das sie vorhin zum Reinigen des Kessels benutzt hatte, Kühlung zu. Sie versuchte, nicht allzu tief einzuatmen, denn die Maische roch abscheulich. Sie bestand aus gezuckerter Gerste, der sie reichlich Baldrian zugesetzt hatte, und der Gestank, der von dem gärenden Gebräu aufstieg, war so durchdringend, dass sie beschloss, trotz der Kälte, die draußen herrschte, die Tür aufzureißen. Doch bevor sie ihren Entschluss in die Tat umsetzen konnte, öffnete sich die Tür ohne ihr Zutun, und Mansuetta stand vor ihr. Laura machte sich auf eine weitere Gardinenpredigt gefasst, doch Mansuetta schien nichts dergleichen im Sinn zu haben. Ihr Gesicht wirkte ernst und besorgt. »Isacco ist da«, sagte sie. »Wir sollten mit ihm darüber sprechen, er weiß bestimmt viel mehr als wir.«

Laura nickte stumm und nahm den Kessel vom Feuer. In dem Auffangbehälter befand sich genug destillierte Flüssigkeit, um später eine kleine Flasche damit zu füllen, die sie Mansuetta geben wollte.

Sie hatten beide nach dem unvermuteten Auftauchen der Nonne darüber geredet, was zu tun war, doch bisher hatten sie sich nicht aufraffen können, weitere Erkundigungen einzuziehen, denn damit hätten sie vielleicht einen übereifrigen Amtsträger erst auf ihren Fall aufmerksam gemacht. Schließlich musste einkalkuliert werden, dass Suor Arcanzola mit ihren Behauptungen recht hatte. Laura hatte keine Ahnung, wer darüber bestimmte, was mit Waisen zu geschehen hatte, die noch nicht erwachsen waren; sie selbst wusste nur, dass diese Personen schon allein aufgrund von Minderjährigkeit kein freies Selbstbestimmungsrecht besaßen, sondern der Obhut der Obrigkeit unterstellt waren. Es gab sicher Ausnahmen, aber welcher Art diese waren oder wer sie festlegte, entzog sich ihrer Kenntnis. In ihren Albträumen sah sie sich bereits wieder im Waisenhaus, diesmal nicht als Zögling, sondern als Spül- und Scheuermagd, jederzeit den Attacken von Monna Paulina oder den Bestrafungen von Suor Arcanzola ausgeliefert.

»Eher töte ich mich!«, hatte sie mit flammender Inbrunst erklärt, als sie und Mansuetta sich das erste Mal darüber unterhalten hatten. Schließlich waren sie übereingekommen, zunächst Isacco zu fragen, in der Hoffnung, dass er ihnen entsprechenden Rechtsrat erteilen könne. Schließlich war er ein hochgebildeter Mann, der mehr gelesen und studiert hatte als sie alle zusammen. Doch als sie mit ihm am Küchentisch beisammensaßen und darüber sprachen, stellte sich rasch heraus, dass er sich in der venezianischen Jurisprudenz weniger auskannte, als sie angenommen hatten. Er fand kein Argument, das Arcanzolas Feststellungen hätte entkräften können, im Gegenteil.

»Für Waisen muss ein Vormund bestellt sein, und der darf alle Angelegenheiten des Mündels bestimmen. Wenn keine Anverwandten sich dieser Frage annehmen, legen es die zuständigen Provveditori fest; sie beauftragen einen Vormund, das sind meist die Klöster oder Waisenhäuser.« Er zögerte und wurde rot. »Eine Ehe könnte das Problem aus der Welt schaffen. Laura würde dann ihrem Gatten unterstehen.«

»Wen sollte Laura denn heiraten?«, fragte Mansuetta argwöhnisch. »Etwa dich?«

»Ich war Jude, aber jetzt bin ich getauft!«

Mansuetta schaute ärgerlich drein. »Das meinte ich nicht, wen kümmert heute noch, dass du früher Jude warst. Nein, die Idee mit der Heirat ist Unsinn, aber aus ganz anderen Gründen.«

Isacco errötete noch stärker. »Ich bin ihr zugetan, und ich wäre ihr ein guter Ehemann!«

Laura sprang von ihrem Stuhl auf. »Ich will Isacco nicht heiraten!«, rief sie wütend aus.

Isacco zuckte zusammen und blickte sie gekränkt an.

»Nicht, dass ich dich nicht gut leiden kann!« Laura versuchte, ihrer letzten Bemerkung den Stachel zu nehmen. »Aber ich … fühle mich einfach noch nicht reif für die Ehe.« Letzteres war eine fromme Lüge. Genau genommen war sie überreif für eine Ehe, reifer als alle anderen hier im Raum.

»Ich würde ihn sofort nehmen«, bekundete Veronica, die am Herd mit den Töpfen klapperte. Sie drehte sich um und strahlte Isacco an. »Auch wenn er Jude ist.«

»Er ist Marrane«, belehrte Matteo sie. »Eigentlich hießen zuerst nur die Juden so, die aus Spanien vertrieben wurden, weil man sie dort sonst verbrannt hätte. Sie haben sich taufen lassen und in anderen Ländern Schutz gefunden, zum Beispiel in der Serenissima. Aber auch die Juden, die sich hierzulande taufen lassen, nennt man so. Ich finde, es ist ein gutes Wort. Es klingt viel besser als *getaufte Juden*. Dass es eigentlich ein Schimpfwort ist, weiß ja niemand.«

»Was für ein Schimpfwort?«, wollte Veronica wissen.

»In der kastilischen Sprache bedeutet es so viel wie *Schwein*«, sagte Isacco düster.

Matteo zeichnete mit Hilfe eines Zirkels geometrische

Figuren auf ein Blatt Papier, das vor ihm auf dem Tisch lag. Zwischendurch nahm er einen Griffel und kritzelte Zahlenfolgen und unverständliche Symbole auf eine Schiefertafel. »Marranen können sich mit Christen verheiraten, wenn sie wollen.« Er blickte auf und lächelte. »Mir würde es gefallen, wenn Isacco Laura heiratet. Dann kann er bei uns wohnen und alle seine Bücher mitbringen.«

»Das täte ich gern«, sagte Isacco ernst.

»Ja, sicher«, rief Mansuetta erzürnt aus. »Und deine nörgelige, kranke Mutter gleich dazu!«

»Ich dachte, du magst meine Mutter.«

»Himmel, ja. Aber ich muss sie nicht ständig um mich haben!«

Er seufzte. »Das verstehe ich. Das verstehe ich sehr gut. Ich schlage daher vor, sie bleibt nebenan wohnen. Und ich auch, zusammen mit Laura. Wenn sie meine Frau ist, muss sie natürlich auch bei mir leben.« Er lächelte Matteo an. »Aber du kannst jederzeit trotzdem in meinen Büchern lesen.«

Laura schien es, als hätte sie vorhin gegen Wände geredet. Verärgert setzte sie an, ihm ein weiteres Mal zu erklären, dass sie nicht seine Frau werden wollte, doch ihre Schwester kam ihr zuvor.

»Himmel noch mal!« Mansuetta hieb mit der Faust auf den Tisch, sodass Isacco abermals zusammenzuckte. »Und was ist mit Matteo? Ist damit vielleicht sein Vormundschaftsproblem gelöst? Sind wir durch eine Heirat etwa dagegen gefeit, dass jemand ihn uns wegnimmt? Nein, solange wir nicht genau wissen, wie die wahre Rechtslage ist, schlägst du dir das besser aus dem Kopf.«

Sie stand ebenfalls auf. »Wir essen später«, sagte sie zu Veronica. An Laura gewandt fügte sie hinzu: »Komm mit.« Isacco beschied sie knapp: »Du kannst auch mitgehen, wenn du willst. Hier kann männliche Begleitung nicht schaden, und gelehrte erst recht nicht. Kommst du?«

»Wohin?«, fragte er verdattert.

»Zum Dogenpalast.«

Man verwies sie an einen Schreiber im ersten Stock des Palastes. Die Ehrfurcht, die Laura beim Betreten des Palastes noch angesichts der mit prunkvollem steinernem Zierrat überladenen Pforte sowie des mit beeindruckenden Statuen verzierten Triumphbogens im Innenhof empfunden hatte, verflüchtigte sich rasch, als sie in das winzige, schlecht geheizte Amtszimmer traten, in dem es nach muffigem Papier roch. Sie wusste, dass es hier im Palast für die Sitzungen des Rates Säle von ungeheuren Ausmaßen gab, und auch der Doge, der im zweiten Stockwerk residierte, war sicherlich fürstlich untergebracht. Doch die einfachen Beamten der verschiedenen Provveditori mussten mit schlichten Kammern vorliebnehmen.

Der Schreiber, ein übermüdet dreinschauender kleiner Mann, der beinahe in seinem übergroßen Talar ertrank, legte seine Stielbrille zur Seite, als sie den Raum betraten. Er kratzte sich unter der schwarzen Samtkappe und spielte mit einem Tintenfass herum, während er ihrem Anliegen lauschte. Isacco hatte den Vortrag übernommen; mit wohlgesetzten Worten schilderte er den Fall, ohne den Besuch der Nonne zu erwähnen. »Es ist natürlich sehr lange her«, schloss Isacco. »Aber vielleicht findet man ja noch Akten darüber, wie es damals geregelt wurde.«

»Oh, ich erinnere mich noch sehr gut an den Fall«, versetzte der Schreiber. »Ich selbst habe alle Verfügungen aufgenommen.« Er ging zur rückwärtigen Wand, schob in den dort befindlichen Regalen einige Akten zur Seite und kam mit einem zerfledderten, ledergebundenen Folianten zurück an sein Lesepult. Mit angefeuchtetem Finger begann er, umständlich zu blättern, während Laura ungeduldig von einem Fuß auf den anderen trat.

»Hier habe ich es. Gegeben zu Venedig, im September 1502, verfügt von den *Procuratori de citra*.« Er räusperte sich. »Die sind nämlich als Vormundschaftsrichter zuständig«, erklärte er.

»Sagt schon, was dort steht«, befahl ihm Mansuetta ungeduldig.

Er musterte sie von oben herab, dann räusperte er sich erneut und fasste den Eintrag zusammen. »Die verwaisten Kinder Laura Monteverdi, geboren am 12. Oktober Anno Domini 1492, und Matteo Monteverdi, geboren am 27. August Anno Domini 1502, sind seinerzeit dem Ospizio di Santa Maria della Pietà unterstellt worden, unter der Verwaltung der Provveditori *agli ospedali.*«

Laura sank das Herz. Sie hätte es wissen müssen. Arcanzola machte keine leeren Drohungen. Sie und Matteo standen immer noch unter Vormundschaft des Waisenhauses!

Der Finger des Beamten glitt an den Eintragungen hinunter. »Ah, hier ist es doch, ich wusste, dass es auf dieser Seite ist! Ein zweiter Eintrag in derselben Sache. Gegeben zu Venedig, im November 1503. Verfügt auf Antrag der Tante der Waisenkinder, Monna Angelica Querini.«

Laura holte scharf Luft, doch Mansuetta streckte die Hand und fasste sie beim Arm.

Sei still, besagte diese Geste.

Der Schreiber fasste in leierndem Ton den amtlichen Eintrag zusammen. »Die verwaisten Kinder Laura und Matteo Monteverdi werden antragsgemäß der Vormundschaft ebenjener Tante unterstellt, welche mit beglaubigten Abschriften aus Taufregistern ihre Abstammung und die Verwandtschaft belegt hat. Hernach weist ebenjene Tante das Aufsichtsrecht über die genannten Waisenkinder der ebenfalls bei Eintragung anwesenden, freien Popolanin Crestina Ferro zu, welche hiermit Ihr Einverständnis und ihren festen Willen bekundet, allwährend nach Kräften für das Wohl der Kinder einzustehen.«

»Und wenn Crestina Ferro die Aufsicht nicht mehr ausüben kann?«, fragte Isacco. »Fällt dann die Vormundschaft an ebenjene Tante zurück?«

»Selbstverständlich«, sagte der Schreiber. Er lächelte die Besucher verbindlich an, während er den Band wieder zuklappte. »Ich sehe nicht, wo das Problem liegt.«

»Wir danken für Eure Mühe«, sagte Mansuetta. »Wenn wir das eher gewusst hätten, wären wir natürlich gleich zu Tante

Angelica gegangen, sie hat schon oft gefragt, warum wir nicht zu Besuch kommen.«

Der Schreiber verneigte sich kurz und war bereits wieder in seine Arbeit vertieft, als Mansuetta zur Tür hinkte und dabei Laura hinter sich herzog, der ungezählte Fragen auf der Zunge lagen.

»Warte doch«, sagte Laura ungehalten.

Mansuetta schubste sie auf den Gang hinaus und schlug die Tür hinter ihnen zu. Laura, die durch den Schwung, mit dem Mansuetta sie vorwärtsgestoßen hatte, ins Stolpern geraten war, stieß mit einem Behördendiener zusammen, der einen Stapel staubiger Akten schleppte. Mit einem unterdrückten Fluch wich der Mann ihr aus und eilte weiter.

»Mansuetta, bleib stehen! Was ist das für eine Tante? Du hast gerade geredet, als würdest du sie kennen!« Laura folgte ihrer Schwester, die bereits eilig über die Galerie zur Treppe humpelte. Isacco, dem das Erstaunen über diese unvermutete Wendung der Ereignisse anzusehen war, setzte sich ebenfalls in Bewegung, um zu den Frauen aufzuschließen.

Laura holte Mansuetta ein und fasste nach ihrer Schulter. »Warum hast du es so eilig? Wieso können wir nicht …«

»Diesen Robenträger fragen, wo unsere liebe Tante Monna Angelica Querini wohnt?« Mansuettas rechtes Auge verengte sich höhnisch, während das andere, tiefer liegende von einer Locke bedeckt blieb, die unter ihrer Haube hervorfiel. »Meinst du nicht, dass ihm dann vielleicht etwas an der ganzen Sache faul vorgekommen wäre? Wolltest du ihn gerne mit der Nase draufstoßen?«

»Sie hat recht«, sagte Isacco hinter ihnen. »Und noch etwas: Stell dir vor, diese Tante ist längst verstorben. Dann wärst du wieder Mündel der Behörden. Und damit ist dir nicht gedient.«

Laura runzelte die Stirn. »Mir war völlig neu, dass ich eine Tante habe. Ich wüsste wirklich gern, wer das überhaupt ist!

»Das kann ich dir sagen«, erwiderte Mansuetta. »Ich kenne sie.«

Laura starrte sie verblüfft an, doch Mansuetta hob nur die Schultern. »Natürlich wusste ich nichts von der Verwandtschaft, das ist mir genauso neu wie dir. Sie kam früher hin und wieder in den Laden. Ich dachte, sie wäre eine Kundin. Mutter …« Sie schluckte und besann sich, und Laura spürte, dass Mansuetta überlegte, ob sie diese Bezeichnung überhaupt noch verwenden sollte. Mansuetta holte Luft und fuhr mit entschlossener Betonung fort: »Mutter unterhielt sich oft mit ihr. Sie schickte mich meist hinaus, weil sie sagte, dass es vertraulich ist. Ich habe mir nie was dabei gedacht. Du weißt doch selbst, wie viele Kundinnen es gibt, die immer nur mit Mutter über ihre Probleme reden wollten. Liebestränke, Frauenleiden, Haarausfall, Furunkel, Franzosenkrankheit, Mundgeruch, Krampfadern – das sind keine Dinge, die man gerne vor anderen bespricht.«

Sie erreichten die Treppe, und Isacco fasste unaufgefordert nach Mansuettas Arm, um ihr die Treppe hinunterzuhelfen. Sie blickte ihn für einen Moment stirnrunzelnd an, ließ ihn dann aber gewähren. Treppen waren für sie stets ein besonders unangenehmes Hindernis, wie Laura wusste, doch Mansuetta versuchte meist, allein zurechtzukommen.

»Sie hat mir oft kleine Geschenke mitgebracht. Einmal sogar eine Puppe, die habe ich immer noch. Sie strich mir über das Haar und sagte, ich sei ein gutes Kind, ich käme von meinem Wesen her ganz nach meiner Mutter.« Mansuetta schluckte, dann schüttelte sie unwillig den Kopf. »Da konnte ich doch nicht wissen, dass …« Sie verstummte und senkte den Kopf, während sie an Isaccos Arm die Treppe hinunterhumpelte.

»Kam sie auch noch, als ich schon bei euch war?« Laura übersprang zwei Stufen, bis sie mit Mansuetta auf einer Höhe war. Mansuetta schüttelte den Kopf. »Nein.« Sie hielt inne. »Doch. Jetzt, wo du fragst, fällt es mir wieder ein. Sie kam wieder, aber nur noch einmal, kurz nachdem du und Matteo zu uns gekommen seid. Damals, als du so krank warst und wochenlang das Bett hüten musstest.« Mansuetta blieb am Fuß der Treppe stehen und schüttelte Isaccos Arm ab. »Ich erinnere mich jetzt auch wieder, dass Mutter sie mit nach oben nahm. Als sie wieder herunterkamen, weinte die Frau und ging dann rasch fort. Damals sah ich sie zum letzten Mal. Da sie niemals wiederkam, ging ich davon aus, dass sie gestorben war.«

»Das kann durchaus zutreffen«, meinte Isacco. »Eigentlich liegt es sogar sehr nahe, denn sonst wäre sie sicherlich wiedergekommen. Schließlich wart ihr von ihrem Blut.«

»Wahrscheinlich waren drei Waisen einfach zu viel für sie«, gab Mansuetta spöttisch zurück.

»Vielleicht hat sie sich aber auch bei Laura mit der Halsbräune angesteckt. Diese Krankheit führt oft zum Tode.«

Mansuetta warf ihm einen schrägen Blick zu. »Du witterst wohl Morgenluft, Isacco Zinzi!«

»Es wäre mir lieber, wenn ihr beiden endlich dazu übergehen könntet, mich bei meinem Taufnamen zu nennen«, entgegnete er gereizt. »Ich heiße Stefano, nicht Isacco.«

»Ob Isacco oder Stefano – ein Ehemann meiner Schwester wird dadurch noch lange nicht aus dir.«

»Wenn aber die Tante tot ist, habt ihr ein wirkliches Problem.«

Mansuetta funkelte ihn unter der roten Haarsträhne hervor wütend an. »Das, mein lieber Isacco, wird sich erst noch herausstellen.«

Februar 1509

Nebel sammelte sich im Licht der zahlreichen Fackeln und schien die Umrisse der Häuser aufzulösen. Er schlug sich in feuchten, dicken Schwaden auf den Kanälen nieder, wie Schleier über dunklen Spiegeln. Es war kalt, und auf allen

Flächen kondensierte die Feuchtigkeit, um binnen Minuten zu Eistropfen zu erstarren. Der Februar hatte mit Hochwasser und stürmischen Regenfällen begonnen und in der zweiten Woche des Monats die Stadt mit einem Hauch von Frost überzogen, der vom Meer kam und sich in jedem Winkel der Stadt festzusetzen schien.

Der Winter hatte Einzug gehalten, aber Antonio war nicht wieder aufgetaucht, obwohl Laura sich ausgerechnet hatte, dass er rein theoretisch sein Ziel erreicht und schon wieder zurückgekommen sein könnte. Doch kannte sie die Unwägbarkeiten und Gefahren einer so weiten Reise? Überall lauerten Wegelagerer oder bewaffnete Diebesbanden, und in letzter Zeit wurde auch viel vom Krieg geredet. Die Einzelheiten über die unselige Liga von Cambrai hatten sich herumgesprochen, und täglich entstanden neue Gerüchte über vorrückende Truppen. Tatsache war, dass die Serenissima fieberhaft mobilmachte. Auf dem Balkan und an der Levante wurden Söldnertruppen ausgehoben und zu den Landesgrenzen beordert, und im Arsenal wurden täglich Schiffe mit neuen Kanonen bestückt.

Die Menschen in Venedig stürzten sich in den Karneval wie jedes Jahr, doch schien den allgemeinen Ausschweifungen diesmal etwas Verzweifeltes anzuhaften, das sie wilder und unberechenbarer erscheinen ließ als in den meisten Jahren zuvor. Auf den Straßen und Plätzen herrschte nicht nur allenthalben trunkene Ausgelassenheit, sondern es kam bisweilen auch zu exzessiven Ausschreitungen, jenseits von Anstand und Moral.

Laura zog ihren Umhang fester um die Schultern, glättete die Falten im Stoff und rückte ihre Haube zurecht. Sie hatte nicht vor, in Erscheinung zu treten, doch das Bedürfnis, sich ihres gepflegten Äußeren zu vergewissern, war beim Anblick von so viel Prunk nicht zu unterdrücken.

Sie wies den Gondoliere an, das Boot an den Kai zu lenken.

»Haltet einfach einen Augenblick hier an«, bat sie. Sie blieb auf der Bank sitzen und starrte aus dem Schutz der Felze den Palazzo an. Trotz der Dunkelheit konnte sie alles gut erkennen.

Es hieß, der berühmte Baumeister Codussi habe den Palazzo erbaut, und tatsächlich zeugte jedes Detail vom Stil des genialen Architekten.

Es war nicht schwer gewesen, herauszufinden, wo Angelica Querini lebte, sowie noch einiges andere mehr. Monna Angelica war die Gattin des einflussreichen Marcello Querini, eines ehemaligen Zehnerrates, der später zum *Savio del Collegio* und Prokurator von San Marco aufgestiegen war und damit zu einem der mächtigsten Männer des Großen Rates. Er entstammte einer der ältesten Adelsfamilien der Stadt und war der Hauptinhaber einer großen Compagnia, die in aller Welt Handel trieb. Früher hatte Marcello Querini viele Jahre als Gesandter in anderen Staaten verbracht. Er war in Florenz und Rom ebenso akkreditiert gewesen wie in Mailand, Neapel oder Genua, bevor er seine politische Laufbahn in seiner Heimatstadt fortgesetzt und dort in die höchsten Ämter aufgestiegen war.

Seine Frau Angelica, von der es hieß, sie sei Lauras Tante, stammte aus Neapel. Sie war die Tochter eines dort ansässigen Grafen, der inzwischen verstorben war.

Elternglück war ihr allerdings nicht beschieden. Monna Angelica hatte keine Kinder gebären können. Ihr Mann Marcello Querini hatte jedoch einen unehelichen Sohn, Zuane. Er war zwanzig Jahre alt und der besondere Liebling seines Vaters, der ihn mit allen Würden eines legitimen Nachkommen ausgestattet und in seinen Haushalt aufgenommen hatte. Niemand, so hieß es, hatte Zuane je spüren lassen, dass er ein Bastard war, ohne Ansprüche in der Erbfolge und ohne Anrecht auf Titel und Namen.

All das hatten Mansuetta, Isacco und sie selbst herausgefunden, indem sie sich beiläufig auf den Märkten von San Marco sowie auf der Piazza umgehört hatten. Die Familie Querini war bekannt, es war nicht weiter schwierig, das Gespräch auf eines ihrer Mitglieder zu lenken. So war eine Information zur anderen gekommen, doch je mehr sie erfahren hatten, desto zahlreicher wurden die offenen Fragen.

Mitunter dachte Laura auch darüber nach, dass während ihrer Kindheit nie irgendwelche Verwandten erschienen waren noch je über solche gesprochen wurde, jedenfalls niemals namentlich. Im Nachhinein begriff sie, wie seltsam das war, doch als Kind war es ihr ganz natürlich vorgekommen.

Eine aufwändig in den Farben Burgunder und Gold verzierte Gondel trieb an ihr vorbei. Der Barcaruolo lenkte das Boot zum Wassertor unter den Arkaden, die den Palastvorbau zum Wasser und seitlich zur Fondamenta hin begrenzten.

Vier maskierte Gestalten erhoben sich von den Bänken, und Laura zog sich rasch wieder in den Schutz der Felze zurück. Doch es war zu spät, einer der Männer hatte sie bereits gesehen und erkannt.

»Madonna Laura!«, rief er begeistert aus. Laura erkannte sofort Tizianos Stimme und stöhnte unhörbar, als er zuerst an Land sprang und dann die wenigen Schritte zu der von ihr gemieteten Gondel eilte, um sich hinab zu ihr ins Boot zu beugen. »Laura, wie ich mich freue, Euch wiederzusehen! Was für ein Zufall, dass Ihr auch zu dem Fest geladen seid!« Er schien zu merken, dass er die Regeln der Höflichkeit außer Acht ließ. »Verzeiht«, sagte er reumütig, während er die Maske abstreifte und Laura anstrahlte. »Ich hoffte immer, Ihr kämt einmal in mein Atelier, wie Ihr es versprochen hattet, aber sicher haben Euch die Umstände gezwungen, fernzubleiben.«

»Ähm … ja. Es waren wirklich die Umstände, tut mir leid.« Lauras schlechtes Gewissen hielt sich in Grenzen, doch ihr war klar, dass sie ihn nun so schnell nicht mehr loswerden würde. Unbehaglich sah sie zu, wie die drei anderen, die ebenfalls aus der Gondel gestiegen waren, sich zu dem jungen Maler gesellten.

»Zorzo, du kennst sie ja bereits. Zuane, darf ich vorstellen? Laura Monteverdi!« Tiziano streckte die Hand aus, und ehe Laura sich versah, hatte er sie aus dem Boot auf die Fondamenta gezogen. »Eines Tages werde ich sie malen, als Blumengöttin. Ich habe schon angefangen, Skizzen aus dem Gedächtnis herzustellen, doch *in natura* ist sie, wie ich jetzt erkenne, um ein

Vielfaches reizvoller und makelloser, als die Erinnerung es zulassen möchte!«

»Das ist ein Missverständnis. Ich bin zu keinem Fest geladen.« Eilig zog sie ihre Hand aus seiner und machte Anstalten, zurück in die Gondel zu steigen.

Die drei anderen Männer hatten ebenfalls ihre Masken heruntergenommen. In dem Größeren der beiden erkannte sie sofort den Maler Zorzo da Castelfranco wieder, während sie die beiden anderen noch nie gesehen hatte. Einer, der Älteste der ganzen Gruppe, war ein Mann Ende der dreißig und von schlankem, hohem Wuchs. Sein Haar war grau meliert, sein Gesicht gut aussehend und markant. Er musste eine Art Bediensteter oder Gefolgsmann sein, denn er trug Kleidung und Handschuhe in den Wappenfarben des Hauses Querini.

Der Jüngste von allen war auch gleichzeitig am ansehnlichsten. Seine Aufmachung ähnelte der des älteren Mannes, war jedoch weit kostbarer und mondäner. Er war sicher kaum älter als Antonio, und sein Haar war blond wie Weizen in der Sonne. Das Blau seiner Augen schimmerte im Licht der Fackeln wie der dazugehörige Sommerhimmel.

»Madonna, seid gewiss, dass das ein unverzeihliches Versäumnis darstellt. Hätte ich Euch je gesehen, hätte ich Euch auf der Stelle eingeladen. Was ich selbstverständlich hiermit nachhole.« Er verneigte sich und lächelte sie an, die Tiermaske mit einer Hand an seine Brust gedrückt, die andere in höfischer Geste auf den Rücken gelegt und ein Bein zu einem angedeuteten Kratzfuß nach hinten gestellt. Er schien bester Laune. Sein anziehendes junges Gesicht strahlte in argloser Fröhlichkeit; vermutlich hatte er ein paar Gläser getrunken. Doch bestimmt nicht zu viel, denn sein Schritt war sicher und fest, als er vortrat und Lauras Arm nahm. »Es wäre eine Schande, wenn eine so zauberhafte Grazie wie Ihr heute ohne Feier schlafen gehen müsste!«

Zorzo brachte sich durch ein Hüsteln in Erinnerung. »Zuane, mir scheint, du gehst hier von falschen Voraussetzungen aus.«

Der blonde junge Mann drehte sich erstaunt zu ihm um. »Was meinst du? Wir gehen jetzt rein und feiern, und diese entzückende Maid wird uns den Abend versüßen. Wir trinken Wein und tanzen, und wir werden sogar meinen Vater dazu bringen, seine Sorgen zu vergessen und mit uns anzustoßen!«

»Ich glaube nicht, dass sie Interesse an dieser Feier hat«, meinte Zorzo. »Hilf ihr zurück in ihre Gondel und lass sie ihrer Wege gehen. Sie ist ein ehrbares junges Mädchen.«

»Oh.« Zuane ließ ihren Arm los. »Ich hoffe, Ihr könnt mir vergeben, Madonna!«

Er wirkte so betroffen, dass Laura sich ein Lächeln verbiss. »Es ist ja nichts passiert.«

»Nein, leider nicht.« Er schien zu merken, was er von sich gegeben hatte, und diesmal war seine Verlegenheit so groß, dass man sogar im Licht der Fackeln sehen konnte, wie ihm die Röte ins Gesicht schoss. Laura konnte nicht anders, sie musste lachen. Zuane starrte sie unterdessen an, als sei er außerstande, die Augen von ihr zu wenden. Niemandem der Anwesenden konnte dabei entgehen, wie hingerissen er von ihr war.

»Vielleicht möchte sie ja dennoch mit auf die Feier gehen«, warf Tiziano ein. »Es ist schließlich kein Fest von der Art, wie wir es gerade verlassen haben, sondern immerhin eine Gesellschaft, die dein Vater gibt, zu Ehren deines Geburtstages. Nicht nur deine Freunde sind da, sondern auch Nachbarn und Verwandte, dein Vater selbst und auch deine Tante.«

»Das stimmt«, sagte Zuane eifrig. »Ehrbarer geht es kaum! Wer hätte im Hause Querini je über die Stränge geschlagen!«

Laura, die sich bereits wieder zur Gondel umgedreht hatte, verharrte mitten im Schritt. *Tante.* Ob er die Frau seines Vaters so nannte? Schließlich war sie seine Ziehmutter.

»Ihr … hm, Ihr feiert heute Euren Geburtstag?« Sie wandte sich um. »In dem Fall möchte ich nicht versäumen, Euch von Herzen zu gratulieren.«

Seine Miene hellte sich auf. »Ihr habt Euch besonnen und geht mit uns hinein!«

Als sie zögerte, sagte er eilig: »Wenigstens auf ein Glas!«

»Nun ja … die meinen werden sich Sorgen machen, wenn ich nicht bald nach Hause komme.«

Er machte eine wegwerfende Geste. »Wir schicken einen Boten.« Er wandte sich an den großen, schlanken Mann, der dieselben Farben trug wie er. »Veranlasst du das, Bartolomeo?«

Der Ältere neigte leicht den Kopf. »Sicher, Zuane.«

Mansuetta würde in Ohnmacht fallen, zumal sie Laura in der Offizin bei der Zubereitung eines Brusttees aus Eibischwurzeln wähnte, doch Laura sagte sich entschlossen, dass diese Gelegenheit, mehr über die unbekannte Tante zu erfahren, so rasch nicht wiederkäme.

»Ihr müsst Bartolomeo nur sagen, wohin«, fügte Zuane hinzu.

»Zur Kräuterhandlung in der Calle dei Cristi hinter dem Markt am Rialto.«

»Laura ist eine Apothekerin«, mischte Tiziano sich ein. Seine Stimme klang so stolz, als habe er maßgeblich zu diesem Status beigetragen.

»Du meinst, ihre Eltern haben eine Apotheke«, sagte Zuane.

»Nein«, widersprach sie. »Ich selbst.« Sie lauschte ihren eigenen Worten nach, erstaunt darüber, wie bestimmt sie geklungen hatten. Doch dann erkannte sie, dass sie nichts weiter gesagt hatte als die Wahrheit. Sie war Apothekerin, schon seit Jahren, und sie würde es weiter sein.

Zuane war beeindruckt. »Ihr habt einen richtigen Beruf!«

Laura zuckte die Achseln. Tatsächlich war es außergewöhnlich für eine Frau, einen Beruf auszuüben, für den eine längere Ausbildung nötig war, denn der Zugang zu den *Arti* war Frauen verwehrt. Dennoch arbeiteten in Venedig fast alle Frauen, bis auf die reichen, die sich das Nichtstun leisten konnten; sogar die Nonnen in den Klöstern gingen regelmäßigen Tätigkeiten nach. Dabei handelte es sich jedoch zumeist um Beschäftigungen, die in Haushalt und Garten anfielen. Natürlich gab es auch viele Frauen, die Läden besaßen, doch verkauften sie dort hauptsächlich Kleidung oder Essen, was keine anderen handwerklichen

Fähigkeiten erforderte als jene, die sowieso fast allen Frauen bereits in ihrer Jugend beigebracht wurden: Nähen, Sticken und Kochen.

»Kommt!«, rief Zuane aus, während er erneut Lauras Arm nahm, diesmal jedoch weder leutselig noch aufdringlich, sondern eher wie ein vollendeter Galan, der eine Prinzessin zur Tafel geleitet. Gefolgt von Zorzo, Tiziano und Bartolomeo führte er sie zum landseitigen Eingang des Palazzo, der beinahe ebenso prächtig gestaltet war wie die von Arkaden und Loggien durchbrochene Hauptfassade zum Kanal hin. Auch hier brannten Fackeln in Halterungen, die an der Mauer angebracht waren. Ihr Licht erhellte einen im römischen Stil gehaltenen Portikus mit einem großen hölzernen Tor. Es war mit schweren Metallbeschlägen versehen, in denen sich die mythologischen Motive der in Stein gehauenen Verzierungen des Bogengangs wiederholten.

»Habe ich mich überhaupt schon vorgestellt?« Zuane blieb stehen und betätigte den Türklopfer.

»Ich habe aufgeschnappt, dass Ihr Zuane heißt und dass Eure Familie den Namen Querini führt.«

»Dann ist dem Anstand Genüge getan und das Wichtigste gesagt«, meinte Zuane vergnügt. »Mein Vater ist Marcello Querini, der Prokurator. Ach ja, und dieser streng dreinblickende Mensch hier ist Bartolomeo. Er ist unser guter Geist für alles. Freund des Hauses, Leibwächter, Retter in allen Notlagen.«

Ein Hausdiener öffnete ihnen, und sie gelangten in eine kleine Seitenhalle, die dem Mezzanin des Gebäudes angegliedert war. Von hier aus führte die Treppe zu den im ersten Stock gelegenen Gesellschafts- und Wohnräumen hinauf. Die Eingangshalle war von der Ausstattung her eher unauffällig, mit einfach verputzten Wänden, die lediglich von einem schmalen Fries verziert waren. Die Pracht konzentrierte sich wie bei fast allen vornehmen Häusern auf die Fassade und den Portego, den großen Hauptsaal im Piano Nobile.

»Schick einen Boten zur Apotheke in der Calle dei Cristi hinter dem Rialtomarkt und richte dort aus, dass Madonna

Laura noch bei uns auf ein Glas Wein eingekehrt ist«, befahl Bartolomeo dem Hausdiener, mit einer Stimme, die von Autorität zeugte. »Sie wird selbstverständlich später sicher heimgeleitet, dafür verbürge ich mich persönlich.« Er reichte dem Hausdiener einige Münzen. »Entlohne ihren Gondoliere und sag ihm, er soll nicht warten.«

Der Bedienstete verbeugte sich zustimmend und nahm die Umhänge und Barette der Männer in Empfang. Laura reichte ihm ihren eigenen Umhang nur zögernd. Betreten machte sie sich klar, dass sie keineswegs ihr bestes Kleid trug, sondern eine schlichte Gamurra und darunter eine einfache Bluse. Immerhin war das Gewand aus heller, leidlich fein gewirkter Wolle, und es befanden sich ausnahmsweise keine Flecken darauf. In einer Aufwallung von Trotz streifte sie die Haube ab, um sie ebenfalls dem Diener zu reichen. Ihr Haar, das ihr in losen Wellen über den Rücken fiel, leuchtete immer noch stärker als die kostbarste Seide und war ihre schönste Zierde, gefälliger als das eleganteste Gewand. Jedenfalls hatte das Antonio behauptet, und da er zweifelsohne ein Frauenheld war, musste er wohl ein Auge dafür haben.

Hastig schob sie einige Locken zur Seite, die sich bei der Feuchtigkeit aus ihrer Frisur gelöst hatten, und sie zwang sich, nicht verlegen zur Seite zu schauen, als sie die bewundernden Blicke der Männer spürte. Lächelnd sah sie zu Zuane auf. »Ich habe gar kein Geschenk für Euch, Messèr Zuane.«

»Ich wüsste eins«, meinte er augenzwinkernd. »Lasst das dumme *Messèr* weg und macht mich damit zum glücklichsten Mann des Abends.«

Den Gefallen konnte sie ihm gern tun. Dennoch ließ ihre Beklommenheit nicht nach, als sie am Arm von Zuane die Treppe hinaufschritt. Von oben waren Musik und Stimmengewirr zu hören, offenbar hatte die Feier bereits angefangen. Sie raffte mit der freien Hand ihr Kleid und bedachte sich selbst im Stillen mit allerlei Verwünschungen. Was, um Himmels willen, tat sie überhaupt hier? Es war bereits eine Verrücktheit sondergleichen gewesen, einfach heimlich von zu Hause zu verschwinden, nur um im Schutz der Dunkelheit einen Blick auf die *Ca' Querini* zu werfen. Mansuetta würde wieder tagelang schimpfen. Ohnedies hatte sie bereits mit unumstößlicher Entschiedenheit verkündet, es sei das Beste, die ganze Sache auf sich beruhen zu lassen.

»Was willst du mit einer Tante, die dich meidet? Wir werden uns nur alle in schlimme Schwierigkeiten bringen, wenn wir weiter nach ihr fragen. Wir wissen nun, was wir wissen wollten, und dabei sollten wir es belassen!«

Sie waren oben angekommen. Laura biss sich nervös auf die Lippen, während Zuane sie zu einem gewaltigen, von verschlungenem Schnitzwerk überbordenden Marmordurchgang führte, hinter dem sich der große Saal auftat. Durch den Portikus sah sie, wie sich das Licht unzähliger Kerzen strahlend in den Spiegeln und dem blanken Terrazzoboden brach, und schlagartig verließ sie beim Anblick all dieser Pracht der Mut.

Dann sagte sie sich trotzig, dass sie ein Recht darauf hatte, ihre Tante kennenzulernen. Jemand, der die Vormundschaft für sie und Matteo innehatte, sollte sich nicht vor ihr verstecken.

Das Stimmengewirr wurde lauter, als die Leute sahen, dass Zuane den Saal betreten hatte. Laura merkte, dass neugierige Blicke sie streiften, und am liebsten wäre sie im Erdboden versunken. Die Einrichtung des großen Saales erinnerte sie auf fatale Weise an den Portego im Hause von Cattaneo; beinahe schien es, als hätten die Besitzer bei der Wahl ihrer Möbel und der Ziergegenstände auf den Tischchen und Wandsimsen voneinander abgeschaut.

Zu Zuanes Feier hatten sich etwa drei Dutzend Gäste versammelt. Die meisten Anwesenden trugen Masken und fantasievolle Kostüme, aber es waren auch viele Besucher anwesend, die sich nicht verkleidet hatten. Dafür waren sie so prachtvoll herausgeputzt, dass Laura sich neben all den in Samt und Seide gekleideten Menschen wie eine arme Krämerin vorkam – was sie streng genommen wohl auch war. Doch dann fühlte sie eine vertraute Aufwallung: Wut. Sie war nicht schlechter als diese Leute, nur weil sie ärmer war. *Krieche vor dem Adel niemals wie ein Wurm, sondern schreite wie eine Königin.* Das waren die Worte ihrer Mutter gewesen, und sie hatte sie mit so beschwörender Stimme vorgebracht, dass Laura meinte, sie immer noch hören zu können.

Nun, hier und heute hatte sie zum ersten Mal Gelegenheit, vor dem Adel wie eine Königin zu schreiten. Stolz reckte sie das Kinn und ging an Zuanes Seite durch den Saal, blieb da und dort mit ihm stehen, ließ sich vorstellen und wartete, bis die Glückwünsche, die unausgesetzt von allen Seiten auf Zuane niederprasselten, endlich aufhörten und die Blicke, die auf ihr ruhten, sich in andere Richtungen wandten. In einer Ecke des Saals standen einige Musiker, die eine fröhliche Melodie spielten. Laut genug, um jedes unerwünschte Getuschel, das ihr gelten mochte, zuverlässig zu übertönen.

»Und hier haben wir meine Tante Eugenia«, sagte Zuane, als eine in raschelnde silberblaue Seide gehüllte Frau vor ihnen auftauchte, die Laura bisher in dem Gedränge nicht gesehen hatte. Sie trug eine Halbmaske in der Farbe ihres Kleides, und ihr Haar fiel in einem Wasserfall blonder Locken über ihr makelloses Dekolleté und ihre nackten Schultern. Sie lächelte Zuane mit perlweißen Zähnen an.

»Du sollst mich nicht immer Tante nennen, du Schlingel! Du weißt doch, wie alt ich mich dann fühle!«

»Nun, da du die Schwester meines Vaters bist, ist es wohl die korrekte Bezeichnung, aber wenn es dich so sehr stört, sollte ich mir vielleicht wirklich bald etwas anderes ausdenken.« Zuane erwiderte das Lächeln der Frau. »Dennoch – niemand würde je auf den absurden Gedanken verfallen, dich für alt zu halten. Wer immer dich sieht, glaubt auf der Stelle, du seist dem Quell der ewigen Jugend entstiegen!«

Mit dieser Bemerkung versöhnte er seine Tante offenbar sehr nachhaltig, denn sie lachte erfreut und beugte sich vor, um ihn auf die Wange zu küssen. »Ach, wie sehr ich dir zugetan bin, mein Junge!«

»Ich dir auch, Tante Eugenia.«

Augenblicklich trat ein schmollender Ausdruck auf ihr Gesicht. »Zuane!«

Zuane verdrehte in komischer Verzweiflung die Augen. »Ja doch, ich versuche, dran zu denken. Versprochen.«

Eugenia warf Laura durch die Augenschlitze ihrer Halbmaske einen abwägenden Blick zu. »Du bist in Gesellschaft?«

»Oh, verzeih meine Unhöflichkeit, Ta… Eugenia. Das hier ist Laura Monteverdi, eine junge Apothekerin vom Rialto.« Er wies über die Schulter auf die beiden Maler, die sich zu einigen anderen Gästen gesellt hatten. »Meine Freunde Zorzo und Tiziano kennst du ja bereits.«

»Natürlich. Die Maler.«

Eine Spur von Abfälligkeit war in Eugenias Stimme zu hören.

»Der Malerei gehört meine ganze Leidenschaft«, sagte Zuane erklärend zu Laura. »Ich habe mit Zorzo und Tiziano gemeinsam bei Meister Bellini studiert.« Er bedachte sie mit einem bekümmerten Blick. »Leider fehlt mir ein ganz entscheidender Faktor, um mich als Künstler bezeichnen zu können: das Talent.«

»Das ist nicht wahr«, sagte eine Männerstimme hinter Laura. »Dein Porträt von Angelica ist ein Meisterwerk, wie es dein Freund Tiziano kaum besser hätte malen können.«

Laura drehte sich um und sah sich einem Mann in den Fünfzigern gegenüber. Er war edel, aber nicht auffallend gekleidet. Sein Wams war aus schwarzem Samt, ohne die goldenen Tressen und Stickereien, die sonst häufig die Gesellschaftsroben der Reichen zierten.

Sie betrachtete ihn und hoffte, dass niemand ihr die Aufregung über den eben gehörten Namen anmerkte.

Der Mann trug keine Maske und war im Übrigen unschwer als Zuanes Vater zu erkennen. Sein Haar war zwar eher grau als blond, doch ansonsten war die Ähnlichkeit augenfällig. Beide hatten sie den gleichen Gesichtsschnitt, und auch in Ausdruck und Bewegung glichen sie einander wie zwei Seiten einer Medaille, nur dass Zuane rund dreißig Jahre jünger war.

»Du hast Besuch mitgebracht«, sagte Querini mit Blick auf Laura.

»Ganz recht.« Zuane strahlte. »Vater, ich möchte dir Laura Monteverdi vorstellen, sie gibt mir die Ehre, ein wenig mit mir zu feiern. Laura, mein Vater, Marcello Querini.«

»Madonna«, sagte der Patrizier. Die Hände in höflicher Distanziertheit auf dem Rücken verschränkt, verneigte er sich knapp und trat dann einen Schritt zurück, um sie von Kopf bis Fuß zu mustern. Das Licht des Kaminfeuers, das hinter ihm den Raum erleuchtete, umriss seine Silhouette mit scharfer Deutlichkeit, ließ aber Teile seines Gesichts im Dunkeln.

»Ich sah Euch bisher auf keiner der üblichen Feiern. Seht es mir nach, dass ich Euch nicht sofort erkenne.«

»Ihr erkennt mich nicht, weil ich sonst nie auf solche vornehmen Feiern gehe.« Laura erschrak, weil das sogar in ihren eigenen Ohren patzig geklungen hatte.

Marcello Querini lächelte mit schwacher Belustigung. »Dazu möchte ich Euch von Herzen beglückwünschen. Ihr habt wahrlich wenig versäumt.«

Sie erwiderte sein Lächeln, erleichtert darüber, dass sie ihn nicht verstimmt hatte.

Doch gleich darauf verschwand der Ausdruck von Amüsement wieder von seinem Gesicht und machte unbestimmter Besorgnis Platz. »Verzeiht, wenn ich mich schon wieder zurückziehe. Auf mich wartet dringende Arbeit.« Er nickte Laura kurz zu, bevor er davonging und durch eine Tür in einem Nebenraum verschwand.

»Warte!« Eugenia eilte ihm nach. »Wie kannst du dich jetzt um deine langweiligen Kriegsgeschäfte kümmern wollen!«

Zuane seufzte und wandte sich Laura zu. »Ich hoffe, Ihr bezieht diesen unverhofften Rückzug nicht auf Euch. Es geht wie immer um Handel und Politik. Und in dem Fall wohl auch um den Krieg.«

Laura war es herzlich egal, warum Querini so schnell von der Bildfläche verschwunden war. Im Gegenteil, es war ihr sogar recht, denn damit hatte er dafür gesorgt, dass seine Schwester ihm folgte, bevor sie Laura mit lästigen Fragen traktieren konnte, etwa danach, was sie hergeführt hatte.

»Ich finde es höchst interessant, dass Ihr malt«, sagte sie. »Für Kunst habe ich mich schon immer begeistern können. Sind Bilder in der Nähe, die Eurer Hand entstammen?« In beiläufigem Ton fügte sie hinzu: »Was ist mit dem Porträt, das Euer Vater vorhin erwähnte?«

Zuane hob die Schultern. »Oh, das. Nun ja, ich gebe zu, Angelicas Porträt ist mir gut gelungen. Was aber vermutlich daran lag, dass sie mir mit solcher Engelsgeduld Modell saß. Sie war stets die Liebenswürdigkeit in Person.« Seine Miene zeigte einen Ausdruck von Trauer, während er zu einem kostbar gerahmten Gemälde hinüberschaute, das ein paar Schritte entfernt an der Wand hing, flankiert von zwei schimmernden Kerzenhaltern aus Kristall.

»War?« Laura folgte seinen Blicken und fühlte Kälte in sich aufsteigen. »Lebt sie nicht mehr?«

»Nein, Angelica starb im vergangenen Jahr. Ich war auf Reisen und konnte nicht einmal an ihrem Begräbnis teilnehmen, was ich zutiefst bedaure. Sie fehlt mir schrecklich. Ihr müsst wissen, sie hat mich beinahe wie ihr eigenes Kind aufgezogen, so lange, wie sie mit meinem Vater verheiratet war.«

»Wie lange war das?«

»Fast zwölf Jahre. Ich war acht, als sie zu uns kam.«

»Aha«, meinte Laura, nur um etwas von sich zu geben.

»Sie war nicht meine Stiefmutter, falls Ihr das jetzt annehmt.« Zuane räusperte sich verlegen, dann fuhr er hastig fort: »Irgendwer wird es Euch sowieso erzählen, also kann ich das gleich selbst übernehmen: Ich bin ein Bastard. Auf mir lastet der Makel der unehelichen Geburt.«

»Ihr seid deswegen nicht schlechter als jeder andere Mann hier in der Stadt!«, erwiderte Laura zerstreut, die Blicke unverwandt auf das Gemälde gerichtet. »Das Porträt ist Euch sehr gut gelungen.«

»Tante Eugenia meint, wir sollten es woanders aufhängen, damit Vater schneller über seine Trauer hinwegkommt. Was mich betrifft, so hilft es mir, es hin und wieder anschauen zu können und ihrer dabei zu gedenken ...« Er brach ab. »Ich langweile Euch. Dies ist nicht die Zeit für alte Familiengeschichten. Es ist Karneval, und heute ist mein Geburtstag. Lasst uns Wein trinken!« Er hob die Hand, um einen Diener heranzuwinken, der mit einem Tablett gefüllter Gläser durch den Saal ging.

Laura nahm das angebotene Getränk, doch sie würdigte es keines Blickes. Stattdessen ruhten ihre Augen auf dem Bild. Sie hatte die Frau schon einmal gesehen, und sie erinnerte sich daran, als wäre es erst gestern gewesen.

Matteo hatte auf ihrer Hüfte gesessen, und sie hatten beide furchtbar gefroren an jenem Nachmittag. Die Dienerin der Frau hatte ihr zwei Kupfermünzen vor die Füße geworfen, und Lauras Hals hatte so sehr gebrannt, dass sie nicht mehr schlucken konnte.

Sie hatte damals gewusst, dass sie die Fremde wiedersehen würde. Hier war sie nun, auf einem in Tempera gemalten Bild, und sie sah genauso aus wie an jenem kalten Herbsttag, mit Löckchen über der Stirn und großen Augen in dem schmalen Gesicht.

Mit einem Mal wusste Laura auch, warum ihr das Antlitz der Fremden damals so vertraut erschienen war. Angelica Querini hatte den Mund und die Augen ihrer Mutter.

Die Zeit der Rückreise war beschwerlich und mit allerlei Hindernissen gespickt. Ein Hochwasser hatte eine Brücke weggerissen, die sie überqueren wollten, und da es in weitem Umkreis keinen anderen Weg über den Fluss gab, mussten sie zwei Tage durch Unwetter, Hagelstürme und eisigen Ostwind reiten, bis sie die nächste Brücke erreichten. Normalerweise, so hatte ihr Führer beteuert, sei der Fluss an vielen Stellen so flach, dass man leicht hindurchreiten könne. Da die Temperaturen jedoch im Laufe des Monats gestiegen waren, hatte mancherorts bereits die Schneeschmelze eingesetzt und das harmlose Gewässer in einen reißenden Strom verwandelt, bei dem keine Furt mehr sicher war.

Als sie schließlich die nächste größere Ortschaft erreichten, wurde ihre Hoffnung auf eine warme Mahlzeit und ein sauberes Bett in einer Herberge rasch zunichtegemacht: Beim Betreten der Schenke kam ihnen ein Mann entgegengewankt, die Augen blutunterlaufen, das Gesicht vor Gram verzerrt. Er erstarrte, als er ihrer ansichtig wurde. »Bleibt zurück, hier geht die Pest um! Wir haben schon mehr als dreißig Tote!«

Der Führer ihres Reisetrupps wich mit einer gemurmelten Beschwörung zurück, und sie machten einen großen Bogen um das Dorf. Auch in der nächsten Ortschaft hatte der Schwarze Tod bereits seine giftige Saat ausgebracht. An einem kahlen Baum in der Mitte des Dorfplatzes flatterte ein schwarzer Stofflumpen als Zeichen für das Grassieren der Seuche.

In der Folgezeit mieden sie die Dörfer und kampierten auf freiem Feld. In selbst gebastelten Fallen fingen sie Kaninchen, die sie ausnahmen, häuteten und über dem Lagerfeuer brieten. Einmal fanden sie auch eine Futtermiete, aus der sie sich bedienten. Der Steckrübeneintopf war nicht gerade eine Wohltat für ihre Gedärme, aber er war eine Abwechslung zu dem eintönigen, stets verbrannt schmeckenden Kaninchenfleisch. An einem der letzten Tage ihrer Reise schoss einer der Griechen mit der Armbrust einen jungen Rehbock, von dem sie drei Tage lang aßen, und schließlich fanden sie auch einen Teich, in dem es Forellen gab.

Hier und dort begegneten sie umherziehenden Bauern und Tagelöhnern, die vor der Pest geflohen waren und nun in der Wildnis zu überlebten versuchten. Einmal ritten sie an einem Schloss vorbei, doch als sie beim Näherkommen einen Toten im Burggraben liegen sahen, setzten sie ihren Weg hastig und in sicherer Entfernung fort.

Antonio trieb sein Pferd an, bis er mit Mosè auf gleicher Höhe ritt.

»Habt Ihr schon einmal die Pest erlebt?«, fragte er den Kaufmann.

»Falls Ihr meint, ob ich sie selbst schon hatte – nein. Gesehen habe ich sie dagegen schon häufig. Das Jahr 1484 war in Venedig ein Pestjahr. Ich rieche noch den Rauch von den vielen Totenfeuern. Es starben zu viele, man kam mit dem Verscharren nicht nach, also verbrannte man die Leichen. Manche warf man auch in die Kanäle, in der Hoffnung, die Flut möge sie davontragen, doch später fanden sich viele von ihnen in Reusen und Pfahlgründungen.« In einer ausholenden Geste wies Mosè über das Land. »Der Schwarze Tod kommt überallhin, immer wieder. Manchmal stirbt nur ein Einziger, manchmal eine Familie. Manchmal aber auch ein Dorf oder gar ein ganzer Landstrich. Die Pest macht nicht an den Grenzen halt, sie findet alle Menschen, ob alt, ob jung, ob böse oder unschuldig. Sie ist wie der Tod selbst, denn vor ihr sind alle gleich.«

Ihre weitere Route führte sie zur kroatischen Küste, von wo aus sie den restlichen Weg per Schiff zurücklegen wollten. Mosè plante, die Alauntransporte über Fiume zu führen; diese Stadt hatte Venedig im Vorjahr unter seine Herrschaft gebracht und konnte sie daher als Handelsstützpunkt nutzen.

Nachdem sie die letzten Ausläufer der Gebirgszüge vor der Küste hinter sich hatten, wurde das Wetter besser. Sie begegneten nun häufiger Menschen, auch vielen Bewaffneten. Condottiere waren im Auftrag der Serenissima überall an der Adria unterwegs, um Söldner für den bevorstehenden Krieg zu rekrutieren.

Am Vorabend des Tages, an dem sie sich nach Venedig einschiffen wollten, traf Mosè im Hafen von Fiume im Beisein Antonios einen Kontoristen seines Handelshauses, der dafür Sorge tragen sollte, dass die ankommenden Alaunlieferungen auf Schiffe verladen wurden. Für die weitere Abwicklung der Geschäfte übergab er dem Mann einen großen Teil seiner restlichen Goldvorräte und erklärte Antonio anschließend zufrieden, nun sei von ihrer Seite aus das Wichtigste getan.

Antonio nickte und schaute den Kai entlang, der sich mit den davor ankernden Koggen und Karavellen nicht sonderlich von den Hafenanlagen der Serenissima unterschied. Leichterschiffer kamen mit ihren Kähnen die Rjecina flussabwärts, um ihre Fracht im Hafen zu löschen. Flöße trieben an den Ufermauern entlang, und auf umgedrehten Booten saßen Matrosen, um Taue zu spleißen, während andere Seeleute Schiffswände kalfaterten oder Segel flickten. Es wurde herumgebrüllt, gelacht und gearbeitet, und über allem lag der Geruch nach Tang, Salz und Fisch. Zwischen Getreidespeichern, Lagerschuppen und Fischerhütten herrschte die gleiche Betriebsamkeit wie in der heimischen Lagune von Venedig.

Die Habsburger hatten Fiume beständig für den Seehandel ausgebaut, bevor die Stadt im letzten Jahr von dem venezianischen Condottiere D'Alviano erobert worden war. Dabei war der Ort geplündert und teilweise zerstört worden, doch als Handelsstützpunkt war er so nützlich wie eh und je.

Für die letzte Nacht vor ihrer Abreise kehrten sie in einer Herberge ein, die sich auf einer Anhöhe befand, von der aus sie auf die Reste einer römischen Siedlung blicken konnten, Ruinen von Thermen, Häusern und einem Stadttor.

Nachdem Mosè, Ippolito und die Griechen sich bereits auf ihre Kammern zurückgezogen hatten, blieb Raffaele noch bei Antonio im Schankraum sitzen. Raffaele musste nach den Strapazen der letzten Zeit mindestens ebenso erschöpft wie Antonio sein, doch er machte keine Anstalten, zu Bett zu gehen. Er wirkte bedrückt, wie er dort auf der Bank saß, die Schultern zusammengezogen und die Nase dicht über seinem Weinkrug, aber es war offensichtlich, dass er ungestört mit Antonio reden wollte, bevor die Reise zu Ende war.

Der Wirt brachte ihnen unaufgefordert zwei Humpen heißen Wein, der mit Zucker und Gewürzen aufgekocht war, genau der richtige Schlummertrunk für eine letzte erholsame Nacht vor der Heimfahrt.

Statt sich mit Raffaele zu unterhalten, hätte Antonio lieber noch eine Weile allein am Kamin des Schankraums gesessen und die Wärme des Feuers genossen. Die Herberge war groß, gepflegt und gut geführt, eine Wohltat nach den Strapazen der letzten Zeit. Er dachte an Laura und daran, wie wohl ihr Wiedersehen verlaufen würde, und er fragte sich, ob sie ihn vermisst hatte.

»In Venedig feiern sie jetzt Karneval«, sagte Raffaele.

Antonio nickte. »Wenn wir günstigen Wind haben, sind wir rechtzeitig zu Hause und können noch die ganze letzte Woche mitfeiern.«

»Ich wollte wegen unseres Handels mit dir reden.« Raffaele hüstelte. »Du weißt schon, die Reliquie.«

Antonio ließ sich sein Erschrecken nicht anmerken, und er zwang sich, nicht an das Lederband zu fassen, an dem er den Anhänger trug. Er hatte alles, was Raffaele an sein ehemaliges Eigentum hätte erinnern können, verschwinden lassen, sowohl die Kette wie auch das Medaillon. Er hatte sich ein neues besorgt und es an einer geflochtenen Lederschnur befestigt, und alle gingen davon aus, dass sich darin eine Miniatur der Muttergottes befand, wie viele Männer sie am Herzen trugen.

»Was ist damit?«, fragte er, während er sich bemühte, nicht auf die Kette mit dem Medaillon zu starren, das um Raffaeles Hals hing.

Das war die eigentliche Absurdität an dem ganzen Geschehen. Er selbst hatte das Blut Christi an sich gebracht, während Raffaele so getan hatte, als besäße er es noch. Der Alte hatte nicht nur den Verlust der Reliquie unerwähnt gelassen, sondern obendrein ein paar Tage nach dem Brand auf einmal eine Kette mit einem anderen Medaillon getragen, das dem verlorenen haargenau glich.

Antonio hatte anfangs nicht begriffen, was der Alte mit diesem Spielchen bezweckte, aber dann war er rasch auf die einzig plausible Erklärung gekommen. Natürlich fürchtete Raffaele, Antonio werde die Wette als ungültig betrachten, sobald herauskäme, dass er die Reliquie nicht mehr besaß. Es hätte zum Lachen sein können, wenn Antonio deswegen nicht ein so schlechtes Gewissen gehabt hätte.

Raffaele räusperte sich abermals. »Es sieht ja nun alles danach aus, als würdest du deine Wette gewinnen, nicht wahr? Das letzte der fünf Jahre ist noch nicht vorbei, und dein Palazzo ist dir so gut wie sicher. Ich habe mitbekommen, von welchen Zahlen ihr geredet habt, du und Mosè. Das ist viel Geld, mein Junge. Du wirst rasch einer der reichsten Männer Venedigs sein.«

»Wer weiß, ob das alles so schnell geht«, meinte Antonio ausweichend.

»Es wird *sehr* schnell gehen. Bis Ostern wird die erste Alaunlieferung erwartet, das hat der Baró fest zugesagt. Sie haben dort bereits einige Vorräte angelegt und Schachtöfen zum Rösten gebaut. Die Schieferbrüche werden in aller Eile weiter ausgebeutet.«

Das konnte Antonio schlecht abstreiten. »Wir rechnen mit einem planmäßigen Verlauf«, räumte er ein. »Auch wenn natürlich noch niemand sagen kann, welche zusätzlichen Risiken sich durch den Krieg ergeben.«

»Wenn Ungarn nicht der Liga von Cambrai beitritt und der Transport nicht durch Feindesland geht, sehe ich kaum zusätzliche Risiken.«

Antonio war derselben Meinung, sagte aber nichts weiter dazu. Er wartete darauf, dass der Alte zur Sache kam.

»Da nun bald der Krieg kommt, werden wir gefährliche Zeiten erleben. Räuberbanden werden im Schlepptau der Heere durch das Land ziehen, sie werden sengen und morden und die unbescholtenen Bürger um ihr Hab und Gut bringen. Da du viel unterwegs sein wirst und ich in deinem Gefolge reite … Ähm, wir sind uns doch einig, dass ich weiter mit dir reite, oder?«

»Sicher.« Antonio zuckte die Achseln. »Du bist ein guter Gefolgsmann.«

Raffaele war nicht mehr der Jüngste, und manchmal knackten seine Gelenke so laut, dass man meinte, die Knochen müssten ihm entzweispringen, aber davon abgesehen erfreute er sich überraschend guter Gesundheit. Er hatte in seinen jungen Jahren als Söldner gekämpft und verstand es immer noch, hervorragend mit Schwert und Degen umzugehen; von ihm hatte Antonio einen Großteil seiner Fechtkünste erlernt. Egal, wie schlecht das Wetter war oder wie beschwerlich ihr Vorwärtskommen – der Alte hatte sich nie beklagt. Er schien mit jeder Meile, die sie geritten waren, immer nur zäher geworden zu sein. An steilen Pässen, wo sie hatten absitzen und die Pferde am Zügel führen müssen, hatte er eine erstaunliche Ausdauer an den Tag gelegt, und er hatte auch keine Schwäche gezeigt, wenn sie infolge karger Vorräte Hunger litten. Lediglich das eine oder andere Mal hatte er seine Reisegefährten gegen sich aufgebracht, weil er abends am Feuer nicht nur gerne Eklogen nach Art des Vergil, sondern auch selbst gedichtete Sonette vorgetragen hatte, die sich den übrigen Anwesenden nicht recht erschlossen, geschweige denn, sie erbauten.

»Wo war ich stehen geblieben, Antonio?«

»Dass du ein guter Gefolgsmann bist und weiter mit mir reiten wirst.«

»Richtig. Nehmen wir also an, wir reiten arglos durch Feindesland dahin …«

»Ungarn ist fürs Erste nicht feindlich.«

»Es kann noch viel geschehen. Wir könnten auch in einen Piratenüberfall geraten. Du weißt, dass die Osmanen die ganze adriatische Küste unsicher machen.«

Antonio lächelte nachgiebig. »Na gut, nehmen wir also an, wir reiten durch Feindesland.«

Raffaele wurde eifriger. »Angenommen, wir werden überfallen. Wir könnten in einen Hinterhalt geraten. Allen gelingt die Flucht, nur ich werde ergriffen, weil ich der Älteste bin und nicht ganz so schnell beim Aufsitzen wie die anderen.« Er unterbrach sich und nahm einen Schluck Wein, als müsse er seine

Stimme für das Wichtige, das er noch hervorzubringen hatte, ölen. »Nehmen wir nun weiter an, skrupellose Räuber würden sich meiner Reliquie bemächtigen.«

»Du bist ein exzellenter Fechter, wie ich aus unzähligen Unterrichtsstunden weiß, die du mir erteilt hast.«

»Oh, aber unterstellen wir, ich habe mein Schwert verloren.« Raffaele stellte seinen Humpen ab und untermalte das von ihm entworfene Schreckensszenario mit wilden Gebärden. »Sie reißen mir die Kette mit dem Blut Christi vom Hals, und als Nächstes wollen sie mir die Gurgel aufschlitzen! Ich kann die Mörder gerade noch beiseitestoßen und fliehen!«

»Das wäre … eine glückliche Wendung.« Antonio hielt sich den Weinbecher vor das Gesicht, um seine Verlegenheit zu verbergen.

»Es wäre ein furchtbares Drama!«, stieß Raffaele hervor. »Denn die Reliquie wäre dann fort! Und unsere Wette damit nichtig, egal ob du gewinnst oder verlierst! Angenommen, du gewinnst sie, was wohl als absolut sicher gelten darf – ich könnte dir meinen Einsatz in diesem Falle nicht mehr aushändigen. Du wärest demzufolge nicht mehr verpflichtet, dich um mich zu kümmern, wenn ich alt und schwach bin!«

»O doch«, sagte Antonio mit fester Stimme. »Das wäre ich sehr wohl.«

»Also … ähm, warum denn?«, erkundigte Raffaele sich vorsichtig.

»Weil du mir dazu verholfen hast, dass ich überhaupt so weit gekommen bin.«

»Das verstehe ich nicht.«

»Du musst es auch nicht verstehen.«

Tatsächlich genügte es, dass er selbst es verstand. Es ging hier um das Prinzip von Ursache und Wirkung, mehr aber noch um göttliche Fügung. Das war leicht zu erkennen, jedenfalls dann, wenn man es wusste. Ein glückliches Schicksal hatte ihm die Reliquie schon vor der vereinbarten Zeit in die Hände gespielt, was der Beweis dafür war, dass er schaffen würde, was er sich vorgenommen hatte. Gott hatte entschieden, dass er der Besitzer sein sollte, und folglich musste Gott gleichzeitig in seinem weisen Ratschluss festgelegt haben, dass er sein Ziel bis zum Ablauf der fünf Jahre erreichen würde. Genauso war es gekommen, fast wie bei einer Prophezeiung.

»Mach dir keine Gedanken mehr, ob du mir die Reliquie geben kannst oder nicht. Wozu brauche ich sie, wenn ich einen Palazzo am Canal Grande habe? Wenn ich mir dort ein Haus kaufen kann, habe ich so viel Geld, dass auch noch genug für eine Reliquie übrig ist. Falls ich dann noch eine will.«

»Du meinst, ich bleibe auch unter deinem Schutz, wenn ich die Wette verliere – sogar dann, wenn mir der Wetteinsatz bis dahin abhanden kommt?«

Antonio nickte und prostete dem Alten zu. »Ich werde dich halten wie meinen eigenen Vater.« Er besann sich. »Nun, sagen wir, wie einen Onkel.« Der Wein war fast kalt geworden, und rasch trank er seinen Becher leer. »Lass uns die Reliquie einfach vergessen, ja? Behalt sie, verschenk sie – tu damit, was du willst.«

»O ja«, sagte Raffaele inbrünstig. »Wenn du es sagst, dann machen wir es so.«

In seinem Gefühlsüberschwang sprang er auf und begann zu Antonios Schrecken, mit volltönender Stimme aus Boccaccios *Fiammetta* zu rezitieren. Das Murren einiger schläfriger Gäste, die sich noch in der Schankstube aufhielten, ignorierte er ebenso wie Antonios resigniertes Stirnrunzeln, als dieser sich erhob, um seinem Weggefährten eine gute Nacht zu wünschen.

Nachdem Raffaele noch bis weit nach Mitternacht für sich allein weitergezecht und Verse deklamiert hatte, kam er am nächsten Morgen schlecht aus den Federn, was dazu führte, dass sie um ein Haar das Schiff verpassten. Der Kapitän stand missgelaunt an der Reling, die Hände auf dem Rücken verschränkt. »Wir wollten schon vor einer Stunde auslaufen, Messères! Ist das die Art von Zuverlässigkeit, mit der Ihr arbeitet?«

Statt sich zu entschuldigen, drückte Mosè ihm einen Beutel Dukaten in die Hand, das vereinbarte Frachtgeld, bevor er wortlos in der ihm zugewiesenen Kabine verschwand. Antonio blickte sich um, während die Griechen hinter ihm wortlos über die Landungsbrücke an Bord trampelten. Das Schiff war neu, eine große Karacke, die neben Wein und Weizen aus Kreta auch Vollblüter von der arabischen Halbinsel transportierte. Auf dem letzten Zwischenhalt in Fiume war als zusätzliche Fracht eine Ladung Pelze hinzugekommen – und die Passagiere, die als zahlende Gäste ebenfalls den Gewinn der Betreiber steigerten. Das Schiff segelte unter genuesischer Flagge, für ein Konsortium, das von mehreren Handelshäusern unterschiedlicher Nationalitäten gebildet wurde. Es war üblich, dass sich Kaufleute zusammentaten, um ein Schiff auszustatten und die Fahrten zu finanzieren. Auf diese Weise ließ sich das Risiko eines Verlustes verringern. Die Kosten wurden bei solchen Handelsfahrten auf mehrere Schultern verteilt, und die Gewinne waren, je nach Ziel und Art der Fracht, durchweg beachtlich.

Antonio hatte im Laufe des letzten Jahres bereits zwei kleinere Beteiligungen an Schiffen erworben, die gute Erträge abgeworfen hatten, und beim Anblick des Schiffes drängte sich ihm sogleich die Überlegung auf, dass er, anstatt seinen immensen Gewinn aus dem Alaungeschäft in einen Prunkbau am Canalezzo zu stecken, lieber in neue Handelsfahrten investieren sollte. Besonders mit den Pferden war ungeheures Geld zu verdienen; jeder europäische Fürst, der auf sich hielt, wollte mindestens eines dieser edlen Tiere besitzen, und die meisten Potentaten waren bereit, Unsummen für solchen Luxus auszugeben.

Er könnte nächstes Jahr doppelt so reich sein wie jetzt und sich dennoch ein Haus kaufen. Und vor allem hätte er ausreichende Mittel für neue Geschäfte frei.

Ein Seufzen unterdrückend schlenderte er über das Deck. Die Wette einzulösen ging vor, ganz ohne Frage. Mittlerweile war er sogar geneigt zu glauben, Jesus Christus selbst sei als

Wettpartner an Raffaeles Stelle getreten. Er hatte ihm sein Blut als Unterpfand und leuchtendes Ziel zugleich gegeben. Ein Zeichen und eine Aufforderung, den eingeschlagenen Weg nicht aus den Augen zu verlieren.

In einem eher unzugänglichen Winkel seines Verstandes flackerte bei Antonio hin und wieder der Verdacht auf, all das sei nichts als ausgemachte Dummheit, kombiniert mit einem Übermaß an Ehrgeiz und Geltungsdrang. Oder, was sogar noch eher anzunehmen war, schlichte Häresie. Doch mit dem Glauben war es wie mit der Lust oder der Liebe: Vernunft konnte in solcherlei Belangen wenig erreichen.

Der Kapitän, ein Genuese, von dem es hieß, dass er auf einer der Fahrten von Cristoforo Colombo an dessen Seite gewesen sei, gab das Kommando zum Ablegen.

Nachdem die Ruderer das Schiff von der Mole fortbewegt hatten, hissten die Matrosen die Segel, und bald machte die Karacke gute Fahrt.

Antonio stand an der Bugreling und ließ sich den Wind um die Nase wehen. Für kurze Zeit gesellte sich Ippolito zu ihm, verschwand dann aber wieder unter Deck, weil er nach Raffaele sehen wollte, der sich immer noch mehr tot als lebendig fühlte. Die Griechen saßen würfelspielend in ihrem Quartier; ihnen war es an Deck zu kalt.

Antonio fror ebenfalls, aber er zog die Kälte den muffigen, stickigen Ausdünstungen im Bauch des Schiffes vor. Dort roch es nach Stall, stinkenden Pelzen, ranzigen Menschenleibern und fauligem Stroh, und nicht einmal der stechende Geruch des Pechs von der frischen Kalfaterung vermochte gegen diesen typischen Schiffsgestank viel auszurichten.

Als er die Berührung auf der Schulter spürte, glaubte er im ersten Moment, es sei einer seiner Reisegenossen, vielleicht auch der Kapitän oder sein Maat, die sich auf eine Unterhaltung zu ihm gesellen wollten.

Dann hörte er die Stimme und erstarrte.

»Antonio, alter Freund, habe ich doch richtig gesehen.«

Die Aussprache war klar moduliert und fast völlig frei von Akzent; im Grunde erkannte man den Hauch des Fremdländischen in der Stimme nur, wenn man davon wusste.

Antonio drehte sich langsam um. »Carlo! Na so was!« Verblüfft musterte er den Schwarzen. Natürlich hätte er ihn immer und überall wiedererkannt; dennoch war er überrascht, wie sehr Carlo sich verändert hatte. Antonio war schon ungewöhnlich hochgewachsen und überragte die meisten Männer, doch Carlo war noch ein wenig größer als er. Sein Körper war jedoch nicht breit gebaut wie der von Antonio, sondern von beinahe asketischer Eleganz. Sein Hals war lang, der Kopf hoch erhoben, genau wie früher. Arme und Beine, muskulöser geworden, waren die eines Mannes, aber auch sie wirkten so schmal wie seine übrige Gestalt. Das Gesicht war pechschwarz wie eh und je, und das krause Haar unter der Kappe kurz geschoren, so wie früher schon. Er trug einen kostbaren Pelz über seinen flaschengrünen Samtgewändern, und seine Füße steckten in maßgefertigten Stiefeln aus feinem Leder.

Er war erwachsen, doch wie damals war er von auffallend exotischer Schönheit, mit großen, dicht bewimperten Augen, perfekten weißen Zähnen und fein gemeißelter Kontur der Gesichtsknochen. Es war nicht verwunderlich, dass ein Mann wie er, gesegnet mit diesem Körper und einem Verstand, der in seiner Schärfe seinesgleichen suchte, die Besitzgier eines reichen und mächtigen Patriziers herausgefordert hatte.

»Du wirkst überrascht, aber nicht sehr«, stellte Carlo fest, nachdem er Antonio lange betrachtet hatte. »Dir war bekannt, dass wir vor euch bei diesem ungarischen Baró waren, richtig?«

Antonio zuckte die Achseln. »So ist es. Ich finde, dass ein Mann immer im Bilde sein sollte, was seine Feinde gerade tun.«

Carlo grinste flüchtig. »Hierin pflichte ich dir bei, hoffe aber, dass du nicht mich zu deinen Feinden zählst, nur weil ich einem deiner Gegner diene.«

Antonio wunderte sich vage über die gefällige Wortwahl, obwohl er bereits wusste, dass Carlo sich mittlerweile nicht nur einer umfassenden klassischen Bildung erfreute, sondern auch angefangen hatte, die Jurisprudenz und die Philosophie zu studieren. Außerdem hatte er gehört, dass Cattaneo Besitzer einer sündhaft teuren Villa auf der Terraferma geworden war, was sein Vermögen drastisch reduziert hatte. Vor allem nachdem osmanische Piraten eine Handelsgaleere aufgebracht hatten, die bis an die Frachtluke mit veredeltem Tuch und wertvollem Leder beladen war, dessen weitaus größter Anteil aus Beständen von Cattaneos Compagnia stammte. Wenig später war ein Lagerhaus abgebrannt, in dem Gewürze aufbewahrt wurden, die, bevor sie in Flammen aufgingen, mindestens fünfzigtausend Dukaten wert gewesen waren. Noch hatte es nicht die Runde gemacht, doch das Handelshaus Cattaneo steuerte nach diesen Rückschlägen auf den Bankrott zu. Mit dem Alaungeschäft hätte Cattaneo alles problemlos konsolidieren und darüber hinaus neue Reichtümer erwerben können, doch dieser Plan war nun durchkreuzt.

Antonio konnte nicht umhin, seiner Neugier nachzugeben. »Was hat Cattaneo gesagt, als er erfuhr, dass ihm das Geschäft durch die Lappen geht?«

Carlo lächelte flüchtig, doch ohne Heiterkeit. »Er hat getobt und Rache geschworen.«

»Gut«, sagte Antonio zufrieden. »Sehr gut.«

»Unterschätze ihn nicht«, sagte Carlo. »Mach diesen Fehler niemals.«

Antonio musterte ihn abwägend. »Hast du diesen Fehler schon gemacht?«

»Manchmal«, gab Carlo tonlos zurück.

Eine größere Welle schlug gegen den Bug und trieb Gischt über die Reling. Antonio trat einen Schritt zurück und fuhr achtlos mit der Hand über seinen Umhang, der noch ganz steif und ausgewaschen war von den vielen ungarischen Regengüssen und Schneefällen. »Valeria hat es besser getroffen als du, würde ich meinen.«

Carlo verschränkte die Hände, bis seine Fingerknöchel weiß wurden. »Du hast mit ihr gesprochen?«

»Ja, ich war kurz vor meinem Aufbruch bei ihr, in ihrem hübschen neuen Kurtisanenhaus. Sie erzählte, dass Cattaneo es ihr zusammen mit einem Haufen Schmuck als Morgengabe zu Füßen gelegt hat, so wie es einer Braut des Teufels gezieme.«

»Sie hatte schon immer einen bemerkenswerten Sinn für Humor.«

»Für mich hat es sich nicht sonderlich komisch angehört.«

Carlo nickte angestrengt. »Wie geht es ihr?«

»Besser«, sagte Antonio sachlich. »Sehr viel besser. Jedenfalls sagt sie das.«

Carlo atmete langsam aus. »Gut. Das ist gut.«

»Cattaneos Haus ist mindestens sechs Mal so groß wie ihre neue Bleibe«, meinte Antonio spöttisch. »Hattet ihr zu dritt dort nicht mehr genug Platz?«

»Es gibt keinen Ort, der groß genug für uns drei wäre.«

»Das klingt, als hättest du dich in dein Schicksal ergeben. So warst du früher nie.«

»Du weißt nicht, wie ich früher war, Antonio Bragadin.«

»Nein«, sagte Antonio langsam, und tatsächlich wurde ihm klar, wie sehr das zutraf. Niemand von ihnen hatte je erfahren, wie Carlo früher wirklich gewesen war. Sie kannten ja nicht einmal seinen richtigen Namen. Für sie alle war er immer Carlo gewesen, seit jener jämmerlichen und lächerlichen Zeremonie am Strand, bei der Valeria dem Schwarzen befohlen hatte, sich hinzuknien, damit sie ihn »taufen« konnte. Gott mochte sie für diese Häresie bestraft haben, aber Carlo hatte dadurch immerhin einen Namen gewonnen, mit dem sie ihn ansprechen konnten. Und das eine oder andere wussten sie tatsächlich über ihn, nämlich wie klug er war und wie hilfsbereit. Wie geschickt im Umgang mit dem Messer und wie überaus begabt darin, sich seiner Umwelt in jeder nur denkbaren Weise anzupassen. War er vorher schon so gewesen, dort im dunklen Herzen Afrikas, unter seinesgleichen in einem Stamm, dessen Namen vermutlich kaum ein Christ richtig aussprechen konnte? Mit einem fremden Heidengott, dem er, wie alle seines Volkes, seine Geschicke anempfohlen hatte?

Antonio blickte Carlo prüfend an, und mit einem Mal erkannte er das grenzenlose Leid in den Augen des anderen.

»Carlo, warum gehst du nicht fort von ihm? Liegt es an dem, was er dir gibt? Was zwingt dich, ihn zu ertragen? Ist es das angenehme Leben im Luxus oder die Bildung?«

Carlo hob die Brauen. »Bildung …«, sagte er gedehnt. »O ja, das ist ein machtvoller Zauber.« Er grinste. »Und das meine ich im wahrsten Sinne des Wortes. Es wäre ein Jammer, wenn mir all das verborgen geblieben wäre. Pico della Mirandola, Thomas von Aquin. Platon und Aristoteles. Euklid und Pythagoras. Die Philosophie und die Mathematik. Ah, die Mathematik!« Er breitete die Arme aus. »Allein dafür hat es sich gelohnt, Giacomos Sklave zu werden, glaub mir.«

»Aber musst du es denn immer bleiben?« Antonio zögerte, aber nur den Bruchteil eines Augenblicks. »Du könntest mein Gefolgsmann werden.« Ihm kam ein neuer Gedanke. »Oder du könntest zurück in deine Heimat. Ich könnte dir helfen, nach Afrika zurückzukehren.«

»Ich wäre schon tausendmal gegangen«, sagte Carlo gelassen. »Und vorher hätte ich ihn getötet, um ihn für alle Zeiten los zu sein. Aber um ihretwillen tat ich es nicht.«

»Valeria?«, vergewisserte Antonio sich. »Liebst du sie etwa immer noch?«

Auf diese Frage gab Carlo keine Antwort. »Ihr Anspruch auf Leben ist mehr wert als der meine auf Freiheit.« Er hob die Schultern. »Es ist im Übrigen sehr viel erträglicher geworden mit ihm.«

»Du meinst, weil er dich nicht mehr schlägt? Weil er dich mit Geschenken und anderen zweifelhaften Wohltaten überhäuft? Weil er dir Unterricht in den Wissenschaften angedeihen lässt? Oder weil er Valeria gestattet hat, ihren eigenen Haushalt zu führen?« Antonio gab einen Schuss ins Blaue ab. »Er erpresst dich mit ihr. Sie darf nur dann in Frieden weiterleben, wenn du fügsam bist und bei ihm bleibst. Vermutlich hat er sogar Schergen gedungen, die sie auch dann noch umbringen, wenn er selbst schon in die Hölle gefahren ist.«

An Carlos Gesichtsausdruck erkannte er, dass er mit seiner Vermutung richtig lag, und er begriff, dass es Bösartigkeiten im Leben gab, die seiner eigenen Lebensanschauung so fremd waren, dass es ihn schauderte, daran auch nur zu denken.

»Wann immer du Hilfe brauchst«, sagte er. »Zögere nicht, zu mir zu kommen.« Er legte die Hand an sein Schwertgehenk. »Heute nehme ich es jederzeit mit ihm auf. Und bald auch an Macht und Reichtum.«

»Im Moment ist es nicht schwer, ihm Paroli zu bieten. Er ist schwächer als ein kleines Kind.«

»Ist er krank?«

»Er hatte die Pest«, sagte Carlo.

Antonio erstarrte und blickte erschrocken zu den Decksaufbauten, wo sich die Kabinen der Passagiere befanden.

»Keine Sorge, es ist nicht mehr ansteckend. Alle Beulen sind aufgebrochen und geschrumpft, er ist bereits auf dem Wege der Besserung.«

»Was ist mit dir? Vielleicht hast du dich angesteckt!«

Carlo hob die Achseln. »Ich hatte es vor ihm, aber in einer leichteren Verlaufsform. Mir geht es wieder gut.«

»Dass er nach dieser Niederlage im Alaungeschäft auch noch die Krankheit hinnehmen musste, lässt ihn vielleicht künftig ein wenig demütiger werden«, sagte Antonio gehässig.

Er fuhr herum, als er ein Geräusch hinter sich hörte. Cattaneo war hinter dem Hauptmast hervorgetreten und legte die wenigen Schritte zurück, die ihn von Antonio und Carlo trennten. Vermutlich hatte er jedes Wort ihrer Unterhaltung gehört.

Sein Aufzug war ebenso gepflegt wie der von Carlo. Seinen Gewändern war nicht anzusehen, dass er wochenlang durch unwegsames Gelände geritten war; vermutlich war er mit besser ausgestatteter Entourage gereist als Antonio und seine Kavalkade. Oder aber er hatte sich, was eher wahrscheinlich war, in Fiume neu eingekleidet.

Abgesehen von seiner tadellosen Aufmachung sah er schrecklich aus. Seine Augen waren trüb und umschattet, und auf seiner unnatürlich bleichen Haut zeichneten sich scharf umrissene rote Flecken ab, Überreste von Fieberpusteln, die ihn wie eine Karikatur seiner selbst aussehen ließen. Weit erschreckender waren sicherlich die Spuren der aufgeplatzten Pestbeulen an seinem Leib, doch diese Entstellungen waren allesamt unter dem dunklen Umhang verborgen. Er war so stark abgemagert, dass er einem jener ausgemergelten Häftlinge ähnelte, die nach Jahren im Kerker aus ihren Verliesen entlassen wurden. Carlo hatte recht; mit Cattaneos Körperkräften war es wirklich nicht weit her. Er hielt sich an der Reling fest und atmete schwer, wie nach einem langen Lauf, während er sich mit zusammengebissenen Zähnen Antonio zuwandte.

»Sieh an, da haben wir ihn ja, den jungen Bragadin! Welche unseligen Parzen haben dich auch noch auf dasselbe Schiff wie mich geführt? Oder war es eher der dumme Zufall, dass dies das erste Schiff seit einer Woche war, das wieder in Richtung der heimischen Lagune fuhr?«

»Ob Schicksalsgöttinnen oder Zufall, auf beides sei geflucht«, entgegnete Antonio in gleichmütigem Ton. Er sah, dass Cattaneo die Hand auf der Scheide seines Dolchs liegen hatte, und er hoffte inständig, der andere möge ziehen und die Waffe gegen ihn richten.

Doch der Patrizier schien es lediglich auf ein Wortgefecht abgesehen zu haben.

»Oho, der Gassenjunge hat sich Bildung angeeignet.« Cattaneo grinste mit gebleckten Zähnen, es sah aus wie bei einem Totenkopf. »Aber dass dergleichen geht, haben wir ja bei Carlo gesehen, meinem liebsten und kostbarsten Besitz. Alles ist möglich, es bedarf nur der nötigen Unterstützung und Hilfe. Und wer hat *dir* dabei geholfen, du armer Gassenjunge? Der alte Schmierenkomödiant, der dich auch das Waffenhandwerk gelehrt hat? Der deutsche Opportunist aus dem Fondaco dei Tedeschi, der sich vielleicht morgen schon für immer auf die Seite des Kaisers schlägt? Der Jude, dessen Karten so gezinkt sind, dass man die echten darunter nicht mehr zu erkennen vermag? Oder etwa der Prokurator, von dem ihr alle überhaupt nicht wisst, welches Spiel er wirklich spielt?« Er hörte abrupt auf zu lachen. »Antonio Bragadin, ich habe in den letzten Wochen so manches Mal bereut, dass ich dir damals nicht die Gurgel durchgeschnitten habe, als ich die Gelegenheit dazu hatte. Oder später, als du im Kerker warst, wo sich leicht ein nächtlicher Garrotteur hätte finden lassen.« Seine Stimme, ohnehin schon gedämpft, wurde zu einem Flüstern. »Aber wisse, der Gelegenheiten gibt es viele.«

»Wenn du mich tot sehen willst, dann versuch doch jetzt dein Glück«, höhnte Antonio. Er ging in Kampfstellung, die Hand locker am Schwertgriff, die Füße breitbeinig auf den Decksplanken.

Cattaneo überging den Vorschlag mit einem dünnlippigen Lächeln. »Spotte du nur! Du willst mächtig sein? Hast du überhaupt eine Vorstellung davon, was wirkliche Macht bedeutet? Welche Bereitschaft man dafür mitbringen muss?« Sein Lächeln wurde breiter. »Man muss opferbereit sein, junger Bragadin. Man muss im Zweifelsfalle alles hingeben können. Nicht nur sich selbst, sondern vor allem das, was man am meisten liebt. So wie der Jude.« Cattaneo holte Luft, dann hustete er keuchend, außer Atem von der Anstrengung des Redens. »Der Jude versteht was vom Opferbringen. Und erst recht Querini.« Cattaneo hustete erneut, dann lachte er krächzend auf. »O ja, sie könnten einander förmlich überbieten bei ihren persönlichen Opfern!« Er hieb sich auf die Brust. »Aber ich! Ich, Giacomo Cattaneo, lasse Euch in Opferangelegenheiten allesamt wie Waisenkinder aussehen!«

»Du redest irre. Wahrscheinlich hat die Pest dir das Gehirn in Brei verwandelt.«

Cattaneo zog den Dolch mit einer Schnelligkeit, die seine Hinfälligkeit Lügen strafte. Antonio hatte im selben Augenblick sein Schwert in der Hand, doch gleich darauf wurde offenbar, dass Cattaneo nicht vorhatte, ihn anzugreifen, sondern dass er es auf Carlo abgesehen hatte. Ohne Vorwarnung zog Cattaneo den Schwarzen an sich und setzte ihm den Dolch an die Kehle. Antonio war sicher, dass Carlo den Angriff leicht hätte abwehren können, doch er hielt still und sah Antonio unentwegt an.

»Könnte ich mein Liebstes opfern, wenn ich es müsste?«, rief Cattaneo aus. »Möchtest du es wissen? Vielleicht sogar sehen, hier und jetzt?«

Hinter ihm hielten die Seeleute in ihrer Arbeit inne und kamen über das Deck näher, angelockt von der wachsenden Lautstärke der Unterhaltung und dem Anblick der Waffen in den Händen der Passagiere.

»Ich könnte es«, sagte Cattaneo. Er zog den Dolch über Carlos Hals. Gleichzeitig stieß er den Schwarzen von sich, und Antonio sah entsetzt das Blut auf der Messerschneide. Carlo torkelte gegen die Reling. Er hielt die Hand gegen seinen Hals gepresst, doch als Antonio auf ihn zustürzen wollte, hob er die Hand. Ganz offensichtlich war er nicht allzu schwer verletzt. Er wandte sich ab und ging mit unsicheren Schritten zurück zu der Kabine, die er mit Cattaneo teilte.

Antonio blieb mit gezücktem Schwert vor Cattaneo stehen, doch er kam sich lächerlich vor, als dieser seinen Dolch in die Scheide zurückschob und ihn anschaute, als sei nichts gewesen. Cattaneos Brustkorb hob und senkte sich vor Anstrengung. Er wankte zur Seite und stützte sich an einer Taurolle ab. »Ich könnte es«, wiederholte er. Es klang erschöpft, aber entschlossen. »Betrachte das, was du eben gesehen hast, als kleine Demonstration. Damit du begreifst, wie schnell wir im Leben manchmal gerade das verlieren können, was uns lieb und wertvoll ist. Und dass oft sogar wir selbst es sind, die für diesen Verlust verantwortlich sind. Weil wir nun mal Opfer bringen müssen, um des großen Ganzen willen, das wir Leben nennen. Vielleicht bist dann *du* derjenige, der künftig ein wenig demütiger wird.«

Mit diesen Worten drehte er sich um und ging davon. Sich hier und da abstützend, folgte er seinem Sklaven in die Kabine und ließ nichts weiter zurück als die paar Tropfen Blut, die er vergossen hatte. Und den Hauch von etwas Bösem, das noch lange Zeit danach die Luft zu verpesten schien. Nicht einmal der eisige Ostwind, der bald darauf aufkam und mit Macht die Segel straffte, konnte es zum Verschwinden bringen.

»Wenn man tausend mal tausend mal tausend Fische kauft, wie viele hat man dann?«, fragte Matteo.

»Viele«, sagte Mansuetta geistesabwesend.

»Sehr viele«, fügte Veronica hinzu. »Bestimmt fast so viele, wie es hier auf dem Markt zu kaufen gibt.«

Matteo lachte. »Ein guter Witz!«

»Wieso?«, fragte Veronica verunsichert. »Sind es nicht so viele?« Sie dachte nach. »Mehr als drei Fässer voll?«

Er lachte erneut, doch es blieb ihm im Halse stecken, als Mansuetta ihn knuffte und ihm damit begreiflich machte, dass die Magd keineswegs scherzte, sondern sich einfach keine Vorstellung von der Menge machen konnte, die er genannt hatte.

Er versuchte es erneut. »Nehmen wir an, es wären Makrelen, von denen eine so lang ist wie dein Arm.«

Veronica streckte wie zur Probe den Arm aus. »Das wären recht große Makrelen«, gab sie zu bedenken.

»Es ist ja nur eine Annahme.«

»Ach so. Was wäre dann?«

»Dann könnte man die Fische mehrmals im Kreis um die Erde herumlegen. Und vielleicht sogar bis zum Mond und wieder zurück.«

Veronica starrte ihn ungläubig an. »Sie würden vom Himmel fallen! Oder im Wasser untergehen!«

Matteo stöhnte, und Mansuetta unterdrückte ein Grinsen, obwohl es mit ihrer Laune nicht zum Besten stand. Sie gingen zu dritt über den Fischmarkt, wobei Veronicas Aufgabe darin bestand, den Korb mit den Einkäufen zu tragen. Matteo war dafür zuständig, Mansuetta zu leiten und ihr als Stütze zu dienen, wenn sie Stufen steigen mussten. Außerdem lenkte er die beiden Frauen mit allerlei anstrengenden Fragen über Mengen und Maße ab. Jedenfalls fand Mansuetta die Fragen anstrengend, um nicht zu sagen, sinnlos. Sonst war sie keineswegs dieser Meinung, im Gegenteil. Sie wurde niemals müde zu betonen, wie aufgeweckt, intelligent, ja geradezu genial sie Matteos Fragen fand, und sie trachtete stets danach, sie, so gut es ging, zu beantworten. Zumindest hatte sie das getan, solange es ihr noch möglich gewesen war. Seit geraumer Zeit überstiegen seine Fragen jedoch ihre Fähigkeiten. Sein Verstand hatte sich zu weit entwickelt, als dass sie noch mit ihm hätte Schritt halten können. Nicht einmal mehr Isacco war noch in der Lage, Matteos Formeln nachzuvollziehen. Matteo hatte angefangen, eigene Symbole zu ersinnen, weil er fand, dass er bestimmte Gleichungen sonst nicht richtig berechnen könne, und er wurde wütend, wenn niemand sich die Mühe machte, ihn zu verstehen. Die Wut, davon war Mansuetta überzeugt, hatte er, ebenso wie sie selbst und auch Laura, von ihrer gemeinsamen Mutter geerbt.

Mansuetta seufzte, während sie an einem der Fischkarren stehen blieb, um einen Aal zu begutachten. Sie selbst hatte in der letzten Zeit ihre Wut nur sehr mühsam bezähmen können, was in erster Linie an Laura lag. Doch in die Wut mischte sich auch schlechtes Gewissen. Sie konnte sich tausendfach einreden, dass sie nur im Interesse ihrer Schwester gehandelt hatte, den Brief von Antonio Bragadin zu unterschlagen; schließlich war Laura unerfahren und nicht urteilsfähig, was Männer anging. In diesem Punkt bedurfte sie unbedingt erwachsener Aufsicht. Das war schon sehr leicht daran zu erkennen, dass sie sich diesem Wüstling in Sünde hingegeben hatte. Laura musste im Grunde dankbar sein, dass Mansuetta das einfach überging.

Andererseits, so überlegte Mansuetta, hätte sie, um Laura deswegen zur Rede zu stellen, schon den Brief herausrücken müssen, und gerade das wollte sie nicht. Was würde Laura daran hindern, einfach mit ihm fortzugehen, wenn er sie wirklich heiraten würde? Dann säße sie selbst mit Matteo alleine da. Oder noch schlimmer: ohne Matteo, vielleicht sogar ohne Veronica. Es lag auf der Hand, dass die beiden schnell auf den Gedanken kämen, ihr Leben könne in einem Haushalt, dem ein aufstrebender junger Kaufmann und eine erfolgreiche und ebenfalls junge Apothekerin vorstanden, wesentlich angenehmer verlaufen als in Gesellschaft einer verknöcherten und mehr als ältlichen Jungfer, die zu allem Überfluss auch noch hässlich war wie die Nacht und hinkte wie der Bocksfüßige persönlich.

Nein, den Brief konnte sie nicht aus dem Versteck holen.

»Wollt Ihr diesen Aal kaufen oder darauf warten, dass er Euch anspringt?«, meinte der Fischhändler, ein freundlicher Bursche in ihrem Alter, dem die Pocken das Gesicht verwüstet hatten. Bei einem Piratenüberfall auf sein Boot war ihm zudem ein Auge ausgestochen und der halbe Fuß weggeschossen worden, doch Mansuetta hatte ihn noch nie in übler Laune erlebt. Sie kauften fast jede Woche bei ihm, weil er redlich war und immer frische Ware feilbot. Für die üblichen Tricks, den Fisch vom Vortag wie gerade erst gefangen aussehen zu lassen, war er sich zu schade.

»Ich nehme ihn«, sagte sie, während sie ihn mit einem geistesabwesenden Lächeln bedachte. Dann fiel ihr ein, dass Isacco möglicherweise heute zum Essen kommen würde. Er mochte keinen Aal, ebenso wenig wie Muscheln. Folglich sollte sie eine Makrele zubereiten, die aß er gern.

»Nein, doch lieber keinen Aal«, sagte sie zu dem Fischhändler. »Gebt mir eine halbe Makrele.«

»Die Wankelmut der Frauen«, meinte der Fischhändler grinsend. »Wo Ihr wohl Eure Gedanken habt? Hat der Kleine Euch wieder mit seinen Zahlenfragen abgelenkt?«

Mansuetta musterte ihn, überrascht, dass er von Matteos Neigungen wusste. Aber vermutlich gehörte es zum Verkaufstalent eines Fischhändlers, die Kunden so gut wie möglich zu kennen. Das hatte auch zu Crestinas Grundsätzen gehört, und die Kunden hatten es ihr gedankt. Soweit Mansuetta es überschauen konnte, handhabte Laura es genauso. Die Menschen, die in die Apotheke kamen, vertrauten ihr in allen wichtigen Fragen und ließen sich bereitwillig von ihr beraten, egal, ob es um Heilmittel oder Körperpflege ging. Bei den Schönheitsmitteln war der Umsatz sogar bedeutend gestiegen, seit Laura den Alleinverkauf übernommen hatte. Kein Wunder, empfahl sie sich doch als lebendes Aushängeschild mit ihrer makellosen Haut, dem leuchtenden Haar und den strahlenden Augen. Ob Gesichtscreme, parfümierte Seife oder Belladonna-Tropfen – ein einziger Blick auf sie reichte, um alle Welt glauben zu machen, dass man nur reichlich von den Produkten aus der Farmacia erwerben müsse, um dem Zustand perfekter Vollkommenheit und Gesundheit ein Stückchen näher zu kommen.

Mansuetta selbst hielt sich seit langer Zeit wohlweislich dem Laden fern. Nicht nur, weil sie zu ungeschickt und zu kurzsichtig war, um irgendetwas, das kleiner war als eine Handvoll, korrekt abzuwiegen oder einzupacken, sondern auch, weil sie es leid war, sich wie ein verzerrtes, gruseliges Spiegelbild ihrer Schwester den Blicken anderer preiszugeben.

»Ihr seid wirklich in Gedanken weit weg«, meinte der Fischhändler mit freundlichem Spott, während er das abgewogene Makrelenstück einwickelte. »Oder sind es Sorgen, die Euch plagen?«

Mansuetta riss sich zusammen. »Verzeiht, aber hattet Ihr etwas zu mir gesagt?«

»Messèr Giovanni hat gefragt, ob du am Giovedì grasso schon etwas vorhast«, warf Matteo gelangweilt ein. Er hatte eines der Gewichte hochgenommen, mit denen der Händler seine Waage bestückte, und spielte stirnrunzelnd damit herum. »Woher wisst Ihr, wie schwer dieses Gewicht ist, Messèr Giovanni?«

Mansuetta wunderte sich flüchtig, dass Matteo den Namen des Händlers kannte, und sie fragte sich, wieso sie selbst erst auf diesem Umweg erfuhr, wie der Mann hieß. Ob er seinerseits wusste, wie ihr Name lautete? Und wieso wollte er wissen, was sie am Giovedì grasso tat?

»Mansuetta hat mir versprochen, dass ich dieses Jahr beim Töten der Schweine und des Ochsen zusehen darf.« Er lächelte Giovanni fröhlich an, wobei ihm die Zahnlücke, die er neuerdings vorzuweisen hatte, ein schelmisches Aussehen gab. »Ihr könnt ja mitgehen.«

»Gern«, sagte Giovanni. »Aber nur, wenn Monna Mansuetta nichts dagegen hat.«

»Dies ist ein freies Land«, murmelte Mansuetta. Wieso wollte er mitgehen? Ihr Blick fiel auf Veronica, die gerade damit beschäftigt war, den Fisch in ihrem Korb zu verstauen. Die Magd war zwar blass und ziemlich mager, aber ansonsten recht hübsch. Und vor allem im mannbaren Alter, genau wie Laura.

»Der Fisch ist teurer als sonst«, sagte Mansuetta schroff.

Giovanni zuckte bedauernd die Schultern. »Das kommt vom Krieg.«

»Ihr macht Witze. Es herrscht noch gar kein Krieg.«

»Aber man weiß, dass er bevorsteht. Dadurch wird alles teurer.«

»Das ist absurd!«

»Nein«, mischte Matteo sich eifrig ein. »Es stimmt! Im Krieg sind alle Leute mit Kämpfen beschäftigt. Soldaten zertrampeln die Felder, und auf den Meeren kreuzen Feindschiffe. Dadurch wird die Arbeit der Bauern und Fischer gefährlicher. Sie können nicht mehr so viel ernten oder fischen. Das Wenige, was sie noch auf den Markt schaffen können, müssen sie daher teurer als sonst verkaufen, um davon leben zu können. Und wenn sie wissen, dass der Krieg kommt, machen sie es genauso. Sie verkaufen ihre Waren teurer, damit sie für schlechte Zeiten zurücklegen können.«

Veronica starrte ihn mit offenem Mund an. »Wie kommst du bloß immer auf solche Sachen? Wer hat dir das mit den Bauern und Fischern gesagt?«

»Das steht in Isaccos Lateinbüchern«, sagte Mansuetta erschöpft. »Da gibt es ganze Kapitel, nur über Kriege. Wie sie geführt werden und was sie bewirken. Ich musste all diesen Kram sogar irgendwann selbst lesen.«

»Oh, Ihr könnt lesen?«, fragte Giovanni beeindruckt.

Mansuetta unterdrückte ein sarkastisches Grinsen. »Nur wenn ich gerade meinen Lesestein zur Hand habe.« Sie fragte sich, warum sie hier auf dem Markt stand und mit einem Fischhändler sinnlose Diskussionen führte.

»Woher wisst Ihr es denn nun?«, wollte Matteo von Giovanni wissen.

»Was denn?«, fragte der Fischhändler überrascht zurück. Dann erinnerte er sich an Matteos vorangegangene Frage. »Oh, die Gewichte. Ich weiß, dass dieses da, das du in der Hand hältst, ein halbes Pfund wiegt. Das dort wiegt ein Pfund. Und das große da fünf. Die kleineren sind Unzengewichte. Ich weiß, wie viel sie wiegen, weil sie vom Eichmeister geprüft sind. Es gibt eigens ein Amt dafür, wo es kontrolliert wird.« Er lächelte schalkhaft. »Sonst könnte ja jeder seine eigenen Gewichte machen und die Kunden betrügen.«

»In der Apotheke und in der Offizin haben wir auch Waagen«, sagte Matteo. »Aber sie sind kleiner.« Er dachte kurz nach. »Es würde viel schneller gehen, wenn die Waage sofort beim Wiegen das Gewicht anzeigt, ohne dass man so viele Gewichte in die zweite Schale legen muss.«

Der Fischhändler kratzte sich am Kopf. »Wie soll das denn gehen?«

Matteo gab keine Antwort. Sein Blick schien sich nach innen zu wenden, und er ging mit langsamen Schritten über den Fischmarkt davon, ohne von seiner Umgebung Notiz zu nehmen. Einer Händlerin fiel ein Korb mit Fischen aufs Pflaster, doch Matteo stieg nur über die glitschigen Leiber hinweg und ging seelenruhig weiter.

»Er ist so ein seltsames Kind«, meinte Veronica mitleidig.

»Er ist klug, das ist alles«, widersprach Mansuetta.

»Das sehe ich ebenso«, stimmte Giovanni zu. »Ihr solltet ihn fördern. Vielleicht kann er später die Rechte studieren. Oder Magister der Philosophie werden. Vielleicht sogar ein berühmter Medicus.«

»Seine Welt ist die Mathematik«, meinte Mansuetta. Dennoch hatte der Fischhändler recht. Matteo bedurfte weiterer Förderung. Isacco hatte sich in der letzten Zeit wenig aufgeschlossen gezeigt, den Jungen mit weiterem Studienmaterial zu versorgen, vermutlich deshalb, weil er selbst nicht mehr Schritt halten konnte. Er hatte behauptet, er habe Matteo alles beigebracht, was es über die Algebra zu wissen gebe. Mansuetta war jedoch ziemlich sicher, dass es noch neuere, bessere Erkenntnisse auf diesem Gebiet gab als diejenigen, mit denen Isacco aufwarten konnte.

»Mir ist kalt, ich will nach Hause«, klagte Veronica. Sie stand neben Mansuetta, den Korb mit dem Fisch und den übrigen Einkäufen des Morgens auf der Hüfte. Den freien Arm hatte sie um den dürren Körper geschlungen, das Umschlagtuch fröstelnd um sich gezogen. Ihr lief die Nase, und ihre Lippen waren fast so blau wie ihre Augen. Das Haar schaute strohig und ohne Glanz unter ihrer wenig kleidsamen Haube hervor.

Mansuetta konnte nun, da sie so dicht neben ihr stand, zum ersten Mal sehen, dass Veronica vorn im Unterkiefer ein Zahn fehlte. Nun ja, vielleicht war das Mädchen nicht ganz so hübsch, wie sie angenommen hatte. Außerdem war sie krank. Besonders jetzt im Winter hustete sie von morgens bis abends, trotz all der Medizin, die Laura ohne Unterlass für sie braute. Hier schien jedes Kraut zu versagen.

Allerdings galt dasselbe auch für Mansuettas Augen. Sie konnte wahrhaftig nicht behaupten, dass das widerlich schmeckende Baldriangesöff sie schärfer sehen ließ. Dafür wirkte es wunderbar entspannend, wenn man erst seinen Ekel überwunden und es heruntergebracht hatte. Es verschaffte einen erholsamen Schlaf, sogar bei Tage, und es ließ einem die Welt in einem angenehm milden Licht erscheinen. Ihre Hüfte tat seltener weh als sonst. Alles in allem war es eine gute Medizin, die ihre Schwester für sie hergestellt hatte.

»Matteo, warte!«, rief Veronica. Sie setzte sich in Bewegung, um dem Jungen zu folgen. »Du Schlingel, wirst du wohl stehen bleiben!«

»Bis Donnerstag also«, sagte der Fischhändler.

Mansuetta schien es, als schaute er bei diesen Worten sie an, nicht Veronica, die ihn im Übrigen auch gar nicht mehr gehört hätte. Schon im Weggehen begriffen, überlegte sie, was er mit Donnerstag meinte. Richtig, der Giovedì grasso stand bevor, und danach die ganze Karnevalswoche. In den kommenden Tagen würde die Stadt in den reinsten Taumel verfallen, wie immer um diese Jahreszeit.

Sie nickte dem Fischhändler zu, weil sie nicht wusste, was sie sagen sollte, dann ging sie eilig davon.

Laura strich vor dem Spiegel das neue Kleid glatt, während Veronica neben ihr stand und die Schnüre festzog. »Es steht dir hervorragend!«, meinte Veronica begeistert.

Laura versuchte, Mansuettas teils vorwurfsvolle, teils fragende Blicke zu ignorieren. Sie sagte sich, es sei ihre persönliche Angelegenheit, und sie fand, es sei ihr Recht, sich von niemandem hineinreden zu lassen.

»Du könntest es mir erklären«, sagte Mansuetta. »Dann würde ich es sicher besser verstehen.«

»Du würdest mir nur wieder Vorhaltungen machen.«

»Das liegt daran, weil du mir nichts erzählst.«

»Mansuetta, ich habe dir alles Mögliche erzählt, und alles, was du dazu geäußert hast, waren Vorwürfe.«

»Dann sag mir fürs Erste einfach, warum du ihn heute schon wieder treffen musst. Vor allem, nachdem du mir erzählt hast, dass diese Tante Angelica tot ist.«

»Ich möchte mehr über sie erfahren. Sie war die Schwester unserer Mutter. Kannst du das denn überhaupt nicht verstehen?«

»Natürlich verstehe ich es!«, gab Mansuetta aufgebracht zurück. »Schließlich hast *du* deine Mutter gekannt. Es liegt nahe, dass diese Familienbande dich dazu treiben, mehr über deine Abstammung herausfinden zu wollen.«

Laura presste die Lippen zusammen und beschloss, nichts mehr zu sagen. Doch, wie erwartet, machte Mansuetta diesen Beschluss zunichte, kaum dass Laura ihn gefasst hatte.

»Wie gesagt, ich verstehe es vollkommen. Ein gewisses Interesse habe ich sogar selbst auch. Obwohl ich meine … die Frau, die mich gebar, nicht kannte.« Bitter setzte sie hinzu: »Und obwohl ich nur aus deinen Erzählungen weiß, wie wundervoll sie war. Aber was ich nicht verstehe, ist die Tatsache, wie du mit unser aller Sicherheit spielen kannst. Siehst du denn nicht, wie groß die Gefahr ist, dass du dich verplapperst? Oder dass von allein jemand darauf kommt, dass deine Fragen über diese Frau eine Spur zu neugierig sind, um noch beiläufig zu klingen?«

Solche Gedanken hatte Laura tatsächlich auch schon gewälzt, doch das konnte sie Mansuetta gegenüber natürlich nicht zugeben; es wäre nur Wasser auf die Mühlen ihrer Schwester gewesen. Stattdessen folgte sie einer spontanen Eingebung, die ihr beim nächsten Blick in den Spiegel in den Sinn kam.

»Vielleicht mag ich einfach nur Zuane sehr gern.«

Sie spürte, wie sich Mansuettas entgeisterte Blicke in ihren Rücken bohrten. »Das kann nicht dein Ernst sein!«

»Warum denn nicht? Er sieht gut aus und ist der witzigste und unterhaltsamste Gesellschafter, den man sich vorstellen kann. Ich arbeite von früh bis spät, an sechs Tagen in der Woche, und hin und wieder brauche ich ein wenig Abwechslung im täglichen Einerlei. Zuane ist einer der nettesten Menschen, die ich je kennengelernt habe! Warum soll ich nicht mit ihm ausgehen? Zumal es völlig unverfänglich ist. Dem Anstand ist stets Genüge getan!«

»Sehr richtig«, warf Veronica ein. »Ich lasse die beiden niemals aus den Augen.«

Mansuetta beachtete sie nicht. »Er stammt aus völlig anderen Kreisen als du!«

»Das stimmt nicht«, mischte Veronica sich abermals ein. »Er ist kein Patrizier, denn seine Abstammung ist niedrig, weil er nicht ehelich geboren ist. Genau genommen ist Laura von edlerer Geburt als er.« Sie hustete, ohne mit dem Lächeln aufzuhören. »Einer Ehe stünde nichts im Wege. Zumal ich sah, wie er sie anblickt, wenn er sie hier abholt.« Schwärmerisch wandte sie die Blicke zur Decke. »Er betet den Boden an, über den sie geht!«

»Von Heirat kann gar keine Rede sein«, versicherte Laura eilig.

»Das wird sich bestimmt bald ändern, wenn du ihn noch ein paar Mal triffst«, sagte Veronica vergnügt. »Und warum auch nicht. Ich finde, ein Mädchen muss jede günstige Gelegenheit beim Schopfe fassen. Stell dir vor, er hält um dich an! Sein Vater ist Prokurator! Dann kannst du der schrecklichen Arcanzola lachend die Tür weisen, wenn sie das nächste Mal auftaucht!«

Sie strahlte Laura im Spiegel an. »Nimmst du mich mit, wenn du reich bist und in einem großen Haus wohnst? Du wirst eine Kammerzofe brauchen! Kammerzofe zu sein – das war schon immer mein Traum!«

»Natürlich«, sagte Laura zerstreut. Aus den Augenwinkeln beobachtete sie ihre Schwester.

Mansuetta hinkte mit frustrierter Miene von einer Kammer in die andere und wieder zurück, trotz ihrer Behinderung so ruhelos wie eh und je. Einmal stolperte sie über einen Griffel, den Matteo fallen gelassen hatte, ein weiteres Mal über eines seiner Bücher, und beide Male fluchte sie erbittert, wenn auch leise genug, um Matteo, den sie bereits zu Bett gebracht hatte, nicht aufzuwecken.

Laura sagte sich zum wiederholten Male, dass sie sich bald nach einem neuen Haus würde umschauen müssen, oder genauer: nach neuen Geschäftsräumen. Schon Crestina hatte davon gesprochen, dass sie besser und effektiver arbeiten könnten, wenn sie Wohn- und Wirtschaftsbereich völlig trennen würden. Am besten wäre ein Verkaufsraum mit direkt angeschlossener Offizin, wo nicht erst ein Umweg durch Wohnküche und Garten nötig war.

Lauter unsinniges Gerenne, das man sich sparen kann, hatte Crestina dazu gemeint. Als sie noch hier gewesen war, hatte sie bereits angefangen, sich nach passenden Räumlichkeiten umzutun.

Mittlerweile platzte das Haus aus allen Nähten. Crestina war zwar fortgegangen, aber dafür lebte jetzt Veronica bei ihnen. Laura teilte sich mit ihr eine Schlafkammer und war seither häufig übernächtigt, weil sie wegen Veronicas Husten oft schlecht schlafen konnte. Veronica selbst litt sehr unter der Situation und entschuldigte sich unausgesetzt dafür, doch natürlich konnte sie nichts dafür, weshalb ihr auch niemand Vorwürfe machte. Mansuetta schlief mit Matteo in einer Kammer, doch sie hatte bereits darüber gesprochen, dass sich dies bald ändern müsse. Schließlich sei er ein Knabe und werde in nicht allzu ferner Zukunft anfangen, männliche Gedanken zu hegen. Auf Lauras spöttische Nachfrage, welcher Art denn wohl solche männlichen Gedanken seien, hatte Mansuetta ihr nur einen bösen Blick von der Seite zugeworfen, woraufhin Laura es vorgezogen hatte, das Thema auf sich beruhen zu lassen.

Die dritte Kammer im Obergeschoss, ein winziges Gelass ohne Fenster, diente der Aufbewahrung ihrer Habe. Hier waren die Truhen verstaut, die in den Schlafkammern keinen Platz mehr fanden. Für eine ausreichend große Bettstatt war das Zimmer zu klein.

Auch die Offizin im Gartenschuppen war nicht groß genug für die stetig wachsende Herstellung, ganz zu schweigen davon, dass sie für die Zubereitung größerer Mengen Kräutermedizin immer noch die Küche benutzen musste, was wiederum das Alltagsleben beeinträchtigte, vor allem aber Matteos Unterricht. Dieser hätte zwar auch bei Isacco zu Hause stattfinden können, aber Isacco hatte beizeiten klargestellt, dass seine Mutter davon nicht sonderlich angetan wäre.

»Ich möchte gerne Geschäftsräume mit einem Lagerschuppen anmieten«, sagte Laura unvermittelt. »Und einen Gehilfen anstellen.«

Mansuetta blieb stehen und blickte sie verdutzt an. »Du möchtest *was*?«

»Wir könnten mehr verkaufen, wenn wir mehr herstellen würden, aber dazu brauchen wir eine Hilfskraft. Und hier wird es zu eng, als dass wir auf Dauer unter einem Dach wohnen und arbeiten könnten.«

Mansuetta wirkte bestürzt, und Laura begriff augenblicklich, welche Angst ihre Schwester umtrieb. Mansuetta fürchtete sich davor, überflüssig zu sein.

Mit einem Mal durchströmte sie eine tiefe Zärtlichkeit für Mansuetta, und sie fühlte sich von einem Beschützerdrang übermannt, den sie bisher in dieser Form nur für Matteo empfunden hatte, als er noch ganz klein gewesen war.

Sie schaute Mansuetta fest in die Augen. »Dann können wir für dich unten einen Schlafplatz herrichten, und du musst nicht mehr so häufig Treppen steigen.«

Mansuetta erwiderte ihren Blick, halb trotzig, halb unsicher. »Oh, also ich weiß nicht …« Dann nickte sie langsam. »Ja, wahrscheinlich hast du recht. Ich war noch nie sehr gut im Treppensteigen.« Sie holte Luft, dann meinte sie zögernd: »Wenn Mutter eines Tages wiederkommt, wäre sie bestimmt damit einverstanden.« Sie hielt inne, dann sprach sie langsam weiter, wie um sich selbst Mut zu machen. »Du bist noch jung, aber Mutter sagte immer, du bist weit für deine Jahre, und auf deinen Schultern sitzt ein kluger Kopf. Du wirst schon wissen, was du tust. Bestimmt wird sich alles zum Guten wenden.« Doch ihre Miene drückte Zweifel aus, während sie das sagte, und sie schüttelte den Kopf, als könne sie es selbst nicht so recht glauben. Sie wandte sich ab und ging nach nebenan in ihre und Matteos gemeinsame Schlafkammer.

»Fertig«, sagte Veronica. »Dieses Braun kleidet dich vortrefflich! Soll ich jetzt deine Haare machen?«

Laura nickte zögernd und setzte sich auf einen Schemel, damit Veronica sie frisieren konnte. Mit einem Mal war der Schwung, der sie vorhin noch beflügelt hatte, dahin. Düsterkeit bemächtigte sich ihrer, und sie dachte sorgenvoll an die Zukunft.

Der Klang der Fanfaren und Trommeln war an manchen Stellen der Piazza so laut, dass sie eine Weile brauchten, um im Gedränge der Zuschauer einen Platz zu finden, wo man nicht Gefahr lief, von der Musik taub zu werden. In buntem Auf und Ab wogte die Menge der kostümierten Karnevalsgänger über den Platz. Es blieb kaum eine ausreichend breite Gasse für den Aufzug der Triumphwagen, die einige der großen Scuole aufwändig ausgestattet hatten.

Zwischen Scharen von aufspielenden Musikern sah man in Seide gewandete Knaben mit goldenen Kandelabern. Sie schritten neben einem Wagen, auf dem sich eine Gruppierung tummelte, die ein politisches Bild darstellte: Eine blühend schöne Venezia in schimmernden Gewändern erhob sich, auf dem Markuslöwen reitend, über eine fette, hässliche, sich krümmende Europa. Aus der Allegorie sprach derselbe unbekümmerte Siegeswille, mit dem die Markusrepublik im Laufe ihrer Geschichte allen Bedrohungen von außen entgegengetreten war. Seit tausend Jahren gehörte den Venezianern nun ihre Lagune, und inmitten ihres Inselreichs hatte die Stadt sich als unverwundbar und siegreich erwiesen, ob mit Schwert oder Segel. Mochte sie auch Ländereien und Handelsanteile verloren haben – noch immer war die Serenissima in ihrer Herrlichkeit unerreicht.

Der Löwe war so täuschend echt nachgebildet und sein Gebrüll so beeindruckend, dass manche Kinder in der Menge verängstigt aufschrien, als der Wagen vorbeirollte. Auf einem anderen Wagen war eine Weltkugel mit ringsum leuchtenden Sternbildern befestigt, auf magisch anmutende Art schien sie in der Pracht ihrer Laternenillumination dort oben zu schweben, ohne dass auf Anhieb eine Halterung zu erkennen war.

Kostbar gekleidete Mohren führten schwer mit allerlei Schätzen beladene Kamele und Esel über das Pflaster. Männer mit Turbanen trugen in ihrem Gefolge überquellende silberne Füllhörner, Symbole für den unermesslichen Reichtum der Lagunenstadt, an dem sich das Volk heute ergötzen konnte. Hin und wieder griff einer der Kostümierten in ein Füllhorn und warf eine Handvoll Münzen in die Menge, worauf jedes Mal ein johlendes Gerangel einsetzte, bis alles Geld verteilt war und die Musik das Geschrei wieder mit Getöse übertönte.

Die Stimmung an diesem Karnevalsmontag hätte nicht besser sein können. Das Wetter spielte ebenfalls mit; es hatte den Venezianern einen Hauch von Frühling beschert, und der laue Wind, der von Süden über das Meer in die Lagune kam, schien nichts weiter zu sein als der Vorbote reinsten Glücks. Es war Karneval, und es wurde Frühling. Die Menschen wollten nicht glauben, dass die Löwenrepublik am Vorabend eines großen Krieges stand.

»Gefällt es dir?«, rief Zuane Laura zu.

»Es ist herrlich!«, schrie sie zurück.

Sie standen unweit des Campanile in unmittelbarer Nähe des Festzuges. Später wollten sie auf der Barke der Familie Querini über den Canal Grande rudern, quer durch die festlich erleuchtete Stadt.

Begeistert legte Laura den Kopf in den Nacken, als über dem Meer die ersten Kaskaden eines farbigen Feuerwerks erstrahlten. Die Explosionen übertönten donnernd die Musik und hinterließen am Ort ihrer Zündung übel riechende Schwaden, doch das Entzücken über die leuchtende Pracht am Himmel war durch nichts zu beeinträchtigen.

»Sieh nur, ist das nicht wundervoll?«, rief Laura aus.

»Ja, das ist es!«, stimmte Zuane zu.

Laura lachte ihn glücklich an. Wen kümmerte schon der Krieg, von dem alle redeten und von dem niemand genau sagen konnte, warum er nun eigentlich stattfand, außer aus dem einen Grund, dass die Herrscher Europas der Serenissima ihren Reichtum und ihre Macht neideten.

»Hast du Hunger?«, fragte Zuane.

Laura nickte, ohne zu zögern. Sie hatte *immer* Hunger, was, wie sie wusste, für Zuane ein Quell sanfter Belustigung war. Oft kaufte er ihr Pasteten und Kuchenstücke, mit denen er sie fütterte wie ein bedürftiges Schoßtier, doch sie ließ es sich gerne gefallen. Essen, erst recht schmackhaftes Essen, war für sie immer noch viel zu elementar, als dass sie auch nur einen guten Bissen ausgeschlagen hätte.

Er ging ein paar Schritte zur Seite, zu einem Stand, an dem heißes Mandelgebäck verkauft wurde, und er kam mit einer fetttriefenden, zuckrigen Köstlichkeit zurück, bei deren Anblick Laura das Wasser im Mund zusammenlief.

»Danke!« Sie strahlte ihn an und aß den kleinen Marzipankuchen auf, bewusst langsam, damit es nicht allzu gierig wirkte.

Er grinste und holte ihr einen zweiten, den sie mit derselben Lust verzehrte und dabei schon daran dachte, was sie wohl als Nächstes essen könnte. Früher am Abend hatte sie bereits eine Hühnerkeule verspeist und sich dabei an einen anderen Karnevalstag vor etlichen Jahren erinnert. Die Ängste von damals waren sofort wieder präsent gewesen, und sie meinte sogar, die scheußliche, trunkene Gier des Mannes riechen zu können, den Carlo damals im letzten Moment niedergestochen hatte.

Sie hatte jedoch rasch alle Gedanken an früher verdrängt und sich nur auf den Augenblick konzentriert, indem sie sich bewusst machte, wie wunderbar es doch war, einen Begleiter wie Zuane zu haben. Ein Mädchen konnte sich keinen netteren Verehrer wünschen. Er war ständig um ihr Wohl besorgt und umwarb sie nicht nur mit kleinen Leckereien, sondern auch mit Komplimenten und anderen Galanterien, die ihr das Gefühl gaben, die begehrenswerteste Frau weit und breit zu sein. Standesunterschiede spielten keine Rolle, sie waren einander als freie Bürger ebenbürtig. Er war reicher als sie, doch das war auch schon alles, was zwischen ihnen stehen konnte, denn durch seine uneheliche Geburt war er wie sie ein Kind des Volkes. Sie hatten im Verlaufe ihrer Ausflüge und Spaziergänge rasch zum vertraulichen *Du* gefunden. Zweimal hatte Zuane sie nach seinem Geburtstagsfest bereits zu sich nach Hause eingeladen, und beide Male hatte sein Vater sie freundlich behandelt. Eugenia, Zuanes Tante, war weniger zuvorkommend gewesen; nach der Begrüßung war sie jedes Mal rasch wieder in ihren Gemächern verschwunden. Zuane hatte jedoch erklärt, dass sie eine gewisse Anlaufzeit brauche, um sich Menschen gegenüber aufgeschlossen zu zeigen.

»Tante Eugenia war viele Jahre im Kloster und kam erst nach Angelicas Tod wieder nach Hause. Vater wollte gern, dass eine Frau den Haushalt führt, und für die Stellung der ersten Dame der Familie eignete sich niemand besser als seine Schwester. Der Patriarch hat ihr auf Vaters Antrag den Dispens gewährt, und so konnte sie den Schleier niederlegen. Das Klosterleben ist sehr eintönig; die Frauen bleiben immer unter sich. Tante Eugenia wird sich erst wieder daran gewöhnen müssen, ein normales Leben in Freiheit zu führen.«

»Sind denn Nonnen nicht frei?«

»Sie dürfen in jüngster Zeit nur selten das Kloster verlassen, und künftig gar nicht mehr. In Kürze wird ein Gesetz ergehen, das eine endgültige und strikte Klausur für alle Nonnen vorsieht. Dem wollte Vater zuvorkommen.«

»Du meinst, die Nonnen dürfen dann *nie* mehr hinaus?«

»Ganz recht. Sie müssen für immer hinter Klostermauern bleiben und dürfen keinen Kontakt mehr nach außen haben. Die Vorschriften werden noch beraten, aber länger als ein paar Monate kann es nicht mehr dauern.«

Laura betete seither täglich voller Inbrunst dafür, dass die neuen Gesetze rechtzeitig kamen, um Suor Arcanzola für immer am Verlassen ihres Klosters zu hindern.

Das Feuerwerk ging mit wild sprühendem Farbenregen und dem Geknatter explodierenden Pulvers zu Ende. Laura hängte sich bei Zuane ein, und gemeinsam schoben sie sich durch das Gedränge zur Mole, wo sein Boot vertäut lag. Veronica folgte ihnen im Abstand von wenigen Schritten, gemeinsam mit Zuanes Freund Tiziano, der an diesem Abend ebenfalls mit von der Partie war. Laura kam es so vor, als hätte der junge Maler Gefallen an ihrer Magd gefunden, und sie war der Meinung, dass dagegen nichts einzuwenden sei. Veronica wurde wie sie selbst in diesem Jahr siebzehn und war damit in einem Alter, in dem die meisten Frauen heirateten. Sie hatte bisher kein leichtes Leben gehabt, ganz abgesehen von dem hartnäckigen Husten, der sie ständig plagte. Ein wenig Vergnügen konnte ihr nur guttun, vorausgesetzt, sie beging nicht denselben Fehler wie ihre Herrin und wurde in einem unbeherrschten Augenblick Opfer ihrer eigenen Begierde.

Sie stiegen in Zuanes Gondel, und während Veronica sich kichernd von Tiziano in den Schutz der Felze ziehen ließ, nahmen Laura und Zuane auf der anderen Bank Platz, wo kein Verdeck den Ausblick auf die von Fackeln erhellten Ufer behinderte. Laura genoss Zuanes bewundernde Blicke; sie war froh, dass sie sich zum Karneval noch ein neues Kleid gekauft hatte. Eine Zeit lang hatte sie deswegen gezaudert; nicht wegen der Ausgabe – es war aus minderwertiger Seide und hatte nicht viel gekostet –, sondern weil es so freizügig geschnitten war. Es ließ ihre Schultern unbedeckt, und auch ein für ihre eigenen Begriffe unziemlich großer Teil ihres Busens blieb wegen des weiten Ausschnitts dem Betrachter nicht verborgen. Doch es war Karneval, und sie würde es nur zu den Festaufzügen und während der Feiern tragen, danach gewiss nicht mehr. Sobald ehrbare Personen ihren Weg kreuzten, hatte sie auch noch ihre Stola, die sie locker um die Taille geschlungen hatte und mit einer einzigen raschen Bewegung über Brust, Schultern und das offen herabhängende Haar drapieren konnte.

An diesem Abend aber wollte sie nichts weiter als hübsch sein. Sie hatte zunächst sogar, Gipfel der Verruchtheit, Schminke aufgetragen. Ein bisschen Bleiweiß und Wangenrot, und rund um die Augen eine Spur von Khol. Anschließend hatte sie sich im Spiegel angeschaut und dann, bevor jemand sie so sehen konnte, alles rasch wieder abgewaschen, bis ihr eigenes Gesicht wieder zum Vorschein gekommen war – infolge der fehlgeschlagenen Prozedur um einiges rosiger und frischer als zuvor. Zum Ausgleich für die misslungene Verschönerung hatte sie einige Tropfen Fliederöl in ihr Haar geträufelt.

»Du riechst wie ein blühender Strauch«, hatte Mansuetta missfällig gemeint, als Laura, züchtig bedeckt von ihrer Stola, zur Haustür ging. Der Moment war an Peinlichkeit nicht zu überbieten, zumal Zuane bereits vorn an der Tür auf sie wartete, mit seinem Diener Bartolomeo im Gefolge, der sich wie immer diskret im Hintergrund hielt.

An Zuane gewandt hatte Mansuetta mit sardonischem Lächeln hinzugefügt: »Achtet mir nur darauf, dass ihr keinen dieser duftenden Zweige knickt, Messèr Querini!«

Dann war zum Glück der Fischhändler Giovanni aufgetaucht, mit dem Mansuetta schon am Giovedì grasso ausgegangen war. Er hatte sie und Matteo zu einem abendlichen Bummel abgeholt und damit Laura vor weiteren Bloßstellungen gerettet.

Die Gondel glitt vom Bacino di San Marco in die Einmündung des Canal Grande, und bald gerieten die Lichter von San Giorgio und der Giudecca außer Sicht.

Wie gebannt beobachtete Laura das Karnevalsspektakel, das sich ihren Blicken darbot. Zu beiden Seiten des Kanals war die Nacht von Fackeln erhellt, die das Treiben der kostümierten Menschen zu Lande und Wasser in malerisches Licht hüllten. Beinahe märchenhaft wirkte die Kulisse der Palazzi, vor deren girlandengeschmückten Fassaden sich die Feiernden ein ausgelassenes Stelldichein gaben. In den Säulengängen und auf den Loggien der vornehmen Häuser tanzten und sangen die Leute ebenso wie in den Salizade, die von den Kais in das verschachtelte Gewirr aus Gassen und Brücken hinter die Reihen der Prachtbauten führten. Von überallher ertönte Musik. Hier wurde auf einem Balkon die Laute geschlagen, dort auf einem der vielen Boote ins Horn gestoßen, an anderer Stelle auf der Fondamenta ein ohrenbetäubendes Schellengerassel und Getrommel aufgeführt, zu dem die Leute, wie Puppen an Schnüren, im Takt Beine und Arme hochwarfen und entfesselt die Moresca tanzten.

Laura lachte begeistert auf. Sie klatschte in die Hände und spürte, wie es in ihren Füßen zuckte; sie wäre am liebsten aufgesprungen und hätte mitgetanzt. Sie stellte sich das Tanzen ähnlich vor wie das Rennen über ein freies Feld, vielleicht sogar wie das Räderschlagen oder das Springen vom höher gelegenen Ast eines Baums, lauter Freiheiten, die ihr den ganzen Winter über verwehrt geblieben waren.

»Ich freue mich, dass du glücklich bist!«, rief Zuane strahlend aus. »Es gibt nichts Schöneres, als dich lachen zu sehen!« Seine Augen funkelten vor Vergnügen, als er sich vorbeugte, um sie auf die Wange zu küssen. »Verzeih, aber das musste ich tun! Du siehst so entzückend aus!« Er legte den Arm um ihre Schultern und drückte sie an sich.

Sie fand nicht, dass er sich ungebührlich benahm. Auf den Booten ringsumher spielten sich ganz andere Vertraulichkeiten ab. Jedermann konnte es sehen, und niemand nahm daran Anstoß.

Eine Gondel trieb in ein paar Schritten Entfernung vorüber und versperrte die Sicht auf die Tanzenden, und Lauras Füße, die in einer Art Eigenleben den Takt auf das Holz der Planken geschlagen hatten, erstarrten mitten in der Bewegung. Mit offenem Mund blickte sie zu dem Boot hinüber.

Antonio saß in der Gondel, und er war nicht allein. Neben ihm in der Felze saß eine Frau, deren Hände er hielt. Er neigte den Kopf zu ihr, als wolle er sie küssen. Stattdessen schaute er auf, als hätte ihn etwas irritiert, ohne dass er wusste, worum es sich handelte. Dann trafen sich seine und Lauras Blicke, und er ließ die Hände seiner Begleiterin los. Bevor die Gondel vollends vorbeitrieb, konnte Laura noch das Gesicht der Frau sehen. Es war Valeria.

»Laura!« Seine Stimme übertönte den allseitigen Lärm der Musik und der singenden, lachenden Menschen so deutlich, als hätte er ihr direkt ins Ohr gebrüllt. »Laura, zum Teufel!«

»Hat da jemand deinen Namen gerufen?«, fragte Zuane.

»Oh, nein, das ist gewiss ein Missverständnis«, stammelte Laura.

»Wirklich? Mir schien …«

Sie fiel ihm ins Wort. »Nein, das war ein Irrtum, ganz sicher.« Ihr war mit einem Mal speiübel. Er war längst zurück und feierte Karneval! Mit Valeria! Während sie sich wochenlang nach einer Botschaft von ihm verzehrte und bereits geglaubt hatte, ungarische Räuber hätten ihn getötet, ließ er es sich in Venedig gut gehen!

»Was ist mit dir?«, fragte Zuane besorgt. Er nahm ihre Hand und schaute ihr prüfend ins Gesicht. »Du bist kreidebleich! Vorhin warst du doch noch bester Laune. Was ist geschehen?«

»Ich fürchte, mir ist schlecht.« Das war nichts weiter als die Wahrheit. Viel fehlte nicht, und sie hätte sich übergeben. Er hatte so gut ausgesehen! So groß und stark wie immer. Das Gesicht unter dem federverzierten Barett entspannt und freundlich, er hatte sogar gelächelt. Er hatte *Valeria* angelächelt!

»Kann es der Kuchen gewesen sein?«

»Was?« Irritiert blickte Laura zu Zuane auf, der sich über sie beugte und ihr das Haar aus der Stirn strich. »Ja, bestimmt«, fuhr sie rasch fort, als sie begriff, was er meinte. »Es war ganz sicher der Kuchen. Wahrscheinlich war er verdorben. Oder ich habe zu schnell gegessen.« Sie machte eine Handbewegung über das Wasser hin. »Am besten, ihr bringt mich rasch zurück nach Hause.«

Veronica beugte sich aus der Felze ins Freie. Ihr sonst so bleiches Gesicht war auf kleidsame Weise gerötet. »Bist du krank?«, fragte sie mit sichtlicher Enttäuschung.

»Ein paar Stunden Ruhe werden das in Ordnung bringen«, sagte Laura. Sie schaute in die Richtung, in der die Gondel mit

Antonio und Valeria verschwunden war, doch natürlich war in dem Gewimmel, das auf dem Wasser herrschte, nichts mehr von dem Boot zu sehen.

Zuane brachte sie nur widerwillig nach Hause; der Spaß am Feiern sei ihm verdorben, meinte er. Tiziano und Veronica konnten ihn kaum davon überzeugen, dass sein Vorhaben, bei Laura Krankenwache zu halten, unschicklich sei.

»Es widerstrebt mir, dich mit diesem Unwohlsein alleinzulassen«, erklärte Zuane kategorisch.

»Vielleicht möchte ich aber lieber allein sein.«

»Nun, ich denke, dass ...« Er brach ab, denn Bartolomeo zog ihn zu sich auf die benachbarte Bank und flüsterte ihm etwas ins Ohr, worauf Zuane peinlich berührt nickte.

»Was Bartolomeo ihm wohl gesagt hat?«, fragte Veronica leise und hinter vorgehaltener Hand, während sie den frei gewordenen Platz neben Laura belegte.

»Wahrscheinlich, dass er mich verdammt noch mal in Ruhe scheißen lassen soll«, gab Laura geistesabwesend zurück.

»Wie kannst du nur solche Worte verwenden?«, fragte Veronica pikiert. »Das ist mir schon öfter aufgefallen! Du kommst doch aus ehrbarem Hause, und im Waisenhaus herrschte auch immer Zucht in diesen Dingen. Nie fiel dort ein ordinäres Wort, nicht einmal aus dem Munde von Monna Paulina!«

»Es ist mir nur so rausgerutscht.« Laura sagte es in einem Tonfall, der klarmachte, dass sie nicht darüber reden wollte. Noch immer wusste niemand in ihrem Umfeld, dass sie über ein halbes Jahr lang gestohlen hatte wie der übelste Verbrecher und dass sie mit einer Hure und anderen Dieben auf engstem Raum in einer Kammer geschlafen hatte, in einem Haus, in dem Säufer, Freier und sicherlich auch Mörder täglich ein und aus gingen. Flüche und ordinäre Reden waren dort noch das geringste Übel gewesen. Dergleichen hatte zum Alltag gehört wie die Luft zum Atmen.

Stumm saß sie neben Veronica in der Gondel, die Hände im Schoß verkrampft und von dem Bedürfnis durchdrungen, sich irgendwo zu verkriechen. Das Karnevalsgetümmel, an dem sie eben noch ihren Spaß gehabt hatte, erschien ihr jetzt eitel und überflüssig. Jedes Gelächter empfand sie als Belästigung, die Musik als unerträglichen Lärm.

Am Rialto war das Gedränge rund um die Brücke und an den Kais unbeschreiblich, doch ihr Bootsführer fand nach einigem Gefluche und ein paar beherzten Stößen mit dem Ruder einen Anlegeplatz. Zuane brachte Laura zur Apotheke, während Veronica, Tiziano und Bartolomeo im Boot warteten.

»Ich lasse dich nur ungern allein, mein armes Mädchen!«, sagte Zuane, nachdem er Laura bis zur Tür begleitet hatte.

»Keine Sorge. Es wird bestimmt kaum eine Stunde dauern, bis Mansuetta zurück ist. Matteo muss ja irgendwann ins Bett.«

Zuane gab ihr zum Abschied einen Kuss auf die Stirn, und dann nahm er sich zum ersten Mal die Kühnheit heraus, sie zu umarmen. Sie spürte sein Zittern und erinnerte sich daran, dass auch Antonio gezittert hatte, als er sie zum ersten Mal in die Arme genommen hatte. Ob Männer immer zitterten, wenn sie erregt waren? Was sie selbst betraf, so spürte sie, anders als bei Antonio, keinerlei Zittern und schon gar keine Erregung, eher Besorgnis und leise Scham. Es war, als hätte sie ein Versprechen gegeben, dass sie nicht halten wollte.

Er wollte sie auf den Mund küssen, doch sie wandte den Kopf ab und legte die Hand auf den Türgriff. »Ich muss jetzt hinein«, sagte sie leise.

»Oh, natürlich«, stieß er hervor. Er trat zwei Schritte zurück und stolperte dabei über seine eigenen Füße. »Verzeih mir, ich bin zu weit gegangen!«

Dieselben Worte hatte Laura damals auch von Antonio gehört, doch heute riefen sie keinerlei Ärger in ihr wach, höchstens Erleichterung.

»Das macht doch nichts«, sagte sie freundlich. »Vielen Dank für den wundervollen Abend.«

»Wir können ja morgen weiterfeiern!« Zuane blickte sie

eifrig an. »Den letzten Karnevalstag lassen wir uns nicht verderben, oder?«

»Ich weiß nicht … Mansuetta …«

»Die wird sicher wieder mit Giovanni ausgehen, mein Wort darauf.« Er schluckte und betrachtete sie eindringlich. »Laura, ich wollte es dir schon längst gesagt haben … Du bist ein wunderbarer Mensch. Du bedeutest mir viel. Es … klingt vielleicht in deinen Ohren dumm, wenn ich das so sage, aber … Du bist mir von allen meinen Freunden am wichtigsten.«

»Du bist mir auch wichtig, Zuane.« Sie sagte es aus ehrlicher Überzeugung heraus, wenn auch mit leiser Ungeduld. Sie wünschte, sie wäre schon im Haus, um allein über alles nachdenken zu können. »Ich freue mich immer, wenn ich mit dir zusammen sein kann.«

»Gut, dann ist es ausgemacht. Ich hole dich morgen ab, um dieselbe Zeit.« Er streckte die Hand aus, als wolle er sie festhalten. »Gute Nacht, Laura.«

»Gute Nacht.« Rasch und mit gesenktem Kopf kramte sie den Schlüssel aus ihrem Beutel und öffnete die Tür. Sie winkte Zuane flüchtig zu, dann huschte sie ins Haus, bevor er noch etwas sagen konnte. Eilig schob sie den Riegel vor und lehnte sich aufatmend von innen gegen die Tür. So blieb sie stehen, für eine Minute, vielleicht auch für zwei, aber keiner ihrer Gedanken galt Zuane. Ihre gesamten Überlegungen kreisten nur darum, dass Antonio wieder in Venedig war.

Auf der Ladentheke brannte eine Stundenkerze, die mit einem Mal wie unter einem Luftzug flackerte, obwohl sie in einem Glas stand. Laura erschauderte, und als es im selben Moment an die Tür klopfte, spürte sie, wie ihr Herzschlag sich beschleunigte.

Sie sagte sich, es müsse Zuane sein, der ihr noch etwas sagen wollte. Oder Mansuetta, die mit Matteo zurückkam. Doch gleichzeitig wusste sie, dass es ein anderer war, der dort klopfte. Sie drehte sich um und schob mit zitternden Händen den Riegel zurück. O ja, sie hatte bei ihm gezittert, damals am Strand, aber bestimmt nicht deshalb, weil ihr kalt gewesen wäre. Und jetzt zitterte sie wieder, obwohl ihr heiß war. Sie zögerte einen Moment beim Öffnen der Tür, doch dann wurde ihr die Entscheidung aus der Hand genommen. Von außen wurde kräftig dagegengedrückt, und sie konnte gerade noch einen Schritt zurückspringen, bevor die Tür krachend gegen die Wand flog.

Er machte zwei große Schritte in den Ladenraum hinein und drückte die Tür hinter sich zu. Laura wich zurück und stieß mit dem Rücken gegen die Theke. Die Stundenkerze flackerte erneut, brannte dann aber stetig weiter.

»Antonio!«, stammelte sie.

»Sieh an«, höhnte er. »Du kennst ja sogar noch meinen Namen!«

Er stand so dicht vor ihr, dass kaum eine Hand zwischen sie gepasst hätte. Und ganz offensichtlich siedete er vor Zorn. »Wie kommst du dazu, dich mit diesem Schnösel herumzutreiben?«, schrie er sie an.

Laura fuhr eingeschüchtert zusammen. Er ragte überlebensgroß vor ihr auf, die Schultern unter dem Umhang so breit, dass seine Gestalt ihr gesamtes Blickfeld ausfüllte.

Er packte sie bei den Oberarmen und schüttelte sie. »Konntest du nicht warten? Musstest du dir sofort einen anderen suchen?« Er drückte sie gegen die Theke und umschlang sie so heftig, dass ihr die Luft wegblieb. »Wie ist es mit ihm? Besser als mit mir? Küsst er dich, so wie ich dich geküsst habe?« Grob nahm sein Mund den ihren in Besitz, und er küsste sie, bis sie sicher war, ersticken zu müssen. Gleichzeitig entzündete dieser Kuss einen Funken in ihrem Inneren, aus dem binnen Augenblicken eine lodernde Flamme schlug, die ihr Inneres zu verbrennen drohte. Er biss in ihre Lippe und küsste sie erneut, diesmal sanfter, und das Feuer breitete sich in ihrem Leib aus.

»Macht er es dir so?« Er griff nach ihrer Brust und drückte sie, jedoch nicht sanft, sondern so, dass es wehtat.

Sie bekam es mit der Angst, doch ihre Wut war weit stärker. Immer noch erhitzt von ihrer Erregung, trat sie ihn gegen das

Schienbein. »Das musst *du* gerade sagen!«, rief sie aus. »Du sitzt mit Valeria turtelnd in der Gondel und feierst Karneval, während ich dich für verschollen halte!« Sie schüttelte den Kopf, bis ihre Locken flogen. »Aber warum sollte ich mich auch dafür interessieren, schließlich war ich nur eine Laune des Augenblicks für dich! Ein Ausrutscher in der Hitze des Gefechts, schnell vorbei und noch schneller bereut!«

»Was sagst du da? Ich bin heute erst zurückgekommen und wollte gerade zu dir! Und dann sehe ich dich mit diesem …« Er brach ab, als sie ihn abermals trat, und als sie dazu überging, mit beiden Fäusten gegen seine Brust zu trommeln, fing er kurzerhand ihre Hände ein und hielt sie fest.

Erzürnt funkelte sie ihn von unten herauf an. »Wie konntest du so lange fortbleiben, ohne mir Nachricht zu geben! Ich habe gedacht, dass du tot bist!«

»Ich schrieb dir doch, wie lange ich weg sein würde! Gut, es hat länger gedauert, wir sind in Ungarn schlecht vorangekommen, weil dort die Pest umging, und als wir endlich hier waren, mussten wir wegen der verfluchten Krankheit eine Woche vor der Vigna murata in Quarantäne liegen …«

»Die Pest?«, fragte sie erschrocken.

»An Bord war niemand mehr krank, es war reine Vorsicht, die üblichen Vorschriften der *Provveditori sopra la sanità*.«

Laura holte tief Luft. Zu hören, dass er dem Schreckgespenst der Pest ausgeliefert gewesen war, versetzte sie in Furcht.

»Was stand noch in dem Brief?«, wollte sie wissen.

»Ich schrieb dir, dass ich …« Er hielt inne und schaute misstrauisch auf sie nieder, ohne sie loszulassen. »Du hast ihn doch gelesen, oder?«

»Nein, denn ich habe ihn nie bekommen.«

»Ich gab ihn Mansuetta, am Tage meiner Abreise!«

»Oh«, sagte sie. Es war gut, dass er sie festhielt, sonst wäre sie sicherlich in den Knien eingeknickt.

»Sie hat ihn dir nicht ausgehändigt«, stellte er fest.

Laura schüttelte den Kopf. Sie hatte die Lider gesenkt. Ihr

Herz klopfte so stürmisch, dass sie es bis in die Kehle spürte. Er hatte ihr geschrieben!

»Was stand in dem Brief?«, fragte sie abermals.

»Das ist nicht wichtig.«

»Ich werde ihn sowieso lesen. Mansuetta hat ihn bestimmt noch!«

»Diesem Weib drehe ich den Hals um«, verkündete er grollend.

»Sie hat es bestimmt nur gut gemeint.« Lauras Widerspruch kam nur halbherzig. Sie war mindestens so wütend auf Mansuetta wie er.

»Was hast du mit Querinis Bastard zu schaffen?«, fragte Antonio. Sein Tonfall klang immer noch bedrohlich.

»Woher kennst du Zuane?«, fragte Laura verdattert.

»Valeria hat mir vorhin gesagt, wer er ist. Vermutlich gibt es keinen Mann in Venedig, den sie nicht kennt.«

»Du meinst, sie und er …« Der Rest blieb unausgesprochen.

»Keine Ahnung«, räumte Antonio ein. Er holte tief Luft und nieste stoßartig. Gleich darauf folgte ein weiteres Niesen, das diesmal wie Donnerhall klang. Die Gefäße auf der Theke klirrten leise, und Laura fühlte sich unversehens in einen feuchten Sprühnebel gehüllt.

Antonio ließ sie los und trat einen Schritt zurück. »Verdammt«, sagte er.

Laura unterdrückte ein Kichern. Das war einer der Unterschiede zwischen Zuane und ihm. Zuane hätte *Verzeih* gesagt, Antonio wählte ganz selbstverständlich das in seinen Ohren passender klingende *Verdammt*.

»Was hattest du mit dem Kerl?«

»Mit Zuane war nichts. Er ist nur ein guter Freund, nichts weiter.« Aufbegehrend fügte sie hinzu: »Ich habe mich einsam gefühlt, und er war nett zu mir.«

»Wie nett?« Es klang immer noch zornig, aber nicht mehr ganz so erbost wie vorher.

»Das Netteste war ein brüderlicher Kuss auf die Stirn. Wir waren noch nie allein.«

Er nieste abermals und bückte sich gleichzeitig, um sein Bein an der Stelle zu reiben, wo sie ihn getreten hatte, doch Laura ließ sich dadurch nicht von der wichtigsten aller unbeantworteten Fragen ablenken.

»Wieso fährst du mit Valeria in der Gondel spazieren?«

»Weil sie eine …«, er nieste heftig, »… alte Freundin ist.«

»Und du und sie, ihr beide …«

»Es gibt kein *Ihr beide.* Auf dem Weg zu dir sah ich sie zufällig und stieg zu ihr in die Gondel, um mich mit ihr zu unterhalten, das war alles. Wir haben jahrelang zusammen in einer Kammer gehaust, warum also sollte ich so tun, als würde ich sie nicht kennen?«

»Worüber habt ihr geredet?«

»Über dies und das. Sie hatte Angst und brauchte in ihrer Mutlosigkeit und ihrem Kummer jemanden, mit dem sie sprechen konnte.« Bevor Laura ihn unterbrechen konnte, setzte er hinzu: »Wie immer ging es um Ärger mit ihrem Gönner.«

Laura wollte das genauer hinterfragen, doch die Worte erstarben ihr auf den Lippen, als er auf sie zutrat, bis er wieder ebenso dicht vor ihr stand wie vorhin. Seine Augen hatten angefangen zu triefen, und er wischte sie ungeduldig mit dem Ärmel ab. »Ich hasse diesen Laden«, erklärte er. »Hier drin steckt so eine Art Hexenzauber gegen Eindringlinge wie mich.«

»Das ist Unsinn«, sagte sie schwach.

»Mag sein. Komm.« Er nahm ihre Hand und zog sie mit sich zur Tür.

Nicht einmal für den Bruchteil eines Augenblicks kam sie auf den Gedanken, sich ihm zu widersetzen. Ihr Mund fühlte sich trocken an, und das Herz hämmerte ihr in der Brust, bis sie sicher war, er müsse es hören können. An den Schläfen und in den Handflächen brach ihr der Schweiß aus, und sie konnte kaum noch klar denken. Immerhin war ihr noch gegenwärtig, dass sie sich schon einmal in der gleichen Situation befunden hatte. Auch damals hatte es mit einem Niesen angefangen; dann hatte er sie überredet, ihm zu folgen, und anschließend war eins zum anderen gekommen. Doch all das schien völlig bedeutungslos zu sein, zumal sie sich mit einem Mal auch wieder intensiv daran erinnerte, wie es war, von ihm genommen zu werden. Es hatte wehgetan, doch das hatte sie nicht gekümmert, weil er nicht nur ihren Körper besessen hatte, sondern auch ihre Seele. Auf magische Weise war sie völlig eins mit ihm gewesen, und jetzt, in diesem Moment, wäre sie dafür gestorben, es noch einmal erleben zu dürfen.

Er hielt ihre Hand umfasst und zog sie hinter sich her. Nach kurzer Zeit schien ihm aufzufallen, dass er zu schnell für sie war, und er passte seine Schritte den ihren an.

Das erste Stück des Weges legten sie schweigend zurück. Laura versuchte, ihren fliegenden Atem zu dämpfen und auch sonst einen möglichst gelassenen Eindruck zu machen. Das erforderte ihre gesamte Konzentration, denn sie war so außer sich, dass sie davon überzeugt war, jeder, der ihnen entgegenkam, müsse ihr ansehen können, was ihr durch den Kopf ging.

Sie glaubte zunächst, er wolle mit ihr zu dem Strandstück gehen, wo sie immer als Kinder gespielt hatten und wo sie auch beim letzten Mal gewesen waren, doch am Ende der Gasse schlug er eine andere Richtung ein.

»Wo gehen wir hin?«, fragte sie.

»Zu meiner Wohnung.«

Es hätte kaum klarer sein können, worauf das hinauslief, und augenblicklich beschleunigten sich Lauras Pulse abermals auf eine Weise, die sie ernsthaft um ihre Gesundheit fürchten ließ.

»Lebst du allein?«, wollte sie wissen. Hässliche Bilder schossen ihr durch den Kopf, und auf allen meinte sie zu sehen, wie er scharenweise Frauen in seiner Wohnung empfing.

»Nein, ich habe zwei Wohngenossen, Raffaele und Ippolito. Aber sie sind beide nicht zu Hause, und sie kommen auch gewiss nicht vor morgen heim. Außerdem habe ich ein Zimmer für mich allein.«

»Raffaele – ist das nicht der Theaterbesitzer, für den du früher gearbeitet hast?«

Antonio nickte und lächelte flüchtig. »Jetzt arbeitet er für mich.«

Das erschien Laura wie eine wundersame Wendung, doch als sie kurz darüber nachdachte, kam sie darauf, dass es ihr selbst nicht viel anders ergangen war. Sie war als unbedarftes, dummes Kind zu Crestina gekommen. Nicht einmal auf die üblichen Frauenarbeiten wie Kochen oder Nähen hatte sie sich verstanden, denn ihre Mutter hatte ihr nichts dergleichen beigebracht, weil sie davon selbst keine Ahnung gehabt hatte.

Das Einzige, was sie damals wirklich gut gekonnt hatte, war Stehlen. Dennoch hatte sie es geschafft, innerhalb weniger Jahre zu einer fähigen Apothekerin zu werden, und am Ende hatte sie mit ihrer Hände Arbeit einen ganzen Haushalt ernährt. Ob der Lebensabschnitt, den sie so gern vergessen wollte, vielleicht doch in manchen Belangen eine gute Schule gewesen war?

»Woran denkst du?«, fragte Antonio.

Sie sagte es ihm, und er nickte langsam. »Darüber habe ich mir auch schon oft Gedanken gemacht, und ich glaube, es hängt tatsächlich damit zusammen. Ich habe dieses wilde Leben damals länger geführt als du, und ich *weiß*, dass es mich auf bestimmte Art zu dem gemacht hat, was ich heute bin. Auf der anderen Seite hätte ich mich nicht so entwickeln können, hätte ich nicht davor die Zeit mit meinen Eltern gehabt. Sie haben mich gelehrt, wie es ist, wenn man sich um jemanden kümmert und für andere die Verantwortung übernimmt.« Er verstummte, dann fuhr er leise fort: »Ich habe sie sehr geliebt, und sie uns Kinder auch, mich und Cecilia.«

Er hatte noch nicht oft von seiner früh verstorbenen Schwester gesprochen; das meiste wusste sie aus Erzählungen von Carlo oder Valeria. Es drängte sie spontan, ihn danach zu fragen, denn dies war etwas, das sie gemeinsam hatten: den Verlust. Sie beide hatten Menschen begraben und beweint. Und danach irgendwie weitergemacht.

»Wie war sie?«, fragte sie. »Deine kleine Schwester?«

Sie sah, wie er schluckte. »Sie war alles, was ich hatte«, sagte er schlicht.

Sie verstand ihn so vollkommen, dass sie seinen Schmerz und seine Trauer bis in ihr Innerstes spürte. Allein die Vorstellung, Matteo zu verlieren, rief Entsetzen in ihr hervor.

Hastig wechselte sie das Thema. »Wie war es in Ungarn?«

»Kalt«, meinte er lakonisch.

»Und sonst?«

»Ach, es war eher langweilig.«

»Es kann nicht nur kalt und langweilig gewesen sein!«, versetzte sie mit leichtem Ärger.

»Das stimmt. Es war außerdem auch ziemlich windig, und es hat geschneit und geregnet. Ein oder zwei Mal sahen wir sogar die Sonne.«

Sie knuffte ihn mit der freien Hand, aber nicht allzu fest. Er lachte. »Ich will jetzt nicht über Ungarn reden.«

»Worüber denn?«

Er blieb stehen und zog sie an sich. »Wie wär's mit einem Kuss?«

Sie waren nicht allein. Menschen strömten durch die Gassen und belagerten die Brücken, und die kleineren Kanäle waren gesteckt voll mit Booten, auf denen gezecht und gesungen wurde. Auf einem vorspringenden Basrelief, das keine zwanzig Schritte von ihnen entfernt eine Fassade schmückte, hockte ein grölender Maskenträger. Er hielt sich an einem Geländer fest und prostete ihnen mit überschwappender Flasche zu.

Laura war es indessen herzlich gleichgültig, dass sie beobachtet wurden. Niemand fragte am Karnevalsmontag danach, ob es sich schickte, wenn ein junges Paar sich in der Öffentlichkeit küsste. Unbekümmert hob sie Antonio ihr Gesicht entgegen, und als sein Mund den ihren verschlang, entzündete sich an seiner Leidenschaft augenblicklich auch ihre eigene Begierde. Er drängte sich an sie, schlug seinen Umhang um sie beide und ließ sie im Schutze des schweren Wollstoffs seine Erregung spüren. Seine Finger glitten in den Ausschnitt ihres Kleides und berührten ihre Brüste, diesmal auf eine Weise, die sie laut aufkeuchen ließ. Sie fasste ihn ebenfalls an. Zuerst zögernd, dann immer schamloser erkundete sie diesen geheimen Bereich seines Körpers, von dem sie immer noch nicht wusste, wie er aussah, weil sie damals im entscheidenden Moment die Augen zugekniffen hatte. Unter ihren Fingern zuckte es, hart und heiß und ein wenig feucht, und als sie ihn fester umfasste, stöhnte er tief in der Kehle. Sein Daumen rieb über ihre bloße Brustwarze, und sie merkte, wie sich zwischen ihren Schenkeln eine fließende, schwere Wärme ausbreitete.

Gleich darauf ließ er sie los, weil ein Betrunkener gegen ihn torkelte, anonym wie die meisten anderen unter seinem dunklen Umhang und der weißen Maske. Er grinste sie weinselig an, ließ eine Handvoll matschiger Pastetenstücke zu ihren Füßen niederfallen und taumelte weiter, bis zum nächsten Brunnen, neben dessen Einfassung er sich würgend übergab.

Antonio fasste Laura bei der Hand und zog sie weiter. »Komm, wir sind gleich da.«

Das Haus, in dem er wohnte, befand sich unweit des Ponte dei Pugni, der Brücke der Fäuste. Der Name stammte von den rüden Prügeleien, die hier gelegentlich von verfeindeten Gruppierungen ausgetragen wurden, hauptsächlich von den Castellani, die eigens aus ihrem Sestiere Castello hierherkamen, um sich mit den Nicoletti, den Leuten aus dem Kirchensprengel San Nicolò vom Dorsoduro zu schlagen. An diesem Abend war die Stimmung auf der Brücke jedoch ausschließlich von Feierlaune bestimmt.

Das Haus, so erzählte Antonio, war von einem reichen Patrizier für die Unterbringung so genannter *Barnabotti* errichtet worden, verarmte venezianische Adlige, die weder Bleibe noch Geld ihr Eigen nannten. Diese Art von sozialer Verantwortung war unter den Patriziern weit verbreitet; es galt bei ihnen als Gebot der Ehre, ihresgleichen nicht im Stich zu lassen. So wie die Scuole sich um ihre alten und arbeitsunfähigen Zunftbrüder kümmerten, so traten die begüterten Nobili für ihre mittellosen, heruntergekommenen Standesgenossen ein.

In den beiden Kammern im Erdgeschoss lebten zwei dieser Habenichtse, die außer ihrem edlen alten Familiennamen und ihrem Geburtsrecht auf einen lebenslangen Platz im Großen Rat nichts mehr besaßen. Die beiden Räume im Obergeschoss hatte Antonio gemietet. Einen bewohnte er selbst, den anderen teilten sich seine Gefolgsmänner, Raffaele und Ippolito. Antonio war weder arm noch von Adel, folglich musste er reichlich Miete zahlen, während die Bewohner in der unteren Etage auf Kosten ihres wohlhabenden Gönners ihr Quartier kostenlos bezogen hatten.

Das Haus war noch recht neu. Es lag direkt am Kanal, und Antonios Schlafkammer war wie bei fast allen kleineren Wohnhäusern am Wasser über die Außentreppe an der Landseite zu erreichen.

Er zog Laura hinter sich ins Innere des Hauses und verriegelte die Tür.

»Ist dir kalt?«, fragte er, während er seinen Umhang sowie den Messergurt abstreifte.

Sie schüttelte den Kopf und blickte sich um, bemüht, alle Gedanken, die sich mit anderen Frauen befassten, schnellstmöglich zu verdrängen.

In dem Zimmer war es nahezu dunkel. Durch die mattgrünen Butzenscheiben des schmalen Fensters fiel von draußen Fackellicht herein, das lediglich schemenhaft die Umrisse einzelner Möbel erkennen ließ. Laura machte jedoch auf Anhieb ein recht breites Bett aus, das von vier Pfosten gehalten wurde. Sie reichten bis zur Decke, und an den Abschlussbalken war ein Vorhang befestigt, der die Bettstatt vom übrigen Raum abteilte. In einer Ecke standen zwei Kleidertruhen, in einer anderen ein Tischchen.

Antonio zündete mit seinem Feuerbesteck ein Talglicht an, und im Raum wurde es heller. Laura konnte nun sehen, dass auf dem Tischchen Schreibutensilien lagen und dass auf dem in Augenhöhe umlaufenden Wandbord diverse Gebrauchsgegenstände aufgereiht waren. Eine Uhr, ähnlich der, die sie in der Apotheke hatten, ein ledergebundenes Buch, ein geschnitzter, hölzerner Kasten, der aussah wie ein kleiner Reliquienschrein. An der Außenwand neben der Treppe befand sich ein Kaminofen. Vor dem Bett lag ein breiter orientalischer Teppich. Auf einem anderen Tisch befand sich eine Waschschüssel, in der noch gebrauchtes Wasser stand, und daneben lagen verschiedene Toilettengegenstände. Ein kleiner Spiegel, ein Kamm, ein Stück Seife, ein Rasiermesser in einer tönernen Schale. Ein dreibeiniger Schemel stand vor dem Waschtisch, und in der Kaminecke befand sich eine weitere Sitzgelegenheit, ein gepolsterter Lehnstuhl.

Ein angenehm würziger Geruch nach Leder, Sandelholz und Holzasche hing in der Luft.

Es war eindeutig ein Zimmer, das von einem Mann bewohnt wurde, dazu musste man nicht erst das gefährlich aussehende Schwertgehenk betrachten, das um einen der Bettpfosten geschlungen war, und auch nicht den mitgenommen wirkenden Reisesack, der unausgepackt am Fußende lag.

Gemessen daran, wie sie früher am Corte Cavallo gehaust hatten, war das Zimmer geradezu luxuriös, sogar im Vergleich zu Lauras Schlafkammer über der Apotheke. Nicht einmal in ihrem Elternhaus hatte es holzgetäfelte Wände und Teppiche gegeben. Ihre Mutter mochte zwar aus einer reichen Familie stammen, doch in Venedig hatte sie immer bescheiden gelebt.

Laura holte tief Luft und drehte sich zu Antonio um. Sein Blick fing den ihren ein, und sie erkannte die Anspannung, mit der er auf eine Äußerung von ihr wartete.

»Es gefällt mir hier«, sagte sie langsam. »Es ist ... schön.« Sie ließ die Stola von ihren Schultern gleiten, und zum ersten Mal sah er sie in dem neuen Kleid.

Er starrte auf ihren Ausschnitt. Seine Miene verfinsterte sich, aber binnen Augenblicken wich dieser Anflug von Missstimmung offenem Begehren. »Ja«, sagte er gedehnt. »Wirklich schön.«

»Du hast es weit gebracht«, meinte sie, nur um etwas zu sagen. Der Rhythmus ihres Herzschlags schien sich verdoppelt zu haben, und das Atmen fiel ihr schwer. Wie hypnotisiert blickte sie ihn an, als er näher kam.

»Nicht weit genug.« Er knüpfte sein Halstuch auf. »Das hier ist nur eine Übergangslösung.«

Mit trockenem Mund verfolgte sie seine Bewegungen, während er die Knebelverschlüsse seines Wamses löste und es gleich darauf achtlos über einen Schemel warf, zusammen mit dem Halstuch. Gegen den weißen Stoff seines Hemdes hob sich die Haut seines Gesichts dunkel ab. Seine Augen leuchteten im Kerzenlicht wie Bernstein.

Laura betrachtete ihn gebannt. »Und was ist dann die endgültige Lösung? Ein ganzes Haus nur für dich?«

»Nicht irgendein Haus. Ein Palazzo, und zwar im Herzen von Venedig. Entweder am Canalezzo oder an einem der anderen großen Kanäle in San Marco oder San Polo.«

Einen Schritt vor ihr blieb er stehen. Eben noch lässig und selbstsicher, wirkte er mit einem Mal befangen. Zögernd streckte er die Hand aus und berührte ihr Haar, dann streichelte er vorsichtig ihre Wange.

»Weißt du, ich sollte das nicht schon wieder tun«, sagte er.

Laura hörte gar nicht, was er sagte. Sie spürte nur die leichte Berührung seiner Finger auf ihrem Haar und ihrer Wange. Mit geschlossenen Augen hob sie ihm ihr Gesicht entgegen und erwartete seinen Kuss.

Er atmete schwerer und sprach mühsam weiter. »Eigentlich sollten wir … na ja, warten. Ich hätte dich gar nicht mit hernehmen dürfen, das war ein schwerer Fehler.«

Sie riss die Augen wieder auf und starrte ihn an, während das Wort *Fehler* ihr in den Ohren dröhnte, als hätte er es laut herausgebrüllt. Schlagartig erinnerte sie sich, dass er ihr genau dasselbe schon einmal erzählt hatte, nur dass er nicht vorher davon gesprochen hatte, sondern hinterher. Hastig trat sie einen Schritt zurück. »Was meinst du mit Fehler?«

»Das, was ich schon in dem Brief schrieb.« Er schaute auf die Halbkugeln ihrer Brüste, die aus ihrem Ausschnitt drängten. »Äh … Ich … wir sollten das nicht …« Er schluckte. »Wir sollten warten, bis wir Mann und Frau sind.«

»Du meinst …« Sie stockte entgeistert. »*Das* hast du gemeint?« Um sich zu vergewissern, dass sie ihn richtig verstanden hatte, hakte sie nach. »Du willst mich *heiraten*? Stand das in dem Brief?«

Es schien ihn zu verärgern, dass sie daran zweifelte. »Was hast du denn geglaubt?«

»Ich weiß nicht«, behauptete sie. Dann räumte sie ein: »Doch, ich weiß es wohl. Ich dachte, du willst mich nicht. Und schließlich dachte ich, du seist tot. Beides fand ich schrecklich.«

Er grinste sie an. »Hast du dich gefreut, mich wiederzusehen?«

Gereizt erwiderte sie seinen Blick. »Nein, denn du saßest mit der falschen Frau in der Gondel.«

Er lachte. »Du bist eifersüchtig!«

Sie ballte die Hände zu Fäusten. »Ich hasse dich, Antonio Bragadin!«

»Nein, das tust du nicht. Dann würdest du mich nämlich nicht heiraten wollen.«

»Wer sagt dir denn, dass ich es überhaupt will, du großer dummer Ochse?«

Sie meinte, eine winzige Spur von Unsicherheit bei ihm wahrzunehmen, aber das hätte genauso gut auch Einbildung sein können.

»Willst du?«, fragte er.

»Nein«, sagte sie trotzig.

Seine Miene wurde weich. »Und wenn ich dir sage, dass ich dich furchtbar vermisst habe und wochenlang nur daran denken konnte, dich endlich wiederzusehen?«

Laura hatte das dringende Bedürfnis, sich irgendwo festzuhalten. Am liebsten an ihm. Trotz der kurzen Aufwallung von Ärger wäre sie nicht im Traum auf die Idee gekommen, abermals *Nein* zu sagen. »Ich … dann würde ich es mir überlegen«, sagte sie. Sie fand, dass ihre Stimme mit einem Mal wie das Piepsen eines kranken Vogels klang, doch das schien Antonio nicht aufzufallen. Er trat dicht an sie heran und legte beide Hände auf ihre Schultern. Seine Daumen liebkosten die obere Wölbung ihrer Brüste. »Kann ich dir irgendwie bei deinen Überlegungen helfen?«

In hilfloser Faszination schaute sie auf seine Daumen, die in sinnlichem Kreisen über den Ansatz ihres Busens strichen. »Vorhin hast du was von Küssen gesagt.«

Die Daumen erstarrten. »Gut.« Er schluckte hart. »Aber nur ein Kuss.«

Sie nickte, schloss abermals die Augen und hob ihm den Mund entgegen. Seine Lippen berührten die ihren, und prompt brachte sie ihre Zunge ins Spiel, so, wie sie es bei ihm gelernt hatte. Er stöhnte auf und zog sie in seine Arme. Seine Hände zitterten auf ihrem Rücken und gerieten in Bewegung, und plötzlich schienen sie überall zu sein. Laura keuchte und wand sich an ihm, als sei ihr Körper auf der Suche nach etwas, das sie noch nicht kannte.

Zwei Atemzüge später lagen sie zusammen im Bett.

Im Morgengrauen wurden sie von Raffaele und Ippolito geweckt, die sturzbetrunken ins Zimmer getorkelt kamen und Antonios Bettstatt mit der ihren verwechselten. Während Antonio lauthals fluchend das Missverständnis aufklärte, wartete Laura mit vor Scham brennenden Wangen und abgewandtem Gesicht in der dunkelsten Ecke des Zimmers, ein Laken um den nackten Leib geschlungen. Ippolito beging den Fehler, eine Bemerkung über ihre Anwesenheit zu machen, was ihm einen Faustschlag Antonios auf die Nase eintrug. Blutend torkelte er in die benachbarte Kammer und beklagte sich dort bei Raffaele, seit wann Antonio sich so anstelle, sie hätten doch auch sonst immer alles brüderlich geteilt.

»Sie ist kein normales Liebchen«, hörte Laura Raffaele zischen.

»Was tut sie dann nackt in seinem Bett?«

Bevor ein weiterer Dialog folgte, trat Antonio die Verbindungstür ins Schloss und wandte sich mit werbendem Lächeln zu Laura um. »Achte nicht auf das, was sie sagen. Sie sind betrunken.«

Sie fand, dass das keine Entschuldigung für ihre eigenen Sünden war. Sie war so tief gefallen, dass sie vermutlich zeitlebens nicht mehr ehrbar werden konnte. Stumm zog sie sich an und beharrte darauf, dass Antonio sie sofort nach Hause brachte.

Unterwegs wurde ihr schlechtes Gewissen übermächtig, als ihr einfiel, dass Mansuetta keine Ahnung hatte, wo sie sich aufhielt. Möglicherweise hatte sie bereits die Büttel in Richtung der Ca' Querini in Marsch gesetzt. Und sobald erst herauskam, dass Zuane sie wohlbehalten heimgebracht hatte, bevor sie spurlos verschwunden war, würde Mansuetta Himmel und Hölle in Bewegung setzen, und dabei würde Zuane sie zweifellos nach Kräften unterstützen.

»Du bist so still«, sagte Antonio, während sie fröstelnd neben ihm herstapfte. Er legte den Arm um ihre Schultern und zog sie schützend in die Wärme seines Umhangs. »Hast du es dir wieder anders überlegt?«

Sie schüttelte heftig den Kopf. Wie konnte er eine so dumme Frage stellen? Eine Heirat war das Einzige, was wenigstens einen Teil ihrer Sündenlast in einem etwas milderen Licht erscheinen lassen konnte!

Gleich darauf wurde ihr klar, dass sie vor einer Heirat zwingend beichten musste. Dasselbe galt für Antonio, der noch schlimmere Untaten auf dem Kerbholz hatte als sie selbst. Er hatte sogar das *Sanctum Praeputium* verschachert! Welcher

Priester würde wohl widerspruchslos ein junges Paar mit solcher Vergangenheit trauen? Verzagt senkte sie den Kopf.

Von irgendwoher kam der Geruch von frischem Brot, und schnuppernd sog Laura die Luft ein. Antonio lächelte zu ihr herunter, er kannte sie zu gut. »Warte hier.«

Er verschwand mit eingezogenem Kopf unter einem Sottoportego und kam wenig später mit einem noch dampfenden Brot zurück. Mit geübtem Griff riss er es auseinander und teilte es mit ihr, und während sie weitergingen, schlangen sie es in einträchtiger Gier hinunter, ohne auch nur den Versuch zu machen, manierlich zu essen. Genauso, wie sie es früher oft getan hatten, nachdem sie einen *Fornero* bestohlen hatten.

»Ich habe es bezahlt«, sagte Antonio, als hätte er ihre Gedanken gelesen.

Sie verschluckte sich und hustete. »Ich hatte dir keinen Diebstahl unterstellt!«

Er grinste nur.

Die ersten fahlen, von Nebel umhüllten Ausläufer des Morgenlichts kamen von Osten her näher und überzogen den Himmel über den Dächern mit einem Hauch von Röte. Aus südlicher Richtung blies ein kräftiger, feuchter Wind und hinterließ einen Geschmack von Salz auf der Zunge. Am äußeren Zipfel des Sestiere gab es entlang des Zattere zahlreiche Salinen und Salzmagazine.

Auf dem Ponte dei Pugni lagen einige Zecher, die ihren Rausch ausschliefen, ebenso in den Gondeln, die entlang der Kais vertäut lagen oder mit hängender Bootsleine über das Wasser trieben. Hin und wieder kamen ihnen im aufsteigenden Frühdunst übernächtigte Passanten entgegen, unsicher auf den Beinen und die Gesichter hinter Masken oder unter Kapuzen verborgen.

Als sie den Rialtobezirk erreichten, erwachte die Stadt allmählich zum Leben. Vereinzelt kamen Frühaufsteher aus ihren Häusern, um an den Zisternen Wasser zu holen. Einige alte Frauen, ganz in Schwarz gehüllt, gingen zur Frühmesse, denn der

Faschingsdienstag war ein offizieller Feiertag – für die meisten Venezianer indessen kein Anlass zur Frömmigkeit; eher nutzten sie diesen letzten Tag der Karnevalszeit zu einem durchgehenden, rauschenden Fest, bis mit dem Beginn des nachfolgenden Tages die zügellosen Vergnügungen fürs Erste endeten.

In der Gasse vor der Apotheke war alles ruhig. Noch waren die letzten Schatten der Nacht nicht aus dem Dämmer unter den Auskragungen der Häuser gewichen, und die allmählich einsickernde Helligkeit wurde durch den Nebel verschleiert.

»Feierst du heute Abend wieder mit mir Karneval?«, fragte Antonio.

Laura wollte die Frage vehement verneinen; ein weiterer Sündenfall war schlicht undenkbar. Doch Antonio schien ihren Einwand vorauszuahnen. »Mit feiern meine ich *nur* feiern«, sagte er rasch. »In der Gondel spazieren fahren. Tanzen. Gut essen, ein Glas Wein trinken. Den Feuerschluckern und Akrobaten zusehen. Bring um des lieben Anstands willen deine Magd mit, wenn du möchtest.« Seine Stimme wurde drängend. »Willst du mit mir zum Karneval?«

»Ich … Oh, ja.« Entwaffnet lächelte sie zu ihm auf. Und wie sie es wollte! Allein bei der Vorstellung, mit ihm zu tanzen, wurde ihr auf herrlich verruchte Art schwindlig.

Als sie ein paar Häuser weiter ein Geräusch hörte, fuhr sie zusammen. »Das muss bei der Apotheke sein, bestimmt ist es Mansuetta! Schnell, fort mit dir!«

Antonio packte sie ohne Vorwarnung und zog sie in seine Arme. Er küsste sie hart und verlangend, und augenblicklich spürte sie dasselbe Begehren wie am Vorabend. Betäubt gab sie sich seinem Kuss hin, und sie wehrte sich auch nicht, als seine Hände unter ihre Stola glitten und ihre Hinterbacken umfassten. Er hob sie an wie eine Feder und presste sie dicht an seinen Körper, bis sie die Härte seiner Erektion spüren konnte und stöhnend versuchte, ihm noch näher zu kommen. Die Bartstoppeln an seinen Wangen und seinem Kinn scheuerten ihre Haut auf, doch der Schmerz steigerte nur ihre Lust.

Abermals war ein Geräusch zu hören. Laura löste sich eilends aus Antonios Armen. »Rasch! Nun geh endlich, sonst sieht man uns noch! Ich bin ohne Anstandsbegleitung!«

»Ich wollte Mansuetta noch wegen des Briefes die Meinung sagen.«

»Das erledige ich schon.«

»Wenn nicht, mache ich es. Heute Abend.« Er warf ihr einen Luftkuss zu, dann verschwand er mit großen Schritten in der nebligen Morgendämmerung.

Laura wartete, bis seine Schritte auf dem Pflaster verhallt waren, bevor sie sich umdrehte, um das letzte Stück bis zur Apotheke zu gehen.

Bedrückt überlegte sie, dass Mansuettas Verhalten in der letzten Zeit nun nachvollziehbarer war, vor allem ihr Ärger darüber, dass Laura sich so häufig mit Zuane traf. Kaum hatte sie den einen Mann von Laura ferngehalten, war schon der nächste aufgetaucht.

Laura sah derweil ihre Begegnungen mit Zuane längst nicht mehr unter dem Aspekt, ihre Herkunft zu enträtseln. Er war ihr ein guter Freund geworden, und manchmal fühlte sie sich ihm so nah, dass sie sich fragte, wie sie künftig ohne ihn auskommen sollte. Es hatte nicht das Geringste mit dem zu tun, was sie mit Antonio verband. Antonio riss ihr Inneres mit sich fort, und wenn er sie in die Arme nahm, geriet die Welt aus den Angeln. Er war wie ein Orkan, der über sie hinwegbrauste und sie stumm und machtlos zurückließ. Zuane war wie ein Sommernachmittag auf dem Canalezzo, sanft und besinnlich. In seiner Nähe fühlte sie sich geachtet und geborgen. Sie traf ihn um seiner selbst willen, ohne die ursprünglichen Hintergedanken.

Über ihre Tante Angelica hatte sie nichts Neues mehr herausgefunden. Sie wusste nur, dass sie eine Frau von liebevollem Charakter gewesen war, bevor sie unerwartet von einem schweren Siechtum dahingerafft wurde. Um mehr über sie zu erfahren, vor allem über die Familie, aus der Angelica stammte, hätte sie deren Witwer, Marcello Querini befragen müssen. Laura hegte allerdings eine gewisse Scheu davor. Die beiden Male, die sie nach Zuanes Geburtstag gemeinsam mit Veronica in seinem Palazzo gewesen war, hatte er sie zwar freundlich behandelt, aber auf eine eher distanzierte Art. Er hatte sich nicht zu ihnen gesetzt, sondern sich nach einer kurzen Begrüßung zurückgezogen, die Stirn gerunzelt und den Blick düster in die Ferne gerichtet, als habe er die Last der ganzen Republik auf seinen Schultern zu tragen. Er schien ständig schwere Sorgen im Kopf herumzuwälzen.

Laura hatte Zuane darauf angesprochen, und Zuane hatte ihren Eindruck sofort bestätigt.

»Vater wird sich eines Tages noch umbringen für die Belange Venedigs! Was er nicht in staubigen Amtszimmern abarbeiten kann, bringt er zum Durchlesen oder Schreiben nach Hause mit. Als einer der engsten Berater des Dogen kommt er niemals zur Ruhe. Und jetzt, da der Krieg naht, ist er in Gedanken schon auf den Schlachtfeldern. Es ist ein solcher Jammer!«

Folglich hatte sich keine Gelegenheit für ein Gespräch ergeben, in dessen Verlauf Laura Marcello Querini beiläufig über seine verstorbene Gattin hätte aushorchen können. Laura glaubte auch nicht, dass sich daran auf absehbare Zeit etwas ändern würde.

Angelicas Vater, der neapolitanische Graf, war ohne weitere Erben schon vor vielen Jahren verstorben. Rein theoretisch, so hatte Isacco Laura erklärt, stellte sich damit die Frage, ob Mansuetta, Laura und Matteo nicht Erben des auf Anna Monteverdi entfallenden Vermögensanteils geworden seien, schließlich sei jener Graf in Neapel ihr leiblicher Großvater gewesen.

Doch diese Möglichkeit kümmerte Laura nicht sonderlich. Im Augenblick konnte sie ohnehin an nichts anderes denken als an Antonio.

Horchend hob sie den Kopf. Sie hatte sich nicht getäuscht; jemand hielt sich vor der Apotheke auf, doch es war nicht Mansuetta, sondern eine dunkle Gestalt, die sich aus den Schatten der Fassade löste und auf sie zukam.

»Was habe ich doch für ein Glück«, sagte der Mann mit der weißen Maske und dem schwarzen Umhang. »Nun kann ich meine Botschaft gleich der richtigen Person übergeben, statt sie einfach nur auf der Schwelle abzulegen. Mir ist doch so wichtig, dass *du* sie ihm überbringst.«

Sie hatte Cattaneos Stimme viele Jahre lang nicht mehr gehört, aber sie erkannte ihn trotz der Maske sofort wieder. Rasch wich sie vor ihm zurück, doch er war schon bei ihr und hatte sie gepackt. Bevor sie schreien konnte, hatte er seinen Dolch an ihre Kehle gesetzt. »Ein Laut, und du ertrinkst an deinem eigenen Blut. Ich will dir eine Botschaft für ihn geben, aber wenn du schreist, stirbst du. Dann bist *du* die Botschaft. Das soll mir ebenfalls recht sein. Du hast die Wahl.«

Sie glaubte ihm aufs Wort und biss die Zähne zusammen, um sich nicht die Blöße zu geben, vor Angst zu stöhnen. Er drängte sie gegen die Hauswand und kam ihr dadurch noch näher. Ihre Stola rutschte herab, als er in ihr Haar griff und eine Locke mit seinem Messer absäbelte. Es tat weh, und sie keuchte auf. Er ließ sie kurz los, um die Strähne in einen Beutel zu stopfen, doch als sie instinktiv zur Seite strebte, um von ihm fortzukommen, drückte er sofort wieder das Messer an ihren Hals. »Warte, mein Kind. Du hast ja die Botschaft noch gar nicht.« Er lächelte und schob ihr den Beutel in den Ausschnitt. »Das ist die eine Nachricht. Die andere ist mündlich zu überliefern und lautet: Rache ist ein Gericht, das kalt am besten schmeckt. Wie heller Wein lässt eine gute *Vendetta* sich vorzugsweise lange gelagert und gut gekühlt genießen. Kannst du dir das wohl merken?«

Laura gab keine Antwort, was ihn dazu brachte, den Dolch fester gegen ihren Hals zu pressen. Sie merkte, wie Blut austrat, genau wie damals am Ponte di Rialto, als es ihn so sehr danach verlangt hatte, sie zu töten. Wären nicht die Militi gekommen, hätte er es vielleicht sogar getan. Seinerzeit war nicht viel passiert, nur ein kleiner Schnitt, von dem sie drei Tage später schon nichts mehr gespürt hatte. Doch damals war Antonio zur Stelle gewesen, um sie vor Schlimmerem zu bewahren, außerdem hatte es Zeugen gegeben, die Cattaneo von einer Bluttat abgehalten hatten. Heute war sie allein, und sobald sie um Hilfe schrie, würde sie sterben.

»Ob du dir das merken kannst!«, herrschte Cattaneo sie an.

Sie nickte, äußerst vorsichtig, um dem Dolch keinen zusätzlichen Widerstand zu bieten.

»Die kleine Laura mit den roten Haaren«, flüsterte Cattaneo. »Wie schön sie geworden ist!« Mit der freien Hand betastete er ihre Brüste und streichelte ihr Haar. »Was für eine Verschwendung! Die süße Laura und dieser profane, straßenräuberische Emporkömmling! Du hättest eine der meinen sein können! Eine von denen, die bleiben.«

»So wie Carlo und Valeria?«, presste Laura hervor.

Cattaneo wirkte erstaunt. »Aber ja! Sie haben es wunderbar bei mir, ich sorge immer für sie.« Sein Blick wurde dunkel. »Natürlich muss ich sie hin und wieder bestrafen. Ihnen ihre Grenzen aufzeigen, damit sie nicht vergessen, wer ihr Herr ist.« Er schien nachzudenken und zog sich die Maske herunter. Sein Gesicht war bleich, und er hatte dunkle Ringe unter den Augen. Die vor Wochen überstandene Krankheit war ihm noch anzusehen. Antonio hatte ihr in der vergangenen Nacht von seiner unverhofften Begegnung mit Cattaneo erzählt.

Cattaneo schaute ihr in die Augen und lächelte. »Sag, magst du mich ein kleines bisschen? Bedauerst du es manchmal, dass du nicht meine Tochter geworden bist?«

Sie starrte ihn hasserfüllt an. Hätte die Dolchspitze sich nicht in ihren Hals gebohrt, hätte sie ihm ins Gesicht gespuckt.

»Du könntest mich küssen«, sagte er leise. »Wie jemanden, den du liebst. Dann stecke ich auch das Messer weg.«

»Gut«, sagte sie sofort.

Er packte ihr Kinn und beugte sich vor, doch sie wandte das Gesicht ab. »Zuerst das Messer!«

»Küsst du mich dann, als wäre ich er?«

»Ja.«

»Habe ich dein Wort darauf? Schwörst du es beim Grab deiner Mutter?«

»Ich schwöre.«

Er nahm das Messer von ihrem Hals und steckte es weg, hielt aber zugleich ihre Haare fest, damit sie nicht fliehen konnte. Auf diesen Moment hatte sie gewartet. Sie hob ruckartig das Knie und stieß es ihm mit aller Macht zwischen die Beine, und als er sich ächzend zusammenkrümmte, wich sie seitwärts aus und tauchte unter seinem Arm hindurch. Sie büßte dabei eine Faust voll Locken ein, doch davon ließ sie sich nicht aufhalten.

Cattaneo zog sofort den Dolch wieder hervor. Das metallische Geräusch klang ihr in den Ohren, während sie mit langen Sätzen durch die Gasse rannte. Er folgte ihr mit gezückter Waffe, wie ihr ein rascher Blick zurück über die Schulter zeigte.

Sie lachte verächtlich. Er würde sie niemals einholen, er war noch nicht beweglich genug nach der schweren Krankheit.

Mit dem nächsten Atemzug gab sie einen Schreckenslaut von sich. Vor ihr war ein weiterer Mann aufgetaucht, und sie musste nicht erst sein Gesicht sehen, um zu wissen, wer er war. Die langen, baumelnden Arme und die beinahe zwergenhaft gedrungene Gestalt hätte sie überall sofort wiedererkannt. Cattaneos Diener hatte sie schon einmal beinahe geschnappt. Damals hatte sie Matteo in den Armen gehalten, und wenn sie nicht zufällig auf die Gondel gestoßen wäre, hätte ihr Leben vermutlich eine Richtung genommen, die weit schlimmer gewesen wäre als das halbe Jahr unter Dieben. In jener Nacht war das Glück ihr zu Hilfe gekommen. Heute standen ihr andere Mittel zu Gebote, die genauso wirksam waren.

Ohne zu zögern, rannte sie in vollem Lauf auf den Diener zu. Er kam mit breitem Grinsen näher, die Arme mit den schaufelartigen Händen ausgebreitet, sodass seine Fingerspitzen jeweils die Hauswände beiderseits der engen Gasse berührten.

Du kommst nicht an mir vorbei, lautete seine stumme Botschaft.

Drei Schritte vor ihm schnellte sie hoch, in Richtung der Auskragung über seinem Kopf. Sie bekam die dort angebrachte Querstange sofort zu fassen. Mit beiden Händen griff sie zu und schwang sich in einem einzigen weiten Bogen hinauf. Sie passte gerade durch die Lücke zwischen den Mauern, die in dieser Höhe kaum mehr als schulterbreit war.

Dem Aufschwung folgte ein Sprung, und sie landete breitbeinig im Stand, je einen Fuß auf den einander gegenüberliegenden Simsen. Schwer atmend blickte sie zu den Männern hinunter.

»Ihr Dreckskerle«, sagte sie. »Kommt doch hier rauf und holt mich!« Und dann tat sie das, was sie vorhin nicht getan hatte: Sie spuckte auf Cattaneo hinab. Zu ihrem Verdruss wurde er nicht getroffen, denn er konnte zur Seite ausweichen.

Konsterniert schaute er zu ihr hoch. *»Maledetta!«* Seine Miene drückte Bewunderung aus. »Was für eine unerwartete Akrobatik!« Er lächelte mit schmalen Lippen. »Ich ahnte schon immer, dass du etwas Besonderes bist! An dir ist viel mehr als dein herrliches Haar und deine wunderbare Haut!« Er hob die Stola auf, die bei ihrem Sprung herabgefallen war. Er drückte den Wollstoff an die Nase. »Ah, ich rieche Flieder … Ist das dein Duft? Ich liebe Flieder!«

»Domine«, sagte der Diener. »Da vorn geht ein Fenster auf.«

»Wir waren hier sowieso fertig.« Cattaneo zog die Maske über sein Gesicht und warf die Stola achtlos zurück aufs Pflaster. »Vergiss die Botschaft nicht«, rief er Laura zu, bevor er hinter seinem Diener mit eiligen Schritten am Ende der Gasse im Nebel verschwand.

Sie wartete noch eine Weile, bevor sie sich von den Mauervorsprüngen herabließ, sich die Stola um den Körper wand und zur Apotheke zurücklief. Ihre Finger zitterten so stark, dass sie eine Ewigkeit brauchte, um den Schlüssel aus ihrem Gürteltäschchen zu nesteln. Bevor sie ihn ins Schloss schieben konnte, wurde von innen die Tür aufgerissen. Mansuetta stand vor ihr, vollständig angezogen und das Haar ausgehfertig unter einer Haube versteckt. Als sie Laura sah, brach sie in Tränen aus. »Dem Himmel sei Dank, du bist hier!«

Ehe Laura wusste, wie ihr geschah, wurde sie in eine heftige schwesterliche Umarmung gezogen. Das hatte Mansuetta noch nie getan. Ständig umarmte und herzte sie Matteo, doch Laura gegenüber hatte sie sich bisher zu keinerlei körperlichen Zuwendungen verstiegen; das schien gänzlich außerhalb dessen zu liegen, was sie miteinander verband.

Verdattert erwiderte Laura die Umarmung. »Wolltest du mich gerade suchen?«

Mansuetta nickte und trat einen Schritt zurück. Im Licht der Stundenkerze, die auf dem Ladentisch brannte, war zu sehen, dass sie immer noch weinte. »Ich dachte, du schläfst. Ich wusste gar nicht, dass du noch unterwegs warst. Es kam erst heraus, als Veronica heimkehrte und merkte, dass du nicht in der Kammer bist. Sie warf mich aus dem Bett und jammerte in einem fort, dass dich bestimmt die böse Nonne geholt hätte.« Mansuetta rieb sich mit einer zornigen Geste die Augen trocken. »Das war erst vor einer halben Stunde. Ich habe sie sofort losgeschickt, zu deinem Galan. Und ich selbst wollte nur den Tagesanbruch abwarten und dann zur Miliz gehen.« Anklagend hob sie die Stimme. »Wo warst du die ganze Zeit?«

»Im Bett«, sagte Laura, was bei Lichte betrachtet sogar die Wahrheit war. »Aber ich wurde früh wach und bin dann ein Stück spazieren gegangen. In der Zeit muss dann Veronica zurückgekommen sein. Es tut mir leid, ich wollte niemandem Sorgen bereiten.«

Mansuetta musterte sie von oben bis unten. »Und zum Spazierengehen musstest du dieses Fähnchen wieder anziehen?«

Laura merkte, wie sie rot wurde. »Ich … Ja, also …«

»Du hattest es gar nicht ausgezogen!«, sagte Mansuetta entrüstet. »Laura Monteverdi! Du hast in deinen Kleidern geschlafen!«

»Ja«, sagte Laura erleichtert. »Ja, so war es. Ich war gestern … hm, zu müde, um mich noch auszuziehen.«

»Hast du etwa über den Durst getrunken?«

Laura duckte sich unter Mansuettas kurzsichtigem, aber nichtsdestotrotz vorwurfsvollem Blick. Doch dann straffte sie sich und schaute ihre ältere Schwester trotzig an. »Und wenn ich es getan hätte, so wäre es meine Angelegenheit. Du bist weder meine Mutter noch mein Vormund.« Voller Bedacht fuhr sie fort: »Auch wenn es dir zuweilen ein Anliegen ist, Dinge über meinen Kopf hinweg zu entscheiden.«

»Was willst du damit sagen?«

Laura merkte, dass sie unmöglich den Brief erwähnen konnte, denn dann hätte sie zugeben müssen, dass sie Antonio getroffen hatte. Mansuetta hätte in diesem Fall nur eins und eins zusammenzählen müssen, und schon wäre herausgekommen, wo und mit wem sie wirklich die Nacht verbracht hatte.

Mansuetta schien zu merken, dass sie auf ihre Frage keine Antwort mehr erhalten würde. Schnaubend wandte sie sich ab, um durch die Küche zur Treppe zu stapfen. »Ich gehe wieder ins Bett«, rief sie über die Schulter zurück. »Du kannst selbst sehen, wie du die Wogen glättest, wenn dein blond gelockter Kavalier hier gleich mit einem Suchtrupp auftaucht.«

Laura verriegelte rasch die Eingangstür und wartete dann, bis sie Mansuettas schleifende Schritte auf der Treppe hörte. Ihre Hände zitterten immer noch, als sie in ihren Ausschnitt griff, um das Ledersäckchen hervorzuholen, das Cattaneo vorhin in ihr Kleid gestopft hatte. Es war fast bis zum Nabel hinabgerutscht.

Beim ersten Versuch, es aufzuschnüren, fiel es ihr zu Boden. Sie lauschte dem merkwürdig dumpfen Geräusch des Aufpralls nach und wappnete sich gegen das leise Grauen, das unvermittelt in ihr aufkeimte. Schließlich gelang es ihr, mit einem Griff die Zugschnur zu lösen, die den Beutel zusammenhielt. Der Inhalt fiel vor ihr auf den Ladentisch. Eine dicke, fingerlange Locke aus ihrem Haar, die im Licht der Kerze kupfrig funkelte. Daneben zwei weitere kleine Gegenstände, die jeweils in ein Stück Wachstuch eingepackt waren. Vorsichtig wickelte sie das erste aus und prallte zurück, als ein von Weingeist durchsetzter Gestank nach Fäulnis ihr in die Nase stieg. Ihre Augen weigerten sich, das zu erkennen, was sie hier zweifelsohne vor sich hatte. In spiritusgefüllten Gläsern anderer Apotheker hatte sie dergleichen schon gesehen. Es war ein menschlicher Embryo, kaum so groß wie ein Daumen. Doch vollständig wurde das Entsetzen erst beim Anblick dessen, was mit Wachs am Kopf des armen toten Wesens befestigt war: eine üppige Strähne von leuchtend hellem Haar. Laura kannte nur eine Frau, deren Haar diese Farbe hatte, und sie hatte sie erst am Vorabend zusammen mit Antonio in einer Gondel sitzen sehen. Würgend schlug Laura das winzige Überbleibsel eines Abortes wieder in das Tuch ein, bevor sie nach dem anderen Päckchen griff. Es war ein wenig kleiner als das erste, und auch hier stank der Inhalt, wenn auch nicht so durchdringend wie der erste, weil der Geruch nach Spiritus fehlte. Laura stieß den Atem aus, als sie sah, was es war. Sie musste sich auf dem Tisch abstützen, weil Abscheu und Entsetzen so übermächtig wurden, dass sie in den Knien einknickte.

Vor ihr lag das obere Glied eines menschlichen kleinen Fingers, und es war von schwarzer Hautfarbe.

Teil 6

April 1509

Antonio deutete eine Verneigung an, als er Marcello Querini gegenübertrat, und er fragte sich mit leisem Unbehagen, ob man ihm sein Erschrecken ansah.

Querini sah aus wie eine Karikatur seiner selbst. Sein Gesicht war krebsrot, und mitten auf der Stirn prangte eine große, hässliche Brandblase, die immer noch nässte. Seine Arme waren von den Fingerspitzen bis zu den Ellbogen bandagiert, und auch sein rechtes Ohr war verpflastert. Von seinem Haar waren nur noch abgesengte Stoppeln übrig.

Am 14. März hatte es im Arsenal einen verheerenden Brand gegeben, der große Teile der Werft vernichtet hatte, ein schwerer Schlag für die Schiffsindustrie Venedigs. Querini hatte Seite an Seite mit den Werftarbeitern darum gekämpft, die beiden neuen Galeeren zu retten, deren Bau seine Compagnia mitfinanziert hatte und die tags darauf vom Stapel laufen sollten. Die Schiffe hatte er vor schlimmeren Schäden bewahren können, doch dabei hatte er sich, ebenso wie die an den Löscharbeiten beteiligten *Arsenalotti*, üble Verbrennungen zugezogen. Antonio erkundigte sich höflich nach Querinis Befinden, was der Patrizier mit ein paar knappen Bemerkungen abtat.

Der Hausdiener, der Antonio in den Portego geführt hatte, entfernte sich mit einer Verbeugung, und damit waren Antonio und Querini allein in dem großen Prachtsaal. Antonio wagte kaum, sich genauer umzusehen, denn das hätte ihn zwangsläufig daran erinnert, wie weit er immer noch davon entfernt war, einen eigenen Palazzo zu besitzen. Das Geld hatte er beisammen, wenn auch vielleicht nicht für einen Bau dieser Größe. Aber für ein durchaus akzeptables Patrizierhaus mit Loggien, einem Wassertor, einer Marmorfassade mit Maßwerk und Fenstern aus Muranoglas würde es reichen. Mittlerweile lief ihm jedoch die Zeit davon, und dabei war er noch nicht einmal dazu gekommen, sich nach einem entsprechenden Gebäude umzuschauen. Wenn er mit seiner Wette – die eigentlich nur noch ein Pakt mit dem Allmächtigen war – nicht ins Hintertreffen geraten wollte, musste er zur Tat schreiten, am besten gleich hier und jetzt.

Querini lächelte verbindlich. »Woran denkt Ihr, junger Freund?«

»Ach, ich überlegte gerade, wie sehr ich Euer Haus bewundere.«

»Nun, das tun viele, aber Ihr ahnt nicht, welche Wege man aufgrund der Weitläufigkeit Tag für Tag darin zurücklegen muss, nur um der kleinsten Bequemlichkeit willen.«

Er führte Antonio zu seinem privaten Salon, einem Raum, der im landseitigen Bereich des Hauses von dem T-förmigen Portego abging. Es war ein Wohnraum im eigentlichen Sinne, mit einem Schreibpult, einem Bücherschrank und einem Diwan. Mitten im Raum gab es eine lange Speisetafel, an der gut zwanzig Personen Platz fanden.

An der dem Fenster gegenüberliegenden Seite des Raumes befand sich die Schlafstatt des Hausherrn, ein mächtiges Bett mit deckenhohen Pfosten, einem Samtbaldachin und seidenen Kissenbergen. Inzwischen wusste Antonio, dass es unter den Patriziern durchaus Brauch war, in den privaten Gemächern, wo man arbeitete und schlief, auch gleichzeitig Gäste zu empfangen und zu bewirten.

»Ich habe einen Imbiss vorbereiten lassen«, sagte Querini. »Nehmt Platz, Messèr Bragadin.«

Dankbar nutzte Antonio die Gelegenheit, sich auf den gepolsterten Stuhl sinken zu lassen, den Querini ihm zuwies. Die zweite Ungarnreise steckte ihm immer noch in den Knochen. Außerdem hatte er kaum geschlafen, weil das Problem mit der geplanten Eheschließung sich eher zuzuspitzen schien, als einer Lösung entgegenzustreben.

Nur Augenblicke später kamen zwei Bedienstete herein, die Platten voller Speisen auf dem Tisch absetzten, lauter kleine, appetitlich angerichtete Köstlichkeiten, sowohl kalt wie auch warm. Während der eine Diener schweigend gefüllte Täubchen, getrüffelte Pastete, glasierten Schweinebraten und andere herzhafte und süße Happen servierte, schenkte der zweite aus einer Karaffe dunkelroten Wein in Kristallgläser.

Querini hob sein Glas und prostete Antonio zu. »Auf den erfolgreichen Abschluss Eurer Mission!«

Antonio erwiderte den Trinkspruch und kostete den Wein. Er war schwer und blumig und roch, als sei er lange gelagert. Viel verstand Antonio nicht davon, aber er hätte wetten können, dass er hier eine Rarität im Glas hatte, für die ein einfacher Handwerker monatelang hätte arbeiten müssen, um sie sich leisten zu können.

»Erzählt mir mehr«, bat Querini ihn. »Wie war die Reise?«

»Anstrengend. Und gefährlich.« Antonio biss von einer Pastete ab und schmeckte Lamm, Thymian, Honig und Pfeffer. Mit dem Essen kannte er sich inzwischen besser aus. Beim Wein würde er noch dazulernen, auch wenn er es hier sicher nie zu allzu großer Kennerschaft bringen würde.

»Der Transport steckte in einer Schlucht fest. Die Hälfte der Begleitmannschaft war tot, die andere Hälfte an der Ruhr erkrankt, und auf den nächsten Hügelkämmen rückten schon die Osmanen näher. Wir kamen gerade rechtzeitig.«

Er versuchte ein Stück von dem Täubchen. Außen knusprig, innen zart. Es hätte besser geschmeckt, wenn der Koch es nicht mit Zimtzucker bestreut hätte. Das war, so fand Antonio, eine Unart der verfeinerten Küche. Um mit dem Reichtum der Herrschaft anzugeben, konnten manche Köche gar nicht genug teure Gewürze in das Essen mischen, und nicht wenige von ihnen schienen eine reichliche Prise Zimt, mit Zucker vermischt, als kulinarische Krönung zu betrachten. Er spülte den viel zu süßen Bissen rasch mit einem Schluck von dem Wein herunter.

»Hattet Ihr Verluste?«, fragte Querini.

»Ich konnte die gesamte Ladung retten, allerdings habe ich drei Männer verloren.«

»Die lassen sich ersetzen.«

Antonio hatte eine derartige Äußerung Querinis erwartet; jeder andere kühl und rational denkende Kaufmann hätte vermutlich Ähnliches gesagt. Dennoch gab es ihm einen Stich. Diese drei Männer hatten Familie gehabt, und keiner von ihnen war älter als dreißig gewesen.

»Was ich damit sagen will: Das nächste Mal möchte ich mit einer größeren Truppe reisen. Zwanzig Mann reichen nicht, ich brauche mindestens doppelt so viele. Diesmal haben wir nur gegen eine Vorhut gekämpft. Wer weiß, wie viele es beim nächsten Angriff sind.«

»Besorgt Euch so viele Männer, wie Ihr braucht«, versetzte Querini gleichmütig. »Hauptsache, die Lieferungen kommen nicht ins Stocken.« Er hatte sich nicht hingesetzt, sondern ging auf der anderen Seite des Tisches auf und ab, wie es seine Art war. Die bandagierten Hände hinterm Rücken, die Haltung so gerade, als hätte er einen Stock verschluckt. In seinen Augen stand ein grüblerischer Ausdruck.

»Wollt Ihr nichts essen?«, fragte Antonio mit Blick auf die Platten.

»Mir reicht ein Schluck Wein.« Querini deutete mit dem Kinn auf sein kaum berührtes Glas. »Essen stört die Konzentration.«

Betreten ließ Antonio das Bratenstück sinken, von dem er gerade probieren wollte. Querini grinste und sah mit einem Mal trotz der Verbrennungen in seinem Gesicht wesentlich jünger und liebenswürdiger aus. »Meine Güte, doch nicht bei einem Mann in Euren Jahren! Da ist es umgekehrt! Esst, sonst fallt Ihr vom Fleisch! Ihr müsst bei Kräften bleiben, schließlich führt Ihr das Schwert und sitzt wochenlang zu Pferde!«

Antonio biss seufzend von der Bratenscheibe ab. In dem Punkt hatte Querini mehr als recht. Ihm tat immer noch jeder Muskel weh von dem wilden Ritt quer durch die Berge und dem brutalen Scharmützel, in das er und seine Leute unversehens verstrickt worden waren. Immerhin war der gesamte Alaun inzwischen in venezianischen Magazinen. Der Senat hatte einen wahren Goldregen auf die Beschaffer niederfallen lassen, denn päpstlichen Alaun gab es mittlerweile nicht mehr. Am 22. März hatte Julius II. sich offiziell der Liga von Cambrai angeschlossen.

Geistesabwesend legte Antonio das Speisemesser weg und rieb sich die verletzte Stelle an der Schulter. Er verzog das Gesicht, weil es immer noch scheußlich wehtat.

»Ihr seid verletzt?«, fragte Querini.

»Nicht ernstlich. Nichts gegen Eure Brandwunden. Es war nur der Schwerthieb eines Sterbenden.«

»Der durch Eure Hand fiel, vermute ich.«

Antonio zuckte die Achseln, was die Wunde abermals schmerzen ließ. Er hatte mehrfach getötet, und das war nichts, woran man sich leicht gewöhnte. Das Sterben hatte etwas verstörend Endgültiges, und es hallte lange bei denen nach, die dafür die Verantwortung trugen.

»Die Route scheint mir immer gefährlicher zu werden«, sagte Querini.

»Das sehe ich auch so. Messèr Zinzi und ich haben überlegt, einen Transport probehalber über Triest zu führen. Der Landweg ist beschwerlicher dort, aber dafür gibt es in dieser Gegend keine Osmanen.«

»Dafür die Habsburger. Das Gebiet ist stärker umkämpft als Fiume. Der Kaiser will es rasch wieder unter seine Herrschaft bringen.«

»Dann überlegen wir uns etwas Neues«, meinte Antonio ungerührt, während er ein Stück Marzipankonfekt probierte.

»Ah, was seid Ihr für ein Glücksgriff. Ihr erweckt dort Zuversicht, wo andere die Sache längst verloren geben. Ihr hattet schon immer das Gespür für die richtige Taktik.« Querini lachte leise. »Ich denke noch gern an unsere erste Begegnung zurück, Messèr Bragadin. Es erstaunt mich, was aus dem nach Fisch stinkenden Knaben wurde, der angeblich Anzio hieß und in einem Trog mit Gerberlauge sein bisschen Verstand verloren hatte.«

Antonio verzog das Gesicht. »Müsst Ihr Euch schon wieder darüber lustig machen?« Er hatte das Marzipan aufgegessen und griff nach einer Dattel, die er mit einem Bissen verschlang, bevor er sich einem Anisküchlein zuwandte.

»Lasst einem sorgengeplagten Mann ab und zu einen kleinen Spaß. Wie geht es Messèr Zinzi?«

»Er ist immer noch krank.«

Antonio legte den Kuchen zur Seite. Der Appetit war ihm vergangen, außerdem war er längst satt. Er machte sich Sorgen um Mosè Zinzi. An Lichtmess war der jüdische Kaufmann von einem Lungenleiden niedergeworfen worden, er konnte kaum ein paar Schritte laufen, ohne nach Atem zu ringen. Als die Krankheit nach Monaten immer noch nicht weichen wollte, hatte er die Nähe seiner Familie gesucht und ein Haus am Rialto gemietet, wo er nun die meisten Tage hustend im Lehnstuhl verbrachte. Um gute Ratschläge und wichtige Informationen war er jedoch zu keiner Zeit verlegen, und es verging kaum eine Woche, in der Antonio ihn nicht aufsuchte. Vorausgesetzt, er war in der Stadt, was in der letzten Zeit eher zur Ausnahme als zur Regel zu werden drohte.

Dass Querini ihn heute erneut hatte rufen lassen, war ein Zeichen, dass er weitere wichtige Pläne für Antonio hatte, die keinen Aufschub duldeten. In jüngster Zeit überschlugen sich die Ereignisse förmlich. Nach dem Beitritt des Papstes zur Liga ließ der Senat auf der Terraferma Zehntausende von Soldaten aufmarschieren, um gegen mögliche Angriffe gerüstet zu sein. Jeden Tag wurde mit der offiziellen Kriegserklärung gerechnet.

»Heute möchte ich Euch um zwei Gefälligkeiten bitten«, sagte Querini.

»Das trifft sich gut«, meinte Antonio. Er schob seinen Teller zur Seite und wusch sich die Finger in einer Schale mit Zitronenwasser. »Dasselbe möchte ich nämlich auch.«

»Wirklich?« Querini hob die Brauen. »Soll ich als Erster meine Anliegen vortragen, oder nennt Ihr mir zuerst die Euren?«

»Euch gebührt der Vortritt, Messèr Querini, Ihr seid der Ältere.«

»Ach, dass Ihr mich aber auch immer wieder daran erinnern müsst.« Querini seufzte ergeben. »Nun denn. Diesmal geht es nicht um Alaun, sondern um Waffen. Unsere Truppen sammeln sich am Oglio unweit von Brescia, ein Heer von fünfzigtausend Mann. Schwere Reiterei und Fußvolk, leichte Berittene, Bogenschützen, dazu die Bürger- und Bauernwehr vor Ort. Doch die Bewaffnung könnte noch besser sein, vor allem bei den Distanzwaffen. Wir haben in den letzten Wochen ganze Batterien von neuen Geschützen gegossen, Rohre mitsamt den dazugehörigen Räderlafetten, dazu bergeweise Arkebusen.«

»Und das alles soll nun zu den Truppen gebracht werden?«

»Nur zum Teil. Es gilt auch, damit etwaige Rückzugsgebiete zu sichern. Im Raum zwischen Brescia und Padua sollen an strategisch günstigen Stellen Waffendepots errichtet werden.«

Querini bat Antonio zu seinem Kartentisch, der sich in einem anderen Arbeitsraum unten im Mezzanin befand. Dort beugten sie sich über eine große Landkarte, und Querini erläuterte Antonio das eingezeichnete Gewirr aus militärischen Stellungen, möglichen Truppenbewegungen und Nachschublinien.

»Eure Aufgabe der nächsten Wochen besteht darin, den Waffentransport durchzuführen und die Depots einzurichten.«

»Ihr traut mir viel zu.«

»Wie ich schon vorher festgestellt habe, ist Euer militärischer Sachverstand exzellent. Ihr habt Euren Vegetius gelesen und verstanden.«

»Was war die zweite Gefälligkeit?«

Querini richtete sich von dem Kartentisch auf. »Von Brescia aus ist es nur ein strammer Tagesritt nach Mailand. Dort weilt zurzeit ein berühmter Mann, der vor Jahren schon einmal in Venedig war und sich hier mit Kriegsforschungen befasst hat.«

»Ihr meint Leonardo da Vinci.«

»Ganz recht. Ihr hörtet von ihm?«

»Er soll ein großer Maler sein.«

»Als Militäringenieur und Kartograph ist er noch besser. Er hat sogar eine Zeit lang als Kriegsberater für Cesare Borgia gearbeitet.«

»Jetzt ist er meines Wissens Hofmaler des Franzosenkönigs.«

Querini lächelte. »Vielleicht möchte er ja gegen entsprechendes Aufgeld Ingenieur der Republik Venedig werden.«

»Das wäre ein besonderer Streich.« Antonio nickte beifällig »Eine Art Wespenstich in den französischen Hintern. Ich hörte, Ludwig hält große Stücke auf Leonardo.«

»Ihr werdet beim Künstler Gehör finden, davon bin ich überzeugt.«

»Ich bin gern bereit, alles einzusetzen, sogar, mich durch feindliche Linien zu schlagen, aber das schließt nicht jeden Dienst mit ein«, sagte Antonio trocken.

Querini grinste. »Ihr habt von den Vorlieben des großen Meisters gehört? Nun, wen wundert es, hat er doch schon deswegen unter öffentlicher Anklage gestanden. Aber keine Sorge, dergleichen erwartet niemand von Euch, junger Freund. Ihr sollt nur Gold und gute Worte in die Waagschale werfen, keinesfalls Euren sicherlich prachtvollen Körper.«

Fragend blickte er Antonio an. »Nun zu Euren Wünschen, Messèr Bragadin. Was kann ich für Euch tun?«

Antonio kam ohne Umschweife zur Sache. »Ich möchte zwei Dinge. Ein Haus und einen Sklaven.«

Antonio stieß die Tür in den Trödelladen auf, aus dem ihm staubige, abgestandene Luft entgegenschlug. Er zog den Kopf ein, um nicht am Türsturz anzustoßen, während er eintrat. Der Verkaufsraum war von ähnlicher Größe wie die

Apotheke nebenan, wenn auch bei weitem nicht so reich sortiert. An Luxuswaren gab es einen Stapel orientalischer Teppiche, ein paar Kandelaber sowie gerahmte Miniaturen der Muttergottes, deren Ausführung zum Teil an der Qualifikation des Künstlers zweifeln ließ. Auf einem Tischchen lagen auf Samt drei zierliche silberne Gabeln, wie sie in manchen venezianischen Patrizierhaushalten als Esswerkzeuge verwendet wurden. An der gegenüberliegenden Wand waren die Bedarfsgüter des täglichen Lebens ausgestellt. Ein paar Töpfe, Pfannen, Messer, Holzlöffel und Teller aus Steinzeug, alles gebraucht und vermutlich aus Haushaltsauflösungen oder Hinterlassenschaften Verstorbener stammend.

Eine dickliche Frau in mittleren Jahren kam ihm entgegen, ihre Neuerwerbung in Gestalt eines kleinen Gobelins wie einen kostbaren Schatz in den Händen haltend. Sie senkte den Kopf und huschte mit ängstlicher Miene an ihm vorbei.

Die Menschen reagierten häufig so auf Antonio, wenn er ihnen direkt gegenüberstand. Ob es nun an seinem offen sichtbaren Schwertgehenk lag, das so wenig zu seiner schwarzen Kaufmannskleidung zu passen schien, oder aber an seiner ungewöhnlichen Größe – anscheinend strahlte er etwas aus, das vielen Menschen Furcht einflößte.

Isacco gehörte leider nicht zu dieser Sorte; sein Gemüt schien weniger empfindsam zu sein. Er stand im Hintergrund und zählte langsam das eingenommene Geld in eine kleine Münzkassette, die er sorgfältig verschloss, bevor er sie wieder unter der Ladentheke verstaute. Erst dann wandte er sich zu dem Besucher um. Seine Miene war feindselig. »Was wollt Ihr hier?«

»Gott zum Gruße, Isacco Zinzi. Wie sehr es mich ehrt, so freundlich von Euch in Empfang genommen zu werden.«

Isacco straffte sich, machte aber keinerlei Anstalten, auf Antonios launige Bemerkung einzugehen.

Antonio hatte schon damals festgestellt, dass der Marrane den Frohsinn nicht gerade für sich gepachtet hatte. Isacco war ein in sich gekehrter Bücherwurm und immer darauf bedacht, dass sich alle so verhielten, wie es sich gehörte. In seiner ganzen Art hätte er sehr gut zu Mansuetta gepasst, die ebenfalls ständig zu lauern schien, ob jemand einen Fehler beging. Mansuetta wäre ihm sicher keine schlechte Frau, zumal sie, wie Antonio wusste, Isacco schon seit ihrer frühen Jugend anschmachtete und ihm zuliebe möglicherweise sogar ihr herrisches Benehmen gezügelt hätte.

Doch stattdessen musste Isacco sich in Laura vergucken, deren Charakter so völlig anders war als der seine.

Was Laura und Mansuetta betraf, so hätten auch sie kaum unterschiedlicher geartet sein können. Ähnlich waren bei beiden lediglich das rote Haar und das aufbrausende Wesen.

Davon abgesehen hatte Laura vom Wesen her nichts mit Mansuetta gemeinsam. Sie lachte viel, war übermütig bis hin zum Schalk, tänzelte mehr, als dass sie ging, und strahlte überhaupt eine so sprühende Lebenslust aus, dass sie förmlich davon zu leuchten schien.

Ihre Begeisterungsfähigkeit, ihr Überschwang, ihr Lächeln – vielleicht waren gerade das Eigenschaften, die einen eher pessimistisch veranlagten Menschen wie Isacco besonders anzogen.

Stirnrunzelnd betrachtete Antonio sein Gegenüber. Isacco war ein ehrbarer junger Mann, doch an ihm war nichts von Mosès Gewitztheit, seinem Charme, seiner gelassenen Überlegenheit, seinem feinsinnigen Humor. Wie konnte der Sohn, sah man von den erstaunlich übereinstimmenden Gesichtszügen und der unverwechselbaren Zahnlücke einmal ab, so völlig anders geraten als der Vater?

»Isacco, wer ist denn da?«, kam es aus dem Raum hinter dem Laden. Die Stimme klang jammervoll und zugleich herrisch.

»Niemand von Bedeutung, Mutter!«, rief Isacco über die Schulter. Aufsässig schaute er Antonio an, der seinen Blick mit resigniertem Lächeln erwiderte. Damit war seine Frage, warum Isacco nichts von Mosè hatte, wohl beantwortet. Jeder Mensch hatte einen Vater *und* eine Mutter, und kaum einer konnte sich aussuchen, wem er nachschlug.

Nein, der Trödler war keine Konkurrenz, und dennoch …

»Ich möchte, dass Ihr Euch Laura aus dem Kopf schlagt«, sagte er förmlich.

Isacco machte ein Gesicht, als hätte er in eine Zitrone gebissen. »Was geht Euch das an?«

»Nun, sie wird noch nicht mit Euch darüber gesprochen haben, denn wir haben vereinbart, darüber einstweilen nach außen hin Stillschweigen zu bewahren. Aber Tatsache ist, dass sie meine Frau wird. Sobald wir einen passenden Termin gefunden haben, heiraten wir.«

Isacco wankte wie unter einem Schlag. Aus seinen eben noch geröteten Wangen wich die Farbe, und hastig senkte er den Blick, als wolle er nicht zu viel von seinen Gefühlen preisgeben, die ihm indessen ohnehin eindeutig ins Gesicht geschrieben standen.

»Ihr könnt also Eure eigenen Bemühungen getrost einstellen«, sagte Antonio. »Das wollte ich Euch nur wissen lassen, bevor Ihr Euch noch länger in etwas verrennt.«

»Aber was …« Isacco stockte, und mit einem Mal schien er zu begreifen, dass Antonio ihm auf die Schliche gekommen war.

»Ja, Isacco Zinzi, ich weiß, dass Ihr mit Eurem Taufnachweis beim Magistrat wart und um die Genehmigung für eine christliche Heirat nachgesucht habt.«

Isacco hatte die Augen gesenkt, sodass Antonio den Ausdruck darin nicht erkannte, aber er konnte spüren, wie es im Inneren seines Gegenübers brodelte.

»Isacco, wer *ist* denn da?«, rief Monna Elsa erneut aus dem Hinterzimmer.

Isacco zuckte unter dem Klang der zittrigen Stimme zusammen. »Niemand, Mutter!«, brüllte er zurück. Hektische rote Flecken zeichneten sich auf seinen Wangen ab.

»Aber ich höre dich doch reden, Junge!« Ein Wimmern war zu hören, dann ein rasselndes Husten.

Antonio deutete auf die Verbindungstür. »Geht zu ihr, sie braucht Euch.«

»Ich entscheide selbst, wer mich braucht.«

Antonio meinte, in Isaccos Antwort eine Spur von Hohn wahrzunehmen, doch deutlicher war die Verzweiflung herauszuhören.

»Natürlich müsst Ihr das selbst entscheiden«, gab er zurück. »Aber Ihr solltet dabei bedenken, dass unterdessen die Zeit verrinnt, was manches unumkehrbar macht.« Behutsam setzte er hinzu: »Vielleicht bleibt Euch nicht mehr lange, um zu entscheiden, wer Euch mehr braucht. Oder um zu entscheiden, nicht gegen das vierte Gebot zu verstoßen. Beziehungsweise gegen das fünfte, sofern man nach der Thora geht, nicht wahr?«

»Was wisst Ihr schon!«, stieß Isacco hervor. Er deutete auf die Tür. »Hinaus!«

Antonio wandte sich zum Gehen. »Euer Vater ist sehr krank, und Ihr wisst es. Ich erinnere Euch hiermit nochmals daran. Lasst Euch nicht zu lange Zeit mit Eurer Entscheidung.« Die Hand schon am Türgriff fuhr er unverhohlen drohend fort: »Und schreibt Euch mein erstes Ansinnen besonders hinter die Ohren: Laura gehört mir.«

Dieses Frühjahr schien eine Zeit der Krankheiten zu sein. War es sonst der Winter, der Husten, Triefnase und Fieberanfälle mit sich brachte, hatte es diesmal der April besonders in sich. Mansuetta hatte die Leute sagen hören, es läge am drohenden Krieg, der die Menschen in Angst versetzte und ihre Kräfte lähmte, sodass die Krankheiten leichtes Spiel hatten. Dort, wo sich Unglück anbahnte, gesellte sich rasch weiteres Unglück hinzu, das sei eine alte Lebensregel.

Mansuetta wusste nicht, ob daran etwas Wahres war, aber es ließ sich nicht von der Hand weisen, dass sehr viele Leute, die sie kannte, in der letzten Zeit von allen möglichen Leiden heimgesucht wurden.

Da war zunächst Mosè Zinzi, der seit etlichen Wochen von einem trockenen Husten geplagt wurde. Er war nicht mehr der Jüngste, insofern war es nicht ungewöhnlich, dass die Krankheit schon länger andauerte und womöglich sogar noch in diesem Jahr zum Tode führen würde. Kürzlich war sie mit Laura bei ihm gewesen, um ihm Medizin zu bringen. Das Rasseln, das aus seiner Brust gestiegen war, sowie das fahle, eingefallene Gesicht verhießen nichts Gutes. Man musste mit dem Schlimmsten rechnen.

Als Nächstes war sie selbst erkrankt, eine schmerzhafte Ohrenentzündung, bei der sie geglaubt hatte, der Kopf würde ihr platzen. Nach qualvollen Tagen war endlich der Eiter abgeflossen, und der Druck hatte nachgelassen. Allerdings hörte sie nun auf dem linken Ohr nicht mehr gut. Sie hoffte, es würde sich mit der Zeit bessern, doch sie wusste von anderen, dass es durchaus bei der Beeinträchtigung bleiben konnte. Ihr waren sogar Fälle bekannt, in denen Leute von einer Ohrenentzündung taub geworden waren.

Kurz nach ihr war Isacco krank geworden. Fieber und heftiges Halsweh hatten ihn gezwungen, für drei Tage den Laden zu schließen und das Bett zu hüten. Mansuetta hatte ihm Essen gebracht und sich um Monna Elsa gekümmert, obwohl sie selbst noch nicht wieder auf der Höhe gewesen war. Sein Dank hätte herzlicher ausfallen können, doch Mansuetta hatte nur wenig Zeit gehabt, sich darüber zu ärgern, denn all das war nichts im Vergleich zu ihrer Sorge um Matteo, der als Letzter von ihnen krank geworden war. Er hatte sich den ganzen vergangenen Tag abgeschlagen gefühlt, und nach der Vesper war dann das Fieber gekommen. Es war so stark gestiegen, dass seine Stirn und sein Leib sich beinahe so heiß anfühlten wie der Ziegelstein, den sie für ihn im Ofen angewärmt hatte. Rasende Kopfschmerzen und starke Übelkeit hatten ihn die ganze Nacht nicht schlafen lassen.

Mansuetta, die an seinem Lager gewacht hatte, ohne ein Auge zuzutun, fühlte sich entsprechend gerädert. Sie fürchtete, selbst wieder krank zu werden und sich dann nicht mehr richtig um ihn kümmern zu können. Veronica konnte unmöglich die Pflege von zwei Kranken übernehmen und nebenher auch noch den Haushalt versorgen. Laura konnte ihre Arbeit auf keinen Fall einfach liegen lassen, nicht jetzt, da sie nebenher noch die neuen

Geschäftsräume einzurichten hatte und den Gehilfen ausbildete. Hinzu kam, dass sie zusätzlich an den Abenden damit beschäftigt war, Nelkenöl herzustellen, eine diffizile Angelegenheit, die ihre gesamte Konzentration erforderte. In diesem Frühjahr wollte sie davon einen größeren Vorrat schaffen, weil sie wie alle anderen den Krieg fürchtete. »Brennnesseln kann ich überall und jederzeit pflücken, um Tee daraus zu machen, und Kräuter kann ich notfalls in ausreichender Menge aus den venezianischen Klostergärten beziehen. Ein wenig teurer vielleicht, als wenn ich sie selbst auf dem Festland ernten würde, doch für unseren üblichen Verkauf würde es reichen. Aber Jasmin gibt es in den Mengen, wie wir sie brauchen, nur auf der Terraferma, und wer weiß, ob wir im Sommer noch von dort Blüten beziehen können. Also müssen wir zusehen, dass wir wenigstens mehr Nelkenöl bekommen.«

Mansuetta wusste, dass Laura recht hatte. Gerade die Duftessenzen brachten gute Erlöse ein. Doch war es damit wie bei allem, was wertvoll war: Es steckte immens viel Arbeit dahinter. Viele Körbe voll Blüten waren nötig, um ein paar Tropfen Essenz zu gewinnen. Früher, als Crestina noch bei ihnen gewesen war, hatte Mansuetta auf der Terraferma in den Blumenfeldern oft beim Pflücken zugesehen und wusste daher, wie langwierig es war, ausreichende Mengen zusammenzubringen.

Mutter, wo bist du?, dachte Mansuetta. Denkst du noch an uns? Wirst du eines Tages wiederkommen? Was war so wichtig für dich, dass du uns verlassen hast? Schon unzählige Male hatte sie sich diese Frage gestellt, doch so verzweifelt wie jetzt war sie selten gewesen.

»Etta«, murmelte Matteo. Er drehte den Kopf hin und her, die Augen zusammengekniffen, als schmerzte ihn das wenige Licht, das durch den offenen Fensterspalt ins Zimmer fiel. Sein Gesicht war hochrot und an den Wangen sowie unter den Ohren geschwollen. Zum Morgen hin war das Fieber ein wenig gesunken, aber jetzt schien es Mansuetta wieder genauso hoch wie in der Nacht.

»Ich bin hier, mein Schatz. Etta ist hier.« Sie nahm den

Schwamm aus dem Kübel mit dem frischen Wasser, das sie vorhin unter Mühen heraufgeholt hatte, wrang ihn aus und legte ihn Matteo auf die Stirn. Er fing sofort an zu jammern, dass er Durst habe, worauf sie ihn vorsichtig aufrichtete und ihm von dem Weidenrindentee einflößte, den Laura vor ihrem Aufbruch am Morgen bereitgestellt hatte. Spätestens am Mittag, so hatte sie angekündigt, wolle sie zurück sein, und falls es dann mit seinen Kopf- und Ohrenschmerzen nicht besser geworden sei, könne man überlegen, ihm eine kleine Portion Schlafmohnsaft zu geben.

Es klopfte an der Haustür, und Mansuetta stemmte sich mühsam hoch, um ans Fenster zu gehen. Manchmal kam sie sich wegen ihrer Behinderung so sehr wie eine alte Frau vor, dass sie sich beklommen fragte, wie es wohl werden würde, wenn sie wirklich alt wäre. Ob sie dann ihre Tage abwechselnd im Bett und im Sessel verdämmern würde, so wie Monna Elsa? Vorausgesetzt, es gab dann noch jemanden in ihrem Leben, der sie von hier nach dort befördern würde und wieder zurück.

Sie ging zum Fenster und schaute hinaus. »Wer ist da?«

Unter der Auskragung trat ein Mann hervor, den sie mit ihren schlechten Augen gerade noch erkennen konnte – es war Giovanni, der Fischhändler, der zu ihr heraufstrahlte.

»Wartet, ich komme Euch öffnen!«, rief sie.

Sie küsste Matteo auf die heiße Stirn. »Ich bin gleich zurück, mein Kleiner.«

Es dauerte eine Weile, bis sie sich nach unten gequält hatte, und stumm verfluchte sie abermals alle Stufen, die sie in ihrem Leben noch würde hinauf- und hinabsteigen müssen. Laura hatte Geschäftsräume für die Apotheke gefunden; Mansuetta würde sich also bald in dem ehemaligen Ladenzimmer hier im Haus einen Schlafplatz einrichten können. Doch zuerst musste Matteo gesund werden, so lange würde sie auf jeden Fall oben in seiner Nähe schlafen. Auch musste Laura zunächst einmal mit der Ausstattung der neuen Arbeits- und Verkaufsräume fertig sein. Alles andere musste warten.

Mansuetta öffnete die Tür.

»Ich grüße Euch an diesem wunderschönen Frühlingstag«, sagte Giovanni. Auf seinem pockennarbigen Gesicht schien die Sonne aufzugehen, als er ihrer ansichtig wurde. Er streckte ihr einen Korb entgegen, in dem ein großes Stück fangfrischer Kabeljau lag. »Für Euer Mittagsmahl, wenn Ihr mögt. Ausgenommen und kochfertig. Ich habe ein Bund Kräuter dazugelegt und eine Zitrone zum Säuern, so wie Ihr es mögt.«

»Danke sehr, Giovanni«, sagte sie. »Aber es ist wie immer viel zu viel. Ihr seid herzlich zum Essen eingeladen!«

Natürlich hatte er es darauf angelegt, wie jedes Mal, wenn er mit seinem Fischkorb vor der Tür stand, doch sie hatte nichts dagegen. Inzwischen war ihr längst klar, dass nicht Veronica, sondern sie selbst das Ziel seiner Aufmerksamkeit war, auch wenn sie es immer noch nicht recht glauben mochte. Dennoch genoss sie es, wenn sie spürte, wie seine Blicke sie streiften, vor allem aber freute es sie, dass sie in seinen Augen nicht hässlich war. Es konnte nur an seinen eigenen Entstellungen liegen, dass er sie anziehend fand.

»Wenn Ihr wollt, kann ich Euch auch beim Kochen zur Hand gehen«, bot er an. »Ich weiß doch, dass der arme Kleine krank ist und dass Veronica Monna Laura in der Apotheke helfen muss. Und all die Wege, die ihr treppauf, treppab immer bewältigen müsst …«

»Das würdet Ihr wirklich tun?« Sie lächelte ihn überrascht an.

Im nächsten Moment sah sie, wer mit ausgreifenden Schritten aus dem Nachbarhaus kam, und augenblicklich verging ihr das Lachen.

Sie nahm Giovanni den Korb aus der Hand und versuchte, sich durch die Anwesenheit des Neuankömmlings nicht aus der Ruhe bringen zu lassen.

»Guten Tag, Antonio Bragadin«, sagte sie leicht gezwungen. Halb und halb rechnete sie immer noch mit einem Donnerwetter wegen des unterschlagenen Briefs, aber bis auf ein paar grollende Seitenblicke war bisher aus seiner Richtung nichts gekommen. Laura schien ebenfalls nicht allzu wütend deswegen gewesen zu sein. Sie wirkte seit dem Aschermittwoch eher bekümmert, aber aus Gründen, die bestimmt nicht mit Antonio zusammenhingen. Die Beziehung der beiden war, wie Mansuetta inzwischen widerwillig hatte akzeptieren müssen, über jeden Zweifel erhaben. Wenn es zwei Menschen gab, die einander von Herzen zugetan waren, so waren es Laura und Antonio. Es war schon beinahe lächerlich, wie sie sich gegenseitig mit Blicken verschlangen und einander auf eindeutige Weise berührten, wenn sie meinten, es schaue gerade niemand hin.

»Du warst bei Isacco«, stellte sie fest. »Hast du ihm Nachricht von seinem Vater gebracht? Geht es Messèr Mosè schlechter?«

»Besser ist es nicht geworden.«

In Mansuettas Ohren klang das wie eine Umschreibung des unausweichlichen Endes, und als sie seine ernste Miene sah, ahnte sie, dass ihre Vermutung zutraf.

»Wenn er noch mehr Medizin braucht …«

»Er braucht vor allem seine Familie, an erster Stelle seinen Sohn.«

»Oh«, meinte Mansuetta bedrückt. Vermutlich hatte Antonio versucht, Isacco davon zu überzeugen, seine Abneigung gegen seinen Vater fallen zu lassen und ihn zu besuchen. Doch in dem Punkt war Isacco, wie sie schon selbst hatte feststellen müssen, bisher äußerst unversöhnlich gewesen.

Sie hielt es für angezeigt, auf ein anderes Thema umzuschwenken. »Du musstest vor drei Wochen so plötzlich fort, wieder nach Ungarn, wie mir Laura sagte. Wie verlief deine Unternehmung dort?«

»Zufriedenstellend.«

»Wann bist du zurückgekehrt?«

»Vor wenigen Stunden erst, und wahrscheinlich muss ich morgen schon wieder aufbrechen. Ist Laura hinten in der Offizin?«

»Nein. Sie ist in den neuen Ladenräumen.«

Er wirkte sichtlich überrascht. »Neue Ladenräume? Wie das?«

Sie zuckte die Achseln. »Letzte Woche erzählte sie, dass sie passende Räume gefunden habe, und da sie keine Zeit verlieren wollte, hat sie gleich damit angefangen, sie einzurichten.«

Er schaute über ihre Schulter in den Verkaufsraum, wo die Regale zum größten Teil bereits leer geräumt waren. »Tatsächlich. Sie hat wirklich keine Zeit verloren.« Sein gedehnter Tonfall ließ erkennen, dass ihm diese Neuigkeit nicht behagte. »Jemand muss ihr dabei zur Seite gestanden haben. Niemand vermietet einer jungen Frau von kaum siebzehn Jahren Geschäftsräume. Wer hat ihr geholfen?«

Giovanni, der wartend neben ihr stand, räusperte sich. Er nahm Mansuetta den Korb aus den Händen. »Ich bringe den Fisch besser aus der Sonne, oder? Soll ich ihn rasch in die Speisekammer stellen? Oder nein, ich wässere ihn, ist Euch das recht?«

»Ja, danke«, sagte Mansuetta. Sie stützte sich am Türrahmen ab, um ihre Hüfte zu entlasten, und überlegte, wie sie es Antonio möglichst diplomatisch erklären sollte, aber bevor sie sich etwas zurechtlegen konnte, kam er schon selbst darauf.

»Sie hat diesen Schönling wiedergesehen, oder?«

Mansuetta erwog, ihn anzuschwindeln, doch sein durchdringender Blick machte deutlich, dass er nur darauf wartete, sie der Lüge zu überführen. Sie unterdrückte ein Seufzen. »Er ist nur ein guter Freund für sie, und du solltest deswegen nicht so einen Wirbel veranstalten.«

»Sie hätte *mich* fragen können wegen neuer Räume! Schließlich ist sie bald meine Frau. Ich hätte das für sie regeln können!« Erzürnt schlug er mit der Faust so hart gegen die offene Tür, dass es krachte. Mansuetta zuckte zusammen, gewann aber sofort ihre Fassung zurück.

»Das hättest du bestimmt tun können, nur warst du nicht da. Und wenn du morgen schon wieder weg bist, sehe ich nicht, was du für sie regeln kannst.« Sie betonte das Wort *regeln* auf unmissverständlich abfällige Art. »Und falls es dir doch einmal gelingt, fragt es sich, welche Maßstäbe du dabei anlegst.«

Mit gerunzelter Stirn blickte er auf sie nieder. »Was willst du damit sagen?«

»Nun, nimm nur diese Zwillinge, die du als Gehilfen für Laura ausgesucht hast. Sie sind schon vierzehn, viel zu alt für Lehrjungen. Und ihr Benehmen!«

Er winkte ab, anscheinend wollte er nicht darüber reden, doch sie hatte sich bereits in ihren Ärger hineingesteigert und dachte gar nicht daran, das Thema zu wechseln.

»Wenn du meinst, die beiden würden sich für die Laufbahn eines Apothekers interessieren, so täuschst du dich!«, ereiferte sie sich. »Allein ihr Vokabular! Und wie sie sich bei Tisch betragen! Und hinterher erst recht! Man müsste meinen, bei den Mengen, die sie fressen, sollten sie satt werden, doch sie stehlen unter meinen Augen die Wurst aus der Vorratskammer und glauben, ich merke es nicht!«

»Ist das alles?«

»Nein«, sagte sie erbittert. »Das Schlimmste ist, wie sie dauernd mit ihren Messern in der Gegend herumwerfen, jedenfalls der eine der beiden. Ich bin froh, dass sie im Gartenschuppen schlafen. Im Haus würde ich sie keine Nacht ertragen. Als Lehrjungen sind sie der reinste Witz.«

Er schlug abermals mit der Faust gegen die Tür. »Es reicht! Stell meine Entscheidung nicht infrage! Tomàso und Oratio sind genau die Richtigen für diese Aufgabe!«

Sie schluckte weitere Anklagen hinunter, konnte sich jedoch eine letzte spitze Bemerkung nicht verkneifen. »Wer jedes Mal nur wenige Tage zu Hause ist zwischen all seinen unaufschiebbaren Geschäften, kann keine wichtigen Dinge regeln«, meinte sie von oben herab. »Er kann kaum mehr schaffen, als auf die Schnelle der verbotenen Fleischeslust zu frönen, egal an welchem Ort.«

Ihr entging nicht, wie er bei dieser Bemerkung errötete. Sicher erinnerte er sich noch ebenso gut wie sie an das wilde erotische Zwischenspiel, bei dem sie ihn und Laura kurz vor seinem Aufbruch nach Ungarn in der Offizin ertappt hatte.

Mit einem Mal sah er wieder aus wie der ungezogene Bengel von zwölf, der hinten in der Küche saß und auf dem Schemel herumrutschte, weil Mansuetta ihm befahl, beim Essen nicht so zu schlingen.

»Wenn ich nicht so oft fortmüsste, wären wir schon verheiratet.«

»Wie lange wirst du diesmal wegbleiben?«

»Ich weiß es nicht«, sagte er. Es klang ein wenig kläglich, doch gleich darauf nahm seine Miene wieder einen entschlossenen Ausdruck an. »Wo ist der neue Laden?«

Sie sagte es ihm. Kaum hatte sie ihm geantwortet, war von oben her das dünne Weinen eines Kindes zu hören. »Lieber Himmel, das ist Matteo!«, sagte Mansuetta bestürzt.

»Was ist mit ihm?«

»Er ist sehr krank.«

»Du meine Güte«, sagte er betroffen.

»Und ich stehe hier herum …« So rasch sie konnte, ging sie nach hinten zur Stiege. Antonio überholte sie mühelos und war mit wenigen Schritten oben. Während sie sich noch die Stufen hinaufkämpfte, hörte sie ihn mit Matteo reden.

»Na, Kamerad? Dich hat es wohl übel erwischt, oder? Lass mal fühlen, ob du Fieber hast.«

Matteo murmelte etwas, und Antonio meinte: »Ich verstehe. Komm her, ich helfe dir. Dafür sind wir Männer lieber unter uns, was?« Er lachte leise. »Na los, hier ist der Topf. Lass laufen, Junge.« Er hielt inne. »Weißt du noch, wie wir dich früher immer abhielten, wenn deine Schwester auf Beutezug war? Mann, hattest du damals schon einen Strahl drauf, da konnte sogar Carlo kaum mithalten! Hm, nein, daran kannst du dich nicht erinnern, dafür warst du noch zu klein. He, soll ich dir was sagen? Ich hab dich fürchterlich vermisst, als ihr auf einmal weg wart. Ganz im Ernst. Du hast mir gefehlt.«

Mansuetta runzelte befremdet die Stirn und blieb kurz stehen, doch Antonio sagte nichts mehr. Sie blieb vor der Tür stehen, als sie das Plätschern eines Urinstrahls hörte, gefolgt von Matteos erleichtertem Seufzen. Gleich darauf quietschte die Bettstatt, und als sie den Kopf in die Kammer steckte, sah sie, dass Antonio den Kleinen wieder vom Nachtstuhl ins Bett gehoben hatte. Er schaute über die Schulter zu ihr, während er Matteo über den Kopf strich. »Er hat wirklich hohes Fieber.«

»Ich habe Veronica vorhin nach einem Arzt geschickt.«

»Zu welchem?«, wollte er wissen.

»Er heißt Priuli«, sagte sie.

»Nein«, erwiderte er sofort. »Nicht den. Das lasse ich nicht zu.«

»Warum nicht?«, fragte sie erstaunt. »Was ist mit ihm?«

Seine Miene verschloss sich. »Ich habe ihn in schlechter Erinnerung. Ich werde nach einem anderen Arzt schicken lassen, einem richtigen Medicus, dem, der auch Mosè behandelt. Er ist sehr gut, sagt man. Ein Jude namens Simon.« Bevor sie etwas sagen konnte, meinte er: »Ich weiß, die jüdischen Ärzte sind teuer, aber keine Sorge, ich werde ihn bezahlen.«

Sie hatte nichts dergleichen äußern wollen, sondern lediglich vorgehabt, ihm für seine Mühe zu danken.

»Er hat Mumps«, erklärte sie. »Aber es ist nicht so harmlos wie in den üblichen Fällen. Dafür hat er zu starke Kopfschmerzen.«

»Ich werde es dem Arzt ausrichten lassen und dafür sorgen, dass er noch an diesem Nachmittag hier erscheint.« Antonio ging an ihr vorbei und zur Stiege. »Übrigens, der Kavalier mit dem Fisch ist noch unten in der Küche. Ich glaube, er macht sich am Herd zu schaffen.«

Sie merkte, wie Wärme in ihre Wangen stieg. »Das geht in Ordnung.«

»Er ist ein netter Kerl«, sagte Antonio. »Netter als mancher andere.«

»Du kannst das bestimmt gut beurteilen«, sagte sie bissig.

Er grinste flüchtig. »Eins kann ich auf jeden Fall beurteilen:

Du siehst richtig hübsch aus, wenn du lachst. Und vorhin, als ich kam, *hast* du mit ihm gelacht.«

»Verschwinde, Antonio Bragadin, sonst bewerfe ich dich mit ein paar Büscheln Salbei.«

Er tat so, als müsse er niesen, was ihr ein Grinsen entlockte.

»Siehst du, ich sag's ja«, meinte er zufrieden, einen Fuß schon auf der Stiege. »Richtig hübsch.«

»Oratio, ich würde es vorziehen, wenn du deine Übungen draußen machst.« Laura warf dem einen ihrer beiden neuen Gehilfen einen halb belustigten, halb entnervten Blick zu. »Was sollen die Kunden von einer Apotheke denken, in der ihnen gleich beim Hereinkommen Messer um die Ohren fliegen?«

»In die Offizin kommt niemand außer uns. Hier hinten sieht es doch keiner.«

»*Ich* sehe es.«

»Du hast schon ganz andere Sachen gesehen. Außerdem muss ich üben, denn nur wer übt, kann besser werden.«

»In diesem Punkt gebe ich dir recht«, stimmte sie zu. »Aber dann sei wenigstens so gut und wirf nicht in meine Richtung.«

Oratio stieg auf einen Schemel und zerrte sein Messer aus dem Dachbalken über Lauras Kopf. Ungerührt warf er abermals, diesmal in einen anderen Balken. Er war unglaublich schnell und geschickt mit seinem Wurfmesser, ein Talent, das er zu Lauras Überraschung nicht mit Tomàso teilte, obwohl die beiden nach wie vor alles gemeinsam hatten – bis auf Oratios Narbe, die ihm für immer ein unverwechselbares Aussehen verlieh. Laura hätte allerdings die wulstige, gespaltene Oberlippe nicht mehr als Erkennungsmerkmal benötigt, um Oratio von Tomàso zu unterscheiden. Damals hatte sie zu viel Angst vor ihnen gehabt und nur darauf geachtet, dass die beiden sie nicht bestahlen. Inzwischen hatte sie gelernt, feinere Unterschiede wahrzunehmen. Es war wie bei den Pflanzen. Manchmal war es nur eine winzige Abweichung in der Tönung der Blätter oder dem Geruch der Blüten, die eine Sorte von der anderen unterschied. Ein Laie mochte es nicht gleich feststellen, doch dem geübten Auge fiel es sofort auf. Mittlerweile konnte sie die Zwillinge sogar auseinanderhalten, wenn sie mit dem Rücken zu ihr standen.

»Hat dein Bruder vorne im Laden die Kisten ausgeräumt?«, fragte sie.

»Alles ausgeräumt und in die Regale gestellt«, bestätigte Oratio.

»Hoffentlich hat er die Finger von dem Kräuterzucker gelassen.«

»Da geht er bestimmt nicht dran. Wenn, dann höchstens an den Honig, den mögen wir beide am liebsten.«

»Den brauche ich für die grüne Salbe. Sag ihm, er soll sich zurückhalten.«

Oratio schnappte sich sein Messer und prüfte die Schärfe der Schneide, bevor er die Waffe wieder zurück in die Scheide schob. Er ging zur Tür der Offizin und brüllte durch den Gang in den Verkaufsraum: »Lass den Honig in Ruhe, du Affenarsch, sonst schneidet Laura dir die Eier ab!«

Laura zuckte zusammen und setzte an, ihm eine Predigt über das Für und Wider von Flüchen am Arbeitsplatz zu halten, doch als er sie auf seine sonnige Art anlächelte, wurde ihr klar, dass er es in hundert Jahren nicht begreifen würde.

Laura behielt die beiden nach wie vor im Auge, weil sie ihnen immer noch nicht vollständig traute. Doch bisher hatten sie keine langen Finger gemacht, sah man von ein paar Wurstzipfeln und Brotstücken ab. Mansuetta mochte sich deswegen ereifern, doch für Laura war es kein Grund, die Zwillinge hinauszuwerfen. Sie hatte ihnen die Leviten gelesen, und daraufhin hatten die kleinen Diebereien aufgehört. Es war schwer zu sagen, ob diese Folgsamkeit darauf zurückzuführen war, dass sie den beiden gedroht hatte, sich bei Antonio zu beschweren, oder aber darauf, dass sie beiläufig angekündigt hatte, ein paar ausgewählte Vorräte mit einem geruchs- und geschmacksneutralen Gift zu präparieren. Jedenfalls mieden die zwei seither die Speisekammer, als würde dort der Leibhaftige hausen.

»Oratio, bitte häng das noch auf, dann machen wir hier hinten für heute Schluss.« Sie reichte ihm die letzten Salbeibündel, damit er sie zum Trocknen an die Balken hängen konnte. Dort baumelten bereits büschelweise Kamille, Minze und Rosmarin. Die Kräuter verbreiteten einen intensiven Duft, der durch die Hitze auf dem Dach noch verstärkt wurde.

Bereitwillig nahm er ihr die Bündel aus der Hand und hängte sie über die Leinen, die sie vorher gemeinsam zwischen den Balken aufgespannt hatten.

»Wie lange muss das Zeug jetzt hier hängen?«, wollte er wissen.

»Bis es richtig trocken ist.«

»Und was passiert dann damit?«

»Es wird zerrieben und in Säckchen gefüllt.«

»Legt man sich die in die Wäschetruhe?« Er runzelte die Stirn. »Unsere Mutter hatte solche Säckchen in ihrer Truhe.«

»Es stimmt, vor allem Salbei gibt es in stark duftenden Sorten. Aber diese Art hier wird für heilende Aufgüsse verwendet. Man bereitet einen Sud daraus zu und trinkt ihn.« Sie machte sich ans Aufräumen und warf die welken und schadhaften Pflanzenteile, die beim Bündeln übrig geblieben waren, in ein Abfallfass. Später, kurz vor Einsetzen der Flut, würde sie es in den Kanal leeren, der nur zwei Häuser weit entfernt war.

»Kannst du dich denn noch an deine Mutter erinnern, Oratio?« Sie wandte sich zu dem Jungen um. Für seine vierzehn Jahre war er nicht sonderlich groß. Nach wie vor war er mager, aber nichts an ihm war noch kindlich zart. Er war sehnig und wirkte ständig sprungbereit wie ein verwildertes Tier, ein Messer unter der Achsel und ein anderes im Gurt an der Hüfte.

»Sie starb, als wir sechs waren«, sagte er. »Danach fanden wir Antonio und Valeria.«

Laura schluckte. Matteo war sechs. Bereits die Vorstellung, er müsste sich allein durchschlagen, war haarsträubend.

»Oratio«, begann sie zögernd. »Ich weiß, dass Antonio dich und Tomàso in erster Linie zu mir geschickt hat, damit ihr mich beschützt, so wie Ippolito es auch tut.«

»Guter Faustkämpfer, dieser Ippolito«, sagte Oratio bewundernd. »Und mit dem Degen kann er auch umgehen. Er will es mir beibringen.«

»Das kann nicht schaden«, meinte Laura, obwohl sie eher das Gegenteil für zutreffend hielt. Wenn Oratio fechten lernte, würde es zwangsläufig darauf hinauslaufen, dass er zu den Söldnern ging. Falls er die ersten Jahre im Fußvolk überlebte, würde er es vielleicht zum Besitz eines Pferdes bringen, möglicherweise sogar bei der Artillerie mitreiten, eine Wunschvorstellung vieler Knaben in seinem Alter. Auch Antonio hatte früher davon geträumt, Soldat zu werden. Laura erinnerte sich noch genau, wie er damals auf dem Campanile darüber gesprochen hatte.

»Oratio, die Arbeit hier bei mir – könntest du dich dafür interessieren? Macht es dir Spaß, diese Dinge zu lernen?«

Er betrachtete sie zweifelnd, ein abgerissener Halbwüchsiger in Sachen, die ihm zu groß waren, und mit Augen, die schon zu viel gesehen hatten. »Du meinst, die Arbeit, die du machst?«

Sie nickte. »Das, was ein Apotheker können muss. Wir *Farmacisti* und *Erboristi* haben keine Korporation und kein *Capitolare*, aber es ist eine solide und ehrbare Tätigkeit, mit der sich gutes Geld verdienen lässt, wenn man sich ein bisschen geschickt anstellt. Man kann es nicht zu Reichtum, aber zu einigem Wohlstand bringen und so für schlechte Zeiten vorsorgen.« Sie lächelte ihn an. »Man kann sogar eine Familie damit ernähren.«

Er schaute sie an, als hätte sie ihm ein unzüchtiges Angebot gemacht. »Du meinst, Kinder?«

»Wieso nicht? Bei einer Familie gehören Kinder dazu.«

»Ich erinnere mich noch sehr gut, wie es ist, ständig ein kleines Kind um sich zu haben. Sie scheißen, wo sie gehen und stehen. Und sie übergeben sich, wenn ihnen das Essen nicht bekommen ist. Vor allen Dingen brüllen sie Tag und Nacht, bis einem die Ohren wehtun.«

»Das alles lässt sich leicht ertragen, weil man seine Kinder liebt.«

»Von den kleinen Kindern sterben doch sowieso die meisten«, meinte Oratio pragmatisch. Er schüttelte den Kopf. »Wozu dann erst welche kriegen?«

»Genauso gut könnte man sagen: Wozu erst leben, wenn man sowieso sterben muss!«

»Ich bin noch lange nicht tot«, sagte Oratio grinsend. »Auch ohne Kinder hab ich bestimmt noch ein paar gute Jahre vor mir.«

»So gesehen hast du sicher recht. Aber was machst du, wenn du eine Frau findest, die du liebst?«

»So wie Antonio dich?«

Laura spürte, wie sie errötete. Hiermit sprach Oratio ein Problem an, das sie manche Nacht um den Schlaf brachte. Sie lebte immer noch in Sünde, und es schien so, als hätten alle Mächte sich verschworen, damit es dabei blieb.

»Er liebt mich, das stimmt«, sagte sie mit mehr Überzeugung in der Stimme, als sie fühlte. Nicht einmal in dem Punkt war sie sicher. Und auch sonst war alles in der Schwebe, ein unerträglicher Zustand, wie sie fand. Er war schon wieder seit drei Wochen fort, wegen einer verschollenen Alaunlieferung. Das Gebiet, in das er hatte reisen müssen, wurde von Osmanenbanden unsicher gemacht. Er konnte längst tot und kalt unter der ungarischen Erde liegen.

»Kriegst du denn ein Kind?«

»Was?« Laura ließ den Lappen fallen, mit dem sie die Werkbank abgewischt hatte. »Wie kommst du jetzt bloß *darauf*?«

»Na, du sagst, er liebt dich. Und du liebst Kinder, das wissen wir ja alle, seit du damals mit deinem kleinen Bruder angerückt kamst. Also könnte man meinen, dass du jetzt ein Kind kriegst.«

Betreten überlegte Laura, dass er damit durchaus hätte richtig liegen können, wenn ihr das Glück im letzten Monat nicht ebenso hold gewesen wäre wie im Monat davor. Sie hatten sich vorgenommen, keusch zu bleiben, doch genauso hätten sie beschließen können, das Essen aufzugeben. Natürlich war klar, dass sie damit das Schicksal herausforderten. Wenn sie nicht bald heirateten, konnte es geschehen, dass sie die Schande einer ledigen Mutterschaft ertragen musste, während der geschäftstüchtige Vater in der Weltgeschichte herumreiste.

»Wir werden bestimmt viele Kinder haben«, sagte sie möglichst würdevoll zu Oratio. »Sobald wir verheiratet sind.« Die Frage, ob er sich vorstellen könne, eine vollständige Lehre bei ihr zu absolvieren, griff sie nicht wieder auf. Es war nur zu offensichtlich, dass er daran kein Interesse hatte, sonst hätte er nicht so schnell das Thema gewechselt. Er und sein Bruder hatten zu lange von der Hand in den Mund gelebt, um sich für geregelte Arbeit erwärmen zu können. Nicht nur die mangelnde Erziehung, sondern auch Abenteuerlust und jugendliches Ungestüm trieben sie dazu, die Gefahr zu suchen, sei es bei einem schnellen Diebstahl oder bei einem Kampf. Vermutlich würden beide auf dem Schlachtfeld enden.

»Wann heiratet ihr denn?«, wollte Oratio wissen.

»Sobald Antonio das nächste Mal hier auftaucht«, sagte sie mit großer Entschiedenheit.

Aus dem Ladenraum ertönte ein Pfiff, das vereinbarte Signal dafür, dass jemand das Haus betreten hatte, der nicht als Kunde kam. Einen Lidschlag später hielt Oratio den Dolch in der Hand. Auf Zehenspitzen tänzelte er zur Tür, das Messer wurfbereit.

Gleich darauf entspannte sich sein Gesicht zu einem erfreuten Grinsen. »Ach was«, sagte er. »Da kommt Besuch. Ob er den Ring mitbringt?«

Oratio sprang lachend zur Seite, während Antonio an ihm vorbei in die Offizin gestürmt kam.

»Wenigstens passt ihr auf«, sagte er über die Schulter zu Oratio, und dann: »Raus.«

Immer noch grinsend verzog sich Oratio nach nebenan zu seinem Bruder. Antonio schlug die Tür hinter ihm zu und starrte Laura drohend an. Mit stockendem Atem erwiderte sie seinen

Blick. »Du bist wieder da!«, meinte sie, während sie gleichzeitig bemüht war, ausreichend Luft zu holen, um nicht zu schnaufen wie eine kranke Kuh.

»Allerdings.« Er kam auf sie zu. »Und was finde ich vor? Eine neue Apotheke, die du mit Hilfe dieses blondlockigen Milchgesichts angemietet hast! Genauer gesagt, er hat sie für dich angemietet, für eine Summe, die du hier im Leben nicht erwirtschaften kannst!«

»Den Betrag, den er mir genannt hat, kann ich leicht zusammenbringen!«, widersprach sie.

Antonio lachte höhnisch. »Womit wohl erwiesen ist, dass er immer noch keine Gelegenheit auslässt, um dich herumzuscharwenzeln.«

Verunsichert blickte sie sich in der Offizin um. Der Raum war bestimmt dreimal so groß wie ihre alte Werkstatt, und dasselbe galt für den benachbarten Verkaufsraum. Die Lage war ausgezeichnet, in einem Bezirk, in dem viele wohlhabende Leute wohnten, an einer breiten Salizada und nur wenige Schritte von einem der größeren Kanäle entfernt. Kein mühseliges Schleppen von Säcken oder Ziehen von Karren mehr, keine verzweifelten Überlegungen, wo sie all ihre Erzeugnisse lagern sollte. Es gab sogar einen kleinen Ziehbrunnen im Hof. Die neuen Geschäftsräume waren ideal.

Und vermutlich hatte Antonio recht mit seinem Verdacht. Es ärgerte sie über alle Maßen, dass sie es nicht sofort selbst erkannt hatte. Die Räumlichkeiten waren ihr außergewöhnlich günstig erschienen, sie hatte es zuerst kaum glauben wollen, als Zuane, den sie um eine Empfehlung gebeten hatte, ihr davon erzählte. Er hatte gemeint, dass das Haus dem Freund eines Freundes gehörte, welcher wiederum ihm einen Gefallen schuldete, von daher wäre es die reine Dummheit, hier nicht zuzugreifen. Er hatte alle Formalitäten für sie erledigt, sie sollte ihm nur künftig quartalsweise die Mietkosten erstatten. Das Ganze war von so himmelschreiender Eindeutigkeit, dass sie sich am liebsten für ihre Naivität geohrfeigt hätte.

»Ich sehe, dass dir soeben die Erleuchtung gekommen ist«, stellte Antonio befriedigt fest.

»Ach ja? Was du nicht alles siehst!« Wütend trat sie gegen ein Fass mit frischem, erst halb erstarrtem Schweineschmalz. Etwas davon spritzte heraus und traf ihr Kleid. Das fachte ihren Zorn noch mehr an, und der nächste Tritt fiel fester aus. Das Fass kippte um, und der Inhalt rutschte in matschigen Brocken über den Saum ihrer Gamurra, ihre Sandalen und die Bodendielen.

Sie gab einen ebenso lauten wie gotteslästerlichen Fluch von sich, nur um sich gleich darauf zu bekreuzigen und die heilige Muttergottes stumm um Vergebung anzuflehen. Mit gesenkten Augen bückte sie sich, um die Bescherung zu beseitigen. Ihr Kleid und ihre Schuhe trieften vor Fett, wahrscheinlich würde sie die Sachen nie mehr richtig sauber bekommen. Auch der Boden würde noch lange ölig glänzen. Mit beiden Händen klaubte sie die Schmalzmasse zurück in das Fass. Dabei wurde sie gewahr, dass Antonio sie beobachtete. Sie schaute zu ihm auf und bemerkte den Ausdruck selbstgefälliger Belustigung in seiner Miene, was sie augenblicklich rasend machte. Ohne nachzudenken, griff sie sich eine Handvoll Schmalz und warf damit nach ihm. Er wich aus, aber er war nicht schnell genug. Der Klumpen traf ihn am Kinn. Verblüfft hob er die Hand und wischte das Fett weg. Ölige Tropfen rannen ihm auf die Brust und befleckten sein makelloses schwarzes Samtwams. Der Anblick entlockte Laura ein Kichern, und gleich darauf brach sie in Lachen aus. In der Hocke auf dem Boden kauernd, äugte sie zu ihm hoch. Mit all dem Schmalz an den Fingern und auf ihren Sachen sah sie vermutlich wie das Schwein aus, dem der ganze Segen entstammte.

Er tat einen Schritt auf sie zu. »Komm nicht näher«, warnte sie kichernd, die Hand mit weiterem Schmalz erhoben. »Ich kann mich wehren!«

Er grinste sie an. »Das wagst du nicht.«

»Wetten?«

Er rückte vor, und prompt warf sie erneut nach ihm. Diesmal wurde er mitten auf der Brust getroffen. Er brüllte in gespieltem

Zorn auf, und mit dem nächsten Schritt hatte er sie erreicht und packte sie. Mit beiden Händen zog er sie vom Boden hoch.

Die Begierde traf sie wie ein Schlag. Es gab kein Halten mehr und kein Zögern. Er war hier, bei ihr, und sie waren allein. Dies konnte der letzte Tag in ihrem Leben sein, und wer wusste schon, ob es ihr an einem der weiteren Tage, die dessen ungeachtet folgen mochten, vergönnt wäre, ihn wiederzusehen.

Sie schauten einander in die Augen und kosteten den Moment aus, obwohl er kaum länger als ein Herzschlag dauerte. Mehr brauchten sie nicht, um die Unausweichlichkeit zu erfassen, mit der es sie zueinandertrieb.

Sie warf sich gegen ihn und sprang an ihm hoch, umschlang ihn dabei mit Armen und Beinen gleichzeitig, und als ihre Lippen aufeinandertrafen, stöhnte sie auf, wie jedes Mal, wenn er ihr auf diese Weise nahe kam. Seine Arme umschlossen sie wie eiserne Zwingen, und an ihrem Schoß spürte sie die Härte seines Glieds. Keuchend rieb sie sich an ihm, doch er hatte bereits hinter ihrem Rücken unter sie gegriffen, sein Suspensorium aufgenestelt und mit der anderen Hand alle Hindernisse beseitigt, die ihm noch durch ihre Kleidung im Weg waren. Das Fett glitschte an seinen Händen und zwischen ihren Mündern, es glänzte in Schlieren auf seinem Gesicht und in seinem Haar.

Durch eines der schmalen Fenster, die zum Glück allesamt auf einen nicht einsehbaren Hof wiesen, fiel ein Sonnenstrahl herein und traf sein ihr zugewandtes Gesicht. Seine Augen funkelten hellgolden wie die Lohe einer frisch entfachten Flamme.

Öl, Schweiß und die hitzige Nässe ihrer Erregung bildeten zwischen ihnen einen Film aus flüssigem Feuer, in dem sich ihre Körper trafen und aneinander rieben. Er küsste sie wie ein Verdurstender und drang gleich darauf mit solcher Mühelosigkeit in sie ein, als hätte er all die Wochen nichts anderes getan. Sie hieß ihn mit derselben Selbstverständlichkeit willkommen, und es war, als sei ein verlorener Teil von ihr zurückgekehrt. Er hatte mit beiden Händen ihre Hinterbacken umfasst, doch sie brauchte den Halt nicht, den er ihr gab, denn ihre Schenkel hielten seine Hüften mit spielerischer Kraft umklammert, während sie auf ihm ritt. Keuchend und mit zurückgeworfenem Kopf drängte sie sich gegen ihn und senkte sich auf ihn herab, kam seinen Stößen entgegen, bis er in den Tiefen ihres Körpers zuckte und sich verströmte. Einen Atemzug darauf fand sie ihre eigene Erfüllung und sank mit einem gepressten Schrei gegen ihn. Er hielt sie bei den Schenkeln fest, bevor sie herabgleiten konnte.

Die ruckartige Bewegung brachte sie schlagartig in die Wirklichkeit zurück, und die Leidenschaft wich einem Gefühl jämmerlichen Versagens.

»Wir haben es schon wieder getan und sind immer noch nicht verheiratet«, murmelte sie resigniert.

»Ich weiß, und es ist unverzeihlich. Als Entschuldigung kann ich nur für mich ins Feld führen, dass du angefangen hast.« Antonio nieste heftig, und diesmal rutschte sie endgültig an ihm herunter. Sie klammerte sich mit beiden Händen an seinem Dolchgurt fest, weil sie sonst hingefallen wäre. Sie blickte an ihrer fettgesprenkelten Vorderseite herab und merkte, wie es in ihren Mundwinkeln zuckte, und als sie sah, dass auch er grinste, war es um sie geschehen. Sie brach in haltloses Gelächter aus, in das er binnen Augenblicken einstimmte.

Sie reinigten sich notdürftig an dem Ziehbrunnen im Hof hinter der Offizin, dann verließen sie die Apotheke und machten einen Spaziergang zu dem kleinen Strandstück in der Nähe der Chiesa Madonna dell'Orto, um dort im Schutz der Felsen ungestört reden zu können.

Sie ließen sich an derselben Stelle nieder wie beim letzten Mal. Antonio berichtete vom Verlauf seiner Reise und erzählte, dass er gleich nach seiner Rückkehr zuerst bei Mosè gewesen sei, um ihm Bericht zu erstatten.

»Es steht schlecht um ihn«, sagte er.

»War Isacco inzwischen bei ihm?«

Antonio schüttelte den Kopf. »Er ist verbohrt und gibt nicht nach.«

Nachdenklich nahm sie eine Handvoll Kies auf und spielte mit den Steinchen, während sie über die Binsengewächse und das sumpfige Ufer aufs Meer hinausschaute. »Ich habe schon oft überlegt, warum in dieser Familie solcher Zwist herrscht. Ob es allein daran liegt, dass Monna Elsa und Isacco sich haben taufen lassen und Messèr Mosè lieber die Stadt und die Familie verlassen hat, als seinen Glauben aufzugeben? Das ist mittlerweile so viele Jahre her, sie hätten doch längst Frieden schließen können.«

»Rachsucht und Verbitterung werden über die Jahre oft schlimmer statt besser«, meinte Antonio.

Die Wellen plätscherten an den Strand, und über den Klostermauern summten die Bienen. Von den beiden Fischerhütten am Ufer drang modriger Fischgeruch herüber. Sie sahen einen Fischer, der eines der Boote klarmachte. Er war nackt bis auf einen Lendenschurz, und zum Schutz gegen die Sonne hatte er ein Tuch um den Kopf gewunden. Es war erst Mitte April, doch in diesem Frühjahr war es bereits um Ostern herum so heiß gewesen wie sonst oft erst im Mai.

Antonio berichtete von seinem Besuch bei Querini.

»Er will sich dafür einsetzen, dass Carlo freikommt, und zwar auf eine Weise, dass es Valeria nicht das Leben kostet. Anderenfalls würde Carlo Cattaneo nicht freiwillig verlassen, egal was dieser Schurke ihm antut.«

»Liebt er sie denn so sehr?«

Antonio verzog das Gesicht. »Es scheint ganz so. Wenn einer in diesem Fall etwas bewirken kann, so ist es Querini. Er meinte, es gebe Verbindungen zwischen der Familie Querini und den Cattaneos, die werde er ausnutzen.«

»Welche Verbindungen?«

»Sie sind wohl weitläufig verwandt. Außerdem war Querinis Schwester Eugenia lange Jahre im Kloster und kennt Cattaneos Schwester sehr gut.«

»Ich wusste gar nicht, dass Cattaneo eine Schwester hat«, meinte Laura. »Irgendwie traut man diesem Monster gar nicht zu, dass er in einer normalen Familie mit Eltern und Geschwistern aufgewachsen ist.«

»Du kennst seine Schwester. Sehr gut sogar.«

»Ich kenne eigentlich nur eine Nonne, und das ist …« Schockiert hob sie den Kopf. »Suor Arcanzola!«

Er nickte. »Offensichtlich waren Eugenia Querini und diese Arcanzola die besten Freundinnen. Sie teilten sogar eine Zelle, bevor Eugenia voriges Jahr das Kloster wieder verließ. Arcanzola hat seither ebenfalls versucht, rauszukommen, doch ohne Unterstützung ihres Bruders ist daran kein Denken. Sie hat Cattaneo verschiedentlich aufgesucht, doch bisher weigert er sich. Ohne seine Mitwirkung wird der Patriarch ihr aber niemals den gewünschten Dispens erteilen.«

»Sie soll auf ewig im Kloster verfaulen!«, sagte Laura voller Inbrunst. Immer noch fassungslos schüttelte sie den Kopf. »Sie und er … *Geschwister*! Aber das, was ich damals in seinem Portego belauschte, war …«

»Dass er es höchstwahrscheinlich mit seiner eigenen Schwester getrieben hat, ist noch das harmloseste all seiner Verbrechen«, erklärte Antonio gelassen. »Inzwischen habe ich Dinge erfahren, die so schlimm sind, dass man sich übergeben möchte, wenn man nur davon hört. Das Gespräch, das du als Kind in seinem Palazzo mitgehört hast, deutet darauf hin, dass einiges von dem, was man über ihn tuschelt, der Wahrheit entspricht.«

Laura schauderte, sie wollte es gar nicht so genau wissen. Gleichzeitig fand sie sich selbst abscheulich bigott, weil es ihr trotz allen Grauens seltsam tröstlich schien, dass andere weit furchtbarerer Sünden schuldig waren als sie selbst.

»Er ist seit Anfang des Monats in seiner Villa auf der Terraferma«, sagte Antonio. »Querini versprach mir, sich persönlich um die Angelegenheit zu kümmern, sobald Cattaneo wieder da ist.«

»Woher weißt du das eigentlich alles über Cattaneo?«

Er zuckte nur die Achseln, und augenblicklich fühlte Laura, wie in ihrem Inneren die Eifersucht ihr hässliches Haupt erhob. »Du hast mit Valeria gesprochen!«

»Mit ihr ebenso wie mit Querini und mit anderen. Um Informationen über einen Todfeind zu erhalten, sollte einem jedes Mittel recht sein. Schließlich geht es hier nicht nur um mich, sondern vor allem auch um dich. Hast du etwa den scheußlichen Beutel vergessen, den er dir ins Kleid schob? Wie knapp du ihm jedes Mal entkommen bist, wenn du in seine Nähe kamst? An erster Stelle steht mein Wunsch, dich vor ihm zu schützen, und dafür muss ich alles wissen, was es zu wissen gibt. Auch wenn ich Valeria danach fragen muss.«

Laura schluckte und rief sich selbst zur Ordnung. Es war sinnlos, wenn sie sich ständig deswegen aufregte. Zudem hatte Antonio ihr bereits versichert, dass es in seinem Leben keine andere mehr gegeben hatte, seit sie das erste Mal zusammen gewesen waren. Bisher hatte sie es sich versagt, ihn nach der Zeit davor zu befragen, teilweise aus Furcht, dabei vielleicht Dinge zu erfahren, die sie lieber nicht hören wollte, teilweise aber auch aus Respekt davor, dass er vor ihrer Beziehung ein eigenes Leben geführt hatte und darauf jedes Recht besaß.

»Querini will mir übrigens ein Haus besorgen«, sagte Antonio.

Laura ließ die Steinchen fallen, mit denen sie gespielt hatte, und wandte sich ihm ärgerlich zu. »Und das findest du völlig in Ordnung?«

Verdutzt erwiderte er ihren Blick. »Was meinst du?«

»Mir reißt du den Kopf ab, weil ich Zuanes Hilfe in Anspruch nehme, aber gleichzeitig hast du nicht die geringsten Skrupel, seinen Vater für denselben Zweck einzuspannen. Du misst offenbar mit zweierlei Maß. Wenn es um meine Belange geht, haben die Querinis gefälligst außen vor zu bleiben. Geht es um deine, kommen sie gerade recht.«

»Das ist etwas völlig anderes«, gab er kühl zurück. »Wenn Querini mir ein Haus beschafft, werde ich jeden Soldo des Kaufpreises aus meiner eigenen Tasche entrichten, dessen kannst du gewiss sein.«

Sie wandte sich ab, immer noch wütend, aber einsichtig genug, um ihm nicht länger zu widersprechen. Er hatte recht, und dennoch war es ein Jammer. Die neue Apotheke wäre einfach perfekt gewesen; bessere Räume hätten sie nicht finden können. Nun mussten sie alles, was sie in den letzten Tagen hingeschleppt hatten, wieder zurückbringen. Zum Glück hatte sie die laufende Nelkenöl-Produktion bisher nicht unterbrochen. Alle dafür nötigen Gerätschaften befanden sich noch in der alten Offizin. Sie würde die Mazeration noch heute Abend fortsetzen.

»Ich werde dir eine mindestens ebenso gute Räumlichkeit verschaffen«, versprach Antonio.

»Die Frage ist, ob ich es mir dann leisten kann«, meinte sie spitz.

»Das wird etwas völlig anderes sein, denn dann bist du meine Frau.«

»Und in dem Fall ist es in Ordnung, wenn ich für die Geschäftsräume, die ich für die Kräuterhandlung brauche, nicht selbst aufkommen kann?«, fragte sie ironisch.

»Natürlich«, gab er gelassen zurück. »Du wirst sowieso mit diesem ganzen Hexenkram aufhören, wenn wir erst Kinder haben.«

Am liebsten hätte sie ihn mit einer Handvoll Kies beworfen, um ihrem Ärger Luft zu machen. »Dazu müssten wir erst verheiratet sein!«, fauchte sie.

»Ich sagte doch, dass ich dich heirate!«

»Und wann genau wird das sein?«

Sie hatte den vagen Eindruck, dass er sich unter ihrer Frage duckte, doch dann straffte er sich und blickte sie offen an. »Zur Sensa werde ich dich heiraten, darauf gebe ich mein Wort. Ich werde heute noch zum Priester meiner Contrada gehen und ihm mitteilen, dass wir am Himmelfahrtstag Hochzeit feiern wollen. Die Frau, die ich liebe, soll mir endlich ganz angehören, vor Gott und aller Welt.«

»Oh«, hauchte sie überwältigt. Alle Vorwürfe, die ihr eben noch auf der Zunge gelegen hatten, waren mit einem Mal wie durch ein Wunder gegenstandslos. Sie strahlte ihn an, und als er sich vorbeugte, um sie zu küssen, war ihr Glück vollkommen. Außer Atem lehnte sie sich an ihn, schmiegte die Wange gegen seine Brust und genoss seine Nähe und Wärme. Sie erhob auch keine Einwände, als sich seine Hand unter ihren Rock stahl und ihre Wade liebkoste. Obwohl sie vorhin reichlich von der neuen Fliederseife zum Einsatz gebracht hatten, fühlte sich ihrer beider Haut immer noch fettig an, doch dafür roch es um sie herum, als säßen sie unter einem blühenden Busch. Über den benachbarten Klostermauern kreiste eine Möwe auf der Suche nach einem schnellen Happen, bevor sie in einem lang gezogenen Bogen wieder über das Brackwasser der Lagune glitt. Auf Höhe von San Michele sah man Schiffe vorbeiziehen, und Laura stellte sich vor, dass sie zu unbekannten Ufern der Neuen Welt aufbrachen.

»Ich werde mir ein weißes Kleid machen lassen«, sagte sie verträumt. »Und das Haar werde ich offen tragen und weiße Blüten hineinflechten!« Entschieden fügte sie hinzu: »Vorher werde ich natürlich zur Beichte gehen. Und du auch. Ich will ganz unbelastet vor den Traualtar treten.«

Er räusperte sich. »Selbstverständlich. Der Priester führt immer vor der Zeremonie mit den Brautleuten ein Gespräch und vergewissert sich, ob sie die nötige sittliche Reife mitbringen.«

Laura biss sich auf die Lippen. Nach der Beichte würde der Geistliche vermutlich erhebliche Zweifel an ihrer sittlichen Reife hegen.

»Hast du … ähm, hast du noch gute Beziehungen zu deinem Beichtvater?«, wollte sie wissen.

Antonio zuckte die Achseln. »Wie man's nimmt. Ich weiß gar nicht, ob er mich überhaupt noch kennt. Er hat mich getauft, und früher gingen wir immer zu ihm.«

»Was meinst du mit *früher*?«

»Als meine Mutter noch lebte.«

»Aha«, meinte sie betreten. Demnach hatte er noch länger nicht gebeichtet als sie!

Sie strich mit den Fingerspitzen über seine Brust und ertastete das Medaillon, das er um den Hals trug. »Was ist da eigentlich drin?«, wollte sie wissen. »Ein Marienbildnis?«

»Äh … ja.«

Misstrauisch hob sie den Kopf. »Du sagst die Unwahrheit! Wessen Bildnis trägst du auf dem Herzen?«

Er unterdrückte ein Stöhnen. »Es ist kein Bildnis, sondern eine Reliquie.«

Sie erstarrte. »Doch nicht …«

»Nein«, unterbrach er sie schnell. »Es ist ganz harmlos. Nur ein paar Marmorsplitter, die unser Erlöser einst berührt und darauf sein Blut vergossen haben soll.«

Sie ließ das Amulett so rasch los, als hätte sie sich daran verbrannt. Tief Luft holend meinte sie: »Weißt du, ich würde es gern schnellstens hinter mich bringen.«

»Das Beichten?«

»Das auch, aber vor allem das Heiraten. Lass uns einfach nächste Woche schon Hochzeit feiern! Wozu bis zur Sensa warten? Du weißt, dass wir sonst wieder schwach werden. Es ist aber Sünde, wenn wir nicht im Stand der Ehe sind.«

Er zog hastig seine Hand unter ihrer Gamurra hervor, wo er eben noch versunken ihr Knie gestreichelt hatte. »Nächste Woche bin ich nicht da.«

Sie fuhr auf. »Was?«

»Ich muss morgen schon wieder los.«

Entgeistert blickte sie ihn an. »Wohin, um alles in der Welt?«

»In die Lombardei.«

»Aber da stehen doch die Soldaten des Feindes!«

»Auch die unsrigen«, belehrte er sie.

Sie schnaubte. »Das liegt nahe, da sie schließlich alle miteinander nur auf das Kommando warten, sich ins Gefecht zu stürzen! Aber was hast du mit ihnen zu schaffen?«

»Ich bringe ihnen Kanonen.«

»Du tust *was*?«

»Reg dich nicht auf! Ich verdiene ungeheuer viel Geld damit! Sogar mehr als all die Condottieri, die unter dem Heerführer Orsini ins Feld gezogen sind!«

»Bist du denn noch immer nicht reich genug?«, fuhr sie ihn an.

»Wie kannst du eine so dumme Frage stellen? Wer kann schon von sich sagen, er sei reich genug? Was ist das für eine alberne Einstellung?«

Sie löste sich von ihm und sprang auf. »Albern? Ist es albern, Angst um den Liebsten zu haben, der sich ohne Not ständig in neue Gefahren stürzt?«

»Möchtest du lieber einen Feigling heiraten? Einen langweiligen Habenichts?«

»Ja!«, rief sie aufgebracht. »Denn der wäre wenigstens bei mir und am Leben!«

»Dann such dir doch einen, der tagaus, tagein seiner stupiden Arbeit nachgeht! Einen Arsenalotto oder Weber oder Gerber, der sich von früh bis spät die Hände blutig schuftet, ohne seiner Familie mehr bieten zu können als ein paar Kanten trockenes Brot und versalzenen Fisch!«

Mit geballten Fäusten blickte sie auf ihn hinunter. »Du wirst diese dummen Kanonen nicht dorthin schaffen, das kann auch jemand anderer tun! Schick Raffaele und Ippolito!«

Er lachte nur. Sie holte mit dem Fuß aus und trat eine Ladung Kies gegen ihn. Sand, Steinchen und Erde rieselten über seine bereits durch das Fett beschmutzte Kleidung. Er wischte alles nur nachlässig weg und schaute mit unergründlicher Miene zu ihr hoch.

Sie erwiderte seinen Blick, und mit einem Mal begriff sie, dass etwas in ihm steckte, das ihr bisher unbekannt gewesen war. Sie konnte es nicht genau benennen, aber es musste dem ähneln, was Männer dazu brachte, sich Schwerter umzuschnallen oder Arkebusen zu laden. Womöglich hing es mit dem unbedingten Willen zusammen, über einen Gegner zu triumphieren und auf diese Weise sich und der Welt die nötige Stärke zu beweisen. Vielleicht war es aber auch nur der unstillbare Hunger nach einem besseren Leben, der ihn seit seiner frühen Kindheit angetrieben hatte. Er hatte nichts je so sehr gewollt wie dieses bessere Leben. Nie wieder arm sein, hatte er einmal zur Antwort gegeben, als sie von ihm wissen wollte, was er sich vom Leben wünschte. Immer mehr als genug haben.

Mehr als genug. Gab es das überhaupt?

»Ich muss tun, was ich tun muss«, sagte er, als hätte er ihre Gedanken gelesen. »Nimm mich oder lass mich.«

Wortlos wandte sie sich ab und ging davon. Er machte keine Anstalten, ihr zu folgen. Als sie nach einem Dutzend Schritten verstohlen zu ihm zurückblickte, sah sie ihn reglos dort an den Felsen gelehnt sitzen, das Gesicht dem Meer zugewandt.

Als sie nach Hause kam, war Matteos Fieber so stark gestiegen, dass der Todesengel bereits durch das Haus schwebte. Jedenfalls drückte Veronica es mit ebendiesen Worten aus, als sie Laura die Tür öffnete und ihr weinend und hustend in die Arme fiel.

»Der arme Kleine! Der Doktor meinte, wir müssten auf das Ärgste gefasst sein!«

Erschrocken stieß Laura die Magd zur Seite und rannte zur Stiege. Entsetzliche Gewissensbisse quälten sie, weil sie sich stundenlang mit Antonio herumgetrieben hatte. Schlimmer noch: Sie hatte sich mit ihm der Unzucht hingegeben, während ihr Bruder mit dem Tode rang!

Von oben war eine Männerstimme zu hören. »… holt Ihr mich morgen wieder, wenn das Fieber bis dahin nicht gesunken ist.«

Immer gleich zwei Stufen auf einmal nehmend, eilte sie nach oben und lief dort dem Arzt in die Arme.

»Wohin so eilig, Madonna?« Er hielt sie bei den Ellbogen fest und bewahrte sie gerade noch davor, rücklings die Treppe hinabzufallen.

»Zu meinem Bruder«, stieß sie hervor. »Wie geht es ihm?«

»Ah, Ihr seid Laura. Er fragte nach Euch. Ich bin übrigens Simon, der Medicus.«

Er war ein älterer Mann, mit dünnem grauem Haar und einem Gesicht, das von Kummerfalten durchfurcht war. Seine Kleidung war abgetragen, aber sauber, und sein Körper verströmte nicht die ebenso vertraute wie unangenehme Ausdünstung nach Schweiß, Fäulnis und schalem Schnaps, wie bei fast allen alten Männern, denen Laura bisher begegnet war, sondern roch nach Seife und Essig.

Sein Blick war ernst, als er sich der offenen Zimmertür zuwandte. Laura sah, dass er eine Kippa trug, und sie war froh, dass Mansuetta einen jüdischen Arzt gerufen hatte. Die verstanden mehr von ihrem Handwerk als die meisten venezianischen Quacksalber, von denen kaum jemand ordentlich studiert hatte.

»Er hat doch Mumps, oder?«, fragte sie besorgt. »Ich habe schon Kinder gesehen, die es hatten. Sie wurden stets schnell wieder gesund.«

»Das trifft meist zu«, sagte der Arzt. »Aber es gibt auch immer wieder Fälle, in denen Komplikationen auftreten. So wie bei Matteo. Es ist das schlimme Kopfweh, was mir am meisten Sorgen macht.«

»Muss er …« Die Stimme versagte ihr, sie brachte den Satz nicht zu Ende, und auch die nächsten Worte bekam sie kaum heraus. »Ihr habt gesagt, wir müssen mit dem Schlimmsten rechnen …«

»Das waren nicht meine Worte.«

»Der andere Arzt hat das gesagt«, rief Veronica. »Dottore Priuli.« Sie stand unten an der Stiege und ließ sich kein Wort entgehen. Mit verweintem Gesicht schaute sie zu Laura hoch. »Er wollte einen Aderlass durchführen, aber Mansuetta hat ihn weggeschickt.«

»Eine weise Entscheidung«, befand Simon. »Ein Aderlass hätte alles nur schlimmer gemacht.«

»Aber könnt Ihr meinem Bruder denn helfen?«, fragte Laura geradeheraus.

»Es liegt in Gottes Hand«, erwiderte er ruhig. »Ich habe ihm kalte Wickel angelegt, die werden fürs Erste das Fieber zurückhalten. Achtet darauf, es über Nacht weiter zu senken. Flößt ihm den Tee ein, den Ihr gebraut habt.« Er musterte sie neugierig. »Wie seid Ihr auf das Rezept gekommen? Es ist Weidenrinde mit Schlafmohn, nicht wahr?«

Sie nickte. »Meine Lehrherrin hat mir beigebracht, den Sud zu brauen. Weidenrinde gegen das Fieber und Mohnsamen gegen die Schmerzen.«

»Ah, die alte Crestina. Hin und wieder brachte sie mir Medizin für das Hospital, in dem ich arbeite. Auf die Zubereitung von Schlafmohn verstand sie sich hervorragend.«

Ja, dachte Laura, während sie geistesabwesend das Seufzen wahrnahm, mit dem Mansuetta auf die Bemerkung des Arztes reagierte.

Crestina mit ihren antiquierten lateinischen Gedichten und mit all dem Wissen, das sie im Laufe ihres Lebens zusammengetragen hatte, aus alten Handschriften ebenso wie aus neuen Lehrbüchern.

Et Cereale quidem nugarum in parte papaver
Hac memorare placet ...

Nicht nur auf die Zubereitung von Schlafmohn hatte sie sich verstanden. Sie hatte Trost und Kraft für eine verwundete Seele bereitgehalten, und Laura hatte sich in ihre Liebe hüllen können wie in einen wärmenden Mantel. Crestina hatte den Kummer in Freude verwandelt und die Angst in Zuversicht. Sie hatte ihr ein neues Leben beschert und ihr gezeigt, dass auch am Ende des dunkelsten Weges noch ein Licht wartete.

Mansuetta seufzte abermals, und Laura spürte das Leid ihrer Schwester wie ihr eigenes.

Wo bist du, Nonna?

Laura ballte die Hände zu Fäusten und grub sich dabei die Nägel so hart in die Haut, dass sie nur mit Mühe ein schmerzliches Stöhnen unterdrücken konnte. Mit einem Mal fühlte sie sich, als sei sie wieder zehn Jahre alt, fast zerbrechend unter der Last der Verantwortung für ihren Bruder. Erneut bedrängten sie von allen Seiten die vielen ungeklärten Fragen zu ihrer Familiengeschichte. Welche Geheimnisse rankten sich um Anna Monteverdis Herkunft? Warum war Mansuetta, ihre ältere Tochter, bei einer Kräuterfrau aufgewachsen statt bei ihrer eigenen Mutter? Welche Rolle hatte die tote Tante bei alledem gespielt? Wer war der Fremde, der unmittelbar vor dem Tod ihrer Eltern aufgetaucht war und später, in der Nacht des Brandes, versucht hatte, Laura zu entführen?

Laura fand nur mühsam in die Realität zurück. »Monna Crestina ist … nicht mehr da.«

Laura machte sich auf die üblichen Fragen gefasst, mit der auch alle Nachbarn und Kunden sie in der ersten Zeit ständig in die Enge getrieben hatten. Sie hielt sich bereit, eine jener Antworten anzubringen, die sie für solche Fälle stets auf der Zunge hatte.

Sie musste zu ihrer kranken Schwester auf die Terraferma reisen.

Es stimmt, ihr Aufbruch fand ganz überstürzt statt, aber es ging nicht anders, denn es hieß zunächst, die Schwester liege im Sterben.

Nein, wir wissen nicht, wann sie wiederkommt, die Schwester leidet an einer langwierigen Krankheit.

Doch, es hat alles seine Richtigkeit damit, dass Monna Mansuetta und ich die Apotheke in der Zwischenzeit weiterführen.

Ja, selbstverständlich kommen wir allein zurecht, wir sind in allen Dingen bestens versorgt.

»Ich weiß«, sagte Simon zu ihrer Überraschung. »Ich hörte, dass eine Kranke ihrer Pflege bedurfte.«

Also hatte sich eine der von ihnen in die Welt gesetzten Notlügen schon von allein bis zu ihm herumgesprochen.

Laura nickte. »Ganz recht, so ist es.«

»Ich hoffe, die arme Monna Querini wird sich unter der Pflege Eurer Lehrherrin bald wieder erholen«, sagte Simon höflich.

In der Kammer hinter ihm polterte ein Gegenstand zu Boden, und einen Atemzug später war das Scharren zu hören, mit dem ein Schemel zur Seite geschoben wurde.

»Was wisst Ihr darüber?«, fragte Laura. »Ich meine, dass sie sich um Monna Querini kümmert.« Sie sprach hastig, bevor Mansuetta durch eine unüberlegte Äußerung verraten konnte, wie unvorbereitet sie seine letzte Äußerung getroffen hatte. Er musste nicht gleich merken, dass sie beide nicht die geringste Ahnung hatten, wo Crestina sich aufhielt, geschweige denn, um wen sie sich kümmerte.

Simon musterte Laura stirnrunzelnd, den Kopf abwägend zur Seite gelegt. »Sie selbst erzählte es mir.«

Laura holte Luft und gab sich Mühe, ihre Fassungslosigkeit nicht allzu deutlich zu zeigen. »Wir sprechen doch von Monna Angelica Querini, oder? Ist das nicht die Gattin des Prokurators Marcello Querini, die im vergangenen Jahr gestorben sein soll?«

Simon hob die Schultern. »Davon weiß ich nichts. Ich kenne die Dame nicht. Monna Crestina nannte mir nur den Familiennamen.« Ein wachsamer Ausdruck war auf sein Gesicht getreten.

Mansuetta erschien in der offenen Tür der Kammer, die sie mit Matteo teilte. »Was genau hat Monna Crestina Euch gesagt, und wann war das?« Eindringlich schaute sie den Arzt an.

Er räusperte sich. »Ich begegnete ihr am Tage ihrer Abreise. Während ein Lastträger ihr Gepäck in ein Boot lud, unterhielten wir uns kurz.«

»Hat Sie Euch gesagt, wo sie hinwollte?«, entfuhr es Laura. Es war sinnlos, noch länger so zu tun, als wüssten sie darüber Bescheid.

»Ich erinnere mich nicht.«

»Aber sie sagte, dass sie sich um eine Monna Querini kümmern will?«

Simon quittierte diese Frage mit einem erneuten Achselzucken.

»Erwähnte sie vielleicht, an welcher Krankheit diese Monna Querini litt? Oder in welchem Verhältnis sie zueinander stehen?«

»Tut mir leid, aber das kann ich Euch nicht sagen.« Das Lächeln, das seine Antwort begleitete, wirkte verbindlich, doch Laura schien es, als sei er auf der Hut.

Gleich darauf waren alle offenen Fragen zweitrangig, denn Matteo rief nach ihr. Sie schob sich hastig an dem Arzt vorbei und eilte an das Krankenbett ihres Bruders. Beim Anblick des engen, bis unter die Decke mit Habseligkeiten vollgestopften Gemachs spürte sie einen Anflug von hilflosem Zorn, weil sie die neue Apotheke, kaum dass sie bezogen war, wieder aufgeben musste. Sie hätten den zusätzlichen Platz so gut brauchen können! In einer Aufwallung von Trotz erwog sie, sich darüber hinwegzusetzen, dass sie es nicht aus eigener Kraft schaffen konnte. Warum nicht einfach Zuanes Wohltaten annehmen, da sie ihrer doch so dringend bedurfte? Sie hatte ihm gesagt, dass sie sich besser nicht mehr treffen sollten, doch wen scherte das noch, da nun Antonio fort war? Sie hatte eine Familie, und für die musste sie sorgen. Dank der zusätzlichen Räumlichkeiten würde sie binnen kürzester Zeit ihren Umsatz so steigern, dass sie für die Miete aufkommen und Zuane alle Auslagen zurückzahlen konnte. Sie würde Antonio schon beweisen, dass es klappte!

Doch ebenso schnell, wie ihr diese Gedanken gekommen waren, verwarf Laura sie wieder. Sie würde sich von keinem Mann abhängig machen, egal von welchem. Wohin dergleichen führte, wusste sie mittlerweile nur allzu gut.

Sie konzentrierte sich auf ihren Bruder, auf sein hochrotes Gesicht und auf die Schwellungen unter seinen Ohren, die ihn auf monströse Weise anders aussehen ließen als sonst.

Seine Augen waren zusammengekniffen, und Tränen rannen ihm über die Wangen. »Mein Kopf tut so weh, Laura!«

»Ich gebe dir gleich etwas, wovon es weggeht, mein Herz. Du wirst schlafen, und wenn du aufwachst, wirst du dich viel besser fühlen, das verspreche ich dir.« Sie strich ihm das Haar aus der Stirn und stellte dabei erleichtert fest, dass das Fieber nicht mehr so hoch war wie am frühen Morgen, als sie zur Arbeit aufgebrochen war. Offenbar hatten die Wickel schon Wirkung gezeigt.

Mit halbem Ohr hörte sie, wie der Arzt die Stiege hinabstieg, gefolgt von Mansuetta, die sich angestrengt Stufe für Stufe nach unten quälte. Die beiden sprachen mit gedämpfter Stimme, sodass Laura nicht mehr als einzelne Wortfetzen verstehen konnte. Vermutlich versuchte Mansuetta, ihm weitere Informationen über Crestinas Verbleib zu entlocken, doch Laura war sicher, dass Simon ihr nichts Neues erzählen würde, sei es, weil er es nicht wollte, oder, weil er nichts wusste.

Letztlich, so sagte Laura sich, war es vielleicht sogar besser so. Sie hatte genug andere Sorgen. Es hatte keinen Sinn, in der Vergangenheit herumzustochern, war doch die Zukunft düster genug, ohne jede Hoffnung auf Glück oder gar Liebe.

Ob nun Antonio sie verlassen hatte oder sie ihn, spielte dabei nicht die geringste Rolle. Seine Geschäfte waren ihm wichtiger als sie. Er ging fort, und sie blieb zurück, und es gab nichts, was sie dagegen tun konnte. Wie bisher würde sie auch weiterhin allein mit allem fertig werden müssen. Sie würde es schaffen – oder bei dem Versuch zugrunde gehen.

Am 17. April 1509 überbrachte der französische Herold die offizielle Kriegserklärung an Venedig. Vor versammelter Runde warf er den Männern des Consiglio den Fehdehandschuh hin, und danach herrschte in der Stadt eine von lähmender Furcht geprägte Stimmung.

Cattaneo streifte durch seine Gemächer wie der Löwe, den er immer noch auf seiner Besitzung auf der Terraferma hielt. Die Mitglieder seines Haushalts bewegten sich nur auf Zehenspitzen um ihn herum, bis auf Carlo, der statuengleich vor der Loggia des Portego stand und auf den Kanal hinabschaute. Er war bereits mit dem Gefühl aufgewacht, dass heute einschneidende Änderungen bevorstanden. Es mochte die Kriegserklärung sein oder der Besuch, den Silvio für den Nachmittag angekündigt hatte – so oder so kostete es ihn Mühe, ruhig zu bleiben. Die angespannte Erwartung, die ihn schon den ganzen Tag über beherrschte, war fast so stark wie damals bei seiner Ankunft in Venedig, als ihm sein Vater die Fußfesseln durchschnitten hatte, damit er vor dem Portugiesen fliehen konnte. Das Gefühl, vielleicht auch vor Cattaneo davonlaufen zu können, war noch nie so deutlich gewesen wie jetzt.

»Warum bist du stumm wie ein Fisch?«, fuhr Giacomo ihn an. Sein Tonfall war quengelig und zugleich aggressiv. »Ich habe dich doch oft genug um Verzeihung gebeten, oder etwa nicht? Wer außer mir wäre so großmütig, das winzige Stück eines Fingers mit einem Brillanten aufzuwiegen, der größer ist als das Ei einer Taube? Das verdammte Ding hat mehr gekostet als ein Schiff!« Er bedachte Carlo mit verschlagenen Blicken. »Und obendrein habe ich dir noch den Kopf des Halunken zu Füßen gelegt, der dir das angetan hat!«

»So wie damals, als du dafür gesorgt hast, dass mein Schänder verbrannt wurde, nicht wahr?«, versetzte Carlo in gleichmütigem Ton.

Giacomo fuhr auf. »Was willst du damit sagen, du undankbarer Wicht? Soll ich dir meinen Schutz entziehen?«

»Wo war dein Schutz, als ich meinen Finger verlor?«

Giacomo schien erneut aufbrausen zu wollen, doch dann senkte er den Kopf. Auf seinem Gesicht erschien ein jämmerlicher Ausdruck. »Du hast jedes Recht, mir zu grollen! Ich hätte dich nicht mit zu dieser dummen Gesellschaft nehmen dürfen! Da ging es zu wild her, so viel steht fest! Allein, dass der Wein, den sie uns reichten, mit Drogen versetzt war … Und bestimmt bist du auch noch böse auf mich, weil ich dich auf dem Schiff mit dem Messer verletzt habe! Du musst mir einfach glauben, dass es ein Versehen war! Ich war geschwächt durch diese grässliche Pest, sonst wäre mir das niemals passiert! Es sollte doch nur ein Schauspiel für diesen dummen, großspurigen …« Cattaneo unterbrach sich, als Silvio auf der Bildfläche erschien. »Was ist denn?«

Der kleinwüchsige Diener verneigte sich. »Der Besuch ist da.«

Cattaneo verzog das Gesicht, als hätte er fauligen Wein im

Mund. »Nur rasch herein mit ihm. Umso schneller ist er wieder draußen.«

Carlo machte Anstalten, den Raum zu verlassen, doch Giacomo hob die Hand. »Bleib. Marcello ist ein entfernter Cousin, ein Mann von Rang und Namen, ein ganz großes Licht in Politik und Handel. Und er ist außerdem ein gottverdammt arroganter Mistkerl, so reich wie Midas, von Kostbarkeiten umgeben, die ihresgleichen in ganz Italien suchen. Nur ein einziges Haus kann es an Pracht mit dem seinen aufnehmen.«

»Vermutlich deines«, kam es amüsiert von dem Portikus her, der den Saal zur Treppe hin abgrenzte. »Und einen hübschen schwarzen Sklaven besitze ich auch nicht, was du mir sicherlich anlässlich meines Kommens gern vor Augen führen möchtest. Nun, du bist diesbezüglich meiner aufrichtigen Bewunderung sicher. Ganz Venedig redet von deinem klugen und bildschönen *moro nero*.«

Cattaneos Irritation wegen dieser Bemerkungen schien sich in Grenzen zu halten. Carlo hatte den deutlichen Eindruck, dass es Giacomo darauf angelegt hatte, den Besucher vor seinem Erscheinen alles hören zu lassen, was er über ihn zu sagen hatte.

Während sich der Mann näherte, beobachtete Carlo ihn unauffällig. Er war schlank und grauhaarig und musste um die fünfzig sein. Seine Haltung war straff, und in dem markant geschnittenen Gesicht leuchteten bezwingend helle Augen. Auf seinen glatt rasierten Wangen, der Stirn und den Händen zeichneten sich ausgedehnte, frische Brandnarben ab, die indessen die Autorität und Würde seiner Erscheinung nicht schmälerten.

Marcello Querini musterte ihn eingehend und nicht unfreundlich, und Carlo merkte, wie seine Anspannung wuchs.

»Wie geht es meiner Cousine, deiner Schwester?«, fragte Querini, sich Cattaneo zuwendend.

Cattaneo machte eine fahrige Geste. »Bist du gekommen, um über Arcanzola zu reden? Ich habe sie lange nicht gesehen. Wahrscheinlich bist du besser über ihr Befinden im Bilde als ich selbst, schließlich ist deine Schwester Eugenia ihre einzige und beste Freundin.« Lauernd setzte er hinzu: »Wie gefällt es Eugenia zu Hause? Besser als hinter Klostermauern, nehme ich an.«

»Das bedarf wohl keiner Erörterung«, meinte Querini gleichmütig. »Obwohl das Leben früher dort so manchen Reiz für sie hatte.«

»Das waren die alten Zeiten«, stimmte Cattaneo zu. »Vorbei und vergessen, die wilden Feiern mit den beiden Schönen der Nacht, Eugenia und Arcanzola. Was man nicht alles tut, wenn man jung ist, wie?« Grinsend wandte er sich Carlo zu. »Mein Cousin Marcello und ich – wir hatten unsere Techtelmechtel zuweilen gern innerhalb der Familie.« Cattaneo verschränkte die Arme vor der Brust und blickte den Besucher herausfordernd an. »Warum bist du hier? Seid ihr schon so weit, im Großen Rat für Mäßigung zu plädieren? Dem Papst die Romagna auf dem Silbertablett zu Füßen zu legen und die Serenissima vom Franzosenkönig als Lehen zu erbetteln? Bist du in Friedensmissionen unterwegs, brauchst du meine Stimme?«

»Der Große Rat tritt in fünf Tagen zusammen. Sicher wird es Versuche geben, durch Besonnenheit das Unglück abzuwenden, aber deine Stimme brauche ich dafür nicht, denn es gibt deren genug.«

»Wer sagt, dass der Krieg ein Unglück sein muss?«, fragte Cattaneo lächelnd. »Etwa diejenigen, die Interesse an einem friedlichen, profitablen Auslandsgeschäft haben, wie beispielsweise dem Handel mit Alaun?«

»Es gibt auch andere Geschäfte, etwa jene mit Waffen«, gab Querini gelassen zurück. »Die sind im Krieg profitabler als so manche andere zu Friedenszeiten.«

Cattaneo legte den Kopf schräg. »Ah, gewiss wäre es eine gute Idee, gerade jetzt mit Kanonen zu handeln, oder?«

»Ganz bestimmt.«

»Weshalb du auch garantiert schon längst zur Tat geschritten bist, darauf wette ich. Hast du wieder deinen wagemutigen Haudegen in Marsch gesetzt, der dir alle heißen Kastanien aus dem Feuer holt?«

»Wenn du es bereits weißt, solltest du nicht so dumm danach fragen«, meinte Querini mit Belustigung in der Stimme.

Cattaneo ging zu einem der gepolsterten Stühle, die in lockeren Gruppierungen entlang der mit goldgeprägtem Leder bespannten Wände standen. Er setzte sich nieder und streckte die Beine von sich. »Silvio, bring mir Wein!«, rief er. An Querini gewandt, fuhr er fort: »Wenn du nicht wegen meiner Stimme für die nächste Ratssitzung hier bist, schlage ich vor, dass du zur Sache kommst.« Cattaneo nahm den Weinpokal entgegen, den Silvio ihm reichte. Er prostete seinem Besucher zu, ohne indessen Anstalten zu machen, ihm ebenfalls Wein oder einen Sitzplatz anzubieten.

Querini ließ mit keinem Blick erkennen, ob er sich durch die grobe Unhöflichkeit brüskiert fühlte. Er bedachte zuerst Cattaneo, dann Carlo mit einem Lächeln. »Ich bin heute hier, um deinen Sklaven zu kaufen.«

Cattaneo lachte. »Du machst Witze.«

»Keineswegs. Ich gebe zu, mich treibt der Neid. Ich kann es nicht gut verkraften, dass dein Besitz mehr Aufsehen erregt als meiner.«

»Carlo ist nicht zu verkaufen.«

»Ah, Carlo heißt er. Ein guter christlicher Name. Ist er getauft?«

Bilder zuckten in Carlos Erinnerung auf. Er selbst, kniend zwischen Schilfrohren an einem sumpfigen Strandstück. Über ihm eine kreischende Möwe, und hinter ihm das gegen seine Füße schwappende, nach Fisch stinkende Wasser der Lagune. Valeria hatte dicht vor ihm gestanden, ihre damals noch kleinen Brüste in Höhe seiner Augen. Ihr Gesicht, so schön und seltsam ernst. Das silberne Haar, das von einem Windhauch erfasst und gegen seine Wange geweht worden war. Ihr Duft, der so unverwechselbar zu ihr gehörte wie ihr Lächeln und der Klang ihrer Stimme. Valeria …

»Er ist so heidnisch, wie er schwarz ist«, sagte Cattaneo. »Viele sind der Meinung, dass er nicht mal ein richtiger Mensch ist.«

»Auf gewisse Weise muss das zutreffen, denn sonst könnte man ihn nicht verkaufen oder besitzen.«

»Ich sagte doch, er ist unverkäuflich.«

»Du hast noch nicht gehört, was ich für ihn bezahlen will.«

»Spar dir deinen Atem. Kein Geld der Welt würde reichen, um seinen Wert aufzuwiegen.«

»Nicht einmal fünftausend Dukaten?«

Cattaneo lachte erneut, doch diesmal klang es verunsichert. »So viel gibt niemand für einen Sklaven aus!«

»Ich bin nicht niemand.«

»Nein«, sagte Cattaneo gedehnt. »Das bist du nicht. Du bist ein gottverfluchter Schweinehund, der so eiskalt ist, dass es einen friert, wenn man dich nur sieht.«

»Und du hast heute bereits zum zweiten Mal in meiner Gegenwart den Namen des Herrn missbraucht«, sagte Querini freundlich. »Ich biete dir hiermit fünftausend Dukaten für deinen Sklaven Carlo, so wie er dort steht, nur mit dem, was er am Körper trägt. Mit dem Geld hättest du deine maroden Finanzen auf einen Schlag konsolidiert.«

»Wenn ich so dringend Geld bräuchte, würde ich eher meine Villa auf der Terraferma verkaufen.«

»Ich weiß zufällig, dass du genau das seit Monaten versuchst – ohne Erfolg. Die Zeiten sind wahrlich nicht günstig, um auf der Terraferma Besitz zu erwerben. Es gibt Krieg. Bald wird das ganze Land dort unter Geschützdonner beben.«

»Ich verkaufe Carlo nicht«, sagte Cattaneo. »Er ist viel mehr als ein Sklave für mich.«

»Das weiß ich.«

Cattaneo musterte den Besucher mit verengten Augen. »Ist das der wahre Grund, warum du ihn haben willst? Weil du weißt, dass ich ihn aufrichtig liebe und weil du nicht ertragen kannst, wie glücklich ich mit ihm bin?«

»Ob ihn das interessiert? Fragen wir ihn. Mein Junge, erwiderst du die Liebe deines Herrn?«

Carlo gab keine Antwort auf diese lächerliche Frage.

»Darum geht es gar nicht!« Cattaneo sprang so schnell aus dem Lehnstuhl auf, dass Wein aus dem schweren Glaspokal schwappte. »In der Liebe zählen nur die eigenen Gefühle! Nur sie sind es, deren man sich immer sicher sein kann!«

»Nun denn, wenn du ihn so sehr liebst, willst du sicherlich das Beste für ihn, oder nicht?«

»Natürlich will ich das!«

»Dann fragen wir ihn doch, ob er lieber dein oder mein Sklave sein möchte.«

»Er will lieber mein Sklave sein!«, rief Cattaneo triumphierend aus. »Er würde entsetzlich unglücklich werden, wenn er von hier fortginge!« Er warf Carlo einen Blick zu, als wolle er ihm wortlos befehlen, diese Aussage auf der Stelle zu bestätigen.

»Vielleicht verließe er dich nur zu gern, wenn er nicht um sein Leben fürchten müsste. Oder um das von anderen, die ihm teuer sind.«

»Ich will nicht länger sein Sklave sein«, sagte Carlo mit klarer Stimme. Er schaute direkt in die Augen des Mannes, der ihn kaufen wollte.

»Damit ist es entschieden«, sagte Querini. »Du kannst gleich mitkommen.« An Cattaneo gewandt, setzte er hinzu: »Bartolomeo ist mit dem Geld unten. Du musst es nur noch zählen.«

Carlo stieß sich von der Brüstung der Loggia ab und ging mit gemessenen Schritten zu Querini hinüber. Cattaneo starrte ihn fassungslos an, und Carlo wich seinen Blicken nicht aus. Widerstreitende Empfindungen verzerrten Cattaneos Miene. Die Wut darüber, dass Carlo ihn soeben verraten hatte, rang mit der Gier nach dem Geld, und in beides mischte sich eine Spur verletzter Liebe. Doch die Gier war von allen Gefühlen zweifellos das stärkste.

Carlo wusste, dass Giacomo mit dem Rücken zur Wand stand. Die Villa auf der Terraferma und der Palazzo in der Stadt gehörten ihm nur noch auf dem Papier. Beide Häuser waren bis zur letzten Mauerkrone mit Krediten belastet. Die Gläubiger liefen ihm seit Wochen die Tür ein, und vor dem Rat waren die ersten Vollstreckungsgesuche eingereicht worden. Seine Pfänder verfielen der Reihe nach. Bald würde er ein armer Mann sein, einer jener besitzlosen Barnabotti, die ohne die Gnade reicher Verwandter dem Hunger und der Obdachlosigkeit anheimfielen. Es waren keine Einkünfte in Sicht, mit denen er das Unglück noch hätte abwenden können. Bis heute.

»Geh mit ihm, wenn du es unbedingt willst«, sagte Cattaneo. »Du weißt, dass du woanders nur leiden wirst.«

Querini wandte sich wortlos ab und ging zur Treppe. Carlo folgte ihm, ohne zu zögern, bis zum Portikus, wo Querini stehen blieb und sich zu Cattaneo umwandte. Carlo hatte das vorausgesehen, und er ahnte auch den Inhalt dessen, was Querini noch zu sagen hatte, wenn er auch nicht wusste, woher er diese Gewissheit nahm.

»Bevor ich es vergesse«, sagte Querini. »Vor kurzem war ich im Haus einer Kurtisane. Eine ungewöhnlich schöne junge Frau, die ein tragisches Leben hinter sich hat. Sie erzählte mir dieses und jenes. Unter anderem, dass du ihr das Haus gekauft hast, in dem sie ihre ausgesprochen farbenfrohen und abwechslungsreichen Gesellschaften gibt. Scheint so, als würdest du dich als eine Art Gönner von ihr betrachten. Dass du das Haus in Wahrheit nur gemietet hast und seit Monaten nichts mehr dafür zahlst, hat sie sehr verschreckt, musste sie doch den anrückenden Gläubigern bereits Einhalt gebieten, während du sie nur von Woche zu Woche vertröstet hast.«

Cattaneo starrte Querini unverwandt an. Er wirkte aufs Äußerste gereizt, schien aber gleichzeitig auf der Hut, wie ein Raubtier, das unvermittelt merkt, wie gefährlich die vermeintliche Beute in Wirklichkeit ist.

»Sie sagte, du hättest ihr angeboten, wieder bei dir zu wohnen, so wie früher. Obwohl – *angeboten* ist wohl nicht der treffende Begriff. Sie meinte, es sei eher ein Befehl gewesen. Das Ganze hat sie so stark belastet, dass sie zuerst eine scheußliche Krankheit bekam und dann eine Fehlgeburt erlitt.«

Carlo sog scharf die Luft durch die Zähne. Der Fingerstumpf an seiner linken Hand pochte mit einem Mal heftig, obwohl er damit schon seit Tagen kaum noch Beschwerden gehabt hatte.

»Die Krankheit, so hat sie mir berichtet, ähnelte einer solchen, wie sie schon einmal eine durchgemacht hat, als sie jünger war. Auch damals verlor sie ein Kind.«

»Es gibt Frauen, die jedes Kind verlieren«, sagte Cattaneo. »Besonders Kurtisanen. Was sollen sie auch mit Kindern? Gleichviel, ich werde ihr darüber hinweghelfen, weil ich sie liebe. Ich habe sie auch damals getröstet.«

»Gewiss«, meinte Querini. Es klang ein wenig zerstreut. »Wo war ich? Ach so, ja. Sie hat die Mietschulden selbst ausgeglichen. Sie sagte, sie sei fertig mit dir, und außerdem hat sie Angst vor dir. Sie will dich auf gar keinen Fall je wieder sehen.«

»Das hat sie nicht zu entscheiden.«

Querini wirkte erstaunt. »Sie ist eine freie Frau, Giacomo.«

»Wie schön für sie«, höhnte Cattaneo. Ein Flackern trat in seine Augen, während er seinen Cousin angrinste. »Soll sie doch ihre Freiheit genießen, solange das Schicksal es zulässt.«

»Das Schicksal? Oder du, Giacomo?«

»Besser, du verschwindest jetzt«, sagte Cattaneo. »Schick deinen Diener mit dem Geld rauf, ich werde ihm Zug um Zug die gesiegelte Besitzurkunde übergeben, dann ist die Sache für heute erledigt.«

»Selbstverständlich.« Querini wandte sich erneut zum Gehen, blieb dann jedoch ein weiteres Mal stehen, die Stirn in nachdenkliche Falten gelegt. »Ach ja, nur für den Fall, dass der jungen Dame oder diesem reizenden Mohren hier etwas zustoßen sollte – die Avogadori der Quarantia Criminal könnten das leicht mit früheren Fällen in Verbindung bringen und dort die Ermittlungen wieder aufnehmen. Und sie diesmal in Windeseile erfolgreich zum Abschluss führen. Sämtliche Unterlagen sind immer noch vollzählig vorhanden, an einem Ort, der mir jederzeit zugänglich ist. Es ist lange her, aber kurz genug, um noch den meisten Bürgern dieser Stadt lebhaft im Gedächtnis zu sein.«

Cattaneos Gesicht wurde ausdruckslos, doch Carlo erkannte die Angst im Blick seines ehemaligen Gebieters. Und noch etwas war dort zu sehen: Verzweiflung über die Dunkelheit in seiner eigenen rabenschwarzen Seele. Eine Verzweiflung, die Giacomo bisweilen heimsuchte, ebenso wie die Erinnerung an frühere Zeiten, der auszuweichen er nach Kräften trachtete. So lange, bis ihn seine Vergangenheit wieder einholte und ihn dazu trieb, zu heimlichen Exzessen zu verschwinden, von denen man nur ahnen konnte, wie furchtbar sie waren. Carlo war sicher, dass Querini vorhin hierüber gesprochen hatte, ohne die Dinge beim Namen zu nennen. Cattaneo musste sich scheußlicher Verbrechen schuldig gemacht haben, und Querini wusste darüber Bescheid.

Carlo schaute nicht zurück, als er seinem neuen Herrn folgte. Unten im Vestibül stand ein großer, schlanker Mann, dessen Kleidung ihn als höhergestellten Bediensteten auswies. Seine Handschuhe und Stiefel waren aus feinstem Leder und sein Wams aus burgunderfarbenem Samt mit Goldtressen. Es waren dieselben Farben, in denen die Gondel geschmückt war, die Carlo vorhin von der Loggia aus vor dem Wassertor des Palazzo hatte anlegen sehen. Der Mann trug einen Degen, und nichts an seiner Haltung ließ darauf schließen, dass er ein Untergebener war. Zu seinen Füßen stand eine kleine Truhe.

»Bartolomeo, du kannst zur Tat schreiten«, sagte Querini. »Achte darauf, das Haus nicht ohne die Besitzurkunde zu verlassen. Ich warte beim Boot auf dich. Sieh zu, dass es keine Schwierigkeiten gibt.«

»Und wenn, werde ich sie meistern.« Bartolomeo bleckte zwei Reihen ebenmäßiger Zähne. »Gerne auch mit dem Schwert.«

Querini lachte leise. »Ein andermal. Heute bist du lediglich mein Kämmerer und gibst Giacomo das Geld. Er braucht es furchtbar dringend, der arme Mensch.«

Carlo folgte ihm durch die Pforte ins Freie und von dort über die Gasse zum Kanal, wo das Boot Querinis vor den seitlichen

Stufen der Arkaden dümpelte. Ihm brannten ungezählte Fragen auf der Zunge, doch er sagte sich nicht ohne Selbstironie, dass es vermutlich einen schlechten Eindruck machen würde, wenn er seinen neuen Herrn damit bestürmte, bevor noch der Kaufpreis für die Ware vollständig gezahlt war.

Querini ließ sinnend die Blicke über die Fassade von Querinis Palazzo schweifen. Er deutete auf die Fresken.

»Ich fand diese Malerei schon immer ausgesprochen düster. Unchristliche Mythen, Bacchanalien – eigentlich sollte das in hellen, fröhlichen Farben dargestellt werden.«

Carlo betrachtete den Faltenwurf am Gewand einer Nymphe, die dem Gott Dionysos eine Schale mit Wein reichte. Die Nymphe schien sich dem Gott zuzuneigen, gleichzeitig aber fliehen zu wollen, und diese Zerrissenheit drückte sich nicht nur in der Haltung, sondern auch im Gesicht der Figur aus. Ein Anflug von Verzweiflung schien ihr anzuhaften, doch auch der Gott wirkte in all seiner trunkenen Machtfülle verletzlich und zwiespältig. Er streckte die Hand nach der Nymphe aus, als wolle er sie zu sich heranziehen, sie zugleich aber warnen, ihm zu nahe zu kommen.

»Giacomo erwähnte einmal, der Maler habe genau seinen Geschmack getroffen«, meinte Carlo.

»Natürlich«, sagte Querini. »Er sieht sich hier selbst aufs Beste verewigt.« Er runzelte die Stirn. »Wusstet Ihr, dass Zorzo da Castelfranco das gemalt hat?«

Carlo nahm überrascht die höfliche Anrede zur Kenntnis, während er auf die Frage Querinis zögernd nickte. Er kannte fast alle Werke des Malers, dessen Genialität für ihn außer Zweifel stand. Seinen Mentor und Lehrer Bellini, den alle Kunstkenner der Stadt priesen, stellte Zorzo da Castelfranco mit Leichtigkeit in den Schatten. Alles, was er brauchte, war ein wenig Zeit, um seinen Ruhm zu festigen, dann würde sein Stern den aller anderen Maler seiner Zeit überstrahlen.

»Wisst Ihr, ich hatte eigentlich vor, das Haus zu kaufen und nicht den Diener«, sagte Querini belustigt. Die Narben seiner

Brandverletzungen zeichneten sich in der Nachmittagssonne in grellem Rosa auf seiner Haut ab. Mit der Zeit würden sie verblassen, aber verschwinden würden sie nie.

»Hättet Ihr ihm das Haus abgekauft, hätte er den Diener nicht hergeben müssen«, meinte Carlo. »Jetzt hat er Geld und wird natürlich das Haus behalten.«

»So ist es.« Querini lächelte. »Aber schöne Häuser gibt es genug. Ich werde ein anderes finden, zumal es nicht für mich sein soll, sondern für einen Freund.«

»Diener gibt es ebenfalls viele, sogar schwarze.« Carlo sah, wie Bartolomeo aus dem Seiteneingang kam, die leere Truhe unter dem Arm. »Für die Summe hättet Ihr vermutlich alle Mohren Venedigs kaufen können.«

»Aber nicht diesen einen.«

»Warum wollt Ihr mich zum Sklaven?«, fragte Carlo geradeheraus.

»Gott bewahre!« Querini lachte. »Wer sagt, dass ich Euch zum Sklaven will?« Er nickte Bartolomeo, der sich zu ihnen gesellte, beifällig zu.

»Warum habt Ihr mich denn sonst gekauft?«

»Nicht ich, mein Junge. Ich bin nur der Mittler für jemanden, dem an Euch liegt. Zugegeben, das Geld habe ich vorgestreckt, aber es ist keine Frage, dass ich es mit Zinsen sehr bald zurückgewinnen werde. Und da mir außerdem wichtig ist, möglichst viele nützliche Menschen an mich zu binden, habe ich mich gerne zu dieser Gefälligkeit verpflichtet.« Er lächelte zynisch. »Erst recht, da es gegen Giacomo ging. Der Bursche kann von Zeit zu Zeit einen Dämpfer vertragen, und so kam diese Gelegenheit gerade passend.«

»Für wen …«

»Das werdet Ihr beizeiten selbst herausfinden«, unterbrach ihn Querini. »Einstweilen könnt Ihr gehen, wohin Ihr wollt. Die Besitzurkunde, Bartolomeo.« Sein Diener reichte ihm ein zusammengerolltes Pergament. Querini öffnete es, prüfte es kurz – und riss es mit energischen Bewegungen in Stücke.

»Ihr seid nun niemandes Sklave mehr, sondern Euer eigener Herr.«

Stumm blickte Carlo auf die niederfallenden Fetzen. Er schaute zu, wie sie in den Kanal flatterten und auf der Wasseroberfläche davontrieben, an den Kanten ausfasernde Schiffchen, die hurtig weitersegelten, bis sie zwischen den Booten seinen Blicken entschwanden.

Mai 1509

Antonio hatte sich der Einfachheit halber mit den von ihm rekrutierten Reitern den Artilleristen um Nicolò Orsini angeschlossen, Graf von Pitigliano und Heeresleiter der venezianischen Truppen. Einen Teil der Geschütze hatte er wie vorgesehen an den von Querini festgelegten Stationen zurückgelassen und den größeren Teil, vor allem die Arkebusen, den Provveditori Gritti und Cornaro zur Verfügung gestellt.

Zwischen Tervillo und Rivalto hatten die Truppen des zweiten venezianischen Kommandanten D'Alviano Stellung bezogen. Sie lagen entlang des linken Ufers der Adda, mit einer Verbindungslinie über Crema nach Cremona, auf der Antonio die Geschütze zum Hauptheer befördert und sich dann zu den Kontingenten des Oberkommandeurs Orsini zurückgezogen hatte.

Er hätte versuchen können, auf Umwegen weiter nach Mailand zu ziehen, so wie es geplant war, doch dieses Vorhaben hatte er fürs Erste aufgegeben, da stündlich mit entscheidenden Truppenbewegungen gerechnet werden musste. Überdies standen die Franzosen in und um Mailand mit über dreißigtausend Soldaten und mehr als hundert Geschützen. Folglich hatte Antonio beschlossen, später zu versuchen, Leonardo da Vinci als Konstrukteur und Kriegsingenieur für die Serenissima zu gewinnen, denn bis der Mann für die venezianische Sache etwas ausrichten könnte, waren vermutlich die entscheidenden Schlachten längst geschlagen.

Die Stimmung in der Truppe wechselte zwischen Angriffslust und Niedergeschlagenheit, je nachdem, welche Nachrichten die täglich eintreffenden Depeschenreiter brachten. Der Papst hatte sämtliche Kompromissvorschläge Venedigs zurückgewiesen, und nicht nur das: Am 27. April hatte er den Bannfluch gegen die Serenissima geschleudert. In seinem Interdikt, von dem in Antonios Anwesenheit eine Abschrift vor dem Feldkommandeur verlesen wurde, wandte Julius II. sich in aller Schärfe gegen Venedig. Die Stadt sei Urheberin aller Türkenprobleme, da niemand im Lande mehr wage, Truppen gegen die Osmanen auszusenden, vor lauter Sorge, unterdessen in der Heimat von venezianischen Landräubern ausgeplündert und unter die Herrschaft der Serenissima gezwungen zu werden.

Wie schon bei einem früheren Interdikt eines anderen Papstes hatte Venedig einen Appell zur Einsicht an die Tore der Engelsburg nageln lassen, jedoch vergeblich. Der Papst blieb unversöhnlich.

Wenige Tage nach dem Eintreffen des Interdikts begannen die ersten Scharmützel. Am achten Mai wurde von den venezianischen Truppen eine der nahen Städte eingenommen und geplündert, was die Soldaten als glückliches Vorzeichen für den weiteren Verlauf der Kämpfe werteten.

Am Abend des neunten Mai gingen die Franzosen zum Gegenangriff über. Sie überquerten die Adda und stießen bogenförmig entlang der linken Flanke des venezianischen Heeres vor, um die Truppen bei der Verbindungslinie abzuschneiden und eine Schlacht im offenen Feld zu erzwingen. D'Alvianos Späher durchschauten das Manöver und erstatteten dem Oberbefehlshaber Orsini Meldung.

Der alte Mann saß zu Pferde, als die Reiter heranpreschten. Antonio rechnete damit, dass der Kommandeur sofort die Truppen in Marsch setzen würde, um dem bedrohten Hauptteil des

Heeres zu Hilfe zu eilen, doch der Graf befahl den sofortigen Rückzug.

»Schießt aus allen Rohren, aber zieht unterdessen alles zurück, hinauf in die Höhen!«

An Antonio gewandt, setzte er hinzu: »Wie gut, dass wir dank Eures rechtzeitigen Eintreffens so viele Arkebusen haben. Nur damit können wir hier unseren Hals retten, denn an Reiterei sind uns die französischen Teufel um das Dreifache überlegen.«

Der Rückzug verlief glimpflich, wie am nächsten Tag der Heeresleitung gemeldet wurde. Im Feuerschutz zahlreicher Arkebusen gelang es den Venezianern, sich aus der Umklammerung des Franzosenheeres zu lösen, bevor die Falle zuschnappen konnte.

Dann traf am 14. Mai, dem Tag des heiligen Bonifatius, eine Depesche D'Alvianos ein, der Orsini davon unterrichtete, dass die abziehende Nachhut eine strategisch günstige Stellung in einem ausgetrockneten Bachlauf ausgemacht habe, von wo aus er die vorstoßenden Franzosen angreifen wolle, weswegen er um Verstärkung ersuche.

»Ich befahl den Rückzug!«, rief Orsini erzürnt aus. »Es sind zu viele, um sie einfach frontal anzugreifen! Wir müssen sie von der Seite oder von hinten packen! D'Alviano soll bloß nichts unternehmen, bevor nicht unsere Truppen dazustoßen!«

Der greise Heeresführer war außer sich, doch das Unglück nahm bereits seinen Lauf. Ermutigt von ersten Erfolgen beim Zurückschlagen der französischen Vorhut, befahl D'Alviano die Verfolgung des feindlichen Heeres, ohne das Eintreffen der bereits von Orsini in Marsch gesetzten Verstärkung abzuwarten. Unter Missachtung von Orsinis Befehl setzten die venezianischen Truppen den französischen nach – und gerieten dorthin, wo Ludwig XII. und sein Heerleiter Trivulzio sie von Anfang an hatten haben wollen: in weites, ebenes Gelände, wo sie schutzlos der drückenden Übermacht des Feindes preisgegeben waren.

Orsini warf seine Kontingente in den Kampf, doch nichts und niemand konnte mehr das Gemetzel aufhalten, das bei seinem Eintreffen bereits seit Stunden unweit des Ortes Agnadello tobte.

Antonio ritt direkt neben Orsini mit seinen Männern in die Schlacht, ohne dass er hierzu eines Befehls bedurft hätte. Er sah ringsum die Soldaten unter den Schwertern der feindlichen Berittenen fallen, während er selbst die Waffe schwang wie ein Berserker. Ein Schuss aus einer Haubitze traf die Hinterhand seines Pferdes, das zuckend unter ihm zusammenbrach. Er sprang aus dem Sattel, bevor er stürzen konnte, versetzte dem sich vor Schmerzen windenden Pferd den Gnadenstoß und kämpfte anschließend im Laufen weiter. Rechts und links hinter ihm ritten Ippolito und Raffaele, nach allen Seiten Schwerthiebe austeilend, bis auch sie sich aus dem Sattel schwangen, weil sie zu Pferde bessere Ziele für die Arkebusiere abgaben. Ippolitos krauses Blondhaar war nass vor Blut. Er hatte seinen Helm verloren, vermutlich unter dem Streich eines Schwertes. Quer über seiner Wange klaffte eine tiefe Wunde, und sein rechtes Ohr hing als schlaffer Fetzen herab. Raffaele war ebenfalls getroffen; sein linker Arm baumelte nutzlos an seiner Seite, und Antonio sah, dass um den Ellbogen ein Stück Stoff gewickelt war, welches er beim zweiten Hinsehen als blutbefleckte Fahne mit dem Markuslöwen erkannte.

»Italia!«, brüllte der alternde Soldat, der auf dem Schlachtfeld eine ebenso überzeugende Figur abgab wie auf der Bühne. »San Marco! Libertas!«

Aus Tausenden von Kehlen um sie herum stieg das Feldgeschrei der Serenissima auf, doch es wurde machtvoll übertönt durch den Schlachtruf der Franzosen.

»France!«, donnerte es von allen Seiten, und Antonio machte sich klar, dass die Sache von Anfang an verloren gewesen war. Es hätte nur dann anders ausgehen können, wenn D'Alviano nicht seiner blinden Kampflust nachgegeben, sondern stattdessen, wie von Orsini befohlen, einen kühlen Kopf bewahrt hätte.

Zu Tausenden starben unter D'Alvianos Kommando die

Männer, die für die Serenissima ins Feld gezogen waren. Dem Ansturm der Franzosen, unter ihnen dicht geschlossene Kolonnen von Schweizer Fußvolk und geharnischte Reiter, fielen die Artilleriestellungen Stück für Stück zum Opfer, bis am Ende nur vereinzelte Arkebusiere und hier und da ein Haufen von Schwertkämpfern gegen die Übermacht des Feindes standen. Die Schlacht war so gut wie vorbei, und Venedig hatte sie verloren.

Rückzug, dachte Antonio wie betäubt. Sein Kopf schmerzte entsetzlich. Er wusste, dass er gekämpft hatte, aber an den Ablauf konnte er sich nicht mehr erinnern. Zwischen den Toten umhertorkelnd, blickte er sich benommen um.

Orsini musste zum Rückzug blasen lassen, sonst würden alle Männer hier sterben! Niemand wäre mehr da, um die übrige Terraferma zu sichern, und die Lagune wäre am Ende dem Zugriff der Feinde wehrlos ausgeliefert!

Doch dann erkannte er, dass das Trompetensignal zum Rückzug längst ertönt sein musste, denn es waren keine venezianischen Truppen mehr hier. Nur noch die vielen Gefallenen. Er wankte über das Schlachtfeld, das von Tausenden von Leichen übersät war, die meisten von ihnen venezianische Soldaten. Langsam und wie in einem Rausch taumelte Antonio an blutigen Körpern und zerfetzten Pferdeleibern vorbei. Schweiß rann ihm unter dem Helm hervor und tränkte sein Gesicht, und als er die Hand hob, um ihn fortzuwischen, merkte er, dass es sich um Blut handelte und dass sein Helm fort war. Er musste verletzt sein, doch bis auf den bohrenden Kopfschmerz spürte er nichts, nur die Ausweglosigkeit dieser verlorenen Schlacht. In der Ferne sah er die venezianischen Soldaten fliehen. Alle, die noch laufen konnten, ob zu Fuß oder zu Pferde, bewegten sich in ungeordneter Flucht aus dem Getümmel heraus, verfolgt und niedergemacht von berittenen Franzosen oder den Bogenschützen und Arkebusieren, die an strategischen Stellungen aufgereiht standen und ihre fliehenden Ziele ins Visier nahmen.

Am Rande des Schlachtfelds sah er D'Alviano in den Reihen der wenigen Männer, die ihm noch geblieben waren. Alle hatten aufgegeben und waren geflohen, nur er nicht. Der Kommandeur hatte dieses Debakel zu verantworten, aber er stand auch bis zum bitteren Ende seinen Mann. Das Schwert gegen die vorrückenden Kämpfer der Franzosen erhoben, brüllte er wie ein Löwe, und für einen Moment schien es, als habe sich das Denkmal von der Piazza San Marco erhoben und die Flügel ausgebreitet, um den Gegner allein mit der Kraft seiner Erscheinung in die Flucht zu schlagen. Doch gleich darauf rückten die feindlichen Soldaten näher und schlossen ihn und seine Männer ringförmig ein, bis sie alle miteinander in einem einzigen Gewimmel aus blitzenden Schwertern, erhobenen Schilden und blutigen Harnischen verschwanden. Als sich der Pulk auflöste, waren D'Alvianos Männer gefallen, und er selbst wurde von zwei Franzosen vom Feld geschleppt, den Kopf helmlos nach vorn baumelnd und die sporenbewehrten Stiefel über den Boden schleifend.

Von Orsini und den Provveditori sowie ihren Truppen war nichts mehr zu sehen; offensichtlich war ihnen die Flucht geglückt, und wie es schien, hatten sie einen erklecklichen Teil des Heeres aus dem Getümmel herausführen können. Doch die Verluste waren furchtbar. Antonio stolperte weiter über die von Leichen und tödlich Verletzten bedeckte Ebene, hier über einen kopflosen Rumpf steigend, aus dem noch das Blut troff, dort einem Bein ausweichend, an dem noch das Suspensorium des unglücklichen Gefallenen hing.

Ein grauenhafter Gestank lag in der Luft, eine Mischung aus Pulverdampf, Kot, Erbrochenem und Blut. Die Körperflüssigkeiten der Gefallenen hatten das Feld auf breiter Fläche getränkt, überall gab es sumpfige Pfützen, und nicht wenige von ihnen dampften noch.

An manchen Stellen hatten die Franzosen bereits begonnen, die Toten und Verletzten zu durchsuchen und sie ihrer Waffen und sonstigen Habseligkeiten zu berauben, und oben auf den Hügeln ging man daran, die ersten Geschütze abzubauen und sie auf ihren Lafetten talwärts zu befördern, den flüchtenden Venezianern hinterher.

Zwei Franzosen näherten sich Antonio. Sie wurden gewahr, dass hier noch ein aufrecht stehender Feind am Leben war. Mit ihrem Schlachtruf *France* auf den Lippen stürzten sie sich auf ihn. Antonio wollte sein Schwert ziehen, um sich ihrer zu erwehren, doch dabei merkte er, dass er es verloren hatte, ebenso wie seinen Dolch. Nein, das stimmte nicht, wie er sich erinnerte. Den Dolch hatte er einem feindlichen Soldaten in den Leib gestoßen, nur einen Wimpernschlag bevor dieser ihn mit seinem Degen hatte aufspießen können. Die Schneide des Messers hatte sich zwischen den Rippen des Mannes verklemmt, sodass Antonio ihn wohl oder übel dort stecken lassen musste, wenn er nicht Gefahr laufen wollte, vom nächsten Angreifer einen Kopf kürzer gemacht zu werden. Das Schwert hatte er Ippolito gegeben, der seine eigene Waffe im Zweikampf verloren hatte und sich vor Raffaeles leblos hingestrecktem Körper aufgebaut hatte, um ihn gegen alle Angreifer zu verteidigen. Antonio wusste nicht, was aus den beiden geworden war. Er hatte sich mit dem Dolch eines Gefallenen auf den nächstbesten Franzosen gestürzt, der ihn attackierte, und gleich darauf hatte er dessen Schwert an sich gebracht, das sich indessen als lächerlich schmaler Degen entpuppt hatte, mit dem sich keine Hiebe austeilen ließen. Alles, was danach geschehen war, lag unter einem Schleier. Antonio betastete erneut seine Stirn und erkannte, dass jemand ihm buchstäblich den Kopf gespalten hatte. Mit den Fingerspitzen konnte er in Höhe seines Haaransatzes den nackten Knochen ertasten. Als wäre diese Erkenntnis alles gewesen, was sein Körper noch brauchte, um seine eigene Schwäche zu begreifen, sackte er in die Knie. Die Franzosen, eben noch im Begriff, ihm ihre Schwerter in den Leib zu rennen, blieben stehen und ließen die Waffen sinken.

»Armes Schwein, er stirbt sowieso«, sagte der eine auf Französisch. »Lass ihm Zeit für ein letztes Gebet.«

»Warum denn?«, meinte der andere. »Tote Venezianer sind die besten Franzosen.« Er lachte über seinen eigenen Witz und holte in weitem Bogen mit dem Schwert aus, um Antonio den Kopf von den Schultern zu schlagen.

»Nicht«, zischte der Erste.

»Was?« Verärgert hielt der Soldat mitten in der Bewegung inne.

»Wie sieht es denn aus, wenn du einen unbewaffneten, wehrlos vor dir knienden Verlierer enthauptest?«

»Wen sollte das interessieren?«

»Vielleicht den da. Besser du wartest mit dem Köpfen, bis er außer Sicht ist.« Sein Kamerad deutete auf eine schwer bewaffnete Kavalkade, die sich um einen Reiter auf einem prachtvollen Rappen gruppierte und ihm einen Weg durch die Leichenberge bahnte. Den Kämpfern voran ritt ein Bannerträger, und er trug die Fahne des Hauses Valois.

»Man sagt, er sei noch ein echter Ritter«, fügte der Soldat hinzu. »Das muss wohl stimmen, denn sonst würde er nicht mit seinen Soldaten zu Felde ziehen.«

»Da soll mich doch einer«, sagte der andere verblüfft, während er eilig das Schwert in die Scheide schob und gemeinsam mit seinem Kameraden auf die Knie niedersank.

»Vive la France!«, riefen die beiden wie aus einem Mund. »Vive le Roi!«

Antonio spürte, wie ihm die Sinne schwanden, und obwohl bereits von allen Seiten die Dunkelheit an ihm zerrte, blieb ihm Zeit für einige sarkastische Gedanken. Der Franzosenkönig, dessen Kopf sich die Venezianer heute eigentlich hatten holen wollen, hatte ihm den seinen gerettet. Jedenfalls für den Moment.

Antonio wiederum kniete nun vor diesem König, unfreiwillig und eher zufällig, aber ganz so, wie es sich für einen Besiegten geziemte.

»Danke, Ludwig«, murmelte er. »Wie schön, dass du gerade jetzt des Weges kommst.«

Einer der beiden Soldaten, die vor ihm knieten, wandte ihm über die Schulter sein erbostes Gesicht zu. »Willst du wohl deinem König anständig huldigen?«

Antonio folgte dem Befehl auf seine Weise. Er verlor vollends den Halt und fiel bewusstlos mit dem Gesicht voran in den Staub.

Juni 1509

Laura beugte sich schwitzend über die Glasplatten, die sie auf dem Arbeitstisch sowie allen anderen verfügbaren Flächen, einschließlich der Küche und des Ladens, ausgelegt hatte. Sie befand sich in einer Art fortgesetztem Arbeitsrausch, und wenn jemand sie gefragt hätte, wie lange das nun schon ging, so hätte sie kaum eine Antwort gewusst. Es schien ihr fast, als habe sie nie etwas anderes getan, als Jasminessenz herzustellen. Das Verfahren, das sie dafür gewählt hatte, war im Vergleich zur Mazeration, dem Erhitzen der Blüten in Öl, wesentlich aufwändiger, doch es brachte auch den meisten Gewinn, denn die gewonnene Essenz war bei dem Aufbringen der Blüten auf mit Fett bestrichenen Platten wesentlich konzentrierter.

Sie gab eine letzte Handvoll Blüten auf die Platte und ging zur nächsten weiter, wo sie damit begann, die aufgestreute Menge vom Vortage zu entfernen.

Niemand versuchte, ihr die Arbeit auszureden, und es gab auch keine Einwände, wenn sie immer wieder die Küche komplett für sich in Beschlag nahm. Mansuetta hatte es klaglos zur Kenntnis genommen, als Laura sie darüber informiert hatte, dass nun vorerst aus dem geplanten Umzug doch nichts werden würde. Sie hatte nur einen prüfenden Blick in Lauras Gesicht geworfen und keine weiteren Fragen gestellt. Veronica hatte ein paar Mal über die viele Schufterei gejammert, aber eher deswegen, weil sie Tiziano in der letzten Zeit so selten sah, was wiederum darin begründet lag, dass sie Laura bei der Parfümgewinnung helfen musste. Alle im Haus mussten mit anpacken, sogar Matteo, und er tat es mit Feuereifer, obwohl er nach seiner Krankheit in seinen Bewegungen noch ein wenig schwach und unbeholfen wirkte.

Simon, der Arzt, hatte empfohlen, ihn nach seiner Genesung nicht allzu sehr zu verzärteln, sondern dafür zu sorgen, dass er sich viel bewegte und an die frische Luft kam. Also fuhr Laura mit ihm Woche für Woche auf die Terraferma und tobte und kletterte dort mit ihm herum, solange es noch ging. Die Exkommunikation der Serenissima durch den Papst hing wie eine Pestglocke über der Stadt und verstärkte die allgemeine Angst vor dem Ausgang der kriegerischen Auseinandersetzungen, aber noch waren keine feindlichen Truppen in unmittelbarer Nähe des Küstenstreifens aufgetaucht.

Dennoch war die Lage äußerst bedenklich. Verona, Vicenza und Padua hatten sich ohne Gegenwehr den anrückenden Truppen Kaiser Maximilians ergeben, Triest hatte ebenfalls dem Kaiser den Treueid geleistet. Aber Cremona kämpfte weiter gegen die Truppen der Franzosen, und auch im Friaul und um Treviso wurde noch Widerstand geleistet.

Noch nie war eine Sensa von solchen Kümmernissen überschattet gewesen wie die in diesem Jahr. Kein ausländischer Diplomat hatte diesmal den Dogen geleitet, und der Jubel des Volkes beim Anblick des Bucintoro war so verhalten gewesen wie nie zuvor.

»Mehr!«, rief Laura über die Schulter durch die Tür der Offizin. »Ich brauche mehr Blüten!«

Veronica kam schnaufend mit einem Korb voller Jasminblüten in die Offizin und setzte ihn vor Laura ab. Laura verspürte einen Anflug von Gewissensbissen, weil sie der Magd die harte Arbeit zumutete, und sie wollte Veronica bereits auffordern, sich einen Augenblick auszuruhen. Gerade noch rechtzeitig fiel ihr dann jedoch ein, dass der Korb in Wahrheit kaum mehr als die Bibel wog, aus der Veronica seit kurzem mit Isaccos Hilfe das Lesen erlernte. Hinzu kam, dass es Veronica seit dem Beginn des Frühjahrs entschieden besser ging. Sie hustete bei weitem nicht mehr so oft wie im Winter, und Simon, der sie bei seinem letzten Besuch untersucht hatte, hatte sogar die Meinung geäußert, ihr Leiden sei im Begriff, völlig zu verschwinden. Gesunde Kost und viel Bewegung an der frischen Luft, so hatte er resümiert, würden den Husten besser heilen als alle Tränke zusammen.

Laura gab frische Blüten auf die nächste Platte. Noch vier Platten hier drin und weitere zehn drüben im Haus, dann wäre sie für heute fertig, zumindest mit dem Aufstreuen. Danach würde sie alle von den Platten entfernten Blüten in die Presse schichten und ausdrücken, um ihnen auch noch das letzte Quäntchen des duftenden Öls zu entlocken, das ihnen anhaftete und das, im Alambik destilliert, ein gutes Konzentrat ergab. Damit war zweierlei erreicht: Es wurden keine Reste vergeudet, und sie blieb in Bewegung. Hauptsache, sie hatte etwas zu tun. Allein die Vorstellung, still in der Ecke zu sitzen und auszuruhen, war ihr ein Gräuel. Sobald sie saß, würde sie nur anfangen, nachzudenken, und das galt es tunlichst zu vermeiden. Zudem konnte Bewegung nicht schaden, je mehr, desto besser, das hatte sogar Simon gesagt.

Des Weiteren hatte Simon die peinliche Sauberkeit in der Apotheke gelobt. In seiner Klinik halte er es ebenso, hatte er berichtet, und deswegen habe er weniger Todesfälle durch Entzündungen zu beklagen als andere Ärzte. Seither legte Laura bei der Reinigung von Flächen und Gefäßen besonderes Augenmerk auf eine Substanz, deren Wirksamkeit Simon nicht hoch genug hatte loben können: Essig.

Sie hatte einen Händler gefunden, der ihr ganze Fässer davon lieferte, natürlich zu einem Vorzugspreis, weil sie ihn im Gegenzug mit ungewöhnlichen Verfeinerungen seines Produkts versorgte, die wiederum er gewinnbringend veräußern konnte: Kräuter- und Apfelessig. Sie fabrizierte von beidem mehr, als sie selbst verkaufen konnte, folglich ging eine feste Menge davon an den Händler zurück, und den Rest verbrauchte sie zum Putzen.

Zurzeit jedoch stand die Zubereitung des Jasminöls im Vordergrund. Dreimal jede Woche kam frisch geerntete Ware von der Terraferma, und mindestens einmal holte sie selbst welche ab. Zum Teil noch in der Nacht gepflückt, wurden die Blüten körbeweise von den Bauern, auf deren Ländereien sich die Jasminhaine befanden, bei Morgengrauen auf Traghetti geladen und vor Einbruch der Tageshitze nach Venedig geschafft, wo sie bis zum Mittag verarbeitet wurden. Laura war es gelungen, sich einen Großteil der im näheren Küstengebiet anfallenden Ernte zu sichern. Sie zahlte gut und pünktlich, im Gegensatz zu vielen anderen Kräuter- und Duftstoffhändlern, die sich in diesen unsicheren Zeiten nicht mehr auf Lieferungen vom Festland verlassen mochten und ihre Herstellung lieber auf andere Produkte umstellten.

Mit gleichmäßigen Bewegungen streute Laura die Blüten auf die dick mit frischem Schmalz bestrichenen Glasplatten, wobei sie darauf achtete, dass die feinen Blätter sich überall an das Fett heften konnten.

Die Hitze beschleunigte einerseits den Prozess, konnte aber auf der anderen Seite auch verderbenbringend sein. Wurden die zarten Blüten nicht rasch genug aufgebracht, waren sie von Wärme und Lagerung bald so zerdrückt, dass sie unbrauchbar wurden. Auch nach dem Aufstreuen galt es, die richtige Zeit abzupassen. Wartete man zu lange damit, die Blüten wieder von den Platten zu zupfen und neue nachzulegen, konnte die Fäulnis einsetzen. Streute man zu viele auf, konnten sie ebenfalls faulen; nahm man zu wenige, reicherte sich nicht genug von dem Duft an. Und schließlich musste man genau den Punkt treffen, an dem das Fett gesättigt war, was in aller Regel, je nach den herrschenden Temperaturen und der Qualität und Frische der Blüten, etliche Wochen dauern konnte. Laura wechselte den Blütenbelag einen um den anderen Tag aus, und dieser Vorgang musste beständig wiederholt werden, angefangen von der ersten

Ernte bis zum Ende des Sommers. Anschließend wurde das angereicherte Fett in Schalen mit Weingeist ausgewaschen, um das Duftöl vom Fett zu trennen; ein mühseliger Prozess, bei dem am Ende jeweils höchstens ein paar Tropfen herauskamen, die nur für eine Handvoll Phiolen reichten.

Um dieser kleinen Mengen reiner Blütenessenz willen musste sie monatelang schuften, egal, wie müde sie war, egal, ob es regnete oder ob die Sonne schien. Und vor allem ungeachtet dessen, dass die Gedanken an Antonio sie quälten, so sehr, dass sie am liebsten vor Schmerz laut aufgeschrien und die ganze Duftherstellung zum Teufel gewünscht hätte, um sich stattdessen auf den Weg zu machen und nach seinem Grab zu suchen. Irgendwo musste er schließlich begraben liegen, auch wenn es hieß, dass keiner der Gefallenen von Agnadello nach christlichem Ritus bestattet worden sei.

Raffaele, der verwundet aus der Schlacht zurückgekehrt war, hatte allerdings gemeint, dass es sich hierbei um Gerüchte handle. Viele Soldaten, so hatte er erzählt, seien zwar wegen der einsetzenden Sommerhitze tatsächlich eilig in Massengräbern verscharrt worden, aber mancher mitleidige Geistliche aus einer der benachbarten Contrade habe trotz des päpstlichen Interdikts seinen Segen über diesen Stätten gesprochen, und für den einen oder anderen unbekannten Soldaten habe es sogar ein ordentliches christliches Begräbnis auf einem der Dorffriedhöfe gegeben – meist für diejenigen, bei denen sich noch Wertsachen fanden. Auch Ippolito sei auf diese Weise bestattet worden, dafür habe er selbst gesorgt, nachdem die Franzosen weitergezogen waren. Antonios Leichnam hatte er hingegen nicht gefunden, obwohl er das gesamte Schlachtfeld abgesucht hatte.

Laura hatte verschiedentlich gehört, dass die Franzosen sämtliche Leichen gefleddert hatten. Sie hatten sich sogar über Raffaele hergemacht, den sie für tot gehalten hatten. Von daher war die Hoffnung, dass Antonio eine Einzelbestattung erhalten hatte, verschwindend klein. Doch nicht nach seinem Grab zu suchen war für sie gleichbedeutend damit, die Erinnerungen an ihn gering zu schätzen. Allein der Gedanke war ihr unerträglich.

Mansuetta kam in die Offizin gehumpelt. »Das Essen steht auf dem Tisch. Brauchst du noch Hilfe?«

Laura schüttelte müde den Kopf. »Ich bin hier drin gleich fertig. Dann noch die Platten im Verkaufsraum …«

»Die hat Matteo schon bestreut. Die gebrauchten Blüten stehen zum Auspressen bereit, aber das hat Zeit bis morgen. Du solltest jetzt aufhören und dich ausruhen. Seit heute Früh um fünf bist du auf den Beinen, genau wie gestern und die ganze letzte Woche auch. Und die Wochen davor.«

»Unsere Ausbeute an Essenz wird dieses Jahr so groß sein wie nie zuvor. Es wird uns sehr viel Geld einbringen. Reines Jasminöl ist eine der …«

»… teuersten Raritäten, die es gibt, ich weiß. Und du wirst krank, wenn du so weitermachst.«

Manchmal glaubte Laura, dass das stimmen müsste. Kummer und Trauer peinigten sie so sehr, dass sich alles in ihr vor Schmerz zusammenkrampfte, wenn sie nur an Antonio dachte. Sie zerfleischte sich mit Selbstvorwürfen, weil sie ihre letzte Zusammenkunft so rüde beendet hatte. Warum hatten sie sich nicht wie Liebende trennen können? Warum hatte sie ihn nicht zum Abschied geküsst und umarmt, um wenigstens das als schöne Erinnerung in ihrem Herzen tragen zu können?

Die Tatsache, dass sie mit ihren düsteren Voraussagen schließlich recht behalten hatte, verschaffte ihr keinerlei Genugtuung, sondern erhöhte lediglich ihre Qualen. Ihr Elend war so umfassend, dass sie tatsächlich längst siech und schwach hätte niedersinken müssen, wenn alles mit rechten Dingen zugegangen wäre. Stattdessen richtete sich ihr Leid nur nach innen, während ihr Körper sich beinahe empörender Gesundheit erfreute. Sie aß zu allen Mahlzeiten so viel, dass es ihr schon manchmal peinlich war, und ihr Schlaf war tief und fest und traumlos erholsam. Ihre Haut war strahlend frisch und rosig, ihr Haar schimmernd und üppig, und ihr Körper straff gerundet und kräftig vom vielen Arbeiten.

Wenn sie sich im Spiegel anschaute, konnte sie ihren Anblick kaum ertragen. Am liebsten wäre sie tot gewesen, so wie er.

»Was ist?«, fragte Mansuetta.

»Nichts.« Laura war wie versteinert. Der Schmerz wühlte in ihrem Inneren, doch sie durfte ihn nicht zeigen.

»Laura, du armes Ding«, sagte Mansuetta sanft. »Komm her.« Sie streckte die Arme aus.

Laura starrte sie an. »Was?«

»Du bist meine Schwester. Ich will dich trösten.«

Da Laura sich nicht bewegte, tat Mansuetta zwei Schritte auf sie zu und schlang die Arme um sie. Laura versteifte sich kurz, und dann spürte sie, wie etwas in ihr entzweibrach und hinausdrängte.

Einen Herzschlag später sackte sie in Mansuettas Armen zusammen. Sie umklammerte ihre Schwester und weinte ihr ganzes Elend hinaus. Eine ganze Weile war nichts zu hören außer den Schluchzern, die in scheinbar unerschöpflicher Reihenfolge tief aus ihrer Brust stiegen und als feuchte Schnaufer an Mansuettas Hals endeten.

»Er ist tot«, stieß sie hervor. »Und nun bin ich wieder allein!«

»Du bist nicht allein. Du hast uns.«

»Du weißt ja gar nicht …« Laura stockte. Sie hatte keinerlei Bedürfnis, sich zu offenbaren, folglich schwieg sie lieber. Zum Glück gab es, abgesehen von ihrer blühenden Erscheinung, keine weiteren äußeren Anzeichen, die Verdacht hätten erregen können. Ihr war nicht übel, und sie hatte auch keine ungewöhnlichen Gelüste auf bestimmte Speisen, so wie man es häufig von anderen Frauen hörte. Wenn sie Glück hatte, würde sie noch einige Zeit so tun können, als sei nichts geschehen, und sobald es sich dann nicht länger verbergen ließ, konnte sie sich immer noch eine Lösung überlegen.

Mansuetta schob sie von sich und betrachtete sie aufmerksam. Ihre Augen hatten den typischen Ausdruck der Kurzsichtigen, doch Laura war der Blick ihrer Schwester noch nie so durchdringend vorgekommen wie gerade jetzt. Bei Mansuettas nächsten Worten wurde ihr klar, dass sie vergeblich gehofft hatte, ihr Geheimnis noch eine Weile für sich bewahren zu können.

»So geht es nicht weiter«, befand Mansuetta. »Irgendwann wirst du dich damit auseinandersetzen müssen. Niemandem ist gedient, wenn wir so tun, als wüssten wir von nichts.«

Beklommen trat Laura einen Schritt zurück. »Wen meinst du mit *wir*?«

»Einstweilen nur Veronica und mich.«

»Woher weiß sie davon?«

»Sie kümmert sich um unser aller Wäsche«, sagte Mansuetta lakonisch. »Und da deine monatliche Unpässlichkeit nun schon zweimal wie durch ein Wunder keine befleckten Leinenstücke hinterlassen hat, machte sie mich freundlich darauf aufmerksam, dass du aller Voraussicht nach schwanger sein dürftest.«

Laura schluckte. Sie verbarg das Gesicht hinter ihrer Schürze und tat so, als wolle sie sich die Tränen abwischen. »Vielleicht verliere ich es ja noch. Viele Frauen haben einen Abort in den ersten Monaten.«

Mansuetta blickte sie scharf an. »Hast du schon einen Versuch in dieser Richtung unternommen?«

»Du lieber Himmel, nein!« Laura legte alle Empörung, die sie aufbringen konnte, in diese Erwiderung, doch vor sich selbst musste sie zugeben, dass sie zumindest daran gedacht hatte. Sie hatte ja hier alles in Reichweite, und sie wusste, wie man es anwendete. Es gab diverse Mittel, mit denen sich spontane Wehen auslösen ließen. Sie verkauften sie im Laden nur in hoher Verdünnung, meist zur Linderung des Wochenflusses und nach starkem Blutverlust infolge schwerer Geburten, aber niemals zum Zwecke einer Abtreibung. Doch Laura wusste genau, dass sie auch dafür taugten, erst recht, wenn man sie in konzentrierter Form einnahm.

Sie hatte den Gedanken erwogen und ihn augenblicklich wieder verworfen. Sie würde lernen müssen, mit der schrecklichen Schande zu leben und der Welt deswegen die Stirn zu bieten. Es war Antonios Kind, vielleicht ein Sohn, den sie in sich trug, und wenn das alles wäre, was ihr von ihm bleiben würde, wollte sie niederknien und dem Allmächtigen für diese Gnade danken. Wenn Gott ihr das Kind vorher nahm, würde sie es als gerechte Strafe für ihre Sünden akzeptieren, doch wenn es ihr geschenkt wurde, konnte keine Macht der Welt verhindern, dass sie ihm eine gute Mutter wäre.

Außerdem war noch Mansuetta da. Wie sehr sie in ihrer Liebe zu einem kleinen Kind aufgehen konnte, hatte sie bereits bei Matteo bewiesen. Erleichterung durchströmte Laura, denn sie erkannte, dass sie tatsächlich nicht allein war. Mansuetta würde ihr beistehen.

Sonnenlicht fiel durch die offene Tür ins Innere der Offizin, gefiltert durch die von der Decke hängenden Kräuter. Mansuettas Haar leuchtete in dem diffusen Licht wie rötliches Feuer, und in ihren Augen tanzten goldene Funken. Auf ihrer Nase tummelten sich Sommersprossen, ebenso wie auf ihren Wangen, die an den Seitenpartien von einem feinen, pfirsichartigen Flaum bedeckt waren. Überrascht gewahrte Laura, wie schön Mansuetta war. Keine Kurzsichtigkeit und keine körperliche Behinderung vermochten diese Ausstrahlung zu mindern, weder das tiefer sitzende Auge noch die herabgezogene Schulter. Kein Mensch, der sie näher kannte, konnte auf den Gedanken verfallen, sie hässlich zu finden.

»Es gibt Linsensuppe, Brot, Käse, Schinken und gedünsteten Kürbis«, sagte Mansuetta. »Du hast bestimmt Hunger nach all der Arbeit.«

»Und wie«, gab Laura, ohne zu zögern, zurück.

Schwer lag der Geruch von Jasminblüten in der Luft, als sie gemeinsam durch den Garten zurück ins Haus gingen.

»Verschwinde für eine Weile. Ich werde schon auf sie Acht geben.« Zuane warf Oratio eine Silbermünze zu, die der Junge mit zielsicherem Griff aus der Luft schnappte, sie kurz anschaute und dann so schnell einsteckte, dass das Auge der Bewegung kaum zu folgen vermochte.

Oratio wechselte einen Blick mit Laura, und man merkte ihm deutlich an, wie ungern er bereit gewesen wäre, den unverhofften Verdienst wieder herausrücken zu müssen.

»Tu, was er sagt, aber bleib in der Nähe«, meinte Laura.

Oratio machte auf dem Absatz kehrt und huschte zwischen die Säulen eines Sottoportegos.

»Wo immer du hinmusst, ich begleite dich«, erbot sich Zuane.

»Es war ein Fehler, dass du noch einmal gekommen bist.« Laura machte keine Anstalten, stehen zu bleiben, sondern setzte ihren Weg zur Schneiderin fort.

Zuane folgte ihr auf dem Fuße und blieb dabei dicht an ihrer Seite. »Dachtest du etwa, ich gebe mich mit einem kurzen Brief zufrieden?« Er zitierte die Zeilen aus dem Gedächtnis. »Lieber Zuane, unsere gemeinsame Zeit war sehr schön, aber wir können uns nicht wiedersehen? Hab Dank für das Angebot, mir Räume für die Farmacia zur Verfügung zu stellen, aber ich kann es nicht annehmen?«

»Es ist genauso, wie ich es dir schrieb«, sagte sie abweisend, jedoch mit einem Unterton von Verzweiflung in der Stimme. »Ich will die Farmacia nicht, und wir können uns auch nicht mehr sehen.«

»Aber warum nicht?«

»Es geht nun einmal nicht.« Es tat ihr weh, ihn zu sehen, und sie merkte, wie sehr sie ihn vermisst hatte. Er war binnen kürzester Zeit zu einem wichtigen Teil ihres Lebens geworden, nicht nur, weil er von angenehmem Wesen war und ein glänzender Unterhalter, sondern weil etwas an ihm war, das sie tief in der Seele berührte.

»Was habe ich falsch gemacht?«, fragte er drängend.

»Nicht du. Ich. Es war mein Fehler, dich zu sehr für mich vereinnahmen zu wollen. Es wäre … nicht recht.«

»Warum denn nicht? Ich … Du fehlst mir so, Laura.« Er stockte, und sein hübsches junges Gesicht war erfüllt von Kummer. »Wenn du nicht da bist, kommt es mir so vor, als würde die Sonne nicht mehr aufgehen!«

Du fehlst mir auch!, wollte sie schreien, doch sie brachte es nicht über die Lippen, obwohl es nichts weiter als die Wahrheit gewesen wäre. Doch wie konnte sie ihm sagen, was geschehen war? Ledige Mütter galten kaum mehr als die zahllosen Huren, von denen die Stadt förmlich überquoll, eine so verachtet wie die andere, nichts wert in den Augen der Rechtschaffenen und Frommen. Ihre in Schande geborenen Kinder mochten es mit ein wenig Glück und einem reichen Vater zu einem geschützten Leben bringen, so wie es auch Zuane zuteilgeworden war, aber die Mütter waren geächtet und ehrlos.

»Zuane«, sagte sie unvermittelt. »Wer war eigentlich deine Mutter?«

Er wurde rot. »Warum willst du das wissen? Gelte ich dir weniger, weil ich ein Bastard bin?«

»Nein!«, rief sie vehement aus. »Wie kannst du das sagen!« Ruhiger fügte sie hinzu: »Ich möchte es einfach nur wissen. Wir sprachen nie darüber, weil ich weiß, wie wenig du das Thema schätzt, aber … wer war sie?«

»Irgendeine Frau, der das schnelle Vergnügen mehr bedeutete als ihre Tugend.« Seine Stimme klang abfällig.

Laura holte Luft und versuchte, den Stich zu ignorieren, den sie bei seinen Worten fühlte. »Kanntest du sie?«

Er schüttelte den Kopf. »Ich habe manchmal nach ihr gefragt, als ich noch ein Kind war, aber Vater sagte, dass ich keine Mutter bräuchte, da ich ja ihn hätte. Eines Tages, es ist noch gar nicht so lange her, hörte ich heimlich, wie Vater und Tante Eugenia sich gemeinsam darüber mokierten. Ihrer Unterhaltung entnahm ich, dass meine Mutter eine leichtfertige Person war und ich das Ergebnis einer kurzen Affäre mit meinem Vater. Eugenia sagte zu ihm: *Denkst du noch manchmal an das verdorbene junge Mädchen, das dir in Sünde deinen kostbaren Sohn geboren hat?* Woraufhin Vater ganz kühl erwiderte: *Zum Glück nicht, denn heute habe ich meinen Verstand wieder.* Nach meiner Geburt lud meine Mutter mich anscheinend bei ihm ab und verschwand aus seinem Leben. Ich weiß nicht einmal, wie sie heißt oder ob sie noch lebt.«

»Oh, Zuane, das tut mir leid!«

»Warum denn? Ich entbehre sie nicht. Sie ist mir herzlich egal. Was könnte mir eine Frau von so loser Moral bedeuten?«

Sie hatte das Haus der Näherin erreicht. »Danke für deine Begleitung«, sagte Laura förmlich.

»Aber …«

»Bitte respektiere meinen Wunsch. Es ist besser, wenn wir uns nicht mehr sehen.«

»Laura, meine Absichten sind ehrbar!«

»Meine aber nicht«, versetzte sie mit wohlberechneter Grausamkeit. Die Verletzung in seinen Augen zu sehen zerriss ihr fast das Herz, doch wenn sie es ihm jetzt nicht sagte, wann dann?

»Begreife es besser jetzt«, fügte sie hinzu, die Hand schon am Türklopfer. »Auf keinen Fall erst dann, wenn ich in ein paar Wochen aufquelle wie ein Kürbis.«

Entgeistert starrte er sie an. »Was …?«

»Was ich damit sagen will? Ganz einfach. Ich trage das Kind eines Mannes, dessen Frau ich niemals sein werde. Ich bin ebenso verdorben und ohne Moral, wie es deine Mutter war. Zuane, ich bin nichts für dich, nicht einmal als Begleiterin zum Karneval. Am besten, du vergisst mich ganz schnell.«

Die Schneiderin öffnete ihr, und bevor Laura in den Laden eilte und rasch die Tür von innen zudrückte, sah sie noch, welche Wirkung ihre Worte auf Zuane hatten. Er stand da, als hätte sie ihn geschlagen, das Gesicht erstarrt in Fassungslosigkeit und Entsetzen.

In ihr selbst mischten sich Trauer und Bedauern zu einem schmerzhaften Gefühlschaos.

Leb wohl, mein Freund, dachte sie. Leb wohl, und verachte mich nicht gar so sehr, damit dir wenigstens ein Teil von mir in guter Erinnerung bleibt.

Mosè saß in einem Lehnstuhl am Fenster, als Laura zu ihm in die Kammer trat. Ein alter Rabbi war bei ihm; er hatte nach Laura schicken lassen mit der Botschaft, dass es dem Ende zuging.

Laura erschrak, als sie den jüdischen Kaufmann sah. Vor zwei Monaten, als sie das letzte Mal bei ihm gewesen war, um ihm Hustenmedizin zu bringen, hatte er schon krank ausgesehen, doch jetzt glich er dem leibhaftigen Tod. Er war bis auf die Knochen abgemagert, und die Haut spannte sich so straff um den fleischlosen Schädel, dass es schien, als sei er bereits gestorben. Die Augen lagen tief und glanzlos in den Höhlen, die Lippen waren trocken und zurückgezogen und entblößten die Zahnlücke, als er bei Lauras Anblick den Versuch eines Lächelns unternahm.

»Sei gegrüßt, Laura.« Seine Stimme war brüchig, kaum mehr als ein Wispern. Er hob die Hände, doch Laura war schon bei ihm und nahm sie, bevor er sich anstrengen musste, sie auszustrecken.

»Guten Tag, Messèr Zinzi.« Sie bemühte sich um ein Lächeln, doch ihr war klar, dass ihr der Schock ins Gesicht geschrieben stand. Sie warf dem Rabbi einen unsicheren Blick zu, doch der alte Mann mit den Schläfenlocken, der Kippa und dem dunklen Umhang nickte ihr nur aufmunternd zu, bevor er seinen gelben Hut nahm, der an einem Haken bei der Tür hing. »Ich warte eine Weile draußen«, sagte er.

Laura wartete, bis der jüdische Geistliche die Tür hinter sich zugezogen hatte. »Es tut mir leid, Messèr Zinzi, aber ich konnte nichts erreichen. Doch ich verspreche Euch, ich werde heute Abend nochmals mein Glück versuchen.«

»Der arme Junge.« Mosè starrte blicklos die Wand an. Seinem Lehnstuhl gegenüber hing ein Gemälde, und Laura erkannte überrascht, dass es Mosès Familie zeigte. Der kleine Junge auf dem Bild musste Isacco sein, mit rundlichen Wangen und einem angedeuteten Lächeln. Auch die porträtierte Frau lächelte, und tatsächlich musste Monna Elsa irgendwann so ausgesehen haben wie diese dunkelhaarige Schönheit mit den geschwungenen Brauen und den glatten Wangen.

»Er ist ein undankbarer Sohn«, entfuhr es Laura. Sie war wütend, obwohl sie sich vorgenommen hatte, keine Partei zu ergreifen und vor allem Mosè gegenüber nicht schlecht über Isacco oder seine Mutter zu reden. »Er sollte Euch als seinem Vater den letzten Abschied nicht verwehren! Das ist Sünde!«

»Ah, Sünde. Was weißt du denn schon über die Sünde, mein Kind.«

»Alles«, sagte sie trotzig.

Mosè lächelte flüchtig, und für einen Moment ähnelte er wieder dem verschmitzten, mit allen Wassern gewaschenen Kaufmann, als den sie ihn kennen gelernt hatte.

»Isacco ist ein guter Sohn. Er hat sich immer rührend um seine Mutter gekümmert.«

»Aber Ihr seid sein Vater! Seid Ihr denn weniger wert, nur weil Ihr Jude seid?«

Sie begriff, dass Ihre Äußerung bereits eine Wertung beinhaltete, und verlegen setzte sie hinzu: »Euer Glaube setzt Euch ihm gegenüber nicht herab, denn wir beten zu demselben Gott!«

»Du weißt nicht genug, um meinen Sohn zu verstehen«, sagte Mosè. »Dass du nie darüber sprachst, zeigt mir, wie verschwiegen er all die Jahre war, und das wiederum ehrt ihn mehr, als wenn er mir vergeben würde.«

»Was sollte er Euch denn vergeben?«

Mosè betrachtete seine Hände, die knotig und blau geädert in seinem Schoß ruhten. »Ich war ein schlechter Ehemann«, sagte er ruhig.

»Weil Ihr Euch geweigert habt, den christlichen Glauben anzunehmen? Aber ich sagte doch schon …«

»Nein, das hat damit nichts zu tun«, unterbrach sie Mosè. »Elsa hat sich erst hinterher taufen lassen.«

»Hinterher?«

»Nachdem ich Rachel zu meiner Geliebten gemacht hatte.«

Laura war zu erschüttert, um zu antworten, folglich schwieg sie.

Mosè schien auf Fragen zu warten, und als er merkte, dass keine kamen, sprach er zögernd weiter. »Ich war fast immer auf Reisen, sie führten mich in die ganze Welt. Elsa war stets zu Hause, obwohl ich sie zuweilen gern mitgenommen hätte. Es lebt sich sehr einsam, wenn man allein unterwegs ist. Manchmal für viele Monate, bis hin zu einem Jahr oder länger.« Er seufzte schwer. »Ich lernte Rachel in Syrien kennen, sie war die Tochter eines einflussreichen spanischen Händlers.«

»Eine Jüdin?«

Die Andeutung eines Lächelns zog sich um Mosès Lippen. »Natürlich. Alles andere wäre Todsünde. Aber so war es natürlich auch eine, denn ich war zu jener Zeit seit beinahe zwanzig Jahren ein verheirateter Mann.«

»Isacco war damals noch nicht geboren«, stellte Laura fest.

»Nein«, stimmte Mosè zu. »Elsa konnte keine Kinder bekommen. Jedenfalls dachten wir das. Unsere Ehe war außerdem ziemlich schlecht, man kann es nicht anders sagen. Am Ende lief es darauf hinaus, dass ich froh war, wenn ich wieder verreisen konnte.«

»Ihr hättet Euch von ihr scheiden lassen können. Ich weiß, dass es bei den Juden diese Möglichkeit gibt.«

Er lachte, kurz und bitter. Es klang wie das Krächzen eines alten Raben. »Daran habe ich tatsächlich gedacht. Jedenfalls, nachdem ich Rachel begegnet war. Doch da war es zu spät. Bei einer unserer seltener gewordenen Zusammenkünfte hatte Elsa empfangen, und bald darauf wurde Isacco geboren.«

»Sie wusste von Eurer Geliebten?«

»Ich machte nie den Versuch, es ihr zu verheimlichen. Rachel war mehr als nur irgendeine Zerstreuung für mich. Sie war die große Liebe meines Lebens, und ich stand zu ihr, vor Gott und der Welt. Nur meinen Namen konnte ich ihr nicht geben, denn der Ehestand musste uns versagt bleiben.« Er sprach mit stiller Würde, und jeder Regung seines Gesichts war die innige Liebe anzusehen, die er für diese Frau empfunden hatte.

»Was ist mit ihr geschehen?«

»Sie starb bei der Geburt unseres ersten und einzigen Kindes.«

Laura biss sich auf die Lippen vor Anspannung. »Was ist aus dem Kind geworden?«

»Sara? Sie war mein ein und alles. Rachels Eltern wollten sie nicht, sie hatten ihre Tochter verstoßen. Ich nahm die Kleine also mit nach Mestre. Nach Venedig konnte ich sie nicht bringen, damals durften hier keine Juden leben. Elsa ließ sich taufen, sie wollte um jeden Preis hierbleiben. Oder besser: Sie wollte um jeden Preis verhindern, mit der Schmach meiner Verfehlung konfrontiert zu werden, und das war nur hier gewährleistet, in einer Stadt ohne jüdische Gemeinde. Sie hat meine Besuche geduldet, denn sie lebte von meinem Geld, aber sie blieb stets abweisend und war voller Hass. Ich habe mich dennoch um Isacco bemüht, schließlich ist er mein Sohn. Ich habe ihn immer aufrichtig geliebt und wollte ein gutes Auskommen mit ihm.«

Laura holte erschüttert Luft. »Er hat zu seiner Mutter gehalten.«

»Das hat er getan. Er hat sogar den neuen Glauben angenommen, wenn auch sicherlich nicht mit derselben Leichtherzigkeit wie seine Mutter. Viele von seinen inneren Konflikten rühren daher, dass er ein weit besserer Jude wäre als der Christ, der zu sein er vorgibt.«

»Was meint Ihr damit?«

Mosè hob die Hände, doch er sagte nichts mehr. Offenbar hatte das Reden ihn erschöpft. Laura bemerkte abermals, wie trocken und rissig seine Lippen waren, und augenblicklich schalt sie sich für ihr Versäumnis. Sie eilte zu dem Korb, den sie vorhin beim Hereinkommen neben der Tür abgestellt hatte, und nahm den Krug heraus, den sie mit frisch aufgebrühtem Salbeisud gefüllt hatte. Sie zog den Stöpsel heraus und sah sich nach einem Trinkgefäß um, doch Mosè hatte bereits eine Flasche hinter seinem Sessel hervorgezogen. Er hob sie, so weit er konnte, aber es reichte nicht. Sie half ihm und öffnete die Flasche, und weil er aus eigener Kraft nicht trinken konnte, setzte sie ihm die Flasche an die Lippen. Der Geruch von kräftigem Wein erfüllte die Kammer, und Laura blickte stirnrunzelnd auf den von ihr mitgebrachten Krug. »Nun ja, Ihr könnt auch später davon trinken. Von dem Sud, meine ich. Er ist sehr gut gegen den Husten.«

»Gegen diesen Husten hilft nur noch eins«, sagte Mosè. »Ein rascher Tod.«

Erschrocken schaute sie ihn an, doch als sie bei ihm die Andeutung eines listigen Lächelns bemerkte, wurde ihr klar, dass er einen Witz auf eigene Kosten gemacht hatte.

»Lebt Eure Tochter noch?«

Er schüttelte den Kopf, den Blick versunken auf seine Hände gerichtet. »Sie starb vor zehn Jahren an einem schweren Fieber. Ich war auf Reisen und konnte nicht bei ihr sein.« Er hielt inne, bevor er stockend weitersprach. »Wenn ich mir etwas vorwerfe, dann allein das. Dass ich sie nicht in meinen Armen halten konnte, als sie gehen musste.« Er hustete kurz und fügte dann hinzu: »Sie wäre heute in deinem Alter, weißt du.«

»Es tut mir leid«, sagte Laura hilflos.

Er rang schweigend nach Luft, und Laura begriff, wie viel Kraft ihn diese Unterhaltung gekostet hatte. Kraft, die er nicht mehr besaß. Jeder Atemzug musste für ihn die reinste Qual sein. Aus seiner Brust drang ein Pfeifen und Ziehen wie von einem zerlöcherten Blasebalg. Laura hatte den Tod lange nicht mehr auf diese unmittelbare Weise kommen sehen, doch mit einem Mal war es wie damals, als sie das Unheil über ihre Eltern hatte herabsinken sehen. Er würde bald sterben, sehr bald. Vielleicht schon in dieser Stunde.

Sein Kopf sank zur Seite, auf seine Schulter, und die Weinflasche drohte ihm aus der Hand zu rutschen. Laura nahm sie rasch an sich und stellte sie auf die Bodendielen neben den Lehnsessel. Vorsichtig zog sie die Decke zurecht, die trotz der Sommerhitze um seinen ausgemergelten Körper gewickelt war. Der Geruch von Urin, altem Schweiß und ranzigem Körperfett stieg ihr in die Nase, und flüchtig fragte sie sich, ob dies das Schicksal aller alten und kranken Menschen war, die sich ohne fremde Hilfe nicht mehr aufrichten konnten. Auch Monna Elsa roch so. Wenn man in ihre Nähe kam, war es, als atmete man bereits den Moder ein, der in nicht allzu ferner Zukunft ihren Gräbern entsteigen würde. Sie und ihr Mann waren seit vielen Jahren getrennt, aber in ihrer Hilflosigkeit waren sie längst wieder eins und würden es auch im Tode sein.

»Ich werde noch einmal mit Isacco reden«, sagte sie leise, schon auf dem Weg zur Tür.

Als sie die Hand auf den Knauf legte, gab Mosé ein unwilliges Geräusch von sich, und sie erkannte, dass er ihr noch etwas zu sagen hatte.

Sie eilte zu ihm zurück und beugte sich dicht über ihn, damit er sich beim Sprechen nicht zu sehr anstrengen musste.

»Antonio«, sagte er.

Der Klang seines Namens durchfuhr sie wie ein Messerstich, und sie spürte, wie ihr die Tränen in die Augen schossen. »Er ist in der Schlacht von Agnadello gefallen«, flüsterte sie.

»Ich weiß.« Die Worte kamen abgehackt und so leise, dass sie kaum noch verständlich waren. »Ich weine um ihn wie um mein eigenes Kind. Weißt du, dass er mir teuer war wie ein Sohn?«

»Eure Gefühle wurden erwidert. Er sprach davon, wie sehr er Euch zugetan war.«

»Vor seinem Aufbruch zu den Schlachtfeldern kam er noch einmal zu mir.« Ein Hustenanfall unterbrach die Worte des Alten, und keuchend schöpfte er Zug um Zug neuen Atem, bis er in der Lage war, fortzufahren. »Er hat mir etwas für dich hinterlassen, mein Kind.« Seine Hände tasteten fahrig auf der Decke herum, bis seine Rechte etwas aus den Falten seines Ärmels zog. Es war ein Kästchen.

Sie ergriff es zögernd, und das Herz schlug ihr dabei bis zum Hals.

»Er sagte, er hätte es dir am Tage eurer Hochzeit geben wollen. Es ist …« Mosè holte mit qualvoller Anstrengung Luft, bevor er den Satz vollenden konnte. »… sein Brautgeschenk. Er hat dich über alles geliebt, mein Kind.«

Sie klappte es mit fliegenden Fingern auf, und als sie das kostbare Geschmeide sah, stockte ihr der Atem. Die Tränen liefen ihr nun ungehindert über die Wangen, und sie ging taumelnd die zwei Schritte bis zur nächsten Wand, wo sie sich mit den Schultern anlehnte und rücklings zu Boden sank. In der Hocke schlug sie die Hände vors Gesicht, das Kästchen mit dem Brautgeschenk an die Lippen gepresst, als könne sie auf diese Weise seine Gegenwart fühlen. Nachempfinden, wie er es für sie ausgesucht hatte. Wie er sich vorgestellt hatte, es ihr anzulegen. Sie in die Arme zu schließen, als seine Frau.

Nimm mich oder lass mich.

Er hat dich über alles geliebt.

Schluchzend wiegte sie sich vor und zurück und hörte dabei nicht, wie sich die Tür öffnete. Erst als der Rabbi vor ihr stand und ihr die Hand reichte, um ihr beim Aufstehen zu helfen, kam sie wieder zu sich.

Immer noch weinend ließ sie sich von ihm hochziehen und ging zurück zu Mosè.

»Was hat er noch gesagt, bevor er fortging?«, wollte sie wissen.

Doch der alte Mann gab keine Antwort. Laura starrte ihn voller Entsetzen an, als sie erkannte, dass er nicht mehr atmete. Mosè Zinzi war tot.

Der Rabbi hob an, in für sie unverständlichem Singsang zu beten. Tränenblind stolperte Laura zur Tür und nach draußen.

Die Glocken läuteten zur Non, als sie nach wenigen Schritten den Kanal erreichte, wo die Gondel lag, die sie für die Fahrt gemietet hatte. Oratio, der ihr im Wechsel mit seinem Bruder wie ein Schatten folgte, hockte auf der Fondamenta und reinigte sich die Nägel mit seinem Messer. Er blickte auf und runzelte die Stirn, als er Laura weinen sah, doch er gab keinen Kommentar ab, denn in der letzten Zeit war es keine Seltenheit, dass sie die Fassung verlor. Stumm erhob er sich, um hinter ihr ins Boot zu steigen.

»Was ist geschehen, Madonna?«, fragte der Gondoliere besorgt. Ohne mit dem Rudern innezuhalten, duckte er sich geschmeidig, als sie unter einer Brücke hindurchfuhren. »Kann ich Euch helfen?«

Laura lauschte den verhallenden Glockenschlägen nach und schüttelte den Kopf, beide Hände um das Kästchen gekrampft. Sie blickte auf das von sanften Wellen gekräuselte Wasser des Kanals, sah das silbrige Blitzen vorbeihuschender Fische, die bei der nächsten Ebbe wieder ihren Weg zurück ins Meer finden würden. Ob hier oder dort, sie waren stets in dem ihnen von Gott zugedachten Element. Nur sie selbst fühlte sich verloren, herausgerissen aus einer Welt, in der die Zukunft im Ungewissen lag.

Valeria hatte gewartet, dass er zu ihr käme, zunächst eine Woche, dann eine weitere, doch er war nicht erschienen. Schließlich hielt sie es nicht mehr aus und machte sich im Schutze des dichten Schleiers, den zu tragen sie sich angewöhnt hatte, wenn sie aus dem Haus ging, auf den Weg. Wenn sie unterwegs war, dann nur gemeinsam mit ihrer Zofe sowie in Begleitung des schwer bewaffneten Leibwächters, ein Kreter, der Agnadello überlebt hatte und ohne den sie keinen Schritt mehr tat. Auch heute nahm sie die beiden mit.

Inzwischen hatte sie Informationen einholen lassen und wusste genau, wo Carlo sich aufhielt.

Auf dem Wege dorthin ließ sie in Gedanken die letzten Wochen vorüberziehen. Sie hatte Giacomo Cattaneo so nachhaltig aus ihrem Leben gestrichen, wie es nur irgend möglich war, und doch verging keine Nacht, in der sie nicht schweißgebadet aufwachte und sich vor ihm ängstigte – und sich gleichzeitig nach ihm sehnte. In solchen Momenten dachte sie daran, wie er sein konnte, wenn er es darauf anlegte. Wie liebevoll, einfühlsam und leidenschaftlich. Seine Ehrlichkeit in diesen Augenblicken war nicht gespielt gewesen, das war das Schlimmste daran. Sie hatte an ihn glauben wollen. Daran, dass er sich geändert habe. Dass er Carlo und ihr nie wieder ein Leid zufügen werde. Dass er ihr ein eigenes Leben lassen werde, mit einem Haus, über das sie gebieten, und Menschen, mit denen sie sich umgeben konnte.

Er hatte sich getreulich an alles gehalten, für eine erstaunlich lange Zeit. Bis zu jener Aschermittwochsnacht, als Carlo den Finger verloren hatte. Dass dieser Vorfall im Zusammenhang mit der Fehlgeburt stand, die sie nur wenige Wochen vorher erlitten hatte, war ihr damals nicht bewusst, aber Antonio hatte ihr vor seiner Abreise nach Mailand den unaussprechlichen Inhalt jenes Beutels gezeigt und ihr Dinge über Giacomo erzählt, die sie dazu gebracht hatten, sich zu erbrechen. Sie, die geglaubt hatte, längst alles gesehen zu haben, was es über sexuelle Perversionen zu wissen gab. Jetzt war sie frei, oder vielmehr, sie hätte es sein können, wäre sie nicht so sehr die Gefangene ihrer Erinnerungen und Gefühle gewesen.

Sie fand Carlo dort, wo sie ihn vermutet hatte, an jenem Strandstück unweit von Madonna dell'Orto. Vorher hatte sie sich vorgestellt, wie er dort bis zu den Oberschenkeln im Wasser stand, in äußerster Konzentration den Speer erhoben, den Fisch im Visier und bereit, beim leisesten Zucken zuzustoßen.

Doch zu ihrer Überraschung saß er in einem Boot, einem ziemlich morsch aussehenden Sàndolo, den er an Land gezogen hatte, um daran zu arbeiten. Er hockte rittlings über der Ruderbank und strich die Ritzen mit frischem Pech aus. Auf dem Bootssteg, der in einigen Schritten Entfernung ins Wasser ragte, lagen sauber ausgerollte Netze, und daneben stand im Schatten der Bootshütte ein kleines Fass voller frischer *Schie*, kleine Krabben, die in reichen Haushalten eine begehrte Delikatesse waren, sowie ein weiteres Fässchen mit Jacobsmuscheln. Er würde damit heute auf dem Markt viel Geld verdienen – zumindest gemessen an der Bedeutung, die das Wort *viel* früher für sie gehabt hatte.

Carlo war nackt bis auf einen Lendenschurz, und sogar durch den dichten Schleier vor ihrem Gesicht konnte sie sehen, wie seine Muskeln sich bewegten, während er sich an dem Boot zu schaffen machte. Seine Haut spannte sich schweißfeucht über seinen kräftigen Rücken, der im Sonnenlicht wie poliertes Ebenholz leuchtete. Er pfiff vor sich hin, einen Gassenhauer, der zum letzten Karneval aufgekommen war, ein freches Spottlied gegen die Mächte der Liga.

Sie ging weiter auf ihn zu, die Röcke gerafft und die Hand auf den Arm ihrer Zofe gestützt. Sie verfluchte die hochhackigen Zòccoli, die sie, dem Modediktat folgend, immer trug, wenn sie das Haus verließ. Früher war sie barfuß an diesen Strand gekommen, damit sie, wenn es die Not gebot, schnell weglaufen konnte. Heute ging es nicht an, sich unpassend gekleidet in der Öffentlichkeit zu zeigen.

Eindruck hatte sie natürlich von jeher gemacht, dazu hatte es keiner Schuhe bedurft, die ihre Füße mehr als eine Handbreit vom Erdboden trennten. Damals hatte sie auch noch ohne Schleier gehen können, und sie hatte nicht darauf achten müssen, ihre Haut bleich wie Milch zu halten. Sie war so braun wie eine Fischermagd gewesen und hatte dennoch an jedem Finger zehn Freier haben können. Doch wenn eine Frau adlige Gönner wollte, musste sie sich ihnen anpassen, in Kleidung, Stil, Geschmack und Benehmen. Sie konnte immer noch zehn Freier an jedem Finger haben, aber sie alle geboten über Macht und Reichtum, weshalb sie sich auf eine Handvoll ausgesuchter Patrizier und schwerreicher Kaufleute beschränkte.

Cattaneo war anders als sie alle; ihn hatte damals ihre wilde und arrogante Unabhängigkeit gereizt, genau wie die von Carlo. Er hatte sie beide nach seinen Vorstellungen geformt und erzogen. Sie zunächst missbraucht und erniedrigt, damit sie sich wertlos fühlten, und sie später geliebt und verwöhnt, um ihnen seinen eigenen Wert aufzuzeigen. Durch dieses Wechselbad hatte er sie geleitet und dabei sorgsam darauf geachtet, sie nicht zu brechen, bis sie beide nach und nach das gewonnen hatten, von dem Giacomo meinte, es mache sie zu Menschen: Kultur, Eloquenz, Eleganz. Natürlich waren sie zu jedem Zeitpunkt seine Sklaven gewesen, aber solche von allerhöchster Güte, ganz so, wie es ihm nach seinem Dafürhalten zustand.

Sie hatte das Boot erreicht und stand hinter ihm. Ihr war klar, dass er ihr Kommen längst bemerkt hatte, doch er drehte sich nicht um. Immerhin hatte er aufgehört zu pfeifen.

»Carlo«, sagte sie leise.

Seine Schultern bewegten sich, und er zog den Kopf ein wenig ein, als hätte sie ihn berührt. Schon früher hatte er so reagiert, wenn er nur den Klang ihrer Stimme gehört hatte, und mit einem Mal packte sie das Bedürfnis, ihn tatsächlich zu berühren, hier und jetzt, im Beisein der Zofe und des Leibwächters, der in ein paar Schritten Entfernung wartete und dabei aufmerksam die Umgebung im Auge behielt.

Sie wollte diesen Rücken so sehr berühren, dass ihr die Finger schmerzten, doch ihr Verlangen hatte nicht das Geringste mit den Neigungen Giacomos zu tun, zu dessen Vorlieben es zählte, Zärtlichkeiten und körperliche Vereinigungen jeder Spielart im Kreis von Zuschauern zu zelebrieren. Diese Zusammenkünfte zählten nicht, sie waren nicht mehr als sorgsam inszenierte Bühnenstücke, die man, kaum dass sie aufgeführt waren, getrost wieder vergessen konnte, bis die nächste Vorstellung anstand.

»Geht und wartet drüben bei der Kirche auf mich«, befahl Valeria der Zofe und dem Leibwächter. Der Kreter wollte widersprechen, doch sie hob nur gebieterisch die Hand. Achselzuckend folgte er der Zofe, bis beide wenig später hinter den Felsen verschwunden waren.

»Carlo«, sagte sie, während sie ihren Schleier zurückschlug. »Sieh mich an. Oder muss ich mir erst den Hals brechen beim Versuch, um dieses komische Boot herumzustapfen?«

Nun wandte er sich zu ihr um. »Was willst du hier?«

»Ich bin gekommen, um dich zu sehen.«

»Nun, du hast mich gesehen, damit ist dein Wunsch erfüllt. Oder soll ich für dich in die Luft springen, so wie früher?«

»Warum bist du nicht zu mir gekommen?«, rief sie aus. »Ich

habe die ganze Zeit auf dich gewartet! Ich habe dir Botschaften geschickt!«

»Du hast immer erwartet, dass ich auf deine Botschaften hin zu dir kam.«

»Nun, du bist stets gekommen«, hielt sie ihm vor.

»Du meinst, immer, wenn du mich riefst.«

»Was ist schlecht daran?«

»Vielleicht, dass du nie selbst gekommen bist. Carlo sollte springen, und Carlo sprang.«

»Bist du deswegen wütend auf mich? Weil ich dich wie einen Diener behandelt habe?«

Er lachte. »Ach, Valeria.«

Sie wurde wütend. »Du machst dich lustig über mich! Was ist so komisch, dass du darüber lachst?«

Sofort wurde er wieder ernst. »Valeria, hast du je darüber nachgedacht, was du für andere Menschen tun könntest? Ich meine, aus eigenem Antrieb, ohne dass du einen Gewinn oder einen Vorteil daraus ziehst.«

Sie runzelte die Stirn. »Ich verstehe. Du findest, ich habe dich immer nur ausgenutzt. Aber hattest du nicht auch deinen Spaß mit mir? Kamst du je zu kurz, wenn wir zusammen im Bett waren?« Herausfordernd schaute sie ihn an. »Du warst immer verrückt nach mir, gib es zu!«

Er seufzte. »Valeria, alle Männer sind verrückt nach dir, warum sollte ich eine Ausnahme sein?«

»Vielleicht, weil du mich liebst.« Sie sagte es in kläglichem Tonfall, einen Punkt neben ihm fixierend, weil sie ihm nicht in die Augen sehen konnte.

»Natürlich liebe ich dich«, versetzte er mit leisem Ärger in der Stimme. »Aber darum geht es dir gar nicht.«

»Worum geht es mir dann?«, fragte sie scharf. »Sag es mir doch, wenn du es so genau weißt! Warum kannst du nicht bei mir sein, so wie ich es möchte?«

»Du kannst niemals nur mit einem Mann auskommen«, sagte er.

»Hältst du mir vor, dass ich mich anderen Männern hingebe?« Sie machte eine wegwerfende Geste. »Was bedeuten sie mir schon. Sie sind nichts weiter als Schwänze, die zufällig Geld mit sich herumtragen.«

»Von denen rede ich nicht, sondern von mir und Giacomo. Und davor waren es Antonio und ich.«

Sie fuhr auf. »Mit Antonio war nie etwas Ernsthaftes!«

»Ich meine keine Bettgeschichte, sondern das, wovon du vorhin angefangen hast. Liebe.«

»Ich liebe ihn nicht.«

»Oh, aber du hast ihn geliebt, ganz auf deine eigene Art. Ich spreche von früher, wohlgemerkt, von der Zeit, als Laura noch nicht da war. Als wir zu dritt in diesem stinkenden Loch am Corte Cavallo oder hier am Strand bei den Felsen saßen und uns gegenseitig verstohlen musterten und beargwöhnten, mit Gefühlen, die so heiß waren, dass man eine Fackel daran hätte anstecken können. Erzähl mir bloß nicht, dass das nicht stimmt. Ich habe jeden deiner Blicke gesehen, und ich weiß genau, was in dir vorging.«

»Was soll das? Es lief doch nie was zwischen uns, damals.«

»Nicht das, was du meinst. Dafür hattest du deine Freier. Nein, ich meine das andere. Das, wo Gefühle im Spiel sind. Ich meine das, was mit einem Mann passiert, wenn er dir Wochen und Monate jeden Tag beim Waschen und Kämmen zuschaut und deine Augen in einem beschlagenen Spiegel sieht. Dich riecht, Nacht für Nacht, und deine Seufzer hört. Die Bedachtsamkeit, mit der du manchmal ihm, manchmal mir deine Blicke schenktest. Du hast uns beide gegeneinander ausgespielt.«

»Das ist absurd. Das waren doch nur dumme, kindische Schwärmereien.«

»So wie du es später auch bei Giacomo und mir getan hast«, fuhr Carlo unbeirrt fort. »So bist du, Valeria. Du wirst stets zwei Männer brauchen, zwischen denen du stehen kannst, nur um dich keinem von beiden richtig schenken zu müssen.«

»Habe ich mich dir etwa nicht geschenkt? Und Giacomo gar?

Habt ihr mich nicht beide auf alle nur erdenklichen Arten besessen?«

»Du wirfst die Dinge durcheinander«, wies er sie zurecht. »Eines weiß ich. Wäre Antonio jetzt hier und gäbe es Laura nicht, würdest du dasselbe machen wie damals. Du würdest versuchen, uns beide in deinen Bann zu schlagen, und dann würdest du abwechselnd mit uns spielen.« Er hielt inne. »Nun gut, diese Überlegung ist müßig, da Laura dazugekommen ist und dieses Blatt neu gemischt hat.«

»Laura, Laura, Laura«, fauchte sie, bis aufs Blut gereizt und zugleich aufs Äußerste verletzt. »Warum gehst du nicht zu ihr, zu deiner kostbaren Kräuterblume? Zu ihr, die Antonio sofort in Marsch gesetzt hat, um dich von diesem Monstrum, wie sie Giacomo nennt, zu befreien!«

»Er *ist* ein Monstrum«, sagte Carlo gelassen.

Sie schluchzte trocken auf, weil es so wehtat. Doch es abzustreiten war ihr unmöglich geworden. »Ich hätte dir ganz sicher ebenfalls geholfen, wenn ich es gekonnt hätte«, sagte sie weinend.

»Meine Güte, das weiß ich doch! Es war alles mein Fehler! Ich hätte besser auf der Hut sein sollen! Mir war immerhin klar, wie krank er ist!« Carlo sprang auf, um zu ihr zu kommen. Er hatte sie noch nicht oft weinen sehen, das wusste sie, denn sie weinte niemals aus Berechnung, immer nur aus echtem Kummer, so wie jetzt. Sie litt darunter, dass sie ihn nicht vor dem hatte bewahren können, was ihm geschehen war.

»Ich hatte keine Ahnung, wie schlimm es wirklich war!«, stieß sie verzweifelt hervor. »Dass er dich mit mir erpresst hat! Und wie bösartig er in Wahrheit auch zu mir war!«

Endlich tat er das, worauf sie die ganze Zeit so sehr gewartet hatte. Er schloss sie in seine Arme und hielt sie. Ihre Tränen versiegten, während sie sein Herz an ihrer Wange pochen fühlte. Sein Körper roch nach Fisch, Bootspech, Salz und Schweiß, und sie fuhr mit den Händen über die sonnenerhitzte Haut seines Rückens und atmete diesen Geruch so tief ein, wie sie konnte. Er war ihr so nah, dass sie leise und glücklich lachte.

»Warum lachst du?«

»Weil ich froh bin.« Sie griff nach seiner Hand und küsste voller Bedacht den Stumpf seines Fingers, und sie lauschte dem nach, was er vorhin zu ihr gesagt hatte. Sie versuchte, es mit dem in Verbindung zu bringen, was sie empfand, wenn er sie so wie jetzt in den Armen hielt – ohne dass jemand im Hintergrund wartete, sichtbar oder unsichtbar, der ihre Gefühle in zwei Ströme hätte teilen können. Jetzt gab es nur ihn, Carlo. Giacomo war noch da, aber weit weg und nicht mehr wichtig, und er verlor stündlich mehr von seiner Macht.

Carlo, dachte sie. Nur er und ich. Wir beide, sonst niemand. Sie näherte sich dem Gedanken, betastete und schmeckte ihn, ließ ihn in sich einsickern und machte sich vertraut mit ihm. Sie versuchte, es als gegebene Tatsache hinzunehmen und nichts anderes zu wollen.

Er war ein junger, starker Mann, und sie fühlte rasch seine beginnende Erregung. Als er sich von ihr lösen wollte, hielt sie ihn fest.

»Die Hütte da …«

»Dort sind nur Gerätschaften zum Ausbessern der Boote. Und ein paar kaputte Netze.«

»Genau richtig«, befand sie.

»Das ist keine gute Idee, Valeria.«

»Warum denn nicht? Ich merke doch, dass du mich willst. Es wäre sogar fast wie früher, ich meine, ganz früher, da wollten wir es doch beide so sehr. Nur taten wir es nie, erst, als er uns dazu zwang. Jetzt können wir es endlich nachholen. So tun, als wäre es das erste Mal. Komm.« Sie stolperte, als sie sich in Bewegung setzte, und beim nächsten Schritt glitten ihr die unbequemen Schuhe von den Füßen. Sie schleuderte sie achtlos beiseite, fasste ihn bei der Hand und zog ihn zur Tür der kleinen Fischerhütte, die kaum mehr war als ein windschiefer Verschlag und so niedrig, dass man den Kopf einziehen musste, wenn man sie betreten wollte.

Er zauderte nicht länger und schien es mit einem Mal eiliger zu haben als sie selbst. Er stieß sie förmlich in die Hütte hinein und drängte sie zwischen einem Stapel zerborstener Planken und einem leeren Pechfass gegen die rissige Wand. Mit dem Fuß schlug er die Tür hinter sich zu. Sie besaß kein Schloss, nur einen primitiven Holzkeil als Riegel, und der war von außen vorzulegen und diente lediglich dazu, dass die Tür bei Sturm nicht hin und her flog. Mit einer ungeduldigen Bewegung rückte Carlo das Fass von innen gegen die Tür, bevor er sich wieder Valeria zuwandte. Sie schaute zu ihm auf. In der Hütte gab es keine Fensteröffnung, aber durch die breiten Ritzen der Bretter, aus denen sie zusammengefügt war, fiel ausreichend Sonnenlicht, das seine hohe, schlanke Gestalt umriss und das Kriegerische seiner Erscheinung hervorhob.

Er war jetzt so, wie sie ihn immer gesehen hatte, unter all den Schichten aus Samt und Seide. Ohne diese künstlichen Hüllen war er urtümlich und wild, fremdartig und dabei zugleich von solch schmerzhafter Vertrautheit, dass sie fast hätte meinen können, er sei wieder der Junge, der mit dem Speer Fische fing. Sie presste ihre Lippen gegen seine Brust und leckte mit der Zunge über seine Haut, doch er stieß sie mit den Schultern gegen die Wand und umfasste ihr Kinn, damit sie zu ihm aufsehen musste. »Wenn du es schon früher ebenso wolltest wie ich – warum hast du mich dann zurückgewiesen?«

Sie hob die Hand und berührte seine Wange. »Das weißt du nicht, du Dummkopf? Weil du mir Geld dafür geben wolltest. Hättest du mir nur einen von deinen blöden Fischen geschenkt, wie du sie immer für Laura angeschleppt hast – ich hätte dich sofort genommen.«

Das Weiße in seinen Augen schimmerte in dem Zwielicht, und ein einzelner Sonnenstrahl streifte seine Haut, Gold auf leuchtendem Schwarz. Sie roch nun den Moschus seiner Erregung, und wie ohne ihr Zutun nestelten ihre Hände an seinem Lendenschurz. Er packte sie bei den Gelenken und hielt sie mit einer Hand fest, ließ nicht zu, dass sie die Herrschaft an sich riss. Mit der anderen Hand zerrte er an ihrem Kleid.

»Pass auf, es ist ganz neu«, sagte sie besorgt.

»Natürlich.« Er grinste sie an, dann riss er ihr Gewand mit einem Ruck vom Ausschnitt bis zur Taille entzwei, und gleich darauf waren sie beide nackt. Ihre Sorge, später mit zerfetzter Gamurra aus der Hütte treten zu müssen, war bedeutungslos angesichts der Begierde, die sie zu ihm trieb. Blindlings drängte sie sich gegen ihn und klammerte sich an ihm fest, als er sie hochhob und von ihrem Körper Besitz ergriff.

»Es gibt nur dich, Carlo«, flüsterte sie an seinem Hals. »Nur dich.«

Er erwiderte nichts, doch in dem staubigen Dämmerlicht konnte sie sehen, dass seine Augen voller Tränen waren.

Wieder einmal empfing Veronica sie weinend und völlig aufgelöst. »Wir sind verloren, Laura! Es ist alles vorbei!« Dann fing sie an zu schluchzen und ließ sich kein Wort mehr entlocken, sosehr Laura sie auch bestürmte.

Laura drehte sich zu Oratio um, der neugierig im Hintergrund lungerte. »Verschwinde«, sagte sie. »Das hier geht dich nichts an.«

Er gehorchte mit schrägem, narbenlippigem Grinsen, entfernte sich aber nur bis zum Ende der Gasse, wo er sich mit überkreuzten Beinen auf das Pflaster hockte, ein erbärmliches Gesicht aufsetzte und mit aufgehaltener Hand die vorbeikommenden Passanten anbettelte.

Mansuetta kam aus der Küche gehinkt, das Gesicht bleich, die Haare aufgelöst.

»Was ist los?«, wollte Laura wissen.

»Ich kam vorhin mit Matteo und Veronica vom Markt zurück, und da hörte ich es.«

»Was? Und von wem?«

»Die Büttel waren hier. Da sie niemanden vorfanden, gingen sie zu Isacco, um nach uns zu fragen.

»Was wollten sie?«

»Sie haben Befehl, dich und Matteo abzuholen. Anscheinend hat diese verfluchte Nonne Ernst gemacht.«

»Was hat Isacco ihnen erzählt?«

»Er sagte, wir seien auf einer Festlandreise und kämen nicht vor morgen Mittag zurück. Damit hat er uns einen Aufschub verschafft, das war sehr geistesgegenwärtig von ihm.«

»Aber sie können doch nicht einfach …«

»Doch«, sagte Mansuetta müde. »Isacco sagte, sie hätten ihm den schriftlichen Befehl gezeigt. Sie wollen morgen wiederkommen. Ich habe schon das Wichtigste gepackt. Eher sterbe ich, als dass ich zusehe, wie sie Matteo ins Waisenhaus stecken oder dich in ein Heim für ledige Mütter. Wir müssen fort, so schnell wie möglich. Woanders kannst du dich als Witwe ausgeben.«

»Aber wohin sollen wir denn gehen?«, jammerte Veronica. »Venedig ist eine Insel! Und auf der Terraferma herrscht Krieg!«

Laura ließ sich gegen den Türsturz sacken. In ihr drehte sich alles. Die Schatulle mit dem Armreif immer noch umklammernd, versuchte sie, sich mit der neuen Bedrohung auseinanderzusetzen, doch ihre Gedanken waren ein einziges konfuses Durcheinander.

»Messèr Zinzi ist tot«, sagte sie, nur um etwas von sich zu geben. »Er ist vorhin gestorben, als ich bei ihm war.«

Mansuetta nickte erschöpft. »Gehst du zu Isacco und Monna Elsa und sagst es ihnen, oder soll ich es tun?«

»Nein, ich erledige das.« Laura richtete sich auf. Sie war es Mosè schuldig, dass sie es Isacco selbst sagte. Und ihn wissen ließ, wie liebevoll sein Vater noch bis zuletzt über ihn gesprochen hatte.

Sie wollte es sofort hinter sich bringen. Vor allem aber wollte sie genau wissen, was die Büttel gesagt hatten.

Ohne anzuklopfen, stieß sie die Tür zum Nachbarhaus auf und betrat den Laden. Im dumpfen Zwielicht wirkte der überall herumstehende Trödelkram bedrohlich. Ein zusammengerollter Teppich hatte den Umriss eines liegenden Mannes, eine Kupferkanne mit Schnabel ähnelte dem Kopf eines Greises. Ein

Lehnstuhl, über den Stoffe drapiert waren, sah aus wie ein hingekauerter Kapuzenmönch, und der Spiegel dahinter schien jedes überflüssige Licht im Raum zu schlucken, wie das hungrige Maul eines Wesens in der Wand.

Als die hohe, lang gezogene Stimme ertönte, fuhr Laura zusammen. Das war nicht Monna Elsa, sondern ein Mann, und der unverständliche Singsang, den er von sich gab, kam Laura auf vage Weise vertraut vor. Sie tat zwei Schritte in Richtung Küche und lauschte. Trotz der geschlossenen Tür war die Stimme gut zu hören, doch die Worte waren ihr fremd.

»Jitgadal vejitkadasch sch'mei rabah. B'allma di v'ra chir'usei v'jamlich malchusei, 'b'chjeichon, uv'jomeichon, uv'chjei dechol beit Jisroel, ba'agal u'vizman kariv, v'imru …«

In diesem Tonfall hatte vorhin der Rabbi gebetet, und auch die Worte schienen ihr dieselben zu sein.

Zögernd schob sie die Tür auf und wurde einer Szenerie ansichtig, die ihren Schrecken zum Entsetzen steigerte. Monna Elsa saß in ihrem Lehnstuhl nahe beim Herd, ihrem Lieblingsplatz auch im Sommer. Ihr war immer kalt gewesen, sogar bei drückendster Hitze, und immer musste im Kamin ein Feuer brennen, damit sie nicht fror.

Doch nun würde sie nie wieder ein Feuer brauchen. Sie starrte Laura blicklos an, mit Augen, die in einem raschen Tod gebrochen sein mussten, denn ihrer erschlafften Miene schien noch eine Spur Überraschung anzuhaften, als könne sie nicht fassen, dass es mit dem Sterben so schnell gegangen war.

Vor ihr auf den Dielenbrettern stand Isacco, den Kopf geneigt und in schnellen, leichten Verbeugungen den Oberkörper vor- und zurückbewegend. Er trug eine Kippa, und aus seinem Mund drang in einem Strom von Wörtern das Totengebet für seine Mutter.

»Be'allmaja, v'imru: Amein. Je heih schlahmah rabbah min schmajah, ve chjim aleinu ve al kol jisroel v'imru: Amein.«

Laura zuckte zusammen, als Isacco drei Schritte rückwärts tat und sich nach links und dann nach rechts beugte. »Oseh«, murmelte er dabei. »'Hu b'rachamah ja'aseh.« Er beugte sich nach vorn. »Ve al kol jisroel v'imru: Amein. Oseh schalom bim'ro'mav, hu b'rachamah ja'aseh schalom aleinu, ve al kol jisroel v'imru: Amein.«

Laura wich zurück, beide Hände gegen den Mund gepresst. Sie stolperte über einen der Gegenstände im Laden, und aufgeschreckt durch das Poltern fuhr Isacco zu ihr herum.

»Es tut mir leid«, stammelte sie. »Monna Elsa ... Deine arme Mutter ... Es tut mir so leid! Ich wusste ja nicht ... Mein Gott, Isacco, wie furchtbar!«

Er zog sich die Kippa vom Haar und legte sie in den Schoß seiner Mutter. »Ich fand sie vorhin. Sie saß tot in ihrem Stuhl. Davor war sie noch ganz wach und lebendig. Es muss sehr rasch gegangen sein.« Er war unnatürlich bleich, und seine Augen waren weit aufgerissen, als könne er immer noch nicht recht glauben, was geschehen war.

Laura schluckte krampfhaft. »Isacco ... Ich muss dir eine weitere schlimme Nachricht bringen. Dein Vater ... Er starb vor kaum einer Stunde. Ich war bei ihm. Es ... ging ganz schnell. Wie bei deiner Mutter.« Die grausige Absurdität des Ganzen wurde ihr bewusst; das Geschehen erschien ihr immer noch unfassbar. Ein halbes Menschenleben lang war das alte Ehepaar getrennt gewesen. Monna Elsa hatte ihren Mann gehasst und zurückgewiesen, all die Jahre. Und dann starb sie in derselben Stunde wie er. Fast so, als hätte sie nun ihre Aufgabe im Leben erfüllt. Oder ihre Rache zu Ende geführt. Eine Rache, deren letzter Vollzug in ihrer beider Sterben bestanden hatte.

Laura wandte den Kopf zur Seite, weil sie nicht länger in die toten Augen der Frau schauen mochte. »Ich wollte dich nicht in deinem Gebet stören.«

»Hör zu, falls du denkst ...«

»Ich denke nichts. Es ist dein gutes Recht, ein hebräisches Gebet zu sprechen. Ich meine sogar, es kann nichts schaden, denn schließlich wart ihr früher Juden.«

»Es war Aramäisch.«

»Was?«, fragte sie irritiert.

»Das Gebet. Es war nicht Hebräisch, sondern Aramäisch. Die Sprache von Jesus Christus.«

»Oh. Ach so. Aber es war ein jüdisches Gebet, oder?«

Er zuckte mit den Achseln. »Und wenn schon. Die Christen haben kein so schönes Gebet für die Toten wie das *Kaddisch*.«

»Ich verstehe dich.« Sie holte Luft. »Es wäre jedoch angemessen, wenn du auch für deinen Vater betest, Isacco. Er hat dich so sehr geliebt!«

Er senkte den Kopf, und sie konnte sehen, wie es in seinem Gesicht arbeitete. Die verschränkten Hände vor seiner Brust zitterten. »Danke für die Botschaft«, sagte er leise. »Ich werde alles bedenken.«

Sie wollte sich wieder zurückziehen, doch dann fiel ihr ein, dass sie ihm noch dringende Fragen zu stellen hatte.

»Isacco, Mansuetta erzählte mir, dass die Büttel hier waren.«

Er nickte stumm.

»Was haben sie gesagt?«

Er berichtete ihr das, was sie bereits von Mansuetta wusste.

»Und sonst? Haben sie sonst noch etwas gesagt, was von Bedeutung für uns sein könnte?«

»Nein, ich habe euch alles erzählt.«

»Danke, dass du für uns gelogen hast.« Laura zögerte. »Wir wollen weg. Wohin, wissen wir noch nicht, aber es wird sich ein Weg finden.«

»Du hättest mich heiraten sollen. Wenn du von Anfang an zugestimmt hättest, wärst du jetzt meine Frau, und all diese Probleme hätten sich gar nicht erst ergeben.« Seine Augen verengten sich. »Wir könnten immer noch heiraten!«

»Dafür bleibt keine Zeit mehr. Die Büttel werden sicher morgen wiederkommen.«

»Ich könnte euch verstecken, bis wir alle Formalitäten erledigt haben.«

»Das hat keinen Zweck. Sie würden uns finden. Oder die Nachbarn würden uns verraten. Das ist viel zu gefährlich.«

»Auf der Terraferma herrscht Krieg, dort ist es ebenfalls gefährlich.«

»Nicht überall. Padua und Vicenza beispielsweise haben sich kampflos dem Kaiser ergeben, dort leben die Leute weiter wie immer. Zudem unterstehen diese Städte jetzt nicht mehr der venezianischen Regierung. Dort wären wir in Sicherheit.«

»Soll das bereits ein Abschied sein?«

Laura nickte. »Wir müssen schnellstmöglich aufbrechen und werden daher nicht zur Totenwache kommen können, und natürlich auch nicht zur Seelenmesse. Monna Elsa soll doch christlich bestattet werden, oder?«, schloss sie verunsichert.

»Natürlich«, sagte Isacco. Er wandte sich zu seiner toten Mutter um, als fiele ihm gerade ein, dass er etwas vergessen hatte. Sachte fuhr er mit der flachen Hand von oben nach unten über ihr Gesicht und drückte ihr die Augen zu, bevor er sich entschlossen zu Laura umwandte. »Ich werde mit euch kommen.«

Verblüfft starrte sie ihn an. »Das ist … Das kannst du nicht tun! Deine Eltern sind heute gestorben, du musst sie unter die Erde bringen! Es sind Formalitäten zu erledigen, du musst …«

»Ich muss gar nichts. Die Contrada wird sich um alles kümmern, das tun sie immer, wenn sonst niemand da ist.«

»Trotzdem. Es wäre nicht richtig.« Die Vorstellung, er könne mit ihnen gehen, rief zwiespältige Gefühle bei ihr hervor. Einerseits war der Gedanke verlockend. Er war ein Mann, und das konnte zu ihrem Schutz beitragen. Drei junge Frauen und ein Knabe allein auf Reisen – das war in dieser unsicheren Zeit mit Gefahren verbunden, über die sie lieber gar nicht erst nachdenken mochte. Auf der anderen Seite empfand sie leises Unbehagen, dass er sich auf diese Weise für sie aufopfern wollte. Warum sollte er das Risiko auf sich nehmen, wenn er doch hier alle Sicherheit auf Erden haben konnte? Vermutlich war er jetzt reich, denn sein Vater hatte ihm bestimmt sein ganzes Vermögen vererbt. Er konnte den ihm verhassten Laden aufgeben, den er ohnehin eher seiner Mutter zuliebe aufrechterhalten hatte, und er konnte sich endlich dem widmen, woran sein ganzes

Herz hing: den Studien der Wissenschaften und dem Schreiben und Übersetzen von Büchern. Es gab keinen triftigen Grund, warum er sich mit ihnen in Wagnis und Ungewissheit stürzen sollte.

Sie setzte an, ihm zu sagen, dass sie den Plan nicht befürworten konnte, doch er kam ihr zuvor.

»Ich sehe, was du denkst«, meinte er. »Du glaubst, ich will dir einen Gefallen tun. Aber dem ist nicht so. Denk ein bisschen weiter, Laura! Die Büttel werden sofort wissen, dass ich euch vor ihnen gewarnt habe. Das wird auf mich zurückfallen.« Er verzog das Gesicht zu einem grimmigen Lächeln. »Sie haben mir sogar ausdrücklich und bei Strafe verboten, euch davon zu erzählen, denn in dem Fall stand zu befürchten, dass du dich mit Matteo verstecken würdest, so wie du es schon einmal getan hast, um dich der behördlichen Aufsicht zu entziehen.«

»So war es nicht«, protestierte sie. »Ich musste untertauchen, weil ...« Sie stockte. Es ging ihn nichts an, warum sie damals weggelaufen war, geschweige denn, dass sie ein halbes Jahr mit Dieben und einer Hure gelebt hatte. Rasch dachte sie nach. Er hatte recht. Die Behörden würden ihm Ärger machen, sobald herauskam, dass sie weg waren.

»Es gibt noch einen guten Grund, warum ich euch begleiten sollte«, sagte er mit einer Spur von Triumph in der Stimme. »Ich habe Geld. Ich kann mir holen, so viel ich will, heute noch. Vater hat mir erzählt, wo es ist.« Er hielt inne und wurde rot. »Er hat es mir schon vor Jahren gesagt, für den Fall, dass ...« Immerhin besaß er den Anstand, den Satz nicht zu Ende zu führen. Offenbar war ihm soeben aufgegangen, dass er seinem Vater all die Jahre über nicht gerade ein dankbarer Sohn gewesen war.

Sie wollte ihm entgegnen, dass sie ebenfalls Geld besitze, doch außer einem resignierten Seufzer brachte sie nichts heraus. Sie hatte sich und Mansuetta tatsächlich vermögend gewähnt, jedenfalls so lange, bis sie herausgefunden hatte, was ein ordentliches Haus mit Geschäftsräumen an Jahresmiete kostete. Mittlerweile war ihr völlig klar, dass sie mit dem verfügbaren Geld nicht allzu weit kommen würden. Ganz zu schweigen davon, wie leicht sie ausgeraubt werden konnten, wenn sie ohne männlichen Schutz reisten.

Oratio und Tomàso konnten sie unmöglich mitnehmen, denn das hätte bedeutet, für zwei ständig hungrige Halbwüchsige zusätzlich die Verantwortung übernehmen zu müssen. Die beiden waren zwar mit allen Wassern gewaschen und mochten sich hervorragend in jeder Lebenslage allein durchschlagen, und als Beschützer waren sie sicherlich geeigneter als ein Marrane, der besser mit Büchern als mit Waffen umgehen konnte. Doch wenn sie gemeinsam miteinander unterwegs waren, würden die Leute schnell argwöhnen, dass hier nicht alles mit rechten Dingen zuging. Als Gruppe würden sie genau wie das wirken, was sie im Grunde immer noch waren: unbeaufsichtigte Waisen.

»Ich gehe so oder so von hier fort«, informierte Isacco sie. »Ob mit oder ohne euch. Ich habe keine Lust, mich wegen eurer Flucht einsperren zu lassen. Es wäre folglich nur zu eurem Besten, wenn ich euch auf eurer Reise begleite.« Er lächelte ironisch. »Es gibt ja nur einen Weg. Den übers Wasser auf die Terraferma, und dort ist die Auswahl derzeit auch nicht sonderlich groß.«

»Ich muss mich zuerst mit Mansuetta beraten«, sagte sie geistesabwesend, während sie zur Tür ging.

»Lass dir nicht zu lange Zeit. Der Tag wird schnell zu Ende gehen.«

Laura erkannte bald, dass es keiner Überlegungen bedurfte. Im Grunde hatten sie keine Wahl. Mansuetta und Veronica plädierten zudem beide dringend dafür, sich unbedingt Isaccos Schutz zu unterstellen.

Sie packten alles zusammen, was sie tragen konnten, und im frühen Morgengrauen brachen sie gemeinsam in eine ungewisse Zukunft auf.

Teil 7

Juli 1509

Der Priester verschwand in der Sakristei, während Laura und Veronica vor dem Altar niederknieten, um zu beten. Der Geistliche hatte ihren Wunsch, außerhalb der Messen zu einer Andacht einzutreten, skeptisch zur Kenntnis genommen, aber keine Versuche gemacht, es ihnen zu verwehren.

Die Cappella degli Scrovegni war ihnen als besonders schöne Andachtsstätte beschrieben worden, und so hatten Laura und Veronica diesen Ort rasch zu ihrer Lieblingskirche erkoren. Einmal waren sie auch schon in der Basilika des heiligen Antonius zur Messe gewesen, doch so prachtvoll der mächtige Bau mit seinen Kuppeln und den minarettartigen Türmchen auch war – mit dem Liebreiz der Kapelle konnte er nicht wetteifern.

Äußerlich ein unprätentiöser Backsteinbau und von alten Bäumen umgeben, war die Scrovegni-Kapelle durch ihr einzigartiges Inneres wie kostbarer Schmuck in einer schlichten Schatulle. Das Gebet war nur ein Vorwand dafür, hinterher in aller Ruhe an den Wänden entlangzugehen und die Gemälde zu bestaunen.

Laura konnte sich nicht sattsehen an den herrlichen Fresken des Malers, von dem sie nichts weiter wusste, als dass er ihr Herz anrührte. Sie war traurig und glücklich zugleich, wenn sie die leuchtenden Farben betrachtete, und sie wünschte sich in diesen Augenblicken mit solcher Inbrunst ihren Vater zurück, dass sie manchmal meinte, ihn neben sich zu spüren. Sie wusste, dass er diese Fresken irgendwann gesehen haben musste, denn er hatte ganz ähnlich gemalt, mit derselben überwältigenden Farbgebung, der plastischen Figurengestaltung und dem strahlenden Blau des Lapislazuli für die Himmelsgewölbe, die seine Szenerien überspannten.

Mehr als hundert Bilder aus dem Leben Jesu enthielten die einzelnen Zyklen in der Kapelle, und jedes einzelne von ihnen war von so überwältigender, zeitloser Schönheit, dass man sich kaum von ihnen losreißen konnte.

Veronica betete leise murmelnd weiter ihren Marienpsalter, während Laura aufstand und zu der nächsten Seitenwand huschte. So hatten sie es ausgemacht, damit der Geistliche nicht auf die Idee käme, ihnen wegen Neugier die Tür zu weisen. Solange eine von ihnen noch nicht mit Beten fertig war, konnte die andere die Fresken betrachten. Da Veronica nicht allzu viel auf kirchliche Kunst gab, blieb ihr das Beten und Laura das Betrachten vorbehalten.

Diesmal jedoch ging ihr Plan nicht auf, denn der junge Priester trat von der Seite an Laura heran und räusperte sich. Laura schrak zusammen; sie hatte ihn nicht kommen hören. Über die Schulter blickte sie ihn schuldbewusst an, doch zu ihrer Erleichterung lächelte er.

»Ich habe Euch schon öfter hier gesehen, Madonna. Ihr liebt wohl diese Gemälde sehr, nicht wahr?«

Spontan erwiderte sie sein Lächeln. »Über alle Maßen, Vater. Ich kann nicht genug davon bekommen. Der Maler, der dies vollbracht hat, muss ein großer Künstler sein!«

»Sein Name war Giotto di Bondone. Die Fresken sind schon sehr alt, genau zweihundert Jahre.«

Laura musterte die leuchtenden Farben und atmete tief durch. Was für ein Glück, dass in der ruhigen Abgeschiedenheit dieser Kirche, anders als im Freien, die Fresken so lange Zeit überdauern konnten! Ob die Malerei in dem Haus, in dem sie aufgewachsen war, in zweihundert Jahren noch ebenso schön aussehen würde? Sie dachte an den Löwen in ihrem alten Zimmer und musste mit einem Mal gegen die Tränen ankämpfen.

Auch das war, so hatte sie inzwischen festgestellt, eine Begleiterscheinung ihres neuen Zustandes. Sie hatte weit näher am Wasser gebaut als sonst.

»Der Gründer der Kapelle, Enrico Scrovegni, hat die größten Künstler seiner Zeit verpflichtet, um das Innere angemessen zu schmücken«, erzählte der junge Priester mit halblauter Stimme. Er wies auf das marmorne Grabdokument hinter dem Altar, das den Kirchenstifter in ruhender Position verewigte.

»Giotto war übrigens auch ein begnadeter Architekt«, fuhr er fort. »Er hat maßgeblich das herrliche Ensemble bei Santa Maria del Fiore in Florenz mitgestaltet. Sein Glockenturm ist einzigartig!«

Der Priester machte aus seinem Enthusiasmus keinen Hehl. Er hatte ein schmales, kluges Gesicht. Seine Gestalt unter dem Priestergewand war schlank und aufrecht, seine Miene offen und fröhlich. Er war noch recht jung für eine eigene Pfründe, kaum Mitte zwanzig; vermutlich handelte es sich bei ihm um den nachgeborenen Sohn eines höhergestellten Adligen.

»In Florenz war ich leider noch nicht«, sagte Laura.

»Woher stammt Ihr? Wartet, lasst mich raten: Ihr seid Venezianerin.«

Sein verschmitztes Lächeln entlockte Laura ein Kichern, doch sofort hielt sie sich die Fingerspitzen vor den Mund, als ihr aufging, dass dies nicht der rechte Ort für ausgelassene Heiterkeit war. Veronica unterbrach sich in ihrem Gebet und blickte sich stirnrunzelnd zu ihr um, doch der junge Geistliche nahm es mit freundlicher Gelassenheit. »Eure Sprache verrät Euch sofort als Kind der Lagune«, meinte er freimütig. »Daher kommt es auch, dass ich Euch erst seit ein paar Wochen sehe, denn wärt Ihr bereits länger in der Stadt, hätte ich Euch bestimmt schon früher hier angetroffen.« Er musterte sie nicht ohne Neugier. »Ihr kommt immer ohne Eltern und ohne Gemahl.« Es war nicht als Frage formuliert, doch Laura entging nicht, dass er eine Antwort erwartete. Und eine solche stand ihm zu, denn zweifellos hatte er ein Recht, mehr über die neuen

Schäfchen seiner Gemeinde zu erfahren. Schon in den vorangegangenen Gottesdiensten waren ihr die forschenden Seitenblicke aufgefallen, mit denen er sie und ihren kleinen Tross bedacht hatte. Sie war zweimal zur Messe hier gewesen, jeweils mit Mansuetta, Matteo und Veronica. Isacco hatte keinerlei Anstalten gemacht, mit zur Kirche zu gehen. Ihm sei nicht wohl, hatte er jedes Mal erklärt, wenn es Zeit für die Sonntagsmesse gewesen war.

»Ich bin … ähm, ich lebe im Witwenstand. Ich bin mit meiner älteren Schwester und meinem Bruder nach Padua gekommen. Veronica …«, Laura deutete zum Altar, »… ist unsere Magd. Und dann gibt es noch meinen … ähm, Vetter, doch der konnte bisher nicht an den Messen teilnehmen, weil er krank war.«

»Ihr seid sehr jung für eine Witwe.«

»Mein Ga… Gatte fiel bei Agnadello«, brachte sie heraus. Es klang wie das Gegacker eines verstörten Huhns. Sie schluckte heftig, während sich in ihre Verlegenheit jäh die schmerzliche Trauer mischte, die sich unweigerlich immer dann einstellte, sobald sie an Antonio dachte.

Der junge Geistliche betrachtete sie bedauernd. »Das tut mir sehr leid«, wiederholte er.

Laura nickte mühsam. »Habt Dank für Eure Anteilnahme, Vater.«

»Es erfordert Mut, in diesen unsicheren Zeiten die Lagune zu verlassen«, sagte er.

»Wir hörten, dass es in Padua den Menschen unter dem Kaiser nicht schlechter geht als sonst«, widersprach sie.

»Das ist zweifellos richtig, doch rechnen wir täglich damit, dass vor den Toren der Schlachtruf *San Marco* ertönt.«

»Ihr meint, die Serenissima wird Padua zurückerobern wollen?«, fragte sie unbehaglich.

»Natürlich.«

Sie dachte kurz nach. »Nun, das mag sein. Wenn aber die Truppen des Kaisers und des Franzosenkönigs stattdessen weiter bis zur Lagune vordringen und Venedig selbst nehmen, ist es hier unter den Besatzern zweifellos sicherer als im Herzen von San Marco.«

Er lächelte überrascht. »Das ist klug gedacht, Madonna. Also kamt Ihr aus Gründen der Sicherheit hierher?«

Sie präsentierte die Ausrede, auf die sie und die anderen sich für solche Fragen geeinigt hatten.

»Mein Vetter Stefano hat einen Nachlass abzuwickeln, und da er das männliche Oberhaupt der Familie ist, hielt er es für besser, uns mitzunehmen, damit wir nicht ohne Schutz zurückbleiben.«

»Ah, Ihr seid also nur vorübergehend in Padua.«

»Sobald die Verhältnisse es ermöglichen, kehren wir sicherlich zurück«, meinte Laura wahrheitsgemäß. Abgesehen von dieser Kapelle gab es bisher in Padua nicht viel, was sie über Gebühr beeindruckt oder sogar zum Bleiben verleitet hätte, jedenfalls nicht im Vergleich zu Venedig. Padua war ein hübscher Ort, doch gegen die Serenissima war es kaum mehr als ein Dorf.

»Ich würde mich freuen, auch Euren Vetter Stefano bald zur Sonntagsmesse sehen zu können«, sagte der Priester. »Ach ja, und wenn Ihr zur Beichte kommen wollt – fragt nach Pater Anselmo.« Er lächelte. »Das ist meine Wenigkeit.«

Bei dem Wort *Beichte* war Laura zusammengefahren. »Ähm ... J-ja«, stotterte sie. »Danke für den Hinweis. Auf bald, Vater!«

Auf ihrem Weg zur Tür stolperte sie mehr, als dass sie ging, und erst als sie draußen vor der Pforte stand, wurde ihr klar, dass sie die Kirche ohne Veronica verlassen hatte.

Im Schatten einer ausladenden Pinie blieb sie auf dem Vorplatz der Kapelle stehen, um sich zu sammeln. Sie fühlte sich, als sei sie gerade noch einmal davongekommen. Bisher war alles viel zu einfach gewesen, kein Wunder, dass die Probleme sich jetzt häuften. Vielleicht hatten sie davor einfach zu viel Glück gehabt.

Etwa bei der Reise nach Padua, wo sie mit Schwierigkeiten gerechnet hatten; schließlich lauerten in diesen Zeiten überall Gefahren. Doch es war alles glattgegangen. Unzählige Menschen waren ihnen von der Terraferma entgegengeströmt, Flüchtlinge wie sie, nur aus der entgegengesetzten Richtung. Soldaten, Städter, Bauern – sie alle flohen vor den plündernden Heeren der Liga. Niemanden hatte es bei all diesem Aufruhr interessiert, dass sie die Lagune verließen, sie hatten unbehelligt ihrer Wege gehen können. Doch der Vergangenheit hatten sie damit nicht entfliehen können, woran der Priester sie gerade nachhaltig erinnert hatte.

Die Kirchentür öffnete sich, und Veronica trat ins Freie. Mit vorwurfsvoller Miene näherte sie sich Laura. »Wieso gehst du einfach ohne mich?«

»Er hat vom Beichten angefangen«, sagte Laura verdrossen. Ihre Laune wurde zunehmend schlechter, denn sie hatte schon wieder mächtigen Hunger. Mittagessen würde es erst in rund zwei Stunden geben, doch ihr knurrte bereits jetzt der Magen, als hätte sie tagelang nichts Essbares gesehen. Wenn das so weiterging, würde sie bald in keines ihrer Kleider mehr passen, und dabei war sie erst am Anfang ihrer Schwangerschaft.

»Ich war schon bei ihm zur Beichte«, sagte Veronica. »Vater Anselmo ist ein sehr verständnisvoller Beichtvater.«

»Bei deinen Sünden wäre ich auch verständnisvoll. Was tust du schon Schlimmeres, als am Zucker zu naschen oder an meinen Parfümphiolen zu riechen? Du bist doch jedes Mal mit deiner Buße schon fertig, kaum dass du dich zum Beten hingekniet hast.«

Veronica wurde rot. »Eines Tages wirst auch du dich überwinden, und du wirst sehen, es ist gar nicht so schlimm. Ich werde für dich ein paar zusätzliche Bußgebete sprechen, es kann nicht schaden. Ich habe auch vorhin eine besondere Fürbitte in meine Gebete zur heiligen Jungfrau eingeschlossen, damit deine Besprechung zu einem guten Gelingen führt.«

Laura prüfte den Sonnenstand, um abzuschätzen, ob es schon an der Zeit war, sich zu ebenjener Besprechung zu begeben, die Veronica erwähnt hatte. Viel Hoffnung maß sie ihrem Vorhaben nicht bei. Seit ihrer Ankunft hatte sie schon mehrmals versucht, eine Anstellung zu finden. In den ersten beiden Kräuterhandlungen, bei denen sie vorgesprochen hatte, wurde keine weitere Kraft gebraucht. Bei der dritten hatte der Apotheker nur einen Blick auf sie geworfen und erklärt, er wolle sie einstellen, sie solle gleich zur Probe dort bleiben. Nach kaum einer Stunde Probezeit war sie wieder gegangen, und zwar, als sie festgestellt hatte, dass ihr Aufgabenkreis offenbar auch Liebesdienste an dem Apotheker mit einschloss. Er war mit der Hand in seinem Suspensorium stehen geblieben und hatte ihr wüste Verwünschungen nachgerufen.

Er war nicht der einzige aufdringliche Mann in der Gegend, denn zurzeit wimmelte es in Padua nur so von Soldaten. Der Graf von Trissino war als Kommissionär des Kaisers mit bunt zusammengewürfeltem Truppenvolk aus aller Herren Länder in der Stadt eingezogen. Es gab dort für die Besatzer keine festen Garnisonen, und so waren die Soldaten über die Stadt verteilt einquartiert worden. Ihr Erscheinen, so war die einhellige Meinung in der Bevölkerung, stellte nicht gerade eine Bereicherung des Alltagslebens dar. Die herrschenden Adligen hatten den kaiserlichen Kontingenten zwar widerstandslos die stark bewehrten Tore der als unüberwindlich geltenden Stadtmauern geöffnet, weil sie die Sache der bisherigen Schutzpatronin und Herrin als verloren ansahen, doch zufrieden war mit der momentanen Situation niemand. Man trauerte bereits jetzt den Zeiten hinterher, als die Stadt noch der Serenissima unterstanden hatte. Allenthalben wurde gemunkelt, dass der Krieg noch lange nicht zu Ende sei. Jeder rechnete mit dem baldigen Aufmarsch venezianischer Truppen, und nicht wenige fürchteten die Vergeltung der Serenissima für die kampflose Aufgabe der Stadt.

Laura selbst dachte mit Sorge daran. Dass sie sich womöglich in einen künftigen Kriegsherd begeben hatten, war nicht

Sinn der ganzen Sache gewesen, und schon gar nicht, dass sie womöglich bald wieder unter den Einfluss der venezianischen Obrigkeit gerieten.

Indessen war auch die kaiserliche Herrschaft nicht gerade vertrauenerweckend, wie die Frauen auf dem Heimweg abermals feststellen konnten. Mehrmals mussten sie in den engen Gassen zwielichtig aussehenden Söldnern ausweichen, die teils einzeln, teils gruppenweise unterwegs waren und die vorbeikommenden Frauen mit unverhohlen begehrlichen Blicken taxierten.

Dies war heute der vierte Versuch für Laura, eine Anstellung zu finden. Er unterschied sich insofern von den vorangegangenen, als sie bereits im Vorfeld erfahren hatten, dass dieser Apotheker tatsächlich eine Hilfe brauchte. Er sei, so hieß es, zu sehr mit seinen alchimistischen Experimenten beschäftigt, um seinen Laden, vor allem, was den Absatz von Arzneien betraf, noch ordentlich betreiben zu können. Monna Josefa, ihre Vermieterin, hatte davon erzählt. Sie hatte mitbekommen, dass Laura eine Stellung als Farmacista suchte, und sie hatte zu berichten gewusst, dass der alte Silvano schon seit längerer Zeit einen gutwilligen Gehilfen suchte.

»Er hat einen großen Hund, der immer bei ihm ist, aber vor dem müsst Ihr Euch nicht ängstigen, er ist ein braves und folgsames Tier.«

Das alles klang schon im Vorfeld sehr eigenartig, aber Laura war entschlossen, es zumindest zu versuchen.

Sie gingen in südlicher Richtung zum Palazzo della Ragione, einem altehrwürdigen, mit Säulenvorbauten geschmückten Gerichts- und Verwaltungsgebäude im Herzen der Stadt. Es war umgeben von einer Ansammlung malerischer Marktplätze, von denen Laura vor allem die Piazza delle Erbe bemerkenswert fand, denn von dort aus war es nicht weit zur weithin berühmten Universität. Diese war in dem alten Palazzo del Bò untergebracht, der bis vor wenigen Jahren noch eine über die Landesgrenzen hinaus bekannte Herberge gewesen war. Dass sich hier inzwischen Räume der Universität befanden, hatten sie erst erfahren, als Isacco dort um eine Unterkunft für sie nachgesucht hatte, was ihm im Nachhinein über alle Maßen peinlich gewesen war.

Überhaupt war das Auskommen mit ihm nicht leicht. Er blieb Laura gegenüber eigensinnig bei seinen Vorhaltungen, die sämtlich zum Inhalt hatten, dass er für sie sorgen werde und dass sie es daher nicht nötig habe, sich um eines kargen Lohnes willen zu verdingen. Und dass er sie heiraten werde, sobald sie nur einsichtig genug sei, ihn zum Manne zu nehmen. Sie war bereits versucht gewesen, ihm von ihrer Schwangerschaft zu erzählen, damit er endlich davon abkam, doch bisher hatte sie es nicht über sich gebracht, diese Schande vor anderen einzugestehen.

Ihre Vorstellung ging dahin, so lange wie möglich zu arbeiten und Geld zu verdienen, damit sie nicht noch mehr von dem Ersparten aufbrauchen mussten. Dieses schmolz ohnehin mit besorgniserregender Geschwindigkeit dahin, und das, obwohl Isacco schon die ganze Miete zahlte. Allein die Kosten für Essen und hier und da ein Kleidungsstück sowie anderen täglichen Bedarf verschlangen weit mehr, als sie erwartet hatte. Da demgegenüber kein einziger Soldo an Einnahmen zu verzeichnen war, konnte sie an ihren Fingern abzählen, wie lange es noch dauern würde, bis sie nichts mehr zum Leben besaßen.

»Das wird es wohl sein«, sagte Veronica. Sie deutete auf ein Gebäude gleich am Anfang einer Gasse.

Laura atmete tief durch. »Wie sehe ich aus?«

»Reizend, wie immer. Du hättest die Blicke sehen sollen, mit denen der Priester dir nachschaute. Ich schwöre dir, das war genau der Moment, in dem er schrecklich bedauert hat, der Kirche dienen zu müssen.«

»Das ist Unfug.«

»Ich weiß doch, was ich sehe. Alle Männer starren dich auf diese Weise an, ob du es wahrhaben willst oder nicht.«

Laura konnte nicht verhindern, dass sie rot wurde; wie immer merkte sie selbst, dass ihr Gesicht von Hitze überflutet wurde.

»Du wirst ganz rot«, sagte Veronica überflüssigerweise.

»Sag mir, wenn es aufhört. Ich kann unmöglich wie eine wandelnde Kirsche aussehen, wenn ich mich vorstelle.« Laura sog schnüffelnd die Luft ein und wandte sich der Apotheke zu. »Es riecht nach Schwefel. Das kommt von drinnen.«

»Ist das ein gutes oder ein schlechtes Zeichen?«

»Ich würde sagen, lass es uns herausfinden.«

Laura stieß die Tür zu dem Laden auf, und ihr schlugen so übel riechende Schwefeldünste entgegen, dass sie am liebsten sofort wieder kehrtgemacht hätte. Gefolgt von Veronica trat sie zögernd ein und wedelte mit der Hand vor dem Gesicht herum, um die Dämpfe zu vertreiben. In den durchdringenden Gestank nach faulen Eiern mischte sich ein weiterer Geruch, der nicht minder scheußlich war: der von verbranntem Fleisch.

Gleich drauf drang ohrenbetäubendes Gebell an ihre Ohren, und aus den gelblichen Schwaden, die den Raum durchzogen, sprang ihnen eine Art Urzeitwesen entgegen. Jedenfalls glaubte Laura das beim ersten Anblick des riesenhaften Viehs. Erst auf den zweiten Blick entpuppte sich das monströse Geschöpf mit dem zotteligen schwarzen Fell als Hund. Die Pfoten gegen den Boden gestemmt, kam er schlitternd vor ihnen zum Stillstand. Dort bellte er unverdrossen weiter, wenn möglich noch lauter als zuvor. Laura hätte jedoch schwören mögen, dass er sich freute, denn er wedelte dabei heftig mit dem Schwanz.

»Aus, Barnabas«, kreischte eine Männerstimme in überkippendem Falsett. »Wen immer du gepackt hast, lass ihn los! Zerreiß ihn erst auf mein Kommando!«

Aus dem stinkenden Nebel schälte sich eine Gestalt, die so verkümmert war wie der Hund riesig. Ein magerer Mann fortgeschrittenen Alters kam auf sie zugeeilt. Er war in einen schwarzen, von Flecken übersäten Kittel gehüllt und trug keine Schuhe. Sein Gesicht ähnelte einem verschrumpelten Stück Trockenobst und sein Schädel einem polierten Ei: Er war völlig kahl und so blank, als sei er eingeölt.

Er musterte sie argwöhnisch von unten herauf, während der Hund immer lauter bellte.

»Ruhig, Barnabas!«, schrie das Männlein. »Willst du wohl still sein!«

Endlich verstummte der Hund, sprang aber dafür auf den Besuch zu. Schnüffelnd drängte er sich zuerst gegen Veronica, dann gegen Laura, wobei er seinen dicken Kopf in ihre Schöße drängte, als sei dies das Natürlichste von der Welt.

Der Alte verzog peinlich berührt das Gesicht. »Nichts für ungut, die Damen. Er meint es nicht so. Barnabas ist nur ein armer dummer Hund auf der Suche nach Liebe.« Als ahnte er, dass man ihn missverstehen könne, setzte er hastig hinzu: »Rein platonisch natürlich!«

Laura musste grinsen. Sie tätschelte dem Hund den Kopf und fuhr lachend zusammen, als er ihr ergeben die Hand leckte.

»Ihr mögt ihn«, stellte der Alte erleichtert fest.

»Wie kann man ihn nicht mögen, Euren Barnabas. Er ist doch Euer Hund, oder? Seid Ihr Messèr Silvano, der Apotheker?«

»Gewiss, ich bin Silvano, zu Euren Diensten!« Unter zahlreichen Bücklingen flitzte der Apotheker mit einer für sein Alter überraschenden Wendigkeit vor ihnen hin und her, eifrig auf die Gefäße in dem Wandregal deutend. »Ich habe hier alles für Eure Schönheit! Warzenpflaster, Hühneraugentinktur, Pickelsalbe, Puder zum Kaschieren der Augenringe, Mundwasser gegen schlechten Atem!« Eilig und mit französischer Weltläufigkeit beteuerte er: »Nicht, dass Ihr es nötig hättet, *mes Demoiselles*! Ihr seid wandelnde Göttinnen der Schönheit!« Er hob mehrfach die kaum vorhandenen Brauen und bedachte sie mit einem charmanten Lächeln, welches allerdings ein wenig durch den Umstand litt, dass er kaum noch Zähne besaß.

»Was ist mit Parfüm?«, fragte Laura. Schaudernd betrachtete sie die angelaufenen Spiritusgläser in den oberen Regalreihen, in denen sich Tierembryonen aller möglichen Spezies befanden. »Oder Duftkissen? Blütenpomade? Edle Seife?«

Der Alte rang die Hände. »Ah, sicherlich ist das eines der höchsten Bedürfnisse feiner jungen Damen, wie Ihr es seid, aber leider, leider, die Zeiten sind schlecht und der Krieg schrecklich nah, wir können daher in diesem Jahr nicht mit solchen Gütern aufwarten …«

»Schon gut. Kräuter für Aufgüsse? Heil- und Brandsalbe?«

Silvano starrte ratlos die Reihe der staubigen Gläser und zum Teil bereits angefaulter Säckchen entlang. »Da müsste doch irgendwo … Es war lange niemand mehr hier, der solches Zeug wollte, wisst Ihr. Aber ich müsste mal nachsehen …« Ein Knall ertönte, und er fuhr zusammen. »Mein Experiment!«, schrie er entsetzt. »Es verdirbt!«

Mit weiten Sprüngen rannte er durch die offen stehende Tür in den benachbarten Raum, mitten hinein in die aufsteigenden Dämpfe. Barnabas setzte seinem Herrn mit begeistertem Kläffen nach. Laura folgte den beiden ohne Zögern, während Veronica voller Skepsis stehen blieb. »Da drin stinkt es wie in der Hölle. Geh da nur nicht rein! Wer weiß, vielleicht explodiert gleich alles!«

Dem wollte Laura nicht ohne weiteres widersprechen. Sie fand den Alten vor einem merkwürdigen, turmartig geformten Eisenofen, in dem sie sofort einen *Athanor* erkannte, das wichtigste Hilfsmittel eines eingefleischten Alchimisten. Nur mit Hilfe dieses Ofens konnten Alchimisten ihr vorrangiges Ziel verfolgen: die Herstellung des *Lapis Philosophorum*, des Steines der Weisen, auch Großes Elixier genannt. Jene begehrte Substanz vermochte unedle Metalle in schieres Gold zu verwandeln. Gleichzeitig war es eine Universalmedizin, die alle Krankheiten heilen konnte. Außerdem diente es als Mittel, den Körper zu verjüngen, und war somit Garant für ewiges Leben. Mit anderen Worten, der Stein der Weisen war ungemein vielseitig. Es musste ihn nur erst jemand finden. Seit Urzeiten waren Alchimisten dieser Substanz auf der Spur, und immer wieder wurden vielversprechende Entdeckungen bekannt gegeben, doch bei näheren Erkundigungen verpufften alle neuen Mirakel zu bloßen Gerüchten und Märchen.

Laura wusste, dass Crestina ebenfalls überlegt hatte, sich einen Athanor anzuschaffen, doch von anderen Alchimisten hatte sie gehört, wie zeitraubend die Arbeit damit war, ohne dass dabei nennenswerte Ergebnisse herauskamen. Auch Laura hatte nie ernsthaft in Erwägung gezogen, einen Athanor zu benutzen, sondern sich wie die meisten Drogisten zur Anschaffung eines Alambiks als wichtigeres alchimistisches Hilfsmittel entschieden. Mit dem Destilliergerät ließen sich immerhin viele nützliche Arzneien und andere Ingredienzien herstellen, unter anderem ein so unverzichtbares Fluidum wie feiner Weingeist. Oder auch edles Parfüm. Nebenher konnte man die Herstellung neuartiger alchimistischer Mittel erproben, so wie Laura es mit der Herstellung von Baldriantropfen getan hatte, durch die angeblich die Sehkraft zunahm. Die Leute, die es bisher gekauft hatten, waren von dem Extrakt sehr angetan. Nicht etwa, weil davon ihre Augen besser wurden, sondern weil er sich beruhigend auf das Gemüt auswirkte und einen hervorragenden Schlaf verschaffte. Das hatte ihr auch Mansuetta mehrfach bestätigt.

Laura sah sich in der Offizin Silvanos um und erkannte sogleich, dass sich hier ein breites Betätigungsfeld für sie auftat, wenn man erst einige der vielen fragwürdigen Behältnisse mit den stechend riechenden Substanzen zur Seite geräumt hatte. Der Raum war groß, verfügte über ausreichende Arbeitsflächen und war gut zu belüften, auch wenn im Augenblick beide Fenster und die rückwärtige Tür geschlossen waren. Es gab zwei Alambiks, einen aus Kupfer und einen neueren aus Glas, die Silvano bestimmt nicht beide gleichzeitig für seine merkwürdigen Experimente brauchen würde.

Günstiger hätten die Voraussetzungen mithin gar nicht sein können. Nun galt es nur noch, den Apotheker von ihrer Eignung und ihrer Bereitschaft zu überzeugen, diese marode Farmacia wieder auf Vordermann zu bringen. Das Sortiment im Laden war so erbärmlich, dass er vermutlich binnen weniger Monate würde schließen müssen, wenn er nicht bankrott gehen wollte.

Es konnte nicht schaden, wenn sie sich für seine Experimente interessierte, allein um vorab sicherzustellen, dass er sich und andere hier nicht vergiftete.

»Messèr Silvano, woran arbeitet Ihr denn gerade, wenn ich Euch das fragen darf?«

Er öffnete die Ofenklappe und machte schwimmartige Bewegungen mit beiden Armen, um den Rauch zu vertreiben. »Ihr werdet es nicht für möglich halten, aber ich bin dabei, den Stein der Weisen herzustellen«, erklärte er hustend.

»Was nehmt Ihr dazu, außer Schwefel?«

»Verschiedene geheime Zutaten«, erwiderte Silvano knapp. »Durch Digerieren erzeuge ich eine *Prima Materia*, die vielfältig anzuwenden ist.«

»Auf Basis der *Tabula Smaragdina*?«

Silvano fuhr zu ihr herum, die Augen kugelrund aufgerissen. Ungeduldig schubste er seinen Hund zur Seite, der die abrupte Bewegung als Aufforderung zum Spielen verstand und sich knurrend im Kittelsaum seines Herrn verbiss.

»Ihr kennt die *Tabula*?«, fragte der Alte ungläubig.

»Meine Lehrmeisterin bildete mich volle sechs Jahre lang zur Farmacista und Alchimistin aus«, sagte Laura bescheiden. »Wie sollte ich da die wichtigste Schrift aller Alchimisten nicht kennen!«

»Na so was«, sagte Silvano. »Na so was!« Er schüttelte den Kopf. »Also wirklich, na so was!« Er wiederholte es noch einige Male, offensichtlich zu fassungslos, um mehr herauszubringen. Anschließend wandte er sich wieder dem Ofen zu und fummelte murmelnd an einem eiförmigen Einsatz in dessen Innerem herum. In dem Gefäß befand sich, wie Laura wusste, die Substanz, die unter dem Einfluss von Hitze und Zeit zum Stein der Weisen reifen sollte. Was auch immer er außer dem Schwefel hineingegeben hatte – es stank bestialisch. Sie holte eine der Phiolen heraus, die sie seit ihrem Aufbruch von Venedig in ihrer Gürteltasche bei sich trug und hütete wie einen kostbaren Schatz – was sie im Grunde auch waren. Vorsichtig entkorkte sie das kleine Glasgefäß und schwenkte es mit einer sachten Bewegung durch die Luft. Silvano erstarrte mitten in der Bewegung. Seine Nasenlöcher weiteten sich zuckend, und sein Kopf drehte sich hin und her, wie bei einem wilden Tier, das die Witterung einer unerwarteten Beute aufgenommen hatte.

»Ah«, stöhnte er, Verzückung im Blick. »Jasmin! *Essence absolue*, jawohl! Die wahre Reinheit, was für ein unvorstellbar herrlicher Duft! Dergleichen roch ich einst nur bei den Franzosen, wo ich vor vielen, vielen Jahren dieses Handwerk erlernte! Nur mit der *Enfleurage à froid* lässt sich dieses vollkommene *Odeur* gewinnen! Von Jasmin, Neroli, Mimose und Tuberose!«

»Ich nehme an, die Franzosen nennen das Verfahren so«, sagte Laura. »Erfunden haben sie es aber sicher nicht, denn ich las in alten Büchern, dass bereits vor mehr als zweitausend Jahren die Ägypter auf ähnliche Weise Parfüm herstellten.«

»Ihr könnt sogar lesen?« Silvano verlieh seinem Erstaunen durch erneutes Kopfschütteln Ausdruck. »Na so was, na so was!«

Laura holte entschlossen Luft. »Ich habe acht davon.«

»Acht was?«, fragte er Alte perplex.

»Acht dieser Phiolen.«

Ihm fiel die Kinnlade herab. »Das ist ein Vermögen! Schon wenige Gran *Absolue* sind kostbarer als Edelsteine!«

»Es waren viele Wochen harte Arbeit. Zeit, in der alles andere liegen blieb.«

»Es war *furchtbar* harte Arbeit«, mischte sich Veronica ungefragt und mit großer Entschiedenheit ein. »Wir mussten sogar das Fett selbst auslassen und filtern, damit die Reinheit des Schmalzes für die Basis sichergestellt war. Man schuftet monatelang von früh bis spät für diese … wie nennt Ihr es?«

»Enfleurage.« Silvano schaute jämmerlich drein. »Ich weiß, wie zeitraubend und anstrengend es ist! Sonst würde ich selbst Parfüm machen und wäre längst ein reicher Mann. Allein, was wird dann aus meinen Experimenten? Sie sind von ungeheurer Wichtigkeit, hier muss ich Prioritäten setzen!«

»Wie dem auch sei«, sagte Laura. »Ich habe also acht Phiolen. Und noch ein paar Töpfchen Pomade aus der Pressung der Rückstände. Leider, wie ich hinzufügen muss. Denn hätte ich wie geplant mit der Produktion weitermachen können, wäre es am Ende sicher dreimal so viel von allem geworden. Allerdings konnte ich durch den plötzlichen Tod meines Gatten …« Sie hielt inne und schluckte, weil ihr mit einem Mal ein Kloß im Hals steckte, der ihr das Atmen erschwerte. Sie entschied, dass allzu lange Erklärungen den Alten nur verwirren würden. »Kurzum, ich musste meine Heimatstadt Venedig verlassen und überstürzt hierher übersiedeln. Ich hatte dort eine Apotheke und möchte wieder eine haben. Oder in einer arbeiten, wie auch immer. Ich gebe Euch drei von meinen Jasminphiolen, wenn Ihr mich hier arbeiten lasst.«

»Gemacht«, sagte der Alte sofort. »Es ist schrecklich dreckig überall, es sollte schon seit langem mal wieder richtig geputzt werden. Und neue Kräuter brauchen wir auch, ich kann Euch Stellen nennen, wo Ihr pflücken könnt.« Er zauste dem Hund das Fell, der daraufhin freudig hechelnd nach dem Ärmel des Alten schnappte und daran zerrte.

»Ich war noch nicht fertig«, sagte Laura. »Ich will die Hälfte von den Einkünften, soweit sie die Ausgaben übersteigen.«

»Äh … Ihr wollt Geld?« Er musterte sie verdattert. Diesen Aspekt schien er erst verdauen zu müssen.

»Allerdings. Oder wisst Ihr von Leuten, die gern umsonst arbeiten?«

Silvano kratzte sich den kahlen Schädel. »Nun … wohl eher nicht«, räumte er ein.

»Wir können es so machen: Ihr widmet Euch weiter Euren Experimenten und Studien, während ich mich um die Ausstattung des Ladens mit allen nötigen Produkten kümmere, ebenso um den Verkauf. Die Erlöse teilen wir uns zur Hälfte, wobei Ihr Euren Teil für Euren Bedarf an alchimistischen Stoffen aufwendet und ich meinen Teil für den übrigen Bedarf der Apotheke. Es wären sozusagen zwei voneinander unabhängige Geschäftsbereiche. Ihr habt den Euren und ich den meinen. Wir können das Ganze zeitlich begrenzen, sagen wir, auf ein Jahr. Dann könnt Ihr entscheiden, ob Ihr mit der Vereinbarung zufrieden seid.«

Sie merkte, wie der Alte sich förmlich im Geiste die Hände rieb, womit sich ihre Vermutung bestätigte: Der Laden war ein Zuschussbetrieb. Er verkaufte so gut wie nichts mehr, weil er sich in seine dubiosen Forschungen verrannt hatte, die nur Geld kosteten und nichts einbrachten. Umso besser. Sie würde ganz von vorn anfangen, und niemand würde ihr dreinreden. Profitieren würden sie beide. Der Alte hätte sein Auskommen, ohne dafür auch nur einen Finger zu krümmen. Alles, was er dazu beisteuern musste, waren sein Name, seine Offizin sowie der äußere Anschein, dass ein Mann den Laden führte. Damit waren für Laura alle Anfangsschwierigkeiten auf einmal aus dem Weg geräumt. Mehr konnte sie sich nicht wünschen.

»Ihr würdet meine Räumlichkeiten nutzen«, sagte Silvano listig, offenbar in der Absicht, bei dem Geschäft mehr für sich herauszuholen.

»Gehört das Haus denn Euch?«

Er wirkte ertappt, woraus sie schloss, dass es nur gemietet war. Vermutlich war er bereits mehrfach die Miete schuldig geblieben, woraus wiederum folgte, dass er ohne fremde Hilfe den Laden würde schließen müssen.

»Vier Phiolen«, sagte sie. »Aber keine mehr.«

»Sieben!«

»Fünf«, beschied sie ihn. »Und das ist mein letztes Wort.«

»Sechs!«

Sie tat so, als wollte sie gehen.

»Nicht doch!«, jammerte der Alte. »Ich weiß ja nicht mal, wie Ihr heißt!«

Als sie nicht reagierte, stieß er einen schrillen Pfiff aus. Barnabas sprang durch den Raum wie von einer Hornisse gestochen. Kläffend stellte er sich ihr in den Weg und versuchte, seinen dicken Kopf unter ihre Gamurra zu schieben.

»Na so was«, sagte Silvano. »Dieser Hund. Er ist unberechenbar.«

»Mein Name ist Laura Monteverdi. Fünf Phiolen, und wir regeln alles vor einem Notar.«

»Also gut, fünf. Fünf ist eine gute Zahl. Besser als sechs allemal. Fünf Phiolen ist ein Wort.«

»Die anderen werde ich strecken und verkaufen«, erklärte Laura, während sie Barnabas von sich schob und ihm gleichzeitig das Nackenfell kraulte.

»Und ich bin daran zur Hälfte beteiligt?« Silvano warf ihr einen argwöhnischen Blick zu.

»Natürlich. Dann könnt Ihr vielleicht auch für Eure *prima materia* das nächste Mal Zutaten benutzen, die nicht so schrecklich stinken.«

»Was ist die Tabula Smaragdina?«, wollte Veronica wissen, nachdem sie den Laden wieder verlassen hatten.

»Es ist eine Art Glaubensbekenntnis der Alchimie. Ihre Philosophie sozusagen. Sie entstammt einem gewissen *Geheimbuch der Schöpfung*. Ich selbst kenne nur diesen Auszug. Ob es das Buch wirklich gibt, weiß ich nicht. Es heißt, dass es aus dem Arabischen stammt, aber manche meinen auch, es sei griechischer Herkunft, weil die Schrift Hermes, dem Götterboten der Griechen, zugeschrieben wird. Manchmal denke ich, es ist vielleicht nur eine Erfindung.«

»Worin besteht diese Tabula?«

»Ach, aus ein paar Sätzen nur, die alles und nichts bedeuten können. Unter anderem wird daraus hergeleitet, dass alle Materie auf Erden denselben Ursprung hat und nur in unterschiedlichen Ausformungen auftritt. Daher auch der Versuch, durch Mischen oder Erhitzen oder andere Methoden diese Urmaterie zu gewinnen, den Stein der Weisen.«

»Ist es je gelungen?«

»Bis jetzt nicht. Denn sonst wären wir alle unsterblich.«

»Bewirkt dieser Stein der Weisen die Unsterblichkeit?«

»So sagt man. Deshalb forschen die Alchimisten so fieberhaft danach. Aber ich weiß nicht, ob solch ein Mittel so erstrebenswert wäre.«

»Auf jeden Fall«, sagte Veronica kategorisch. »Jetzt, da ich wieder gesund bin, erst recht. Ich habe täglich satt zu essen, schlafe in einem sauberen Bett, trage Kleider ohne Löcher und feste Schuhe. Und ich sehe hübsch aus. Jedenfalls hat Monna Josefa das gesagt, und ich merke an den Blicken der Männer, dass es stimmt. Ich hätte gern Tiziano hier, aber ich liebe ihn nicht so sehr, dass mich seine Abwesenheit unglücklich macht. Für ihn wird ohnehin immer das Malen an erster Stelle stehen. Hier gibt es genug andere junge Männer. Und auch sonst kann ich nicht klagen. Niemand schlägt mich oder schubst mich herum.« Sie schaute zum Himmel, den keine Wolke trübte. »Das Leben ist schön, und so wie es ist, könnte es für immer bleiben. Wenn alles so ist wie jetzt, wäre ich gern unsterblich. Ich würde nichts ändern wollen. Es ist Sommer, die Luft riecht nach Blumen …«

»Das kommt von der Phiole, die ich vorhin geöffnet habe«, versetzte Laura belustigt.

»Du weißt schon, was ich meine.«

Laura nickte nachdenklich. »Wenn man sich den Augenblick aussuchen könnte, den man für alle Ewigkeit festhalten würde, wäre es vielleicht eine gute Idee, dafür einen Stein der Weisen zu haben.«

»Für dich wäre der Augenblick nicht gut genug dafür, oder?« Veronica blickte Laura forschend von der Seite an, während sie beide die belebte Piazza dei Signori überquerten.

Laura wich einem Tross Soldaten aus, von denen einer ihnen im Vorübergehen eine anzügliche Bemerkung auf Französisch zuwarf. Einer seiner Kameraden streckte die Hand aus, um Veronica einen Klaps aufs Gesäß zu geben. Sie wich ihm lachend aus und eilte gemeinsam mit Laura weiter. Für sie war das Leben zurzeit wirklich so, wie sie es sich wünschte.

»Nein«, sagte Laura. »Dies wäre nicht der Augenblick, den ich mir für die Unsterblichkeit wünschen würde.«

»Gab es denn je einen Augenblick, den du gern bis in alle Ewigkeit festgehalten hättest?«

Laura dachte an Antonio und wollte bereits zustimmen, doch dann zögerte sie. Es hatte Momente gegeben, in denen sie geglaubt hatte, vollkommen glücklich zu sein. Dennoch hatte immer etwas gefehlt. Es war stets nur ein Glück auf Zeit gewesen, gestohlene Stunden verbotener Zweisamkeit. Lauernde Ungewissheit und die Bedrohung durch andere hatten ihre Zusammenkünfte überschattet. Nein, es war kein Augenblick dabei gewesen, den sie bis zur Ewigkeit hätte ausdehnen wollen.

»Vielleicht kommt ein solcher Augenblick noch.« In ihrer Stimme lag eine Zuversicht, die sie nicht fühlte.

Die Sonne stand hoch, als sie zu ihrer Behausung zurückkehrten. Mit der Unterkunft bei Monna Josefa hatten sie Glück gehabt, darin waren sie sich einig.

Sie hatten das gesamte Obergeschoss eines schmucken Häuschens unweit von Santa Maria del Carmine gemietet, mit Blick auf einen der Wasserläufe, die durch die Stadt führten. Es schien ganz so, als steuere ihre Vermieterin mangels ausreichender Einkünfte auf eine ähnliche Situation zu wie der Apotheker, nur dass sie früher angefangen hatte, die finanzielle Lücke zu schließen. Die Miete, die ihr die venezianischen Besucher bescherten, kam ihr zupass, ebenso wie der Umstand, dass sie wegen der Belegung ihrer Räume keine Soldaten einquartieren musste. Zwei geräumige Kammern standen Laura und den ihren zur Verfügung; in der einen nächtigten Matteo und Isacco, in der anderen Mansuetta, Veronica und Laura. Das Haus hatte sogar einen von Mauern umfriedeten Garten, in dem inmitten von allerlei wild wuchernden Kräutern auch Oleander, Rosen und Geißblatt wuchsen, ebenso wie einige alte Kirschbäume, die sich bereits unter den reifen Früchten bogen.

Sie durften auch Monna Josefas Küche benutzen, unter der Bedingung, dass die Vermieterin mit verköstigt wurde. Eingenommen wurden die gemeinsamen Mahlzeiten in dem großen Salon im Erdgeschoss. Die Umgebung war für Laura von fremdartiger Vornehmheit, doch sie gewöhnte sich rasch daran und stellte fest, dass das Essen in solcher Umgebung tatsächlich besser zu munden schien. Sie saßen rund um einen gewaltigen Tisch mit hochlehnigen Stühlen, speisten von Tellern, die aus Steinzeug statt aus Holz waren, und sie benutzten dazu zierliche silberne Essmesser, ja sogar kleine, zinkenbewehrte Gabeln, mit denen sie erst üben mussten, weil niemand von ihnen zuvor eine in der Hand gehabt hatte. Die Trinkgefäße waren keine tönernen Becher, sondern richtige Glaspokale aus Murano, mit farbigen Verzierungen an den Rändern. Es gab Mundtücher und Fingerschalen und Tischleuchten, und in einer Ecke des Salons stand als weiteres Zeichen gepflegter Wohnkultur ein mit Intarsien verziertes Virginal. Monna Josefa hatte erklärt, dass sie das Instrument nur als Anrichte benutze, aber sie hatte es ihnen einmal vorgeführt und den Tasten einige metallisch klingende Töne entlockt.

Laura hatte sich eine Weile Gedanken gemacht, wie Monna Josefa zu ihrem Wohlstand gelangt war. Ihre Vermieterin, die um die sechzig Jahre alt sein musste, sprach niemals von einem verstorbenen Ehemann. Sie trug durchweg Gewänder, die zwar schon älter und abgetragen waren, dabei aber stets von ausgesuchter Qualität, ebenso wie die Ringe, Armbänder und Colliers, mit denen sie sich zu allen Tageszeiten schmückte. Auf sämtlichen verfügbaren Flächen im Haus prangte neckischer Zierrat in Form von Troddelkissen, gläsernen Kerzenhaltern, Duftflakons, ziselierten Handspiegeln und kleinen Ölgemälden.

Schließlich war Laura zu der Auffassung gelangt, dass Monna Josefa früher eine Kurtisane gewesen sein musste. Die Miniaturen zeigten keine Heiligenmotive, sondern lauter frivole mythologische Szenen mit kaum verhüllten Schäferinnen und lüsternen Satyrn, und der in ihrer Schlafkammer hängende Gobelin war mit einer Stickerei verziert, die man nur als unanständig bezeichnen konnte.

Auch die Art, wie Monna Josefa bisweilen redete, bestärkte Laura in ihrer Vermutung. Sie fluchte herzhaft und völlig ohne Scham, und manchmal lachte sie so laut, dass die Gläser auf dem Tisch klirrten. Wenn, was ständig vorkam, ihr besticktes Brusttuch beim Aufstehen oder Hinsetzen verrutschte, kicherte sie auf unverkennbar ordinäre Art, bevor sie den Stoff nachlässig wieder an Ort und Stelle zupfte.

Laura und Mansuetta hatten beim ersten Mal, als sich die derbe Art ihrer Hauswirtin offenbarte, nur bedeutsame Blicke getauscht. Mehr war nicht passiert; sie hatten es nicht einmal für nötig befunden, darüber zu sprechen, geschweige denn, Krisenrat zu halten, so wie sie es sonst bei ernstlichen Problemen zu handhaben pflegten. Mochte Monna Josefa früher auch einen lockeren Lebenswandel geführt haben, so war sie doch über alle Maßen großzügig, freundlich und berechenbar. Besser als bei ihr hätten sie es kaum treffen können.

Isacco hätte das vermutlich gänzlich anders beurteilt, aber da er nichts von alledem mitbekam, stellte sich diese Frage erst gar nicht. Er zog es vor, allein zu essen. Meist nahm er kalte Mahlzeiten in seiner Kammer ein, oder er ging zum Essen fort, in eine Trattoria oder zu einer der Garküchen, die in der Stadt warmes Essen feilboten. Als Begründung führte er an, dass ihn Monna Josefas lautes Lachen in seiner Trauer um seine Eltern störe. Die meiste Zeit machte er einen bedrückten Eindruck und redete nicht viel.

Laura zweifelte dennoch gelegentlich an der Tiefe seines Kummers, doch es interessierte sie schlicht zu wenig, als dass sie groß darüber nachgedacht hätte. Sie hatte genug eigene Probleme. Mit ihrer Schwangerschaft, ihrem verzweifelten Wunsch nach einem einträglichem Erwerb, vor allem aber mit ihrer eigenen Trauer. Es verging kein Tag, an dem sie nicht ungezählte Male an Antonio dachte, und keine Nacht, in der sie nicht träumte, ihn wiederzusehen.

Beim Mittagsmahl erzählte sie den anderen, dass sie in einer Apotheke arbeiten werde und sogar eine Teilhaberschaft ausgehandelt hatte. Mansuetta lächelte zufrieden. »Ich wusste, dass du es schaffst. Hast du dich mit der Jasmin-Essenz eingekauft?«

Laura nickte. »So, wie du es mir geraten hast.«

Monna Josefa tat sich eine Riesenladung von dem Fleischeintopf auf, den Mansuetta gekocht hatte. »Liebchen, solange die Soldaten noch in der Stadt sind, braucht Ihr einen Leibwächter, wenn Ihr Euch zum Arbeiten regelmäßig außer Haus begebt.«

»Vor allem, da es bei Laura oft spät wird«, pflichtete Veronica ihr bei.

»Ich kann dein Leibwächter sein«, erklärte Matteo. »Ich werde dich vor allen bösen Soldaten beschützen!«

Monna Josefa tätschelte ihm die Wange. »Was für ein tapferer kleiner Mann du bist!«

»Die Soldaten – sind das die Feinde?«

»Sagen wir eher: Sie sind Männer«, versetzte Monna Josefa. Sie lachte und schaufelte gleich darauf den Eintopf in sich hinein, als hätte sie seit Wochen nichts zu essen bekommen. »Ah, wie köstlich das ist, Mansuetta! Mein Kind, wie schafft Ihr es nur immer, dass ein gewöhnlicher Eintopf schmeckt wie aus der feinsten Herrschaftsküche?«

»In diesem Fall mit ein paar wilden Kräutern aus Eurem Garten, vor allem weißem Senf. Außerdem ist die restliche Pasta von gestern darin, dazu ein ordentlicher Markknochen, frisches Gemüse und ein wirklich gutes Stück Fleisch, aus dem man auch einen Braten hätte zubereiten können. Viele Leute meinen, Fleisch als Suppeneinlage könne minderwertig sein, aber das ist natürlich ein Irrtum.«

»Natürlich.« Monna Josefa kaute mit vollen Backen. »Euer Geld ist wahrlich gut angelegt in diesem Stück Fleisch, so viel steht fest. Ich frage mich ernsthaft, warum Euer Vetter Euer begnadetes Essen verschmäht.«

»Weil es nicht koscher ist«, sagte Matteo.

Laura verschluckte sich und hustete. Mansuetta klopfte ihr auf den Rücken. Während Laura noch fieberhaft überlegte, mit welcher launigen Bemerkung sie die verfängliche Situation entschärfen konnte, meinte Monna Josefa ungerührt: »Nun ja, einmal Jude, immer Jude, was? Ich kannte früher auch einige Marranen. Christliche Herren vom Scheitel bis zur Sohle, sogar wenn sie ihr Gewand auszogen. Nie hätte man ihnen angemerkt, dass sie Spätgetaufte waren. Außer natürlich an jenem speziellen Beiwerk, das alle Männer mit sich herumtragen.« Sie grinste breit. »Aber wehe, man wollte mit ihnen gemeinsam ein Häppchen essen. Dann wurde rasch klar, dass alte Gewohnheiten sich schlecht ablegen lassen.«

»Welches Beiwerk?«, erkundigte Matteo sich interessiert.

Monna Josefa lachte noch lauter. »Schau zwischen deine Beine, da hängt eins!«

»Was ist an meinem anders als bei den Marranen? Außer der Größe, meine ich.«

»Matteo«, sagte Mansuetta errötend, »geh doch rasch rauf zu Isacco und frag ihn, ob er von dem Kuchen essen möchte, den ich mit deiner Hilfe heute Morgen gebacken habe. Sag ihm, er ist gerade so, wie ihn auch seine Mutter in seiner Kindheit zubereitete, dann wird er wissen, was ich meine.«

»Ich sehe, Ihr stimmt mir zu«, meinte Monna Josefa gelassen.

»Er hat sich nur seiner Mutter zuliebe taufen lassen«, sagte Laura, als wäre das zugleich eine hinreichende Erklärung für Isaccos ungeselliges Verhalten.

»Männer sind Männer, beschnitten oder unbeschnitten, wen kümmert ihr Glaube.« Monna Josefa rülpste genussvoll und machte damit deutlich, dass sie eher an dem Essen als an familiären Konflikten interessiert war. Laut rief sie Matteo nach: »Und wenn er noch was von dem Kuchen haben will, soll er's sofort sagen, oder seine Portion gehört mir. Und das mit dem Beiwerk sollten dir deine Schwestern nachher erklären, sonst tu ich's.«

Die Frage nach einem Leibwächter stellte sich bereits am nächsten Tag erneut, als zwei angetrunkene Soldaten Veronica auf dem Weg zum Markt belästigten. Sie kam mit zerrissener Bluse und geschwollenen Lippen nach Hause – ohne das Geld, das sie für ihre Einkäufe mitgenommen hatte. Sie wirkte nicht sonderlich betroffen, sondern nahm die Männer sogar noch in Schutz.

»Außer einem Kuss und den paar Münzen haben sie mir nichts genommen. Ich habe bei meinem früheren Herrn schon Schlimmeres erlebt.«

»Kindchen, das nächste Mal schneiden sie dir die Gurgel durch, lass es dir gesagt sein«, verkündete Monna Josefa. Sie hatte auch gleich eine Empfehlung für einen ordentlichen Leibwächter, den sie, wie sie erklärte, noch an diesem Tage herbitten wolle.

»Er hat schon früher für mich gearbeitet, der gute Orso.«

Laura, die bereits mehrfach bereut hatte, nicht wenigstens einen der wehrhaften Zwillinge aus Venedig mitgenommen zu haben, war sehr damit einverstanden.

Orso, der im Laufe des Nachmittags bei ihnen vorstellig wurde, machte seinem Namen alle Ehre. Er war ein wahrer Bär von einem Mann. Größer als die meisten Menschen, war er gleichzeitig so breit, dass der Raum für ihn zu klein wirkte. Mit mächtigen Schultern und Armen, einem ausladenden Rumpf und Oberschenkeln, über denen die ledernen Beinkleider förmlich zu bersten drohten, war er der stärkste Mann, den Laura je gesehen hatte. Unterstützt wurde dieser Eindruck durch ein großflächiges Gesicht mit weit vorspringendem Kinn und ungewöhnlich borstigen Brauen. Und vor allem durch seine Stimme, ein dröhnender Bass, unter dem die Bodendielen zu vibrieren schienen. Seine Bewaffnung war nicht minder furchteinflößend. An seinem Schwertgurt hing ein Anderthalbhänder, dessen Spitze bei einem kleineren Mann auf dem Boden nachgeschleift wäre. Daneben trug er einen Krummsäbel osmanischer Herkunft und einen stachelbewehrten Morgenstern, der beim Gehen gegen die Schwertscheide klirrte.

Laura begrüßte den Hünen höflich in Monna Josefas Salon und fragte sich, wo die Hausherrin seinerzeit dieses enorme Exemplar eines Mannes untergebracht hatte. Sie kam schnell darauf, dass er vor der Tür Wache gehalten haben musste und beim leisesten Ärger zur Stelle gewesen war.

»Ihr tragt beeindruckende Waffen«, sagte sie höflich. »Müsst Ihr oft davon Gebrauch machen?« Jemand, der auf Raufhändel aus war, würde ihr eher schaden als nützen.

Orso hob die Brauen. »Nur, wenn es nötig ist.«

»Die Waffen sind … ungewöhnlich.«

»Das Schwert ist von meinem Waffenmeister, er hat es mir bei seinem Tod hinterlassen. Sagte, niemand könne es besser führen als ich. Säbel und Morgenstern hab ich bei Otranto von einem Janitscharen bekommen und seitdem in Ehren gehalten.«

»Oh … Er hat es Euch einfach so gegeben? Einem Feind?«

Orso grinste flüchtig. »Zuerst gab er mir seinen Kopf, dann die Waffen.«

»Mansuetta?«, fragte Laura ihre Schwester, die neben ihr am Tisch saß und überwältigt zu dem martialischen Besucher aufschaute. Laura hatte ihre Entscheidung bereits gefällt, aber sie hatte es sich zur Angewohnheit gemacht, sich in allen wichtigen Fragen mit Mansuetta zu besprechen. Das Einstellen eines Leibwächters, der sich ständig in ihrer Nähe aufhalten würde, gehörte zweifellos dazu.

»Er erinnert mich an den Mann, der mich früher auf die Piazza San Marco begleitet hat, als ich dort Stärkungsmittel verkauft habe. Mutter bestand darauf, damit niemand mich bestiehlt oder belästigt. Sie gab mir einen Beschützer mit, der fast so groß und stark war wie Messèr Orso hier.«

»Ich erinnere mich nur an den Stelzengänger«, sagte Laura impulsiv.

Mansuetta erwiderte erstaunt ihren Blick. »Du hast mich damals gesehen?«

»Ich war an dem Nachmittag mit meinem Vater bei der

Ombretta am Campanile«, sagte Laura geistesabwesend. An jenem Tag hatte sie auch Antonio das erste Mal gesehen. Antonio …

»Laura?«

»Es ist alles in Ordnung«, sagte sie angestrengt.

Mansuetta drückte ihre Hand. »Ich denke, wir sind uns einig.« In bemüht leichtem Tonfall fuhr sie fort: »Meinen Segen hast du. Übrigens auch dafür, besagtes Mittel herzustellen und zu verkaufen. Mutter wollte nach ein paar Auftritten, dass wir damit aufhören, denn unser Beichtvater hatte mich auf der Piazza gesehen und nahm sie ins Gebet. Folglich ließen wir es. Aber ich erinnere mich noch sehr gut, was für ein horrendes Geld es einbrachte.« Sie grinste und sah plötzlich wieder aus wie damals, als sie das Mittel an Männer verkauft hatte, die im Bett zu Hengsten werden wollten. »Frag mich nach dem Rezept, wenn es so weit ist.«

»Ein neues Potenzmittel?«, fragte Silvano. Er wiegte zweifelnd den Kopf. »Ob daran Bedarf besteht?«

»Auf jeden Fall«, versicherte Laura ihm. Sie standen in der Offizin der Apotheke, und Laura arbeitete an einer Liste der Zutaten, die sie für das Mittel brauchte. »Hat bei Euch denn noch nie ein Mann danach gefragt?«

Silvano legte sinnend die Stirn in Falten. »Doch, ich erinnere mich. Aber es ist lange her. Ich glaube, die meisten Männer hier in der Gegend konnte ich von diesem Leiden kurieren.«

Laura dachte bei sich, dass er sie vermutlich lediglich davon kuriert hatte, abermals bei ihm ihr Glück zu versuchen.

»Was habt Ihr ihnen denn verkauft?«

»Oh, ein Gemisch aus den üblichen Zutaten.«

»Als da wären?«

Silvano wedelte unbestimmt mit der Hand. »Dies und das. Die Hauptzutat waren meines Wissens getrocknete und gemahlene Stierhoden und gewisse Teile des männlichen Frosches.

Und natürlich ein wenig Spanische Fliege, aber nicht zu viel. Sicher wisst Ihr, wie tödlich sie sein kann.«

»Das weiß ich, und deshalb verwende ich nichts davon. Das Mittel, das ich im Sinn habe und das in unserer venezianischen Apotheke auch früher schon erfolgreich verkauft wurde, ist manuell anzuwenden.«

»Ihr meint, es ist … äh, einzureiben? Eine Art Fluidum?«

»Ganz recht. Am besten fängt der Mann ungefähr eine Stunde vor der gewünschten Begegnung damit an. Sehr gut wirkt es auch, wenn es die Frau beim Manne aufbringt.«

Silvano runzelte die Stirn, dann nickte er langsam. »Ich sehe ein, dass hierdurch der Effekt verstärkt werden kann.« Er nickte erneut, diesmal entschiedener. »Also gut, ich unterstütze dieses Vorhaben.« Großmütig deutete er in die Runde. »Bedient Euch an allen Zutaten, die Ihr braucht.«

Laura musste die zweifelhaften Mineralien und Flüssigkeiten, die der Alte in seinen stinkenden Fässchen und Flaschen aufbewahrte, gar nicht erst näher in Augenschein nehmen, um zu wissen, dass sie davon nichts benötigte.

»Die Dinge, die ich für das Mittel brauche, muss ich entweder besorgen oder herstellen«, erläuterte sie.

»Nun, dann bedient Euch meiner Arbeitsgeräte. Waage, Spatel, Rührgefäße, Feuerstelle – was immer Ihr wollt.«

Laura verkniff sich, ihn darauf hinzuweisen, dass dies selbstverständlich war. Schließlich hatten sie es in der vergangenen Woche schwarz auf weiß bei einem Notar beurkunden lassen. Danach hatte sie bis heute gebraucht, um gemeinsam mit Veronica hier aufzuräumen und sauber zu machen, während der Alte unbeeindruckt weiter seinen Experimenten nachgegangen war. Er hatte sich lediglich beklagt, wenn er bestimmte Ingredienzien nicht an der gewohnten Stelle wiederfand.

Als er sich summend und in Begleitung seines schweifwedelnden Hundes daranmachte, eine weitere übel riechende Basis für eine hoffnungsvolle *prima materia* in seinem Athanor anzusetzen, gebot Laura ihm Einhalt.

»Schaut«, sagte sie geduldig. »Es ist sehr freundlich von Euch, mir Eure Zutaten und Geräte zur Benutzung anzubieten, aber das war es nicht, worauf ich hinauswollte. Ich brauche Eure Hilfe.«

»Beim Mischen?«

Sie bezwang sich, bevor das Temperament mit ihr durchgehen konnte. »Nein, beim Verkaufen.«

»Aber das ist Eure Domäne!«

»Grundsätzlich ja, aber Ihr vergesst dabei, dass ich eine Frau bin.«

Er betrachtete sie, als fiele es ihm zum ersten Mal auf. »In der Tat.« Er kniff ein Auge zu. »Und eine so junge, hübsche dazu! Wie merkwürdig, dass man das im Umgang mit Euch so leicht vergisst! Nur die roten Haare, die stechen immerzu ins Auge. Man meint stets, es würde etwas brennen, und darauf muss ein Apotheker natürlich achten.«

Sie wusste nicht, ob sie das als Kompliment oder Beleidigung werten sollte, entschied aber, nicht weiter darüber nachzudenken.

»Ich kann alle Mittel verkaufen«, erklärte sie. »Aber keines für die männliche Potenz. Außer, es kommt eine Frau in den Laden.«

Er legte den Kopf zur Seite, bis sich das einfallende Sonnenlicht in seiner Glatze spiegelte. »Das sehe ich ein«, meinte er reumütig. »Wie schwer ich manchmal von Begriff bin!«

»Das liegt an Euren Forschungen. Ihr seid so vollkommen durchdrungen von all den höheren Erkenntnissen, die ihr Tag für Tag gewinnt, dass Ihr Euch zu derart profanen Angelegenheiten, wie ich Sie Euch gerade vorgetragen habe, nicht mehr so leicht herablassen könnt, wie es minderbegabten Menschen möglich ist.« Sie brachte das so ernst wie möglich vor, und tatsächlich errötete er vor Freude über das unverhoffte Lob.

»Nun, wenn Ihr das so seht … Wie stellt Ihr Euch das Ganze vor?«

»Zunächst ein Straßenverkauf auf dem Wochenmarkt, um das Mittel publik zu machen. Es wäre zugleich eine gute Möglichkeit, Euren Laden bei den Leuten besser ins Gespräch zu bringen.«

»Das ist genial!«, rief Silvano aus. Barnabas fühlte sich angesprochen und kläffte aufgeregt. Silvano klatschte begeistert in die Hände. »Ich werde das Mittel anpreisen, und Ihr steht als Unterstützung daneben!«

»Ganz recht, zum Einsammeln des Geldes.«

Er schüttelte den Kopf. »Nein, in erster Linie, weil Ihr jung und hübsch seid. Und ich alt und knittrig. Besser kann man ein Potenzmittel doch gar nicht ins rechte Licht rücken!«

Laura bedachte ihn mit einem schiefen Lächeln. »Messèr Silvano, ich stelle fest, dass die Arbeit am Stein der Weisen Euren Geschäftssinn kaum beeinträchtigt hat.«

Antonio konnte nicht fassen, dass sie verschwunden war. Er befragte sämtliche Nachbarn, aber alle erzählten das Gleiche. Eben waren sie noch da gewesen, und am nächsten Tag verschwunden, als hätten sie sich in Luft aufgelöst. Die Verwachsene und die Schöne, der Junge, die Magd und auch der Jude von nebenan. Zurückgeblieben war die tote Mutter des Juden, die von mildtätigen Nonnen unter die Erde gebracht werden musste, immerhin in einem anständigen Grab, denn man hatte die Waren aus dem Laden zu Geld machen können. Sonst war nichts von Bedeutung zurückgeblieben, es sei denn, man hätte dem Inventar der Apotheke irgendwelchen Wert beigemessen. Mancher schien allerdings der Meinung gewesen zu sein, all die Medizin und Schönheitsmittelchen gut gebrauchen zu können, denn in den danach folgenden Nächten war immer wieder eingebrochen worden. Als die Behörden ein schweres Schloss an der Vordertür hatten anbringen lassen, waren die Diebe von hinten über die Mauer gestiegen und hatten die Offizin leer geräumt sowie alles aus Küche und Speisekammer geholt, was nicht niet- und nagelfest gewesen war.

»Die Zeiten sind schlecht, Domine«, meinte die Nachbarin, die Antonio all das berichtete. »Die Leute müssen sehen, wo sie in der Not bleiben. Die Stadt ist voll von Flüchtlingen, die Preise so hoch wie nie. Sogar das Brot wird knapp. Sie bauen schon Getreidemühlen an den Kanälen, weil es kein Mehl mehr von der Terraferma gibt, nur noch Weizen von Kreta.« Neben dem Fischdunst, den sie verbreitete, roch sie recht aufdringlich nach Flieder, und um ihre Augen lag eine Spur von Khol. Antonio ahnte, dass die Nutznießer der von Laura und Mansuetta zurückgelassenen Güter nicht allzu weit entfernt waren.

Er suchte an den üblichen Stellen nach Tomàso und Oratio und schwor sich, den beiden den Hals umzudrehen, falls sie Laura ohne den vereinbarten und von ihm teuer bezahlten Schutz hatten ziehen lassen. Doch am Ende war er nur froh, dass er sie fand und befragen konnte.

»Sie hat mit ihrer Familie die Stadt verlassen«, sagte Tomàso.

»Du Trottel, das weiß er selber«, fuhr Oratio ihn an. An Antonio gewandt setzte er erklärend hinzu: »Sie erzählte uns, dass die Büttel sie und ihren Bruder holen würden, weil sie keinen Vormund hätten, und dass sie deshalb fliehen müssten. Sie wollte uns aber nicht sagen, wohin sie geht, wahrscheinlich hatte sie Sorge, dass wir ihr nachlaufen.«

»Und warum habt ihr euch ihr nicht einfach angeschlossen?«

»Wir wollten es, aber sie hat es uns verboten«, erklärte Tomàso. »Sie sagte, sie kann nicht die Verantwortung für zwei zusätzliche Vielfraße übernehmen. Wir seien im Grunde noch Kinder.« Er spuckte verächtlich aufs Pflaster.

»Ihr hättet ihr folgen müssen!«

»Das war genau meine Rede«, erklärte Oratio. »Ich war dafür, ganz ehrlich. Aber es ging nicht.«

»Warum nicht?«

»Das Boot war voll. Wir haben uns nach einem anderen umgeschaut, aber es war gerade keines frei. Und bis wir eines fanden, waren sie schon im Gewimmel verschwunden.«

»Du kannst dir nicht vorstellen, was zu jener Zeit hier los war!«, ergänzte Tomàso. »Boote über Boote kamen hier an, und alle zum Bersten voll.«

»Da kann es doch nicht so schwer gewesen sein, eines der wenigen Boote im Auge zu behalten, die von hier zur Terraferma aufgebrochen sind! Seid ihr wenigstens hinterhergefahren, um herauszufinden, wohin sie wollten?«

Die Zwillinge wechselten betretene Blicke, und Antonio erkannte, dass ihre Loyalität an diesem Punkt an ihre Grenzen gestoßen war. Wie alle anderen waren sie davon ausgegangen, dass er tot war. Einem Toten musste man nicht die Treue bewahren, musste einmal gegebene Versprechen nicht einhalten. Er hatte sie darauf eingeschworen, Laura mit ihrem Leben zu beschützen, und er hatte ihnen eine Menge Geld dafür gegeben. Doch die Umstände hatten sich anders entwickelt, als sie alle hatten ahnen können.

Immerhin, und das war der einzige tröstliche Gedanke bei alledem, war Laura auf diese Weise aus Cattaneos Dunstkreis gelangt, und das war es letztlich, was wirklich zählte. Von ihm war die meiste Gefahr ausgegangen, und genau davor hatte Antonio Laura bewahren wollen. Indem sie verschwunden war, hatte sie ihren Schutz weit wirkungsvoller sichergestellt, als es in Venedig möglich gewesen wäre.

»Wie war es in der Gefangenschaft?«, wollte Oratio wissen. »Haben sie dich auf der Streckbank gefoltert? Dich vergewaltigt, dich mit glühenden Zangen gezwickt? Dir einen Spieß in die Eingeweide gebohrt?«

Antonio runzelte die Stirn. Über die Mächte der Liga waren in der Tat die schrecklichsten Geschichten in Umlauf. Einige davon waren bedauerlicherweise wahr, denn das Kriegsgeschäft war kein Spiel, sondern blutiger, brutaler Ernst. Im Zuge von Plündereien oder Gefangennahmen neigten ausgehungerte, gereizte Soldaten dazu, jeden menschlichen Anstand zu verlieren, und so konnte es leicht zu Übergriffen kommen, wie Oratio sie eben beschrieben hatte. Nach Lage der Dinge hatte er wohl wirklich Glück gehabt, obwohl die beiden Franzosen, die ihn auf dem Schlachtfeld überwältigt hatten, auch nicht gerade zimperlich gewesen waren.

»Sie haben mich verprügelt«, sagte er.

»Wirklich?« Oratio blieb der Mund offen stehen. »Mehr nicht?«

»Es war eine harte Tracht.«

»Deine Nase wurde gebrochen«, stellte Tomàso fest.

Antonio betastete den ein wenig schief zusammengewachsenen Höcker. »Ein Hieb mit dem Schwertknauf.«

»Und auf deiner Stirn ist eine Narbe, die so breit ist wie ein Finger.«

»Auch ein Schwerthieb, aber diesmal mit dem scharfen Ende.«

»Dann war es wohl doch nicht so ohne.«

»Das war es keineswegs, aber immer noch besser, als mit abgeschlagenem Kopf liegen zu bleiben. Das wäre um ein Haar passiert.«

Die Zwillinge rissen die Augen auf. Ihnen war anzusehen, wie sehr sie auf Nachrichten aus erster Hand über die Schlacht von Agnadello brannten. Bereits jetzt war dieses Gefecht in aller Munde und schon so legendär wie ein zweites Cannae. Keine Schlacht der Weltgeschichte war so hart, so ehrenvoll – und so vergebens gewesen.

Antonio unterdrückte ein Seufzen und tat ihnen den Gefallen. »Ich schritt schwertschwingend durch die Reihen der Feinde und hieb einen nach dem anderen um.« Das war, bei Lichte betrachtet, keineswegs übertrieben.

»Wo war dein Pferd?«

»Das war tot unter mir zusammengebrochen, vom Treffer einer Haubitze.«

Oratio und Tomàso atmeten gleichzeitig scharf ein.

»Ich erlöste es von seinen Qualen und kämpfte im Laufen. Rechts, links, ein Schlag nach dem anderen. Dann fiel mein Gefolgsmann.«

»Ippolito«, sagte Tomàso.

»Ganz recht. Er starb wie ein Mann im offenen Kampf, während er versuchte, den alten Raffaele mit seinem Leib zu schützen, der verwundet am Boden lag. Ein Schwert durchbohrte Ippolitos Brust. Er kämpfte wacker bis zum Schluss.«

»Ah, hätte ich nur dabei sein können!«, stöhnte Oratio.

»Wünsch dir das lieber nicht«, gab Antonio sachlich zurück. »Schwerthiebe haben die Eigenschaft, grausam wehzutun, und außerdem entzünden sie sich schnell. Wenn man nicht schon vorher daran gestorben ist.«

»Wie bist du davongekommen?«

»Durch pures Glück. Zwei Franzosen schnappten mich schließlich. Der Hieb auf meinen Schädel hatte mich außer Gefecht gesetzt. Einer der beiden wollte mich gerade köpfen; er hatte schon sein Schwert zum Schlag erhoben.«

Ein erneutes entsetztes Luftholen der Brüder unterbrach ihn.

Antonio lächelte freudlos. »Wie ihr seht, lebe ich noch.«

»Aber wie konntest du dich retten?«, wollte Tomàso wissen.

»Der französische König kam zufällig gerade vorbei.«

Die Zwillinge starrten ihn mit offenen Mündern an.

»Die beiden Soldaten wollten mit dem Köpfen warten, bis er vorübergezogen wäre, doch das tat er nicht. Er kam herangeritten und saß ab. Er wollte wissen, wer ich sei, und die Franzosen sagten, ich sei ein Feind.«

»Konntest du ihr Kauderwelsch verstehen?«, fragte Oratio.

»Ich kann genug Französisch, falls du das meinst. Aber das war in jenem Augenblick egal, da ich bewusstlos war. Den Inhalt des Gesprächs erfuhr ich erst später, von anderen.«

»Was hat der König gesagt?«

»Nichts. Aber dafür sprach jemand aus seinem Gefolge. Er sagte, ich sei der persönliche Adjutant und Waffenmeister von Nicolò Orsini, Graf von Pitigliano.«

»Der venezianische Heeresführer!«, rief Tomàso bewundernd aus. »Das wusste ich ja gar nicht!«

»Ich auch nicht«, meinte Antonio trocken. »Ich hielt mich ein paar Mal in seiner Nähe auf und bin direkt an seiner Seite in die Schlacht geritten. Na ja, die Kanonen habe ich ihm natürlich auch gebracht. Offenbar blieb das nicht unbemerkt. Man hielt es für eine gute Idee, mich einzukerkern, um mich später gegen Lösegeld oder im Austausch gegen einen der ihren freizulassen. So machen sie es immer mit höhergestellten Gefangenen.«

»Wenn sie dich erkannten oder meinten, dich zu erkennen, heißt das, dass sie Spione im venezianischen Heer hatten!«

Antonio zollte Oratio Bewunderung für seine Kombinationsgabe. »Du bist ein schlauer Kerl. Ich habe dir schon immer gesagt, wenn du das Stehlen lässt, kannst du es weit bringen. Nebenbei bemerkt, ich war so alt wie du, als ich mit ehrlicher Arbeit anfing.«

»Du kannst mich ja darin ausbilden«, sagte Oratio lässig.

»Darüber reden wir später. Zuerst muss ich Laura finden.«

»Natürlich. Sie hat übrigens sehr um dich geweint.«

Antonio vernahm es mit grimmiger Befriedigung. »Hat sie sich mit dem blonden Kerl getroffen?«

»Nur einmal, auf dem Weg zur Schneiderin. Ich war nah genug, um den Anfang ihrer Unterhaltung zu belauschen. Sie hat ihm gesagt, dass sie die neue Apotheke nicht haben möchte und ihn nicht mehr sehen will.«

Antonios Genugtuung verstärkte sich, doch ebenso sein schlechtes Gewissen. Möglicherweise hätte ein wenig Kompromissbereitschaft seinerseits die Situation gar nicht erst auf diese Weise eskalieren lassen. Zuane war ein verträumter, unfähiger Trottel, aber er besaß auch Geld und Einfluss. Vielleicht wäre er genau derjenige gewesen, den Laura gebraucht hätte, falls er selbst im Feld geblieben wäre. Viel hatte daran schließlich nicht gefehlt.

»Der Jude ist tot«, sagte Oratio unvermittelt. »Sie war bei ihm, als er starb.«

Antonio ging auf den jüdischen Friedhof am Lido und hielt an Mosès Grab stumme Zwiesprache mit seinem alten Weggefährten. Mosè hatte als Erster gesehen, dass mehr in ihm steckte als ein Beutelschneider. Vielleicht hatte er auch nur geglaubt, Potenzial in ihm zu erkennen, was sich dann, in Gang gesetzt durch die schiere Kraft des Vorstellungsvermögens, entwickelt und vervollständigt hatte.

Wie auch immer, Mosè hatte Macht und Mittel mit ihm geteilt, sodass Antonio zu dem hatte werden können, was er heute war.

Die Julisonne fiel auf den Grabstein, in den auf Hebräisch eine Inschrift eingemeißelt war, Worte, die Antonio nicht lesen konnte. Sicherlich war es das, was auch Christen auf ihre Grabsteine schrieben, so wie sie es seit Hunderten von Jahren taten.

Mosé war kurz vor seinem fünfundsechzigsten Geburtstag gestorben. Wäre er nicht krank geworden, hätte er noch ein paar gute Jahre erwarten können. Doch er hatte ein erfülltes Leben gehabt, zumindest in geschäftlicher Hinsicht. Im selben Moment, als Antonio das dachte, begriff er, wie wenig das im Grunde war. Es war nicht unbedeutend, ganz sicher nicht. Aber es reichte nicht zum Glück.

Er dachte an die elenden und einsamen Wochen, die er nach seiner Gefangennahme mit hämmerndem Schädel in Mailand im Gefängnis zugebracht hatte, und daran, wie oft er dort mit sich selbst ins Gericht gegangen war. Hätte er auf Laura gehört, wäre er inzwischen ihr Mann. Er wäre nur halb so reich wie jetzt, aber dafür hätte er sie gewonnen. Sie hätte nicht fliehen müssen, schon gar nicht aus diesen Gründen. Mit Leichtigkeit hätte er sie davor bewahren können, und es war auch seine Schuld, dass sie all die Ängste ausgestanden hatte, die sie zweifellos vor und während ihrer überstürzten Flucht durchlitten haben musste.

»Was hättest du getan, alter Freund?«, murmelte er, den Blick auf den Grabstein gerichtet.

»Wärst du gegangen? Oder geblieben?«

Vermutlich gegangen, beantwortete er sich gleich darauf in Gedanken selbst seine Frage. Mosè war mit Leib und Seele Händler gewesen, und um das zu sein, musste man mit einem nicht unwesentlichen Teil seines Charakters ein Spieler sein. Nur wer sich ganz und gar dieser Sache verschrieb, konnte Gewinne erwarten, die einen schwindeln machten ob ihrer Höhe. Nur solche Gewinne ermöglichten es dem Spieler, vielleicht anschließend zu überlegen, ob es genug war. Genug zum Aufhören.

Doch gleich darauf dachte er: Es ist nie genug!

Geradeso, wie er es Laura gegenüber in Worte gefasst hatte. Bitterkeit bemächtigte sich seiner, als er begriff, dass er heute nicht anders handeln würde als damals, obwohl er erfahren hatte, wie tief die Verletzungen sein konnten, die solche Entscheidungen mit sich brachten. Es lag zu tief in seinem Wesen begründet. Laura hatte das erkannt, und folgerichtig hatte sie ihn verlassen.

Dennoch würde er sie nicht aufgeben, nicht, solange er und sie lebten. Er würde sie suchen und sie erneut vor die Wahl stellen. Er wollte beides, sie und den Erfolg, und er würde einen Weg finden, das zu verwirklichen.

Auch hierin war er Mosè ähnlich, überlegte Antonio. Nie hatte der Kaufmann in seinem Bemühen nachgelassen, seine Familie zurückzugewinnen, all die Jahre nicht.

Ob es ihm gelungen war, sich am Ende wenigstens mit seinem Sohn auszusöhnen? Antonio wünschte es ihm von Herzen.

»*Schalom*, mein Freund«, sagte er leise. »Und danke für alles.«

Die blonde Frau wirkte in sich versunken. Sie stand vor dem Spiegel und lächelte sich zu, und bei dem Anblick fühlte Antonio sich unwillkürlich an Narcissos erinnert, jenen Jüngling aus der griechischen Mythologie, der nach der Strafe durch Nemesis auf immer dem eigenen Bildnis verfallen war. Einen Augenblick später nahm die Frau wahr, dass jemand im Raum war. Sie erstarrte und drehte sich um. Über ihr eben noch lächelndes Gesicht legte sich eine Maske der Ausdruckslosigkeit.

»Messèr Bragadin«, sagte sie kühl. »Ich hörte Euch nicht kommen. Seid Ihr angemeldet?«

»Ich fürchte nein, Monna Eugenia.«

Bartolomeo, der Antonio eingelassen und hinaufgeführt hatte, mischte sich ein.

»Euer Bruder gab mir Anweisung, Messèr Bragadin sofort vorzulassen, sobald er erscheint.« Er ging weiter zu Querinis Gemach, um die Ankunft des Besuchers anzukündigen.

Antonio verneigte sich vor Eugenia Querini, das Barett vor die Brust gedrückt. Er war Marcello Querinis Schwester bei einem seiner Besuche bereits vorgestellt worden, doch mehr als ein paar belanglose Worte hatte er bisher nicht mit ihr gewechselt. Aus ihm unerfindlichen Gründen konnte er sie nicht leiden. An ihrem Aussehen lag es sicher nicht, sie war eine der schönsten Frauen, die er je gesehen hatte. Sie musste um die vierzig sein, sah aber gut zehn Jahre jünger aus. Ihr Teint und ihr Haar, hier im Schutze ihres Heims von keinem Schleier bedeckt, waren makellos, und ihre Zähne von reinem Weiß.

Gegen seinen Willen musterte er sie bewundernd. Vielleicht, so überlegte er, hing seine Abneigung damit zusammen, dass sie während ihrer Zeit im Kloster die Freundin von Arcanzola Cattaneo gewesen war. Die Nonne hatte gedroht, Laura die Behörden auf den Hals zu hetzten, und wie es schien, hatte sie das wahr gemacht. Ob Eugenia Querini davon wusste?

»Darf ich Euch ein Kompliment machen? Ihr seht heute ganz besonders bezaubernd aus. Dieses Kleid harmoniert vorzüglich mit Euren Augen.«

Sieh an, dachte Antonio in ätzender Selbstironie. Wie sehr ich mich aufs Süßholzraspeln verstehe, wenn es sein muss!

Sie errötete vor Freude und Verlegenheit. »Seid bedankt, Messèr Bragadin!« Sie warf einen flüchtigen Blick über ihre Schulter, in Richtung von Marcello Querinis Gemach, bevor sie sich rasch wieder zu Antonio umwandte. »Lasst mich Euch dieses Kompliment zurückgeben! Mir fiel schon früher auf, was für ein stattlicher, schneidiger junger Mann Ihr seid!«

Er verneigte sich abermals, mit gesenkten Augen, um seine bohrende Neugierde zu verbergen. »Euer Bruder erzählte mir, dass Ihr viele Jahre in einem Kloster zugebracht habt. Gestattet mir die Bemerkung, für welch ungeheure Verschwendung ich das halte.«

»Oh.« Ihre Wangen färbten sich noch eine Schattierung dunkler. »Es gab dort gelegentlich auch abwechslungsreiche Zerstreuungen.«

Darauf möchte ich wetten, dachte Antonio kalt. Wenn es dieselben Zerstreuungen waren, denen sich auch Suor Arcanzola hingegeben hatte, konnte kaum Langeweile aufgekommen sein.

»Habt Ihr noch Kontakt zu Euren langjährigen Gefährtinnen im Kloster?«

»Hin und wieder«, sagte sie.

Das konnte alles oder nichts bedeuten, doch Antonio wusste mit einem Mal ohne jeden Zweifel, dass Eugenia Querini noch mit Arcanzola Cattaneo in Verbindung stand. Er hob den Blick und schaute ihr in die Augen, und er bemerkte den Ausdruck von Vorsicht, mit dem sie ihn musterte. Seine diesbezügliche Frage hatte sie unvorbereitet getroffen, und er erkannte unschwer, dass sie nun auf der Hut war.

Es war schlecht zu sagen, ob und wie viel sie über Arcanzolas Rolle bei den jüngsten Vorfällen wusste, aber er hätte es nur zu gern herausgefunden. Am liebsten wäre er auf sie zugeeilt, um die Wahrheit aus ihr herauszuschütteln.

Gleich darauf legte sich diese Anwandlung, denn Querini kam aus seinem Gemach. Er war bleich und übernächtigt; es war zu sehen, dass er aus dem Bett kam. Sein Hemd stand bis zur Brust offen, die Beinkleider waren nur nachlässig übergestreift, und sein Haar war nicht gekämmt. Die Brandmale stachen gegen die Blässe seiner Haut ab, ein merkwürdiger Effekt, der durch die rotgeränderten Augen noch verstärkt wurde. Querini sah für einen Augenblick aus wie ein Mensch, der einer fremden Rasse angehört.

»Messèr Bragadin, mein lieber Junge!« Er kam auf Antonio zugeeilt und nahm seine Hände in die seinen. Ein bewegter Ausdruck stand auf seinem Gesicht. »Ihr seid zurück! Dem Herrn sei Dank!«

»Habt Ihr meine Botschaft erhalten?«

»Natürlich. Und auf der Stelle Himmel und Hölle in Bewegung gesetzt. Ratet, wer im Austausch gegen Euch gehen durfte!«

Antonio zuckte die Achseln. »Keine Ahnung, wirklich nicht. Sicher niemand von großer Bedeutung.«

»Da täuscht Ihr Euch gewaltig. Kein Geringerer als Sigismondo, der jüngste Bruder von Alfonso D'Este, Herzog von Ferrara.«

Antonio stieß einen leisen Pfiff aus. Der Bursche mochte auf der Bühne der Macht nicht viel zu melden haben; in der Reihe der Titelnachfolger stand er weit abgeschlagen hinter zwei älteren Brüdern sowie seinem Neffen, dem Sohn von Alfonso D'Este und dessen Frau Lucrezia Borgia. Doch er war ganz entschieden kein unwürdiger Niemand.

»Ich möchte Euch dafür danken, dass Ihr den Gefangenenaustausch organisiert habt«, sagte er förmlich.

Querini winkte ab. »Eugenia, wärst du so gut, die Köchin anzuweisen, eine Kleinigkeit herzurichten?«

»Natürlich«, murmelte sie mit zur Seite gewandtem Gesicht, während sie zur Treppe eilte.

»Erzählt«, bat Querini, bereits auf dem Weg in sein Gemach. Bartolomeo hatte die Fenster zur Loggia geöffnet, und vom Kanal her waren die Geräusche emsiger Geschäftigkeit zu hören. Antonio trat an eine der offenen Türen und stützte sich auf die marmorne Brüstung, von wo aus er das bunte Treiben der Boote auf dem Kanal betrachtete. Überall waren Menschen unterwegs. Die ganze Stadt schien in Bewegung zu sein, alles rüstete sich gegen drohende Kämpfe und richtete sich ein auf

Besatzung und Not. Doch daneben war auch eine Stimmung wie von trotzigem Aufbruch spürbar, eine wehrhafte Bereitschaft, bis zum Letzten für die Freiheit der Republik einzutreten, sowie der ungebrochene Wille zu siegen.

Emotionen dieser Art waren auch bei Querini spürbar, der trotz seiner offensichtlichen Übermüdung mit energischen Schritten auf ihn zukam und an seine Seite trat.

»Wie ist es Euch ergangen? Ihr seid verwundet worden, wieder einmal.«

»Ja«, sagte Antonio knapp.

»Tragt Eure Wunden als Zierde, denn genau das sind sie.«

Antonio war nicht unbedingt dieser Meinung, doch darüber zu debattieren war müßig.

»Nachdem ich aus dem Gefängnis freigekommen war, suchte ich Leonardo da Vinci auf«, berichtete er.

»Tatsächlich? Was für ein Mensch ist er?«

Antonio dachte an den immer noch gut aussehenden Mann in den Fünfzigern, der ihn in seinen Arbeitsräumen empfangen und ihm eine halbe Stunde seiner Zeit geschenkt hatte, bevor er sich wieder seinen Forschungen zugewandt hatte.

Antonio zuckte die Achseln. »Ich bin alles andere als ein Experte in diesen Fragen, aber ich vermute, er ist in vielen Disziplinen ein Genie. Ich sah in seinen Räumen eines seiner Bilder, die *Mona Lisa*.«

»Ein Bild, das gleich nach seiner Fertigstellung berühmt war«, bestätigte Querini. »Es gibt viele Kopien davon. Ein Meisterwerk. Ich wünschte, ich wäre dabei gewesen, um es zu betrachten.«

»Derzeit stellt er Studien zur Anatomie an, desgleichen zur Hydraulik. Ein junger Mann war bei ihm, ein gewisser Francesco Melzi.«

»Ist er sein …«

»Schwer zu sagen«, meinte Antonio. »Ich habe ihn nicht danach gefragt.« Er räusperte sich. »Um es kurz zu machen: Leonardo hörte mir aufmerksam zu, aber er war nicht interessiert.

Die Sache Venedigs, so meinte er, sei auf lange Sicht verloren.« Antonio grinste flüchtig. »Ich habe ihn auf David und Goliath verwiesen, als Beispiel für Venedigs Kampfesmut trotz der drückenden Überlegenheit der Liga, aber das erheiterte ihn nur. Ich winkte mit Geld, doch daraufhin meinte er, er sei zu alt und zu vernünftig, um noch nach dem großen Mammon zu schielen. Mehr als einen König könne ein Mann nicht für sich gewinnen. Er habe den seinen nun gefunden, und dieser trage den Namen Ludwig.«

Querini hob die Schultern. »Ihr habt es versucht, mehr konnte niemand erwarten. Offen gesagt glaubte ich ohnehin nicht daran, dass er sich überzeugen lässt. Ein Jammer ist es dennoch. Ich las kürzlich Paciolis *De divina proportione*, von Leonardo illustriert. Kein menschlicher Geist ist leuchtender als dieser.« Querini seufzte, während er sich in einem der Lehnstühle niederließ. »Macht Euch nur keine Gedanken deswegen, mein junger Freund. Wir werden auch ohne ihn weiter nach dem Sieg streben.« Um seine Lippen spielte ein schwaches, aber zufriedenes Lächeln. »Nun, da Ihr wieder hier seid, scheint mir, als sei die ganze Partie erneut offen.«

»Ihr übertreibt.«

»Keineswegs. Es geht mir um die Symbolik. Ihr habt Euch infolge Eures Muts und eines glücklichen Geschicks als unbezwingbar erwiesen – warum soll es der Serenissima nicht ebenso ergehen?«

»Oh. Nun, dann mögt Ihr recht haben. Gebe es Gott.«

»Ihr zumindest habt Euer Bestes gegeben, Bragadin.«

»Das tun wir sicher alle in diesen Tagen.«

»Es scheint ganz so«, meinte Querini. Seine Miene drückte leichte Besorgnis aus. »Sogar mein Sohn meint in seinem jugendlichen Überschwang, gegen den Feind zu Felde ziehen zu müssen.«

»Messèr Zuane ist in den Krieg gegangen?«

»Wie sollte ich es ihm verwehren? Er ist gerade im rechten Alter, um zu lernen, wie man im Kampf seinen Mann steht.«

Abwägend blickte er Antonio an. »Er zieht mit Gritti gegen Padua, und zwar morgen schon.«

»Padua«, sagte Antonio langsam. »Damit rechneten viele. Aber niemand glaubt, dass es zu schaffen ist. Die Mauern sind gewaltig, sechzig Fuß hoch und fünffach befestigt.«

»Die Kaiserlichen haben es auch geschafft.«

»Ihnen wurden die Tore geöffnet, und es gab keinerlei Gegenwehr.«

»Wir müssen es versuchen. Entweder vertreiben wir die Truppen des Kaisers, oder wir gehen dabei unter. Keinesfalls können wir die Stadt einfach aufgeben, das wäre das Eingeständnis unserer Niederlage.«

»Ich möchte bei dem Angriff dabei sein«, sagte Antonio.

»Das habe ich erwartet«, meinte Querini. »Ihr seid ein Mann der Tat.«

Ein Hauch von Argwohn stieg in Antonio auf. Ob Querini ahnte, dass er mehr Gründe hatte, nach Padua zu gehen, als die Soldaten des Kaisers von dort zu vertreiben? Von allen Orten, an denen Laura sich aufhalten konnte, war Padua der nächstliegende. Nicht nur geographisch, sondern auch von der Logik her. Vicenza und Padua waren die einzigen größeren Städte, die ohne Kampf der Liga zugefallen und somit dem behördlichen Einfluss der Serenissima entzogen waren. Dort würde Laura sich geschützt fühlen. Padua war besser und schneller zu erreichen, also war es so gut wie sicher, dass sie sich dort befand.

»Wie viele Männer habt Ihr noch unter Eurem Kommando stehen?«, wollte Querini wissen.

Antonio zuckte die Achseln. »Soweit sie nicht bei Agnadello gefallen sind, sind sie in alle Winde zerstreut. Mir blieb bisher keine Zeit, sie zu suchen.«

»Ich gebe Euch den Befehl über fünfzig Mann. Sie sind marschbereit. Ein wilder Haufen, zum Teil Arsenalotti, aber das Beste, was man in diesen schweren Zeiten noch ausheben konnte.«

»Ist das die Truppe, mit der Euer Sohn ziehen will?«

»Nein, Zuane befindet sich schon mit Gritti auf der Terraferma.« Querini zögerte. »Mir liegt an seinem Schutz. Daran, dass er heil wieder nach Hause kommt.«

»Ich verstehe.« Antonio machte sich klar, dass er soeben eine neue Aufgabe übernommen hatte – er sollte Zuane davor bewahren, beim Sturm auf Padua seinen Kopf zu verlieren. »Ich kann nichts versprechen«, erklärte er kühl.

»Wenn Ihr nur in seiner Nähe bleibt, würde mir das reichen.«

»Ich werde es versuchen.«

Querini nickte schweigend.

»Es gibt noch viel für mich zu erledigen, bevor ich aufbreche.« Antonio schickte sich an, den Raum zu verlassen. »Verzeiht, wenn ich nicht zum Essen bleibe.«

»Ich hoffe doch sehr, dass Ihr vorher Zeit findet, Euer neues Haus anzusehen.«

Antonio blickte Querini verblüfft an, und dieser lächelte breit. »Wenn Ihr noch eine kleine Weile wartet, bis ich mich präsentabel hergerichtet und ein paar Bissen zu mir genommen habe, wäre es mir ein Vergnügen, es Euch zu zeigen.«

Das Haus war tatsächlich perfekt. Bei der zweiten Besichtigung gefiel es Antonio sogar noch besser als beim ersten Mal. Vielleicht lag es daran, dass die Abendsonne die mit Fresken bemalte Fassade vergoldete, vielleicht aber auch daran, dass diesmal nicht Querini, sondern Raffaele bei ihm war, der seinen Gefühlen auf ganz ungewohnte Weise Ausdruck verlieh. Der Alte stand auf der Fondamenta, betrachtete den Palazzo – und kämpfte mit den Tränen. Es war keine der theatralischen Gesten, mit denen er sonst immer schnell bei der Hand war, sondern echte und tief empfundene Erschütterung. Der seit Agnadello gelähmte Arm hing schlaff herab, während Raffaele sich mit der anderen Hand über die Augen fuhr und nach Worten rang. Außer einem kurzen und trockenen Schluchzen brachte er jedoch nichts hervor. Stattdessen blieb er einfach dort stehen und schaute, als könne er es nicht glauben.

Antonio hielt mit der Hand das Amulett umklammert und fragte sich, ob er dem Alten davon erzählen sollte, dass er es damals nach dem Brand an sich gebracht hatte. Wenn überhaupt, so wäre jetzt der richtige Zeitpunkt dafür. Doch dann entschied er, nicht darüber zu sprechen. Das Ziel war erreicht, der Handel erfüllt. Er hatte die Wette gewonnen und trug nun das Blut Christi zu Recht. Raffaele würde all das von ihm bekommen, was er ihm versprochen hatte, und so konnten beide Seiten zufrieden sein.

Antonio war froh, dass er Raffaele am Nachmittag nicht mit hierher genommen hatte. Querini hätte von alledem vermutlich nichts verstanden und dem Alten diese Aufwallung von Sentimentalität womöglich als Geistesverwirrung ausgelegt.

Antonio verstand sich ja nicht einmal selbst vollständig. Die Besessenheit, mit der er jahrelang nach einem solchen Besitz gestrebt hatte, war zum Ende hin abgeflacht, und während der letzten Wochen, die er in Gefangenschaft zugebracht hatte, war er zu der Überzeugung gelangt, dass es weit Wichtigeres im Leben gab als ein vornehmes Haus. Auch Raffaele, das wusste er sicher, war weniger an dem Haus als solchem interessiert, sondern eher an dem Schutz, den es ihm bot. Genauer, an dem Schutz, den der Eigentümer dieses Hauses gewährleistete. Eine unverrückbare, Stein gewordene Sicherheit, einen von festen Mauern umfriedeten Hort für seinen Lebensabend. Raffaele würde nie wieder kämpfen können, und für die Bühne taugte er mit dem verkrüppelten Arm auch nicht mehr viel. Er war mehr denn je darauf angewiesen, dass Antonio sich um ihn kümmerte, und Antonio war mehr denn je dazu bereit. Mit der Reliquie, die er immer noch um den Hals trug, hatte das nichts tun. Raffaele hatte ihm sehr viel mehr gegeben als das Blut Christi.

Voller Stolz betrachtete Antonio sein neues Heim. Die massiven Mauern, die kunstvoll gedrechselten Säulen der Loggia, den eleganten Schwung der Arkaden vor dem Wassertor. Die Fenster waren noch ziemlich neu, mit farbigen Glaseinsätzen von Künstlern aus Murano, und auch die Altana war erst vor wenigen Jahren gezimmert worden, als das Dach nach einem Brand neu gedeckt worden war.

»Gefällt es dir?«, fragte er den Alten.

Raffaele nickte voller Inbrunst. »Es ist … schön. Ähm, sogar die Bilder.«

Antonio lachte. »Das sagst du nur so! Das Haus selbst ist ein Glücksgriff, das ist wohl wahr. Aber die Bilder … Nun ja, hier schweigt des Sängers Höflichkeit. Von Kunst verstehe ich nicht viel, aber dass diese Fresken scheußlich sind, sieht ein jeder.«

Das hatte er bereits auf den ersten Blick festgestellt, schon bevor Querini sich, als er ihm das Haus am späten Nachmittag gezeigt hatte, wortreich für die wenig ansprechende Fassadenmalerei entschuldigt hatte: »Über die Bilder müsst Ihr hinwegsehen. Früher gab es hier sehr viel bessere, aber sie wurden durch ein Feuer beschädigt und dann übermalt. Doch Schnitt und Lage des Hauses machen diese miserablen Kunstwerke mehr als wett, ich hoffe, Ihr stimmt mir darin zu.«

Antonio hatte das ebenso beurteilt wie Querini. Bei nächster Gelegenheit würde er einen wirklich guten Freskenmaler mit neuen Bildern beauftragen, vielleicht sogar schon vor seinem Aufbruch nach Padua. Querini hatte ihm einen jungen Künstler empfohlen, mit dem sein Sohn befreundet war, Tiziano Vecellio, der auch die Landseite des neuen Fondaco dei Tedeschi bemalt hatte.

»Lass uns reingehen«, meinte Antonio. Er zog die Schlüssel aus der Gürteltasche und ging voraus zum landseitigen Eingang des Anbaus, den er Raffaele zuerst zeigen wollte.

»Da drin sind nämlich noch ein paar wirklich gute Fresken erhalten geblieben, die will ich dir nicht vorenthalten.«

»Was ist mit den Leuten, die hier vorher gewohnt haben?«, wollte Raffaele wissen. Die Tränen waren nach der ersten Rührung versiegt, sein Gesichtsausdruck zeigte neben seiner deutlich erkennbaren Dankbarkeit wieder die gewohnte Neugier. Er blieb stehen und schaute sich um. »Lange können sie noch nicht fort sein, wie mir scheint.«

»Querini sagte mir, dass die letzten Eigentümer erst vorige Woche ausgezogen sind.« Antonio tippte mit den Fingerspitzen gegen eine hölzerne Truhe. Sie stand aufgeklappt an einer der Wände und war leer bis auf eine vergessene Spindel, an der noch ein Wollfaden hing. In einer Ecke lag ein Schemel, von dem ein Bein abgebrochen war, in einer anderen ein lederner Ball, mit dem vermutlich noch vor kurzem ein Junge gespielt hatte. Alles wirkte so, als sei der Aufbruch in aller Eile vonstattengegangen.

»Wer hat das Anwesen bewohnt?«

»Die Witwe eines Kaufmanns. Der jüngste ihrer Söhne lebte noch bei ihr, ein anderer ist als Lehrling in einer Anstellung. Zwei andere Söhne sind gestorben, einer davon erst vor kurzem. Auch ihr Mann starb im letzten Jahr. Querini sagte, das Haus wäre der Frau zu groß und zu teuer geworden.«

»Sie hätte das Hauptgebäude veräußern und in den Anbau ziehen können«, meinte Raffaele. »Den Durchbruch hier hätte man doch einfach zumauern können.« Er deutete auf die offen stehende Tür, die den hinteren Erdgeschossraum mit dem Andron des Palazzo verband.

»Das war auch mein Gedanke«, sagte Antonio, während er durch die Küche zur Außentreppe ging, die in das Obergeschoss des Anbaus führte. Achselzuckend fügte er hinzu: »Querini sagte jedoch, die Frau hätte kein Interesse mehr an dem Haus gehabt, schon gar nicht an dem Anbau.« Er machte sich daran, die Stiege zu erklimmen.

»Warum nicht?« Raffaele folgte ihm nach oben.

»Ich weiß nicht. Querini zufolge hat sie etwas Komisches gesagt. Sie meinte, der Löwe hätte hier ihre Söhne gefressen, aus Rache für die Entrechteten.«

Sie gelangten in eine Schlafkammer, die bis auf ein kleines hölzernes Schaukelpferd leer geräumt war. Ein Durchgang führte in eine weitere Kammer, die zum Kanal hin gelegen war. Das

Fenster stand offen, Antonio selbst hatte es vor zwei Stunden, als er mit Querini hier gewesen war, geöffnet und den Ausblick über das Wasser und auf die gegenüberliegende malerische Kirche genossen.

»Kann es sein, dass sie nicht ganz bei Verstand war?«, fragte Raffaele. »Welchen Löwen meinte sie?«

»Ich kann es nur vermuten.« Antonio setzte sich auf die unter dem Fenster in die Wand eingelassene Bank und streckte die Beine aus, während er auf die Wand hinter Raffaele deutete. »Vielleicht diesen da.«

Raffaele folgte seiner Blickrichtung und drehte sich um.

Ein Fresko zierte die Wand. Auf den ersten Blick war zu erkennen, dass es nicht von dem Maler stammte, der die Außenwände bemalt hatte, denn es war so kunstfertig ausgeführt, wie man es selten sah. Das Bild zeigte einen Löwen. In majestätischer Pose stand er da, mit bernsteinfunkelndem Blick, die Mähne eine helle Lohe unter einer unsichtbaren Sonne, die Wand und Decke wie von innen heraus zum Leuchten brachte. Mächtige Tatzen und ein peitschender Schweif ließen ihn aussehen, als befände er sich auf dem Sprung, ein Eindruck, der von den ausgebreiteten Schwingen noch verstärkt wurde. Über ihnen an der Zimmerdecke spannte sich ein lapislazuliblauer Himmel mit funkelnden Sternen.

Raffaele stand starr. »Das ist … fantastisch!«

Antonio nickte langsam.

Der Löwe schien auf eine solche Reaktion gewartet zu haben. Ehrfurcht gebietend und freundlich zugleich lächelte er ihnen von der Wand herab zu.

Antonio ließ seine Gondel gegen die Fondamenta treiben und vertäute sie an einem der aus dem Wasser ragenden Holzpfähle, bevor er über die flachen Steinstufen an Land stieg.

Das Haus, in dem Valeria Hof hielt, war aus rotem Veroneser Kalkstein erbaut. Es war mit antiken griechischen Säulen verziert, die der Baumeister bei der Errichtung der Fassade angestückelt hatte, so wie es bei vielen venezianischen Gebäuden üblich war. Vielfach wurden von antiken Fundstätten wertvolle Teile entfernt, um als teures Beiwerk an den Häusern der Patrizier und reichen Kaufleute der Serenissima neue Verwendung zu finden, so wie am Hause der Kurtisane Valeria.

Säulen aus grünem Porphyr schmückten die Loggia und werteten die schmalen Brüstungen auf. Platten aus demselben Material waren im Mauerwerk der Fassade eingelassen, mit einem Wappen, das vor kurzem erst unkenntlich gemacht worden war. Hier war sichtbar Cattaneos Handschrift ausgelöscht worden.

Antonio gestattete sich ein zynisches Lächeln, als im Licht der Fackeln, die entlang der Fondamenta aufgereiht standen, erkennbar wurde, wie radikal das eingeschnitzte Wappen zerschlagen worden war. Die Meißelhiebe hatten sogar einen Teil der umliegenden Ziegel beschädigt. Es sollte ihn nicht wundern, wenn Valeria persönlich hier Hand angelegt hätte.

»Meine Herrin erwartet Euch«, sagte das Mädchen, das ihm auf sein Klopfen hin die Pforte aufgetan und seine Ankunft gemeldet hatte. Sie war so gekleidet, wie ein Besucher dieses Hauses es erwarten durfte, mit einem dünnen Seidenfähnchen, das kaum den Busen bedeckte und auch die Umrisse des übrigen Körpers mehr sehen als ahnen ließ. Die Kleine war kaum vierzehn und hatte rabenschwarzes, bis zur Hüfte reichendes Haar. Sie winkte ihn zur Treppe durch und räkelte sich anschließend auf einem Diwan, vermutlich in Erwartung der nächsten Kunden.

Oben im Portego war eine Feier im Gange; Antonio hatte die Musik schon unten auf der Gasse hören können. Ein Mann schlug die Leier, eine junge Frau spielte auf der Flöte und eine weitere betätigte in flottem Takt die Zimbeln. Zwei blonde Frauen hüpften zu der Melodie im Kreis herum, die anmutigen Bewegungen untermalt vom Schweben ihrer bunten Seidenschleier. Auf Sesseln und Liegesofas lagerten ein knappes Dutzend Männer, die sich von leicht geschürzten Mädchen liebkosen und mit Leckerbissen füttern ließen. Ein Diener ging herum und servierte Getränke.

Antonio ließ seine Blicke durch den von Kerzenlicht erhellten Raum schweifen. Eine der tanzenden hellhaarigen Frauen entpuppte sich bei näherem Hinsehen als Valeria. Als sie Antonio sah, hörte sie auf zu tanzen und kam auf ihn zu.

»Wie schön, dass du heil und gesund zurück bist!« Ihr Lächeln wirkte glücklich, doch Antonio meinte hinter dem Ausdruck von Freude auch eine gewisse Gequältheit wahrzunehmen, und er ahnte den Grund für ihre Probleme.

Sie nahm seine Hände, und dann schloss sie ihn kurzerhand in die Arme. Flüchtig erwiderte er ihre Umarmung, wobei er sich fragte, welche Ziele sie wohl damit verfolgte. Noch nie hatte sie einem Mann ihre Zuneigung, geschweige denn echte Herzlichkeit gewährt, ohne dafür eine Gegenleistung zu erwarten – abgesehen natürlich von Carlo, der immer schon eine besondere Rolle in ihrem Leben gespielt hatte.

»Lass uns nach nebenan gehen, da können wir besser reden. Hier ist es viel zu laut.« Sie zog ihn hinüber zu ihrem Schlafgemach, wo es weitere Sitzgelegenheiten gab und wo, wie es in Gemächern dieser Art üblich war, auch größere Tafelrunden abgehalten wurden. Im Augenblick wurde der ausladende Speisetisch jedoch zweckentfremdet. Eines von Valerias Mädchen lag mit hochgeschlagenen Röcken und gespreizten Beinen rücklings darauf, das Hinterteil bis zur Tischkante vorgeschoben, und zwischen ihren Schenkeln stand einer der Besucher, der sich mit pumpenden Bewegungen seiner Hüften einem nicht mehr allzu weit entfernten Höhepunkt entgegenkämpfte.

Das Mädchen sah sie in der Tür stehen und grinste ihnen zu, während sie gleichzeitig spitze Schreie ausstieß und so tat, als empfinde sie höchstes Vergnügen an den Bemühungen ihres Freiers.

Gleich darauf kam der Mann zum Ende und trat ermattet zurück. Als er bemerkte, dass er beobachtet worden war, verzog er in einer seltsamen Mischung aus Ärger und Befriedigung das

Gesicht. Antonio sah zu seiner Überraschung, dass es sich um Bartolomeo handelte, Marcello Querinis Adjutanten. Er trug trotz der Wärme seine Handschuhe, und zum ersten Mal fiel es Antonio auf, dass er den Mann bisher noch nie ohne diese fein gewalkten Saffianhandschuhe gesehen hatte.

Valeria scheuchte das Mädchen aus dem Zimmer, ebenso wie ein weiteres Paar, das sich auf dem Bett miteinander vergnügt hatte. Bartolomeo folgte den anderen hinaus in den Portego, wobei er Antonio über die Schulter hinweg einen abwägenden Blick zuwarf. Antonio meinte, in den Augen des Mannes leisen Hohn zu erkennen, doch das mochte auch eine Täuschung sein, bedingt durch das unzulängliche Licht der Kerzen.

»Wer war der Mann?«, fragte er, sich unwissend gebend.

»Querinis Kämmerer«, sagte Valeria. »Du musst ihn schon gesehen haben, denn meist weicht er seinem Herrn kaum von der Seite.«

»Mag sein. Ich wusste allerdings nicht, dass auch er zu dir kommt.«

Sie zuckte die Achseln. »Manchmal kommen sie zu zweit, manchmal einzeln. Welche Rolle spielt es schon. Sie holen sich, was sie wollen, und meist brauchen sie nicht lange dazu. Du hast es ja eben gesehen.«

»Er hatte seine Handschuhe nicht abgelegt.«

Abermals hob sie die Schultern, es schien sie nicht zu interessieren. »Vielleicht hat er einen üblen Ausschlag. Oder einen Sauberkeitswahn. Du ahnst nicht, wie verdreht manche Männer sind, mein Lieber.«

»Ich vergaß. Du musst dank Cattaneo auf diesem Gebiet mehr Erfahrung haben als alle Kurtisanen der Stadt zusammen.«

Ihr Gesicht verschloss sich. »Bist du gekommen, um mir meine Zeit mit ihm vorzuhalten? Ich dachte, es wäre klar, wie ich jetzt zu ihm stehe.«

»Ist es das wirklich?«

»Was willst du damit sagen?« Mit angriffslustig vorgeschobenem Kinn starrte sie ihn an.

Antonio dachte an das zerschlagene Wappen draußen an der Fassade, aber gleichzeitig erkannte er die Furcht in ihren Augen. Sie hatte immer noch Angst vor Cattaneo, vielleicht aber auch vor sich selbst, weil sie nicht wusste, was sie tun würde, wenn er wieder auftauchte.

Antonio hatte ihr all die Geschichten erzählt, die er gehört hatte. Sie hatte ihm geglaubt. Wie auch anders, nach allem, was sie vorher schon über Cattaneo gewusst hatte? Ihr Abscheu und ihr Wille, ihn loszuwerden, waren von allen Seiten unterstützt worden, vor allem von Antonio und Querini.

Natürlich waren es nur Gerüchte, nichts weiter als Hörensagen, doch das hatte gereicht. All die verschwundenen Kleinkinder, meist Waisen oder unerwünschter Nachwuchs von Huren, die gleichzeitig vermisst wurden, manchmal mehrere in einem Monat. Bis die Behörden misstrauisch wurden und Ermittlungen aufnahmen, ungeachtet dessen, dass diese erbärmlichen Geschöpfe in aller Regel kaum jemanden hatten, der ihnen nachweinte. Es war von Hexensabbaten die Rede und von heidnischen Opferfesten, und vereinzelt wurde Cattaneos Name genannt. Man hatte ihn sogar einmal aufgesucht und ihn dazu befragt, doch es gab keine Beweise, nichts, was unmittelbar auf ihn hingedeutet hätte. Allerdings hatte es danach keine weiteren solcher Vorkommnisse gegeben, bis auf gelegentliche, sehr seltene Fälle, deren Überprüfung den *Signori di Notte* nicht dringlich genug erschien.

Valeria riss Antonio aus seinen Gedanken. »Warum bist du hier? Für ein schnelles Vergnügen? Wen willst du? Mich? Eines meiner Mädchen? Ich habe sogar eine Jungfrau im Angebot, Celia. Du hast sie bestimmt unten an der Tür gesehen, es ist die mit den schwarzen Haaren. Ich weiß doch, dass du die unverbrauchten am meisten liebst.« Ihr Gesicht hatte sich zu einem spöttischen Lächeln verzogen.

Der Hauch von Boshaftigkeit, der von ihr ausging, war kaum zu spüren, doch es war genug, um Antonio instinktiv einen Schritt zurücktreten zu lassen. Im schimmernden Licht der Kerzen ließ die dünne Seide ihres Gewandes jede Kontur ihres Körpers durchscheinen. Das Haar fiel ihr wie ein Wasserfall über die bloßen Schultern und Arme, und ihre Augen leuchteten so unwirklich hell wie von der Sonne bestrahlte Saphire. Sie war so schön wie nie zuvor.

Kalte Wut hatte ihn erfasst, doch nicht nur auf sie, sondern vornehmlich auf sich selbst, weil er sie begehrte. Die Empfindung war nicht annähernd so machtvoll wie zu der Zeit, als er noch ein junger Bursche von dreizehn gewesen war, nicht einmal so drängend wie damals an dem Theaterabend, als sie mit Cattaneo im Publikum gewesen war, oder wie in jener Nacht, als er sie dann tatsächlich einmal besessen hatte. Im Grunde war es nur ein schwacher Nachhall seiner Begierde von früher, nicht wirklich ernst zu nehmen. Doch sie spürte es sofort und trat auf ihn zu. Eine Hand auf seinen Arm gelegt schaute sie unergründlich zu ihm auf. »Du hattest lange keine Frau, ich merke das. Wenn du mich brauchst – ich bin für dich da.«

»Ein rascher Akt der Gnade, wie? Genau wie damals, als du dich meiner erbarmtest.« Er lachte, doch es klang widerwillig und wütend, gerade so, wie er sich fühlte.

Verärgert ließ sie ihn los. »Du meinst, ich sei außerstande, Zuneigung zu empfinden, nicht wahr? Aber du täuschst dich! Ich gab mich dir hin, weil ich dich mochte und weil du ein Freund aus meiner Jugend warst.«

»Bei mir lag es daran, dass ich fünfzehn Jahre alt und sturzbetrunken war«, gab er voller Sarkasmus zurück.

Er erwartete, dass sie wütend wurde, doch zu seiner Überraschung lächelte sie nur. »Das ist mir klar«, sagte sie. »Ich war nur ein weiblicher Körper für dich. Der erste, das weiß ich wohl, aber eben nur ein Körper. Es hätte jede beliebige Frau sein können, doch zufällig war es mein Boot, auf das du an diesem Abend gestolpert bist.« Mit kalkulierter Nachdenklichkeit meinte sie: »Nur gut, dass ich es Giacomo nie erzählt habe. Er hätte sonst einen Grund mehr gehabt, dich zu töten.«

»Und Carlo? Hast du es ihm je gesagt?«

»Nein.« Sie wirkte entschlossen. »Er muss es auch nicht wissen.«

»Genauso wenig wie Laura. Darüber besteht zwischen uns Einigkeit, oder?«

Sie nickte, und im Kerzenlicht ihres nach Parfüm, eben vergossenem Samen und schalem Wein riechenden Gemachs besiegelten sie mit einem kurzen Blick erneut die stillschweigende Übereinkunft, die sie in diesem Punkt schon vor Jahren getroffen hatten. Jenes eine Mal war ein Irrtum gewesen. Eine Dummheit, von der niemand sonst erfahren musste.

»Warum bist du wirklich hier?«, wollte sie wissen.

»Zum einen, um mich nach Carlo zu erkundigen. Wo ist er?«

Damit hatte er einen wunden Punkt bei ihr berührt, wie er sofort merkte. Ihre Züge drückten eine seltsame Mischung aus Wut und Sehnsucht aus. »Keine Ahnung«, erwiderte sie knapp. »Ich habe ihn schon seit Wochen nicht gesehen. Er führt sein eigenes Leben.«

Antonio musterte sie. »Zu dem du nicht unbedingt gehörst, was?«

Sie wandte sich brüsk von ihm ab und ging zum Kamin, wo sie einen Handspiegel vom Sims nahm und so tat, als prüfe sie ihr Äußeres. Dann, als gehöre das zu einem festgelegten Ritual, ergriff sie einen Kamm und zog ihn sich durchs Haar, langsam und gleichmäßig, so wie damals, als sie noch zusammen in einer Kammer gehaust hatten.

Er wählte seine nächsten Worte sorgfältig. »Ich werde so bald wie möglich nach ihm sehen, das verspreche ich. Wenn es in meiner Macht steht, sorge ich dafür, dass ihm kein Leid geschieht. Darauf hast du mein Wort.«

Sie gab keine Antwort, aber die Art, wie ihre Schultern sich bei seinen Worten entspannten, zeigte ihm, dass sie erleichtert und dankbar war – unerlässliche Voraussetzung dafür, dass sie sich seinem zweiten Anliegen gegenüber zugänglich zeigte. Er nutzte den Vorteil, ohne zu zögern.

»Ich bin auch aus einem anderen Grund hier«, sagte er. »Ich muss mehr über Querini erfahren. Sein Wesen, seine Motive. Alles, was du weißt oder herausbringen kannst.«

»Warum?«, fragte sie, ohne mit dem Kämmen aufzuhören.

»Weil ich glaube, dass er ein ganz bestimmtes Spiel spielt.«

»Ein Spiel? Was für ein Spiel?«

»Eines, bei dem wir alle nur Figuren sind.«

»Soll das heißen …« Sie sprach die Frage nicht aus, doch er beantwortete sie trotzdem.

»Ganz recht. Ich traue ihm nicht.«

Carlo stand im Mondlicht auf einem der Hügel, die das Anwesen umgaben. Unter seinen nackten Fußsohlen knisterte das Gras, und das Singen der Zikaden brachte die Nacht zum Vibrieren.

Die Luft war lau, es war nach dem Sonnenuntergang kaum ein Hauch von Kühle aufgekommen.

Er strich seit dem Aufgang des Mondes durch das Gras und zwischen den Bäumen hindurch, die Geräusche und Gerüche der Nacht inhalierend wie früher, als er noch ein Knabe gewesen war. Überraschend leicht hatte er sich in die Rolle des nächtlichen Jägers eingefunden, es hatte dazu nicht mehr gebraucht als das diffuse Licht des Mondes, den Wind und die Weite des Landes. Und natürlich den Speer, der perfekt ausbalanciert in seiner Hand lag, die Spitze tödlich scharf geschliffen, und der Schaft an der Stelle, wo seine Finger anlagen, mit einer geschnitzten Wölbung für besseren Halt versehen.

Er war nackt. Seinen Körper hatte er mit Pflanzensaft und Lehm eingerieben, damit er wie die Erde roch, auf der er lief. Keine Spur von Schweiß oder sonstiger menschlicher Ausdünstung sollte ihn seinem Feind verraten.

Der Feind war nicht weit entfernt, Carlo konnte seine Rachsucht und seine Furcht spüren. Beides schien durch die Nacht zu schweben wie der Gesang der Zikaden. Der Portugiese hielt sich in den Hügeln verborgen, und er wartete auf seine Gelegenheit.

Unten in der Nähe des Hauses lauerte Cattaneo, wie Carlo sehr wohl wusste. Giacomo würde sich diese Jagd nicht entgehen lassen, wenngleich er zu viel Angst hatte, sie aus nächster Nähe zu verfolgen. Der Portugiese hätte zweifellos keinen Moment gezögert, seinen Peiniger aus dem Hinterhalt zu erledigen. Statt mit Fackeln über die Hügel zu streifen, musste Cattaneo sich folglich damit begnügen, im Dunkeln auszuharren und sich auf die Geräusche zu konzentrieren, vielleicht in der Hoffnung, einen Schrei oder den Lärm eines Waffengangs zu hören und später die erlegte Beute zu betrachten.

Natürlich war der Portugiese bewaffnet, sonst wäre es keine richtige Jagd gewesen. Carlo hatte sich davon überzeugt, er hatte beobachtet, wie Giacomo und sein Diener Silvio den ehemaligen Sklavenhändler bei Einbruch der Dämmerung aus dem Bretterverschlag geholt und ihn fortgescheucht hatten, nackt, so wie Carlo es in seiner Botschaft gefordert hatte, aber bis an die Zähne bewaffnet, mit allem, was er sich vorher ausgesucht hatte. Carlo hatte einen Degen an seinem Hüftgurt gesehen, außerdem eine Armbrust und einen Dolch. In dem Bündel, das über seiner Schulter hing, trug er vermutlich eine Arkebuse mit sich. Und er war gut genährt, auch darauf hatte Carlo bestanden, als er im vergangenen Monat die Botschaft geschickt hatte.

Der Handel, um den es ging, war einfach. Töten oder getötet werden in der Nacht des vollen Mondes. Der Portugiese hätte versuchen können, sich davonzumachen, doch vermutlich wusste er, dass er nicht weit käme, wenn er sich nicht an den Handel hielt. Im Süden lag das Meer, und im Norden standen die Truppen der Liga. Bevor der Portugiese, der mit seiner Zunge auch die Sprache verloren hatte, einem Wachtposten hätte erklären können, wer er war, wäre er ohne jede Frage tot gewesen.

Während Carlo sich lautlos durch das Gelände bewegte, erinnerte er sich an die vielen dunklen Stunden, die er in der

Kabine des Sklavenhändlers zugebracht hatte. An den Geruch des ungewaschenen Männerkörpers, an die rohe Gewalt, die Schmerzen und an die Scham. Während all dieser Vorkommnisse hatte sein Vater unten im Bauch des Schiffes gehockt, gefesselt und dazu verdammt, den passenden Moment abzuwarten.

Vielleicht war das Sinn und Zweck des Ganzen, sinnierte Carlo, während er in äußerster Anspannung auf seine Umgebung lauschte. Zu warten, bis der richtige Augenblick kam.

Er selbst hatte lange gewartet, auch auf das hier.

Ob auch Giacomo darauf wartete, dass sich ihr gemeinsames Schicksal entschied? Irgendwann würde es dazu kommen, das wussten sie beide. Doch die Zeit war noch nicht reif.

Alles hat seine Zeit, und jegliches Vornehmen unter dem Himmel seine Stunde … Töten hat seine Zeit, und Heilen hat seine Zeit …

O ja, sie hatten Worte dafür, die treffender nicht hätten sein können, niedergelegt von den Chronisten ihrer Religion, im Buch aller Bücher.

Was hat nun der, welcher solches tut, für einen Gewinn bei dem, womit er sich abmüht?

War es wirklich so, wie es in der Bibel stand? War die Rache nicht mehr als das? Eine Plage unter vielen anderen, die Gott den Menschen auferlegt hatte, damit ihr Leben im Diesseits zur Mühsal wurde?

Carlo umrundete ein Wäldchen, das sich vor ihm aus der Dunkelheit erhob, ein Hort voller Schatten und Geräusche. Witternd blieb er an der südlichen Seite der Baumgruppe stehen. Er wandte den Kopf langsam hin und her, die Nasenflügel gebläht. Er hatte den Portugiesen gerochen. Ekel stieg in ihm auf, denn der Geruch war ähnlich wie damals vor vielen Jahren, untrennbar mit den Qualen verbunden, die er durchlitten hatte, ein Gestank nach Gier auf der einen und Niederlage auf der anderen Seite.

Ein Knacken schräg hinter ihm ließ ihn herumfahren, doch es war nur ein Tier, das sich den Weg aus dem Unterholz ins Freie bahnte, vermutlich ein Hase oder ein Fuchs.

Rasch lief er weiter, den Speer erhoben und das Gesicht dem Wald zugewandt. Er wusste, dass er jetzt scheinbar im Nachteil war, denn seine Silhouette war im Licht des Vollmonds deutlich erkennbar, während der Mann, der sich hinter den Bäumen verbarg, nicht gesehen werden konnte.

Doch dafür gab es Gerüche, und davon mehr, als er brauchte, allen voran Schießpulver und Angstschweiß. Also würde der Portugiese versuchen, ihn zu erschießen, und für den Fall, dass er ihn nicht traf, hielt er vermutlich als Nächstes die Armbrust bereit.

Der Sklavenhändler musste ganz in der Nähe sein. Er hatte sich eine gute Stelle ausgesucht, um den Jäger zu jagen. Langsam kauerte Carlo sich auf die Fersen nieder, um in dieser Haltung zu absoluter Reglosigkeit zu erstarren und zu lauschen. Und zu warten.

Als schließlich der Angriff erfolgte, war es kaum eine Überraschung. Im Gegenteil, es erschien Carlo auf eine Weise vorhersehbar und folgerichtig, dass es dem Ganzen einen schalen Beigeschmack verlieh.

Zuerst war ein Rascheln zu hören, dann das Knacken von Zweigen sowie ein leise schabendes Geräusch, welches darauf hindeutete, dass der Portugiese eine günstige Position zum Schuss suchte.

Gleichzeitig mit dem Krachen des Schießpulvers ließ Carlo sich zur Seite fallen, und die Kugel pflügte an der Stelle ins Erdreich, wo er eben noch gehockt hatte.

Der Portugiese stürzte hinter einem Baum hervor, die Armbrust bereits im Anschlag. Carlo rollte sich herum, und der Bolzen pfiff nur eine Handbreit von seinem Gesicht entfernt vorbei. Dann war der Portugiese nur noch drei Schritte weit von ihm entfernt, den Degen in der Faust.

Carlo ließ ihm die Zeit zum Ausholen, bevor er sich abermals zur Seite warf und gleichzeitig mit einer federnden Bewegung auf die Füße sprang. Ein zischendes Geräusch war zu hören, als sein Speer die beiden Armlängen Entfernung überwand, die ihn noch von dem Angreifer trennten. Die Spitze glitt in den Leib des Portugiesen, in Höhe des Nabels, mit solcher Wucht, dass sie am anderen Ende wieder hinausgefahren wäre, hätte nicht die Wirbelsäule Widerstand geboten.

Ein erstaunter Ausdruck trat auf das Gesicht des Portugiesen, während er schwankend stehen blieb, nur gehalten von dem Speer, der in seinem Bauch steckte. Carlo riss die Waffe mit einem harten Ruck heraus und schaute stumm zu, wie sein Widersacher in die Knie sackte, beide Hände an der Wunde. Eine obszön glänzende Darmschlinge quoll zwischen den Fingern des Portugiesen hervor. Er versuchte, etwas zu sagen, doch aus seinem zungenlosen Mund drang nur ein unverständliches Lallen.

Ein Stück hangabwärts war Fackellicht zu sehen. Es näherte sich schwankend und stetig, und im flackernden Widerschein des brennenden Holzes war Cattaneo zu erkennen, der gemeinsam mit Silvio den Hügel heraufkam. Carlo verzog das Gesicht und trat einen Schritt von dem Portugiesen zurück, bereit, mit wenigen Sätzen in der Dunkelheit zu verschwinden. Der Sklavenhändler warf ihm von unten herauf einen flehenden Blick zu. Wahrscheinlich ahnte er, was ihm blühte, wenn Carlo ihn hier liegen ließ. Mit einer Bauchwunde wie dieser würde der Mann sicher sterben, aber es mochte noch Tage dauern, bis es so weit war, und Cattaneo hatte sich bereits als äußerst erfindungsreich erwiesen, was das Zufügen und Verlängern von Leid betraf.

Carlo zog den Dolch aus dem Messergurt des Portugiesen, packte den Mann beim Schopf und schnitt ihm mit einer raschen Bewegung die Kehle durch.

Was hat nun der, welcher solches tut, für einen Gewinn bei dem, womit er sich abmüht?

Bitterkeit und Abscheu mischten sich in die Genugtuung und vergällten das Gefühl des Sieges. Nur für die Dauer weniger Herzschläge schaute er zu, wie der Sklavenhändler an seinem Blut erstickte, dann wandte er sich ab und lief leichtfüßig durch die Dunkelheit davon.

Der erste Verkaufstag wurde zu einem durchschlagenden Erfolg. Sie postierten sich mit einem Stand auf dem Marktplatz, und binnen weniger Stunden hatten sie bereits so viel eingenommen wie in zwei vollen Wochen davor.

Bereits nach kurzer Zeit zeigte sich, dass es eine weise Entscheidung gewesen war, einen Leibwächter einzustellen, denn der Stand lockte zahlreiche Soldaten an, von denen der eine oder andere bereits betrunken war, obwohl es gerade erst zur Terz geläutet hatte. Lauras und Veronicas Anwesenheit bei dem Stand brachte die Männer nicht nur dazu, in erfreulichen Mengen das Potenzmittel zu kaufen, sondern ermunterte sie auch zu obszönen Bemerkungen und sogar zu dreistem Grapschen, was wiederum dazu führte, dass Orso mehr als einmal eingreifen musste. Meist reichte es, wenn er mit einem drohenden Blick vortrat, doch ein paar Mal musste er auch handgreiflich werden. Einen sturzbetrunkenen Deutschen, der sich anders nicht verscheuchen lassen wollte, vertrieb er mit dem Messer, das er dem Mann nachdrücklich vor die Nase hielt. Einen anderen packte er beim Kragen und hob ihn um eine halbe Armlänge vom Boden hoch, um ihm auf Augenhöhe ins Gesicht schauen zu können. Ein paar deutliche Worte, die Orso ihm ins Ohr zischte, reichten, um den Mann dazu zu bringen, sich stolpernd, aber hastig davonzumachen.

Silvano bekam von alledem nichts mit. Der alte Apotheker war in einen wahren Verkaufstaumel geraten. Wieselflink von einer Ecke des Platzes zur anderen laufend, pries er mit überkippender Stimme das Stärkungsmittel an, während ihm Barnabas hechelnd folgte und von Zeit zu Zeit in begeistertes Kläffen ausbrach.

»Kommt herüber, ihr Männer, an den Stand des Apothekers Silvano auf der Piazza delle Erbe! Wer von Euch wollte nicht einmal wieder von der Lust übermannt werden, jener männlichen Begierde, die der wahren Krone der Schöpfung, nämlich dem Manne, gebührt! Lust in ihrer ureigensten Form! Wer wollte nicht lieber Hengst statt Wallach sein! Lieber Stier als Ochse!

Greift zu, ihr Männer! Kauft dieses einmalige Mittel, das Euch die verlorene Mannhaftigkeit zurückgibt, auf dass Ihr wieder Eurem Weibe beiwohnen könnt, wie es von Gott gewollt ist! Holt Euch Eure Zeugungskraft zurück, Eure Männlichkeit! Ein paar Münzen nur für ein Tiegelchen, und Ihr könnt wieder ganze Kerle sein, vor allem dann, wenn es darauf ankommt!«

Er machte seine Sache gut, fand Laura. Besser hätte sie selbst es nicht hinbekommen. Ein wenig störend empfand sie seine launig eingestreuten Bemerkungen über *die junge Gefährtin*, die er dank des neuen Mittels für sich gewonnen habe. Dabei warf er bezeichnende Blicke in ihre Richtung. Doch zum Glück brachte er dergleichen nur zum Einsatz, wenn jemand danach fragte, ob er denn die Wirksamkeit selbst ausprobiert habe.

Während Silvano als Ausrufer den Verkauf ankurbelte und Laura den Kunden die Waren gegen das vereinbarte Entgelt aushändigte, oblag es Veronica, mit lieblichem Lächeln den Käufern die Anwendung zu erklären.

»Nein, es ist nicht zum Schlucken, sondern zum Einreiben. Richtig, an eben jener Stelle, die durch das Mittel angeregt werden soll. Am besten, Ihr beginnt eine Stunde vor der erwünschten Wirkung damit, dann hilft es sicher. Oder Ihr lasst es von Eurem Weibe auftragen, das erhöht den Effekt sogar noch. Nein, ich stehe leider nicht für eine praktische Erprobung zur Verfügung, in diesem Punkt müsst Ihr schon auf den Apotheker vertrauen.«

Inmitten der anderen Marktstände entwickelte sich der Verkaufstisch des Apothekers bis zum Nachmittag zu einer kleinen Sensation am Platze. Von überallher strömten die Bürger herbei, um das Mittel zu erwerben, oder, wenn sie es schon nicht kauften, die Betreiber des Standes zu begaffen. Gegen Mittag rückten schließlich zwei Büttel an, um die gaffende Menge zu zerstreuen, doch bis dahin hatten Laura und Silvano so viel Geld eingenommen, dass sie sich um den weiteren Absatz keine Sorgen mehr machen mussten.

Silvano flitzte in regelmäßigen Abständen zu Orso, der die Tageseinnahmen in einer Geldkatze an seinem Gürtel sammelte, direkt neben seinem Furcht einflößenden Schwertgehenk. Immer wieder vergewisserte sich der alte Apotheker, dass es wirklich so viele Münzen waren, wie es ihm dank des regen Absatzes vorkam, und mit Tränen in den Augen sagte er schließlich zu Laura. »Gott segne Euch, mein Kind! Euch hat mir der Himmel gesandt! Es kann nur ein Fingerzeig eines gnädigen Schicksals sein, dass mir diese Möglichkeit eröffnet wurde, damit ich endlich über die nötigen Mittel verfüge, den Stein der Weisen zu finden!«

Nach der Mittagsstunde stellten sie den Verkauf ein, weil ihnen die Tiegel ausgegangen waren. Ihr Entschluss, gleich am nächsten Markttag auf der Piazza neue Ware anzubieten, stand bereits fest, als sie die Einnahmen teilten. Während Laura mit Hilfe von Veronica den Stand abbaute, rannte ihr Kompagnon zwischen den Passanten umher und informierte jeden, der sich in Hörweite aufhielt, dass es bis dahin das Mittel selbstverständlich auch in seinem Laden zu kaufen gebe.

Nach getaner Arbeit holte er sich an einem der anderen Stände einen Humpen Wein, prostete seiner Teilhaberin glückselig lächelnd zu und machte sich schließlich auf den Heimweg, gefolgt von seinem Hund, der – vermutlich wegen des unverhofft ausgiebigen Auslaufs – ebenso zufrieden war wie sein Herr.

Laura und Veronica verließen gemeinsam mit ihrem Beschützer ebenfalls die Piazza, um zum Haus von Monna Josefa zurückzukehren. Orso trug das eingenommene Geld sicher an seinem Gürtel, und die Leute, die ihnen begegneten, wichen zumeist hastig zur Seite, sobald sie der muskelbepackten Gestalt ansichtig wurden. Es gab keinen Grund, sich zu fürchten. Dennoch fühlte Laura, wie sich in ihr das beklemmende Gefühl einer unausweichlichen Bedrohung breitmachte.

»Deine Arbeit hat sich wirklich gelohnt«, sagte Veronica.

»Ja, das stimmt«, sagte Laura geistesabwesend. »Aber auch du hast deinen Teil beigetragen. Allein hätte ich es nicht geschafft.«

»Wirklich?«

»Wirklich.«

»Dir beim Füllen der Tiegel zu helfen und den Leuten zu erklären, was man mit dem Zeug macht, war nichts Besonderes«, widersprach Veronica. Sie hielt inne, um kurz nachzudenken. »Aber meine Hilfe war sicherlich nicht minderwertiger als die Arbeit einer Zofe, oder?«

»Auf keinen Fall«, versicherte Laura ihr. »Eher im Gegenteil.«

»Es ist schön, dass du das sagst«, meinte Veronica. Beschwingt und mit leuchtenden Augen schritt sie neben Laura durch die Gassen, den Kopf stolz erhoben, während Laura sich mühte, das ihr wohlvertraute Gefühl nahenden Unheils zu ergründen. Sie spürte, dass etwas passieren würde, und sie wusste, dass dieses künftige Geschehen mit schwerer Gefahr für Leib und Leben der ihren und vor allem für sie selbst verbunden war.

»Du bist so still«, meinte Veronica nach einer Weile. »Freust du dich denn nicht über den guten Verkauf?«

»Doch«, sagte Laura wortkarg. Furcht lähmte ihre Gedanken, während sie gleichzeitig fieberhaft darauf sann, wie sie der Gefahr am besten entrinnen konnten.

»Du solltest dir ein neues Kleid kaufen«, fuhr Veronica fort. »Deine Garderobe wird allmählich zu eng. Wenn du willst, begleite ich dich zur Schneiderin. Ich habe von einer sehr guten gehört, man sagt, sie fertigt wunderschöne Kleider, ganz nach der neuesten Mode, viel schöner als die Sachen, die man derzeit in der Serenissima trägt.«

Als Laura nichts erwiderte, blickte Veronica sie erstaunt an. »Möchtest du kein neues Kleid?« Gleich darauf kicherte sie und beantwortete sich die Frage selbst. »Doch, natürlich willst du eines. Dir wird ja nichts anderes übrig bleiben, weil dir demnächst sowieso nichts mehr passt. Wenn ich bedenke, dass du noch in diesem Jahr Mutter werden wirst – ich kann es kaum glauben.«

Unwillkürlich legte Laura die Hand auf ihren Leib. Das Kind, dachte sie in jäh aufflackernder Panik. Ein Teil der Gefahr, die sie kommen sah, bezog sich auf das Kind, und plötzlich wusste sie, dass es nur einen Weg gab, um es zu retten.

Mansuetta war hocherfreut beim Anblick der Geldstücke, die Laura im Beisein Monna Josefas erneut zählte, um den Erfolg ihres neuen Unternehmens zu demonstrieren. »Ich hatte keinen Zweifel, dass es ein gutes Geschäft wäre«, sagte sie. »Aber dass es gleich so einschlagen würde – das hatte ich nicht vermutet.«

»Die Bedingungen waren ideal«, antwortete Laura, ebenso zerstreut wie vorhin während des Gesprächs mit Veronica. »Silvano hat sich selbst übertroffen. Er ist ein vorzüglicher Marktschreier.«

Veronica kicherte. »Mit einem riesigen Hund als Verstärkung.«

Mansuetta schüttelte den Kopf. »Wenn du nicht fast zwei Wochen Tag und Nacht geschuftet hättest, um die Salbe zu kochen, hätte Silvano noch so laut schreien und sein Hund noch so wild kläffen können – ihr hättet keinen einzigen Soldo eingenommen.«

»Eure Schwester ist wahrlich ein Ausbund an Tüchtigkeit«, sagte Monna Josefa beifällig. »Sie ist jeder Frau ein leuchtendes Beispiel und der lebende Beweis dafür, dass ein erfolgreiches Geschäft nicht allein Männern vorbehalten sein muss.« Mit einem sentimentalen Aufseufzen fügte sie hinzu: »Ah, wie sehr mich das an die früheren Zeiten erinnert, als ich selbst noch ein blühendes Gewerbe mein Eigen nannte!« Sie saß in ihrem Lehnstuhl am Fenster und hatte die Hände unter ihrem ausladenden Busen verschränkt. Das Haar hatte sie zu adretten Locken gedreht und seitlich aufgesteckt, und auf ihren Wangen lag wie immer ein Hauch von Schminke. Ihr Kleid war frisch gewaschen und geplättet, und um ihren Hals hing eine Kette aus Opalen. Seit Orso seinen Dienst angetreten hatte, zog sie sich jeden Tag so an, als erwartete sie Männerbesuch. Nun, da ihr früherer Leibwächter wieder draußen vor der Tür stand und das Haus bewachte, mochte es ihr vorkommen, als seien die alten Zeiten nicht mehr ganz so weit weg wie früher.

Weder Laura noch Mansuetta fragten nach der Art des früheren Gewerbes; mittlerweile wussten sie es ohnehin, denn Monna Josefa hatte es ihnen eines Abends beim Wein verschämt, aber nicht ohne einen gewissen Stolz auf ihre einstmalige Geschäftstüchtigkeit, gestanden. Gleichsam im Gegenzug hatte Laura ihre Vermieterin über ihren Zustand ins Bild gesetzt. Es hätte ohnehin nicht allzu lange gedauert, bis Monna Josefa es von selbst bemerkt hätte, ganz unabhängig davon, dass Laura bei jeder Mahlzeit den Appetit von drei ausgewachsenen Männern zeigte und ihre Gewänder ihr immer enger wurden.

Monna Josefa hatte mit Verständnis reagiert. »Kindchen, was glaubt Ihr denn, wo ich meine Augen habe? Ich habe es sofort gesehen, schon als Ihr das erste Mal vor mir standet. Glaubt mir, Ihr werdet eine gute Mutter sein, das erkenne ich schon aus der Ferne.« Mit versunkenen Blicken hatte sie hinzugefügt: »Ich selbst hatte auch zwei, müsst Ihr wissen. Leider wurden sie mir genommen, kaum dass sie auf der Welt waren. Doch ich weine noch heute um sie, nach all den vielen Jahren, und es vergeht kein Sonntag, an dem ich nicht für die armen kleinen Seelen bete.«

An diese Worte ihrer Vermieterin musste Laura denken, als sie am Nachmittag, begleitet von Orso, zur Cappella degli Scrovegni ging. Sie klopfte an der Seitentür, bis ein Kirchendiener ihr die Pforte öffnete. Auf ihre Frage nach Pater Anselmo schüttelte er bedauernd den Kopf. »Er ist zu einem Sterbefall gerufen worden. Ihr müsst morgen wiederkommen.«

Morgen ist es zu spät!, wollte sie dem Mann mit verzweifelter Dringlichkeit entgegenrufen, doch sie brachte kein Wort über die Lippen.

Später, gemeinsam in der Kammer mit Mansuetta und Veronica, ging sie unruhig auf und ab und horchte in sich hinein.

»Was ist los mit dir?« Mansuetta, die sich bereits für die Nacht ausgekleidet hatte, saß neben ihrem Bett auf einem Schemel und kämmte sich das Haar aus. »Du bist die Unruhe in

Person. Normalerweise liegst du um die Zeit schon unter der Decke und schläfst wie ein Stein.«

»Vor allem hat sie heute nichts zum Vespermahl gegessen«, hob Veronica hervor. »Das hat es noch nie gegeben, solange ich zurückdenken kann.« Sie hatte sich bereits in ihr Bett zurückgezogen und betrachtete Laura, die im Unterkleid durch die Kammer marschierte.

Laura blieb beiden eine Antwort schuldig. Sie lief mit großen Schritten durch den Raum, ohne innezuhalten, den Kopf voller quälender Gedanken.

Ein Talglicht, das auf einer der Truhen stand, verbreitete ein unstetes Licht, das den Gefühlsaufruhr in ihrem Inneren ebenso widerzuspiegeln schien wie der stürmische, von Regengüssen begleitete Wind, der an den Fensterläden rüttelte.

Schließlich hielt sie es nicht mehr aus. »Ich muss noch einmal fort.« Rasch streifte sie ihre Gamurra und die Haube über und ging zur Tür.

Mansuetta richtete sich auf. »Wohin denn?«, fragte sie perplex.

»Frische Luft schnappen.«

»Bei dem Wetter? Du bist verrückt!«

»Es macht mir nichts aus, ein bisschen nass zu werden.«

»Du kannst nicht zu nachtschlafender Zeit das Haus allein verlassen!«, protestierte Mansuetta.

»Orso ist noch da, ich habe ihn vorhin reden hören. Er sitzt unten mit Monna Josefa im Salon.«

»Was tun die beiden da?«, fragte Veronica fasziniert.

Laura wusste es nicht, fand es aber wenig später heraus. Zu ihrer Verblüffung saßen ihre Vermieterin und der groß gewachsene Leibwächter einander am Tisch gegenüber und spielten Karten. Der Einsatz bestand nicht etwa in Münzen, sondern in Gegenständen, die beide am Körper trugen. Von Monna Josefa lagen bereits ein Perlenarmband, eine Brosche und eine Schärpe auf dem Tisch, von Orso ein Dolch, der blinkende Morgenstern und die Weste.

Orso sprang auf, als Laura den Raum betrat. Er schaute über die Maßen verlegen drein. Auch Monna Josefa war errötet, doch gleichzeitig grinste sie. »Es ist nicht das, was Ihr denkt, Kindchen. Nur ein kleiner Spaß, so wie früher. Ach ja, und wir geben uns gegenseitig alle Sachen hinterher wieder zurück.«

»Könnt Ihr Orso für eine halbe Stunde entbehren? Ich muss noch einmal fort.«

»Warum nicht? Immerhin ist er Euer Leibwächter.« Monna Josefa schob Orso die Waffen zu, die auf dem Tisch lagen. »Hier, mein Junge, kann ja sein, dass du sie brauchst. In der Stadt herrscht Unruhe, und das liegt nicht nur an dem Sturm, der draußen aufzieht.«

Orso zog sich wortlos die Weste über, legte seine Waffen wieder an und begleitete Laura ins Vestibül, wo er eine Laterne anzündete. Sie trat ins Freie, wo sie feststellte, dass der Regen für den Moment nachgelassen hatte. Dafür hatte der Wind an Stärke zugenommen. Brausend fuhr er durch die Gassen und brachte die Türen und Fensterläden zum Klappern. Laura hielt mit beiden Händen ihre Röcke fest. Die Luft war trotz der Böen gewittrig und schwül; erst die Nacht würde ein wenig Abkühlung bringen.

»Laura?«

Erschrocken wirbelte sie herum, als sie so unvermittelt von hinten angesprochen wurde. Zu ihrer Erleichterung war es lediglich Isacco, der anscheinend ebenfalls noch einen Spaziergang unternommen hatte. Er ging meist nur abends aus dem Haus, wenn sonst kaum jemand unterwegs war.

»Du hast mich erschreckt«, sagte sie.

»Verzeih, das wollte ich nicht. Wo willst du noch hin zu so später Stunde?«

Sie holte Luft. »In die Kirche, beten.« Das war die schlichte Wahrheit, aber Laura hatte bei dieser Antwort gleichwohl ein schlechtes Gewissen, denn sie wusste genau, dass dies der einzige Ort in ganz Padua war, zu dem er sie nicht begleiten würde.

Er blickte sie stirnrunzelnd an, kommentierte es aber nicht weiter. Ein grüblerischer Ausdruck stand auf seinem Gesicht, und er wirkte erschöpft und verzweifelt.

»Isacco, was ist los mit dir?«, entfuhr es ihr. »Du bist so still und zurückgezogen, die ganzen letzten Wochen schon! Man sieht dich nie, immer versteckst du dich in deiner Kammer! Du wolltest so sehr mit uns gehen, als wir Venedig verließen! Und jetzt bist du einsamer als je zuvor, weil du das Alleinsein dem Leben mit uns vorziehst!«

Sie behauptete nicht, dass sie und die anderen ihn gern bei sich gehabt hätten, weil das nicht wahr gewesen wäre. Mit seiner ewigen Trauermiene hätte er jeden Ansatz von guter Laune bereits im Keim erstickt. Dennoch war das Gefühl, ihn unzufrieden im Hintergrund zu wissen, auf Dauer genauso unerträglich. Er tat ihr leid, und sie wünschte, sie hätte ihm irgendwie in seiner Trübsal helfen können.

»Du lernst nicht einmal mehr mit Matteo, der Kleine langweilt sich jeden Tag mehr«, fuhr sie fort.

»Ich habe ihm alles beigebracht, was ich weiß«, wehrte Isacco ab.

Sie bezweifelte das, wollte aber nicht mit ihm darüber streiten. Mansuetta hatte bereits angekündigt, bald einen neuen Lehrer für Matteo zu suchen, weil der Junge förmlich nach weiterem Wissen gierte. Es wäre nicht richtig gewesen, ihm die Bildung vorzuenthalten. Zum Glück waren sie nun in der Lage, dafür aufzukommen. Sie waren nicht länger auf Isacco angewiesen, und Laura hatte vor, ihn das wissen zu lassen. Schon deswegen, um ihm zu ermöglichen, von hier fortzugehen, denn es war nicht zu übersehen, wie unwohl er sich in Monna Josefas Haus fühlte.

Sie setzte gerade an, ihm von der neuesten Entwicklung zu erzählen, doch er kam ihr mit seiner nächsten Bemerkung zuvor.

»Ich habe dich heute mit diesem unsäglichen Scharlatan auf der Piazza gesehen. Es sieht ganz danach aus, als hättest du gutes Geld für sündiges Teufelswerk einstreichen können.«

Sie hob den Kopf und erwiderte unerschrocken seinen vorwurfsvollen Blick. »Dann muss ich es dir ja nicht erst erzählen. Was allerdings daran sündig sein soll, erkenne ich nicht. Wir haben ein Mittel verkauft, das sich großer Nachfrage erfreut. Es nützt vielen und schadet niemandem. Es gibt kaum eine Arznei, die dergleichen für sich in Anspruch nehmen kann.«

Orso kam nach draußen, die Laterne in der Hand. Fragend blickte er sie an.

»Geh schon ein paar Schritte vor bis zur Ecke da drüben«, bat sie ihn. »Ich folge dir gleich.«

Er nickte und ging voraus bis zur nächsten Abbiegung, wo er knapp außer Hörweite stehen blieb und auf sie wartete.

»Aus deiner Sicht war es sicher ein Fehler, uns nach Padua zu begleiten«, sagte Laura zu Isacco. Es stimmte sie traurig, ihn so bekümmert vor sich stehen zu sehen. Es war nur zu deutlich, dass er bestimmte Träume gehegt hatte, die sich sämtlich zerschlagen hatten. Diesmal mied sie seinen Blick, weil sie die Niedergeschlagenheit darin nicht ertragen konnte. »Für dich muss es nun so aussehen, als hätten wir dich nur ausgenutzt. Wir haben dich die Miete zahlen und für unsere Bedürfnisse aufkommen lassen, ohne dabei die deinen zu berücksichtigen. Wenn du willst, zahle ich dir alles zurück. Wir hatten heute sehr gute Einnahmen. Ich könnte dir gleich jetzt …«

Mit einer Handbewegung gebot er ihr Einhalt, und als sie aufschaute, sah sie in seinen Augen weder Vorwürfe noch Mutlosigkeit, sondern schwelenden Zorn.

»Du verstehst nichts«, sagte er leise, aber mit schneidend scharfer Stimme. »Überhaupt nichts.«

Zögernd blickte Laura zu Orso hinüber, hin- und hergerissen zwischen ihrem Wunsch, endlich aufzubrechen, und der Verpflichtung, das Gespräch mit Isacco zu Ende zu führen. Sie konnte ihn nicht einfach mitten in der Unterhaltung stehen lassen.

»Wenn ich nichts verstehe, so erkläre es mir doch!«, forderte sie ihn auf.

Anstelle einer Antwort holte er einen gelben Hut aus dem Ärmel seines weiten Gewandes und setzte ihn sich auf. In einer Mischung aus Wut und Trotz starrte er sie an.

Sie atmete tief durch und gestattete sich ein erleichtertes Lächeln. »Oh, Isacco, zerbrich dir doch bitte darüber nicht den Kopf! Wir wissen längst, dass du zu deinem alten Glauben zurückgefunden hast. Du isst nicht mit uns, du gehst nicht mit zur Kirche, und du hast über deine tote Mutter das Kaddisch gesprochen.«

»Du verstehst es immer noch nicht.« Er riss sich den Hut wieder herunter und stopfte ihn zurück in seinen Ärmel. »Ich weiß nicht, wer ich bin, Laura! Früher war ich ein Jude. Ich lernte von meinem Vater die Gebete unseres Glaubens, ich achtete den Sabbat und aß koscher, so wie es Gott von uns wollte. Doch zwischen meinen Eltern herrschte Zwietracht, und schließlich ließ meine Mutter sich taufen. Sie hatte furchtbare Angst, aus der Stadt gewiesen zu werden, so wie all die anderen Juden, die der Rat hinauszwang!«

Laura zuckte zusammen angesichts der reinen Qual, die sich auf seinem Gesicht offenbarte.

»Wer war ich, dass ich meine Mutter verstoßen hätte, nachdem doch so offensichtlich war, wer von meinen Eltern gesündigt hatte und wer von beiden ohne Schuld war! Sie brauchte mich, alt und kränklich, wie sie zu jener Zeit bereits war! Was sollte ich tun, außer bei ihr zu bleiben? Etwa mit meinen Glaubensgenossen die Stadt verlassen, weil die Condótta endete?« Er hieb sich mit der Faust in die flache Hand. »Also tat ich den zwingend notwendigen Schritt und ging zum Priester der für mich zuständigen Contrada. Ich erbat die Taufe.«

»Das weiß ich doch alles, Isacco.«

»Nichts weißt du«, herrschte er sie an. »Du weißt zum Beispiel nicht, dass ich es ehrlich meinte! Wie kann man den Herrn missachten, indem man seine Sakramente missbraucht? Der Heiligkeit des Glaubens spotten, indem man vorgibt, den Messias zu verehren, wo man in Wirklichkeit zweifelt?« Er schüttelte den Kopf. »O nein, Laura. Ich wollte es richtig machen. Ich habe das Neue Testament studiert. Ich habe die Schriften der Apostel gelesen, und ich wurde zu einem der glühendsten Anhänger des Jesus von Nazareth. Ich betete zur Muttergottes, ich lernte die Namen der Heiligen.« Bebend ballte er die Fäuste. »Morgen begehen die Christen den Tag der heiligen Marina, hättest du das gewusst?«

Laura schüttelte stumm den Kopf. Betroffen schaute sie ihn an, außerstande, sich seinem Leid zu entziehen.

Er schlug sich mit der Faust gegen die Brust. »Ich sagte mir, ich wolle ein guter Christ sein, so wie ich vorher ein guter Jude gewesen war. Ich war es meiner Mutter schuldig und ihrem neuen Glauben, der nun nach der Taufe auch der meine war. Aber ich konnte es nicht. Der Herr möge mir beistehen, ich konnte es nicht!«

Die letzten Worte brachen in einem Aufschrei aus ihm heraus. Anschließend blieb er, immer noch zitternd, vor Laura stehen, die Arme schlaff herabhängend, wie zum Beweis seiner Machtlosigkeit in dieser Angelegenheit.

»Mein Vater verlor das Kind, das er in Sünde gezeugt und als das seine angenommen hatte. Gott hatte ihn gestraft. Danach wurde alles anders. Er konnte zu Besuch kommen, denn es gab eine neue Condótta, an deren Zustandekommen er maßgeblich beteiligt war. Er war nun häufiger bei uns. Er versuchte nicht nur, mir ein guter Vater zu sein, sondern erwies sich auch als achtbarer Jude, in seinem Auftreten ebenso wie in seinen Gebeten. Er respektierte unseren christlichen Glauben, aber gleichzeitig trug er selbst den gelben Hut der Juden mit Würde und Duldsamkeit, egal wie viel Verachtung ihm deswegen von allen Seiten entgegenschlug.«

»Er wurde nicht verachtet«, brachte Laura mühsam hervor.

»Du begreifst das nicht«, erwiderte Isacco müde. »Du hast nie die gemeinen Bemerkungen gehört oder hasserfüllten Blicke gesehen, die jenen gelten, die den gelben Hut tragen. Nur Juden wissen, wie sich das anfühlt, und du gehörst nicht zu ihnen.«

»Du aber auch nicht«, stellte Laura leise fest.

Verloren in seiner Hilflosigkeit erwiderte er ihren Blick. »Ich dachte, ich könnte es. Wieder zurückfinden zu meinen Wurzeln. Zu dem, was mir angestammt war. Aber es geht nicht.«

»Weil dir der Glaube an Jesus Christus wichtiger ist?«

Isacco lachte bitter auf. »Laura, wie naiv du bist! Wenn es nur darum ginge! Mit derselben Inbrunst, die mir einst zum Glauben an den christlichen Erlöser verhalf, vermochte ich diese Auffassung auch wieder umzukehren. Was einmal funktioniert, geht auch ein zweites Mal. Du siehst doch selbst, wie leicht es mir fällt, auf den Kirchgang zu verzichten und von den christlichen Gebeten Abstand zu nehmen. Allein das koschere Essen – es ist so viel einfacher, die mosaischen Gebote zu befolgen, als zu speisen und zu trinken wie ein Goj.«

»Woran liegt es dann, dass du kein Jude sein kannst?«

Er zog den Hut wieder aus seinem Ärmel. »Daran«, sagte er schlicht. »Ich kann ihn nicht tragen. Ich habe es versucht, weiß Gott. Jeden Abend bin ich hier in Padua durch die Gassen marschiert, den Hut auf meinem Kopf. Aber ich bringe es immer nur am anderen Ende der Stadt über mich, wo niemand sonst mich je sieht, und sogar dort schaffe ich es höchstens von einer bis zur nächsten Ecke. Dann, nach wenigen Schritten, verlässt mich der Mut, und der Hut verschwindet wieder in meinem Ärmel. Er ist schlimmer als das Kreuz Christi. Kein Brandzeichen könnte schmerzhafter sein als dieses Stigma. Mein Glaube ist nicht fest genug, um solche Schmach zu erdulden. Ich bin stärker als meine Mutter, aber so viel schwächer als mein Vater. Auf immer werde ich zwischen ihnen stehen, Laura. Niemals werde ich wissen, wohin ich wirklich gehöre.«

Überwältigt von seinem Dilemma blickte Laura ihn an. Seine Miene war starr vor Anspannung, und mit einem Mal wusste sie, dass er noch nicht alles preisgegeben hatte, was ihm auf der Seele lag.

»Ich könnte zu *dir* gehören, Laura.«

»Isacco …«

Er unterbrach sie sofort. »An deiner Seite würde meine Zukunft klar vor mir liegen. Ich wüsste, wo mein Platz ist. Ich hätte wieder einen Menschen, für den ich einstehen kann. Für den ich alles aufgeben würde, einschließlich meines Glaubens.« Leidenschaftlich fuhr er fort: »Ich würde mein Leben für dich hingeben, wenn du mich nur ließest.«

»Es tut mir leid«, flüsterte Laura. »Das ist nicht möglich.«

»Weil du ein Kind von Antonio Bragadin erwartest?«

Ihren überraschten Blick quittierte er mit schmallippigem Lächeln. »Denkst du, ich höre eure Gespräche nicht? Die Wände sind dünn, und Monna Josefa trompetet zuweilen so laut wie die Posaunen des Jüngsten Gerichts.« Er schüttelte den Kopf. »Das Kind wäre für mich kein Hindernis, Laura. Ich würde ihm ein guter Vater sein. Wenn du meine Frau wärst, müsste es niemals die Schande ertragen, unehelich geboren zu sein.«

»Ich kann dich nicht lieben, Isacco. Es wäre nicht recht.«

Seine Miene war unbewegt. »Du kannst dich noch besinnen.«

»Niemals.« Sie tat ein paar Schritte von ihm fort, hin zu Orso, der immer noch an der Ecke wartete, die Laterne ein schwankendes Gebilde aus Licht in seiner Hand. Es hatte wieder angefangen zu regnen, und der Wind war noch stärker geworden. Sie hielt ihre Haube fest, weil sie ihr sonst davongeflogen wäre.

Isacco folgte ihr und fasste nach ihrer Schulter, um sie zurückzuhalten. Orso kam augenblicklich näher, sichtlich entschlossen, ihr beizustehen, falls es notwendig werden sollte. Sie gab ihrem Leibwächter durch eine Handbewegung zu verstehen, dass sie keiner Hilfe bedurfte, während sie gleichzeitig versuchte, sich Isaccos Griff zu entwinden.

»Was soll das? Du wirst mich nicht umstimmen, schon gar nicht mit Gewalt!«

»Du weißt nicht, was ich alles tun würde, um dich zu gewinnen! Was ich schon getan *habe*!«

»Was meinst du damit?«

Er gab keine Antwort, sondern versuchte stattdessen, sie in seine Arme zu ziehen, ließ aber sofort von ihr ab, als er sah, dass Orso sich in Bewegung setzte, die Hand am Griff seines Dolches.

Beide Hände nach ihr ausgestreckt, als wollte er sie zurückhalten, blieb Isacco vor dem Haus stehen, während sie sich von ihm entfernte.

»Laura, geh nicht! Lass mich nicht so zurück …«

Sie schüttelte nur stumm den Kopf, als könne sie auf diese Weise das Geschehene aus der Welt schaffen und zugleich sein Leid und die damit verbundene Ausweglosigkeit von ihm nehmen.

»Lass uns gehen, Orso.« Rasch strebte sie von Isacco fort.

Sie wusste, dass er ihr nachschaute, vielleicht weil er hoffte, dass sie es sich noch anders überlegte. An der Ecke warf sie einen kurzen Blick zurück und sah ihn dort stehen, eine einsame Gestalt im strömenden Regen.

Auf ihr Klopfen an der Tür der Sakristei der Cappella degli Scrovegni wurde ihr sofort aufgetan, und diesmal war es zu ihrer Erleichterung Pater Anselmo, dem sie gegenüberstand. Er hielt eine Kerze hoch und musterte fragend ihre vom Regen triefende Erscheinung sowie die mächtige Gestalt ihres Leibwächters, der schweigend im Hintergrund wartete.

»Was kann ich für Euch tun, Kind?« Er dachte kurz nach. »Madonna Laura, richtig?«

Sie nickte, während sie verlegen ihre Haube glättete und das Haar zurückstrich, das sich im Sturmwind gelöst hatte und in wüsten Locken über ihre Schultern fiel.

»Ich möchte beichten, Vater.«

»Jetzt? Um diese Zeit? Es geht auf Mitternacht zu!« Der Priester lächelte schwach. »Welche Eurer Sünden wiegt so schwer, dass sie Euch um den Schlaf bringt?«

»Bitte. Ich … Es ist wichtig.«

»Also gut. Kommt mit.« Er hob die Kerze und ging voraus in das Beichtzimmer hinter der Sakristei, wo er ihr bedeutete, vor einem Marienbildnis niederzuknien, während er selbst daneben auf einem Lehnstuhl Platz nahm. Er küsste das Kreuz an seinem Rosenkranz und wandte diskret den Blick von ihr ab. »Sprecht, mein Kind. Sagt mir Eure Sünden, auf dass der Herr sie Euch vergeben kann.«

Laura spürte, wie der Mut sie wieder verlassen wollte, doch dann riss sie sich zusammen und begann zu sprechen. Sie erzählte alles, kreuz und quer durcheinander, wie ein Sturzbach kam es aus ihr heraus, Sünden und Ereignisse, von denen sie nicht wusste, ob sie vielleicht wichtig waren, weil sie ihre Untaten verschlimmern oder rechtfertigen mochten. Sie sprach über den Tod ihrer Eltern, den Fremden, der daran die Schuld trug. Sie erzählte von den dunklen Abgründen um Cattaneo und seine Schwester, die verderbte Nonne. Die Monate im Waisenhaus und im Corte Cavallo, ihre ungezählten Diebereien. Und von Antonio. Immer wieder von Antonio, ihre größte Sünde. Eine Versuchung, der sie auch um den Preis ihres Seelenheils nicht hätte widerstehen können. Ihn zu lieben mochte Sünde sein, doch wenn es so war, konnte sie nichts tun, außer es zu gestehen.

Ihre Stimme war rau, als sie schließlich endete. Ihre Finger, die sie unter dem Kinn verschränkt hatte, schmerzten vor Anstrengung. Mit einem Mal war die böse Vorahnung, die sie den ganzen Tag über gequält hatte, so stark wie nie zuvor. Sie sah …

Nein!, dachte sie in plötzlich einsetzender Panik. Mansuetta, Matteo, Veronica! Sie hätte sie nicht allein lassen dürfen! Die Gefahr kam immer näher, sie war bereits da!

Sie sprang auf. »Ich muss zu ihnen!«, stieß sie hervor, den Blick in eine Ferne gerichtet, die außer ihr niemand sah. »Der Tod ist im Haus!«

Der Priester erhob sich. »Was habt Ihr, Laura? Was ist los mit Euch? Wollt Ihr nicht warten, bis ich das *Absolvo te* gesprochen habe?«

Sie blickte ihn an, gehetzt und geistesabwesend. »Könnt Ihr mir denn vergeben, Vater?«

Er erwiderte ernst ihren Blick. »Laura, kniet nieder und hört mir zu.«

Sie konnte es nicht. Wie von Furien getrieben rannte sie zur Tür und dann vorbei an den Fresken des Giotto di Bondone, die sie so sehr bewundert hatte. Jetzt erschienen sie ihr im dürftigen Licht der Kerzen, die beim Altar brannten, nur wie flüchtige bunte Schemen aus einer früheren Welt.

Hinter sich hörte sie die Stimme des jungen Priesters. »Laura! So wartet doch!«

Zu spät, dachte sie in fieberhafter Angst. Sie würde zu spät kommen!

Als sie die Pforte aufstieß, um ins Freie zu laufen, hörte sie das Klirren von Schwertern und die Schreie von Männern. In der Ferne fiel ein Schuss, und gleich darauf noch einer, diesmal viel näher. Weitere Schreie ertönten, ein Teil davon als Schlachtgebrüll.

»San Marco! Italia! San Marco!«

Die Venezianer, dachte Laura benommen. Sie hatten im Schutze der Nacht die Mauern überwunden und waren in die Stadt eingefallen!

Ohne zu zögern, rannte sie los, nur von dem Wunsch beseelt, rasch zum Haus von Monna Josefa zu gelangen, um vor dem Unheil dort zu sein. Nach wenigen Schritten peitschte der Sturmwind ihr die Haube endgültig vom Kopf, und ihre Röcke saugten sich mit dem Wasser der Pfützen voll.

Vage dachte sie, dass sie eigentlich keine Angst haben dürfte, nun, da die Befreier hier waren. Sie war selbst Venezianerin, niemand würde ihr ein Leid zufügen. Dann begriff sie, dass sie schließlich aus Venedig geflohen war, weil man ihr dort sonst übel mitgespielt hätte. Der Befreier war in Wahrheit ihr Feind.

Wie groß die Gefahr wirklich war, erkannte sie nur wenige Augenblicke später, als sie an der nächsten Kreuzung abbog. Ein vor ihr liegender Palazzo brannte lichterloh. Menschen drängten schreiend heraus, Frauen, Kinder, Männer, Greise. In ihren Nachtgewändern und mit nackten Füßen flohen sie auf die

Gasse, wo ihnen der Weg von den Eroberern versperrt war. Venezianische Soldaten kesselten sie wie gefangenes Vieh auf einem kleinen Platz ein, johlend die Schwerter und Arkebusen erhoben. Einige der Söldner schleppten Gemälde, Möbelstücke und Tuchballen aus dem brennenden Haus, während andere über die eingekreisten Menschen herfielen. Weinende Kinder wurden getreten und zur Seite geschubst, während drei der Soldaten sich über eine junge Frau hermachten. Sie rissen ihr die Kleider vom Leib und warfen sie zu Boden. Zwei hielten sie fest, während der dritte sich auf sie warf und sie mit Gewalt nahm.

Während Laura voller Grauen zusah, wurde einem Mann, der mit bloßen Fäusten auf den brutalen Schänder losging, vor aller Augen ein Schwert in die Brust gerammt.

Orso, dachte Laura. Wo war ihr Leibwächter?

Sie hatte kaum an ihn gedacht, als er auch schon an ihrer Seite war.

»Madonna, was macht Ihr nur?«, zischte er, während er sie beim Arm packte und um die nächste Ecke zog, außer Sichtweite der venezianischen Soldaten. »Wie könnt Ihr nur einfach so loslaufen? Ich dachte schon, ich hätte Euch verloren!«

»Die arme Frau! Du musst ihr helfen!«

»Ich helfe *Euch*, dafür bin ich da. Die Frau wird überleben, so wie die anderen auch. Wenn die Leute schlau sind und sich nicht wehren, verlieren sie nur ihren Stolz und ihr Hab und Gut.«

»Aber …« Laura brach ab. Sie konnte nicht von ihm verlangen, dass er in das Geschehen eingriff. Er war allein, während der venezianische Trupp aus mindestens zehn Männern bestand. Außerdem drängte die Zeit. Sie wollte keinen weiteren Augenblick verlieren.

Geduckt rannten sie weiter durch den strömenden Regen, immer wieder in Hauseingängen und unter Torbögen Schutz suchend, wenn Soldaten näher kamen.

Weitere Truppen waren in die Stadt eingedrungen; vermutlich hatten Torwächter mit ihnen gemeinsame Sache gemacht, sonst wäre der nächtliche Überfall nicht so reibungslos vonstatten gegangen. Die Mauern von Padua galten weithin als unüberwindlich.

Die Gefolgsleute des Kaisers waren aus ihren Quartieren gerufen worden, und überall kämpften nun im Licht von Laternen Soldaten. Schwerter trafen funkensprühend aufeinander, Arkebusen krachten, Häuser brannten. Schreiende Menschen liefen durch die Straßen und kauerten sich unter Gebäudevorsprünge, unbewaffnet und vor Angst wie von Sinnen.

Die Plündereien gingen unterdessen weiter, und Laura begriff, dass sie vorhin keine zufällige Entgleisung marodierungswütiger Söldner beobachtet hatte, sondern dass die Übergriffe planmäßig erfolgten. Es traf hauptsächlich die Paläste der Reichen. Offenbar war dies die Rache an den illoyalen Adligen, die nach der Schlacht von Agnadello den feindlichen Truppen freiwillig die Tore von Padua geöffnet hatten. Eine rücksichtslose Demonstration der Serenissima, dass man sich ihrer Herrschaft nicht ungestraft entzog.

Auf den Plätzen rund um den Palazzo della Ragione wurde gekämpft, wobei bereits jetzt zu sehen war, dass die Angreifer weit in der Überzahl waren. Fackeln und Laternen verloschen im Regen, doch es wurden stetig neue angezündet und entlang der Hauswände angebracht. Überall sah man flüchtende Soldaten der Besetzer, die angesichts des übermächtigen Gegners das Feld räumten.

An der Abbiegung der letzten Gasse lag eine Tote, rücklings ausgestreckt, die Beine inmitten der zerrissenen, blutigen Röcke weit gespreizt, die Augen offen im niederrauschenden Regen. Laura musste allen Mut zusammennehmen, um näher zu treten. Gern hätte sie einen anderen Weg genommen, doch sie musste hier vorbei, um zu Monna Josefas Haus zu gelangen, bis zu dem es nur noch ein paar Schritte waren.

»Seht nicht hin, Madonna«, befahl Orso ihr.

Sie wollte ihm gehorchen, doch in seiner Stimme lag ein Unterton von Entsetzen, der sie alarmierte. Sie fuhr zu der liegenden Gestalt herum und schrie auf, als sie das blonde Haar der Frau sah.

»Veronica!« Mit zwei Schritten war sie bei ihr, doch sie erkannte sofort, dass hier niemand mehr helfen konnte. Jemand hatte Veronica die Kehle durchgeschnitten. Vorher war sie vergewaltigt worden, dem vielen Blut zufolge nicht nur einmal.

»O Gott!«, schrie Laura. »Bitte nicht! Bitte, bitte nicht!«

Benommen kniete Laura auf dem Pflaster neben der Toten.

Das Leben ist schön, und so wie es ist, könnte es für immer bleiben. Wenn alles so ist wie jetzt, wäre ich gern unsterblich …

Orso fasste nach ihrer Schulter. »Lasst sie. Ihr könnt nichts mehr für sie tun. Kommt, schaut nicht mehr hin!« Er zog sie hoch und drückte sie an sich. Das Gesicht an seiner Brust verborgen taumelte sie weiter, bis sie Monna Josefas Haus erreichten.

Dort stieß Orso sie von sich, so heftig, dass sie hinfiel. Einen Moment blieb sie betäubt in der Pfütze liegen, in die sie gefallen war. Gegen den Regen blinzelnd sah sie, dass die Pforte weit offen stand. Im Licht einer Stundenkerze, die im Vestibül brannte, sah sie auf- und niederwogende Schatten, die sie erst beim zweiten Hinschauen als kämpfende Gestalten erkannte. Veronicas Mörder waren noch da!

Orso hatte sich ihnen entgegengeworfen, um sie zu töten. Nach allen Seiten teilte er mit dem Schwert Hiebe aus und parierte die Angriffe der Plünderer. Mit sausendem Schwung hieb er einem von ihnen den Hals so weit durch, dass der Kopf haltlos zur Seite fiel und das Blut in hohem Bogen herausschoss. Dennoch trugen die Füße den Sterbenden noch aus dem Haus heraus auf den Vorplatz, wo er dicht vor Laura zusammenbrach. Schreiend fuhr sie zurück, als er in einem letzten Reflex nach ihr griff, bevor er sich nicht mehr rührte.

Aus dem Salon kamen zwei weitere Männer ins Vestibül, wo der Kampf weitertobte, halb im Haus, halb draußen. Die Angreifer waren zu viert, Söldner der Venezianer, dem Aussehen nach von der Levante. Die Gesichter unter den Helmen waren zu mordlüsternen Fratzen verzerrt, die Schwerter blutbefleckt. Einer von ihnen hatte sich eine Samtschärpe um die Hüften geschlungen, die Laura voller Grauen als die Draperie aus Monna Josefas Salon identifizierte. Einem anderen steckte ein silberner Pokal von Monna Josefas Wandbord im Gürtel, und der dritte hatte eine von ihren Ketten umhängen.

Orso hieb mit dem Anderthalbhänder nach ihnen, und in seiner Linken beschrieb der Morgenstern einen tödlichen Bogen. Er traf einen der Männer an der Schulter, der daraufhin mit einem Aufschrei zusammenbrach. Doch auch Orso war bereits verwundet. An seiner Wange klaffte ein Schnitt, aus dem unablässig das Blut strömte, und mit dem rechten Bein hatte er keinen richtigen Stand mehr. Entsetzt erkannte Laura die tiefe Fleischwunde oberhalb des Knies, wo ihn ein Schwerthieb getroffen haben musste. Hinter ihr ertönte ein Zischen, und beinahe gleichzeitig erschien der Bolzen in Orsos Rücken. Zwei weitere Männer waren aufgetaucht, und einer von ihnen, ein Armbrustschütze, hatte nicht gezögert, auf den Hünen zu schießen.

»Kommt weiter«, brüllte der Schütze. »Drüben am Rathaus kämpfen noch ein paar verfluchte Kaiserliche!«

»Gleich!«, schrie einer der Kämpfenden zurück. »Wenn wir diesen Ochsen hier erlegt haben!«

Orso wurde abermals getroffen, diesmal von einem Messer, das ihm einer der Söldner hinterrücks zwischen die Rippen stieß.

Laura hatte sich hochgerappelt und schaute sich verzweifelt nach einer Waffe um. Schließlich entriss sie dem Toten, der vor ihr lag, den Dolch, bereit, sich neben Orso in das Getümmel zu stürzen.

Der Riese wankte, aber er fiel nicht. Er schaffte es, einen weiteren Angreifer zu töten und einen zweiten so schwer zu verwunden, dass dieser stöhnend liegen blieb. Doch seine Bewegungen waren deutlich langsamer und unbeholfener als zuvor, und zwei Gegner standen ihm immer noch unverletzt gegenüber. Er war dem Tode geweiht, und er wusste es. Vielleicht half ihm jedoch gerade das, nicht eher aufzugeben, bis sich sein Schicksal vollendet hatte. Vielleicht hatte er auch Monna Josefa gesehen, so wie Laura sie nun sah, nachdem die Söldner den Salon verlassen hatten.

Rücklings ausgestreckt lag sie im flackernden Licht der Kerzen vor dem Virginal, die Augen im Tod weit aufgerissen.

Dann erst wurde Laura gewahr, dass Isacco dort neben dem Virginal kauerte, den Rücken an die Wand gedrückt und das Gesicht starr vor Todesangst. Er blickte zu ihr herüber, als wolle er sie stumm anflehen, es so zu machen wie er und sich nicht zu rühren.

Orso krachte zu Boden, vom Stoß eines Degens im Bauch getroffen. Er fiel auf die Seite. Noch im Liegen versuchte er, nach seinem Messer zu greifen, doch der harte Tritt des Siegers ließ ihn endgültig zusammensacken. Mit einem höhnischen Auflachen holte der Soldat zu einem letzten Stoß aus.

Laura rammte ihm, ohne nachzudenken, den Dolch in den Leib, doch die Schneide rutschte am ledernen Harnisch des Söldners ab. Er fuhr mit gezückter Waffe herum. Als er sah, dass eine Frau ihn angegriffen hatte, trat ein Grinsen auf sein Gesicht. »Noch so eine von diesen Teufelskatzen! Hier scheint es ein Nest davon zu geben!«

»Lass sie, du hast schon genug Weibern die Gurgel aufgeschlitzt«, rief der Armbrustschütze, der auf der Suche nach weiteren Wertgegenständen in den Salon gegangen war. »Hier drin liegt noch eine, es ist nicht zu fassen!«

»Die Alte ist von ganz allein gestorben, das schwöre ich. Sie fiel einfach um und war tot.«

»Und wenn schon. Wir haben hier vier gute Männer verloren, nur weil du es so nötig hattest. Dein Mütchen kannst du jetzt besser an den Kaiserlichen kühlen!«

»Gleich, sage ich. Erst muss ich dieser kleinen Hexe hier zeigen, wie ein Mann kämpft.« Breit grinsend stieß der Söldner mit dem Degen nach Laura, scheinbar eher spielerisch als im

Ernst, doch die lüsterne Mordgier in seinen Augen ließ keinen Zweifel an seinen wahren Absichten.

Laura war zurückgewichen, den Dolch erhoben. »Komm nur her«, fuhr sie ihn an. »Dann wirst du sehen, wie eine Frau aus Venedig zu kämpfen versteht!«

»Zur Hölle, merkst du nicht, wie sie redet?«, rief der Mann im Salon. »Sie stammt aus der Lagune!« Ohne auf den vor Angst schlotternden Isacco zu achten, kam er zurück ins Vestibül, um Laura anzustarren, bevor er sich mit argwöhnisch verengten Augen seinem Kameraden zuwandte. »Was hast du nur getan, du Hurensohn?«

»Die andere Frau stammte von hier, ich bin ganz sicher!« Er dachte nach. »Hm, eigentlich hat sie nicht viel geredet. Genau genommen hat sie gar nichts gesagt, nur herumgeschrien, bis ich es leid war. Du weißt, dass ich es nicht vertragen kann, wenn die Weiber dabei schreien.«

»Du musstest sie nicht gleich umbringen, du Idiot!«

»Der Kommandant hat gesagt, wir dürfen die reichen Häuser plündern. Ich war selbst dabei, als Gritti diese Parole ausgab.«

»Dazu gehört nicht das Ermorden von Frauen, schon gar nicht von venezianischen! Sie ist eine der unseren!«

Der Söldner dachte nach. »Ich muss die Rote hier dennoch umbringen, sonst verrät sie uns.«

Der andere nickte langsam. »Ich fürchte, du hast recht. Das alles hier könnte ein übles Licht auf uns werfen. Also gut, schneid ihr den Hals durch. Aber mach schnell, halte dich nicht damit auf, sie auch noch zu schänden.«

Ein wilder Aufschrei ertönte, und Laura sah eine schattenhafte Gestalt aus dem Salon auftauchen. Es war Isacco, der mit einem gewaltigen Satz vorwärtssprang. Er hatte das Virginal gepackt und hielt es mit ausgestreckten Händen über dem Kopf, offenbar in der Absicht, dem Soldaten damit den Schädel zu zertrümmern. Doch der Mann konnte zur Seite springen und wurde nur an der Schulter getroffen. Von seinem eigenen

Schwung nach vorn getragen, fiel Isacco auf die Knie, während das Virginal vor ihm auf dem Boden in Stücke zerbarst.

Laura musste hilflos zusehen, wie der Söldner ihm den Degen in den Rücken stieß. Isacco fiel vollends zu Boden und regte sich nicht mehr.

»Kümmere du dich um die Frau«, sagte der Soldat, sich mit schmerzverzerrtem Gesicht die Schulter reibend. »Und dann vergewissere dich, ob auch alle wirklich tot sind.« Er beugte sich über einen seiner gefallenen Kameraden, der vorhin noch leise vor sich hin gestöhnt hatte, mittlerweile aber kein Lebenszeichen mehr von sich gab. »Mit ihm ist es aus.« Kopfschüttelnd ging der Soldat weiter in den Salon. »Ich schaue nach, was wir noch mitgehen lassen können, wäre doch schade um den ganzen schönen Kram. In der Schlafkammer hängt ein feiner Gobelin, der könnte meiner Frau gefallen. Vielleicht gibt es oben auch noch Dinge von Wert, ich werde mal nachsehen.«

Laura wurde die Sicht auf das weitere Geschehen versperrt, denn der zweite Söldner rückte näher. Jetzt lag in seinem Blick keine Begierde mehr, sondern nur noch tödliche Entschlossenheit. Er stach mit dem Degen zu, doch sie machte einen Ausfallschritt und duckte sich unter seinem Arm hindurch. Katzengleich glitt sie hinter ihn, während er sich noch neu orientieren musste. Diesmal zielte sie besser, und sie wusste genau, welche Stelle sie treffen musste. Oratio hatte es ihr einmal erklärt, bei einer seiner Messerkampfübungen, die er so gern vor aller Augen ausführte. *Zwischen Kinn und Ohr, direkt unter dem Knochen, das bringt sofort den Tod.*

Der Dolch fuhr exakt an der genannten Stelle seitlich in den Hals des Söldners, und bevor der Mann sich zu ihr umwenden konnte, hatte sie die Klinge bereits wieder herausgerissen und war zurückgewichen, außer Reichweite seiner Waffe.

Der Soldat hob die Hand, um seine Wunde zu betasten. »Du kleine Wildkatze …« Ein verdatterter Ausdruck trat auf sein Gesicht, während er sie anschaute. Er zerrte an seinem Kragen, und mit einem Mal schoss fontänengleich das Blut aus seinem

Hals. Während er in die Knie sackte, versuchte er, noch etwas zu sagen, doch seine Stimme gehorchte ihm nicht mehr. Sein Mund öffnete und schloss sich schnappend, wie bei einem Fisch auf dem Trockenen. Stumm fiel er vornüber. Der Regen prasselte auf ihn nieder und mischte sich mit seinem ausströmenden Blut.

»Was zum Henker …« Der andere Söldner kam aus dem Haus gerannt und sah seinen toten Kameraden auf dem Pflaster liegen. Wütend schüttelte er den Kopf. »Ich habe es ihm gleich gesagt, aber er wollte ja nicht hören!« Ein wachsamer Blick streifte Laura, die geduckt vor ihm stand, den von Blut und Regen triefenden Dolch in der Faust.

»Willst auch du dein Glück versuchen?« Sie tänzelte hin und her, entschlossen, ihn auf dieselbe Weise unschädlich zu machen wie seinen Kumpanen.

Er warf den Teppich zur Seite, den er unter dem Arm getragen hatte, doch bevor er seinen Degen ziehen konnte, wurde er von hinten angegriffen. Es war Orso, der in einer letzten Kraftanstrengung seinen Dolch ergriffen und ihn dem Mann in die Kniekehle gestoßen hatte.

Mit einem Wutschrei fuhr der Söldner herum. Er zog den Degen und stach nach dem unerwarteten Angreifer. Laura hörte das ekelhaft fleischige Schmatzen, mit dem die Klinge in Orsos Leib drang, doch diese Mordtat war zugleich das Letzte, was der Mann in seinem Leben vollbrachte. Lauras Dolch durchbohrte seine Halsschlagader, bevor er sich erneut zu ihr umdrehen konnte. Der Stoß war genauso tödlich wie der, den sie gegen den anderen Mann geführt hatte, das wusste sie sofort, denn sie hatte nach der gleichen Stelle gezielt und sie getroffen. Rasch trat sie zwei Schritte zurück und verharrte mit jagendem Puls, während der Söldner über Orso zusammenbrach und starb.

Orso war ebenfalls tot, wovon Laura sich mit einem raschen Blick überzeugte, bevor sie zu Isacco eilte. Vorsichtig drehte sie ihn auf den Rücken und ging neben ihm in die Hocke. Er lebte noch, aber der Degen des Söldners hatte seine Lunge durchbohrt. Blutiger Schaum drang über seine Lippen, als er versuchte zu sprechen.

»Sie … sagten, wer sich nicht wehrt, bleibt am Leben. Konnte aber … nicht zusehen, wie sie dich …«

»Matteo«, stieß sie hervor. »Meine Schwester … Wo sind sie? Sind sie …«

»Oben. Habe sie eingesperrt. Dachte, besser dort … als hier.«

»Das hast du richtig gemacht, es war ihre Rettung!«

»Veronica … ist entwischt, sie wollte zur dir, dich warnen. Bin dann runtergegangen, hörte die Schreie … wollte verhandeln … Da lag Monna Josefa hier …«

»Rede nicht so viel, das strengt dich an. Beweg dich nicht, hörst du! Ich will nur rasch hinauf, nach Matteo und Mansuetta sehen, dann laufe ich los und hole einen Medicus.«

»Zu … spät. Alles viel zu spät. Laura … Habe euch … belogen. Es gab keine Büttel, keinen Befehl, euch fortzuholen. Hab's mir nach Mutters Tod ausgedacht, damit ihr … mit mir weggeht. Dachte, ich könnte … hätte vielleicht woanders mehr Glück mit dir. Und mit … meinem Glauben.«

Laura fühlte, wie ein Schwindel sie erfasste. Sie wagte kaum zu atmen. Er sprach stoßweise und so leise, dass sie sich den Sinn des Gesagten teilweise zusammenreimen musste.

»Du meinst … es war alles nur eine Täuschung?« Fassungslos lehnte sie sich auf die Fersen zurück und machte eine ausholende Gebärde, mit der sie das Grauen um sich herum zu erfassen versuchte. »All das hier … umsonst? Wir hätten gar nicht weggemusst, sondern einfach zu Hause bleiben können?«

Er nickte kaum merklich. Die Bewegung ließ weiteres Blut auf seine Lippen treten.

»Hasst du mich, Laura?«

Mitleid erfüllte sie und verdrängte alle anderen Gefühle. Tränen liefen ihr über das Gesicht. »Nein, Isacco. Ich hasse dich nicht.« Wie hätte sie ihn hassen können? Er war ein junger Mann, der den Tod vor Augen hatte, und er hatte sie geliebt.

Alle Umstände hatten sich gegen ihn verschworen, kaum ein Mensch hätte in einem schlimmeren Konflikt aufwachsen können als er.

»Weiß jetzt, wohin ich gehöre, Laura«, brachte er röchelnd heraus. »Zu meinen Eltern. Sie … sind wieder zusammen, das sehe ich. Und bald bin ich bei ihnen. Kann schon … beinahe ihre Hände nehmen. Nur noch ein kleines Stückchen … Ob mein Vater mir vergibt, jetzt, da ich sterben muss?«

»Nicht, Isacco!« Laura beugte sich weinend vor und nahm seine Hand. »Du stirbst nicht!«

»Habe … ihn so geliebt. Hätte ihm das sagen sollen.«

»Er wusste es, Isacco! Das schwöre ich! Und er liebte dich ebenso! Über alles liebte er dich! Das sagte er mir, bevor er starb!«

Isacco hustete, und der blasige Schaum auf seinen Lippen verwandelte sich in hervorsickerndes Blut.

Laura wollte ihn auf die Seite betten, damit er es leichter hatte, doch er hatte bereits aufgehört zu atmen. Still lag er da, die Augen halb geschlossen, der Blick langsam verlöschend. Laura schien es, als könne er tatsächlich bereits in eine andere Welt sehen, dorthin, wo seine Eltern auf ihn warteten. Dann war auch dieser letzte Lebensfunke fort. Isacco war tot.

Schluchzend drückte sie ihm die Augen zu, küsste sacht seine Stirn und richtete sich schließlich mühevoll auf. Unsicher einen Fuß vor den anderen setzend, ging sie zur Treppe. Alle Kräfte hatten sie mit einem Schlag verlassen. Sie merkte, dass sie sich kaum noch bewegen konnte, ohne Gefahr zu laufen, bei einem der nächsten Schritte hinzuschlagen. Ihre Beine zitterten und drohten unter ihr nachzugeben.

»Laura?« Das war Mansuettas Stimme, die von oben zu hören war, gleichzeitig mit einem Rütteln und Hämmern, wie von Fäusten auf Holz.

»Ich bin hier!« Laura stieg die Treppe hinauf, mit beiden Händen das Geländer umklammernd und sich Stufe für Stufe hochziehend. Mit einem Mal schien es ihr, als sei sie in die Haut ihrer Schwester geschlüpft, für die jede Treppe eine derartige Qual sein musste, so wie diese hier für sie selbst.

»Isacco hat uns eingeschlossen!«, rief Mansuetta. »Wo steckt er? Was ist mit den anderen?«

Laura begriff, dass sie wieder nach unten musste, um an Isaccos Leiche nach dem Schlüssel zu suchen. Erschöpft blieb sie stehen, sich am Türrahmen abstützend.

»Laura? Wo ist Veronica? Und was ist mit dir, geht es dir gut? Bist du wohlauf?«

»Ja. Hab keine Angst, ich hole euch gleich hier raus!« Sie stieß sich von der Tür ab, um zurück zur Treppe zu gehen. Schon auf der ersten Stufe übermannte sie die Schwäche, und sie ahnte, dass sie es trotz aller Anstrengungen nicht heil bis nach unten schaffen würde, geschweige denn wieder hinauf. Erst jetzt merkte sie, dass ein dumpfer Schmerz in ihrem Leib wühlte, und sie wusste, dass es für sie noch nicht vorbei war. Ihr war nach der Beichte nicht vergeben worden, doch die Zeit der Buße war bereits angebrochen.

»Dieser Narr!« Antonio knirschte mit den Zähnen, doch dann gab er seinem Pferd die Sporen und folgte Zuane, bevor er ihn abermals aus den Augen verlieren konnte. Hinter Querinis Sohn ritt er mitten zwischen die plündernden Soldaten und teilte dabei Hiebe mit der flachen Klinge aus. »Nehmt euch, was ihr tragen könnt, aber lasst zum Teufel die Leute in Ruhe!«, brüllte er. »Verschwindet, bevor es weitere Tote gibt!«

Zuane war weniger zimperlich. Er brachte abwechselnd die Pferdepeitsche und die Spitze seines Degens zum Einsatz und verletzte jeden, der es wagte, sich einer der Frauen zu nähern. Eines der armen Geschöpfe war von den Soldaten geschändet worden. Im blakenden Widerschein der Flammen, die vom Dach des brennenden Hauses in den nächtlichen Himmel schlugen, hatte sie sich in ihrem blutverschmierten Nachtgewand zu Zuanes Füßen niedergeworfen und schluchzend um Gnade für sich und die ihren gefleht. Ob nun die prächtig ausstaffierte Erscheinung des Jungen oder sein engelhaftes Gesicht sie dazu bewogen hatte, ausgerechnet seinen Schutz zu suchen – sie hatte den Richtigen gefunden. Er hatte keinen Moment gezögert, sich für sie einzusetzen, und dabei war es ihm völlig egal, dass er sich gegen die eigenen Truppen wandte. Er prügelte auf jeden Mann ein, der sich erdreistete, seine Befehle zu missachten, und einen der Söldner ritt er sogar voller Bedacht nieder, als die weinende Frau auf ihn deutete und ihn als einen ihrer Schänder entlarvte. Ein älterer Mann, vermutlich der Vater des Mädchens, lag tot in seinem eigenen Blut, eine schreckliche Schwertwunde in der Brust.

Antonio fluchte unterdrückt vor sich hin. Hier waren die Dinge eindeutig aus dem Ruder gelaufen. Gritti hätte das wissen müssen, als er die Erlaubnis zum Plündern erteilt hatte. Plündern – das bedeutete zugleich immer Brandschatzen, Schänden und Töten. Vielleicht hatte der Feldherr jedoch genau das beabsichtigt, überlegte Antonio, während er wachsam von einer Seite des Platzes zur anderen ritt, um weitere Übergriffe zu verhindern.

Gritti und die übrigen Kommandeure taten nichts ohne den Segen des Großen Rates. Die Ausschreitungen geschahen folglich mit Zustimmung der Serenissima, auch wenn sich die ehrenwerten Robenträger sicher nicht ausgemalt hatten, in welchem Ausmaß die Söldner, verroht durch etliche Schlachten und den Anblick ungezählter niedergemetzelter Kameraden, hier zu Werke gehen würden.

Die Besatzungstruppen wiederum hatten nichts getan, um die Reichen von Padua zu schützen, obwohl diese ihnen erst vor sechs Wochen den Weg in die Stadt geebnet hatten. Die Soldaten von Kaiser, Papst und Franzosenkönig verließen Padua wie Ratten das sinkende Schiff, soweit sie nicht schon vor Stunden verschwunden waren. In Schimpf und Schande, unter dem grölenden Spottgesang der Venezianer, sprengten sie in die Nacht hinaus, allen voran der kaiserliche Kommissionär.

Die venezianischen Soldaten waren in den Straßen und auf den Plätzen bald unter sich. Spott und Hohn gegenüber dem Feind waren in trunkene Rachsucht umgeschlagen, die sich gegen die reichen Städter wandte. Gegen die Verräter, denen das Protektorat der Serenissima nichts bedeutet hatte und die lieber die Stadtschlüssel dem Feind aushändigten, als im Schatten der einstmals großen Schutzmacht unterzugehen.

»Taci omai, o buon Leonida«, sangen die Venezianer, während sie durch die Stadt zogen und sie gewaltsam in Besitz nahmen. Sie priesen in ihrem Lied den Dogen Leonardo Loredan sowie Andrea Gritti, den Helden und Eroberer, der ihnen Padua wiedergegeben hatte.

Antonio ließ seine Blicke unschlüssig über die Piazza schweifen. Der Tumult hatte nachgelassen, die Soldaten waren aus ihrem Blutrausch erwacht. Der Regen, der mittlerweile in ein beständiges Nieseln übergegangen war, würde die Flammen bald löschen und dafür sorgen, dass sich das Feuer nicht ausbreiten konnte, ebenso wenig wie die anderen Brände, die hier und da in der Stadt aufgelodert waren. Die Menschen, die aus ihren Häusern vertrieben worden waren, sammelten sich und schickten sich an, in ihre vier Wände zurückzukehren, oder in das, was noch davon übrig war. Hastig rafften sie ihre auf den Gassen verstreut herumliegende Habe zusammen und verschwanden so schnell in der Nacht wie der Spuk, der um Mitternacht über sie hereingebrochen war. Bald darauf erschienen die ersten Totengräber, begleitet von Laternenträgern, um die Leichen auf Karren zu laden und fortzuschaffen.

Der Kriegslärm war verstummt, die Waffen ruhten.

Zuane war inmitten seines Trupps weitergeritten, unermüdlich in seinem Bestreben, die Hilflosen zu retten und die Brandschatzer zu strafen, so wie er auch vorher davon beseelt gewesen war, diesen gerechten Krieg für Venedig zu gewinnen. Am Ende hatte er wohl einsehen müssen, dass es immer mehr als zwei Seiten gab. Im Krieg war nichts vorhersehbar, und Begriffe wie Gut und Böse vermischten sich schneller, als ein Mann sein

Schwert führen konnte. Ob Querini im Sinn gehabt hatte, diese Erkenntnis seinem Sohn zu vermitteln, als er ihm gestattet hatte, in den Kampf zu ziehen?

Antonio, der Zuane einige Gassen weit gefolgt war, gab es auf, weiter über Querinis Motive nachzudenken. Fürs Erste hatte er sein Versprechen erfüllt. Der Kampf war vorbei und Zuane außer Gefahr. Dennoch schickte Antonio ihm einen Teil seiner Männer hinterher, um sicherzustellen, dass es dabei blieb. Seine übrigen Gefolgsleute sandte er in zwei Gruppen aus, die eine mit dem Befehl, Quartier zu nehmen, die andere mit der Weisung, an den nächstgelegenen Hauptstraßen und Brücken bis zum Morgengrauen Posten zu beziehen, um etwaigen Widerstand in der Bevölkerung oder weitere Ausschreitungen der eingerückten Söldner zu unterbinden.

Er selbst saß ab und führte sein Pferd am Zügel neben sich her, bis er auf zwei Totengräber stieß, die einen gefallenen Soldaten der kaiserlichen Truppen auf einen Karren hoben, auf dem bereits weitere Leichen lagen.

»Ich suche eine Apothekerin«, sagte Antonio. »Sie ist jung und hat rote Haare. Man sagte mir, dass sich hier in der Nähe eine Farmacia von einem gewissen Silvano befindet, bei dem sie arbeitet. Könnt Ihr mir sagen, wo ich den Laden finden kann?«

Einer der Männer spuckte aus, direkt vor Antonios Füße. Der andere wandte sich ab, um den Karren fortzuziehen, blickte aber nach wenigen Schritten über die Schulter zurück. »Ihr steht genau vor dem Haus, das Ihr sucht. Es hängt sogar ein Schild daran.«

Das Gefährt rumpelte mit seiner schaurigen Last davon und verlor sich in der Dunkelheit zwischen den Häusern ebenso wie die beiden Männer, die in dem Fremdling den gleichen Feind sahen wie in allen anderen Soldaten, die vorher in der Stadt gehaust hatten.

Mit ihnen verschwand auch die Laterne, die vorher halbwegs die Gasse ausgeleuchtet hatte.

Antonio mühte sich ab, die Finsternis, die ihn mit einem Mal wieder umgab, mit Blicken zu durchdringen, um das vermaledeite Schild zu finden. Es war nirgends zu sehen, doch dann tat sich zu seiner Linken eine Tür auf, und ein glatzköpfiges Individuum steckte seinen Kopf heraus. Es war ein alter Mann, der ein Talglicht in der Hand trug. Ein riesenhaftes Ungetüm von Hund drängte sich gegen seine Hüfte, als warte er nur auf das Kommando, den unbekannten Besucher anzuspringen. Doch dann sah Antonio das freudige Wedeln des Schweifs. Er entspannte sich und nahm die Hand vom Knauf seines Schwerts.

»Wer fragt nach der Apothekerin?«, wollte der Alte mit fisteliger Stimme wissen.

»Ein Freund. Ich nehme an, Ihr seid Silvano, der Inhaber der Farmacia?«

Der Alte betrachtete ihn abwägend. »Woher soll ich wissen, ob es stimmt? Ich meine, dass Ihr ein Freund seid?«

»Ich bin ganz gewiss einer«, versicherte Antonio. Er kramte in seiner Tasche nach Geld, um dem Alten seine Skrupel und vielleicht auch eine Laterne abzukaufen. Unterdessen blickte er an der Fassade des Backsteinhauses hoch. Ob sie hier wohnte? Die Läden im Obergeschoss waren verrammelt, so wie alle Fenster und Türen in der Gegend. Seit dem Auftauchen der Soldaten wagte kaum jemand, seinen Kopf ins Freie zu stecken. Antonio fand es außerordentlich mutig von dem Alten, ihm unbewaffnet gegenüberzutreten, sah man von dem als Wachhund völlig untauglichen Riesenvieh an seiner Seite einmal ab.

»Was wollt Ihr von der Dame?«

»Ich bin ihr Mann«, antwortete Antonio prompt. Aus seiner Sicht war das nur zum Teil die Unwahrheit. Er hätte sie längst geheiratet, wenn sie nicht so bockig gewesen wäre.

»Na so was«, meinte der Alte. »Na so was, na so was!«

»Wie meint Ihr?«

»Das war die falsche Antwort. Ihr könnt nicht ihr Mann sein.«

»Wieso nicht?«, fragte Antonio verdutzt.

»Ihr Mann ist tot. Er fiel in der Schlacht von Agnadello. Ihr müsst ein Betrüger sein.«

Mansuetta horchte atemlos nach draußen, das gesunde Ohr gegen die Tür gedrückt. Es kamen keine weiteren Geräusche mehr, doch das wollte nichts heißen.

»Was hast du vorhin gehört?«, fragte sie Matteo, der sich verängstigt an sie drängte, das Gesicht in ihrer Gamurra vergraben. Sie schüttelte ihn sanft. »Bitte, mein Kleiner, es ist wichtig! Deine Ohren sind besser als meine!«

»Von wo aus angefangen?«, fragte er zurück, die Stimme gedämpft vom Stoff ihres Gewandes. »Von da an, als die Soldaten kamen?«

»Nein, von der Stelle an, als Laura hier oben vor der Tür stand und zu uns sagte, sie wolle uns rausholen.«

»Ich hörte sie reden. Dann ging sie zur Treppe, ganz langsam. Dann kam ein Poltern und ein Schrei, ganz so, als wäre Laura die Treppe hinabgestürzt.«

Dasselbe hatte Mansuetta auch gehört, bis auf die Schritte Lauras, dazu hatte ihr Hörvermögen nicht gereicht. Furcht erfüllte sie, und hastig rüttelte sie abermals an der Tür. »Laura!«, schrie sie.

Es kam keine Antwort.

Matteo zupfte an ihrem Gewand. »Wenn sie gestürzt ist, hat sie sich vielleicht verletzt und kann dich nicht hören.«

Natürlich hatte er recht. Sie löste sich aus Matteos Griff und humpelte zum Fenster. Rasch stieß sie die Läden auf und schaute hinaus in die diesige, regenverhangene Nacht. Draußen war es für ihre Begriffe stockdunkel, und im Licht der einzigen Kerze, die hier in der Kammer brannte, war unmöglich zu erkennen, was sich unten auf der Gasse tat. Immerhin war alles ruhig. Es waren weder Stiefelgetrampel noch Hufschlag zu hören, auch keine Stimmen von Soldaten, die ihnen vorhin noch mit ihrem blutrünstigen Gebrüll solche Angst eingejagt hatten.

»Hilfe!«, schrie sie aus voller Kehle. »So helft uns doch!«

Sie hielt inne und lauschte, doch es geschah nichts. Erneut rief sie um Hilfe, so laut sie konnte, und wieder tat sich nichts.

Verzagt blickte Mansuetta auf die Gasse hinunter. Das Fenster lag nicht allzu hoch, Laura hätte darüber nur gelacht und wäre kurzerhand hinausgehüpft. Sie selbst würde sich zweifellos alle Knochen brechen, wenn sie versuchte, dasselbe zu tun.

Sie wandte sich entschlossen zu Matteo um. »Hast du Angst?«

»Nein«, behauptete er mit dünner Stimme.

»Ich aber. Gewaltige. Und zwar um Laura.«

»Ich auch«, stieß er hervor. Sein kleiner Körper zitterte, und in seinen Augen standen Tränen. Bis jetzt hatte er sich mit aller Kraft beherrscht, aber bald wäre es um seine Fassung geschehen. Er war ein Junge von kaum sieben Jahren, und er hatte vorhin mit angehört, wie seine Schwester die Treppe hinabgestürzt war.

Aber er war auch über alle Maßen intelligent und mit einer seltenen Auffassungsgabe gesegnet. Sofort erfasste er die nötigen Zusammenhänge, während seine Blicke zwischen der verschlossenen Tür und dem offenen Fenster hin und her huschten. Eilig kam er zu ihr gerannt, um hinauszuschauen. Seine Augen waren weit besser als ihre, weshalb er auch wesentlich mehr sah als sie.

»Drüben liegt Veronica«, sagte er. Er holte Luft. »Sie bewegt sich nicht. Ist sie … tot?«

Mansuetta unterdrückte einen Schreckenslaut. »Das weiß ich nicht, aber möglich ist es«, sagte sie mühsam. »Siehst du Männer?«

»Einen toten Soldaten, dem der Kopf abgeschlagen wurde.« Matteos Stimme senkte sich zu einem entsetzten Flüstern. »Einen anderen, ebenfalls tot, in einer Pfütze.«

»Hörst du draußen etwas?«

»Nichts, nur den Regen.«

Sie hätten abermals um Hilfe rufen können, doch bisher hatte niemand auf ihre Rufe reagiert, und angesichts der Ereignisse in den vergangenen Stunden würde sich vorerst daran nichts ändern. Die Nachbarn fürchteten um ihr Leben, erst recht, nachdem bestimmt nicht wenige von ihnen durch die Ritzen ihrer Fensterläden das Gemetzel dort unten heimlich mit angesehen hatten.

»Kannst du dich vom Sims hinunterlassen, ins Haus laufen und dann schauen, wo der Schüssel für die Kammer ist?«

Matteo nickte stumm und machte Anstalten, ihrem Vorschlag sofort Folge zu leisten.

Sie hielt ihn auf. »Warte. Du musst noch etwas wissen.«

Er blickte zu ihr hoch.

»Unten liegen wahrscheinlich noch mehr tote Männer.« Sie atmete tief ein, bevor sie ihm die wichtigste Information von allen zuteil werden ließ. »Auch Isacco wird dort liegen, möglicherweise verletzt, vielleicht aber auch tot. Wirst du es schaffen, in der Tasche seines Gewandes nach dem Schlüssel zu suchen?«

»Ich will zu Laura. Dafür tue ich alles.«

Ja, dachte Mansuetta, das täte ich auch.

»Sei vorsichtig«, mahnte sie ihn, während er bereits wie eine gelenkige Katze auf den Fenstervorsprung hinauskrabbelte.

»Ich bin noch nie gestürzt«, gab er zurück. Er drehte sich um, umklammerte mit beiden Händen den Sims und ließ die Beine baumeln. Im selben Atemzug ließ er sich nach unten gleiten und geriet sofort außer Sicht. Mansuetta konnte nicht sehen, ob er gut gelandet war, es war einfach zu dunkel für ihre Augen.

»Alles in Ordnung?«, rief sie ängstlich.

»Ja«, kam es leise von unten zurück.

Sie spitzte die Ohren und meinte, ihn ins Haus huschen zu hören. Dann nahm sie längere Zeit nichts wahr, außer dem leisen Rauschen des Regens.

Sie hinkte zurück zur Tür und drückte ihr Ohr dagegen. »Matteo?«

Nichts.

»Matteo!«, rief sie in aufkommender Panik.

»Ich bin hier! Bei Laura!«, schrie er von unten. »Sie hat die Augen zu und rührt sich nicht!«

»O mein Gott! Hast du den Schlüssel?«

»Nein, noch nicht.« *Jetzt* hatte er definitiv ebenfalls die Fassung verloren, denn sie konnte deutlich sein haltloses Weinen hören. Sie hätte daran denken müssen, dass er zuerst zu Laura eilen würde.

»Was ist mit Isacco? Siehst du ihn irgendwo?«

»Ich weiß nicht«, schluchzte Matteo.

»Junge, du musst den Schlüssel holen!«, beschwor sie ihn. »Du musst mir die Tür öffnen, damit ich Laura helfen kann!«

Ihr Kopf fuhr herum, als sie ein Geräusch von draußen hörte. So rasch sie konnte, humpelte sie zum Fenster und schaute hinaus. Sie hatte sich nicht getäuscht. Hufschlag ertönte in der Gasse unter ihr, und sie sah Laternenlicht. Sie blinzelte heftig, um mehr zu erkennen, und schließlich schälten sich die Konturen schärfer aus dem Regen. Trotz ihrer schlechten Augen erkannte sie, dass sich dort jemand näherte. Es war ein Mann, der zu Pferde saß.

Mansuetta setzte zu einem Hilferuf an, doch dann sah sie im Schein des Windlichts den blinkenden Helm. Einer der Soldaten war zurückgekehrt.

Als Laura zu sich kam, war die Welt ein Meer aus Schmerzen. Sie lag mit dem Kopf auf der untersten Treppenstufe, die Beine angewinkelt und verkrampft. Matteo hockte neben ihr und weinte. Sie wollte die Hand ausstrecken und ihm übers Haar fahren. Ihm sagen, dass alles nicht so schlimm war.

Doch in Wahrheit war es noch viel schrecklicher. Isacco lag leblos im Vestibül und Veronica geschändet und mit durchschnittener Kehle in der Gasse. Sie waren alle tot. Isacco, Veronica, Monna Josefa, Orso … und das Kind, das sie unter dem

Herzen getragen hatte. Antonios Sohn. Der heftige Schmerz in ihrem Unterleib war einem schwachen Ziehen gewichen, doch dafür spürte sie die Gewebeklumpen, die zwischen ihren Beinen ihr Gewand durchfeuchteten. Sie wusste, dass sie das Kind verloren hatte, und sie wusste, dass es ein Junge geworden wäre.

Der Kopf tat ihr entsetzlich weh, es war ein Gefühl, als schlüge ihr jemand von innen mit einem Hammer gegen die Schläfen. Sie erinnerte sich, dass sie auf der Treppe gefallen war.

Matteo … Er musste es irgendwie geschafft haben, sich aus dem verschlossenen Zimmer zu befreien. Natürlich, das Fenster … Aber Mansuetta war noch oben, Laura hörte das wilde Hämmern und ihre Rufe, mit denen sie Matteo auf sich aufmerksam machen wollte.

Laura wollte ihm befehlen, rasch hinaufzulaufen und ihrer Schwester zu sagen, dass alles in Ordnung war, doch dann verstand sie die Worte, die Mansuetta schrie.

»Versteck dich! Matteo, lauf weg! Soldaten kommen!«

»Matteo«, flüsterte Laura.

»Du lebst!«, rief Matteo schluchzend. »Du bist nicht tot!«

»Hörst du nicht, was Mansuetta dir sagt?« Ihre Stimme klang fremd, als gehörte sie nicht zu ihr, wie Glas, das unter einem Stiefel zertreten wird. »Lauf weg, so schnell du kannst!«

Gehetzt schaute er sich um, doch dann schüttelte er eigensinnig den Kopf. »Ich lasse dich hier nicht allein liegen. Ich bin dein Bruder und beschütze dich!« Wie um seine Worte in die Tat umzusetzen, rannte er zu einem der toten Soldaten, die im Vestibül und vor der Pforte lagen. Laura wandte den Kopf und sah, wie er einen Dolch aufhob und ihn kurz betrachtete, als sei er ein gefährliches Tier.

»Gib mir das Messer!«, drängte Laura. »Versteck dich!«

»Nein.«

Sie versuchte, sich aufzurichten, fiel aber kraftlos zurück.

Mit dem Rücken zu ihr baute Matteo sich vor der Treppe auf, jeder Zoll seines kleinen Körpers in angespannter Verteidigungshaltung.

Durch die offene Haustür war klappernder Hufschlag zu hören, der gleich darauf zum Stillstand kam. Dann das Knarren eines Ledersattels und das Geräusch von Stiefeln, als jemand über das Pflaster rannte.

Ein unterdrückter Fluch, ein entsetzter Aufschrei, und abermals das Trampeln der Stiefel, die nun näher kamen, zusammen mit dem auf und nieder schwankenden Licht einer Laterne.

Ich muss tot sein, dachte Laura vage. Gestorben und in den Himmel gekommen. Oder, nein, vielleicht eher ins Fegefeuer, womöglich sogar in die Hölle. Sie hatte gebeichtet, aber Pater Anselmo hatte ihr nicht vergeben. Ja, sie war in der Hölle, anders ließ sich die Anwesenheit dieses Mannes nicht erklären.

Die Laterne wurde an der Tür abgestellt und erleuchtete von unten herauf eine große Gestalt. Matteo ließ das Messer fallen und schluchzte laut auf. »Du bist gar nicht im Krieg gefallen!«, stammelte er. »Du bist zurückgekommen!«

Er warf sich vorwärts und flog in die Arme des Mannes, der ihn hochhob und an sich presste. »Matteo! Gott im Himmel, wo ist …«

Er hatte sie gesehen. Rasch setzte er den Jungen ab und eilte auf sie zu. Neben ihr auf die Knie sinkend, streckte er beide Hände nach ihr aus, um sie zu betasten und sich zu vergewissern, dass sie lebte. Er gab einen Schrei von sich, als er das Blut bemerkte, das ihren Rock tränkte, und gleich darauf wurde ihm klar, was geschehen war. Erschüttert stöhnte er auf, als er den Abort entdeckte.

Tränen strömten über sein Gesicht, als er sie vorsichtig hochzog, an seine Brust. Sie hatte ihn noch nie weinen sehen. »Verzeih mir, Laura! Bei allen Heiligen, bleib bei mir! Du darfst nicht …!«

Sie fiel ihm ins Wort. »Sterben? Verlass dich darauf, dass ich das auf keinen Fall tue.«

Diesmal klang ihre Stimme beinahe wieder so, als gehörte sie ihr selbst.

»Aber das hier … Du hast …«

»Unser Kind verloren, ja.«

»O Heiland … Bist du … Haben die Soldaten …«

»Nein, das blieb mir erspart. Ich bin auf der Treppe gestürzt.«

Von oben war weiteres Hämmern zu hören.

»Antonio ist hier!«, schrie Matteo. »Er ist hier unten! Es wird alles wieder gut!« Er kauerte sich dicht neben Laura und Antonio und schmiegte sich schutzsuchend an sie beide.

Das Hämmern verstummte.

»Mein Beichtvater«, murmelte Laura. »Pater Anselmo von der Cappella degli Scrovegni. Er muss auf der Stelle herkommen. Ich will die Absolution.«

Antonio fuhr zusammen. »Du stirbst nicht«, stieß er hervor. »Du hast es selbst gesagt! Wozu musst du jetzt beichten?«

»Du verstehst nicht. Ich habe schon gebeichtet, diese Nacht. Es fehlte nur noch die Absolution, und die will ich haben, bevor ich neue Sünden begehen kann.«

»Warum muss es sofort sein?«

»Weil ich nicht weiß, ob du ein Traum bist«, flüsterte sie in seinen regennassen Kragen. »Wenn ich daraus erwache, soll er wenigstens vorher ein gutes Ende genommen haben.«

»Und was wäre ein gutes Ende für dich? Eines, das dich von deinen Sünden erlöst?«

»Nein, eines, das mich zu einer ehrbaren Frau macht.«

Sie merkte, dass er trotz seiner enormen Anspannung und seiner Sorge um sie lächelte, und dann versuchte er sich tatsächlich an einem Scherz. »Ah, dein Ziel ist nicht die Absolution, sondern das Ehegelübde! Und beides möchtest du gleich in einem Aufwasch haben, wie?«

Im Schutz seiner Arme dachte sie, wie absurd doch alles war. Sie lag inmitten von Toten, deren Verlust sie ebenso sehr schmerzte wie der ihres Kindes. Dennoch keimte in ihr ein zaghaftes Gefühl von Glück auf. Jene, die ihrem Herzen wahrhaft nah standen, waren ihr geblieben. Gott musste es gut mit ihr meinen, denn er hatte ihr für alles, was er ihr genommen hatte, den Mann, den sie liebte, zurückgegeben. Antonio war bei ihr und hielt sie in seinen Armen. Matteo hatte recht. Alles würde wieder gut werden.

Antonio strich ihr über das Haar und presste sie an sich.

»Wie fühlst du dich?«, wollte er wissen. »Hast du Schmerzen?«

»Nicht, wenn du da bist«, murmelte sie.

Über seine Schulter hinweg schaute sie nach draußen. Es hatte aufgehört zu regnen, und in der nachlassenden Dunkelheit zeigten sich die ersten fahlen Lichtstreifen des heraufziehenden Morgens.

Teil 8

Februar 1510

»Der Krieg ist aus! Der Krieg ist aus!« Mit diesen Worten kam Matteo in die Küche gestürzt.

»Du schleppst den ganzen Dreck von der Fondamenta herein«, schimpfte Mansuetta. »Wie oft habe ich dir gesagt, du sollst dir die Füße abtreten, wenn du bei dem Wetter draußen warst! Wo ist Piero? Du weißt, dass du nicht allein draußen herumlaufen sollst! Und was soll der Unsinn mit dem Krieg?«

Der Hauslehrer tauchte ebenfalls in der Küche auf, abgehetzt und außer Atem. »Da bin ich, Monna Mansuetta«, stieß er keuchend hervor. Betreten blickte er auf seine eigenen verschmutzten Zòccoli. »Oje, bitte verzeiht mir!«

»Es ist nicht Eure Schuld, Messèr Fioravante. Der Junge ist zu schnell, und da Ihr Weisung habt, ihn nicht davonlaufen zu lassen, müsst Ihr ihm ja notgedrungen folgen.« Sie deutete einladend auf den Tisch. »Ihr kommt gerade recht. Das Essen ist fertig. Setzt Euch doch. Oder habt Ihr noch keinen Appetit?«

»Oh, doch, natürlich!« Piero Fioravante hatte immer Hunger, besonders auf alles, was Mansuetta ihm kochte. Er war ein pausbäckiger, dicklicher junger Mann von zweiundzwanzig, hochgelehrt und mit großem pädagogischem Gespür ausgestattet. Nur dem ungezügelten Bewegungsdrang seines Schützlings sah er sich regelmäßig hilflos gegenüber. Er war von seiner körperlichen Veranlagung her alles andere als behände. Seine bedächtige Art, sich fortzubewegen, erinnerte bisweilen an eine Schnecke. Schon das Treppensteigen war mühselig für ihn, ein

Umstand, der ihn Mansuetta noch sympathischer machte, ihr aber auch Sorgen bereitete, weil seine Lippen und Fingerspitzen bei Anstrengungen dieser Art hin und wieder bläulich anliefen. Sie vermutete, dass sein Herz nicht das beste war. Daher schalt sie Matteo regelmäßig aus, wenn er auf den Exkursionen, die sein Lehrer mit ihm zu Bildungszwecken durch die Stadt veranstaltete, einfach losrannte oder auf irgendwelche Erhebungen kletterte, seien es nun Teile von Fassaden oder Brückengeländer. Oder gar, was einmal vorgekommen war, auf ein im Hafen liegendes Schiff. Der schlichte Anblick der Wanten hatte ihn dazu verleitet, diese mit affenartiger Schnelligkeit zu erklimmen, und anschließend war Piero das reinste Nervenwrack gewesen.

Mansuetta und auch Laura hatten Piero anheimgegeben, Matteo für solche Unbotmäßigkeiten zu bestrafen, doch der Hauslehrer war viel zu sanftmütig, den Jungen zu schelten, geschweige denn, ihn körperlich zu züchtigen. Er konnte keiner Maus etwas tun. Musikalisch und mathematisch hoch begabt, war er bereits im Alter von acht Jahren als zweiter Sohn eines Patriziers ins Kloster gesteckt worden. Wie viele Nachgeborene hatte er die geistliche Laufbahn einschlagen sollen. Dann war sein älterer Bruder gestorben, was seinen Vater dazu veranlasst hatte, ihn aus dem Kloster nach Hause zu holen, um ihn in die Geschäftswelt einzuführen. Piero, der im Kloster bei den gebildeten Brüdern zwar viel gelernt hatte, aber dort mit der strengen Hierarchie und asketischen Lebensweise nicht sonderlich zufrieden gewesen war, fühlte sich als Geschäftsmann noch unglücklicher. Zum Unwillen seines Vaters vergrub er sich ständig in seinen Büchern und verstieg sich sogar dazu, Notationen für allerlei Musikstücke zu verfassen und mathematische Formeln zu erdenken. Sein Vater verbot ihm das Lesen, das Singen und das Spielen von Laute und Virginal, doch Piero mochte sich nicht in seine neue Rolle fügen.

Bevor es zum Eklat kommen konnte, starb Pieros Vater. Die Handelsgesellschaft, die bereits durch den Krieg schwer gelitten hatte, ging infolge Pieros Desinteresse binnen weniger Wochen bankrott. Piero musste sogar den elterlichen Palazzo veräußern, um die Gläubiger zu befriedigen. Er hätte zur Not ins Kloster zurückkehren können, doch das lag ihm fern. Die Flucht nach vorn antretend, bewarb er sich bei einer reichen Familie als Hauslehrer. Bevor er über seine eigene Kühnheit erschrecken konnte, hatte er eine gut bezahlte Anstellung bei kostenloser Unterkunft und Verpflegung gefunden. Sein Schützling und ebenso dessen Familie waren begeistert von Pieros Fähigkeiten, die sich rasch herumsprachen. Als der Knabe, den er unterrichtet hatte, für einen Lehrer zu alt wurde, konnte Piero unter einem Dutzend neuer Angebote wählen.

Mansuetta war noch heute stolz darauf, dass er ihrem Ruf gefolgt war. Bei Lichte betrachtet war es natürlich Antonios Angebot gewesen, immerhin bezahlte er das Salär des Lehrers. Aber es war ihre Überzeugungskraft, die ihn dazu bewogen hatte, die Stelle im Hause Bragadin anzunehmen.

Laura behauptete zwar, es liege einzig an dem Braten mit Rosmarin und Schinken, den sie Piero gleich beim ersten Gespräch aufgetischt hatte, doch das hatte Mansuetta kategorisch ins Reich der Legende verwiesen. Sie war der Meinung, sie habe ihm Matteos überragende Intelligenz mit solcher Eindringlichkeit dargestellt, dass er gar nicht anders konnte, als sich dieser besonderen Herausforderung zu stellen.

Allerdings war unbestreitbar, dass es ihnen trotz des anhaltenden Krieges so gut ging wie nie zuvor. Antonio sorgte für die seinen, das musste man ihm lassen, egal was man sonst gegen ihn vorzubringen hatte. In ihren Diensten stand nicht nur der Hauslehrer, sondern auch eine Putz- und Küchenmagd sowie eine Zofe für die Wäsche und die Schlafkammern. Kostgänger und Wohngenosse war außerdem der alte Theaterintendant Raffaele Correggio, und zu guter Letzt dienten ihnen immer noch die unerträglichen Zwillinge als Leibwächter, ein Umstand, mit dem Mansuetta sich nach wie vor nicht recht anfreunden mochte.

Mansuetta tat dem Hauslehrer einen Berg Pasta auf und gab reichlich frisch gebratene Sardinen dazu. Matteos Portion fiel um einiges kleiner aus. Der Junge war zu ihrem Leidwesen ein schlechter Esser. Allenfalls konnte er sich für Süßspeisen begeistern, doch zu viel davon war, wie Mansuetta wusste, eher ungesund. Sie hatte schon Kinder gesehen, denen von zu viel Süßem alle Zähne verrottet waren, bevor sie das Erwachsenenalter erreichten. Matteos Zähne waren dagegen, genau wie ihre eigenen und auch die von Laura, völlig makellos, und sie würde das ihre dazu beitragen, dass sich das nicht so rasch änderte. Das Kauen von Minzeblättchen sorgte nicht nur für frischen Atem, sondern auch für ein reinliches Gebiss, und war keine Minze zur Hand, gab es klein geschnitzte Stücke von Zedernholz, die ähnlich wirkten, und davon hatte Mansuetta immer einen ausreichenden Vorrat in ihrer Kammer.

»Das mit dem Krieg stimmt«, sagte Piero mit vollen Backen kauend. »Jedenfalls zum Teil.« Er spülte den Bissen, den er im Mund hatte, mit ein paar Schlucken verdünntem Wein hinunter, bevor er sich den nächsten Löffel voll hineinschaufelte, um dann, abermals kauend, weiterzusprechen. »Der Papst hat Frieden mit Venedig geschlossen. Heute kam ein Bote von Rom, es wurde überall ausgerufen, am Palazzo Ducale, am Ponte Rialto, vor den großen Scuole.«

»Ist das wirklich wahr?«, fragte Mansuetta ungläubig und mit zaghaft aufkeimender Freude.

»So hieß es.« Piero wischte sich mit dem Ärmel seines Gewandes den Mund ab und trank einen weiteren Schluck Wein. »Seine Heiligkeit, der Papst, ist nun unser Verbündeter. Gemeinsam mit den päpstlichen Truppen wird Venedig den Vorstößen der Liga Einhalt gebieten.«

»Und das Interdikt?«

»Ist vorbei. Der Kirchenbann ist aufgehoben.« Piero hob die Hand. »Hört Ihr die Glocken? Sie läuten alle, sogar die Marangona!«

Jetzt, da er es sagte, hörte sie es auch. Ihre Ohren waren über den letzten Winter nicht besser geworden, doch sie hatte aufgehört, deswegen mit dem Schicksal zu hadern.

Sie bekreuzigte sich. »Dem Herrn sei Dank für diese Wendung! Wenn Venedig nicht mehr gegen den Papst kämpfen muss, ist schon viel gewonnen. Wir werden später in die Basilika gehen, zur Abendmesse, und dort wie früher mit dem Segen des Heiligen Stuhls die Kommunion empfangen.« Tadelnd setzte sie hinzu: »Matteo, schling nicht so, du weißt, dir wird leicht übel davon, wenn du so schnell isst!«

Pietro, der sich soeben eine weitere Ladung Pasta in den Mund gestopft hatte, hielt verlegen inne und gab sich sichtlich Mühe, langsamer zu kauen. Wie so häufig bezog er ihr Schimpfen auf sich selbst, vermutlich ein Überbleibsel von früher. Als Kind und Jüngling war er wohl häufiger gescholten als gelobt worden.

Mansuetta hielt es für angebracht, ihre Zurechtweisung ins richtige Licht zu rücken. »Matteo isst nur so schnell, weil er fertig werden und wieder nach draußen will, nicht, weil es ihm so gut schmeckt.«

Piero errötete. »Es schmeckt wirklich über alle Maßen, Euer Essen. Es ist hervorragend! Kein Mensch kocht besser als Ihr! Falls ich … ähm, ein wenig zu rasch esse, dann gewiss nur aus diesem Grund, Madonna.«

Sie lächelte ihn an. Von seinem Wesen her war er Matteo so ähnlich, dass es sie manchmal verblüffte. Er war so unglaublich klug, dass es jede Vorstellung überstieg, aber in praktischen Dingen war er oft von einer Naivität, die man nur als drollig bezeichnen konnte. Wie bei Matteo hatte sie bei ihm häufig den Wunsch, ihm übers Haar zu fahren oder ihm den Mund abzuwischen. Er war erwachsen, aber auf gewisse Weise einfach noch ein großes Kind, und sie war glücklich darüber, dass er sich ganz offensichtlich hier bei ihr zu Hause fühlte.

Sie würde wohl niemals eigene Kinder haben, aber sie wusste, wie es war, für welche zu sorgen und sie zu lieben. Piero war im Begriff, sich einen Platz in ihrem Herzen zu erobern, und sie hoffte, dass er noch lange bei ihnen blieb. Die Aussichten waren nicht schlecht, denn Matteo konnte noch jahrelang Unterricht bekommen.

Ihr Leben würde, wenn Gott ihr weiter gnädig war, in ruhigen, vorhersehbaren Bahnen verlaufen. Sie würde Matteo aufwachsen sehen, ebenso wie die Kinder von Laura und Antonio. Sonst gab es nicht viel, was sie sich wünschte. Genug zu essen, keine Schmerzen zu haben, im Winter ein warmes Bett. Und natürlich Menschen, die sie liebten.

Vielleicht würde sie eines Tages sogar erfahren, wo ihre Mutter lebte, oder, wenn diese tot war, wo sie begraben lag. Nicht ihre leibliche Mutter, deren Grab sie kannte, sondern Crestina, die sie aufgezogen hatte wie ihr eigenes Kind. Immer noch sehnte Mansuetta sich nach ihr, manchmal mit einer Intensität, die sie erschreckte, und dann weinte sie heimlich in ihrer Kammer, bis sie keine Tränen mehr hatte. Sie weinte auch um Isacco, die Liebe ihrer Jugend, Sinnbild jener heimlichen Träume, deren Erfüllung ihr zeitlebens versagt bleiben würde.

Dennoch war sie auch dankbar für das Glück, das sie erfahren hatte, seit Laura und Antonio verheiratet waren. Ihr Leben war nie zuvor so leicht und sicher gewesen. Sie ging des Sonntags zur Kirche und saß neben Giovanni, dem Fischhändler. Seine Gegenwart beruhigte sie und erfreute sie zugleich, auf eine stille, unspektakuläre Weise, die ihr guttat. Die Gespenster aus der Vergangenheit gab es noch, aber sie rückten in immer weitere Ferne.

Matteo ließ seinen Löffel neben den Teller fallen. »Ich bin fertig.«

Mansuetta hob die Scherenbrille, die an einer Kette um ihren Hals hing, eine wertvolle Neuerwerbung, die ihr seit dem letzten Herbst auf wundersame Weise das Sehen erleichterte. Sie stammte vom besten Cristallero Muranos und war wesentlich besser gearbeitet als die alte; durch die Gläser sah sie alles gestochen scharf. Matteo zuckte zusammen, wie immer, wenn sie sich die Brille vorhielt, die es ihr problemlos ermöglichte, ungewaschene Finger, ein schmutziges Knabengesicht oder halb leer gegessene Teller auf den ersten Blick zu erkennen.

»Du hast nicht aufgegessen.«

»Ich bin satt!«, jammerte er. »Wenn ich so viel essen muss, wird mir schlecht!« Trotzig fügte er hinzu: »Außerdem will ich nicht raus, sondern die neue Karte ansehen. Antonio hat sie mir geschickt, sie zeigt die ganze Welt, nach den neuesten Messungen! Ein Deutscher hat sie gemacht, er heißt Martin Waldseemüller, und es ist sogar der Kontinent darauf, den Cristoforo Colombo fand, America! Bitte, ich möchte sie sehen! Ich kann nicht mehr essen!«

Mansuetta seufzte. »In Gottes Namen, dann lass es stehen.«

Piero warf einen begehrlichen Blick auf Matteos restliche Portion, obwohl sein eigener Teller noch nicht ganz leer war.

»Vielleicht ist ja Messèr Fioravante so freundlich, deine Pasta noch aufzuessen«, schlug Mansuetta diplomatisch vor.

»Den Gefallen tu ich Euch gerne!«, versicherte Piero ihr mit vollem Mund.

»Esst ruhig schnell«, empfahl ihm Matteo. »Mansuetta weiß ja, dass Ihr es nicht aus Ungezogenheit macht, sondern weil es Euch schmeckt.«

Mansuetta verkniff sich ein Grinsen. Sie läutete nach der Magd, damit diese das Essen für das Hausgesinde und Raffaele auftragen konnte. Anschließend stattete sie dem Abtritt einen Besuch ab und ging dann durch die Hintertür hinaus in den Garten, um nach den Sträuchern zu sehen. In den letzten Tagen war es wärmer geworden, und sie meinte bereits, die ersten winzigen Blütenknospen erkennen zu können.

Es war merkwürdig, in einem Haus zu leben, das früher das Zuhause ihrer leiblichen Mutter gewesen war. Die Wege des Herrn waren manchmal wirklich unerforschlich.

Während Laura sich kaum hatte beruhigen können vor Begeisterung, an den Innenwänden des Anbaus die alten Fresken ihres Vaters weitgehend unbeschädigt wiederzufinden, hatte Mansuetta die Neuigkeit, dass dies früher Lauras Elternhaus gewesen war, mit gemischten Gefühlen aufgenommen. Sie wusste so wenig über die Frau, die sie geboren hatte, und noch weniger über den Mann, der diese herrlichen Bilder gemalt hatte. Sie konnte nur rätseln, ob er auch ihr Vater gewesen war. Darüber hatte Crestina in ihrem Brief nichts geschrieben. Eingezogen waren die Monteverdis damals, als Laura noch ein Säugling gewesen war, immerhin so viel hatten sie bei Nachbarn in Erfahrung bringen können. Über Herkunft oder Vergangenheit der Monteverdis war hingegen nichts bekannt.

Antonio hatte die Nachricht, dass Laura hier aufgewachsen war, mit demselben Erstaunen aufgenommen wie alle anderen. Er hatte eine Weile deswegen gegrübelt, jedoch nicht darüber gesprochen.

Es hatte dann noch eine kurze Debatte darüber gegeben, wo die Familie ihre Wohnräume beziehen würde. Laura hatte den Wunsch geäußert, in dem Löwenzimmer zu schlafen. Doch allzu nachdrücklich hatte sie nicht darauf bestanden, und schließlich hatte sie sich Antonio gefügt, der dagegen war. Er meinte, er hätte keinen Palazzo gekauft, um die Dame des Hauses in einem Anbau einzuquartieren. Der sei für das Gesinde gedacht. Mansuetta war über die Entscheidung insgeheim erleichtert, denn im Haupthaus war nicht nur die Treppe breiter, sondern auch der Abtritt komfortabler und die Küche größer und besser eingerichtet. Auch die Kammern waren geräumiger.

Mansuetta liebte den Palazzo. Er war ein solides, mit allen Bequemlichkeiten ausgestattetes Haus, weit schöner als alles, was sie sich je in ihren Träumen hatte vorstellen können.

Sie öffnete die landseitige Pforte und humpelte über die Gasse weiter zur Fondamenta, wo sie stehen blieb, um den Fortgang der Arbeiten an der Fassade zu begutachten. Ein viel gefragter Freskenmaler war damit beauftragt worden, die hässlichen Bilder umzugestalten. Sein Name war Tiziano Vecellio, der junge Mann, mit dem Veronica befreundet gewesen war. Es hieß allgemein, ihm sei eine große Zukunft als Künstler beschieden.

Er hatte beschlossen, zunächst den alten Putz abzuschlagen, weil er nicht riskieren wollte, dass sich die neue Schicht vom Untergrund ablöste. Den letzten Freskenputz hatte er als unzulänglich bemängelt, und tatsächlich waren schon hier und da Flächen abgeplatzt.

Beim Abtragen des Putzes waren Teile der früheren Malereien zum Vorschein gekommen, und hin und wieder war von Tiziano ein überraschter und begeisterter Ausruf zu hören, gefolgt von Seufzern des Bedauerns, weil die Kunst des Guido Monteverdi nur noch in Bruchstücken erhalten war.

Tiziano stand auf dem Gerüst und hieb mit Hammer und Meißel den Putz herunter.

»Hätte man mich nur gleich nach diesem vermaledeiten Brand gerufen«, sagte er, als er merkte, dass Mansuetta unten stand und durch ihre Brille zu ihm hochschaute. »Dann hätte man den Ruß entfernen und wenigstens noch einen Teil der Fresken retten können. Der Stümper, der sich daran vergriffen hat, gehört in den Kanal geworfen. Zum Glück sind die Innenmalereien in dem Anbau noch erhalten, wenngleich sie dort herzlich wenig nützen, weil sie kaum jemand sieht.«

»Meine Schwester geht oft hinein und schaut sie sich an.«

Tiziano ließ den Meißel sinken. »Die schöne Monna Laura! Wie geht es ihr? Wann kehren sie und ihr Gatte von ihren Reisen zurück?«

»Letzte Woche kam ein Brief. Ich soll Euch übrigens recht herzlich grüßen.«

Der Maler strahlte. Seine Schwärmerei für Laura konnte niemandem entgehen, doch seine Verehrung entsprang eher der Sicht des Künstlers als der des Mannes. Er wollte Laura immer noch malen und behauptete, er werde nicht eher ruhen, bis er sie als Flora auf der Leinwand verewigen dürfe.

»Bis Ostern wollen sie wieder hier sein«, sagte Mansuetta. »Sie sind in England, wo mein Schwager Geschäfte tätigen will.«

»Ah, England. Ist das nicht auf der anderen Seite der Erde?«

»Nicht ganz so weit«, sagte Mansuetta trocken. »Aber weit genug. Mit dem Schiff ist man wochenlang unterwegs, weil man erst um Portugal und Spanien und die Küste Frankreichs herumsegeln muss.«

»Spanien, Portugal, Frankreich, England – lauter Gegner Venedigs!« Seine Miene zeigte Besorgnis. »Wie furchtbar es in der Fremde zugehen kann, wissen wir doch beide, seit die arme Veronica auf so grausame Weise zu Tode kam!«

»Veronica wurde von einem venezianischen Söldner umgebracht.«

Tiziano senkte betreten den Kopf. »Richtig, Ihr spracht ja davon. Der Herr möge der Serenissima vergeben. Dennoch mache ich mir Sorgen um Madonna Laura. Die Welt ist voller Feinde!«

»England gehört nicht mehr zur Liga«, erklärte Mansuetta. »In London gibt es einen neuen König, Heinrich den Achten. Er ist noch jung, und es heißt, sein Herz schlägt für Venedig.«

»Was Ihr alles wisst, Madonna«, staunte Tiziano. Sein dunkles Haar und sein junges Gesicht waren von Mörtelstaub bedeckt, und der Kittel, den er trug, war übersät von Farbflecken. »Aber wen nimmt es wunder, dass Ihr Euch auskennt, schließlich seid Ihr in Abwesenheit von Messèr Bragadin das Familienoberhaupt.«

Das bin ich wohl wirklich, überlegte Mansuetta mit leiser Selbstironie. Sie war blind wie ein Maulwurf und lahm wie ein verkrüppelter Bettler – und dennoch hatte sie den Haushalt im Griff. Das Gesinde folgte ihr widerspruchslos, das Haus war sauber, die Vorratskammer gefüllt, und sie schaffte es mit Hilfe der Küchenmagd immer noch an jedem Tag, den der Herr werden ließ, schmackhafte und sättigende Mahlzeiten für alle auf den Tisch zu bringen.

Als hätte Tiziano ihre Gedanken gelesen, fügte er hinzu: »Vor allem als Köchin seid Ihr begnadet!«

Sie musste grinsen. Anscheinend hatte er den Küchendunst gerochen.

»Ich wollte Euch eben fragen, ob Ihr auf eine kleine Mahlzeit hereinkommen wollt«, sagte sie.

Er ließ sofort Hammer und Meißel fallen und schickte sich an, vom Gerüst herabzuklettern.

»Da sage ich nicht Nein«, verkündete er vergnügt.

»Dann nur zu. Für Euch wurde bereits ein Teller gefüllt. Das Essen wartet in der Küche auf Euch.«

Nicht ohne Stolz sah sie zu, wie er ins Haus eilte, um sich die versprochene Mahlzeit zu holen. Vielleicht hatte er recht. Schlecht machte sie ihre Sache gewiss nicht. Zumindest hatte sie erkannt, dass sie sich während der vergangenen Jahre in allen Dingen immer viel zu sehr auf Laura verlassen hatte, einfach deshalb, weil diese zur Verfügung stand und weil es die geringste Mühe gekostet hatte. Infolge der Abwesenheit ihrer Schwester waren mit einem Mal ihre eigenen Fähigkeiten gefragt, und sie hatte diese schneller mobilisieren können, als sie erwartet hatte.

Laura hingegen hatte nicht daran gezweifelt.

»Du schaffst das«, hatte sie gesagt. »Mit ein bisschen Hilfe schaffst du alles!«

Antonio hatte Mansuetta mit ausreichenden Geldmitteln ausgestattet, mit denen sie sparsam haushaltete, so wie sie es gewohnt war. Dank der neuen Brille war ihr auch wieder die Buchführung möglich, die sie früher, ebenso wie Laura, bei Crestina erlernt hatte.

Ihr Schwager und ihre Schwester würden alles in geordneten Verhältnissen wiederfinden, sobald sie nach Venedig zurückkehrten.

Das letzte halbe Jahr war für sie alle erfreulich verlaufen, nicht nur, weil es sich in dem neuen Haus gut leben und wirtschaften ließ.

Antonios Geschäfte blühten, er schien bei allem nur zu gewinnen. Während der Krieg andere Kaufleute arm machte, wurde er immer reicher, weil er mit den richtigen Gütern handelte. Salpeter für Schießpulver, Segeltuch für Boote, Eisen für Kanonenrohre. Das war nur ein Teil von dem, was Mansuetta im Laufe des letzten halben Jahres aus Lauras und Antonios Unterhaltungen aufgeschnappt hatte. Während viele Menschen in der vor Flüchtlingen überquellenden Stadt hungerten, hatten sie selbst immer reichlich zu essen, denn gleichgültig, wie sehr die Preise stiegen – es war immer Geld da, um alles zu kaufen, was ihr Herz begehrte. Es ging ihnen gut.

Auch deshalb, weil Lauras und Antonios Feinde nicht mehr auftauchten. Von der Nonne Arcanzola hatten sie nie wieder gehört, und deren bösartiger Bruder, der Patrizier Giacomo Cattaneo, war verschwunden. Manche sagten, er sei tot, umgekommen auf der Terraferma, andere behaupteten, er sei zu einer langen Reise in den Orient aufgebrochen. Gleichviel, er war nicht mehr da, das war alles, was für Laura und Antonio zählte.

Mansuetta war im Begriff, ins Haus zurückzukehren, als sie eine Frau sprechen hörte.

»Hier muss es sein, Bartolomeo. Man sagt, es sei das Haus gegenüber der Scuola, und es werde gerade neu verputzt und bemalt. Nein, wirklich, was für ein entzückendes Anwesen!«

In der Stimme der Frau lag ein Ton, der Mansuetta irgendwie aufgesetzt vorkam.

Es handelte sich um eine vornehm gekleidete, verschleierte Dame. Sie saß in einer Gondel, die vor der Fondamenta beim Anbau des Palazzo angelegt hatte. Bei ihr war ein Mann, der das Boot ruderte. Für einen gewöhnlichen Gondoliere war er zu fein gekleidet, aber er trug auch nicht das Schwarz des Patriziers, sondern farbenfrohe Gewänder. Mansuetta hielt verstohlen die Brille vor die Augen, weil sie wissen wollte, wer sich für den Palazzo interessierte.

Das Boot war mit dem Wappen der Querinis bemalt. Auch den Mann erkannte sie sofort. Er hatte Zuane gelegentlich begleitet, wenn dieser zu Besuch gekommen war, um Laura zu treffen.

»Verzeiht, Madonna«, sprach die Frau Mansuetta an. »Könnt Ihr mir etwas über die Bewohner dieses Palazzo sagen? Wir hörten, es stehe zum Verkauf.«

»Nicht mehr«, sagte Mansuetta höflich. »Unsere Familie hat es im letzten Jahr erworben.«

»Eure Familie?«

Mansuetta nickte. »Ganz recht. Genau gesagt, Messèr Bragadin.«

»Ah, der junge Bragadin. Ich sah ihn gelegentlich in unserem Hause. Nennt man ihn nicht den neuen Stern am venezianischen Firmament der Kaufleute? Er vermählte sich letztes Jahr. Die ganze Stadt sprach von dem schönen jungen Paar. Und Ihr seid …«

»Niemand. Nur eine arme Verwandte.«

»Oh. Nun ja. Das soll es geben.«

Mansuettas erster Impuls war, rasch ins Haus zurückzukehren, doch sie bezwang ihre Unruhe und blieb stehen. Sie verlieh ihrer Miene einen Ausdruck heiterer Gelassenheit und harrte der Dinge. Nach allem, was sie bisher über die Familie Querini gehört hatte, zog sie den Schluss, dass es sich bei der Frau nur um Eugenia Querini handeln konnte, die Schwester Marcello Querinis und damit die Schwägerin jener ominösen Tante Angelica. Sowie ihrer eigenen Mutter, Anna Monteverdi.

Mit einem Mal fing Mansuettas Puls an zu rasen, denn unvermittelt erinnerte sie sich wieder daran, was Laura ihr über diese Frau berichtet hatte. Eugenia Querini war in jahrelanger enger Freundschaft Arcanzola Cattaneo verbunden, jener unberechenbaren und lasterhaften Nonne, die ebenso verbrecherisch war wie ihr Bruder Giacomo.

Mansuetta begriff, dass dieser Besuch keineswegs ein Zufall war. Eugenia Querini war aus einem bestimmten Grund hier.

Sie schaute sich verstohlen um und atmete erleichtert auf, als sie ein Stück weit die Fondamenta hinunter Oratio herumlungern sah. Einer von den Zwillingen war immer in Sichtweite. Ob nun Matteo mit Piero Fioravante auf Entdeckungsreise durch die Stadt streifte oder sie selbst mit der Magd zum Markt ging – entweder Oratio oder Tomàso achtete stets darauf, dass die Familie weder von Straßenräubern noch sonstigem üblen Gelichter bedroht werden konnte.

Mit einem Mal fühlte Mansuetta sich von inbrünstiger Dankbarkeit durchströmt, und sie schwor sich, die Anwesenheit der beiden nie mehr als Last zu betrachten. Allein die Tatsache, dass sie nur einen kurzen Schrei ausstoßen musste, um einen flinken und skrupellosen Messerwerfer an ihrer Seite zu haben, wog alle bisherigen Unannehmlichkeiten mit den beiden unzivilisierten Rabauken auf.

Obwohl sie sich sicher fühlte, behielt sie den Mann im Boot scharf im Auge. Sie fand seit jeher, dass dieser Bartolomeo ein äußerst undurchsichtiger Mensch war, ganz anders als Zuane. Nie hatte sie ihn lächeln sehen, wenn er bei Zuanes Besuchen wie ein Schatten hinter ihm in der Gasse gewartet hatte. Er hatte immer nur reglos und wachsam dort gestanden, aufgeputzt wie ein Pfau, die behandschuhte Rechte am Degen, die andere in den Gürtel geschoben.

»Nun, eigentlich wollten wir das Haus nicht kaufen«, sagte Eugenia. »Uns interessieren eher die Fresken, wisst Ihr. Wir haben von dem Maler gehört.« Die Frau schlug ihren Schleier zurück und präsentierte ihr lächelndes Gesicht. Sie war nicht mehr jung, aber von erlesener Schönheit, mit einem Teint wie Elfenbein und veilchenblauen Augen. Die Familienähnlichkeit mit Zuane war unverkennbar, sie hätte seine ältere Schwester sein können.

»Falls Ihr Messèr Tiziano meint – er nimmt gerade im Haus sein Mittagsmahl ein. Wenn Ihr wollt, rufe ich ihn, dann könnt Ihr mit ihm sprechen.«

»O nein, um den geht es nicht. Sondern um den anderen, der die Bilder gemalt hat, die vorher die Fassade zierten. Sie müssen sich unter diesen Scheußlichkeiten befinden.« Eugenia deutete auf die Außenwände. »Es heißt, im Haus sollen weitere wundervolle Fresken von diesem Maler sein, sogar noch vollständig erhalten. Sein Name ist Guido Monteverdi, habt Ihr vielleicht schon von ihm gehört?«

Mansuetta beschloss, das Spiel mitzuspielen. Womöglich eröffnete sich hier eine Gelegenheit, neue Informationen über ihre und Lauras Herkunft herauszubringen. Sosehr es ihr auch widerstrebte, sich in eine längere Unterhaltung mit dieser merkwürdigen Person verstricken zu lassen, so dringlich erschien es ihr auf einmal, mehr über die Querinis zu erfahren. Fast kam es ihr vor, als würde sich in einem weiteren Gespräch eine Auflösung aller Rätsel anbahnen, wenn sie nur das ihre dazutat.

»Tatsächlich hat früher hier ein Freskenmaler namens Guido Monteverdi in dem Anbau gewohnt«, erklärte sie. »Aber er starb vor vielen Jahren.«

»Der arme Guido«, sagte Eugenia traurig. »Anna und Angelica haben immer so große Stücke auf ihn gehalten. Besonders Anna. Meine Güte, ja. Sie war ihm so sehr zugetan, und das nicht nur wegen seiner schönen Bilder. Mehr, als ihr in Anbetracht der Umstände zuträglich sein konnte.« Ihr eben noch betrübter Gesichtsausdruck verwandelte sich wieder in ein Lächeln. »Oh, ich bin so unhöflich. Ich vergaß völlig, uns vorzustellen. Mein Name ist Eugenia Querini, ich bin die Schwester des Prokurators von San Marco, Messèr Marcello Querini.« Sie wies auf ihren Begleiter. »Das hier ist Bartolomeo, der Kämmerer und Adjutant meines Bruders. Und wenn ich von Anna und Angelica spreche, so sagen Euch diese Namen selbstverständlich nichts, weshalb ich auch gar nicht weiter über sie reden möchte.«

»Oh, es … stört mich nicht, sprecht ruhig über sie!« Mansuetta brachte die Worte nur krächzend heraus. Vor lauter Aufregung wurde ihr schwindlig, und sie hatte das dringende Bedürfnis, sich irgendwo festzuklammern, damit sie nicht das Gleichgewicht verlor.

»Ach nein, über die Toten soll man nicht unnütz reden«, wehrte Eugenia ab. Nachdenklich legte sie den Kopf schräg. »Obwohl – so stimmt es nicht, denn die arme Angelica ist ja gar nicht tot.«

»Sie ist … nicht tot?« Wieder bekam Mansuetta die Worte kaum heraus.

Eugenia schüttelte den Kopf. »Noch nicht ganz, glaube ich. Sie wünschte schon früher oft, sie wäre es, weiß Gott. In ihr war immer solche Traurigkeit! Nun ja, sie war krank. Und ist es natürlich immer noch.«

»Wovon sprecht Ihr?«

Eugenia bewegte unbestimmt ihre schlanke Hand. »Ach, das sind langweilige Familiengeschichten von fremden Leuten, die Euch bestimmt nicht interessieren.«

Erzähl es mir!, wollte Mansuetta schreien, doch natürlich tat sie nichts dergleichen. Sie schaute lediglich sprachlos zu, wie Eugenia Querini ihren Schleier wieder vorlegte und sich sittsam in die Felze zurücklehnte.

»Wir wollen die nette Dame nicht länger aufhalten, Bartolomeo. Lebt wohl, Madonna. Und erfreut Euch noch lange an Guidos schönen Fresken, die Anna immer so liebte.«

Bartolomeo stieß das Boot von der Fondamenta ab. Er legte die Stange in die Forcola und ruderte davon.

Mansuetta blieb stumm am Kai stehen und schaute der Gondel nach.

März 1510

Sie waren in einem Boot die Themse hinaufgerudert, gegen den Strom, der sich behäbig aus dem Landesinneren in die Nordsee wälzte, bis zu einem kleinen Ort namens Southend. London selbst war eine große Stadt, in der den Häusern die filigrane Luftigkeit, die in Venedig vorherrschte, völlig fehlte. Marmorfassaden oder bunte Fresken waren kaum zu sehen, sogar die Kirchen und Paläste waren vorwiegend aus schlichten roten Ziegeln erbaut. Die Straßen und Plätze wirkten im matten Licht der Wintersonne wenig einladend, bestanden sie doch infolge des dauernden Regens aus kaum mehr als zähem Morast. Keine Blüte zierte die Bäume, und die hohen Mauern, welche die Häuser der Edlen nach außen abschirmten, symbolisierten in Lauras Augen Ablehnung gegenüber allem, was fremd war.

Obwohl London eine Handelsmetropole war, ähnelte die Stadt nach Lauras Dafürhalten in nichts dem weltoffenen, farbenfrohen Treiben der Serenissima. Sicherlich wirkten die Gassen und Plätze bei schönerem Wetter anziehender, doch als sie ankamen, waren die Witterungsverhältnisse genau von der Art, wie Antonio es zuvor beschrieben hatte. Die Menschen, denen sie begegneten, waren meist tief in ihre wollenen Gewänder verkrochen, die Köpfe gesenkt gegen den ewigen Nieselregen. Nebel wallte über die Themse und ihre Ufer. Vermischt mit dem Rauch aus den Schornsteinen und den ätzenden Dünsten aus den Gerbereien und Schlachthäusern zog er bis in die letzten Winkel und ließ die Dächer und Kirchtürme in stinkendem Grau verschwimmen.

Hier in London schien es keine Sonne zu geben. Laura hatte sie jedenfalls seit ihrer Ankunft kein einziges Mal zu Gesicht bekommen. Es war kalt, unwirtlich und feucht, egal, wo sie hinkamen.

Dennoch gab es keine noch so trübe Stunde, in der sie je bereute, mitgefahren zu sein, nicht einmal während der grauenhaften Seereise. Sie kostete jeden Tag aus, den sie in Antonios Gesellschaft verbringen konnte. Gemessen an der Dauer ihrer jungen Ehe hatte es mehr Tage gegeben, die sie ohne ihn verlebt hatte, als solche, an denen sie zusammen sein konnten. Von September bis Weihnachten war er in Ungarn gewesen, den Januar über in Florenz. Als er endlich zurückgekehrt war, hatte sie darauf bestanden, bei der nächsten Reise mit von der Partie zu sein. Wie erwartet, hatte er das zunächst abgelehnt. Er hatte die lauernden Gefahren hervorgehoben und die Reisestrapazen ins Feld geführt, und er hatte England in einem so düsteren Licht gezeichnet, dass ihr schon vom Zuhören ganz elend geworden war.

»Während in der Lagune im Februar in manchen warmen Wintern bereits die Bäume blühen, wird es dort nicht einmal richtig hell. Von früh bis spät liegt eisiger Nebel über der Stadt, er dringt durch alle Schichten von Kleidung und lässt einen bis ins Mark frösteln. Und es regnet in einem fort, sodass man kaum vor die Tür gehen mag. Da sich dies aber nicht vermeiden lässt, ist man die meiste Zeit durchnässt und völlig verfroren. Und das Essen! Kein Mensch kann sich vorstellen, wie schauderhaft dort das Essen ist!«

Ihre Erwiderung lautete, dass sie sich lieber monatelang von Wasser und Brot ernährte, als während dieser Zeit erneut auf ihn zu verzichten, und wenn sie nicht diese Gelegenheit nutzen könne, würde sie sicherlich zeitlebens nie mehr aus Venedig herauskommen. Er hatte schließlich nachgegeben, offenbar noch unter dem Eindruck dessen, was im vergangenen Jahr in Padua geschehen war. Sie nutzte seine Angst um ihr Wohlergehen skrupellos aus, doch ein schlechtes Gewissen hatte sie deswegen nicht.

Die lange Seereise von der Adria bis an die Küste von England verlief eher beschwerlich als abenteuerlich. Laura reiste nicht auf den Schwingen des Löwen in das fremde Land, so wie sie es sich als Kind erträumt hatte, sondern wie im Bauch eines Wals.

Das Leben auf einem Schiff war von drangvoller Enge gekennzeichnet. Meist hockten die Menschen dicht beieinander, denn der Platz war äußerst begrenzt. In den Kajüten roch es muffig nach Teer, Schweiß sowie den Tieren in den Stallungen der unteren Laderäume, und an Deck nach Teer und Fisch. Fisch war das Einzige an frischem Essen, das sie während der Fahrt zu sich nahmen, bis auf das Fleisch der wenigen Ziegen, die zwischendurch geschlachtet wurden. Ansonsten gab es nur bröckeligen, von der Seeluft durchfeuchteten Zwieback, gepökelten Schinken und verschrumpelte Äpfel, in denen die Würmer hausten. Wenn man sich waschen wollte, stand dafür nur eine Schüssel zur Verfügung, die mit Salzwasser gefüllt war.

Ein Teil der Unbequemlichkeiten war darauf zurückzuführen, dass es nur selten möglich war, einen Hafen anzulaufen, da die meisten Küstenländer mit Venedig im Krieg lagen. Die Flotte, mit der sie reisten, bestand aus sechs vollbeladenen

Frachtern und einer schwer bewaffneten Kriegsgaleere. Stets blieben sie in sicherer Entfernung von den Küsten, vor denen die Kriegsschiffe der Feinde kreuzten.

Laura verbrachte ohnehin die meiste Zeit der Reise in ihrer Koje, die eher einem schmalen Brett an der Wand ähnelte als einem Bett. Immerhin hatten sie und Antonio als begüterte Reisende eine Kabine für sich allein, aus Lauras Sicht durchaus ein Grund zu besonderer Dankbarkeit, da andere so ihr Elend nicht sehen konnten. Ihr war von früh bis spät übel. Anfangs hatte sie gedacht, sie sei wieder guter Hoffnung. Zwar war ihr bei der ersten Schwangerschaft nicht schlecht gewesen, doch es hieß ja, dass das Befinden bei jedem Male anders sein könne. Indessen stellte sich bald heraus, dass sie an etwas litt, das gemeinhin als Seekrankheit bezeichnet wurde, und so war ihre erste Reise ins Ausland ein einziges Martyrium, in dessen Verlauf sie mehr spie als redete und häufiger lag als aufrecht stand.

Antonio hätte während dieser Zeit durchaus darauf herumreiten können, dass er sie vor alledem gewarnt habe, doch er tat nichts dergleichen.

»Mein armes Mädchen«, sagte er, am Rand ihrer Koje sitzend und eine Hand auf ihrer Stirn, wie um ihr Halt gegen die schwankende See zu geben. »Was kann ich für dich tun, um es dir leichter zu machen?«

»Lass mich einfach sterben.«

Er lachte und zog sie in seine Arme, und in diesen Momenten war sie davon überzeugt, dass alles nur halb so schlimm war.

Nach einer bis auf die Seekrankheit ereignislosen Überfahrt erreichten sie Südostengland und die Mündung der Themse, wo sie in Southend auf ein Flussboot umstiegen und nach London weiterfuhren. Hier legte sich auch Lauras Übelkeit, und seither konnte sie auch wieder mit gesundem Appetit essen – oder vielmehr *hätte* sie mit gesundem Appetit essen können, wenn es nur etwas Schmackhaftes gegeben hätte. Leider sollte Antonio mit seinen üblen Prognosen mehr als recht behalten. Das Essen in England war nach Lauras Dafürhalten durchweg scheußlich, und dabei spielte es kaum eine Rolle, ob die Mahlzeiten in einer Schenke oder im Haushalt eines Kaufmanns gereicht wurden. Eines der Lieblingsgerichte der Engländer war Aal in allen Variationen, den Laura noch nie hatte ausstehen können, ebenso wenig wie Karpfen, der stets schmeckte, als sei er hundert Jahre im Schlamm vermodert. Dem dick eingekochten Brei, der *Pottage* hieß und hierzulande zu allen Gelegenheiten aufgetischt wurde, konnte sie genauso wenig abgewinnen wie den Innereien, etwa in Form gebackener Nieren, oder gar einem Gericht namens Blutpudding, das die Engländer ganz besonders zum Frühstück zu schätzen schienen.

Wenn möglich, hielt Laura sich an das, was sie selbst schon vor ihrer Abreise aus der Lagune als akzeptabel bezeichnet hatte: Wasser und Brot. Hin und wieder, wenn es guten Käse oder frisch gebratenes Geflügel gab, langte sie ordentlich zu. Auch das Bier verschmähte sie nicht, denn es war, wenn man sich erst daran gewöhnt hatte, gar nicht so übel. Die Engländer nannten die am meisten verbreitete Sorte *Ale* und tranken davon, bis sie völlig bezecht bei Tisch zusammenbrachen, jedenfalls war das ein nicht gerade ungewöhnlicher Anblick in den Schenken, in denen sie einkehrten. Es war fast so, als müssten die Leute die Plagen ihres freud- und sonnenlosen Lebens, das sie in Knechtschaft ihrer jeweiligen Herren verbrachten, in Alkohol ertränken. Popolanen oder freie Bürger, so wie in der Serenissima *Repubblica*, gab es nicht viele in England. Die meisten Menschen waren hier in einem komplizierten Geflecht von Fron-, Lehens- und anderen Diensten höherstehenden Personen untergeordnet, welche wiederum alle dem König unterworfen waren, dem übermächtigen Herrscher des ganzen englischen Reichs.

In einem Punkt aber ähnelte London der Lagunenstadt: Es gab hier eine Vielzahl von Klöstern. Die halbe Stadt war klerikaler Besitz. Nonnen und Mönche waren ein häufiger Anblick, was London in Lauras Augen nicht unbedingt freundlicher wirken ließ.

Alles andere als einnehmend fand sie auch die neue Geschäftsidee Antonios, und es wurde nicht besser dadurch, dass er erst zwei Wochen nach ihrer Ankunft in London damit herausrückte. Sie konnte es nicht fassen, als er ihr sein Vorhaben umriss, denn sie fühlte sich sofort auf üble Weise an die Episode rund um das *Sanctum Praeputium* erinnert.

Er wollte Investitionen im Ablasshandel tätigen.

Die Herberge, in der sie abgestiegen waren, zählte laut Antonio zu den besten, die es in London gab. Dennoch hatte Laura sich beim ersten Betreten des winzigen Zimmers gefragt, wie dann wohl die schlechten Herbergen in dieser Stadt aussehen mochten. Allerdings ließ es sich nicht leugnen, dass sie schon in wesentlich scheußlicheren Löchern gehaust hatte. Im Vergleich zum Waisenhaus, dem Zimmer am Corte Cavallo oder auch nur der Schiffskabine war dieses Gemach hier das reinste Luxusdomizil. Es gab immerhin ein ausreichend breites Bett, eine Kohlenpfanne, eine große Kerze, einen Nachtstuhl und eine Waschschüssel. Nach einem Spiegel, einer Kommode oder einem Ofen suchte man allerdings vergebens. Wurde es einem Gast über Nacht zu kühl, musste er sich beim Wirt einen erhitzten Ziegelstein für sein Bett besorgen. Damit ließ es sich recht gut einschlafen, und man konnte sogar vergessen, dass sich unter der Schlafkammer ein Schweinekoben befand und die Ritzen der Bodendielen nicht ganz dicht waren, sodass von unten ein beständiges Grunzen heraufdrang, von den üblen Gerüchen ganz zu schweigen.

Mit wenigen Handgriffen konnten sie sich immerhin ein Minimum an Komfort verschaffen. Laura breitete stets eines ihrer mitgebrachten Leinenlaken über der Matratze aus, denn Läuse oder Flöhe waren das Letzte, wonach ihr der Sinn stand. Zwischen die Decken schob sie Lavendelsäckchen, und zum

Waschen benützte sie die parfümierte Seife, von der sie einen reichlichen Vorrat eingepackt hatte. Wann immer es möglich war, bestand sie darauf, dass sie beide ein Bad nahmen und ihre Kleidung zu einer Wäscherin gaben, um den Gestank loszuwerden, der sich im Laufe anstrengender Tage unweigerlich in ihre Ausdünstungen mischte. Sie hasste es, wenn ihre Kopfhaut zu jucken begann und ihr Haar fettig wurde. Dann ruhte sie nicht eher, bis sie irgendwo einen Bottich auftat, in den genug Wasser passte, und wenn es nur für eine Kopfwäsche oder ein Abspülen des Körpers reichte.

Immerhin gab es in dieser Herberge sogar einen Badezuber, für den man sich in der Küche heißes Wasser holen konnte. Das stellte im Vergleich zu anderen Unterkünften vermutlich einen veritablen Luxus dar, wenngleich Laura sich verbot, darüber nachzudenken, wie viele von Ungeziefer befallene Pferdeknechte und Themseschiffer schon vor ihr in dem Zuber gesessen haben mochten.

An diesem Abend überlegte sie, ob es wohl schon zu spät für ein Bad wäre, entschied dann aber, dass eine Katzenwäsche reichen musste. Es war einfach zu kalt in der Kammer.

Im Licht der Kerze begann Laura schweigend, sich auszukleiden.

»Du bist böse auf mich«, sagte Antonio, der ihr soeben auf dem Rückweg vom Haus des Tuchhändlers, bei dem sie zum Abendessen gewesen waren, seine neuen Handelspläne eröffnet hatte.

»Ich habe nichts davon gesagt, dass ich böse bin.«

»Aber du denkst es. Und man sieht dir an, dass du vor Wut platzen möchtest.«

Sie hob den Kopf und funkelte ihn an. »Na schön. Du hast recht. Ich *bin* wütend! Musst du dich unbedingt in diesem Gewerbe betätigen?«

»Es sind nur Vorgespräche.«

»Trotzdem.« Sie ließ sich mit einer abrupten Bewegung auf der Bettstatt nieder, um ihre Strümpfe auszuziehen. »Warum kannst du nicht einfach nur mit Stoffen handeln? Das halbe Schiff war voll mit deiner Fracht, und ich weiß, dass du gut zahlende Abnehmer dafür gefunden hast. Heute Abend auch wieder, ich war schließlich dabei und habe es mitbekommen, auch wenn ich nur Bruchstücke von eurer Unterhaltung verstanden habe. Bringt dir das nicht genug ein?« Sie hob die Hand, bevor er etwas erwidern konnte. »Sag es nicht!«, befahl sie ihm warnend. »Ich habe deine Worte noch sehr gut im Ohr: *Es ist nie genug*. Ist es nicht so?«

»Was ist gegen den Ablasshandel einzuwenden? Ablassbriefe werden schon seit Generationen geschrieben und verkauft.«

»Das weiß ich, aber das macht es nicht besser.« Sie merkte, wie ihr Zorn wuchs. »Der Handel mit Ablassbriefen ist eine Umgehung der Beichte! Kann es denn sein, dass Mord, Ehebruch oder Diebstahl um ein paar Goldstücke verziehen werden? Ohne Buße und ohne Reue?«

»Der Sünder soll bußfertig sein und bereuen, auch bei Erteilung eines Ablassbriefes.«

»Aber es kontrolliert niemand!«

»Kontrolliert es denn bei der Beichte jemand?«

»Aber die Buße! Was ist mit der Buße?!«

Um Antonios Lippen zuckte es. »Auf den Briefen wird stets eingetragen, wie viele Tage im Fegefeuer der Sünder ertragen muss.«

»Du machst dich lustig über mich!«

»Nein, mein Liebes, ganz bestimmt nicht. Nicht über dich.« Er setzte sich auf einen Schemel, um sich die Stiefel auszuziehen. »Ich weiß, wie empfindlich du in allen Fragen rund um Beichte und Buße bist. Dennoch darfst du dein eigenes Schicksal und deine persönliche Einstellung nicht zum Maßstab für alle Gläubigen machen. Immerhin wird der Ablasshandel mit dem höchsten Segen seiner Heiligkeit, dem Papst, vollzogen. Er ist Gottes Stellvertreter auf Erden. Er erlaubt es nicht nur, sondern wünscht es sogar. Und zwar ausdrücklich. Mit den Geldern baut er die heiligste Kirche der Christenheit, den Petersdom in Rom.«

Sie konnte Antonios Worten schlecht widersprechen, ohne dass es wie Häresie klang, aber ihr Inneres wehrte sich gegen die Vorstellung, dass dieser Handel rechtens war. Im Grunde war es sogar noch schlimmer als die Geschäfte mit den Reliquien.

»Es ist ein Ausverkauf der Sakramente!«, sagte sie kategorisch, während sie das Kleid auszog und auf einen Schemel warf. »Womöglich sogar noch gegen gestaffelte Gebühren, wie bei den Geldkrämern«, setzte sie erbittert hinzu.

»Damit ist zu rechnen«, stimmte Antonio zu. Er zog sich die Stiefel von den Füßen und lächelte Laura dabei bedauernd an.

Ihre Wut kochte über, und sie hieb mit der Faust gegen den Bettpfosten. »Gegen dieses Verhökern göttlicher Gnade sollten alle Gläubigen sich wehren, statt auch noch Geld dafür hinauszuwerfen!«

Antonio musterte sie neugierig, während er seine Stiefel auf die Dielenbretter poltern ließ. »Hättest du denn Geld dafür ausgegeben?«, fragte er.

Sie wollte das entrüstet von sich weisen, doch dann erkannte sie den Hintersinn der Frage und nahm sich Zeit zum Nachdenken. Zweifelnd rieb sie ihre von dem Schlag schmerzende Hand und zerrte dann am Saum ihres Hemdes, als könne sie dem Leinen die Antwort auf die Gewissensfrage entreißen. Zu ihrer Beschämung musste sie sich eingestehen, dass es durchaus Zeiten gegeben hatte, da sie über einen Ablassbrief glücklich gewesen wäre und ihn gern auch teuer bezahlt hätte. Wäre es damals möglich gewesen, in jeder Kirche welche zu kaufen, wie es für die Zukunft zweifellos den geschäftstüchtigen Deutschen, mit denen Antonio noch konferieren wollte, vorschwebte – sie hätte nicht gezögert, ein solches Papier zu erwerben. Ob Gottes Vergebung nun aus dem Mund eines Priesters oder von seinem Schriftzug auf einem Stück Papier stammte – letztlich war es die Willensäußerung des Geistlichen, die den Akt des *Absolvire* ausmachte.

»Du magst es für ehrbar halten. Aber ich sage dir, es ist …« Sie suchte nach Worten.

»Unlauter?« schlug Antonio vor, während er Wams und Beinkleider auszog. »Oder vielleicht einfach nur skrupellos und gewinnsüchtig?« Er hob die Schultern. »Nun, noch ist es nicht so weit, und bis Albrecht von Brandenburg seine Pfründen unter sich hat und das Geschäft richtig in Gang kommt, mag es durchaus noch ein paar Jahre dauern.«

»Aber es wird geschehen«, versetzte sie grollend. »Du wirst dich bei Hofe mit ihm und diesem von Wessel treffen und alles aushandeln, was zu tun ist, um es in Schwung zu bringen.«

»Ja«, räumte er ein. »Wenn wir es nicht täten, würden andere es machen. Das ist so sicher wie das Amen in der Kirche. Nicht heute und nicht morgen, aber in absehbarer Zeit. Der Ablasshandel wird – natürlich nach entsprechender Investition – eine sprudelnde Einnahmequelle sein. Es liegt auf der Hand, dass irgendwann jemand das Potenzial darin erkennen würde. Wem es zuerst einfiel, spielt keine Rolle.«

»Ich finde es nicht richtig«, erklärte Laura erbittert.

»Fändest du es richtig, wenn jemand anderer das Geschäft macht?«

Sie zuckte die Achseln. »Mag es tun, wer will, nur nicht du.«

»Ich fürchtete schon, dass du so was sagen würdest.« Er grinste. »Und ich habe es in meine Pläne einbezogen.«

»Was?« Sie bedachte ihn mit einem irritierten Blick.

»Nun, ich will investieren, aber nicht allein verdienen.«

»Wer denn noch? Querini?«

»Nein«, sagte Antonio entschieden. »Der nicht. Carlo. Es soll sein Geschäft werden. Ich habe beschlossen, ihm den Einstieg in diesen lukrativen Handel zu ermöglichen. Er ist ein begabter Kaufmann und hat schon das eine oder andere gute Geschäft gemacht.«

»Carlo?«, vergewisserte Laura sich verdattert. »Wie kommst du ausgerechnet auf ihn?«

»Weil er es verdient. Es reicht nicht, dass ich ihn von Cattaneo weggeholt habe. Er muss sich auch einen eigenen Schutz aufbauen können, und das geht am besten, wenn er reich ist.«

Antonio lächelte ein wenig schief. »Außerdem kann er mir dann das Geld zurückzahlen, mit dem ich ihn freigekauft habe. Es war ziemlich viel.«

Laura nickte langsam. »Ich dachte mir, dass du nicht aus reiner Selbstlosigkeit handelst.« Fragend blickte sie ihn an. »Du sagst, er hat schon das eine oder andere gute Geschäft gemacht. Woher hatte er das Geld dafür? Von dir?«

Antonio schüttelte den Kopf. »Angefangen hat es mit einem Brillanten, den Cattaneo ihm während seiner Sklavenzeit geschenkt hatte. Als Trost für seinen Finger, sagte Carlo.«

Laura verzog das Gesicht. An diese Episode erinnerte sie sich nur mit Widerwillen.

»Carlo hat den Stein verkauft, für viel Geld.« Antonio hielt inne und schwieg für einen Moment. »Übrigens an Querini, der immer schon ein Auge für wertvolle Juwelen hatte. Er hat Carlo für die Summe sogleich eine Beteiligung an einer neuen Frachtlinie vorgeschlagen. Ich bin auch in diesem Konsortium, es ist eine gute Anlage. Erste Gewinne sind bereits geflossen. Carlo ist im Begriff, ein wohlhabender Mann zu werden.«

»Das freut mich für ihn«, sagte Laura.

»Er bringt die besten Voraussetzungen mit, ein erfolgreicher Geschäftsmann zu werden. Carlo spricht mehrere Sprachen, ist klug, beredt und überaus charmant, wenn es sein muss. Die Menschen mögen ihn, es fällt ihm leicht, andere für sich einzunehmen. Dieser Hauch undurchsichtiger Exotik, den er durch seine schwarze Hautfarbe mitbringt, tut ein Übriges.«

»Du hast vergessen zu erwähnen, dass er skrupellos sein kann, genau wie du.«

Antonio zog die Brauen hoch, ging aber nicht auf ihre Bemerkung ein. »Wenn er erst im Ablasswesen Fuß gefasst hat, muss er sich über sein Auskommen nie wieder Gedanken machen. Und das Gute ist – er kann es ohne Gefahr für sein Seelenheil tun, denn er hängt nicht unserem Glauben an. Was schert es einen Heiden, wenn die Kirche sich durch Simonie, Nepotismus und Ablasshandel selbst die Wurzeln ihrer Existenz abschneidet.«

Sie war sprachlos angesichts dieser Entwicklung und konnte ihn nur stumm anblicken.

»Denkst du etwa, ich überlasse Carlo das Feld, um dich gewogen zu stimmen?«, fragte er mit leiser Belustigung.

»Nein«, sagte sie gedehnt »Meine Einwände haben dich noch nie von profitablen Geschäften abgehalten.« Ihre Wut war so schnell verflogen, wie sie gekommen war. Er mochte von Gewinnsucht getrieben sein, aber in diesem Fall war Freundschaft das eigentliche Motiv gewesen. Zumindest konnte sie es sich so sehr gut vorstellen, das trug unzweifelhaft zur Gewissensberuhigung bei.

»Alles wieder gut?«, fragte er mit einem ironischen Zucken um die Mundwinkel.

Manchmal ärgerte es sie, wenn er sie auf diese Weise aufzog, aber heute nicht. Sie streckte ihm die Zunge heraus und kicherte, weil er so tat, als hätte ihn ein Geschoss getroffen.

Sie beugte sich vor, fischte ihre Strümpfe vom Boden und machte Anstalten, sie wieder anzuziehen. Vorhin, als sie zum Essen aus gewesen waren, hatten sie zwar hier oben die Kohlenpfanne brennen lassen, aber es war immer noch empfindlich kühl im Zimmer. An der Innenseite der blinden Fensterscheibe war das Kondenswasser zu Eis gefroren, und es zog erbärmlich durch alle möglichen Ritzen herein.

»Was tust du da?« Antonio musterte eingehend ihre nackten Beine.

»Mir ist kalt, also ziehe ich die Strümpfe wieder an.«

»Meinst du nicht, dass dir gleich wärmer werden könnte?«

Laura ließ den wollenen Strumpf, den sie gerade hatte überstreifen wollen, wieder sinken. »Wie kommst du auf diesen Gedanken?«, fragte sie lächelnd.

Er näherte sich dem Bett, nackt bis auf das Hemd, das ihm zwar bis auf die Schenkel fiel, aber seine Erektion nicht verbergen konnte.

Sein Geruch stieg ihr in die Nase, und schlagartig flammte Lust in ihr auf.

Er setzte sich neben sie aufs Bett und schaute sie an, als müsse er jedes Detail ihrer Erscheinung erfassen. Es waren nur diese Blicke, mit denen er sie berührte. Die Hände hatte er auf seinen Knien liegen, und Laura sah, dass seine Finger vor unterdrückter Begierde zitterten. Es war die Hilflosigkeit, mit der er seiner eigenen Lust ausgeliefert war, die sie ihn nur noch mehr begehren ließ, so sehr, dass ihr Herz zu rasen begann. Sie selbst erlegte sich keinerlei Zurückhaltung auf, kniete sich auf seine Schenkel und umfasste mit beiden Händen sein Gesicht. Mit dem Daumen fuhr sie über die Narbe an seiner Wange, dann über die größere am Haaransatz, und dabei stellte sie sich vor, wie er gelitten haben musste, als er diese Wunden empfing. Im matten Licht der Kerze wirkte er wie ein heldenhafter Krieger aus archaischer Vorzeit, alt und doch jung und dabei von beinahe überirdischer Schönheit, zugleich jedoch von Kämpfen und Qualen gezeichnet. Er hatte Elend und Furcht erduldet, aber dank der Kraft, die in ihm wohnte, hatte er all das überwunden und hinter sich gelassen.

Sie küsste ihn sacht auf die Narben, sog seinen Atem ein und küsste ihn erneut, diesmal auf die Lippen.

Mehr brauchte er nicht an Aufforderung, um sie in seine Arme zu ziehen und sie mit einem wilden Kuss fast zu ersticken. Seine Hände zitterten nun nicht länger, sie fanden zielsicher den Weg über ihren Körper.

»Ich liebe dich«, murmelte sie.

Kaum, dass sie es ausgesprochen hatte, überlegte sie, ob sie es ihm nicht zu häufig sagte. Doch das Gefühl war stärker als ihre Vernunft, und es war gar so köstlich. Ihr Inneres quoll über davon, sie konnte daher nicht anders, als es in Worte zu fassen. Manchmal trieb sie die Sorge um, dass sie allzu leichtfertig ihre Gedanken offenbarte und ihm ihr Herz zeigte, während es ihm womöglich nur um die Lust ging. Doch dann schaute sie in seine Augen und erkannte dort jedes Mal dieselbe Sehnsucht und Hingabe, die sie selbst spürte.

Er für seinen Teil hegte, wie sie wusste, ähnliche Zweifel: Sie hatte bemerkt, dass er versuchte, sie mindestens so oft den ersten

Schritt tun zu lassen wie er selbst, vermutlich, weil er fürchtete, sie mit seinem häufigen Drang nach fleischlicher Vereinigung zu verschrecken. Sie hätte ihm sagen können, dass ihre Lust sich stets an der seinen entzündete und oft genug auch schon vorher erwachte. Dazu reichte ein bestimmter Blick, den er ihr zuwarf, oder eine flüchtige Berührung, oder auch einfach nur das schlichte Wissen, wie er unter seinen Kleidern aussah. Es schien ihr immer noch unbegreiflich, sie sehr es ihr gefiel, mit den Fingerspitzen über seine nackte Haut zu fahren, die Formen und die Festigkeit seiner mächtigen Muskeln zu ertasten und das sanfte Kratzen von Behaarung unter ihren Handflächen zu spüren.

Er drehte sich mit ihr im Bett herum, damit sie auf ihm zu liegen kam, und sie fühlte sich in seinen Armen, als wöge sie nicht mehr als eine Feder. Er war viel größer als sie und über alle Maßen stark, doch er hatte seine Kraft stets unter Kontrolle, wenn es um sie ging, auch in Momenten, in denen die Lust ihn scheinbar in Raserei versetzte.

Sie drängte sich an ihn und presste ihre Nase in die Höhlung seiner Achsel, inhalierte die moschusartige Ausdünstung seines Körpers, um sich auf diese Weise an ihm und an ihrer eigenen Leidenschaft zu berauschen.

Er spreizte ihre Beine und wollte in sie eindringen, aber von Neugier und vorwitzigem Verlangen getrieben, schob sie ihn auf Armeslänge zurück. »Warte!«

»Worauf?«, stieß er hervor, außer sich vor Lust. Er schluckte hart. »Ich liebe dich!«

Sie unterdrückte ein Kichern. »Ich weiß.« Rasch drehte sie sich um und präsentierte ihm ihre nackte Kehrseite. Erwartungsvoll schaute sie ihn über die Schulter hinweg an.

Sie sah, dass er heftig einatmete und sich dann mit der Zunge über die Lippen fuhr.

»Mach schon«, forderte sie ihn auf.

»Aber … ich meine …«

»Ich weiß«, sagte sie ungeduldig. »Die Tiere paaren sich so. Oder die Huren mit ihren Freiern. Aber es steht nirgends geschrieben, dass es Sünde ist, und ich will es ausprobieren. Du nicht?«

Mit entschlossenem Griff umfasste er ihre Hüften. Natürlich wollte er es auch.

Der jüdische Arzt arbeitete im *Ospedale* di San Lorenzo, ein Spital, das teils vom gleichnamigen, nahe gelegenen Frauenkloster und teilweise von der *Scuola dei Calegheri* unterhalten wurde. Mansuetta befahl Oratio, vor dem Gebäude auf sie zu warten. Seine vernarbte Oberlippe spannte sich, als er sie anlächelte und sogleich seinen Posten einnahm. Zwischen seinen Zähnen klebten immer noch die Reste des Honigkuchens, den sie ihm und seinem Bruder Tomàso vor ihrem Aufbruch zugesteckt hatte. Amüsiert dachte sie bei diesem Anblick, dass die Zwillinge ihr wohl buchstäblich aus der Hand fraßen. Die beiden gingen sogar neuerdings an den Sonntagen mit zur Kirche. Anscheinend war es leichter, sie mit gutem Essen und sauberen Betten zu einer gottgefälligen Lebensweise zu bewegen als mit Ermahnungen oder tadelnden Worten.

Als Begleiter während der alltäglichen Besorgungen waren sie zudem durchaus nicht unangenehm, denn sie hielten immer den Mund, es sei denn, man forderte sie ausdrücklich zum Reden auf.

Bei diesem Gedanken kam ihr Isacco in den Sinn, der, wenn er mit ihnen unterwegs gewesen war, zeitlebens nie mit Ermahnungen gegeizt hatte, sei es nun Laura oder Matteo oder ihr selbst gegenüber.

Unwillkürlich erinnerte sie sich an den gemeinsamen Unterricht in ihren Jugendjahren und daran, wie sehr es sie damals danach verlangt hatte, ihm nah zu sein. Sein Gesicht erstand vor ihr, das stets zögerlich wirkende Lächeln mit der kleinen Zahnlücke, der Ausdruck von leiser Traurigkeit in seinen Augen. Ihr war, als müsse sie nur die Hand ausstrecken, um ihn berühren zu können, so real war das Bild mit einem Mal. Sie holte Luft, um den bestürzenden Eindruck zu vertreiben, doch das Gefühl des Verlustes blieb. Der Schmerz hatte nachgelassen, aber Isacco war noch nicht so lange tot, dass sie sein Fehlen einfach so hätte übergehen können. Es tat ihr weh, dass sie nicht an seinem Grab beten konnte. Er lag auf dem Friedhof der Juden in Padua, bestattet nach dem Ritus seines Volkes. Bei seiner Beisetzung war sie zugegen gewesen, stellvertretend für seine Hinterbliebenen, auch für Laura, die in jenen Tagen wegen ihrer Fehlgeburt noch das Bett hatte hüten müssen. Sie hatte geweint, ebenso wie während der Bestattung Veronicas, die wie Isacco in Padua ihre letzte Ruhestätte gefunden hatte. Mochte auch das Leben weitergehen – die Erinnerung an den Verlust ihrer lieben Gefährten war immer noch schmerzhaft.

Das Spital war von schlichter Bauweise, ein unprätentiöser Klotz ohne schmückendes Beiwerk, eher praktisch als ansehnlich. Durch die Pforte gelangte man über einen Vorplatz in eine offene Säulenhalle, wo mehrere Kranke auf Schemeln saßen und warteten. Einige andere waren zu schwach zum Sitzen; man hatte für sie Strohsäcke bereitgelegt, auf denen sie lagerten. Eine Frau in mittleren Jahren krümmte sich vor Schmerzen. Sie wimmerte und wiegte ihren Oberkörper auf und ab, als könne sie so ihre Qualen lindern.

Eine Nonne kam durch eine der offenen Türen, die in den hinteren Bereich des Spitals führten, in die Vorhalle geeilt und forderte die Frau auf, ihr zu folgen.

»Bitte«, sagte Mansuetta höflich zu der Nonne. »Ich möchte zu Dottore Simon, dem jüdischen Arzt. Man sagte mir, dass er hier arbeitet.«

Die Nonne blieb stehen und musterte sie abwägend. »Ihr seht nicht krank aus. Geht es um einen Hausbesuch?«

»Es geht um meine Mutter«, sagte Mansuetta wahrheitsgemäß. »Ihr Name ist Crestina Ferro.«

»Ist Eure Mutter krank? Was fehlt ihr denn?«

»Das kann nur Messèr Simon mir erklären. Deshalb muss ich ihn dringend sprechen. Sehr dringend.«

»Ich sage ihm Bescheid«, meinte die Nonne im Weitergehen, während sie die jammernde Frau stützte. »Es kann aber eine Weile dauern, er hat viel zu tun.«

»Ich warte.« Mansuetta ließ sich auf einem freien Schemel nieder und verschränkte die Hände. Sie achtete nicht auf die teils neugierigen, teils mitleidigen Blicke, die sie trafen, denn sie hatte gelernt, ihnen auszuweichen. Armes verkrüppeltes Weib, schienen diese Blicke zu sagen. Bist du so geboren oder durch eine schreckliche Krankheit so geworden? Hoffst du etwa auf die Hilfe des berühmten Arztes? Glaubst du, er kann dich heilen und dir zu einer normalen weiblichen Gestalt verhelfen, dein schiefes Auge zurechtrücken, deine verzogene Schulter und deine verdrehte Hüfte richten?

Aus einem Impuls heraus straffte sie sich, hielt sich die Brille vor die Augen und schaute auf, mitten in das Gesicht des nächstsitzenden Mannes. Tatsächlich hatte er sie verstohlen beobachtet, und jetzt, da sie ihn ansah, wandte er seine Blicke hastig zur Seite. Sie erschrak, als sie erkannte, dass er wohl kaum das gedacht hatte, was sie unterstellt hatte. Dafür war er selbst viel zu sehr entstellt. Der Nasenknorpel war bis zur Unkenntlichkeit weggefault, der zahnlose Mund klaffte offen unter dem geschwürigen Zerfall des Fleisches. Die Menschen um ihn herum hielten sicheren Abstand zu ihm, obwohl die Krankheit nach allem, was man wusste, nur bei engstem körperlichen Kontakt ansteckend war: bei der körperlichen Liebe. Die Folgen der Lues waren ebenso tückisch wie unberechenbar. Während die einen rasch starben, mochten die anderen noch viele Jahre lang leben, geplagt von heftigen Schüben dieser Seuche, die mit Verblödung einhergehen konnte oder auch mit langsam faulenden Schwären, je nachdem, wie es für den jeweiligen Kranken im Plan des Schöpfers stand. Manche wiederum schienen wie von Zauberhand folgenlos zu genesen, nur um viele Jahre später an einem schrecklichen Rückfall zugrunde zu gehen.

»Madonna?« Der jüdische Arzt stand vor ihr und schaute auf sie herunter. »Was führt Euch zu mir?«

Sie stand auf und neigte grüßend den Kopf. »Dottore.« Durch die Gläser ihrer Scherenbrille betrachtete sie Simons Gesicht, denn sie wollte nicht, dass ihr auch nur die kleinste Regung seines Mienenspiels entging. Der Ausdruck in seinen Augen schwankte zwischen Wachsamkeit und Unwillen. Sofort war ihr klar, dass er etwas vor ihr zu verbergen hatte. Dasselbe hatte sie schon damals gespürt, als Simon wegen Matteos Erkrankung bei ihnen gewesen war. Laura hatte gemeint, sie hätten es sich wegen der nervlichen Belastung vielleicht nur eingebildet, doch in diesem Augenblick bestand kein Zweifel, dass ihr Eindruck durchaus zutreffend war.

»Erinnert Ihr Euch noch an meine Mutter?«, fragte Mansuetta.

»Natürlich«, sagte er. Es klang reserviert. Sie sah ihm an, dass er lieber gelogen hätte, aber das war nicht seine Art. Sein Charakter war so sauber wie der Hauch von Essig und Seife, der seine schmale, leicht gebückte Gestalt umschwebte. »Ich erinnere mich sehr gut an Monna Crestina.«

»Dann müsst Ihr mir die Wahrheit über ihr Verschwinden sagen. Ich weiß genau, dass Ihr die näheren Umstände kennt. Wir haben schon damals darüber gesprochen, als unser kleiner Matteo an Mumps erkrankt war und Ihr deswegen bei uns wart. Ihr müsst Euch noch daran erinnern. Ihr wolltet nicht darüber sprechen. Aber Ihr wisst, wo meine Mutter ist, oder?«

Das war ein Schuss ins Blaue, doch sie erkannte am Ausdruck seines Gesichts sofort, dass sie richtiglag. Falls sie jedoch erwartet hatte, dass er nun notgedrungen mit der Wahrheit herausrückte, sah sie sich getäuscht.

Ein wenig steif meinte er: »Ich kann Euch darüber nichts sagen.«

»Ihr lügt!«, entfuhr es ihr. Sie biss sich auf die Lippen, weil sie es so unverblümt geäußert hatte – und zudem so laut, dass einige der Anwesenden die Hälse reckten, um mehr von der Unterhaltung aufzuschnappen.

»Ich lüge keineswegs«, versetzte Simon. »Ich kann es Euch lediglich nicht sagen.«

»Aber warum nicht!? Ich merke doch, dass Ihr etwas wisst!«

»Auf mir liegt eine Schweigepflicht. Als Arzt und als Mensch bin ich daran gebunden.«

»Hat meine Mutter Euch diese Pflicht auferlegt?«

»Ganz recht. Sie selbst – und außerdem mein Beruf. Ich habe einen Eid geleistet, an den ich mich halten muss. Von mir könnt Ihr nichts erfahren.«

»Dann sagt mir etwas über Angelica Querini«, verlangte Mansuetta. »Die Frau des Prokurators Marcello Querini. Es gibt ein Geheimnis, das unsere Familien verbindet, ihre und meine.« Sie starrte den Arzt an. »Sie lebt noch, nicht wahr? Sie ist gar nicht tot, obwohl alle sagen, sie wäre es. Aber in Wahrheit ist sie nur fortgegangen. Genau wie meine Mutter. Ist es so? Sind sie gemeinsam weggegangen? Und wenn ja, wohin? Wo sind sie, Dottore?« Sie hatte ihre Stimme abermals erhoben, doch diesmal war es ihr nicht peinlich. Sie wollte nichts weiter, als die Wahrheit in Erfahrung bringen.

Simon seufzte, doch seine Miene drückte Unbeugsamkeit aus. »Von mir könnt Ihr darüber nichts erfahren.« Es war unschwer zu erkennen, dass er ihre Fragen nicht beantworten würde.

Sie wollte erneut auffahren, doch dann ließ sie seinen letzten Satz in sich nachhallen. »Nicht von Euch«, sagte sie leise. »Von wem dann? Zu wem soll ich gehen? Wen soll ich fragen?«

»Ihr habt doch von zwei Familien gesprochen. Von Eurer und der anderen.«

»Die Querinis. Meint Ihr die? Soll ich zu denen gehen? Zu Marcello Querini, dem Prokurator? Oder zu seinem Sohn, dem charmanten, blonden Zuane, der immer noch untröstlich über Lauras Heirat ist? Oder vielleicht doch lieber zu Zuanes Tante Eugenia, die kürzlich bei uns war und mich so seltsam beiläufig hat wissen lassen, dass ihre Schwägerin Angelica noch lebt, aber krank ist …?« Mansuetta sprach wie zu sich selbst, als wolle sie alle Möglichkeiten abwägen. Simon hatte sich abgewandt und ging weiter zum nächsten Kranken, dem Mann, der von der Lues gezeichnet war. Sanft half er ihm vom Schemel auf und führte ihn weg.

»Könnt Ihr mir nicht mehr darüber sagen?«, fragte Mansuetta, als er an ihr vorbeikam.

Er gab keine Antwort.

»So wartet doch!«, rief Mansuetta ihm nach. »Wen soll ich fragen, Dottore?«

»Das müsst Ihr selbst entscheiden.«

Sie wollte aufbegehren und ihm weitere Fragen stellen, doch er war bereits mit dem Patienten in einem der benachbarten Räume verschwunden und hatte die Tür hinter sich zugezogen.

Carlo zögerte keinen Moment, der Botschaft Valerias zu folgen. Sie hatte mehrfach nach ihm schicken lassen in den letzten Monaten, doch an diesem Abend war es das erste Mal nach langer Zeit, dass er ihrem Ruf gehorchte.

Der Junge, der ihm die Nachricht überbracht hatte, wartete unruhig an der Tür, während Carlo sich hastig Hemd und Wams überstreifte.

»Geht es ihr gut?«, fragte er drängend, bereits das zweite Mal, weil der Junge vorher vor lauter Stottern kaum ein Wort richtig herausgebracht hatte. Er präzisierte die Frage. »Ist sie schwer verletzt?«

»Sie hat einen Sch-Schnitt an der Sch-Schulter, doch es hat nicht sehr schlimm geblutet.«

»Sind schon die Büttel benachrichtigt?«

»Nein, sie wollte a-ausdrücklich, dass zuerst Ihr k-kommt.« Der Junge verneigte sich. »Kann ich jetzt gehen, D-Domine?«

Carlo überlegte flüchtig, wie absurd es doch war, dass ein weißer Knabe ihn, einen Schwarzen, als *Herr* titulierte. So änderten sich die Zeiten und Umstände. Als er so alt gewesen war wie der Junge, hatte er dem Portugiesen während der langen Reise aus dem Herzen Afrikas nach Venedig als Lustobjekt gedient. Er war nicht mehr wert gewesen als ein Tier, das man beliebig missbrauchen oder töten konnte, so wie seinen Vater. Vor einer Weile hatte er begonnen, dem Schicksal der übrigen Sklaven aus seinem Stamm nachzuforschen, doch bis auf zwei Mädchen, die man nach Spanien verschifft hatte, war keiner von ihnen mehr am Leben. Alle anderen waren umgebracht worden oder an Krankheiten gestorben.

»Du kannst gehen«, beschied Carlo den Botenjungen. Er warf ihm eine Münze zu, während er mit der anderen Hand bereits nach seinem Schwertgehenk griff. Er schnallte es sich rasch um und verließ das Haus. Das Gebäude, in dem er zwei zur Straße hin gelegene Räume im ersten Obergeschoss gemietet hatte, verfügte über einen eigenen Kanalzugang. Doch Valerias Haus war fußläufig schneller zu erreichen, es war nicht allzu weit entfernt. Kaum dass er ins Freie getreten war, verfiel er mit weiten, ausgreifenden Schritten in einen schnellen Trab. Die verwinkelten Gassen und schmalen Brücken hielten ihn nicht davon ab, sich so rasch fortzubewegen, als liefe er durch die afrikanische Savanne. Als er Valerias Haus erreichte, war er kaum außer Atem.

Eines der Mädchen ließ ihn ein. Mit verweinten Augen wich sie zur Seite, als er an ihr vorbeistürmte. Am Fuß der Treppe stieß er auf zwei weitere Mädchen aus Valerias Gefolge, Huren seit ihrer Kindheit, genau wie ihre Herrin. Tuschelnd standen sie beisammen, um gleich darauf zu verstummen, als sie seiner ansichtig wurden.

Er rannte nach oben, immer zwei Stufen auf einmal nehmend. Im Portego brannten Kerzen, deren Licht von den zahlreichen Spiegeln zurückgeworfen und vervielfältigt wurde. Auch hier waren nur Frauen anwesend. Von dem Kreter, der Valeria als Leibwächter diente, war nichts zu sehen. Auch sonst war kein Mann in Sicht, obwohl das Haus um diese Zeit sonst immer voll war. Vermutlich hatten die Besucher allesamt fluchtartig den Schauplatz verlassen, aus Sorge, sich beim Eintreffen der Büttel unangenehmen Fragen auszusetzen oder von den falschen Leuten gesehen zu werden.

Carlo eilte weiter, an den verschreckt dreinblickenden Mädchen vorbei. Die Tür zu Valerias Gemach stand offen, doch er sah sie nirgends, als er den Raum betrat. Im Kamin brannte ein Feuer und erhellte das Gemach, ebenso wie mehrere Kerzen, die auf dem Kaminsims und einer Kommode aufgereiht standen.

Der Bettvorhang bewegte sich, und Carlo zögerte nicht, ihn zurückzureißen. Als er sie sah, stieß er erleichtert die Luft aus. Valeria hockte mit angezogenen Beinen auf der Bettkante, das Gesicht bleich im Schein des züngelnden Kaminfeuers. Ihre Augen waren weit aufgerissen, die Lippen blutleer von dem Schock. Aber sie war am Leben und konnte aufrecht sitzen.

»Carlo!« Leise schluchzend fiel sie in seine Arme, und er brauchte keine zusätzliche Aufforderung, um sie schützend an sich zu ziehen.

Als sie schmerzerfüllt aufstöhnte, drängte er sie vorsichtig zurück. »Der Bote sagte, dass du verwundet bist. Lass mich sehen!«

»Es ist nichts, eigentlich nur ein Kratzer.«

»Das will ich selbst beurteilen.« Er schob ihr aufgelöstes Haar und den Kragen ihres Nachtgewands zur Seite und fand die Verletzung an ihrer Schulter. Valeria hatte recht; die Wunde blutete kaum. Es war kein sonderlich tiefer, dafür aber langer Schnitt, der vom Ansatz des Halses quer über ihr Schlüsselbein bis fast unter die rechte Achsel führte. Doch diese Verletzung war in Carlos Augen nicht so erschreckend wie das Würgemal, das sich wie ein dunkler Ring um ihren Hals zog. Die Spur hatte sich tief in ihre weiße Haut eingegraben, es sah aus wie ein schauriges Schmuckband. Zorn wallte in ihm auf und drohte ihn zu ersticken.

Mühsam holte er Luft. »Wer hat das getan?«

Anstelle einer Antwort deutete sie in eine Ecke neben ihrem Bett, auf einen unförmigen Umriss, den Carlo beim Betreten des Gemachs für einen unordentlich zusammengeworfenen Haufen Laken gehalten hatte.

Carlo hob das Tuch an und fand darunter einen Toten. Er untersuchte die Leiche flüchtig, entdeckte aber zunächst keine

Verletzungen, bis er einen dunklen Fleck in Höhe des Herzens sah und einen weiteren dicht neben dem Nabel. Einen Schritt entfernt lag ein Dolch, auf dessen Klinge noch feucht das Blut glänzte. Der Mann war erstochen worden.

»Wer hat ihn getötet?« Carlo wandte sich zu Valeria um.

Sie hatte sich vom Bett hochgerappelt und trat zu ihm. »Ich. Wer sonst?«

Carlo unterdrückte ein Lächeln, obwohl die Umstände alles andere als erheiternd waren. »Zum Beispiel hätte dein kretischer Leibwächter ihn erstechen können. Schließlich ist er zu deinem Schutz da. Wo ist er?«

»Tot«, sagte Valeria. Ihre Stimme klang krächzend und belegt, Nachwirkung der Strangulation. »Hinterrücks erdolcht. Der Kerl muss ihn schon beim Betreten des Hauses umgebracht und unten in der Wasserhalle versenkt haben. Eines der Mädchen hat ihn vorhin gefunden.« Sie rieb sich mit einem Zipfel ihres Gewandes die Tränen von den Wangen und presste den Stoff dann auf den Schnitt, wohl weniger, um die Blutung zu stillen, als den Schmerz zu lindern.

Carlo stieß die Leiche mit dem Fuß an. Bis auf die Tatsache, dass er tot war, gab es bei dem Mann nichts Außergewöhnliches zu entdecken. Um die vierzig, mit Neigung zu vorzeitigem Haarverlust und leicht schwammigem Körperbau, wäre er zu Lebzeiten mit seinen nichtssagenden Gesichtszügen in jeder Menschenmenge untergegangen. Seine Kleidung war hochwertig, aber nicht auffallend. Ins Auge stach jedoch der Gegenstand, den er in der rechten Hand hielt. Eine Garrotte.

Carlo starrte den Beweis des gescheiterten Mordanschlags an und hatte nicht übel Lust, dem Toten die Würgeschlinge zu entreißen und sie ihm um den Hals zu winden, um ihn daran aufzuknüpfen.

Er merkte, wie Valeria ihn von der Seite musterte. »Sein Name war Alvise Dandolo«, sagte sie.

Carlo nickte. »Alteingesessene venezianische Adelsfamilie.«

»In seinem Fall eine eher nichtsnutzige Seitenlinie, aber mit genug Geld. Kennst du ihn?«

»Ich habe ihn gelegentlich getroffen«, erwiderte Carlo. Angeekelt von den Erinnerungen verzog er das Gesicht. »Bei gewissen … Feierlichkeiten, zu denen Giacomo mich früher mitnahm. Und du? Wer war er für dich?«

»Niemand Besonderes. Einfach einer von vielen.«

»Einer von den vielen, mit denen du schläfst, meinst du?«

»Nein. Er will nur die ganz Jungen. Er geht zu Gabriela, die hat kaum Brüste und sieht auch sonst aus wie ein Kind. Das mag er am liebsten.« Valeria trat vor einen der Spiegel und fuhr mit den Fingerspitzen über den Schnitt. »Zum Teufel, das wird eine hässliche Narbe geben, meinst du nicht auch?«

Carlo ließ das Laken fallen und trat an Valerias Seite. Er schaute sie über ihre Schulter hinweg im Spiegel an. »Warum hast du mich holen lassen, wenn du doch so offensichtlich allein mit allem fertig wirst?«

»Wegen dem, was er gesagt hat, bevor ich ihm den Dolch ins Herz gerammt habe.«

Carlo ging zum Kamin und nahm das Schüreisen, um im Feuer herumzustochern. »Erzähl«, forderte er sie auf.

Sie zuckte die Achseln und stöhnte leise auf, weil die unbedachte Bewegung ihre Schmerzen verschlimmerte. »Der Kerl war mit Gabriela fertig und machte sich auf, um zu gehen. Doch stattdessen schlich er sich in mein Gemach, wo er mich überrascht hat.«

»Wobei?«

Sie musterte ihn verärgert. »Einfach nur beim Einschlafen.« Sie deutete auf ihr Nachtgewand und ihre bloßen Füße, die unter dem Saum hervorlugten.

»Ich merkte, dass jemand im Zimmer war, doch bevor ich um Hilfe rufen konnte, war er bereits an meinem Bett und hatte die Garrotte um meinen Hals gelegt. Ich trat ihn und wand mich, doch damit erreichte ich nur, dass wir beide aus dem Bett fielen. Wir rollten herum, und als ich gegen ihn stieß, gelang es mir, hinter mich zu fassen und seinen Dolch aus der Scheide zu reißen. Bei dem Gerangel habe ich mich dann selbst verletzt. Und als ich die Hand endlich richtig frei bekam, stieß ich zu und traf ihn, worauf er mich losließ und zur Seite fiel. Ich setzte sofort nach und rammte ihm das Messer ins Herz.«

Sie blickte auf den Toten nieder, der sie mit aufgerissenen Augen anklagend anzustarren schien.

»Während dieser Mistkerl mich würgte, besaß er die Frechheit, mir eine Art Predigt zu halten.«

»Was hat er gesagt?«

»Es war nur komisches Gefasel. Hätte er nicht über dich gesprochen, hätte ich mir wahrscheinlich nicht viel dabei gedacht und wäre gleich wieder zur Tagesordnung übergegangen.«

»So, wie du es immer machst, nachdem du auf diese Weise einen Freier losgeworden bist«, meinte er mit mildem Spott.

Sie warf ihm einen schrägen Blick zu. Vermutlich erinnerte sie sich ebenso wie er an jenen betrunkenen Zecher, der ihr und Laura vor vielen Jahren während des Karnevals auf der Piazza gefährlich geworden war. Damals hatte Carlo mit seinem Dolch das Schlimmste verhindert, heute hatte sie sich selbst gewehrt. Doch anscheinend war die Gefahr noch nicht vorüber, obwohl der Mörder tot zu ihren Füßen lag.

Valeria räusperte sich. »Er sagte: Wisse, wir sind viele. Unsere Zahl ist die des Tieres, denn wir verkörpern das Böse in dieser Stadt. In sechserlei Gestalt treten wir auf und nehmen Leben, wie es uns gefällt. Heute bist *du* dran …« Valeria stockte und holte Luft. Ihr Gesicht war noch bleicher als vorher, während sie vorsichtig ihren Hals massierte und sich dann abermals räusperte, wie um ihre Stimme unter Kontrolle zu bringen.

»Weiter«, drängte Carlo. »Was sagte er dann?«

»Heute bist *du* dran … und morgen dein schwarzer Freund.« Sie runzelte zweifelnd die Stirn. »Hätte er das nicht gesagt, hätte ich einfach geglaubt, dass er verrückt ist.«

»Wahrscheinlich war er nicht verrückter als Giacomo«,

sagte Carlo geistesabwesend. Er dachte fieberhaft nach und versuchte, alle Informationen zu einem Gesamtbild zusammenzufügen.

Valeria blickte ihn forschend an. »Die Zahl des Tieres – was hat er damit gemeint?«

»Ein Kapitel aus dem Johannesevangelium.«

»Was steht da? Und was ist mit *sechserlei Gestalt* gemeint?«

»Keine Ahnung.«

»Du weißt etwas! Ich sehe es dir an!«

Er wandte sich zu ihr um. »Wenn ich genug wüsste, wäre das hier nicht passiert.« Er schüttelte den Kopf. »Giacomo ist zu lange weg, wahrscheinlich glauben sie, dass er tot ist.«

»Wen meinst du mit *sie*?«

»Wenn ich das wüsste, hätte der Kerl da keine Gelegenheit mehr gehabt, dich zu würgen.«

»Du meinst diese alte Geschichte, mit der Giacomo dich damals erpresst hat? Dass er mich töten lassen will, wenn ihm etwas zustößt?«

Carlo nickte. »Offenbar ist die Verbindung zwischen ihm und seinen Helfershelfern abgerissen, sodass man es nun für an der Zeit hält, frühere Pakte einzulösen.« Ernst fügte er hinzu: »Sieh dich vor, Valeria.«

»Keine Sorge, ich werde mich umgehend nach einem neuen Leibwächter umtun.«

»Ein einzelner Leibwächter reicht nicht. Du darfst keinen Moment mehr allein bleiben. Ich meine *keinen* Moment, nicht einmal nachts. Und wenn du Gesellschaft hast, dann niemals mehr von solchen Männern, von denen du nicht weißt, was sie wirklich von dir wollen.«

»Du kannst ja auf mich aufpassen und bei mir schlafen.« Sie lächelte ihn auf altvertraute Weise an, in einer Mischung aus Verworfenheit und sanfter Koketterie, die ihm den Atem stocken ließ, fast so wie früher, als er noch auf seiner Matte in dem stinkenden Loch am Corte Cavallo gesessen und sie heimlich angeschmachtet hatte.

»Ich glaube nicht, dass es eine gute Idee ist, wenn ich in deinem Bett schlafe.«

»Warum nicht?«

»Dort herrscht mir zu viel Betrieb.«

»Wohl kaum, denn es würden nur wir beide drin liegen.«

Er lachte.

Sie hob den Kopf und blitzte ihn an. »Glaubst du mir nicht?«

»Seit wann gehst du allein ins Bett?«, gab er spöttisch zurück.

»Seit unserem letzten Treffen. Wärst du nur wenigstens ein einziges Mal gekommen, wenn ich nach dir gerufen habe, so würdest du mich jetzt nicht ansehen, als erzählte ich dir Witze. Ich schlafe nicht mehr mit anderen Männern, Carlo. Du warst der Letzte.«

Er lachte abermals, ungläubig und fassungslos. Fassungslos vor allem über sich selbst, weil er versucht war, ihr zu glauben.

Als sie sich von ihm wegdrehte, um mit müden Schritten zurück zum Bett zu gehen, traf es ihn wie ein Schlag, denn nun sah er ihre Gestalt im Profil. Unter den Massen ihres herabwallenden Haars und der verschwenderischen Stofffülle ihres Nachthemdes war deutlich die Wölbung ihres Leibes zu erkennen.

Valeria erwartete ein Kind.

Laura stellte sich auf die Zehenspitzen und spähte über die Schultern der Umstehenden in alle Richtungen. Seit einer Weile versuchte sie vergeblich, im Trubel des Festsaals ihren Mann ausfindig zu machen. Er hatte sich nur kurz entschuldigt, weil er irgendwo in der weitläufigen Halle Heinrich von Wessel entdeckt hatte, den deutschen Kaufmann, der ihn hier mit seinem Landsmann Albrecht von Brandenburg zusammenbringen wollte.

»Ich gehe rasch zu ihm und treffe eine Verabredung für ein Gespräch. Amüsier dich so lange.« Mit diesen Worten war er im Gedränge verschwunden und bisher nicht wieder aufgetaucht.

Laura gab es fürs Erste auf, nach ihm Ausschau zu halten. Stattdessen freute sie sich an dem Fest und genoss die ausgelassene Stimmung. Sie wippte auf den Fußballen und bewegte sich im Takt der Musik. Zu gern hätte sie einfach drauflosgetanzt, bloß um zu wissen, wie es sich anfühlte. Natürlich hatte sie das Tanzen schon ausprobiert, aber niemals auf einer öffentlichen Veranstaltung. Außerdem hatte es bei diesen Versuchen keine Musik gegeben. Sie hatte sich den Klang von Flöten, Trommeln und Lauten lediglich vorgestellt, während sie die flotten Schritte einer Galliarde übte oder die langsameren, eher getragenen Bewegungen der Pavane. Bisher hatte sie noch keine Gelegenheit gefunden, ihre Kenntnisse in die Praxis umzusetzen. Sie hatte noch nie mit Antonio getanzt, nicht einmal anlässlich ihrer Hochzeit. Letzteres war indessen niemandem vorzuwerfen, denn sie hatten überstürzt und in aller Stille geheiratet. Pater Anselmo hatte sie und Antonio noch in der Nacht getraut, in der sie einander in Padua wiedergefunden hatten. Laura hatte darauf bestanden, und Antonio war es nur recht gewesen, obwohl das Ganze mehr von einem raschen Gnadenakt gehabt hatte als von einer weihevollen Vermählung. Hinterher war ihnen angesichts der vorangegangenen blutigen Ereignisse nicht zum Feiern zumute gewesen, und auch im Anschluss an ihre Rückkehr nach Venedig hatte es wegen Antonios häufiger Abwesenheit kein Fest gegeben. Bis heute nicht.

Laura hatte sich geschworen, während des Karnevals mit Antonio zu tanzen, auf einem Fest, das sie selbst ausrichten wollte, aber dann war die Reise nach England dazwischengekommen. Heute jedoch befanden sie sich auf einer geeigneten Feier, und sie würde endlich mit ihm tanzen können.

Sie wusste, dass Antonio die Schritte beherrschte; er hatte ihr einmal erzählt, dass er sie in Ungarn im Schloss eines Adligen gelernt hatte. Sie selbst würde es schon irgendwie hinkriegen. Veronica hatte ihr gezeigt, wie man es machte; sie hatte die Tänze mehrfach auf Feiern ihrer früheren Herrschaft beobachtet und gut aufgepasst.

Bei der Erinnerung verharrte Laura mitten in der Bewegung. Veronica hatte nur so wenig Zeit gehabt, den besten Teil ihres Lebens zu genießen, und sie war ausgerechnet an einem jener glücklichen Tage gestorben, die sie am liebsten für alle Ewigkeit hätte festhalten mögen.

Laura atmete durch und sprach im Stillen ein rasches Gebet, in dem sie Gottes Segen für Veronicas himmlische Existenz erflehte, bevor sie ihr Augenmerk wieder auf die Feierlichkeiten in der königlichen Halle lenkte.

Obwohl von eher düsterem Gepränge, wirkte der große Saal durch die Kaminfeuer und die zahllosen brennenden Kerzen nahezu anheimelnd, ein Eindruck, der durch die wohlklingende Musik und die vielen tanzenden und lachenden Menschen noch verstärkt wurde.

Nicht der Deutsche von Wessel hatte Laura und Antonio die Einladung zu der heutigen Feier verschafft, sondern der venezianische Gesandte Andrea Badoer, der zusammen mit anderen *Oratores* der Serenissima in diesen Wochen am Hofe des englischen Königs weilte. Es hieß, dass am heutigen Abend eine für die Serenissima bedeutsame Entscheidung Heinrichs proklamiert werden sollte. Allem Anschein nach war der Anlass dafür erfreulich. Offenbar hatten die Botschafter der Markusrepublik bei den Verhandlungen ganze Arbeit geleistet, denn die Stimmung unter den Diplomaten, die sie bisher gesehen hatte, war glänzend.

Auch sonst herrschte im Saal allenthalben ein fröhliches Treiben, das von bester Laune kündete, nicht nur bei den feiernden Höflingen und Gästen, sondern auch beim König selbst, der bereits zu Beginn des Abends in Erscheinung getreten war und sich seither lächelnd mit den Gefolgsleuten und Besuchern unterhielt.

Heinrich VIII. sah auf leicht bäuerliche Weise gut aus und war von kraftstrotzender Gestalt. Die muskulösen Beine steckten in seidenen Strumpfhosen, und gleich darüber, zwischen den bauschigen Falten seines kostbaren Brokatwamses, zog eine großzügig bemessene Schamkapsel das Auge des Betrachters auf sich. Heinrichs bärtiges rundes Gesicht war von gesunder

Färbung, und seine Augen strahlten mit den Edelsteinen auf seiner brokatverzierten Brust um die Wette.

Die Königin, die mit ihm den Saal betreten hatte, war nur zum Bankett geblieben und nach kaum einer Stunde wieder gegangen, lange bevor die Musiker angefangen hatten, zum Tanz aufzuspielen – vermutlich wegen ihrer fortgeschrittenen Schwangerschaft. Der König hatte sie liebevoll verabschiedet. Katharina von Aragon war sechs Jahre älter als der erst knapp neunzehnjährige Heinrich, doch man hatte gesehen, wie sehr das jung verheiratete Paar einander zugetan war.

Der Monarch schien sich indessen auch in Abwesenheit seiner Gattin gut zu amüsieren. Heinrich scherzte nicht nur mit den Männern aus seinem Gefolge, sondern redete und lachte auch mit den Hofdamen seiner Gemahlin, von denen es, ebenso wie von den anderen bei Hofe lebenden Adligen, recht viele zu geben schien – kein Wunder bei der enormen Größe des Schlosses.

Windsor Castle, ein gewaltiges Geviert stark befestigter Gebäude, lag in der Grafschaft Berkshire westlich von London. Die Themse floss unterhalb des Schlosses vorbei; das Ufer war nur durch einen grasigen Abhang von den Mauern des königlichen Anwesens getrennt. Antonio und Laura waren auf einem der flachen Flussboote hergekommen, mit denen es sich weit komfortabler reisen ließ als zu Pferde oder in einem holpernden Wagen.

Untergebracht waren sie in einer geräumigen Kammer in einem Gästeflügel, wo es ein Bett mit Daunenkissen, einen gekachelten Ofen und bestickte Gobelins an den Wänden gab. Zudem kümmerten sich Zofen und Diener um das leibliche Wohl der Gäste.

Heinrich VIII. war ein weltoffener, begeisterungsfähiger Herrscher, der gern fröhliche Gesellschaften und große Bankette gab, Musik und Tanz schätzte und zur Jagd ausritt. Nach dem Tode seines als eher geizig geltenden Vaters schien er das Leben in vollen Zügen zu genießen. Eines seiner neuen Interessen als frisch gekrönter König galt der Serenissima. Nicht nur die Diplomaten profitierten davon, sondern auch die zufällig anwesenden Kaufleute. Nach allem, was man hörte, war Heinrich, anders als sein Vater, der Löwenrepublik durchaus wohlgesonnen.

Die Musiker wechselten die Tonart, und ein neues Stück begann, mit einem schnelleren Takt als das vorangegangene. Heinrich schritt mit einer der tief dekolletierten Damen zum Tanz. Lachend drehte er seinen kräftigen Körper hin und her und hüpfte mit spielerischer Leichtigkeit von einem Bein aufs andere.

Laura betrachtete ihn fasziniert, während ihre Füße nicht aufhörten, den Takt zur Musik auf dem Boden zu klopfen.

»Madonna, mir scheint, Ihr würdet gern tanzen! Womöglich mit mir?«

Sie fuhr zu dem Mann herum, der sie angesprochen hatte. Entgeistert starrte sie ihn an.

»Zuane!« Freude und Begeisterung bemächtigten sich ihrer, als sie ihn so unverhofft vor sich sah. Sie lachte auf, überrascht und glücklich, und sie widerstand nur mit Mühe dem Impuls, seine Hände zu nehmen. »Was machst du denn hier?«, fragte sie atemlos.

Er lächelte sie an. »Dasselbe könnte ich dich fragen. Seit wann bist du hier?«

»Antonio und ich sind heute angekommen.«

»Natürlich, ohne deinen Gatten würdest du kaum so weit reisen. Allerdings stirbt die Hoffnung zuletzt, es hätte ja immerhin sein können.« Er schnitt eine Grimasse, als wolle er sich über sich selbst lustig machen. »Und kaum seid ihr hier, lässt er dich wieder allein. Sicher wichtige Geschäfte. Die Macht der Gewohnheit, wie?«

Diesmal war sie es, die das Gesicht verzog. »Er wollte sich nur kurz mit einem Kaufmann besprechen und gleich zurückkommen. Es wird bestimmt nicht lange dauern.« Sie betrachtete ihn neugierig. »Und was genau hast du hier zu tun?«

»Ich bin im Gefolge der Botschafter unterwegs. Nachdem ich weder für den Handel tauge noch mich als Kriegsheld hervortun konnte, hielt mein Vater es für eine gute Idee, dass ich die Kunst der Diplomatie erlerne. Es heißt, die Serenissima könne gar nicht genug fähige Gesandte aufbieten, vor allem in schwierigen Zeiten wie diesen. Im Großen Rat geht das geflügelte Wort um, die Diplomatie sei die einzig wirklich zuverlässige Waffe, die der Löwe von San Marco noch im Arsenal habe.« Er grinste. »In diesem Fall muss man wohl sagen, dass es stimmt, denn Messèr Badoer konnte Heinrich uneingeschränkt für die Belange der Serenissima gewinnen. Es war eine Freude, ihn verhandeln zu hören. Und die Ergebnisse können sich sehen lassen. Heute Abend noch will der König durch seinen Proklamator vor allen Gästen den neuen Freundschaftsbund zwischen England und Venedig verkünden.«

Laura klatschte lachend in die Hände. »Tatsächlich? Das ist ja wundervoll! Wie sehr es dich freuen muss, dass du bei diesem historischen Gespräch zugegen warst!«

»Nicht nur das. Ich habe sogar mit dem König geredet. Sein Latein ist wirklich gut, was man von meinem nicht behaupten kann. Trotzdem haben wir uns verstanden.« Zuanes Lächeln wurde breiter. »Heinrich interessiert sich für die Wasservogeljagd und wollte alles über die Arten wissen, die in der Lagune beheimatet sind. Und er will mir beibringen, wie man zu Lande jagt. Nächste Woche nimmt er mich zu einer Sauhatz mit.« Er musterte sie fragend. »Wie gefällt es dir in England? Was hältst du von London?«

»Es kommt mir alles ein wenig düster vor, aber sicher liegt das zum großen Teil daran, dass ich hier fremd bin.« Sie verzog das Gesicht. »Vor allem an das Essen muss man sich gewöhnen.«

Er lachte. »An manche Dinge gewöhnt man sich nie, es sei denn, in der Not.«

Anerkennend schaute Laura ihn an. Zuane sah blendend aus. Sein helles Haar fiel in leuchtenden Wellen bis auf die Schultern, was einen anderen Mann zweifellos weibisch hätte wirken lassen, doch bei Zuane betonte es nur das klassisch männliche Ebenmaß seiner Züge. Sein schmales Gesicht war glatt rasiert und leicht gebräunt; vermutlich hatte er sich während der Seereise nach London viel an Deck aufgehalten. Er trug ein golddurchwirktes Wams im Burgunderrot des Hauses Querini und dazu passende schimmernde Seidenstrumpfhosen. Sein samtenes Barett war mit Federn und Stickereien verziert, und an seinem Gürtel prangten kostbare Silberbeschläge.

Zuane wiederum musterte Lauras Erscheinung ebenfalls mit offensichtlicher Bewunderung, nur dass sich bei ihm ein Hauch von Wehmut in sein Lächeln mischte. Laura hatte ihn seit ihrer Eheschließung nur ein einziges Mal gesehen, und da hatte er nicht viele Worte gemacht. Seine Glückwünsche waren ein wenig steif ausgefallen. Sichtlich um Haltung bemüht, hatte er sich vor ihr verneigt und ihr als Hochzeitsgeschenk eine Perlenbrosche überreicht.

Zuane riss sie aus ihren Gedanken, als er die Hand ausstreckte und sanft das Schmuckstück berührte, mit dem die Samtschärpe an ihrer Schulter gehalten wurde.

»Du trägst sie ja!«

»Natürlich«, sagte sie. »Ich trage sie bei jeder passenden Gelegenheit.« Das war nichts weiter als die Wahrheit. Die Brosche war ihr sehr teuer, nicht etwa weil sie wertvoll war – das war sie ohne Frage –, sondern weil sie von Zuane stammte. Aus naheliegenden Gründen konnten sie sich nicht mehr treffen, doch das änderte nichts daran, dass Laura ihn vermisste. Er war ein treuer Freund, einen besseren hätte sie sich nicht wünschen können. Dennoch musste sie sich zu ihrem eigenen Leidwesen von ihm fernhalten, schließlich war sie eine verheiratete Frau.

»Ich hätte geschworen, dass dein Mann es dir verboten hat«, meinte Zuane in sarkastischem Ton.

»Was?« Sie blickte ihn verwirrt an.

»Sie zu tragen.«

»Ach so.« Sie merkte, wie sie errötete. »Nein, das hat er nicht.« Zweifellos *hätte* er es ihr verboten, wenn er gewusst hätte, von wem dieses besondere Geschenk stammte. Die Wahrheit war, dass er es einfach nicht mitbekommen hatte, weil er zu jener Zeit wieder einmal im Ausland gewesen war. Als er nach seiner Rückkehr die Brosche zum ersten Mal bei ihr gesehen hatte, war es ihr nicht weiter schwergefallen, ihn glauben zu machen, dass sie selbst das Schmuckstück erstanden hatte. *Weißt du, ich wollte die ganze Zeit schon eine Brosche, die zu dem Armreif passt.* Mehr hatte sie nicht dazu gesagt, und Antonio hatte keinen Grund gesehen, ihr zu misstrauen, denn er hatte ihr eigens dafür Geld gegeben, dass sie sich mit allerlei Tand herausputzen konnte. Er legte nicht nur Wert auf ein repräsentatives Heim, sondern demonstrierte auch gern bei Kirchgängen und Andate, was er seiner Familie und seinem Gefolge bieten konnte. Er war kein schäbiger Krämer, sondern ein Mann, der Achtung verdiente.

»Laura, bist du glücklich?«, fragte Zuane mit seltsamer Eindringlichkeit.

»Ja«, erwiderte sie tief durchatmend. »Ja, das bin ich.« Sie schaute ihn offen an, erfüllt von dieser seltsamen Mischung aus Traurigkeit und Sehnsucht, die sie immer in seiner Gegenwart fühlte. Ob alles anders hätte kommen können, wenn Antonio nicht gewesen wäre? Sie wusste es nicht.

Zuanes Blick war ernst. »Damit muss ich mich wohl zufriedengeben. Aber du hast meine erste Frage noch nicht beantwortet.«

»Was meinst du?«, fragte sie irritiert.

»Ich fragte dich, ob du mit mir tanzen willst.«

Die Musiker hatten soeben zu einem neuen Stück angesetzt, das ebenso einladend klang wie das davor.

»Ich … Eigentlich …« Laura holte Luft. »Ja«, platzte sie dann heraus. Sie wollte so sehr tanzen, dass ihr ganzer Körper vor Verlangen danach schmerzte.

Zum Teufel, dachte sie trotzig. Ich tanze ja nur mit ihm, weiter nichts!

Rasch und bevor sie es sich wieder anders überlegen konnte, nahm sie seine dargebotene Hand und ließ sich von ihm zur Tanzfläche führen.

Antonio blickte sich im Saal um, während er zerstreut den Worten Albrecht von Brandenburgs zuhörte. Wider Erwarten hatte von Wessel ihn gleich an Ort und Stelle mit seinem Landsmann bekannt gemacht, und dieser hatte Antonio sofort in ein Gespräch verstrickt, bei dem von Wessel als Übersetzer fungierte, wenn Antonio mit seinem Latein nicht weiterkam.

Albrecht von Brandenburg war zusammen mit seinem älteren Bruder am Königshof, sowohl aus politischen Erwägungen heraus als auch geschäftlich, wie die meisten Besucher, die dem neuen König in diesen Wochen die Ehre gaben. Jeder wollte sich rasch einen möglichst guten Stand bei dem Monarchen erkämpfen.

Albrecht, der schon vor Jahren der Geistlichkeit beigetreten war, konnte keine weltliche Laufbahn als Herrscher anstreben, denn die Kurfürstenwürde blieb seinem älteren Bruder vorbehalten. Doch auch der Klerus hielt für entsprechend betuchte Adlige glänzende Karrieren bereit. Albrecht strebte nach nicht weniger als nach einer Erzdiözese. Allerdings war eine solche nur für Geld zu haben. Für *viel* Geld, denn die Pfründen wurden immer teurer, um dem stetig wachsenden Finanzbedarf des Vatikans Rechnung zu tragen. Nicht nur der Krieg verschlang Unsummen, sondern auch der Bau des Petersdoms. Für Papst Julius II. kam nur die hochwertigste und beste Ausstattung in Frage, sein eigenes Grabmal eingeschlossen.

Von daher war die Konstellation durchaus günstig, soweit es Albrechts Pläne betraf. Er wollte das *Pallium* und würde es bekommen, vorausgesetzt, er konnte die Mittel dafür aufbringen. Investoren würden sich jedoch nur gegen entsprechende Sicherheiten beteiligen. Für die Geldbeschaffung wiederum bot sich bestens der Ablasshandel an.

Albrecht war ein dicklicher junger Mann in Antonios Alter, und er hatte hochfliegende Pläne, die er Antonio mit leuchtenden Augen darlegte. Antonio hörte höflich zu und brachte dann Carlo als künftigen Verhandlungs- und Geschäftspartner ins Gespräch. Mit von Wessels Übersetzungshilfe legte er anschließend die ungefähre Größenordnung für die zu erwartenden Investitionen fest. Er selbst gedachte keine großen Risiken einzugehen, zumal ohnehin die Fugger den Hauptteil des Kredits aufbringen würden. Er wollte lieber einige der höchst einträglichen Zoll- und Maklerämter kaufen, die seit kurzem günstig vom venezianischen Rat feilgeboten wurden. Wegen des Krieges herrschte in der Serenissima chronischer Geldmangel, und es gab durchaus Möglichkeiten, sich an diesem Umstand zu bereichern.

Während des Gesprächs ließ er seine Blicke durch den Saal schweifen. Dank seiner Größe war es ihm möglich, über die Köpfe der meisten Anwesenden hinweg das Geschehen weitgehend im Auge zu behalten; allerdings befand Laura sich nicht mehr dort, wo er sie eben noch gesehen hatte. Stattdessen trafen sich seine Blicke mit denen einer Frau, die in der Nähe der Tür stand. Sie trug ein elegantes grünes Samtkleid mit einer raffinierten Schnürung, die ihren Busen hochschob und die Wölbung ihrer Brüste betonte. Das tiefschwarze Haar war zu einer eleganten Frisur geflochten, die ein madonnenhaft schönes Antlitz umrahmte. Ihre leicht schräg geschnittenen Augen verliehen dem Gesicht ein exotisches Aussehen, bei dem Antonio sich unwillkürlich an eine Katze erinnert fühlte. Die Frau kam ihm vage bekannt vor, obwohl er sicher war, sie noch nie gesehen zu haben. Sie hielt seinen Blick fest, und das Lächeln, das dabei ihren Mund umspielte, schien ihm auf versteckte Weise spöttisch. Gleich darauf wandte sie sich ab und schlenderte zur Tür hinaus. Antonio hörte Albrecht nur noch mit halbem Ohr zu; sie hatten den geschäftlichen Teil ohnehin abgehandelt, alles Weitere würde ein Notar ausarbeiten. Albrecht erzählte weitschweifig davon, dass er einen Teil seines künftigen Reichtums dafür verwenden wollte, die Universitäten zu unterstützen.

»Was ist los?«, fragte von Wessel, nachdem er mit dem Übersetzen fertig war. »Wen sucht Ihr?«

»Meine Frau.«

»Ah, ich warte schon lange, dass Ihr sie mir endlich vorstellt. Ich nehme an, es handelt sich um jene bemerkenswerte junge

Dame, die damals vom Gerüst aus unser Gespräch im Fondaco dei Tedeschi belauschte? Um dieselbe, die Jahre davor, als Knabe verkleidet, nur um ein Haar einer Degenattacke Giacomo Cattaneos entging? Rote Locken, liebliches Gesicht?«

»Ganz recht, das ist meine Frau Laura«, sagte Antonio verblüfft. Der umtriebige alte Fuchs hatte auch nach all den Jahren nicht die Fähigkeit verloren, ihn in Erstaunen zu versetzen. »Seht Ihr sie hier irgendwo? Vorhin stand sie noch dort drüben bei der Tür.«

»Oh, aber sicher. Sie ist auf der Tanzfläche. Ich sah sie eben hinüberschreiten, mit einem erstaunlich gut aussehenden venezianischen Galan, der sie offenbar zum Tanz gebeten hat.«

Antonio runzelte die Stirn. Um die Tanzfläche hatte sich ein dichter Kreis von Zuschauern gebildet, sodass ihm die Sicht versperrt war.

»Woher wisst Ihr, dass es ein Venezianer ist, mit dem sie tanzt?«, wollte er wissen.

»Nun, es ist Zuane. Marcello Querinis Sohn.«

Schon nach den ersten Schritten verlor sich Lauras Nervosität. Die Musik gab den Rhythmus vor, sie musste ihr nur folgen. Zuane führte sie souverän von einer Tanzfigur zur nächsten, er war, wie sie sofort feststellen konnte, ein exzellenter Tänzer. Begeistert gab sie sich den Bewegungen hin und strahlte ihn an.

»Es ist mein erstes Mal«, gestand sie ihm lachend. »Vorher habe ich nur heimlich zu Hause geübt!«

»Das kann ich nicht glauben«, gab er zurück. »Du tanzt wunderbar!«

Ihr war klar, dass er maßlos übertrieb. Dennoch schien es ihr, als würde der eine oder andere bewundernde Blick sie treffen, während sie sich an Zuanes Arm durch den Saal bewegte.

Sie wusste, dass sie schön war mit ihrer kunstvoll geflochtenen Frisur und dem neuen Kleid. Eine der Kammerzofen, die im königlichen Palast beschäftigt waren, hatte ihr beim Herrichten der Haare und beim Ankleiden geholfen. Ihre Gamurra war aus weichem, bernsteinfarbenem Samt, eine Farbe, die vortrefflich mit ihrem roten Haar harmonierte. Die bestickten Seidenschuhe waren dünn und elastisch, nicht ganz das Richtige bei der Fußkälte, die trotz der überall befeuerten Kamine in Windsor Castle herrschte, doch ideal zum Tanzen. Die meisten Schritte und Sprünge fielen genauso aus, wie Laura es sich vorstellte.

Um sie herum hatte sich ein Ring aus Zuschauern gebildet. Die meisten betrachteten den König und seine Tanzpartnerin, eine bildhübsche und temperamentvolle Hofdame in einem auffallend roten Kleid. Es war nicht zu übersehen, dass Heinrich kein Kind von Traurigkeit war. Er amüsierte sich prächtig und spreizte sich vor den vielen Beobachtern wie ein Pfau. Doch Laura registrierte auch die vielen bewundernden Blicke, die sie selbst und Zuane einheimsten, und auch die beifälligen Kommentare entgingen ihr nicht, obwohl sie in einer ihr fremden Sprache gesprochen wurden. Sie genoss die Aufmerksamkeit, und ihre Bewegungen wurden kühner. Zuane lachte und hielt sie fester, während er zu gewagteren Schrittkombinationen überging.

Mit einem Mal verharrte Laura. Mitten in einer Drehung blieb sie stehen und fuhr herum. Ein Frösteln überlief sie. Da war jemand …

»Was ist?« Zuane zog sie weiter, ließ das Ganze wie einen kühnen Tanzschritt aussehen, den sie in beiderseitigem Einvernehmen eingefügt hatten.

»Ich … weiß nicht«, stammelte sie. »Mir war nur, als wäre dort …«

»Ah, ich verstehe. Dein Mann ist aufgetaucht.«

Er deutete mit dem Kinn auf den Kreis der Umstehenden, wo soeben Antonio erschien, mit einer Miene, die einigen Ärger verhieß.

»Sieht aus, als würde er mich gern erdolchen. Nun denn, damit ist unser kurzes Vergnügen wohl beendet.« Mit einer Verneigung ließ Zuane Laura los. »Danke für den Tanz. Es war mir eine Ehre und eine Freude. Ich hoffe, wir wiederholen das bei Gelegenheit.«

Gleich darauf war Antonio an Lauras Seite. Er nahm ihren Arm und bedachte Zuane mit einem knappen Kopfnicken.

Zuane lächelte mit schmalen Lippen. »Seid gegrüßt, Bragadin. So sieht man sich unverhofft in der Ferne wieder. Ich nehme an, diesmal seid Ihr nicht als mein Wachhund hier, sondern in eigenen Belangen. Man hört, Eure Geschäfte gehen vorzüglich.«

»Jedes einzelne«, sagte Antonio in kühlem Ton.

»Neuerdings schließt ihr Eure Handelsvereinbarungen ohne Mitwirkung meines Vaters ab, wie ich erfuhr.«

Antonio verzog keine Miene. »Irgendwann handelt jeder Kaufmann gern auf eigene Rechnung. Beklagte sich Euer Vater darüber?«

»Nicht doch, Bragadin. Warum auch? Ihr wart nicht sein einziger Handelsgehilfe.«

Laura spürte Ärger über diese Formulierung aufwallen, und rasch stellte sie sich an Antonios Seite.

Zuane betrachtete sie mit undeutbarer Miene, bevor er sich wieder Antonio zuwandte. »Zieht Ihr es vor, Euch wieder selbst um Eure Gattin zu kümmern? Lasst mich wissen, wenn Ihr abermals zu einem Eurer Ausflüge aufbrecht. Ich werde zur Stelle sein, um Laura zu beschützen und sie zu unterhalten.«

Antonio würdigte ihn keines Blickes. Kommentarlos zog er Laura von der Tanzfläche.

Lauras Verstimmung verflog, so schnell sie gekommen war. Stattdessen kehrte die bedrückende Vorahnung zurück. Ihre Blicke irrten durch den Saal und blieben schließlich an der Tür hängen. Doch da war niemand, obwohl sie hätte schwören können, dass eben noch jemand von dort aus zu ihr herübergeschaut und sie beobachtet hatte.

»Musste das sein?«, fragte Antonio. Seine Stimme vibrierte vor unterdrückter Wut.

»Was?«, gab Laura zerstreut zurück.

»Dass du mit diesem Schönling tanzt!« Als sie keine Antwort gab, insistierte er. »Laura! Er ist hinter dir her, genau wie früher! Wie kannst du ihn dabei auch noch ermutigen!«

Sie rang sich eine Antwort ab. »Mit wem sollte ich sonst tanzen? Du warst ja nicht da.«

»Ging es dir nur darum? Um den Tanz?«

»Natürlich«, meinte sie höflich, aber geistesabwesend. Abermals wandte sie sich zur Tür, doch dort war immer noch niemand zu sehen, der ihr Angst machte. Dennoch war es, als würde ein kalter Luftzug sie streifen.

»Und los geht's!«, sagte Antonio. Es klang unternehmungslustig. Er hielt sie bei den Schultern und schwang sie zu sich herum.

Verdattert blickte sie zu ihm auf. »Was hast du vor?«

»Du wolltest tanzen! Also tanzen wir.« Er drehte sie zur Seite, eine Hand auf ihrer Schulter, die andere an ihrem Arm. Die Musiker hatten zu einer Pavane angesetzt, einem Schreittanz, der wesentlich langsamer war als die Galliarde, eher würdevoll als ausgelassen. Laura ließ sich von ihrem Mann durch den Saal leiten. Während sie mechanisch einen Schritt nach dem anderen tat, ohne sich Gedanken über die korrekte Reihenfolge oder den Takt zu machen, dachte sie an Cattaneo, der seit vielen Monaten verschwunden war. Warum sollte nicht auch er nach London gereist sein, so wie viele venezianische Kaufleute es in diesen Zeiten taten, um ihre Geschäfte neu zu ordnen? Auf dem Seeweg konnte man trotz des allgegenwärtigen Krieges noch halbwegs gefahrlos zwischen mehreren Handelsstützpunkten verkehren, und London war seit dem Zusammenbruch des Indienhandels wichtiger denn je für Venedig geworden. Die Portugiesen hatten im Hafen von Diu die von den indischen Fürsten unterstützte Ägypterflotte geschlagen, und seither stagnierte der über Kairo geführte Gewürzhandel. Natürlich würde Cattaneo versuchen, geschäftlich in London, Lissabon oder Antwerpen Fuß zu fassen, so wie viele andere venezianische Kaufleute auch. Es war also durchaus möglich, dass er hier war …

Bei der Vorstellung geriet sie ins Stolpern, und Antonio trat ihr hart auf den Fuß. Laura schrie leise auf.

»Oh, du lieber Himmel!« Er schaute erschüttert drein. »Verzeih!«, rief er aus. »Ich dachte, ich hätte den richtigen Schritt gemacht, aber …«

»Es war meine Schuld.« Sie war völlig durcheinander. »Lass uns aufhören, ja?«

»Natürlich.« Sein Groll wegen Zuane schien sich gelegt zu haben, denn sein Griff war sanft, als er sie beim Arm nahm und von der Tanzfläche führte.

Anscheinend war damit alles wieder halbwegs zwischen ihnen in Ordnung, doch das nagende Gefühl, etwas Schlimmes könne sich anbahnen, wollte nicht weichen.

»Was ist los mit dir?«, fragte Antonio, während er sie durch den Saal geleitete. Er ließ sich von einem Diener einen Trinkpokal reichen, in dem roter Wein funkelte, und gab ihn Laura. »Hier, trink. Du siehst aus, als könntest du einen Schluck vertragen.«

Sie gehorchte und trank von dem Wein, dessen üppige Süße vom erlesenen Geschmack des Königs kündete. Schon beim vorangegangenen Bankett war deutlich geworden, dass er keine Kosten und Mühen scheute, seine Gäste aufs Vornehmste zu bewirten.

Laura spürte Zuanes Blicke auf sich. Er stand bei einem der venezianischen Diplomaten und unterhielt sich mit ihm, doch seine Aufmerksamkeit richtete sich nach wie vor auf Laura. Er hob die Hand und winkte ihr kurz zu, wie in einem stillen Einvernehmen, dass sie sich wiedersehen würden. Zögernd erwiderte sie sein Lächeln, wohlwissend, dass sie ihn so bald nicht wieder unter vier Augen sprechen würde. Vielleicht sogar nie mehr. Seufzend gab sie Antonio den Weinpokal zurück.

Er war ihren Blicken gefolgt. Seine Miene verfinsterte sich, doch bevor er etwas sagen konnte, kam sie ihm zuvor.

»Bitte glaub mir einfach, dass er nichts Übles im Schilde führt. Und ich schon gar nicht. Er ist einfach ein guter Freund, mehr nicht.« Sie dachte kurz nach. »Vielleicht stellst du dir einfach vor, es wäre wie zwischen dir und Valeria.«

Das schien ihn nicht milder zu stimmen, im Gegenteil. Sein Gesicht wurde rot vor Zorn. Er drückte kurzerhand einem verdutzt dreinschauenden Gast den halbvollen Weinpokal in die Hand, dann nahm er Lauras Arm und zog sie aus dem Saal.

»Was soll das?«, fragte sie beunruhigt. »Warum bleiben wir nicht hier?«

»Das wirst du gleich erleben.«

Antonio ging ruhelos in der Kammer auf und ab. Laura war schon vor einer Weile eingeschlafen; sie lag in der Mitte des großen Pfostenbettes, die entblößten Glieder von sich gestreckt und das Haar wie eine flammende Lache unter ihrem Kopf und ihren Schultern. Das Licht der Kerze, die neben dem Bett brannte, ließen züngelnde Reflexe über ihre Gestalt huschen. Ihre Haut schimmerte in dem matten Licht, so hell und durchscheinend wie bei einer Quellnymphe. Der feurige Gegensatz, den ihr ausgebreitetes Haar dazu bildete, erschien Antonio ebenfalls als passende Allegorie. Die rote Leuchtkraft stand für ihr Ungestüm, aber auch für ihre Unerschrockenheit und ihren unbezähmbaren Lebenshunger.

Die Wildheit, mit der sie sich vorhin geliebt hatten, erfüllte ihn mit Genugtuung, aber sie erschreckte ihn auch. Er war, kaum dass sie die Kammer betreten hatten, wie ein Verrückter über sie hergefallen. Ganz gegen seine sonstigen Gepflogenheiten in diesen Dingen hatte er ihr das Kleid vom Leib gezerrt und sie zum Bett gedrängt, als sei das, was er dort zu vollziehen gedenke, kein Akt der Zuneigung, sondern etwas, was er augenblicklich hinter sich zu bringen hatte, getrieben von Wut und dem zügellosen Drang, sich und ihr etwas zu beweisen. Er hatte sie genommen, denn er wollte ihr zeigen, wer von ihnen beiden mehr Macht hatte.

Er seufzte in der Erinnerung daran, wie wenig ihm das gelungen war. O ja, er hatte ihr seinen Stempel aufgedrückt, hatte sie seiner Lust unterworfen und sie zu der seinen gemacht, wie schon so viele Male zuvor. Aber sie hatte ihm mit gleicher Münze heimgezahlt und ihn auf dieselbe Weise bezwungen. Sie hatte ihn gepackt und gebissen und ihre Nägel in seinen Rücken gegraben, hatte ihm mit ihren Fersen auf die Schenkel getrommelt und spitze Schreie ausgestoßen, während sie sich wie Tiere ineinander verkrampft hatten, bis niemand mehr von ihnen beiden gewusst hatte, wo der eigene Körper war und wo der des anderen. Sie hatten sich zu einem einzigen Wesen verbunden, angestachelt von roher Begierde – und dem tiefgehenden Bedürfnis, zu einem Gleichgewicht zurückzufinden, das sie aus unerklärlichen Gründen verloren hatten.

Es war warm im Zimmer, fast heiß. Der Kaminofen hatte den ganzen Abend über gebrannt. Antonio verlangte es nach frischer Luft. Er öffnete das Fenster und stieß den Laden auf. Unten im Hof, zwei Stockwerke tiefer, leuchteten Fackeln. Von den nahen Stallungen drang ein kräftiger, aber nicht unangenehmer Geruch nach Pferdemist herauf. Ein Hauch von Holzasche lag in der Luft, durchzogen von den milderen Aromen aus der Palastküche, wo sich die Bediensteten vermutlich immer noch an den Überresten der königlichen Mahlzeit gütlich taten.

Eine Gestalt lenkte seine Aufmerksamkeit auf sich. Es war eine Frau in einem pelzverbrämten Kapuzenmantel, die unter einem der Torbögen hervor ins Freie getreten war. Ihr auf dem Fuße folgte ein Mann, wesentlich kleiner als die Frau und von gedrungener, kräftiger Gestalt. Seine Arme waren im Vergleich zum Körper unverhältnismäßig lang, sie baumelten seitwärts vom Körper so tief herab, dass die schaufelartigen Hände fast die Knie zu berühren schienen.

Hinter ihm bewegte sich Laura im Schlaf. Antonio blickte flüchtig über die Schulter zurück, besorgt, dass sie in der hereinflutenden Nachtluft womöglich frieren könnte. Unruhig warf sie sich herum, offenbar hatte sie einen lebhaften Traum.

»Sie sind da«, murmelte sie, immer noch schlafend, aber mit angstvoll verzerrtem Gesicht, als würde ein schlimmer Alb auf ihr lasten. »Fort! Fort mit euch!«

Antonio wollte das Fenster wieder schließen. Den Griff schon in der Hand, blickte er ein letztes Mal hinaus. Zu der Frau und dem Mann, die unten im Hof standen, hatte sich ein zweiter Mann gesellt. Er war barhäuptig; das Barett trug er in der Rechten. Ein weiter Reisemantel umhüllte seine schlanke, aufrechte Gestalt. Während er sich mit Schwung den Hut aufsetzte, blickte er nach oben. Seine Blicke glitten über die Fassade, bis sie sich mit denen von Antonio trafen.

»Mein Gott«, flüsterte Antonio. Der Impuls, das Fenster zu schließen, war übermächtig. Vielleicht war Cattaneo dort unten nur ein böser Spuk, den er mit einer kurzen Bewegung zum Verschwinden bringen konnte. Doch seine Hand war wie gelähmt. Sie lag am Griff des Fensters, und er konnte nichts weiter tun, als hinabzustarren.

Hinter ihm war Laura aus dem Bett geschlüpft. Sie wirkte hellwach. Eines der Laken nachlässig um sich geschlungen, trat sie auf bloßen Füßen zu ihm ans Fenster. Auf ihrem Gesicht zeigte sich keine Überraschung, als sie hinunterschaute und die drei Menschen erblickte. Es schien fast, als hätte sie erwartet, sie dort unten zu sehen.

Die Frau hatte ebenfalls den Kopf gehoben. Laura streckte der Frau die Hand entgegen, geformt zur *Manu cornuto*, dem Zeichen zur Abwehr des Bösen.

Im Licht der Fackeln war deutlich das sardonische Lächeln zu sehen, mit dem die Frau auf Lauras Geste reagierte. Giacomo Cattaneo hingegen lachte nicht. Seine Augen glühten wie dunkle Kohlen, und seine Hand lag am Griff seines Schwertes. *Komm nur*, schien seine Haltung zu signalisieren. Sein Diener Silvio stand wie ein zu kurz geratener Schatten neben ihm, einen ähnlichen Ausdruck im Gesicht wie die Frau.

Antonio wandte sich vom Fenster ab und eilte zu dem Schemel, auf dem seine Kleidung lag. Als er nach seinem Hemd griff, hielt Laura ihn am Arm fest.

»Was hast du vor?«

»Ihn zu töten, was sonst? Höchste Zeit, dass ich ihm mein Schwert zu schmecken gebe. Dachtest du etwa, ich lasse ihn am Leben, nach allem, was er dir und Carlo und Valeria angetan hat? Ich warte seit Jahren darauf, dass er wieder in unserem Dunstkreis erscheint, damit ich endlich sein Blut fließen sehen kann! Und die Frau! Sie ist seine Schwester, die Nonne, nicht wahr?«

»Ja«, sagte Laura tonlos. »Scheint so, als hätte sie es doch noch geschafft, dem Kloster zu entkommen. Aber zum Töten ist nicht die richtige Zeit. Nicht heute Nacht.«

Das Fenster stand immer noch offen. Kälte strömte herein, und Antonio sah, wie sich auf Lauras Armen eine Gänsehaut bildete. Irgendwo in einem der benachbarten Zimmer schlug eine Tür; es hatte sich heftiger Durchzug gebildet. Laura eilte zum Fenster. Ohne noch einmal hinauszusehen, schloss sie zuerst den Laden und dann den Fensterflügel.

»Für diese offene Rechnung gibt es nur eine richtige Zeit«, sagte Antonio, während er eilig das Hemd überstreifte. »Und zwar jetzt.«

»Nein, du irrst dich!«

»Das werden wir sehen.«

Unbeirrt zog er sich an. Hastig zerrte er die Stiefel über die Füße und fluchte, weil das Leder noch feucht von der Reise war und seinen Bemühungen Widerstand bot. Mit einer einzigen fließenden Bewegung legte er das Schwertgehenk um und schloss den Gurt.

Schweigend blieb Laura beim Bett stehen, das Haar eine wüste rote Wolke um ihren Kopf, die Augen unergründliche Seen. Sie hinderte ihn nicht daran, die Tür zu öffnen, fast so, als hätte sie sich damit abgefunden, dass er Cattaneo zum Kampf herausfordern wollte.

Er presste sie kurz an sich und küsste sie hart auf den Mund, was sie sich reglos gefallen ließ, dann hastete er zur Treppe. Auf halbem Wege rannte er in einen Lakaien hinein, der mit einem Nachttrunk in Richtung der Schlafkammern unterwegs war. Durch den Zusammenprall taumelte der Diener zur Seite, Krug und Becher rutschten vom Tablett und fielen zu Boden. Rasch breitete sich der Geruch nach schwerem Würzwein aus.

Antonio achtete nicht auf den angerichteten Schaden. Mit einer scharfen Verwünschung auf den Lippen setzte er über die Weinpfütze und die leeren Becher hinweg und erreichte die Treppe. Auf seinem Weg nach unten nahm er immer drei oder vier Stufen auf einmal. Dennoch kam er zu spät. Laura hatte recht behalten, in dieser Nacht würde er niemanden mehr töten. Als er den Hof erreichte, waren nur noch die Stallknechte zu sehen, die dabei waren, das Tor zu schließen. In der Ferne verklang das Rollen von Wagenrädern.

April 1510

»Der Junge macht mich ratlos«, sagte Piero Fioravante. Der Hauslehrer streckte die Hand aus und deutete theatralisch auf Matteo, der mit frustrierter Miene neben ihm stand und auf seine Zòccoli schaute. »Ich weiß nicht, was ich noch mit ihm machen soll!«

Mansuetta betrachtete ihren kleinen Bruder argwöhnisch. »Was hat er schon wieder angestellt, Messèr Fioravante? Ist er an einer Säule hochgeklettert? Von einer Mauer gefallen?«

»Wenn es nur das wäre«, meinte der Hauslehrer in klagendem Tonfall. Der junge Mann raufte sich die Haare, bis sie in alle Richtungen abstanden, was ihm eine liebenswerte Ähnlichkeit mit seinem Schützling verlieh, dessen rotblonder Haarschopf auch immer kurz nach dem Bürsten schon wieder unordentlich war. Piero legte Matteo die Hand auf die Schulter. »Matteo, berichte deiner Schwester, was du ausgeheckt hast.«

»Und gib dir keine Mühe, Ausreden zu erfinden«, setzte Mansuetta in strengem Ton hinzu. Sie verkniff sich ein Lächeln, als sie sah, wie Matteo die Unterlippe vorschob.

»Ich habe nichts angestellt«, behauptete er. »Jedenfalls nichts von dem, was du mir sonst immer verbietest.«

Offenbar hatte er nicht vor, mehr zu sagen. Mansuetta wurde bei seinem Anblick das Herz weit. Wie sehr er doch von seinem Wesen her Laura ähnelte! Er war nicht so aufbrausend wie Laura, auch trug er das Herz nicht so sehr auf der Zunge wie sie. Aber sein Dickkopf konnte sich jederzeit mit dem ihren messen. Je älter er wurde, umso mehr schien er darauf erpicht, Anweisungen jeder Art infrage zu stellen. Vor allem wenn es darum ging, Fragen zu klären, an denen ihm lag, war er keinesfalls bereit, vorschnell klein beizugeben. Es handelte sich dabei meist um solche Fragen, die den Wissenshorizont der meisten Menschen sprengten, die mit ihm zu tun hatten. Sogar Piero war in manchen Belangen bereits an seine Grenzen gestoßen.

»Was hast du getan, mein Kleiner?«, fragte Mansuetta.

»Ich bin nicht klein«, erklärte er sofort.

»Betrachte die Bezeichnung als zärtliche Anrede«, empfahl Piero ihm.

Matteo schaute zweifelnd zu seinem Hauslehrer auf, zuckte dann aber die Achseln.

»Was hat er denn nun gemacht?«, wollte Mansuetta wissen.

»Er hat sich unmögliche Zahlen ausgedacht!«

Verblüfft erwiderte Mansuetta den indignierten Blick des Hauslehrers. »Unmögliche Zahlen?«

»Negative Zahlen«, sagte Matteo. »Sie sind *nicht* unmöglich!«

»Sie sind unmöglich, denn sie sind nicht real«, wandte Piero ein. »Sie sind … absurd!«

»Man kann damit rechnen«, versetzte Matteo eigensinnig.

»Hm«, meinte Mansuetta. Mehr fiel ihr dazu nicht ein. Die Welt der Mathematik war ihr weitgehend verschlossen geblieben. Isacco hatte ihr die wichtigen Grundzüge des Rechnens beigebracht, sie beherrschte das kleine Einmaleins und konnte im Kopf Zahlen im dreistelligen Bereich addieren und subtrahieren. Mehr brauchte sie nicht zum Haushalten, und es wollte ihr oft nicht einleuchten, wozu die anderen Bereiche der Mathematik gut sein sollten.

Matteo hatte ihr erklärt, dass die höhere Mathematik unter anderem dazu diente, komplizierte Flächenberechnungen anzustellen oder Inhalt, Umfang und Durchmesser von Körpern zu ermitteln, sowie die Verhältnisse, die zwischen ihnen herrschten, sei es nun bezüglich Größe, Gewicht oder Entfernung. »Wie soll man sonst Häuser, Schiffe und Brücken bauen, die nicht gleich zusammenbrechen?«, hatte er berechtigterweise hinzugefügt.

Mansuetta hatte begriffen, dass das wohl stimmen musste. Ähnliche Prinzipien galten schließlich für die Herstellung von Arzneien, hier kam es mitunter auf höchste Messgenauigkeit an, ebenso wie auf das exakte Verhältnis der Stoffe untereinander.

»Was macht man mit negativen Zahlen?«, wollte sie wissen. Plötzlich interessierte es sie. Wann immer sich Matteo mit etwas bisher Unbekanntem befasste, musste man einen tieferen Sinn dahinter vermuten, denn er kam keineswegs im Spaß auf solche Ideen.

»Das frage ich mich ja auch«, warf Piero ein. »Wozu sollen sie gut sein?«

»Man kann damit rechnen«, wiederholte Matteo ungeduldig. »Ebenso gut wie mit positiven Zahlen. Sie ergänzen einander.«

»Stimmt das?«, wollte Mansuetta wissen. »Wozu genau benutzt man sie denn?«

Piero warf die Arme in die Höhe. »Er hat versucht, Gleichungen damit zu lösen.«

»Dritten Grades«, hob Matteo hervor. »Und es wird mir eines Tages noch gelingen, du wirst schon sehen!«

Piero starrte ihn an und schluckte. Nach und nach nahm sein Gesicht einen bedrückten Ausdruck an, und er nickte langsam.

»Ja«, sagte er. »Ja, ich glaube, du hast recht, mein Junge. Wenn *ich* es nicht begreife, bedeutet das noch lange nicht, dass du es nicht begreifst. In deinem Kopf scheint mehr Platz zu sein für solche Dinge. Wie sonst könnte ein Knabe deines Alters das *Liber abacci* von Meister Fibonacci beherrschen und verfeinern?« Er wandte sich an Mansuetta. »Ich fürchte, meine Tage hier sind bald gezählt, Monna Mansuetta. Er steht davor, seinen Lehrer in den Schatten zu stellen.«

»Keineswegs«, sagte Mansuetta ungerührt. »Wenn er Euch in der Algebra überflügelt, bringt Ihr ihm das Lautespielen bei. Später mag er dann die Jurisprudenz oder die Medizin erlernen. Aber vorher zeige ich ihm, wie man einen anständigen Fischtopf zubereitet.« Sie bedachte Matteo mit einem breiten Lächeln. »Die Küchenmagd ist heute krank. Du kommst gerade recht, um deiner Schwester beim Kochen zu helfen.«

Die Runde, die sich wenig später im Speiseraum zum Mittagsmahl versammelte, war vollzählig bis auf den Hausherrn und seine Gattin. Mansuetta fragte sich wie so oft anlässlich solcher Gelegenheiten, wann wohl Laura und Antonio endlich wieder in Venedig eintreffen würden. Das Osterfest war ereignislos verstrichen, und all die köstlichen Speisen, die Mansuetta in Erwartung der beiden vorbereitet hatte, waren längst aufgegessen. Dafür hatten die vielen Männer des Haushalts mit Leichtigkeit gesorgt. Sie waren allesamt mit bestem Appetit gesegnet, besonders die gefräßigen Zwillinge sowie Piero Fioravante, der sich vor allem bei Süßspeisen in ein Fass ohne Boden zu verwandeln schien. Auch die Küchenmagd aß gerne und reichlich, desgleichen der junge Maler Tiziano, der an mindestens zwei Tagen in der Woche vorbeikam, um an den Fresken zu arbeiten – und eine von Mansuetta zubereitete Mahlzeit zu verzehren.

Sogar Matteo sprach in den letzten Wochen dem Essen beherzter zu als je zuvor. Er war im Begriff zu wachsen, *einen Schuss nach oben zu tun*, wie Raffaele Correggio es nannte.

Antonios alter Gefolgsmann war den jungen Leuten, mit denen er zusammen unter einem Dach lebte, aufrichtig zugetan, was sich zumeist darin äußerte, dass er regelmäßig zu den Mahlzeiten Anekdoten aus früheren Zeiten auftischte. Seine ruhmreichen Jahre als Theaterintendant fanden ebenso Erwähnung wie seine abenteuerlichen Kriegserlebnisse. In glühenden Farben und mit meist vollem Mund schilderte er, wie er diverse Söldnerheere kommandiert hatte und wie unerbittlich er gegen seine Feinde zu Felde gezogen war, »genau wie mein Großvater, der weltberühmte Condottiere«. Er berichtete von Seeschlachten und Feuersbrünsten, von blutigen Scharmützeln mit den Osmanen, von Kämpfen Mann gegen Mann, aus denen er Narben davongetragen hatte, die er den Knaben bereitwillig zeigte. Sogar der Hauslehrer hörte gebannt zu, wenn Raffaele mit seiner tragenden Stimme von donnernden Kanonen, orkanartigen Stürmen und mordgierigen Türkenbanden fabulierte. Es war fast, als stünde der Alte auf einer Bühne, mit einem Stück, das sein Leben war.

»Nächstes Jahr bin ich alt genug, dann gehe ich auch in den Krieg«, erklärte Oratio mit leuchtenden Augen.

»Ich auch«, pflichtete Tomàso ihm bei. »Ich kann es kaum erwarten, endlich gegen die verfluchten Kaisertruppen zu ziehen!«

»Und gegen die widerlichen Froschfresser«, ergänzte sein Zwillingsbruder.

»Wer sind die Froschfresser?«, wollte Matteo wissen.

»Die Franzosen«, sagte Raffaele. »Frösche stehen als Delikatesse auf ihrem Speiseplan.«

Oratio und Tomàso gaben unisono ein würgendes Geräusch von sich, ohne auch nur einen Augenblick beim Essen innezuhalten.

»Es heißt, sie sollen gar nicht übel schmecken«, meinte Mansuetta. »So ähnlich wie Fisch.«

Piero ließ den Löffel sinken. Er warf einen kurzen, aber deutlich irritierten Blick auf die große irdene Schüssel, die in der Mitte der Tafel vor sich hindampfte.

»Keine Sorge«, sagte Mansuetta. »Da ist nur echter Fisch drin.« Sie tat ihm einen Nachschlag auf, über den er sich nachdenklich kauend hermachte. Nach zwei, drei Bissen befand er den Eintopf für ebenso wohlschmeckend wie bei der ersten Portion und steigerte das Tempo beim Essen.

»Ich nehme gerne auch noch etwas«, sagte Raffaele launig, während er Mansuetta seinen leeren Teller hinschob. »Ob Fisch oder Frosch – ich habe schon Schlimmeres gefressen. Erzählte ich schon von den wochenlangen Martern, die ich in der Gefangenschaft zu erdulden hatte, unter diesem grausamen mameluckischen *Bey*, dessen höchstes Vergnügen darin bestand, zur Verköstigung der Kerkerinsassen eine große Menge schleimige, faulige …«

Mansuetta unterbrach ihn. »Wir sind bei Tisch.«

»Oh, gewiss. Verzeiht!« Reumütig lächelnd beugte Raffaele sich über seinen Teller.

Wissbegierig ließ Matteo den Löffel sinken. »Schleimige, faulige *was*?«

»Frag nicht so viel, iss auf«, befahl Piero. Er selbst löffelte langsamer und runzelte dabei die Stirn. Anscheinend hatte Raffaele seine Fantasie auf wenig appetitanregende Weise beflügelt.

Matteo griff das davor erörterte Thema wieder auf. »Wenn ihr in den Krieg zieht, werdet ihr vielleicht totgeschossen. Aber das ist nicht alles. Das Essen ist miserabel, und man muss in kleinen stinkenden Zelten schlafen.«

»Woher willst du Knirps das denn wissen?«, gab Oratio zurück.

»Antonio hat es mir erzählt«, trumpfte Matteo auf. »Außerdem habe ich mit meinen eigenen Augen totgeschossene Soldaten gesehen. Sogar welche, die geköpft waren.« Er holte Luft. »Es sah *scheußlich* aus! Es gibt nichts Dümmeres und Überflüssigeres als den Krieg!«

Piero räusperte sich, offenbar hielt er es für angebracht, seinem Schüler eine Lektion in Kriegsphilosophie zu erteilen. »Schon Platon bezeichnete Krieg in den *Leges* als notwendiges Übel, um das der Staat zuweilen nicht herumkommt, und auch Aristoteles nennt in der *Politica* Gründe, die den Krieg rechtfertigen.«

»Du meinst, dazu gehört auch, sich köpfen zu lassen?« Matteo blickte seinen Hauslehrer skeptisch an.

Piero räusperte sich abermals. »Ja, nun, wo gehobelt wird, fallen Späne.«

»Das war schon bei David und Goliath so«, setzte Raffaele nickend hinzu.

»David hätte Goliath auch die linke Wange hinhalten können!«, widersprach Matteo.

»Hört, hört, wie bibelfest der Kleine ist«, warf Oratio belustigt ein.

»Hast du denn etwa diesem Gassenjungen neulich die linke Wange hingehalten?«, wollte Piero wissen.

Mansuetta richtete sich alarmiert auf. »Welchem Gassenjungen?«

»Das war nur ein dünnes kleines Bürschchen«, erklärte Tomàso in wegwerfendem Ton. »Kaum halb so groß wie Matteo. Er hatte es auf den Kuchen abgesehen, den Messèr Fioravante ihm gerade vorher gekauft hatte.«

»Ich hätte eingreifen müssen«, rief Piero betreten aus. »Aber es ging so schnell!«

»Hat er dich verletzt?«, erkundigte Mansuetta sich bei Matteo.

»Ich hielt den Kuchen fest, und da gab er mir eine Backpfeife«, räumte Matteo widerstrebend ein. Er schluckte, doch dann reckte er sich nicht ohne Stolz. »Ich wehrte mich und verpasste ihm ebenfalls eine. Er rannte davon.«

»Aber er hat den Kuchen mitgenommen«, ergänzte Tomàso vergnügt. »Und an der nächsten Ecke hatte er ihn sogar schon aufgefressen, so ausgehungert war er.«

Piero bedachte ihn mit missbilligenden Blicken. »Das hättest du verhindern können.«

Tomàso hob eine Braue. »Dass er Hunger hatte?«

Piero schnaubte. »Du hättest den Kerl schnappen und ihm eine Abreibung verpassen müssen.«

»Wozu denn?«, fragte Tomàso gelassen.

»Das fragst du noch?« Piero stach empört mit dem Löffel in die Luft. »Wozu sonst stehst du in Messèr Bragadins Diensten?«

An diesem Punkt der Unterhaltung mischte Raffaele sich ein. »Manchmal gilt einfach das Gesetz des Schnelleren.« Der Alte rülpste dröhnend, dann ließ er einen nicht minder lauten Furz hören, als wolle er auf diese Weise seine Worte bekräftigen.

Die Zwillinge schienen derselben Ansicht zu sein, folglich hielt Mansuetta es für angeraten, nichts mehr zu sagen. Wenn ein Kind aus Hunger raubte, war das traurig genug. Es dafür auch noch zu strafen war ungleich schlimmer.

Sie kannte mittlerweile jenen Teil von Lauras Vergangenheit, den ihre Schwester mit den Zwillingen und Antonio teilte, und in Padua hatte Mansuetta zudem die Erfahrung machen müssen, dass bei den Menschen das Dunkle nur allzu oft dicht unter der Oberfläche lauerte, auch wenn diese Menschen, so wie in den meisten Fällen, ansonsten völlig normal waren und ein durchweg unbescholtenes Leben führten. Sie hätte selbst in jener blutigen Nacht bedenkenlos getötet, genau wie Laura. Weder Erbarmen noch christliche Nächstenliebe hätten sie daran gehindert, unter Einsatz ihres eigenen Lebens jede Gefahr von den ihren abzuwenden. Sie hätte Kehlen aufgeschlitzt und Köpfe eingeschlagen, ob es nun grausam war oder nicht. Eines Tages würde sie es vielleicht sogar tun müssen. Venedig befand sich nach wie vor im Krieg, und es mochte durchaus noch dazu kommen, dass die feindlichen Mächte die Lagune erreichten.

Nachdem alle ihre Mahlzeit beendet hatten und das Dankgebet gesprochen war, erhob Mansuetta sich und forderte Oratio auf, sie zu begleiten. Vor zwei Tagen war, wie sie wusste, der Prokurator Marcello Querini von einer längeren Reise zurückgekehrt, und für sie war nun endlich die Zeit gekommen, ihm einige wichtige Fragen zu stellen.

Als sie aus dem Haus trat, traf sie auf Giovanni, der einen abgedeckten Bastkorb bei sich trug. Mansuetta roch frischen Fisch und unterdrückte ein Seufzen. Hätte sie gewusst, dass er wieder mit einer seiner Gaben erscheinen würde, hätte ihr Speiseplan für den heutigen Tag anders ausgesehen.

Doch zu ihrer Freude befanden sich keine Fische in dem Korb, sondern fangfrische Krebse. Sie stellte sich sofort vor, was sie dazu reichen würde. Helles knuspriges Brot, eine Sauce aus Olivenöl und verschiedenen Kräutern, aufgeschlagen mit Ei und ein wenig Essig, und zum Trinken den fruchtigen Wein, von dem sie in der vergangenen Woche ein Fass erstanden hatte. Zum Nachtisch Marzipantörtchen. Ihr hüpfte das Herz, weil sie alles schon auf der Zunge schmeckte. Das würde ein köstliches Vespermahl werden!

Spontan lud sie Giovanni zum Abendessen ein und befahl Oratio, den Korb in die Speisekammer zu tragen.

Sie lächelte den Fischhändler an. »Ihr seid ein wahrer Wohltäter, Giovanni. Seid herzlich bedankt!«

Er verneigte sich und scharrte dabei ein wenig verlegen mit seinem versehrten Fuß.

»Ich wollte Euch fragen, ob Ihr mich vielleicht begleiten möchtet, Madonna.«

Mansuetta hatte das bereits erwartet. Das Fest des heiligen Markus stand kurz bevor und damit eine der größten und prachtvollsten Prozessionen des ganzen Jahres. Sie freute sich schon seit Wochen darauf und hatte sich sogar für diesen Anlass ein neues Kleid schneidern lassen. »Ich gehe gern mit Euch zur Markusprozession. Sollen wir an dem Tag auch gemeinsam die Morgenmesse besuchen?«

»Natürlich möchte ich mit Euch gemeinsam zur Messe und zur Prozession.« Leichte Röte stieg in seine pockennarbigen Wangen. »Aber … Nun ja, wir gehen fast jeden Sonntag gemeinsam in die Kirche, und wir waren erst zu Ostern zusammen auf der Andata a San Zaccaria. Für dieses Mal dachte ich ausnahmsweise an eine eher vergnügliche Veranstaltung.«

Mansuetta blickte ihn überrascht an. »Und welche wäre das?« Vorsorglich fügte sie hinzu: »Ich mag weder Faust- noch Katzenkämpfe, und Wettspiele aller Art ebenso wenig. Also schlagt mir nichts vor, wo die Menschen auf einen Gewinner oder Verlierer setzen.« Sie hielt es für angebracht, eine weitere Einschränkung auszusprechen. »Tanzen kann ich natürlich auch nicht.«

»Nun, ich denke, diese Frage stellt sich nicht«, versetzte Giovanni grinsend. »Es sei denn, ich könnte mit den Türken verhandeln, ob sie mir das Stück von meinem Fuß zurückgeben, das sie mir abgeschossen haben.«

Mansuetta merkte, wie sie errötete. »Tut mir leid, das war dumm von mir.« Sie kicherte unvermittelt. »Sprach die Lahme zum Hinkenden.«

Er lachte schallend. »Madonna, Euer Witz ist scharf wie ein Messer und ebenso treffend.«

Sie strahlten einander an, und Mansuetta spürte mit einem Mal ihr Herz stürmisch klopfen. Er war von Pockennarben übersät, hatte nur ein Auge, und ihm fehlte ein halber Fuß, aber trotz alledem war er ein Mann. Er hatte kräftige Schultern, schön geformte Hände, gesunde Zähne – und ein mitreißendes Lächeln.

»Mir ist aufgefallen, dass Ihr eine neue Brille habt«, sagte er.

Peinlich berührt tastete Mansuetta nach ihrer Scherenbrille, die sie wie ein Schmuckstück um den Hals trug. »Das stimmt. Ihr wisst, dass ich schlecht sehe?«

»Ein weiteres Los, das wir teilen.« Er tippte gegen seine schwarze Augenklappe, hinter der sich, wie Mansuetta wusste, eine narbige Höhle verbarg. Sie fragte sich, wie er angesichts all seiner Entstellungen diesen unverzagten Humor hatte bewahren können. Jedes Mal, wenn sie ihn traf, hatte er einen Scherz auf den Lippen, und er ließ sich durch keine noch so lästige Widrigkeit die gute Laune verderben. Wärme stieg in ihr auf, während sie ihn betrachtete, und sie fragte sich nicht zum ersten Mal, was er wohl in ihr sah.

Giovanni räusperte sich. »Auf der Piazza findet eine Zirkusaufführung statt, die würde ich gerne mit Euch besuchen. Es soll gute Artisten geben. Seiltänzer und Jongleure, Messerwerfer und Schlangenmenschen. Es heißt, sie haben sogar einen Elefanten, der auf den Vorderbeinen laufen kann.«

Mansuetta hörte ihm staunend zu. Sie hatte noch nie einen Elefanten gesehen, jedenfalls keinen echten. Ihr Herz klopfte noch schneller, und sie erinnerte sich daran, wie glühend sie damals Laura beneidet hatte, als diese mit Crestina ins Theater gegangen war. Sie hatte zu Hause bleiben müssen, weil Matteo so geweint hatte, und zu allem Überfluss hatte jener Abend wegen des schlimmen Brandes im Fondaco dei Tedeschi unselig geendet. Doch sie hatte das Gefühl der Vorfreude nicht vergessen. Ein ähnliches Gefühl erfüllte sie jetzt, nur dass es noch viel stärker war.

Giovanni breitete die Hände aus. »Und ich würde Euch … ähm, hinterher zur Ombretta einladen.«

»Ich gehe gern mit Euch!«, platzte sie heraus.

»Das ist schön«, entfuhr es ihm.

Beide lächelten einander an, unsicher und ein wenig zittrig. Mansuetta spürte es mehr, als dass sie es sah, denn die Brille hing nach wie vor an der Kordel. Etwas hatte sich zwischen ihnen geändert, das merkte sie. Ein Zirkusbesuch und eine Ombretta – das war nicht dasselbe wie eine Messe oder eine Andata.

Oratio kam aus dem Haus zurück. Neugierig blickte er zwischen Mansuetta und Giovanni hin und her. »Wollen wir erst später los?«

»Nein«, sagte Mansuetta hastig. Sie wollte es hinter sich bringen, nachdem sie bereits so lange darauf gewartet hatte. Das hatte schon Crestina ihr beigebracht: Vorhaben, die lästig waren, sollte man schnellstens erledigen. Und Vorhaben, bei denen man fürchtete, sie niemals zu schaffen, noch schneller.

Sie ließ sich von Oratio in die Gondel helfen.

Giovanni blickte von der Fondamenta aus auf sie herunter. »Wenn Ihr wollt, begleite ich Euch bei Eurer Besorgung«, bot er an.

»Das ist nicht nötig.«

Ihre Absage schien ihn zu enttäuschen. Offensichtlich hatte er gehofft, sich noch eine Weile mit ihr unterhalten zu können.

»Es ist nur ein lästiger Pflichtbesuch bei Verwandten«, sagte Mansuetta eilig. »Kommt lieber heute zur Vesper, ja?«

»Natürlich komme ich!« Er winkte ihr nach, während die Gondel bereits über den Kanal davontrieb.

Mansuetta hätte ihn nur zu gern mitgenommen. In seiner Anwesenheit hätte sie sich zweifellos sicherer gefühlt. Sie fürchtete sich nicht vor körperlichen Übergriffen – schließlich hatte sie Oratio als Beschützer –, sondern vor dem Ungewissen, das im Haus des reichen und angesehenen Prokurators Marcello Querini auf sie wartete. Ständig spielte sie im Geiste durch, wie es ablaufen könnte. Ob der Prokurator allein war? Möglicherweise war auch seine Schwester dort, die spitzzüngige blonde Eugenia, oder sein Sohn Zuane. Oder dieser schweigsame Bartolomeo, der stets im Hintergrund zu lauern schien, wenn ein Mitglied der Familie auftauchte.

Vielleicht führte man sie in den Portego, wo, wie sie wusste, das Bildnis von Angelica Querini hing, der Gattin des Hausherrn. Sie malte sich aus, wie sie auf das Porträt zeigte und ganz beiläufig fragte, wer darauf abgebildet war. Danach könnte sie dann, ebenso beiläufig, auf ihre Mutter zu sprechen kommen, ihre *richtige* Mutter, die auch Lauras Mutter war – Anna Monteverdi, die Frau des Freskenmalers. Und darauf, dass diese Anna Monteverdi große Ähnlichkeit mit Angelica Querini hatte – weil beide Frauen Schwestern waren. Dieser Umstand konnte Marcello Querini nicht unbekannt sein. Er *musste* es einfach wissen. Und ebenso musste er wissen, auf welche Weise das Schicksal beider Frauen mit dem von Crestina verknüpft war. Am Schluss würde sie ihn geradeheraus fragen, wo sich seine Frau befand. Und Crestina.

»Wir sind da, Monna Mansuetta.« Oratio ließ die Gondel gegen die Stufen der Fondamenta treiben. Der Palazzo der Familie Querini erhob sich in all seiner Pracht vor dem strahlend blauen Himmel, ein einschüchterndes Bauwerk, geschaffen von dem berühmten Architekten, der auch den Uhrturm auf der Piazza erbaut hatte. Mansuetta versuchte, sich an den Namen zu erinnern, den Isacco ihr irgendwann einmal genannt hatte, doch ihr Kopf war gähnend leer. Vor lauter Aufregung brachte sie es nicht einmal fertig, von der Bank aufzustehen. Sofort war Oratio zur Stelle, um ihr zu helfen, doch bevor sie auch nur einen Schritt tun konnte, erschienen zwei gestiefelte Füße in ihrem Blickfeld.

Mansuetta schaute hoch und blickte in farblose Augen. Marcello Querinis Adjutant Bartolomeo stand vor ihr.

»Ich möchte beim Herrn des Hauses vorstellig werden, dem Prokurator Marcello Querini«, sagte sie.

»Und was könnte Euch zu so einem mächtigen und hohen Herrn führen?«

Der kaum verhüllte Sarkasmus in seiner Stimme brachte sie auf. Sie nestelte die Brille heraus und starrte ihn durch die Gläser an. »Mein Anliegen trage ich ihm lieber selbst vor, das ist rein privater Natur. Es geht um Monna Angelica, seine Frau, und um Anna Monteverdi, deren Schwester.«

»Wirklich?« Ein sardonisches Lächeln huschte über sein Gesicht, während er einen Schritt näher trat und dicht vor der Wasserlinie in die Hocke ging. Mit seiner behandschuhten Rechten schob er die Brille zur Seite und schaute ihr direkt in die Augen.

Oratio bewegte sich unruhig auf der Ruderbank, sah aber keinen Anlass zum Eingreifen. Bartolomeo war weit davon entfernt, angriffslustig oder gewalttätig zu wirken. Wenn er überhaupt eine Regung zeigte, so war es Belustigung.

»Lasst Euch besser ganz schnell wieder nach Hause rudern«, flüsterte Bartolomeo. »Denn Ihr wisst nicht, welches Unglück Ihr über Euch und Eure Lieben bringen könnt, wenn Ihr dumme Fragen stellt! Wozu über Menschen reden, die tot oder fast tot sind. Der Allmächtige hat sich ihrer erbarmt, tut Ihr dasselbe. Lasst die eine in Frieden ruhen, die andere in Frieden sterben.«

»Was wisst Ihr darüber?« Mansuetta merkte, dass sie ebenso leise sprach wie er, als sei sein Flüstern ansteckend. Oder als wäre allein solches Getuschel dem Geheimnis angemessen, das hier gehütet werden sollte.

Er richtete sich wieder auf. »Nichts. Ich weiß gar nichts, nur das, was ich neulich hörte, als ich mit Monna Eugenia bei Euch war. Außerdem ist Messèr Querini gar nicht zu Hause.«

»Er hat recht.« Diese Stimme kam von der Brüstung des Piano nobile und gehörte Eugenia Querini. Die Schwester des Prokurators stützte sich mit den Händen auf dem steinernen Maßwerk des Geländers ab. Ihr Gesicht war nicht zu erkennen, weil sie verschleiert war. Hellblaue Seide umhüllte ihren Kopf und fiel in Zipfeln über ihre Schultern.

»Marcello ist nicht da. Geht weg, Mansuetta, und bleibt künftig zu Hause. Wer weiß, wozu er imstande ist, wenn er merkt, dass Ihr ihm auf die Schliche gekommen seid.«

Mansuetta starrte nach oben. Auf die Schliche? Und woher kannte Eugenia ihren Namen? Sie hatte sich ihr nicht vorgestellt. Ihre Gedanken überschlugen sich.

»Fahr los«, sagte sie hastig zu Oratio, während sie auf der Bank so weit nach hinten rutschte, wie es eben ging.

Der Junge stieß die Gondel von den Steinstufen weg, und drei Atemzüge später war das Boot bereits so weit von der Ca' Querini entfernt, dass Mansuetta das Haus ohne Brille nur noch schemenhaft erkennen konnte. Auch die Gestalt von Bartolomeo verschwamm zu einem Schatten. Nur der hellblaue Fleck über der Brüstung des Piano nobile war noch bis zur nächsten Kanalbiegung in schmerzhafter Intensität zu sehen.

»Komische Leute«, sagte Oratio.

Ja, dachte Mansuetta. Das waren sie wirklich.

»Was habt Ihr vor? Wollt Ihr noch mal dorthin, wenn der Prokurator zu Hause ist? Ihr könntet auch zum Dogenpalast gehen, er hat da bestimmt seine Amtsräume.«

»Das überlege ich noch.« Doch Mansuetta hatte bereits beschlossen, ohne Laura nichts mehr zu unternehmen. Dies war eine Sache, die nicht nur sie allein betraf, sondern ihre Schwester ebenso.

Valeria machte keine Anstalten, sich vom Stuhl zu erheben, als der Besucher eintrat. Er war nicht angemeldet, folglich musste sie sich keine Mühe geben, ihm zu gefallen. Zudem hatte sie keineswegs vor, ihm ein Schäferstündchen zu gewähren, auch wenn ihm das vielleicht vorschwebte.

»Sei gegrüßt, Marcello«, sagte sie höflich. Sie bedachte Querini mit einem kurzen Lächeln und biss dann von dem kandierten Törtchen ab, das sie in der Hand hielt. Sie deutete auf die Speisen, die vor ihr auf dem Tisch standen. »Wenn ich dir etwas anbieten kann …«

»Danke, aber ich habe schon gespeist.«

»Ein Glas Wein?«

»Gern.«

Sie winkte dem Diener, der mit stoischer Miene in der offenen Tür stand. Er hatte Anweisung, sie keinen Moment aus den Augen zu lassen, es sei denn, sie befahl es ausdrücklich. »Schenk Messèr Querini ein Glas Wein ein.«

Der Diener gehorchte, ohne eine Miene zu verziehen. Valeria hatte ihn in der Art eines Haremswächters ausstaffiert, mit Pumphosen, Turban und bestickter Weste, damit er ihren Besuchern nicht allzu viel Furcht einjagte. Doch die malerische Verkleidung konnte nicht darüber hinwegtäuschen, dass er überdurchschnittlich groß und muskulös war. Man hatte Valeria über ihn erzählt, dass er mit einem einzigen beiläufigen Griff einem Mann das Genick brechen konnte. Sie hatte es auch ohne nähere Beweise geglaubt. Ihr reichten die kalte Entschlossenheit, die in seinen Augen stand – und der blinkende Säbel, der, nur scheinbar dekorativer Bestandteil seiner Kostümierung, stets griffbereit an seiner Seite hing.

Er reichte dem Besucher einen gefüllten Weinpokal und bezog dann wieder Posten im Portego.

»Du kannst die Tür schließen und nach unten gehen«, sagte Valeria.

Wieder gehorchte er wortlos. Valeria und Querini waren allein.

»Du siehst gut aus«, sagte Querini. »Bildschön wie immer.«

»Danke.«

Diese Gesprächseröffnung glich jenen bei ihren anderen bisherigen Begegnungen.

Der Prokurator war immer freundlich, aber er hatte sie noch nie mit überströmender Herzlichkeit behandelt; sein Interesse an ihrer Person und ihrem Haushalt war eher geschäftlicher Art. Hin und wieder brauchte er sexuelle Entspannung und Informationen über Konkurrenten in der Serenissima, und beides war in ihrem Hause gegen entsprechendes Entgelt zu haben. Er war ein eiskalt kalkulierender, mit allen Wassern gewaschener Kaufmann – ein ähnlicher Charakter wie sie selbst. Es lag ihm im Blut, andere zu manipulieren und in seine Ränke einzubinden. Auch in diesem Punkt fühlte sie sich ihm verwandt. Doch es gab auch eine dunkle, unberechenbare Seite an ihm. Er hatte sie ihr noch nicht gezeigt, doch sie wusste, dass sie existierte. Ihr war nicht ganz klar, wie weit er gehen würde, um seine Interessen durchzusetzen, doch sie ahnte, dass es nicht viele Grenzen für ihn gab. Seine Gefühle hatte er stets eisern unter Kontrolle. Wenn er sie überhaupt einmal zeigte, wusste man nie, ob sie echt oder gespielt waren. Bei ihm hatte man ständig den Eindruck, dass er eine Maske trug, unter der er sowohl böse als auch gut sein konnte. Manche von Valerias Mädchen nannten ihn einen kalten Fisch, andere wiederum waren von seinem Charme entzückt. Er konnte sich so oder so geben – oder vielleicht sogar noch ganz anders sein, wie ihn noch niemand hier kennengelernt hatte. Diese Ungewissheit machte ihn zu einem anstrengenden, aber niemals langweiligen Gegenüber.

Zugleich war er jedoch auch einer ihrer großzügigsten Gönner, und sein Benehmen war stets formvollendet. Außerdem war er ein guter Liebhaber, dem daran lag, dass seine Gefährtinnen den Akt ebenso genossen wie er selbst. Dergleichen konnte Valeria ansonsten über kaum einen der vielen Männer behaupten, die sie seit ihrer frühen Jugend kennengelernt hatte. Sie hatte ihr Möglichstes getan, um es ihnen beizubringen, zumindest dem einen oder anderen, an dem ihr lag, doch die weitaus meisten waren und blieben in diesem Punkt unfähig.

Querini ließ sich schweigend in einem Lehnstuhl nieder und beobachtete sie, während er von dem Wein nippte. Im schräg einfallenden Sonnenlicht zeichneten sich die Flecken, die von dem letztjährigen Brand im Arsenal an Gesicht und Händen zurückgeblieben waren, rötlich gegen seine Sonnenbräune ab.

»Wie war es in Florenz?«, fragte sie, um die lastende Stille zu durchbrechen. »Bist du sicher durch die kriegsverseuchten Gegenden gekommen?«

»Es sieht nicht gut in Oberitalien aus«, sagte er. Es klang gleichmütig, doch die Müdigkeit in seinen Augen ließ erkennen, wie groß die Strapazen und Risiken seiner Reise gewesen sein mussten. »Pitiglianis Tod war eine Katastrophe. Gritti kann mit seinen Männern allein den Ansturm der feindlichen Truppen nicht aufhalten. Die Kaiserlichen sind in Friaul und Istrien eingefallen, und die Franzosen stoßen unter dem Kommando von d'Amboise fast bis an den Rand der Lagune vor.«

Valeria erschrak. Die Stadt quoll über vor hungernden Flüchtlingen und kriegsverletzten Soldaten, und jeder wusste andere und noch scheußlichere Neuigkeiten zu berichten, doch dass es bereits so ernst war, hätte sie nicht gedacht.

Querini sprach es aus. »Unsere tausendjährige goldene Insel ist im Begriff, unterzugehen. Die Stadt wird noch dieses Jahr fallen, wenn nicht Hilfe von außen kommt.«

»Aber der Papst …«

»Ja, der Papst. Unsere letzte Rettung. Wir hoffen verzweifelt auf seine Hilfe, aber er lässt sich Zeit. Ohne seine Truppen sind wir verloren.«

»Dass du unter diesen Umständen überhaupt bis Florenz gekommen bist, grenzt an ein Wunder!«

»Ich hatte Glück.«

Valeria wusste, dass er darauf gezählt hatte, Antonio Bragadin zu dieser Handelsmission hinausschicken zu können, wie sonst auch immer, doch der hatte diesmal andere Pläne gehabt. Folglich hatte Querini selbst diese gefährliche Reise antreten müssen, denn das Geschäft war zu wichtig gewesen, um es einem anderen anzuvertrauen. Falls Querini deswegen noch aufgebracht war, ließ er es sich jedenfalls nicht anmerken.

»Glück ist manchmal die letzte Rettung«, spann Querini seine letzte Bemerkung fort. Er betrachtete sie abwägend. »Davon hättest du kürzlich auch selbst etwas gebrauchen können, nicht wahr?«

»Du hast von dem Zwischenfall in meinem Haus gehört?«

»Ganz Venedig weiß davon, dass die schöne Kurtisane Valeria um ein Haar Opfer eines skrupellosen Mörders geworden wäre. Es war die erste Neuigkeit, mit der ich zu Hause empfangen wurde.«

»Und du bist gleich zu mir gekommen?« Sie lächelte kühl. »Was für ein schöner Beweis deiner Zuneigung.«

»Wie du dir denken kannst, bin ich aus einem anderen Grund hier«, sagte er gelassen.

»Ah, auch das hat sich also herumgesprochen.«

»Venedig ist eine Stadt, die nur aus Augen, Ohren und Mündern besteht.« Er betrachtete sie eingehend, und Valeria lehnte sich unter seinen Blicken zurück. Nun, da er es wusste, bestand kein Grund mehr, es zu verheimlichen. Solange sie saß und ihren Oberkörper unter wallenden Hausgewändern verbergen konnte, sah man nichts davon, doch sobald sie sich aufrichtete, war es für jeden erkennbar.

»Wann kommt das Kind?«, wollte Querini wissen.

Sie legte beide Hände auf ihren gewölbten Leib. »Um Himmelfahrt herum«, erwiderte sie wahrheitsgemäß.

»Es könnte also von mir sein.«

»Ich werde keine Ansprüche an dich stellen, Marcello.«

»Darauf will ich nicht hinaus.« Seine Miene war undurchdringlich, doch sie konnte förmlich sehen, wie es hinter seiner Stirn arbeitete. »Ich will wissen, ob es von mir ist.«

»Sagen wir, es wäre möglich – und belassen es einfach dabei.«

»Du hast einmal gesagt, du trägst grundsätzlich keine Kinder aus.«

»Es sei denn, von Männern, die mir etwas bedeuten.«

»Ich weiß, dass ich mich nicht zu diesem Kreis zählen kann, obwohl du mich respektierst. Also wer dann?«

»Du weißt es zweifellos«, sagte sie unwillig. »Warum muss ich es erst erzählen?«

»Ich will es aus deinem Mund hören. Zählt Cattaneo noch zu den engeren Kandidaten?«

Sie lachte und kräuselte in einer Aufwallung von Abscheu den Mund. »Lieber gäbe ich mich einem Schwein hin!«

Sie sagte das aus tiefster Überzeugung. Dennoch versetzte es ihr einen Stich, seinen Namen zu hören. Die Erinnerung an frühere Gefühle flackerte in ihr auf, sie konnte nichts dagegen tun. Furcht vor dem Abgründigen, gepaart mit hoffnungsloser Liebe und dem verzweifelten Wunsch, zu jemandem zu gehören, der sie so sah, wie sie war.

Doch das war lange vorbei. Zerbrochen und weggeschwemmt vom unaussprechlichen Inhalt eines Beutels, der in einer Karnevalsnacht den Besitzer gewechselt hatte.

»Also kommt außer mir nur der Schwarze in Betracht. Aus diesem Grund trägst du das Kind aus. Seinetwegen. Weil er der Vater sein könnte.«

»So ist es.«

»Ist die Wahrscheinlichkeit für einen von uns beiden größer?«

»Nein, sie ist gleich. Du warst zwei Tage vor meiner Begegnung mit ihm hier, als einziger Mann nach meiner letzten Blutung. Dann, nach Carlo, gab es niemanden mehr.« Betont setzte sie hinzu: »Keinen außer Carlo.« Sie hätte ihn leicht belügen können, doch das war noch nie ihre Art gewesen. Außerdem verschaffte es ihr ein leises Gefühl von Genugtuung, bei einem Mann wie ihm am längeren Hebel zu sitzen.

Er stand auf und kam zum Tisch, wo er sich Wein nachschenkte. »Wenn also das Kind weiß ist, bin ich der Vater.«

Sie hob die Brauen und nahm eine Feige aus einer Schale. »Du tust so, als wäre das ein weltbewegendes Ereignis. Hast du nicht genug andere Kinder?«

»Ich habe keinen Erben«, erwiderte er sachlich.

Damit sprach er etwas aus, von dem sie wusste, dass es einer der wenigen wirklich wunden Punkte in seinem Leben war. Nicht nur in diesen Tagen, sondern seit er ein junger Mann war. Er hatte jahrzehntelang hart geschuftet und ein Handelsimperium aufgebaut, mit dem sich in der ganzen Serenissima nur eine Handvoll anderer *Compagnie* messen konnten. Doch er hatte keinen legitimen Nachkommen, dem er all seinen Reichtum und die blühenden Geschäfte hinterlassen konnte. Sein unehelicher Sohn Zuane war charmant, aber ansonsten höchstens dazu geeignet, in eleganter Kleidung oder zu Pferde eine gute Figur zu machen. Eine Art nobler Parzival, der in hundert Jahren nicht die Fähigkeit entwickeln würde, seinem Vater auch nur annähernd das Wasser zu reichen. Zu allem Überfluss war Querini von Anfang an die Möglichkeit verwehrt gewesen, Zuane zu legitimieren, was sicherlich am meisten an ihm nagte.

»Ich will dich heiraten«, sagte Querini unvermittelt. »Wenn das Kind weiß ist und ein Junge, wirst du meine Frau. Und zwar sofort nach der Geburt.«

Valeria starrte ihn ungläubig an, dann warf sie den Kopf zurück und lachte, bis ihr die Tränen kamen. »Verzeih«, prustete sie schließlich. »Aber das war eben gar zu absurd!«

Er trank von dem Wein und betrachtete sie mit unergründlicher Miene. »Es ist mein voller Ernst.«

»Mein guter Marcello, du *bist* verheiratet! Was soll das werden? Bigamie?«

Sie merkte, wie er erstarrte, und sogleich verfluchte sie sich, weil sie den Fehler begangen hatte, ihr Wissen preiszugeben. Doch statt zu leugnen, trat er sofort die Flucht nach vorn an und legte seine Karten offen auf den Tisch. »Nur wenige Menschen wissen, dass meine Frau noch lebt. Wie hast du davon erfahren?«

»Du sagtest selbst, dass Venedig eine Stadt voller Augen, Ohren und Münder ist.«

Er nickte. »Es stimmt. Aber Angelica liegt im Sterben. Sie wird diesen Monat wohl kaum überleben.«

»Du hast nicht etwa vor, ihrem Ableben nachzuhelfen?«, fragte Valeria mit boshaftem Spott. Sie konnte sich diese Bemerkung nicht verkneifen, nicht nach dem, was ihr im Laufe der letzten Wochen zugetragen worden war. Besonders Carlo hatte, wie es schien, seine Augen und Ohren überall, und diese besondere Information hatte sie von ihm erhalten. Was Querini sagte, traf zu. Angelica Querini war so gut wie tot, es war höchst unwahrscheinlich, dass sie den Juni noch erlebte.

»Schon gut«, sagte sie friedfertig. »Wenn du sie je hättest tot sehen wollen, wäre sie es vermutlich längst.«

»Es freut mich, dass du diese Offensichtlichkeit erkennst.«

»Und wenn ich während der Ehe krank werde?«, fragte sie mit seidenweicher Stimme. »Geschieht dann dasselbe mit mir wie mit Angelica? Wirst du mich verstoßen?«

»Ich werde dich bei der Heirat mit einem großen Vermögen ausstatten, das dir allein zur Verfügung steht. Du bekommst alles, was du willst. Damit hast du jede Sicherheit, die du für den Rest deines Lebens brauchen wirst, ob du es nun mit mir oder ohne mich verbringst.«

»Ich muss also nur einen weißen Sohn zur Welt bringen«, meinte sie in nachdenklichem Ton. Ironisch fügte sie hinzu: »Was für eine goldene Gelegenheit! Ich könnte die Ehefrau eines der reichsten und mächtigsten Männer der Republik werden!« Sie kicherte. »Vor gar nicht allzu langer Zeit, sogar noch im letzten Jahr, habe ich mich darüber geärgert, dass ich mich nicht mit Antonio bessergestellt habe. Gelegenheit dazu hätte ich gehabt, musst du wissen. Wenn ich nur ein bisschen früher ein bisschen schlauer gewesen wäre! Dass er das Zeug zum Helden hat, wusste ich schon immer, und dass er sich aufs Geldmachen versteht, ebenfalls. Aber er bietet mehr, sehr viel mehr. Nämlich Liebe! Wahre, reine, unzerstörbare Liebe. Er liebt diesen dickköpfigen kleinen Rotschopf, den er zur Frau genommen hat, über alle Maßen. Ob sie ihm dereinst Kinder schenkt oder nicht – sie ist ihm teurer als sein Augenlicht, war es schon immer, von Anfang an. Sie sind wie Erde und Mond, zwei umeinanderkreisende Trabanten, die vom selben Stern bestrahlt werden. Vom Licht ihrer gemeinsamen Liebe.« Valerias Stimme wurde hart. »Kannst auch du mir das bieten, Marcello?«

Er hob die Brauen. »Ich wusste gar nicht, dass du einen Hang zur Romantik hast. Aber dabei übersah ich wohl, dass du sehr wohl zur Liebe fähig bist. Sonst wärst du nicht guter Hoffnung.«

»Du sagst es.« Diesmal war ihre Stimme wieder gelassen, als wäre ihr all das völlig egal. »Ich bin guter Hoffnung, weil ich liebe. Ich liebe Carlo. Ihn und sonst niemanden, und ihm will ich dieses Kind schenken. Oder mir selbst, wenn er nicht bei mir bleibt.«

»Wieso meinst du, dass er nicht bei dir bleibt?«

»Das spüre ich.« Sie sprach leiser, als wollte sie verhindern, dass jemand außer ihr die nächsten Worte hörte. »Es zieht ihn fort, weißt du. Sein Herz schlägt in einer fremden Welt, und dorthin wird er irgendwann zurückkehren wollen. Ein Teil von ihm möchte hier sein, ein anderer Teil dort.« Sie legte die Feige zurück in die Obstschale. Mit einem Mal fühlte sie sich elend. Carlo war nur für ein paar Stunden weggegangen, zu dringenden Geschäften, hatte er gesagt. Und doch schien es ihr, als strebe er bereits für immer von ihr fort. Sie hatte gespürt, wie sein Blick sich in der letzten Zeit nach innen und zugleich in die Ferne wandte, als lausche er auf ein vage bekanntes Lied, das nur er hören konnte. Ein Lockruf aus dieser dunklen Fremde, die ihn hervorgebracht hatte.

»Wenn dein Kind weiß ist, wird er erst recht nicht bleiben«, meinte Querini in gleichmütigem Tonfall. »Was macht es aus, wenn du dich für diesen Fall absicherst? Werde meine Frau.« Er dachte kurz nach. »Ich heirate dich auch, wenn es ein Mädchen wird.«

»Wie großherzig«, spottete sie.

»Keineswegs. Du bist jung und fruchtbar. Eines der nächsten Kinder wäre mit Sicherheit ein Sohn.« Er hielt kurz inne. »Natürlich muss dieses Leben hier aufhören. Andere Männer wird es nicht mehr geben.«

Sie lachte bitter. »Glaubst du denn, dass die anderen Männer für mich den Reiz dieses Lebens ausmachen?«

»Nein«, räumte er ein. »Ich kenne deine Beweggründe für das, was du tust. Du willst dasselbe wie ich. Von daher passen wir gut zusammen. Das wird es uns beiden einfacher machen.«

»Und was will ich deiner Meinung nach?«, erkundigte sie sich, gegen ihren Willen neugierig.

»Du willst unabhängig sein. Niemandem Rechenschaft ablegen müssen. Immer so sein können, wie *du* es willst, nicht so, wie es anderen gefällt.«

»Das hast du sehr gut umschrieben, Marcello«, sagte sie langsam. »Vielleicht könnte es mir doch gefallen, mit dir zu leben.« Sie hob die Brauen. »So denkst du es dir doch, oder? Dass wir unter einem Dach leben.«

»Selbstverständlich. Ich will meinen Sohn selbst aufziehen.«

Sie lachte, weil er das künftige Szenario so darstellte, als sei es bereits Wirklichkeit. In einer Aufwallung von Übermut und Verzweiflung spielte sie mit. »Gut, dann zöge ich, nachdem ich wunschgemäß ein weißes Kind zur Welt gebracht habe, als deine Frau in dein Haus. Vorausgesetzt natürlich, deine Schwester bricht dort zuvor ihre Zelte ab. Mit ihr in einem Haushalt hielte ich es keine drei Tage aus. Und dieser Bartolomeo muss ebenfalls verschwinden.«

Er schien widersprechen zu wollen, nickte dann aber. »Das lässt sich arrangieren. Aber Zuane bleibt, wenn er möchte.«

Sie zuckte die Achseln. »Ich habe nichts gegen ihn. Er ist ein netter Bursche.«

Querini runzelte die Stirn. »War er jemals …«

»Hier?« Sie lächelte. »Wer von den jungen Nobili und Bravi di Calze war noch *nicht* hier! Aber die zwei, drei Male, die er sich nach einem Zechgelage mit seinen Freunden in meinem Haus vergnügt hat, zählen kaum. Und keine Sorge, in meinem Bett war er nie.« Sarkastisch grinsend fuhr sie fort: »Ich könnte ihm also eine ehrbare Mutter sein.« Bei den nächsten Worten nahm ihre Stimme wieder einen eisigen Klang an. »All das sind lächerliche und überflüssige Fantasien, Marcello. Ich trage Carlos Kind. Es wird schwarz sein.«

»Bei dieser alabasterhellen Mutter? Höchstens braun.« Mit seinem Spott nahm er ihren Worten die Schärfe. »Wie dem auch sei. Bring es erst einmal zur Welt. Danach sehen wir weiter.«

Sie stand auf und drückte den Rücken durch. Es strengte sie an, zu lange in einer Position zu verharren. Von ihm abgewandt ging sie zum Bett und ließ sich auf der Kante nieder. »War das alles? Dann solltest du jetzt gehen. Ich bin ein wenig müde und möchte mich hinlegen.«

Querini betrachtete ihren runden Bauch, als berge er den höchsten Gewinn, den er sich je bei einer Investition versprochen habe.

»Ruh dich aus«, sagte er. »Wir sehen uns bald wieder. Spätestens an Himmelfahrt.«

»Wenn wir nicht vorher zur Hölle fahren«, murmelte sie.

»Diese Möglichkeit besteht immer.« Sein Grinsen ließ ihn überraschend jung und übermütig aussehen.

»Ach, Marcello, verschwinde und lass mich in Ruhe«, gab sie schlecht gelaunt zurück. Sie sehnte sich nach Carlo und hatte Angst, dass er nicht zurückkehrte.

»Ich komme wieder.« Mit diesen Worten verließ Marcello Querini endlich ihr Gemach. Valeria ließ sich in die Daunenkissen sinken und starrte in den seidenen Betthimmel. Das Kind in ihrem Leib bewegte sich; es versetzte ihr einen Tritt unter die Rippen und brachte ihr zu Bewusstsein, dass es bis zur Geburt nur noch wenige Wochen dauern würde.

Carlo, dachte sie. Komm nach Hause und geh nie wieder fort!

Der Mann, den Carlo aus dem Sarg holte, schien eher tot als lebendig. Mit einem Anflug von Ironie überlegte Carlo, dass er ihn am besten gleich drin gelassen und mitsamt dem Behältnis über den Dollbord des Sàndolo gestoßen hätte. Auf diese Weise in der Lagune versenkt, hätte der Kerl noch eine Weile am Leben bleiben und seine Untaten bereuen können. Er hieß Bernabò Vivarini und war ein übergewichtiger, verlebter Adliger in den Vierzigern, der mehr schlechte Angewohnheiten als Geld hatte. Er stank nach Erbrochenem sowie dem Branntwein, dem er in einer Spelunke zugesprochen hatte, bevor Carlo ihn auf dem Heimweg geschnappt hatte.

Der Inhalt eines Kübels Flusswasser mitten ins Gesicht brachte ihn zu sich. Hustend und spuckend wandte er den Kopf zur Seite und versuchte die Augen zu öffnen.

»Was ist passiert?«, krächzte er.

»Ich habe dich überfallen«, erklärte Carlo sachlich, während er den leeren Kübel im Gras abstellte. »Ich habe dich bewusstlos geschlagen, gefesselt, in diesen Sarg gesteckt, auf ein Boot gebracht und dieses eigenhändig zur Terraferma gesegelt.«

Diese Informationen brachten den Mann dazu, die Augen aufzureißen. »Wer seid Ihr und was wollt Ihr von mir?«

»Ich bin der Mann, der dich töten wird.«

Vivarini blinzelte und versuchte, mit seinen Blicken den aufziehenden Nebel zu durchdringen. Es war kalt, und schon vor einer Weile hatte es angefangen zu nieseln. »Wenn Ihr mich töten wollt – warum habt Ihr mich dann erst hergeschafft?«

»Um dir ein paar Fragen zu stellen.«

»Wozu sollte ich die beantworten, wenn Ihr mich sowieso umbringen wollt?« Er kniff die tränenden Augen zusammen und schaute sich um. »Hier müssen Leute leben. Sie werden Euch das Handwerk legen.« Er begann zu schreien, um auf sich aufmerksam zu machen. Carlo ließ ihn eine Weile lärmen und strampeln, das würde den Mann restlos zu sich bringen. Schließlich hielt Vivarini inne und schaute ihn anklagend an.

»Das Anwesen steht seit geraumer Zeit leer«, sagte Carlo nicht unfreundlich. »Der frühere Besitzer ist verreist, und das Gesinde, das einst hier wohnte, ist längst fortgezogen. Wir sind ganz unter uns, Bernabò. Du kannst noch so viel schreien, außer mir hört es niemand.«

Vivarini starrte zu ihm hoch, und mit einem Mal dämmerte ein Ausdruck des Begreifens in seinen Augen. »Ich fasse es nicht! Du bist der *moro nero* von Giacomo!«

»Sieh an, du erkennst mich tatsächlich wieder«, spottete Carlo. »Wir sahen uns auf dieser oder jener niederträchtigen Gesellschaft, nicht wahr? Wenn ich auch die meiste Zeit nicht bei mir war, wegen all der Pülverchen, die Giacomo mir immer ins Essen mischte – manche Gesichter prägen sich einem dennoch ein.«

Vivarini spuckte aus. »Woran *ich* mich erinnere, ist dein saftiger schwarzer Arsch, der uns so manche vergnügte Stunde verschafft hat. Und an den Anblick des Blutes, das aus deinem Fingerstumpf spritzte.«

Carlos Hände zuckten, doch er bezwang sich. »Da wir gerade von Blut reden, möchte ich dir etwas zeigen.« Er packte Vivarini beim Kragen und zerrte ihn quer über die Wiese, an den Hecken vorbei und hinter den Schuppen. Der Geruch, der ihm aus der Löwengrube entgegenschlug, war widerlich, ein gasiges Gemisch aus Fäulnis und Verwesung. Im vergangenen Monat hatte er es auf sich genommen, die Grube zu erweitern, um dem Tier mehr Bewegungsfreiheit zu verschaffen, und anlässlich dieser Arbeiten hatte er ein Trenngitter angebracht, das man von oben hochziehen konnte, um den jeweils abgeteilten Bereich von abgenagten Knochen und Fäkalien zu säubern. Er bezahlte einen Mann aus dem nächstgelegenen Dorf, das Raubtier regelmäßig zu füttern und zu tränken und darüber den Mund zu halten.

»Dieser Löwe ist über alle Maßen ausgehungert«, sagte Carlo sachlich. Er zog das Trenngitter hoch und stieß seinen Gefangenen mit dem Kopf voran über die Kante der Grube, sodass er an der eisernen Bewehrung vorbei hinabsehen konnte. Unten warf der Löwe brüllend den Kopf herum und versuchte, an den Wänden hochzuspringen.

Vivarini schrie entsetzt auf, offenbar in der Annahme, Carlo wolle ihn hinunterwerfen. Damit lag er keineswegs falsch, doch Carlo würde ihn nicht töten, bevor er nicht die Auskünfte erhalten hatte, auf die er aus war.

»Du kannst nun frei entscheiden«, fuhr Carlo fort. »Entweder schneide ich ein Stück nach dem anderen von deinem Körper ab und werfe es in die Grube, und dann schauen wir beide gemeinsam zu, wie der Löwe Teil um Teil von dir frisst. Oder du redest und stimmst mich damit vielleicht so gnädig, dass ich dich entgegen meinem ursprünglichen Vorhaben doch noch am Leben lasse.«

Vivarini fing an zu würgen, aber er hatte schon im Sarg das meiste erbrochen; es kam nicht mehr viel. »Ich will nicht sterben«, ächzte er.

»Wer will das schon. Habt ihr vielleicht die Kinder gefragt, ob sie sterben wollen?«

Vivarini stellte sich dumm. »Welche Kinder?«

»Die euer perverser Bund der Sechs geraubt und gemordet hat. Oder sollte ich besser sagen, geschlachtet wie Opfertiere? Wohlgemerkt, nachdem ihr sie hinreichend für eure perversen sexuellen Gelüste missbraucht hattet.«

»Ich weiß nicht, wovon du redest!«

»Vielleicht sollte ich deinem Gedächtnis auf die Sprünge helfen, damit du dich an eure krankhaften Zeremonien erinnerst.« Carlo griff nach den gefesselten Händen des Mannes und zog sie zu sich heran. »Ich denke, ich fange mit dem kleinen Finger an. Das entbehrt nicht einer gewissen biblischen Poesie, findest du nicht? Finger um Finger sozusagen. Und danach vielleicht ein Ohr? Ein Auge? Oder doch lieber gleich einen Teil deines Skrotums?« Er fasste Vivarini hart in den Schritt.

Der Mann kreischte, und der Löwe brüllte so laut, dass Carlo die Worte fast nicht verstanden hätte.

»Tu es nicht! Ich sage alles!«

»Erzähl mir von der Vereinbarung, die ihr mit Cattaneo hattet.«

»Welche meinst du?«, stammelte Vivarini. »Die, nach welcher wir die Kurtisane und dich töten sollten, wenn Giacomo etwas zustößt?«

»Ganz recht.« Carlo warf das Messer in die Luft und fing es wieder auf. »Wir verstehen uns, Bernabò. Ich nehme an, er hat euch darüber im Unklaren gelassen, dass er lediglich verreist ist?«

»Er ist seit Monaten verschwunden«, rief Vivarini. »Sonst hat er es uns immer gesagt, wenn er wegfährt. Wir dachten, er sei tot, und ihr hättet ihn umgebracht!«

»Wer ist *wir*? Wer steckt noch mit euch im Bunde?«

»Dandolo«, stieß Vivarini hervor. »Alvise Dandolo!«

Carlo grub das Messer in den kleinen Finger an Vivarinis Rechter, dicht unterhalb des ersten Glieds. »Willst du dich über mich lustig machen? Er ist tot, das weißt du so gut wie ich. Ich will die Namen der Lebenden!«

»Filipo Teldi!«, brüllte Vivarini.

»Du lügst.« Ohne zu zögern, schnitt Carlo dem Mann ein Stück des Fingers ab und warf es in die Grube. Vivarini schrie wie von Sinnen. Der Löwe witterte das frische Blut und stürzte sich auf die vermeintliche Beute, nur um gleich darauf in Raserei auszubrechen, weil er nichts fand.

»Er kriegt sofort das nächste Stück«, erklärte Carlo Vivarini, nachdem dessen Geschrei abgeebbt und in stoßweises Schluchzen übergegangen war. »Vorausgesetzt, du besinnst dich und sagst die Wahrheit. Bedenke, ich habe das Zahlenrätsel durchschaut, denn Alvise Dandolo hat den entscheidenden Hinweis herausposaunt, während er versuchte, Valeria zu erdrosseln. Ihr seid zu sechst, zumindest wart ihr es, und ihr habt eurem unheiligen Bund die Zahl des Tiers gegeben – die Zahl des Bösen schlechthin: des Satans. Diese lautet nach dem Evangelium des Johannes sechshundertsechsundsechzig. Sinn ergibt diese Zahl, bezogen auf eure Mörderbande, nur in römischen Ziffern. Man kommt exakt auf die Zahl des Bösen, wenn man alle verfügbaren sechs Ziffern unter tausend aneinanderreiht. *DCLXVI*. Sechshundertsechsundsechzig. Eine bemerkenswert düstere Spielerei, ich las irgendwann davon. Keine Frage, dass ihr euch an euren Namen orientiert habt. Vermutlich fandet ihr den teuflischen Zusammenhang höchst ergötzlich.« Laut zählte er auf: »Wir haben *D* für Dandolo, *C* für Cattaneo, *L* für Lando.« Er hielt inne und schüttelte angewidert den Kopf. »Marino Lando traf letztes Jahr der Schlag, seine schwarze Seele möge in der Hölle verrotten. Also Dandolo, Cattaneo, Lando. Das sind drei, zwei davon tot. Vivarini, du stehst für *V*. Wer sind die beiden anderen, die noch fehlen? *X* und *I*?« Carlo setzte wieder das Messer an. »Sag mir die Namen des Fünften und des Sechsten!«

»Ipato!«, kreischte Vivarini. »Ordelafo Ipato!«

Carlo ließ die blutende Hand los. »Gut. Das war die Wahrheit, aber ich kannte sie vorher schon. Bei Ipato war ich nämlich zuerst, letzte Nacht, um genau zu sein. Weil er das einzige *I* war, das mir auf Anhieb einfiel. Leider konnte er mir keinen Namen sagen, außer deinem.«

»Ist er …« Vivarini brachte die Frage nicht heraus, seine Stimme versagte.

»Tot, ja. Der Arme. Er fiel irgendwie in sein Messer, während er versuchte, es mir zwischen die Rippen zu stoßen. Deshalb war unsere Unterhaltung schneller beendet, als mir lieb sein konnte. Aus diesem Grund sind wir beide heute hier zusammen, Bernabò. Damit du mir den letzten Namen nennen kannst.«

»Ich weiß ihn nicht.«

»Wie schade. Dann musst du wohl dem Löwen dabei zuschauen, wie er deine Eier frisst.« Carlo packte Vivarini beim Hosenbund, riss das Suspensorium herunter und schob Vivarini die Schneide zwischen die Beine, die Spitze des Dolchs gegen die Hoden gepresst. »Sprich, Bernabò. Ich will den Namen wissen. Wer ist das *X*?«

»Ich weiß es nicht«, heulte Vivarini. »Ich schwöre es beim heiligen Markus!«

Carlo hielt inne. »Der sechste Mann muss aber dabei gewesen sein«, sagte er kalt. »Ihr wart zu sechst, genauso sagte es Dandolo, und nur so passt die Zahl. Wer war es also?«

»Er kam nur vier oder fünf Mal zu unseren Versammlungen«, stieß Vivarini keuchend hervor. »Immer war er maskiert und trug einen bodenlangen Umhang mit Kapuze. Er hat nicht geredet und nichts getan, nur zugesehen.«

»Wer hat ihn mitgebracht?«

»Er kam allein, aber Giacomo Cattaneo hat sich für ihn verbürgt. Als wir ihn fragten, um wen es sich handle, sagte er, das sei nicht von Belang. Alles, was zähle, sei die Zahl des Tieres, und dafür bräuchten wir noch diesen sechsten Bundesgenossen, von dem niemand wisse, wer es sei. Eben ein *X*. Die Ziffer für unbekannt. Nur so war es richtig. Nur so stimmte die Zahl des Tiers.« Vivarini schluchzte und hustete. Aus seinem Fingerstumpf tropfte das Blut, und über sein Gesicht rannen Rotz und Tränen.

Carlo glaubte ihm, es passte alles zusammen. »Gut. Um den wahren Namen in Erfahrung zu bringen, werde ich wohl warten müssen, bis Cattaneo zurück nach Venedig kommt. Und was dich betrifft, Bernabò …«

Vivarini sah halb hoffnungsvoll, halb verschlagen zu ihm auf. »Töte mich nicht!«, winselte er. »Hab Erbarmen! Ich habe dir alles gesagt! Und was ich dir gemeinsam mit den anderen angetan habe, bereue ich zutiefst!«

»Ich weine gleich vor Rührung.« Carlo betrachtete ihn abwägend. »Willst du meine Bedingungen hören, unter denen du am Leben bleiben kannst?«

»Ja«, stieß Vivarini hervor. »Oh ja!«

»Gut. Hiermit verbanne ich dich, Bernabò Vivarini. Auf Lebenszeit. Du weißt sicher genau wie ich, dass die Quarantia Criminal die Strafe der Verbannung nur in den schlimmsten Fällen verhängt. Für viele ist sie furchtbarer als der Tod. Aber du hast sie verdient. Findest du nicht auch?«

»Ja, natürlich!«, stimmte Vivarini weinerlich zu.

»Falls du also je wieder einen Fuß nach Venedig setzt, bist du ein toter Mann. Du wirst durch meine Hand sterben.« Carlo lächelte schwach. »Oder durch die Hände meiner Beauftragten, von denen es viele gibt. Die Verbannung gilt ab sofort.« Er schnitt Vivarini die Fesseln durch. »Mach das Beste daraus.«

Während er das Messer in den Gurt schob, wandte er sich ab. Vivarini sah offenbar seine Chance gekommen. Er warf sich auf Carlo, packte mit seiner unversehrten Rechten den Griff des Dolches und riss ihn aus der Scheide.

Carlo, der auf diesen Angriff gehofft hatte, trat hart mit dem Fuß nach hinten aus und traf Vivarini am Knie. Der Mann geriet ins Straucheln und torkelte einen Schritt zurück. Dass das die falsche Richtung war, erkannte er erst, als seine Füße auf rutschigen Grund gerieten und er gleich darauf über die Randbewehrung der Grube stolperte. Mit rudernden Armen versuchte Vivarini, sein Gleichgewicht zurückzugewinnen, doch vergeblich.

»Hol dich der Teufel!«, schrie er mit überkippender Stimme, während er bereits fiel.

»Und dich der Löwe«, murmelte Carlo.

Er lauschte, den Rücken zur Grube gewandt. Ein raues Fauchen ertönte, dann ein gellender Schrei in lang gezogener Agonie, zeitgleich mit dem Geräusch reißender Sehnen und dem Splittern von Knochen. Dann war nur noch Schmatzen, Knurren und fleischiges Wühlen zu hören.

Ohne ein einziges Mal zurückzublicken, ging Carlo über die Wiese hinunter zum Fluss. Er kletterte ins Boot, stieß den leeren Sarg hinaus ins Wasser und schaute zu, wie er langsam und mit sachtem Schwanken auf den Wellen davontrieb, bis er im Nebel verschwunden war.

Juli 1510

Den Hinterkopf gegen Antonios Brust gelehnt und den Rücken an seinen Körper gedrückt, schaute Laura über die stark bewegte See. Er hatte seinen Umhang um sie beide geschlungen und die Arme von hinten fest um sie gelegt. Trotz der Hitze, die tagsüber zuweilen herrschte, war es früh am Morgen immer noch empfindlich kühl, vor allem, wenn Wolken aufzogen und ein scharfer Wind ging.

Die voll aufgetakelte Kogge erklomm Welle um Welle, hart am Wind segelnd und so schnell, dass Laura förmlich zu spüren glaubte, wie die Heimat näher kam.

Sie hatten am Vortag in Lissabon angelegt, um die Wasservorräte aufzufüllen und Ladung zu löschen, und Antonio hatte die Gelegenheit genutzt, mit einem Händler, den er kannte, Geschäfte abzuschließen und zusätzliche Frachtgüter an Bord zu nehmen. Davor waren sie in Antwerpen gewesen, wo es ebenfalls Kontore gab, mit deren Inhabern Antonio Handelsbeziehungen geknüpft hatte. Ungeachtet der Kriegswirren, die weite Teile Europas beherrschten, hatte sich die Rückreise nach Venedig bisher erfreulich geruhsam und ereignislos gestaltet. Die bewaffneten Geleitschiffe, in deren Gefolge sich die Muda entlang der üblichen Schifffahrtsrouten bewegte, hatten nicht ein einziges Mal Feindalarm gegeben.

Laura schmiegte sich an Antonio. Der schwere Wollstoff seines Umhangs schützte sie beide gegen den böigen Wind und die aufschäumende Gischt. Antonio hatte sein Kinn auf ihren

Scheitel gelegt und barg ihren Körper in der Wärme seiner Umarmung.

Hin und wieder ertönte ein lauter Befehl des Kapitäns, worauf der Rudergänger den Kurs änderte oder Matrosen die Wanten erklommen, um die Segel zu reffen. Einige der anderen Passagiere, zumeist Händler und Pilger, hielten sich ebenfalls an Deck auf. Wie Laura und Antonio zogen sie die freie Aussicht und die frische Luft der stickigen Enge der Kajüten vor.

»Woran denkst du?«, fragte Antonio.

»Daran, wie merkwürdig es ist, dass ich auf dieser Reise nicht seekrank geworden bin.«

»Es geschieht oft, dass man auf der ersten Reise seekrank wird und später nicht mehr. Wie vieles andere ist es eine Sache der Gewohnheit.«

»Gott sei Dank bereitet mir auch die Schwangerschaft keine Übelkeit. So gesehen habe ich in doppelter Hinsicht Glück.«

Sie merkte, wie er sich versteifte. Genau wie sie war Antonio überglücklich darüber, dass sie wieder guter Hoffnung war, doch das, was sich im Vorjahr in Padua zugetragen hatte, war bei ihnen beiden nicht in Vergessenheit geraten. Aus diesem Grund hatte er auch darauf bestanden, dass sie ihre Abreise von London verschoben. Die meisten Fehlgeburten, darüber hatte er sich informiert, geschahen in den beiden ersten Monaten der Schwangerschaft, und er wollte um jeden Preis verhindern, dass Anfälle von Seekrankheit dieses Risiko erhöhten. Erst als Laura den dritten Monat überschritten hatte und sich gleichbleibend guter Gesundheit erfreute, hatte er sich einverstanden erklärt, nach Venedig zurückzukehren.

Laura sehnte sich nach ihrem Zuhause, vor allem nach Matteo und Mansuetta, doch sie hatte auch die Zeit, die sie allein und in Frieden mit ihrem Mann verbringen konnte, in vollen Zügen genossen. Obwohl sie es kaum für möglich gehalten hatte, war ihre Liebe zu ihm noch gewachsen. Sie fühlte sich auf eine Weise eins mit ihm, die sie mit Glück erfüllte, aber manchmal auch schier zur Verzweiflung brachte, vor allem bei dem

Gedanken, wie sie es künftig aushalten sollte, wenn er wieder unterwegs war. Der Krieg mit all seinen unberechenbaren Risiken ließ diese Aussichten noch trüber wirken.

»Bist du im Rückblick mit der Reise zufrieden, oder wärst du lieber in Venedig geblieben?«, wollte Antonio wissen.

»Nein, ich bin froh, dass ich bei dir war.«

»Das meine ich nicht, sondern das Hinausfahren in die Welt.«

Sie dachte eine Weile nach und suchte nach den richtigen Worten. »Als ich ein Kind war, erzählte mein Vater mir oft Geschichten von fremden Ländern. Sie waren sämtlich seiner Fantasie entsprungen, aber das wusste ich natürlich nicht. Ich hielt sie für wahr. Ich glaubte an all die Fabelwesen, die er mir in den prächtigsten Farben schilderte. Ich war der felsenfesten Überzeugung, dass es irgendwo hinter dem Horizont sagenumwobene Länder gab, in denen die herrlichen bunten Tiere existierten, mit denen er unsere Wände und die Häuser anderer Leute bemalte.« Sie schluckte, weil die Erinnerung immer noch wehtat. Sie sah ihren Vater vor sich, wie er sie voller Zuneigung anlächelte, mit diesem Strahlen in den Augen, das er nie verloren hatte, trotz der Müdigkeit und der Anstrengung, die manchmal seine Züge beherrschten. Sie rief sich ins Gedächtnis, wie er mit dem Spachtel die Farben auftrug und sie vorsichtig verwischte, hier eine Kontur schärfer zeichnete, dort eine Fläche mit leuchtender Farbe füllte. Karmesinrot, Lapislazuliblau, Bernsteingelb, Smaragdgrün – aus der schimmernden Vielfalt immer neuer Variationen hatte er seine Kraft geschöpft und damit seine Fantasien zum Leben erweckt. Und die eines kleinen Mädchens.

»Es gab eine Geschichte, die mir ganz besonders gut gefiel«, erzählte Laura. »Manchmal gingen wir auf den Markusplatz. Da trank er ein Glas Wein, und ich bekam einen Zuckerkringel. Wir standen zusammen und genossen es, dort zu sein, unter all den Menschen, um uns herum die prachtvollen Fassaden und das glitzernde Meer. Wir schlenderten durch den Bogengang des Uhrturms über die Merceria, oder wir gingen zur Mole und betrachteten die Schiffe. Wenn wir da standen, zwischen den

Säulen auf der Piazzetta, blickte ich besonders gern zum Markuslöwen hinauf. Ich habe mich auf eine unbestimmte Art vor ihm gefürchtet, aber er hatte auch etwas an sich, was mich magisch anzog. Mein Vater hatte das wohl bemerkt, und so hatte er sich eine Geschichte ausgedacht, die mich jedes Mal besonders faszinierte. Es ging um ein kleines Mädchen, das allein aufwächst, ohne Eltern und ohne den Schutz von Menschen, die sich um es kümmern. Es musste hungern und betteln, um sich über die Runden zu bringen, und im Winter war es so bitterkalt, dass es in mancher Nacht fast erfroren wäre.«

Sie hielt inne, weil ihr mit einem Mal bewusst wurde, dass sich nach dem Tod ihrer Eltern ihr Leben auf ebendiese Weise gestaltet hatte, wie ihr Vater es in seiner Geschichte dargestellt hatte.

Antonio drückte aufmunternd ihre Schultern. »Was geschah mit diesem kleinen Mädchen?«

»Es kletterte gern und sprang häufig herum, und eines Tages kam es auf die Piazzetta. Dort sah es den Löwen auf der Säule thronen, und es merkte sofort, dass er ein magisches Geheimnis barg. Alle anderen Leute konnten das nicht erkennen, nur das kleine Mädchen. Und so wartete es eines Nachts, bis alle Leute heimgegangen waren, und dann kletterte es die Säule hinauf, weil es den Löwen aus der Nähe sehen wollte. Zum großen Schrecken des Mädchens begann der Löwe plötzlich zu sprechen. Es nannte das Mädchen beim Namen …«

»Wie hieß es denn?«, erkundigte Antonio sich. »Etwa Laura?«

Sie lächelte. »Wie hast du das erraten?«

»Instinkt«, antwortete er scherzhaft.

»Na ja, wie man's nimmt. Damals fand ich es höchst aufregend. Also, der Löwe sprach zu dem Mädchen. ›Laura, ich habe bereits die ganze Zeit darauf gewartet, dass du zu mir heraufsteigst, denn dadurch konntest du mich zum Leben erwecken. Ich wollte schon immer mit dir reden. Ich habe dich beobachtet, seit du klein warst. Willst du mit mir auf eine Reise gehen?‹ Das Mädchen zögerte einen Augenblick, weil es sich fürchtete, doch dann erkannte es in den Augen des Löwen seine Güte. ›Ja‹, sagte es. ›Ich will mit dir auf eine Reise gehen.‹ Daraufhin begann der Löwe die ausgebreiteten Schwingen zu bewegen, und das Mädchen erkannte, dass der Löwe sich in ein richtiges Lebewesen verwandelt hatte, ein Fabeltier aus Fleisch und Blut. Sein Fell war golden, und die Federn an seinen Schwingen leuchteten wie Perlmutt. ›Steig auf‹, sagte der Löwe. ›Und halt dich gut fest.‹ Das Mädchen tat, wie ihm geheißen, und gleich darauf begann der Löwe, die Schwingen auf und nieder zu bewegen. Das Mädchen spürte den Luftzug und klammerte sich mit beiden Händen in der Mähne des Löwen fest. Der Löwe tat einen gewaltigen Satz, und das Mädchen fürchtete für einen Moment, sie würden hinabstürzen und auf dem Pflaster der Piazzetta zerschmettern, doch schon stieg der Löwe mit rauschenden Schwingen in die Lüfte auf. Die leere Säule blieb unter ihnen zurück. Wie ein riesenhafter Vogel flog er höher und höher, bis die Gebäude wie kleine Schachteln aussahen. Der Campanile war kaum größer als ein Finger, und der Dogenpalast erschien im Licht des Mondes nur noch wie ein eckiges Kästchen. Die runden Kuppeln der Basilika wurden zu goldenen Knöpfen, und der große Platz schrumpfte auf die Ausdehnung einer Handfläche. Die Lagune tief unter ihnen verwandelte sich in einen Tümpel, der immer kleiner wurde. Und so entfernte der Löwe sich auf seinem Flug weiter und weiter, bis die Stadt vollständig verschwunden war.«

Laura verstummte.

»Und was kam dann?«, wollte Antonio wissen.

»Viele fremde Länder«, fasste Laura die Erzählungen ihres Vaters zusammen. »Sie zu beschreiben dauerte manchmal länger als eine Stunde. Eines war farbenfroher als das andere. Überall gab es reichlich zu essen, und nirgends war es kalt. Das kleine Mädchen fand viele Freunde, lauter Menschen, die auf es Acht gaben und ihm wohlgesonnen waren. Später kam natürlich noch ein Prinz hinzu, der es heiratete und mit in seinen Palast nahm.«

»Natürlich«, wiederholte Antonio trocken. »Eine schöne Geschichte. Was gefiel dir am besten daran? Die Stelle mit dem Prinzen?«

Laura schüttelte den Kopf. »Mit Männern hatte ich damals nichts im Sinn. Am schönsten und spannendsten fand ich den Aufbruch. Das Klettern, das Besteigen der Säule. Wie der Löwe auf einmal anfing zu sprechen, und dann der plötzliche Absprung und das Hochsteigen in die Lüfte. Immer wenn mein Vater diesen Teil erzählte, schlug mein Herz schneller. Ich stellte mir vor, wie es sich anfühlen musste, hoch in den Himmel zu fliegen. Alles von oben zu sehen, ganz winzig. Wie auf dieser Vogelschaukarte von de'Barbari, von der du letzten Winter einen Abdruck mitgebracht hast.« Sie streichelte seine Hände. »Um auf deine anfängliche Frage zurückzukommen, ob das Hinausfahren in die Welt wichtig für mich war: Ja, das war es. Sogar sehr wichtig, eines der wichtigsten Dinge in meinem Leben. Für mich war es die einzige Möglichkeit, die Frage zu lösen, die nach der Geschichte meines Vaters stets unbeantwortet in mir zurückgeblieben war. Eine Frage, die mich seither bedrängt und gequält hat.«

»Die Frage, ob es woanders besser und schöner ist?«

Laura nickte.

»Und wie lautet die Antwort?«

»Nichts kann je der Serenissima gleichkommen«, sagte Laura schlicht. »Nicht das Hinaussegeln und das Entdecken unbekannter Länder ist das Besondere an einer Fahrt in die Fremde, sondern das Zurückkommen. Die Küsten der Lagune im Meer auftauchen zu sehen, und dann die Türme und Kuppeln von San Marco …« Sie blickte zum Horizont, als könne sie all das schon sehen. »Auf den Schwingen des Markuslöwen zu reisen – das bedeutet für mich Heimkehr nach Venedig.«

Für eine kurze Weile lauschten sie beide diesen Worten nach.

Laura drehte den Kopf, um zu Antonio aufschauen zu können. Er war am Vortag in Lissabon bei einem Barbier gewesen und hatte sich rasieren lassen, doch inzwischen hatte sich wieder ein dunkler Bartschatten auf seinen Wangen und seinem Kinn gebildet. Sie reckte sich auf die Zehenspitzen und presste ihre Lippen auf sein stoppeliges Kinn, und Antonio zögerte nicht, mehr aus dieser Liebkosung zu machen. Er neigte den Kopf und küsste sie voller Verlangen.

Ein heftiger Windstoß fuhr unter den Umhang und riss ihn zur Seite. Antonio packte den geblähten Stoff und bändigte ihn mit beiden Händen, während Laura ihre ebenfalls ins Flattern geratene Haube festhielt, unter der sich das Haar selbstständig machte. Locken schlüpften heraus und bauschten sich in der nächsten Bö, und während Laura noch versuchte, das Haar zurückzuschieben, riss der Wind ihr die Haube vom Kopf. Antonio streckte die Hand aus und haschte danach, doch schon im nächsten Augenblick war das bebänderte Stoffstück über die Reling davongeflogen, ein wehender weißer Fleck vor dem stumpfgrauen Meer.

Er lachte. »Lass uns reingehen. Hier wird es zu stürmisch.«

»Nein!« Laura schrie gegen das plötzliche Tosen des Windes an. »Ich will es spüren! Genau das ist es, was ich meinte, verstehst du? Der Wind bringt uns ans Ziel! Es ist wie ein Flug auf den Schwingen des Löwen! Wir fahren nach Hause!«

Das Haar peitschte wie ein rotes Banner um ihren Kopf, doch sie achtete nicht darauf. Sie klammerte sich mit beiden Händen an der Reling fest, während ihre Röcke sich in knatternde Segel verwandelten. Antonio trat hinter sie und umhüllte sie erneut mit der schützenden Wärme seines Umhangs, dessen Säume er diesmal fester packte, damit der Wind ihn seinen Händen nicht mehr entreißen konnte.

Er hielt sie eng umschlungen, und wie eine einzige Gestalt standen sie am Bug des Schiffes und schauten über das stürmische Meer.

Teil 9

August 1510

Antonio blickte auf, als Oratio im Bogengang vor seinem Kontor erschien. Die Miene des Jungen verhieß Ärger. Achtlos ließ Antonio die Feder fallen, mit der er soeben eine Warenaufstellung korrigiert hatte. Er trat hinter dem Schreibpult hervor und wischte sich mit einem feuchten Tuch die Tintenflecken von den Fingern. Mit dem Schwert war er entschieden besser als mit der Feder; er schaffte es nie, ein Schriftstück zu verfassen, ohne dass dabei enorme Klecksereien entstanden, sehr zum Leidwesen seines Schreibers, der in dem Kontor die undankbare Aufgabe hatte, Antonios wenig leserliche Aufzeichnungen in Folianten zu übertragen.

»Was gibt es?«, fragte er, während er reichliche Mengen Löschsand über das Papier schüttete, bevor die ganze Aufstellung in Tinte zerfließen konnte.

Oratio langte an seine Messerscheide, zog blitzartig den Wurfdolch und ließ ihn durch die Luft sausen. Alles ging so schnell, dass Antonio nur verdutzt zusammenzucken konnte. Der Schreiber, der an einem der beiden anderen Pulte des Kontors arbeitete, schrie erschrocken auf.

Oratio ging in die Ecke hinter dem Schreibpult und hob den Dolch auf, zusammen mit der Ratte, die aufgespießt daran hing. »Es gibt in der letzten Zeit viel zu viele von diesen hässlichen Biestern«, verkündete er. »Scheint fast so, als wären sie überall.« Mit raschem Schwung beförderte er den Kadaver in das Abfallfass, das vor dem Eingang stand. Er wischte den Dolch an seiner

Schuhsohle ab und schob ihn in die Scheide, bevor er sich Antonio zuwandte.

»Jemand ist gekommen«, sagte er.

Antonio straffte sich. »Cattaneo?«

»Nein, von dem hört und sieht bisher niemand was. Ich frage regelmäßig herum, aber er ist noch nirgends aufgetaucht.«

Giacomo Cattaneo hatte sein Haus schon vor seinem Aufbruch ins Ausland verkauft, es wohnte nun ein Nobile aus der Familie des Dogen dort. Kein Mensch wusste, wo Cattaneo sich aufhielt. Antonio hoffte inständig, dass das Schiff, auf dem der Patrizier gereist war, untergegangen war. Oder dass irgendwer das Richtige getan und den Kerl einen Kopf kürzer gemacht hatte.

»Der Mann kam aus Padua«, sagte Oratio. »Ein kleiner kahler Wicht, der ein ums andere Mal *Na so was* sagt. Und er hat einen Hund mitgebracht, ein Vieh so groß wie ein Esel. Hat wie verrückt gekläfft, als er deine Frau gesehen hat.«

Antonio stöhnte innerlich. Der Apotheker! Sie hatte gesagt, dass sie sich um jemanden fürs Geschäft kümmern wollte, aber nicht, dass sie es damit so eilig hatte. Sie musste praktisch zeitgleich mit ihrer Ankunft in der vergangenen Woche einen Boten losgeschickt haben. Und dieser Messèr Silvano wiederum hatte keine Zeit verloren, sich auf den Weg zu machen, vermutlich unter dem Eindruck des Krieges, der sich wie eine unerbittliche Zange um Padua schloss. Bisher hatte die Stadt nach der Rückeroberung durch Venedig den wieder vorrückenden Truppen von Kaiser und König standgehalten, doch die gesamte Umgebung, fast bis hin zur Festlandküste, war dem Feind in die Hände gefallen.

Ob der Apotheker glaubte, er würde es hier in Venedig besser haben? Die Stadt barst aus allen Nähten vor Menschen, die vor den Truppen der Liga geflohen waren, und sie alle mussten ernährt und versorgt werden. Antonio für seinen Teil konnte sich darüber nicht beklagen; seine Geschäfte blühten wie nie zuvor. Ein Weizentransport nach dem anderen kam von Kreta in die Lagune, und an einem guten Teil der *Mudue* war er als Investor beteiligt. Doch in Zeiten wie diesen stand für ihn weniger das Gewinnstreben im Vordergrund als die Sorge um die seinen. Was nützte ihm der ganze Reichtum, wenn die Serenissima von den Franzosen erobert wurde? Der Große Rat rüstete fieberhaft weitere Soldatenheere aus und postierte Abwehrtruppen entlang den Rändern der Lagune. Ob sie jedoch den entschlossenen Kräften der Angreifer standhielten, war eine andere Frage.

»Soll ich mir den Kerl mit dem Hund vornehmen?«, fragte Oratio. »Tomàso hält derweil ein Auge auf ihn, er kann also nichts anstellen.«

»Der Mann ist harmlos«, sagte Antonio. »Wo hat sie ihn einquartiert?«

»Sie ist gleich mit ihm rüber zu der Apotheke, um ihm alles zu zeigen.«

Grollend überlegte Antonio, dass sie den Laden einfach hätte aufgeben und Crestinas altes Haus verkaufen können. Wozu brauchte sie eine Apotheke, wenn sie mit einem der reichsten Männer des Sestiere verheiratet war? Doch darüber mit ihr zu diskutieren wäre völlig sinnlos gewesen. Sie hätte ihn sofort auf die Zeit seiner Gefangenschaft hingewiesen – und darauf, wie wichtig es für eine Frau in solchen Fällen war, sich mit der Kraft ihrer Hände Arbeit auch allein über Wasser halten zu können. Im Grunde hatte sie damit wohl recht, er musste es daher notgedrungen akzeptieren. Wenn nur nicht dieser Bereich ihres Lebens so viel stechenden Kräuterdunst produziert hätte! Seine Neigung, sich die Seele aus dem Leib zu niesen und wahre Sturzbäche von Tränen zu vergießen, sobald Kräuter in nennenswerter Menge in seiner Umgebung auftauchten, bestand unvermindert fort.

Antonio trat neben Oratio aus dem Bogengang des Kontors ins Freie. Von hier hatte man eine gute Aussicht auf die Piazza. Der Markusplatz wimmelte von Menschen, die ihren Besorgungen nachgingen oder sich bei einem Spaziergang zerstreuten. Der Augusthimmel wölbte sich sattblau über den Kuppeln der Basilika und dem hoch aufragenden Campanile, und die Sonne ließ die spitzenartigen Verzierungen des Dogenpalastes leuchten wie auf einem alten Gemälde. Das Meer, die Luft und die Wärme vereinigten sich zu einer friedlichen Sommerstimmung, der alle Sorgen so fremd waren wie die Nacht dem Tag. Und doch schien mitten über der Piazza eine Trennlinie zu verlaufen, unsichtbar, in keiner bestimmten Richtung und kaum zu spüren. Es war eine Markierung, die das Glück vom Unglück teilte, das Gute vom Bösen.

Unwillkürlich hob Antonio die Hand und berührte seinen Anhänger. Dabei spürte er, wie ihn ein schwaches Frösteln überlief, und sofort fragte er sich sarkastisch, ob er etwa begann, eine Art zweites Gesicht zu entwickeln, so wie seine Frau. Ihre Ahnungen in allen Ehren, aber Frauen waren bekanntlich ihren Gefühlen stärker unterworfen als Männer. Normale Ängste mochten sich im Rückblick leicht in böse Vorahnungen verwandeln, und dunkle Wolken am Himmel waren passend dazu sogleich die Vorboten nahenden Unglücks.

Laura hatte ihm am Morgen gesagt, sie habe kein gutes Gefühl, er solle sich unbedingt vorsehen. Am liebsten hätte sie ihn gleich ganz zu Hause behalten, doch ein solches Ansinnen war absurd. Auf ihn wartete Arbeit, wohin er nur schaute.

Manchmal dachte er voller Wehmut an jene Zeiten zurück, als ihm Mosè oder später auch Querini erklärt hatten, was als Nächstes zu tun war. Es war ein bedeutsamer Unterschied, lediglich für die Leitung eines bewaffneten Transports zuständig zu sein oder aber selbst die gesamte Unternehmung von Anfang bis Ende zu planen, in die Wege zu leiten und zur Durchführung zu bringen, alles in eigener Verantwortung und auf eigenes Risiko. Doch natürlich hatte er es nicht anders gewollt. Nur diese Form von Erfolg war geeignet, einen Kaufmann zufriedenzustellen – sofern er überhaupt jemals zufrieden war.

Oratio riss ihn aus seinen Gedanken. »Brauchst du mich noch?«, wollte er wissen. »Wenn nicht, gehe ich jetzt wieder. Der Kleine und sein Hauslehrer wollen einen Ausflug machen.«

Antonio musterte ihn prüfend, Oratio schien ihm reichlich blass. »Was ist mit dir?«, fragte er. »Du siehst aus, als würdest du krank.«

Oratio zuckte mit den Achseln. »Ein leichtes Unwohlsein.« Er grinste. »Hab wahrscheinlich letzte Nacht zu tief ins Glas geschaut.«

»Du solltest nicht so viel trinken«, sagte Antonio stirnrunzelnd.

Oratio tätschelte sein Messer. »Meine Wurftechnik und meine Zielgenauigkeit leiden nicht darunter.«

»Aber vielleicht dein Verstand.«

»Nun hab dich nicht so. Du hast auch getrunken, als du so alt warst wie ich. Daran erinnere ich mich noch sehr genau.«

»Du hast mich vielleicht zwei oder drei Mal berauscht erlebt«, berichtigte Antonio ihn. »Häufiger ist es nämlich nicht passiert. Diese paar Male haben mir gereicht, um es sein zu lassen. Weil ich nämlich gemerkt habe, was es mit mir anstellt. Ein Becher voll Wein ist in Ordnung. Ab und zu vielleicht auch mal zwei oder drei, gemeinsam mit Freunden und in geselliger Runde. Aber Nacht für Nacht zu zechen, bis man auf sein Lager niederfällt – das kann zu nichts Gutem führen.« Seine Stimme wurde härter. »Falls du glaubst, das Trinken mache einen echten Mann aus dir, so täuschst du dich gewaltig.« Er tippte gegen seine Stirn. »Das, was du hier drin hast, das macht dich zu einem Mann. Zu einem Mann vor allem, der weiß, was er will. Das wiederum wird bei dir niemals der Fall sein, wenn du deine freie Zeit damit vertust, dich mit Schnaps zu betäuben.« Er blickte Oratio eindringlich an. »Die Zeiten sind gefährlich, und einen Leibwächter zu bezahlen, der sich besäuft, wäre das Letzte, was ich tue. Also hüte dich, meine Worte auf die leichte Schulter zu nehmen, wenn du in meinen Diensten bleiben möchtest.«

Oratio wirkte betroffen und wütend. Die Narbe, die seine Lippe spaltete, leuchtete wie ein Feuermal. Als er sich zum Gehen wenden wollte, hielt Antonio ihn zurück. »Was glaubst du denn, warum ich dir Vorschriften mache? Etwa um dich zu schikanieren?« Er wies mit dem Finger auf den Dolch an Oratios Gurt. »Kann sein, dass du das Ding da ausgerechnet dann brauchst, wenn du gerade schläfst. Die Nacht ist lang und hat viele Schatten. Was, wenn dein vom Branntwein umnebeltes Hirn den Angreifer erst erkennt, wenn es zu spät ist?«

Oratio dachte kurz nach und nickte zögernd. Anscheinend hatte er ein derartiges Risiko bisher nicht bedacht, oder jedenfalls nicht sehr gründlich. Oder er hatte es, wie es die Art mancher Trinker war, schlicht verleugnet.

»Ich gehe dann wieder«, meinte er leise.

Antonio nickte und schaute zu, wie Oratio mit gesenktem Kopf in Richtung Uhrturm davontrottete.

»Na so was«, sagte der alte Apotheker. »Na so was!« Barnabas bellte ohrenbetäubend und sprang mit einem gewaltigen Satz auf die Ratte los, die soeben im Durchgang zur Küche verschwunden war.

Laura, die sich nur mit Mühe hatte bezwingen können, nicht mit einem ähnlichen Sprung hinauf auf die Ladentheke zu flüchten, atmete tief durch, um ihren Ekel niederzukämpfen. Es war nur eine Ratte, sagte sie sich. In den heißen Sommermonaten faulten die Abfälle schneller als gewöhnlich, und vor allem das Aas lockte Ungeziefer in Mengen an. Jeder Schlachter, Abdecker und Gerber warf verwesende Fleischreste in die Kanäle, und bis die nächste Flut alles hinaus in die Lagune schwemmen konnte, waren bereits die Ratten da.

»Es tut mir leid, Messèr Silvano. Dieser erste Eindruck wirkt gewiss nicht sehr einnehmend auf Euch.«

»Was ist schon eine einzige Ratte. Barnabas wird sie schnappen, so viel ist sicher.« Seine Voraussage erfüllte sich. Als sie vom Ladenraum aus in die Küche weitergingen, war durch die offen stehende Hintertür zu sehen, wie Barnabas im Garten die Ratte zerbiss. Blut spritzte über den Hof, und Laura wandte sich schaudernd ab. Wie alles, was sie heute sah, schien auch dieser Vorfall ein böses Omen zu sein und auf schreckliche Ereignisse hinzudeuten. Das Schlimme war, dass sie es nicht lokalisieren konnte, weder zeitlich noch räumlich. Sie wusste lediglich, dass es immer näher kam, unaufhaltsam, so wie damals der Tod ihrer Eltern. Nur war es diesmal viel gefährlicher, auf eine weit umfassendere Art. Es schien von allen Seiten zu kommen, und es betraf ihre gesamte Existenz. Beklommen dachte sie an den Krieg. Vielleicht war es so weit, vielleicht standen die feindlichen Truppen dicht davor, in die Stadt einzufallen. Sah sie das Ende für sie alle kommen? Zumindest fühlte es sich so an, und das versetzte Laura in ständige Alarmbereitschaft. Schon die leisesten Anzeichen, die auf ungewöhnliche Vorkommnisse hindeuteten, riefen unerträgliche Unruhe in ihr wach.

Eilig betete sie im Stillen ein Avemaria, nicht das erste an diesem Tag.

»Ist Euch nicht gut, Madonna?«

»Ich … Ach nein, es ist alles in Ordnung.« Laura holte Luft und wandte sich dem alten Apotheker zu. »Was wollt Ihr zuerst sehen, die Schlafkammern im Obergeschoss oder die Offizin?«

»Die Offizin natürlich«, antwortete Silvano prompt.

Laura drehte sich zu Tomàso um, der in der Eingangstür stand. »Wenn du willst, kannst du draußen auf mich warten, an der frischen Luft.«

Tomàso lehnte mit der Schulter am Türsturz. Sein Gesicht war auf ungesunde Weise gerötet, die Lider verschwollen. Laura vermutete, dass er in der vergangenen Nacht wieder zu lange mit seinem Bruder gezecht hatte. Sie hatte Antonio bereits gebeten, ein ernstes Wort mit den beiden zu reden.

Gemeinsam mit Silvano ging sie durch die Küche hinaus in den Garten. Laura bemühte sich vergeblich, nicht in Barnabas' Richtung zu schauen. Der Hund hatte die tote Ratte zur Seite geschleudert und schnüffelte nun voller Interesse an den Sträuchern, doch an seiner Schnauze klebte immer noch Blut.

»Die Offizin ist nicht so groß wie die Eure in Padua«, erklärte Laura, nachdem sie die Tür zu dem Anbau geöffnet hatte.

Sie sog den Geruch nach Kräutern und Jasmin ein. Der Duft hatte sich über all die Monate gehalten, obwohl sie so lange nicht mehr hier gearbeitet hatte. »Man könnte die Werkstatt aber vergrößern, wenn man ein Stück vom Hof dazunimmt. Ich hatte schon diesbezügliche Pläne und hätte sie vielleicht verwirklicht, wenn die Umstände sich nicht anders entwickelt hätten.«

Silvano nickte, ohne richtig hinzuhören. Mit leuchtenden Augen wieselte er durch den Raum und hielt dabei zielstrebig auf einen Gegenstand zu, den er in der gesamten Ausstattung sofort als allein seligmachend einstufte. Laura hatte genau das erwartet und lächelte ein wenig gezwungen. Sie hätte sich mehr über seine Begeisterung freuen können, wenn ihre allgemeine Stimmung besser gewesen wäre.

»Ein neuer Athanor!«, rief Silvano aus. »Na so was! Na so was!«

»Ich habe ihn bei einem sehr guten Ofenbauer besorgt. Er wurde nach den neuesten alchimistischen Erkenntnissen gefertigt. Für den Ladenverkauf und die Herstellung werde ich Euch eine Hilfskraft zur Seite stellen, und um das Geschäftliche, nämlich den Ankauf von Rohstoffen und den Vertrieb fertiger Waren außerhalb des Ladens, werde ich mich selbst kümmern.«

Silvano wusste sich kaum zu fassen vor Glück. »Es war so weise von Euch, mich als Euren Nachfolger herzubitten! Diese Apotheke wird unter meiner Ägide aufblühen!«

»Zweifellos«, meinte Laura trocken. »Schließlich steht sie seit einem Jahr leer. Allerdings werdet Ihr nicht mein Nachfolger, sondern mein Teilhaber.«

»Natürlich«, versicherte Silvano treuherzig. »So war es ausgemacht.«

Laura räusperte sich. »Bevor Ihr Euch Euren Experimenten zuwendet, werdet Ihr daher eine ausreichende Menge Potenzmittel herstellen müssen.«

Silvano nickte eifrig, ihm war anzusehen, wie erpicht er darauf war, die Erfolgsgeschichte vom vergangenen Jahr zu wiederholen. »Natürlich. Wollen wir es dann wieder gemeinsam in der Stadt verkaufen?«

Laura überlegte, dass Antonio vermutlich einen Wutanfall bekäme, wenn er diese Unterhaltung hätte hören können. Ihm hatte sie nur erzählt, dass sie einen kompetenten Geschäftsführer für die Apotheke suchen wolle. Dass sie selbst durchaus an diesen Geschäften teilhaben wollte, würde er noch früh genug erfahren.

»Beim Verkauf kann ich wohl nicht mitmachen.« Sie zupfte an ihrem weit geschnittenen Gewand. »Man sieht es vielleicht noch nicht, aber ich bin guter Hoffnung und erwarte im Dezember ein Kind.«

Silvano staunte. »Na so was!«

»Nichtsdestotrotz liegen mir die Geschicke der Apotheke sehr am Herzen. Was die Potenzmittel betrifft, so sehe ich gute Absatzmöglichkeiten auch außerhalb der Lagune. Mein Mann tätigt viele Geschäfte in fremden Ländern, und es würde sich anbieten, diese Handelsreisen zu nutzen.«

»Ich verstehe! Wie schlau von Euch! Eine Ladung unserer Tiegel würde kaum Platz beanspruchen, aber viel Geld einbringen! Man würde sie uns mit Gold aufwiegen, so wie früher die *Mercatores* die Gewürze aus dem Orient!«

»Das nun nicht gerade«, meinte Laura, seinen Optimismus abschwächend. »Aber es kann nie schaden, neue Märkte zu erschließen.«

Sie merkte, dass sie schon genauso redete wie Antonio. Doch dann sagte sie sich trotzig, dass sie von seinem Ehrgeiz noch Welten entfernt war. Sie wollte nur zusehen, wo sie blieb. Er hatte keineswegs vor, seine Reisen einzuschränken, nicht einmal angesichts des immer bedrohlicher werdenden Krieges. Schon einmal hatte sie davon ausgehen müssen, dass er nicht zurückkommen würde. Dergleichen konnte wieder geschehen, ob er es nun wahrhaben wollte oder nicht. Für diesen Fall musste sie vorsorgen. Sie wollte unbedingt aus eigenen Kräften fortbestehen können. Er mochte ihr noch so viel Geld hinterlassen, wenn er auf eines der Schiffe stieg, die ihn regelmäßig von ihr fortbrachten – sicherer fühlte sie sich dadurch nicht. Geld konnte man rauben, oder es konnte im Wert verfallen, so wie es gerade geschah, weil Krieg herrschte. Ein eigenes Geschäft jedoch und die Fähigkeiten, es zu erhalten, boten ihr Sicherheiten, für die sie nur selbst sorgen konnte.

Unwillkürlich musste Laura an Monna Pippa denken. Die Witwe des Kaufmanns Filacenova hätte den Palazzo mitsamt dem Anbau vielleicht nicht so schnell räumen müssen, wenn sie eigene Einkünfte gehabt hätte. Laura hatte gehört, dass die frühere Nachbarin nach mehreren Umzügen jetzt in einer armseligen Mietwohnung hauste. Ihr letzter überlebender Sohn, inzwischen erwachsen, war auf einer Reise verschollen.

Nach all den Wendungen, die ihr eigenes Leben seither genommen hatte, war Laura die Frau mittlerweile gleichgültig, aber es hatte durchaus Zeiten gegeben, da sie ihr exakt ein solches Schicksal gewünscht hatte.

»Madonna, darf ich fragen, warum Ihr Euch ausgerechnet für mich entschieden habt? Gibt es in Venedig keine guten Apotheker?«

»Niemanden wie Euch«, sagte sie wahrheitsgemäß. »In meinen Augen seid Ihr der Beste.«

Sie hätte ihm sagen können, dass er ein Traumtänzer war und ein Schaumschläger, aber er war auch freundlich, umgänglich und völlig frei von Arg. Und bei alledem war er keineswegs unfähig, im Gegenteil. Ließ man seine alchimistischen Fantastereien einmal außer Acht, verfügte er über profunde pharmazeutische Kenntnisse, die er problemlos aus dem reichen Schatz seiner Erfahrungen kramen konnte, wenn ihrer bedurft wurde. Wenn es darauf ankam – und jemand hin und wieder ein Auge darauf hatte –, konnte er durchaus diszipliniert arbeiten. Und wer wusste es schon – vielleicht entdeckte er eines Tages tatsächlich den viel beschworenen Stein der Weisen. Das Allheilmittel, das Geheimnis des ewigen Lebens, das alle Schrecknisse überwinden würde …

»Madonna?«

Sie merkte, dass er ihr eine Frage gestellt hatte. »Verzeiht, ich war in Gedanken. Mir geht heute vieles durch den Kopf.«

Er nickte verständnisvoll. »Das wundert mich nicht. Die Zeiten sind hart, und das gilt für eine so tapfere junge Frau, wie Ihr es seid, nicht minder. Glaubten wir noch im letzten Jahr, der Krieg habe sich mit der Rückeroberung Paduas entscheidend zum Besseren gewendet, sehen wir uns in diesen Tagen infolge der neuen Attacken der Franzosen wieder in höchster Gefahr. Ohne den Papst und seine schweizerischen Truppen sind wir verloren, fürchte ich. Als ich herreiste, sah ich die Soldaten bereits in Sichtweite der Küsten aufmarschieren. Wir werden uns auf das Schrecklichste einrichten müssen.« Der alte Apotheker warf sich in die Brust. »Aber keine Sorge, Madonna. Ich werde sterbend mit Euch untergehen!«

Laura erschrak bis ins tiefste Innere, weit heftiger, als seine letzte Bemerkung es gerechtfertigt hätte. Doch die Symbolik, die seinen Worten anhaftete, entfaltete einen eigenen Klang. Eine Zukunft schien sich aus dem Dunkel ihrer Niedergeschlagenheit zu erheben, die weit furchtbarer war als alles, was sie bisher erlebt hatte.

Barnabas kam angesprungen und leckte seinem Herrn die Hand. Silvano tätschelte dem Tier den Kopf, und Laura sah schaudernd, dass das Blut von der Schnauze des Hundes die Finger des alten Apothekers verfärbte. Sie trat einen Schritt zurück, als könne sie so das Unheil leugnen, das sie mit einem Mal wie eine undurchdringliche Wand zu umgeben schien.

Der Hund kam auf sie zugetrottet. Offenbar war ihm eingefallen, dass er sie noch nicht richtig begrüßt hatte. Laura wich hastig zurück, bevor er sie erreichen und ihr, wie es seine Art war, den Kopf gegen den Schoß drücken konnte. »Ich muss fort. Schaut Euch nur allein um, und dann macht es Euch oben in einer der Kammern bequem. Es ist alles für Euch vorbereitet.«

»Aber …«

»Wir besprechen morgen den Rest«, rief sie über die Schulter zurück, während sie bereits durch den Laden nach draußen eilte. »Ich habe heute noch dringende Geschäfte.«

Das war gelogen. Alles, was sie für den heutigen Nachmittag noch plante, war ein Gang zum Friedhof. Sie hatte die Gräber ihrer Eltern seit ihrer Rückkehr noch nicht besucht, doch natürlich hätte sie es auch leicht auf einen anderen Tag verschieben können. Indessen trieb es sie mit einer Dringlichkeit von hier fort, der sie nichts entgegensetzen konnte.

Tomàso richtete sich auf, als sie ins Freie trat. Er blickte sie aus trüben Augen an, bevor er sich umdrehte, um vorauszugehen. Sie folgte ihm durch die enge Gasse in Richtung Kanal und schaute nicht zurück.

Antonio stieg aus der Gondel und blickte stirnrunzelnd an der Fassade der Ca' Querini hinauf. Die Abendsonne fing sich in den Verzierungen des durchbrochenen Maßwerks an den Loggien und umhüllte die Heiligenfiguren und Löwen auf den Simsen mit diffusem goldenem Licht.

So einladend ihm früher der Palazzo Marcello Querinis erschienen war, so gering war jetzt sein Interesse, das Haus noch einmal zu betreten. Er hatte sich geschäftlich abgenabelt, und er sah keine Basis, auf der er noch mit Querini hätte zusammentreffen mögen. Außerdem traute er dem Mann nicht mehr. Es war nur ein Gefühl, ohne konkrete Anhaltspunkte, aber Antonio hatte in solchen Fragen seine Instinkte bisher stets ernst genommen.

Dieser Besuch war ihm folglich höchst lästig, doch er hatte es Mansuetta versprochen. Oder genauer, er hatte es ihr versprechen *müssen*, nachdem sie seit ihrer Rückkehr kaum eine Stunde hatte verstreichen lassen, ohne ihm damit in den Ohren zu liegen – so lange, bis er sich schließlich bereit erklärt hatte, schnellstmöglich den Prokurator aufzusuchen und ihm einige Fragen zu seiner Frau Angelica zu stellen.

Er hatte schon im Vorjahr auf Drängen Mansuettas und Lauras in Neapel Erkundigungen einziehen lassen, doch es war nichts dabei herausgekommen. Das gräfliche Anwesen, in dem die Schwestern Angelica und Anna aufgewachsen waren, existierte zwar noch, doch es war an einen entfernten Verwandten gefallen, nachdem der Graf verstorben war und seine Töchter ebenfalls als tot galten. Dort hatte niemand etwas über das Schicksal oder den Verbleib von Anna und Angelica gewusst, außer dass eine von ihnen einen venezianischen Adligen geheiratet hatte und die andere ihrer Schwester später nach Venedig gefolgt sei.

Um über die Geschehnisse der Vergangenheit mehr zu erfahren, blieb ihm also nichts anderes übrig, als Querini danach zu fragen.

Drei Tage zuvor war Antonio schon einmal hier gewesen, doch er war von einem der Dienstmädchen fortgeschickt worden. Die Herrschaft sei verreist, nur die Dame des Hauses sei anwesend, fühle sich aber nicht wohl und müsse daher das Bett hüten.

Nach einem Gespräch mit Eugenia Querini stand Antonio keinesfalls der Sinn, folglich war er nicht allzu verstimmt gewesen, unverrichteter Dinge wieder abziehen zu müssen. Doch Mansuetta hatte nicht eher geruht, bis er ihr zugesichert hatte, es erneut zu versuchen.

»Irgendetwas tut sich dort in dieser Familie«, hatte sie düster geäußert. »Etwas Schlimmes.«

Antonio vertäute die Gondel, ging zur Pforte und betätigte den Türklopfer. Dasselbe Hausmädchen wie beim letzten Mal öffnete ihm. Er hatte sie schon einige Male bei seinen früheren Besuchen gesehen.

»Der Herr ist verreist«, sagte sie prompt, als sie seiner ansichtig wurde. »Und die Herrin …«

»Liegt zweifellos im Bett und fühlt sich nicht wohl«, unterbrach Antonio sie spöttisch.

»Tut mir leid, aber so ist es nun mal«, sagte das Mädchen ein wenig patzig.

Von irgendwoher ertönte das Schreien eines Säuglings; es schien von oben zu kommen. Antonio hob irritiert den Kopf. »Ist das dein Kind?«, fragte er. »Oder von einer der anderen Mägde? Ich wusste nicht, dass die Bediensteten hier im Haus mit ihren Familien leben.«

»Nein, es ist der kleine Sohn von Messèr Querini.« Das Mädchen wandte den Kopf zur Treppe. »Ich muss fort, jemanden holen. Die Herrin ist krank und braucht Hilfe.«

Antonio hielt das Mädchen zurück. »Warte. Von welcher Herrin reden wir hier eigentlich?«

»Von der Gemahlin des Messèr Querini.« Das Mädchen biss sich verlegen auf die Lippe. »Bitte, Messèr Bragadin, Ihr solltet jetzt gehen, denn ich muss unbedingt los.«

Antonio musterte sie perplex. »Ich wusste nicht, dass Messèr Querini sich wieder vermählt hat.«

»Ihr wart lange außer Landes.«

»Woher weißt du das?«

»Ich hörte die Herrin und den Herrn darüber sprechen.«

»Nun, es stimmt«, sagte Antonio gedehnt. »Möchtest du mir vielleicht noch sagen, wie die Gemahlin des Messèr Querini heißt?«

»Ich weiß nicht …«

»Ich bin, wie du dich bestimmt erinnerst, ein langjähriger Geschäftspartner von Messèr Querini, und mir ist daran gelegen, ein passendes Geschenk für ihn und seine Braut auszuwählen.«

»Oh, ja. Ach so. Nun, also …«

Von oben war eine schwache, aber unverkennbar belustigte Stimme zu hören. »Vielleicht möchte die Braut dir lieber selbst erzählen, was sie sich nachträglich zur Hochzeit wünscht.«

Antonios Kopf fuhr hoch. »Da soll mich doch einer … Valeria?«

Er eilte zur Treppe und sah sie oben stehen, mit einer Hand den Knauf des Geländers umklammernd, mit der anderen ihr Gewand raffend. Sie war im Nachthemd und wirkte sichtlich mitgenommen. Das Haar hing unfrisiert über ihre Schultern, und unter ihren Augen lagen tiefe Schatten. Das Hausmädchen hatte nicht gelogen, was Valerias Hilfsbedürftigkeit betraf. Offensichtlich hatte sie sich nur mit Mühe vom Bett zur Treppe geschleppt.

Er war mit wenigen Sätzen oben und stützte sie, um sie durch den Portego in die Kammer zu führen, wo, wie er wusste, ein großes Bett stand. Das sie vermutlich mit Querini teilte, da sie allem Anschein nach tatsächlich seine Frau war. Antonio mochte es immer noch kaum glauben.

Er erschrak, als sie mit einem leisen Wehlaut neben ihm zusammensackte. Mit raschem Griff hielt er sie fest und hob sie auf die Arme. Erschrocken registrierte er, wie heiß sie sich anfühlte. Sie musste hohes Fieber haben. Widerspruchslos ließ sie sich von ihm in das Gemach des Hausherrn tragen, wo er sie behutsam auf dem gewaltigen Pfostenbett ablegte. Aus den Augenwinkeln registrierte er die Wiege, die vor dem Fenster stand. Sie schaukelte sacht, offensichtlich bewegt durch das Kind, das darin lag. Das Schreien war abgeebbt und einem zornigen Gequengel gewichen, hin und wieder unterbrochen durch laute Schmatzgeräusche. Es klang, als würde das Kind an seinen Fingern nuckeln, weil sich keine vielversprechendere Nahrungsquelle auftat.

»Er hat Hunger«, sagte Valeria leise.

»Dein Sohn?« Es war offensichtlich, aber er fragte trotzdem.

Sie nickte matt.

»Soll ich ihn dir holen?«

»Nein, auf keinen Fall. Ich würde ihn nur anstecken. Außerdem stille ich nicht, sondern die Amme. Aber die ist heute nicht gekommen. Wo ist Moresina?«

»Das Mädchen? Sie hat mir aufgemacht. Eben war sie noch unten. Sie wollte Hilfe holen, wahrscheinlich einen Medicus.«

»Das dumme Ding. Sie sollte sich um eine neue Amme kümmern.«

Valeria blickte aus fiebrigen Augen zu ihm auf. Ihr Nachtgewand war fleckig und verschwitzt, und ihr sonst so seidiges Haar strähnig und wirr. Ihr Teint, immer schon blass, war kreidebleich. Antonio konnte kaum fassen, sie so zu sehen. Sogar in dem Elendsloch, in dem sie früher gehaust hatten, war sie noch unter den unwürdigsten Bedingungen schön gewesen. Niemals hatte sie sich gehen lassen, und wenn nur noch eine Handvoll Soldi übrig waren, hatte sie die lieber für ein Stück Seife ausgegeben als für Brot oder Kerzen. Es hatte sie wirklich schlimm erwischt.

»Ich werde mich gleich nachher um eine Amme kümmern, wenn die Magd keine auftreibt«, versprach er. »Wo ist … dein Mann?«

»Auf der Terraferma, in Geschäften. Eigentlich sollte er schon seit Tagen zurück sein, aber man weiß nie … Der Krieg …« Ihre Stimme wurde schwächer, und sie holte rasselnd Luft. Antonio schob ihr ein Kissen unter den Kopf, damit sie besser atmen konnte.

»Was ist mit den anderen? Zuane, Eugenia? Die Dienerschaft?«

»Zuane ist mit Marcello unterwegs. Und die Diener … Hier im Haus grassiert das Fieber, ich bin nicht die Einzige, die es getroffen hat. Sie alle sind entweder krank oder nicht gekommen, bis auf Moresina. Und was Eugenia betrifft – die ist hier ausgezogen, als Marcello und ich heirateten.« Valeria lächelte mit rissigen Lippen. »Das war meine Bedingung, weißt du. Eine so unheilige Allianz mit meinem Ehemann hätte ich niemals dulden können.«

»Was meinst du?«, fragte Antonio angespannt. Mit einem Mal meinte er, scheußliche Zusammenhänge zu ahnen.

»Inzest«, sagte Valeria. Sie griff nach einem Tuch, das neben ihr auf dem Kissen lag, und wischte sich das Gesicht ab. »Ich bin so durstig. Kannst du mir was holen?«

Antonio eilte zu dem großen Tisch, auf dem ein Krug mit verdünntem Wein stand. Er goss einen der bereitstehenden Becher voll und brachte ihn zum Bett.

»Erklär mir das näher«, sagte er.

»Zuane ist nicht nur Marcellos Sohn, sondern auch der von Eugenia. Mit anderen Worten: Marcello hat es mit ihr getrieben. Und sie mit ihm. Mit ihrem eigenen Bruder.«

Antonio half Valeria dabei, sich aufzurichten, damit sie trinken konnte. Ein Teil des mit Wasser verdünnten Weins lief ihr übers Kinn und durchfeuchtete den vorderen Teil ihres Nachtgewandes. Rötliche Flecken gesellten sich zu den anderen, die schon dort waren.

»Das ist nicht die Art von Verfehlung, die ich ihm zugetraut hätte«, meinte Antonio zweifelnd.

»Es ist aber so.«

»Woher weißt du davon? Er wird es dir wohl kaum erzählt haben.«

»Nein, er nicht. Aber Giacomo Cattaneo. In allen schmutzigen Einzelheiten.« Sie hustete, bevor sie mühsam fortfuhr: »Es war eine Art Schelmerei, die Giacomo und Arcanzola sich ausgedacht hatten.«

»Als Schelmerei würde ich das nicht gerade bezeichnen.«

»Ich auch nicht, aber Giacomo. Es ist ganz die Art von Scherzen, die er immer schon gerne ausgeheckt hat. Diese Zusammenkunft zwischen den Geschwistern Querini hat er ersonnen, gemeinsam mit seiner Schwester, der Nonne.« Abermals hustete sie, und diesmal erschienen zu Antonios Schrecken Bluttröpfchen auf ihren Lippen. »Himmel, ist mir heiß«, stöhnte sie. »Und noch nie war ich so schwach!«

»Sicher kommt die Magd bald mit dem Arzt, der wird dir eine Medizin verordnen. Ich kann auch Laura bitten, dir etwas zu schicken. Sie kennt die besten Arzneien.«

»Daran zweifle ich nicht«, brachte Valeria unter Mühen heraus. »Sie hatte schon immer für alle Leiden die passenden Heilmittel. Vor allem für deine, nicht wahr? Meine waren ja nicht gut genug. Nicht für dich.«

»Valeria, ich bin nicht gekommen, um mit dir über alte Angelegenheiten zu streiten. Das mit uns – es war nie wirklich etwas, bis auf dieses eine Mal, und da war ich furchtbar betrunken.«

»Aber du erinnerst dich doch daran, oder?«

Er merkte, wie er errötete. »Wie sollte ich nicht? Es war mein allererstes Mal.«

»Gut.« Sie hustete, und diesmal klang es noch zäher und qualvoller als zuvor, und Antonio fragte sich besorgt, ob es wohl noch lange dauern würde, bis der Arzt käme.

»Du wolltest erzählen, was Cattaneo und Arcanzola sich ausgedacht haben«, sagte er.

»Richtig«, murmelte sie. »Die beiden scheußlichsten Menschen, die Venedig je hervorgebracht hat. Und ich kenne einige, das kannst du mir glauben.« Sie schüttelte den Kopf. »Unfassbar, dass ich einst glaubte, ihn zu lieben.«

»Sprich weiter.«

»Es war an einem Karnevalsmontag vor mehr als zwei Jahrzehnten. Giacomo hielt es für eine gute Idee, seinem Vetter Marcello einen Streich zu spielen. Jedenfalls erzählte er mir, es sei ein Streich gewesen, und vielleicht glaubte er es sogar selbst.« Valerias Worte kamen leise und abgehackt; das Sprechen fiel ihr schwer. Aber um nichts in der Welt hätte Antonio sie aufgefordert, zu schweigen, um ihre Kräfte zu schonen. Er war gekommen, um Wahrheiten zu erfahren, und Valeria konnte sie ihm offenbaren.

»Giacomo und Arcanzola brachten Eugenia und Marcello auf einer wüsten Kostümfeier zusammen, die sie in Giacomos Haus abhielten. Sie waren alle maskiert, keiner kannte den anderen, und es wurde reichlich getrunken. Eugenia war achtzehn und seit über zehn Jahren im Kloster, gemeinsam mit Arcanzola. Die Feier, zu der Arcanzola sie hinausgeschmuggelt hatte, war eine der seltenen Gelegenheiten, etwas anderes zu tun, als zu beten und sich in der Zelle zu langweilen. Marcello hatte Eugenia seit langem nicht gesehen, zumal er die meiste Zeit im Ausland war. Es war in dieser Familie so wie in den meisten anderen auch: Die Mädchen werden in jungen Jahren ins Kloster gesteckt und dann schnellstmöglich vergessen. Man zahlt eine Menge Geld, damit sie dort versorgt werden, bis sie irgendwann in Würde und Frömmigkeit sterben. Die wenigsten von ihnen werden gefragt, ob sie lieber ein anderes Leben hätten. Sie haben kein Mitspracherecht. Die Feier war für Eugenia folglich ein Riesenspaß, und den nutzte sie aus. Sie glaubte, sie hätte einen besonders liebenswürdigen Galan für eine Nacht geangelt und war glücklich. Marcello wiederum hatte einen über den Durst getrunken, er dachte sich nicht viel dabei. Er hielt sie für ein nettes, leichtes Mädchen.«

»Du meinst, sie ahnten beide nicht, wer der andere war? Sie erkannten einander hinter den Masken nicht?«

Valeria schüttelte matt den Kopf. »Erst, als es zu spät war. Giacomo behauptete in aller Scheinheiligkeit, er hätte nicht gewusst, dass Eugenia Marcellos Schwester sei, da es ihm niemand gesagt habe. Arcanzola wiederum erklärte, Marcello unter seiner Maskerade nicht erkannt zu haben. Böser Wille war ihnen nicht zu beweisen, im Gegenteil: Beide müssen sie äußerst glaubwürdig gewirkt haben. Giacomo lachte sich immer noch ins Fäustchen, als er mir davon erzählte.«

»Vermutlich bis zu dem Tag, als du Marcello Querini die Wahrheit über das Komplott erzähltest, nachdem Cattaneo damit vor dir angegeben hatte.«

»So ist es«, stimmte Valeria zu.

»Warum hast du mir nie davon erzählt?«

Sie zuckte nur die Achseln.

»Ich verstehe«, sagte er. »Es war dir lieber, selbst mit deinem Wissensvorsprung am längeren Hebel zu sitzen.« Er ließ es auf sich beruhen, obwohl es ihn fuchste, dass sie diese Information nicht früher mit ihm geteilt hatte. »Was geschah, nachdem Querini herausgefunden hatte, dass er Inzest mit seiner Schwester begangen hatte?«

»Marcello blieb eiskalt, du kennst ihn ja. Eugenia musste gegen ihren Willen ins Kloster zurück. Als Zuane geboren war, nahm Marcello ihn bei sich auf und erkannte ihn als seinen

Sohn an. Als Mutter wurde eine Bedienstete erfunden, die im Kindbett gestorben war. Doch die Hoffnung auf einen legitimen Erben hat Marcello nie aufgegeben, deshalb hat er sich einige Jahre später verheiratet.«

»Mit Angelica.«

»Richtig. Aber sie konnte ihm keine Kinder schenken.«

Antonios Blick ging zu der Wiege. »Dafür jedoch du.«

Sie lachte, ein misstönender Krächzlaut, in dem alle Verzweiflung der Welt zu liegen schien. »Der Teufel soll ihn holen, ja. Er hat mir ein Kind gemacht. Es wäre niemals auf die Welt gekommen, hätte ich gewusst, dass es seines ist!«

»Du dachtest, es wäre von Carlo, nicht wahr?«

Sie gab keine Antwort, doch das war auch nicht nötig. Er las die bittere Wahrheit in ihren Augen. Sie hatte mit hohem Einsatz gespielt und alles verloren. Mit diesem Kind hatte sie den Mann an sich binden wollen, den sie liebte, doch es war anders gekommen.

»Als Angelica weg war, bestand Eugenia darauf, dass Querini sie aus dem Kloster holte. Sie wusste, was ihr sonst bevorsteht.« Antonio spann in Gedanken die logische Reihenfolge der weiteren Ereignisse fort. Wie alle anderen Nonnen hatte Eugenia Querini damit gerechnet, dass die Zeiten, in denen den Frauen im Kloster noch gewisse Freiheiten eingeräumt waren, bald vorbei wären. Und so war es dann ja auch tatsächlich gekommen. Die strengen Klausurgesetze verbannten die Nonnen unter schwerster Strafandrohung für alle Zeiten hinter die Klostermauern. Keine Freizügigkeiten mehr, keine heimlichen Ausflüge zum Karneval oder zu anderen Geselligkeiten. Eugenia Querini wäre nie mehr hinausgekommen, und das hatte sie genau gewusst.

»Natürlich wollte sie nicht lebendig begraben sein«, stimmte Valeria zu. »Wer will das schon.« Ihre Stimme war mittlerweile so leise, dass Antonio sich zu ihr beugen musste, um alles zu verstehen. »Aber Marcello gegenüber stellte sie es anders dar. Sie behauptete, sie wolle zu ihrem Kind. Ihrem Sohn, ihrem Fleisch und Blut. Marcello kaufte ihr die plötzliche Mutterliebe nicht ab, schließlich hatte sie all die Jahre problemlos auf Zuane verzichten können. Als all ihr Gebettel nichts fruchtete, verlegte sie sich auf Erpressung. Entweder sie dürfe nach Hause, oder aber sie würde Zuane erzählen, dass er ein in Blutschande gezeugtes Kind ist.«

»Querini hat nachgegeben und sie aus dem Kloster nach Hause geholt«, stellte Antonio fest. »Bleibt nur die Frage, ob er es tat, weil er Zuane liebt und ihn vor diesem schrecklichen Wissen verschonen wollte, oder eher deswegen, weil er fürchtete, dass es womöglich in der Stadt die Runde machte und er als Prokurator dann schlecht dastünde.«

»Zuzutrauen ist ihm beides«, murmelte Valeria. »Aber welche Rolle spielt das jetzt noch.«

»Warum hast du ihn geheiratet?«

Sie deutete auf die Wiege und holte Luft, bevor sie mühsam weitersprach, mit langen Pausen zwischen den einzelnen Sätzen. »Nachdem der Kleine auf der Welt war, schien es mir das Beste. Marcello ist Zuane immer ein guter Vater gewesen, das gab für mich den Ausschlag.« Sie blickte ihn an. »Wenn du wählen könntest, ob du lieber das im Sumpf der Sünde aufwachsende Kind einer Kurtisane wärst oder aber der geachtete und umsorgte Erbe eines ehrbaren Prokurators – wie würdest du dich wohl entscheiden?«

Er erkannte die Verzweiflung in ihren Augen. Achselzuckend erwiderte er ihren Blick. »Ich kann es dir nicht sagen, Valeria. Sicher hast du das Beste für dein Kind getan. Aber für dich?«

»Oh, Marcello hat mir anheimgestellt, zu gehen.« Sie gab ein ersticktes Lachen von sich. Ihre trockenen Lippen platzten auf, und weiteres Blut befleckte ihren Mund. »Er zwingt mich keineswegs, als seine Frau mit ihm unter einem Dach zu wohnen. Schließlich war gleich das erste Kind ein Junge. Er hat nun endlich seinen ehelichen Sohn, einen legitimen Erben. Sein Lebenswunsch hat sich erfüllt. Ich kann verschwinden, wenn ich will. Kann leben, wo ich will. Nur natürlich nicht mehr als Hure, das würde er nicht dulden.«

Antonio ging zu der Wiege und schaute hinein. Er wusste nicht, was er erwartet hatte, aber er war dennoch überrascht, als das Kind ihn mit offenen Augen anschaute. Die fuchtelnden Ärmchen des Säuglings bewegten sich in seine Richtung, als wolle der Kleine auf sich aufmerksam machen.

Antonio räusperte sich. »Wie alt ist er?«

»Zwei Monate.«

»Er ist unverkennbar dein Sohn.«

»Und der von Marcello.«

Das war nicht nur so dahingesagt. Die milchig helle Haut, der weißblonde Flaum, der das Köpfchen bedeckte, die himmelblauen Augen – kein Mensch hätte je auf den Gedanken verfallen können, ein Mohr sei der Vater des Kindes.

»Ich hatte gehofft, er hätte dunkles Haar und braune Haut«, kam es vom Bett. Valeria hatte sich auf einen Ellbogen gestützt und blickte ihn aus blutunterlaufenen Augen an. »Ich habe es mir so sehr gewünscht!«

»Hör auf, dich deswegen zu grämen, das führt zu nichts. Akzeptiere es so, wie es ist, und werde gesund.«

»Dass es vom falschen Vater stammt, ist nicht einmal das Schlimmste. Viel ärger ist, dass das Kind mich hässlich gemacht hat. Meine Brüste hängen, mein Bauch ist wulstig und voller Narben. Zwischen den Beinen bin ich bei der Geburt zerrissen, es tut immer noch weh wie die Hölle. Bis vor kurzem konnte ich nicht sitzen. Außerdem litt ich an Wochenbettfieber und wäre fast gestorben.« Valeria fing an zu weinen, mit unheimlichen, fast lautlosen Schluchzern. »Und kaum fange ich an, mich wieder halbwegs menschlich zu fühlen, werde ich erneut krank! Und diesmal, das weiß ich genau, werde ich sterben.«

»Die Krankheit geht vorbei«, meinte Antonio beschwichtigend. »Du wirst dich bald besser fühlen. Dann sieht die Welt wieder ganz anders aus.«

»Du hast doch keine Ahnung!« Ihr Kopf fiel zur Seite. »Nichts weißt du. Nichts. Dir ist doch immer alles nach Plan geraten, Antonio Bragadin.«

Mitleid erfasste ihn, aber er wusste nicht, was er noch sagen sollte. Aus ihrem Elend würde er sie ohnehin nicht befreien können. Das konnte nur sie selbst schaffen.

»Wo ist er überhaupt? Carlo, meine ich.«

Valeria wandte ihm ihr bleiches Gesicht zu. »Ich habe ihn seit Monaten nicht gesehen.«

»Seit wann genau?«

»Seit … der Geburt. Er verschwand gleich danach.« Sie holte mühsam Luft. »Du weißt ja, wie er ist.« Sie hatte aufgehört zu weinen, doch ihr war deutlich anzumerken, welche Kraft sie die Unterhaltung kostete. »Carlo ist überall und nirgends. Er ist ein Meister des Versteckens und Verschwindens. Er taucht auf wie ein Schatten, und ebenso schnell ist er wieder fort.«

»Es gibt wichtige Geschäfte, in die ich ihn einweihen will. Falls du ihn siehst oder von ihm hörst – richte ihm bitte aus, dass er zu mir kommen soll.« Er zögerte. »Hast du von Cattaneo gehört?«

»Nein, nichts. Aber keine Sorge. Sollte ich erfahren, wo er sich aufhält, wirst du der Erste sein, den ich informiere.«

»Irgendwann wird er zurückkommen. Und dann wird er durch meine Hand sterben. Es sei denn, Carlo ist schneller.«

Sie sagte nichts dazu, sondern schloss erschöpft die Augen. Antonio fürchtete, dass sie einschlafen könnte, bevor er ihr die eine wichtige Frage stellen konnte, deretwegen er hergekommen war.

Das Kind fing wieder an zu weinen, doch das schien Valeria nicht zu kümmern. Ratlos stand Antonio vor dem schreienden Säugling und überlegte gerade, ob er nicht besser sofort losmarschieren sollte, um eine Amme zu suchen, als Moresina endlich eintraf. Außer Atem kam sie ins Zimmer geeilt und nahm das Kind aus der Wiege. »Mein Kleiner, mein armer Liebling, ich bin wieder hier! Und ich habe eine Amme mitgebracht, die beste Amme von Venedig! Sie heißt Lodovica und hat schon hunderte von Kindern gestillt! Jetzt wird alles gut, du wirst sehen!«

Mit missfälliger Miene wandte sie sich Antonio zu. »Ihr solltet jetzt sofort gehen, Messèr Bragadin. Lodovica muss das Kind stillen.« Sie deutete auf eine dickliche Frau, die in der offenen Tür stand und einfältig grinsend vor sich hin summte. Ihr fehlten etliche Zähne, und das Haar hing ihr in struppigen Büscheln unter der Haube hervor. Als sie den Säugling sah, leuchteten ihre Augen in stiller Freude auf. Sie mochte schwachsinnig sein, aber offenbar ging sie in ihrem Beruf auf.

»Kann sie es nicht woanders stillen? Mein Gespräch mit Monna Valeria ist noch nicht beendet.«

Die Magd betrachtete ihn mit kaum verhohlener Empörung. »Es schickt sich nicht, wenn Ihr mit der Frau des Prokurators in dessen Schlafgemach allein seid! Außerdem wird der Medicus gleich eintreffen!«

Antonio erwiderte ihren Blick unverwandt. »Hinaus.«

Sein Ton war von der Art, die sogar so hartgesottene Veteranen wie Raffaele und Ippolito schon vor Jahren dazu gebracht hatte, widerspruchslos einzulenken. Ohne weitere Einwände eilte Moresina aus dem Gemach, das Kind in den Armen und die Amme im Schlepptau, die beim Verlassen des Raums einen säuerlichen Geruch nach geronnener Milch und altem Schweiß hinter sich herzog. Auch vom Bett her stank es, nach Blut und schwerer Krankheit. Antonio riss die Fenster zur Loggia auf und zog in tiefen Zügen die Luft ein, die vom Kanal hochstieg. Auch diese roch nicht sonderlich frisch, sondern nach einer Mischung aus Algen, Fisch und Fäulnis, aber allemal besser als der erstickende Dunst, der mit einem Mal das Zimmer vom Boden bis zur Decke zu erfüllen schien.

»Valeria, hast du gewusst, dass Querinis Frau Angelica noch lebt?«

Zuerst glaubte er, sie würde nicht auf die Frage antworten, weil sie schon eingeschlafen war. Doch dann öffnete sie die

Augen einen Spaltbreit und gab ein Murmeln von sich. Er neigte sich über das Bett, um sie verstehen zu können. »Was hast du gesagt?«, fragte er.

»Inzwischen ist sie tot.«

»Bist du ganz sicher?«

Sie nickte kaum merklich.

»Wann ist sie gestorben?«

»Kurz vor unserer Hochzeit, war das nicht passend?« Sie meinte es zweifellos ironisch, doch durch das Fieber war ihre Stimme so tonlos, dass es nach einer schlichten Feststellung klang.

»Wo war sie die ganze Zeit?«, fragte Antonio.

Sie flüsterte abermals, und wieder musste er sich näher zu ihr beugen und sie bitten, die Worte zu wiederholen. Ihre Antwort erreichte sein Ohr nur als schwacher Hauch, doch diesmal hatte er es verstanden. Es war das Letzte, was sie von sich gab, bevor das Fieber sie in einen unruhigen Schlummer sinken ließ.

Antonio richtete sich auf, von kaltem Schrecken erfüllt. Er eilte aus dem Gemach und dann nach unten, um so rasch wie möglich das Haus zu verlassen. Erst als er in seiner Gondel stand und mit beiden Händen das Ruder umklammerte, konnte er wieder freier atmen. Er hatte erfahren, was er wissen wollte, doch ihm war klar, dass er mit niemandem darüber sprechen konnte.

»Warum hast du sie nicht nach dem Namen des Kindes gefragt?«, wollte Laura wissen.

Antonio furchte irritiert die Stirn. »Ich habe es vergessen.« Er schüttelte den Kopf. »Nein, das stimmt nicht. Ich habe einfach nicht dran gedacht.«

»Das finde ich sehr nachlässig. Du hättest danach fragen müssen. Schließlich war sie einmal unsere … Freundin.« Laura wirkte erschöpft, wie sie so dasaß, die Beine unter sich gezogen und die Arme um den Leib geschlungen. Anscheinend war ihr

Tag nicht weniger aufreibend gewesen als seiner. Er wusste, dass sie schon sehr früh aufgestanden war, um alles für die Ankunft des Apothekers vorzubereiten. Es verstimmte ihn, dass sie ihm vorher nichts davon erzählt hatte, denn dann hätte er sich selbst darum kümmern können.

»Ich habe eben nicht dran gedacht«, wiederholte er ungeduldig. »Was schert es mich, wie das Kind einer Kurtisane heißt!« Tatsächlich hatte er deswegen ein schlechtes Gewissen. Valeria hatte ihm eine Weile nah genug gestanden, und es hatte sogar eine Zeit gegeben, da er sie mit der ganzen Kraft seines Herzens begehrt hatte. Das mochte lange her sein, aber er erinnerte sich noch sehr gut daran, genau wie an die gemeinsamen Jahre in der stinkenden kleinen Kammer am Corte Cavallo. Es war nicht recht, dass er so wenig Anteil an Valerias Schicksal nahm. Nach dem Namen ihres Sohnes zu fragen wäre das Mindeste an Höflichkeit gewesen.

»Ich werde es nachholen«, versprach er seiner Frau. »Und wenn du willst, besorge ich auch ein Taufgeschenk.«

Laura nickte wortlos. Ihr Gesicht war blass, ihre Miene verschlossen. Er fragte sich unwillkürlich, ob sie ihm seine Behauptung glaubte, dass er nichts Neues erfahren habe. Laura hätte ein Recht darauf gehabt, die Wahrheit zu hören. Doch er konnte es ihr nicht sagen, um keinen Preis der Welt. Sie würde weiter mit den Ungewissheiten ihrer Vergangenheit leben müssen. Aber dafür war er bei ihr und konnte sie beschützen, vor allem, was noch geschehen mochte.

Sein Herz zog sich zusammen vor Zärtlichkeit und Sehnsucht, und ohne weiter nachzudenken, stand er aus dem Lehnstuhl auf und trat zu ihr.

»Laura.« Er legte seine Hände auf ihre Schultern und drückte sie behutsam. Am liebsten hätte er sie in die Arme genommen, um sie und das Kind in ihrem Leib vor allen Unwägbarkeiten zu bewahren. Vielleicht aber auch, um selbst Trost und Wärme zu finden. Als er nach seinem Besuch in der Ca' Querini nochmals in sein Kontor zurückgekehrt war, um wichtige Frachtpapiere zusammenzustellen, war ein Bote mit einer schlechten Nachricht eingetroffen. Ein Schiff auf dem Weg von Syrien nach Kreta war bei einem Angriff der Osmanen gesunken, vollbeladen mit Seide und Gewürzen. Er war nur zum Teil an dieser Muda beteiligt, doch der Verlust war bitter. Er hatte den erwarteten Gewinn in die Maklerstelle stecken wollen, die er beim Consiglio hatte erwerben wollen. Nun musste er damit warten, bis das nächste Schiff einlief, eine Fracht aus Antwerpen, wo er einem weiteren Konsortium beigetreten war. Das konnte noch bis zum Ende des Jahres dauern. Bis sich die Wollgeschäfte, die er in London geschlossen hatte, auszahlen würden, musste er sich noch länger gedulden, voraussichtlich bis zum nächsten Frühjahr. Die Alaunlieferungen waren wegen des Krieges ins Stocken geraten, und daran konnten nicht einmal bestens bewaffnete Geleitzüge etwas ändern. Kaiserliche Truppen kontrollierten die Transportwege; über Land kam kaum noch eine Maus durch, geschweige denn eine Karawane. Gehandelt wurde fast nur noch per Schiff.

Vor den bogenförmigen Fenstern zog die Abenddämmerung herauf. Antonio und Laura hatten ihr Nachtmahl gemeinsam eingenommen, ohne die anderen, die schon früher gegessen hatten. Teller mit Speiseresten und eine halb geleerte Weinkaraffe standen noch auf dem Tisch, daneben eine flackernde Kerze, die den Raum in ein unruhiges Licht tauchte.

Antonio spürte beim Massieren von Lauras Schultern, wie verspannt sie war. Er ging hinüber zum Tisch und schenkte eine großzügig bemessene Portion Malvasier ein. »Hier, das wird dir guttun.«

Folgsam trank sie einen Schluck, doch es schien ihr nicht zu schmecken. Antonio nahm ihr den Becher ab, stellte ihn zurück auf den Tisch und kleidete sich mit bedächtigen Bewegungen aus. Sie warf ihm einen unsicheren Blick von der Seite zu und schaute dann rasch wieder fort. Er ergriff ihre Hand und zog sie vom Sessel hoch. »Komm.«

»Wohin?«

»Ins Bett.«

»Ach, Antonio, ich möchte nicht …«

»Nicht, was du denkst. Ich will dich einfach nur halten. Mich mit dir hinlegen und dich umarmen, bis wir einschlafen. Zeit fürs Bett ist es ohnehin.«

Er setzte sich auf den Sessel, zog sie zwischen seine Schenkel und begann, sie vorsichtig auszuziehen. Sie senkte den Kopf und versteifte sich ein wenig, als er nach den Schnüren ihrer Gamurra griff.

»Weißt du, ich habe dich heute sehr vermisst«, meinte er mit ruhiger Stimme, während er sanft die Verschlüsse aufknüpfte und ihr das Kleid abstreifte.

»Du warst doch nur den Tag über fort«, widersprach sie. »Es gab Zeiten, da du für Monate verschwunden warst.« Ihre Stimme klang betont gleichgültig, aber er hörte deutlich das leise Zittern heraus.

Er löste die Bänder ihres Unterkleides und flocht dann ihr Haar auf. »Wenn ich lange weg war, habe ich dich nicht weniger vermisst, doch die Umstände waren nicht dieselben. Heute war es ganz anders. Es war ein eigenartiges Gefühl. Ich musste mit einer solchen Sehnsucht an dich denken, als wärst du nicht in derselben Stadt wie ich, sondern am anderen Ende der Welt. Bis zum Abend kam der Tag mir endlos vor.«

»Du hast recht. Manchmal können wenige Stunden sich zu einer Ewigkeit dehnen, und man fürchtet, sie gehen nie vorbei.« Sie holte Luft, als das Hemd mit einem seidigen Rascheln von ihren Schultern rutschte und sie gleich darauf nackt und mit aufgelöstem Haar vor ihm stand. Nicht nur ihre Stimme bebte, sondern auch ihr Körper. Doch ihm war klar, dass sie nicht fror, denn es war trotz der geöffneten Fenster erstickend heiß im Zimmer. Erst jetzt erkannte er, wie groß die Anspannung, unter der sie stand, wirklich war.

»Laura«, sagte er leise. »Du hast Angst, nicht wahr?«

Sie nickte stumm, und zu seiner Bestürzung fing sie an zu weinen. Er zog sie in die Arme und ließ sich mit ihr auf das Bett niedersinken. Die Wärme seines Körpers schien nicht zu reichen, um ihrem Zittern Einhalt zu gebieten, deshalb zog er eines der Laken über sie beide. Sie kroch in die Höhlung seines Leibes und schmiegte sich an ihn, Haut an Haut, ihre Gliedmaßen eng um die seinen geschlungen. Er sog tief ihren weiblichen Duft ein und fuhr mit der Hand an ihrem Körper hinab, über ihre Flanke nach vorn zu ihrem Bauch, unter dessen zunehmender Wölbung sein Kind heranwuchs. Er streichelte sie dort zärtlich und hielt sie mit dem anderen Arm weiter an sich gedrückt, bis ihr Schluchzen allmählich verklang. Er streichelte ihren Rücken, ihr Haar, ihre Schultern und dann wieder ihren Bauch. Schließlich schlang er beide Arme um sie und hielt sie einfach nur fest.

»Ich bin hier«, murmelte er. »Hab keine Angst. Ich werde dich nicht verlassen, bis das Kind da ist. Ein ganzes Jahr, von jetzt an, werde ich in Venedig bleiben. Bei dir.« Der Entschluss war spontan gekommen. Die geplante Reise nach Kairo würde ausfallen, jedenfalls in diesem Jahr. Rumort hatte es schon vorher in ihm, vielleicht sogar schon vor dem Anblick, den Valeria ihm geboten hatte, fiebernd und hilflos, während ihr Sohn hungrig in der Wiege schrie. Niemand war bei ihr gewesen, als es ihr schlecht ging, nicht einmal Querini, der sich Antonio stets als Übermensch in Sachen Pflichtbewusstsein und elterlicher Fürsorge präsentiert hatte. Allein die Vorstellung, es könnten sich Umstände ergeben, die ihn selbst davon abhalten mochten, Laura in einer vergleichbaren Lage beizustehen, ließ ihn sich fühlen wie ein Tier im Käfig. Er hatte begriffen, dass es an ihm lag, ob dergleichen geschehen konnte oder nicht.

Laura hob den Kopf. Ihre Augen waren verhangen und dunkel vom Weinen. »Schwöre es«, wisperte sie.

»Ich schwöre«, gab er ruhig zurück.

Im Licht der einzigen Kerze, die noch auf dem Tisch brannte, zeichneten sich die Sommersprossen wie samtiger Goldstaub auf der Haut ihres Gesichts ab. Die vorwitzig geschwungene Spitze, in der ihr Haaransatz über der Stirn auslief, ließ sie wie eine Elfe wirken, unter deren Vorfahren ein Faun gewesen war.

Der dichte Kranz ihrer Wimpern warf Schatten auf ihre Wangen und verdeckte beinahe die Tränenspuren.

Mit einem Mal erinnerte er sich an jenen Tag, als er sie mit auf den Campanile genommen hatte. Er hatte sie Lauro genannt, und sie hatte ihn dafür gescholten, doch schon damals, als er sie im Sonnenlicht betrachtet hatte, war dieses besondere Gefühl in ihm aufgekeimt, das ihn für immer an sie geschmiedet hatte. Ihm war, als wären sie beide Teile derselben Seele, zueinandergehörig auf allen Ebenen ihres Seins, für alle Zeiten und darüber hinaus.

Begierde flammte in ihm auf, er konnte nichts dagegen tun. Ihren nackten Körper frei von Lust in den Armen zu halten war ihm nicht gegeben. Aber er konnte sie ohne erotische Absichten berühren, sie sanft liebkosen und ihr die Geborgenheit geben, die sie brauchte.

»Möchtest du über deine Ängste sprechen?«, fragte er leise, den Mund an ihrer Stirn.

Sie zuckte zusammen bei seiner Frage. Der Gedanke, ihre Furcht in Worte zu kleiden, schien sie zusätzlich zu verstören.

»Vielleicht hilft es«, sagte er. »Manchmal verliert die Angst ihren Stachel, wenn man ihr auf diese Weise ins Gesicht schaut.«

»Tust du das? Ich meine, deiner Angst ins Gesicht schauen.«

Er dachte kurz nach. »Oft, ja. Manchmal bleibt nichts anderes übrig.« Er lachte leise. »Zum Beispiel, wenn eine Horde berittener Osmanen auf einen zudonnert, bis an die Zähne bewaffnet. Stell es dir so vor: Ein blinkender Wald aus Krummsäbeln kommt näher, und es gibt keinen Ausweg. Nur die Flucht nach vorn. In den Kampf.«

»Und wenn es das Schicksal selbst ist, von dem die Gefahr ausgeht? Wie willst du dagegen kämpfen?«

Er unterdrückte ein Seufzen. »Mein Liebes, deine Vorahnungen in allen Ehren, aber es sind immer Menschen, von denen die Gefahr ausgeht. Und gegen Menschen kann man kämpfen. Man muss sich nur bereithalten und sich ihnen mutig entgegenstellen.«

»Gefahr kann auch woanders herkommen. Es gibt Stürme und Missernten und Krankheiten.« Sie holte Luft. »Damals, als Matteo geboren wurde … Meine Mutter starb im Kindbett. Und ich habe es vorher geahnt. Ich sah einen Schatten über ihr liegen. Natürlich nicht wirklich, sondern im übertragenen Sinne. Etwas, das dunkel und todbringend war.«

»Ich weiß, du hast mir davon erzählt. Auch dass es für Matteo eine Amme gab.« Er erkannte die günstige Gelegenheit, Laura von ihren düsteren Gedanken abzulenken. »Ich habe sie heute übrigens gesehen. Querinis Magd schleppte sie an, sie sollte Valerias Sohn stillen.«

Sie fuhr auf. »Lodovica? Das glaube ich nicht!«

»Doch«, meinte er mit schwachem Grinsen. »Es sei denn, es gäbe noch eine, die genauso heißt und so aussieht, wie du sie mir beschrieben hast.«

Laura schüttelte den Kopf. »Das ist eigenartig. Es kommt mir vor, als würde sich hier ein Kreis schließen.« Nachdenklich fügte sie hinzu: »Mir ist heute nämlich noch etwas anderes Merkwürdiges passiert. Ich war mit Matteo auf dem Friedhof, und dort begegnete ich ebenfalls jemandem aus meiner Kindheit. Monna Pippa. Du weißt schon, die Frau, deren Familie vorher dieses Haus hier gehörte. Ihr Mann und ihre Söhne liegen auf demselben Friedhof begraben wie meine Eltern, das hatte ich gar nicht gewusst.« Sie hielt inne. »Nun ja, ich gebe zu, so oft gehe ich nicht hin.«

»Was hat sie gesagt?«

Laura zuckte die Achseln. »Sie hat mich geschmäht und verflucht.«

Antonio atmete verärgert aus. »Dieses Weib werde ich …«

»Ach, nicht doch. Sie ist vom Schicksal gebeutelt und hat für alles, was sie meinen Eltern und mir je antat, teuer bezahlt. Aber das meinte ich gar nicht. Sie hat mir gewiss keine Angst eingejagt. Es war eher so, dass das, was sie sagte, meine Furcht bestätigte.«

»Was sagte sie denn?«

»Sie sagte, dass bald die eisige Hand des Todes auch nach meiner Familie greifen wird.«

Antonio ließ einen gotteslästerlichen Fluch hören. Rasch berührte er seinen Anhänger, als er den Ausrutscher bemerkte, doch in Gedanken fluchte er inbrünstig weiter.

»Sie hatte recht, weißt du«, sagte Laura. »Ich spüre es ja. Es ist dasselbe Gefühl wie damals bei meinen Eltern. Und in Padua, in jener Nacht, als die Soldaten Veronica und Isacco töteten.«

»Du hast das Gefühl aber auch schon gehabt, ohne dass das Schlimmste eintraf. So wie damals, als du vor Cattaneo geflohen bist, bevor er dich und Matteo seiner schaurigen Sammlung einverleiben konnte. Oder an dem Tag, als er uns beide erledigen wollte, an der Rialtobrücke. Beide Male hast du Mut bewiesen und gehandelt, und das hat dich gerettet.« Er drückte sie fester an sich, um seinen Worten Nachdruck zu verleihen. »Du siehst also, auch wenn man Grässliches vorausahnt – es muss sich keineswegs bewahrheiten. Indem du dem Üblen beherzt entgegentrittst, kannst du durchaus das Schicksal zu deinen Gunsten wenden.« Er deutete mit dem Daumen auf das Schwertgehenk, das über einem Schemel lag. »Da du jetzt für geraume Zeit dieses gute Stück in deiner Nähe haben wirst und mich als kampfbereiten Recken gleich dazu, solltest du wegen irgendwelcher dunklen Schicksalsdrohungen nicht verzagen.«

Sie kicherte leise. Sofort wich ein enormer Druck von ihm, und Erleichterung breitete sich in ihm aus. »Siehst du«, sagte er. »Es hilft *doch*, darüber zu reden!«

Ein lang gezogener Seufzer entwich ihr. »Ich glaube, du hast recht. Es hat mir gut getan. Ich fühle mich wesentlich besser als vorher. Das auf jeden Fall. Ich danke dir.«

»Gern geschehen«, brummte er, die Lippen an ihrer Schläfe. Sie roch köstlich nach Flieder und Rosen und anderem Blumenkram, den sie in die Mittelchen mischte, mit denen sie ihr Haar und ihren Körper wusch. Zum Glück bekam er von den fertigen Düften keine Niesanfälle.

»Antonio, sagte ich dir schon, dass ich dich liebe?«

»Dergleichen hörte ich lange nicht«, gab er prompt zurück.

»Ich meine, ich hätte es erst gestern gesagt, aber hiermit wiederhole ich es. Ich liebe dich.«

Er grinste.

»Hast du nichts dazu zu sagen?«, erkundigte sie sich mit leisem Missfallen in der Stimme.

»Doch.« Sein Grinsen wurde breiter. »Das trifft sich gut.«

Sie schob sich an seinem Körper hoch und stützte sich auf seiner Brust auf. »Was meinst du damit?«

»Natürlich, dass ich dich ebenfalls liebe.«

»Das kam gerade noch rechtzeitig«, erklärte sie mit hochgezogenen Brauen.

»Rechtzeitig wofür?«

Sie stemmte sich hoch und setzte sich mit gespreizten Beinen auf ihn. »Rate.«

Ihre Augen funkelten, und ihr Haar wallte wie flüssiges Feuer um ihre Schultern und über ihren Oberkörper. Antonio streifte es mit einer nachlässigen Handbewegung zur Seite, um ihre Brüste betrachten zu können. Durch die Schwangerschaft waren sie noch üppiger als früher, in seinen Augen ein bemerkenswerter Anblick, zumal sie schon vorher auf diesem Gebiet durchaus einiges zu bieten gehabt hatte. Er spürte die Hitze ihrer Erregung und nahm den Geruch ihrer Weiblichkeit wahr. Feucht und bereit drängte sie sich gegen sein hartes Glied, und während er ihre Hüften umfasste, um mit einem tiefen, gleitenden Stoß in sie einzudringen, fragte er sich flüchtig, ob sie wohl durch das Kind hässlich werden würde. Es ging ihm dabei nicht darum, dass er sich vor Veränderungen ihres Körpers fürchtete, sondern dass sie womöglich darunter leiden würde, so wie Valeria. Er wusste, dass Schwangerschaften den weiblichen Körper zeichneten und dass Laura nach der Geburt vielleicht nicht mehr so aussehen würde wie zuvor. Dennoch war er überzeugt, dass er nicht aufhören würde, sie zu begehren, mochten ihre Brüste auch irgendwann hängen und ihr Fleisch narbig werden.

Und er würde es ihr bei jeder Gelegenheit beweisen, sodass sie gar nicht erst anfangen konnte, sich ihres Körpers zu schämen. Er überlegte, ob er es ihr sagen sollte, doch dann fand er den Gedanken absurd, denn noch nie im Leben war sie ihm herrlicher erschienen als gerade jetzt. Er schaute sie an und erlebte dabei einen Moment höchster Klarsichtigkeit. Mit einem Mal wusste er ohne jeden Zweifel, dass sie für ihn immer schön sein würde.

Laura wachte im Morgengrauen auf, ohne dass sie hätte sagen können, was sie geweckt hatte.

Schweigend genoss sie die Wärme von Antonios Körper. Sie atmete seinen Geruch ein, der sich nun mit dem ihren mischte, Zeugnis einer langen Nacht, in der sie sich geliebt hatten, als gäbe es kein Morgen. Sein Profil neben ihr war ein schwacher Umriss, dunkel im Zwielicht des Zimmers. Die kühn gebogene Nase, das energische Kinn. Das zerzauste Haar, die Flächen seiner Schulter und des Oberarms, mit denen er sie von allem abzuschirmen schien, was sich außerhalb des Bettes befand.

Sie bemühte sich, ihn so wenig wie möglich zu stören, während sie aus dem Bett schlüpfte. Er murmelte etwas vor sich hin, drehte sich auf die andere Seite und schlief weiter. Laura lächelte, als sie sein leises Schnarchen hörte.

Im Haus war es noch still; weder die Küchenmagd war auf noch Mansuetta, die meist beide bereits beim ersten Hahnenschrei ihr Tagwerk begannen. Doch noch hatte kein Hahn gekräht, die Glocken hatten noch nicht zur Prim geläutet, und bis zum Sonnenaufgang würde es noch eine Weile dauern. Es war jedoch nicht mehr ganz dunkel; vor den offenen Fenstern war bereits jener matte Dunst aufgestiegen, in den sich eine Ahnung von Morgenröte mischte, erhellt vom Licht des Horizonts, hinter dessen Rändern sich bald der Tag erheben würde. Nebel lag draußen über dem Kanal, und in den tiefen Schatten entlang seiner Ufer versteckten sich noch die Winkel der Gassen und die Stufen der Fondamenta.

Laura stand am offenen Fenster und blickte hinaus. Hier und da war vereinzeltes Vogelgezwitscher zu hören, leise und zögernd, als wäre der Tag noch zu fern, um ihn zu begrüßen. Unten auf dem Kanal trieb ein Boot vorbei, vorwärtsgestakt von dem Gondoliere, dessen Gesicht im Licht der auf dem Rumpf befestigten Laterne dämonisch wirkte. Als er auf Höhe des Hauses war, war zu hören, dass er ein kleines Liedchen auf den Lippen hatte, leise und traurig wie die verschwimmenden Schatten, die noch von der Nacht übrig waren. Als spürte der Mann, dass er beobachtet wurde, schaute er an der Fassade des Palazzo hoch und sah sie am Fenster stehen. Ein Lächeln spielte um seinen Mund, und für einen Moment war sein Gesicht hell und froh.

Es schien fast, als habe er mit diesem Lächeln endgültig den Beginn des Tages freigegeben, denn mit einem Mal mehrten sich allenthalben die Anzeichen von Geschäftigkeit. Auf der gegenüberliegenden Fondamenta tauchten zwei Frauen auf. Sie trugen Kübel, um an der Zisterne, die sich mitten auf dem Campo befand, Wasser zu schöpfen. Aus der Ferne war nun auch der erste Hahnenschrei zu hören, und gleich darauf ein zweiter, als hätte dieser Morgenbote nur darauf gewartet, dass jemand den Anfang machte.

Aus dem Untergeschoss drangen Geräusche herauf, an denen erkennbar war, dass entweder die Köchin aufgestanden war oder Mansuetta, die meist genauso früh ihren Tag begann. Aus Richtung des Abtritts war ein Türenschlagen zu hören, und kurz darauf ertönte aus der Küche das Geklapper von Töpfen.

Mansuetta hatte ebenso wie die Magd ihre Schlafkammer im *Mezzà*, da sie von dort aus am wenigsten Treppen steigen musste. Die übrigen Bewohner verteilten sich auf die beiden oberen Stockwerke. Laura und Antonio unterhielten ihre Räume im Piano nobile, so wie es sich für Herrn und Herrin des Hauses geziemte. Das darüber befindliche Stockwerk war über eine eigene Außentreppe zu erreichen; dort hatten Matteo, Piero Fioravante und Raffaele Correggio ihre Schlafkammern. Außerdem waren oben auch die Zwillinge untergebracht. Sie waren Anfang des Jahres eingezogen, als Laura und Antonio zu ihrer Reise aufgebrochen waren. Antonio hatte darauf bestanden; er legte Wert darauf, dass sein Haus und seine Familie während seiner Abwesenheit gut geschützt waren.

Der Anbau, in dem Laura früher mit ihren Eltern gelebt hatte, stand leer. Antonio plante die Einrichtung zusätzlicher Lagerräume für wertvolle Leder- und Seidenfrachten, deren Aufbewahrung ihm in den Magazinen am Rialto oder an den Kais nicht sicher genug erschien. Außerdem wollte er sein Kontor hierher verlegen, was ihm überflüssige Wege und Kosten ersparen würde.

Laura lauschte mit zur Seite geneigtem Kopf den Geräuschen des erwachenden Tages. Sie ließ die Wahrnehmungen auf sich einströmen, die Gerüche von draußen und drinnen, das Gefühl von Nachtkühle auf der Haut, die Glätte des Terrazzobodens unter ihren nackten Fußsohlen. Mit geschlossenen Augen und für einige wenige Augenblicke tat sie so, als wäre alles in bester Ordnung.

Ja, alles hätte gut sein können. Sie hatten ihr Leben bestellt, und sie hatten ihre Sache gut gemacht. Mit Gottes Hilfe, einer Menge Glück und einer ordentlichen Portion Tüchtigkeit war es ihnen gelungen, sich aus Elend, Hunger und Verzweiflung nach oben zu kämpfen. Sie hatten ihren Platz gefunden.

Laura öffnete die Augen wieder. Antonio hatte sich getäuscht, sosehr sie ihm auch hatte glauben wollen. Das Unheil hatte seinen Weg hierher genommen, und es begann, sich herabzusenken. Sie war in dem Bewusstsein aufgewacht, dass heute der Tag war, an dem sich ihre Vorahnungen erfüllen sollten.

»Du musst gehen«, flüsterte Mansuetta. Sie schob sich dicht an Giovannis nackten Körper, küsste ihn auf den Nacken und rüttelte ihn dann sacht an der Schulter. Er regte sich stöhnend und machte eine abwehrende Bewegung mit der

Hand, bevor er widerstrebend das heile Auge öffnete und ins matte Dämmerlicht blinzelte.

»Die Küchenmagd ist aufgestanden, es wird Zeit«, fügte sie hinzu.

Er gab einen gemurmelten Fluch von sich. »Heute ist Sonntag. Da sollte ein Mann, der jeden Morgen mit den Hähnen aufsteht, ein bisschen länger liegen bleiben dürfen.«

»Nun mach schon, sonst sieht dich noch jemand!«

»Und wenn schon«, gab er zurück. »Wir tun nichts Böses.«

Sie setzte sich auf und zog sich ein Laken vor die Brust, bevor sie aufstand, um sich in einer Ecke des Zimmers hastig anzukleiden. Sie genierte sich immer noch, sich ihm nackt zu zeigen, obwohl er häufig sagte, wie schön er sie fand.

Ihr Gesicht kannte er schon länger, in dem Punkt war sie ihm natürlich vertraut. Was ihren Körper betraf, so lag die Sache anders. Auf den ersten Blick und aus einer bestimmten Perspektive heraus mochte er wie ein normaler, schlanker Frauenkörper wirken, mit vollen Brüsten, schmaler Taille und runden Hinterbacken. Doch sobald sie sich bewegte und drehte, war unweigerlich zu sehen, dass sie hinkte und dass ihre Hüfte verkrüppelt war. Gemessen an Giovannis Behinderungen mochte das nicht gar so schrecklich sein, aber sie hatte immer noch Schwierigkeiten damit, vor seinen Augen natürlich aufzutreten. Genauer, sich ihm so zu zeigen, wie Gott sie geschaffen hatte.

Sie bestand stets darauf, die Kerzen zu löschen, bevor sie zusammenkamen. Im Dunkeln konnte sie sich vorstellen, wirklich schön zu sein. Und wenn er sie in seinen Armen hielt, fiel es ihr sogar überraschend leicht, denn sein Verlangen nach ihr kannte keine Grenzen, und umgekehrt war es ebenso. Sie fieberte förmlich diesen köstlichen Nächten entgegen, und in den Stunden, die sie darauf wartete, entfaltete sich die Welt um sie herum in einem ungewohnten, strahlend bunten Glanz. Sie war noch nie so glücklich gewesen.

Giovanni hatte sich ebenfalls aus dem Bett gequält, unlustig und in gereizter Stimmung. Er streifte seine Beinkleider über und schlüpfte in sein Hemd. »Ich hasse das«, meinte er mit kaum verhohlenem Ärger in der Stimme.

Mansuetta seufzte mit schlechtem Gewissen. »Ich auch, glaub mir.«

»Wann redest du mit ihnen?«

»Ich tu's schon noch.«

»Das sagst du seit Tagen, aber wann willst du es wirklich machen?«

»Die Zeit ist momentan ungünstig. Die beiden haben ziemlich viele Probleme, denen ich nicht unbedingt noch weitere hinzufügen will.«

»Aha, das mit uns ist also ein *Problem*. Diese Ehe fängt ja gut an.« Am leicht belustigten Unterton dieser Bemerkung erkannte sie, dass er seinen Humor wiederfand. Es lag ihm nicht, lange böse zu sein. Jede Art von Grantigkeit war ihm fremd.

»Du bist meine Frau«, fuhr er eindringlich fort. »Nicht irgendein Liebchen, das ich heimlich im Dunkeln treffen muss. Es gibt rein gar nichts, das uns zwingt, uns vor den anderen zu verstecken. Wir haben uns vor einem Priester das Jawort gegeben. In aller Stille zwar, aber auch in vollem Ernst, weil wir uns lieben und ohne Sünde zusammen sein wollten. Das ist schon einen Monat her. Und du hast es bis jetzt nicht über dich bringen können, deiner Familie davon zu erzählen.«

Sie seufzte abermals. Er hatte völlig recht. Sie war feige. Vielleicht hatte sie aber auch Angst davor, wie die anderen reagieren würden. Das Hauptproblem bestand allerdings darin, dass sie Antonio darum bitten musste, Giovanni in seinem Haushalt aufzunehmen. Als Fischhändler hatte er sein Auskommen, aber um ein eigenes Haus unterhalten zu können, reichte es nicht. Er teilte sich mit einem Freund eine geräumige Kammer in einem recht ordentlichen Mietshaus in Castello, aber Mansuetta dachte nicht daran, als seine Ehefrau diesen Haushalt zu vervollständigen, zumal sich dieser im dritten Stock befand. Hier hatte sie es in jeder Beziehung wesentlich bequemer. Der wichtigste Grund, warum sie hierbleiben wollte, war jedoch Matteo. Sie würde ihn um keinen Preis allein lassen.

»Komm her«, sagte Giovanni. »Lass dich noch einmal umarmen.«

Sie gehorchte nur zu gern. Ihn zu spüren und von ihm gehalten zu werden – es war beinahe, als hätte sie vorher nicht richtig gelebt. Er hatte ihr die Welt von einer anderen Seite gezeigt, und dort war sie weder verwachsen noch kurzsichtig.

»Sprichst du heute mit ihnen?« Er hielt sie fest umschlungen und streichelte ihr Haar. Seine Lippen zogen eine warme Spur über die Haut ihres Halses.

»Mal sehen«, murmelte sie.

»Versprich es.«

»Ich versuche es«, erklärte sie widerstrebend.

»Lass uns eine Vereinbarung treffen, mein Herz.«

»Welche?«

»Du sagst es ihnen bis zum Ende des Monats. Anderenfalls tue ich es.«

»Einverstanden«, sagte sie erleichtert. Wenigstens verschaffte ihr das eine Galgenfrist, wenn auch nur für eine reichliche Woche. Sie musste es ihnen nicht heute sagen, sondern konnte sich einen Tag aussuchen.

Sie hörte ein Rumoren im Haus, und diesmal kam es nicht aus der Küche, sondern von oben. Anscheinend war schon jemand von den anderen aufgestanden, obwohl sie sonntags meist schliefen, bis es Zeit für den Kirchgang wurde.

»Rasch«, drängte sie.

Murrend kleidete Giovanni sich fertig an und zog sie ein letztes Mal in seine Arme.

»Ich liebe dich«, flüsterte er ihr zum Abschied zu, und anschließend noch etwas Unanständiges, das sie zum Kichern brachte. Verstohlen verließen sie die Kammer und schlichen zur landseitigen Pforte. Mansuetta blieb noch einige Augenblicke dort stehen, bis Giovanni durch die schmale Gasse davongehinkt und um die nächste Ecke verschwunden war.

Die Küchenmagd hatte bereits das Frühstück für sie beide vorbereitet, in heißer Milch eingeweichtes Brot, bestreut mit gerösteten Mandeln und ein wenig Zucker und Zimt. Mansuetta hatte ihr gleich zu Anfang erklärt, wie man auch die schlichtesten Gerichte mit wenigen Kniffen zu Köstlichkeiten aufwerten konnte.

Schweigend saßen sie am Tisch und verzehrten ihr Morgenmahl, als Matteo in die Küche kam. Er war barfuß und sah in seinem weißen Nachthemd aus wie ein kleiner Geist.

»Was machst du denn schon hier?«, fragte Mansuetta verblüfft.

Ohne ein Wort kam er zu ihr an den Tisch und schmiegte sich an sie. Er strebte auf ihren Schoß, um ihr noch näher zu sein. Sie zog ihn an sich und hielt ihn fest, als wäre er noch ein Kleinkind und nicht bereits acht Jahre alt.

»Etta«, murmelte er an ihrem Hals.

Sie war bestürzt, als sie merkte, dass er zitterte. »Was ist los, mein Kleiner? Hattest du einen schlechten Traum? Sieh nur, es ist schon Morgen. Draußen wird es hell, die Nacht ist vorbei. Du musst keine Angst haben.«

»Es war kein Traum. Raffaele wollte, dass ich dir Bescheid sage.«

»Was sollst du mir sagen? Was ist los?«

Er schluckte krampfhaft. »Er hat den anderen verboten, runterzugehen. Er hat gesagt, *wenn einer von euch verdammten Hurensöhnen auch nur einen Fuß auf die Treppe setzt, um runterzugehen, hat er mein Schwert in der Kehle*. Nur ich durfte gehen. Um es dir zu sagen.«

Mansuetta schob den Jungen von ihrem Schoß und stand hastig auf. Ihr Herz klopfte so hart, dass es ihr fast die Luft nahm. »Um mir *was* zu sagen?«

Er starrte sie an, ganz offensichtlich so verängstigt, dass ihm die Worte fehlten.

»Heraus damit, Junge«, rief die Küchenmagd.

Ihre barsche Stimme ließ ihn zusammenzucken, doch anscheinend trug die Aufforderung dazu bei, dass er seine Stimme zurückfand.

»Raffaele kam an die Tür meiner Kammer und machte sie auf. Nur einen Spalt, und er blieb draußen stehen. Er fragte: Junge, wie fühlst du dich?« Matteo stockte.

»Weiter«, drängte Mansuetta. Angst stieg in ihr auf, namenlose Furcht, und mit einem Mal wusste sie, dass oben im dritten Stock etwas Grauenhaftes geschah.

»Ich sagte, dass ich mich gut fühle. Dass ich noch müde bin, aber sonst guter Dinge. Ich fragte, warum er das wissen will. Er sagte, dass das nichts zur Sache tut und dass ich jetzt aufstehen und runtergehen soll. Dann hörte ich Pieros Stimme. Eigentlich war es keine Stimme, nur ein Husten. Er hustete und hustete, und dann hörte er auf. Dann sagte Tomàso was. Ich glaube jedenfalls, dass es Tomàso war. Es könnte aber auch Oratio gewesen sein. Die beiden haben ganz ähnliche Stimmen. Weil sie Zwillinge sind.«

»Was hat er gesagt?«, fuhr die Küchenmagd dazwischen.

Mansuetta funkelte sie wütend an. Sie war genauso ungeduldig, den Rest zu erfahren, doch es ging nicht schneller, wenn man Matteo zusätzlich unter Druck setzte. Dass der Kleine sich in einem Ausnahmezustand befand, konnte niemandem entgehen. Er schlotterte vor Angst und Entsetzen, und nun sah Mansuetta auch trotz ihrer schlechten Augen, wie bleich er war. »Was sagte Tomàso, mein Kleiner?«, fragte sie betont sanft.

»Er sagte: Ich glaube, den Lehrer hat's erwischt. Der ist hinüber. Raffaele sagte darauf: Was ist mit dir und deinem Bruder? Darauf Tomàso: Was dachtest du denn, he? Glaubst du etwa, wir bleiben ungeschoren?«

»Ungeschoren wovon?«, fragte die Küchenmagd verständnislos.

»Tomàso sagte, dass er Durst hat und dass er jetzt runtergeht, um was zu trinken, und dass er sich von niemandem daran hindern lässt. Darauf sagte Raffaele das mit den verdammten

Hurensöhnen und dem Schwert. Anschließend sagte er zu mir: Geh runter, Junge, ganz schnell. Sag es Monna Mansuetta, ich weiß, dass sie schon auf ist. Sag ihr, wir hier oben haben es alle. Alle außer dir.«

Matteo deutete auf seine Brust. »Damit meinte er mich. Raffaele sagte: Hier oben sind die Verdammten.«

Die Küchenmagd brach in Tränen aus und bekreuzigte sich. »Die Verdammten? Was meinte er damit? Was ist denn geschehen? Ist der Teufel aus der Hölle gekommen und weilt nun unter uns?«

»Ich fragte ihn, was er mit Verdammnis meint. Da sagte er, es ist der Schwarze Tod.«

Die Küchenmagd stieß einen schrillen Schrei aus und taumelte gegen die Wand, wo sie sich abstützte und in lautes Wehklagen ausbrach. Mansuetta hinkte zur Tür, instinktiv die Richtung zur Treppe einschlagend, doch dann besann sie sich. Raffaele hatte sich nicht umsonst die Mühe gemacht, diese häusliche Quarantäne ins Leben zu rufen. Die Kranken waren oben, und sie hier unten. Von ihnen war niemand krank, jedenfalls bisher nicht. Doch wenn sie hinaufging, konnte sich das sehr schnell ändern.

Bevor sie überlegen konnte, was weiter zu tun war, kam Antonio mit gewaltigen Sätzen die Treppe herabgesprungen. Sie wandte schamhaft die Augen zur Seite, als sie sah, dass er splitterfasernackt war. Ihr Schwager sah aus wie ein urzeitlicher, muskelbepackter Krieger – was er wohl in diesem Moment auch war, denn er trug sein blankgezogenes Schwert in der Rechten, bereit, jeden feindlichen Eindringling auf der Stelle aufzuspießen.

Er blickte sich wild um. »Wer hat hier geschrien?«

»Die Küchenmagd«, stammelte Mansuetta, die nicht wusste, wo sie hinschauen sollte.

»Was ist geschehen? Ist jemand gekommen?«

Sie nickte mit trockenem Mund und vor Angst rasendem Herzen. Ja, es war jemand gekommen. Rasch, über Nacht und auf lautlosen Sohlen. Doch dieser Feind ließ sich nicht mit dem Schwert bekämpften.

Leise sagte sie: »Wir haben die Pest im Haus.«

Sie waren nicht die einzige Familie, die betroffen war. Schon kurze Zeit nachdem Antonio die Küchenmagd losgeschickt hatte, um Simon, den Arzt zu holen, spielten sich draußen entlang der Kanalufer und auf dem gegenüberliegenden Platz Szenen ab, die das Schlimmste befürchten ließen. Eine der beiden Frauen, die Laura noch in der Morgendämmerung beim Wasserholen gesehen hatte, kam schreiend auf den Campo gestürzt. Ihre Worte waren nicht zu verstehen, aber der Inhalt war unschwer zu deuten. Aus einem der Häuser wurden zwei leblose Körper gezerrt und dicht am Kanal liegen gelassen. Kurz darauf fingen die Glocken an zu läuten, außerhalb der gewohnten Zeit und schneller als sonst. Pestfahnen wurden an den Fenstern gehisst, und waren im Licht des hereinbrechenden Tages zunächst zwei davon zu sehen, so erhöhte sich ihre Anzahl im Laufe des Vormittags auf ein rundes Dutzend.

Laura, Mansuetta und Matteo saßen in der Küche beisammen und beteten. Antonio streifte durch Küche, Eingangshalle, Mezzanin und Andron wie ein unruhiges Raubtier. Er wollte nach oben, den Männern helfen, doch gleichzeitig drängte es ihn, seine Frau und den Rest der Familie in Sicherheit zu bringen. Ihm waren jedoch die Hände gebunden, bis der Arzt eintraf. Der ließ indessen auf sich warten, weil es noch viele andere Fälle der Krankheit gab. Die Küchenmagd berichtete bei ihrer Rückkehr weinend, dass sie auf ihrem Weg ganze Häuserzeilen gesehen habe, die von der Seuche heimgesucht waren. Die ersten Pestboote waren unterwegs, um die Leichen einzusammeln. In grausiger Endgültigkeit beförderten sie ihre Totenfracht über den Kanal davon. Überall wurden Feuer angezündet, in denen Kräuter verbrannt wurden, um durch heilende Dämpfe den Pestbrodem zu vertreiben. Pestärzte tauchten auf, die Körper in lederne Mäntel gehüllt und vor den Gesichtern dämonisch aussehende, schnabelartige Masken, um damit den Dunst der Verderben bringenden Krankheit von sich fernzuhalten.

Der jüdische Arzt traf kurz nach dem Terzläuten ein. Anders als seine Berufskollegen war Simon nicht maskiert, was darauf schließen ließ, dass er die Pest bereits überlebt hatte. Als Antonio ihm sagte, dass die Kranken im oberen Stockwerk untergebracht seien, nickte Simon zustimmend und erklärte, dort seien sie am besten aufgehoben, weil die Dünste der Krankheit dann ungehindert nach oben fortziehen konnten, ohne auf ihrem Weg die Gesunden zu streifen. Er verlangte nach einem Krug Essig und einem weiteren mit Wasser und stieg dann die Außentreppen hinauf, um nach den Erkrankten zu sehen und sie zu versorgen. Als er zurückkehrte, war seine Miene bedrückt. Er blieb in sicherer Entfernung von der Familie stehen, einen durchdringenden Geruch nach Essig verbreitend.

»Euer Hauslehrer ist gestorben, wie Ihr es schon befürchtet hattet«, sagte er zu Antonio. »Ich werde ein Pestboot herschicken. Die Totengräber werden den Leichnam nach unten holen. Tut das auf keinen Fall selbst.«

»Wo wird er hingebracht?«, fragte Mansuetta. Ihr Gesicht war starr vor Schmerz und Trauer. »Wird er würdig bestattet?«

»Pestleichen werden für gewöhnlich in Sammelgräbern beerdigt.«

»Mit anderen Worten, er wird verscharrt wie ein Hund«, entfuhr es Mansuetta.

Matteo, der sich schutzsuchend an ihre Seite drückte, brach in Tränen aus.

Der Arzt betrachtete den Jungen mitleidig, bevor er weitersprach. »Die beiden jungen Burschen sind in einem kritischen Zustand, der eine Bruder noch schlimmer als der andere. Einer der zwei hat schwarze Flecken bekommen, er wird wohl heute noch sterben.«

Abermals schluchzte Matteo laut auf, und diesmal stimmte Mansuetta mit ein. Sie presste den Jungen an sich und drückte ihr Gesicht in sein Haar. Weinend wiegte sie das Kind und damit auch sich selbst, als könne sie auf diese Weise das Entsetzen dämpfen.

Laura streckte die Hand aus und tastete nach der von Antonio. Er zog sie in seine Arme und hielt sie fest.

»Der andere Zwilling – derjenige mit der Narbe an der Lippe – hat bisher nur Beulen bekommen; er kann es überleben. Heute Abend werde ich wiederkommen und nach ihm sehen. Wenn die Beulen zu der passenden Größe geschwollen sind, werde ich Inzisionen vornehmen. Mit anderen Worten, ich werde die Beulen öffnen, damit der Eiter abfließen kann. Bis dahin werde ich Euch eine Pflegerin schicken, die sich um die Kranken kümmert. Sie wird sie waschen, mit kühlenden Umschlägen das Fieber lindern und ihnen zu trinken geben. Sie wird ihr eigenes Essen mitbringen und die Außentreppe nehmen, und berichten wird sie nur mir. Ihr werdet mit ihr nicht in Kontakt treten, sicher ist sicher.«

»Was ist mit Raffaele?«, fragte Antonio ruhig.

Zum ersten Mal hellte sich die Miene des Arztes ein wenig auf. »Bei ihm bestehen die besten Aussichten. Er hat Fieber und leichte Schwellungen und fühlt sich schwach, aber es gibt weder Anzeichen für eine stärkere Beulenentwicklung noch für schwarze Hautflecken. Auch hustet er nicht. Manchmal verläuft die Pest in dieser milden Form, so war es bei mir selbst, als ich ein junger Mann war. Seither habe ich ungezählte Fälle von Pest behandelt, mich aber niemals angesteckt. Wer einmal die Pest hatte, auch in ihrer leichtesten Form, bekommt sie nie wieder.« Er blickte die anderen ernst an. »Abgesehen davon kann man nichts tun, außer die Erkrankten zu meiden, solange man selbst gesund ist.« Sorgenvoll schüttelte er den Kopf. »Aber das lässt sich verständlicherweise in den wenigsten Fällen bewerkstelligen.«

»Wie viele Menschen in der Stadt sind erkrankt?«, wollte Antonio wissen. »Wie viele *werden* noch erkranken?«

Simon zuckte die Achseln. »Bisher sind nach meiner Schätzung vielleicht an die hundert Menschen erkrankt und zwei Dutzend tot. Auf jeden Fall weiß mittlerweile ganz Venedig Bescheid, denn keine Neuigkeit verbreitet sich schneller als diese. Die Leute werden sich vorsehen, und das solltet Ihr auch tun. Messen, Versammlungen, Prozessionen, Märkte – überhaupt jede Art von Menschenansammlung – sollte man tunlichst meiden. Die Toten müssen separat fortgeschafft und bestattet werden, Trauerfeiern und Totenwachen sind verboten. Kleidungsstücke der Verstorbenen sind zu verbrennen, desgleichen die Bettwäsche. Die Häuser von Pesttoten sind mit Essig zu reinigen und mit Theriakfeuern auszuräuchern.«

»Wenn die Menschen sich an diese Vorsichtsmaßregeln halten, müsste es doch rasch wieder vorbei sein, oder?«, fragte Mansuetta. Sie rieb sich die Tränen aus den Augen und schaute den Arzt kämpferisch an.

Simon schüttelte den Kopf. »Aller Vorsicht zum Trotz kann man nie sagen, ob und wie die Seuche sich ausbreitet. *Anno Domini* 1484 beispielsweise war ein Pestjahr, es starben Tausende innerhalb weniger Wochen. In anderen Jahren kam die Pest ebenfalls, aber weniger grausam. Manchmal raffte es einige Dutzend dahin, manchmal nur eine oder zwei Familien.« Der jüdische Arzt breitete resigniert die Hände aus. »Wie dieser neuerliche Seuchenausbruch einzuschätzen ist, weiß nur Gott allein. Es kann nächste Woche schon vorbei sein, es kann aber auch der Auftakt zu einer schlimmeren Epidemie sein, die vielleicht für Monate anhält.«

»Ich werde meine Familie schnellstmöglich von hier wegbringen«, sagte Antonio mit aller Entschlossenheit. Es widerstrebte ihm, die kranken Mitglieder seines Haushalts ihrem Schicksal zu überlassen, aber er vermochte nichts für sie zu tun, was nicht eine geübte Pflegerin weit besser konnte. Entweder erholten sich die Männer und genasen, oder sie starben. Soweit es ihn selbst betraf, hatte er keine Angst. Er hätte ausgeharrt und alles Nötige getan, selbst auf die Gefahr einer eigenen Ansteckung hin. Doch er trug die Verantwortung für die Frauen und für Matteo. Das Leben seiner Familie war in höchster Gefahr, wenn er nichts dagegen unternahm.

»Wo können wir denn hin?«, fragte Laura.

»Das wird sich finden.« Er sagte es gelassen, aber in Wahrheit hatte er nicht die geringste Ahnung. Die Terraferma wäre an sich das naheliegende Ziel gewesen; viele Venezianer flohen jedes Jahr in den Sommermonaten von der heißen, von Fieber und Mückenschwärmen geplagten Laguneninsel hinaus aufs Land, vorzugsweise in die Hügel, wo der Wind frisch und die Luft rein war. Doch ausgerechnet in diesem Jahr war daran kein Denken. Die feindlichen Truppen verheerten das Land mit nicht enden wollenden Kämpfen. Sie zogen brandschatzend und mordend durch die Dörfer und bedrängten die Städte. Unmöglich, dort mitten im Kriegsgebiet Schutz zu finden.

Laura schaute stumm zu ihm auf. Sie schien zu merken, dass er keinen Plan für sein weiteres Vorgehen hatte. Ihr Gesicht war bleich vor Schrecken, und in ihren Augen las er die unabänderliche Wahrheit. Er hatte versagt. Sie hatte all dies auf geheimnisvolle Art kommen sehen. *Es gibt Stürme und Missernten und Krankheiten …*

Hätte er sie rechtzeitig fortgebracht, statt ihre Vorahnungen als unsinnig abzutun, befänden sie sich jetzt nicht in dieser Situation.

»Bevor Ihr aufbrecht, wohin auch immer, solltet Ihr sicherstellen, dass niemand von Eurer Familie erkrankt ist«, sagte Simon. »Hier ist die Versorgung in jedem Fall besser als unterwegs, womöglich gar auf einem Schiff. Es passiert nicht selten, dass Pestkranke einfach über Bord geworfen werden, in der Hoffnung, dass das die Seuche eindämmt.«

»Wie lange …?« Antonio brachte es nur mit Mühe heraus. Ihm war übel vor Entsetzen.

»Bis Ihr es wisst?« Der Arzt zuckte die Achseln. »Einen Tag bei der schwarzen Pest, zwei bis drei bei der Beulenpest. Das ist jedenfalls meine Erfahrung. Auftreten kann es in beiden Formen.«

Antonio atmete tief durch. Damit stand sein Plan fest. Drei Tage würden sie hier ausharren und warten, ob noch jemand von ihnen die Anzeichen der Krankheit zeigte. Und in der Zwischenzeit würde er sicherstellen, dass sie eine Passage auf einem Schiff bekamen.

Der Arzt verabschiedete sich und ging zu der Gondel zurück, mit der er gekommen war. Mansuetta folgte ihm, so schnell sie es mit ihrer hinkenden Gehweise eben noch vermochte. Sie hielt ihn auf, bevor er ablegen konnte.

»Wartet!«, rief sie. »Ich muss Euch noch etwas fragen!«

»Bleibt stehen und kommt nicht näher. An mir klebt das Gift der Seuche.«

Sie gehorchte, bannte ihn aber mit ihren Blicken.

Simon seufzte. »Wenn es um diese alte Geschichte geht …«

Sie starrte ihn trotzig an. »Diese Geschichte ist niemals alt. Nicht, solange ich nicht die Wahrheit erfahre!« Etwas ruhiger, aber nicht weniger eindringlich fuhr sie fort: »Die Sachlage hat sich geändert, Dottore. Angelica Querini ist gestorben. Mein Schwager Antonio erzählte es mir gestern. Und wisst Ihr, von wem er es erfahren hat? Von Messèr Querinis neuer Gattin. Der Prokurator hat sich vor zwei Monaten wieder vermählt.« In einer Geste der Hilflosigkeit ballte sie die Hände zu Fäusten. »Monna Angelica ist verstorben. Aber meine Mutter ist dennoch nicht zurückgekommen! Dottore, ist sie ebenfalls tot? Bitte, Ihr müsst es mir sagen! Wir müssen die Möglichkeit haben, an ihrem Grab zu beten! Wenigstens das müsst Ihr uns gewähren!«

Der Arzt senkte den Kopf. In seinem Gesicht arbeitete es.

»Sie ist am Leben, nicht wahr? Meine Mutter lebt!«

Simon schwieg.

»Dottore«, sagte Mansuetta beschwörend. »Wenn sie noch lebt, müsst Ihr mir sagen, wo sie ist! In ihrem Abschiedsbrief schrieb sie uns, sie müsse sich um jemanden kümmern, der ihrer

Hilfe mehr bedürfe als wir. Das muss Monna Angelica gewesen sein, aber die ist jetzt tot! Meine Mutter ... sie hat nun niemanden mehr!«

»Sie hat mich auf meine Ehre schwören lassen, es für mich zu behalten«, sagte Simon, die Augen immer noch gesenkt. »Wenn Euer Schwager erfahren hat, dass Monna Angelica gestorben ist – hat man ihm denn dann nicht auch gesagt, wo sie zuletzt lebte?«

»Nein«, sagte Mansuetta langsam. »Er sagte, das habe er nicht herausbekommen.« In ihrem Kopf überschlugen sich die Gedanken. Simon hatte Crestina schwören müssen, ihren Aufenthaltsort nicht zu verraten ... Warum? Was sollte sie daran hindern, die Menschen wiederzusehen, die sie über alles liebte?

Unversehens erkannte sie die einzig mögliche Wahrheit. »Sie ist auf San Lazzaro«, stieß sie hervor. »Und sie muss dort bleiben, weil ... O mein Gott!«

Simon hob den Blick und schaute sie voll an. »Von mir habt Ihr es nicht erfahren.«

Doch sie hatte sich bereits von ihm abgewandt und hinkte eilig zurück ins Haus.

Crestina hatte sich das kurze Stück von der Hütte bis zum Strand hinuntergeschleppt, wo sie sich gegen einen Felsen sinken ließ und über das Meer schaute. Das Szenarium für diesen Tag hatte sie sich schon seit langem ausgemalt, obwohl sie zunächst unentschlossen gewesen war, wo sie es tun sollte. Sie hatte sich schließlich für den Strand entschieden, oder genauer: für den Blick aufs Meer. Aber hin und wieder hatte sie auch daran gedacht, in einen der Gärten zu gehen, die mit verschwenderischem Grün bewachsen waren. Hier gediehen nicht nur Gemüse und Obst in erfreulicher Vielfalt, sondern auch Kräuter und Blumen in einer solchen Farb- und Duftfülle, dass man sich unter anderen Voraussetzungen hier wie im Paradies hätte fühlen können.

Dabei war San Lazzaro gewissermaßen das Gegenteil des Paradieses. Ein malerisches kleines Eiland in der südlichen Lagune, dem Lido vorgelagert und gewiss eine der hübschesten zu Venedig gehörenden Inseln, war San Lazzaro zugleich ein Ort strengster Isolation. Hier waren jene unter sich, die von der Gesellschaft abgeschoben und bis zu ihrem Ende ausgegrenzt waren.

Die Bewohner der Insel mussten indessen keineswegs hungern oder sonst wie darben. Die Kirche vergaß ihre Kinder nicht; jede Contrada sandte mildtätige Gaben nach San Lazzaro. Es wurden Umhänge und Decken geschickt, Brot und Wein, Kerzen, Kohlen und Holz, sogar hin und wieder ein Ochse zum Schlachten oder gedruckte, fromme Traktate zum Lesen.

Es gab auch einen Priester auf der Insel – natürlich war er einer der ihren –, der in dem baufälligen Kirchlein, das sich inmitten der Hütten der Bewohner erhob, jeden Sonntag die Heilige Messe las und auf Wunsch täglich die Beichte abnahm und Andachten hielt.

Crestina schaute auf ihre klauenartig verbogenen Hände. Der Krug, den sie eben leer getrunken hatte, war ihren Fingern entglitten und zu Boden gerollt, ohne dass sie es bemerkt hatte, wie zum Zeichen, dass nun bald alles Schwere von ihr weichen würde. Das Mittel würde in kurzer Zeit wirken; sie merkte bereits, wie ihre Glieder schwerer wurden und ihr Herz hin und wieder holprig schlug, so als würde es allmählich müde.

Der Abschied fiel ihr leicht. Lazzaro hatte ihr nie Heimat werden können.

Ganz anders Venedig. Manchmal meinte Crestina, im Sonnenlicht goldene Reflexe herüberschimmern und den Campanile hoch aufragen zu sehen, vor dem Gewirr unzähliger Dächer und anderer Kirchtürme, und bisweilen, wenn der Wind von Nordwesten kam, glaubte sie sogar die Gesänge zu hören, die bei den Andate zu Ehren der Heiligen angestimmt wurden.

Es hatte Zeiten gegeben, zu denen sie sich mit solcher Inbrunst nach den Kindern gesehnt hatte, dass sie an den Strand geeilt war und hinübergestarrt hatte zu der leuchtenden Lagunenstadt. Das Herz hatte ihr bis zum Hals geschlagen, und es hatte so wehgetan, dass sie hätte schreien können.

Aus den Wellen, die an den felsigen Strand schlugen, stieg Gischt auf und benetzte ihre Füße. Crestina sah es wohl, aber sie spürte es kaum. Einige der Zehen waren bereits abgefallen, desgleichen Teile ihrer Finger. Ihre Hände waren verkrümmt und verdreht wie knorrige alte Stöcke, und so benutzte Crestina sie auch – vorsichtig und immer in der Sorge, etwas abzubrechen. Reste von Gefühl hatte sie noch in den Handrücken, und wenn sie sich damit über das Gesicht fuhr, spürte sie dort die narbigen Veränderungen. Wülste und Senken, Beulen und eingezogene Krater, die mit den Erscheinungen des Alters nicht das Geringste zu tun hatten. Sich in ein hässliches Monstrum zu verwandeln hatte ihr nicht viel ausgemacht; alle hier waren hässlich, die einen mehr, die anderen weniger. Eher ging es darum, wer noch gehen, seine Glieder gebrauchen und den anderen, die bereits zu schwach waren, um sich selbst zu helfen, beistehen konnte. Es ging darum, wer sich an den Sonntagen noch in die Kirche schleppen oder die Gärten hegen konnte. Wer sich ohne fremde Hilfe Mahlzeiten zubereiten, mit einem Boot in der Lagune fischen, im Sommer noch Vieh hüten und im Winter ein Feuer in Gang halten konnte.

Sie hatte das meiste davon noch eine ganze Weile geschafft, obwohl sich die ersten Anzeichen der Krankheit bereits wenige Monate nach ihrem Eintreffen auf der Insel gezeigt hatten. Angefangen hatte es mit einem tauben Gefühl in Fingern und Füßen, fast so, als seien sie eingeschlafen. Die Schmerzen ihrer Gicht hatten darüber nachgelassen, sodass sie zuerst nicht allzu unglücklich deswegen war. Dann waren jedoch Verletzungen hinzugekommen, diese wiederum bedingt durch das fehlende Empfinden in den betreffenden Stellen. Sie hatte heiß nicht mehr von kalt unterscheiden können, hatte nicht mehr kontrollieren können, wie fest oder wie vorsichtig sie einen Gegenstand greifen oder halten musste, ohne sich zu stoßen, zu schneiden oder zu stechen. Die vielen kleinen Wunden hatten sich rasch in Geschwüre verwandelt, und diese wiederum in Deformation und Verkrüppelung.

Dennoch hatte sie ihren Alltag bewältigt, sogar dann noch, als Angelica schließlich völlig außerstande gewesen war, sich von ihrem Lager zu erheben. Der endgültige Verfall hatte erst nach Angelicas Tod eingesetzt, beinahe so, als sei mit den Verpflichtungen zugleich das letzte bisschen Lebenskraft verschwunden.

Crestina konnte nur noch unter großen Mühen aufstehen, ihr Gang war kaum mehr als ein Kriechen, und trotz Zuhilfenahme einer Krücke kam es ständig zu Stürzen. Heute in der Frühe hatte sie zum ersten Mal, seit sie hier auf der Insel war, kein Kochfeuer anzünden können. Viel schlimmer aber war, dass sie es nicht mehr rechtzeitig auf den Abtritt geschafft hatte, und zu ihrem Entsetzen hatte sie nicht einmal die Spuren des Malheurs beseitigen können. Die Frau, die man ihr nach Angelicas Tod als Mitbewohnerin der Hütte zugewiesen hatte, musste alles wegwischen. Sie hatte es klaglos getan, doch der gequälte und angeekelte Ausdruck auf ihrem Gesicht war Crestina nicht entgangen.

Erst im Laufe des Tages hatte sie sich so weit erholt, dass sie sich aufrappeln und ohne Hilfe fortbewegen konnte.

Nun war alles getan, sie musste nur darauf warten, dass sie einschlief, langsam und sacht, wie in dem kleinen Gedicht, das sie früher Laura und noch früher Mansuetta zum Abschreiben gegeben hatte.

Et Cereale quidem nugarum in parte papaver
Hac memorare placet, quod raptu mesta puellae
Mater, ut immensis optata oblivia mentem
Exuerent curis, fertur Latona vorasse …

Das lang ersehnte Vergessen würde sie bald von Kummer befreien. Von dem Schmerz, der ihr fast das Herz zerrissen hatte, als sie die Kinder zurückließ, vor allem Mansuetta, das Kind, das wie ihr eigenes war.

Crestina hatte nicht weinen wollen; sie hatte sich geweigert, diesen letzten Abschied in Schmerz und Selbstquälerei zu gestalten. Sie hatte einfach nur übers Meer schauen und dabei einschlafen wollen, den Rücken an die Felsen gelehnt und die Füße überspült von den Wellen. Doch nun konnte sie nicht anders. Sie brach in Tränen aus und schluchzte ihr Elend laut hinaus. »Mansuetta, ach Mansuetta! Der Himmel möge mir vergeben, aber du fehlst mir so sehr!«

Sie weinte eine Weile, dann riss sie sich zusammen und wischte die Tränen fort, um wieder hinausschauen zu können, hinüber zu der strahlenden Stadt ihrer Träume.

Dann sah sie das Boot. Es war ein kleiner Segler, schnell und wendig, keiner der langsamen, behäbigen Sàndoli, die sonst immer mit Vorräten und gelegentlich auch mit neuen Kranken herkamen. Der Mann, der das Steuer bediente, war versehrt. Crestina sah die schwarze Augenklappe, als das Boot näher kam und vor den Felsen längsseits ging.

Der Mann warf eine Leine über einen Felsen, und als er dabei ein wenig zur Seite trat, gab er den Blick auf eine Frau frei, unter deren Haube leuchtend rotes Haar hervorquoll.

Crestina blinzelte ungläubig. Das musste eine Vision sein, bedingt durch die einsetzende Wirkung des Pulvers. Das Mittel, das sie eingenommen hatte, rief auch Halluzinationen hervor.

»Verzeiht«, rief die Frau mit den roten Haaren zu ihr herüber, während sie sich eine Brille vor die Augen hielt. »Könnt Ihr mir wohl sagen, wo hier auf der Insel eine alte Frau namens Crestina Ferro wohnt?«

Anstelle einer Antwort hob Crestina eine zitternde, verunstaltete Hand und streifte sich die Kapuze herunter, um ihr zerstörtes Gesicht zu entblößen.

Die meisten Leprösen trugen auf der Insel verhüllende Gewänder, weite, sackartige Umhänge mit angenähten Kapuzen. Zu wissen, dass man wie die scheußliche Karikatur eines Menschen aussah, war eine Sache; sich von früh bis spät auf diese Weise zu zeigen, eine andere. Dabei war es völlig gleichgültig, dass alle anderen auch nicht viel besser aussahen. Oder bald so aussehen würden, wenn sie lange genug lebten. Mit dem Aussatz ging immer das Bedürfnis einher, ihn zu verstecken.

Wie aus weiter Ferne hörte sie den gellenden Entsetzensschrei, den Mansuetta ausstieß. »Mutter!«

Crestina sah, wie Mansuetta die Brille fahren ließ und Anstalten machte, aus dem Boot zu springen, doch der Mann packte sie beim Arm und hinderte sie daran. »Nein«, sagte er in unnachgiebigem Ton. »Wir hatten eine Vereinbarung, und daran hältst du dich. Nur vom Boot aus.«

Crestina starrte ihre Ziehtochter an wie eine Erscheinung, immer noch nicht sicher, ob sie vielleicht einem Trugbild aufsaß.

Mansuetta sackte weinend in den Armen des Mannes zusammen, und er hielt sie auf eine Weise, an der Crestina erkannte, wie viel ihm die junge Frau bedeutete. Mansuetta wiederum ließ sich mit einer Selbstverständlichkeit von ihm umarmen, die umgekehrt auf dasselbe schließen ließ. Diese beiden waren ganz offensichtlich ein Paar. Crestina fühlte, wie tiefe Dankbarkeit sie durchströmte.

»Sprich«, sagte sie. »Sprich rasch, ich weiß nicht, wie viel Zeit mir noch bleibt!«

»Mutter«, stieß Mansuetta zwischen abgehackten Schluchzern hervor. »O Mutter, was ist nur geschehen?«

»Ich habe Lepra, wie du unschwer erkennen kannst«, sagte Crestina ruhig. »Mach dir keine Sorgen um mein Gesicht und meine Hände, es tut nicht weh.« Sie hielt es für besser, nicht extra zu erwähnen, wie es um sie stand. Womöglich würde Mansuetta sonst gar nicht mehr aufhören zu weinen. Oder sie würde am Ende auf dumme Gedanken kommen und doch noch aus dem Boot steigen, um die paar Schritte, die sie trennten, zu überwinden.

»Erzähl mir rasch, wie es euch allen ergangen ist!«, befahl sie.

»Mutter, du hast uns so gefehlt!«, weinte Mansuetta. Sie barg ihr Gesicht an der Schulter des einäugigen, pockennarbigen jungen Mannes, der ihr liebevoll über den Kopf strich.

»Mansuetta«, mahnte er. »Versuch, dich zusammenzunehmen! Deiner Mutter ist nicht damit gedient, wenn du nur weinst!«

Crestina betrachtete das Paar mit klopfendem Herzen. Mansuetta war mit diesem Mann glücklich, so sehr, dass es fast mit Händen zu greifen war.

Mansuetta löste sich aus den Armen des Mannes und blickte sie eindringlich an. »Mutter, wie fühlst du dich? Geht es dir … gut?«

»Ja«, sagte Crestina wahrheitsgemäß. »Ich fühle mich gut. Ich habe keine Schmerzen. Ich bin nur müde und werde bald einschlafen. Bitte erzähl mir vorher noch rasch ein bisschen, ja?«

Mansuetta nickte hastig. »Es geht uns allen gut. Das hier ist mein Mann, Giovanni. Wir haben vorletzten Monat geheiratet. Laura hat ebenfalls geheiratet, du wirst nicht glauben, wen. Antonio Bragadin!«

Beinahe hätte Crestina gelacht. Welch seltsame Wege das Schicksal manchmal nahm!

»Wir alle leben unter einem Dach«, fuhr Mansuetta fort. »Aus Antonio ist ein reicher Kaufmann geworden, er bietet uns ein angenehmes Leben. Laura ist guter Hoffnung, noch in diesem Jahr kommt das Kind.«

Crestina lächelte stumm, von einer Woge reinen Glücks durchströmt.

»Matteo ist ein kluger Junge. Er kann besser rechnen als sein Hauslehrer.«

»Er hat einen Hauslehrer? Was ist aus Isacco geworden?«

»Isacco ist gestorben«, sagte Mansuetta. »Die Zinzis sind alle tot, auch Messèr Mosè und seine Frau.«

Crestina fühlte einen scharfen Stich des Bedauerns, doch dann gewann sie die nötige Distanz. Es war der Lauf der Welt, dass die Menschen starben, und sie selbst war nur eine von vielen, die gehen mussten. Ihr Kopf sank nach hinten. Sie wusste nun alles, was sie hatte erfahren wollen. Die Kinder waren glücklich. Sonst zählte nichts.

»Mutter!« Mansuettas drängende Stimme riss sie aus ihrer Benommenheit. »Du musst mir auch etwas erzählen! Ich muss alles über Anna Monteverdi erfahren! Du hast es uns in dem Brief geschrieben, bevor du gingst, erinnerst du dich? Du schriebst, wir hätten dieselbe Mutter, Laura und ich. Anna Monteverdi. Bitte erzähl mir alles von ihr! Von ihr und von Angelica, ihrer Schwester!«

Crestina spürte, dass es nicht nur um die Gefühle einer verlassenen Tochter ging. Und sie merkte auch, dass sie sich beeilen musste. »Anna Monteverdi wurde in Neapel geboren«, begann sie, entschlossen, alles zu berichten. Die Zeit, Geheimnisse zu bewahren, war unwiederbringlich vorbei. »Anna war die erste Tochter eines dort ansässigen Grafen. Sie hatte eine jüngere Schwester, Angelica, deren Amme ich war. Ich kam zu der Familie, nachdem die Mutter bei Angelicas Geburt gestorben war. Beide Kinder zog ich fortan wie meine eigenen auf, sie waren mir so teuer, wie es nur leibliche Kinder sein können.« Crestina sprach rasch und ohne innezuhalten, bevor sie zu der entscheidenden Information kam. »Als Anna ins heiratsfähige Alter kam, hat ihr Vater sie mit einem venezianischen Adligen vermählt.«

Mansuetta wirkte verwirrt. »Du meinst, mit einem venezianischen *Maler*.«

»Nein. Sie heiratete Marcello Querini.«

»Mutter, das musst du verwechseln! Nicht Anna, sondern Angelica heiratete Querini!«

»Ja, das tat sie. Aber erst später. Hör mir zu: Anna heiratete Querini als Erste! *Sie* war seine erste Frau. Bald darauf wurde sie schwanger, und schließlich kam sie nieder. Mit dir.«

»Ich … nein!«, stieß Mansuetta hilflos hervor.

»Doch«, sagte Crestina voller Mitgefühl »Du bist seine Tochter, Mansuetta. Die Tochter von Marcello Querini.«

»Was ist dann passiert?«, fragte Giovanni. Mansuetta war offenbar zu schockiert, um weitere Fragen zu stellen.

»Mansuetta war missgebildet. Ein unwillkommenes Kind.« Crestina versuchte, es sachlich klingen zu lassen, doch sie merkte, wie die alten Ängste wieder Gestalt annahmen. »Er hat sie ausgesetzt.«

»Wer?«, fragte Giovanni mit sichtlichem Entsetzen. »Querini?«

»Nein, der Graf. Mansuettas Großvater. Doch es geschah im Einvernehmen mit Querini. Der Graf ging noch in der Nacht der Geburt mit dem Kind fort und legte es irgendwo auf einem Acker ab. Anna erzählten sie später, das Kind sei gestorben.«

»O mein Gott«, stieß Giovanni fassungslos hervor. Mansuetta blieb stumm. In ihrer Miene spiegelte sich Ungläubigkeit, als wolle sie nicht wahrhaben, was sie hörte.

»Ich war ihm in jener Nacht gefolgt und rettete dich. Ich brachte dich fort, nach Venedig. Angelica half mir dabei. Sie verkaufte den Brautschmuck ihrer Mutter. Sie besorgte eine Amme, gab mir das Geld und ermöglichte mir so, unser Haus zu kaufen und die Apotheke einzurichten.« Crestina schloss die Augen, als die Erinnerungen über sie hereinfluteten. Die herrliche Insel in der Lagune, die silbernen Wasser, die tanzenden Boote. Ihre einzige wahre Heimat.

»Die Familie lebte unterdessen weiter, als sei nichts geschehen«, fuhr Crestina fort. »In Neapel, bei dem alten Grafen. Querini war völlig mittellos, ein armer Barnabotto. Er fing damals erst an, sich mit Handelsgeschäften einen Namen zu machen. Obwohl er sehr viel auf Reisen war und nur sporadisch nach Neapel zurückkehrte, wurde Anna nach einigen Jahren wieder schwanger. Eines Nachts belauschte Angelica ein Gespräch zwischen dem Grafen und Querini. Der Graf kündigte an, dasselbe wieder zu tun, falls auch dieses Kind missgestaltet zur Welt käme. Als Querini Einwände erhob, drohte der Graf mit Kürzung seiner finanziellen Zuwendungen, sodass schließlich Einigkeit über das verbrecherische Vorhaben herrschte.

Angelica ging sofort zu ihrer Schwester, um ihr die Wahrheit zu sagen. Und um sie zu warnen. Anna floh noch in derselben Nacht. Es fiel ihr leicht, wegzulaufen, denn in der Zwischenzeit hatte sie sich Hals über Kopf verliebt. Querini war ohnehin nur selten da, und während seiner Abwesenheit hatte Anna Guido Monteverdi kennengelernt, einen jungen venezianischen Maler, der die Wände des gräflichen Palazzo mit neuen Fresken ausstattete. Sie flohen gemeinsam nach Venedig, wo bald darauf Laura zur Welt kam.«

»Hat sie … Ich meine, hat sie je …« Mansuetta brach ab. Offensichtlich brachte sie es nicht fertig, die Frage auszusprechen.

»Ob Anna sich um dich gekümmert hat?« In Crestina stieg Trauer auf. »Mein liebes Kind, sie hat davor zurückgescheut. Sie hatte ihr eigenes Leben, ihre Familie. Sie hatte Laura und Guido. Du und ich – wir waren Teile ihres alten Lebens, an das sie nicht erinnert werden wollte. Sie konnte dir keine Mutter sein.«

Sie sah, wie Mansuetta unter dieser verletzenden Wahrheit zusammenzuckte. Doch gleich darauf hob ihre Ziehtochter trotzig den Kopf. »Ich hatte seit jeher nur *eine* Mutter, und das bist du!«

Crestina lächelte schwach. Das Bedürfnis, einzuschlafen, wurde übermächtig. Abermals schloss sie die Augen, und ihr Kopf fiel zur Seite.

»Mutter!«, rief Mansuetta. »Was ist los?«

»Bin nur … müde«, murmelte Crestina. »So müde …«

»Nein, schlaf noch nicht! Erzähl mir den Rest! Bitte!«

Crestina riss sich gewaltsam aus der Lethargie, indem sie mit dem Kopf gegen den Felsen schlug, bis der Schmerz sie zur Besinnung brachte. »Was dann folgte, war ein Fall doppelter Bigamie«, sagte sie schließlich hastig und mit gepresster Stimme, voller Furcht, dass sie nicht mehr alles würde erklären können. »Anna hatte in Venedig Guido geheiratet, ohne Rücksicht darauf, dass sie noch Querinis Ehefrau war. Querini wiederum vermählte sich mit Angelica – allerdings glaubten diese beiden, Anna sei tot.«

»Wie kamen sie zu der Annahme?«

»Durch den Grafen natürlich, den alten Halunken. Er brachte eine Sterbeurkunde bei, derzufolge Anna in Venedig verstorben sei. Daraufhin stand einer Ehe zwischen Querini und Angelica nichts mehr im Wege.«

»Sie wollte ihn heiraten, nach allem, was …« Mansuetta stockte.

»Nein, sie wollte nicht. Angelica weigerte sich, einer Heirat mit Querini zuzustimmen, doch ihr Vater brach ihren Willen mit Prügeln und Hungerarrest.« Crestinas Stimme klang schleppend, die einzelnen Worte schienen ineinanderzufließen und ihre Aussage zu verlieren, aber irgendwie gelang es ihr, weiterzusprechen. »Als Querini das nächste Mal von einer Reise zurückkehrte, ließ sie ihn bei der heiligen Jungfrau schwören, dass er niemals ihrem Kind, so sie denn je eines bekäme, etwas antäte. Er versprach es – und sicherte ihr außerdem zu, sie fortzubringen, in seine Heimat Venedig, wo sie künftig frei von ihrem grausamen Vater würde leben können. Das gab den Ausschlag, denn sie wollte gern in meiner Nähe sein. Also stimmte sie der Hochzeit zu. Kaum waren sie verheiratet, starb der alte Graf am Schlagfluss. Unversehens war Angelica – und natürlich auch Querini als ihr Ehemann – steinreich. Querini aber hielt Wort, er brachte sie nach Venedig.«

»War Angelica nicht entsetzt, als sie herausfand, dass ihre Schwester gar nicht tot war und sie selbst somit in Bigamie lebte?«

»Natürlich war sie entsetzt. Doch was sollte sie sagen? Etwa Anna an Querini verraten und damit das Lebensglück ihrer einzigen Schwester vernichten?« Crestina schüttelte den Kopf. »Sie konnten beide nichts tun, weder Anna noch Angelica. Außer den Mund zu halten, ihre Geheimnisse zu bewahren und das Beste aus dem zu machen, was sie hatten.« Crestina hielt inne, um Atem zu schöpfen und gegen das Herabsinken ihrer Lider zu kämpfen. Ihre Stimme war so brüchig, dass sie selbst kaum noch verstand, was sie sagte. »In Anbetracht der furchtbaren

Geschehnisse, die all dem vorangegangen waren, verlief Angelicas Ehe mit Querini … erträglich. Sie fand es nicht einmal störend, dass Querini ihr einen Haushalt mitsamt einem illegitimen Sohn präsentierte. Im Gegenteil, sie mochte diesen Jungen.«

»Zuane … Dann ist er mein Halbbruder. Und der von Laura.«

»Ja … Das ist er wohl.« Crestina holte abermals Luft, doch sie merkte, dass es ihr von Mal zu Mal schwerer fiel, durchzuatmen. »Angelica … Sie konnte keine Kinder bekommen und hat ihn behandelt wie einen eigenen Sohn. Sie … war so voller Liebe, so gütig. Meine Angelica …«

»Sie kam oft zu uns«, sagte Mansuetta. Es klang gedankenverloren. Das Boot, in dem sie saß, schwankte sacht auf den Wellen, als wolle es sie wiegen und mit seinem sanften Auf und Ab trösten.

»Ja … Sie besuchte uns häufig.« Crestina brachte es nur noch unter Mühen heraus. »Bis sie eines Tages … an der Lepra erkrankte und das Haus … nicht mehr verlassen konnte. Sie … nahm Abschied von uns und kam nicht wieder. Als sie sich … im Endstadium der Krankheit Querinis Befehl beugte, nach San Lazzaro zu gehen, ging ich mit ihr.« Die letzten Worte flüsterte sie nur noch. »Mit … meinem armen kranken Mädchen.«

Der Schlaf griff nun mit Macht nach ihr, und diesmal gelang es ihr trotz aller Mühe nicht, ihn zu vertreiben.

»Ich muss … ausruhen, mein Kind.«

»Solltest du nicht ins Haus gehen? Mutter? Sollen wir jemanden rufen, der dich holt? Gleich da drüben in den Gärten sehe ich Leute, ich sage ihnen Bescheid!«

»Nicht … nötig. Einfach hier … sitzen und schlafen lassen.«

»Mutter, wir kommen wieder! Morgen um dieselbe Zeit. Kannst du dann wieder hier auf uns warten? Wir werden dich hier nicht allein verkümmern lassen, keine Sorge! Sooft es geht, werden wir dich besuchen! Möchtest du etwas haben? Was sollen wir dir mitbringen?«

Mansuettas Stimme nahm einen verzweifelten Tonfall an. »Mutter, ich liebe dich so!«

»Dich … auch …« Crestina wusste nicht, ob Mansuetta ihre Worte noch gehört hatte. Doch zweifellos würde sie sehen können, was gemeint war, denn als Crestina einschlief, spürte sie deutlich, dass auf ihren Lippen ein Lächeln lag.

Laura stand im Portego vor dem Spiegel, einem Prachtstück in vergoldetem Rahmen, das Antonio erst vor kurzem von Murano mitgebracht hatte. Sie schaute ihr Spiegelbild an, ohne es wirklich zu sehen. Die runde Stirn, über der sich die Haare so rot lockten, die keck geschwungene Nase, die unzähligen Sommersprossen und der herzförmige Mund – all das löste sich in Einzelheiten auf, um sich gleich darauf wieder zusammenzusetzen – zu einem Sammelsurium von Erinnerungen. Sie hörte die Worte, mit denen andere sie beschrieben hatten, angefangen bei ihren Eltern.

Sie hat deine Haare, ganz ohne Frage, und auch die Nase und die Sommersprossen.

Hatte nicht ihr Vater das einst zu ihrer Mutter gesagt?

Das Kinn hat sie von meinem Vater, glaube ich. Zum Glück sonst nichts. Die Antwort ihrer Mutter. Hatte Anna noch mehr über den alten Grafen erzählt, Lauras Großvater?

Laura grübelte und versuchte sich zu erinnern, doch es fiel ihr nicht ein.

Ganz gewiss jedoch hatten ihre Eltern niemals behauptet, dass sie Guido ähnele, das wusste Laura genau. Sie hätte es ohnedies nicht geglaubt. Sein kluges Gesicht, das immerzu leicht von Gram gezeichnet schien, die bedächtigen und gewissenhaften Bewegungen beim Malen, das Leuchten in den Augen, wenn sein Wirken sich im Rausch der Farben entzündete und entfaltete – all das war von einer ganz eigenen Art gewesen.

Laura grübelte, ob sie womöglich ihrem wirklichen Vater glich. Die wenigen Male, die sie Marcello Querini bisher gesehen hatte, war er ihr nicht vertraut erschienen. Sein Gesicht war herrisch, aber auf unbestreitbare Weise attraktiv. Seine hellen Augen … Zuane hatte diese Augen, und manchmal, wenn er sie angesehen hatte, war etwas in ihr angerührt worden.

Herr im Himmel, er war ihr Bruder! Laura wusste immer noch nicht, ob sie deswegen lachen oder weinen sollte. Eines jedoch war sicher: Was immer das Schicksal noch für sie bereithalten mochte – niemand würde ihr nun verwehren können, ihn wiederzusehen. Natürlich würde sie ihm verschweigen, was sie inzwischen wusste, nachdem Antonio, unter dem Eindruck von Mansuettas Neuigkeiten, ebenfalls mit seinen Erkenntnissen herausgerückt war. Laura kümmerte es nicht, dass Zuane einer inzestuösen Begegnung entstammte, ihrer Zuneigung zu ihm tat es keinen Abbruch.

Zuanes Mutter, die zugleich auch seine Tante war, mochte selbstsüchtig, eitel und intrigant sein, sein Vater kalt, berechnend und skrupellos – Zuane war von seinem Wesen her völlig anders. Er war ein wunderbarer Mensch, liebevoll, fröhlich und gutherzig. Er war genau der große Bruder, den Laura sich immer gewünscht hatte. In der ganzen verfahrenen Situation, die hier seit dem Vortag herrschte, war das die einzige wirklich gute Neuigkeit. Und natürlich die ebenso erstaunliche wie wundervolle Tatsache, dass Mansuetta sich verheiratet hatte. Laura konnte es immer noch nicht fassen, und sie hatte nicht mit Vorwürfen gespart, weil Mansuetta sich nicht früher offenbart hatte.

Durch das offene Fenster an der Rückseite des Palazzo war ein Poltern zu hören. Laura eilte hin, um hinauszuspähen. Sie zuckte zusammen, als sie sah, dass die Leichensammler gekommen waren. Unten in der Gasse stand ein Karren, auf dem sich bereits die Toten stapelten. Laura widerstand nur mühsam dem Impuls, in die Mitte des Saals zurückzuweichen, um dem schaurigen Anblick zu entfliehen. Mit beiden Händen die Brüstung umklammernd, blieb sie stehen und schaute hinaus. Die Leichen auf dem Karren lagen kreuz und quer übereinander, hier ein Kopf zwischen den Beinen eines anderen, dort eine Frau auf einem Mann, die schlaffen Gliedmaßen auf obszön anmutende Weise miteinander verschlungen. Ganz zuoberst lag ein Kleinkind, den Mund weit aufgerissen, als sei es mitten in einem Klageschrei gestorben.

Laura zitterte und legte beide Hände auf ihren gewölbten Leib. Sie spürte die Bewegungen ihres eigenen Kindes, teils sanfte, teils schon recht kräftige Tritte. Die Hebamme hatte bei ihrer Untersuchung gesagt, dass alles seine Richtigkeit habe. Das Kind gedieh gut, und sie selbst war gesund.

Gesund! Laura unterdrückte ein hysterisches Lachen, während sie wieder nach draußen schaute. Wie lange sie inmitten dieser Pesthölle gesund bleiben würde, wusste nur der Allmächtige. Sie hielt sich von allen Erkrankten fern, doch damit war ihr nicht geholfen, wenn Antonio sich irgendwo ansteckte. Er war seit dem frühen Morgen fort, um im Hafen eine Schiffsreise zu organisieren. Egal wohin, hatte er gesagt, nur fort!

Bis morgen würden sie wissen, ob sie sich angesteckt hatten. Spätestens übermorgen wollten sie aufbrechen. Mittlerweile war davon auszugehen, dass es eine Epidemie größeren Ausmaßes werden würde, jedenfalls hatte Simon sich am Vorabend so geäußert. Er meinte, dass sie gut daran täten, die Stadt zu verlassen.

Überall spielten sich apokalyptische Szenen ab. Die Toten wurden zu Dutzenden durch die Gassen gekarrt und auf Booten abtransportiert. Weinende Hinterbliebene saßen zusammengekauert an den Wänden ihrer Häuser, um die Ankunft des nächsten Leichenwagens abzuwarten. Pestdoktoren gingen mit brennenden Kräuterschalen in die Krankenzimmer, um die tödlichen Dünste zu bekämpfen, und überall sanken Menschen in die Knie, um zu Sankt Rochus zu beten. Die Augusthitze lag wie eine gewaltige Glocke über der Stadt; die Luft sammelte sich in stinkenden Schwaden in den Gassen und Kanälen, als wolle der Sommer neben dem allgegenwärtigen Tod das seine dazutun, die Menschen zu lähmen und einzukesseln.

Erneut war von draußen ein Rumoren zu hören. Die Leichensammler, zwei Männer in schmutzstarrender Kleidung, kamen die Außentreppe herunter, ein zusammengerolltes Tuch mit einem menschlichen Körper zwischen sich. Ihre Last war schwer; sie zerrten den Toten über die Stufen nach unten. Nach Größe und Umfang handelte es sich um den Leichnam Piero Fioravantes.

Laura hatte ihn nur kurz gekannt, doch die Zeit hatte gereicht, ihn lieb zu gewinnen. Sie verschränkte die Hände zu einem Gebet für seinen Frieden beim Herrn.

Die Männer rollten den Körper aus dem Laken auf den Karren, und Laura sah, dass es tatsächlich Fioravante war. Er kam auf dem toten Kleinkind zu liegen und deckte dessen Antlitz gnädig mit einem Arm zu. Die Männer stiegen erneut die Treppe hinauf und kamen nach kurzer Zeit mit dem zweiten Toten wieder. Tomàso war in der Nacht gestorben. Bei ihm hatten sich die Beulen nicht geöffnet, sondern ihr tödliches Gift nach innen in den Körper entleert. Es war rasch gegangen, hatte ihr die Pflegerin in der Früh beim Verlassen des Hauses zugerufen.

Laura presste die Hand vor den Mund, als sie zusah, wie der hagere Körper des Jungen auf den Karren geworfen wurde und wie er mit weit ausgebreiteten Armen und Beinen auf dem Rücken liegen blieb. Bilder aus der Vergangenheit stiegen in ihr auf, und sie sah ihn wieder vor sich stehen, ein kleiner Junge noch, Seite an Seite mit seinem Bruder. Er hatte ihr ein Stück Wurst gestohlen, weil er Hunger litt. Und sie selbst hatte monatelang seine zerlumpte Kleidung getragen …

»Leb wohl, Tomàso«, flüsterte sie unter Tränen. »Du warst uns ein guter Beschützer und Kamerad. Möge Gott deine Seele gnädig aufnehmen.«

Einer der Männer warf das Tuch über den Leichnam, und ohne innezuhalten, zogen sie den Karren weiter, zur Fondamenta. Dort würden sie ihre schreckliche Fracht auf eines der Pestboote laden, die täglich ein anderes, neu ausgehobenes Massengrab ansteuerten.

Die Pflegerin kam zurück, Laura sah ihre geduckte, ganz in Schwarz gekleidete Gestalt unten in der Gasse. Die Frau war alt, aber sie hatte schon vielen Pestkranken geholfen. Simon hatte gemeint, dass die Stadt ohne Menschen wie sie um vieles ärmer wäre. Antonio hatte sie großzügig entlohnt, doch das war nicht der Grund dafür, warum sie so bereitwillig kam. Für sie war der Dienst am Nächsten der Dienst an Jesus Christus, wie sie sagte. Von der Fondamenta aus heraufrufend hatte sie Laura erzählt, dass ihr in jungen Jahren, als sie selbst schwer pestkrank gewesen war, Sankt Rochus erschienen sei. Leibhaftig sei er an ihr Lager getreten, habe sie gesegnet und ihr aufgetragen, zeitlebens den Pestkranken in ihrer Not zu helfen. Daran, so hatte sie Laura beteuert, habe sie sich seit Jahrzehnten getreulich gehalten, in der Gewissheit, sich damit ihren Platz im Himmelreich zu sichern.

Sie kam nur noch stundenweise; Raffaele war so weit genesen, dass er kaum noch fremder Hilfe bedurfte, und auch Oratio hatte gute Aussichten, zu gesunden. Simon hatte bei ihm die Beulen aufgeschnitten, worauf das Fieber gesunken war. Oratio war noch schwach, aber bei klarem Bewusstsein. In zwei Wochen, so lautete Simons Prognose, wären beide wiederhergestellt.

Laura trat von der rückwärtigen Fensterwand zurück und blieb stehen, die Hände ineinander verschränkt und den Kopf geneigt. Aus den Augenwinkeln sah sie sich im Spiegel, und für einen Moment schien es ihr, als gleite ein Schatten über sie hinweg.

Sie wusste, dass dies der Tod war. Er war ganz nah, aber nicht in Gestalt der Pest. Und er bedrohte nicht nur sie allein!

Ein Schrei wollte in ihr aufsteigen, den sie nur mühsam unterdrücken konnte. Von Entsetzen getrieben eilte sie durch den Portego hinüber zur wasserseitigen Loggia. Sie trat auf den schmalen Balkon und schaute über die Brüstung. Unten auf dem Kanal trieb mit abgehängter Felze eine Gondel davon. Gelenkt wurde sie von einem Mann, bei dessen Anblick der Atem in Lauras Lungen zu Eis gefror.

Er trug eine Kappe und trotz der Hitze einen Umhang, doch Laura hätte ihn überall erkannt. Seine Arme waren im Verhältnis zu seinem Körper überlang, wie bei einem Affen. Es war Silvio, der Diener von Cattaneo. Als hätte er gespürt, dass sie ihn beobachtete, drehte er den Kopf und schaute zu ihr herauf, ein breites Grinsen im Gesicht.

Das Herz trommelte so stark in ihrer Brust, dass Laura meinte, die Rippen müssten ihr bersten. Ohne nachzudenken, rannte sie zur Treppe und dann hinunter, durch den Gang des Mezzà bis in die Küche.

»Wo ist Matteo?«, schrie sie außer Atem.

Die Küchenmagd fuhr herum, einen Lappen in der Hand und die Augen aufgerissen. »Herr im Himmel, habt Ihr mich erschreckt!«

»Wo ist der Junge?«

Die Küchenmagd zuckte die Achseln. »Ich habe ihn der Nonne mitgegeben, so wie Euer Gatte es befohlen hat.«

Laura starrte sie an, beide Fäuste gegen ihr jagendes Herz gepresst. »Welcher Nonne?«

Die Magd wirkte verunsichert. »Sie sagte, sie käme von Messèr Bragadin. Er habe befohlen, dass der kleine Matteo zu ihm gebracht werde, weil auf dem Schiff, das er ausgesucht habe, alle Kinder besonders untersucht werden müssten. Wegen der Pest. Er sollte gleich mitkommen, es würde nicht lange dauern.« Sie schluckte. Offenbar ging ihr gerade auf, dass sie vielleicht einen Fehler begangen hatte. »Sie war eine vornehme Nonne«, verteidigte sie sich. »Sauber und von Adel, das sah man sofort.«

»Wie sah sie aus? Hatte sie pechschwarzes Haar und grüne Augen? Ein Gesicht wie die leibhaftige Madonna?«

Laura merkte an der erschrockenen Miene der Magd, dass die Beschreibung zutraf. Sie drehte sich auf dem Absatz um und rannte los, ohne einen Gedanken an ihre Schwangerschaft zu verschwenden. Wenn sie schnell war, würde sie die Gondel noch erreichen können.

Als Kind war sie oft durch die Gassen gelaufen, war Windungen gefolgt und über Brücken gerannt, und sie hatte sich einen Spaß daraus gemacht, die Boote, die eben noch am Haus ihrer Eltern vorbeigefahren waren, an der nächsten Kanalbiegung entgegenkommen zu sehen. Sie hatte den verdutzten Gondolieri gewunken und war weitergerannt, um sie an der nächsten Kurve erneut abzufangen, denn sie kannte jeden Winkel dieses Sestiere wie ihr eigenes Zimmer. Jeden Sottoportego, jede Calle, jeden Campo und jeden noch so winzigen Cortile. Sie dachte nicht groß darüber nach, während sie rannte. Sie lief leichtfüßig und mit weiten Schritten. Auf halber Strecke stieß sie auf eine Mauer, die früher noch nicht hier gewesen war. Keuchend blieb sie stehen und ergründete ihre Möglichkeiten, bis sie darauf kam, dass es nur eine einzige gab. Sie streifte die dünnen, vom Rennen ohnehin längst zerfetzten Seidenschuhe von den Füßen, nahm Anlauf und sprang an der Wand hoch. Mit beiden Händen packte sie die Mauerkrone und zog sich mit einem raschen Klimmzug hoch. Oben balancierte sie bis zum nächsten Dach, wo sie sich umschaute und sofort erkannte, dass sie hinauf- und an der anderen Seite wieder hinabklettern musste, um den Kai zu erreichen, auf dem es weiterging. Ohne zu zögern, machte sie sich ans Werk. Sie erklomm die Wand über die Auskragungen und Simse, von denen an diesem wie auch an den meisten anderen Häusern in der Stadt etliche vorhanden waren. Oben auf dem Dach lösten sich Ziegel unter ihren Füßen; sie rutschte weg und drohte zu stürzen. Im letzten Moment fing sie sich wieder und klammerte sich an einem Schornstein fest. Sie kletterte auf die Altana, lief quer über die hölzerne Fläche und schwang sich an der anderen Seite wieder hinunter. Vom oberen Fassadenkranz ließ sie sich auf die darunter befindliche Brüstung herab, danach auf einen tiefer gelegenen Balkon, von dem aus sie auf die Fondamenta sprang.

Das letzte Stück dieses Weges führte über eine geschwungene Brücke. Laura flog förmlich hinüber und erreichte das schmale Uferstück, wo die Gondel in wenigen Augenblicken auftauchen würde. Und dort war sie auch schon!

»Matteo!«, schrie sie, so laut sie konnte.

Der Vorhang an der Felze bewegte sich.

Laura holte Luft für einen weiteren Schrei. »Matteo!«

Das Abdecktuch wurde weggezogen. Drei Menschen befanden sich in der Felze. Arcanzola und Giacomo Cattaneo hatten Matteo in die Mitte genommen. Mit vollkommen argloser Miene saß der Junge dort, und als er Laura auf der Fondamenta stehen saß, lächelte er. »Laura! Wie kommst du denn hierher?«

Er zuckte zusammen, als er merkte, dass etwas nicht stimmte. Es gehörte nicht viel dazu, es zu erkennen, denn Cattaneo hatte seinen Dolch gezogen und presste dem Jungen die Schneide an die Kehle.

Laura wich zurück. »Nicht«, stieß sie hervor. »Bitte nicht!« Sie blickte sich wild um. Es mussten doch Leute unterwegs sein, die das hier mitbekamen! Doch die einzigen Menschen, die sie auf der Fondamenta sah, waren zwei weinende Kinder, die offenbar ihre Mutter verloren hatten. Lauras Blick glitt weiter und traf auf eine alte Frau, die am Fenster eines Hauses eine Pestfahne befestigte und dann rasch verschwand. Sonst war niemand zu sehen. Die Menschen hatten zu viel Angst vor der Seuche. Wer konnte, blieb zu Hause.

»Laura«, sagte Arcanzola freundlich. »Steig zu uns in die Gondel. Dann wird Matteo nichts geschehen.«

»Laura?« Aus Matteos Stimme klang Entsetzen.

»Ich komme zu dir, Matteo! Hab keine Angst!«

Silvio lenkte die Gondel an die steinernen Stufen der Fondamenta und wartete, bis sie eingestiegen und hinter ihm auf der mittleren Bank Platz genommen hatte. Aus der Nähe konnte sie seine verrottenden Zähne sehen, ebenso wie die tückische Vorfreude in seinen Augen. Der Vorhang war wieder über die Felze gefallen, doch Laura konnte Matteos unterdrücktes Schluchzen hören.

»Fürchte dich nicht«, sagte sie. »Ich bin hier. Was immer geschieht – ich bin bei dir!«

»Wir auch, mein lieber Rotschopf«, kam Arcanzolas leise Antwort. »Jetzt und für den Rest eures Lebens.«

Laura starrte in die Wellen, die sich vor der schneller werdenden Gondel teilten. Sie war bis tief in die Seele erfüllt von kalter, lähmender Angst.

Das Schiff, das Antonio nach längerer Suche für geeignet hielt, sollte nach Candia weiterfahren, der kretischen Hauptstadt. Kreta stand, obschon immer wieder Gegenstand kriegerischer Auseinandersetzungen mit den Osmanen, unter venezianischer Herrschaft und war somit sicher. Ein besseres Ziel war kaum denkbar, zumal Kreta ein Umschlagplatz für Waren aus aller Welt war und sich folglich hervorragend für den Abschluss neuer Geschäfte anbot. Warum nicht aus der Not eine Tugend machen?

Bei diesem Gedanken fiel es Antonio leicht, mit dem Kapitän der Karacke handelseinig zu werden. Dieser bestand allerdings darauf, dass alle Passagiere zuvor dem Schiffsbarbier zur Untersuchung vorgeführt würden, eine Forderung, der Antonio vorbehaltlos zustimmte.

Er hatte im Übrigen bereits weitergedacht. Nicht nur seine Familie würde auf dem Schiff Platz finden, sondern – auf der Rückreise – auch eine Ladung Wein. Den Frachtraum dafür mietete er an Ort und Stelle im Kontor der Compagnia an, unter deren Ägide die Karacke segelte. Den Wein würde er natürlich erst auf Kreta kaufen müssen, doch er war zuversichtlich, eine ausreichende Anzahl von Fässern erstehen zu können. Die Hauptfracht für die Rückfahrt bestand aus Weizen. Viele Schiffe brachten Weizen von Kreta nach Venedig, weil das Getreide von der Terraferma infolge des Krieges immer knapper wurde, doch auch Wein galt nach wie vor in der Lagunenstadt als unverzichtbar.

Antonio besiegelte das Geschäft durch Einzahlung einer festgesetzten Summe Goldes sowie durch Unterzeichnung einer Urkunde, die ihm das Vorrecht auf den von ihm beanspruchten Frachtraum verschaffte. Anschließend machte er sich auf den

Heimweg, sorgsam darauf bedacht, stets ausreichend Abstand zu den Menschen zu halten, die auf den Kais unterwegs waren.

Zum wiederholten Male fragte er sich, ob Valeria wohl an der Pest erkrankt war. Die Symptome waren anfangs dieselben wie bei einem schweren Fieber. Er hatte Valeria nicht nur berührt, sondern sie sogar auf seinen Armen in ihr Bett getragen.

Bisher fühlte er sich nicht krank, aber noch war der Tag nicht vorbei. Die Pest, so hatte er inzwischen erfahren, konnte im ungünstigsten Fall einen so rapiden Verlauf nehmen, dass jemand, der sich am frühen Morgen noch gesund fühlte, am Abend bereits tot war. So wie der Apotheker aus Padua. Ein Bote war am frühen Morgen mit der Nachricht gekommen, dass Messèr Silvano an der Pest verstorben war. Den Hund hatten die Nachbarn getötet, aus Angst, dass er die Pest weiterverbreiten könnte. Über die Apotheke, so hatte der Bote weiter berichtet, seien abermals Plünderer hergefallen. Laura hatte zwischen Selbstvorwürfen und Trauer geschwankt, doch Antonio fand, dass sie im Moment schlimmere Sorgen hatten.

Die Riva degli Schiavoni war weitaus weniger belebt als sonst; die Matrosen zogen es angesichts der grassierenden Pest vor, auf ihren Schiffen zu bleiben. Unumgängliche Besorgungen erledigten sie möglichst gleich im Hafen. Auch von den Händlern waren bei weitem nicht so viele zu sehen wie gewöhnlich. Sowohl auf dem Markusplatz als auch am Rialto sowie hier auf der Riva waren nur wenige Kaufleute erschienen, um Geschäfte zu tätigen. Dasselbe galt für die Betreiber von Bauchläden und Ständen. Bis auf eine alte Frau, die fangfrischen Fisch vom Fass verkaufte, sowie einen Mann, der Melonen feilbot, konnte Antonio in unmittelbarer Nähe keine Verkäufer ausmachen.

Er war hungrig und durstig, daher kaufte er ein Stück Melone. Bevor er an den Stand trat, musterte er den Händler und suchte nach Anzeichen von Schwäche oder Fieber.

Der Mann blickte ihn von unten herauf an und zwinkerte. »Ich hatte die Pest vor über fünfundzwanzig Jahren, Domine. Sonst würde ich hier nicht so unbesorgt mitten auf dem Kai stehen und Melonen verkaufen. Wollt Ihr nun ein Stück oder lieber doch nicht?«

»Ich nehme eine ganze.« Antonio wählte eine ganze Frucht, nur um sie selbst und mit seinem eigenen Messer aufschlagen zu können, und nachdem er dem Verkäufer ein paar Münzen hingelegt hatte, ging er mit dem herausgeteilten Achtel weiter und ließ den Rest liegen.

»Stets auf der Hut, wie?«, sagte eine amüsierte Stimme hinter ihm.

Antonio fuhr herum. »Carlo!« Verblüfft und erfreut über das Wiedersehen betrachtete er sein Gegenüber. »Du schleichst dich immer noch an wie ein Geist!« Er schlug dem Schwarzen auf die Schulter und strahlte ihn an. Carlo sah prächtig aus, wie er sofort feststellte. Seine Erscheinung war beeindruckend, schon allein wegen der Körpergröße. Er erschien Antonio hochgewachsener und muskulöser denn je; das bartlose Gesicht wirkte in seiner dunklen Schönheit exotisch und zugleich geheimnisvoll. Er war barhäuptig; das Haar trug er wie früher kurz geschoren. Seine Kleidung war die eines erfolgreichen Kaufmanns, schwarz und schlicht, aber hochwertig gearbeitet. Beinkleider, Hemd und Wams schienen ihm auf den Leib geschneidert, und auch die Lederstiefel waren zweifellos maßgefertigt. An seiner Hüfte baumelte gut sichtbar ein Degen. Seine Haltung war lässig, aber seine Bewegungen signalisierten jene nur mühsam gebändigte Spannkraft, wie sie bei sprungbereiten Raubtieren zu finden ist.

»Wie ist es dir ergangen?«, fragte Antonio.

»Man kommt herum«, entgegnete Carlo. In seinen Augen blitzte der Schalk, und er lächelte. »Nicht so weit wie du«, fügte er hinzu. »Aber vielleicht ändert sich das noch.«

Antonio nutzte die Gelegenheit, ihm von seinen Plänen im Ablasshandel zu berichten. Carlo hörte aufmerksam zu und stellte einige Fragen, wollte sich aber nicht auf konkrete Entschlüsse festlegen. »Lass uns warten, wie sich die Dinge hier in Venedig weiterentwickeln«, meinte er vage.

»Gut, dann klären wir das, sobald ich zurück bin«, sagte Antonio.

»Du verreist wieder? Wo soll es denn diesmal hingehen?«

»Nach Kreta. Ich will meine Familie in Sicherheit bringen. Laura erwartet ein Kind, ich möchte nicht, dass sie hier ständig in der Gefahr lebt, sich anzustecken. Dasselbe gilt natürlich für ihre Schwester und Matteo.« Bedrückt fügte er hinzu: »Tomàso ist letzte Nacht gestorben. Zum Glück scheint Oratio durchzukommen.«

Carlo wirkte betroffen. »Es wird seltsam sein, den einen Bruder nur noch ohne den anderen zu sehen.«

Antonio holte Luft. »Ich war dieser Tage bei Valeria. Sie ist ebenfalls krank.«

»Ich weiß.«

»Woher?«

Carlo hob nur die Brauen. Anscheinend wollte er nicht darüber reden.

»Du … hm, du weißt nicht zufällig, ob sie die Pest hat?«, fragte Antonio.

»Falls dich die Sorge umtreibt, dass du dich vielleicht angesteckt haben könntest – in dem Punkt kann ich dich beruhigen. Es ist nicht die Pest, nur ein Fieber. Was natürlich nicht bedeutet, dass sie daran nicht ebenfalls sterben kann.«

Antonio nickte betreten und fragte sich, ob er Carlo auf Valerias Ehe ansprechen sollte.

Doch dann entschied er sich dagegen, denn im Grunde ging es nur die beiden etwas an. Und Querini natürlich, der sich zu allem Überfluss als naher – und mit einer scheußlichen Vergangenheit behafteter – Verwandter entpuppt hatte. All das war in der Tat erschreckend kompliziert, obschon diese Probleme angesichts der um sich greifenden Seuche stark an Bedeutung verloren.

Antonio musterte Carlo aufmerksam. Ihm war klar, dass diese Begegnung hier auf der Riva degli Schiavoni kein Zufall war.

»Was ist passiert?«, fragte er.

Anstelle einer Antwort blickte Carlo sich um. Ein gedankenverlorener Ausdruck stand in seinen Augen. »Hier fing damals alles an. Auf diesem Kai. Hier setzte ich zum ersten Mal meinen Fuß auf venezianischen Boden.«

Antonio erinnerte sich gut daran. Er war an jenem Tag ebenfalls hier gewesen. Genau wie Laura. Seit damals war ihr aller Schicksal auf seltsame Weise miteinander verknüpft.

»Den portugiesischen Sklavenhändler habe ich umgebracht«, sagte Carlo im Konversationston, als berichte er über ein erfolgreiches Geschäft. »Desgleichen die Männer, die von Cattaneos verbrecherischer Bande noch übrig waren.«

»Gut«, sagte Antonio knapp. »Fehlt nur noch Cattaneo selbst, wie?«

»Ich will ihn heute töten. Es wird Zeit, ein Ende zu machen.«

Antonio merkte, wie sein Herzschlag sich beschleunigte. Giacomo Cattaneo war in Venedig! Anscheinend hatte der Mistkerl es für besonders schlau gehalten, gleichsam im Schutze der Seuche zurückzukehren. Der Zeitpunkt, das musste Antonio einräumen, war gut gewählt. Cattaneo hatte die Pest schon gehabt, und in der Stadt herrschte Panik. Das waren gleich zwei Vorteile, die er sich zunutze machen konnte.

»Ich weiß, dass auch du noch eine Rechnung mit ihm offen hast«, sagte Carlo.

»Mehr als eine«, stimmte Antonio grimmig zu. »Wo steckt das Schwein?«

»Bist du bereit, sofort mitzukommen?«

Antonio warf die angebissene Melonenspalte über die Kaimauer ins Wasser und berührte seinen Waffengurt. »Worauf warten wir noch?«

An der Stelle, wo Crestina am Vortag gesessen hatte, war niemand zu sehen.

»Sie ist nicht da.« Mansuetta starrte durch ihre Augengläser zum Strand.

»Wir sind vielleicht ein wenig früh«, gab Giovanni zu bedenken.

Mansuetta bewegte sich unruhig. »Sie wird aber doch noch kommen, oder?« Die Frage war, wie sie sofort merkte, absurd. Giacomo konnte es genauso wenig wissen wie sie selbst.

Sie hob erneut die Brille und blickte suchend über die Insel. Im Sonnenlicht sah San Lazzaro harmlos, ja sogar einladend aus. Eine kleine Kirche mit einem leicht baufällig wirkenden Glockenturm, davor ein gepflasterter Campo, in dessen Mitte sich ein Ziehbrunnen befand, und rund um diesen Platz eine Ansammlung von Hütten und Ziegelhäusern, von denen die meisten sauber und solide wirkten. Üppig blühende Gärten umgaben das bewohnte Areal, und am befestigten Teil der Küste lagen Boote vertäut, an denen einige Fischer arbeiteten.

Nichts an dieser Idylle deutete darauf hin, dass San Lazzaro eine Insel der Verdammten war. Mansuetta kämpfte mit den Tränen. Die Vorstellung, dass ihre Mutter gezwungen war, bis zu ihrem Ende hier auszuharren, war grauenhaft. Obwohl sie eine Nacht darüber geschlafen hatte – in Giovannis Armen, zum ersten Mal sogar ganz offiziell –, erschien ihr die Gewissheit, ihre Mutter nie mehr bei sich haben zu können, unerträglich. Die ganze Zeit über war sie so nah gewesen!

»Wo bleibt sie nur? Sie müsste doch schon hier sein! Ich kenne Mutter. Sie ist die Verlässlichkeit in Person.« Mansuettas Blick streifte die Kiste, die unter der Ruderbank stand. »Meinst du, sie freut sich über die Sachen? Vielleicht hätte ich noch mehr Seife einpacken sollen.«

»An Seife wird es ihr sicher nicht mangeln«, versetzte Giovanni geduldig.

Vermutlich hatte er recht. Wie es hieß, bekamen die Bewohner der Insel alles, was sie benötigten. Bedarfsgüter, die sie nicht selbst erzeugen konnten, wurden von kirchlichen und behördlichen Einrichtungen geliefert. Venedig behandelte seine Aussätzigen gut. Dennoch hatte Mansuetta nicht gezögert, alles zusammenzupacken, von dem sie meinte, Crestina damit eine Freude zu machen. Unter anderem einen Stapel Bücher, außerdem einen neuen Umhang, den sie für sich selbst hatte schneidern lassen, ferner eine Kräutersalbe zur Linderung von Hautbeschwerden sowie eine Wolldecke, die ihrer Mutter im Winter gute Dienste leisten würde.

Mansuetta wandte sich impulsiv ihrem Mann zu. »Lass uns zu den Fischern da drüben rudern und sie bitten, Mutter Bescheid zu sagen!«

Er lächelte. »Du gibst wohl nie Ruhe, was?« Er hob die Braue über dem unversehrten Auge, was ihm das kühne Aussehen eines Piraten verlieh. »Zuerst musst du mich küssen.«

»Giovanni, du bist unmöglich«, schalt sie. Doch sie konnte nicht verhindern, dass bei seinen Worten ein warmes Gefühl in ihr aufstieg. Sie legte beide Hände auf seine Schultern und hob ihm ihren Mund zu einem Kuss entgegen. Er machte ausgiebig Gebrauch von dem Angebot und presste sie dabei an sich, bis sie seine Erregung spüren konnte. Das Blut strömte heiß und schnell durch ihre Adern, und sie merkte, wie ihr Tränen in die Augen schossen, weil es so köstlich war, sich in seinen Armen ganz und gar als Frau zu fühlen.

»Giovanni, du bist mein Leben«, murmelte sie. »Wie ich dich liebe!«

Sacht schob er sie ein wenig von sich. »Das sagst du mir zum ersten Mal, weißt du das?«

»Wirklich?« Sie runzelte die Stirn. »Gedacht habe ich es aber jeden Tag!«

»Gut zu wissen.« Er lachte und fing an zu rudern. »In Zukunft werde ich dich wohl öfter fragen, was dir gerade durch den Kopf geht!«

Als sie das Strandstück erreichten, wo die Fischer arbeiteten, beugte Mansuetta sich über den Dollbord, winkte und machte mit lauten Rufen auf sich aufmerksam, bis einer der Männer aufblickte und näher kam. Er trug einen leichten Umhang mit einer Kapuze, die sein Gesicht verbarg, doch die Hände, die unter den weiten Aufschlägen seiner Ärmel hervorschauten, waren nur noch verkrüppelte Stümpfe. »Was wollt Ihr?«, rief er.

»Meine Mutter sehen! Sie heißt Crestina Ferro. Gestern trafen wir sie da vorn bei den Felsen, heute wollte sie zur selben Tageszeit wieder dort sein. Könntet Ihr vielleicht rasch zu ihrem Haus gehen und ihr sagen, dass ihre Tochter gekommen ist?«

»Die alte Apothekerin? Sie ist tot. Wir fanden sie gestern Nachmittag dort drüben, direkt am Meer.« Der Mann zeigte auf die Stelle, wo sie am Vortag angelegt hatten.

Mansuetta spürte, wie alle Kraft aus ihren Gliedern wich. Sie sank gegen Giovanni und wäre gefallen, wenn er sie nicht sofort festgehalten und an sich gezogen hätte.

»Ruhig«, sagte er. »Ich bin bei dir.«

Mansuetta schüttelte den Kopf, als könne sie so das betäubende Gefühl des Schmerzes vertreiben.

»Mutter lächelte doch«, sagte sie hilflos. »Ich habe es genau gesehen! Oder habe ich mir das nur eingebildet?«

»Nein, ich sah es auch.« Giovanni umfasste sie fester. »Sie schloss die Augen und hat gelächelt.«

»Sie ist nicht eingeschlafen, sondern gestorben!«, stieß Mansuetta hervor.

»So muss es gewesen sein«, räumte Giovanni ein. »Aber wenn ich je einen Menschen habe glücklich sterben sehen, so war es deine Mutter.«

Trostlosigkeit bemächtigte sich ihrer, und schluchzend vergrub sie ihr Gesicht an Giovannis Brust. Eine Zeit lang ließ sie ihren Tränen freien Lauf.

Nach einer Weile merkte sie, dass sie eher ihr eigenes Elend beweinte als den Verlust. Den schlimmsten Kummer, das erkannte sie jetzt, hatte sie bereits viel früher verarbeiten müssen – damals, als ihre Mutter fortgegangen war.

Sie hob den Kopf und wischte mit dem Ärmel die Tränen weg. »Ja«, sagte sie mit fester Stimme. »Sie ist glücklich gestorben. Und ich habe sie geliebt, so wie sie auch mich liebte. Ich war ihr Kind, und sie war meine Mutter, und in meinem Herzen wird sie für immer bei mir sein.«

Giovanni drückte sie noch einmal an sich und küsste sie auf die Stirn. Anschließend nahm er das Ruder und stieß das Boot von der Anlegestelle weg. Während er das Segel hisste und langsam beidrehte, um zu wenden, schaute Mansuetta zur Insel zurück. Die Blumenbeete in den Gärten entfalteten im Sonnenlicht ihre ganze sprühende Farbenpracht, und für einen Moment schien es Mansuetta, als wehte der Wind den Duft von Blüten herüber. Während das Boot Fahrt aufnahm, legte sie die Hand auf den Arm ihres Mannes, ohne den Blick von der Insel zu wenden. Nach und nach wurde San Lazzaro immer kleiner, und als sie schließlich die Brille wegnahm, blieb nur noch ein Schatten vor der Weite des Meeres.

Laura fühlte, wie ihre Augen brannten, während sie Arcanzola beobachtete. Sie wusste nicht, ob es von dem Hass kam, der sie erfüllte, oder von den glimmenden Kohlebecken, die überall in dem fensterlosen Raum verteilt standen und Rauchschwaden verbreiteten. Laura konnte in dem stechend riechenden Gemisch nicht alle verwendeten Kräuter unterscheiden. Vermutlich war Schöllkraut dabei, aber auch Farn, Johanniskraut und Mistel. In jedem Fall jedoch Bilsenkraut, ebenso Fingerhut. Beide Gewächse waren hochgiftig und wurden dem Teufel zugeschrieben. Sicherlich gehörten sie deshalb zu dieser Satansmesse, die allem Anschein nach hier zelebriert werden sollte.

Laura hatte das verkehrt angebrachte Kreuz mit einem kopfunter hängenden Christus an der Wand nur mit einem flüchtigen Blick gestreift, ebenso die merkwürdigen Schriftzeichen auf dem Boden. Nicht einmal der Umstand, dass diese Malerei allem Anschein nach mit Blut gefertigt worden war, vermochte länger als einen Augenblick ihre Aufmerksamkeit zu fesseln. Das Einzige, worauf sie sich wirklich konzentrieren konnte, war der Altar.

Sie hatten Matteo darauf gefesselt, nachdem sie ihn nackt ausgezogen und ihm ein Mittel eingeflößt hatten, das ihn einschlafen ließ.

»Glaub mir, wir wollen ihn nicht damit töten«, hatte Arcanzola lächelnd versichert.

Nicht damit – die tiefere Bedeutung dessen war Laura nicht entgangen. Sie hatten natürlich eine andere Todesart für ihn vorgesehen, eine, bei der Blut fließen würde. Mit einem Mal stiegen in Lauras Erinnerung Worte auf, die sie in einem anderen Leben gehört zu haben schien. Cattaneo hatte sie zu Arcanzola gesagt, damals, als sie Laura und Matteo zu ihm gebracht hatte.

Bist du nicht von allen Frauen, die ich kenne, die schlimmste und verdorbenste? Wer bringt mir denn die Kindlein, wer hält die Schale, um ihr Blut aufzufangen?

Matteo schlief fest; sein schmaler Körper lag reglos ausgestreckt auf dem mit schwarzem Samt bedeckten Tisch. Der Kopf war zur Seite gesunken, der Mund stand leicht offen. Im Licht der vielen Kerzen war seine Haut so bleich, als wäre er schon tot. Hätte sich sein Brustkorb nicht beim Atmen regelmäßig gehoben und gesenkt, hätte Laura jede Hoffnung aufgegeben.

So jedoch war sie von einem derart sengenden Zorn erfüllt, wie sie es noch nie erlebt hatte. Die Säule, an die Cattaneo und Silvio sie gefesselt hatten, war aus grob gemauertem Granit, aber nicht allzu dick. Ihre Hände, mit Lederriemen hinter der Säule zusammengebunden, lagen nicht direkt auf dem Stein, sondern hatten geringen Spielraum. Sie konnte sich leicht vorbeugen und ihre Arme und Gelenke bewegen. Leider schienen sich die Schnüre bei jedem Versuch, sie zu lockern, nur fester zuzuziehen. Je mehr sie daran zerrte, desto enger kamen ihr die Fesseln vor. Allmählich begann sie sich zu fragen, ob nicht vielleicht genau das in Cattaneos Absicht gelegen hatte.

Er war nicht mehr hier; kaum hatten er und Silvio den Jungen auf den Altar gelegt und Laura an die Säule gebunden, waren die beiden Männer schon wieder verschwunden. Bevor Cattaneo ging, hatte er über die Schulter zurückgeblickt und gelächelt. »Keine Sorge, mein Liebes. Ich bin bald zurück. Du musst nicht lange warten.«

An diese Worte klammerte sich Laura. Solange er nicht wiederkam, würde sie nicht sterben. Und Matteo auch nicht. Sie hatte noch eine Chance. Mit Arcanzola allein konnte sie fertig werden. Vorausgesetzt, sie schaffte es, die Fesseln zu lösen.

Die Möglichkeit, jemanden außerhalb des Gebäudes auf sich aufmerksam zu machen, erachtete sie als gering. Das Haus lag am Rande eines menschenleeren Brachgeländes, und es hatte dicke Mauern.

Arcanzola fing an, sich auszuziehen. Mit langsamen Bewegungen legte sie Pectorale und Habit ab und warf alles nachlässig in eine Ecke. Anschließend drehte sie sich zu Laura um und fuhr sich mit beiden Händen über den Leib und zwischen die Beine.

Ihr Körper war schlank und makellos, mit spitzen, hoch angesetzten Brüsten, einer schmalen Taille und langen Beinen. Ihre Blicke verhakten sich mit denen von Laura, während sie zu summen anfing und sich tänzelnd durch den Raum bewegte, immer hin und her, gleichzeitig jedoch näher kommend. Gerüche von Zimt und Nelkenöl mischten sich mit ihren Körperausdünstungen, und Laura musste ein Würgen unterdrücken, als Arcanzola vor ihr stehen blieb. Erinnerungen brachen über sie herein, denen sie nicht ausweichen konnte. Sie schauderte vor Ekel.

»Ich sehe schon, du hast nichts von unserer denkwürdigen Begegnung vergessen«, sagte Arcanzola strahlend. »Genauso wenig wie ich! Was war das doch für eine erfreuliche kleine Auspeitschung, damals im Waisenhaus!« Sie beugte sich dicht zu Laura, die Nasenflügel gebläht und ein Leuchten im Blick. »Es war nur ein einziges Mal und nicht sehr heftig, aber es war ein echtes Erlebnis!«

Mit einer nachlässigen Bewegung wandte sie sich ab und ging zum Opferaltar zurück. Dort bückte sie sich, hob den Samtbehang an. Als sie sich wieder aufrichtete, hielt sie ein

Messer in der Hand, auf dessen Schneide sich der rötliche Widerschein der Kerzenflammen fing.

Laura riss an ihren Fesseln. Sie spürte, wie ihr das Blut über die Finger lief, weil sie sich an dem rauen Stein die Haut aufgeschürft hatte. Es tat jedoch nicht allzu weh, denn durch die festgezurrten Riemen waren ihre Hände taub geworden. Statt aufzuhören, machte sie auf eine andere Art weiter. Fieberhaft begann sie, ihre Fesseln gegen die Säule zu reiben, ohne Rücksicht darauf, was dieser gewaltsame Akt mit ihren Händen und Knöcheln anstellte. Sie konzentrierte sich auf ihre Wut und auf ihren Willen, freizukommen. Wenn es ihr gelang, das Leder durchzuschaben, würden sich die Fesseln vielleicht lösen.

Arcanzola kam erneut zu Laura, um dicht vor ihr stehen zu bleiben. Wie gebannt starrte sie Laura an, während sie das Messer hob. Laura verdoppelte ihre Anstrengungen, sie zerrte und scharrte hinter der Säule, bis sie merkte, wie ihr das Blut von den Fingern tropfte.

»Ja«, flüsterte die Nonne. »Wehr dich! Kämpfe bis zum letzten Atemzug! So warst du schon immer, und das wird dein Sterben besonders befriedigend machen!«

Arcanzola setzte die Messerspitze in Lauras Ausschnitt an und zog einen sanften Kreis über die Wölbung ihrer Brüste. »Wie schön du geworden bist! Deine Haut ist wie Seide!« Ihre Stimme nahm einen strengen Klang an. »Du hättest es gleich sagen sollen!«

»Was?«, keuchte Laura.

»Dass du ein Kind erwartest.« Arcanzola drückte die Messerspitze gegen Lauras Leib. »Wie weit bist du? Im fünften Monat?« Unversehens setzte sie den Dolch erneut im Ausschnitt des Gewandes an und zog ihn nach unten. Der Stoff der Gamurra wurde von der scharfen Schneide zerteilt, und darunter kam in glatter Rundung der Bauch zum Vorschein.

»Ah!«, machte Arcanzola ehrfürchtig. »Jetzt kann man es richtig sehen! Wie schön! Das wird mein Bruder besonders zu schätzen wissen! Er wollte das schon immer tun, weißt du.«

»Was?«, stieß Laura abermals hervor, ohne mit ihren rasenden Versuchen, die Lederriemen durchzuschaben, innezuhalten.

»Einer Schwangeren das Kind aus dem Leid schneiden. Vielleicht lebt es danach sogar, und wir können es gesondert opfern. Sobald wir mit Matteo fertig sind.« Sie ließ von Laura ab und ging zu dem Altar. »Eine schöne Vorstellung. Du hängst dort an der Säule, langsam verblutend, während dein Bruder und dein neugeborenes Kind zu Ehren Beliars ihr Leben geben.« Verzückt betrachtete sie den bewusstlosen Jungen, während sie beinahe zärtlich mit dem Messer über seinen Leib fuhr.

Laura war davon überzeugt, dass ihre Hände und Unterarme nur noch eine einzige blutige Masse waren, doch sie hörte nicht auf. Als gleich darauf ein Knacken hinter ihrem Rücken ihre Bemühungen belohnte, stöhnte sie laut auf, einesteils vor Erleichterung, andererseits, um das Geräusch zu übertönen. Die Fessel war deutlich lockerer als zuvor. Entweder war einer der Knoten aufgeplatzt oder der Riemen war angerissen. Unverdrossen schabte sie weiter. Ein kleines bisschen noch …

Arcanzola hob lauschend den Kopf, dann lächelte sie. »Sie sind zurück. Das Warten hat ein Ende.«

Laura zog die Fesseln über den Granit, immer auf und nieder, so schnell sie konnte. Inzwischen spürte sie auch den Schmerz; die Durchblutung war wieder in Gang gekommen. Die aufgescheuerten Stellen brannten wie Feuer, und warm sickerte ihr das Blut über die Hände. Keuchend machte sie weiter.

Trotz der Anstrengung konnte sie Männerstimmen hören; es klang, als tönten sie aus dem Nebenraum.

Arcanzola wirkte mit einem Mal irritiert, und Laura fürchtete bereits, sie könne bemerkt haben, dass die Riemen sich gelockert hatten. Doch die Nonne hatte den Kopf gedreht und horchte aufmerksam nach nebenan.

Laura hörte kurz auf, die Hände zu bewegen, um ebenfalls zu lauschen. Sie erkannte die beiden Stimmen sofort, und keine von ihnen gehörte Cattaneo oder Silvio. Laura holte Luft und setzte zu einem Schrei an, doch Arcanzola kam ihr zuvor. Sie legte die Klinge gegen Matteos Hals. »Ein Laut, und ich schlitze ihm die Kehle von einem Ohr bis zum anderen auf!«

Laura schnappte nach Luft, gab aber ansonsten keinen Ton von sich.

»Brav«, wisperte Arcanzola.

Die Stimmen waren jetzt deutlicher zu vernehmen.

»Hier scheint niemand zu sein. Anscheinend ist der Vogel ausgeflogen. Oder meinst du, er hat diesen Schlupfwinkel schon wieder aufgegeben?« Das war Antonio.

»Vielleicht. Zuzutrauen ist ihm alles. Er ist sehr vorsichtig.« Carlos Stimme.

»Am besten, wir gehen wieder«, meinte Antonio. »Sinnlos, hier zu warten. Vermutlich hat er irgendwo einen Posten aufgestellt, der ihn bei der Rückkehr warnen wird. Hier wird er sicher nicht mehr auftauchen.«

Lauras Pulse rasten, als sie gewahrte, wie nah er war. Doch zugleich hätte er auch am anderen Ende der Welt sein können, denn helfen konnte er ihr unter diesen Umständen nicht.

Stille kehrte ein, offenbar hatten die Männer das Haus wieder verlassen.

Arcanzola lächelte triumphierend, während sie den Dolch von Matteos Kehle nahm. »Na also«, sagte sie.

Im nächsten Moment war ein Krachen zu hören, die Tür barst in einem Regen aus Holzsplittern aus dem Rahmen, und gleichzeitig kamen Antonio und Carlo in den Raum gestürzt.

Arcanzola stieß einen Wutschrei aus. Sie zückte den Dolch und drehte sich wieder zu dem Altar um, mit einer kraftvollen Bewegung zum tödlichen Stich ausholend.

Laura zerrte an ihren Fesseln und spürte, wie sie zerrissen. Sie war schneller als die Männer, denn sie hatte es nicht so weit. Mit zwei Schritten war sie bei der Nonne, einen Lidschlag bevor der Dolch auf Matteo niederfahren konnte. Laura warf sich mit voller Wucht gegen Arcanzolas Körper und brachte sie aus dem Gleichgewicht. Das Messer sauste ratschend durch den Samtbehang, richtete aber weiter keinen Schaden an.

Arcanzola kam unter Laura zu liegen, das Gesicht ihr zugewandt. Mit einer ruckartigen Bewegung schwang sie den Dolch hoch, gegen Lauras Brust. Laura handelte planlos und rein instinktiv. Sie packte mit beiden Händen die Faust mit dem Messer und lenkte sie aus dem entgegenkommenden Stoß heraus nach unten, ihr gesamtes Gewicht dagegenwerfend. Die Klinge fuhr dicht über dem Kehlkopf in Arcanzolas Hals, tief hinein, bis sie auf den knöchernen Widerstand eines Halswirbels traf.

Arcanzola gab ein ersticktes Röcheln von sich. Sie starrte Laura fassungslos an und hob beide Hände, wie um ein lästiges Insekt zu verscheuchen. Sie fand den elfenbeinernen Dolchgriff und betastete ihn. Laura hatte sich aufgerappelt und verharrte in entsetzter Faszination, während Arcanzolas Hände langsam herabsanken und neben ihr zu Boden glitten wie die schlaffen Flügel eines gestürzten Vogels.

Die Nonne starb, aber es dauerte etliche grauenhafte Augenblicke, bis der letzte Funke in ihren Augen erlosch. Bis zum Schluss hielt sie Lauras Blicke gefangen, als wolle sie ihr versprechen, im Jenseits auf sie zu warten. Benommen blieb Laura stehen, unfähig, die Augen von der Toten abzuwenden.

Wie aus weiter Ferne merkte sie, dass Antonio sie fieberhaft von oben bis unten abtastete und ihren Körper untersuchte. »Sie hat üble Abschürfungen. Es blutet ziemlich, ist aber nicht allzu schlimm.«

»Der Kleine kommt bereits zu sich«, sagte Carlo. »Er ist nur betäubt.«

Antonio packte Laura bei den Schultern und schaute ihr eindringlich ins Gesicht. »Wie fühlst du dich?« Er legte ihr die Hand auf den Leib. »Das Kind?«, fragte er drängend.

Sie riss sich aus ihrer Erstarrung. »Es geht mir gut, und dem Kind auch.« Wie zum Beweis bewegte es sich in ihr und versetzte ihr einen harten Tritt unter die Rippen.

Ein Schluchzen stieg in ihr auf, als sie begriff, dass sie gerettet war. »Du bist gekommen!«, weinte sie. »Ich hatte solche Angst, dass du wieder fortgehst!«

Er zog sie in die Arme. »Diese Unterhaltung führten Carlo und ich nur zum Schein. Wir hatten die Geheimtür entdeckt, die in diesen Raum führte, aber wir dachten uns gleich, dass jemand unser Kommen gehört hatte. Uns erschien es vernünftig, so zu tun, als würden wir wieder verschwinden, denn nur so konnten wir uns das Überraschungsmoment zurückholen.« Er drückte sie fester an sich. »Dennoch warst du schneller als wir. Du bist unglaublich tapfer! Ich bin stolz auf dich!«

Sie begann zu zittern. »Ich will hier raus!«

»Gleich.« Er ließ sie los, riss ein Stück von ihrem Unterkleid ab und verband ihr die Hände.

Carlo zog unterdessen sein Wams aus und hüllte Matteos nackten Körper darin ein. »Meine Güte, ist er groß geworden«, sagte er leise. »Ich sehe ihn noch vor mir, wie er über den Strand getapst ist und immer wieder auf seinen kleinen Hintern fiel, weil er das Laufen noch üben musste.« An Laura gewandt setzte er hinzu: »Hat Cattaneo gesagt, wo er hingeht?«

»Nein. Aber er wollte bald wiederkommen. Arcanzola dachte vorhin schon, er wäre wieder da. Also kann er nicht vorgehabt haben, lange fortzubleiben.«

»Dann sollten wir uns hier verstecken und einfach warten«, meinte Antonio.

Laura schüttelte heftig den Kopf. »Nein.«

»Keine Sorge«, meinte Carlo beruhigend. »Antonio bringt dich und den Kleinen nach Hause. Mit Cattaneo und seinem Zwerg werde ich auch allein fertig.«

»Das meinte ich nicht.« Laura schaute ihn an. Ihre Panik hatte sich gelegt. In ihr hatte sich eine eisige Ruhe ausgebreitet, die sie selbst überraschte. »Ihr solltet nicht hier warten, sondern ihm folgen.«

»Aber …«, hob Antonio an.

Carlo hob die Hand. »Warte.« Er erwiderte Lauras Blick. »Bist du sicher?«

»So sicher, wie ich nur sein kann.« Sie zögerte. »Ihr müsst euch beeilen.«

Carlo nickte, eine Sorgenfalte zwischen den Brauen. »Kommst du allein zurecht?«

»Was immer ihr beide da gerade ausheckt, sie bleibt auf keinen Fall hier«, erklärte Antonio resolut.

Laura zog den Samtstoff von dem teuflischen Altar und war nicht überrascht, darunter nur einen plumpen Holztisch zu entdecken. Sie warf sich das Tuch um die Schultern. Es roch ein wenig muffig, aber um das zerschnittene Oberteil ihres Kleides zu bedecken, taugte es allemal. »Nehmt Matteo und mich ein Stück mit, bis zur nächsten Kirche. Ich werde dort warten und beten.«

Valeria öffnete die Augen, als sie merkte, dass ein Schatten über das Bett fiel. Zuerst dachte sie, ein Traumbild zu sehen, doch er war tatsächlich hier. Cattaneo stand neben dem Bett und blickte auf sie herab. In seinen Augen standen Trauer und Bestürzung.

»Mein armes Mädchen«, sagte er.

»Giacomo«, flüsterte sie. »Was tust du hier?«

»Dich endlich besuchen, was dachtest du denn?«

»Die Diener …«

»Alle weg. Sie haben Angst vor der Pest.«

»Und du nicht?«

»Ich hatte sie doch schon, meine Kleine.« Er strich ihr vorsichtig das Haar aus der Stirn. »Meine Güte, was ist mit dir passiert? Du siehst schrecklich aus!«

Sie gab keine Antwort, sondern schaute ihn nur unverwandt an, als könne sie, wenn sie ihn nur scharf genug fixierte, seine Absichten ergründen. Es war nicht weiter schwierig. Sie hätte schon früher genauer hinsehen sollen. Aber vielleicht war es früher auch noch nicht in dieser Deutlichkeit zu sehen gewesen. In seinen Augen stand Wahnsinn.

Benommen überlegte sie, wie es wohl hatte geschehen können, dass sie damals Zuneigung zu ihm gefasst hatte. Mehr noch, sie hatte ihn geliebt. Ob es daran gelegen hatte, dass er der erste Mann gewesen war, der sie gesehen hatte, wie sie wirklich war? Der ihre versteckte Sehnsucht nach Liebe hinter dem zwanghaften Bedürfnis nach materieller Sicherheit erkannt hatte? Er hatte ihr beides gegeben, Liebe und Geld. Das Geld war real gewesen, in Form von Schmuck, kostbaren Kleidern, Dienerschaft und köstlichen Speisen. An die Liebe hatte sie glauben wollen, weil auch sie manchmal real gewesen war, zumindest hin und wieder, vor allem nach jenen dunklen Stunden orgiastischer, verdorbener Leidenschaft. Wenn er sie in die Arme genommen hatte, in seinem Bett, wo sie sich zuvor nicht nur ihm, sondern auch anderen Männern hingegeben hatte, Carlo eingeschlossen. Dann hatte er sie an seine Brust gezogen und ihr mit tränenerstickter Stimme zugeflüstert, dass er ohne sie verloren wäre. Und er hatte die Wahrheit gesagt, deshalb hatte sie ihn geliebt.

Seine schwärzesten Untaten hatte sie damals noch nicht gekannt. Sie hatte nicht gewusst, dass er einem berüchtigten Franzosen nacheiferte, einem verdienten Heerführer namens Gilles de Rais, ein Kampfgefährte der berühmten Jeanne d'Arc, der siebzig Jahre zuvor wegen Massenmords hingerichtet worden war. Dieser Mann hatte unter dem Deckmantel seiner respektablen Stellung lange Zeit im Verborgenen einem grausigen Laster gefrönt. Er hatte zu seinem Vergnügen in satanischen Messen Kinder getötet. Hunderte, wie es hieß. Und Cattaneo sollte, wenn auch in kleinerem Maßstab, Ähnliches getan haben. Antonio hatte ihr davon erzählt, und später hatte auch Carlo einen entsprechenden Verdacht geäußert.

Warum dann sie selbst noch lebten, hatte sie ihn gefragt.

Weil wir anders sind, hatte Carlo gesagt. Wir sind stärker.

Aber waren sie das wirklich? Wie kam es dann, dass ihr Herz immer noch raste, wenn Giacomo hier neben ihr stand und auf sie herabblickte, mit seinen wissenden Augen? Übte er seinen unheilvollen Einfluss immer noch auf sie aus, oder lag es vielleicht an ihrer Krankheit?

»Du hast ein Kind«, sagte er mit Blick auf die Wiege. »Geht es dir deswegen so schlecht?«

Sie blieb erneut die Antwort schuldig. Er würde ohnehin das tun, was er für richtig hielt, ob es ihr nun zum Schaden oder zum Nutzen gereichte.

»Ich nehme dich mit«, sagte er sanft. »An einen Ort, wo du Frieden finden wirst.« Er schaute zu der Wiege. »Und dein Kind auch.«

»Du meinst einen Ort, an dem du uns töten wirst.«

»So harte Worte«, schalt er sie. »Traust du mir denn nicht?«

Ihre Stimme war schwach, aber klar. »Ich wäre verrückt, wenn ich es täte.«

Er schlenderte zu der Wiege und schaute hinein. »Querini ist bestimmt überglücklich, dass er seinen Lenden nach all den Jahren noch einen ehelichen Spross abringen konnte.«

»Verschwinde besser, Giacomo. Marcello kam heute zurück und ist hier, im Haus. Es kann nicht lange dauern, bis er dich hört!«

»Oh, ich weiß, dass er seit heute wieder hier ist, mein Liebes. Nur kann er leider nicht aufstehen, weil er die Pest hat. Aber das weißt du sicher.«

»Bitte, nicht das Kind, Giacomo. Nimm mich mit, aber lass den Kleinen hier!«

»Wer soll sich denn um ihn kümmern? Etwa die hässliche, schwachsinnige Amme, die unten in der Küche sitzt? Oder die Magd, die mit wehenden Röcken vor der Pest in diesem Haus geflohen ist? Nein, das wäre kein Leben für den armen Säugling. Besser, wir machen es so, wie ich es für ihn vorgesehen habe.« Er neigte bedauernd den Kopf zur Seite. »Schade, dass Carlo nicht mit dabei sein kann. Alle anderen sind da. Alle, die ich liebe und brauche.«

Statt Blut schien Eiswasser zu ihrem Herzen zu strömen.

Er lächelte sie an. »Du siehst aus, als würdest du es nicht glauben. Aber sogar Laura ist gekommen, und Matteo auch. Es wird eine wunderbare Zeremonie werden.«

»Giacomo, was tust du denn hier?«, kam es atemlos von der Tür. Eugenia stand dort, unverschleiert, die Gamurra nur nachlässig geschnürt und die blonden Locken zerzaust. Hinter ihr wurde Bartolomeo sichtbar, die behandschuhte Rechte auf ihrer Schulter, als gehörte sie dorthin.

Valeria stöhnte vor Erleichterung. »Ihr müsst mir helfen!«, forderte sie ihre Schwägerin auf. »Der Kerl ist verrückt! Er will mich und das Kind entführen und uns umbringen!«

Eugenia grinste. »Wirklich? Dann kommen wir ja gerade rechtzeitig.« Schmollend wandte sie sich an Cattaneo. »Du musst mir Zeit geben, mich umzuziehen. Hätte ich früher gewusst, was du vorhast, wäre ich besser vorbereitet.«

»Ihr könnt nachkommen«, sagte Cattaneo. »Ich will meine Gäste nicht so lange allein lassen.«

Eugenia wirkte unzufrieden, nickte dann aber, bevor sie mit Bartolomeo den Raum verließ.

»Sie macht mit dir gemeinsame Sache«, stellte Valeria fest. Der Wunsch zu fliehen wurde übermächtig, doch sie war nicht einmal in der Lage, sich aufzusetzen. Noch nie im Leben hatte sie sich so schwach und ausgelaugt gefühlt. Das Fieber war nicht mehr allzu hoch, aber ihre Schwäche schien von Stunde zu Stunde zuzunehmen.

»Natürlich macht sie das«, antwortete Cattaneo auf Valerias Feststellung. »Sie ist schon seit Tagen wieder hier im Haus, hast du das nicht bemerkt?«

Niemand hatte es ihr gesagt. Wozu auch? Alle gingen davon aus, dass sie bald sterben würde. Dass Eugenia sich trotz der Seuchengefahr als verantwortungsbewusste Schwester und Schwägerin gebärdete, rief vermutlich allenthalben Bewunderung hervor.

»Das *X*«, murmelte Valeria. »Sie ist das *X*, nicht wahr?« Natürlich, dachte sie. Es musste jemand aus Giacomos Umfeld sein. Eine Person, die nur er kannte, die anderen nicht. Sonst hätte er sie nicht als *X* bezeichnen können.

»Du weißt davon?«, fragte Cattaneo. »Es stimmt tatsächlich.

Wie bist du darauf gekommen? Ah, Carlo hat es dir gesagt, nicht wahr?«

Valeria machte sich nicht die Mühe, darauf zu antworten. Sie war mit einem Mal so müde, dass sie kaum noch die Augen offen halten konnte.

»Ich fürchte, du hast es Eugenia zu verdanken, dass du so krank bist«, meinte Cattaneo.

Valeria dachte an die vielen Stärkungsmittel, die ihr die Magd die ganzen letzten Tage über gereicht hatte, und ein Würgen stieg in ihr auf.

Cattaneo nickte. »Ja, das ist Eugenias Art. So war sie schon immer. Auch bei Angelicas Lepra hatte sie ihre Hände im Spiel, wie ich hörte.« Seine Stimme senkte sich in gespielter Abscheu. »Sie sorgte für eine infizierte Kammerzofe.«

Valeria spürte, wie sich neben der Müdigkeit wachsende Gleichgültigkeit in ihr breitmachte. Alle Hoffnung war dahin. Es war niemand mehr da, der sie retten konnte. Marcello und Zuane waren während ihres Aufenthalts auf der Terraferma an der Pest erkrankt; bisher hatte sie keinen von beiden gesehen. Sie hatten sich mitsamt einem alten Mönch, der sie pflegen sollte, im Mezzà einquartiert, in den Räumen, die am weitesten von diesem Gemach entfernt waren.

»Wir wollen keine Zeit mehr verlieren«, sagte Cattaneo. »Ich habe schon viel zu lange gewartet. Glaub mir, wären die Umstände danach gewesen, wäre ich früher zurückgekommen und hätte mir wiedergeholt, was mir gehört. Silvio!« Auf seinen Ruf hin erschien sein Diener, der offenbar im Portego auf Anweisungen gewartet hatte. »Nimm das Kind«, befahl Cattaneo ihm.

»Nein!«, schrie Valeria. Ihre Stimme hatte den Klang von zersplitterndem Glas.

»Meine Güte!« Cattaneo gab sich überrascht. »Du musst diesen Winzling ja wirklich lieben!«

»Er ist mein Sohn!«, rief sie. »Bitte lass ihn hier! Verschone wenigstens ihn!«

Er schien nachzudenken, schüttelte dann aber lächelnd den Kopf. »Ich fürchte, in diesem Punkt kann ich dir nicht nachgeben. Wir brauchen sein Blut, weißt du. Beliar musste lange auf frische Opfer warten, und es ist leider so, dass er die unschuldigen Kinder am liebsten nimmt.« Er wandte sich seinem Diener zu, der vor der Wiege stehen geblieben war. »Mach schon.«

Silvio beugte sich vor, um das schlafende Kind aus der Wiege zu nehmen. Als er die Hände ausstreckte, war ein surrendes Geräusch zu hören. Silvio erstarrte mitten in der Bewegung. Seine überlangen Arme fielen herab, und ein perplexer Ausdruck machte sich auf seinem Gesicht breit. Aus seinem Mund drang ein Gurgeln, während er in die Knie brach. Mit einem Poltern fiel er vornüber und blieb dicht neben der Wiege liegen. Zwischen seinen Schulterblättern steckte der Pfeil einer Armbrust, und als Valerias Blicke von ihm hinüber zur Tür glitten, sah sie Zuane dort stehen. Sein Haar war wirr und nass geschwitzt, das Gesicht hochrot vor Fieber. Vereinzelt zeigten sich auf seiner Haut schwärzliche Flecken, Zeichen dafür, dass er von innen her verblutete und bald sterben würde. Es grenzte an ein Wunder, dass er es in diesem Zustand überhaupt noch geschafft hatte, von seinem Lager aufzustehen; das Delirium musste ihm ungeahnte Kräfte verliehen haben.

Seine Blicke irrten durchs Zimmer, bis er Valeria sah. Die Armbrust glitt aus seinen Händen und fiel zu Boden. »Habe … deinen Schrei gehört …« Mit diesen Worten sackte er zusammen.

Cattaneo achtete nicht auf ihn. Stirnrunzelnd eilte er zu der Wiege und drehte Silvio auf den Rücken. Nach einem kurzen Blick in das Gesicht seines Dieners gab er ein unterdrücktes Fluchen von sich und ging zu Zuane. Er trat dem Liegenden in die Seite. »Mistkerl! Du hast den besten Diener umgebracht, den ich je hatte!« Er zog sein Messer, bückte sich und schnitt Zuane die Kehle durch, alles in einer einzigen fließenden Bewegung. Blut ergoss sich über seine Füße, aber es schien ihn nicht zu stören.

Valeria presste die Hände vor den Mund, während Cattaneo seinen Dolch an Zuanes Haaren abwischte und die Waffe anschließend wieder in die Scheide schob.

»Zeit zu gehen, meine Schöne.«

Er richtete sich auf, um zum Bett zurückzukehren. Bevor er den ersten Schritt tun konnte, wurde er von hinten gepackt und in den Raum hineingeschoben.

»Sieh sie an, während du stirbst«, sagte Carlo hinter ihm. »Schau ihr in die Augen, vielleicht begreifst du dann etwas.« Er hielt Cattaneo hoch wie eine Puppe, eine Hand in seinem Genick und die andere an seinem Gürtel.

»Carlo!«, schrie Cattaneo in einer Mischung Verzückung und Angst. »Ich wusste, dass du kommst!«

»Wirklich?«, gab Carlo zurück. »Dann weißt du sicher auch, was als Nächstes passiert.« Er schmetterte Cattaneos Körper gegen einen der deckenhohen Bettpfosten, und Valeria wurde durch die Erschütterung des Aufpralls zur Seite geworfen. Sie sah Blut spritzen und hörte das Knacken, mit dem Giacomos Nase und andere Körperteile brachen. Carlo schleuderte Cattaneo zu Boden und stellte ihm den Fuß quer über den Hals, um ihn unten zu halten. Er zog seinen Degen und reichte ihn Valeria, den Griff voran. »Du kannst es selbst tun, wenn du willst.«

Sie schüttelte den Kopf. »Glaub mir, ich täte es mit Freuden. Aber ich kann kaum einen Finger rühren.«

Carlo nickte. Mit einer beinahe nachlässigen Bewegung holte er aus und stach Cattaneo in die Brust. Valeria beobachtete, wie der Schwarze mit scheinbar kühlem Interesse Giacomos vergebliche Bemühungen verfolgte, nach Luft zu schnappen, und sie sah, wie dem tödlich Verletzten rotblasiger Schaum auf die Lippen trat, bevor seine Augen im Tod erstarrten. Das Ganze schien eine Ewigkeit zu dauern, endlose Augenblicke, in denen Valeria ihr gesamtes Leben vorüberziehen sah, seit jener Zeit, als sie einander zum ersten Mal begegnet waren.

Dann war es vorbei.

Valeria merkte, wie ihr die Tränen über das Gesicht liefen. Trotz ihrer Schwäche gelang es ihr, die Hand zu heben und sie Carlo entgegenzustrecken. Er nahm sie und hielt sie fest.

»Er ist tot«, schluchzte sie. »Er ist tot!«

Er gab keine Antwort, sah sie nur unverwandt an.

»Laura«, stieß sie hervor. »Matteo … Er sagte, dass sie …«

»Sie sind in Sicherheit. Wir haben sie gefunden, Antonio und ich.«

»Eugenia und Bartolomeo … Sie sind hier im Haus, oben! Eugenia ist … Sie gehört zum Bund der Sechs.«

»Sie entkommen uns nicht, keine Sorge.«

»Denkst du, Giacomo hat die Wahrheit gesagt?« Valeria schluckte. »Ob er wirklich wusste, dass du kommst?«

Carlo zuckte die Achseln. »Mag sein. Er war ein Spekulant und ein Spieler, weißt du. Je höher der Einsatz, desto aufregender das Spiel. Am Ende zu verlieren – vielleicht war gerade das für ihn das beste Spiel überhaupt.«

»Ein Spiel«, flüsterte sie, voller Reue und Bitterkeit. »Wir waren Spielzeug, von Anfang an.«

»Nein«, sagte er hart. »Wir waren Kinder.«

»Ich bin so müde«, murmelte sie.

»Schlaf nur.« Er drückte ihre Hand. »Ich werde bei dir sein, wenn du wieder aufwachst.«

Sie schloss die Augen in dem Bewusstsein, dass er an ihrer Seite war.

Antonio stieg über Bartolomeos Leichnam hinweg, nachdem er sein Schwert notdürftig an dessen Hemd gesäubert hatte. Der Mann hatte gut gekämpft, wendig und aggressiv wie eine gereizte Katze, und er hatte sich auf ein paar Finten verstanden, die Antonios ganze Schwertkunst herausgefordert hatten. Doch Raffaele hatte ihn nicht umsonst jahrelang in täglichen Fechtübungen trainiert.

Am Ende hatte jedoch nicht Antonios bessere Technik, sondern schlicht seine Körperkraft den Ausschlag gegeben. Er war wesentlich jünger als sein Widersacher und diesem an Muskelmasse weit überlegen. Bei den letzten Stößen und Hieben war es fast gewesen, als kämpfte er gegen einen Greis.

Eugenia hockte im hintersten Winkel ihrer Kammer, zusammengekauert an der Wand. Sie lebte noch, doch Antonio sah auf den ersten Blick, dass es bald mit ihr vorbei sein würde. Sie hatte vermutlich gleich zu Beginn des Kampfes Gift geschluckt; ihr Gesicht war rot wie ein Fass gesottener Krebse, und aus ihren Mundwinkeln rannen Speichelfäden. Ihre Augen waren glasig, während sie sich ruckartig in Krämpfen hin und her warf. Offenbar hatte sie sich das Sterben weniger schmerzhaft vorgestellt, denn in ihren Zügen zeigte sich neben dem Schmerz auch Wut.

Als sie Antonio sah, gesellte sich Hass dazu. Sie spie ihm vor die Füße, doch als sie gewahrte, dass ein Batzen Blut mit herauskam, stieß sie einen Jammerlaut aus. Sie versuchte, sich aufzurichten, fiel aber bei der ersten Bewegung kraftlos zurück. Keuchend hielt sie sich den Leib und wiegte sich vor und zurück, während sie wie ein Tier in der Falle zu Antonio aufschaute.

Er ließ sie einfach sitzen und wandte sich wieder der Leiche zu. Ohne zu zögern, zog er dem Toten die Handschuhe aus. Ekel packte ihn, als er dabei die Verunstaltung entdeckte. Bartolomeo hatte dicke, spitz zulaufende Fingernägel, von gelblicher Färbung und zu scheußlichen Krallen gebogen, wie bei einem Tier. Vermutlich war er bereits damit geboren worden und hatte früh gelernt, diese widerwärtige Abnormität zu verstecken. Ein rotes Mal gab es an seinen Händen nicht.

Antonio stieg die Treppe hinunter und ging zurück in den Portego, um einen Blick in Valerias Gemach zu werfen. Sie war eingeschlafen; Carlo war bei ihr. In der Ecke saß die Amme auf einem Stuhl und stillte das Kind.

Von den Leichen war nichts mehr zu sehen. Carlo hatte sie in Laken eingewickelt und unten vor dem Haus in der Gasse abgelegt. Sie würden noch heute in einem der Massengräber landen, von denen es in diesen Tagen so viele gab. Niemand würde sich die Toten genauer anschauen.

Antonio zog sich leise zurück und ging nach unten, um das Haus zu verlassen. Für ihn war hier alles getan.

Auf dem Weg zum Ausgang stieß er zu seinem Schrecken auf Laura. Sie stand im Mezzanin vor der halb offenen Tür einer Kammer und schaute hinein. Das Tuch vom Opferaltar hatte sie abgelegt; irgendwo hatte sie einen richtigen Umhang aufgetrieben, der weniger spektakulär aussah. Er war aus brauner Wolle und in Anbetracht der Augusthitze viel zu warm, doch aus ihrer Sicht war vermutlich alles besser als der schwarze Samt.

Er eilte an ihre Seite und machte keinen Hehl daraus, wie ungehalten er über ihr Erscheinen war. »Was tust du hier? Wo ist Matteo?«

»In der Sakristei der Kirche, beim Priester. Er schläft.«

»Warum bist du hergekommen?«

»Ich habe gespürt, dass die Gefahr vorüber ist.«

»Das ist sie keineswegs. Hier herrscht die Pest.« Antonio wollte sie von der Tür der Kammer wegziehen, doch sie leistete Widerstand.

»Lass mich«, sagte sie. »Ich gehe nicht hinein und berühre auch nichts, keine Sorge. Ich wollte nur … Ich wollte ihn sehen, bevor er stirbt.« Sie hob den Kopf; in ihren Augen standen Tränen. »Zuane ist tot, nicht wahr?«

Antonio nickte stumm.

Sie atmete tief durch und lehnte sich an ihn. Er hielt sie fest, um ihr zu zeigen, dass er sie verstand und mit ihr fühlte.

Die Blicke auf den Kranken in der Kammer gerichtet, meinte sie leise: »Ob er es je bereut hat? Ich meine, die Sache mit Mansuetta.«

»Dass er ihrer Aussetzung zugestimmt hat? Und der deinen ebenfalls, falls auch du missgestaltet gewesen wärst? Nun, er war immer mehr am Geld und am Erfolg interessiert als an allem anderen.« Noch während Antonio diese Worte aussprach, fühlte er eine tiefer liegende Wahrheit in ihnen, die auch ihn selbst betraf. War nicht auch er eine Zeit lang auf diesem schmalen Grat zwischen Ehrgeiz und Menschlichkeit gewandelt? Tat er es nicht sogar immer noch?

»Vielleicht *hat* er es bereut«, sagte er rasch, bevor die Gedanken an Schärfe gewinnen konnten.

»Manchmal«, kam eine matte Stimme vom Bett her. »Manchmal reute es mich.«

Laura tat einen Schritt nach vorn, doch Antonio hielt sie fest. Er umarmte sie, und er tat es nicht nur, um sie zu schützen, sondern auch, weil er das drängende körperliche Bedürfnis verspürte, ihr so nah wie möglich zu sein. Es war, als müsse er sich nach all den schlimmen Stunden vergewissern, dass sie beide noch lebten.

Aus den Tiefen des Zimmers tauchte ein kahler alter Franziskaner auf. Er trat ans Bett und legte Querini nasse Umschläge auf.

Der Patrizier hob die Hand, um ihn abzuwehren. »Setz dich wieder. Dein Geld kriegst du auch so. Das verdammte Fieber bringst du sowieso nicht mehr weg, und die Pest schon gar nicht.« Ein stakkatoartiges Husten unterbrach seine Worte, und als es aufhörte, war das Laken, mit dem er zugedeckt war, rot gesprenkelt. »Ich habe nicht mehr viel Zeit«, fuhr Querini mit pfeifenden Atemzügen fort. »Warum also nicht beichten? Ich meine all die Sünden, die ich zwar schon dem Priester, aber noch nicht euch erzählt habe. Fragt mich nur alles, ich stehe Rede und Antwort.«

Laura wusste selbst nicht, ob sie es überhaupt hören wollte. Die Fragen, die noch ungeklärt waren, schienen ihr mit einem Mal unwichtig. Die Schatten, die sie noch am Morgen umgeben hatten, waren verschwunden. Was konnte sie mehr wollen? Dennoch mochte sie nicht gehen, noch nicht. Der Mann, der dort im Sterben lag, war ihr leiblicher Vater, und er hatte vor vielen Jahren dazu beigetragen, dass ihr Leben aus den Fugen geraten war. Falls es jemanden gab, der ihr für all das eine Erklärung schuldete, dann er.

Von dort, wo sie standen, konnten sie sein Gesicht nicht sehen, nur einen Teil seines Profils, sein Haar und das Laken über seinem Körper. Und die Hände auf der Decke, mit den rötlichen Narben vom Brand des Arsenals, unter denen sich jenes Mal verbarg, das Laura damals aufgefallen war.

Die Läden des Fensters waren geschlossen. In der Ecke des Raums brannte eine Kohlepfanne, die mit Kräutern bestreut war. Es stank nach Essig, Theriak, Wein und Blut, aber noch schlimmer nach Exkrementen und tödlicher Fäulnis.

Laura unterdrückte den aufsteigenden Ekel.

»Habt Ihr … jemals einen Menschen wirklich geliebt?«, wollte sie wissen.

»Zuane. Aber er ist tot. Da ich ihm jedoch bald folge, spielt es keine Rolle.«

»Damals … an dem Tag, als meine Eltern starben, was wolltet Ihr da?«

»Mich vergewissern, dass ich keinem Trugbild aufgesessen war. Ich sah dich und Monteverdi, auf dem Ponte della Paglia, an jenem Tag, als der schwarze Sklave auf dem Kai getötet wurde. Am selben Tag, als auch der Jude mit dem Alaun zu mir kam, zusammen mit Euch, Bragadin. Ich fand heraus, wo Anna und Monteverdi lebten, und als ich es wusste, ging ich hin, um zu sehen, ob ich eine Tochter habe.« Ein erstickter Atemzug folgte diesen Worten, und gleich darauf ein neuer Hustenstoß, heftiger und quälender als der davor. Als er verebbte, war weiteres Blut auf der Bettdecke zu sehen.

»Ihr strengt ihn an«, sagte der Mönch. »Lasst ihn doch einfach in Ruhe!«

»Sei still«, befahl Querini ihm. Leiser fuhr er fort: »Dass Monteverdi starb, tut mir leid. Aber er hatte ein schwaches Herz, das war sein Verderben. Auch Annas Tod kann wohl schwerlich mir angelastet werden.«

»Und Jahre später, in jener Nacht, als der Fondaco dei Tedeschi abbrannte?«, fragte Laura mit angespannter Stimme.

Sie sah, wie Querini mit den Schultern zuckte. »Ich war rein zufällig dort in diesem Theater, das ist alles. Manchmal liebt auch ein Mann wie ich einfache Zerstreuungen.«

»Und dazu gehört es, junge Mädchen zu verschleppen und zu töten?«

Querini lachte rasselnd. »Du lieber Himmel, nicht doch! Ich wollte dich nicht töten. Ich wollte einfach nur nachschauen ...« Er brach ab und rang nach Luft.

Sie fuhr zusammen wie unter einem Schlag. »Ihr wolltet nachschauen, wie ich aussehe? Ob ich behindert bin, wie Mansuetta?«

Ein erneutes Schulterzucken, gefolgt von mühevoll gekeuchten Worten. »Etwas in der Art, ja.«

»Und danach ... war ich Euch gleichgültig?« Mit einem Mal war ihre Stimme wie die eines Kindes, hell und unsicher. Sie spürte, wie Antonio seine Umarmung verstärkte, und plötzlich wollte sie nur eines: nach Hause gehen.

»Du warst nur ein Mädchen«, sagte Querini. »Von perfekter Schönheit, aber ein Mädchen. Was sollte ich für dich empfinden? Ich kannte dich doch gar nicht. Und dass Zuane sich in dich verliebte, war eine äußerst unheilvolle Entwicklung, denn er war dein Bruder. Ich fürchtete eine Wiederholung dessen, was einst mir geschah.« Querini hustete, und als er schließlich fortfuhr, war seine Stimme kaum noch zu verstehen. »Ich gestehe aber, es hat mich sehr glücklich gemacht, dass du zu Bragadin fandest. Er war ...« Querini besann sich und sprach Antonio direkt an. »Ihr wart mir wirklich wie ein Sohn, Antonio. Ich wünschte ...« Abermals versagte ihm die Stimme, und wieder folgte ein Hustenanfall. Diesmal brach ein ganzer Schwall Blut aus seinem Mund hervor und nässte das Laken. Danach kehrte Schweigen ein. Der Mönch war von seinem Schemel aufgestanden und ans Bett geeilt. »Er ist besinnungslos«, sagte er. »Und er wird ganz gewiss nicht wieder erwachen. Was immer er Euch in der Vergangenheit angetan hat – er hat es hiermit gebüßt. Ihr solltet nun gehen.«

Laura senkte den Kopf und trat von der Tür zurück. Antonio legte den Arm um ihre Schultern und führte sie zur Pforte. Sie schlugen um die draußen liegenden Toten einen großen Bogen und gingen weiter zur Fondamenta, wo er sein Boot vertäut hatte. Sie schwiegen beide, aber für Laura war es ein Schweigen, dem Frieden innewohnte. Alles war gesagt, die offenen Rechnungen waren bezahlt.

Antonio half Laura beim Besteigen der Gondel und wartete, bis sie in der offenen Felze Platz genommen hatte. Sie schaute zu ihm auf und betrachtete ihn. Sein Gesicht war ernst, aber im Sonnenlicht strahlten seine Augen wie heller Bernstein. Ein zögerliches Lächeln trat auf seine Lippen, als er auf sie niederblickte.

»Alles in Ordnung?«, fragte er sanft.

Sie nickte stumm. Ja, es war alles in Ordnung. Sie wusste es mit allen Fasern ihres Seins, denn sie konnte wieder Pläne für die Zukunft schmieden, das war ihr vorher nicht möglich gewesen. Vor ihrem geistigen Auge entstand ein Bild, und es zeigte ihr Haus, so wie es sein würde, wenn Tiziano mit den neuen Fresken fertig war. Laura konnte es in allen Einzelheiten vor sich sehen: Eine vertraute Ansammlung von Fabelwesen, bestehend aus Einhorn, Elefant und Drache, alle miteinander umgeben von einem Garten mit voll erblühten Rosen, denen man erst dann anmerkte, dass sie gemalt waren, wenn man mit dem Boot direkt am Haus vorbeifuhr.

Das alles würde Wirklichkeit werden.

In ihrem Leib bewegte das Kind sich kräftig, und sie legte beide Hände auf die Wölbung, als könne sie ihrem Sohn auf diese Weise beteuern, dass nun alles gut werden würde.

Während Antonio das Ruder in die Forcola hängte, bemerkte sie ein Pestboot, das sich in nicht allzu weiter Entfernung auf dem Canalezzo näherte. Antonio hatte es ebenfalls gesehen. Eilig stieß er die Gondel von der Fondamenta ab und begann zu rudern. Rasch ließen sie den Palazzo hinter sich, aber bevor sie die nächste Biegung erreichten, blickte Laura ein letztes Mal zurück.

An der Brüstung der Loggia flatterte die schwarze Fahne im Wind, so wie an zahlreichen anderen Häusern am Kanal. Das Pestboot hatte angelegt, und die Leichensammler gingen an Land. Es gab noch einen herzzerreißenden Moment, als die Tücher fortgezogen wurden und bei einem der Toten ein blonder, blutbeschmierter Haarschopf zum Vorschein kam. Schaudernd blickte Laura zur Seite, zwang sich dann aber, wieder hinzusehen, während Zuane zu den übrigen Körpern auf das Boot geworfen wurde.

Leb wohl, mein Bruder, dachte sie.

Das Geschehen geriet außer Sicht, als ihre Gondel die Kanalbiegung erreichte. Lauras Blick ging zu Antonio, der sie unverwandt anschaute, während er breitbeinig auf der Abdeckung des Bootes stand und ruderte. Liebe weitete ihr Herz, und sie wünschte sich nichts sehnlicher, als für den Rest ihres Lebens zu ihm zu gehören.

Auf dem Canal Grande tanzte das Sonnenlicht, und in diesem Gleißen verschwanden auch die letzten Sorgen und machten der Hoffnung Platz.

Draußen im Hafen lag das Schiff, das sie und ihre Familie in Sicherheit bringen würde, fort von hier. Jedoch nicht daraus schöpfte sie Kraft und Zuversicht, sondern aus dem, was in der Zukunft lag: Ihrer aller Wiederkehr nach Hause, zurück in die Lagune von Venedig.

DANACH

Carlo hatte noch eine Weile gewartet, bevor er Venedig verließ. Er hatte darüber gewacht, dass Valeria und ihrem Sohn die beste Pflege zuteil wurde, und erst als er sicher war, dass sie genesen würde und die allgemeine Lage in der Stadt sich zu entspannen begann, hatte er wieder an Aufbruch gedacht.

Zu der Zeit, als er schließlich abreiste, hatte die Pestwelle ihren Höhepunkt überschritten. Das Schlimmste war vorüber.

Ähnliches galt für den Krieg. Noch im August des Jahres 1510 hatte Papst Julius II. mit starken Truppenverbänden in den Kampf am Rande der Lagune eingegriffen, die Franzosen nach Westen zurückgetrieben und damit die unmittelbare Bedrohung von Venedig abgewendet. Das Jahr 1511 hatte mit Friedensverhandlungen begonnen.

Carlo ging ohne Abschied, denn er war sicher, dass er Valerias Tränen nicht ertragen hätte. Ein Teil von ihm hatte bleiben wollen, doch ein anderer Teil wollte fort, dorthin, wo seine Wurzeln lagen.

Es gab einige Schwierigkeiten, bevor er reisen konnte, denn für die Art von Fracht, die er mitnehmen wollte, eignete sich nicht jedes Schiff, und nicht jeder Kapitän war bereit, bei diesem Unterfangen mitzutun. Doch schließlich fand sich eine passende Kogge mit dem dazugehörigen Schiffsführer, der sich von einer reichlichen Menge Gold überzeugen ließ.

Zu seiner eigenen Belustigung erkannte Carlo, dass an ihm wohl doch ein Krämer verloren gehen würde, denn er konnte nicht umhin, diese Reise zusätzlich für geschäftliche Zwecke zu nutzen. Da er schon so viel Geld in Frachtraum investieren musste, sorgte er auch dafür, ihn profitabel zu füllen. Er kaufte bei einem Händler auf Murano so viel Glas, wie er bezahlen konnte, Schalen, Flaschen, Gläser, Zierrat, und veräußerte alles in Kairo – mit schwindelerregenden Gewinnen. Den größten Teil des Geldes deponierte er bei einem jüdischen Bankier, denn dort, wo er hinging, würde er es nicht brauchen.

Er legte die venezianische Kaufmannstoga ab und kleidete sich in der Art eines *Badawi* in einen Burnus, bevor er von Kairo aus auf einer Nilbarke weiter nach Süden reiste. Seine Waffen trug er jedoch stets am Körper, sogar wenn er schlief. Er heuerte ein halbes Dutzend Nomaden an, die seinen Schutz gewährleisten und ihm das letzte Stück des Weges beim Transport des Löwen helfen sollten. Das Tier befand sich seit dem Aufbruch in einer Art Dämmerschlaf; Carlo hatte sein Futter regelmäßig mit Mohnsamen versetzt. Die Schiffsreise war dadurch problemlos verlaufen, doch es stellte sich als schwierig heraus, den Löwen über Land zu schaffen. Die Nomaden besorgten schließlich Zugpferde, die an die Nähe von Raubtieren gewöhnt waren, sodass der Käfig auf einem Karren weitertransportiert werden konnte. Gemessen daran, welche Strecke sie bereits hinter sich gebracht hatten, war der übrige Weg nicht mehr weit.

In der Nacht, als sie das Ziel der Reise erreichten, war Carlo von quälender Unruhe erfüllt. Seine Blicke irrten umher, doch sie fanden kaum vertraute Markierungen. Er war hier aufgewachsen, aber die Umgebung schien ihm verändert.

Die grenzenlose Weite unter dem Sternenhimmel, die Geräusche der Nacht, der Wind, der über die Savanne strich – alles war wie früher. Aber die Menschen fehlten. Es fehlten ihr Lachen, ihre Gesänge, ihre Tänze. Es fehlten die Hütten aus Lehm und Dung, die von Dornenzäunen umfriedet waren, um das Vieh zu schützen. Es fehlten die Feuer und die Herden. Die Gegend, in der sich sein Kral befunden hatte, war menschenleer. Ein alter Mann hatte ihm erzählt, dass viele Clans fortgezogen waren, in die *Serengeti*, wo es bessere Weidegründe für das Vieh geben sollte und weniger Sklavenjäger.

Carlo wanderte ein Stück weit vom Lager weg und blieb auf einer Anhöhe stehen. Über den Hügeln hing ein unwirklich großer Mond, der den halben Himmel auszufüllen schien, doch das Land um ihn herum blieb leer.

Es war an der Zeit, den Löwen freizulassen. Er ging zurück zu der Stelle, wo die Männer lagerten. Den Käfig hatten sie in sicherer Entfernung abgestellt. Der Löwe war wach, wenn auch noch nicht wieder richtig bei Kräften. Das Futter, das er zuletzt erhalten hatte, war frei von Betäubungsmitteln gewesen, doch das Tier würde erst nach und nach wieder seinen alten Kampfgeist entwickeln. Als Carlo das vordere Gitter des Käfigs aufsperrte und zur Seite klappte, erhob sich der Löwe nur zögernd. Er hatte sich erst vor wenigen Stunden satt gefressen; die Störung schien ihm nicht zu behagen. Mit einem Stock stieß Carlo ihn durch die Käfigstäbe hindurch an, bis er endlich aus seinem Gefängnis hinaus in die Freiheit trottete. Der Löwe tat ein paar Schritte, den Kopf gesenkt, als könne er sich nicht entscheiden, ob er bereit sei, diesen Ort zu erkunden. Doch dann sog er witternd die Luft ein und wandte sich dem weiten Grasland zu, als spüre er, dass die Freiheit nur einen Sprung weit entfernt war. Langsam setzte sich das Tier in Bewegung.

Carlo wartete reglos, bis der Löwe in den Schatten der Nacht verschwunden war. Auch danach blieb er noch dort beim Käfig stehen, das Gesicht dem Mond zugewandt, und er fragte sich, ob es die weichende Anspannung war, die ihm die Tränen in die Augen trieb.

Nach einer Weile überkam ihn das Bedürfnis, zu laufen, und so streifte er den Burnus ab und tat ein paar rasche Schritte, um gleich darauf in Trab zu verfallen. Mit langen, fast schwerelosen Sätzen lief er durch die mondhelle Nacht. Das Gras strich an seinen nackten Beinen vorbei, und während er rannte, wünschte er sich, wie der Löwe wieder eins mit der Savanne werden zu können. Doch in ihm war ein Gefühl von Fremdheit, das mit jedem Atemzug stärker wurde. Er war nach Hause gekommen, aber sein Zuhause gab es nicht mehr.

Unvermittelt dachte er an den Brief, den er vor seinem Aufbruch von Laura erhalten hatte. Sie schrieb ihm aus Kreta, von dem Kind, das sie dort geboren hatte, ein Knabe, dem sie und Antonio den Namen eines Mannes gegeben hätten, der ihnen teuer war: Carlo.

Wie sonst sollte er heißen, wenn nicht wie der, den wir so lieben, hatte sie dazu geschrieben.

Es war merkwürdig; seinen wirklichen Namen hatte seit vielen Jahren niemand ausgesprochen, und manchmal schien es ihm, als sei er gänzlich bedeutungslos geworden. Carlo, das war der Name, den Valeria ihm zum Geschenk gemacht hatte. Der Name, der sich anfühlte, als gehörte er zu ihm.

Ihm ging auch das Bibelzitat nicht aus dem Sinn, das Laura in Form eines abgekürzten Hinweises in einem Postscriptum angefügt hatte. Die Stelle stammte aus einem Brief des Apostels Paulus an die Korinther. Carlo hatte sie nicht erst nachschlagen müssen, er kannte sie auswendig.

Wenn ich mit Menschen- und Engelszungen redete und hätte der Liebe nicht, so wäre ich ein tönend Erz oder eine klingende Schelle. Und wenn ich weissagen könnte und wüsste alle Geheimnisse und alle Erkenntnisse und hätte allen Glauben, sodass ich Berge versetzte, und hätte der Liebe nicht, so wäre ich nichts …

Er lief schneller, rannte schließlich mit voller Kraft, bis er meinte, die Lungen müssten ihm bersten und sein Herzschlag wie Donner hallen. Ihm war, als ob mit jedem Schritt, den er tat, Worte aus der Dunkelheit kamen und sein Inneres zerrissen.

Und hätte der Liebe nicht, so wäre ich nichts …

Schließlich konnte er nicht mehr weiter und blieb stehen. Seine Brust dehnte sich zu einem wilden Schrei, der in den Himmel aufstieg. Er schrie seine Verzweiflung hinaus, so laut er konnte, und irgendwo in der Ferne antwortete ihm das Brüllen des Löwen.

Mit beiden Beinen zugleich sprang er in der Art eines Kriegers hoch in die Luft, als könne er, wenn er nur weit genug hinaufkäme, Schwingen ausbreiten und davonfliegen. Dabei schrie er abermals, und nun war es, als löste sich seine Seele auf.

Doch mit diesem Schrei wurde sein Herz leicht und frei, und er spürte, wie alle Bedrängnis von ihm abfiel. Er lauschte in die Nacht, und dann schien es ihm, als könne er von weither die Antwort auf alle Fragen hören. Es war wie ein Flüstern im Wind, und es hatte den Klang von Verheißung.

Wieder fing er an zu laufen, doch diesmal war es anders, denn er konnte den Weg deutlich vor sich sehen. Er führte bis zum Horizont und dann immer weiter – heimwärts, in die Stadt des steinernen Löwen.

ENDE

NACHWORT DER AUTORIN

Die Lagune des Löwen ist mein zweiter großer historischer Roman nach *Die Madonna von Murano*. Hatte ich zunächst befürchtet, nach der Arbeit am ersten Buch die am zweiten als weniger aufregend, spannend und erfüllend zu erleben, so sah ich mich gründlich getäuscht. Auch diesmal war es für mich wieder absolut faszinierend, in diese Epoche einzutauchen. Die Recherchen quer durch die Renaissance gingen stetig weiter und förderten immer Neues und Wissenswertes zutage. Meine Venedig-Bibliothek wuchs abermals von Woche zu Woche. Hier kam ein Bildband dazu, dort die heiß ersehnte Neuausgabe eines antiquierten und vergriffenen Geschichtswerks, zwischendurch Sachbücher und Romane, und am Ende gar ein wundervoller Druck einer alten Holzschnittkarte, per Schiffsfracht im Ausland bestellt, der Venedig im Jahre 1500 zeigt.

Es ist wie eine Reise, die kein Ende nimmt – und die, wenn es nach mir geht, auch keines braucht. Stoff und Inspiration für weitere Geschichten gibt es jedenfalls mehr als genug, so viel sei an dieser Stelle verraten.

Das *Cinquecento* ist nicht umsonst einer der farbenprächtigsten, ereignisreichsten und für Historiker fesselndsten Zeitabschnitte der Geschichte. In kaum einem anderen Jahrhundert zeigte sich in Italien eine so sprühende Entwicklung von Kunst, Architektur und Handwerk, aber auch zu kaum einer anderen Zeit war das Land so starken territorialen und politischen Umbrüchen unterworfen.

Der durch die Liga von Cambrai angezettelte Krieg, in dem Venedig sich plötzlich von allen Seiten angegriffen sah, hat für etliche Jahre die Stellung der Serenissima im Machtgefüge Europas gefährdet, ebenso wie das Erstarken neuer Kolonialmächte, etwa Portugal und Spanien. Doch die Seemacht erzitterte nicht nur unter dem Schlachtenlärm des Krieges oder dem Schlag, mit dem zu Beginn des sechzehnten Jahrhunderts ihr weltweites Gewürzmonopol zusammenbrach (heute würden wir das als den schlimmsten Wirtschaftscrash aller Zeiten bezeichnen), sondern auch unter verheerenden Naturkatastrophen, zu deren schlimmsten die Pest zu zählen war. Nicht im Roman erwähnt wird beispielsweise der Umstand, dass Zorzo da Castelfranco, der Nachwelt besser bekannt als Giorgione, einer der begnadetsten Maler seiner Zeit – vielleicht sogar der bedeutendste – im Oktober 1510 an der Pest verstarb. Der unvergessliche Meister Tiziano Vecellio, Tizian genannt, wurde viele Jahre später im selben Jahrhundert ebenfalls Opfer der Seuche.

Wenn auch nicht auf alle Begebenheiten jener Zeit *in extenso* eingegangen werden konnte, so hoffe ich doch, einen aussagekräftigen Querschnitt in der Schilderung persönlicher Schicksale eingefangen zu haben.

Die Figuren, mit denen ich für meinen Roman die Lagune bevölkert habe, mögen – bis auf wenige Ausnahmen – fiktiv sein, aber sie könnten so gelebt und agiert haben, mit all ihren Sorgen und Ängsten, aber auch mit ihren Hoffnungen und Träumen.

Ich habe sie geliebt und mit ihnen gelitten und kann mich nur schwer von ihnen verabschieden; erleichtert wird mir Letzteres nur durch die Vorstellung, dass ich sie nicht ins Leere entlasse, sondern in eine Welt, wo auch andere sie lieb gewinnen mögen – meine Leser.

An dieser Stelle möchte ich auch wieder all den Menschen, die mich beim Schreiben des Romans begleitet und unterstützt haben, meinen herzlichen Dank aussprechen. Es sind dies im Einzelnen

– meine Mutter, die dazu neigt, mich durch eine rosarote Brille zu betrachten, was in manchen Krisenzeiten für eine Autorin sehr motivierend sein kann
– meine Kinder, die auch bei Anzeichen völliger mentaler Abwesenheit ihrer Mutter höchstens milde Belustigung zeigen
– meine Freunde und Bekannten, die trotz meines monatelangen Abtauchens in ungesellige Versenkung nicht aufhören, mich zu mögen
– meine Münchener Lektorin Gisela Günther, die nicht nur den Roman auf gewohnt versierte Art redigierte, sondern auch zahlreiche Kräuterbücher beisteuerte sowie wertvolle Venedig-Tipps und ein leckeres Indien-Menü
– meine Lektorin im Verlag, Dr. Claudia Müller, unbeirrbare Gute-Laune-Lieferantin und auch durch ein weiteres Tausend-Seiten-Manuskript nicht aus der Fassung zu bringen
– das ganze Lübbe-Team, das sich schon für *Die Madonna von Murano* so enthusiastisch eingesetzt hat; ob Lektorat, Programmleitung, Vertreter, Illustrator, Herstellungs-, Hörbuch- und Marketing-Team – Ihr seid einfach großartig!
– Regina Wegmann, die sich freundlicherweise wieder als Testleserin zur Verfügung stellte
– und abermals *last, but not least* mein Agent Michael Meller, der auch diesmal wieder der gute Engel an meiner Seite war.

Von meinen lieben Kolleginnen danke ich besonders
– meiner Freundin Kerstin, Anker in der Not und Mitstreiterin im Kampf gegen die Dämonen des Autorenlebens – ohne Dich wäre manchmal nichts gegangen!
– Charlie, die mir mit ihrer Begeisterung für das Thema meines Romans zuweilen Flügel verlieh
– Petra L., der ich prächtige Erdbeeren, viele Gartentipps und ein herrlich entspanntes Wochenende verdanke
– Ulrike D., die sich nicht nur mit Pferden, sondern auch mit exzellenter Dramaturgie auskennt
– Martina S. für hilfreichen Zuspruch.

Den anderen Autoren von DeLiA und aus dem Montségur-Forum herzlichen Dank für die vielfältige Ansprache, Aufmunterung und Anteilnahme. Meinen speziellen Dank an Elisabeth aus dem Forum für das *Kaddisch* und an Charlie für Blutpudding und Pottage.

Charlotte Thomas, im Juli 2007
www.charlottethomas.de

ZEITTAFEL

1501–1521	Leonardo Loredan ist Doge von Venedig
1449–1515	Aldo Manuzio, Buchdrucker in Venedig
18. Aug. 1503	Tod von Papst Alexander VI.
Herbst 1503	Vasco da Gama bringt fünftausend Körbe Pfeffer aus Indien nach Lissabon
1. Nov. 1503	Giuliano della Rovere (Julius II.) wird Papst
1503	Ende der Türkenkriege
23. September 1504	Verbrennung eines Kinderschänders bei lebendigem Leib
27. Januar 1505	Fondaco dei Tedeschi brennt nieder
1508	Giorgione und Tizian malen Fresken am neuen Fondaco
10. Dez. 1508	Liga von Cambrai
14. März 1509	Brand im Arsenal
27. April 1509	Papst Julius II. verhängt gegen Venedig den Kirchenbann
14. Mai 1509	Schlacht von Agnadello
Juni 1509	Verschärfung der venezianischen Klostergesetze
17. Juli 1509	Venedig erobert das besetzte Padua zurück
1510	Portugiesen erobern Goa (Indien)
15. Febr. 1510	Papst Julius II. schließt Frieden mit Venedig und hebt den Bann auf
2. März 1510	Heinrich VIII. von England schließt einen Bund mit Venedig

Frühjahr/ Sommer 1510	Franzosen- und Kaisertruppen dringen bis zur Lagune vor
Sommer 1510	in Venedig bricht die Pest aus
August 1510	Papst Julius II. wirft mit seinen Truppen die Franzosen zurück
Sept./Okt. 1510	Pestwelle in Venedig erreicht ihren Höhepunkt
Jan. 1511	Friedensverhandlungen in Mantua

GLOSSAR

Alambik	Destillierkessel
Altana	hölzerne Aussichtsplattform auf dem Dach
Andata	Prozession
Andron	Saal im Untergeschoss eines Palazzo oberhalb der Wasserlinie
Avogadori	Justizbeamte
Arsenal	Werft in Venedig
Arsenalotti	Arbeiter im Arsenal
Arti	Künste (hier auf das Handwerk bezogen)
Athanor	Alchimistenofen
Badawi	Beduine
Bagattino	kleines Geldstück
Barbiero	Barbier, Bader
Barcaruolo	Bootsführer
Barnabotti	Bezeichnung für verarmte venezianische Adlige
Bocca di Leone	wie ein Löwenmaul geformter Denunziatonsbriefkasten
Bravi di Calze	junge venezianische Edelmänner (eine Art Halbstarke)
Bucintoro	Prachtschiff des Dogen
Ca'	Kurzform für *casa*, Haus
Calze	eng anliegende Beinkleider für Männer

Campanile	Glockenturm
Campiello	kleiner Platz
Campo	Platz
Canalezzo	venezianische Bezeichnung für den Canal Grande
Calle	Gasse
Capitolare	Innungssatzung
Carboneri	Kohleflößer
Commandatori	Befehlshabende der Wachen
Compagnia	Handelsgesellschaft
Condótta	Aufenthaltserlaubnis für die Juden in Venedig
Condottiere	Feldherr, Kriegsführer
Consiglio dei Dieci	Rat der Zehn (venezianisches Regierungsgremium)
Contrada	Kirchengemeinde
Converse	Laienschwestern im Kloster, meist Dienerinnen
Cortile	Hof
Cristallero	Kristallhersteller
Erborosti	Kräuterhändler
Farmacia	Apotheke, Kräuterhandlung
Farmacisto	Apotheker
Felze	Kabine mit Verdeck auf der Gondel
Fondamenta	befestigtes Ufer; schmale Straße entlang des Wassers
Forcola	Einhängevorrichtung für das Ruder bei der Gondel
Fornero	Brotverkäufer
Gamurra	Frauengewand
Gastaldo	Korporationsmeister
Giovedì grasso	letzter Donnerstag vor der Fastenzeit
Komplet	Abendgebet (ca. 20.00 Uhr)
Lapis Philosophorum	Stein der Weisen

Laudes	Frühmesse (ca. 3.00 Uhr)
Liber Abacci	Mathematisches Lehrbuch
Marangona	eine der Glocken des Campanile von San Marco
Marcello	Münze
Matutin	Vigilien, Nachtgottesdienst (ca. 1.00 Uhr)
Mercatores	Kaufleute
Messèr	venezianische Anrede für den Mann
Mezzanin (abgek. Mezzà)	unteres Halbgeschoss im venezianischen Palazzo
Militi	amtliche Ordnungshüter
Mocenigo	Silbermünze
Mona Lisa	Gemälde von Leonardo da Vinci (Anm: in Italien wird das Bild »La Gioconda« genannt)
Monna/ Madonna	venezianische/italienische Anrede für die Frau
Muda	Konvoi von Handelsschiffen
Nobili	Edelleute
Non	Gebet zur neunten Stunde (ca. 15.00 Uhr)
Ombretta	Stand oder Schenke, wo Wein in kleinen Mengen serviert wird
Oratores	Botschafter
Ospedale	Hospital
Palazzo	vornehmes venezianisches Stadthaus (Anm: die Bezeichnung ist, dem heutigen Sprachgebrauch folgend, neuzeitlich, da zu Zeiten der Republik nur der Dogenpalast so genannt wurde)
Pallium	Amtsabzeichen eines Erzbischofs
Piano nobile	repräsentatives Stockwerk im venezianischen Palast
Piazza	großer Platz (in Venedig ist der Markusplatz damit gemeint)

Piazzetta	Teil des Markusplatzes vor dem Dogenpalast
Portego	Hauptsaal eines venezianischen Palazzo
Prim	Morgenmesse (ca. 6.00 Uhr)
Prima Materia	alchimistischer Begriff: Urmaterie
Provveditore	Aufsichtsbeamter
Quarantia Criminal	venezianisches Strafgericht
Renghiera	eine der Glocken des Campanile im 15./16. Jhd.
Rio	Kanal
Riva	breite Straße entlang des Wassers
Salizada	gepflasterte Straße
Sancta Sanctorum	Papstkapelle im Lateran
Sanctum Praeputium	Vorhaut Christi als Reliquie
Sàndolo	Ruder- oder Segelboot
Savio del Collegio	Hoher Amtsträger im Großen Rat
Schie	Krabben
Scuola	Handwerksgilde, Innung
Serenissima Repubblica	allgemein abgekürzt für Venedig: *Serenissima (die Durchlauchtigste)*
Sestiere	venezianische Stadtviertel (genauer: -sechstel)
Signoria	Stadtverwaltung
Signori di Notte	»Herren der Nacht«; venezianische Kriminalbeamte
Soldo	Münze
Sottoportego	Säulenunterbau eines Gebäudes, der auch Durchgang ist
Stocco	Stoßdegen

Strappado	Foltermethode (an rücklings gefesselten Armen hochziehen)
Suor	Schwester (Bezeichnung bei Nonnen)
Tabula Smaragdina	altes Buch der Alchimisten
Terraferma	Festland
Terz	Gebet zur dritten Stunde (ca. 9.00 Uhr)
Tormento	Folterseil (s. auch Strappado)
Traghetto	Fährboot, Lastschiff
Vendetta	Rache
Vesper	Gebet am späten Nachmittag (ca. 18.00 Uhr)
Zòccoli	Holzpantinen